KB239685

문학, 일본의 문학

－ 현대의 테마 －

최재철 외

제이앤씨
Publishing Corporation

■ 머리말 ■

문학은 우리 삶의 기록이다. 문학 작품을 읽으면 그 작품에 내재된 의미를 파악하고 작가의 내면세계로 들어가 보고 싶은 충동을 느끼게 된다.

독자의 시각을 넘어 텍스트 분석을 하고 여러 가지 의미를 추적하며 즐거움을 찾는 이들이 뜻을 모았다. '일본근현대문학연구'라는 한 곳을 바라보고 같은 길을 가는 동지(同志) 39명이 글로써 만난 것이다. 한 스승 아래 성장하여 각자의 자리에서 제 역할을 하는 연구자들이 축적된 성과를 이번에 단행본『문학, 일본의 문학-현대의 테마-』로 묶는다.

이 책 내용은 전체 방향을 제시하는 권두논문으로서 〈자연〉과 친숙한 일본문학의 특징을 '사계' 표현에서 찾은 「일본근현대문학과 사계」를 두었다. 그리고 문학의 보편적인 주제와 일본문학의 특성을 고려하여 여섯 가지 주제로 나누어, 〈고뇌를 말하다〉 〈남과 여를 그리다〉 〈사회와 교감하다〉 〈구원을 향하여〉 〈표현을 찾아서〉 〈비교로 생각하다〉로 구성하였다. 근대 초기부터 현대에 이르기까지 다양한 작가와 작품들을 여러 관점에서 바라 본 읽을거리들로 채워져 있다. 일본어 한글표기는 원음이 구별되게 하였고, 전공자뿐 만아니라 일반 독자도 알기 쉽게 썼다.

『문학, 일본의 문학』은 일본근현대문학 분야의 각 연구자가 연구 성과를 되짚어보고 앞으로 나아갈 길을 점검해본다는데 의의가 있다고 하겠다. 한편으로는, 한국의 일본문학 연구의 '현재'를 보여주고, 향후 전공자들 간에 일본문학연구의 장래에 대해 같이 고민하고 논의를 확대할 수 있으리라는 기대를 해본다.

이 책을 위하여 후학 제자들을 결집하게 해 주신 최재철 선생님께 감사드린다. 또한, 독자들의 꾸준한 성원과 충고를 고대하며, 함께해준 필자와 서로 도운 편집 간행위원, 편집상의 까다로운 주문에 응해주신 제이앤씨출판사 여러분께도 감사의 말을 전한다.

2012년 여름
『문학, 일본의 문학』간행위원회

일본근현대문학과 사계[*]
— 카와바타(川端) 문학을 중심으로 —

최재철[**]

1. 머리말

자연(自然)·계절(季節)을 빼고 일본문학을 논할 수 없다고 본다. 일본문학에서 사계(四季)를 표현하는 전통은 오랫동안 면면히 이어지고 있다. 물론 동아시아문학의 원류로서 중국문학, 한시(漢詩)에도 자연을 읊고, 계절을 노래한 산수전원시(山水田園詩)[1] 등이 있으며, 한자어(漢字語)의 '청춘(靑春)' '성하(盛夏)' '만추(晚秋)' '엄동(嚴冬)' 등의 단어 구성 자체가 사계절(四季節)의 조어(造語)로 되어있다. 한국에도 조선시대 최초의 연시조인 맹사성(孟思誠; 1360~1438)의 「강호사시가(江湖四時歌)」나 윤선도(尹善道; 1587~1671)의 연시조 「어부사시사(漁父四時詞)」(1651), 그리고 정학유(丁學游; 1786~1855)의 장편가사 「농가월령가(農家月令歌)」(1816)와 같은 사계절을 소재로 한 시가(詩歌) 문학 등이 있다.

일본의 경우는 전통적인 정형단시 와카(和歌)집의 사계절별 편집 체제가 『고금와카집(古今和歌集)』(905년)이래 정착되었다. 또한, 대표적인 고전 소설 『겐지이야기(源氏物語)』(1008년)에도 육조원(六条院) 궁궐의 계절별 배치와 그 묘사라든지, 「스마(須磨)」「아카시(明石)」권(巻)에서 사계절에 따른 삶의 표현이 와카를 삽입하여 적절히 이뤄지고 있으며, 고전 3대 수필 중 필두를 장식하는 『마쿠라노 소오시(枕草子)』(1000년경)는 그 첫머리에 사계절별로 특징적인 아름다움을 적어놓아 후세에 계절 묘사의 하나의 전형을 보이고 있다. 또한, 근세의 단시(短詩) 하이카이(俳諧)에 이르러서는 '계절어(季語)'가 시 성립의 필수요건 중 하나가 될 정도이다.

이와 같은 일본문학의 전통은 근대문학에서도 단절되지 않고 이어지고 있다. 자연을 새롭게 발견한 산문시풍의 문장으로는 쿠니키다 독보(国木田独歩; 1871~1908)의 『무사시노(武蔵野)』(1898) 등이 있는데, 독보(獨歩)의 자연과 계절의 서정에 대한 근대적 표현은 후타바테이 시메이(二葉亭四迷; 1864~1909)가 번역한 러시아 작가 뚜르게네프(Ivan S. Turgenev; 1818~1883)의 「밀회」(1888년 번역)나 워드 워스(W. Wordsworth; 1770~1850)의 낭만시 등 서양문학의 영향을 짐작할 수 있다.[2] 또한, 토쿠토미 로카(德富盧花; 1868~1927)는 자연의 멋을 낭만적 문체로 묘사한 수필 『자연과 인생』(1900)을 썼고, 7·5조의 유려한 근대 시집 『새싹집(若菜集)』(1897)을 지은 시마자키 토오송(島崎藤村; 1872~1943)은 고향 신슈(信州)의 자연과 삶을 그린 사생(寫生)문집 『치쿠마가와의 스케치(千曲川のスケッチ)』(1912) 등에서 계절을 잘 표현하고 있다. 이렇게 특히 일본근대의 낭만주의나 자연주의 계열의 작가들은 전원의 분위기와 계절의 변화를 작품 속에서 곧잘 묘사하였다.

일본근대작가 중에서도 '신감각파'로 등장한 노벨문학상 수상 작가 카와바타 야스나리(川端康成)의 문학에는 자연과 계절 표현이 풍부하고, 특히 사계절을 묘사한 작품이 많다. 초기 대표작인 「이즈의 춤추는 소녀(伊豆の踊子)」(1926)에서부터 「온천장(温泉宿)」『설국(雪国)』『목가 (牧歌)』『산 소리(山の音)』, 그리고 1962년 작품『고도(古都)』등에 이르 기까지 계절묘사가 두드러진다.『온천장』의 경우 각 장의 제목에 계 절명을 넣어 이야기를 전개시키고 있으며,『천우학(千羽鶴)』과『산 소 리』,『고도』등 대표적인 작품도 사계를 축으로 소설이 전개된다. 예 를 들면,『산 소리』는 각 장의 제목이 〈겨울 벚꽃〉〈봄의 종〉〈가을 물고기〉등 계절의 변화를 기저로 하고 있다.3)

　　『고도(古都)』는 내용 전개상 '쿄오토(京都)의 연중행사 두루마리그림 (絵巻)' 또는 '쿄오토의 세시기(歳時記)' 라고 불릴 정도로4) 각종 마츠리 (祭) 등 연중행사를 배경으로 하고 있으며, 목차에도 계절 명칭을 넣어 사계의 추이와 등장인물인 쌍둥이 자매의 기구한 삶을 엮어 효과적으 로 계절감을 표현하고 있다. 사계의 변화와 더불어 인생의 순환이라는 의미로 해석할 수 있다고 하겠다. 여기서는 아직까지 선행연구가 거의 없는 것으로 보이는,『고도』에 나타난 계절묘사 특히 〈봄(春)〉의 표현 을 중심으로 카와바타 문학다운 특징을 살펴봄으로써 일본근현대문학 과 사계의 관련양상을 알아보고자 한다.

2. 카와바타(川端) 문학과 계절(季節)의 밀접성

　　카와바타 문학과 사계의 밀접한 관계는 구체적으로 어느 정도인지 를 살펴보기로 한다. 먼저, 초기 작품 「온천장(温泉宿)」(1929)을 보면 계 절감이 잘 드러나 있다. 다음 인용에서 볼 수 있듯이 「온천장」은 각 장의 제목에 〈여름 가고(夏逝き)〉〈가을 깊어(秋深き)〉〈겨울 오도다(冬來

たり》 등 계절명을 넣었고, 온천장에서 일하는 여인들의 이야기를 계절 변화에 맞추어 전개시키고 있다.

위의 인용에서처럼, 〈여름 가고〉 가을바람이 불기 시작하는 초가을 피서지의 쓸쓸함을, '배 떠나버린 항구와 같이' 라든지, '세 번 소박맞은 여자와 같이'라고 묘사하며, 여름은 가고 이제 쓸모없어진 '눅눅해진 폭죽'이나 '여기저기 나뒹구는 여름 손님의 유실물인 부채' 등 소도구를 등장시켜 초가을의 스산함을 비유적으로 부각시키고 있다.

〈겨울 오도다〉 또한, '달빛에 빛나는 고드름' 이라든지 '말발굽에 쇠붙이 소리를 내는 얼어붙은 다리 판자', '예리한 칼날처럼 보이는 산들의 새카만 윤곽' 등과 같이 모진 겨울의 추위 묘사를 통하여 혹독한 여인의 운명을 연상하게 한다.

이와 같이 사계절 묘사를 적절히 배치하면서 계절의 변화에 따른 여인들의 인생을 잘 접목하여 표현하고 있다. 그리고 보면, 카와바타는 「산문가의 계절(散文家の季節)」(1939.9)이라는 짧은 문장에서, 경치나 계절은 작중인물의 배경으로서의 인상 없이는 쓸 수 없기 때문에, 경치와 계절은 작중인물과 밀접한 연관이 있으며, 그래서 독자에게 감명을 주는데, 점차 편하게 지나쳐버리는 경향에 대해 아쉬움을 표하면서, 작가 스스로가 자신의 작품 속의 계절이 작중인물의 배경으로서 인물과 밀접한 연관이 있다고 설명을 하고 있다.(27:272) 또한, 카와바타는 이 계절 묘사와 관련하여 다음과 같이 주의를 환기시키고 있다.

> 소설가 중에서는 나 정도가 경치나 계절을 쓰는 것을 좋아하는 편인지도 모르겠는데, 실제로 사생한 것이 아니면 확실하다는 자신을 갖지 못하는 버릇이 있다. 나는 자주 여행을 하기 때문에 오히려 그렇게 됐는지도 모르겠다. (중략) 대체로 산문가의 자연묘사는 진보하고 있다고는 보이지 않는다는 것이 나의 반성이다.　　　　　　　(「산문가의 계절」27:272~273)

카와바타는 시가(詩歌) 문학이 여러 가지 그 방면의 새바람을 찾고 있는데 비해 산문은 구태에 집착하고 있다는 반성을 하면서, 문학의 상징의 맛의 토대인 경치나 계절 묘사를 소홀히 하는 것에 대해 의아해하며 반문하고 있는 것이다.

일찍이 카와바타는 「가을에서 겨울로(秋より冬へ)」(1927)라는 단상(斷想) 중에, 이즈(伊豆) 유가시마(湯ヶ島)온천에서 겨울을 지내며 친우들 이야기를 떠올리는 심상 풍경을 그리고 있다(26:108). 또한, 「여중문학감(旅中文学感)」(1935)에서, '나는 에치고 유자와(越後湯沢)온천에 한 달쯤

체재하는 동안, 가을이 깊어 가는 모양을 자세히 바라보고 있었는데 (31:371)'라고 말하면서, 현대소설이 자연에서 멀어져 있는 점을 우려하고, 자연을 과거의 습관적 표현과 다른 오늘날의 언어로 묘사해 보고자 하는 고심을 피력하고 있다. 그리고, 「초추4경(初秋四景)」(1931)에서, 때로는 자연을 거역하며 사는 인간이 여타 동식물보다도 가장 계절감에 좌우되고 있다는 점과, 인공적인 계절감보다는 자연 그 자체의 계절을 보고자 하는 뜻을 나타내고 있다(26:439). 이와 같이 카와바타는 이른 시기부터 계절감에 대해 인식을 분명히 하고 있었던 것이다.6)'

카와바타는 노벨문학상 수상연설 「아름다운 일본의 나(美しい日本の私)」(1968.12)의 서두에서 일본고전 와카(和歌) 중에서 사계를 노래한 시를 인용하고 있다.

봄은 꽃 여름 두견새 가을은 달 겨울 눈 쌀쌀해져 차가웁구나
(春は花/ 夏ほととぎす/ 秋は月 / 冬雪さえて/ 冷しかりけり)

도오겐 선사(道元禪師; 1200~53)의 「본래의 면목(本来ノ面目)」이라 제목 붙인 이 노래와, (후략)   (「아름다운 일본의 나」28:345)

그리고, 다음과 같이 덧붙이고 있다. '〈눈과 달, 꽃(雪月花)〉이라고 하는 사계의 추이 그 때 그 때의 미를 나타내는 말은 일본에서는 산천초목, 삼라만상 자연 전체, 그리고 인간감정도 포함해서 미를 나타내는 말이라고 하는 것이 전통'이라고 설명하고 있다. 이 도오겐의 시는 사계의 미를 노래한 것으로서, '옛부터 일본인이 봄(春) 여름(夏) 가을(秋) 겨울(冬)에 가장 좋아하는 자연 경물의 대표 네 가지를 단순히 나열했을 따름인, 상투적이고 평범하기 이를 데 없어 시가 아니라고 할 수도 있다'라고 하면서도, 또 이번에는 료오칸(良寬)의 계절의 노래를

예시하고 있다.

> 다른 고인의 닮은 노래 하나, 스님 료오칸(良寬; 1758~1831)의 만년의 사세구(辭世句),

> 유품으로 무얼 남기랴 봄은 꽃 산 두견새 가을은 단풍잎
> (形見とて/ 何か殘さん/ 春は花/ 山ほととぎす/ 秋はもみぢ葉)

> 이것도 도오겐의 노래와 같이, 흔한 사물과 흔한 말을 망설임도 없이, 라고 하기보다도, 새삼스럽게 굳이 나열하여 증복하면서 일본의 진수를 전했던 것입니다. 하물며, 료오칸의 노래는 사세(辭世)의 구입니다.
> 「아름다운 일본의 나」28:348)

이와 같이 일본의 고전을 인용하면서, 산수(山水)와 다도(茶道), 선(禪), 무(無) 등 일본적 미의 본질에 관해 설명하고 있다. 위 선승(禪僧) 료오칸이 세상을 하직하며 지은 노래는, 도오겐의 사계의 노래 '본래의 면목'과 같이 각 계절의 좋아하는 자연 경물을 단지 새삼스럽게 나열하여 유품으로 남기겠다는 사세구로서, 상투와 평범을 뛰어넘어 오히려 그 소탈함과 단순 명쾌, 참신함으로 하여금 그야말로 선적(禪的)인 경지를 대변하고 있다고 하겠다. 그리고 카와바타는 이 글의 마지막에, '도오겐의 사계의 노래도 〈본래의 면목〉이라고 제목이 붙여져 있습니다만, 사계의 아름다움을 노래하면서 실은 강하게 선에 통했던 것이겠지요'(28:358)라고, 계절감을 표현한 사계의 시와 선의 경지를 연결시키고 있다.

그리고, 칸사이(関西) 출신인 카와바타는 자연과 계절에 대한 관심이 『겐지이야기』나 『고금와카집』 등 일본 고전의 영향과 더불어 교우 관계 등을 통해 증폭되었다고 할 수 있겠다. 예를 들면, 카와바타와 친분

이 있었던7) 작가 오사라기 지로(大佛次郎; 1897~1973)는 「쿄오토의 유혹(京都の誘惑)」(1961)에서 다음과 같이 말하고 있다.

> 쿄오토를 둘러싼 산들은 나무 색깔이 다채롭고 풍부하다. 게다가 일본인의 심정에 통하는 유현한 깊이와 정돈을 특징으로 하고 있다. 여기에 사계의 색채 변화가 있고, 꽃 필 때와 단풍철이 있다. (중략)
> 마루야마(円山)의 늘어진 사앵벚꽃(枝垂れ桜) 같이, 츠바키데라(椿寺)의 동백같이, 또한 헤이안신궁(平安神宮) 외원(外苑)의 벚꽃같이, 야마구니무라(山国村) 구루마가에시(車返し) 벚꽃같이, 계절마다 사람을 모으는 이름난 나무(名木)가 적지 않다. 단 한그루의 나무에도 사람이 모이는 것이다. 신사나 사찰의 여러 제례(祭禮) 외에 자연의 수목이 축제의 반열에 가담하는 것은 일본만의 것일 것이며, 쿄오토에 그것이 특히 많은 것이다. 꽃 소식, 단풍 소식이 쿄오토에서는 도시생활의 화제가 되고 있는 것이다.8)

오사라기는 이렇게 쿄오토의 자연과 사계의 아름다움, 그를 향유하는 일본인의 특성에 대해 말하고 있다. 카와바타는 『고도』에서 여주인공 치에코(千重子)의 입을 통해, 오사라기의 명문 「쿄오토의 유혹」을 되풀이 읽은 적이 있다며, 다음과 같이 떠올리고 있다.

> '키타야마(北山) 통나무를 만드는 삼나무 식림이 층구름처럼 파란 가지 끝을 겹친 것과 적송 줄기를 섬세하게 밝게 늘어놓은 산 전체가 음악과도 같이 나무들의 노래 소리를 들려주고 있다……'라는 그 문장의 한 단락이 머리에 떠올랐다.　　　　　　　　　　　　　　　　　　　　　　　(『고도』18:339)

고향 칸사이에 대한 관심과 평소 계절 묘사에 친숙한 카와바타는, 쿄오토의 사계의 멋을 표현한 오사라기(大佛)의 이러한 문장에 신선한 자극을 받았다고 할 수 있다. 또한, 뒤에서 기술하는 바와 같이 카와바타는 타니자키 쥰이치로(谷崎潤一郎; 1886~1965)의 『세설(細雪)』(1946~1948)의 계절묘사를 참고한 바가 있다. 이러한 선행문헌을 참고하고 카와바타 자신도 경치나 계절 묘사를 좋아한다고 말하고 있듯이, 그의 작품에는 자연이나 계절의 추이가 치밀하게 표현되어 있는 작품이 상당히 많다. 이와 관련하여 여기서 몇몇 선행연구자들의 의견을 들어 보기로 한다.

타무라(田村充正)는 『고도』의 구성상의 특징에 대하여, 변화하는 사계(四季), 식물의 풍부함, 제례(祭礼)의 중시를 들고 그 저류에 관해, '시간이라는 것은 순환하는 것이라는 의식이다. 원래 시간이 순환한다고 하는 의식은 자연계를 모델로 하여 생긴 것이며 춘하추동(春夏秋冬)이라는 계절의 주기적 교체, 식물의 생과 재생의 되풀이, 주야(昼夜)의 반복 등의 경험에 의해 배양되어 형성되었다고 생각할 수 있다'[9]고 말하고 있다. 이러한 순환하는 계절과 생, 재생의 되풀이라는 해석은 타당하다고 하겠다.

하토리(羽鳥徹哉)도 「카와바타 야스나리와 자연(川端康成と自然)」에서 '배경으로서의 자연 계절의 의미'를 논하는 가운데, 타무라의 '배경으로서의 사계(四季)는 〈순환적 시간의식〉과 함께 〈직선적 시간의식〉도 은근히 흐르고 있다'는 견해를 인정하면서[10], '계절감이나 사계는 카와바타문학의 배경이 되고 틀이 되어 있더라도, 운명을 수용하고 그것에 따르려고 하는 정신보다, 운명을 넘어 그것과 싸워 통렬하게 살려고 하는 정신 쪽을 카와바타는 보다 많이 표현하려고 했다'[11] 고 주장하고 있다.

그리고, 신예숙은 「계절관(季節観)」에서, 카와바타의 계절관에 대한 선행연구를 조사해보니 두 가지 관점이 있다고 본다. '하나는 자연묘사, 사계의 추이가 어떻게 작품내용과 깊이 관련이 있는가를 지적하는 것이고, 다른 하나는 이 자연과 작품의 연결 취향이 고래(古来)의 일본

문학의 전통적인 흐름을 이어받고 있다고 지적하는 것'이라고 보고 있다. 또한, 사계 표현이 두드러진 작품을 두 부류로 나누고 있다. 〈사계(四季)의 한 순환(一循環)을 주기(周期)〉로 한 작품군(1949~1958)에, 1951년 작품「무지개 몇 번이나(虹いくたび)」부터「해도 달도(日も月も)」,『천우학(千羽鶴)』「파도 물떼새(波千鳥)」「강이 있는 서민의 거리 이야기(川のある下町の話)」『산 소리(山の音)』『동경 사람(東京の人)』「여자라는 것(女であること)」「바람이 있는 길(風のある道)」『고도(古都)』 등을 들고 있으며,12) 일본 고전에 심취한 카와바타가 전통적인 고도 쿄오토를 무대로 하여 1년 또는 사계의 한 순환을 의식적으로 한 작품에 담은 의의를 강조하고 있다.

그러고 보면「쿄오토행・유자와행(京都行・湯沢行)」(1958.1)에서, '제야의 종소리를 쿄오토로 들으러 가 정월초하루에 하토(비둘기호)로 돌아왔다. 쿄오토의 종 중에서는 역시 치온인(知恩院)의 종이라고 해서 치온인 종루 가까이에 자리를 잡았다. (중략) 그 분주했던 해를 보내는 데 쿄오토에 혼자 온 건 좋았다.'라고 적고 있는 바와 같이, 작가 후반기『고도』 집필 전부터 카와바타는 제야의 종을 혼자 들으러 갈 정도로 '일본인의 고향' 쿄오토에 특별한 애정과 관심을 갖고 있었다는 것을 확인하게 된다.

이로써 카와바타가 자연 계절 묘사를 좋아했고 사계 표현을 즐겨한 작품이 다수라는 점과 그 특성을 알게 되었는데, 작가 전반기에는 이즈(伊豆), 에치고 유자와(越後湯沢)의 온천이나 설국 등의 자연 계절 묘사를 주로 하였다면, 특히 고전으로의 회기를 생각한 작가 후반기에는 일본의 고도 쿄오토의 자연과 사계절에 더 관심을 갖고 친숙하고자 했다는 것 등에 대하여 이해할 수 있었다고 본다. 이제 쿄오토의 사계를 배경으로 전개되는 작품『고도』의 사계절 표현에 대해 살펴보기로 한다.

3. 『고도(古都)』 속의 '사계(四季)' 표현

『고도(古都)』(『朝日新聞』연재, 1961.10.8~1962.1.27)와 관련하여 먼저 작가의 말부터 들어보기로 하자. 카와바타는 「신춘수상-고도 등(新春随想-古都など)」(1960.1)에서 다음과 같이 말하고 있다.

> 나는 쿄오토 사람에게도 말했다. (중략) 쿄오토는 (전쟁때; 인용자 주) 불타지 않았으니까, 지금의 번화가 등의 뒤범벅, 혼잡은 (중략) 그러한 묘한 향수를 느끼게도 했다. 쿄오토와 오오사카 사이의 농촌에서 자란 나는 쿄오토도 오오사카도 잘 모르는 시골사람이지만, 동해도선(東海道線)을 쿄오토에 가까이 감에 따라 산천풍물에 부드러운 고향을 느낀다. (중략) 고도다운 거리가 아직 있는 동안에 나는 쿄오토를 더 봐두고 싶다고 새삼스레 생각한다. (「신춘수상-고도 등」28:114)

작품『고도』 집필 전에 작가 자신이 고도(古都) 쿄오토(京都)에 대한 감회를 피력한 말이다. 고향에 대한 향수나 고향의 산천풍물에 부드러움을 느끼는 것은 대개 자연스러운 속성이다. 왠지 끌린다는 점과 고도 쿄오토를 더 봐두고 싶다는 의식적 노력이 적극적 행위로 이어지고 있고, 서양문학이나 시대의 새로운 움직임을 좇는 것이 새롭다고 생각하지 않는다. 그렇기 때문에 일본의 전통 도시 쿄오토의 옛 거리를 마음대로 걷고 싶고, 그러한 의식과 노력의 기저에 저절로 고도 쿄오토를 새롭게 보고자 하는 방침과 방향이 잡혀, 작품『고도』를 집필하고자 한다는 분명한 의지가 표명되어 있다.

이는 본래적인 자기 것에 대한 향수로서 일본 전통을 추구하고 거기로 회귀하려고 하는 것인데, 카와바타는 쿄오토에 가까운 오오사카(大阪) 이바라기시(茨木市)가 고향이며, 카와바타가 일찍부터 친숙한 쿄오

토는 일본 고전의 고향이기도 하다. 「『고도』작자의 말(『古都』作者の言葉)」
(1961.10)에서 일본의 고향을 찾는 소설을 써보고 싶다고 말하고 있다.

> '고도'란 물론 쿄오토를 말합니다. 요즘 한동안 나는 일본의 '고향'을 찾
> 는 그런 소설을 써보고 싶다고 생각하고 있습니다. 역사소설도 있고 현대
> 소설도 있습니다만 『고도』는 현대소설입니다. 그러나 현대소설이라고 말
> 할 수 없는 그런 고풍스런 소설이 될지도 모르겠습니다. 그런 것을 작자는
> 전혀 개의치 않고 있습니다. 여하튼 쿄오토와 그 주변을 써 보겠습니다.
> 인물이나 이야기보다도 풍물이 주가 될지도 모르겠습니다.
>
> (「『고도』작자의 말」33:175)

쿄오토와 그 주변을 쓰되 인물이나 이야기보다 풍물(風物), 즉 자연
이 주가 되어 결국 계절 표현으로 이어지게 될 것이라는 예고를 하고
있는 셈이다.

소설 『고도(古都)』는 태어나자마자 헤어져 각각 전혀 다른 인생을
사는 치에코(千重子)와 나에코(苗子) 쌍둥이자매의 이야기로, 그 배경이
되는 쿄오토의 각종 연중행사를 거의 모두 소개하고 있다. 그런 가운데
순환하는 계절의 추이와 더불어 두 자매의 우연한 만남과 헤어짐을 애
틋하게 그리고 있다. 『고도』의 각 장은 〈봄 꽃〉〈기온 축제(祇園祭)〉〈여
름〉〈가을 색(秋の色)〉〈깊어가는 가을의 자매(秋深い姉妹)〉〈겨울 꽃(冬の
花)〉 등 계절 명칭을 넣어 지었는데, 먼저 서두의 봄(春)의 정경을 보자.

> 단풍나무 고목의 줄기에 제비꽃이 핀 것을 치에코(千重子)는 발견했다.
> '아아, 올해도 피었네'라며, 치에코는 봄의 부드러움을 만났다.
> 그 단풍나무는 시내의 좁은 정원으로서는 정말 큰 나무여서 줄기는 치
> 에코 허리둘레보다도 굵다. 하긴, 헐고 거친 껍질이 푸르게 이끼 낀 줄기를
> 치에코의 싱싱한 몸과 비교할 수 있는 것이 아니지만……
>
> (『고도』18:231)

이 〈봄 꽃〉 첫머리에는, 다음 제4장에서 설명하는 바와 같이 계절묘사 즉, 봄의 표현이 밀집되어 있음을 보게 된다. 하나의 단풍나무 고목에 각각 떨어져 핀 자그마한 두 포기 제비꽃을 마주하는 젊고 우아한 히로인 치에코의 등장 장면은 부드러운 봄날의 서정적 분위기와 잘 어울린다고 하겠다. 또한, 앞으로 전개될 작품 내용상의 암시와 상징이라는 측면에서도 의미 있는 도입부라고 볼 수 있다.

그리고, 제비꽃 같이 각각 헤어져 살던 쌍둥이 자매가 여름 〈기온 축제〉에서 우연히 만난 이후, 〈깊어가는 가을의 자매〉 이야기로 심화되며 전개되는 가운데 만추의 계절을 묘사하고 있다.

> 치에코는 안쪽 거실 난로에 숯불을 가지런히 하면서 주위를 둘러보았다. 좁은 정원도 바라보았다. 단풍나무 대목 이끼는 아직 푸릇푸릇한데, 줄기에 자란 두 포기 제비꽃 잎은 노래져 있었다.
> 그리스도 등롱 아래의 산다화 작은 나무가 빨간 꽃을 피우고 있다. 실로 선명한 빨간 색으로 보인다. 빨간 장미 따위보다도 치에코의 마음에 와 닿는다. 〈깊어가는 가을의 자매〉(『고도』18:400)

이제는 거실 난로에 숯불을 지피는 늦가을이 되어 제비꽃잎도 노랗게 빛이 바래고 산다화의 빨간 꽃이 장미보다도 치에코의 마음을 더 움직이게 하는 것은 뭔가의 암시처럼도 보인다. 깊어가는 가을날 쌍둥이 자매 이야기도 애상을 더해가는 것일 것이다.

카와바타의 「『고도 애상』에 답하며(『古都愛賞』にこたへて)」(1962.1)는 작품 신문연재 중에 독자인 언어학자 신무라 이즈루(新村出)의 감상평 『고도 애상』에 답하는 형식의 글인데, 작품 창작 배경과 내용을 소개하는 작가 해설과 같은 문장이다. 처음부터 작품 구상을 확고히 하지 않아 애당초 연인의 상징으로 생각했던 두 포기 제비꽃이 쌍둥이 자매의 상징으로 되어 난감하다는 고백을 하면서도, 추위를 잘 타는 작가로서는 쿄오토의 겨울은 추워서 괴롭지만 쿄오토를 좋아하는데 눈 덮인 에이산(叡山)이나 쿠라마(鞍馬), 겨울비 내리는 키타야마(北山), 한적한 한겨울의 아라시야마(嵐山)도 역시 좋은 곳이라는 등(33:177~178), 겨울에 찾아볼 만한 쿄오토의 명소 소개를 놓치지 않고 있다. 다음에 인용하는 「『고도』를 쓰고 나서(『古都』を書き終へて)」(1962.1)는 『고도』 집필 후기이다.

> 나의 『고도』는 봄 꽃철에 시작하여 겨울비, 진눈깨비 올 때에 끝날 예정입니다. 이것만큼은 예정대로 됐다. 봄 벚꽃 하면 헤이안신궁(平安神宮) 신원(神苑; 헤이안신궁의 외원, 인용자 주)의 늘어진 분홍사생벚꽃 군락만한 것은 없다. 그러나 이것은 타니자키 쥰이치로(谷崎潤一郎) 씨가 『세설(細雪)』에 쓰셨기 때문에 나는 상당히 망설였다. 그러나 몇 번인가 본 나는 달리 떠오르는 것이 없어서 거듭 쓰는 것을 양해 받았다. '실로 여기의 벚꽃을 제쳐두고 쿄오토의 봄을 대표하는 것은 없다고 말해도 좋다' 라고 한 것은, 타니자키 쥰이치로씨의 『세설』 속의 말이다. 그 밖에는 문학작품 속에서 의식적으로 빌린 장면은 없다. (중략) 키타야마삼나무(北山杉)의 아름다움을 쓴 것은 의외의 반향이 있었다.
>
> (「『고도』를 쓰고 나서」33:183~185)

『고도』는 봄꽃 필 때 시작하여 겨울 진눈깨비 올 때까지 사계절을 한 바퀴 돌아 예정대로 끝났고, 쌍둥이 자매 이야기가 계속되었더라면 난맥상을 드러낸 작품이 됐을지도 모르겠는데 암시 정도로 마무리 한 것은 다행이었다고 집필 소감을 피력하고 있다. 여기서, 카와바타의 『고도』의 계절, 봄의 표현 중 헤이안신궁의 벚꽃 묘사가 타니자키의 『세설』을 참고한 것과 관련하여 알아보자. 『고도』와 『세설』 양쪽의 공통적인 것으로서 빼놓을 수 없는 것은 〈봄〉의 표현 중 꽃구경(お花

見), '벚꽃' 이야기이다.

앞에서도 언급했듯이 카와바타는 타니자키의『세설』의 한 문장을 그대로 답습하면서 이야기를 진전시키고 있다. 먼저,『세설』을 보기로 하자.

> 그녀들이 늘 헤인안신궁 가는 것을 맨 마지막 날로 남겨두는 것은 이 신원(神苑)의 벚꽃이 쿄오토에서 가장 아름다운 가장 훌륭한 꽃이기 때문으로 마루야마공원(円山公園)의 사앵벚꽃이 이미 나이 들어 해마다 색이 퇴색해가는 요즘에는, 실로 여기의 벚꽃을 제쳐두고 쿄오토의 봄을 대표하는 것은 없다고 해도 좋다.[13]　　　　　　　(밑줄은 인용자, 이하 같음)

『세설』의 주인공 자매들은 매년 봄이 오면 꼭 쿄오토에서 제일 아름답다는 이 헤이안신궁 외원의 실타래 같이 늘어진 가지 마디마다 핀 분홍 사앵벚꽃을 맨 마지막날 찾는 것으로 봄꽃구경을 마무리하곤 한다는 이야기이다. 위『세설』의 밑줄친 부분을 다음과 같이『고도』에서 그대로 인용하고 있다.

> 멋진 것은 신원(神苑)을 채색하는 분홍사앵벚꽃 군락이다. 지금은 '실로 여기의 벚꽃을 제쳐두고 쿄오토의 봄을 대표하는 것은 없다고 해도 좋다.'
> 치에코는 신원 입구를 들어서자 마자 흐드러지게 핀 분홍사앵벚꽃 색깔이 가슴 밑바닥까지 꽉차, '아아, 올해도 쿄오토의 봄을 만났다' 며 그대로 멈춰 서서 바라보았다.　　　　　　〈봄 꽃〉(『고도』18:237)

위 두 작품의 묘사 중 공통점은, 헤이안신궁 외원의 분홍사앵벚꽃이 가장 멋진 벚꽃이며 이 벚꽃이 쿄오토의 벚꽃을 대표한다는 표현이다. 그리고,『고도』에서는 '아아, 올해도 쿄오토의 봄을 만났다'라는 감탄사로 간결하게 이어간다. 이 분홍사앵벚꽃을 보지 않으면 쿄오토의 봄을 만나지 못한 것이 된다는 의미까지 내포한다. 그 다음은, 세밀하게 벚꽃 군락의 느낌과 벚꽃 자체가 핀 모양에 대해서 묘사하고 있다.

> 서쪽 회랑 입구에 서면 분홍사앵벚나무 꽃무리가 홀연히 사람들을 봄이
> 되게 한다. 이거야말로 봄이다. 줄줄이 늘어진 사앵벚나무 가는 가지마다
> 끄트머리까지 분홍 겹벚꽃이 잇달아 피어있다. 그러한 꽃나무 무리, 나무가
> 꽃을 달고 있다기보다도 꽃들을 지탱하는 가지이다.　　　　(『고도』18:239)

꽃들을 지탱하는 가는 가지 마디마다 끝까지 흐드러지게 핀 겹벚꽃 무리가 '홀연히 사람을 봄이 되게 한다.' '이거야 말로 봄이다.' 라는 묘사에서 『고도』의 봄의 표현은 절정을 이룬다. 이 이상의 벚꽃에 대한 찬사와 봄에 대한 묘사는 아마 없지 않나 싶고, 실제 필자도 이만한 분홍 사앵벚꽃 군락을 따로 본적이 없다. 이러한 구절에서 카와바타 다운 계절 묘사의 서정적 문장을 접하게 된다.

다음으로, 소설 『고도』는 발표 직후 영화화 되었는데, 카와바타는 영화 〈고도〉 제작과정을 지켜보면서 고도 쿄오토를 다시 생각하게 된다.

> 쿄오토에 살며 쿄오토를 걷고, 쿄오토(京都)·칸사이(関西) 음식을 먹
> 으며 쿄오토를 찬찬히 쓰고 싶다는 염원은 해마다 간절해지는데 생전에
> 해낼 수 있을까. 아니면, 쿄오토에 이사와 살면 쿄오토의 쿄오토다움이 망
> 가져가는 것을 보고 한탄하며 마음아파하고 고통만 느낄 뿐일지도 모르겠
> 다.　　　　　　　　　　　　　　　(1963.4,「고도」28:188)

나카무라(中村登) 감독의 영화 〈고도〉는 쿄오토를 쿄오토 내부에서 보았고, 나루시마(成島東市郎)의 촬영으로 아름다운 화면이 되어 외국인도 아름답다고 할 것이라고 평하고 있다. 한편, 쿄오토에 대한 적절한 관심과 애정을 표하면서 쿄오토의 쿄오토다움이 훼손되는 것을 마음아파하며 전통적인 쿄오토 보존에 나라나 국민 모두가 힘써야 한다

는 메시지를 전하고 있는데, 소설 『고도』는 이러한 작가의 고도 쿄오토에 대한 애정과 우려의 소산이라고 해도 좋을 것이다.

카와바타는 「이바라기시에서」(1968.12)[14] 라는 단상에서, '쿄오토는 일본의 고향이지만, 나의 고향이기도 하다' '나는 쿄오토의 왕조문학을 〈요람〉으로 한 것과 동시에 쿄오토의 자연의 섬세함을 〈요람〉으로 해서 자랐던 것이다. (중략) 토오쿄에서 기차가 오오미로(近江路)에 들어서면, 아아, 고향에 돌아왔다, 일본에 돌아왔다, 라며 피부로 그리움의 기쁨이 절절해 지는 것이었다' (28:342~343) 라고 스스로 토로하고 있다. 즉 카와바타는 향수를 갖게 하는 고도, 사계절이 아름다운 쿄오토를 자신의 고향이자 일본의 고향으로 보고, 거기서 일본다움과 일본 전통미의 본질을 추구하고 소위 '아름다운 일본 속의 나'로 회귀하고 있는 것이다.

4. '봄(春)'의 표현과 카와바타 문학의 특징

그럼, 이제 『고도』의 첫머리에서 묘사하고 있는 꽃구경이 대표하는 '봄'의 표현과 그 전개상의 의미는 무엇인가를 살펴보기로 한다. 『고도』의 첫 장 〈봄 꽃〉 첫머리 본문을 다시 보자.

> 단풍나무 고목의 줄기에 제비꽃이 핀 것을 치에코는 발견했다.
> '아아, 올해도 피었네'라며, 치에코는 봄의 부드러움을 만났다.
> 그 단풍나무는 (중략) 거친 껍질이 푸르게 이끼 낀 줄기를 치에코의 싱싱한 몸과 비교할 수 있는 것이 아니지만…….
> 〈봄 꽃〉 (『고도』18:231)

이 첫머리에서부터 '봄'이라는 계절을 알려주는 어휘들이 다수 동원되어 있다는 것을 보게 된다. 즉, 짧은 문장 속에, '제비꽃이 핀' '올해도 피었다' '봄의 부드러움' 등의 말들을 넣어 봄의 정경을 두드러지게 하고 있다. 또한, '싱싱한 몸' 이라는 말에서, 고목나무 줄기에 비해 젊은 여성의 허리를 강조하여 생명의 봄을 돋보이게 하고 인생의 봄까지 연상하게 하는 효과를 내고 있다고 하겠다.

또한, '핀(열린)' '피었다' '발견했다' '만났다' 라는 동사들도 각각 '열림' '개시' '출발'의 의미와 '발견', '만남' 등 모두 새로움과 통하여 봄이 연상되고 봄이 의미하는 바와 밀접한 어휘들이라고 생각된다. 그리고, '부드러움(상냥함)' '싱싱한' 이라는 형용사도 적절히 봄의 분위기를 자연스레 돋우는 기능을 하는 어휘로 배치되어 있다. 이렇게 『고도』의 짧은 두어 줄의 서두에서부터 봄의 서정성을 짙게 느끼게 하는 카와바타의 문장 표현의 특징을 이해할 수 있다고 본다. 「봄(春)」(1955.3)이라는 단상에서 작가는 다음과 같이 말하고 있다.

> 매년, 봄이 다가오는 꿈을 꾼다.
> 산이나 들에 여러 가지 초목이 싹 트고 여러 가지 꽃을 피운다. 나무들의 싹이 트는데도 순서가 있고, 또 새잎의 색이나 모양은 나무에 따라 다르다. 신록의 색이 초록만이 아니라는 것은 말할 필요도 없다. (중략) 일본의 작가이기 때문일 것이다. 그리하여 꿈속의 나에게는 나무들의 꽃이나 신록이 아름다운 산이 보인다. (중략) 이상적인 고향의 봄을 꿈꾸고 있는 것이다.
>
> (「봄」27:541)

초목이 싹을 틔우고 꽃을 피우는 봄, 다양한 신록의 색깔을 볼 수 있는 봄, 그런 고향의 봄을 꿈꾼다고 토로하고 있다. 이것은 작가가 꿈에 그리는 이상적인 봄이라고 할 수 있을 것이다. 그러면 '봄'으로 시작되는 『고도』 첫 부분의 이어지는 문장을 통해 카와바타 문학의 성향을 파악해 보기로 한다.

> 크게 휜 조금 아래쯤 줄기에 작은 우묵한 곳이 두 개 있는 듯 그 우묵한
> 곳 각각에 제비꽃이 자라고 있다. 그리고 봄마다 꽃을 피우는 것이다. 치에
> 코가 철들 무렵부터 이 나무 위 두 포기의 제비꽃은 있었다.
> 위의 제비꽃과 아래 제비꽃은 한 자 정도 떨어져 있다. 적령기가 된 치에
> 코는, '위의 제비꽃과 아래 제비꽃은 만나는 일이 있는지 몰라. 서로 알고
> 있는지 몰라.' 라고 생각해보기도 한다. 제비꽃이 '만나다' 라든지 '알다' 라
> 든지는 어떠한 것인가.
> 꽃은 셋 많아야 다섯 송이, 매년 봄 대개 그 정도였다. 그런데도 나무
> 위의 작은 우묵한 곳에서 매년 봄 싹을 틔우고 꽃을 피운다. 치에코는 복도
> 에서 바라보기도 하고, 줄기 밑뿌리에서 올려다보기도 하며 나무 위 제비꽃
> 의 '생명'에 감동할 때도 있는가 하면 '고독'이 사무쳐 올 때도 있다.
> '이런 데서 태어나 계속 살아간다 …… '
> 상점에 오는 손님들은 단풍나무의 훌륭함을 칭찬해도 거기 제비꽃이 피
> 어있는 것을 눈치 채는 사람은 거의 없다. 노령의 알통이 든 굵은 줄기가
> 푸른 이끼를 높은 데까지 달고 여전히 위엄과 아취를 더하고 있다. 거기
> 깃든 자그마한 제비꽃 따위 눈에 띄지 않는 것이다.   (『고도』18:231~232)

위 문장 속의 밑줄 친 어휘를 헤쳐서 다시 모아 글을 새로 풀어써보
면 다음과 같이 정리할 수 있다.

〈생명(生命)이 있어, 매년 봄, 싹을 틔우고, 꽃을 피우며, 태어나, 계
속 살아가는 (生命/毎春/芽を出して/花をつける/生まれ/生きつづける) 사연
계절(季節) 속에, 감동하고, 사무치는(打たれる/しみる) 서정(抒情)을 느끼
며, 작고, 많아야, 그 정도, 따위, 이런데, 우묵한 곳에서, 자그마한(ちい
さい/多くて/それくらい/こんなところ/くぼみ/ささやかな) 제비꽃 같은 인생
(人生)을 눈치 채는 사람은 거의 없이, 각각, 눈에 띄지 않고(気がつく人
はほとんどない/それぞれ/目につかぬ) 고독(孤独)하게 살아가지만, 서로 알
며, 만나는(知る/会う) 인연(因縁)이 있고, 매년 봄, 봄마다(毎春/春ごとに)

계절(季節)도 생명(生命)도 순환(循環)한다.〉

이렇게 텍스트를 다시 풀어써보니, 그야말로 자연 계절의 생명과 서정성, 인생과 인연의 상징성, 고독과 허무, 순환하는 삶 등 카와바타 문학의 성향과 일치하는 주제들이 거의 다 여기『고도』의 서두 부분에 모아져 있다는 것을 발견할 수 있다. 카와바타와 그 문학을 설명하고 이해하는데 아주 적절한 문장이다.

이를 이야기 내용 속으로 들어가 재구성해보면 이렇게 될 것이다. '단풍나무 고목 줄기 구멍 속에 각각 깃들어 치에코 외에는 아무도 알아주지 않는 자그마한 두 포기 제비꽃처럼, 도저히 못 만날 것 같던 쌍둥이 두 자매도 인연이 있어 서로 알아보고 만나게 되고, 매년 봄 새싹을 틔우며 외롭고 애틋하게 계절과 더불어 생명이 순환되듯이, 두 자매로 상징되는 우리 인생도 이와 같다' 라고 하는 것을 카와바타는 보여주고 있다고 하겠다. 또한, 이 서두 묘사가 작품 전체의 흐름을 암시하고 작품 전개에 영향을 주는 주요 부분이라고 본다.

하나 더 카와바타 문학의 서정적 경향을 확인할 수 있는『고도』서두 부분의 문장을 제시하면서 본론을 맺기로 한다.

> 그러나, 나비는 알고 있다. 치에코가 제비꽃을 발견했을 때 정원을 낮게 날고 있었다. 작고 흰 나비 무리가 단풍나무 줄기에서 제비꽃 가까이에 춤추며 왔다. 단풍나무도 약간 빨갛고 작은 새싹을 틔우려고 하는 참으로 나비들 춤의 하양은 선명했다. 두 포기 제비꽃의 잎과 꽃도 단풍나무 줄기의 새로운 청색 이끼에 희미한 그림자를 드리우고 있었다.
> 벚꽃 필 무렵의 흐린 부드러운 봄날이었다.
> 흰나비 들이 춤추며 날아간 뒤까지 치에코는 복도에 앉아 단풍나무 줄기 위의 제비꽃을 보고 있었다.
> '올해도, 그런 데서, 잘 피어주었네.' 라고 속삭여주고 싶은 모양이다.
>
> (『고도』18:232)

여기에 더 부연 설명할 필요 없이 위의 문장 자체가 앞에서 인용한 「봄」에서 작가가 보고 느낀, '새잎의 색이나 모양은 나무에 따라 다르며 신록의 색이 초록만이 아니다'는 것을 그대로 그려보이듯이, 다양한 색채 묘사로 봄의 정경과 봄의 서정을 유감없이 표현한 카와바타다운 시적 산문이라 할 수 있다.

5. 맺음말 - 사계 표현과 일본문학다움 -

일본문학은 전통적으로 자연 계절 묘사의 뿌리가 깊다. 일본근현대문학에서도 쿠니키다 독보(国木田独歩), 토쿠토미 로카(德富蘆花), 시마자키 토오송(島崎藤村) 등 낭만주의·자연주의 계열의 작가들이 대개 자연 계절 묘사에 친숙하였다. 근현대 작가 중에서 특히 카와바타 야스나리(川端康成)는 일본 문학의 오랜 전통에 따라 계절 묘사, 그 중에서 후반기에 고도(古都) 쿄오토(京都)의 사계(四季) 표현을 즐겨하였다는 점에 차안하여 그 실제를 살펴보고 그 의미를 알아보았다.

카와바타의 소설『고도(古都)』의 사계, 봄의 표현을 중심으로 하여, 카와바타문학다운 특징, 즉 자연 계절 묘사의 서정성을 비롯하여 고독과 허무의 표현, 상징성, 전통 지향, 순환하는 삶 등을 여실히 반영하고 있다는 것을 확인할 수 있었다.『고도』의 서두는 부드러운 봄날의 서정에 감동하는 자그마한 인생, 그러나 매년 봄이면 눈에 잘 띄지 않는 곳에서도 각각 고독하게 생명의 싹을 틔우고 계속 살아가는 작은 제비꽃처럼 계절도 인생도 순환하며 인연을 끊임없이 이어간다는 것을 잘 보여주고 있다. 또한, 이 서두 묘사가 작품 전체 흐름을 암시하고 작품 전개에 영향을 주고 있다.

일본인은 예부터 눈 달 꽃(雪月花), 화조풍월(花鳥風月)의 표현을 즐겨, 특히 꽃구경(お花見)하는 풍습과 그 문화, 예술화는 문예와 회화 등 각 분야에서 넘쳐날 정도이다. 실제 꽃구경은 일상생활의 중요한 행사가 되어 그 인파는 수를 헤아릴 수 없이 많고 그들을 맞이하는 측도 준비에 만전을 기하고 있다. 또한, 〈꽃의 명소〉〈단풍의 명소〉 등 여행안내서는 친절하고 상세하다. 카와바타의 『고도』도 이러한 일본인의 취향의 연장선에서 작품화되었다고 본다.

이상의 내용을 통해 일본근현대문학, 특히 카와바타의 『고도』를 중심으로 문예 작품의 전개에 영향을 미치는 사계의 표현과 그 의미를 추구하여 일본인의 기호와 일본문예의 특징을 알 수 있었다.

【주】

* 이 글은 『외국문학연구』제41호(한국외대 외국문학연구소, 2011.2)에 게재된 「일본근대문학과 사계(四季)─『고도(古都)』의 계절묘사를 통해본 가와바타(川端)문학의 특징─」을 일부 가필 수정한 것임.
** 한국외국어대학교 일본어대학 일본학부 교수
1) 당(唐)나라 맹호연(孟浩然; 689~740)의 「춘효(春曉)」나, 왕유(王維; 701~761)가 죽리관(竹里館)에서 지은 「독좌유황리(独座幽篁里)」등의 '산수전원시(山水田園詩)' '영물시(詠物詩)'에서 첫 번째와 두 번째 구절은 대개 자연 계절을 읊고 있다.
2) 최재철, 『명문으로 읽는 일본근대문학사』, 제이앤씨, 2007, 14쪽.
3) 최재철, 「일본문학의 특수성과 국제성─카와바타(川端)와 오오에(大江) 문학의 세계화 과정─」, 『일어일문학연구』제36집, 한국일어일문학회, 2000.6, 213~214쪽 참조.
4) 야마모토 켕키치(山本健吉), 「解説」(1968), 『古都』, 新潮文庫, 1995, 246쪽.
5) 카와바타 야스나리(川端康成), 「温泉宿」(1929), 『川端康成全集』第3卷, 新潮社, 1980, 131~134쪽.
   이하, 『川端康成全集』에서의 인용은 '(「작품명」전집 권수: 쪽수)'로 기입한다.
6) 최재철, 「일본문학의 특수성과 국제성─카와바타(川端)와 오오에(大江) 문학의 세계화 과정─」, 앞의 책, 218~219쪽.

7) 카와바타는 오사라기와 부부동반으로 쿄오토를 함께 여행하는 등 교우관계가 긴밀
   함. (예, 「이바라기시에서(茨木市で)」1968.12. 참조)
8) 오사라기 지로(大佛次郎), 「京都の誘惑」, 京都市 編, 『京都』, 淡交新社, 1961, 11~
   13쪽.
9) 타무라 미츠마사(田村充正), 「作品『古都』のダイナミズム」, 『人文論集』(46-1), 静
   岡大学人文学部, 1995, 31쪽.
10) 하토리 테츠야(羽鳥徹哉), 「川端康成と自然」, 『成蹊国文』第30号, 成蹊大学日本
   文学科, 1997, 31쪽.
11) 최재철, 앞의 글, 224~225쪽.
12) 신예숙(申礼淑), 「季節観」, 田村充正・馬場重行・原善　編, 『川端文学の世界5−
   その思想』, 勉誠出版, 1999, 27~31쪽.
13) 타니자키 준이치로(谷崎潤一郎), 「『細雪』上巻」, 『谷崎潤一郎全集』第15巻, 中央
   公論社, 1968, 139쪽.
14) 초출은 「내 문학의 요람기(我が文学の揺籃期)」임.

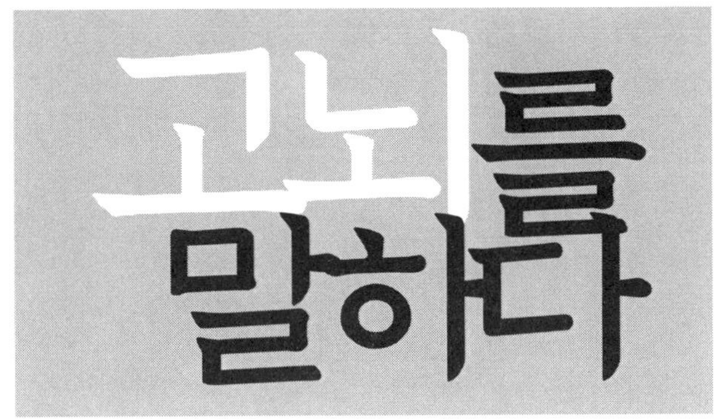

제1부

1 문학 속의 여행과 자기인식[*]

― 카와바타 야스나리(川端康成) 작품을 중심으로 ―

김일도[**]

1. 머리말

카와바타 야스나리(川端康成; 1899~1972)는 1968년 노벨문학상을 수상한 일본의 소설가이다. 그는 주로 현실을 응시하는데 있어서 주관적 방법을 통해 재창조하여 새롭게 결정시킨 시적인 문체의 작품을 많이 남겼다. 신심리주의 소설「수정환상(水晶幻想)」(1931.1)과 인생을 비정한 눈으로 응시한「금수(禽獸)」(1933.7) 등 허무적 경향을 보이기는 하였으나,『설국(雪國)』(1935.1~1947.10)에 이르러서는 인생을 허무한 대로 치열하게 살아가는 생명을 그리고 슬픔으로부터 지켜내려는 모습을 그려내기도 하였다. 중일전쟁 이후 후기 대표작이라 할 수 있는『천마리 학(千羽鶴)』(1949.5~1951.10),『산소리(山の音)』(1949.9~1954.4) 등은 일본 고전의 전통을 살리면서 동시에 늙어가는 작가 자신의 꿈과 각오를 집필한 명작으로 남아 있다. 이렇듯 그의 작품 세계는 양적으로뿐만 아니라 질적인 면에서도 여러 종류의 소재로 이루어져 있다. 또한 신감각파[1] 시대 이후 다양한 문학적 변화를 거치며, 만년에는 전통적인 일본의 아름다움 속에서 자기의 감성을 닦아 독자적인 문학의 세계를 창조함으로써, 서정문학의 작가로서 부동의 자리를 구축하였다.

하지만, 연이은 육친들의 죽음과 함께 시작되는 카와바타(川端)의 불우한 성장사2)는 고독과 슬픔으로 이어진 작품을 낳게 하였는데, 그로인해 작품의 근간에는 슬픔과 삶의 고뇌 그리고 죽음으로 채색된 정서가 내재되게 되었다. 때문에 작품의 일관된 특징으로 고독과 죽음 그리고 고아감정 등의 요소가 작품 속 깊이 내재되어 모티브를 형성하고 있을 만큼 강하게 표출되고 있다. 따라서 그의 작품 주제를 명확하게 할 때나 혹은 그 작품을 통해서 작가의 내면을 추적할 때 우선 고려해야 할 점이라 한다면, 그것은 작품을 구성하고 있는 각각의 요소가 지니고 있는 의미라고 하겠다. 그리고 그 요소의 구체적 해석이 있어야 한다는 점일 것이다. 왜냐하면 각각의 요소 해석을 통해 이야기 속에 내재되어 있는 메시지, 이를테면 작가가 말하고자 하는 바를 이해할 수 있기 때문이다. 이러한 전제에서 카와바타문학을 구성하는 여러 요소 가운데 '여행'이라는 표제어를 가볍게 생각할 수는 없을 것이다. 카와바타는 「나의 생활(私の生活)」(1929.11)에서 '나의 집을 짓고 싶지 않다. 대신에 한달 중 열흘은 여행을 하고 싶습니다. 일은 모두 여행지에서 하고자 합니다.'3) 라고 생활 속에서 여행에 대한 관심을 밝히고 있다. 그만큼 '여행'이라는 단어는 그의 생활과 문학 사이를 상당히 밀접한 영향 관계를 갖고 이어주고 있음을 말해 준다. 이와 관련하여 카와바타가 '여행 소설'(「이즈의 무희」의 작가(「伊豆の踊子」の作者), 33;211)로 부른 「이즈의 무희(伊豆の踊子)」(1926.1～2)와 '여행으로 태어난 소설'(「『설국』의 여행(『雪国』の旅)」, 33;170)이라고 작가 스스로도 언급한『설국』에서는 여행을 통하여 마음 깊은 곳의 향수를 자각하고 삶의 진정성과 사랑의 순수함을 묘사하고

있다는 논4)이 보인다. 또한 카와바타의 여행에는 '자신의 마음의 고향 내지는 자신의 혼을 쉴 수 있게 하는 상황이라 해야 할 장소로 추구하고 방랑 혹은 배회와 비슷한 이향으로의 동경'5)이 존재한다고 하는 카와마타 요리미치(川俁從道)의 지적도 주목할 만 하다.

한편, 『설국』의 터널을 두고 하야시 타케시(林武志)는 터널의 이쪽은 현실 그리고 터널의 저쪽은 비현실 세계로 정의하고, 환상적 문학의 요소로서 상징적 공간 개념으로 분석하였다. 카와바타문학에 있어 여행은 죽음과 연결되어 있으며 그를 방관자로 미적인 꿈 속을 방황하게 한다6)고 말하고 있다. 그런데 이와 같은 지적들은 대부분의 경우가『설국』과 「이즈의 무희」에 편중되어 있으며, 비현실 세계라는 상징적 공간 개념에서 많은 평가가 이루어져 왔다. 그것은 아마도 카와바타문학 중 대표적 구성 요소라 할 수 있는 환상성과 상징성의 미의식에 집중하여 해석하려 했던 것이 아니었을까 생각한다. 하지만 『설국』과 「이즈의 무희」 이외의 작품, 예를 들자면 「이즈의 귀로(伊豆の帰り)」(1926.6)와 「이중의 실연(二重の失恋)」(『雄辯』, 1931.1) 그리고 「물떼새(波千鳥)」(1953.3〜1954.7) 등에서도 여행 경험을 보이는 인물이 있는데, 그들의 내면을 들여다 보면 안울한 환경에 놓인 자기를 인시하는 행동으로서 일종의 자기 구제를 위한 여행의 과정이 있음을 찾을 수 있다.

이에 여기에서는 지금까지의 여러 평가를 토대로 비판적 관점보다는 상호 보완적인 관계에 염두를 두고, 작품 속 등장 인물들의 문제 해결 방법으로서 선택된 여행이 어떠한 연관을 맺고 있으며 궁극적 목적은 어디에 있는가에 대해 살펴 보고자 한다. 물론 몇 작품에 제한되어 살펴 보는 것이기에 전반적인 위치 파악은 쉽다고 말할 수 없다. 하지만 다른 작품과의 연결을 통해, 여행이 자기인식이라는 궁극적 목적을 제시하여 하나의 키워드로서 카와바타문학 구성요소의 단층과 여행에 대한 그의 관심을 재조명할 수 있다면 나름의 의미는 있으리라 생각한다. 그러한 이유에서 본고는 카와바타문학에서의 여행은 관계부재에서 나타난 자신의 불우한 삶에서 벗어나고자 하는 시도에서 비롯된 것이며, 그 갈망 속에서 새로운 것으로의 추구와 위기 극복의 한 과정으로서 자기인식이 자리하고 있음을 살펴보고자 한다.

2. 관계부재에서의 불안의식

미시마 유키오(三島由紀夫)는 「영원한 여행자(永遠の旅人)」(1956.4)에서 '카와바타가 문체를 갖지 않는 소설가라는 것은 그의 숙명이고, (중략) 카와바타의 삶의 방식은 허무한 바다 위를 방황하는 한 마리 나비처럼 보인다.'[7] 그리고 그것은 과거의 체험과 여행에 기인한 연상기법 때문이라고 서술한 바 있다. 아마도 이 언급은 여행에서 만나는 사물과 마주했을 때의 감정을 공상으로 전환시켜 현실에서 벗어나려는 의지의 표명에서 비롯되었다는 점과 연관지을 수 있지 않을까 한다. 게다가 '정신적 육체적 방랑자의 이미지'[8]를 지녔다는 하야시 타케시의 지적에서와 같이, '영원한 여행자'의 이미지는 카와바타의 방랑성과 문체를 포함하여 그의 문학을 특징지을 수 있을 만큼의 긴밀한 관련성을 내포한다고 말할 수 있겠다.

그렇다면 여행의 동기는 어디에서 비롯된 것일까? 쿠보타 하레츠구(久保田晴次)의 말에 따르자면 '생존의 좌절에서 유래하고 절망을 원인으로 한다. 다시 말해 생존의 거점을 상실하여 새로운 거점을 구축하려는

데'[9]에 여행의 동기가 있다고 한다. 이 중에서 '생존의 좌절'과 '생존 거점의 상실'이라는 의미에 맞추어 카와바타의 절망 원인을 찾기란 그리 어렵지 않다. 이것을 이해하기 위해 다음 글을 옮겨보기로 한다.

> 얼굴도 기억나지 않고 생각나는 모습이 무엇 하나 없는 당신들이 어린 내 가슴 깊이 새겨 놓은 것이라 한다면 병과 요절의 공포이였을까요. "아버지도 어머니도 폐병으로 돌아가셨기 때문이야. 너도 그런 몸이라 더욱 조심해야 해."하며 친지분들은 쓴 특약을 무리해서 마시게끔 거듭 나에게 단단히 주입시켰던 것이었습니다. (중략) 단지 나는 간질환으로 죽을 날을 기다리기 위해 살고 있다고 생각해야 했던 것이였을까요.
>
> (「부모에게 드리는 편지(父母への手紙)」, 5;223)

인용은 육친들에 대한 카와바타의 기억을 서술한 것이다. 부모부재로 인해 그의 마음 속에 잠재하기 시작한 것이 바로 병과 요절의 공포였음을 보여주고 있다. 다시 말하면, 연이은 육친들의 죽음에서 비롯된 삶의 공포와 혼자 남게된다는 고독감에 직결되고 있다는 점이 생존 거점의 상실을 의미하는 것과 같다고 할 수 있겠다. 육친들의 죽음과 허약 체질로 인해 항상 죽음을 의식하며 살 수 밖에 없었기 때문에, 죽음을 기다리며 인생의 고통과 비애 속에서 살아야만 했던 카와바타의 '마음에 심어진 공포와 부끄러움은 상당히 강한 것'(「부모에게 드리는 편지」, 5;224)으로 작용했다는 점 역시 어렵지 않게 짐작이 가능하다. '젊은 나이에 죽을 것이라는 예감'(「일류의 인물(一流の人物)」, 26;105)처럼 젊은 시절은 물론이거니와 '노인은 죽음의 이웃 사촌'(「잠자는 미녀(眠れる美女)」, 18;207)처럼 노년에 이르기까지 마음 속의 공포는 카와바타를 끊임없이 괴롭혀 왔음이 자명하게 드러나는 데에서도 입증되고 있다. 이렇게 자신이 짊어져야만 했던 고독감과 죽음을 향한 두려움의 환경에서 그는 벗어나지

못했다. 결국 이 부모부재의 체험은 한 인간으로 출발하는 시점에서 존재의 불안의식으로 이어져 간 점을 시사한다 하겠다. 이와 관련된 예로서 다음과 같은 글이 있다.

> 나는 3살과 4살에 부모와 사별하고 8살에 조모와 15살에 누나와 지금 또 조부와 사별한 고아입니다. 나의 소년 시절도 천진난만하지 않고 쓸쓸하고 슬픈 바람이 찾아들어 (중략) 지금까지 청춘의 봄날같지 않았던 것은 슬픈 일입니다.　　　　　　　　　（「1915年 Pocket Diary」, 보권1;255~256）

이 일기의 내용은 일찍이 육친들과의 사별로 인하여 부모에 관한 것은 무엇 하나 기억하고 있지 않음을 말하고 있다. 더구나 카와바타는 육친들과의 사별 후, 몇 번의 거처를 옮기면서 사진도 모두 잃어버렸다고 한다. 때문에 떠오르는 것이 없으며, 사진 속의 사람을 아버지라 상상해도 전혀 느낌이 전해지지 않는다고 말하고 있다.[10) 그래서 타인도 부모도 아닌 애매한 감정 사이에서 느끼는 심정은 어린 시절부터 마음 속에 잠재해 온 부모부재의 기억과 자기존재의 고독감으로 비치고 있음을 쉽게 발견하게 한다.

다음은 현실의 상실 체험 중 하나인 첫사랑의 실패[11)에 대한 것으로, 이에 관한 좌절의 애절한 마음이 다음 글에 상세하게 녹아 있다.

> 미치코, 다른 사람에게 무어라 했는지는 모른다. 나는 나에 대한 진정한 감정, 그 날부터 오늘에 이르기까지 모든 것을 솔직하게 듣고 싶다. 지금은 그녀의 생활의 일단락. 나의 일도 추억. 추억이 되었다면 원망만은 아닐 것이다.
>
> 그녀는 15살에서 18살, 나는 22살에서 25살, 운명의 끈이여 결국은 끊어지려 하는가. 하지만 내 마음 속에 살아 있는 그녀를 어찌 지울 수가 있는가.　　　　　　　　　　　　　　　　　　（『독영자명』, 33;347）

실연의 애처로운 심정이 솔직하게 드러난 장면이다. 결혼이라는 운명의 끈은 끊어졌지만 마음 속 깊이 자리하고 있는 첫사랑의 애절한 마음은 지울 수가 없다는 표현으로 받아들여야 할 것이다. 더욱이 「유가시마의 추억(湯ヶ島での思ひ出)」을 쓴 1922년, 23살이었던 나는 연애(가 아닌 약혼) 파국 직후였기에 상대 아가씨는 마음에 강하게 남아 있었다. 「유가시마의 추억」을 쓸 작정으로 이즈에 간 것은 아니었지만 상실의 마음이 이것을 쓰게 한 동기가 되었을 것이다. 그러고 보면 「이즈의 무희」는 실연이라는 귀중한 체험을 보상으로 태어난 작품'(「「이즈의 무희」의 작가」, 33;246)이라고 쓰고 있다. 그런데 여기 '상실의 마음'과 '실연의 귀중한 체험'이라는 말에서도 짐작할 수 있듯이, 상실의 체험과 여행의 연관 관계 역시 쉽게 이해할 수 있다. 그만큼 사랑의 좌절로 인한 마음의 상처는 더욱 깊어지고 상실감으로 작용했음은 틀림이 없다. '사랑은 생존의 본능'12)이라는 짧은 지적에서 보더라도 실연의 좌절이 분명 존재불안과 같은 동일선상으로 이어지고 있음은 의심할 여지가 없다고 생각한다.13)

한편, '부모의 사랑을 수동적으로 알지 못하는 사람은 그것을 능동적으로 알고 있다고 믿는 것은 상당히 어렵다'(「부모에게 드리는 편지」, 5;186)고 부정적 심정을 갖게 한 어린 시절의 체험이 그 사람의 성격을 형성하고 일생을 좌우한다는 경우를 살필 수 있는데, 지금까지의 카와바타와 같이 어릴 때 부모부재와 실연이라는 상실 체험, 이른바 관계부재로 인해 정상적인 사랑을 경험하지 못한 사람은 이 후 사랑에 대해 강한 욕구의 소유자가 되리라고 생각된다. 이와 같은 맥락에서 카와바타의 고독감을 생각하자면, 의지할 곳을 상실하여 생존의 거점 확보가 충족되지 않기 때문에 발생하는 불안으로 보아도 좋을 것이다. 다시말해, 존재의 불안감에서 벗어나기 위해서는 관계 회복은 불가피하다는 의미일 것이며, 그 욕구가 만족되지 않는 한 불안 요소는 해소되지 않을 것이라는 점이다. 카와바타는 일기에서도 '고아근성, 하숙인 근성, 피은혜자 근성'(「일기」, 보권1;575)의 소유자라고 스스로를 말하고 있는데, 이는 곧 어린 시절의 체험에 기인한 좌절의 심정을 말하고 있는 것으로 이해할 수 있다. 그만큼 현실 상실의 체험으로서 육친들의 죽음과 고아 의식 그리고 실연이라는 관계부재의 상황은 그의 인격 형성에 존재불안의 요소로 작용했음은 분명한 사실이라 해도 좋을 것이다.

이처럼 카와바타문학에서 생의 불안 혹은 존재불안으로 불리우는 불안은 무의식 속에 잠재해 있는 것으로 그의 작품 분위기를 지배하고 있으며 동시에 작품 이해에 중요한 요소가 되기도 한다.

3. 자기탐색을 위한 방법으로서의 여행

여행은 '좌절에서 탈출하는 것이고 절망에 빠진 자신을 자력으로 구출'14)하려는 데에서 출발한다고 한다. 이러한 전제는 카와바타의 경우도 마찬가지로 좌절에서 자력으로 구출이라는 의미와 직결되며 그 범주에서 벗어나지 않는다고 할 수 있다. 그 예로서 다음 글을 인용해 보기로 한다.

> 「이즈의 무희」에는 '20살인 나는 내 성격이 고아감정으로 삐뚤어져 있다고 냉철한 반성을 거듭하고 그 숨막히는 우울함에 견딜 수 없어 이즈로 여행을 떠나 온 것이었다'라고 쓰여 있으며, 「유가시마의 추억」에도 '나는 (중략) 내 유년 시절이 남긴 정신적 병환만이 걱정되어 나를 불쌍히 여기는

마음과 나를 아끼는 마음에 견딜 수 없었다. 그래서 이즈로 갔다'라고 쓰여
있다.   (「독영자명」, 33;392)

　'좌절에서 자력으로 구출'이라는 말에 맞추어 인용의 내용을 생각할
때, 고아감정으로 인한 우울감과 어린 시절의 정신적 병이라는 절망에
빠져있는 자신을 여행이라는 방법을 모색하여 스스로를 구출하려는 의
지가 잘 나타난 긍정적 측면을 읽을 수 있다. 다시 말해, 자기구제의
한 방법이 다름아닌 여행으로 나타났다는 점을 여실히 보여주고 있다
하겠다. 더구나 여행은 습관적이고 일상적인 관계에서 벗어남을 의미
하는 데에서 정신적 육체적 자유를 부여한다[15)]는 점과도 크게 다르지
않을텐데, 이는 곧 현실 감각을 흐리게 한다는 점과 그 맥이 통하게
될 것이다. 이러한 현실 일탈의 경험은 작품 「이중의 실연」의 한 부분
에서도 확인할 수가 있다.

　　　기차 안은 그가 무언가를 잊는 장소였다. 언제부터라고도 할 것 없이
　　그것이 그의 습관이었다. (중략) 이윽고 기차 바퀴의 진동은 그를 위해 잊
　　게 해 주는 자장가가 되었다. 열차의 움직임은 잊게 해 주는 요람이 되었다.
　　그러면 결국에는 슬픔과 분노를 잊기 위해서는 기차를 탈 수 밖에 없게
　　되었디.   (「이중의 실연(二重の失戀)」, 21;455)

　기차 안은 현실의 슬픔과 분노 등 무엇이든 잊을 수 있는 장소로 존재
한다고 인용에서 설명하고 있다. 그런데 여기에서 기차의 움직임은 무
언가를 잊게 해주는 자장가와 요람이 된다고 하는 말에 주목할 필요가
있다. 왜냐하면 그 자장가와 요람에서 느낄 수 있는 분위기가 현실의
고통과 비애를 해소시켜 안락함과 편안함의 제공이라는 해석이 가능한
이유에서이다. 그만큼 인용에서의 여행은 좌절에 대한 위로의 마음과
함께 현실의 슬픔과 분노를 잠재우기 위한 하나의 수단 모색에서 나타

난 결과임을 시사한다. 그렇기 때문에 위로를 바라는 마음에서 나선 현
실 일탈의 의미로서 여행이 일종의 습관으로까지 자리잡게 된 것에 대
한 설명이라 할 수 있겠다. 이를 더욱 자세하게 보여주는 부분이 「이즈
의 귀로」의 한 장면에서도 발견된다.

> 줄곧 여행을 하고 있는 그에게는 기차 안은 뭔가를 잊는 장소라는 것을
> 언제라고 할 것 없이 일종의 습관이 되어 있는 것이었다. 잊는다는 것보다
> 도 생활의 현실감이 희미해져 버린다고 하는 것이 좋을지도 모른다. 여하
> 튼 기차를 타면 그는 무언가에 자신의 몸을 맡겨버린 듯 한 기분이 되는
> 것이었다. 때문에 그는 마음에 슬픔이 있거나 분노가 있거나 하면 으레히
> 기차를 탔다. 기차 바퀴의 진동이 몸으로 전해지는 것과 동시에 그의 머리
> 는 멍해지는 것이었다. 결국 기억이 둔해져 버리는 것이었다. 몸이 땅에서
> 떨어져 둥실둥실 풍경 위를 떠다니고 있다는 느낌과 함께 무거운 과거도
> 꿈과 같이 구름 위로 떠오르고 마는 것이었다. 그리고 가령 누이의 장례식
> 에서 고향으로 돌아 올 때도 기차 안에서 그는 아름다운 꿈을 꾸고있는
> 백치같은 표정을 하고 있을 수 있었던 것이다.
>
> (「이즈의 귀로」, 2;369~370)

주인공은 장례 때의 슬픈 마음과 실연의 무거운 중압감으로 분노의
마음이 자신을 지배할 때면 기차여행을 떠난다고 한다. 그러면 무거운
중압감이 꿈처럼 구름 위로 떠올라 현실의 슬픔과 분노의 마음이 씻긴
다고 말하고 있다. 이것은 카와바타가 이야기한 바 있는, 이를테면 여행
이 우울한 몸과 마음을 씻어 준다는 동일한 맥락의 의미가 입증되는
셈이라 하겠다. 그렇기 때문에 여행이란 단순한 지식으로서의 견문 만
을 넓히기 위한 의미가 아니라는 점을 나타내는데, 이것을 바꾸어 말하
면 현실탐구 더 나아가 자기탐색을 위한 것이라는 의미와도 크게 다르
지 않다는 점을 시사한다 하겠다. 게다가 '생활의 현실감이 희미해진다'
는 인용의 말에서 마치 '꿈의 조작을 바라보고 있는 듯한 기분'(『설국』,

10;13)으로 '이 세상이 아닌 상징의 세계'(『설국』, 10;13)로 이끄는 장면을 연상할 수 있기 때문이기도 하다. 이처럼 여행에는 항상 현실 일탈의 의미가 숨겨져 있음도 분명 주목할 만한 현상이라 할 수 있겠다.

이와 같이 여행은 모든 일상에서의 탈출, 습관적 일상적인 관계에서 벗어난다는 점을 시사하고 있다. 이 점에 대해 하야시 타케시는 카와바 타문학에서 현실과 비현실로 양분하여 여행의 정의를 설명[16]하고 있는데, 이것은 「이즈의 귀로」의 인용에서 확인했듯이, 현실감을 희미하게 한다는 데에서 현실에서 벗어나 비현실 세계로 진입함을 발견할 수가 있었다. 또한 이것 - 여행이 갖는 이중 구조로서 현실과 비현실의 상징적 공간 - 은 인간 존재에 그리운 향수의 세계인 동시에 동경으로 가득한 유토피아적 이상 세계인 것이다. 이것은 이상향의 동경 내지는 혼의 고향으로의 향수라고 해야만 할 것이다. 몸과 마음 모두가 안주할 수 있는 차원으로 구제를 바라는 갈망의 표현으로 파악하는 카와마타 요리미치의 지적[17]에서도 확인이 가능하다. 특히 '부모없는 아이, 집없는 아이였던 탓인지 애상적 방랑의 마음이 끊이지 않는다'(「문학적 자서전(文学的自敍傳)」, 33;96)는 카와바타의 언급처럼 자신에게 주어진 불우한 환경을 극복하고자 하는 의미와 직결되어 있음을 시사한다. 그러니 만큼 그에게서 여행이란 '집요한 자기추구의 표현이자 자기스토커의 결과'[18]로서 고아의식과 일상의 상실에서 오는 소외감 이를테면 자신의 좌절감 혹은 생존의 절망에서 견딜 수 없는 고독에서 발생한 것임을 분명하게 보여준다 하겠다.

결국, 여행을 한다는 것은 괴로움과 멀어지는 것만을 의미하는 것은 아니며 현실에서 멀어지는 것, 즉 상징의 세계인 비현실 세계로 향하는 의미와도 통한다. 여기에는 현실감이 희미해지는 비현실 속에 자신을 맡겨 꿈의 조작과 같이 진정한 자유와 꿈의 존재에 대한 주관적 시각이 반영됨을 시사한다. 바꾸어 말하면 일상 생활에서 자기를 괴롭히는 암울한 고통과 비애를 벗어 던지고 현실의 자기로부터 자유로워지는 수단이자 현실의 아픔을 치유하는 수단이 다름 아닌 여행으로 나타난 결과로 해석할 수 있는 가능성을 내비치고 있다는 점이다.

4. 현실의 자각과 자기인식

지금까지 '여행'이라는 표제어를 통해 현실에서 비현실로의 전개를 시사한다는 하나의 공통점을 확인 할 수 있었다. 그렇다면 이러한 여행이 갖는 궁극적 목적과 의미는 어디에 있는가를 살펴보기로 하자. 비현실의 지향은 현실의 잔혹함을 인식하고 그 굴레에서 벗어나고픈 재생의 소망에서 비롯된 것임을 암시하는데, 다음의 글에서 확인해 보도록 하자.

> 2일 아마기 고개를 넘어 유가노에 갔습니다. 아마기 고갯길은 정말로 좋은 곳입니다.
> 이곳에서 2박 정도 하고 시모다 쪽으로 갑니다. 매일 정처없이 무사태평한 여행을 계속 하고 있으면 몸도 마음도 깨끗하게 씻기는 듯 합니다. 동경으로 돌아가는 것이 싫어집니다.
> (카와바타 마츠타로(川端松太郎) 앞 「서간」, 보권2;15)

인용은 오염된 몸과 마음을 청결하게 씻어주는 여행의 기능을 이야기하고 있다. 이 의미는 여행에서 마주하는 모든 것이 현실의 고통과 비애에 빠져 있는 몸과 마음을 깨끗이 씻어준다는 정화 경험의 암시로 보아야 할 것이다. 달리 말해 '인생의 감격을 추구하고 의미있는 자연과 인간 세상을 고독의 마음으로 순례하고 은종을 울리게하여 방랑하고자 합니다'(1916年 「문장일기(文章日記)」, 補1;346)라고 카와바타의 일기에서도 언급되고 있는 바, 여행의 목적은 인생의 감격 추구로서 자연과 인간의 사랑 체험에 있다는 견해와 일치함을 제시하는 것이라 하겠다. 그렇다면 여기에서의 인생의 감격이라 함은 암울한 현실에서 벗어나 마음의 정화를 가져오는 밝음이라 풀이할 수 있겠다. 이와 같이 인생의 감격으로서 심적 정화의 경험은 「이즈의 무희」의 결말 부분에서도 여실히 드러나고 있는데, 춤추는 소녀와 헤어진 후 선실 안에서 잠자던 소년과 이야기를 나눈 후의 심정 표현으로 다음과 같이 묘사되고 있다.

> 모든 것이 융합된 것같이 하나로 느껴졌다. 선실 램프가 꺼져버렸다. 배에 실은 생선과 짠물 냄새가 강해졌다. 어둠 속에서 소년의 체온으로 몸을 녹이면서, 나는 눈물이 흐르는 대로 놔두고 있었다. 머리가 맑은 물이 되어버려 그 눈물이 주룩주룩 흘러내리고, 그 뒤로는 아무것도 남지않을 것같은 달콤한 상쾌함이었다.　　　　　　　　　　　　　　(「이즈의 무희」, 2;324)

소년의 체온으로 달콤하고 상쾌한 감정을 느끼는 부분에서 모든 것이 융합되어 하나가 되어가는 이른바 타자와의 일체감, 그것에 둘러싸여 〈나〉의 슬픔이 사라져 머리가 맑은 물과 같이 되는 정화의 모습을 볼 수 있다. 이것이 바로 인생의 감격으로서 지금까지의 어두운 고아감정에서 벗어나 타자와의 관계회복이라는 밝음으로 이끌어가는 과정의 긍정적 변화를 보여준다고 하겠다. 물론 이에 대해 '타자와의 대항이 가져다주는 치유와 상실에 따라붙는 카타르시스도 존재하지는 않는다'[19]라는 부정적 견해도 없는 것은 아니다. 하지만 인용에서도 명백하게 확인되는 바, 여행에서 경험한 타자와의 일체감을 통해 느끼는 상쾌함은 분명 고통과 비애의 치유와 함께 정신적 카타르시스가 동반됨을 반증하고 있다. 다시 말해 소외된 자기에서 벗어난 여행에서 바깥 세상과의 동화를 통하여 자기와 만나는 이른바 자기인식과 춤추는 소녀와 함께 어린 시절로 되돌아 간다는 소위 유년회귀에 여행의 무게를 제시한 오오츠보 토시히코(大坪利彦)의 긍정적 분석[20]이 증명하는 바, 고아감정으로 일그러진 '나'의 고통스럽고 우울한 심정이 해소됨을 뒷받침해주는 결과가 다름아닌 여행에 반영된 것이라는 해석이 가능하다. 그리하여 '나는 해맑은 기분으로 계속 웃었다'(「이즈의 무희」, 2;305)는 심리적 안도감을 수반하는, 이를테면 '나'의 인생을 재생시켜주는 여행의 모습을 남기는 장면으로 이해할 수 있는 여지는 충분하다고 여겨진다.

이와 같은 타자와의 관계 회복에 이어 인생의 새로운 출발을 위한 의지 표명으로서의 여행을 시사하는 장면이 있는데, 『천마리 학(千羽鶴)』의 속편인 『물떼새(波千鳥)』의 한 부분에서 보여주고 있다. 그것은 어머니 오오타(太田)부인 사망 후 키쿠지(菊治)와 사랑을 나누었던 후미코(文子)는 키쿠지의 행복을 빌며 여행에 나선다는 내용이다. 그리고 여행의 목적을 미친 듯한 사랑의 소용돌이에서 탈출하여 어머니와 키쿠지에게 이어진 숙명적 죄의식의 고리를 풀기 위해서라고 말하고 있는데, 이와 관련된 부분을 옮겨보면 다음과 같다.

> 나는 당신을 생각하고 그리고 헤어지기 위해서 이 타카하라에도 아버지 고향에도 온 것이었습니다. 당신을 생각할 때마다 후회와 죄가 감돌아서는 나는 헤어질 수가 없습니다. 또 나의 출발을 새롭게 할 수가 없습니다. 먼 타카하라까지 와서도 여전히 당신을 생각하는 것을 용서해 주세요. 이별하기 위해 생각하는 것입니다. (중략)
> —— 유키코씨와 결혼하세요.
> 나는 그렇게 말하고, 내 마음 속의 당신과 이별했습니다.
> (「여행의 이별(旅の別離)」, 12;204)

후미코는 과거 악연의 굴레 속에서 발생한 죄를 씻고자 하는 마음에서 키쿠지의 곁을 떠나 아버지 고향인 타카하라(高原)에 여행을 나섰다[21]고 이야기하고 있다. 간단히 말하자면 인용에서도 확인되듯이 '나의 새로운 출발'에 목적이 있는 여행임을 잘 보여주고 있다. 여기에 추가하여 '유키코씨와 결혼하는 것이 좋을 겁니다. 그것이 나에게도 구제가 되리라 생각되었습니다'(「여행의 이별」, 12;191)라면서 유키코와의 결혼까지 권하고 있다. 이것은 순결하고 청순한 유키코와의 결혼은 주술적 속박에서 벗어나는 구제의 기회가 키쿠지에게 제공됨을 의미한다. 동시에, 후미코에게도 악연의 굴레 속에서 완전히 벗어나 새로운 삶을 향한 출발의 기회가 제공된다고 하는 상징적 이미지가 강하게 실려 있음을 시사한다. 그렇기 때문에 인용에서의 여행은 저주의 속박에서 탈출과 새로운 인생의 출발이라는 의지 표명의 한 예로 보는 것에 어느 정도 타당성을 부여할 수 있을 것이다. 이렇듯 좌절과 고독을 직시하고 누구보다 현실의 상실감을 묘사한 카와바타의 작품은 상실의 현실에서 벗어나고자 하는 인물들에게 당위성을 부여하고 있다. 때문에 현실의 상실감을 묘사하는 작품은 현실로부터의 일탈을 토대로 하고 있으며, 그것은 새로운 삶의 재생 가능성을 모색하는 노력으로의 생각을 가능하게 한다. 이와 같은 일면을 보여주는 것으로, 가령 인생의 새로운 출발을 결심하고 현실의 자기를 인식하는 장면이 「이즈의 귀로」의 다음과 같은 문장에서도 발견된다.

> 하지만 그는 그녀가 괴로워해 주는 것보다도 삐기며 그를 애처로워 해 주는 편이 차라리 좋았다. 그러면 자신의 생활을 잃지 않아도 되었을 것이다. 사랑을 잃지 않아도 되었을 것이다.
> "결국 리카코를 잃은 것인가."

그는 눈을 뜨고 있지 못할 정도로 힘없이 중얼거렸다.
리카코가 다른 남자와 함께 생활하고 있어도 그녀는 지금까지 어김없이 그의 마음 속에 있었던 것이었다. 그것이 이상하게 지금 사라져가는 것 같다. 비로소 그는 사랑을 잃는 초조함을 느꼈다. 깨져가는 꿈의 쓸쓸함을 느꼈다. 리카코가 괴로워하지만 않는다면 리카코가 괴로워하지만 않는다면 하고, 맥없이 쓰러진 기분으로 한 가지를 멍하니 생각하고 있자니 눈시울이 뜨거워졌다.
"나는 일어서야만 해."　　　　　　　　　　　　(「이즈의 귀로」, 2;382)

　　인용 중 '결국 리카코를 잃은 것인가'와 '나는 일어서야만 해'하는 말을 먼저 생각해 보기로 하자. 현실에서의 주인공 '그'는 연인과의 사랑이 이루어지지 않았다. 그렇기에 마음 속에 사랑만을 간직한 채 그녀의 행복을 빌며 살아왔다. 그런 그녀를 여행 중 다시 만난 지금 그의 마음 속에서 사라져 가는 느낌이 '결국 리카코를 잃은 것인가'라는 문장에 함축되어 암시적으로 나타나고 있다. 다시 말하면, 과거 실연에 이어 마음 속 그녀가 소멸됨으로써 또 한번의 실연을 의미하는 것과 크게 다르지 않다는 점을 시사한다. 때문에 사라져가는 사랑에 대한 초조함과 쓸쓸함을 느꼈던 것인지도 모른다. 그러나 그는 곧 '나는 일어서야만 해'하고 되새긴다. 이 말에서는 실연 이후 다시 만난 옛 애인에 대한 사랑의 한계를 깨닫고 현실을 응시함으로써 자기인식에 이른다는 비교적 긍정할 만한 차원에서 풀이할 수 있다. 그녀에게 집착했던 자신을 인식하고 체념을 통해 그녀에게서 벗어나려는 결의에서 여행의 의미를 찾을 수 있다는 점을 말한다. 다시 말해, 현실을 깨닫고 새로운 출발의 자세를 인식하는 마음의 변화에서 현실자각과 자기인식의 한 면을 충분히 보여준다고 할 수 있겠다.

　　이와 같이 절망에 빠져 있는 자신을 구출하는 것, 카와바타의 말을 빌어 이야기하자면 '1922년은 연애가 파국에 달한 직후로서, 마음에 심한 타격을 입고 있었던 때로 소년시절 동성애 상대와 훈훈한 애정을 불러일으켰던 이즈의 무희를 생각나게 하는 것으로, 마음의 상처를 치유'(「「이즈의 무희」의 작가」, 33;244~245)하려 했던 것에 있다고 하는 점을 보면, 여행의 궁극적 목적이 마음의 상처 치유에 있었음이 어렵지 않게 읽혀진다. 이것은 결국 자기치유 혹은 자기구제의 시도가 강하게 깔려 있음을 말해주는 것으로 보아도 무방하겠다. 그리하여 여행이 하나의 일상적 시간이 되어 있음을 보이고, 그 결과 작가 스스로도 '나는 슬픔을 받아들이고 행복을 받아들이고 있다'(「「이즈의 무희」의 작가」, 33;243)고 언급한 바와 같이 현실자각의 마음으로 진정한 실존의 안정을 느끼는 심정 변화에서 그 인생의 감격이라는 심층적 의미를 찾을 수 있으리라 생각한다.

정리하자면, 여행은 부모 부재와 고아의식 그리고 실연과 같은 현실의 상실감에서 탈출을 모색하는 것에 있다. '전생에의 세계'[22]라는 말에서 '삶을 전환한다'는 의미를 유추할 수 있는 것처럼, 고아의 비애와 거듭되는 현실의 고통을 극복하는 자기정화와 구제의 시도가 여행 속에 함축된 것으로 파악된다. 달리 말해 실존적 자기추구 혹은 삶의 재생에 대한 갈망이 내재되어 있다고 이해해도 큰 무리는 없으리라 본다. 이를테면 여행은 새로운 환경이나 새로운 삶을 갖고자 하는 소망에서 기인한 것이라 하겠다. 그리고 이것이 곧 카와바타가 언급한 인생의 감격 추구와 같은 동일한 맥락에서, 자신이 처한 관계부재의 상황을 극복하여 자기인식과 구제의 시도라는 강인한 정신이 투영된 것으로 이해할 수 있겠다.

5. 맺음말

카와바타문학 속의 여행은 현실과 비현실의 왕래에 있었던 것이며, 비현실로의 전개는 관계부재 속에서 잃어버린 자신을 찾으려는 자기회복과 정신적 정화로서 암울한 일상 속에서 인생 감격의 추구를 위한 시도였음을 명시적으로 드러내고 있다. 따라서 여행의 궁극적 목적이라 한다면 고아감정을 비롯한 현실 상실의 체험으로 일그러진 자신을 인식함으로써 그 상황에서 벗어나려는 갈망과 깊이 연관되어 있음을 시사한다 하겠다. 이를 테면 존재불안의 그늘에서 탈출을 시도하여 자유로운 혼의 정화의 수단으로 선택한 여행, 그것을 통하여 인생의 감격을 추구하며, 현실의 자기를 인식하고 재확인하려는 과정으로 해석할 수 있을 것이다. 또한 그것은 사랑에의 노력과 자기 회복, 실존적 자기 존재의 재확인으로 이어진다는 의미로 보아도 좋을 것 같다. 동시에 여행을 통해 확보된 새로운 거점의 이미지는 진실한 사랑이 충만한 세계로서 정신적 자유로움을 보장받을 수 있는 유토피아의 인상을 남기고 있음을 확인할 수가 있었다. 결국 이러한 것들은 인생의 감격 추구와 동일한 맥락에서 자신이 처한 관계부재의 상황 극복이라는 자기구제의 시도가 내재되어 있는 데에서 카와바타문학의 중요한 요소 중 하나로 인정할 수 있지 않을까 한다.

【주】
　* 본 글은 2011년 3월 『일본연구』 제47호(한국외국어대학교 일본연구소)에 게재한 것을 수정 가필한 것임.
　** 한국외국어대학교 일본어 대학, 강사
　1) 근대예술파 초기의 문학유파로서 1924년 10월 창간된 동인잡지 『文芸時代』를 중심으로 하는 문학운동이다. 제1차세계대전 이후 서구의 문예사조인 다다이즘, 표현파,

미래파 등의 영향으로 일어난 예술의 혁명을 시도한 전위예술의 영향과 관동대지진 이후 기계산업을 기반으로 하는 근대문명이 급속하게 유입되어 전통적인 가치관과 인간관계 그리고 생활양식의 영향을 받았다. 이런 시대적 변화에 발맞추어 문학도 새로운 가치관을 가져야 한다는 의식하에 생겨난 문학 운동이다. 프롤레타리아 문학이 '혁명의 문학'을 시도한 것에 대해 신감각파의 문학은 '문학의 혁명'을 지향했다. 이 문학운동의 특징이라 한다면 전통적인 리얼리즘의 부정과 표현의 독립성을 강조, 주관적으로 파악하고 지적으로 재구성한 새로운 현실을 감각적으로 치환하려 한 점에 있다 할 것이다. 신감각파라는 명칭은 치바 카메오(千葉龜雄)의 평론 「신감각파의 탄생(新感覚派の誕生)」에 의해 명명되었다.

2) 카와바타는 2세때 아버지를 여의고 다음해에 어머니와도 사별하게 된다. 그 후 15세까지 조부와 단 둘이 살다 조부마저 잃고 홀로 남은 그는 중3 시기 때 부터 동경제일 고등학교 시절 내내 기숙사 생활을 하게 된다. 가장 부모의 사랑을 받아야 할 시기에 이집 저집을 오가며 맡겨져 자라야 했던 카와바타의 사무친 외로움은, 첫사랑의 좌절과 함께 자주 작품 속 주인공의 성격에 묘사되어 표출되기도 하였다. 단 둘이 살게되어 겨우겨우 조부에게 부모의 사랑을 받는 듯 했으나 조부가 사망하자, 숙부에게 맞겨저 자랐고 학교 기숙사의 생활은 카와바타를 더욱 더 가족의 사랑이라는 것에서 점점 멀어지게 하였다. 이러한 이유로 그의 성격에는 타인에 대해 솔직하지 못하며 애정에 대해 지나치게 민감함을 보이며 고아감정이 자리하게 되었다.

3) 카와바타 야스나리(川端康成),「私の生活」,『川端康成全集』第33卷, 新潮社, 1982, 58쪽. 이하, 전집의 인용은 (작품명, 전집권수;쪽수)로 약기한다.

4) 하토리 테츠야(羽鳥徹哉),「川端康成 旅とふるさと」,『川端康成 旅とふるさと』, 至文堂, 1999, 49쪽 참조.

5) 카와마타 요리미치(川俣從道),『哀愁を旅行く人-川端文学の諸相-』, ポロンテ, 2006, 50쪽.

6) 하야시 타케시(林武志),『川端康成研究』, 櫻楓社, 1976, 참조.

7) 미시마 유키오(三島由紀夫),「永遠の旅人」,『三島由紀夫全集 29』, 新潮社, 2003, 215쪽.

8) 하야시 타케시(林武志), 앞의 책, 17쪽.

9) 구보타 하레츠구(久保田晴次),『脱出の文学』, 櫻風社, 1968, 91쪽.

10) 부모부재에 대한 애매한 기억과 고독감이 사소설로 여겨지는 작품「기름(油)」(『新思潮』, 1921.7)에서는 다음과 같이 서술되어 있다. 아버지는 내가 세 살 때에 돌아가시고, 다음 해 어머니가 돌아가셔서 부모에 관한 것을 무엇 하나 기억하고 있지 않다. 〈중략〉 그리고 중학교 기숙사에 있었을 때에는 가장 잘 찍힌 사진 한 장을 책상 위에 올려 놓은 일도 있었지만, 그 후 몇 번이나 거처를 옮기는 사이에, 한 장 남김없이 잃어버리고 말았다. 사진을 봐도 아무것도 떠오르는 것이 없으니 이 사람이 내 아버지라고 상상해도 실감이 가지 않는 것이다. 아버지나 어머니의 이야기를 여러 사람에게 듣더라도 친숙한 사람의 이야기라는 느낌이 그다지 들지 않아 바로 잊어버린다. (「기름」, 2;63)

11) 카와바타는 동경제국대학 재학 당시 홍고(本鄉)의 한 카페에서 이토 하츠요(伊藤初代)라는 여성과 결혼을 약속한다. 하지만 상대방 여성의 갑작스런 심정 변화로 결국에는 파혼하게 된다. 카페 여종업원과의 사랑에 대해 카와바타는 '나의 사랑은 머나먼 번개를 상대하듯 혼자 애를 태우다가 끝나 버렸다'(「독영자명(獨影自命)」, 33;306)

고 미완성의 사랑으로 그 안타까움을 기술하고 있다.

12) 요시무라 테이지(吉村貞司), 「「浅草紅団」とその系列の精神」, 『川端康成研究叢書3 実在の仮象』, 教育出版センター, 1977, 94쪽.

13) 카와시마 이타루(川嶋至)는 카와바타 '실연의 원인으로 확실히 스스로의 고아감정을 생각하고 있다. 고아라는 경우는 숙명적인 것이다. 스스로의 의지로 선택한 연애가 그 숙명에 의해 깨졌다라고 가와바타가 생각한다면 구제는 없을 것이다. 다시 연애를 해도 그 곳에는 항상 숙명이 기다리고 있다'고 그의 실연의 원인을 분명 고아의 숙명으로 말하고 있다. 더구나 연애에 있어 위축된 성격을 갖게 하는 근본적인 원인으로도 고아감정에 두고 설명하고 있다.
카와시마 이타루(川嶋至), 『川端康成の世界』, 講談社, 1969, 75쪽 참조.

14) 쿠보타 하레츠구(久保田晴次), 앞의 책, 참조.

15) 하야시 타케시(林武志), 앞의 책, 15쪽 참조.

16) 하야시 타케시(林武志), 위의 책, 21쪽 참조.

17) 카와마타 요리미치(川俣從道), 앞의 책, 99쪽 참조.

18) 스도오 히로아키(須藤宏明), 「川端康成 旅の随筆」, 『川端康成 旅とふるさと』, 至文堂, 1999, 220쪽 참조.

19) 이시카와 타쿠미(石川巧), 「稗史の遠近-『伊豆の踊子』」, 『川端康成「伊豆の踊子」作品論集』, クレス出版, 2001, 333쪽.

20) 오오츠보 토시히코(大坪利彦), 「『伊豆の踊子』論-自己発見の旅-」, 『明治大学日本文学』15, 明治大学, 1987, 참조.

21) 아버지 고향으로의 여행에 대해 이마무라 쥰코(今村潤子)는 태내회귀적인 것으로 이야기하면서 거기에는 생명의 근원으로 돌아가 자신의 삶을 되돌아 보려는 의식이 잠재되어 있다고 한다. 또한 여행에서 획득한 것은 후미코의 죄의 정화와 재생에 있다고 설명하고 있다. 이마무라 쥰코(今村潤子), 「九州と川端文学 -「波千鳥」の旅-」, 『川端康成 旅とふるさと』, 至文堂, 1999, 178~181쪽 참조.

22) 카와마타 요리미치(川俣從道), 앞의 책, 88쪽.

 # 소오세키 문학의 주제를 생각한다[*]

부백[**]

1. 소오세키 문학의 주제에 대하여

작가는 외부세계에서 받아들인 어떤 인식을 자신의 창작세계에서 표현한다. 나츠메 소오세키(夏目漱石; 1867~1916)도 '소설을 쓴다는 것은 세상만사의 분규(紛糾)를 그려내는 것입니다.'[1), '인간은 그리 자유자재로 외부세계로부터 독립하여 자신의 생각대로 변화를 이룰 수 있는 존재가 아니다.(중략) 인간은 도저히 상대(相對)세계를 벗어날 수 없으며, 결코 상대의 관념을 몰각(沒却)할 수 없기 때문이다'(전집 22권, 85쪽)라고 인정한 바가 있다.

작가에게 있어 외부세계로부터 받아들여진 어떤 '인식'은 작품세계를 구성하는 소재에도 나타나지만, 특히 작가에게 강하게 받아들여진 어떤 '관념'은, 그의 작중세계를 일관하는 어떤 '질서'를 형성해 내는 경우가 있기에, 우리는 그것을 '주제'로써 다루기도 한다.

근대 일본의 소설가들은 근대 사회가 형성되는 과도기적인 상황 안에서 창작을 행했다. 그래서 번번이 그들은 자신의 소설의 주제를 서구화에서 기인하는 시대적 사조나 갈등 등과 관련하여 찾아냈다. 이는 당시 자연주의자의 소설이나 사회주의자의 창작물을 보면 명백히 알 수 있다.

따라서 일본의 메이지시대(明治時代, 1868~1912) 문학의 본질규명을 목적으로 하는 연구에 있어, 서구화와 관계된 당시의 시대적, 사회적 상황과 작품, 작가 등의 유기적 통일적 관련성은 결코 무시할 수 없다.

문학에 있어서의 '주제' 는 실제로 아포리아(aporia)이며, 데리다가 말하는 산종(散種, dissèmination) 임에 틀림없다. 결국, 어느 누구도 작자가 제시하려는 주제에 도달할 수는 없는 것이며, 또 소설의 주제라고 하는, 작중세계를 지배하는 어떤 전체적인 의의가 그것을 탐구하는 연구자의 수나 그들의 지적 능력에 비례하여 창조되는 어떤 관념적 결정체라고 말할 수 있기 때문이다.

그럼에도 불구하고, 작중 세계의 내부적 상황의 탐구를 통해 포착된 주제가 작가가 존재했던 시대적 상황과 작가가 지닌 어떤 시대적 인식들이 유기적 관련성을 가진 것으로 고찰될 경우, 그러한 콘텍스트를 통해 검증되는 주제는 매우 설득력을 가질 것임에 틀림없다.

2. 소오세키 문학에 내재하는 개인주의의 양상

소오세키는 일본 근대의 개막과 거의 같은 시기에 탄생하여, 근대화 흐름 속에 자라났다. 특히 영국유학 중, 서구화에 대한 실존적 오뇌(懊惱)를 거쳐서 1902·3년경에 대(對) 서구적 자기본위(自己本位)라고 하는 자각에 눈을 뜨게 된다. 소오세키는 이러한 도정을 거쳐서 러일전쟁이 끝나는 무렵에 작가로서 등장하는데, 위와 같은 시대적 상황과 인식 하에 창작된 그의 주요작품들은 모두 개인주의와 연관된 주제를 내재한 것으로 탐구(探究)될 수 있다.

『나는 고양이로소이다(吾輩は猫である)』는 나츠메 소오세키에게 작가로서의 위상을 세워준 그의 처녀작이다.

『나는 고양이로소이다』(이하『고양이』로 표기)는 1905년 1월부터 1906년 7월까지 총 11회에 걸쳐 잡지『호토토기스(ホトトギス)』에 발표된 장편이다. 당초 1회 단편으로만 끝낼 예정이었으나, 고양이의 시점에서 바라보는 인간의 모습이라는 기발한 발상이 반향을 불러일으켜서, 후속 편으로 제2회(1906년 2월)가 발표되고, 이후 장편연재로써 계속 쓰여 지게 된 것은 제3회(동년 4월 발표)부터였다.

『나는 고양이로소이다』는 시점이 부여된 고양이 즉 '나(吾輩)'를 화자로 하는 일인칭 내부시점으로 거의 통일된 작품이다. '진노 쿠샤미(珍野苦沙彌)'의 집에 살고 있는 고양이 '나'는 특히 서구 사조와 문물을 즐겨 받아들이는 '쿠샤미'에 대해, 면밀하고 빈번하게 많은 것을 서술하고, 또한『고양이』의 작품 내 세계 속에 '쿠샤미'가 주체가 되어 진행되는 사건을 파악하고 서술하고 있다. 결국,『고양이』의 작중세계의 중심인물은, 고양이의 주인이며, 서구사상·서구 근대화를 긍정하고 향수하는 '쿠샤미'이며, 한편 서구자본주의가 만들어낸 금권(金權)의 속물인 '카네다(金田)' 일파(一派)들이라 할 수 있다. 그리고 작품 내 사건은 양자(兩者)에 의한 대립·상극의 틀을 가진 것으로, 그 대립과 상극의 사건을 통해 중심인물은 '나는 학창시절부터 사업가라면 질색이었다. 돈만 벌 수 있으면 무엇이든 하는 이들이다'라는 비판을 통해, 금권의 속물에 대한 과거완료세계로부터의 혐오감을 서구문명화의 급격한 진전에 대한 혐오로 전환시키고 있다.

　좀 더 구체적으로 말하면, 그 사건은 금권력을 행사하는 속물 '카네다'와 충돌하게 된 '쿠샤미'가 대립·상극이 심화되는 가운데, 자신과 '카네다'를 포함한 모두가 이기주의와 경쟁심을 가진 채 서로 상극하는 광기(狂氣)의 성질을 지니고 있다는 것을 깨닫고, 이는 서구 근대문명의 수용에 의해서 생긴 근대적인 자아의 실태라는 것을 달관하며, 마침내 그와 같은 문명이 진전되는 사회를 살아가는 것에 대해 커다란 거부감을 품게 되기까지의 과정이라 하겠다.

　요컨대, 『고양이』에서 전개되는 이와 같은 사건의 전환 양상으로 볼 때, 이 작품은 근대인의 이기주의에 편중된 자아의 존재양식과 그것을 증진(增進)시키는 서구근대문명의 수용을 문제화하고 있는 작품으로 이해된다.

　개인주의는 사회나 집단의 습관·관행보다 개인의 가치관과 이익을 우선시하는 입장이고, 이러한 입장에 의거해서 일체의 도덕적 행위를 규정하려 한다. 즉, 개인주의는 개성의 실현에 최대한의 가치를 두고자 하고, 따라서 이와 같은 의향이 과도하게 발동될 경우, 이기주의·자유주의·배금주의·금권력 또한 야기할 가능성을 다분히 내포하고 있다. 『고양이』라는 작품은 당시 일본사회가 개인주의의 기틀을 마련하고, 그것을 증진시키는 서구 근대문명의 수용에 대해 회의의 눈길을 보낸 작품이라고 할 수 있다.

　『도련님(坊つちゃん)』은 1906년 4월 잡지 『호토토기스』에 『고양이』 제10장과 동시에 발표된 작품이다. 『고양이』에 이어서 『도련님』은 지식계급이 지닌 굴절된 개인주의의 문제가 깊이 뿌리내린 작품이라 할 수 있다. 다시 말하면, 『도련님』이라는 작품은 지력(知力)·지략(知略)을

배경으로 이기주의화 된 개인주의의 형태·양상을 문제시한 작품이라
할 수 있는 것이다.

『도련님』에서 이러한 위상을 구현하는 것은 지식계급의 후보생이라 할
수 있는 중학생들과 현역의 지식계급인 교감 '빨간 셔츠'이다. 특히 이 '빨
간 셔츠'라는 인물은 자신의 사악한 욕구를 충족시키고자 지략을 펼치고,
'나(おれ)'를 꾸짖고 농락할 뿐 아니라, '코가(古賀)'를 좌천시키고, '홋타(堀
田)'의 사회적 지위를 박탈할 만큼의 살상력을 행사하는 인물이다.

졸고 『도련님』론에서는 지략의 질·살상력이 점점 심화되어 가는 속
에, '나'가 인정·의리·정의라고 하는 덕의심(德義心)을 발동해 가는,
전개 양상에 대해 분석했다. 또한 진행사건의 전환점 및 전환의 양상을
분석하여, 『도련님』의 작품세계가 우리들에게 '지식계급에 대해서 피상
적인 동경을 가진 중심인물이 그 세계에 진출하여, 그들의 지력을 배경
으로 하는 이기주의의 추악함·야만스러움을 체험하고 혐오하게 됨으
로서, 처음에 품었던 동경과 지위를 내던지고 전통적·이타적인 윤리
를 지향·수용하게 된다는 전환의 과정'을 제시하고 있음을 도출했다.
『도련님』은 '나'에 의한 이러한 과거 체험이 화자인 '나'의 시점·관점을
통해서 회상적으로 서술된 작품이다.

『노와키(野分)』는 1907년 1월 1일에 잡지 『호토토기스』에 발표된 작
품이다. 본 작품에서는 전지전능적 외부시점을 취한 화자가 '타카야나
기(高柳)'를 주체로 한 현재진행의 사건을 서술하고 있다.

그 사건이란, 중심인물이 물질만능주의가 만연한 세상에 대한 피해
의식과 혐오의식을 사회개혁의 의지로까지 전환시켜 가는 과정이다.
보다 구체적으로 말하자면, 금권력이 칭양(稱揚)되는 세상에 대해 피해
의식과 혐오감정을 품고 있는 중심인물 '타카야나기'가, '돈의 힘'에 앞

서는 '인격의 우위성' 을 제창하는 옛 스승 '시라이(白井)'와의 재회를 통해, 스승의 사상에 영향을 받아 세상을 시정하려는 의지를 품게 되는 사건을 말한다.

그리고 '시라이'가 제창하는 인격이란 구시대적 도의 · 도덕에 정통하는 군자적인 정신성을 규범으로 하는 것이었다.

요컨대, '타카야나기'가 '시라이'의 사상에 의해, 건전하고 도의적인 정신성을 획득하고 구제 받기까지의 프로세스로 엮어진 『노와키』는 물질만능주의의 우위에 선 군자적 인격 · 정신성으로써 사회가 개선 · 개혁되어야 한다는 문제의식이 첨예하게 노출된 작품이다. 이렇듯 『노와키』는 굴절된 사회가 군자적 · 도의적인 정신에 의해서 지도(指導) · 주도(主導)되어야 한다는 것을 세상에 알린 수작(秀作)이라 할 수 있다.

『우미인초(虞美人草)』는 1907년 6월 23일부터 10월 29일까지 토오쿄(東京)판 및 오오사카(大阪)판 『아사히신문(朝日新聞)』 두 곳에 연재된 작품이다. 본 작품은 동년 3월에 아사히 신문사에 입사하여 직업작가가 된 나츠메 소오세키가 처음으로 창작했다는 의미에서 소오세키의 제2의 처녀작이라고도 할 수 있다.

『우미인초』의 경우도 특정인물의 시점이 존재하지 않고, 외부시점을 취하고 있다. 그리고 전지전능적인 화자는 12장의 구성으로 이루어진 작중세계에서, 금전적인 타산에 얽혀있는 복수의 문제를 거의 spiral(螺旋形)으로 망라하고 있다.

그러나, 작중에 있어서 갈등을 야기시키면서 의식전환을 이루어 가는 인물은 '오노(小野)' 뿐이다. 오노는 배금주의를 기조로 하는 욕망 때문에 결혼을 약속한 '사요코(小夜子)'를 버리고, '후지오(藤尾)'를 받아들이려고 하나, 그러한 행위가 인간의 도리에 반하고 있음을 자각 · 자성해서, 다시 전자를 받아들이고 후자를 버리는 사건을 현시(顯示)해 주고 있다. 더 구체적으로 말하면, 그 사건은 '이해관계를 중시하는 문명의 백성', '오노 세이조(小野淸三)'가 '코도오 사요코(孤堂小夜子)'를 버리고 신성(新星) '코오노 후지오(甲野藤尾)'를 받아들이려고 했을 때, '무네치카(宗近)'로 부터 설득을 받아 물질만능주의라는 '문명의 껍질'을 벗어버리고, 도의(道義)라는 정신성을 획득한 행위와 행동을 선택해 가는 과정이다.

또한 '오노'에 의한 배금주의 문제는, 그를 데릴사위로 맞이함과 동시에 '후지오'의 이복오빠 '코오노 킹고(甲野欽吾)'를 코오노가(甲野家)에서 쫓아내고, 재산을 빼앗으려고 하는 '후지오'의 모친과 '후지오'의 계획, 그리고 이에 수반되는 '킹고'의 장래와 관련되어 있다. 결국 오노의 문제란,『우미인초』의 작품 내 세계를 지탱하는 주요등장인물들과 유기적인 관계를 가지고 있다는 점에서, 작품 내 세계 전체를 지배하는 문제이기도 하다.

그리고 이들 쟁점들 또한 '오노'가 배금주의에 편중되는 인식을 도의적 방향으로 전환함으로써, 일거에 급변하게 된다. '오노'의 결심에 의해 '후지오'는 자살을 하고, 그 어머니는 후회를 하며, '킹고'는 종래대로 가장의 상속권을 유지하기에 이른다.

이렇듯『우미인초』도『노와키』의 경우와 같이, 물질만능주의가 문제시되어 있고, 도의 정신의 우위성이 강하게 강조된 작품이다. 소오세키는 아사히신문사 입사라는 중대한 계기를 맞아, 우선은 도의정신과 배금주의와의 갈등·상극의 과정을 엮은『우미인초』를 창작함으로서, 도의의 우위성을 세상에 표방한 것이다.

『산시로(三四郎)』는 1908년 9월 1일부터 12월 29일까지, 토오쿄, 오오사카의 두『아사히 신문』에 연재된 작품이다.

『산시로』는 중심인물 '오가와 산시로(小川三四郎)'를 시점인물로 하는 내부시점을 취한 작품이다. 아직 서구근대화의 영향을 그다지 받지 않은 지방에서 태어나고 자란 '산시로'가 근대화가 진전된 토오쿄(東京)에 들어와, 그의 시점 및 관점에서 바라본 일본 근대사회의 양상과 문제 등을 부각시키는 수법과 구조를 취하고 있다.

그럼에도 불구하고 시점인물인 '산시로'가 중점적으로 관심을 보이는 대상은 근대화된 사회와 그가 다니는 대학에서의 상황들이 아니었다. 그것은 바로 '사토미 미네코(里見美禰子)'라는 도회(都會)적인 여성과의 관계였다. 당시 메이지시대에서 토오쿄(東京)적・도회적이라고 하는 말은, 근대적・신시대적이라는 것을 의미했다.

그리고 '미네코'는 작품 내 세계에서 가장 이기적으로 행동하는 '노악가(露惡家)'이다. 그녀는 '산시로'를 중심으로, 같은 시기에 복수의 이성에게 구애적 접근을 반복하다가, 결국 보다 좋은 조건의 남자와 결혼을 감행한다.

따라서, 지방에서 상경한지 얼마 안 되는 '산시로'는 개인주의의 영향을 받은 '미네코'의 연애방식을 경험하고, 이는 위선적이지 않은가 라고 갈등하며 고뇌한다. 또, '미네코'의 결혼방식에 충격을 받아, 그녀가 위선자라고 인식하며, 그녀를 길 잃은 양이라고 보는 비판적인 인식을 갖게 된다.

'길 잃은 양'이란 『신약성서』마태복음 18장에 있는 말인데, 그러나 산시로는 '전혀 기독교와 인연이 없는 남자' 이다. 따라서, 종교적인 의미가 제거된 이 말이 인물에 대한 비평으로서 이용되는 경우, 그것은 '헤매는 자'로 해석되는 것이 가장 타당하다하겠다.

요컨대 '산시로'는 '미네코'가 자신에게 관심을 보이면서도, 다른 사람과 결혼을 단행한 것이라 확신하고, 이와 같은 위선을 행하는 그녀를 냉정하게 평가한 것이다. 그리고 이와 같이 해석되는 '길 잃은 양'이라는 말에는 신시대적 여성인 '미네코'에 대한, 산시로의 경계 혹은 권염(倦厭)의 심정이 담겨져 있다고 말해도 과언이 아닐 것이다. 이처럼『산시로』에서는 신시대적인 여성에 의한 과도한 개인주의가 문제시되고 있다. 이러한 의미에서, 본 작품은 가부장제의 이데올로기를 띤 작품이라고 볼 수 있을 것이다.

『문(門)』은 1910년 3월 10일부터 동년 6월 12일에 걸쳐서, 토오쿄·오오사카의 두『아사히 신문』에 발표된 작품이다.

『문』에서는 외부시점을 취하고 있고, 화자는 간통이라는 배덕(背德) 행위를 저지른 '노나카 소오스케(野中宗助)'의 암울하고 불우한 생활상과, 그 죄의식과 불안이 따라다니는 무간지옥(無間地獄)과 같은 인생을 우리들에게 보여 주고 있다. 결국『문』이라는 작품은 간통에 기인하는 '노나카 소오스케'의 수난과 번뇌의 이야기이다.

『문』의 진행사건은 '소오스케'가 친우(親友) '야스이(安井)'의 처 '오요네(御米)'와 간통을 범한 후 갖게 되는 죄악감과 여러 시련들을, 시간이 경과함으로서 얻게 되는 완화력과 인내력을 통해 극복하려하고, 그 결과 그의 생각대로 작은 행복을 손에 넣었을 때에서 시작된다.

그러나, 현재시제의 세계에서는 간통에 기인하는 사건군(事件群)의 연쇄(連鎖)가 그의 생활을 집요하게 위협하고, 게다가 그것들은 그가 회피하고 망각하고자 애써온 죄의식을 다시금 점점 과거의 수준까지 회귀시켜 간다.

따라서, 이러한 과정을 거친 '소오스케'는 간통죄가 시간이 지남에 따라서 완화되고 인내의 힘으로 극복할 수 있을 것이라는 의식으로부터, 시간에 의한 완화의 힘과 인내력으로는 극복할 수 없는 것이라는 인식으로까지 그 자각을 심화시켜 간다.

이와 같이 『문』은 중심인물인 '노나카 소오스케'가 간통죄에 대한 자각을 면죄 받고자 하는 레벨에서 면죄 받지 못한다는 레벨까지 전환시켜 가는 사건의 내용이다. 이러한 사건 전개양식에서는 중심인물에 의한 간통죄를 응징하려는 작자에 의한 의지가 여실히 드러나 있다고 할 수 있을 것이다. 또한 『문』에서 간과해서는 안 될 요점은, 이러한 과정에 산재(散在)해 있는, 죄의식으로부터 어떻게 해서든 도망가려고 하는 '소오스케'의 심리와 행동이, 이기심에 기인하는 비굴함을 면치 못하고 있다는 점일 것이다.

『마음(こころ)』은 1914년 4월 20일부터 8월 11일까지 전 110회에 걸쳐서 토오쿄・오오사카의 두 『아사히신문』에 연재된 작품이다.

『마음』의 작품 세계에는 두 개의 유사한 이야기가 내재되어 있다. 즉 그것은 옛 친구 'K'를 속이면서까지 신성(新星)의 이성을 손에 넣은 결과, 그를 자살로 몰아가 버리고, 그러한 과거에 대한 통탄 속에 죽음을 선택해 가는 선생의 이야기와, 타향에서 알게 된 선생에 대한 정애(情愛)가 고향의 아버지에 대한 그것을 넘어버린다는 '나(私)'에 의한 이야기이다.

그리고 선생의 경우, 스스로가 '이기심의 발현'이라고 언급하고 있듯이 옛 친구 'K'를 견제하는 사랑의 전략이 실로 에고이스틱하다는 점에서 이기주의로 살았던 인생에 대한 회한의 이야기이다. 한편, 골육의 정과 스승에 대한 속정 사이의 양자택일의 상황에서 후자를 선택하고 집을 나와 버리는 '나'는 리버럴리즘에 뿌리박혀 있는 것이며, 또한 그 가출이 친아버지가 빈사(瀕死)상태에 있을 때에 실행되었기 때문에 '나'에 의한 이야기는 보편적인 윤리에 상반하는 지나친 자유주의로서 간주되어야 할 것이다.

이기주의도 자유주의도 그 기저에 자리 잡고 있는 것은 개인주의이며, 그 개인주의가 아욕(我慾)의 방향으로 발전해 나갔을 때는 이기주의가 되고, 개성의 측면이 강조될 경우는 자유주의가 된다.

즉, 젊은 시절 선생의 이기(利己)의 발동과 '나'의 리버럴리즘에 입각한 행동의 근원에는 개인주의가 뿌리박혀 있으며, 따라서『마음』은 이러한 양자에 의해 방종하는 자아의 존재양식을 그려내고 있다.

그리고『마음』에서는 '나'에 의한 지나친 리버럴리즘을 묘사하는 과거진행사건이 먼저 서술되어 있고, 그 이후 선생이 '나'에게 '살아있는 교훈', '윤리상의 (중략) 참고'의 뜻을 담아 보낸 편지를 '나'가 읽게 되는데 이러한 행위를 통하여 선생이 이미 과거완료세계에서 범한 에고에 집착한 청춘기를 자성하는 이야기가 서술된다. 또한 이와 같은 서술세계는 '그 사람의 기억을 떠올릴 때마다 바로 선생님이라고 말하고 싶어진다.'라는 서두문(序頭文)으로 시작되는, 현재시제에 처해있는 '나'에 의한 회상이라는 형태로 되어 있다.

따라서 이와 같이 과거 및 대과거를 회상·서술하는 현재 시점에 처해 있는 '나'의 의식·인식을 고려한다면,『마음』은 역시 '나'에 의한 자성의 회상기임에 틀림없다. 요컨대『마음』은 마음의 폭주, 즉 자아의 방종이 묘사되고 경계된 작품이라 해도 과언이 아닐 것이다.

『마음』이라는 작품은 리버럴리즘에 투철한 '나'의 과거의 이야기로 종료하지 않고, 그 종결부에 성찰을 재촉하는 선생에 의한 대과거의 이야기가 설정된다. 이러한 수법에서 작자 소오세키에 의한 개인주의라는 서구사조에 대한 태도가 잘 나타나 있음을 알 수 있다.『마음』은『인형의 집』과 같은 개성의 발현을 긍정적으로 끝까지 지켜본 작품이 아니다. 소오세키는 자기실현을 찾아서 가족을 버리고 집을 뛰쳐나간 노라와 같은 방자함을 용서하지 않았다.

『노방초(道草)』는 1915년 6월 3일부터 9월 14일에 걸쳐 토오쿄·오오사카 두『아사히신문』에 연재된 작품이다.

이 소설은 소오세키의 자전적인 작품이라고 하는 견해가 거의 정설로 받아 들여 지고 있다. 그것은 영국 유학에서 돌아온 소오세키가 토오쿄제국대학(東京帝國大學) 및 다이이치고등학교(第一高等學校)의 강사·교사로 근무하고,『고양이』등을 집필하던 1902년부터 1905년경의 배경을『노방초』에서 여실하게 읽을 수 있기 때문이다.

『노방초』에는 외부시점으로 이루어져 있으며, '자신은 자신을 위해서 살아가야 한다는 주의'를 지키는 '켄조(健三)'가 양부 '시마다(島田)'의 금전적인 요구를 지극히 어려운 비극적 상황 속에서 받아들이는 사건이 서술되어 있다.

중심인물인 '켄조'는 지난 날 '시마다'를 비롯한 친척들의 배금주의에 시달렸기 때문에 그들을 '불행한 과거'로서 정리하고, 그들과 거리를 두고 멀리했다. 그리고 대학 강사인 자신은 스스로 금전적·경제적 위상은 빈약하다고 자각하면서도 '금력이 아닌 다른 방면에 있어서는 자신이 뛰어난 사람'이라고 하는 점에 자긍심을 갖고, '자신은 자기를 위해서 살아가야 한다는 주의'를 고수하고 있었다. 하지만 켄조는 우연히 과거에 의절한 양부인 '시마다'를 다시 만나게 되고, 그것을 계기로 누나 부부와 형과도 다시 교류를 가지게 된다. 그러나 누나로부터는 용돈을 올려달라는 재촉을 받고, 또 '시마다'는 '시마다'대로 과거의 관계를 명분으로 '켄조'에게 접근을 계속하며, 점차 20엔, 30엔을 요구해온다.

하지만, 이때의 '켄조'의 경제적 사정은 결코 이들의 요구를 받아들일 수 있는 상태가 아니었다. '켄조'는 '백 이삼십 엔의 월수입'의 상황이었으며 또한, ‘집사람이 친정집에서 가져온 것들을 전당포에 맡기고 돈을 빌려, 가계를 꾸리고 있는’ 현실에 가슴 아픈 상황이었고, 더욱이 영국 유학 중에 빌린 돈을 갚기 위해 친구에게 새로이 빚을 내고 그 친구에게 매달 10엔씩 변제를 계속 하고 있는 상태였다. 그런 상황 속에서 ‘시마다’의 처였던 ‘오츠네’(御常)까지 ‘시마다’와는 별도로 ‘켄조’의 집에 발걸음을 하게 되고, ‘켄조’로부터 용돈을 받아가게 된다. 또한 사업실패에 괴로워하는 장인까지도 ‘켄조’에게 염치없이 구는 등, 결국 ‘켄조’는 친구의 매제에게 400엔이나 돈을 빌려서 장인에게 주게 된다.

따라서 ‘켄조’의 주의와 생활은 여러 장애를 초래하고 금전적인 득실에 관한 이해심이 첨예화되면서, 본래의 인정까지도 고갈되는 비참한 상황에 빠져 든다. 그러나, ‘켄조’는 자신이 비정하고 잔혹하지 않은가라고 자각할 정도까지 몰리는 속에서도 시마다가 목돈을 요구하는 것을 도외시하지 않는다. ‘켄조’는 “이걸로 정리될 리가 없다”라고 판단하며, 마지막까지 시마다의 요구에 대해 가능한 범위 내에서 대응해 가려는 덕의를 발휘해 간다. 결국 ‘켄조’는 자신을 위해서만 살아가는 것과 ‘정의’(情誼) 사이에서 절충하는 방법을 택한다.

그런데, 이렇게까지 몰린 상황에서 발휘된 덕의심이란 협의(狹義)·사적(私的)인 의리나 인정의 수준에 있는 ‘정의’라기보다 광의(廣義)의 의미에서 인간이 실천해야 할 도리, 즉 도의(道義)에 육박하는 것이다. ‘켄조’가 ‘실로 위대한 것’은 ‘자신을 위해 살아가야 할’ 그가, 가혹하게 몰린 비참한 상황 속에서 이러한 실천을 이룰 수 있었다고 하는 것이다. 다시 말하면, 개인주의자인 그가 가장 이기에 빠지기 쉬운 비극적인 상황 속에서 이타적인 태도를 취할 수 있었던 것이 매우 고매(高邁)한 것이다.

이렇듯, 『노방초』라는 작품은 ‘켄조’의 개인주의적인 입장이, 개인주

의와 도의가 조화를 이룬 상태로까지 전환되어 가는 과정의 이야기이
다. 다시 말해, 본 작품은 '켄조'가 개인주의와 도의를 조율·절충해 가
는 과정이며, 그리고 그 과정에서 '정의'를 명분으로 경제적인 의존을
기도한 친척들의 이기적인 자세가 이러한 켄조의 모습과 대조되고 있는
것이다.

이상에서 살펴 본 것처럼 소오세키의 문학에서는 시종 일관 개인주
의와 얽힌 주제가 추구되고 있다.

3. 개인주의를 경계한 메이지시대와 소오세키의 인식

앞에서 언급한 바와 같이 자기본위(自己本位)라고 하는 자아의 자각으
로 소오세키의 창작이 시작된 시기인 러일전쟁 후는, 일본의 근대사회
가 서구 개인주의사조에 의한 파동에 흔들리고 있는 시대였다. 이러한
사실(史實)을 동시대적 식자들의 기록 등에서 검증할 수 있는데, 그것은
예를 들어 1906년에 오오마치 케이게츠(大町桂月)의 기록과 1908년의 후
타바테이 시메이(二葉亭四迷)에 의한 기록, 및 1913년 우키타 카즈타미
(浮田和民)의 기록에도 밝혀져 있다.

> 사회에 충만해 있는 아리아리(我利我利) 망자에게, 일대의 성원을 보내
> 는 자는 서양의 사상이라. 서양의 문화가 들어옴에 따라서, 군국본위(君國
> 本位)의 일본사상이 쇠퇴하고, 개인본위가 이것에 대신하니라.[2]

> 일반 인민도 조금 더 사회상의 문제에 주의해야한다고 생각합니다만,
> 조금도 그런 점은 보이지 않는다. (중략) 오로지 개인주의가 되어 조금이라
> 도 사회현상을 생각하는 등의 일은 없는 듯하다.[3]

1868년에 성립한 메이지(明治)정부가 추진한 근대정책의 가장 중대한 과제는, 국제사회에서 구미의 선진자본주의 열강과 어깨를 겨룰 수 있는 강국을 만들기 위한 부국강병(富國强兵)이었다. 그리고 그렇게 하기 위해서는 국민에 의한 의식·관심·노력을 철저하게 국가가 지향하는 방향으로 향하게 해야 했다. 따라서 명치 정부는 가부장제도를 존속시키며, 천황제의 권위 하에 국민 권리가 제한되고, 절대복종을 요구하는 것을 그 주지(主旨)로 하는 군주국체(君主國體)의 명치 헌법을 제정하였다. 또한 일본국을 하나의 큰 가족(家) 관념으로 파악하고 충군애국(忠君愛國)을 국민도덕의 규범으로 하는 교육칙어(敎育勅語)를 발포하고, 의무교육을 통해서 충효(忠孝)의 구사상을 교화시켰다. 따라서 이와 같은 봉건적인 도덕체계가 도입된 사회에서는 그 외의 대범한 윤리적 규범도 전근대적인 레벨에 그치고, 의리·인정의 도덕 등도 미덕으로 평가되어 여성의 지위는 지극히 낮게 경시되며, 또한 자유결혼이나 연애 등은 부도덕·경박(輕薄)한 행동으로 간주되었던 것이다. 따라서 이러한 상황이었기에 키타무라 토오코쿠(北村透谷)등은 메이지(明治)라는 시대를 반봉건(半封建)적인 것으로 비판했던 것이었다.

이와 같이 명치 정부는 서구열강과 똑같이 대치할 수 있는 근대국가를 급속히 구축하기 위해서, 국민이 근대화의 과정에서 개인화되어 가는 것을 허락하지 않고 구습·구사상에 구속되어, 그 결과 그들에 의한 자아의 확립은 크게 저지되어 있었던 것이다.

그러나 그 한편으로 문명개화의 추세에 따라서 자아의 확립을 촉구하는 서구식의 풍조와 사조도 유입되어서, 그 영향은 특히 러일전쟁 이후에 현저해졌다. 그것은 열강 러시아와의 전쟁에서 승리하고, 또한 서구자본주의의 경제체제도 이 시기에 확립을 이루었기 때문이다. 따라서 메이지유신이후 〈부국강병〉의 슬로건 속에서 국민총체의 마음을 억누르던 압박감·긴장감이 이완되고, 그 결과 국민들에 의한 의식이나 관심이 그 이전만큼 국가를 향하지 않게 되었던 것이다. 그러므로 이와 같은 사회적 상황·상태에서 개인주의의 풍조가 유포·침투할 수 있었다. 동시에 구미선진국들이 약 200년을 요했던 자본주의화의 과정을 반세기라는 단기간에 달성한 일본사회에서는 개인주의가 물질만능주의로 파생되어 유포·만연해 있었던 것이다.

앞에서 인용한 시대상의 기록은 러일전쟁 후의 이런 상황을 염려하는 부정적인 비평이었다고 할 수 있다.

그리고, 이렇게 요동치는 시대에 대한 소오세키의 인식은 1905·6년경 단편(斷片)·기록들에 극명하게 나타나 있다.

> 옛날 사람은 자기를 잊으라고 말한다. 지금 사람은 자기를 잊지 말라고 말한다. 온종일 나의 의식으로 충만하다. 고로 하루종일 태평한 시간이 없다.
> (전집 24권, 131쪽)

> 퍼스널리티의 세상이다. 가능한 한 자신을 긴장시켜 터질 듯이 살고 있는 세상이 된다. 옛날은 부부를 이체동심(異體同心)이라고 표현했다. 퍼스널리티가 발달된 지금 그러한 프리미티브(primitive)한 사실이 있을 리가 없다. (중략) 이러하듯이 퍼스널리티를 중시한 세상에 둘 이상의 인간이 보통 이상의 친밀함의 정도를 가지고 연결될 이유가 없다.
> (전집 24권, 134쪽)

> 현대는 퍼스널리티가 팽창될 대로 팽창된 세상이다. 그렇기 때문에 자유

의 세상이다. 자유는 나 한사람의 자유라는 의미가 아니다. 사람들이 자유라는 의미이다. 사람들이 자기의 퍼스널리티를 가능한 한 주장한다는 의미이다. 최대한 자유롭게 가능한 만큼의 퍼스널리티를 free play 에 bring하는이상은 사람과 사람 사이에는 항상 텐션이 있다. (중략) 자아는 이미 다펼쳐서 이 앞을 한발자국 나아가면 타인의 영역에 들어서서 남과 싸움을하지 않으면 안되기까지 긴장시키고 있다. (중략) 그들은 자유를 주장하고개인주의를 주장한다. 퍼스널리티의 독립과 발전을 주장한 결과, 세상이상상 이상으로 답답하고 전혀 몸을 움직일 수 없는 것임을 발견함과 동시에이 경향을 어디까지나 확대하지 않으면 자기의 의지의 자유를 해친다고생각하기 때문에 이상한 일이다.　　　　　　　　　(전집 24권, 135쪽)

그리고 또한 소오세키의 만년인 1914년의 강연록인 「나의 개인주의(私の個人主義)」에서는 '도의상의 개인주의(道義上の個人主義)'가 역설되어 있다.

윤리적으로 어느 정도의 수양을 쌓은 사람이 아니면, 개성을 발전시킬가치도 없고, 권력을 사용할 가치도 없으며, 또한 금력을 사용할 가치도없게 됩니다.　　　　　　　　　　　　　　　　　(전집 21권, 151쪽)

이와 같이 소오세키에 의한 창작 활동기는 서구개인주의의 사조·풍조가 문제시되었던 시대였으며, 소오세키도 또한 이러한 시대적인 문제에 대해 시종일관하여 깊은 인식을 갖춘 작가였다. 그리고 그에 의한문학에 있어서도 개인주의와 관련된 주제가 일관되어 있다는 것은 지금까지 구명해 왔던 대로다.

4. 맺음 말 —소오세키문학의 주제에 대한 검증

여기에서 유의·특필(特筆)해야 할 것은 위에서 예로 들었던 소오세키에 의한 단편·기록·강연록을 보아 자명한 바와 같이, 소오세키에 의한 자기본위(自己本位)란 서구 개인주의의 사조를 긍정·용인한다는 인식이 아니라는 점이다. 지금까지 탐구해 왔던 것처럼, 『고양이』에서는 근대를 살아가는 인간은 그 누구라도 이기주의·경쟁심을 가지고 서로 상극하는 추한 자아를 구유(具有)한다는 명제가 제기되었다. 그리고 『도련님』에서는 근대 지식계급에 보이는 그와 같은 자아의 존재양식이 문제시되었다. 또한 『노와키』 『우미인초』에 있어서는 물질만능주의가 문제시되어 그것과는 대극적(對極的)인 도의의 정신이 긍정되었다. 게다가 『산시로』, 『문』, 『마음』 등의 작품에서는 개인주의로부터 파생하는 에고이즘의 부정에 관한 문제가 제출되었다. 그리고, 이들을 총괄하여 말하면, 이 작품들이 제시하고 있었던 것은 개인주의에 경도(傾倒)된 일본인의 자아가 이기적으로 되어 간다는 것에 대한 경세(警世)였다고 말해도 과언은 아닐 것이다.

그러나 이와 같은 딜레마가 『노방초』에서는 일단 해소를 보이고 있다. 이미 서술한 바와 같이 『노방초』는 소오세키에 의한 자전적 소설이며, 『노방초』의 중심인물인 '켄조'는 작자 소오세키의 위상에 가장 접근한 분신이라고 할 수 있다. 그리고 이와 같은 중심인물이 설정된 『노방초』에서는 '켄조'에 의한 개인주의가 몇 번이나 깊은 갈등을 겪으면서도 이기(利己)의 방향으로 발전하지 않고, 비굴함과 추악함을 벗어나고 있었다. 역으로 '켄조'는 그의 개인주의가 가장 이기(利己)에 빠지기 쉬운 비극적인 상황 속에 있으면서도 스스로 타자에 대해 이타적인 태도를 베풀려는 모범적·이상적인 태도를 취하고 있었다. 이처럼 『노방초』에서 타자·이타를 고려한 개인주의의 입장이 정립되기에 이르렀던 것이다.

요컨대 『고양이』에 있어서 제기된 명제는 『노방초』에서 결론이 지어지며 결국 소오세키 문학의 문학적 주제 본질이란 서구화의 영향에 의해 개인의 자각이 발양(發揚)된 경우에 인간 및 인간에 의한 융화가 손상될 수 있다는 테제에 대한 추구와 해제(解題)의 과정이었다고 논자는 생각하고 있다.

그 당시 사회에서 개인주의라고 하는 말이 갖는 의미는 다음과 같이 타인과의 괴리를 증진하는 이기주의에 가까운 컨셉으로 이해되고 있었다.

> 개인주의라고 하는 것은 무엇인가 하면 자기 자신을 본위(本位)로서 행동하는, 즉 자신의 이익을 우선으로 하여 자기 생각을 이루며 타인을 돌아보지 않는(중략) 즉 자기 자신을 위해서 행한다는 것이 바로 개인주의[5].

부연해서 말하자면 이러한 이해는 소오세키에 의해 묘사된 개인주의의 위상에 정통되는 것이라고 할 수가 있으나, 그에 의한 문학이란 그러한 신드롬(syndrome)이 만연하는 시대적·사회적 상황에 대한 반례(反例)적 형상으로서의 측면을 띠고 있었다고 해도 과언이 아닐 것이다.

【주】

* 본 논문은「夏目漱石文学における個人主義の位相に対する考察－時代と作家と作品の相関性という観点から－」(『일본연구』〈42호〉한국외국어대학교 일본연구소 2009년 12월)를 수정 보완한 내용임.
** 경희대학교 문화관광콘텐트학과 교수
1) 나츠메 소오세키(夏目漱石), 『소오세키 전집 (漱石全集) 34권』, 1980, 85쪽(이하 같은 전집에서 인용하는 경우는 인용문 뒤에 권수와 쪽수만 표기한다).
2) 오오마치 케이게츠(大町桂月), 『太陽』, 1906, 160쪽
3) 후타바테이 시메이(二葉亭四迷), 『太陽』, 1908, 142쪽)
4) 우키타 카즈타미(浮田和民), 『新国民の修養』, 1913, 218쪽
5) 타카쿠스 쥰지로(高楠順次郎), 『新公論』, 1906년, 19쪽

개화기 사회적 변화와 장남의 정체성[*]

– 나츠메 소오세키의『마음』을 중심으로 –

서영식^{**}

1. 머리말

　나츠메 소오세키(夏目漱石; 1867~1916)는 개인과 개인이 충돌할 수밖에 없는 현대사회에 있어서의 각 개인의 지침으로써 〈도의상의 개인주의〉를 주장하였다.[1] 이것은 철저한 자기본위의 개인주의 사상에 입각한 것으로, 자신의 개성을 최대한 발전시키는 동시에 타인에 대해서도 그것을 인정하고 존중해야 한다는 것이다. 다시 말해서 사회의 구성원 각각이 평등과 자유에 대한 책임과 의무를 자각하고, 서로의 개성과 인격을 존중하는 합리적인 사회질서를 요구하는 것이었다. 소오세키의 작품 활동은 이러한 문제에 대한 방법적 탐구의 일환이라고 할 수 있는데, 『마음(こころ)』(1914.4.20~8.11. 朝日新聞)은 사상의 깊이나 구성면에서 그 대표적인 작품으로 평가되고 있다.

　작품은 상(「선생과 나(先生と私)」)・중(「양친과 나(両親と私)」)・하(선생과 유서「(先生と遺書)」) 의 3편으로 구성된 장편소설이다. 내용면에서 보면 상편에서는 선생에 대한 청년 '나'의 호의적 관심을, 중편에서는 '나' 부자의

갈등을, 그리고 하편에서는 선생과 K의 관계를 다루고 있다. 그리고 시점에 있어서는 상편과 중편은 '나'에 의한 선생과 아버지의 사상에 대한 대비, 하편에서는 선생이 숙부와의 갈등 및 친구 K의 죽음에 대한 사색의 결과를 '나'에게 유서 형식으로 들려주는 것으로 되어있다. 작품의 내적 시간은 하편→상편→중편 순이 되며, 전체적으로는 이러한 경험을 한 '나'가 그 3, 4년 후에 그것을 소설로 발표하는 형식을 취하고 있다.

작품 전체를 통제하는 관점이 '나'인 만큼, '선생'이라는 명칭도 '나'에 의해서 부여된 것이다. 이것은 〈선생〉이라는 용어의 사전적 어의와도 관련하여, '나'가 선생으로부터 정신적인 뭔가를 얻었다는 것을 의미한다. 선생에 의한 '나'의 변화, 여기에 작중작가인 '나', 나아가 실제작가 소오세키의 창작 모티프가 있었다고 할 수 있다. 하지만 선생 역시 K와의 관계로 인해 변하고 있으므로, 선생이 유서를 통해서 '나'에게 남기려고 한 것이 무엇인지를 파악하는 것은 쉬운 일이 아니다. 결국 그것은 선생의 자살 이유와 통하는 것인데, 이에 대해서 선생은 '메이지 정신에 순사'(하-56)한다고 하고 있을 뿐이다.

본고는 선생의 장남성을 분석함으로써 그의 순사의 의미를 밝히는 데 목적이 있다. 여기서 '장남성'이란 장남(외동아들)으로서의 입장과 성격, 그리고 이에 따른 사고방식 및 행동양상을 포괄하는 개념이다. 선생의 인물상 변화에 결정적인 역할을 하는 K에 대해서는 이미 언급한 바 있으며, 그 요지는 차남에게 있어서 어머니를 비롯한 여성의 의미에 관한 것이었다.2) 따라서 본고에 있어서의 선생의 장남성 혹은 순사의 의미도 동일한 맥락으로 수렴될 것이다.

2. 아버지의 죽음

가족주의 혹은 가문주의는 일종의 집단적 이기주의이며, 따라서 조직의 이익을 추구하기 위해서는 강력한 지도력을 필요로 하기 마련이다. 봉건사회에 있어서 일반적 형태인 장자상속은 리더로서의 권위와 더불어 가문의 보전 및 발전에 대한 의무감을 집중시키기 위한 것으로 볼 수 있다. 가문의 생존을 위해서는 모든 역량을 종가에 집중시켜, 조직의 구성원에 대해서는 구심점이 되는 한편, 대외적인 경쟁력도 확보해야 하기 때문이다. 강자존(強者存)의 논리를 기초로 형성된 무가사회(武家社會)의 가족제도를 그대로 계승한 메이지시대 일본의 경우, 장자 단독 상속제도를 취함으로써 이러한 경향이 특히 강하였다. 이러한 사회에 있어서 장남은, 사랑을 받기 위한 특별한 노력을 하지 않더라도, 존재한다는 사실만으로도 그 중요성을 충분히 인정받을 수 있다. 외동아들일 경우에는 더욱 그럴 수밖에 없다. 선생이 본가에서 친부모와 함께 한 삶이 바로 그러한 것이었다.

동시에, 아버지세대의 봉건적 집단주의 논리는 가족 구성원 전체의 행복이라고 하는 공동의 목표를 추구하는 것인 만큼, 그 행복이라는 것도 결국은 최대공약수적인 것에 지나지 않을 수 없다. 또한 조직 내부에 있어서 대타의식(対他意識)의 희박함으로 인하여 서로의 고유영역을 침범할 우려도 있다. 특히 권력자인 아버지에 의한 간섭이 행해지게 되면 구성원 개인으로서는 치명적인 타격을 받을 우려가 있다. 그것이 직업이나 결혼과 같이 인생에 있어서 중대한 사안일 경우에는 더욱 그럴 수밖에 없다. 이처럼 가족주의를 포함한 봉건적 집단논리는 그 속성 자체가 보호와 억압이라고 하는 양면성을 갖는 것이었다.

선생의 아버지는 숙부와 상의하여 자식들을 정혼해 두었다. 재산의 분산이나 낭비를 줄일 수 있을 뿐만 아니라, 자신의 사후에는 동생이 아들에 대한 친권자로서의 역할도 해 줄 수 있을 것으로 판단했기 때문이었을 것이다. 정혼의 명분이었던 "양가의 편의"(하-9)에는 이러한 사항들이 포함되어 있었을 것이며, 결국 그 목적은 가문의 효율적인 보전으로 귀결되는 것이다. 아버지의 이러한 조치는, 그것이 선생의 어린 시절에 결정된 것이었던 만큼, 당연히 아들 본인의 의사와는 무관한 것이었다. 따라서 메이지유신 이후의 근대적 신교육을 받은 아들에 의한 저항 및 이에 대한 아버지의 봉건적 강요라고 하는, 1910년 전후 일본 근대문학에 있어서의 전형적인 패턴이 예견되지만, 이러한 부자갈등은 아버지의 급작스런 죽음으로 조카-숙부의 관계로 이행하게 된다.

한편, 장자단독 상속제도와 더불어 집단주의적 무가사회의 전통을 계승한 메이지시대 가족제도의 또 하나의 특징은, 각각 가정과 국가에 있어서의 효(孝)와 충(忠)이 동일한 선상에서 이해된다는 것이다. 메이지 신정부가 민법 등을 동원하여 가정에 있어서 가장의 권위를 옹호한 것도 사실은 이러한 내막이 있었기 때문이다. 이러한 경향은 국민들에게 천황제 사상을 주입시키는 것을 목적으로 한 교육칙어(敎育勅語)(1890)의 공포로 더욱 강화되어, 이후 천황을 가부장으로 하는 일종의 〈가족국가 이데올로기〉로 정착하게 된다.3)

중편인 「양친과 나」에서 청년 '나'의 아버지는 이러한 봉건적 사고를 가족구성원과 천황 양면에 걸쳐서 실천하는 메이지시대 아버지세대의 전형적인 인물이라고 할 수 있다.4) 여기서 아버지는 대학을 졸업한 아들의 진로를 오로지 가문의 명예를 고양시키는 것으로 수렴시키는 동시에, 자신은 메이지천황의 죽음으로 실의에 빠져 있다가 노기 마레스케

(乃木希典)가 순사(殉死)하자 회생불능의 혼수상태에 빠져버린다. 이처럼 아버지의 죽음은 육체적으로는 자연사이지만 정신적으로는 천황에 대한 순사나 다름없는 것이었다.

순사는 인간의 본능과도 같은 소박한 이기주의마저도 억제된 그것도 생명까지 바쳐 타인 혹은 이념을 위하는 극단적 이타주의에서 비롯된 것으로, 궁극적으로는 조직의 보존으로 귀결되는 것이다. 이러한 의미에서 볼 때 전염병인 장티푸스를 앓고 있던 남편을, '그 병이 얼마나 무서운가를 알고 있으면서도, 더구나 그것이 자신에게도 전염된 사실을 알고 있으면서도'(하-3), 오로지 간호에만 몰두하다가 죽어간 선생의 어머니의 죽음 역시 순사로 보아야 할 것이다.

그러나 당시 중학교를 갓 졸업한 선생으로서는 어머니의 죽음의 의미를 잘 이해할 수 없었다. 남편을 위해서 자신을 희생했다는 사실에 대해서는 이해가 되지만, '그것으로 인하여 어머니 자신도 목숨을 잃게 될 것이라는 것을 알고 있었는지 어떤지, 여기에 대해서는 의심의 여지가 있는 것'(하-3)으로 생각되었다. 이러한 의문에서 시작되는 작품의 하편「선생과 유서」는, 국가적 가부장인 천황에 순사하는 노기 마레스케 (乃木希典)의 죽음에 자극을 받아, 선생 자신의 죽음을 '메이지정신에 순사'(하-56)하는 것으로 규정하면서 자살하는 것으로 끝을 맺고 있다. 이러한 의미에서, 이후 선생의 삶은 아버지세대 봉건논리의 긍정적인 측면, 그 중에서도 특히 가족을 위해서 일방적으로 희생한 어머니의 존재를 이해해 가는 과정이었다고 할 수 있을 것이다.

3. 숙부와의 갈등

　부자갈등은 자연주의 작품을 비롯한 일본 근대문학의 중요한 부분을 차지하고 있다. 하지만 그것은 대부분이 부(父)-차남의 관계에 한정된 것으로, 부-장남의 갈등 혹은 장남이 아버지에게 반항하는 예는 찾아보기 힘들다. 소오세키의 작품에 있어서는 그 예가 전무하다고 해도 과언이 아닐 정도이다. 소오세키의 경우 특히 주목할 것은, 다른 작가의 경우에서 나타나는 부-차남의 갈등과 더불어 장조카-숙부 사이의 갈등이 나타나고 있다는 것이다.

　아버지의 사후, 숙부는 친권자로서의 역할을 충실히 수행하는 듯했다. 선생은 그러한 숙부에 대해서 '감사하는 마음으로 존경'(하-4)하고 있었다. 방학 때 집에 돌아와서도, '가끔 돌아가신 부모님을 생각하는 것 외에는, 숙부 가족과 더불어 아무런 불편 없이 지내다가 돌아왔다'(하-5). 작품의 하편「선생과 유서」의 초반부에 해당하는 여기에 이르기까지에 관한 한, 선생에게 있어서 숙부는 아버지와 조금도 다름없는 존재이다.

　선생과 숙부의 불화는 사촌과 결혼하라는 숙부의 요구를 선생이 거절함으로써 표면화된다. 선생은 사촌과의 결혼에 대해, 아버지와 숙부가 가문의 효율적인 보전을 위해 자식들을 정혼한 것은 '있을 수 있는 일'이며, 귀향과 상속을 전제로 결혼을 재촉하는 숙부의 요구 또한 '무리가 아니라는 것'(하-6)을 인정하고 있다. 하지만, 그것은 어디까지나 기성세대가 주도하는 사회 일반의 상황논리를 감안한 것일 뿐, 자신은 정혼 자체가 '몰랐던 사실'(하-6)이므로 숙부의 요구를 받아들일 필요가 없다는 것이 선생의 주장이다. 가문을 상속하기 위해서는 결혼을 해야 하고, 결혼을 하여 후계자를 생산해야 하겠지만, 아직은 때가 아니며 설령 결혼을 한다고 해도 그 상대가 반드시 사촌일 필요는 없다는 것이다. 선생의 이러한 태도 변화가 결혼문제에 대해 '모두가 독자적인 생활'(하-6)을 하는 동경 체험에서 유래한 것이며, 여기에 작용한 것이 서구식 근대교육에 의한 자아의식의 발로였음은 부언의 여지가 없는 것이다.[5]

한편, 사건의 전말을 숙부의 입장에서 본다면, 자신의 딸과 조카인 선생의 결혼은 형의 의사가 포함된 것이며, 더구나 형이 사망한 상황에서 그것을 성사시키는 것은 형의 유언을 집행하는 것과 같은 것이다. 그리고 선생이 그 이행을 거부한다는 것은 아버지의 결정을 거역하는 것이 되며, 따라서 상속의 권리도 제한될 수밖에 없는 것이다. 조카의 재산을 자신의 사업 등에 임의로 사용한 것도, 친권자로서 그것을 관리하고 있는 이상 있을 수 있는 일이었다. 이러한 측면에서 본다면 선생과 숙부의 불화는 선생은 숙부가 자신의 재산을 횡령했기 때문이라고 하고 있지만, 상대가 아버지였더라도 상황은 마찬가지였을 것이다. 선생이 재산의 일부라도 환수할 수 있었던 것도 그나마 상대가 숙부였기 때문이었을지도 모른다. 이처럼 선생에게 있어서 숙부는 그토록 자애롭던 아버지의 이면에 숨겨진, 아들을 억압하는 또 다른 아버지의 모습에 다름 아니었다.

결혼과 상속을 매개로 한 숙부와 조카의 분쟁은 『문(門)』(1910)을 통해서도 확인할 수 있다. 주인공의 유학, 아버지의 죽음, 숙부에 의한 재산 관리, 결혼문제로 인한 갈등, 그리고 숙부의 재산횡령, 이러한 전체적인 흐름에 있어서 두 작품은 거의 동일한 양상을 나타내고 있다. 다른 점이 있다면 선생이 부모의 재산 일부를 환수할 수 있었던 것과는 달리, 『문』에 있어서의 소오스케(宗助)는 전혀 그렇게 할 수 없었다는 것이다. 소오스케의 경우는 친구 아내와의 불륜이라고 하는 사회 일반의 규범이나 상식으로는 도저히 용납할 수 없는, 더구나 가문의 명예까지도 손상시키는 사회적 의미의 스캔들이었기 때문이다. 다시 말해서 상속자로서의 자격을 상실했기 때문이다. 이에 비해서 선생의 경우는 그것이 어디까지나 가정 내부의 문제로, 가문의 명예와 관계되는 사회적인 문제로까지는 확대되지 않은 것이었다. 선생이 '숙부에게 속았을 때만 해도, 세상이야 어떻든 자신만은 훌륭한 인간이라는 신념'(하-52)을 가질 수 있었던 근거가 여기에 있었다고 할 수 있다.

그렇다면 작자 소오세키가 갈등의 구도를 부-자가 아닌 숙부-조카로 설정한 의도는 무엇인가?

우선, 아버지의 권위가 절대적인 사회에 있어서, 부자 갈등을 설정하는 것 자체가 자연스럽지 못하였다. 작품에서 선생과 숙부가 충돌하는 청일전쟁 직후를 기준으로 할 때, 소오세키의 작품에 등장하는 주인공의 아버지는 대부분이 40세 전후이다. 당시 선생이 중학교를 갓 졸업한 시기였음을 감안할 때, 그의 아버지 역시 비슷한 연령이었을 것으로 추측된다. 이들 아버지세대는 사회적 중추세력으로서, 아들세대가 불만을 가지고 있다고 할지라도 감히 도전할 수 있는 상대가 아니다.[6] 특히 장남의 경우는 더욱 그럴 수밖에 없다. 재산이 없는 경우에는 가족부양의 의무를 다하기 위해서, 그리고 부모가 재산이 있는 경우에는 그 상속권을 유지하기 위해서 어쩔 수 없기 때문이다. 나츠메 소오세키의 작품에 있어서는 대부분이 후자 즉 부모가 상당한 재산을 가지고 있는 경우인데, 장남이 중매결혼으로 인한 부부간의 소원한 관계에 대해서 불만을 가지고 있으면서도, 아버지와의 직접적인 충돌을 피하고 있는 것은 이 때문으로 보인다.[7]

만약 아버지가 살아있었다면 선생 역시 예외는 아니었을 것이다. 따라서 아들의 자아성장과 더불어 발생하는 부자갈등의 문제를 소화시키기 위해서는 아버지의 역할을 대신하는 인물이 필요하였다. 아버지의 사망 원인이 전염병에 의한 급사로 설정된 것은 이러한 구성적 요구에서 기인하는 것으로 볼 수 있다.

다음으로, 숙부-조카의 갈등설정에 있어서 간과할 수 없는 것이 숙부가 차남이라는 사실이다. 세대를 불문하고 차남은, 어릴 때부터 장남인 형이 페이스 메이커(pace maker) 역할을 하기 때문에 항상 앞으로 나아가려는 충동을 느끼면서 생활하게 된다. 뒤지는 것은 자신이 중요하지 않다는 것을 인정하는 것이며, 따라서 이로 인한 열등감에서 벗어나고 싶기 때문이다. 그는 이러한 경쟁의 반복과정을 통해서 자신을 단련하여 가정 및 사회에 있어서의 법칙이나 권위에 도전하는 혁신적인 기질을 구비하게 된다. 차남의 이러한 사회성 혹은 융통성은 부모의 관심이 장남에게 집중됨으로써, 그만큼 차남에게는 소홀하기 때문에 생기는 여유가 있었기에 가능한 것이기도 하다.8) 선생의 아버지가 자신은 '부모의 재산을 상속하여 세상과 싸울 필요가 없는 만큼', 개혁적이고 사회지향적인 '숙부에 비해서 재능을 충분히 발휘할 수 없다'(하-4)고 하는 것도 이러한 관점에서 이해할 수 있을 것이다.

그러나 차남은 개인적인 능력이 아무리 우수하다고 해도, 그리하여 사회적으로는 많은 업적을 달성할 수 있다고 해도, 가정 내의 권력에 있어서만은 장남을 추월할 수 없다. 장남의 권력이라는 것은 그것이 가정 내부의 문제에 한정된 것이 아닌, 사회적 정치적 이데올로기로서 정착되어 제도화된 것이기 때문이다. 특히 장자단독 상속제도가 정치적 이데올로기로 작용하고 있는 메이지시대 일본에 있어서는 더욱 그럴 수밖에 없다. 이러한 경우 대부분의 차남은 장남과는 다른 영역에서

두각을 나타냄으로써 충돌을 피하게 된다. 인간의 내면에는 절대권력과 충돌함으로써 받게 되는 불이익에 대한 자기보호본능이 있기 마련이며, 나아가 다수 혹은 기득권자와 타협함으로써 얻을 수 있는 일종의 공동체감각을 굳이 훼손하고 싶지 않기 때문이다.[9] 선생이 성격적으로 정반대인 아버지와 숙부의 관계가 좋았던 것에 대해서 '묘하게도'(하-4)라는 수식어를 첨가하고 있는 것도 이러한 사실과 무관하지 않을 것이다. 이러한 측면에서 볼 때 숙부에 의한 재산 횡령은, 차남이라는 이유로 배제되어야 했던, 그러면서도 형의 생전에는 우호적인 관계를 유지할 수밖에 없었던, 재산을 포함한 가문의 계승에 있어서 소외된 자의 〈은밀한 욕망〉이 표출된 것으로 보아도 좋을 것이다.[10]

숙부의 이러한 모습은 보호와 억압이라는 봉건적 집단논리의 양면성 중에서 후자 즉 억압적 성향을 분리하여 부각시킨 것이라 할 수 있다. 이 부분에 관한 한, 아버지세대의 세력이 아무리 강하다 해도, 근대적 사고를 체득한 아들세대로서 얼마든지 비판이 가능한 것이다. 이러한 점에서 숙부의 등장은 선생으로 하여금 어머니의 품속과 같은 가족적 일체감에서 탈피하여 대타적(対他的) 인간관계로 시야를 확대시킬 수 있게 했다는 데 의의가 있다고 해야 할 것이다.

4. '메이지세대'로서의 한계

숙부와의 갈등으로 심각한 인간 불신에 사로잡혀 있던 선생은, 하숙집 주인 모녀와의 생활을 통하여 '심리적으로도 침착'(하-13)해져, 점차 과거의 인간적인 면모를 회복하게 된다. 부인은 청일전쟁 때 남편을 잃고 딸과 둘이서 살고 있었는데, 선생은 하숙생이면서도 이 집에서 가장 크고 좋은 방을 차지하였다. 그리고 모녀는 그를 위해서 항상 꽃꽂이를 해 주는 등의 친절과 배려를 아끼지 않았다. 이렇게 하여 친숙해진 이들은 함께 쇼핑 나들이를 하는 등, 마치 한 가족과도 같은 사이가 된다.

이처럼 선생이 하숙생활에 쉽게 적응할 수 있었던 것은 숙부와의 불화로 이미 고향을 영원히 떠날 결심을 한 상황에서, 그리고 그 자신의 내부에 가족적 연대감에 대한 동경이 있었던 만큼11), 어떤 형식으로든 일정한 집단에 자신을 귀속시키고 싶은 욕망이 무의식적으로라도 작용하고 있었을 것이다. 그토록 고향에 대한 미련을 버리지 못하는 선생이 숙부와의 불화가 있었다고는 하지만, 강제적으로 고향을 찾지 못하는 상황이 아님에도 불구하고, 이후에도 고향으로 돌아가지 않는 것은 이 하숙집에서 자신의 그러한 욕망을 어느 정도 충족할 수 있었기 때문으로 보아야 할 것이다. 이러한 선생에게 있어서 하숙집에서의 그의 위치는 일종의 실지회복(失地回復)과도 같은 것이었다. 하숙집 주인의 입장에서도 남편이 이미 사망한 상황에서 그를 데릴사위 정도로 생각하고 있었던 것으로 보인다. 이렇게 하여 선생은 이 집에서 가장·데릴사위·장남으로서의 위치를 확보하게 된다. 친구 K를 하숙집으로 데려 온 것도, '이번에는 꼭 같은 방법을 K에게 응용'(하-24)하여, 그로 하여금 부모와의 불화로 인한 갈등에서 벗어나게 하기 위함이었다.

소오세키의 작품에 등장하는 아들세대는 장남과 차남이 페어(pair)가 되어 등장하는 것이 일반적이다. 이러한 관계를 작품의 발표순으로 보면, 『도련님(坊っちゃん)』(1906)의 '나'와 형, 『그 후(それから)』(1909)의 세이고(誠吾)와 다이스케(代助), 『문(門)』(1910)의 소오스케(宗助)와 코로쿠(小六), 『행인(行人)』(1912)의 이치로(一郎)와 지로(二郎), 『노방초(道草)』(1915)

의 형과 켄조(健三)가 그 예이다. 그리고 친형제가 아닌 경우인『양귀비(虞
美人草)』(1907)의 무네치카(宗近) 혹은 코오노(甲野)와 오노(小野),『노와키
(野分)』(1907)의 타카야나기(高柳)와 도오야(道也) 역시, 각각의 가정에 있
어서의 장남과 차남으로서의 성격을 그대로 유지하면서, 그것이 작품의
성격을 결정짓는 큰 요소로 작용하고 있다. 이 경우 연령적인 면의 상하
관계는 의미가 없다. 이러한 관점에서 볼 때 선생과 K 역시, 각각의 가정
에서의 장남(외동)과 차남으로서의 기질을 그대로 유지하면서, 같은 하숙
집에서 생활하게 됨으로써 마치 친형제와 같은 관계에 놓이게 된다.12)
　선생의 입장에서 볼 때, K에게 가장 시급한 것은 '인간다움을 회복하
는 것'(하-25)이었다. 자신이 좋아하던 여자 즉 하숙집 딸을 그에게 접근
시킨 것도, 그러한 마음을 불어넣어 가정과 사회에 적응할 수 있게 하기
위한 것이었다. 그리하여 K는 점점 〈인간다움〉을 되찾아가기 시작한
다. 그런데 문제는 이러한 과정에서 K가 하숙집 딸에게 애정을 갖게
되었다는 것이다. 선생의 아버지와 숙부의 경우에서와 같은 의좋은 형
제 관계는, '이해관계의 충돌이 없을 때에 한해서 가능한 것'(하-28)이다.
더구나, 숙부와 선생과의 관계에서와 같은 금전문제도 그렇지만, 남녀
사이의 애정문제에 있어서는 더욱 양보할 수 없는 것이다.
　장남은 어린 시절에 한정된 기간이기는 하지만 모두가 외동아이였다.
그 동안 그는 온실과 같은 분위기 속에서 자연적인 질서와는 별개의
인공적인 특권을 향유하게 된다. 부모의 모든 관심과 보살핌이 집중되
는 대상이기 때문이다. 이후 동생이 태어남으로써 그는 새로운 경험에
직면한다. 하지만 그는 사물을 판단할 수 있을 때까지는 그러한 상황을
명확하게 인식하지 못한다. 그러다가 그는 양친 특히 어머니의 관심이
동생에게 집중되고 있다고 생각하게 된다. 그렇지 않은 경우라 할지라

도 아이는 그러한 사실을 이해하지 못한다. 따라서 장남은 자신도 동생이 태어나기를 바라고 있었으며, 그리고 동생을 사랑하라는 부모의 교육을 실질적으로 실천하고 있었다고 해도, 한편으로는 소외감을 갖게되고 동생에 대해서 질투를 하는 경우가 있다.[13) 하숙집에 있어서 선생의 심리 상태가 바로 이러했을 것이다.

가정에 있어서 어린 형제가 어머니를 사이에 두고 경쟁하듯이 여자를 매개로 선생과 K가 이해관계에 있어서 충돌하는 것은 피할 수 없는것인지도 모른다. 하지만 적어도 선생은 이미 하숙집에서 우월적 위치를 점하고 있었으며, K에 대해서도 쉽사리 배반할 수 없을 정도의 사전조치가 되어 있었던 만큼, 자신이 그 여자를 좋아하고 있다는 사실을한 번이라도 표현했더라면 문제는 발생하지 않았을 것이다. 선생이 후회하는 것도 이 부분이다. 그러면서도 선생은, 자신들 세대는 봉건적'윤리교육'(하-2)을 받아, '그런 것에 관해서는 이야기할 내용 자체가 없는사람도 있었으나, 설령 있다고 해도 입을 다물고 있는 것이 보통'(하-29)이었다고 하여, 그렇게 하지 못한 이유를 당시 개화 초기의 시대적 상황으로 돌리고 있다.[14) 이러한 선생의 봉건적 태도는 친아버지에 의한 가정교육, 또는 아버지세대가 주도하는 사회의 전반적인 분위기에서 비롯된것이다. 학교교육 또한 그 이전에 근대교육이 시작되었다고는 하지만,청일전쟁을 계기로 국수주의적인 기류가 지배적이었다.[15)

선생의 이러한 태도 역시 심리적인 문제와 무관하지 않을 것이다.외동아이는 형제가 없기 때문에 가족 중의 다른 형제 구성원과 비교되는 일이 없을 뿐만 아니라, 집단에 있어서 공통적으로 적용되는 규범을따를 필요도 없다. 부모에 의한 사전의 배려가 있기 때문에 불쾌함을느낄 필요도 없다. 아이는 타인으로부터 인정을 받기 위해서 특별한 노력을 할 필요도 없다. 부모의 맹목적인 사랑이 아이에게 일어날 수 있는 모든 불쾌한 결말을 사전에 해결해버리기 때문이다. 이렇게 하여 아이는 모험이나 용기 혹은 결단을 요구하는 위험에 처하게 되었을 때 스스로 해결하는 방법을 찾지 못하고 망설이고 회피하게 되는데, 이것은 모든 것을 부모가 해결해 줄 것이라고 하는 일종의 보험적인 방책을 체득하고 있기 때문이며, 그 목적은 자신과 타자로부터 자신의 열등감을 은폐하기 위한 것이다.[16]

또한 장남은 신용을 얻기 위한 특별한 노력을 하지 않더라도 존재한다는 사실만으로도 자신의 중요성을 충분히 인정받을 수 있다. 이러한 아이가 가장 두려워하는 것은 주목받지 못하는 것이다. 주목받지 못하는 것은 이제는 자신이 중요하지 않다는 것을 의미한다고 생각하기 때문이다. 그리하여 그는 이러한 자신의 약한 입장이 충분히 옹호되지 않는다고 생각한다든가, 혹은 자신의 입장이 위협받고 있다고 생각하게 되면 평소보다 더욱 강력한 수단을 동원하게 된다. 예를 들면 음식을 거부한다든가 신경질을 부린다든가 패닉상태에 빠진다든가 하는 것이다. 목적은 자신이 생각하고 있는 가장 강력한 권위, 즉 부모의 힘을 빌리기 위한 것이다.[17] 선생이 예상되는 여러 가지 과정을 모두 생략하고 하숙집에 있어서 최고의 권위자인 딸의 어머니와의 직접 담판을 통하여 문제를 해결해버리는 것도 같은 맥락에서 이해할 수 있을 것이다.

선생이 이처럼 K의 변화에 예민하게 반응하는 것은 어릴 때부터 결단력이나 학업 등에서 '열등감'(하-24)을 갖고 있었기 때문이었다. 그러면서도 '굳이 그를 하숙집으로 데리고 온 것은, 세상의 사리를 판단하는 것에 있어서만은 내가 우위에 있다고 믿고 있었기 때문'(하-24)이었다.

선생은 K에 대한 열등감을 원만한 대인관계 혹은 남을 도와주는 행위를 통하여 보상받으려고 했다. 우선 선생의 원만한 대인관계는 양가와 친가 사이에서 갈등하는 K를 위해서 조정 역할을 하는 것으로 발휘된다. 그리고 하숙집의 모녀와 쇼핑을 갔을 때, 그것을 본 친구들이 놀리더라는 것, 또는 하숙집에서 화투놀이를 하는데 K는 데리고 올 친구가 한 사람도 없더라는 등 하는 말은, 적어도 이 부분에 있어서는 K를 앞선다는 자신감의 표출로 볼 수 있다. K를 자신의 하숙집으로 데리고 와서 경제적인 보조를 하는 것도 같은 심리적 현상이라 할 수 있을 것이다. 여기에는 하숙집 모녀에 대해서는 일종의 〈남성적 항의〉 혹은 〈남성적 과시〉를 하고,[18] K에 대해서는 하숙집에 있어서의 자신의 위치를 과시한다고 하는, 두 가지 측면의 우월적 심리가 작용하고 있었던 것으로 볼 수 있다.

선생의 열등감 보상 혹은 자기과시에 있어서 특히 이성문제에 관한 것은 숙부와의 갈등으로 대인 기피증에 고심하던 자신이 변화되었다고 하는 경험적 사실을 기초로, K에 대해서 거의 유일하게 우월감을 가지고 있는 사항이다. 역으로 말하면 그것은 선생 자신에게 있어서 일종의 아킬레스건이며, 따라서 이것만은 절대로 양보할 수 없는 것이다. 여기서 패배하여 또다시 열등감을 갖게 된다면, 그의 정체성은 송두리째 무너져버리는 것이다. K가 여자에게 관심을 갖는 것에 대한 두려움, 그리고 이에 대해 비정상적으로 예민한 반응을 보이는 것은 이러한 이유 때문으로 보인다.

그리하여 선생은 결국 자신이 하숙집 딸을 접근시키려고 했을 때 K가 거부하면서 한 말, 즉 '정신적으로 향상하려는 의지가 없는 자는 바보다'(하-30)라는 말을 그대로 돌려주게 된다. 무모한 이상을 포기하고 현실적 '인간다움'을 추구하려는 친구를 격려하려는 것이 아니라, 추상적이고 비현실적이며 인간적인 교류가 단절된 세계로 돌려보내기 위한 술책이었다.

K는 자살한다. 그 정확한 이유에 대해서는 누구도 알 수 없지만, 선생은 자신의 행위에 대한 충격 때문으로 생각하고, 자신도 '숙부와 다름 없는 인간임을 인식'(하-52)하게 된다. 숙부가 경제적인 이기심을 버릴 수 없었던 것과 마찬가지로, 애정 문제에 있어서만은 아무리 가까운 친구라 할지라도 결코 양보할 수 없었던 자신의 '이기주의를 발견'(하-41)한 것이다. 결국 그 역시, 의식에 있어서는 봉건세대를 비판하면서도, 행동에 있어서는 〈메이지시대를 살아가는 반봉건 반개화세대로서의 한계〉를 극복할 수 없었던 것이다.[19] 그리하여 그는 죄책감과 고민 속에서 심각한 '외로움'에 싸여, 외부와의 관계를 단절한 채 '자신을 말살하고 죽은 듯이 살아가려는 결심'(하-55)을 하게 된다.

5. 봉건논리로의 선택적 회귀

그러던 어느 날, 선생은 K의 죽음의 의미를 다음과 같이 재해석함으로써 '외로움'에서 벗어날 수 있는 계기를 마련하게 된다. 'K도 나처럼 외톨이로 외로움을 이길 수 없게 된 결과, 갑자기 자살을 한 것이 아닌가 하는 의심을 갖게 되었습니다. 그리하여 또한 전율을 느꼈습니다. 나도 K가 걸어간 길을, K와 마찬가지로 답습하고 있다는 예감이 마치 바람처럼 나의 가슴속을 스쳐갔기 때문입니다.'(하-53)

선생은 K에 대하여, '그는 장남이 아닙니다. 차남이었습니다. 그래서 어느 의사 집으로 양자로 보내졌습니다'(하-19) 라고 하여, 가정 내에서의 형제 서열이 그의 삶에 상당한 영향을 미치고 있음을 시사하고 있다. 하지만 K가 차남이라고 하는 사실 하나만으로는, 사회 일반의 차남 혹은 소오세키의 작품에 등장하는 다른 차남들과 비교하여 별로 다를 것이 없으며, 따라서 그가 유독 격렬한 사고 및 행동양상을 보일 필요는 없는 것이다. 이와 관련하여 선생은, '그의 성격의 일면은 분명히 계모 밑에서 자란 결과로 볼 수 있습니다. 만약 생모가 살아있었다면, 이러한 결과까지는 가지 않았을 것입니다'(하21) 라고 하여, K가 아버지와 형을 중심으로 하는 가족과의 관계에 있어서 최악의 상황으로 갈 수밖에 없었던 이유를 어머니의 부재에서 찾고 있다.

　장남에게도 어머니의 사랑이 필요한 것은 사실이지만, 예비 상속자인 그의 경우는 가장인 아버지를 비롯한 가족 구성원 모두로부터 우대를 받게 되므로, 차남에 비하면 굳이 어머니의 보살핌이 절대적인 것은 아니다. K가 형보다는 누나를 따르면서, 양가(養家)에서 본가로 돌아가는 상황에서도 누나가 중재에 나서줄 것을 바라는 것은 이러한 사정 때문이었을 것이다. 하지만 그동안 어머니의 부재를 메워주고 있던 누나도 양부에 대한 학자금 변상이라고 하는 당면 문제를 해결하는 데에는 아무런 도움을 줄 수 없는 처지였다. K가 가문으로부터의 축출이라고 하는 아버지의 결정에 별다른 미련이나 집착을 보이지 않는 것도, 언젠가는 떠나야 할 집이기 때문이기도 하지만, 무엇보다도 집으로 돌아간다고 해도 반겨줄 사람이 없었기 때문이다. K에게 있어서 어머니를 포함한 여성의 존재는 이처럼 크게 작용하고 있었던 것이다. 나츠메 소오세키의 작품에 등장하는 다른 차남들에 비해서 K의 행동이 극단적일 수밖에 없었던 것도, 바로 이 반겨줄 사람의 부재에서 기인하는 것으로 볼 수 있다.20)

이러한 고립무원의 상황에서 K는 극도의 '외로움'을 느껴야 했다. 그가 현실을 무시하고 이상을 추구한 것, 처음에 딸의 호의를 받아들이지 못한 것, 이러한 행동은 가족 간의 교류가 단절된 본가에서 인간적인 정을 경험하지 못했기 때문이다. 그리고 이후, 선생과 딸의 관계를 눈치채지 못했을 리가 없는 그가 그럼에도 불구하고 딸에게 애정을 갖게 된 것은 그만큼 정에 메말라 있었으며, 따라서 거기서 느끼는 기쁨도 컸음을 의미하는 것이다. 이러한 그에게 있어서 과거의 상태로 돌아가라는 선생의 말은 사형선고와도 같은 것이었다. 여기서 실제로 K가 왜 자살했는지 혹은 그가 지향한 것이 무엇이었던가는 문제가 되지 않는다. 중요한 것은 선생이 그렇게 해석했다는 것이다.

이렇게 하여 선생이 도달한 결론이 불치병에 걸린 장모를 최선을 다해 간호하는 것이었다. 선생은 자신의 이러한 행동에 대해, '이것은 환자를 위하고 아내를 위한 것이기도 하지만, 좀 더 큰 의미에서 보면 인간을 위한 것'(하-54)이라고 하고 있다. 물론 그 동안에도 가족과의 관계에 문제가 있었던 것으로는 보이지 않지만, 자신의 이러한 행위가 '개인의 범위를 초월한' '인도적 입장'(하-54)에서 나온 것이라고 하고 있는 점에서 차원을 달리하는 것이다. 선생의 이러한 변화는 기본적으로 그 자신이 가정을 비롯한 집단에 대한 책임감을 의식하고 있는 장남이기 때문으로 보아야 할 것이다. 그리고 그것을 '인도적 입장'으로까지 확대시킬 수 있었던 것은 K의 영향이다. 사실 가정을 비롯한 일정한 조직의 범주를 벗어나는 이러한 발상은 장남으로서는 좀처럼 가능한 것이 아니다. 그럼에도 불구하고 선생이 그것을 이해하고 수용할 수 있었던 것은 사회적인 측면에서 반봉건·반개화세대라고 하는 동시대인이기 때문이다.[21]

선생이 이상과 같은 경지에 도달한 것이 언제인지 정확하게는 알 수 없으나, 적어도 청년 '나'와 만나기 전의 일이었던 것은 틀림이 없는 것으로 보인다. 좀 더 정확하게 말하면, 이들이 만난 것이 '나'가 고등학교를 졸업하기 직전의 일이므로, 그가 대학을 졸업하는 1912년 현재로부터 4,5년 전 이전의 일이다. 이때 '나'의 눈에 비친 선생 부부는 여느 부부 이상으로 행복해 보였다. 그러나 선생은, 이와 같이 가정에 있어서는 상당 부분 평정을 회복했음에도 불구하고, 그 이상의 사회적인 측면에 있어서는 매사에 극단적으로 소극적인 자세를 취하고 있다.

가정 내부에 한정되어 극도로 축소된 선생의 삶은 남편이 사회적 활동을 하기를 바라는 아내에 의해서 비난받게 된다. 하지만 K에 대한 자신의 행동을 누구보다도 잘 이해하고 있는 선생으로서는 좀처럼 아내의 권유를 받아들이지 못한다. 타인과 교류를 하게 되면 현대인으로서는 결코 자유로울 수 없는 이기주의적 요소가 고개를 내밀게 될 것이며, 설령 그것을 자각적으로 억제한다고 해도 결국은 타인을 궁지에 몰아넣는 결과를 초래할 것이라는 사실을 체험적으로 절감했기 때문이다. 숙부의 이기주의적 행위로 상처를 받고, 자신만은 결코 그런 인간이 아니라고 확신하고 있으면서도, 결국은 그러한 자신이 둘도 없는 친구 K를 배반하여 죽음으로 몰고 가지 않았던가. 이러한 상황에서 선생은, 자신이 사회에 대해서 할 수 있는 적극적인 행동이라고는 '자살밖에는 없다는 것'(하-55)을 알게 된다. 그리하여 메이지천황의 사망에 이어 노기대장이 순사하자, 자신의 죽음을 '메이지정신에 순사'(하-56)하는 것으로 규정하고 자살한다.

인간에게 있어서 이기주의와 이타주의라고 하는 상반된 두 심성, 이것은 봉건논리에 있어서 조직구성원에 대한 억압과 보호라고 하는 양면

성과 같은 맥락에서 이해할 수 있을 것이다. 그리고 여기서 이기주의와 억압적 요소를 제거한 상태, 거기서 출발하는 행동이 자신의 생명을 바쳐서 행해졌을 때, 그것을 일컬어 이른바 '순사'라고 해야 할 것이다. 선생이 자신의 자살을 순사로 규정하는 것도 기본적으로는 이러한 의미에서 이해할 수 있는 것이다. 동시에 그것은 생명이 다하는 순간까지 가족을 위해 희생한 자신의 어머니의 죽음을 '순사'로 받아들이게 되었을 뿐만 아니라, 그것을 '개인의 범위를 초월한' '인도적 입장'(하-54)으로까지 승화시킬 수 있게 되었음을 의미하는 것이다. 그리고 무엇보다도 중요한 것은, 선생 자신이 어린 시절 아버지를 비롯한 가족으로부터 사랑을 독차지 한, 즉 봉건논리의 긍정적인 측면만 경험한 장남(외동아들)이었기에 이러한 인식에 도달할 수 있었다는 사실이다.

숙부와의 갈등을 봉건사회의 악습 때문으로 생각하고 있던 선생이 그것도 본인 스스로 과거의 논리로 회귀할 수밖에 없었던 것은, '각성이라든가 새로운 생활이라든가 하는 문자조차도 없던 시절'에 경험한 '윤리적인 교육'(하-43)의 영향에서 벗어날 수 없었기 때문이다. 선생이 자신을 '시대에 뒤떨어진'(하-55) 세대로 규정하는 것도 이러한 맥락에서 이해될 수 있는 것이다. 동시에, '자유와 독립과 자아로 충만한 현대'(상-14)를 살아오면서, 거기에서 필연적으로 발생하게 되는 이기주의의 폐해를 경험하지 않았다면, 선생은 결코 이러한 결론에 도달하지 못했을 것이다. 따라서 〈메이지정신〉이라고 하는 시대적 명분을 내건 선생의 순사는, 인간의 본능과도 통하는 소박한 이기주의 그 자체마저도 무화(無化) 혹은 의식하지 못했던, 더구나 천황 개인에 대해서 목숨을 바쳐서 충성한, 그러한 봉건세대에 있어서의 그것과는 구별되는 것이다. 이러한 점에서 볼 때, 선생의 유산 상속은 다분히 선택적인 방법을 취하고 있었다고 할 수 있다. 선생이 청년 '나'에 대해서, '내가 노기(乃木希典)대장이 죽은 이유를 잘 모르듯이, 당신도 내가 자살하는 이유를 잘 이해할 수 없을 것입니다'(하-56)라고 할 수 있는 근거가 여기에 있었던 것이다. 이것은 메이지시대(明治時代)를 기준으로 각각 그 이전의 에도시대(江戸時代)와 이후의 타이쇼시대(大正時代)를 살아온 노기와 '나'를 차별적으로 연결하는, 이른바 명치세대로서의 사회적 정체성을 표명한 것이기도 하다.

6. 맺음말

　근대의 역사는 자아확립의 역사라고 해도 과언이 아니며, 이러한 사정은 일본에 있어서도 예외는 아니다. 일본근대문학의 경우 그것은 주로 부자갈등을 통해서 표출되고 있는데, 메이지유신 이후 시작된 이러한 경향은 러일전쟁 직후인 1910년 전후가 되면 최고조에 달하게 된다. 일본 근대문학사에서 '1910년 전후의 문학'이라는 항목을 따로 설정하고 있는 것도 이 점을 부각시키기 위한 것으로 보인다.

　당시의 일본문학에 있어서 부자갈등은 주로 부(父)-차남의 관계로 설정되어 있다. 아버지의 봉건성과 이에 대한 아들의 저항, 그것이 실제로 부장남의 관계에 비해서는 상대적으로 빈번했기 때문이기도 했겠지만, 도식화하기도 쉬웠기 때문일 것이다. 하지만 이러한 설정은 아버지와 차남 모두가 극단으로 치닫게 되어 작품의 원만한 수습이 어려워지는 경우가 발생하게 된다. 여기에는 자연주의 작품 상당수가 포함되며, 소오세키의 『그 후(それから)』가 자연주의 작품으로 오해되는 것도 이 때문이라 할 수 있다. 이런 점에서 『마음(こころ)』에 있어서의 부자갈등이

숙부-조카의 관계로 설정되어, 부-차남의 관계에서 발생하는 문제점을 해소하고 있는 것은 소오세키의 방법적 탐구의 탁월함으로 평가해야 할 것이다.

봉건논리는 가문을 비롯한 조직을 우선으로 하는 만큼, 구성원에 대해서는 보호와 억압, 즉 아버지의 이타주의와 이기주의라는 양면성을 내포하기 마련이다. 작품에서 소오세키는 그 담당자를 각각 아버지와 숙부로 분리했다. 하지만 그것은 어디까지나 관념에 불과한 것일 뿐, 실제로는 분리할 수 있는 성질의 것이 아니다. 더구나 현대인으로서의 이기주의적 개성을 말살하고 과거의 이타주의로 회귀한다는 것은 관념적으로도 쉬운 일이 아니다. 뿐만 아니라 그 귀착지가 메이지시대 당시의 일본인들도 우매한 풍속으로 생각하던 순사라는 것은, 설령 그것이 메이지천황 개인에 대한 것은 아니었다 할지라도, 소오세키 자신의 정치성 혹은 봉건성을 노출시킨 것이라 해야 할 것이다.

또한 소오세키는 순사자의 심경 즉 극단적 이타주의를 어머니를 비롯한 여성의 모성으로 대체하고 있는데, 여기서 모성은 개성적 자아가 거세되어 있어, 결국은 남성에 종속된 존재일 수밖에 없다. 따라서 관념적으로나마 인간의 내부에 공존하는 이기주의와 이타주의를 분리함으로써 현대사회에 있어서의 갈등과 그것으로 인한 외로움에서 벗어날 수 있다는 선생과는 그 도달점에 있어서 차원을 달리하는 것이다. 이 또한 메이지시대를 살아온 반봉건 반개화세대로서의 소오세키 자신의 한계로 보아야 할 것이다. 이 점에 대해서는 작품 분석에서 충분히 다루지 못한 만큼 앞으로 보다 면밀한 검토가 있어야 할 것이다.

【주】

  * 이 논문은 『일본근대학연구』〈제26집〉(한국일본근대학회, 2009. 11)에 게재된 「나츠메 소오세키의 『마음(こころ)』에 나타난 선생의 장남성」을 수정 가필한 것임.

** 육군사관학교 외국어학과 교수

1) 나츠메 소오세키(夏目漱石), 「私の個人主義」, 学習院 講演記録, 1914.

2) 졸고, 「夏目漱石의『마음』에 나타난 K의 차남성」, 『일본학보』제55집 2권, 2003, 257~270쪽.

3) 이토오 미키하루(伊藤幹治), 『家族国家の人類学』, ミネルバ書房, 1982, 132쪽.

4) 작품 전체에 걸쳐서, 선생과 K의 아버지에 대한 기술이 극단적으로 절제되어 있는 것에 비해서, '나'의 아버지에 대한 내용이 상·중·하 3편 중의 1편을 차지하고 있는 것은, 그것으로써 아버지세대의 성향을 충분히 대변할 수 있기 때문으로 보아야 할 것이다. 다시 말해서 각각의 아버지에 대한 개별적인 기술에서 발생하는 중복을 피하기 위한 것으로 볼 수 있는 것이다.

5) 청일전쟁 직후인 1890년대 중반은, 메이지유신 직후에 태어난 이른바 메이지세대가 대학 생활을 보내는 시기이다.

6) 아버지에 대한 아들의 불만이 직접적으로 표출되는 것은 러일전쟁 이후인 1910년 전후에 이르러서이다. 이러한 변화는 서구적 개인주의의 영향을 받은 신세대가 봉건세대의 사상을 더 이상 인정하지 않게 된 데에도 원인이 있지만, 보다 근본적으로는 연령적으로 아버지세대의 시대가 끝났기 때문이다. 소오세키의 작품에서 1910년을 전후한 시기에 직업 일선에서의 은퇴를 비롯한 아버지의 죽음이 집중되어 있다는 것은, 그것이 한 개인 혹은 가정의 차원을 넘어선, 사회적인 의미를 갖는 것임을 말해주는 것이라 할 수 있다. 이러한 현상은 『도련님(坊っちゃん)』(1906), 『산시로(三四郎)』(1908), 『그 후(それから)』(1909), 『문(門)』(1910), 『행인(行人)』(1912) 등, 소오세키의 작품 대부분을 통해서 확인할 수 있다. 이상과 같은 의미에서, 선생의 아버지가 전염병인 장티푸스로 사망한 것과는 달리, 주인공 '나'의 아버지와 메이지천황이 노환의 일종인 요독증으로 거의 비슷한 시기(1912)에 사망한 것은 상징적인 의미를 갖는 것이라 할 수 있다.

7) 『그 후(それから)』(1909)에서 장남 세이고(誠吾)는 자식 남매를 두고 있지만, 부부 간의 대화는 거의 없다. 『행인(行人)』(1912)에서 중매결혼을 한 장남 이치로(一郎)는 부부 사이에 딸 하나를 두고 있는데, 부부간의 사고방식의 차이로 심한 갈등을 겪고 있다.

한편, 1909년을 작품의 현재로 하는 『그 후』에서, 아버지는 현역에서의 은퇴 직전에 있다. 그리고 1912년을 현재로 하는 『행인』에서는 아버지가 막 은퇴한 직후이다. 이러한 점에서 이 두 작품은 일종의 연장선상에 있다. 아버지의 연령적으로도 그렇지만, 장남의 행동양상에 있어서도 그렇다. 다시 말해서 『행인』의 이치로가 아내에 대한 불만을 거침없이 드러내는 것은, 이미 상속을 완료하여 그 원인 제공자인 아버지가 실권을 잃은 상태이기 때문이다. 반면에 『그 후』의 세이고가 애정도 없는 부부생활에 별다른 불만을 표시하지 않고 있는 것은 상속이 이루어지지 않은 상태이기 때문이다.

8) 타카오 토시카즈(高尾利数), 『人間知の心理学』, 春秋社, 1997, 65쪽.

9) 타카오 토시카즈, 위의 책, 176쪽.

10) 시게마츠 야스오(重松泰雄), 「Kの意味」『国文学』, 学灯社, 1981, 198쪽.

11) 선생은 상속을 대신해 줄 수 있는 형제가 없는 상황인 만큼, 상속은 물론이고 귀향에 대해서도 당연한 것으로 생각하고 있었다. 그리고 그는 처음부터 동경에서 직업을

가질 의사가 없었던 것으로 보인다. 시골 출신으로서 가문의 계승과 직업은 양립할 수 없기 때문이다. 그가 동경에서의 유학생활에 뿌리를 내리지 못하고, 〈여행자와도 같은 심정〉을 가질 수 있었던 것도 학문보다는 가문을 계승하는 데 비중이 있으며, 그리하여 여차한 경우에는 언제든지 〈돌아가야 할 집〉(하-5)이 있었기 때문이다. 『노와키(野分)』(1907)의 타카야나기(高柳)와 『산시로(三四郎)』(1908)의 산시로(三四郎), 이들은 나츠메 소오세키의 작품에서는 보기 드문 시골출신의 장남인데, 이들이 동경 생활에 적응하지 못하는 것도 고향에 부양해야 할 어머니가 있기 때문이다. 동경 출신인 『갱부(坑夫)』(1908)의 주인공 '나'가 방황 끝에 결국은 집으로 돌아가는 것도 같은 맥락에서 이해할 수 있는 것이다. 이들 외에 『그 후(それから)』(1909)의 세이고(誠吾)나 『행인(行人)』(1912)의 이치로(一郎)와 같은 장남들은 모두가 직업을 가지고 있는데, 그것은 동경 출신이기 때문에 직업과 가문의 계승을 양립할 수 있기 때문이다.

12) 사쿠타 케이이치(作田啓一)는 이들의 관계를 〈의사적 사제관계(擬似的 師弟関係)〉로 보고, 선생에게 있어서 K는 〈판단의 준거를 제공하는 모델〉이라 하고 있다. 사쿠타 케이이치(作田啓一), 『個人主義の運命 - 近代小説と社会学』, 岩波新書, 1981, 77쪽.

13) 미야노 사카에(宮野栄), 『アドラー心理学の基礎』, 一光社, 2001, 76쪽

14) 사회 전체적인 분위기 면에서 일본의 젊은이들이 여자와의 애정문제에 대해서 자신의 의사를 분명히 하는 것은 1910년을 전후한 자연주의 문학을 통해서이다. 나츠메 소오세키의 작품으로 말하면, 『그 후(それから)』에서 다이스케(代助)가 친구 히라오카(平岡)에게 옛 애인 미치요(三千代)를 돌려줄 것을 요구하는 1909년에 와서야 비로소 가능하였다. 그는 자신이 친구에게 애인을 양보한 것을 후회한 것이 작품의 현재로부터 〈3년 전〉인 1906년 즉 러일전쟁 직후라고 하고 있는데, 이것은 사회적인 상황과도 부합하는 것이다. 이러한 관점에서 볼 때 청일전쟁 직후의 선생이 여자와의 관계를 K에게 밝히지 못하는 이유를 시대적인 상황 때문이었다고 하는 것은 어쩌면 당연하다고 할 수 있을 것이다.

15) 야마즈미 마사미(山住正己), 『日本教育小史』, 岩波書店, 1990, 34~51쪽.

16) 키시미 이치로(岸見一郎), 『アドラー心理学入門』, ワニのNEW新書, 2001. 43쪽.

17) 마에다 켄이치(前田憲一, 『アドラー心理学入門』, 一光社, 2001. 213쪽.

18) 키시미 이치로(岸見一郎), 『個人主義心理学講義』, 一光社, 1983, 197쪽.

19) 야마즈미 마사미, 앞의 책, 16쪽.

20) K를 제외한 이들 차남에게는 어김없이 어머니를 대신해 줄 여성이 있다. 『도련님(坊っちゃん)』의 '나'에게는 키요(清)가, 『그 후(それから)』의 다이스케(代助)에게는 형수 우메코(梅子)가, 『행인(行人)』의 지로(二郎)에게는 어머니와 형수 나오(直)가 있다. 『문(門)』의 코로쿠(小六)에게도 형수 오요네(お米)가 있다. 그리고 『노와키(野分)』의 도우야(道也)에게는 봉건적인 아버지를 대신하고 있는 형과의 사이에서 완충 역할을 해주는 아내가 있다. 이들 여성들이 있기 때문에 차남은 분가 혹은 하숙을 하면서도 종종 본가를 찾게 된다. 그리고 차남들은 이들 여성들로부터 금전적인 보조를 받고 있다. 여기서 주목할 것은 이들 여성의 경제적 원조가 봉건세력인 아버지와 형의 눈을 피해서 이루어져, 그것이 차남들의 과격한 행동을 완화하는 역할을 하고 있다는 것이다.

21) 차남으로서의 K의 성격 및 이에 따른 행동양상, 그리고 그러한 K가 장남(외동아들)인 선생에 미친 영향 등에 관한 상세한 내용은 졸고(앞의 논문)를 참고 바란다.

신경쇠약과 창작*

― 나츠메 소오세키(夏目漱石)의 경우 ―

김숙희**

1. 머리말

신경쇠약과 히스테리[1]는 공히 신경병으로, 둘 다 메이지(明治) 중기부터 타이쇼(大正)에 걸쳐서 유행했다. 이 병은 불면증과 혈액순환 장애, 두통 등의 증상을 동반하거나 정신적인 불안정에 빠지게 하는 것으로 육체와 정신을 좀먹는 병이라고 할 수 있는데 나츠메 소오세키(夏目漱石; 1867~1916)[2] 문학에서 이는 중요한 의미를 지닌다.

소오세키(漱石) 문학의 주인공들은 몇 몇 예외를 제외하고는 대부분 신경쇠약이라고 할 수 있으며 신경의 이상(異常) 과민상태를 보여주는 여성도 등장한다. 소오세키는 어려서부터 양자로 가는 불행을 겪는가 하면 고독한 영국 유학생활 및 위궤양으로 인한 대토혈을 경험하고 세 차례 정도의 신경쇠약에 시달렸던 병력을 갖고 있다.[3] 즉 소오세키는 의식적이든 무의식적이든 자신의 불안한 신경을 표현하기 위해 신경쇠약자를 소설 속에서 등장시키고 특징을 그려내고 있다.

신경쇠약과 히스테리는 급속히 문명화 되어가는 사회 분위기 가운데 성장하고 아이덴티티의 확립을 추구한다고 하는 가치관을 지니고 있으면서도 사회 제도나 관습에 부딪히고 이에 저지당해서 에너지의 분출구를 잃어버린 남자 혹은 여자에게 야기되는 병4)이다. 본고에서는 이와 같이 개인이나 제도 사이에서의 갈등으로 야기되는 병이라는 시각에 초점을 맞추어 작품에 나타난 신경쇠약 및 히스테리의 양상을 분석하고 개인 혹은 부부사이에서는 어떤 역할과 의미를 갖고 있는가를 살펴보기로 한다.

2. 문명의 병, 신경쇠약

작품 『나는 고양이로소이다(吾輩は猫である)』에서 신경쇠약은 다음과 같이 고양이에 의해 희화화(戱画化) 된다.

> 나는 최근 운동을 시작했다. (중략) 우유를 마시라는 둥 냉수를 뒤집어 쓰라는 둥 바다에 뛰어들라는 둥 여름이 되면 당분간 산속에 들어가 안개를 마시라는 둥 하찮은 주문을 연발하게 된 것은 서양에서 신국 일본으로 전염된 최근의 질병 탓으로, 역시 페스트, 폐병, '신경쇠약'의 일종으로 보아도 좋을 것이다.5)

여기서 고양이가 야유를 보내고 있는 운동과 우유, 냉수욕 등은 모두 메이지시대에 수입된 서양의 건강법을 대표하는 것들로 일본에서는 이를 위생이라고 불렀다. 고양이는 이러한 지나친 위생 사례들에 대해서 야유를 보내면서 신경쇠약과 이 위생 사상을 수입 질병의 일종이라고 비꼰다. 나아가서 당시 죽을 병으로 두려워하던 페스트나 폐결핵과 마찬가지로 취급하고 있는데, 실제로 『나는 고양이로소이다』의 후반부에서 이병은 생사문제와 연관 지어서 나오고 있다.

이어서 고양이는 서양 문명에 대한 비판과 불평을 늘어놓으면서 신경쇠약을 다음과 같이 부정적으로 말한다.

> 우리는 자유를 원해서 자유를 얻었다. 자유를 얻은 결과 부자유를 느끼고 난처해한다. 그러니까 서양문명 정도는 얼핏 좋은 것 같아도 결국 아닌 걸세. 이에 반해서 동양에선 옛날부터 마음 수양을 했지. 그 쪽이 옳은 걸세. 보게나, 개성 발전의 결과 모두가 신경쇠약을 일으켜 수습 곤란하게 되었을 때 '왕자지민은 탕탕하도다(王者の民蕩々たり)'라는 싯구의 가치를 발견할 테니.　　　　　　　　　　　　　　(『전집』 1권, 523쪽)

즉 이 병은 페스트나 결핵처럼 문명의 결과 생겨난 유행병이었는데 이는 당시의 일반적인 인식이었으며 소오세키 역시 1910년 오오츠카 구스오코(大塚楠緒子)에게 보낸 편지에서도 '신경쇠약은 현대인이 일반적으로 걸리는 그저 현재 유행병'이라고 간파하고 있다. 즉 신경쇠약은 자유나 개성으로 대변되는 서양문화의 상징으로 메이지와 타이쇼 시대에 걸쳐서 이른바 '문명의 병'으로 불리던 시대병이었다.

또한 신경쇠약이란 실생활에서 발생하는 스트레스를 적응함에 있어서 실패하였을 때 생기는 병적인 심리상태[6]라고 하는네, 즉 사회가 복잡해지고 나라가 발전해감에 따라 늘어나는 병이며 사회와 개인과의 알력을 초래 할 뿐만 아니라 개인의 사회적 자립도(自立度)가 이 병의 요인으로 간주되는 것이다. 신경쇠약은 죽음의 문제와 연관되어 묘사되어 간다.

> '신경쇠약 국민으로는 살아간다는 것이 죽기보다도 훨씬 심한 고통이다. 따라서 죽음을 걱정하게 된다. 죽는 것이 싫어서 걱정하는 것이 아니다. 어떻게 죽는 것이 가장 좋을지 걱정하는 것이다. 다만 대개의 인간들은 지혜가

모자라서 자연스레 포기하고 있는 동안 세상이 괴롭혀서 죽여준다.
(『전집』 1권, 509쪽)

여기서 신경쇠약 증세가 있는 고양이의 주인 쿠샤미(苦沙彌)는 '문명이 이런 기세로 진보해 가는 날엔 살아있는 게 싫다(此の勢いで文明が進んで行った日にや僕は生きているのはいやだ)'고 하면서 신경쇠약으로 살 수밖에 없는 사회에 대한 비판과 함께 향후세계는 자살자가 증가할 것이라고 주장하고 있다. 다시 말해『나는 고양이로소이다』에서 이 병은 사회구조와 관습에서 개인의 내면까지도 변혁하고 지배하는 서양문명의 어두운 그림자로 비춰지고 있는 것이다.

『그리고서(それから)』의 주인공 다이스케(代助)는 당시의 말로 고등유민이다. 그는 신경쇠약을 앓는다. 그가 친구 히라오카(平岡)를 대상으로 하는 '문명비판7)'에서는 자신이 일하지 않는 이유를 설명한 다음 신경쇠약을 언급한다. 즉 다이스케가 문명사회에 거부감을 느낄 때 신경쇠약8)은 비롯되고 있다.

> "왜 일을 하지 않나?" "왜냐고? 그건 내 탓이 아니야. 이 세상 때문이지. 과장해서 말하면 우리 일본과 서양의 관계가 나쁘기 때문에 일을 하지 않는 거야 (중략) 이렇듯 서양의 압박을 받는 우리 국민들은 정신적 여유가 없기에 변변한 일은 할 수 없어. 모두 긴장된 교육을 받고 혹사당하다 보니 다 함께 '신경쇠약'이 되는 거지. (『전집』 4권, 402쪽)

소오세키의 소설에는 뚜렷한 직업도 없이 아무 일도 하지 않고 놀면서 생활하는 인물이 자주 등장한다. 그들 대부분은 남자에게만 허락되었던 고등교육을 받고도 사회로 환원해야할 의무를 다하지 않는다. 사회로 나오지 않는 사실 자체가 이미 커다란 자기표현이라고 할 수 있는데, 그 결과 그들이 존재하는 장소는 주로 자신의 신변으로 한정되게 되고 신변에만 머무는 그들의 위화감은 신체적 레벨에까지 이르게 되어 신경쇠약의 문제가 부상하게 된다.

주인공 다이스케는 고답적이고 냉소적인 근대 지식인의 유형으로 빵과 관련된 경험을 저급하게 여기는 유민(遊民)이자 사회부적응자라고 할 수 있다. 근대성이란 근대 문명에 대한 수요나 실천이 아니라 근대에 대한 진지한 성찰에서 이루어지는 경지라는 관점을 가진 소오세키는 이런 다이스케의 언행을 통해 시대와 사회에 대한 문명 비판을 전개하고 있는데, 작품 중 다이스케는 자신이 반시대적 반사회적 존재임을 드러내는 동시에 아버지가 강조하는 성실성이나 열의 같은 덕목을 애써 외면하는 겁쟁이임을 스스럼없이 밝히는 것을 볼 수 있다.

한편 육체적으로도 영향을 끼치는 병이라는 관점에서 볼 때 신경쇠약 증상을 가장 많이 나타내는 것이 다이스케이다. 다이스케의 증상에 주목해 보면 작품 도입부에는 자신의 심장에 대해 과민반응을 보이는 모습이 그려져 있고(一), 위에서 이물감을 느끼는가 하면(八), 배설 기능의 변화(十四)가 나타난다. 또 그는 머리의 중심이 활의 과녁처럼 이중 삼중으로 겹쳐진 것(十一)처럼 느끼기도 하며, 그의 눈에는 사물이 이상하게 보기도 한다. 즉 히라오카와 의논하고 온 날 밤에는 자신의 다리를 동물의 다리처럼 추하게 보며(七), 아버지가 제안한 혼담을 거절하겠다는 결심을 한 다음날에는 수척해져 버린 자기얼굴을 보면서 '변함없는 통통한 볼(十四)'이라고 하는 식이다.

이는 의학서에 나타난 신경쇠약의 육체적 증상9)과 일치하는데 이런 여러 가지 증상을 보여줌으로써, 『그리고서』에서의 신경쇠약은 고등유민 다이스케의 육체에 진행되고 있는 병, 그리고 사회제도를 부정적으로 각인시킨 병이라는 의미를 지니게 된다. 다시 말하면 신경쇠약은 자유와 개성으로 대변되는 서양문명에서 비롯된 병임과 동시에, 이를 거부하거나 적응하지 못했던 문명으로부터 좌절당한 사람들이 앓는 병이다. 따라서 신경쇠약은 반은 사회와의 관계를 의미하고 반은 사회로부터의 고립을 의미한다고 할 수 있을 것이다.

이와 같은 신경쇠약에 대한 인식[10]은 소오세키 문학에서 일관되게 볼 수가 있는데, 작품 『양귀비꽃(虞美人草)』에서는 오노(小野)가 공부가 잘 안 된다고 하면 신경쇠약(四), 코노(甲野)가 집안 계승을 거부하면 신경쇠약(十六)이라는 식으로 사회제도로부터 일탈을 이렇게 부르고 있다.

이상에서 본 바와 같이 신경쇠약은 사회 구조와 관습에서 개인의 내면까지 지배하는 서양문명의 어두운 그림자이기에 그러한 사회로부터 떨어져 나온 사람들에게 있어서 신경쇠약은 유일한 도피처가 될 수도 있을 것이라고 본다.

3. 부부 관계와 신경병

작품 『문(門)』은 친구를 배반한 소오스케(宗助)와 남편을 버린 오요네(お米)가 어떻게 살아가고 있는가 라는, 즉 불륜을 저지르게 된 부부의 삶에 무게를 둔 작품이다. 작품 도입부에서 아내 오요네는 툇마루)에 누워 쾌청한 가을 햇살을 바라보는 남편의 여유로운 광경을 다음과 같이 보고 있다

> 남편은 어쩔 셈인지 두 무릎을 구부려 새우처럼 웅크리고 있었다. 두 팔로 깍지를 끼고 그 속에 검은 머리를 박고 있었으므로 얼굴은 팔꿈치에 가려져 보이지 않는다.　　　　　　　　　　　　(『전집』 4권, 625쪽)

뒷마루에 누워 쾌청한 가을 햇살을 바라보는 남편의 여유로운 광경을 거실 쪽의 아내 오요네가 바라보는 부분은, '어쩔 셈인지' '웅크리고 있다'고 하는 등의 표현에서 타인과의 관계를 거부하는 노인 혹은 태아의 모습을 연상시킨다. 그녀가 보는 이런 남편의 모습은 소오스케의 처지이자 그가 가진 불안감의 징후일 것이다. 소오스케는 그런 조짐을 따라가듯이 자신이 알고 있는 쉬운 한자가 막상 쓰려고 하면 잘 기억나지 않는다고 한다.

> "오요네, 근래의 '근'자는 어떻게 쓰지?"하고 물었다. (중략) "왜냐면 아무리 쉬운 글자라도 이것 이상하다 싶어 의심하기 시작하면 점점 모르겠거든. 지난번에도 '금일'의 '금'자로 한참 헤맸어."(중략) "당신 요즘 좀 이상해요." "역시 '신경쇠약' 탓인지도 모르지." (『전집』 4권, 627~628쪽)

소오스케에게 나타나는 기억력과 이해력의 감퇴나 불안감의 증대 등은 신경쇠약의 전형적인 증상으로 이는 소오스케가 '지금' '여기'에 살고 있다는 실존적인 생의 감각을 잃어버리고 있다는 뜻으로 봐도 좋을 것이다. 하지만 이런 소오스케의 변화를 가볍게 신경쇠약 탓으로 돌린다.

이들 부부는 그들이 지나온 과거사로 인해서 내면에 잠재된 중압감을 느끼면서도 서로 모르는 척하며 살아가는네 신경쇠약은 이렇게 불륜이라는 죄를 공유하고 있는 친밀한 부부사이에서, 그들이 어떤 위기감을 느낄 때마다 가볍게 주고받는 말에서 나타나는 것이다.

텍스트에서 이 병은 여러 차례 같은 식으로 반복된다. 즉, 소오스케가 동생 고로쿠(小六)의 학비문제를 해결하기 위해 적극적으로 움직이지 않는 것을 그는 신경쇠약 때문이라고 설명한다. 하지만 형의 태평한 태도가 불만스러운 고로쿠는 쓴웃음을 짓는다(三). 또한 학비문제로 숙모와 만나 설명을 듣게 되고 그것을 명쾌히 받아들이지 못하는 것 역시 신경쇠약의 결과로 납득한다(四). 그리고 참선을 가서 깨달음이 오지 않는 것 역시 신경쇠약이 심해진 탓이라고 느끼는 식이다.

이와 같이 소오스케는 일상의 문제들에 접했을 때 대부분 신경쇠약이라는 병을 선뜻 언급함으로써 간단히 처리해 버리는 것을 볼 수 있는데 이는 마치 이 병을 통해서만 문제를 해결할 수 있다고 말하는 것처럼 보이기도 한다. 즉『문』에서 신경쇠약은 주로 위기 모면의 형태로 등장하고 있으며, 역으로 이 병은 이러한 비정상적인 문제들을 내포하고 있다는 뜻이 되는 것이다.

다시 말해 소오스케의 신경쇠약은 일견 일상의 권태로운 질병의 면모를 보이면서 사실 이러한 문제들을 내재하고 있기에 작품의 주제인 소오스케의 삶의 상실과 숨겨진 불안감이라는 모티브를 지지하고 있는 형식이라고 할 수 있다.

한편『문』의 부부관계에 의미를 부여하는 또 다른 요인으로 오요네의 히스테리가 있다.

> "고로쿠상은 아직도 날 미워하고 있는 걸까요?"하고 물었다. (중략) "또 '히스테리'가 시작됐나. 고로쿠가 어떻게 생각하든 그게 무슨 대수야. 나만 있으면 되잖아." "논어에 그렇게 쓰여 있어요?" 오요네는 이런 우스개 소리를 하는 여자였다. "응, 쓰여 있어." 그것으로 둘의 대화는 끝났다.
>
> (『전집』 4권, 627쪽)

오요네가 자신을 싫어하는 시동생 고로쿠(小六)와 함께 사는 것에 대한 심한 불안감을 토로하지만 소오스케는 그저 히스테리 때문이라고 말하는 부분이다. 그러나 오요네가 실제로 시동생을 데리고 함께 살게 되었을 때 그녀는 그것을 견디지 못해서 몸 상태가 몹시 나빠지게 된다. 즉 사건 이면에는 위기가 잠재되어 있는데도 히스테리라는 말로 가볍게 응수하는 것이다.

이후 더욱 심적 불안이 더욱 심해진 오요네는 점쟁이를 찾아가고 세 차례 출산의 실패는 죄 때문이라고 하는 점쟁이의 말을 듣고는 그 것을 소오스케에게 고백하는데, 그런 오요네를 보고 소오스케는 다시 간단히 히스테리라고 해버린다. 다시 말하면 신경쇠약이 그랬던 것처럼 오요네의 히스테리 경우도 중압감이나 걱정거리를 병 탓으로 일축해버리는 모습을 볼 수 있다.

한편 이들 부부의 내면에는 항상 그들을 불안한 무언가가 잠재되어 있다. 그것은 물론 그들이 배신한 야스이(安井)에 대한, 그들의 도저히 갚을 수 없는 마음의 부담이다. 즉 부부의 삶에 무게를 싣고 있는 이 작품은 두 사람 내면의 억눌린 생활11)이라는 모티브로 일관되는데, 소오스케·오요네 부부에게는 과거의 죄의식이 그림자를 드리우고 있으며, 타개책은 찾지 못하는 부부의 위화감이 이 병으로 표현되고 있는 것이다. 『문』의 신경쇠약과 히스테리는 부부가 안고 있는 실존적 위기의 모습을 이병으로 치부해버림으로써 감추기도 하고 동시에 드러내는 역할을 함으로써 작품을 지지하고 있는 형시이다.

소오세키의 자전적 자품인 『노방초(道草)』는 양부의 금품 강요 문제와 켄조오(健三)를 끊임없이 괴롭히는 아내와의 갈등문제를 두개의 축으로 전개된다.

아내 오스미(お住み)의 히스테리는 심각한 신체증상으로 나타나는데 몽롱한 상태와 히스테리 발작, 자살기도 등을 나타내는 그녀의 상태는 다음과 같다.

　　그는 결혼한 후로 이런 일들을 수도 없이 겪어왔다. 하지만 그는 그것에 익숙해지기엔 너무나 신경이 예민했다. 그럴 때마다 늘 똑같은 불안에 사로잡혔다.(중략) 아내의 눈은 이미 천정을 보고 있지 않았다. 그렇다고 확실하게 어디를 보고 있는 것도 아니었다. 크고 검은 눈동자는 번쩍였지만 살아 움직이는 움직임이 없었다. 그녀는 혼이 빠져버린 듯한 눈을 한껏 뜨고 멍하니 바라볼 뿐이었다.　　　　　　　　　　　　　　(『전집』6권, 423쪽)

　　현대 히스테리론에서 몇몇 요인이 있다고 한다. 첫째 히스테리는 억압하는 자와 받는 자가 있고 그 중 약자가 가지는 병이며, 둘째 억압하는 자는 냉혹하지 않고, 셋째 증상을 상징적인 행동으로 해석할 수 있는 문화가 있다는 것 등이다. 이것은 이들 부부 관계 그대로이다. 왜냐하면 일상에서 켄조오는 권위적 태도를 취하고 오스미는 그를 허용하는 주종관계에 있다. 또한 켄조오는 자신이 '냉혹한 인간이 아니다(冷酷な人間ぢやない)'라고 생각하며, 아내의 히스테리 증상을 대처하는 자신만의 방식과 문화가 있기 때문이다.

　　결혼 7년차인 겐조오와 오스미 부부는 의사소통이 원활하지 않다. 즉 '모든 의미에서 아내는 남편에게 종속해 마땅한 존재(あらゆる意味から見て、妻は夫に従属すべきものだ)'라고 생각하는 켄조오는 자신의 기분이 내키지 않으면 아무리 얘기할 것이 있어도 아내에게 말하지 않는 버릇이 있고 아내 역시 그런 남편에게 일상적인 일 외에는 결코 말을 걸지 않는 부부이다. 이렇게 '좀처럼 해결되지 않는 부부'[12) 관계에서 오스미의 히스테리는 자살을 시도할 정도로 격렬하게 나타난다.

　　어느 날 밤 문득 깨어보니 아내가 눈을 크게 뜨고 천정을 응시하고 있는 게 보였다. 손에는 그가 서양에서 가지고 온 면도칼이 쥐어져 있었다. 그녀가 흑단 칼집 속에 접혀진 그 칼날을 빼지 않고 그냥 검은 칼집만을 쥐고 있었기에 번득이는 칼날이 그의 시각을 위협하는 일은 없이 끝났지만 그는 섬뜩했다. 순식간에 아내 손에서 면도칼을 비틀어 빼앗았다.

(『전집』 6권, 444쪽)

아내와 극심한 성격차를 보이는 남편 켄조오는 아내의 이 사건에 대해서, 병의 발작으로 자신도 모르게 칼을 집어든 것인지 자신을 겁주려는 책략으로 놀라게 하는 것인지 그 진의를 여러 가지로 해석한다. 다만 이런 불안감에 사로잡히면서도 그는, 아내가 발작을 일으킬 때마다 '약하고 가엾은 사람 앞에 머리를 조아리고 가능한 한 비위를 맞추는(弱い憐れなものの前に頭を下げて、出来得る限り機嫌を取った)' 사람인데 켄조오가 아내의 증상에 어떻게 대응하는가에 주목해 보자.

> 그는 자주 가엾은 아내의 헝클어진 머리를 빗어주었다. 땀이 밴 이마를 젖은 물수건으로 훔쳐 주었다. 간혹 정신을 차리게 하기위해 얼굴에 물을 뿜어보기도 하고 자신의 입으로 물을 먹이기도 했다. (중략) 한때 그는 매일 밤 가는 끈으로 자기 잠옷과 아내의 잠옷을 묶어 놓고 잤다. 끈 길이를 4척 정도로 해서 충분히 몸을 뒤척일 수 있게 했기에 아내의 항의 없이 며칠 동안 계속되었다.
>
> (『전집』 6권, 515쪽)

즉 아내의 강렬한 신체적 증상에 신체로 대응해 주고 있다. 결국 신체 대 신체의 커뮤니케이션이 두 사람을 비로소 화해시키고 있는 것이다. 자살 시도와 같은 상년 다음의 이들 부부는 긴장의 극에 딜했던 관계가 자연스럽게 보통 부부가 하는 식의 말을 주고받기도 하는 것을 볼 수 있는데, 결국 의사소통이 안 되는 부부사이에서 '아내의 병은 둘 사이를 부드럽게 녹여주는 방법으로 켄조오에게 필요했다(細君の病気は二人の仲を和らげる方法として、健三に必要であった)'라고 한다.

즉 이 부부는 자살 시도 및 심한 발작과 같은 불쾌한 장면 다음에는 긴장의 극에 달했던 두 사람의 관계에서 자연스럽게 보통부부가 하는 식의 말을 주고받기도 하는데, 켄조오가 생각한 것처럼 아내의 히스테리는 부부간의 긴장을 녹여주는 완화제 역할이다. 의사소통이 되지 않는 이들 부부사이에서 히스테리는 부부사이의 갈등을 완화시키는 역할이라는 색다른 양상을 띤다.

4. 자기정체성으로써의 병

『노방초(道草)』의 켄조오(健三)는 런던 유학에서 귀국한 뒤 교단에 서기 위해 매일 밤낮으로 일에 쫓기며 서재에 틀어박혀 마치 자신의 정체성[13]을 확인하듯이 신경쇠약 증상을 자각한다.

> 그를 알고 있는 많은 사람들은 그를 '신경쇠약'이라고 평했다. 그는 그걸 자기의 성질로 믿고 있었다. 그는 실제로 그날그날 일에 쫓기고 있었다. (중략) 그의 마음은 여유라는 것을 전혀 몰랐다. 그는 시종 책상 앞에 달라붙어 있었다.   (『전집』 6권, 296쪽)

작품은 '양부 시마다(島田)의 금품강요'와 '아내와의 갈등'이라는 두 문제를 축으로 전개되고 있는데, 주인공 켄조오는 이런 스트레스로 인해 불안, 초조, 위장 장애 등의 신경쇠약 증상을 보인다.

한편 자기중심적이고 신경질적인 그는 아내로부터 세상과 조화가 되지 않는 편협한 사람이라는 비난을 받고 문제에 부딪힐 경우 서재로 가버린다. 그는 아내의 히스테리 발작을 일으킬 경우에 센티멘털한 기분에 사로잡히기 쉬운 반면 결코 자기의 감정을 솔직히 드러내지 못하고, 서재로 들어가 조용한 밤을 혼자 새기도 한다. 즉 켄조오의 일상을 끊임없이 괴롭히는 아내와의 갈등에서 서재는 일종의 피난처인 셈이다.

항상 머리로 아내를 제압하고 싶은 독단가인 그가 집으로 돌아와 주로 서재에 머무는 근본적인 이유는 아내와의 성격 차이에서 오는 갈등으로부터 완전한 정신적 자유를 원하고 있기 때문인데, 다시 말해서 켄조오가 서재에 머무는 시간은 자신의 정체성을 확인하는 시간처럼 보이기도 한다.

다만 아내의 히스테리 발작 시에는 그녀에게 정성을 다하는 것이 남편으로써 가장 친절하고 고상한 조치라고 믿는가 하면 걱정이 많은 기질인 그는 '아내의 신음소리를 몰라라 하고 밖에서 어정거릴 수 있는 남자(細君の唸り声を余所にして、ぶらぶら外を歩いていられるような男)'가 아니었다. 다시 말해 아내가 히스테리를 일으킬 경우에는 무조건 아내와의 관계의 장으로 나와야만 하는 학자 켄조오는 신경쇠약에 의해서 늘 그를 익입하고 있는 아내의 히스테리와 저항하고 있는지도 모른다.

이상과 같이 『노방초』의 신경쇠약은 켄조오 스스로가 이 병을 자신의 '성격'으로 보듯이 그의 자아정체성임과 동시에, 켄조오는 신경쇠약에 의해 자아의 붕괴로부터 자신을 지킨다고 볼 수도 있다.

『행인(行人)[14]』의 주인공 이치로(一郎)는 나가노(長野) 집안의 장남이자 대학교수이다. 켄조오와 가장 비슷한 인물[15]인 그는 더욱 심각한 신경쇠약자이다.

예민한 이치로는 아내를 신뢰하지 못해서 괴로워하는데 그 불신감
은 부모를 비롯한 가족 전체로 확대되어 그를 더욱 고립된 상황으로
내몰게 된다. 결국 그는 지나치게 자신의 내면에만 몰두한 나머지 자
기만의 세계에 갇혀 정신 이상을 나타내게 되고 고독과 불안만이 그의
안식처로 남는다.

이처럼 이치로의 신경쇠약은 마침내 다른 식구들에게 그가 광기에
이르는 것으로 비쳐지는데, 결국 그는 심적 치유를 위해서 동료 H씨와
함께 여행을 떠나게 되고, 여행지에서 H씨가 지로에게 보낸 편지에는
그의 불안한 모습이 자세히 그려진다.

즉 H씨가 이치로에게 바둑을 두자고 하는 장면에서는 두 번씩이나
바둑 두기를 거절하던 이치로가 잠시 후 자기가 먼저 두자고 한다.
하지만 바둑을 시작하자마자 그만 두고 마는데, 이치로는 바둑은 물론
아무 것도 하기 싫었지만 동시에 뭔가 하지 않고서는 있을 수 없었다
며 무엇을 해도 불안하기만 하다고 고백한다.

그런 자신의 병적 불안에 대해 이치로는 '머리의 두려움에 불과하지
않은(頭の恐ろしさに過ぎない)' '맥이 뛰는 살아있는 두려움(脈を打つ活きた
恐ろしさ)'이라고 설명하는데 주목할 점은 이러한 이치로의 고독과 불

안이 과학적인 지식과 연관되어 서술되고 있다는 점이다.

　이치로를 신경쇠약에 빠트리는 커다란 불안이 과학이라는 지식과
연결되어 서술되어 있는 점에 주목해 본다면 이치로는 자신의 고독하
고 불안한 병인 신경쇠약을 과학이라는 지식에 접목시킴으로서 지적
인 병으로 재조명하여 스스로의 아이덴티티를 살려내고 있다고 할 수
있다.

　또한 이치로의 신경쇠약에 대해서 H씨는 '모든 원인을 너무 지나치
게 반응하는 그의 이지의 죄로 돌리면서 역시 그 이지에 대한 경의를
버릴 수가 없다(すべての原因をあまりに働き過ぎる彼の理智の罪に帰しなが
ら、やっぱり、その理智に対する敬意を失う事ができない)'고 말한다. 즉 이
치로의 신경쇠약이 지나치게 이지적인 탓에 생긴 것으로 보고 그런
이치로를 존경하는 태도를 보이는데, 이와 같이 『행인』의 신경쇠약은
이지(理智)라는 장점과 결부된 것으로 표현됨으로써 학자이자 사색가
인 그의 정체성을 부각시키는 역할을 하고 있다.

5. 맺음말

　소오세키 문학에서는 『산시로(三四郎)』의 주인공 산시로와 『명암(明

暗)』의 츠다(津田雄三)를 제외한 대부분의 남자들이 신경쇠약을 앓고 있
다. 또한 정신의 이상흥분 상태를 보이는 여성이 다수 등장하는데,
『문』의 오요네(お米)가 히스테리 증세를 보이는가 하면 『노방초(道草)』
의 오스미(お住)의 히스테리는 심각한 신체적 증상으로 나타나기도 한다

　이상에서 살펴 본 신경쇠약과 히스테리의 양상 및 의의를 정리하면
첫째 신경쇠약은 서양 문명으로 인한 병임과 동시에 서양문명에 대한
부작용의 산물로서, 문명과의 관계를 의미함과 동시에 문명과 사회 제
도로부터의 일탈을 의미한다. 즉 신경쇠약은 반문명 반서양이라는 코
드로 은유된 병임과 동시에 변화하는 문명사회에 적응하지 못한 유민
들의 병이기 때문이다. 다시 말하면 이 병은 문명사회로부터 일탈이라
는 문화적 코드를 갖고 있다.

　둘째로 오요네와 오스미가 앓고 있는 히스테리는 부부관계를 뒷받
침하는 방편의 역할을 하여 작품의 의미와 깊이를 더하고 있다. 즉
부부가 안고 있는 불안과 중압감이 주제인 작품『문』에서 이 병은,
일견 일상의 권태로운 질병의 면모를 보이지만 그들의 죄책감과 관련
이 된 사건에서 나타난다는 점에서 볼 때 부부의 불안감이란 모티브를
지지하는 역할을 하는 것이다. 또한『노방초』에 그려진 아내의 히스
테리 발작은 부부간의 긴장을 완화시키는 역할을 함으로서 부부간의
갈등이라고 하는 문제에 재미를 더하고 있다.

　셋째는 신경쇠약을 통해서 등장인물의 정체성을 드러내 보여준다.
즉 신경쇠약을 앓는『노방초』의 켄조오는 이 병을 자신의 '성질'이라
고 하며, 마찬가지로 서재에 머무는 학자인『행인』의 이치로는 신경쇠
약으로 인한 그의 불안을 과학이란 지식과 연관 지어 서술함으로써
자신의 지적인 면모를 보여주고 있다.

【주】

  * 본 논문은 『일어일문학연구』제69집(2009. 5월)에 게재되었던 「나쓰메 소세키(夏目漱石) 문학과 병—신경쇠약과 히스테리의 양상」을 수정·보완하였음.
 ** 한국외국어대학교 일본어대학 강사

1) 신경쇠약(neurasthenia)은 죠지.M.베어드가 1879년 정의한 병명으로 신경자극의 전달능력 저하와 신경시스템의 용량감소로 야기된 정신적 이상(異常)상태의 통칭이다. 히스테리(hysterie)도 정신적 원인으로 일어나는 비정상적인 흥분 상태를 말하지만 신경쇠약이 감정과민으로 내적성찰이 과도한 결과 불안과 기우에 번민하는 반면 히스테리는 자기(自己)내적 성찰이 없다.(이마무라 신키치(今村新吉), 『神経衰弱とヒステリ-の治療法』참조)

2) 소오세키(漱石)는 동경제대 영문과 졸업 후 교사생활을 거쳐 1900년 문부성 장학생으로 2년간 영국유학을 한다. 귀국 후 대학 강단에서 『문학론』을 강의하다가 처녀작 『나는 고양이로소이다』로 호평을 얻은 뒤 1907년부터 아사히신문 전속작가로 신문소설을 연재한다. 작품으로는 전기 삼부작『산시로』『그리고서』『문』과 후기 삼부작『춘분 지나기까지』『행인』『마음』 및 자전소설『노방초』와 미완성 유작『명암』 등이 있다.

3) 치타니 시치로(千谷七郎), 『漱石の病跡』, 勁草書房, 1963, 24쪽

4) 마츠모토 켄지로(松本健次郎), 『漱石の神經系』, 金剛出判, 1981, 77쪽

5) 나츠메 소오세키(夏目漱石), 『わが輩は猫である』, 『漱石全集』第一巻, 1965, 252쪽. 이하, 『소오세키 전집』에서의 인용은 권수와 쪽수만 기입하기로 한다.

6) 이마무라 신키치(今村新吉), 앞의 책, 131쪽

7) ‘문명비판’은 소오세키가 작품 중 펼치는 메이지시대의 실리적(實利的)개화 풍조에 대한 비판을 일컫는 키워드로, 주체의 형성 과정을 거치지 않은 수동적이면서 수박겉핥기식의 외발적인 근대화야말로 근대 일본의 비극으로 보았으며『산시로』와『그리고서』등 초기작품에는 신랄한 동시대 비평이 그려진다.

8) 의사 이마무라(今村新吉)는 ‘신경쇠약은 과로가 원인이 아니다. 자신을 무능하게 보는 기분과 정서가 제일의 원인이며 그와 동시에 자신은 절대로 무능하지 않다는 기분이 공존함으로 갈등하게 됨으로서 생기게 되는 것’으로 본다. (마츠모토 켄지로(松本健次郎), 앞의 책, 77쪽. 재인용)

9) 신경쇠약의 증상으로 과도한 걱정, 불안 및 불쾌감, 지적능력 감퇴 등이 있고 그밖에 육체적 증상으로 두통 불면 다한증 수족 냉증 식욕감퇴 변비 생식기 장애 등을 들고 있다. 카사하라 요미시(笠原嘉).『精神病』, 岩波書店, 1998, 27쪽

10) 『그리고서』에서는 미치요(三千代)도 의사로부터 신경쇠약 진단을 받는다(十六). 그러나 다이스케의 애정을 남몰래 의식하며 지내온 미치요가 그의 고백을 받은 다음날 기진맥진한 가운데 졸도한 상태에서 일어나는 병변이므로, 이는 내용 전개면에서 볼 때 다이스케가 문명비판 중에서 말하는 신경쇠약과는 다른 의미를 가진다고 본다.

11) 시마다 마사히코(島田雅彦), 『漱石を書く』, 岩波新書, 1993, 117쪽

12) 오경, 『가족관계로 읽는 소세키(漱石)문학』, 보고사, 2003, 178쪽

13) identity란 변치 않는 존재의 본질을 깨닫는 성질, 독립적 존재의 성질을 일컫는데 『노방초』의 켄조오(健三)는 자신의 신경쇠약을 성질(性質)로 보고 있다.

14) 『行人』은 1912년 12월부터 다음해 11월 15일까지 연재되었으며「벗(友達)」, 「형(兄)」,

「돌아와서(歸ってから)」,「번뇌(塵勞)」의 4부로 구성되어 있다. 집필도중 위궤양 출혈이 있었기에「帰ってから」를 끝내고 요양한 뒤에 4부가 재게(再揭)되었다. 자기내면의 모순과 암울함에서 고민하는 이치로를 통해 근대 지식인의 고독과 인간실존에 접근하고 있다.

15) 미요시 유키오(三好行雄),『夏目漱石事典–作中人物事典』, 學燈社, 1986, 99쪽

타자 인식과 나[*]

— 시가 나오야의 「아바시리까지」와 「순진한 젊은 법학도」를 중심으로 —

최석재[**]

1. 머리말

시가 나오야(志賀直哉; 1883~1971)는 '소설의 신'이라고 불릴 정도로 일본 근대문학에서 빼놓을 수 없는 작가이다. 일본 근대문학에서 메이지(明治) 시대의 작가로 나츠메 소오세키(夏目漱石), 모리 오오가이(森鷗外)를 꼽는다면 타이쇼(大正) 시대의 작가로는 시가 나오야를 꼽을 수 있다. 타이쇼 시대의 문학은 민주주의를 배경으로 개성의 존중과 자유의 개화를 그 근본정신으로 했고, 특히 소설에서는 시가(志賀) 등에 의한 사소설(私小說)이 자연주의 사소설과는 다른 형태로 널리 확산되어 갔다.

시가는 자신의 일상의 일을 작품화하기를 좋아했다. 그리고 그 일상의 틈에서 마주친 사람이나 일어난 일들을 소재로 삼아, 그의 뛰어난 관찰력을 바탕으로 과부족 없는 적확한 묘사로 여러 장면들을 표현하고 있다. 그런데 그는 그 장면 속으로 깊이 빠져 들어가는 일은 좀처럼 없었다. 그의 타자 인식의 밑바탕에 있는 자아는, 단순히 하나의 원초적인 자아로 이루어진 것이 아니라, 여러 타자들의 복합적인 것들에 의해 하나의 자아가 존재하게 되는 것이다. 그러므로 순수한 주체란 존재하지 않으며 타자와의 만남·융화·투쟁을 통하여 비로소 한 주체가 존재하게 된다. 즉, 타자를 통해서 자아의 유아성을 극복하면서 한사람의 성인이 되는 것이다.

본고에서는 초기 시가문학의 태동기라고 할 수 있는 습작기의 타자 인식을 알아보기 위하여, 우선 시가가 다녔던 '학습원(学習院)'을 중심으로 그가 '학습원'의 주변을 어떻게 인식했는지 살펴보고, 시가의 문단 데뷔 작품인 「아바시리까지(網走まで)」(『白樺』1910.4)와 「순진한 젊은 법학도(無邪気な若い法学士)」(『白樺』1911.3)를 중심으로 초기 시가 나오야 문학에 나타나 있는 타자에 대한 인식을 살펴보고자 한다.

2. '학습원' 시절의 주변 인식

우선 시가가 다녔던 '학습원'의 분위기를 살펴보기로 한다. 시가가 작가에 뜻을 둔 것은 비교적 일찍, 학습원 고등과 1, 2학년 때쯤이다. 이 무렵 그는 무샤노코오지 사네아츠(武者小路実篤)와 함께 학교 '보인회(輔仁会)'[1]의 변론부 위원으로 뽑혔다. 이 회는 1904년 4월부터 명사(名士)의 강연회를 열기 시작하여, 1905, 6년경부터는 연설회 활동이 활발해진다. 시가가 위원이었을 때에 나츠메 소오세키(夏目漱石)를 초청하려 했지만 원장이 승낙을 하지 않았다. 연설이 허락된 강사는 모두 청일(日清)·러일(日露)전쟁 등에서 공적이 있는 군인들이었다.[2] 무샤노코오지의 『어느 남자(或る男)』(『改造』1921.7~1923.11)를 보면 다음과 같이 쓰여 있다.

　　시가는 우치무라(內村)씨나 나츠메씨에게 연설을 부탁하고 싶어했지만
학교에서 허락하지 않을 것이라고 해서, 우에다 빙(上田敏)씨라면 괜찮을
것이라고 해, 다른 사람을 통해서 연설을 부탁했다. 흔쾌히 승낙을 받았다.
그런데 키쿠치(菊池)원장에게 그들은 불려갔다. 그리고 문과계통 사람의
연설은 뭘 말하는지 모르겠으니까 그만두도록 하라는 말을 들었다.
　　둘은 화가 났지만, 그만둘 수밖에 없었다.[3]

　　키쿠치원장이 근무한 것은 1904년 8월부터 1905년 10월까지로[4], 시
가와 무샤노코오지가 고등과 2학년 때에 해당된다. 따라서 이 일이 있
었던 것은 그 때일 것이고 소오세키가 『나는 고양이로소이다(吾輩は猫で
ある)』(『ホトトギス』1905.1~1906.8)를 발표하기 시작한 것이 1905년 1월이
며, 우에다 빙(上田敏)이 『파도 소리(海潮音)』을 낸 것이 같은 해 10월이
니까 시가의 새로운 문학에 대한 관심과 접촉은 매우 빨랐다고 하겠다.
그런데 당시 학교 측은 문학자를 위험한 존재로 치부하고 있었음을 짐
작 할 수 있다.
　　그러나 이 일 한 가지만 가지고 ‘학습원’의 분위기가 강압적이고 자유
롭지 못했다고 속단하기는 어렵다. 왜냐하면 자유로운 분위기라는 것
은 어떻게 보면 매우 상대적일 수 있기 때문이다. 예를 들면 무샤노코오
지는 ‘당시의 〈학습원〉만큼 만사태평인 학교는 적었던 게 아닌가 생각
한다. (중략) 모두 즐거워했다. 자기가 하고 싶은 일을 하고 있었다.’[5]
라고 말하고 있는 반면에, 시가는 ‘대학은 시시하다, 그저 즐거운 것은
자유로움뿐이다. 〈학습원〉에서 간 나로서는 더욱 절실하게 느낀다.’[6] 라
고 말하고 있다. 이 배경에는 시가가 다녔던 ‘학습원’의 교육환경이 암시
되어 있다. 무샤노코오지는 ‘학습원’을 꽤 자유스런 분위기의 학교라고
느끼고 있었던 것과는 대조적으로 시가는 ‘학습원’의 학교 분위기를 답답
하게 생각했고 대학에 가서도 더 많은 자유로움을 갈망하고 있었다.

시가는 1906년 4월초에 쓴 것으로 추측되는 〈수첩(手帳)1〉에서 이렇게 언급하고 있다.

> 작가는, 자기 자신의 특별한 성벽(性癖) 및 감정을 일반적이지 않다고 해서 없애고, 쓰지 않아서는 안 되며 자신을 갖고, '그런 일이 있겠는가' 하고 말하면, 증인은 자기 자신이라고 말 할 수 있도록 솔직하게 그것을 묘사한다면 아무리 특별해도 괜찮다.[7]

이미 이 시기에 작가가 될 결심을 하고 있었던 그는 작품의 소재나 주제에 관하여 어느 정도 확고한 생각을 갖고 있었다고 생각된다.

그는 '학습원' 중등과 때 두 번이나 낙제를 하여 무샤노코오지 사네아츠와 키노시타 리겡(木下利玄) 그리고 오오기마치 킹카즈(正親町公和)와 같은 학년이 되어, 1906년 '학습원' 고등과를 함께 졸업하고 토오쿄제국대학도 같이 진학하게 된다. 이와 같이 이들과는 '학습원' 시절부터 계속해서 문학 동우로서 깊은 관계를 유지해 간다. 시가는 1907년 4월 14일 이들과 『14일회』를 만들어 거기에 키노시타의 소설평을 쓰기도 하고, 자신의 습작소설을 싣는 등 동우회 활동을 시작한다. 이『14일회』는 이듬해 회람잡지『보오노(望野)』를 만들고 나중에『시라카바(白樺)』[8]로 발전이 된다.

3. 일상 속에서의 타자 인식

시가의 첫 번째 작품인 「아바시리까지」[9]에 나타나 있는 타자 인식에 관하여 살펴보기로 한다. 「아바시리까지」에서 시가는 자신의 일상 속에서 타인에게 관심을 보이기 시작한다. 우츠노미야(宇都宮)에 있는 친구를 만나 함께 닛코(日光)로 여행하는 일은 '나(自分)'에게는 특별한 일이 아니다. 주인공 '나'는 우에노(上野)에서 우츠노미야로 가는 기차 길은 그때까지의 그의 생활권 안에 있는 것이고, 그가 닛코로 놀러 가는 것은 그의 일상의 일부분일 뿐이다. 이 단편소설은 다음과 같이 시작된다.

> 우츠노미야에 있는 친구에게 '닛코에서 오는 길에 꼭 들르마'라고 했더니, '같이 가자, 나도 갈 테니까' 라는 답장을 받았다.
> 그것은 8월도 지독히 더운 때여서, 나는 특별히 오후 4시 20분 기차를 택해서, 어쨌든 그 친구가 있는 데까지 가기로 했다. 기차는 아오모리(青森)행이다. 내가 우에노에 도착했을 때에는 벌써 많은 사람들이 개찰구에 모여 있었다. 나도 곧 그 사람들 가운데 들어가 섰다.
> 종이 울리고, 개찰구가 열렸다. 사람들은 일제히 와글와글 떠들어댔다. 표 찍어 주는 소리가 바쁘게 들리기 시작한다. 개찰구 난간에 기대놓았던 짐을 입을 삐죽 내밀며 끌어당기는 사람, 원래 줄에서 삐어져 나왔다가 무리하게 다시 제 줄로 들어가려는 사람, 그것을 들여보내지 않으려는 사람, 여느 때와 같은 혼잡함이다. 순사가 언짢은 눈으로 개찰구 뒤편에서 승객 한 사람 한 사람을 보고 있다. 이곳을 간신히 나온 사람들은 플랫폼을 종종걸음으로 급하게 가서, 역원들이 '맨 앞이 비어 있습니다, 맨 앞이 비어 있습니다'하고 외치는 것도 듣지 못하고, 먼저 자기 가까이 있는 객차에 오르려고 한다. 나는 제일 맨 앞의 객차에 탈 생각으로 서둘렀다.
> (「아바시리까지」『全集』1, 19쪽)

주인공 '나'는 우츠노미야의 친구한테 가기 위해 아오모리행 기차를 타게 되는데, 오후4시가 넘은 늦은 시각의 기차역 안의 풍경을 묘사하고 있는 대목이다. 개찰구 난간에 짐을 기대놓는 등 개찰구 주위에 몰려 있던 많은 사람들이 개찰구가 열리자, 시끄럽게 떠들며 제 줄을 지키려고 야단들이다. 다른 사람보다 먼저 기차에 타려는 생각뿐, 어떤 칸이 많이 비어있나 하는 것에는 생각이 미치지 못한다. 역원들의 안내를 들을 여유가 도무지 없는, 오늘도 여느 때와 다름없는 바쁘고 혼잡한 모습들이다. 이러한 기차를 타는 혼란스러움은 여기서만 볼 수 있는 일이 아니다. 다른 곳에서 만난 사람들도 역시 바쁘고 분주하다. 「아바시리까지」에서는 사람들이 기차를 빨리 타려는 모습을 그리고 있는데, 기차 안에서 학교 때 친구를 만난 이야기인 「순진한 젊은 법학도」에서는 성급하게 기차에서 내리는 모습을 그리고 있다.

타키무라의 동료 한사람이 기차가 달리고 있는 동안인데 출입문을 조금 열고 기다리고 있다. 타키무라는 그 바로 뒤에, 다른 동료도 그 또 뒤에 쭉 바짝 붙어 서있다. (중략)
기차가 사람이 걸을 정도의 속도가 되었을 때 제일 앞에 있는 사람이 가볍게 뛰어 내렸다. 뛰어 내리자 곧바로 플랫폼으로 서두른다. 타키무라가 뛰어 내렸다. 뛰어 내리자마자 바로 그도 마찬가지로 서두른다. 네, 다섯 사람의 동료는 모두, 기차가 멈추기 전에 내려서 동료따윈 돌아보지도 않고 일직선으로 출구로 향한다.
(「순진한 젊은 법학도」,『全集』1, 141~142쪽)

기차가 신바시(新橋)를 떠난 지 25분 정도 되어 요코하마(横浜)역에 가까워 오자, 타키무라와 네, 다섯 명의 동료들은 서둘러 미리 내릴 준비를 한다. 그리고 단 몇 분, 아니 몇 초라도 아끼려는 듯 기차가 멎기도 전에 차례차례로 기차에서 뛰어 내리기 시작한다. 기차가 정지했을 때 내려야 한다는 것은 1분 1초라도 아껴 써야 하는 이들에게는 번거롭고 쓸데없는 규율일 뿐이다. 이렇게 기차에서 내린 타키무라 일행은 뒤도 돌아보지 않고, 쏜살같이 출구로 향한다.

「순진한 젊은 법학도」에서는 기차가 정지하고 나서 내려야하는 규율을 지키지 않고 단 1초라도 빨리 기차에서 내리려 서둘렀다. 또 「아바시리까지」에서는 조금 앞서 들어가려고 무리하게 제 줄을 놔두고 불거져 나왔다가 본래 섰던 자기 자리에 다시 들어서기도 힘들게 되고, 차례

대로 줄을 서서 개찰구를 통과해야 하는 질서를 지키지 않아 혼란을
겪는 등의 일들을 시가는 관찰하듯 보고 있다. 일상의 삶 속에서 사람들
은 자기도 모르는 사이에 곧잘 규칙을 어기고 자기중심적으로 생각하며
행동하곤 한다.

4. 내적시점에서 본 타자 인식

「아바시리까지」에서 이러한 기차를 타는 혼란한 모습들은 '나'에게
아무런 충격도 주지 않는 늘 보는 풍경이다. 그런데 나에게 기차 안에서
아이를 데리고 탄 여자승객과의 만남은 막연한 충격을 준다.

기차에서 우연히 함께 타 스쳐 지나가는 여행자에 불과한 사람인데,
「아바시리까지」에서 주인공 '나'는 두 아이를 데리고 탄 여자에 대하여
관심을 갖고 바라보며 혼자 마음속으로 생각한다. '나'는 여자의 옷차림
새에서 그녀의 처녀 때의 모습을 머리 속으로 그려본다.

> 여자는 낡았어도 치리멘[10]으로 된 홑겹 옷에 회색이 감도는 남빛 오비
> 를 매고 있다. 나는 이런 것에서, 여자의 결혼 전이랑, 그 당시의 화려했던
> 모습을 떠올릴 수 있다. 더욱이 그 후의 고생한 것까지 생각할 수 있다.
> (「아바시리까지」『全集』1, 27쪽)

설명할 요소를 최소한으로 줄인 채 묘사하고 있는 이 부분은 심리
묘사나 설명의 몫을 대신하고 있다. 표현자체가 작품이고 그것은 시(詩)
에 가까운 성격을 갖고 있다. 플롯보다도 이미지가 바로 시가문학의
생명이다. 그는 생략과 압축을 통해서 긴장을 높이고 그것은 함축과
여정의 효과를 깊게 만든다.[11] 오래되어 낡았지만 점잖은 회색빛의 비

단 옷에 세련된 남색 오비를 하고 있는 이 여자에 대하여 「아바시리까지」의 초고(草稿)(1908.8)에서는 다음과 같이 더 구체적으로 말하고 있다.

> 아마 동경에서 태어나 자란 사람일 것이고, 적어도 고등여학교 정도의 교육을 받은 사람일 것이다. 친구들은 지금, 풍족하고 편안한 생활에 빠져 있는 사람도 있을 것이다. 나로서는 그것을 물을 용기가 없었지만, 키타미(北見)의 아바시리(網走) 같은 곳에서 할 수 있는 일이라면, 아무래도 얌전한 일은 아니다. 아마 곰 같은 게 사는 곳일 것이다. 눈사태도 나는 곳일 것이다. 이런 곳까지 불려 가는 여자의 심정은 어떨까? (중략) 도회에서 자란 여자가, 떠나고 싶지 않은 도회의 생활을 지탱할 수 없게 되어서, 처녀림과 같은 어느 쓸쓸한 곳으로 가 살지 않으면 안 되게 되었다면 어떨까?
>
> (「소설 아바시리까지」『全集』1, 451~452쪽)

결혼 전 한창 때의 여자의 아름다웠던 모습을 생각하고 지금의 처지를 가엾게 여긴다. 또 남편에 대해서도 상상을 해보며, 여자에 대해서 동정어린 눈으로 계속해서 바라본다. 그리고 초고의 끝 부분에 가서 '나'의 감정을 숨기지 않고 겉으로 나타내고 있다. 즉 '자백하자면 난 이 가련한 여자에 대해서, 말할 수 없는 친근감을 느끼고 있었던 것이다.'12) 라고 하고, 또 '난 그 여자의 애처로움에 더욱 동정을 하고 싶다.'13) 고 말하고 있다.

그런데 '나'의 이 여자에 대한 관심이나 호의는 외면상으로 보면 희미하기만 하다. 햇빛이 비친다고 짜증을 내는 여자의 아들을 위해 자리를 좁혀 앉으며 '이리로 와라'고 말한다거나, 여자가 갓난아기의 기저귀를 갈 때 자리가 비좁아 곤란해 하는 것을 보고 '이리로 앉으세요'하고 자리를 내어주는 정도이다. 시가의 관심이나 동정은 언제나 일정한 거리를 두고 있다. 그는 타인의 일이나 사정을 묻고 파고들어 알아내야 할 필요성을 느끼지 않았으며, 또한 알아내야 하는 것이 아니라는 것을 이미 깨닫고 있었던 것이다. 이것은 결코 회피나 도망 혹은 무관심이 아니라 타인의 생활에 대한 존중을 의미하는 것이라고 생각된다. 시라카바파가 내세운 개성의 존중이란, 곧 나 개인의 존중을 의미하지만 타인의 존중도 동시에 의미하는 것이다. 이러한 타인에 대한 거리감은 시가에게 있어서는 미지의 것에 대한 하나의 인식 방법이었다고 생각된다.

시가에게 있어서는 호오(好惡)가 바로 선악의 판단의 기준이 되고 있다. 이것은 그의 예리한 관찰력과 직관 그리고 자신감이 그 밑바탕에 깔려 있기 때문에 가능한 것이다. 또한 타자에 대한 선악의 판단도 머리로 하는 판단보다 감각에 의한 판단이 먼저 앞선다.

> 이 엄마는 지금의 남편에게, 구박받아서 끝내는 죽던가, 만일 살아남는다 해도 이 아이로 인해 어느 땐가 목숨을 끊지 않을 수 없을 것 같다는 생각도 들었다. （「아바시리까지」『全集』1, 28쪽)

머리가 벗겨지고 귀와 코를 솜으로 막고 있는 정상이 아닌 7세가량의 아들 - 의사의 말에 의하면 아버지가 술을 과음하거나 하면 이런 아들이 태어날 수 있다는 것이다 - 은 성미가 까다로워서 여자를 계속해서 힘들게 하고 있다. 이 여자에 대한 안타까움은 마침내 여자의 앞으로의 운명까지 내다봐지게 만든다. 이것은 '나'의 그녀에 대한 깊은 관심과 연민의 정을 나타내고 있는 것이다. 시가는 내적시점에서 현재의 사실에 바탕을 두어, 여인의 앞으로의 일을 추측해 본다. 시가가 '진정한 예술은 어떤 의미에서 인류의 진보 혹은 운명을 암시하는 것이 아니면 안 된다'14)고 말했듯이, 이 「아바시리까지」에서도 여인의 운명을 암시하고 있다.

「아바시리까지」에서는 호의적인 마음을 적극적으로 표출시키지 않고 내적시점에서 바라보고 있다. 그리고 「순진한 젊은 법학도」에서도 비판적이지만 역시 밖으로 표출하지 않는다.

작품 「순진한 젊은 법학도」에서 주인공 '나'는 요코하마행 급행열차 안에서 '학습원' 중등과 시절에 알았던 친구들과 마주치게 된다. '나'는 그들의 차림새에서 엘리트 사원이라는 것을 일부러 과시하는 듯한 모습을 비판적인 눈으로 바라본다. 당시 제일고등학교의 학생이었던 타키무라는 현재 요코하마의 미츠이(三井)은행에 근무하고 있다. '나'는 타키무라에게 문과에 다니고 있다고 말하자,

> '문과는 괜찮지, 우리 같은 일에 종사하면, 이제 인간이라고 할 수 없어. 좋아하는 책도 읽을 수 없고, 차분히 뭘 생각할 그런 시간도 없고 말야. 인간이 기계로 추락해 버리는 거지.' 이렇게 말하면서 정말 불만스러운 듯 얼굴을 찡그리고 있지만, 그 입가에 벌써, 그것과 반대되는 미소가 흐르고 있다. (중략)
> 그들이 불평을 하는 얼굴 속에 만족감이 꿈틀대고 있는 것이 잘 보이는 거다. 그뿐만 아니라, 우리를 왠지 가엾이 여기는 마음까지 보인다.
> (「순진한 젊은 법학도」『全集』1, 139쪽)

'나'는 타키무라의 말속에 숨어있는 문과 학생에 대한 법과 출신자의 우월감과 문과 경시의 속마음을 읽으며, 이렇게도 생각해 본다.

> 사실 불만스런 일도 있고, 우리를 부럽게 생각할 수도 있기는 있을 것이라고도 생각되었다. 그러나 대개는 그 반대인 것이다. 요컨대 일종의 반어(反語)라고 나는 생각했다. 그 반어도 우리를 상대로 말한 것이 아니라, 그 스스로 자기 자신에게 말하고, 그리고 그것을 즐긴다고 하는 식의 반어일 것이다. (「순진한 젊은 법학도」『全集』1, 140쪽)

5년쯤 전에도 '나'는 타키무라를 만난 적이 있는데, 그때 그는 문과의

존재는 안중에도 없었고, '지금은 법률을 공부하고 나와도 돈을 벌 수 없으니까 말야.'15) 하며 법과보다 정치과를 전공할 것을 강력히 권유했었다. 여기서 당시 지식인 청년의 진학에 관한 의식, 즉 법학과 정치학 우위의 일반적 경향을 알 수 있다. 그때 '나'는 이것을 대단한 모욕으로 받아들였었다. '나'는 그런 일들을 회상하면서 타키무라의 심중(心中)을 예리하게 관찰하고 있는데, 그는 그런 것은 조금도 아랑곳하지 않는 얼굴이다. 그리고 기차가 25분 뒤에 요코하마역에 도착하자, 뒤도 돌아보지 않고 가버린다.

> 타키무라는 결국 작별인사를 잊고 가버렸다.
> 　우리들이 기차를 내렸을 때에는 타키무라의 모습은 열 칸 정도 앞에서 서두르고 있었다. 멀리서라도 인사를 할까하고 나는, 눈으로 그 뒷모습을 쫓고 있었지만, 그는 끝내 뒤돌아보지 않았다. 둘이 출구를 나왔을 때에는 이미 그의 모습은 보이지 않았다.
> (「순진한 젊은 법학도」『全集』1, 142쪽)

　여기서 우리와 타키무라 일행의 대조적인 일면을 엿볼 수 있다. '나'는 타키무라가 혹시 뒤돌아보면, 멀리서라도 작별인사를 하려고 눈길을 떼지 못하고 있다. 그러나 그 바램은 결국 바램에 그치고 만다. '나'는 '우리들 세계와는 아주 다르구나' 하며 헤어진다는 인사도 없이 바삐 멀어져 가는 그의 뒷모습을 계속 응시하며 너무 '단순한 것이다'하고 부정적으로 생각한다. 주인공 '나'는 내적시점에서 타자를, 타키무라의 심중을 꿰뚫어보며 감지하고 있다. 「아바시리까지」의 자기 중심의 내적시점에서 바라보는 데에서 발전하여 「순진한 젊은 법학도」에서는 타자의 심중을 파악하는 데에 이른다. 젊은 시절 시가는 「순진한 젊은 법학도」에서도 나타나 있듯이 젊은 법학도로 대표되는 경제계 엘리트

들의 얕고 천박하고 오만한 모습을 비판적으로 바라보고, 문학에 뜻을
둔 자기 자신에 대하여 자부심을 갖고 있었다.

5. 맺음말

　시가는 자신의 사생활에 국한된, 직접 경험한 일만 쓰는 작가가 아니
었다. 시가의 작품 「아바시리까지」와 「순진한 젊은 법학도」의 주인공
은 사적(私的) 공간과, 사적 공간 밖에 있는 타인들과 구성하는 영역에서
자기의 위치를 발견하게 된다. 소설 속의 주인공 나는 문사(文士)이고
나의 생활은 서술의 제재가 된다. 그러나 화자는 나날의 사소한 일을
자세하게 무차별하게 기록하는 것은 아니다. 무수한 사상(事象)에서 어
떤 메시지를 발견하는 데 필요한 것을 엄밀하게 선택하고 있다. 작품은
작가의 실생활의 증거를 필요로 하지 않고, 자립하고 있는 것이다.
　초기 시가문학에 있어서 자신의 경험과 사고, 감정에 밑바탕을 둔
자기 중심의 타자 인식은, 타자에 대하여 언제나 거리를 두고 있다. 이
거리감으로 인하여 적극적인 행위로 이어지는 일은 거의 없다. 이것은
개인, 즉 타인의 생활의 존중을 의미하는 것이라고 생각된다. 「아바시
리까지」에서 여인에 대한 시가의 관심이나 동정은 일정한 거리를 두고
있다. 이러한 타자에 대한 거리감은 시가에게 있어서는 타자에 대한
하나의 인식 방법이었다고 생각된다. 「아바시리까지」에서는 자기중심
의 내적시점에서 바라보고 있을 뿐이지만, 「순진한 젊은 법학도」에서
는 이러한 거리감을 유지하면서 타자의 심중을 파악해 가고, 그리고 타
자를 통하여 자기를 인식해가고 있다.

【주】

* 본 연구는 2005년 『일본연구』(제24호)에 발표한 「초기 시가 나오야(志賀直哉)문학
 의 타자 인식」을 수정 보완한 것임.

** 강릉원주대학교 여성인력개발학과 교수

1) 교직원 및 중등과 이상의 학생을 회원으로 하는 교우회.

2) 이케우치 테루오(池内輝雄), 『志賀直哉の領域』, 有精堂, 1990, 56~57쪽 참조.

3) 무샤노코오지 사네아츠(武者小路実篤), 『或る男』, 『武者小路実篤全集』제5권, 小学館,
 1988, 136쪽.

4) 이케우치 테루오, 앞의 책, 57쪽 참조.

5) 무샤노코오지 사네아츠, 앞의 책, 135쪽.

6) 시가 나오야(志賀直哉), 서간(일자 1906.11.21, 수신인 有島生馬)『志賀直哉全集』15
 (전 15권), 岩波書店, 1973~1974, 529쪽. 이하『志賀直哉全集』의 본문 인용은 인용문
 끝에 작품명, 전집권수, 쪽을 표시한다. 본문 인용의 한국어 역은 필자역임.

7) 手帖1『全集』15, 11쪽.

8) 1910년 4월 창간된 문예잡지이다. 대표 작가에는 무샤노코오지 사네아츠(武者小路
 実篤), 시가 나오야(志賀直哉), 아리시마 타케오(有島武郎), 사토미 통(里見弴)등이
 있다. 그들은 이상주의적 인도주의에 기초를 두어, 개성의 존중과 자유를 강하게
 주장하며 다이쇼기 문학 활동에 중심적 역할을 하였다.

9) 시가 나오야가 처음 문단에 데뷔한 작품은 「아바시리까지」이지만, 시가 자신이 그
 의 처녀작으로 세 작품을 꼽는다. 즉 1905년 5월 5일 집필한 「평지꽃과 소녀(菜の花と
 小娘)」(『金の船(児童雑誌)』1920.1)와 1908년 1월 14일 집필한 「어느날 아침(或る朝)」
 (『中央文学』1918.3), 그리고 1908년 8월 14일 집필한 「아바시리까지」이다.

10) 오글쪼글한 비단.

11) 하라 시로(原子朗), 「「網走まで」論」『国文学 解釈と教材の研究(特集 志賀直哉と日
 本人)』, 学灯社, 1976.3, 136~137쪽 참조.

12) 「小説 網走まで」『全集』1, 453쪽.

13) 「小説 網走まで」『全集』1, 454쪽.

14) 요시다 세이이치(吉田精一), 「白樺に於ける志賀直哉」『近代文学の諸相』, 桜楓社,
 1981, 294쪽 재인용.

15) 「無邪気な若い法学士」『全集』1, 141쪽.

최윤정[**]

6 죄의식과 감각의 이상(異常)[*]

− 카와바타 야스나리『민들레(たんぽぽ)』의 〈마계상(魔界像)〉 −

1. 머리말

카와바타 야스나리(川端康成; 1899~1972)는 1968년 일본 최초의 노벨문학상 수상작가로서 국내외에 널리 알려져 있다. 특히, 여행을 통해 얻은 감수성으로 아름다운 자연을 묘사한 서정적 작품을 다수 남기고 있으며, 자유 연상기법을 이용한 의식의 흐름[1]을 표현한 몽환적이고 신비주의적 경향의 작품도 상당히 많다.

카와바타가 신감각파로서 이름을 높이던 시기, 그는 '문학이 종교를 대신할 수 있다'는 신념을 갖고 예술을 통해 인간불멸을 이루고 나아가 죽음을 초월할 수 있을 것이라 기대[2]했다. 즉, 카와바타는 종교가 맡아왔던 역할을 문학이 대신하게 될 것이라 확신하였으며, 그러한 확신을 자신의 작품을 통하여 나타내고 있다. 초창기에는 작품에서 '만물일여(萬物一如)'[3]를 통해 인간을 죽음의 공포로부터 구제하려는 시도를 하게 된다. 또한 불교에서 권선징악의 가르침[4]을 배제하고 만물일여와 윤회전생(輪廻轉生)을 융합시켜 자신만의 새로운 문학세계를 창출하고 있다.

그러나 카와바타는 불교를 종교적 차원이 아닌 '문학적 환상'5)으로 받아들였기 때문에 카와바타문학에서의 불교는 통념적인 불교와는 그 성격을 완전히 달리한다. 이러한 그의 사상은 인간구제를 위한 〈불계(佛界)〉라는 독특한 문학세계를 형성하면서 후기(後期)6) 작품에까지 영향을 미치게 된다.

전쟁을 거치면서 작품경향에 변화가 생기기 시작하며, 후기에 들어와서는 '마(魔)'라는 단어가 작품에서 빈번히 보이게 된다. 대개 마(魔)라 하면 '인격체를 갖지 않는 주술력을 갖는 영적존재', 즉 악마(靈鬼)의 원초적 형태로 취급되며, 불교에서는 '지혜의 활동을 둔화시켜 정도(正道)에 이르는 것을 방해하는 것'7)으로 여겨지고 있다. 그러나 카와바타의 〈마계(魔界)〉8)는 잇큐 선사(一休禪師;1394~1481)의 '불계이입 마계난입(仏界易入 魔界難入;불계는 들어가기 쉽고, 마계는 들어가기 어렵다)'이라고 하는 게송(偈頌;부처의 공덕을 찬미한 글귀로 된 노래)을 근원으로 하는 것으로, 예술가의 있어야 할 모습을 지향하고자 했던 카와바타 후기의 새로운 문학양식인 것이다. 물고기를 먹고 여색을 탐하는 등, 얼핏 보면 파계(破戒)라고 할 수 있을 잇큐의 기행(奇行)에서 선(禪)의 계율과 금기를 초월하고 해방을 통해 당시의 내실없는 종교에 일침을 가하고 인간 실존을 부활시키고자 했던 것으로 파악한 카와바타는 이러한 잇큐의 모습에서 '이상적인 예술가의 모습'을 발견한 것이다.

전후의 작품경향의 하나로 보여 지는 〈마계〉도 역시 만물일여·윤회전생과 같이 카와바타가 초창기에 문학에 걸었던 기대 ―인간의 구제, 예를 들어 죽음의 공포로부터의 해방― 라는 커다란 목적에 부합되고 있다. 카와바타작품에 나타난 〈마계〉는 80년대에 들어서면서부터 활발히 연구되기 시작하여 오늘날에 이르기까지 여러 학자들에 의해 〈마계〉의 정의가 내려져 왔다. 그러나 아직까지 정확히 일반화된 개념이 존재하지 않고 있다. 그 이유는 마계의 시발점, 즉 「아름다운 일본의 나」에 언급된 잇큐 선사의 '불계이입 마계난입'이라는 글귀의 뜻 자체가 매우 난해하고 역설적이며 다의적(多義的)이라는 점을 들 수 있다. 그러나 카와바타의 전후 작품세계를 이해하는데 있어 〈마계〉는 빼놓을 수 없는 아주 중요한 모티브에 해당된다.

본고에서 다루고자 하는『민들레(たんぽぽ』도 카와바타의 〈마계〉를 이해하기 위해서는 반드시 살펴보아야만 하는 중요한 작품이다. 본 작품은 작가의 말년의 장편소설에 해당되며 문예잡지『신쵸(新潮)』(1964.6~1968.10)에 작가의 건강상의 이유로 단속적으로 발표되었다.『민들레』의 주인공 이나코(稲子)는 시각의 이상(異常)으로 인해 정신병원에 수용되는데, 그녀의 어머니와 연인 히사노(久野)가 병원이 있는 마을 숙소에서 하룻밤을 묵으며 과거를 회상하고 이나코에 관한 대화를 나누는 내용으로 이루어져 있다. 카와바타의 창작노트 등을 살펴보면 애초에『민들레』는 장편소설로서 구상되었다는 것을 알 수 있는데, 결국 '미완'의 마지막 장편으로 교정자인 사위 카와바타 가오리(川端香男里)에 의해 세상의 빛을 보게 되었다.

작품에 대한 평가는 '미완'을 이유로 완성도면에서 논쟁의 대상이 되기도 하였다. 1968년의 노벨문학상수상 이후 노쇠에 의한 '미완'을 설명한 논문[9)도 있으며, 반대로 '자신의 작품은 어디에서 잘라도 좋다'는 평소 카와바타의 창작자세로 보아 이것으로서 충분히 완성된 작품으로 볼 수 있다는 논문[10)도 있다. 그 외 고전작품과의 관련성에서 고찰한 논문[11), 근친상간적 성애의 문제 등의 불륜으로 고찰한 논문[12) 등, 논점은 크게 2가지로 집약된다. 하나는 추함과 아름다움, 마성(魔性)과 순애, 마계(魔界)와 불계(佛界)를 대립적으로 보고 전자가 후자에 의해 정화, 구제되는 방향으로 고찰한 것과, 또 하나는 양자의 대립이 해소·통합되는 방향성을 추구한 것이다. 요시무라 테이지(吉村貞司), 야마모토 켄키치(山本健吉), 이와타 미츠코(岩田光子) 등이 전자에 속하며, 사에키 쇼오이치(佐伯彰一), 오가와 요오코(小川洋子) 등은 후자에 속한다.13) 본고에서는『민들레』를 마계작품군의 마지막에 위치하는 작품으로 설정하고, 작품내 공간구성의 장치 및 선명한 색채의 의미를 그것의 상징성과 관련지어 고찰해본 후, 인간의 죄의식과 감각의 이상(異常)과의 상관관계를 살펴보고 그 연장선상에 있는 마계로의 도입을 통해 작품에 드러난 〈마계〉의 양상과 그것의 의미를 규명해보겠다.

2. 공간의 이상(異常) 장치 및 색채의 상징성

『민들레』는 '정신병원'에 딸(키자키 이나코:木崎稲子)을 두고 온 어머니와 딸의 연인 히사노(久野)의 대화로 작품이 진행되고 있다. 이나코는 '인체결시증(人體欠視症)14)'이라는 기묘한 병을 앓고 있다. 작품의 4년에 걸친 연재기간 동안, 작품 내 진행된 시간이라고는 이나코를 병원에 입원시키고 병원 근처 숙소에서 묵기까지의 반나절(오후2시반~밤11시까지의 9시간정도)이 전부이다.『민들레』는 작품 내 스토리 진행이 거의 없이, 즉 현실세계의 진전이 아닌 이나코의 어머니와 이나코의 연인인 히사노의 대화에 의한 회상15)을 통해 작품이 진행되고 있으며, 그것을 통해 이나코의 병에 이르게 된 과정을 짐작할 수밖에 없다. 작품은 두 사람의 연상에 의한 과거 회상이 연쇄적으로 기술되어 있을 뿐이다. 이와 같은 시간의 이상(異常) 장치는 작품 내 닫힌 공간을 설정하는데 중요한 효력을 발휘한다. 시간 외에도 작품이 전개되고 있는 정신병원이라는 배경장치도 외부와 차단된 비현실공간을 설정하는데 큰 역할을 담당한다.

> 이쿠타강 기슭에는 민들레가 많다. 강기슭에 민들레가 많다는 것이 이쿠타마을의 성격을 나타내고 있다. 민들레꽃이 핀 봄과 같은 마을이다.
> (중략)
> 이 이쿠타 마을에 어울리지 않는 것이 하나 있다. 정신병원이다. 그러나 어울리지 않을 듯한 곳에 있는 것이 정신병원으로는 좋을지도 모른다.
>
> (『민들레』, 전집18, 439쪽)

『민들레』의 무대는 가공의 이쿠타 마을(生田町)이다. 이 마을의 북쪽 언덕의 죠오코오지(定光寺)라는 절의 경내(境內)에 '정신병원'이 자리하고 있다.

이쿠타마을은 '민들레꽃이 핀 봄과 같은 마을', '조용하고 온화하고 오래된 마을', '마을 그 자체가 양지와 같은 이쿠타마을'이라고 묘사되어 있는데, 이는 매우 평화롭고 아름다운 별세계 속에 '이 마을에 어울리지 않는 유일한 정신병원'을 설정함으로써 밝음과 어둠의 극단적 대비[16]를 강조하고 있다. 히사노에 의하면 '정신병원은 인간의 마음의 독소가 침진하여 끓이오르는 깊은 심연의 밑비닥'이리고 한다. '민들레꽃이 핀 봄과 같은' 장소라는 현실세계와 격리된 공간을 설정한 후, 그 속에 바깥세상과 단절된 '정신병원'을 다시 배치한 구도는, 마치 『잠자는 미녀(眠れる美女)』(1960~1961)의 '간판도 없는 기괴한 여관'이나 '진홍의 비로드 커튼'과 같은 차단 역할을 하는 것으로 겹겹의 장치들로 인해 현실세계와는 다른 환상의 공간속으로 빠져들게 한다. 『산 소리(山の音)』(1949)가 꿈을 통해 마계를 표현하고 있는 것과는 달리, 『민들레』는 현실세계에 이질적인 공간을 설정함으로써 현실 속에 있으나 현실과는 격리된 마계를 표현해 내고 있

다는 점에서 『잠자는 미녀』와 공통점이 있을 것으로 보인다.

『민들레』라는 제목도 따뜻한 인상을 주지만, 작품의 어둠을 극대화하기 위한 강렬한 대비적인 장치에 해당된다. 민들레의 노란색은 상대적으로 '정신병원'의 어둠을 강조하는 역설적 의미의 장치로서 작용한다. 민들레는 선명한 노란색에서 흰색의 꽃씨로의 전환을 거쳐 약한 바람에도 하늘로 흩어져 버리는 '덧없음'의 상징으로서 작품의 중심인물 이나코를 시사해주기도 한다. 시종일관 이나코는 직접 등장하지 않고, 이나코와 히사노의 화제에 오르내릴 뿐으로 이나코의 성장과정과 아버지의 죽음을 목격했다는 사실, 이나코의 '결시증'이 발생하게 된 경위까지도 그들의 대화와 회상을 통해 묘사되어질 뿐이다. 즉, 이나코는 작품 내에서 존재하지 않는 자, 즉 〈허무한 존재〉이다. 그녀의 존재여부는 단지 그녀가 치는 종소리를 통해서만 확인할 수가 있다. 정신병자들이 치는 종소리는 단절된 세상과의 연결고리이자 존재를 전하는 행위이다.

> "돌아가시는 길에 종소리가 들리면 따님이 치고 계시다고 생각해주세요." (중략)
> "환자가 치는 종소리는 환자가 무언가를 호소하는 소리에 틀림없습니다." (중략)
> "여기 환자는 세상과 격리되어 있지 않습니까. 환자가 치는 종소리는 병원의 바깥, 이쿠타마을에 울려 퍼집니다. (중략) 종소리를 통해서 바깥 세상에 말을 거는 거죠. 넓은 의미로 말하면, 자신의 존재를 전한다고나 할까요."
> (『만들레』, 전집18, 441쪽)

〈허무한 존재〉인 것은 이나코만이 아니라, 세상과 단절된 공간에 갇혀있는 정신병원의 다른 환자들도 마찬가지이다.

> "나무가 눈물을 흘리고 있는 겁니까?"

> "제게는 눈물로 여겨졌습니다. (중략) 정신병자들이 줄기에 상처를 낸
> 거로군요. (중략) 히사노 씨, 정신병자들이 정신병원 나무에 왜 자신의 이
> 름을 새겨 넣는 거라고 생각하시나요?"
> "정신병원이든 어디든, 어느 때 그 사람이 거기 살고 있었다고 확인해두
> 고 싶다는, 자신의 표시를 남기고 싶은 게 아닐까요."
>
> (『민들레』, 전집18, 445쪽)

환자들은 나무에 이름을 새겨 넣음으로써 자신이 살아 있었음을 확
인하고자 한다. 즉, 자신의 표시를 남기고 싶다는 욕망이 표출된 것으
로, 현실사회에서 격리된 병자들이 정신병원(환상공간)의 나무를 빌어 존
재의 표시를 남기고 있는 것이다. 결국, '정신병원'에 있는 환자들은 모
두 존재의 '덧없음'을 인식한 〈허무한 존재〉라 할 수 있다. 또한, 이나코
의 아버지도 현실사회에서 존재 의미를 잃고 정신 이상(異常) 상태에서
산의 나무에 이름을 새긴다.

> "일본이 항복한 날, 아버님은 그 시절 말로 하면 허탈일까요, 지금 말로
> 하면 증발일까요. (중략) 산을 헤맨 5일중 얼마동안 아버님은 자기의식이 소
> 멸되어 있었던 거죠. 기억이 누락되어 상실된 시간이 있었던 거지요."(중략)
> "큰 녹나무 줄기에 칼로 이름을 새겨 넣으면서 새기고 있는 자신을 인식
> 할 수 없었다고 아버님은 말씀하셨죠."
>
> (『민들레』, 전집18, 536~537쪽)

민들레가 가진 작품 내 이미지의 쓰임과 마찬가지로 대비의 장치는
그밖의 여러 색감의 대비를 통해서도 확인할 수 있었다. '겨울 동백꽃(54
6쪽)'의 선명한 붉은 색과 동백 잎의 짙은 파란색(초록색)과의 대비, 이나
코가 닌토쿠천황(仁德帝)의 능(御陵)에서 본 광활하고 농후한 초록(緑)과
'백로(553쪽)'의 백색의 대비 등이 그것으로, 초록은 붉은 색과 흰색을
대비하여 강조할 목적으로 설정된 것이다.

> "겨울 동백을 보고 있으면 마음이 진정되요. (후략)"
> (전략) 선명한 붉은 색이 밝고 떠오른 듯이 보이는 것은 동백 잎의 푸른
> 색이 무거울 정도로 농후하기 때문이겠지만, 조화를 이룬 꽃의 붉은 색은
> 물끄러미 바라보고 있으니 귀여움 속에 불쌍한 느낌이 흘러나왔다.
>
> (『민들레』, 전집18, 546쪽)

> 닌토쿠천황의 능에 갔어요. 그 능은 넓잖아요. 넓은 녹음이죠. 그 넓은
> 녹음, 두터운 양의 녹음에 실로 많은 백로가 무리지어 있었다고 해요. 생각
> 할 수 없을 정도로 많은 백로였다고 하네요. 이나코는 감동을 받았어요.
> 여행 중에서 제일 인상 깊었다고 해요.
>
> (『민들레』, 전집18, 553쪽)

붉은 동백은 이나코의 마음을 안정시키고 '불쌍한 느낌'을 주는 대상
물이며, 흰 백로는 이나코에게 '감동'을 주는 대상물이다. 흰색은 백로
외에도 흰 쥐(446쪽)의 모습으로 나타나고 있는데, 이는 〈순수, 가까이
하기 어려운 깨끗함〉[17]을 상징하고 있었다. 이 흰 쥐는 히사노에게만
보이는 것으로, 흰색은 히사노를 상징하는 색으로 파악되며 이나코의
이상(理想)이기도 하다. 작품 마지막에 히사노는 이나코의 눈에 '복숭아
색 무지개(576쪽)'를 타고 있는 '이 세상의 것이 아닌 것(573쪽)'으로 비춰
지는데, 흰색과 붉은색을 혼합한 복숭아색으로 완성되어 이나코에게 있
어 히사노를 성스러운 대상으로 끌어올리는데 사용되고 있다.

3. 죄의식과 시각(視覺)의 이상

1) 이나코(稲子)의 경우

『민들레』는 이나코의 '인체결시증'의 이유와 그 해결책에 대한 모색

을 주된 내용으로 하고 있는데, 그렇다면 의학적 해석이 불가능한 '인체결시증'이 작품 안에서 어떤 병으로 설정되어 있는지를 먼저 살펴보도록 하자.

> "과도한 사랑 때문에 그런 일이 일어나는 겁니까? 과도한, 극도의 증오에서 일어나는 것은 아니겠죠."라는 히사노의 물음에도 의사는 명확한 답은 하지 않았다. 미치는 원인은 사랑과 증오, 두 감정 때문만은 아니라고 의사는 말하기도 했다. (『민들레』, 전집18, 451쪽)

> "인체결시증 같은 건 자신의 어떤 부분을 보지 않으려 하는, 사랑하는 사람의 어떤 부분을 보지 않으려 하는, 인생의 어떤 부분을 보지 않으려 하는 그런 병이 아닐까요. 마음속 깊이 상처 입은 곳이 장님이 되어 있는 게 아닐까요." (『민들레』, 전집18, 467쪽)

> "어머니, 이나코 씨의 인체결시증은 자신이 사랑하는 사람, 적어도 호감을 느끼는 사람 외에는 일어나지 않는 것 같다고 저는 생각하고 있어요." (『민들레』, 전집18, 510쪽)

결국, 이나코의 '인체결시증'은 '사랑으로 인해 일어나는 발작'(551쪽)이라 할 수 있으며 과도한 사랑과 그것에 의한 마음의 상처가 원인에 해당될 것이다. 이나코의 과도한 사랑과 마음의 상처의 근본을 찾기 위해서는 그녀의 아버지와의 관계를 먼저 살펴볼 필요가 있다. 이나코의 아버지는 군인으로, 일본이 패전하자 산으로 말을 타고 들어가 5일간 행방불명이 된 적이 있었다. 그 때의 기억은 애매하며 어떻게 다시 돌아왔는지조차 확실하지가 않다. 하지만, 그를 도와준 소녀에 대한 것은 확실히 기억하고 있다.

> "아버지의 이야기대로 깊은 산에 신의 무녀인가 신의 사자인 요정이 정말로 있어서 아버지를 지키고 구해주셨다고 믿었어요." (중략)

> "천녀와 같이 고귀하고 아름다운 아가씨였다고 합니다. 아버지 이야기로
> 는 그래요. 신의 무녀인지, 하느님의 사자(使者)인 요정과 같은."
>
> (『민들레』, 전집18, 536~537쪽)

> 어린 이나코는 그 소녀가 실제로 존재한다고 굳게 믿고 있었다. 그 소녀
> 의 모습은 언제 어느 때라도 이나코 앞에 생생히 서있었다. 이나코 안에
> 살고 있었다. 그리고 이나코 자신이 그 소녀였던 것이다. 어린 날부터 어제
> 까지의 이나코에게는 그랬던 것이다.　　　(『민들레』, 전집18, 541~542쪽)

패잔병인 아버지는 '자결(537쪽)'을 목적으로 산으로 들어갔는데, 신의
사자인 요정에 의해 구원을 받고 나무에 이름을 새김으로써 스스로의
존재를 확인하고 현실세계로 돌아오게 된다. 이나코의 안에서 신의 사
자(요정)로부터 아버지를 지키는 요정의 자격을 인계받은 이나코는 아버
지에게 있어 삶을 살아가게 하는 '원동력(474쪽)'이었던 것이다.

> 그 소녀가 이나코 안에서 수난사(受難死)한 것은 이나코 아버지가 사고
> 사 했을 때였다. 둘이서 말을 나란히 하고 달리고 있다가 아버지가 절벽에
> 서 떨어져 죽었기 때문에 이나코는 자신이 아버지를 죽였다고 생각했다.
> 아버지의 죽음에 자신의 책임이 없다고는 도저히 생각할 수 없었다. 이나
> 코 안의 그 소녀가 사라진 것은 필연이었다. 그 소녀는 이나코의 아버지를
> 살렸지만, 이나코는 그 아버지를 죽였다.　　　(『민들레』, 전집18, 543쪽)

아버지의 사고사 이후, 그를 지키지 못했다는 죄의식(마음의 상처)은
이나코 안의 요정을 죽이고 만다. 즉, 요정으로서의 자격을 상실하게
된 것이다. 이것은 아버지의 사랑에 대한 그녀의 거절로 해석되는데,
'인체결시증'은 아버지의 요정이 될 수 없게 된 자신, 아버지를 배신한
자신의 모습을 보고 싶지 않다는 자책[18]에 기인한다. 아버지의 과도한
사랑을 거부함으로써 자신의 존재이유를 상실하고 그로 인한 죄의식으

로 시각의 이상(異常), 즉 '환시(幻視)'를 초래하게 되는 것이다.

> "나도 이나코의 이야기를 듣고 저 아이가 어째서 그렇게 확실히 볼 수
> 있었는지 너무나 신기해요. 믿을 수 없을 정도예요. 저 아이의 공포로 인한
> 환시가 아닐까 생각될 정도예요." 하고 어머니는 말했다.
>
> (『민들레』, 전집18, 474쪽)

> "왜냐면, 키자키가 절벽에서 떨어지자마자 이나코는 정신을 잃어버렸으
> 니까요." (중략)
> 　길의 바닷쪽을 달리고 있던 아버지의 말이 실족한 순간을 이나코는 보지
> 않았다.
> 　"아앗."하고 소리치고 눈을 가렸을 때, 말과 아버지는 높은 절벽에서 바
> 다로 떨어지고 있었다.　　　　　(『민들레』, 전집18, 475쪽)

'보일 리가 없었던'(476쪽) 사고 장면을 너무나 '생생히 보았다고 말하
는'(506쪽) 이나코는 '공포의 환시'(474쪽)로서, 즉 함께 절벽으로 말을 내
달리던 자신만 정신을 놓고도 말의 고삐를 놓지 않았던 죄의식의 발로
로서 보았다고 느끼고 있는 것이다. 자신만 혼자 살아 남았다는 죄의식
이 패잔병인 아버지의 희망이자 삶의 원동력으로서의 자격을 상실하고,
시각의 이상(異常)징후를 보이기 시작하게 되는 것이다. 그 후, 이나코가
고등학교 2학년 때 탁구시합도중에 갑자기 공이 보이지 않게 되는 사건
(502~521쪽)이 일어나는데, 이는 '환시'에서 '결시(欠視)'로 상황이 악화되
는 방향으로 전환되었음을 의미한다고 볼 수 있다. 이는 '보이지 않는
것을 보게 되는 일'이 '보이는 것을 보지 못하게 되는 일'로 악화되었다
고 할 수 있겠다. 이 때 이미 이나코는 히사노와 교제중이었으며, '무언
가에 강하게 집착하며 집중하는 일을 알게 된 이후의 사건이다. 그녀의
'결시'는 히사노와의 애정행위 중에 '인체결시'로 발병하게 되면서 사물

에서 사람으로 '결시'의 대상이 전환되는데, 그것은 너무나 성스러운 '복숭아색 무지개(574쪽)'의 사람(히사노)과의 애정행위를 불경한 것으로 받아들이게 되면서 자신의 병의 원인을 스스로 인식하게 된다.

> 거품 무지개의 복숭아색은 짙지 않지만 옅은 빛을 띠고 있어 주변을 밝혔다. 부드럽지만 선명한 인상으로 떠올랐다.
> "무지개를 타고 계세요, 히사노 씨" 이나코는 말했다.
> 히사노는 무지개 속에 서 있는 것이 아니라 무지개 너머에 서 있었다.
> (중략)
> 이나코에게는 히사노의 몸이 없어져 버려서 공포와 불안이 계속될 것 같지만, 무지개의 신비로운 아름다움이 이나코의 마음을 달랬던 것이었다.
> (『민들레』, 전집18, 574쪽)

> 이나코는 황홀한 듯 무지개와 히사노의 얼굴 위 반쪽을 바라보며 동공이 열린 듯한 눈빛이었다. (중략)
> "예뻐?" 히사노는 상냥한 목소리로 물었다.
> "예뻐요." 이나코는 꿈꾸는 듯이 말했다. "히사노 씨는 이런 분이로군요. 알았어요." (중략)
> "이런 히사노 씨와 그런 일을 해서는 안 되는 거군요." 이나코는 혼잣말처럼 말했다.
> (『민들레』, 전집18, 575쪽)

아름다운 무지개 너머의 히사노는 이나코와는 섞일 수 없는 상대이자 성스러운 사람으로, 이나코는 히사노와의 애정행위에 대해 자신이 금기를 어겼다는 것을 알아차린다. 아버지의 죽음으로 인해 요정으로서의 자격을 상실한 이나코는 성스러운 히사노와 관계를 맺어서는 안 되는 존재였던 것이다. 그것이 이나코 안에서 극도의 애정으로 집중되어 있을 때에 '인체결시증'이라는 형태로 드러나게 된 것이라 할 수 있다.

2) 어머니의 경우

　어머니의 죄의식도 이나코와 마찬가지로 아버지의 죽음에 대한 책임에서 비롯된 것이다. 이나코는 사고 현장에 아버지와 함께 있었다는 이유로 '미칠 정도'의 죄의식에 사로잡혀 결국 '인체결시증'이라는 이상(異常)을 초래하게 되는데, 어머니는 아버지의 죽음과 이나코의 이상(異常)을 야기하게 된 근본적인 원인이 자신의 '질투'에 있다고 여긴다.

> "어머님, 그 어머님의 질투가 아버님의 재난의 원인이었을지도 모른다는 것은 이나코 씨께 말씀하셨나요?"
> "나보다 이나코가 먼저였어요. 자신의 책임, 자신의 탓, 자신이 아버지를 죽게 했다고 이나코는 외곬으로 깊이 생각했어요. 당연하죠. 사고는 이나코의 눈앞에서 일어났으니까요. 둘이서 말을 나란히 달려서 남편이 절벽에서 아래로 떨어진걸요. 이나코는 가장 감수성이 예민한 시기의 소녀였으니까요. 미칠 법도 하죠."　　　　　　(『민들레』, 전집18, 463~464쪽)

　아버지와 가깝게 지내는 키타오(北尾) 미망인의 소문을 전해들은 어머니는 이를 탐지하기 위해 이나코를 경마장(馬場)에 데리고 갔고, 그것이 계기가 되어 말을 타게 된 이나코는 아버지와 둘이 이즈(伊豆)로 경마 여행을 가게 되는데, 그곳에서 아버지가 목숨을 잃는 사고가 일어나게 된다. 어머니는 모든 것이 자신의 질투로 인해 비롯된 사고라는 죄의식19)에 사로잡히게 되면서 급기야 환시(幻視)를 경험하게 된다.

> 이나코의 어머니는 마을로 이어지는 흙으로 덮힌 다리를 건너다가 "앗." 하고 소리를 질렀다. 선명한 짙은 노란색의 민들레 같은 소년을 만났기 때문이다. 어머니는 뒤돌아봤다. 히사노도 뒤돌아봤다.
> "지금 아이는 정말 인간의 아이인가요?" 이나코의 어머니는 중얼거렸다.
> "무슨 말씀이세요, 어머님?" 히사노는 놀랐다.
> "이런 이쿠타 마을에는 작은 요정이 있는 게 아닐까요." (중략)

　　"저는 저 아이를 훔쳐서 돌아가고 싶어요."

(『민들레』, 전집18, 483쪽)

　　"아니오, 그런 게 아니에요. 저 아이는 요정이에요. (중략) 이나코가 저
　아이를 만나면 분명히 병이 나을 거라고 생각해요."

(『민들레』, 전집18, 485쪽)

　　앞에서 살펴본 노란 민들레의 상징성은 밝음으로 어둠의 극대화를 위한 대비적 장치였다면, 위 인용문에서의 민들레의 선명한 색채는 어머니의 '환시'라는 시각의 '이상(異常)'을 부각시키기 위한 대비적 장치라고 할 수 있겠다.

　　전쟁부상자인 아버지가 신(신의 사자)의 인도로 자아를 찾고 현실로 돌아왔듯이, 어머니는 이나코가 자연(민들레)을 통해 시각의 이상(異常)을 치유하고 아버지의 그늘에서 벗어나 밝은 곳으로 나아갈 수 있을 것이라 기대한다. 숲의 신의 사자와 같은 요정(소녀)을 통해 치유를 얻고 새 삶을 살아갔던 아버지와 같이, 이쿠타 마을의 민들레 같은 요정(소년)을 통해 이나코의 치유를 희구하고 있는 것이다. 이나코의 어머니는 죄의식으로 인해 '환시'를 경험하게 되지만, '환시'의 작용을 이용해 '평범한 소년'을 '민들레 요정'으로 전환함으로써 그에게 이나코의 치유를 의존하고 있는 것이다. 즉, 어머니는 '환시'로 인한 '민들레 요정'을 통해서 아버지의 죽음에 대한 죄의식, 그리고 이나코의 '기묘한 병'의 발병에 대한 죄의식의 면죄부로 삼으려 하는 것이다.

3) 히사노의 경우

　　히사노로 인해 이나코의 '인체결시증'이 발병되었다는 것은 스스로도 인지하고 있는 사실이며, 그것은 히사노의 죄의식으로 나타난다.

　　"제가 그렇게 말한 것은 제게도 죄가 있다고 생각했기 때문입니다. 이나
코 씨가 저와 있으면서 좀 말하기 거북한 얘기인데요, 거의 하나가 되듯이
저와 있으면서 어떠한 경위인지 문득 제가 갑자기 이나코 씨에게 안보이게
되는, 그 발작의 공포는 참으로 무참합니다. 제 탓이니까 제 죄라고 생각합
니다. 그것이 병이라고 해도 발작의 근원은 접니다. 처음에는 당연히 저에
대한 극도의 증오나 혐오로 인한 거라고 생각했습니다만, 실은 그렇지가
않고 사랑으로 인해 그 발작이 일어나는 듯해서 너무나 애처롭습니다. 그
렇다고 해도 저의 죄는 죄이겠죠."　　　　　　　(『민들레』, 전집18, 551쪽)

　　히사노는 이나코에게 있어 '순수'하며 '성스러운' 자로 인지되고 있으
나, 작품에 묘사된 그는 매우 이기적이며 자기중심적이다. 히사노는 자
신의 이상(異常)할 정도의 과도한 애정이 그녀를 죽게 할지도 모른다는
두려움보다는 자신이 발병의 원인이라는 죄의식으로 인해 거듭해서 그
녀와의 결혼을 요구한다. 이나코의 '인체결시증'을 가벼운 신경증(神經
症)으로 취급하는 히사노에게 있어 이나코와의 결혼은 자신의 죄의식의
해소(면죄부)라는 욕구를 채우고자 하는 강렬한 자기긍정에 지나지 않는
다. 또한, 히사노는 자기중심적으로 '행복한 결혼'이라 단정 짓고 있으
며, 이나코의 병이 깊어지는 것에는 그다지 관심을 보이고 있지 않다.

　　"저는 이나코 씨와 행복한 결혼을 하면 그걸로 족합니다."
　　"행복한 결혼이요? 죄송합니다, 이나코가 저렇게 되어서."(중략)
　　"당신에게 안기고 있으면서 그러한 당신이 안보이게 되어서 부들부들
떨거나 울면서 몸부림치거나 하는 거잖아요. 묘한 소리일지 모르지만, 여자
의 기쁨과는 다른 거잖아요. 미쳐버리는 거잖아요."
　　"그것이 그렇게 귀여울 수가 없어요, 저는. 그렇게 애처로운 경우는 없어
요."
　　"이상해요." 이나코의 어머니는 애써 아무렇지 않은 듯 말했다. "히사노
씨까지 이나코에 매료되어 이상해지기 시작했어요. 저는 이대로 놔둘 수가
없어요."

> "정신병원에 가둘 필요는 없어요."
> "그런 일을 계속하면 이나코는 죽을 거예요. 히사노 씨, 이나코의 목숨이
> 사라져 버릴 거예요." (『민들레』, 전집18, 561~562쪽)

히사노는 '인체결시증'으로 인해 '부들부들 떠는(をののく)' 이나코를
보며 그녀가 미쳐간다는 사실이나 죽음의 위험성에는 아랑곳없이 '귀엽
다'고 느끼고 있는데, 이것은 히사노의 감각이 '이상(異常)'해지고 있음을
의미한다. 히사노의 감각의 이상(異常)은 흰 쥐를 보는 환시(幻視)를 통
해서 구체화된다.

> "앗"하고 소리를 질렀다. "흰 쥐. 어머니, 건너 기슭 저기에 흰 쥐."
> "흰 쥐?" 어머니는 히사노가 가리키는 쪽으로 눈을 돌렸지만 움직이는
> 것은 발견되지 않는다. (『민들레』, 전집18, 446쪽)

히사노의 '감각의 이상'은 이나코를 향한 '머리가 이상해질 정도'의 과
도한 사랑에 의한 것으로, 이나코와 헤어지기를 바라는 어머니에게 자
신이 이나코와 헤어지게 되면 '무서운 일', 즉 인체결시증보다 더 안 좋
은 일이 이나코에게 일어나게 될 것이라는 위협적인 말을 한다. 어머니
는 자신의 질투라는 죄가 아버지를 죽음에 몰아넣고, 그것의 연쇄작용
으로 이나코가 사랑하는 사람을 보지 못하게 되는 기묘한 병에 걸리게
되었으므로, 지나치게 상냥하고 깊은 애정을 품은 히사노의 존재를 끊
어냄으로써 과도한 애정으로 인한 슬픈 연쇄반응을 멈추고 싶어 한다.
반면, 히사노는 발병의 죄를 스스로 인정하면서도, 자신과 함께 있음으
로써 이나코의 병이 더 깊어진다는 상관관계는 인정하지 않고 있다.
어머니의 질투와 아버지의 사고사가 아무런 상관관계가 없는 것처럼,
자신의 사랑과 이나코의 병도 개별적인 운명이라는 것이다. 히나노의

이나코와의 결혼바람은 언뜻 상냥해 보이지만, 강요하는 듯한 호의이며 책임완수를 위한 강한 자기긍정의 발로라 할 수 있겠다.

이처럼 히사노의 이상(異常)할 정도의 과도한 애정은 결혼이라는 면죄부를 통한 강렬한 자기긍정에 의해 은폐되는가 싶었으나, 심층에 자리한 이나코의 발병에 대한 그의 죄의식은 종소리를 죄를 묻는 듯한 소리로 듣게 되는 '환청(幻聽)'을 통해 밖으로 표출된다.

> "아니, 제 마음에 회한이 밀려오네요." 히사노는 지금까지의 히사노와는 완전히 다른 가면이 달라붙은 듯한 얼굴로 "어머님, 제가 잘못생각하고 있었던 걸까요. 이나코 씨와의 일로 크게 잘못을 범하고 있었던 걸까요. 다만, 사랑에 의욕이 넘쳐서 그것을 알지 못했던 걸까요. 저 종소리는 제 마음의 막을 뚫고 끝없는 어둠으로 끌어내리는 것 같군요."
>
> (『민들레』, 전집18, 493~494쪽)

히사노는 소리를 판독하는 능력을 '육감'이라 스스로 칭하며 종소리에서 '죄물음(問罪)'을 받고 어둠으로 빨려 들어가고 있다. 이는 사랑하는 사람, 이나코의 시각이상을 발병시킨 장본인으로서 느끼는 죄의식의 발로라고 여겨진다. 작품에는 등장인물 모두에게 감각의 '이상(異常)'[20]이 나타나고 있었다. 우선, 사랑하는 히사노의 모습이 가끔 시야에서 사라지게 되는 시각의 이상증후를 보이는 이나코는 물론이고, 여러 '환시'징후를 보이는 것은 어머니와 히사노 모두 마찬가지다. 히사노는 '환시'뿐 아니라 '죄물음 종소리'에 이르러서는 '환청'마저도 듣게 된다. 이 모든 감각의 '이상'은 그들의 죄의식에 의한 것으로, 그것은 모두 아버지의 죽음으로부터 비롯되었으며 각자의 죄의식은 개별적이면서도 각각 상관관계를 갖고 있었다.

4. 인지감각의 이상과 마(魔)의 시간

『민들레』에는 '마(魔)의 시간'이라는 것이 존재하는데, 그것은 '인체결 시증'에 걸린 어느 아기 엄마의 '결시' 증세가 나타난 시간이자 아기의 목을 졸랐던 시간에 해당된다.

> "몇분간 정도 갓난아이의 목을 쥐고 있었나요?" 히사노는 물었다. (중략)
> "정확하게는 모르겠습니다. 아무도 그 자리에 없었으니까요." 의사는 말했다.
> "마(魔)의 시간이네요."
> "마의 시간?" 히사노는 따져 묻고는 "의학에도 마의 시간이 있나요?"
> (『민들레』, 전집18, 451쪽)

'결시'의 시간은 '마(魔)가 작용하는 시간' 즉, '마(魔)의 시간'으로 나타나며, 이나코의 어머니는 아기 엄마와 마찬가지로 이나코가 〈마(魔)〉에 사로잡히지 않을까 염려하는데, 그것은 이나코의 증세가 악화되어 히사노의 목을 조르게 되는 일이 일어날지도 모른다는 것이다.

> "이나코 씨에게 죽게 된다면 이런 행복은 없을 거라고 생각합니다만."
> "광인의 힘이라는 것도 있어요."
> "이나코 씨는 광인이 아니예요. 인간의 제정신과 광기와는 종이 한 장 차이죠."
> (『민들레』, 전집18, 513쪽)

이나코가 '마(魔)'에 사로잡혀 자신의 목을 졸라도 그것마저 행복하다고 말하는 히사노는 공포의 감각이 마비되어 있는 듯하다. 앞장에서 살펴보았던 히사노의 죄의식은 '환시'에서 더 나아가 '환청(幻聽)'을 통해 그 모습을 명확히 드러내고 있었다.

"저 종소리는 내 마음의 벽을 뚫고 바닥없는 어둠으로 끌어내리는 것 같아. 누가 치고 있는 걸까. 악에 미친 미치광이인가, 고귀한 죄묻는 자인 가."
(『민들레』, 전집18, 494쪽)

강한 자기긍정을 보여주던 히사노였으나, 사랑에 취해 자신이 무언가 큰 과오를 범한 것은 아닐까 라는 죄의식이 병원에서 울려 퍼지는 종소리를 '죄물음'으로 듣게 한 것이라 할 수 있다. 그리고 히사노는 '육감'을 통해 '죄물음'의 6시종을 친 사람이 '니시야마(西山) 노인'이라고 확신한다.

예를 들면 병원 주인과 같은 니시야마 노인은 본당의 다다미에 종이를 펼치고 큰 글자를 자주 쓴다. (중략) (불계이입 마계난입) 쓰는 글자는 대개 이 여덟글자이다. 니시야마 노인 스스로는 이것을 "불계 들어가기 쉽고, 마계 들어가기 어렵다."라고 읽는다. 노인은 백내장으로 눈이 흐릿하게 보이지만, 그 글에는 힘이 있다. 속세의 기운, 호평을 얻으려는 마음이 없다. 그러나 광기는 있는가. 소란한 글자는 아니고 미치광이의 글자도 아니지만, 자세히 보고 있으면 광기 혹은 마기(魔気)가 숨어 있는 듯이 생각된다. 니시야마 노인은 인생의 어느 때, 마계에 들어가려 노력했지만 마계에 들어가기 어려웠던 그 통한이 미친 노후의 글자에도 나타나는지도 모른다. 니시야마 노인의 〈마계〉라는 것은 어떤 것이었을까, 어쨌든 인생의 어느 때 그 〈마계〉에 들어가고사 했던 바람은 그를 비치세 할 정도의 아픔이있던 건 아니었을까.
(『민들레』, 전집18, 442~443쪽)

〈마계〉를 갈구하는 정신병원에 갇힌 노인은 『민들레』집필 당시 입원으로 게재 쉬기를 거듭하며 끊임없이 〈마계〉를 구현하고자 번뇌하던 카와바타의 이미지와 중첩된다고 볼 수 있을 것이다. 노인이 작품 안에서 시종일관 쓰기를 되풀이 하고 있는 잇큐 선사의 '불계 들어가기 쉽고, 마계 들어가기 어렵다(佛界、入りやすく、魔界入りがたし)'는 단순한 종교적 의미의 선(禪)에서 나온 말은 아닐 것이다. 카와바타는 이것을 종교

적 차원의 선의 의미에서 벗어나 문학적 차원으로 끌어올려 〈마계(魔界)〉라는 문학세계의 창출, 즉 문학적 이상향으로서의 마계를 구상하고자 한 것이다.

"저 노인은 그것을 매일 계속 썼다고 해도 깊은 선심(禪心)에서 우러난 게 아니라고 생각해요. 깊은 의미의 역접도 아니죠. 저 사람은 단지 (마계난입) 이라는 말로 자신이 범한 죄의 고통을 마비시키고 싶거나, 뻔뻔하게 긍정하고 싶은 게 아닐까요." (중략)
"저 노인이 히사노 씨가 말씀하신 것처럼 만약 과거에 큰 죄를 범했다고 하면 말이죠." (중략)
"그 때문에 노인이 치는 종소리는 죄묻는 자가 치는 소리로 히사노 씨께는 들리는 건가요? 고귀한 죄묻는 자가 울리는 소리? 고귀한?"
"그렇습니다. 악에 미쳤거나, 고귀하거나." (『민들레』, 전집18, 502쪽)

히사노는 '육감'을 통해 노인이 과거에 큰 죄를 지었음을 확신하는데, 히사노의 '환청' 속에서 '마력(魔力)'를 발휘하여 종을 치고 있는 노인은 악인임에도 불구하고 '고귀하게' 느껴지는 '죄묻는 자'로 나타나고 있다. 현재 눈에 보이는 '악(惡)'이 진정한 '악(惡)'이 아니라는 히사노의 생각과 일치함을 알 수 있다.

"악이라도요. 악인과 광인은 인간의 현재 사회생활을 어지럽힐 뿐입니다. 악인과 광인이 후세에 존경받은 예는 헤아릴 수 없이 많다는 걸 역사가 증명하고 있습니다." (『민들레』, 전집18, 514쪽)

마찬가지로 현재의 '악인'과 '광인'은 후세의 영웅이 될 수도 있다는 말을 통해 '광기'에 대해서도 일반론과는 다른 긍정적 평가를 하고 있다. 즉, '광인'의 '광기'를 천재의 비범함이라고 보고 있는 것이다. 여기에서 '악인'의 '악'과 '광인'의 '광기'는 카와바타가 말했던 '새로운 것'을 뜻하며, 그것은 '항상 세상의 오해를 사지만, 그 새로운 것이 다음 시대를 짊어지게 된다'[21]는 그의 지론을 의미하는 것으로 해석해야 할 것이다. 이것은 새로운 시대의 새로운 문학이념으로 진정한 악(惡)의 추구를 통과 진정한 〈광기〉, 그리고 더 나아가 진정한 〈마(魔)〉의 추구를 통해 진정한 선(善)과, 이상(理想), 그리고 이상적인 문학세계를 추구하고자 한다는 뜻으로 볼 수 있겠다.

5. 맺음말

이상으로 『민들레(たんぽぽ)』를 중심으로 카와바타 작품에 나타난 마계상(魔界像)을 고찰해보았다. 먼저 민들레로 대표되는 노란색의 공간의 설정의미와 여러 색의 상징적 의미를 살펴보았다. 따뜻한 인상을 주는 노란 민들레는 작품의 어둠을 극대화시키기 위한 강한 대비의 장치로 이용되었다. 선명한 볕의 색채인 노란색을 사용하여 상대적으로 '정신병원'의 깊은 어둠을 강조하는 역설적 의미의 장치로서 작용하였다. 또한 민들레는 바람에 쉽게 흩어지는 홀씨처럼 '덧없음'을 상징하기도 하였는데, 주인공 이나코(稲子)는 어머니와 연인 히사노(久野)의 회상에만 등장할 뿐으로 단지 종소리를 통해 '덧없는' 존재가 확인되고 있었고, 병원의 환자들과 이나코 아버지는 나무에 이름을 새기는 행위를 통해서만 자신의 존재를 남길 수 있는 〈허무한 존재〉였다.

그밖에 색채에 의한 대비는 붉은 동백과 동백의 푸른 잎의 선명한 대조, 흰 백로와 구릉의 푸른빛의 강한 대조 등, 대비되는 서로 다른 색을 구성함으로써 대조가 극대화되고 상징성이 강조되었다. 붉은 동백은 이나코에게 마음의 안정과 '불쌍한 느낌'을 주는 대상물이며, 백로는 '감동'을 주는 대상물로 파악되었다. 그밖에도 흰색은 〈흰 쥐〉의 모습으로 나타나고 있는데, 이는 〈순수, 가까이 하기 어려운 깨끗함〉의 상징, 즉 히사노를 상징하는 색으로 나타나있었으며 이나코의 이상(理想)이기도 하였다. 결국, 이나코에게 히사노는 '복숭아색 무지개'를 탄 '성스러운 사람'으로 인지되면서 몽환적 세계 속에서 그녀의 죄의식은 최고조를 이루었다.

이나코의 '인체결시증'의 근본적인 원인은 아버지를 죽게 하고 자신만이 살아남았다는 것에서 비롯된 죄의식이다. 아버지를 지키는 소녀(요정)로서의 자격을 상실하고, '성스러운' 히사노와의 애정행위를 통해 더욱 심화된 죄의식의 발로로서 '신체결시증'이 발병하게 되었던 것이다. 이나코의 어머니의 죄의식은 여자의 추한 질투로 비롯된 결과로 남편을 죽게 했다는 것에서 비롯되었으며, 히사노의 죄의식은 자신의 '이상(異常)'할 정도의 과도한 애정으로 인해 연인인 이나코를 발병하게 만들었다는 사실에서 비롯된 것이다. 이들의 죄의식은 감각의 '이상(異常)'22), 즉 시각과 청각의 '이상(異常)'으로 나타나고 있었는데, 이것은 현실세계와 환상세계를 혼돈하게 만드는 포석으로 작용하여 감각의 '마비(이상)'를 통해 현실과의 괴리를 낳고 비현실세계(魔界)로 들어가기 위한 길을 만든다. 즉, 여러 감각들의 '이상'은 마계로의 접근을 의미하고 있는 것이라 볼 수 있다.

히사노의 '환청'은 병원에서 울리는 '죄물음' 종소리로 나타나고 있었는데, 이것은 큰 죄를 지은 악인(惡人)으로 마계(魔界)에 들어가고 싶어도 들어갈 수 없어 광기가 충만한 어느 노인이 울린 것이었다. 현재 눈에 보이는 것만이 진실이 아니라는 히사노의 사고는 악인(惡人), 광인(狂人)

을 영웅과 문학자의 '이상(理想)'으로 파악하고, 정신병원의 노인을 '죄를 묻는 고귀 한 자'로 해석하고 있었다. 이 노인은 '불계 들어가기 쉽고, 마계 들어가기 어렵다'라는 글을 반복해서 쓰고 있는데, 노인이 카와바타를 상징23)한다고 했을 때 이것은 문학적 이상(理想)세계로서의 마계를 의미하는 것으로 볼 수 있다. 정신 나간 노인이 쓰는 글과 그 노인이 치는 종소리는 '고귀한 죄묻는 자'가 울리는 종소리이기도 하며, '악에 미친' 종소리이기도 하다. 카와바타는 '마력'을 발휘하여 무거운 종을 치는 노인을 마계의 주민이 되고 싶어 '미칠 정도'의 인물로 설정하고, 이를 작가 스스로에게 중첩시킴으로써 문학자로서의 번뇌를 표현하고 있는 것이라 할 수 있겠다.

『민들레』는 '미완'의 작품이라고 일컬어지는데, 문학자로서의 '번뇌'를 내려놓지 않은 채 〈마계〉 바로 앞에서 방황하는 정신 나간 노인과 역시 죄의식에서 벗어나지 못한 채 감각의 이상(異常)에서 머물고 있는 등장인물들을 통해 문학적 이상(理想)으로서의 〈마계〉라는 문학세계의 끝없음, 그리고 그것을 향한 끝없는 시도를 표현한 작품이라 할 수 있을 것이다.

【주】
 * 본 연구는 2011년 9월 『日本言語文化』에 발표한 「카와바타 야스나리(川端康成)의 『민들레』고찰 - 죄의식과 감각의 이상(異常)을 통해 본 마계상(魔界像)-」을 수정·보완한 것임.
 ** 한국외국어대학교 일본어대학 강사.
1) 카와바타 작품에 나타난 '의식의 흐름' 수법에 대해서는 익히 알려져 있다. 「신진작가의 신경향해설(新進作家の新傾向解説)」에서 자유연상(프로이트가 인간의 무의식을 해명하기 위해 택한 방법)에 관해 기술하고 있다. (카와바타 야스나리(川端康成), 「新進作家の新傾向解説」, 『川端康成全集』(第30卷), 新潮社, 1982, 179~180쪽) 본고에서 사용하는 인용 텍스트는 『川端康成全集』全35卷 補卷2卷(新潮社, 1980~1984)을 따르며, 이후 전집에서의 인용은 『작품명』, 전집 권수, 쪽수로 표기한다.

2) 카와바타 야스나리(川端康成),「『文藝時代』創刊の辭」, 全集32, 413~414쪽

3) 만물일여(萬物一如)란 '인간과 외부 만물과의 경계선을 없애고 하나의 정신으로 융화된 일원의 세계로 만드는 것'이다. (「永生不滅」(全集33) /「新進作家の新傾向解説」(全集30))

4) 불교에서는 모든 자연물에 차별을 두고 있으며, 전생의 업보에 따라서 현세에는 좋은 것으로 태어나기도 하고, 그 반대로 뱀과 같이 혐오감을 주는 것으로 태어나기도 한다고 하였다. 여기서 권선징악이란 현세에서 선행을 쌓아야 한다는 불교의 가르침을 일컫는다.

5) 〈나는 동방의 고전, 특히 불전(佛典)을 세계최대의 문학이라 믿고 있다. 나는 경전을 종교적 교훈으로서가 아니라 문학적 환상으로서도 높이 평가하고 있다.〉(「文學的自敍傳」, 全集33, 87~88쪽)

6) 본고에서는 카와바타의 작품구분을 전쟁을 기점으로 전후(戰後)를 후기(後期)라고 구분한다. 카와바타문학에 있어서의 〈마계(魔界)〉는 전후에 새롭게 등장한 것으로 그 배후에는 전후의 황폐한 세상을 배경으로 카와바타 자신의 육체적 조건(늙음과 수면제에 의한 여러 증상)이 존재한다. (이와타 미츠코(岩田光子),「『美しい日本の私 ―その序論―』について」,『川端康成 ―後姿への獨白―』, ゆまに書房, 1992, 167쪽)

7) 이와타 미츠코(岩田光子),「魔界の考察」,『川端文学の諸相―近代の幽艷』, 桜楓社, 1983, 60쪽.

8) 마계에 대해 작가가 언급한 것을 「아름다운 일본의 나(美しい日本の私)」(全集28)에서 볼 수 있다.

9) 카와시마 이타루(川嶋至),「美神の反逆―「たんぽぽ」,『美神の反逆』, 北洋社, 1972

10) 오가와 요오코(小川洋子),「見えないものを見る―「たんぽぽ」」,『新潮』, 1992.6
아키야마 슌(秋山駿),「不思議な作家」,『たんぽぽ』, 講談社文芸文庫, 1993

11) 사에키 쇼오이치(佐伯彰一),「解説」,『たんぽぽ』, 新潮社, 1972

12) 하라 젠(原善),「「たんぽぽ」序説―言葉と生命―」,『川端康成の魔界』, 有精堂, 1987

13) 하토리 테츠야・하라 젠 편(羽鳥徹哉・原善 編),『川端康成 全作品研究事典』, 勉誠出版, 1998, 240쪽.

14) '인체결시증'은 '사람이 보이지 않게 되는 증상'을 뜻하며 의학적 근거가 없는 카와바타의 창작으로 이상(異常)한 병의 설정을 통해 작품의 비현실성을 부각시키는 소재로 이용되고 있다.

15) 하세가와 이즈미(長谷川泉),「『たんぽぽ』の構造」,『魔界の彷徨 みづうみ・眠れる美女・片腕・たんぽぽ』(川端康成研究叢書⑨), 教育出版センター, 1981, 109쪽.

16) 하세가와 이즈미(長谷川泉),「『たんぽぽ』の構造」, 앞의 책, 108쪽.

17) 모든 색에서 해탈한 백색은 순수하며 결백하다. 무구한 백색, 더러운 없는 백색. 세속적 육체적 도덕적인 더럽고 탁함을 초월한다. 불순을 혐오하는 백색, 색에 물들지 않는 백색이 있다. 이것으로부터 백색은 순결을 상징한다. (세토 켄이치(瀬戸賢一),「白のメタファー ―入色と脱色」,『國文學 解釈と教材の研究』, 学燈社, 2009.2, 139쪽)

18) 모리모토 유타카(森本穫),「『たんぽぽ』試論―生田伝説・三井寺伝承を中心に―」,『魔界遊行―川端康成の戦後―』, 林道舎, 1989, 124쪽.

19) 카와바타는 처녀작시절부터 사람이 범하는 죄의 원천을 계속 찾았던 작가였다. 사랑

이 이기적인 성격에 기초할 경우 죄를 불러일으키게 된다. (타케다 카츠히코(武田勝彦), 「『たんぽぽ』論」, 『川端康成—現代の美意識—』, 明治書院, 1978, 174쪽)

20) 시각의 이상(異常)을 소재로 다룬 작품으로는 「맹인과 소녀(盲目と少女)」(1928), 「어머니의 눈(母の眼)」(1928), 「가정(家庭)」(1928), 「여성개안(女性開眼)」(1936), 「어치(かけす)」(1949) 등이 있다.

21) 사와노 히사오(沢野久雄), 『川端康成点描 この美しい日本の人』, 実業之日本社, 1972. 208쪽.

22) 감각의 이상(異常)『산 소리(山の音)』에서는 '산에서 울리는 소리'라는 '환청'으로, 『잠자는 미녀(眠れる美女)』에서는 여관, 비로드 커튼 등의 장치를 통한 시각의 차단과 수면제를 통한 정신의 마비로, 『한쪽 팔(片腕)』에서는 통각, 촉각의 마비(팔을 교환)로 나타나고 있었다.

23) 니시야마(西山) 노인도 『호수』의 모모이 긴페이(桃井銀平) 때와 마찬가지로 역시 카와바타의 화신이라고 말할 수 있을 것 같다. 잡지 삽입 사진 등에 카와바타가 〈불계이입 마계난입(仏界易入　魔界難入)〉의 문자를 휘호(揮毫)하고 있는 모습이나 쓰여진 문자가 나와 있으나, 『민들레』를 읽고 사진의 카와바타와 조회해보면 너무나도 일치해서 어쩐지 무섭다는 생각이 든다. 백내장이라는 것 등도 아주 닮았다. (쿠로사키 미네타카(黒崎峰孝), 「川端康成における「魔界」思想　—「仏界易入　魔界難入」を手掛かりとして—」 『明治大学日本文学』, 1979.9, 38쪽)

하정민[**]

7 물의 상징[*]

- 다자이 오사무의 「어복기」 -

1. 머리말

다자이 오사무(太宰治; 1909~1948)는 아오모리현(靑森県)의 카나기(金木)에서 태어난 일본 근대작가로서 1933년에 발표한 『만년(晩年)』은 다자이(太宰)의 첫 번째 창작집이자 초기 대표작의 하나이다. 이 작품이 발표된 1933년은 다자이 인생의 새로운 분기점이자, 시대적으로는 군국주의의 대두와 히틀러의 정권 장악 등 크나큰 변화의 시대라 볼 수 있다. 당시 좌익운동과 결별한 다자이는 토오오일보(東奥日報)에 '다자이 오사무'라는 필명을 처음 사용하여 작품을 발표한다. 『만년』은 다자이의 기념비적인 작품이자 수년간에 걸친 유서적인 경향이 강한 작품으로 다자이의 심오한 문학 세계를 이해할 수 있는 대표작이다. 이 단편집에는 「잎(葉)」과 「어복기(魚服記)」 등 15편이 수록되어 있으며 소재 및 내용적인 면에서도 다채로운 양상을 띤다.

일반적으로 다자이는 작품을 통해 죽음에서 생을, 생에서 죽음을 염원하는 인간의 근원적인 삶과 죽음에 집요한 고뇌와 애착을 보인다.

뿐만 아니라 다자이는 자의식 세계를 즐기는 예민한 성격의 소유자로 무의식적 상상의 세계를 작품 속에 투영시켜 독자로 하여금 다양한 작가의 문학 세계에 흠뻑 빠지게 만드는 변화의 귀재다. 특히 다자이는 출생 자체를 불운이라 여기며, 더불어 고향에 대한 애증이 항상 작가의 뇌리 속에 각인되어 여러 작품 속에 물질적 상상력으로 발현한다. 특히 물질적 상상력[1]을 대표하는 '물' 이미지는 만물의 근원으로 생명 그 자체이다. 또한 물은 변화의 과정을 거쳐 여러 유형으로 변형되어 인간의 운명에 밀접한 영향을 미친다는 것이다. 이러한 인간의 '물'에 대한 잠재의식은 작가의 작품 속에서도 자연스럽게 표출됨을 알 수 있다. 일반적으로 시 연구에서 많이 다루어지고 있는 물질적 상상력을 본 연구에서는 다자이의 작품에 도입하여 성장배경과 자연환경이라는 원초적 이미지와 작품의 심상세계를 연결하여 작가의 문학세계를 새로운 각도에서 조명하고자 한다.

이에 본고에서는 작품 속의 인물의 심적 변화를 이끌어내는 다양한 상징을 통해 변신하는 작중인물의 변화 양상을 「어복기」[2]를 중심으로 분석하기로 한다. 특히 다양한 문학적 상징을 도입하여 『만년』의 단편집에 수록된 예민한 감수성을 지닌 작가의 작품세계가 어떻게 표출되고 있는지를 살펴보기로 한다. 또한 무의식적인 추억을 통한 몽상의 세계에 접근할 수 있는 '물'의 상상력을 토대로 「어복기」의 상징[3]을 부정적 이미지와 긍정적 이미지로 나누어 구체적으로 살펴보기로 한다.

1) 작품 소개

먼저, 『만년』에 대한 작가의 집필의도부터 살펴보기로 한다.

　　나는 이 단편집 한권을 위해 십년을 헛되게 했다. 만 십년, 보통사람처럼 신선한 아침을 먹지 않았다. 나는 이 책 한 권을 위해, 몸 둘 곳을 모르고, 끝없이 자존심을 상해하며 세상 찬바람을 맞으며 그렇게 어정버정 돌아다녔다. (중략)

　　그렇지만 나는 믿고 있다. 이 단편집 『만년』은 해마다 점점 채색되어, 당신의 눈에, 당신의 가슴에 침투해갈 것임에 틀림이 없다는 것을. 나는 이 책 한 권을 만들기 위해서만 태어났다. (중략) 지금의 세상에 둘도 없는 아름다움. 비너스 상. 지금 세상의 진정한 미의 실증, 이 세상에 남기기 위한 출판이다.4)

위의 인용문은 『만년』이 간행되기 약 5개월 전에 쓰여 진 수필로, 수년간에 걸쳐 집필하면서 자존심마저 내던지고 소설의 완성에 심혈을 기울였다는 점을 강조하고 있다. 또한 앞으로 전개될 다양한 다자이 작품의 대표적인 청춘의 노래이자 대담한 방법과 다각적인 자기표현이야말로 다자이 문학세계의 한 원형으로 추정된다. 이미 간행준비를 하고 있던 중이라 '세상에 둘도 없는 아름다움' '세상에 진정한 미의 실증'이라는 표현으로 작품의 완성도에 확신을 보여주고 있다. 앞으로 소개할 이 작품에 등장하는 다양한 소재는 인간의 심층 심리세계와도 깊은 연관성이 있다고 볼 수 있다. 게다가 다자이의 작품세계를 이해할 수 있는 중요한 소재로 상징적 의미를 배가시킬 것이라 가늠해 본다.

다음은 작품의 줄거리를 간단히 소개하기로 한다. 혼슈(本州) 북단의 마하게야마(馬禿山)기슭에 폭포가 있다. 15세가량의 소녀 스와(スワ)는 폭포 근처의 숯 굽는 오두막집에서 부친과 자연스럽게 살아가고 있다. 토오호쿠(東北)지방의 풍토를 배경으로 한 주인공 스와는 자연인으로 성장하게 된다. 중요한 사건으로는 도시에서 온 소년의 죽음을 목격하게 된다는 것과 아버지가 들려주신 나무꾼 이야기의 회상부분이다. 그리고 점점 사춘기로 접어드는 스와는 예민한 심리적 변화와 갈등을 느

끼게 된다. 추운 겨울 첫눈이 내리는 몽환적 분위기에서 스와는 부친에게 겁탈당한 후 폭포를 향해 뛰어든다. 정신을 차려보니 어느새 수중에서 구렁이가 아닌 붕어가 되어 자유스럽게 노닐고 있는 자신의 모습을 자각하면서 재차 용소로 빨려들어 간다.

「어복기」는 인간의 생에 대한 고뇌를 스와라는 인물의 심리 변화를 통하여 다양하게 변신해가는 모습을 묘사하고 있다. 단편이지만 네 개의 장으로 각각 나뉘어져 있으며 작품 속에 전개 되는 내용들이 자연과 민화적인 다양한 소재가 어우러져 그 묘미를 한층 더 하고 있다.

1장은 요시츠네(義経)의 전설에서부터 시작한다. 여기서 주목해야할 점은 깊은 혼슈 북단의 산맥이라는 무대설정과 망명이라는 것이다. 혼슈 북단은 토오호쿠지방의 벽지 츠가루(津軽) 주변으로 추측되며 다자이의 출생과 관련성이 있으며, 망명지라는 특정장소의 의미가 인적이 드물고 외로운 자연환경이라는 점이다. 게다가 또 하나의 사건은 식물 채집 하러 온 하얀 피부의 도시학생의 죽음을 스와가 목격했다는 것이다. 즉 서두부터의 망명, 죽음은 앞으로 전개될 스와의 모습을 미리 암시하고 있다고 볼 수 있다.

2장으로 접어들면서 스와의 일상생활과 작품의 주요 소재인 '폭포'에 대해 자세히 설명하고 있다. 배경은 자연에 압도 되어버릴 듯 생명감이 넘치는 이른 봄에서 겨울이 시작되는 시기로 추정되며, 초라한 자신의 삶에 권태를 느끼며 폭포의 위력과 상징성을 새삼 인식하며 사색에 빠져든다. 그런 가운데 부친에게 전해들은 사부로(三朗)와 하치로(八朗)의 전설을 회상한다. 여기서 소재가 되는 '구렁이'는 흔히 민화의 소재로 등장하며 나쁜 짓을 범했을 때 구렁이로 변신하게 된다는 지극히 영적이자 인간의 분신으로 한편 파멸적인 의미를 지니고 있다. 구렁이의 등장은 또 다른 복선으로 앞으로의 나쁜 징조를 예견해주 듯이 심적 변화를 일으키는 계기가 된다.

본론인 3장에서는 스와가 가장 싫어하는 추운 계절이 다가오면서 하루살이 인생의 일면을 관찰할 수 있다. 기다림에 지쳐 고독감에 사무치게 되자, 첫눈을 맞으며 동심의 세계로 거침없이 빠져들면서 자연과 하나가 된다. 다시 말하자면, 고독한 생활이 극에 달하자 폭포만이 생동감이 넘치고 있다는 것을 인식한다. 즉 여기서의 '폭포'는 스와의 안식처가 아닐까 유추해 본다.

마지막 장에서는 물속에서 붕어가 된 자신을 보며 환희를 맛보게 된다. '기뻐라. 이제는 오두막으로 돌아갈 수 없어'라 중얼거리며, 해방된 모습으로 물속의 이상세계를 만끽하게 된다. 현실도피를 통해 이상향을 꿈꾸는 스와의 세계는, 자유 그 자체인 것이다.

이와 같이 주인공 스와의 투신 의미와 미수에 그치게 되는 두 번째 자살의 의미는 무엇인지 과연 여기서의 죽음은 무엇을 의미하는지를 다양한 소재를 통해 물의 이미지를 분석해 본다면, 다자이의 또 다른 작품세계를 이해하는 계기가 되리라 생각한다. 사실 다자이는 자연을 예찬하는 작품은 그다지 즐기지 않지만, 이 작품에서는 자연과 친화관계를 가지며 동경의 대상내지 심적 원망(願望)의 대상으로 인식하고 있다는 점이다.

2. 「어복기」에 나타난 물의 상징

다음은 「어복기」 발표직후, 다자이가 「어복기에 대해서(魚服記につい

て)」라는 글에서 밝힌 일부분을 살펴보면, 작가의 작품소재와 창작의도를 조금이나마 엿볼 수 있다.

> 나는 괴로운 생활을 하던 중에 이 우게츠모노가타리를 읽었습니다. (중략) 나는 이것을 읽고, 물고기가 되고 싶다고 생각했습니다. 물고기가 되어 평소 나를 괴롭히며 창피 주던 사람들을 비웃어 줄려고 생각했습니다.
>
> (『전집』 2, 542쪽)

위 내용을 통해 여주인공 스와가 수중의 물고기가 된다는 작품의 소재에 대한 힌트를 사실은 『우게츠모노가타리(雨月物語)』[5]를 읽은 후의 착상이라고도 볼 수 있으나 단언하기는 어렵다. 다자이는 작품 속에 다양한 소재를 자유자재로 구사하여 독자로 하여금 착각을 일으키게 만드는 매력을 가지고 있다. 다만 이 내용상에서 본다면 작품의 소재로 충분하다고 볼 수 있다.[6] 게다가 '괴로운 생활을 하고 있던 기간'은 작가의 좌익운동의 문제, 첫 번째 부인인 오야마 하츠요(小山初代)[7]와의 동거, 호적에서 제적 그리고 자살미수[8]와 같은 일련의 악재가 겹친 방황하는 고뇌의 시점으로 추정된다. 즉 앞으로 전개될 다양한 다자이 문학을 접할 수 있는 청춘의 노래로 추정되며 대담한 방법과 다각적인 자기표현이야말로 다자이 문학세계의 한 원형으로 볼 수 있다.

1) 부정적 이미지- 폭포, 구름, 눈

'폭포'는 작가의 고향이 있는 츠가루 풍토를 소재로 다루고 있으며, '폭포'를 통해 불안, 두려움, 죽음 등이 연상된다. 츠가루에는 실제로 후지노 폭포를 비롯하여 폭포가 여러 군데 있다. 일반적으로, 폭포는 불신(佛神)이자, 자연의 신격화를 의미한다. 폭포는 작가의 유년시절에 대한 추억의 장소인 동시에 작품에서는 죽음의 몽상을 표현하는 부정적 이미지로 표출된다. 특히 다양한 상징을 통해 스와의 심리 변화가 변신과 재생을 거쳐 독특한 형태로 묘사되는데, 여기서의 '새하얀 폭포'는 이 작품의 중요한 소재로 점차 물의 변형인 '구름', '눈', '용소'를 등장시켜 주인공의 심리 변화를 극대화시킨다.

작품의 전반부에서 작중 인물인 스와는 일반사회에서 완전히 격리된 비일상적인 생활을 하던 와중에 충격적인 사건을 접하게 된다. 늘 '산에서 태어난 별난 아이'(64쪽)라 불려 졌던 스와는 부친이외의 타자와의 접촉이 드문 상태에서 우연히 '도시에서 채집하러 온 소년'을 타자로 인식하면서 이야기는 시작된다.

> 마침 폭포 부근에 있던 4, 5명이 그것을 목격했다. 그러나 연못 주변의 찻집에 있는 15세의 여자 아이가 가장 분명하게 그것을 보았다.
> 한 번 용소 깊숙이 가라앉았다가 그리고 나서 쑤욱 수면으로 상반신이 솟아올랐다. 눈을 감고 입을 작게 벌리고 있었다. 청색 셔츠의 여기저기가 찢어졌지만, 채집가방은 아직 어깨에 메고 있었다. 그 후 다시 쭈욱 물속으로 빨려들어 갔던 것 이다. (62쪽)

자연과 아버지와의 관계밖에 모르는 폐색된 사회에서 살아가는 스와에게 미지의 세계에서 온 소년은 특별한 존재로 '15세의 어자아이가 가장 분명하게 그것을 보았다'(67쪽)에서 암시하듯이 죽음을 각인시켜주고 있다는 것을 짐작할 수 있다. 작품의 배경이 되고 있는 '폭포'는 도시 학생의 죽음을 상징하지만, 작중인물에 대한 죽음의 징후를 예견해주는 소재임을 알 수 있다. 산 속 찻집에 혼자 두어도 걱정이 없다는 '별난 여자아이' 스와지만 '여자'로 변신하는 사춘기 소녀의 내면세계가 '폭포'를 통해 다양한 '물' 이미지로 나타난다. 매일 반복되는 생활 속에서 바라보는 폭포는 스와에게 가장 친근한 자연의 일부로 존재한다.

> 그것이 최근 들어, 조금 생각이 깊어졌다. 폭포의 모양은 결코 똑같지
> 않다는 것을 발견했다. 물보라가 튀는 모양에서도, 폭포의 넓이에서도, 눈
> 이 어지럽게 바뀌고 있음을 알 수 있었다. 결국 폭포는 물이 아니라, 구름이
> 라는 것도 알았다. 폭포수 입구에서 떨어지면 하얗게 뭉게뭉게 부풀어 오
> 르는 상태에서도 그렇게 짐작되었다. 무엇보다도 물이 이렇게까지 하얗게
> 될 리는 없다고 생각한 것 이다. (64쪽)

항상 폭포에 대해 자기중심적으로 사물을 관찰하던 스와가 타자를
인식하면서 대상의 변화와 차이를 여러 각도로 사고하게 되는 것은 사
춘기 소녀의 섬세한 변화로 볼 수 있다. 게다가 부친에 대해 순종적이기
만 했던 스와의 반항심이 부친과의 대화를 통해서도 충분히 느낄 수
있다(66쪽). 이처럼 감수성이 예민한 사춘기 소녀의 미묘한 심리를 확연
히 읽을 수 있을 뿐 만 아니라, 삶에 대한 회의감마저도 느껴진다.

위의 인용문에서 ‘폭포의 모양은 결코 똑같지 않다는 것을 발견했다’
고 표현한다. 즉 물의 변형된 모습에서 폭포를, 폭포에서 구름으로의
변화하는 모습은 스와의 변신을 확연히 드러내는 소재라 가늠해본다.
사실 ‘구름’은 몽상의 이미지로 충분히 변화할 수 있는 형상이다. ‘폭포’
의 하얗게 피어오르는 모양과 흐린 날의 등장은 작품 내용상 사부로와
하치로의 전설을 암시해 주는 죽음의 몽상으로 해석할 수 있을 것이다.

> 스와는 추억에서 깨어, 의심스레 눈을 깜박였다. 폭포가 속삭인다.
> “하치로야” “사부로야” “하치로야” (65쪽)

이처럼 죽음으로 유인하는 마력과도 같은 폭포수는 구름으로 변형되
어 주인공의 심적 풍경을 극대화시키고 있다.

위에서 언급한 바와 같이 '구름'은 스와의 사춘기 심상풍경으로 '죽음'을 몽상하는 작중인물의 심리묘사로 적합한 소재이다. 토리이 쿠니오(鳥居邦朗)[9]에 의하면, '스와가 폭포에 끌리는 생각의 배후에는 사춘기적인 심리로서 지상적인 것에의 혐오라 봐도 좋을 것 이다'라고 해석하고 있다. 즉, 어린아이에서 사춘기 소녀로의 변신은 자연스러운 성장과정의 변화로 단정 지을 수 있지만, 감정의 기복이 심한 연령대를 의도적으로 설정 해놓은 것은 심적 변화를 한층 부각시키기 위한 것은 아닐까 생각한다. 따라서 기상 변화가 심한 이 작품은 다양한 '물' 변형의 소재를 통해 마치 '죽음'을 갈망하는 스와의 심적 변화와 밀접한 연관성을 띤다.

다음은 '눈'의 상징으로 혼슈 북단이라는 기후 특성상 '눈'의 종류가 다양한 형태로 변화과정을 거친다.

하얀 것이 팔랑팔랑 입구의 토방에 날아 들어오는 것이 타다 남은 모닥불 빛으로 희미하게 보였다. 첫눈이다! 라고 꿈꾸는 기분으로 들떠있었다. (중략)
눈보라! 그것이 와륵 얼굴을 때렸다. 얼떨결에 대충 앉아 버렸다. 순식간에 머리도 옷도 하얗게 되었다. 폭포 소리가 점점 크게 들려 왔다. (68쪽)

이와 같이 현실과 무의식세계가 교차하는 스와의 오두막 생활이 '눈'의 형상을 통해 전환점을 맞이하는 중요한 상징으로 자리한다. 점차 이야기의 후반부로 갈수록 눈의 종류가 다양한 모습으로 변화하면서 작품은 절정에 이른다. '눈'의 형태가 '진눈깨비'로 시작하여 서서히 '눈' 그리고 '눈보라'로의 변형은 작중인물의 심리를 급격하게 변화시킨다. '눈'은 본디 순수함과 순결을 나타낸다. 한편 '눈'의 '흰색'은 아픔을 표현하는 '감정의 마비'[10]라 설명하고 있는데, 이것은 결국 죽음을 암시한다고 볼 수 있다. 폭포를 거쳐 물속으로 향하는 스와의 우발적인 행위는

'눈'의 변화를 통해 현실에서 무의식세계를 통과하는 도구로 설정되고 있다. 이것은 '눈'의 이미지라는 자연현상을 인간 심리와 융합하여 새로운 관점에서 스토리를 전개하고자 함이다. 뿐만 아니라, 계절적인 시점에서 본다면, '봄'은 숯을 굽는 사람의 분주한 생활과 찻집을 열어 생활을 꾸려가는 스와의 모습을 '약동'으로 표현한다. '여름'은 행락객들의 활기가 넘치는 '생동'이며, '가을'은 인적이 드문 이유로 찻집을 닫게 되는 생활의 '무료'가 찾아온다. '겨울'은 오두막의 폐쇄된 공간의 이미지로 '고독'을 느끼며 몽상에 빠지는 계절을 시사해 준다. 그러므로 스와의 무대 배경인 '눈'은 겨울의 계절 감각과 상응하여 '무료'와 '고독'한 나머지, 폭포를 거쳐 물속으로 향하는 '죽음'을 유인하는 상징임이 한층 더 분명해진다. 따라서 '눈'은 현실에서 무의식세계로 변화하는 심리를 통해 죽음을 초래하는 과정을 의미하는 소재임을 알 수 있다. 무의식 세계의 심상스케치를 통해 현실의 정신적 고뇌로부터 탈출하기 위한 수단으로 '죽음'을 유도하는 '눈'의 부정적 이미지를 다시금 확인할 수 있었다.

2) 긍정적 이미지- 용소와 물고기

　작품의 후반부에 접어들면서 폭포수가 떨어지는 '용소'가 등장한다. 위에 언급한 물의 변형과 더불어 '용소' 또한 물의 상징과 맥을 같이 한다. 폭포의 환상과 죽음의 암시는 용소를 통해 죽음의 이미지가 더욱 강해진다. 죽음을 갈망하는 스와의 용소로의 투신은 인간세계의 힘든 고뇌에서 탈피하고자 함과 동시에 구원의 장소로 '물'을 선택한다. '물속'이라는 초현실세계에 대한 동경과 죽음의 몽상이 결합되어 '모성'의 이미지를 드러낸다. 여기서의 폭포와 용소의 관계는 죽음과 재생의 이중적인 이미지를 함축하고 있음을 알 수 있다.

다음은 폭포로 투신한 스와가 바로 수중에서 붕어가 되어 버리는 부분이다. 과연 인간의 물고기로의 변신은 어떠한 의미를 내포하고 있는 것 일까.

> 구렁이가 되어 버린 것이라고 생각했다. '기뻐라! 이젠 오두막으로 돌아 갈 수 없어', 혼잣말을 하고 콧수염을 크게 움직였다.
> 작은 붕어였던 것이다. (69쪽)

앞에서도 언급한 바와 같이 『우게츠모노가타리』의 착상으로 물고기를 떠올렸던 작자는 잠재적인 물에 대한 염원으로 보이며, 토리이(鳥居)의 '지상적인 혐오'의 말을 빌리자면, 지상세계에 대한 힘든 고뇌에서 탈피하기 위한 은신처 내지 안식처로 수중세계가 그려지고 있다. 이에 반해, 죽음의 이미지로 작품을 해석하기도 한다.[11]

그러나 필자는 물고기의 이미지는 작자의 의도가 죽음이 아니라 '비웃어 주겠다'는 의미가 비극이 아닌 풍자적 변신에 무게를 두어 이를 긍정적 이미지로 분류해 보았다. 그리고 구렁이로 변신했을 거라는 스와의 추측과는 달리 물고기로의 변신은 부친에게 전해들은 이야기의 영향이 잠재의식 세계에 내재되어 있었기 때문이라 생각한다. 물속에서의 자유스러운 해방감을 '상쾌하다, 시원하다'(69쪽)로 표현하는 것처럼, 여기서 필자는 용소에서 맛 본 자유롭고 평화로움에 초점을 맞추고 싶다. 마치 물속에서 평안을 얻고자 하는 주인공에게 동기를 부여하는 흥미로운 관계가 성립한다는 것이다. 이것은 자연 친화관계를 가지며 결국 자연에서 치유하고자 하는 작가의 의도가 투영되어 있다고 볼 수 있다.

> 그리고 나서 붕어는 가만히 움직이지 않게 되었다. 때때로 가슴지느러미를 조금 살랑거릴 뿐이다. 무언가 생각하고 있는 것 같았다. 오랫동안 그렇

게 하고 있었다.

　이윽고 몸을 비틀면서 똑바로 용소를 향해 갔다. 순식간에 빙글빙글 나뭇잎처럼 빨려 들어갔다. (70쪽)

　전반부에서 암시하고 있는 이야기의 장치로서의 '전설'은 스와의 투신에 타당성을 부여하고자 한 것으로 보인다. 스와 역시 이야기를 회상하며 자신이 전설세계로 빠져드는 심적 변화를 느끼게 된다. 두 번째 자살로 표현[12]하기도 하지만 용소에 뛰어든 물고기가 구렁이로의 변신 여부는 상상에 맡겨야 할 부분이다. 이처럼 투신소녀가 물고기가 되는 것과 다시 용소로 빠져드는 행위는 깊은 의미를 내포하고 있다고 생각한다. 재차 투신하여 용소로 빨려드는 모습에 대한 논자들의 일반적인 견해는, '물속에서 처음으로 자유를 얻었을 터인 스와는 붕어가 되어도 전혀 우수를 쫓아버릴 수 없어 스스로 용소를 향해 두 번째 자살을 결행했다'[13] 라고 설명하고 있다. 한편, 작품을 발표한 시기가 다자이 24세 되던 해이며, 특히 수차례의 자살미수를 행한 시기라는데 초점을 맞추어 본다면, 작가는 스와를 통해 대리만족을 구하고자 함일지도 모른다. 또한 작가의 투신 장소도 물속이라는 점에 주목한다면 미묘한 상관관계가 성립한다고 볼 수 있다.[14] 스와의 공간은 공동체로부터 고립된 오두막, 숲, 어두운 구석으로 설정되어 있으며 종교적 경험도 없고 영혼에 눈이 먼 자연인의 상태를 초월하여 나아가는 것, 속세와는 일정한 거리를 두고 있는 오두막에서 자연인으로 죽음을 스스로 행한다는 것이다. 현실적인 세계에서는 자신의 재생 탐색이 불가능하며 어떠한 신화적, 상징적 방법에 의해서만 재생 탐색이 가능하므로 용소로 투신하게 된다는 사실이다. 따라서 이때의 물은 모성 즉 자궁의 이미지이다. 물에 빠져 죽음으로써 스와는 이제는 숙명처럼 되어버린 자신의 비극적 삶에서 영원히 벗어나고자 한다. 그리고 그것은 현실적 삶에서는 언제나 부재하는 어머니에 대한 동경을 의미한다. 모성으로의 회귀가 현실의 세계에서 불가능하다는 것을 깨달았을 때 스와가 선택한 것은 죽음으로써 신화적 공간으로 들어가 신화 속에서 영속적인 생명의 상징인 어머니에게로 돌아가는 일이었으며, 그것은 근원적인 시간과 공간에서의 중단되지 않는 삶을 의미하는 것이다. 즉, 현재와 같은 혼돈과 무질서의 상태에서 벗어나 태초의 시간으로 회귀하여 재생하고자 열망하고 있는 것으로 추측된다. 작중인물이 스스로 잠겨 죽은 물은 죽음과 재생의 원형적 모티브로 작용하여 근원적으로는 모성회귀의 이미지이다. 용소는 '수조의 금붕어'의 이미지[15]로 금붕어는 둘러싸인 장소, 작은 수조를 생활공간의 전부로 여기며 물속에서 온 몸을 감싸고 헤엄치는 생물이다. '둘러싸인 장소'는 심리적 공간을 형상화 하고 있다. 그러나 구렁이로의 몽상은 죽음의 갈망으로도 볼 수 있으며 결국 영원한 안식처를 모성에서 구하고자 한 것으로 추측해 본다. 여기서 용소는 일상의 세속적 공간과는 달리 성역의 공간이 재현되는 이미지를 띠게 되는 것이다. 세속을 초월한 물의 이미지는 영원회귀 또는 모성회귀로 새로운 재생 실현의 가능성을 암시해 준다. 이처럼 둘러 쌓여있는 공간으로서의 물의 이미지는 존재하는 모든 생명에 죽음을 가져다주면서도 새로운 생명체로의 재생을 가능케 하는 공간으로 추측된다. 처음부터 완전한 죽음을 의도한 다자이가 키야마 쇼오헤이(木山捷平)에게 보낸 서간을 통해 작자의 의도가 작품의 해석에 결정적인 실마리를 제공해주고 있다는 것을 가늠케 한다.

　　역시 일을 시작하기 전부터 결말의 한 구절을 생각하고 있었던 것이었다. '3일 만에 스와의 무참한 사체가 마을 교각에 표착했다'라는 한 구절이었다. 그것을 나중에 지워버렸다. 나의 힘으로는 너무나 그러한 당치않은 진실까지 비약시킬 수 없다고 절망했기 때문입니다.

(『전집』 11권, 20쪽)

이와 같이 작가자신의 실생활을 연상시키는 '3일 후에 스와의 무참한 사체가 마을 교각에 표착했다'는 맺음 구를 과감히 삭제하고 영원한 수중세계, 허구의 세계에서만 가능한 환상여행을 추구하고자 한 것으로 추측된다. 만약 비극적인 죽음으로 결말이 났다면, 스와는 물고기가 아니라 구렁이가 되지 않았을까 생각한다.

다시 말해 죽음을 갈망했지만 물고기로의 변신은 죽음에서 재생이라는 긍정적 이미지로 물의 상상력에서 심화된 소재라 볼 수 있다.

3. 맺음말

지금까지 「어복기」에 나타난 다양한 '물'의 상징에 대해 살펴보았다. 다자이 작품에는 단절과 부재라는 단어들이 지극이 어울릴 정도로 다양한 상징을 내포하고 있다. 자살미수, 죄의식에 대한 고뇌로 항상 죽음을 갈망하는 작가의 의식세계는 고향, 물과의 친근한 환경이 무의식중에 내재되어 있다는 사실이다. '물'의 상상력이 생과 사의 이중적 양상에서 비롯되어 불안, 우울, 죄의식, 고뇌, 모성 등 전기(前期)문학의 작풍을 그대로 투영하고 있다는 사실을 유추할 수 있었다. 또한 물의 변형인 자연물의 상징은 스와의 심리 변화를 적절하게 묘사하였다. 특히 사춘기 소녀 스와의 변화무쌍한 심리가 물의 이미지와 맥을 같이하여 또 다른 각도에서 다자이의 작품 세계를 이해할 수 있는 계기가 되었다.

따라서 본고에서 필자는 어복기의 물의 상징을 부정적 이미지와 긍정적 이미지로 나누어 보았다. 먼저 부정적 이미지는 고뇌하며, 죽음을 갈망하는 모습이다. 작품의 주요 소재인 폭포를 중심으로 물의 변형인 구름은 스와의 몽상으로 나타나는데 이 또한 죽음의 상상력을 내포한 소재로 충분하다고 볼 수 있다. 이처럼 폭포, 구름, 눈은 인간의 번뇌와 불행을 암시하는 의미뿐만 아니라, 죽음을 뜻하는 부정적 이미지를 내포함을 알 수 있다. 그리고 용소와 물고기를 통해 모성의 이미지와 새로운 생명체로의 변신은 긍정적 이미지를 나타낸다. 이처럼 '물'의 상징은 죽음이라는 부정적 이미지와 생명을 의미하는 긍정적 이미지라는 상반된 상징과 더불어 양의적인 양상으로 나타난다.

즉, 죽음의 측면에서 생을 보는 입장으로 「어복기」에 나타난 물의 다양한 이미지는 일반적인 물의 상징과 합일점을 이룬다는 사실을 알 수 있다.

【주】

* 본 연구는 2007년 『대한일어일문학』(31집)에 게재하였던 「『만년(晩年)』나타난 상징 연구」를 수정·보완한 것임.
** Irvine Valley College, Teaching Assistant
1) 바슐라르는 '상상력을 이미지 창조의 능동적인 힘으로 생각하였으며, 일반적으로 이해되는 상상력, 즉 대상을 고정되고 개념화된 관점에서 상상하는 형식적 상상력을 거부하고 상상력이 존재의 근원에 파고 들어가 원초적인 것과 영원적인 것을 동시에 존재 속에서 찾아내려는 물질이 형태를 지배하려는 의지적인 것을 강조한다.'고 설명한다.(가스통 바슐라르/장영주 역, 『물과 꿈』, 문예출판사, 1980, 117쪽.)
2) 텍스트의 인용은 「魚腹記」, 『太宰治全集1』, 筑摩書房, 1974로 하며 이하 쪽수만을 표기한다.
3) 이상섭은 '상상은 감각적인 체험을 심상으로 파악하는 능력일 뿐 아니라, 감각의 대상이 없을 때에도 머릿속에 심상을 만들어 보고, 또한 여러 심상들을 융합하여 전혀 새로운 심상을 형성할 수 있는 능력이다. 즉 상상은 사실이나 실재의 부족한 것을 완전하게 꾸밀 수 있는 일종의 창조적 능력이다. 문학이 이성보다 상상력에 가깝다는 이러한 경험주의 철학자들의 사상이 문학비평가에 의하여 널리 보급되기 시작한 것은 18세기 초에 영국의 애디슨이 「상상의 즐거움」이라는 제목의 일련의 평론을 발표한 다음' 이라며 상상력의 중요성을 밝히고 있다.(이상섭, 『문학비평 용어 사전』, 민음사, 2001, 152~153쪽.)

4) 다자이 오사무(太宰治), 「物思ふ葦(その二)「晩年」について」, 『太宰治全集10』, 筑摩書房, 1974, 40~41쪽.

5) 『雨月物語』(1776)는 우에다 아키나리(上田秋成)의 요미홍(讀本)으로 「꿈속에서 본 잉어(夢応の鯉魚)」의 소재에서 힌트를 얻었다.

6) 소오마 쇼오이치(相馬正一), 「太宰文学と私小説の問題」, 『太宰治研究, 10号』, 審美社, 1969, 9~10쪽.
소오마(相馬)에 의하면, 다자이 문학은 작품계열에 따라 ①사소설(私小説)적 계열 ②모노가타리 계열 ③중간적 계열로 분류가 가능하다. 예를 들자면 『만년』의 경우, 「어복기」는 모노가타리 계열에 속한다고 설명하고 있다.

7) 아오모리 기생출신으로 다자이의 첫 째 부인이다.

8) 테라야마 슈우지(寺山修司), 「魚腹記」手稿, 『太宰治』, 河出書房新社, 1990, 48쪽.
①1929년 칼모틴(수면제) 자살실패 (학업성적부진) ②1930년 에노시마(江ノ島)칼모틴 정사 미수를 칭함.

9) 토리이 쿠니오(鳥居邦朗), 「魚服記」, 『太宰治論』, 雁書館, 1982, 80쪽.

10) 스에나가 타미오/박필임 역, 『color는 doctor』, 예경, 2003, 101쪽.

11) 김미향(金美享), 「魚服記に表れた死生観」, 『國文學解釈と鑑賞』第9号, 至文堂, 2004, 96쪽.

12) 모리야스 마사후미(森安理文)編, 「魚服記-とくに水に対する感想について-」, 『太宰治の研究』, 新生社, 1968, 204쪽.
안도 히로시(安藤宏)・카미야 타다타카(神谷忠孝)編, 『太宰治全作品研究事典』, 勉誠社, 1995, 87~88쪽.

13) 오오쿠보 츠네오(大久保典夫), 「晩年論ー初期習作との関連をめぐってー」, 『批評と研究・太宰治』, 芳賀書店, 1975, 156쪽.

14) 레빈은 심리학적 생활공간(psychological life space)의 개념으로 분명하게 밝힌 바에 의하면, 인간의 행동에 영향을 주는 것은 그 사람이 살고 있는 동네, 방, 가구위치라는 물리적인 환경뿐 만이 아니라 그 사람을 둘러싼 지위, 직업에 연관되는 사회적 환경, 더구나 원망, 공포, 공상 등 그 순간 그 사람으로서 심리적으로 존재한다고 생각되어지는 모든 것이다.
야마다 요오코(やまだようこ), 『私をつつむ母なるも』, 有斐閣, 1987, 139쪽.

15) 위의 책, 136쪽.

제2부

1 베일 벗은 금기의 성(性)

- 사소설을 중심으로 -

김용안*

1. 머리말

　일본 자연주의문학은 자신이 멘토로 삼았던 유럽의 그것과는 판이한 전개양상으로 숱한 화제를 야기했는데 급기야는 사소설이라는 장르까지 낳는다. 이것은 작가 개인의 상상의 세계나 사생활 등 주로 치부(恥部)에 조명을 들이대며 그것을 그대로 소설화한다. 이른바 용감한 폭로에 독자들이 열광하고 작가들은 그에 편승하여 앞 다투어 이 폭로전에 가세한다. 집단 광기에 걸린 독자나 그 장단에 춤추는 작가들의 무분별이 만들어낸 집단 도착극이다. 이것이 탄생한 배경은 여러 가지가 있을 수 있겠지만 가장 설득력을 담보하는 것은 에로티즘[1]이 아닐까 한다.

　그 광기의 굿판을 처음 연 작가가 타야마 카타이(田山花袋: 1872~1940)이고 그 절정을 장식한 작가가 시마자키 토오송(島崎藤村; 1872~1943)이다.

　타야마 카타이는 감상적인 풍경시인으로 문학여정을 시작했지만 졸라이즘의 영향을 받아 「쥬우에몽의 최후(重右衛門の最期)」(1902)를 쓰고 1906

년에는 잡지 『문장세계(文章世界)』의 주필이 되면서 자연주의 문학운동의 선두주자가 된다. 이듬해 주인공이 작가의 아바타로서 작가의 모든 세계를 사실 그대로 비밀 공간 없이 파헤치는 이른바 사소설의 효시를 이루는 소설 『이불(蒲団)』(1907)을 발표함으로써 스타덤에 오르며 일본 자연주의의 문학의 방향을 사소설적으로 바꾼다. 그 뒤 자전적 소설 3부작2)을 잇달아 집필하며 사소설의 로드맵을 다져간다. 그리고 주관을 배제하고 대상을 가능한 한 구체적으로, 사실 그 자체를 자연스럽게 재현하려는 평면묘사를 역설하며 『시골교사(田舎教師)』(1909) 등의 대표작을 남긴다.

시마자키 토오송은 『문학계(文学界)』의 동인으로서 낭만적인 시를 쓰며 불후의 명시집 『새싹집(若菜集)』 등을 남겼으며 이후 산문으로 방향을 선회하여 1906년 자비출판한 『파계(破戒)』가 공전의 히트를 기록하며 스타덤에 오른다. 〈에타〉라는 천한 신분을 가진 초등학교 교사 우시마츠의 고독과 소외와 번민을 탁월하게 묘사한 수작으로 평가받고 있다. 이어 주변의 문학자들을 모델로 자신의 청춘의 고뇌를 그린 『봄(春)』(1908), 자신의 가족사의 질곡을 그린 『집(家)』(1910) 등을 잇달아 발표하며 자연주의 중견작가의 위치를 다져간다.

이어 자신의 조카와의 부적절한 관계를 다룬 『신생(新生)』(1918~1919)을 발표, 문단에 새로운 반향을 불러일으킨다. 이어 일본의 개화기를 제재로 하여 10년에 걸쳐 집필한 대작 『먼동이 트기 전(夜明け前)』(1929~1935)을 집필하여 일본 최고의 작가의 명성을 굳게 다진다.

카타이의 『이불』은 한 중년 작가가 자신에게 소설을 배우러온 여제자에 대한 사랑의 감정의 움직임을 적나라하게 묘사하고 소설 대단원에서는 제자를 떠나보내며 그녀가 사용하던 이불에 얼굴을 묻고 냄새를 맡다가 눈물짓는 묘사로 마무리되는 소설이다. 이 소설이 독자에게 큰 충격이었던 것은, 어쩌면 결정적인 치부일 수도 있는 작가 자신의 내부의 성 풍경을 숨김없이 그대로 묘사하여 고백한 소설이기 때문이다. 이 작품의 예술적 가치의 유무를 떠나 영향력의 관점에서만 본다면 거의 절대적이다. 그 소설의 등장은 일본 근현대문학사 속에서도 기념비적 사건이었으며 그로 인해 일본자연주의 문학은 사소설로 급선회하며 100여년이 지난 오늘날도 일본 문학에 끼치고 있는 영향은 현재 진행형이다.

『신생』은 시마자키 토오송의 4번째 장편소설로『토오쿄 아사히신문(東京朝日新聞)』에 작가 나이 46세에서 47세까지인 1918년 5월 1일부터 같은 해 10월 5일까지 제 1부, 이듬해인 1919년 4월 27일부터 10월 23일까지 제 2부가 연재되었던 신문소설이다.

작품 성격 면에서는 그 전의 일련의 장편들이 담고 있는 제요소를 집대성한 성격이 강하다. 그의 첫 번째 장편인『파계(破戒)』로부터는 〈고백〉 및 〈참회(懺悔)〉의 요소가, 젊음의 고뇌를 그린 자전적 성장소설 두 번째 장편『봄(春)』(1908)으로부터는 현실도피를 위한 〈여행〉이, 세 번째 장편인『집(家)』(1911)으로부터는 〈가족사의 질곡〉의 요소가 이 작품으로 흘러들었다.

'제 모습, 삼촌께서는 이미 잘 아시겠지요?3)라는 조카딸로부터의 임신통보로 본격적인 상황이 전개되는 이 소설은 작은 아버지와 조카딸의 근친상간이라는 충격적인 작가의 실화를 소설화한 것으로 주인공의 프랑스 도피, 그리고 참회의 성격을 띤 고민과 번뇌, 그 과정에서 이루어지는 자아 찾기와 귀국 후에도 되풀이 되는 근친상간, 이어 고백과 신생으로 이어지는 매우 이색적인 소설이다.

　작가는 이미 소설『파계』의 성공으로 탄탄한 허구소설 세계를 구축하여 작가의 명성을 얻었음에도 불구하고 그 쪽의 영토를 과감하게 버리고 타야마 카타이가 개척한 자신의 치부가 얽힌 에고이즘에 대한 고백을 주류로 하는 사소설 흐름으로 갈아타는 도박을 하게 된다. 그 첫 시도로 소설『봄』을 집필했지만 이 소설은 내용면이나 소재면이나 구성면에서 타야마 카타이의『이불』만큼은 주목을 받지 못했던 것도 사실이다. 작가는 어쩌면 이런 패착을 일거에 만회할 수 있는 임팩트가 큰 소설을 오랜 기간에 걸쳐서 준비하고 있었을 지도 모른다. 아무튼 이런 배경 하에 등장하게 된 것이 바로『신생』이다. 작가와 작품제재의 관계가 의도적이었는지 자연적이었는지는 분명하지 않지만 근친상간이라는 소설 제재가 작가의 당시의 의도와 부합되는 가히 메가톤급의 폭발력을 지닌 것은 사실이었다. 더구나 사소설의 문법대로 그것이 작가의 실생활을 거의 그대로 반영한 점에서, 작품 그 자체에 대한 비평도 많고 평가도 각양각색이지만, 그에 못지않게 당연한 귀결로 작가를 윤리적, 혹은 종교적으로 혹독하게 비판하는 현상까지 생겨나 소설내용만큼이나 기묘한 평론까지 양산하는 결과를 초래했다. 이른바 이색적인 소설이 이색적인 평론을 낳는 결과가 되고 만 것이다.

　자연주의와 사소설 속에서 금기[4]의 성을 다룬『이불』과『신생』은 어떤 색깔을 갖고 있는지 이 작품들의 의의는 무엇인지를 살펴보고자 한다. 이 연구는 다른 작품과 비교와 동시에 소설서사의 내용만을 중심으로 분석[5]하려고 하는 데 이를 통해 보다 작품을 객관적인 시선에서 볼 수 있는 단서를 줄 수 있을 것이라고 생각한다. 전자가 연구방법이라면 후자는 연구의의가 될 수 있을 것이다.

2. 사소설과 그 변주

일본의 자연주의는 러일전쟁의 전후문학으로 생겨났다. 전쟁이 야기한 자본주의체제의 강화와 근대국가기구의 정비에 의한 일본근대화의 완성과 이 와중에 일어난 대역사건에 의한 천황제의 강화가 이 시대의 특징이라고 할 수 있다. 이에 따라 일본어가 질적인 전환기를 맞이하면서 기성의 언어적 질서의 해체에 직면한 작가들은 하는 수 없이 자신의 문학 방법이나 문체를 모색하지 않을 수 없었다. 이것이 자연주의문학 탄생의 배경이다. 당시의 분위기는 전쟁승리에 따른 기대감과는 달리, 데모가 빈발하고 토오쿄는 계엄령 하에 놓여졌다. 어둡고 혼탁한 전승에, 결과의 허무함이 초래한 허탈감이 사람들에게 넘쳐나던 시기였다. 그러한 분위기 속에서 인생, 사회의 모든 면에서 환상, 허식이 벗겨지고 현실이 폭로되는 것이 당시의 문학의 기조였다.

타야마 카타이의 종군기자로서의 참전에 근원이 있는 일본 자연주의 문학은 시마무라 호오게츠(島村抱月), 하세가와 텡케이(長谷川天渓)가 가세하면서 이론적, 감각적, 학문적인 형태를 갖추게 된다. 그것은 요컨대 개인의 해방을 목적으로 해서 〈진〉을 추구하되, 인간의 있는 그대로의 현실을 작가의 주관을 개입시키지 않고 심리학, 생리학, 진화론 등의 과학적 방법으로 묘사하는 무이상, 무해결의 문학이었던 것이다.

토오송의 일부의 작품이 자연주의의 자장권내에 있어 그 영향을 수수한 것도 확실하지만 토오송은 소위 그 주의에 얽매어서 규범대로 연주하지 않고 일종의 변주를 한 셈이다. 즉 자연주의는 토오송에게 보호막이나 풍토 역할도 하고 소설내용에도 영향을 끼친 것이 사실이지만 그는 자연주의 모범생은 되지 않고 그 나름의 독자 영토를 갖고 자신의 색깔을 갖고 있었던 것이다. 마치 노(能)가면과 그것을 사용하는 노 배우의 줄다리기6)원리와 비슷하다. 『신생』은 그런 배경에서 태어났다고 할 수 있다. 자연주의가 없었다면 『신생』은 등장하지 않았겠지만 『신생』이 없었다면 일본자연주의는 어딘가 허전하고 빈곤했을지도 모른다.

자연주의가 분만한 사소설은 일본근대문학 역사상 최대의 사건 중의 하나로 꼽는데 이견을 다는 사람은 없다. 세계역사상 이런 흐름은 일본에서만 유일했기에 어떻게 보면 이는 가장 일본적 산물임에 틀림없다7).

작자의 자신의 사생활이나 신체적 욕구나 상상의 세계는 원천적으로 보호받아야할 밀실의 은밀한 영역인데 그 풍경을 그대로 인화하여 독자들에게 보여주고 독자의 심판을 받는다는 행위가 사소설의 요체이다. 작가의 치명적인 치부가 될 수도 있는 개인의 사생활이나 상상, 혹은 공상의 영역을 그대로 가감 없이 소설화하고 독자들은 그런 작가의 무모함을 용기라 찬양하고 평자들은 그런 작가에게 윤리적인 잣대를 들이대며 가열찬 메스를 가하는 웃지 못할 제로섬 게임이다. 도대체 그것은 잘 표장된 작가의 외면을 찢어 그 내부에서 추악한 에고이즘을 도려내어 악취를 맡는 것으로 환각이나 광기가 저지르는 엽기적 자살행위와 뭐가 다르단 말인가?

하지만 타야마 카타이가 『이불』이라는 자해(自害)소설로 일종의 저주의 굿판을 한마당 벌이자 독자들은 열광했고 이 신기루에 취한 작가들이 앞 다투어 이 굿판에 부나방처럼 뛰어 들었다. 이 어처구니없는 사건이 일본 사소설의 탄생배경이다. 자연주의의 돌연변이의 말예이기도 한 사소설의의 풍조는 작용과 반작용을 거치면서 그 내용은 에스컬레이트되어 마침내는 『신생』과 같은 작품이 탄생된다.

소설『신생』속에서는 참회를 전제로 한 고백으로 서사의 흐름이 결정되며 이른바 사소설로의 방향이 정해지자 주인공은 그것이 몰고 올 엄청난 파장에 대해 절체절명의 위기상황까지 생각하며 고민한 흔적이 엿보인다.

> 그렇게 생각하자, 그는 주저하지 않을 수 없었다. 자기파괴와도 같은 참회—— 그는 참회라고 하는 말의 의미가 과연 이런 경우에 맞는지 어떤지 생각했지만 그 결과가 자신에게 미치는 영향의 무서움을 생각하자 더욱 주저하지 않을 수가 없었다.　　　　　　　　　　　　　　　　(256쪽)

고민에 고민을 거듭하다가 결국에는 참회의 고백 쪽으로 방향을 잡으면서 그것이 몰고 올 파장에 떨며 주저하는 행위가 극명하게 드러나고 있다.

> 그는 도처에서 자신의 몸으로 쏟아져오는 비웃음을 예상했다. 경우에 따라서는 사회적으로 매장될 것이라는 것도 예기했다. 그 결과로 그가 오랫동안 관여해왔던 학예의 세계로부터 쫓겨나지 않으면 안 되는 경우까지도……　　　　　　　　　　　　　　　　　　　(275쪽)

자신의 고백을 통한 사소설 방향으로의 선회가 결국 지금까지 자신의 모든 생애를 걸마한 생사의 기로에 서는 모험이자 일대의 도박임을 예견하는 대목이다. 이와 함께 주인공 특유의 주저하고 망설이는 모습은 작품 곳곳에서 지루하게 산견되고 있다.

이 점을 히라노 켕(平野謙)은 다음과 같이 밝히고 있다.

> 정말로『신생』은 필사적인 기백으로 쓰였다. 그러나 그 결의는 어떤 의미로도 〈자살〉을 연상시키는 것은 아니었다. 반대로 어떻게든 살아남으려 하는 인간의 집요한 동물력에 의해서 이룩된 결의에 다름 아니다. 여기에

『신생』 한 편이 갖는 제작 요인이 있다.[8]

하지만 이런 일생일대의 결단에 의한 글쓰기인데도 불구하고 막상 독자들이 궁금해 하는 부분인 두 사람의 근친상간의 발단과 전개과정은 모호하게 처리하거나 생략하기 일쑤이고 정작 그다지 중요하지 않을 수도 있는 작가 내부의 모순이나 번민은 지루할 정도로 디테일하게 묘사되어 있다. 이 점을 요시다 세이이치(吉田精一)는 다음과 같이 밝히고 있다.

> 『신생』은 당시에 고백참회의 문학으로 받아들여져, 로오카의 『새봄』, 카타이의 『잔설』 등과 같이 취급되었는데 예술로서의 밀도는 3작품 중 이 작품이 가장 높다. (중략) 자기의 적나라한 고백을 목적으로 하는 고백문학으로서는 자기의 나체라든가 치부를 필요이하로 가리려고 한 느낌마저 든다. (중략) 구성상으로 말하면 프랑스에서의 생활묘사는 기사회생의 모티브가 되는 중요한 장소이긴 해도 필요이상 장황하게 묘사되고 있는 느낌이 있고 독자를 권태에 빠지게 하는 결점도 있다. 그래도 전체로서의 중량감과 주제의 특이성과 묘사의 박진성은 이 작품을 명작의 하나로 만들고 있다.[9]

사소설 문법에 따라 폭로는 하겠지만 그에 따르는 희생은 최소화하겠다는 토오송 나름의 글쓰기 전략을 요시다가 통타하고 있는 대목이다.

이에 비해 사소설의 효시가 되었던 타야마 가타이의 『이불』은 비교적 명료하고 솔직한 심상풍경의 묘사로 일관하고 있다. 『이불』에 나타난 내용은 어디까지나 성적인 치부가 상상 속에서만 이루어지고 행동으로는 옮기지 못한 미수로 끝난 것이기에 〈~라면〉의 가정의 세계에서 수없이 회자되는 상상의 서사이다.

> 아니 정원수 숲의 빗소리, 꽃의 개화 등의 자연의 상태마저 평범한 생활을 더욱 평범하게 하는 느낌이 들어 몸을 둘 곳이 없을 정도로 쓸쓸했다.

길을 걸으며 항상 보는 젊은 여인, 가능하다면 새로운 사랑을 하고 싶다고 뼈저리게 느꼈다. (중략) 출근하는 길에 매일 아침 우연히 마주치는 여교사가 있었다. 그는 그 여자와 마주치는 것을 그날그날의 유일한 낙으로 삼으며 그녀에 대해서 여러 공상을 했다. 그녀와의 사랑이 결실을 맺어 카구라자카의 연예장에 가서 즐기면 어떨까? 부인에게 들키지 않고 두 사람이 근교에서 산책을 즐기면 어떨까? 그 때 부인은 임신을 하고 있었으니 갑자기 난산을 하다가 죽고 그 뒤에 그녀를 받아들이면 어떨까? 별일 없이 후처로 받아들일 수 있을까? 아닐까 등을 생각하면서 걸었다.　　　　　(128쪽)

임신한 부인이 죽고 길거리에서 우연히 만난 여교사를 후처로 받아들일 천인공노할 주인공의 상상이 거침없이 묘사되고 있다. 과연 사소설의 효시다운 용감성과 과감성이 소설 속에서 꿈틀대고 있으며 독자들을 충격에 빠뜨리고 있다.

소설『신생』이 얽히고설킨 실타래 같다면『이불』은 쾌도난마처럼 쿨하고 시원하다. 하지만 이 과정에서 정공법을 쓴『이불』이 약간은 통속적으로 비치거나 어딘가 게사쿠[10)]가 잔설처럼 풍기는 느낌이 들어 문학성을 손상시키는 데 일조하고 있는 반면, 명료함과 모호함을 교묘히 섞으며 극도로 신중하고 절제로 일관하는 소설『신생』은 문학성을 담보하고 있는 일대 역설이 두 소설 사이에 존재하는 것도 사실이다.

소설『신생』의 경우 주인공이 윤리적인 공격이나 지탄의 대상이 되는 것은 피해갈 수 없으며 주인공의 반성은 피맺힌 절규에 버금간다. 소설의 서두는 치밀어 오르는 자신에 대한 분노와 주위의 시선에 대한 부담에 따른 통렬한 자기혐오, 그리고 쫓기는 신세의 도피가 주류를 이루고 있다. 그것은 자기학대와 같은 것이고 스스로가 스스로를 처벌하는 유형(流刑)을 방불케 하는 프랑스로의 도피여행이다. 처음에 임하는 여행은 이것저것 가리지 않고 오로지 은신을 위한 줄행랑의 형태였다.

어떻게 해서든 세츠코의 몸이 타인의 눈에 띄지 않을 때 준비를 서두르
고 싶었다. (중략) 키시모토는 이 여행에 대한 결심이 얼마나 형을 속이고
세상을 기만하는 슬픈 행위인가를 생각하지 않을 수가 없었다. (46~47쪽)

조카의 임신이라는 충격적인 사실이 세상에 알려지기 전에 그 현장
을 피하고 보자는 키시모토의 무책임하고 기회주의적인 모습과 자신의
행위에 대한 치열한 반성이 함께 적나라하게 묘사되어 있다.

실로 자신은 친척에게도 친구에게도 상담할 수 없는 깊은 죄를 저지르고
무구한 처녀의 생애를 망치고 그 때문에 자신도 일찌감치 경험하지 못했던
심각한 사랑을 경험했다고 썼다.   (69쪽)

도주의 이면에서 그것을 반성하는 자신을 부각시키고 있다.
자기모순적이며 자가당착적인 키시모토의 실루엣이 선명하게 드러
나 있는 대목이다.
한편 그는 프랑스로의 도피 직전에 거처를 옮기고 모교 방문을 한다.
여행이 더럽혀진 장소와 더럽혀진 자신으로부터 벗어나는 쇼오료 나가
시(精靈流し)11)와 같은 의미로 해석하고 싶은 주인공의 염원이 읽혀지는
부분이다. 이른바 과오를 범한 자신을 버림으로써 스스로를 구제하는
역설에 기대를 거는 행동인 것이다.

그는 모든 것으로부터 격리되려고 고국을 떠난 것이다. 하지만 그가 세
츠코로부터 멀어지려면 멀어질수록 불행한 조카의 마음은 그를 쫓아 왔다.
어디까지나 그는 이러한 세츠코의 편지를 읽을 때마다 자신의 상처가 터져
서는 피가 흐른다고 생각했다.   (83쪽)

끊임없이 전달되는 세츠코의 편지공세로 키시모토의 죄의식은 거의
절정에 달한다. 그러면서도 프랑스 도피 중에는 절망상태를 헤매다가

나름의 안정을 얻어가면서 자신을 응시하기 시작한다. 결국 프랑스여행은 주인공의 남에게 보이는 자아에서 스스로를 응시하는 자아로의 변화의 과정이다. 과거의 자신을 포함한 모든 것과의 결별은 진정한 자신과의 재회로까지 이어진다. 액 쫓기와 같이 더럽혀진 자신에서 멀어지고 싶은 원망이 여행지에서는 스스로를 응시하는 모습으로 바뀌는 것이다.

하지만 당연한 결과로 주인공은 그 패덕함을 모조리 자신의 탓으로 부담하기에는 너무나도 상처가 크고 리스크 또한 부담하기 버거울 정도이다. 결국 이미 저질러진 일에 대한 끝없는 자기변호와 자기변명으로 일관하고 있다. 이런 과정에서 등장하는 것이 유전(遺傳)이다. 유전은 자기변명을 위한 절호의 도피처인 셈이다.

> 타미스케에 의하면 그토록 도덕을 귀 따갑게 외쳐대던 아버지도 유혹은 뿌리치지 못했던 숨겨진 행위가 있었고 그것이 친척과의 사이에 일어났던 일이었다고 한다. 나는 지금까지 이일을 입에 담은 적이 없다고 타미스케는 동생을 앞에 두고 이미 고인이 된 아버지의 도덕상의 결함이 막내인 키시모토에게까지 유전되고 있는 것을 슬퍼하기라도 하는 듯한 말투로 이야기했다.
>
> (306쪽)

외면상으로는 근엄한 국수주의적 우국지사가 내면 상으로는 친척과 근친상간을 한 추악한 비밀을 갖고 있는 것이 두 얼굴의 아버지의 존재이다. 주인공의 근친상간도 연원을 따지고 보면 피로 물려받은 유산이라는 것이다. 여기서 유전은 주인공의 과중한 윤리적 부담에 대한 책임을 분담하는 차원에서는 매우 유효한 수단이다.

> 그때부터 그는 한층 더 아버지에 대해서 호기심을 갖게 되었다. 아버지에 관한 것이라면 아무리 작은 이야기라도 마음에 담아두려고 했다. 기회

있을 때마다 친척이나 아버지에 관해서 알고 있는 사람에게 물었다. (중략)
의외로 그는 다른 사람으로부터 들은 이야기보다도 자신의 내부에서 더욱
선명하게 아버지를 발견해나갔다. 그는 자신의 내부로부터 치솟듯이 불거
져 나오는 생명의 싹이 모든 것의 색채를 바꾸어 보이게 하는 우울한 세계
쪽으로 자신을 데려갈 때마다 그것을 느끼곤 했다. 그는 나이가 들면 들수
록 자신의 성질이 아버지를 닮아가는 것에 한편으로는 놀라고 한편으로는
무서웠다.

(137쪽)

아버지를 빼닮아가는 자신의 모습에서 도덕적인 부채도 함께 유전되
고 있다는 사실이 주인공을 전율케 하고 있는 장면이다. 또한 이 소설이
참회보다는 탄식의 묘사가 많은데 마루야마 마사오(丸山眞男)의 〈이다〉
와 〈하다〉라는 논에 의하면 참회가 소위 자발적으로 행하는 〈하다〉와
연루되고 있는데 반해, 탄식은 강요되어진 운명을 슬퍼하는 〈이다〉와
연루되어 있다. 즉 참회는 자신의 과오를 후회하거나 속죄까지도 연결
되지만 탄식은 자신의 과오에 일종의 면죄부를 주어 죄를 경감시키는
역할을 수행한다. 이러한 논리로 보면 현재의 파국에 대해 자신은 일정
부분 가해자가 아니고 피해자이며 오히려 조카인 세츠코의 존재와 유전
의 요소도 일정부분 가해자로서 책임이 있다는 점을 부각시키고자 탄식
과 유전을 반복해서 운운하는 것이다. 이 모든 것도 사소설 쓰기에 부담
을 느끼고 있는 작가의 윤리적인 부채에서 나온 소산이다.

이토록 작가는 자신의 과오에 대해서는 모호함이나 과감한 생략으로
일관하지만 환경이나 주변으로부터의 영향에 관해서는 명확하고 집요한
묘사로 일관한다. 모호함과 명확함의 절묘한 조화의 글쓰기인 것이다.

한편 소설 『이불』의 서두에는 매너리즘에 빠져 뭔가 돌파구를 찾고
싶어 하는 중년 작가가 온갖 건전치 못한 상상을 하고 있다. 이런 그에
게 절호의 기회가 찾아온다. 한 송이의 꽃처럼 아름다운 처녀가 그에게

소설을 배우겠다고 상경하여 자신의 집에 머물게 된 것이다. 나중에는
자신의 누나 집으로 그녀의 거처를 옮겨주긴 했지만 이른바 제자인 그
녀에게 사랑을 느끼고 그녀의 사랑의 상대에게 질투마저 느끼는 치졸함
이 작가를 지배한다. 급기야는 그녀가 다른 청년과 사랑에 빠지자, 처녀
의 고향으로 고자질을 하여 그녀의 아버지가 상경하도록 해서는 '사랑
의 경쟁자를 여자에게서 빼앗아 아버지에게 돌려줄 때의 느낌'(188쪽)을
〈쾌감〉이라고 까지 표현한다. 또한 편지글을 통해 두 사람이 육체적으
로 관계를 맺은 사이임을 알아차렸을 때 '두 사람은 아주 신성한 사랑을
했군.'하면서 비아냥거리기(188쪽)까지 한다.
　그리고는 예의 그 가정법에 의한 상상이 시작된다. 그녀와의 이상적
인 결혼을 상상으로 즐기기도 한다.

> 부인이 없다면 물론 자신은 요시코를 틀림없이 부인으로 맞이했을 것이
> 다. 요시코도 또한 기쁜 마음으로 자신의 부인이 되었을 것이다. 이상적인
> 생활, 문학적인 생활, 견디기 어려운 창작의 번민을 위로해 주었을 것이다.
> (192쪽)

이 작품에서는 마음의 치부를 남김없이 몽땅 털어놓으며 마치 완전
한 자기고백의 전형을 드러내고 있으며 심지어는 극단적인 속내까지도
서슴없이 활자화하고 있다.

> 그 청년에게 몸을 맡길 거였다면 뭐 그 처녀의 정조를 귀하게 여길 건
> 없었다. 자신도 대담하게 성욕을 채우면 될 걸 그랬다. 그 몸은 말할 것도
> 없고 아름다운 태도며 표정도 천박한 느낌이 들었다. (중략) 그런 어두운
> 상상에 저항할 힘이 다른 한편으로 생겨서 그와 열심히 다투었다. 그리고
> 번민에 번민, 오뇌에 오뇌, 수없이 잠자리를 뒤척이다가 2,3시 시계소리를
> 들었다.
> (185쪽)

제자라는 사실까지 망각한 채 육욕을 풀지 못한 자신을 후회하면서도 다른 한편으로는 이성적인 자아가 대두하여 내부에서 심한 갈등으로 이어지고 그 갈등은 번민과 오뇌의 원인이 되어 잠을 이루지 못하는 토키오의 모습이 선명하게 묘사되어 있다. 이 작품에서는 앞뒤의 눈치를 살피거나 주인공이 자신을 변호하거나 윤색하는 모습을 좀처럼 찾아볼 수가 없다.

이에 대해 작가는 다음과 같이 소회를 밝히고 있다.

> 나의 『이불』은 작자로서는 아무런 생각도 없다. 참회도 아니고 일부러 그런 추잡한 일을 골라서 쓴 것도 아니다. 다만 자신이 인생 속에서 발견한 어떤 사실, 그것을 독자의 시선 앞에 펼쳐 보인 것뿐이다. 독자가 읽고 혐오스런 느낌이 들든, 불쾌한 느낌이 들든, 또한 그곳에서 귀중한 작자의 마음을 찾든, 교훈을 얻든, 작자로서는 아무래도 좋다. 또한 독자가 그것을 작자의 경험에 호기심으로 꿰맞춰보고 인격이 어떻다는 둥, 책임이 있다는 둥, 사상이 어떻다는 둥 그런 것들은 무의미하다. 작자는 그저 그 발견한 사실을 어느 정도까지 묘사할 수 있을까? 어느 점까지 사실에 입각해서 쓸 수 있는가 다만 그것만을 고려할 뿐이다. (432쪽)

글의 소재는 하나의 발견이고 그것을 어떻게 독자에게 전할 것인가만을 염두에 두고 글을 썼다는 점을 작가는 밝히고 있다. 이것은 작가의 역할을 적확하게 꿰뚫고 있는 명쾌한 증언이다. 작가는 인생에서 발견한 사실만을 쓰고 작품의 출현 이후의 모든 해석의 여지는 열려있으며 그것은 독자의 몫으로 남겨 두겠다는 각오의 표현이다. 이런 관점에서 본다면 토오송의 『신생』은 적극적인 , 혹은 지나친 작자의 개입이 이루어지고 있는 건 아닌가라는 느낌이 든다.

소설 『신생』에서는 윤리적 책임을 분담할 유전에 이어 자신의 내부에 도사리고 있는 모순을 발견한다. 이 모순은 자신의 패덕행위를 변호

해줄 또 하나의 유효한 보호막인 것이다.[12]

겨우 8세에 이미 치열한 첫 사랑을 느꼈을 만큼의 성격으로 태어났으면
서도 이성이라는 존재를 믿을 수 없게 되어버린 반생의 모순을 생각해 보았
다.
(149쪽)

키시모토는 겨우 8살에 열렬한 첫사랑을 느끼는 조숙한 존재로 태어
났으면서도 실생활에서 쓰라린 경험으로 여성에 대한 불신감이 증폭된
채 살아왔다. 그런데 여행지에서 스스로와 마주봄으로써 스스로의 모
순을 발견할 수 있었던 것이다. 여성이라는 존재가 주인공에게 뜨거운
피를 흐르게 하는 육욕의 대상임과 동시에 자신에게 상처와 불신감을
안겨주고 그로 인해 싸늘한 피가 흐르게 하는 절망의 대상이기도 하다
는 역설을 깨닫게 된다. 결국은 그 모순으로 인해 파국이 생겨나고 스스
로가 궁지에 몰리게 되었다고 자신을 파악하고 있는 것이다. 그 중 전자
는 유전에서 기인된 것임에 반해, 후자는 실생활의 경험에서 온 것이다.
사소설 형태로 까발리기는 하겠지만 주인공이 입을 상처에 대해 어
느 정도의 여과장치와 보호막은 치겠다는 심산이 여기서도 작용하고
있다. 이것은 순수한 사소설의 문법으로 본다면 비겁하거나 소극적으
로 비추어질지는 모르겠지만 이른바 사소설적 변주라는 점에서 또 하나
의 사소설의 모델을 제시했다는 의의는 있다. 토오송의 글쓰기의 자신
만의 스펙트럼이 여기서도 선명하게 나타나는 것이다.

3. 신생과 염원

사소설의 주형(鑄型)에 투항하지 않고 토오송 나름대로의 문학적인 자리를 굳건히 지킨 것은 제목부터도 알 수 있다. 소설과 그것이 갖고 있는 외양과 내부의 속성은 언제나 부합되는 것은 아니다.[13]

『신생』은 무이상과 무해결을 소설쓰기의 방법으로까지 인식되고 있는 자연주의 소설의 제목으로는 어울리지 않는다. 왜냐하면 〈집〉이나 〈이불〉과 같은 정적인 제목은 상관없는데 〈봄〉이나 〈신생〉 등의 제목은 미래 지향의지가 담겨있어 그 방법과 상충되기 때문이다.

그리고 이 소설의 제목인 〈신생〉은 주인공의 삶을 새롭게 하기까지는 이르지 못하고 어디까지나 주인공의 자기암시에 머물고만 듯한 느낌이 있다. 적어도 소설에서는 주인공의 행동이나 사고방식의 변화가 자연스런 결과가 아니라 작가의 인위적인 염원을 담은 문학적인 가공 쪽에 무게가 실린다. 그것은 주인공이 프랑스에서 귀국해도 같은 과오를 되풀이 하는 것으로 증명된다. 과거의 삶으로의 복귀가 어째서 신생이라는 의미를 담보하는지는 모호하다. 즉 작품은 외형으로서는 신생까지 도달했다고 할지라도 내부의 속성에서는 과거의 자신으로의 회귀이다.

> 눈에 보이지 않는 두려움은 끊임없이 그를 쫓아 왔다. (64쪽)

> 키시모토가 기다리던 새벽은 그렇게 먼 곳부터 밝아오는 것이 아니고 바로 자신의 발밑에서 밝아 오는 것처럼 보였다. 피로부터 해방되고 육체로부터 해방되어 가는 것을 느낄 때마다 어두웠던 그의 마음 점차 밝은 쪽으로 밝은 쪽으로 나아가는 것을 느꼈다. (295쪽)

소설 서두에 위쪽의 인용으로 시작되는 주인공의 모습은 소설 말미의 아래 인용의 모습으로 변화해가고 있다. 자기도피로나 자기혐오로부터 시작된 이 소설은 기묘한 자기애로 막을 내리고 있는 것이다. 과오를 범한 자신을 버리듯 했던 도피여행의 궁극적인 도달점은 아이러니컬하게도 자기 자신이었던 것이다. 결국 자기로의 귀환인 셈이다. 자신을 질곡으로 빠뜨린 자기모순이라는 심각한 짐을 내려놓지도 않은 채 자기긍정으로 이어지고 있는 것이다.

이 〈있는 그대로의 모습〉에서 〈있어야할 모습으로의 전향〉은 진정한 구원이라고 보기보다는 변함없는 작가의 문학을 보는 시선에 기인하는 결과인지도 모른다. 이것도 자연주의와 그것과 상충하는 작가의 문학적인 타성과의 기묘한 타협의 소산인 것이다. 이 타성은 작가로서의 토오송이 익힌 솜씨에 다름 아니다. 작가가 스스로를 하나의 타자로서 조명하고 성찰하는 행동이고 예술작품을 창조하듯 스스로와 스스로의 삶을 교정하고 창조해가려는 태도인 것이다.

자연주의 소설을 쓰면서도 토오송이 〈신생〉이라는 말에 집착하는 것도 이것과 맥을 같이 한다. 그것은 이 소설의 문학적인 결실인 〈신생〉과 같은 존재가 토오송에게 있어서 소설을 쓰는 이유이기도 함과 동시에 독자에 대한 토오송 나름의 문학적인 배려이기도 한 것이다. 예컨대 〈왜 소설을 쓰고 왜 소설을 읽는가〉에 대한 근원적인 질문에 대한 토오송 나름의 대답인 것이다. 이것이 바로 토오송 소설이 갖고 있는 2중구조이며 〈신생〉이라는 염원은 이 작품을 떠받치고 있는 외형적 구조와 내용적 실체임과 동시에 작가와 주의와의 기묘한 절충에서 나온 것이라고 할 수 있다.

이렇듯 소설의 말미에서 『신생』은 죄의식에서 벗어나 새로운 삶을 꿈꾸지만 『이불』은 그저 성적 욕망에 사로잡힌 한 개인의 추악한 심상

풍경이 서사로 드러나 있을 뿐 아무런 미래에 대한 개선의 여지나 전향적인 방향성은 전혀 없다. 이런 점을 종합해볼 때 문학성은 차치하고서라도 독자들이 진정한 사소설의 맛을 만끽할 수 있는 것은 『신생』보다는 『이불』이 가깝다고 사료된다.

> 쓸쓸한 생활, 황량한 생활이 다시 토키오의 집에 찾아들었다. 아이들을 주체 못해 시끄럽게 꾸짖는 부인의 목소리가 귀에 거슬려 불쾌한 느낌을 토키오에게 주었다. (중략) 성욕과 비애와 절망이 순식간에 토키오의 가슴 속으로 엄습해왔다. 토키오는 그(요시코가 사용했던) 요를 깔고 잠옷을 들어 싸늘하고 땀내 나는 우단 깃에 얼굴을 묻고 오열했다. 어두컴컴한 실내 창밖에는 모진 바람이 휘몰아치고 있었다. (193~194쪽)

마지막 장면도 거의 자연주의의 전형적인 모습인 무해결 무대책의 콘셉트로 일관하며 상황 개선에 대한 문학적 혹은 작가적 배려가 전혀 없다. 그저 육욕이 엄습하는 철저한 인간의 에고이즘이 있을 뿐이다. 그래서 어두컴컴한 실내와 휘몰아치는 모진 바람이 토키오의 을씨년스럽고 삭막한 심상풍경을 그대로 비유적으로 전하고 있을 뿐이다.

『신생』이 작품의 말미에서 구가하고 있는 새벽이나 해방 따위는 『이불』에서는 상상조차 할 수 없는 것이다.

이에 대해 소오마 츠네오(相馬庸郎)는 다음과 같은 증언을 하고 있다.

> 『이불』에서 채택된 독자의 소설구조의 그 첫째는 주인공의 외면세계와 내면세계의 균열에 서술의 중심을 둔 점에 있다. 젊은 연인들의 온정 넘치는 보호자, 분별 있는 스승, 신뢰할 수 있는 감독자라는 자세를 마지막까지 흐트러뜨리지 않는 것이 주인공의 외면의 세계인데 독자는 그 외면 세계의 움직임을 더듬어가는 동시에 주인공이외의 등장인물이 꿈조차 꾸지 못하는 내면세계의 움직임에 상세하게 입회해간다. 그리고 그곳에는 외면의 훌륭함과는 동떨어진 추악한 에고이즘이나 성적인 관심이 전개되고 있는 셈

이다. 이 구조는 주인공이 신세대에도 구세대에도 속하지 않는, 게다가 양
쪽에 다리를 걸치고 있는 소위 골짜기 세대에 속하는 중년지식인 설정으로
되어 있는 점에서 단순한 개인극을 넘은 과도기적 시대의 저류의 문제에
언급해가는 것이 가능해졌다.   (432~433쪽)

이른바 위 소설이 중간세대의 과도기적 저류의 문제를 언급하고 있
다고 했는데 일견 수긍이 가는 이야기이긴 하지만 그것도 작가의 언설
에 의하면 열려있는 수많은 해석의 하나일뿐 거기에 어떤 전망을 주거
나 메시지로 해석하는 데는 무리가 따를 뿐이다. 『이불』은 어디까지나
작가가 발견한 〈이불〉 그 자체일 뿐일지도 모른다.

4. 실생활과 문학적 변용

이 소설의 서두 부분은 근친상간을 다루고 있으면서도 오로지 주인
공만 등장한다. 세츠코는 그저 서사 속에서만 등장하거나 행동의 주체
로서는 거의 존재가 미미하다. 하지만 세츠코는 이 소설에서 스테키치
의 변화무쌍함과는 달리 거의 일관되게 지순한 사랑으로 임하고 있으며
마치 사랑의 전형이란 이런 것이라고 실천해 보여주기라도 하려는 듯
묘사되어 있다. 그녀의 그런 태도는 터부시되는 근친상간이라는 개념
을 초월하고 있다. 그녀는 자기감정을 쉽게 언어화하거나 흥분하지 않
는다. 이를 두고 히라노 켕은 소설 『신생』에서 작가 토오송이 자신의
모델인 스테키치로 하여금 예리한 문체를 피해가게 하거나 퇴폐적인
면이나 이기적인 면을 약화시키거나 은폐할 목적으로 스테키치를 매우
둔감한 사람으로 묘사하고 있고, 그와 함께 세츠코도 몽롱한 괴뢰성을

갖고 있다고 주장하고 있다.

　　그리고 그와 같은 인간적인 둔감성은 반대로 몽롱한 괴뢰성을 동반하지
않으면 안 된다. 스테키치의 일방적인 둔감성에 굴복된 채 조금의 거역도
허용되지 않는 괴뢰성을 거기에 동반하지 않으면 안 된다.　　　　(67쪽)

　세츠코가 주인공 스테키치에 의해 조종되는 허수아비라 했는데 물론
그런 측면이 없는 것도 아니다. 하지만 정반대로 세츠코의 집요하고
끈질긴 집착이 오히려 주인공을 고백에 이르도록 한 것이라고 생각한
다. 그녀의 침묵의 시위와 끊임없이 보내오는 서신은 변치 않는 사랑의
힘으로 지탱되고 있는 것이다. 그녀는 연가까지 헌사하고 있다. 그녀는
아무런 힘없이 허수아비처럼 스테키치에 견인되어 가는 것처럼 보이지
만 승화된 사랑의 모습을 체현해 보이는 진정한 사랑의 마돈나이다.
그녀는 처음에는 작중에서 거의 매몰되거나 잊혀진 존재가치밖에는 없
지만 서서히 그 모습이 부각된다.
　스테키치는 늘 아벨라르와 에로이즈의 사랑을 이상적인 사랑으로 여
기며 부러워했는데 자신은 그들에게 결코 뒤지지 않는 세츠코의 사랑을
받고 있음을 정녕 모르고 있다.

　아벨라르와 에로이즈의 사랑, 얼마나 청년시절의 키시모토는 그 분방한
정열을 젊은 마음으로 상상하여 보았는지 모른다. 그 학문이 있는 수녀를
위해서는 남자도 버리고 승직도 내팽개쳤다는 이벨라르라는 이름은 얼마
나 젊은 날에 그의 화두에 올랐는지 모른다.　　　　　　　　　(94쪽)

　세츠코는 조급하지도 않고 사랑이 없어 보이는 상대방을 조금도 다
그치지 않는다. 그저 자신이 사랑하고 있는 상대방에 대한 무한한 신뢰
와 믿음만이 존재할 뿐이다.

이에 대해 소오마 츠네오는 '『신생』에 묘사된 세츠코의 모습을 보고 상당한 예술적인 감동을 받았다[14]'고 술회하고 있다.

수목과 새를 사랑하는 그녀는 지극히 자연스럽고 평범한 여인이다. 삼촌과의 근친상간에 대해서도 죄의식이나 저항감이 없다. 일견 도덕 불감증으로 비춰질지도 모르지만 삼촌에 대한 일관되고 지극한 사랑을 염두에 둔다면 그녀의 사랑이야말로 지고지순한 사랑의 모습이다. 삼촌의 모습이 다소 본능적이고 자기중심적이며 기회주의인데 반하여 그녀는 한없이 인내하고 헌신적이며 포용적이다. 그녀는 삼촌이 자신을 버리고 떠나는 날부터 삼촌이 사라져간 시나가와 쪽을 한없이 물끄러미 쳐다보며 그리움을 달래고 있다.

> 삼촌이 심바시를 떠나는 날 아침 자신은 타카나와의 정원 끝에서 시나가와 쪽에서 들려오는 기차소리를 듣고 그 소리가 멀어져 들리지 않을 때까지 같은 곳에 물끄러미 서 있었다.　　　　　　　　　　　　　　　　(61쪽)

> 삼촌의 여행소식이 신문에 실릴 때마다 자신은 그것을 읽는 것을 최상의 마음의 위안으로 삼고 있다고 써 보냈다.　　　　　　　　　　　(83쪽)

수없이 보내는 편지에 답장을 보내지 않는 삼촌에게 속절없이 당하면서도 그녀의 변함없는 행위는 독자를 뭉클하게 만든다. 진실이 느껴지기 때문일 것이다.

그녀는 마음 속에 모든 감정들을 오랜 기간에 걸쳐 숙성시켜 편지글로 쓰거나 침묵으로 시위하기도 한다. 그녀는 강변보다 침묵 혹은 무언의 무게가 더 크다는 것을 잘 알고 있다.

> 평소부터 세츠코는 말수도 적은 처녀이지만 그 세츠코의 과묵하고 침울한 모습은 그녀의 무언의 공포와 비애를, 어쩌면 그녀의 숙부에 대한 증오

마저 말했다. (35쪽)

결국에는 세츠코의 존재가 서서히 부각되며 작품의 후반부에서는 거의 절대적인 존재로 의미가 부각된다.

> 세츠코 때문에 키시모토는 그만큼 애련을 느끼는 것이다. 좟가도 여행도 그리고 또 서로 일생을 맡기는 듯한 비애도 일체 모든 것이 세츠코 그 사람을 대상으로 일어난 것이다. (278쪽)

결국에는 주인공이 자신으로 귀환한 뒤 가장 절실하게 느끼는 대상은 세츠코였고 세츠코에게 용서받는 것이 자기구원이라고 인식하게 된다.

> 가령 누구에게는 용서받지 못해도 키시모토는 저 불행한 조카에게만은 용서받는 것을 자각하게 되었다. 그는 세츠코에 대한 자신의 노력을 의식하면 할수록 기나긴 동안의 죄과의 고통에서 벗어날 수 있을 뿐만 아니라 그만큼 수치스런 일생의 실패도 나와 나의 몸을 죽이려고 한 부도덕도 아무튼 그것과 별도의 의미로 바꿀 수 있을 것 같은 그런 인생의 불가사의함과 맞닥뜨렸다. (55쪽)

주인공은 혼신의 힘을 다해 세츠코에게 용서받으려 하고 있다. 이를 이와미 테루요(岩見照代)는 결정적인 실생활의 예술화로 간주하며 높이 평가하고 있다.

> 신생이란 이와 같이 우선 명석한 자기인식을 위해서가 아니라 무엇보다도 그러한 자기를 〈외부〉로부터 승인받는 것으로 표현하는 것이었다. 또한 그는 각종 비애도, 평생동안 바닥에서 그를 괴롭히던 고통도, 씻을 수 없는 치욕도, 타락도, 숨겨진 천한 행위도, 죄악도, 내지는 몸으로 겪어야하는 형벌까지도 즉시 그것을 영적인 의미 있는 것으로 만들기 위해 노력했다. 그의 신생이란 인생이라는 재료로 예술의 형식을 만드는데 있었다는 인생과 예술의 이원적 대립을 지양하려는 메시지도 여기에 포함되어 있는 것이다.[15]

이 소설에서 조연에 불과했던 세츠코라는 캐릭터는 소설의 뒷부분을 주인공 이상으로 탄탄하게 지탱하고 있으며 결국에는 그녀의 출연으로 토오송의 실생활의 문학적인 변용은 성공을 거두고 있는 셈이다. 세츠코가 소설 말미에서 다음과 같이 토로하고 있는 것이 이를 뒷받침하고 있다.

<blockquote>
요즘 나는 다른 사람이 모르는 만족과 숨겨진 긍지로 가득 찬 나날을 보내고 있어요. 우리들은 이미 승리자의 위치에 있는 것을 느낍니다.

(299쪽)
</blockquote>

결국은 고백으로 인하여 둘째형이자 세츠코의 아버지인 요시오와는 의절하고 대만에 살고 있는 큰형 집으로 세츠코는 가게 되는데 그러면서도 세츠코는 영원히 함께 있다고 생각하면서 떠나면서 다음과 같은 말을 남기고 있다.

<blockquote>
이별이라니 뭔가 이상하군요. 언제까지 함께 있잖아요?(312쪽)
</blockquote>

소설 서두에서는 주인공에 견인당하는 모습으로 세츠코가 묘사되어 있지만 소설 후반부에서는 이렇듯 세츠코가 초월적인 사랑으로 주인공을 이끌고 있다. 이 세츠코는 진실성은 그나마 주인공이 변용이 취약한 부분을 상쇄하고 남음이 있어 소설의 문학성을 담보하고 있는 것이다.

5. 맺음말

근친상간을 비롯한 금기시되는 성(性)은 작품에 심심치 않게 등장하지만 그것이 작가와 관련된 것이라면 작품화되기가 쉽지 않을 것이다.

하지만 일본에서는 잘 포장된 작가의 외면을 찢어 그 내부에서 추악한 에고이즘을 도려내어 악취를 맡는 이른바 사소설이라는 저주의 굿판이 유행하게 되어 극적으로 작가와 연루된 금기의 성이 작품으로 조명받기 시작한다.

본고는 자연주의의 돌연변이의 말예이기도 한 사소설의 효시를 이루고 있는 타야마 카타이가 『이불』과 그로 인한 작용과 반작용을 거치면서 그 내용이 에스컬레이트되어 마침내 탄생되는 시마자키 토오송의 『신생』의 두 작품에서 다루고 있는 금기된 성에 포커스를 맞추고 두 작품을 비교해 보았다.

『이불』은 그저 성적 욕망에 사로잡힌 한 개인의 추악한 심상풍경이 서사로 드러나 있을 뿐 개선의 여지나 전향적인 방향성을 담보한 미래는 전혀 없다. 이 소설은 자연주의의 전형적인 모습인 무해결, 무이상의 콘셉트로 일관하며 상황 개선에 대한 문학적 혹은 작가적 배려가 전무하다. 그저 육욕이 엄습하는 철저한 인간의 에고이즘이 있을 뿐이다. 그래서 어두컴컴한 실내와 휘몰아치는 모진 바람의 바깥풍경이 토키오의 을씨년스럽고 삭막한 심상풍경을 그대로 비유적으로 전하고 있을 뿐이다.

소설 『신생』은 조카딸과의 근친상간을 다루었으므로 주인공의 윤리적 부담이 만만치 않았는데 작가는 모호함과 명료함, 참회와 한탄, 아버지로부터의 유전과 이성에 대한 이율배반적인 성격 등을 언급하면서 주인공의 그 부담을 경감시켜가며 실생활의 예술화를 꾀하고 있음을 확인했다. 다만 작품 제목인 주인공의 신생까지는 서사에서 파악하지 못하고 다만 신생이 작가의 염원을 담은 경지라는 것 정도는 확인했다. 그래도 실생활의 예술성 확보라는 관점, 즉 작품의 문학성을 탄탄하게 확보해주는 것은 세츠코라는 캐릭터의 성공적 주조에 기인함을 확인했다. 이 작품의 의의는 원조 작품과는 다른 형태의 사소설의 전형을 제시했다는 점으로 요약될 수 있을 것이다. 이 과정에서도 변함없이 자연주의에 얽매어서 규범대로 연주하지 않고 일종의 변주를 하는 토오송의 모습과 작품의 양상도 확인했다.

이런 점을 종합해볼 때 문학성은 논외로 한다면 독자들이 진정한 사소설의 맛을 만끽할 수 있는 것은 『신생』보다는 『이불』이 가깝다. 하지만 『신생』에는 많은 문학적 장치가 마련되어 있고 입체적인데 비해 『이불』은 단순한 주제에 단순한 결론으로 맞서 평면적임을 확인했다.

한마디로 『신생』이 얽히고설킨 실타래 같다면 『이불』은 쾌도난마와 같았다.

【주】
＊ 한양여자대학교 일본어통번역학과 교수
1) 에로티즘의 본질은 성적 쾌락과 금기의 풀 수 없는 엉킴에서 얻어진다. 인간을 놓고 볼 때, 쾌락의 현현 없이는 금기가 있을 수 없고 금기의 느낌 없이는 결코 쾌락도 있을 수 없다. 조한경 옮김, 죠르쥬 바따이유, 『에로티즘』, 민음사, 1989, 117쪽.
2) 『삶(生)』(1908), 『처(妻)』(1908), 『인연(緣)』(1910),
3) 시마자키 토오송(島崎藤村), 『島崎藤村 全集 6』, 筑摩書房, 1981, 26쪽. (이하 텍스트 인용은 괄호 안에 페이지만을 기록함.)
4) 죠르주 바타이유는 성의 금기는 집단적 질서의 보호를 위한 것이었지만 그것은 여자를 어떻게 분배할 것인가의 문제, 그것에 폭력이 관계하며 폭력은 동시 황홀한 것이라는 문제, 근친상간의 욕망은 인간의 집요한 감정 중의 하나라는 사실 등으로 근친상간의 문제를 풀고 있으며 결국은 인간은 자연여건을 그대로 받아들이지 않고 그것을 부정하는 동물이라는 점에서도 근거를 찾고 있다.(9~117쪽) 두 소설이 발표될 당시에 제자를 사랑한다는 것도 근친상간만큼이나 금기였다.
5) 소설 『신생(新生)』에 나타난 문학적 분장, 변주, 윤색의 흔적을 찾는 작업을 통해서 이루어질 것이다.
6) 고혈을 짜낸다는 말이 있다. 노의 탈은 글자 그대로 노 연기자의 땀과 기름과 피와 마음을 빨아먹고 살아간다. 뛰어난 노 가면은 연기자를 항복시키려하고 연기자는 노 가면을 완전히 길들여 쓰려한다. 배우와 갈등의 누적으로 노 가면은 변화한다.

7) 성을 다루는 일본문학은 어떤 면에서 가장 일본적일지도 모른다. 아버지의 후처인
후지츠보(藤壺)를 임신시키는『겐지 모노가타리(源氏物語)』의 히카루 겐지라든가,
부인 양도 사건으로 세상을 떠들썩하게 했던 타니자키 쥰이치로(谷崎潤一郎)와 사
토 하루오(佐藤春夫)도 그렇고 부인의 친구에게 동반자살을 청했던 아쿠타가와 류
우노스케 (芥川竜之介), 근친상간의 문제에 대해 관대한 점 등 우리로서는 섬뜩한
성문화가 일본에는 비일비재하다. 이것이 일본적인 특징일 것이다.

8) 히라노 켕(平野謙),『島崎藤村戰後文芸評論』, 東京富山房百科文庫, 1979, 55쪽.

9) 요시다 세이이치(吉田精一),『島崎藤村』, 桜楓社, 1981, 123쪽.

10) 게사쿠(戯作) 에도시대에 유행하던 하위문학. 문학성이 담보되지 않은 데다 장난삼
아 만든 시간 때우기의 읽을거리라는 의미로 게사쿠라는 말이 생겨났다.

11) 우리의 씻김굿처럼 부정을 털어내는 종교의식의 일종으로 주로 몸의 병이나 더러움
을 인형에 실어 바다로 흘려보낸다.

12) 물론『이불』은 불온한 생각이나 상상이 마음 속에서 진행되고 있는 상태이고『신생』
은 이미 저질러진 과오가 과거의 행동을 대상으로 하고 있기에 비교가 원천적으로
무효일 수도 있다.

13) 소설의 진실이라고도 할 수 있다. 소설의 외형과 완전히 일치하는 것이 있는가 하면
양쪽이 부합은 커녕 대극의 위치에 존재하는 것도 있다고 생각한다. 소설『신생』은
후자에 속한다고 본다. 그것은 작가의 소망여부와도 관계없고 소설의 질과도 관계없다.

14) 소오마 츠네오(相馬庸郎),『島崎藤村全集　別巻』, 筑摩書房, 1981, 354쪽.

15) 이와미 테루요(岩見照代),「『新生』論のために」,『島崎藤村研究』, 双文社出版, 1992,
30쪽.

2 배반하는 여성[*]

－「아라기누(荒絹)」와「사사키의 경우(佐々木の場合)」를 중심으로 －

김선영^{**}

1. 머리말

시가 나오야(志賀直哉; 1883~1971) 문학 속에 '배반하는 여성'이 등장한다. 이는 주인공이 호감을 갖게 되는 여성이 처음에는 연인에게 충실하고 둘 사이에 사랑에 대한 언약이 있었지만, 저주에 의해 순수한 모습에서 결국에는 전혀 다른 여성으로 변모하게 되는 경우를 말한다. 배반의 형태는 신체의 변질에 따른 이별과 심적인 변화, 즉, 변심에 의한 헤어짐이라는 두 종류가 있는데, 어떻게 변화를 하건 결국 여성들은 주인공 곁을 떠난다.

먼저, 신체적 변화에 의해 남자를 떠나는 여성으로는, 「아라기누(荒絹)」[1]에서 여주인공 '아라기누(荒絹)'가 거미로 변하게 됨으로써 주인공과 헤어지게 되고, 「사사키의 경우(佐々木の場合)」의 토미(富)도 신체의 일부를 떼어내고 남성에 대한 마음이 변하게 된다. 본고에서는 신체적 변화에 의해 배반하는 여성을 중심으로 살펴본다.

심리적 변심에 의해 남자를 떠나는 여성들도 다수 등장하는데, 예를

들면, 「아이를 훔치는 이야기(児を盗む話)」의 여자 아이, 「클로디어스의 일기(クローディアスの日記)」의 어머니, 「하야오의 여동생(速夫の妹)」에서 집안의 몰락으로 인해 변심하는 여주인공 오츠루(お鶴), 『암야행로(暗夜行路)』(1921~1937)의 아이코(愛子) 등이 이 경우이다.

「창작여담(創作餘談)」에서 밝히고 있는 것처럼 「사사키의 경우」를 쓰게 된 동기[2]는 신문기사에서 본 기사를 남자의 입장에서 생각하며 썼다고 한다. 이와 마찬가지로 '배신하는 여성'에 대해 남성의 눈으로 관찰하고 있다는 것을 알 수 있다. 작가의 연보와 비교해 보면, 어머니의 이른 죽음과 자신의 연애사건과 무관하지 않은 것을 볼 수 있다. 어머니의 죽음에 관해서는 많은 논문에서 밝히고 있듯이 그리움에 의거한 원망이며, 연애사건은 아버지의 반대에 의한 연애의 좌절이라고 볼 수 있다.

「아라기누」의 '아라기누'를 배반하는 여성이라고 정의한 시노자와 히데오(篠沢秀夫)는 주인공 혹은 작가 시가의 연애에 대한 남성의 입장에서의 감정에 대해 이야기를 전개[3]하고 있는데, 본고에서는 여성의 처음 모습과 여성의 변심의 동기와 과정을 이미지의 흐름에 따라 살펴보고자 한다.

시가의 작품 속에 남성을 배반하고 떠나는 것은 어머니의 요절에 대한 원망이 이러한 여성들의 이미지에 반영되고 있다고 생각할 수 있다. 따라서 본론에서는 배반하는 여성의 양상을 중심으로 살펴보고, 배반이라는 행위가 시가의 문학에서 어떠한 의미를 지니고 있는지를 고찰하기로 한다.

2. 남녀의 언약

시가의 초기 작품에서 호감을 갖게 되는 여성의 유형 중 하나는 소녀다움을 갖고 있는 순수하며 연인에게 충실한 여성으로 남자 주인공과 결혼 약속을 나눈 여성이다. 「아라기누」[4]의 여주인공은 아라기누로 주인공 아다니의 사랑은 물론 주위 사람들에게도 사랑 받는 존재로 그려진다.[5] 아라기누는 주인공 아다니(阿陀仁)의 사랑을 받게 되는데, 아다니는 여신에게 사랑받을 만큼 아름다운 청년이다.

> 아다니는 점점 아름다워졌다. 산의 여신은 어느새 이 젊은이를 사랑하게 되었다. 그러나 그 때는 이미 젊은이에게도 한 연인이 생겼다. 그것은 아라기누라고 하는 베틀의 명인으로, 나이는 아다니 보다 한두살 연상으로, 산의 여신에게도 뒤지지 않을 정도로 아름다운 아가씨였다.
>
> (「아라기누」, 97쪽)

아라기누는 베틀을 짜는 데에 뛰어난 기술도 갖고 있으며 여신만큼 아름다운 자태를 지니고 있다. 아다니와 아라기누는 연인사이였으나, 질투의 여신이 산에 살고 있어서 재앙을 막기 위해 만남을 절제하며 조심스럽게 사랑을 이어가게 된다.

시노자와(篠沢)는 「아라기누」 등장인물의 이름에 관하여 주인공 아라기누의 원래 이름인 '아라크네'는 거미를 연상시키는 이름이라고 한다. 남주인공 아다니(阿陀仁)도 일본어로 원수란 뜻인 아다(仇)를 연상시키고, 아다니의 다(陀)도 뱀(蛇)을 연상하게 한다고 보고 있다. 시노자와는 이름에 관한 해석은 주관적인 연상에 의한 것이라고 밝히고 있지만, 이러한 이름을 고른 시가가 이 작품의 성격을 가늠하는 요소를 가미한 것이라고 생각하고 있다. 이는 '연애에 대한 증오' 혹은 '연애의 단념'[6]

이 아니었나하는 추측을 하고 있다.

「오오츠 쥰키치(大津順吉)」7)의 소재가 된 하녀사건(女中C子事件)은 「아라기누」가 집필되기 한 해 전의 사건8)인데, 이 사건 이후로 연애에 대한 열정이 급속도로 식는 것을 볼 수 있기 때문이다. 「오오츠 쥰키치」초반부에 등장하는 혼혈소녀에 대한 이끌림에 비해 다가가지 못하는 모습도 연애에 대한 단념 때문이라고 볼 수 있다. 초기 작품에서 여성과의 만나는 장면이라든가 평소의 여성에 대한 생각을 서술하는 장면에서 자신감이 결여된 주인공의 태도도 마찬가지일 것이다.

「사사키의 경우(佐々木の場合)」9)에서 사관학교를 준비하는 사사키는 야마다 가(山田家)에 서생으로 살고 있는데, 주인집 딸을 돌보는 하녀 토미(富)를 좋아하게 된다. 토미를 어떻게 좋아하게 되었나 하는 것보다 그녀와의 육체관계를 먼저 고백하는 것에서 사사키의 이야기가 시작되고 있다. 젊은 사사키에게 있어서 이성을 좋아하는 것의 표현은 바로 상대방과 육체관계를 갖는 것이다.

> 내가 문지기를 하면서 사관학교 입학준비를 하고 있을 때이다....... 나는 아가씨를 돌보는 하녀와 관계했다. 나보다 3살 정도 아래였다. 아마도 16세였다고 생각된다. 그 당시에는 그다지 큰 편은 아니었지만, 그래도 몸이 큰 얼굴은 보통이었지만 어딘가 남자를 끄는 곳이 있는 여자였다. 나도 첫 경험이었고 비교적 흥분해 있었지만, 무엇보다 상대가 소심한 녀석으로 타인에 대해 너무 흠칫흠칫해서 나는 자주 화를 냈다. 밤, 나는 자주 채소절임 냄새나는 곳간에서 기다리다 허탕치곤 했다. 지저분한 밀회였지만 애보는 하녀와 문지기와의 연애여서 어쩔 수 없다. 이렇다 할 장점도 없는 녀석이지만 매우 순종적이다. 이게 장점이라면 장점이지만 동시에 용기가 전혀 없다고 하는 결점이 되어, 그 때문에 꽤 심하게 화내곤 했다.
>
> (「사사키의 경우」, 14쪽)

사사키는 토미에게 이전부터 자신이 장난의 관계가 아니며, 소위나 중위가 되면 결혼하는 거라고 몇 번이고 들려주었다. 그러나 토미는 둘 사이의 관계가 숨어서 하는 나쁜 일이라는 생각을 하는 순수하면서도 진부한 여성상으로 그리고 있다.

시가의 두 작품 「아라기누」의 아라기누와 「사사키의 경우」의 토미만 보더라도 공통적으로 보이는 것은 주위의 상황에 아랑곳하지 않고 자신의 일에 성실하게 임하는 것이다. 아라기누는 아다니와의 결혼을 앞두고 베짜는 일에만 열중하고 그 외의 것에는 별로 신경을 쓰지 않고 있다. 어쩌면 아다니보다도 베짜는 일에만 집중하고 있는 것처럼도 보인다. 토미도 사사키에게 관심을 갖고 있지만, 그보다도 자신의 일인 어린 아가씨를 돌보는 일을 최우선시하고 있다.

그러한 여성들의 모습이 순수하게 보이기도 하지만, 무지하게도 비춰지고 있다. 두 여성에게는 약속된 관계가 이들을 더욱 순수하게 만들었고 이러한 무지함이 다음 장의 사랑의 방해자가 등장하게 하는 요소가 된다고 보고 있다. 사랑하는 사람에 대한 마음은 순수하지만, 주위에서 자신들을 어떻게 바라보고 있는지 상황이 어떠한 것인지 전혀 인식하고 있지 못하기 때문이다.

3. 훼방꾼의 출현

「아라기누」의 원전이라고 볼 수 있는 오비디우스[10]의 『변형담(変形譚)』에는 여신과 아라크네 사이에 베짜기 경쟁이 붙었는데, 아라크네가 더 멋지게 짜내어 여신에게 미움을 사고 거미로 변하게 되었다. 타카하시는 여신의 행동이 '단순한 질투라기보다는 여성이 자신을 밖을 향해 표현하고자 하는 정념의 격렬한 빛남이며, 여성의 근원적, 무의식적인 악의'[11]라고 보고 있다. 그리고 이러한 여성의 무의식적인 악의에 강하게 자극받아 그것을 작품화한 것으로 보고 있다.

「아라기누」에 나타나는 아다니와 아라기누는 사랑을 관장하는 여신을 의식하여 매우 근신하며, 질투가 심한 여신의 노여움을 사지 않으려고 노력한다.

> 옛날 옛날 어느 산에 아름다운 여신이 살고 있었다. 여신은 미의 신이고, 사랑의 신이고, 그리고 질투의 신이었다.
> 맑은 날에 정상을 볼 수 있을 정도의 지방에 사는 젊은이들은 연인이 생긴 날에 모두 그 사랑의 성취를 이 여신에게 바라지 않는 자는 없었다. 사랑은 성취한다. 둘은 여신에게 감사한다. 그러나 곧 둘은 기뻐서 어쩔 줄 모르게 된다. 둘은 이제 둘만이 된다. 둘은 이미 여신의 은혜를 잊고 있다. 이 때 사랑의 신은 질투의 신으로 변한다. 생각지 못한 화가 갑자기 두 사람 위에 떨어진다. 그 사랑은 마침내 비극으로 끝난다.
>
> (「아라기누」, 96쪽)

젊은이들은 사랑에 눈을 뜨고 그 사랑을 지키기 위해 사랑의 여신을 찾아가게 된다. 여신은 그들의 사랑을 이루어주지만 그 사랑이 여신의 마음을 상하게 할 정도가 되면 질투의 여신으로 돌변하는 것이다. 여신이라는 상위의 존재가 있어 둘의 사이를 방해하고 그 결말이 슬픔으로 끝난다 하더라도, 여기서 볼 수 있는 두 사람의 관계는 그 당시의 연애관[12]과는 달리 독립적인 연애의 형태로 나타난다. 그렇기 때문에 방해자라는 요소가 등장할 수 있는 여지를 만들어 냈고, 그 방해자의 영향력 여부에 따라 배반하는 여성이 등장할 수 있게 된 것이다.

아름다운 여신이 봤을 때에도 아름다운 요소를 많이 지니고 있고,

무엇보다도 아다니의 사랑을 받는 아라기누를 여신은 어떻게 해서든
파멸로 몰아가려고 하게 된다.

> 여신은 그 다음 꿈을 꾸는 듯한 황홀한 눈이 아름다운 소녀의 모습을
> 보았다. 풍요로운 볼, 팽팽한 가슴, 둥그스름하고 긴 손가락, 그 활기참에는
> 여신의 미도 도저히 미치지 못할 것처럼 생각되었다.
> 　여신의 마음은 이중 삼중으로 질투로 불탔다. 여신은 이런 아름다운 소
> 녀를 처음으로 봤다. 이런 아름다운 직물을 처음으로 봤다. 그리고 아다니
> 와의 사랑. 여신은 만약 이 아름다운 장막이 완성되면 이제 어떤 짓을 해도
> 저 목동을 다시 이 소녀로부터 떼어낼 수 없다고 생각했다. 그리고 여신은
> 어떻게든 이 장막을 완성 시키지 못하도록 하지 않으면 안된다고 결심했다.
> (중략) 어느날 밤, 이미 마을이 조용해졌을 즈음, 아라기누는 혼자서 베를
> 짜고 있으려니 이상한 외로움이 마음을 엄습했다. 아라기누는 베틀을 짜던
> 손을 멈추고 눈을 감았다. 그러자 멀고 먼 곳에서 무언가 노래를 부르고
> 있는 남자의 쉰 목소리가 들려왔다. 　　　　　　　　　（「아라기누」, 99쪽)

쉰 목소리의 남자는 여신의 인간으로서의 등장이라고 볼 수 있다. 저
주의 노래를 남자의 목소리를 빌려하지만, 결국 여신 그 자체인 것이다.
이러한 방해자의 모습은 다른 작품에서도 그리고 있음을 볼 수 있다.
「사사키의 경우」의 주인집 딸은 어린아이였음에도 불구하고 토미가
사사키와 있는 것을 싫어하고, 다른 어른들도 눈치 채지 못한 둘의 관계
를 알고 있는 얼굴을 하고 있다. 게다가 토미가 주인집 딸에게 집중하고
과감한 구석이 없어 사사키는 불만이 많았다.

> 아이를 보는 사람은 토미라고 부른다. 이런 일이 있고나서는 결코 모두
> 가 있는 사이에는 오지 않게 되었지만, 돌아가 버리면 가끔 아가씨를 데리
> 고 주위에 왔다. 아가씨는 5살 정도였을까, 심한 사시로 얼굴생김도 마르고
> 묘하게 예리하여 성질도 매우 뒤틀려 있었다. 매우 느낌이 안좋은 아이였
> 다. 나는 원래 도대체가 아이를 좋아하지 않는 편이기도 했지만, 특히 이

아가씨는 너무 싫었다. 아가씨도 나를 싫어하고 있었다. 싫어하는 것 이상
으로 묘하게 두려워하고 있었다. 나는 전혀 겉치레말 같은 것도 말하지 않
았고 어떻게 돼서 책이라도 보고 있을 때 방에 오면 무서운 얼굴로 째려보
는 일도 실제로 있었다. 그런데 묘한 일은 이 아가씨가 이렇게 아이인 주제
에 나와 토미의 관계를 알고 있는 듯한 느낌이 들어서 어찌할 수 없는 일이
었다. 이 쪽의 기분 탓인가 하고 생각하는 일도 있었지만 그렇지 않은 경우
가 자주 있었다. 어쨌든 나와 토미와 만나는 일은 매우 싫어하고 있었다.
토미는 게다가 이런 싫은 아이였지만, 다른 사람은 생각할 수 없을 정도로
사랑하고 있었던 것이다. (중략) 나는 우리들의 관계에 아가씨라고 하는
존재가 저주와 같이 따라다닐 것 같은 생각을 한 때가 자주 있었다.

(「사사키의 경우」, 16쪽)

사사키는 아이를 좋아하지 않지만, 그 집의 어린 아가씨는 그 이상의
존재이다. 토미와의 사이를 의도적으로 방해하는 저주의 존재로 그린다.
사사키와 토미가 이야기를 하고 있는 사이에 주인집 딸이 마당에서 꺼
져 가는 모닥불에 넘어져 화상을 입고 만다. 이 사건이 생긴 후에, 소심
한 토미는 사사키에게 관심을 가질 수 없는 상황이 되고 만다. 누군가가
주인집 딸에게 살을 떼어줘야 하는 상황이 생기자, 죄책감을 느낀 사사
키도 자신의 살을 떼어줘야 한다고 일시적으로 생각한다. 그렇게 되면
사관학교생이 될 수 없다는 생각에 주저하고 있을 때에 토미가 그 일을
하기로 한다.

의사는 어깨의 화상은 도저히 이대로는 살이 오를 기미는 없다고 말했다
고 한다. 유일한 치료법은 다른 사람의 살을 떼어 와서 그것으로 거기를
보완한다는 것이라고 말했다고 한다. 들었을 때 나는 그것을 내 몸에서 떼
어 달라고 제의하려고 생각했다. 그렇게 하지 않으면 안된다고 생각했다.
그러나 정직하게는 그것은 위협받아 생각하는 것으로 스스로 하고자 하는
마음을 일으켜서 있는 것은 아니었다. 듣자하니 엉덩이의 살을 떼는 거라
고 한다. (중략) 그리고 토미가 제의하였다. 제발 허가해 달라고 출원했다.
나는 휴우 한숨을 돌렸다. 나는 자신을 교활하다고 생각했다. 그러나 토미

를 위해서도 그것은 좋다고 생각했다. 그런 일이라도 하지 않으면, 약하고 그리고 정직한 토미의 마음은 도저히 잠시의 안정도 얻을 수 없었음에 틀림 없다.   (「사사키의 경우」, 22쪽)

토미가 자발적으로 살을 떼는 일을 하고 그 일은 토미에게 있어서 꼭 해야할 일이라고 말하는 사사키를 토미에 대한 애정이 진심이었나 생각해 봐야할 문제이며, 토미에 대한 책임감이 강하며, 언젠가 결혼할 거라고 말하면서도 토미에게 편지 한 장 남기지 않고 도망갔기 때문에 그 성의를 의심해봐야 한다고 지적[13]한다.

「아라기누」의 아다니가 거미로 변화하는 것과 「사사키의 경우」의 토미에게서 엉덩이 살을 떼어내는 것에는 공통점을 볼 수 있다. 저주하는 존재에 의해 신체에 변형이 생기기 때문이다. 또한 아라기누에게도 토미에게도 저주하는 존재가 대적할 수 없는 상대로 나타나게 된다. 아라기누에게는 인간의 존재를 뛰어넘은 여신이라는 존재로, 토미에게는 한 시도 떼어 놓을 수 없는, 보호해야할 어린 아이인 것이다. 시가는 「플라토닉 러브」[14]에서 아무에게도 폐를 끼치지 않는 사랑을 플라토닉 사랑[15]이라고 보고 있다. 토미는 사사키에게 아라기누는 아다니에게 순수한 사랑을 받았지만 오히려 그 사랑으로 인해 질투와 방해로 인해 폐를 입게 되는 여성으로 그려진다.

4. 여자의 변심

시노자와의 논문에서는 『하야오의 여동생』의 여동생 오츠루(お鶴)를 연관시키며 오츠루의 심정이 집안이 망한 후 바뀐 것처럼 아라기누가

악한 꾀에 넘어가 거미처럼 바뀌어가는 '여성의 변심에 의한 배반'을
이야기하고 있다. 여성의 배반에 의한 주인공의 심상이 연애에 대한
증오나 단념으로 바뀐다는 논에 대해서는 매우 일리가 있다. 대부분의
주인공의 연애가 누군가의 매개로 인한 만남에서 이루어진 것이 아니기
때문에 증오나 단념도 할 수 있었다고 본다.

> 거기에 아라기누의 모습은 보이지 않았다. 그리고 방안은 거미집으로
> 가득 차 있었다. 게다가 아름다운 장막은 도중에서부터 점점 더러운 색으
> 로 변해가서 끝에는 마치 흙에 담근 것 같은 색으로 짜여 있었다.
> 　창 틈에서 얇은 실이 문밖으로 이어져 있었다. 은자는 그것을 따라 나가
> 보니 어디까지나 이어져 있어서 점점 산 쪽으로 연결되어 갔다. 은자는 따
> 라서 산에 올랐다. 그리고 여신의 사당까지 오니, 거기에 쥐어뜯긴 것 같은
> 아라기누의 옷의 토막이 떨어져 있는 것을 보았다.
> 　실은 보다 더 산의 안쪽에 연결되어져 갔다. 산 안쪽은 북향의 햇빛도
> 비추지 않거니와 꽃도 피지 않고 새도 울지 않는 황량한 경치의 장소였다.
> 은자는 돌부리와 나무뿌리를 잡으면서 중복까지 내려갔다. 그리고 거기에
> 하나 큰 동굴을 발견했다. 그리고 실의 연속은 그 동굴에 들어가 있었다.
> 　은자는 그 동굴의 어두운 속에 아라기누가 무서운 눈을 하고 이쪽을 보
> 고 있는 것을 보았다. 아라기누의 앞에는 동굴구멍 가득 크기에 큰 거미줄
> 이 쳐져 있었다. 아라기누는 아직도 무언가를 짜려고 하는 것처럼, 더 이상
> 실이 없어진 바디를 들고 그 손을 양쪽으로 벌리고 있었다. 섬뜩하게 크게
> 뜨고 있는 눈, 수척하여 묘하게 길게 보이는 팔다리, 더러워진 피부색, 아라
> 기누는 이제는 거미처럼 보였다. 　　　　　　　　　　（「아라기누」, 101~102쪽)

스도 마츠오(須藤松雄)는 위의 인용문의 일부인 '실은 보다 더 산의
안쪽에 연결되어져 갔다. 산 안쪽은 북향의 햇빛도 비추지 않거니와
꽃도 피지 않고 새도 울지 않는 황량한 경치의 장소였다'라는 부분을
주목하고 있다. '모든 생을 지지하는 복의 근원으로써 근본적으로 긍정
적인 것으로서의 자연이 시가 문학에 있어서 자연의 원칙이므로 생에

대한 부정적인 양상을 노출한 것은 드물다'16)고 보고 있다. 이것은 작가의 인생에서는 드문 생의 부정적인 양상을 노출한 경우일 수도 있으나, 본인 인생 자체를 부정적으로 그린 것이 아니라 자신을 떠난 여성들에 대한 부정적인 시선이었을 수도 있다.

「사사키의 경우」에서는 토미가 수술을 위해 집을 떠나고 바로 사사키는 그 집에서 아무 말 없이 빠져나오게 된다. 이 후 사사키는 대위가 되어 러시아에도 오랫동안 가 있지만 토미를 잊지 않았다. 귀국 후 토미를 우연히 만나 편지와 전화로 연락을 취해보지만 토미가 연락을 끊고 만다. 사사키는 토미와의 재회에서 최선을 다한 것처럼 생각하지만, 만약 이 우연에 의한 재회가 없었다고 한다면, 사사키는 아마도 토미를 찾기 위한 별다른 노력없이 지냈을 것이다. 따라서 16년 전의 토미와의 관계는 결국 '장난스러운 관계'로 생각되어도 어쩔 수 없는 것17)이라고 보인다. 게다가 토미는 여자아이에게 자신의 둔부의 살을 떼어내어 주기 전부터 사사키에 대한 생각이 확연히 바뀌었음18)을 알 수 있다. 사사키가 집을 나와 군대에 들어가고 러시아에도 다녀오는 동안에도 토미를 잊지 않았다. 그러나 도쿄에 돌아와 우연히 토미를 만나게 된다. 그러나 토미의 반응은 냉담하다.

> 말하자면 토미는 나와의 관계를 마음 속에서 부터 후회하고 있는 것이다. 그게 아가씨의 생애를 엉망으로 만들어 버렸다고 굳게 믿고 있는 것이다. 스스로 어떠한 일이 있어도 다시 남자와의 관계는 만들지 않는다고 결심하고 있다. 그리고 그것은 할아버지에게도 주인 부부에게도 아가씨에게도 맹세한 것으로 특히 안주인과 아가씨 둘만 되어버린 지금, 오랜 동안 매우 잘 대해주시고, 더 이상 생활이 곤란하지 않게 해 주셨기 때문에 그러한 일을 저지르는 것은 도저히 스스로도 용서할 수 없다. 마찬가지로 주위에서도 용서할 수 없는 일이라고 생각한다. 당신은 나를 매우 불쌍하게 여

기고 계시지만, 나는 조금도 불행하지 않다. (중략) 나도 어차피 평범한 여
자와 같은 신체는 아니기 때문에, 받아줄 사람도 없고, 또한 결혼할 마음도
없기 때문에 평생 아가씨의 옆에서 일할 생각으로 있습니다. 제발 저를 잊
고 빨리 좋은 아내를 맞으셔서 즐거운 가정을 만들어 주시는 것, 그것이
오히려 저에게 위안이 됩니다.　　　　　　　　　　（「사사키의 경우」, 27쪽）

　의사표현은 완곡하게 하고 있지만, 사사키의 호의나 관심을 전혀 받
아들이려 하지 않고 있는 것을 볼 수 있다. 여성의 입장에서 보면 이해가
되는 반응일 수도 있으나 사사키의 입장에서는 토미는 배반하는 여성이
되는 것이다. 신체의 변형이 없었다면 이러한 일도 일어나지 않았을 것
이다. 저주하는 존재인 어린 아가씨를 위해 둔부를 떼어내는 신체의 변
화가 없었다면 사사키와 토미의 관계는 좋았을 것이라고 생각한다.
　작품 중에서 드물게 그리스 신화와 신문기사를 보고 힌트를 얻어 써
낸 작품이다. 그리스 신화에서 그려지는 아라크네는 신들의 화를 돋우
는 여성으로 그려져 있었고, 신문기사에서 토미로 여겨지는 여성을 불
쌍히 여기고 남성의 입장은 전혀 드러나지 않았기 때문에 시가는 남성
의 입장에서 이 두 여성에 대한 모습을 부정적으로 바라보고 있었다는
것도 관계가 있어 보인다.

5. 맺음말

　이상으로 시가 나오야 문학에 나타나는 배반하는 여성의 모습을 살
펴보았다. 작가의 삶에 비추어 보면, 어머니의 이른 죽음과 자신의 연애
사건과 무관하지 않다. 어머니의 죽음은 그리움에 의거한 원망이며, 연

애사건은 아버지의 반대에 의한 연애의 좌절이라고 본다.

처음 부분에 등장하는 여성의 태도는 순수하고 연인에게 충실한 여성으로 그려진다. 「아라기누(荒絹)」의 아라기누는 자신의 본업인 베짜기에 열중하며 주인공 아다니와의 사랑의 성취를 기다린다. 아다니도 또한 여성의 입장을 충분히 이해하며 그 상황을 잘 견디고 있다. 「사사키의 경우(佐々木の場合)」도 사사키의 연인인 토미는 사사키의 의견에 잘 따르고 베이비 시터로서 주인집 딸을 성의를 다해 돌보고 있다. 사사키는 아다니와는 달리 토미의 행동에 답답해하기도 하고 담력이 없다고 비난하기도 하지만, 토미가 해야할 일 자체를 비난하고 있지는 않다. 이렇게 비슷한 상황의 두 남녀는 앞으로 둘 사이의 관계는 확실하다고 생각하고 있다.

그런데 그 두 작품에는 각각의 연인사이를 방해하는 존재가 있다. 이들은 처음부터 있었던 존재이나, 이들 사이가 가까워지고 사랑이 성취될 것처럼 보이는 때에 나타나게 된다. 「아라기누」에서는 인간으로서는 이길 수 없는 상대인 여신으로, 게다가 여신은 자신의 모습을 감추고 쉰목소리를 가진 남자의 형상으로 둘 사이에 개입하게 된다. 그리고 인간의 형체를 거미의 형상으로 변형시커서 아다니와의 사랑을 철저하게 막는 것을 볼 수 있다. 「사사키의 경우」에서는 싸움이 될 수도 없는 어린 여자아이의 모습으로 등장하여 저주하는 존재로 그린다. 사건이 일어나기 전부터 여자아이를 방해꾼으로 여기고 있었지만, 사사키의 잘못으로 여자아이가 화상을 입게 되자 토미에게 한마디 인사도 없이 곁을 떠나게 된다. 토미는 살의 일부를 여자아이에게 주게 되는 신체의 변형을 겪게 되고 결국 사사키와의 관계를 단절하게 된다.

이렇게 신체적으로 변화하는 과정을 겪고 남성을 떠나고 배반하는 여성이 한 때 시가의 문학 속에 나타난다. 시가 문학에서는 수적으로 많지 않은 여성상이기는 하나, 작가의 연애에 대한 두려움과 좌절을 느끼는 시기에 등장한 여성으로서 흥미로운 여성상이라고 볼 수 있다.

【주】

* 본 연구는 2010년 『일본언어문화』(제17집)에 발표한 「시가 나오야(志賀直哉)문학의 배반하는 여성」을 수정·보완한 것임.
** 청주대학교 일어일문학과 전임강사
1) 1917년 11월1일 발행의 『사라카바(白樺)』 제8권 제11호에 발표.
2) 「사사키의 경우」는 신문의 3면기사에서 착상했다. 신문에는 서생은 도망가 버리고, 하녀는 자신의 신체의 일부를 제공했다, 이것만이 써있었다. 나는 도망친 서생에게도 변명의 근거는 있을 지도 모른다고 생각했다. 그게 쓸 동기가 되었다. 이 소설은 4년간 전혀 아무데도 보내지 않고 있었는데, 무샤노코우지에게 권유받아, 오랫만에 그 즈음에 있었던 『쿠로시오』라고 하는 잡지에 보낸 것이다. 이것이 다시 쓰기 시작한 동기가 되었다. (시가 나오야(志賀直哉), 「創作余談」, 206쪽)
3) 시노자와 히데오(篠沢秀夫), 『志賀直哉ルネッサンス』, 集英社, 1994.
4) 「아라기누」는 1921년 2월 간행의 단편집의 타이틀로서 채용되었다. 이렇게 시가가 중요시하면서 많지 않은 근거를 갖는 시가의 작품으로써, 시가의 창작메커니즘과 지향성을 탐구하는 연구라인에서 중요하게 여겨지고 있다. (코바야시 유키오(小林幸夫), 『認知への想像力·志賀直哉』, 双文社, 2004, 72쪽)
5) 독일인이 그리스신화의 내용을 그림으로 그린 것을 보고 내용을 상상하여 써낸 작품인데, 여주인공의 이름이 '아라크네'여서 아라기누로 여주인공의 이름을 정하고 작품명도 그렇게 한 것이라 한다. (시가 나오야(志賀直哉), 「創作餘談」, 『全集8』, 岩波書店, 1999, 200쪽)
6) 시노자와 히데오(篠沢秀夫), 「『荒絹』と〈恋愛憎悪〉の心象」, 위의 책, 97~98쪽.
7) 1912년 9월 1일 발행 「중앙공론(中央公論)」 제27권 제9호에 발표.
8) 하녀사건(女中C子事件)은 1907년에 있었고, 「아라기누」는 1908년에 집필되었으며 「오오츠 준키치(大津順吉)」는 1912년 집필되었다.
9) 1917년 6월1일 발행 「쿠로시오(黑潮)」 제2권 제6호에 발표.
10) 오비디우스(Publius Ovidius Naso, 紀元前43年3月20日~紀元17年)는 고대로마, 「아우구스투스의 세기」의 시인. (http://ja.wikipedia.org/wiki/)
11) 타카하시 히데오(高橋英夫), 『志賀直哉集-近代と神話』, 文藝春秋, 1982, 139쪽.
12) 결혼까지의 과정이 '충분한 교제기간에 의거한 상호이해 → 진실한 순수한 사랑 → 결혼이라는 의식이 일부 깨인 의식의 사람들에게 있었지만, 그 의식이 있는 사람들조차도 실제로는 당시의 관습대로 결혼 과정을 부모와 형제들에게 맡겼다. (사에키 준코(佐伯順子), 『文明開化と女性』, 新典社, 1991, 120쪽) 시가는 그 당시의 결혼관습과는 달리, 연애결혼을 하려고 생각하고 있었는데 그러한 관계를 아다니와 아라기

누 사이에 그려내고 있는 것을 볼 수 있다.

13) 미야코시 츠토무(宮越勉), 『志賀直哉－暗夜行路の交響世界』, 翰林書房, 2007, 95
    쪽.

14) 1926년 4월 1일 발행의 『중앙공론(中央公論)』 제41년 제4호에 발표.

15) 담백하지만 이것도 플라토닉 사랑이라고 하는 것이겠지 라고 생각했다. (중략) 누구
    한사람도 불쾌하게 하는 사람도 없다고 하는 사랑은 사랑으로서 매우 불안한 것일지
    도 모르지만 이러한 사랑이 가치가 없다고 할 이유는 없다.(「プラトニック ラブ」,
    170쪽)

16) 시가문학에서는 인간성의 기본적 요소가 단순, 명확하게 취급되고 있는 일이 많다.
    「아라기누」도 사랑, 질투, 저주 등을 확실하게 부상시키고 있지만, 그 중에서도 질투,
    저주와 같은 인간성의 어두운 측면이 강조되어 그것과 결부되어 자연의 부정적인
    양상이 그려지고 있는 것은 주의할 만하다. (스도 마츠오(須藤松雄), 『志賀直哉の文
    学』, 桜楓社, 1969, 71쪽)

17) 미야코시 츠토무(宮越勉), 앞의 책, 97쪽.

18) 토미가 살을 떼어주기로 결정한 후, 토미는 사사키와 일절 상대하지 않는 것을 볼
    수 있다. (「佐々木の場合」, 23쪽)

빼앗긴 애인·되찾아 와야 할 유부녀[*]

– 하기와라 사쿠타로의 초기 여성론 –

서재곤^{**}

1. 머리말

우리들이 현실 공간을 살아가듯이 작품 속의 등장인물들도 문학이라는 '허구 공간' 속에서는 한 사람의 인간으로서 삶을 영위한다. 한편 문학도 인간의 창조 활동의 하나이기에 현실을 완전히 떠나서는 존재할 수 없다. 그러기에 작가와 문학에 관한 연구로부터 작가론과 작품론이라는 문학 연구의 두 가지 큰 흐름이 탄생했고 전자는 작품의 모델, 또는 애인 찾기라는 전기 연구로, 후자는 등장 인물상 연구로 전개되어 왔다고 할 수 있다.

여성과 문학에 관한 연구서에는 미야모토 유리코(宮本百合子)『문학에 나타난 여성상』(1974), 야마모토 시게루(山本茂)『이야기 속의 여성-모델들이 걸어 온 길』(1990), 마에다 아이(前田愛)『근대 문학의 여성들』(1995)이 있다.

이제까지 하기와라 사쿠타로(萩原朔太郎)와 여성의 문제는 애인이었던 바바 나카코(馬場仲子)에 집중되어 있었다. 작가의 전기적 사실이 작

품 이해에 도움이 된다는 것은 부정할 수 없다. 그렇다고 해서 '작품
= 전기'라는 등식은 성립할 수 없으며 오히려 현실 체험을 어떻게 변형
시켜 작품화하였는가? 거기에서 작가의 능력을 엿볼 수 있으며 그 매커
니즘을 규명하는 것이야말로 문학 연구의 기본이라 할 수 있다.

　작가들의 습작기에 있어서의 여성, 또는 연애 문제는 원체험이 기억
의 재구성 과정을 통과하면서 문학적 표현으로까지 승화되지 못한 채,
원체험을 그대로 기록한 비망록의 수준에 머물고 있는 경우가 많다. 사
쿠타로(朔太郎)의 경우, 나카코(仲子)와의 연애 사실이 밝혀지면서 작품
속에 등장하는 여성의 모델을 나카코로 여겨왔다.[1] 그러나 사쿠타로의
작품에 나타난 여성의 모델을 나카코에 한정시켜온 기존의 설에는 찬동
할 수 없다.

　본고에서는 사쿠타로와 여성의 문제를 이제까지 그다지 주목받지 못
했던 습작기를 중심으로 하여 종전의 나카코설(說)에서 벗어나 다각도
로 재조명하여 그 중층 구조를 밝히고자 한다. 먼저 나카코가 사쿠타로
의 여성 모델로 자리매김하게 된 과정을 살펴보고자 한다. 다음으로
사쿠타로의 습작기 작품 중에서 〈기생(遊女)〉이 등장하는 작품을 분석
함으로서 나카코가 아닌 새로운 히로인을 찾아내고자 한다. 다음으로
1913년 5월의 카마쿠라(鎌倉) 여행을 고찰함으로서 여성상의 중층 구조
를 밝힐 것이다. 그리고 애인이었던 나카코의 결혼과 세례가 사쿠타로
에게 미친 영향을 그리스 신화의 안드로메다와 헬레나와 연관지어서
해석해보고자 한다.

2. 〈에레나 신화〉의 탄생

먼저 어떻게 하여 〈에레나 신화〉가 만들어지게 되었는지, 그 생성
과정에 대하여 고찰하고자 한다.

사쿠타로는 1905년 3월 8일(추정), 사촌형인 에이지(栄次)에게 한 통의
편지를 쓴다.

> 지난 달 25일에 **바바 나카코**양(여동생의 절친한 친구이며 **지난번의 소
> 동**으로 인해 기억하고 계시겠죠)의 초대를 받아 쿄오아이(共愛)의 문학발
> 표회에 갔다 왔습니다.　　　　　　　　　　　(밑줄 인용자, 이하 같음)

이 편지에 '바바 나카코'라는 이름이 쓰여 있다는 점에 주목하지 않을
수 없다. 이 편지는 현존하는 자료 중에서 나카코가 등장하는 최초의
것으로 에레나는 그녀의 세례명이다. 그러나 이제까지 사쿠타로와 나
카코와의 관계를 논할 때에는 이 편지에 대해서는 언급하지 않은 채,
1913년 5월, 잡지 『난쟁이(朱儒)』에 발표된 유부녀와의 도피 행각을 그
린 시 「야간열차(夜汽車)」와 요양 중이던 나카코를 여동생과 함께 병문
안하려했지만 뜻을 이루지 못한 카마구라 어행과 결부시켜서 기타하라
하쿠슈(北原白秋)의 간통사건2)의 재현이라고 말해져 왔다.

그런데 편지 속에 나오는 '지난번의 소동'이란 어떤 일을 말하고 있는
것일까? 이 소동이 당시 카나자와(金沢)의 적십자 병원에 의사로서 근무
하고 있던 에이지가 알 정도였으니까 그 파문이 어느 정도 컸는지 알
수 있을 것이다. 아마도 이 소동의 진상은 사쿠타로와 나카코의 교제의
발각일 것으로 추측된다.

하기와라: 첫사랑이란 자신이 젊었을 때의 어리석음을 거울에 비쳐보는 것
  과 같다.
카타오카: 우리들이 젊었을 때는 여자와 접할 기회가 전혀 주어지지 않았기
  에 여자라고 하면 친구의 여동생밖에 없었다. 그렇기에 친구의
  여동생과 처음 이야기를 나누기라도 하면 금방 그 여자에게 사
  랑을 느끼기도 했다.
하기와라: 나도 그랬다.

이 대화문은 「현대의 연애를 이야기한다」라는 제목으로 『신여원(新女
苑)』 1937년 9월호에 실린 것이다. 자유롭게 이성을 접할 기회가 거의
없던 당시에 유일하게 만날 수 있었던 사람이 '친구의 여동생'이고 어쩌
다가 그녀와 말이라도 나누게 되면 자신도 모르게 사랑의 감정을 가지
게 되었다는 카타오카(片岡)의 발언에 대해 사쿠타로도 동의하고 있는
것으로 보아 자신도 이와 비슷한 경험을 한 적이 있는 게 아닐까 한다.
아니 첫사랑의 상대를 '친구의 여동생'에서 '여동생의 친구'로 바꾸면 사
쿠타로의 여동생 와카코(若子)가 다니고 있던 '교아이(共愛) 여학교'의 동
급생으로 앞에서 인용한 사촌형 에이지의 편지에 그 이름이 나온 나카
코의 존재가 연상된다. 따라서 사쿠타로와 나카코의 교제는 그 당시에
있어서는 아주 흔한 패턴이었다고 할 수 있을 것이다. 그리하여 두 사람
의 관계가 단순한 '친구의 오빠'와 '여동생의 친구' 관계 이상이라는 사
실이 들통 난 것이 '지난번의 소동'이 아니었을까!

아! 사랑하는 이의 집이었기에/ 몇 번이나 그곳을 서성이었지/ 허무해
돌아오는 저녁 무렵의/ 구름의 무정함을 원망하누나// (중략)// 울타리에
열려 있는 꽈리를 따면/ 붉음에 배어 있는 그녀의 입술/ 할 수 없이 머금는
날도 있으니/ 슬퍼하는 사람들 어찌하거나// (중략)// 아아! 허망하게도 서
성거리는/ 미치광이 비슷한 행동이지만/ 탱자나무 울타리 가로막아서/ 당

　　　신의 우울함이 와 닿지 않네.　　　　　　　　（「당신의 집(君が家)」）

　전체가 7·5조로 이루어져 있는 이 시는 연인의 집을 찾아가지만 만날 수 없어 그 앞을 서성이다 되돌아오는 사랑에 빠진 이의 애절한 심정을 읊은 것이다. 이 시가 잡지 『흰 무지개(白虹)』에 발표된 것은 1904년 12월로 사촌형 에이지에게 편지를 쓴 시기와는 3개월밖에 차이가 나지 않는다.

　'지난번의 소동'이 일어난 시기는 에이지에게 편지를 쓴 것으로 추정되는 1905년 3월 8일 이전일 것이다. 사쿠타로가 '쿄오아이의 문학 발표회'에 간 것이 지난달 25일이므로 두 사람의 교제는 그 이전부터 시작되었을 것이고 따라서 이 시가 발표된 1904년 12월까지 거슬러 올라갈 수 있을 것이다. 간단히 정리하면 시 「당신의 집」의 발표, '지난번의 소동', '쿄오아이의 문학 발표회', 이 3개의 일이 3개월이라는 짧은 시간 안에 일어난 것을 알 수 있다. 따라서 시 「당신의 집」의 히로인의 모델을 나카코가 아닐까 한다.

　이상의 사실을 근거로 하여 다음과 같이 추측할 수 있다. 먼저 나카코는 사쿠타로의 여동생 와카코와 같은 학교 동급생이었기에 사쿠타로의 집에 꽤 자유롭게 드나들 수 있었을 것이다. 그리고 두 사람은 자연스럽게 대화를 나누었을 것이고 이윽고 특별한 감정을 느끼게 되었을 것이다. 그러다가 시 「당신의 집」에 그려진 '미치광이 비슷한 행동'으로 인하여 두 사람의 관계가 표면화되면서 '지난번의 소동'이 일어나게 된다. 그 결과, 나카코의 사쿠타로집 출입이 끊기게 되고 나카코를 만날 수 없는 애절한 심정을 시로 표현했을 것이다. 여동생 친구 나카코와의 교제가 '지난번의 소동'으로 인해 일시적으로 중단되었지만 '쿄오아이의 문학 발표회'에 가서 다시 재회하였다는 것을 보고하기 위해서 사촌형

에이지에게 편지를 쓴 것으로 보인다. 사쿠타로를 문학의 길로 인도한 사람이 당시, 아버지 병원에서 근무하고 있던 에이지였으며 그에게 자신이 처한 여러 가지 문제에 대해 허심탄회하게 상담하고 있었다는 사실을 고려할 때, 나카코와의 재회라는 기쁜 소식을 전하려고 했을 수도 있을 것이다. 그리고 그녀가 결혼한 이후에도 만나고 있었다는 사실, 타카사키(高崎)의 신혼집으로 밤에 찾아갔다가 계속 남편과 마주친 일, 그리고 카마쿠라에서 요양 중인 그녀를 찾아갔다는 시 속의 '미치광이 비슷한 행동'을 실제로 했다는 사실이 일기, 편지 등을 통해 밝혀지면서 〈에레나 신화〉는 확고하게 자리를 잡게 된다.

3. 〈기생(遊女) 시편〉의 탄생

사쿠타로는 1909년 5월, 잡지 『떨어진 밤(おち栗)』의 창간호에 「숙취(宿醉)」라는 시를 발표한다.

> 참을 수 없는 오한이 느껴져서/ 문득 눈을 떠보니 방안의/ 벽에 비치는 희미한 불빛/ 방문을 비추는 빛의/ 조금 야함을 표현할 수 없네/ 울적한 풍경/ 물건 냄새 떠다니고 있다// (중략)// 천박한 여자의 말투/ 또 접대부의 납작한 코/ 거무칙칙한 볼살/ 떨쳐내고자 해도 집요하게도/ 환영은 추악하다// 그렇지만 엊저녁에 진짜로/ 미친듯이 밤새도록 키스를 하고/ 육체를 껴안은 것은/ 내 팔이다. 입술에 체취가 남아 있구나/ 방탕한 마음은/ 천박하고 더럽도다

이 시에 나오는 '천박한 여자'는 술집 접대부, 다시 말해서 〈기생〉이다. 현존하는 발표작 중에서 가장 먼저 〈기생〉이 등장하는 작품으로

자신의 방탕한 행동을 그리고 있다.

이번 장에서는 사쿠타로와 〈기생〉과의 관계에 대해서 논하고자 한다. 먼저 이와 비슷한 시기에 사쿠타로는 〈기생〉에 대한 자신의 생각을 에이지에게 보낸 편지 속에서 다음과 같이 적고 있다.

> 나는 그러한 장소에서 탐닉(耽溺)하는 것으로부터 아무런 가치 있는 쾌락도 얻을 수가 없었다. (중략) '밤거리의 여자'들 모두가 내 친구가 되기에는 너무나 무식하고 미신에 빠져 있고 저급했다. 나는 그녀들……기생과 같은 여성들과 대화를 나누는 것에서조차 매우 심한 고통을 느끼기 시작했다.
> (1912년 4월 27일)

> 그렇다면 밤거리의 여자는 어떻지? 나는 친구들로부터 천국이라고 들었던 요시와라(吉原)를 알게 되었지만 그다지 흥미가 느껴지지 않는다는 것에 놀랐다. 요시와라의 기생들과 놀고서 느낀 것은 환락이 아니라 고통이었다.
> (1912년 6월 3일)

이들 언설에서 사쿠타로는 〈기생〉들과의 접촉에서 얻은 것은 자신이 기대하고 있던 쾌락이나 환락이 아니라 오히려 고통뿐이었다는 점을 반복해서 이야기하고 있다.

그런데 현재 남아 있는 습작노트에는 〈기생〉을 소재로 한 시가 상당수 남아 있다.

▶ 습작집 제8권
「방탕의 벌레(放蕩の虫)」「여자여(女よ)」「응달의 남자(ひかげおとこ)」「와카(歌)」「술래잡기(鬼ごっこ)」「흰 얼굴(白き顔)」

▶ 습작집 제9권
「이별 길(別れ路)」「소녀여(少女よ)」「우연(偶成)」「쾌청한 가을 날씨(秋晴)」「우연(偶成)」「늦가을(晩秋)」「점차로(しだいに…)」

하지만 이 속에서 발표된 것은 「방탕의 벌레」「여자여」「우연」의 3편뿐이고 게다가 시집에 수록된 것은 「여자여」뿐이다. 이들 〈기생 시편〉에는 시 이외에도 와카, 소곡(小曲), 단편 시 등이 포함되어 있어 습작기 특유의 실험 정신이 잘 드러나 있지만 작품으로서의 완성도는 그리 높지 않다. 그러나 작품으로서의 완성도가 낮다는 것과 사쿠타로가 이들 시편을 쓸 수밖에 없었던 내적 필요성과는 별개의 문제일 것이다. 사쿠타로가 현실에서 얻은 원체험을 어떻게 여과해서 작품화하였는지 그 생성과정을 살펴봄으로서 〈기생 시편〉의 시적 특성을 밝힐 수 있을 것이다.

> 입술에도/ 손톱에도 눈가에도/ 부드럽게 연지를 바른 여자 아이/ 진하지만 차가운 분의/ 등불 아래에 고개 숙인 목덜미가 쓸쓸하다/ 그 투명한 손가락을 모아서/ 소고를 치는 모습을 보고 있으면 **다정스런 마음이 온화해지며/ 특별한 이유 없이 눈물이 난다**
>
> (「우연」)

> 익숙한 향기의/ 네가 검은 머리를 빗을 때에/ 가을은 슬프게 흘러나오고/ 눈동자에 어두움 없는 하늘이 비치고/ 정오 지난 무렵 **먼 호수의 마음에 젖어서/ 다정하게 서로 기대고 있으니/** 조그마한 창문 틈새로/ 흰 구름이 떠 있고/ 친구가 노래 부르며 가는 것이 보인다.
>
> (「쾌청한 가을 날씨」)

앞서 에이지에게 보낸 편지를 보면 사쿠타로의 〈기생〉에 대한 인상은 그다지 좋지 않았고 혐오감마저 느끼고 있었다. 하지만 이들 시 속에서는 '다정스런 마음'에서부터 그녀를 보고 눈물을 흘리기도 하고 서로 다정하게 기대고 있기도 하고, 인용은 하지 않았지만 그녀들의 행복을 빌기조차 하고 있었다. 그런 점에서 애초에 가지고 있던 그녀들에 대한 편견이 사라지면서 그녀들과 융화되었다는 것을 〈기생 시편〉이 보여주고 있는 것이다.

　습작기의 사쿠타로는 화류계와의 접촉에서 생겨난 내적 정서를 아무런 조작 없이 그대로 '방탕'이라는 단어로 적나라하게 표출시키고 있었다. 하지만 〈기생 시편〉에서는 같은 현실 체험의 문학화 과정 속에서 타자(기생)와의 교감을 이루어 있었다.

4. 카마쿠라 여행 재고찰

　지금까지 사쿠타로에 있어서 〈여성〉의 문제를 나카코와 〈기생 시편〉을 중심으로 고찰하였다. 이 장에서는 나카코와의 관련성만이 주목받아온 1913년 5월의 카마쿠라 여행을 조금 다른 각도에서 고찰하고자 한다.

　먼저 쿠보 타다오(久保忠夫)의 조사에 의하면 사쿠타로는 1913년 5월 10일부터 14일까지 카마쿠라에 체재하였고 11일, 요양 중인 나카코의 집을 여동생과 같이 방문하려고 했으나 집을 찾지 못했다고 한다.[3] 이 사실은 사쿠타로이 시에 있어서의 '여성'이 모델이 나카코라는 결정적인 증거가 되었다.[4] 그렇지만 습작집 제8권에 있는 시 「이별 길(別れ路)」은 이제까지의 견해에 의문을 가지게 한다.

　　이별 길(오오카와(大川) 강변에서)

　　다릿목에서 헤어진다/ 헤어져 멀어져 가는 이의 모습이 파랗구나/ 26일 저녁달도 기울었고/ 잘 가, 잘 가 하면서 물결이 강변을 씻고 있다/ 말로 형용할 수 없는 아쉬움이 밀려오고/ (의미 불명)/ 밀회는 거듭되지만/ 그렇지만 말로 할 수 없는 너에 대한 생각도/ 「셋배(かし船)」 등불이 어두운

뒷골목 모퉁이/ 오늘 밤은 더욱 경망스러워/ 아아! 어째서 머나먼 서울의 짧은 밤에/ 여기저기를 울며 돌아다니는 두 사람이 되었을까/ 아아! 짧은 밤이 밝아오누나/ 헤어져서 강변을 돌아가니/ 여인숙 오카다(岡田)의 등불 희미하고/ 생각에 잠겨 있는 내 발밑에 걸린다/ 발톱 끝에 차갑게/ 젖은 채로 반짝이는 은비녀/ 헤어져 멀어져 간다.   (13.5.1913)

'26일 저녁달도 기울'고 짧은 밤이 밝아 올 때, 사랑하는 이와 헤어져 혼자 집으로 돌아갈 때의 쓸쓸함을 솔직하게 읊은 작품이다. 하지만 의미를 알 수 없는 부분이랑 일부 수정한 곳 등, 말 그대로 습작이다.

부제의 '오오카와(大川) 강'이란 스미다(隅田)강의 별칭으로 예전부터 화류계를 지칭하는 단어이다.5) 부제와 '여인숙 오카다(岡田)' '은비녀' 등의 시어와 작품의 분위기로 볼 때, 작품 속의 '너'는 〈기생〉으로 여겨지며 나카코가 아닌 것은 분명하다. 또한 작품 말미에 붙어 있는 '13.5.1913'라는 날짜로 인하여 이 시를 쓴 것이, 또는 착상을 얻은 것이 카마쿠라 여행 중이었다는 사실을 알 수 있다. 이제까지 나카코와의 관련으로 인해 주목받아온 카마쿠라 여행 중에 사쿠타로가 그녀를 소재로 한 시가 아닌 〈기생 시편〉을 썼다는 사실은 무엇을 의미하는 것일까? 종래의 주장만으로는 설명되지 않는 문제이다.

이 시에서 금방 연상되는 것이 오사나이 카오루(小山內薰)의 소설 『오오카와 강변(大川端)』이다. 이 소설은 1911년 8월부터 1912년 12월까지 『요미우리(讀賣)신문』 등에 부정기적으로 발표된 뒤, 1913년 1월에 단행본으로 간행되었다. 주인공 마사오(正雄)가 나카스(中州)에 있는 연극 견습생이 되면서 '오오카와'라는 환락 세계를 알게 되고 이윽고 게이샤들과 사랑에 빠지면서 '이상의 여성(夢の女)'을 찾아 헤매는 모습을 그린 작품이다.

시 「이별 길」에는 '26일 저녁달'이라는 시어가 보이는데, '26일 달맞이'6)라는 에도(江戶)시대의 불교 신앙에서 나온 말로 사쿠타로의 다른

시에서는 찾아볼 수 없는 단어이다. 소설『오오카와 강변』에서 덴노스케(伝之助)가 마사오를 찾아와서 코사토(小さと)에게 물주가 생겼다는 것을 알려 준 날도 '12월 26일'이다.

다음으로 주목하고자 하는 것은 시 속에 나오는 유일한 고유명사인 '여인숙 오카다'이다. 이 '오카다'라는 단어는『오오카와 강변』에서 자주 등장한다. 주인공 마사오가 후쿠이(福井)를 처음 만난 곳이 '하마쵸(浜町)의 오카다'라는 요정이었으며 나중에 코사토와 처음 만난 장소이기도 하다. 그리고 후쿠이가 아마추어 연극의 연습장과 무대로 사용하기도 하였고 이때, 마사오가 세츠코(節子)를 처음 보았고 후쿠이를 통해 세츠코를 부른 곳이기도 하다. 따라서 소설『오오카와 강변』에서 가장 중요한 장소가 바로 '오카다'였다고 할 수 있다.7) 요정 오카다가 가상의 것이 아니라 실제로 존재하고 있었던 만큼 사쿠타로의 시에 등장하는 '오카다'의 사실성이 더욱 부각된다고 할 수 있을 것이다.

이와 같이 '오오카와 강변'이라는 지명에는 그 당시 청년들을 끌어당기는 관능적 매력이 담겨져 있다. 이런 사회적 분위기 속에서 사쿠타로는 소설『오오카와 강변』를 읽었을 것이고 현존하는 '오오카와 강변'과 소설『오오카와 강변』이라는 직, 간접 체험을 바탕으로 하여 시「이별길」이 탄생했다고 할 수 있을 것이다.8) 나카코를 병문안하려는 행위와 다른 한편으로 〈기생〉을 히로인으로 하는 시 창작 행위가 동시에 행하여지고 있었다는 점에서 1913년 5월의 카마쿠라 여행은 〈여성〉의 중층 구조를 보여준 사건이라 할 수 있을 것이다.

5. 빼앗긴 애인 나카코

앞서 살펴보았듯이 사쿠타로가 카마쿠라 여행 중에 나카코를 병문안 하려고 하기도 하고 〈기생 시편〉을 쓰기도 했다는 것은 그의 마음 속에 나카코와 〈기생〉의 존재가 양립하고 있다는 것을 보여준다. 한편으로 오카니와 노보루(岡庭昇)는 사쿠타로와 나카코와의 사이에는 신체가 개입 하지 않는다고 하면서 '에레나상(像)의 관능성'이 '육체 부재'라는 점을 지 적하였다.9) 그와 같은 '육체 부재'의 나카코와의 관계에서 결여된 영역을 충족시키고 있는 것이 〈기생〉이라는 것은 말할 필요도 없을 것이다.

사쿠타로의 〈여성〉의 중층 구조가 잘 나타나있는 또 다른 예로서 자 필 와카집 『하늘색 꽃(ソライロノハナ)』 속의 간이 소설 「2월 바다(二月の 海)」를 들 수 있다. 「2월 바다」는 「오오이소(大磯) 바다」와 「히라츠카(平 塚) 바다」로 이루어져 있는데, 전자가 〈기생〉(샤미센으로 '당시의 유행가를 켜는' 여성)이, 후자는 나카코('예전부터 알고 있던 여자 친구'로 '불쌍한 유부녀')로 보이는 여성이 주인공이다.

> 히라츠카의 병원에 예전부터 알고 있던 여자 친구가 입원해 있다는 소식
> 을 듣고 긴 솔밭 사이의 오솔길을 지나 동쪽으로 서둘러 갔다. 바다에 면해
> 있는 병원 발코니에 서서 초취한 얼굴의 검은 머리의 그녀와 어린 시절의
> 추억만이라도 이야기하고 싶어서였다. 병실 커튼 뒤에서 소리 내지 않고
> 울고 있던 불쌍한 소녀가 예상 밖의 옛 친구의 방문에 얼마나 놀라고 또
> 기뻐할 것인가를 나는 기대하고 있었다.
> 그렇지만 그곳에 기다리던 이는 없었다.
> 불쌍한 유부녀는 한 달 정도 전에 그림자처럼 이 세상에서 사라져 버렸
> 다.

「2월 바다」에는 '一九一一、二'라는 날짜가 적혀 있고 실제로 사쿠

타로는 이때 오오이소에 갔었다. 그때, 나카코와 만났는지는 알 수 없지만 중요한 것은 앞서 인용한 「히라츠카 바다」에서는 '불쌍한 유부녀'가 자신이 찾아가기 한 달 전에 죽은 것으로 되어 있는 점이다. 실제로 나카코가 죽은 것은 1917년 5월로 아직 살아있던 그녀를 사망한 것으로 허구화한 것이다. 나카코의 소멸 과정을 보면, 먼저 '예전부터 알고 있던 여자 친구가 입원해 있다는 소식을 듣고' '그녀와 어린 시절의 추억만이라도 이야기하고 싶어서였다'는 순수한 동기로 두 사람의 관계를 순화시키는 전략을 취하고 있음을 알 수 있다.

그러나 표면적으로는 나카코와의 순수성을 강조하고 있지만 그녀가 자신이 아닌 다른 사람과 결혼한데서 받은 내적 상처는 아직 아물지 않은 채로 남아 있었을 것이다. 그 결과, 병문안하려고 했던 예전의 '여자 친구'를 한 달 전에 죽은 것으로 처리할 수밖에 없었던 것이 아닐까 한다. 그리하여 홀로 히라츠카 해변을 헤매다가 해변가에서 벤치 하나를 우연히 발견하게 된다.

> 이곳 해안가의 모래 언덕에 스페인풍 벤치 하나가 놓여 있었다.
> 불쌍하게도 이 쓸쓸한 모래사장 위, 오로지 한 개의 벤치. 철골은 녹슬고 페인트가 벗겨 떨어진지도 몇 년이 지났건만 **안드로메다**처럼 너는 바다만 바라보며 지내고 있었겠지! 그 한쪽에 앉았을 때, 나는 어디 선가로부터 운명의 뼈아픈 호소를 들었다.

철골이 녹슬고 페인트까지 벗겨져 있는 벤치에 앉아서 바다만 바라보며 지내고 있었을 '너'의 처지가 마치 그리스 신화에 나오는 '안드로메다'와 같은 '운명'이었다는 것을 느끼게 된다. 이 '안드로메다'야말로 당시의 나카코와의 관계를 설명해주는 키워드인 것이다. 간이 소설 「2월 바다」의 탈고로부터 2달 뒤인 4월 20일에 여동생 사치코(幸子)에게 쓴 편지에도 '안드로메다'의 이야기가 등장한다.

> 금성은 내가 아주 좋아 하는 별입니다. 다른 별과는 달리 푸르고 푸른 꿈과 같은 빛을 발하고 있지만 실제로는 사랑의 별입니다. 그리스 신화에 의하면 금성은 비너스라는 사랑의 여신이 살고 있다고 합니다. 서양에서는 금성을 비너스라 칭하며 가장 아름다운 사랑의 별이라고 합니다.// (중략)// 정말로 이상적인 천국이지만 산소의 밀도가 너무 높기 때문에 그곳의 수명은 지구상의 인간의 절반 정도에 지나지 않는다고 합니다. 학문 연구의 결과가 우연하게도 신화와 일치하니 흥미롭지 않니? 아아! 비너스, 비너스. 내가 좋아 하는 별은 비너스와 **안드로메다**입니다.// 네가 좋아하는 별이 있다면 역시 이 두 개 이외는 없을 것이라 생각해.// 금성(비너스)은 사랑의 **별 · 안드로메다는 비애를 나타내는 별**로 정해져 있어요.

편지 속에 나오는 안드로메다는 사쿠타로 스스로도 밝혔듯이 그 출전은 그리스 신화이다. 안드로메다는 그리스 신화에 나오는 여성의 이름이자 별자리의 이름이기도 합니다. 신화 속에 나오는 그녀는 에티오피아의 왕녀로 케페우스와 카시오페이아의 딸이다. 카시오페이아가 자기 딸이 바다의 요정들인 네레이스보다 더 아름답다고 자랑한 나머지 바다의 신인 포세이돈의 노여움을 싸게 되었다. 포세이돈은 바다 괴물을 보내 케페우스의 왕국을 파괴하려 하자 나라를 구하기 위해 안드로메다가 괴물에게 산 제물로 바쳐진다. 하지만 그녀의 미모에 반한 페르세우스에 의해 구출되어 그의 아내가 되었다. 그리고 사후에 남편, 부모, 괴물과 함께 별자리가 되었고 거기에 그녀의 이름이 붙여진 것이다.

신화 속에서의 안드로메다는 바위에 묶인 채로 누군가가 자기를 구하러 오기만을 기다리는 존재로 '철골은 녹슬고 페인트가 벗겨 떨어진' '쓸쓸한 모래사장 위'의 벤치에 앉아서 '바다만 바라보며 지내고 있었'을 '너(나카코)'의 이미지와 일치하고 있다. 나카코와 안드로메다는 〈누군가를 기다려야 하는 운명)을 공유하며 죽음이라는 위기에 처해 있는 자신을 구해줄 〈구원자〉의 등장을 기다리고 있었던 것이다. 사쿠타로에게 있어 나카코는 자신이 구원(결혼)해야 할 존재였다. 하지만 그녀는 다른 사람과 결혼했고 따라서 사쿠타로의 입장에서 보면 〈빼앗긴 애인〉이 되어 버린 것이다.

하지만 입신출세에 실패한 인생 낙오자인 자신이 페르세우스와 같은 〈구원자〉가 될 수 없다는 사실은 스스로도 잘 알고 있다. 그렇기에 '예전부터 알고 있던 여자 친구'의 입원 소식을 듣고 페르세우스처럼 그녀의 구제, 즉 다시 말해서 병문안을 하러 갔지만 이미 죽고 없었다는 식으로 그녀의 결혼으로 인한 두 사람의 현실 관계의 해체를 그녀의 죽음, 다시 말해서 〈유부녀 나카코의 신체의 소멸〉로 변형시켜서 자기 합리화를 하고 있는 것이다. 따라서 구원자의 도래(사쿠타로의 병문안)를 기다리다가 죽어간 옛 애인이었던 유부녀 나카코를 '비애를 나타내는 별'인 안드로메다로 그릴 수밖에 없었던 것이다.

6. 되찾아 와아 할 유부녀 헬레네

유부녀 나카코가 1914년 5월 17일, 세례를 받아 '에레나'가 된 사건은 사쿠타로의 작품상에서도 큰 변화를 가져왔다. 5월 이후에 발표된 작품의 제목과 시어에 있어서도 종교적 뉘앙스를 풍기는 경우가 많아졌다.

5월 : 「달빛과 기도(月光と祈祷)」「여명과 수목(黎明と樹木)」
6월 : 「초여름의 기도(初夏の祈祷)」

7월 : 「유희(遊楽)」「기적(みらくる)」「교환 일지(交歡記誌)」「공양」「수난
　　　일」
9월 : 「젊은 비구니들이 걷는 길(若き尼たちの步む路)」「곤들매기(岩魚)」
　　　「어린이와 기독교(幼児と基督)」「산거(山居)」

이 시기에 쓰인 시들이 '음욕(淫慾)과 성(聖)스러움의 패러독스'와 '음욕
=성성(聖性)'의 구조를 가지고 있는 것을 지적하고 이 시들을 '음욕·센
티멘털리즘 시편'이라고 명명한 것은 스가야 키키오(菅谷規矩雄)이다.10)

이 시편 중에서 먼저 주목하고자 하는 것 '슬픈 나의 에레나에게
바친다'라는 부제가 붙어 있는 「곤들매기(岩魚)」이다.

> 여울 물살이 빨라지고/ 생하고 물고기들 강을 내려간다/ 아아! 곤들매기
> 가 달린다/ 계곡 깊숙이 가을 햇살 비치고/ 탱알 꽃 시들고/ 가지 끝에 우수
> 가 묻어난다/ 에레나여/ 신앙은 하늘에 그림자를 드리운다/ 반드시 보아라.
> 당신의 조용한 이마에 있는/ 설령 이곳이 아닐지라도/ 내 순례는 방울이
> 울리면서 네게로 다가가고자 한다/ 지금 우수는 폭포에 머물지 않고/ 슬픈
> 산길을 내려가/ 간절히 간절하게 당신을 사모하며/ 오랫동안 손을 곤들매
> 기의 위에 둔다.

시적 주체는 '신앙'의 그림자가 하늘에 나타난 것을 알게 된다. 그러자
저 먼 곳에서부터 '우수의 폭포'와 '슬픈 산길'을 내려와 '네게로 다가가고
자' 하는 '내 순례'는 '당신을 사모하는' 심정으로 가득 차있다는 것을 고
백하고 있다. 이 시에서 '에레나'라는 단어가 최초로 등장하고 있다.

이 시기의 사쿠타로의 시에서 '여성'은 '물고기'와 더불어 성(聖)스러
운 존재였다. 시 「공양」에서는 '물 속 깊이 숨겨져 있는 성상(聖像)'을
찾기 위해 손을 벗어 보지만 수면 위로 건져낼 수는 없다. 그래서 피를
흘리며 '당신에게 예배'하고 '숨 막힐 때까지 합장'하며 '매일 수도를 순

레'하고 있었다. '물 밑' 깊숙이 숨겨져 있는 '여성'의 '성상'이 성모 마리아를 의미하고 있는 것은 말할 것도 없다. 따라서 '에레냐'가 '성상'으로서 예배의 대상이 되고 '내 순례'의 목표가 되었다는 것은 '에레냐'가 '성녀 에레냐'로 성화(聖化)되었다고 볼 수 있다. 이것은 '에레냐'가 등장하는 「순금 주사위(純金の賽)」「성찬 여록(聖餐余禄)」 등의 시에서 볼 수 있는 공통된 현상이다.

하지만 '에레냐'에는 그리스 신화와 관련해서 또 다른 스토리가 숨겨져 있다. 야마모토의 논문11)에 의하면 에레나는 'Helen의 이탈리아어식 표기'라고 한다. Helen(헬레나)은 그리스 신화에 등장하는 여성으로 제우스의 딸이며 엄마는 레다 또는 네메시스로 그리스에서 가장 아름다웠으며 그녀를 둘러싸고 트로이 전쟁이 일어난 것이다. 스파르타의 왕비 헬레나를 트로이의 왕자 파리스가 납치하면서 시작된 이 전쟁에 있어 그녀는 〈되찾아 와야 할 유부녀〉였던 것이다.

사쿠타로는 앞서 인용한 여동생에게 보낸 편지 속에서 그리스 신화와 안드로메다에 대해 언급하고 있기에 헬레네와 트로이 전쟁의 관계에 대해서도 알고 있었을 것으로 추측된다. 다만 헬레네와 에레나의 관계에 대해서도 알고 있었는지는 확신할 수 없다. 어쨌든 사쿠타로는 자신과 나카코와의 관계를 페르세우스와 안드로메다, 다시 말해서 그녀를 자신이 구제(결혼)했어야 할 존재로서 인식하고 있었던 것은 이미 확인되었다. 그러나 그것(결혼)이 실패로 끝나고 나카코의 성이 사토(佐藤)로 바뀐 순간부터 그녀는 〈빼앗긴 애인〉에서 〈되찾아 와야 할 유부녀〉로 사쿠타로의 내면에 각인되었다고 볼 수 있다. 여기서 차후의 나카코에 대한 스토커적인 행동이 시작되었다고 할 수 있다.

7. 맺음말

본고에서는 사쿠타로의 초기 여성 문제를 나카코와 〈기생〉을 중심축으로 하여 그녀들과의 원체험을 어떻게 변형시켜나갔는지를 고찰하여 보았다.

사쿠타로와 나카코의 교제의 시작은 '친구의 여동생' 내지는 '여동생의 친구'라는 당시로서는 아주 흔한 패턴으로부터 비롯되었다. 한편으로 습작집에는 〈기생〉을 소재로 한 〈기생 시편〉이 존재하고 있었고 현실에서의 〈기생〉들과의 접촉에서는 '혐오감'조차 느끼고 있었지만 시 속에서는 그녀들과 동화되면서 눈물을 흘리기도 하고 그녀들의 행복을 빌어주는 등, 〈기생들과의 자기 동일화〉가 이루어지고 있었다.

다음으로 1913년 5월의 카마쿠라 여행 중, 요양 중이던 나카코를 찾아가려고 했지만 다른 한편으로는 〈기생〉과 깊은 관계가 있는 습작시 「이별 길」을 쓰기도 했다. 현존하는 오오카와 강변과 오사나이 카오루의 소설 『오오카와 강변』이라는 직, 간접적 체험을 바탕으로 해서 이 시가 탄생한 것이었다.

이와 같은 사쿠타로의 〈여성〉의 중층 구조를 자필 와카집 『하늘색 꽃』에 수록되어 있는 간이 소설 「2월 바다」를 통해서 재확인할 수 있었다. 「2월 바다」는 〈기생〉(「오오이소 바다」)과 나카코(「히라츠카 바다」)가 각각 주인공으로 등장하고 있기 때문이다. 특히 「히라츠카 바다」의 바다에서는 나카코를 그리스 신화의 안드로메다와 같이 구원자의 도래를 기다리는 운명의 소유자로 그리고 있었다. 이는 사쿠타로가 그녀를 자신이 구제(결혼)해야 할 존재였지만 남에게 빼앗긴 여성으로 인식하고 있었다는 증거로 볼 수 있다.

또 1914년 5월, 나카코가 세례를 받은 시기를 전후해서 사쿠타로는 그녀의 세례명인 '에레나'를 숭배의 대상으로 하는 〈성스러운 종교시〉를 쓰기도 했지만 '에레나'가 그리스 신화의 트로이 전쟁의 원인이 된 헬레나의 이탈리아어식 표기라는 점은 아주 흥미로운 사실이었다. 왜냐하면 트로이 전쟁은 〈되찾아 와야 할 유부녀〉 헬레나를 둘러싼 전쟁이었고 사쿠타로에게 있어서 나카코는 〈빼앗긴 애인〉임과 동시에 〈되찾아 와야 할 유부녀〉이기 때문이다.

【주】

　＊ 본 연구는 2005년 『일어일문학연구』(제54집 2권)에 발표한 「萩原朔太郎の＜女＞研究―アンビバレンスな構造を中心に―」를 번역하여, 수정・보완한 것임
＊＊ 한국외국어대학교 일본어통번역학과 교수
1) 사쿠타로와 나카코와의 관계에 대한 선행연구로는 쿠보 타다오(久保忠夫)「朔太郎の恋―エレナといえる女性について」『東北学院論集(一般教養)』(1962.2), 코마츠 이쿠코(小松郁子)「朔太郎とエレナ」『現代詩読本』(思潮社, 1979), 츠보이 히데토(坪井秀人)「アレナと雨―『青猫』の世界―」『日本文学』(1896.9), 야마모토 히로시(山本洋)「＜哀しきエレナ＞年譜考」『竜谷大学論集』(1994.6)가 있다.
2) 이른바 오동나무 꽃(桐の花) 사건이라 불리는 것으로 하쿠슈(白秋)가 바로 이웃에 살던 토시코(俊子)와 사랑에 빠지게 되었는데 그 당시 별거 중이었지만 아직 호적상으로는 남편이었던 사람으로부터 간통죄로 고소당하여 요츠야(四ツ谷)감옥에 수감된 일을 가리킨다. 이 사건으로 인기 시인이었던 하쿠슈의 명성이 하루아침에 땅에 떨어지게 된다. 이때의 심정을 읊은 것을 모은 것이 1913년에 간행된 최초의 와카집 『오동나무 꽃』과 시집 『도쿄 풍물시와 기타(東京景物詩其他)』이다.
3) 주 1의 쿠보 논문 참조.
4) 예를 들면 습작집 제8권이 있는 「연어 야곡(戀魚夜曲)」에는 '一九一三、五、鎌倉にて'라는 날짜가 적혀 있어서 그 히로인을 나카코라고 생각해왔다.
5) 일본 문학과 스미다 강과의 관계를 논한 책으로, 쿠보타 준(久保田淳)『隅田川の文学』(岩波新書, 1996)이 있다.
6) 에도시대, 음력 1월과 7월 26일에 뜨는 달빛 속에 아미다, 관음, 세이시(勢至)의 3존불이 나타난다고 하여 배례하던 풍속.
7) 하야시 히로치카(林広親)는 소설 『오오카와 강변』의 특징으로 지명이 자주 나오고 오카다, 마츠모토(松本)와 같이 당시에 실제로 있었던 요정이 많이 등장하는 것을 들고 있다. (「明治の気になる小説を読む 小山内薫『大川端』」, 『国文学』, 1994.6)
8) 사쿠타로가 오사나이 카오루가 쓴 희극을 읽기도 하고 '자유극장'의 연극을 보았다는

사실을 편지나 일기를 통하여 확인할 수 있다.
9)『光太郎と朔太郎』, 講談社現代親書, 1980.
10)『萩原朔太郎 1914』, 大和書房, 1979.
11) 주 1 참조.

4 메이지시대의 〈연애〉론[*]

– 키타무라 토오코쿠의 발언과 관련하여 –

김경화[**]

1. 머리말

〈연애(恋愛)〉라는 어휘가 처음 등장한 것은 중국에서 발행된 사전 "*Dictionary of the Chinese Language*"(1822)에서였다. 영어의 'love'에 해당하는 말을 '연애'로 번역한 것이었다. 하지만 이 '연애'라는 어휘는 정작 중국에서는 사용되지 않고 메이지 초기 일본에서 번역서 역어로서 처음으로 등장했다. 그 후 '연애'라는 어휘는 메이지 20년대(1887~1896) 담론에서 많은 지식인들에 의해 본격적으로, 그리고 빈번하게 사용되었다. 그 당시 '연애'라는 어휘는 단지 영어의 'love'에 대한 역어로서가 아닌, 문명개화기의 다양한 사고, 의식과 관련되어 사용되었다.

본 논문에서는 메이지 20년대에 '연애'라는 어휘가 어떠한 사회적 상황과 연동하며 빈번하게 사용되었는지를 살펴보려 한다.

특히 메이지 평론계에 있어 중요한 위치를 차지했던 키타무라 토오코쿠(北村透谷; 1868~1894)의 발언은 중요하게 작용할 것이다.

2. 〈연애〉라고 하는 어휘

현재 지극히 자연스럽게 사용되고 있는 '연애'라는 어휘는 언제 일본 사회에 처음으로 등장한 것일까?

그에 대해 야나부 아키라(柳父章)는 『한 단어 사전 — 사랑(一語の辞典 愛)』(三省堂, 2001)에서 다음과 같이 설명하고 있다.

> 번역어 '연애'가 등장한 것은, 에도(江戸) 말기 경 중국에 와 있던 선교사가 낸 사전에서이다. 1822년에 선교사 로버트 모리슨(Robert Morrison; 1782~1834)이 저술한 사전인 "*Dictionary of the Chinese Language*"에 의하면, 동사 'love'의 역어로 '연모(愛慕), 연애(恋愛), 절애(切愛)' 등이 있다. 그 후 메드허스트(Walter Henry Medhurst; 1896~1857)의 『영중사전(英華字典)』(1847~48)에 'love'의 역어로서 '연애'가 보인다. 하지만 이 어휘가 실제 사용된 용례는 거의 찾아볼 수가 없다. 아마 'love'의 역어로서의 '연애'의 용례는 일본에서 시작된 듯 하다. 첫 인용서는 1870, 71(明治3, 4)년에 출판된 나카무라 마사나오(中村正直)의 번역서 『서국입지편(西国立志編)』이 될 것이다. 책 내용 중, '이미 마을 소녀를 보고 깊이 연애하여'라는 번역문이 보인다. '연애하여'는 아마 당시 일본 일부에서 읽혀지고 있던 『영중사전(英華字典)』에서 가져온 번역 어휘로, 원서(S.Smiles : *Self-help*, 1859)에서는 명사 'love'로 되어 있다.

위 인용에 의하면 '연애'라는 한자 어휘는 1882년에 출판된 "*Dictionary of the Chinese Language*"라는 영중사전(英華字典)에서 영어 'love'의 역어로서 처음으로 등장하게 된다. 그러나 실제 중국에서는 이 어휘가 사용되지 않다가, 일본의 『서국입지편(西国立志編)』에서 처음으로 활용된다. 그 전까지 일본에서는 남녀간, 혹은 동성간의 호의를 표현하는 어휘로는 주로 '색(色)'이나 '연(恋)', 혹은 '정(情)'이라는 어휘를 사용했다.[1]

그러던 것이 『서국입지편』에서 『영중사전(英華字典)』의 '연애'라는 어휘를 빌려와, '마을 소녀를 보고 깊이 <u>연애하여</u>'(밑줄-인용자)와 같이 번역하고 있는 것이다. 지금이라면 '사랑에 깊이 빠져'이거나, 혹은 '깊이 사랑해'에 해당되는 표현일 것이다.

참고로 얘기하면 나카무라(中村)의『서국입지편』은 영국인 사무엘 스마일즈(S.Smiles)가 쓴 "Self-Help"를 일본어역한 것으로, 서양인의 정신문명을 전한 책이다. 당시 '메이지의 성서'로 불리우며 후쿠자와 유우키치(福沢諭吉)의『서양사정(西洋事情)』(1870) 및 우치다 마사오(内田正雄)의『여지지략(輿地志略)』(1870)과 함께 '메이지의 삼서(三書)'로 꼽힌 책이다. 메이지 초기에 한해 백만 부 이상이 팔린2), 메이지 청년 지식인들에게 아주 큰 영향을 준 책이다. 그럼에도 이 책에서 사용했던 '연애'라는 어휘는 실제로는 유통되지 않았다. 실제 '연애'라는 어휘가 본격적으로 유통된 것은 이후의 서구 연애소설의 번역을 통해서였다.

주지하다시피 당시는 문명개화의 일환으로 서구의 문헌이 다량으로 번역되던 시기였다.3) 서구에 대한 관심이 커짐에 따라 문학계에서도 서구문학에 대한 번역이 유행하게 되었다. 후타바테이 시메이(二葉亭四迷)의『밀애(あひびき)』(투르네게프作)나『조우(めぐりあひ)』(同), 그리고 모리 오오가이(森鷗外)의『즉흥시인(即興詩人)』(안데르센作) 등이 당시의 손꼽히는 번역서의 일례이다.

그러나 그들 번역소설의 경우, 'love'에 대한 번역은 고충스러운 일이었다. 후타바테이(二葉亭)가 투르네게프의『밀애(あひびき)』를 번역할 때, 작품 속 "I love you"에 해당하는 문장을 일본어로 어떻게 표현하면 좋을지 고뇌했다는 얘기는 유명한 일화로 남아있다. 후타바테이는 고심 끝에 "I love you"에 해당하는 문장을 '당신이라면 죽어도 좋아(あなたのためなら死んでもいいわ。)'라고 번역했다. 당시로서는 아직 '연애하다

(恋愛する)'라거나 '사랑하다(愛する)', 혹은 '좋아하다(好き)'라는 말을 쓸 수 없었던 것이다.

그 정도로 익숙지 않았던 '연애'라는 어휘가 적극적으로 사용되며 급속히 퍼지게 된 계기를 제공한 중요한 발신처는 당시 지식 청년들에게 큰 영향력을 미쳤던 『여학잡지(女学雜誌)』였다. '연애'라는 어휘는 『여학잡지』 출판시기 전체에 걸쳐(1885.7~1904.2) 강조된 중심 테마 중 하나로, 계몽의 중요한 소재가 되었다.

다음은 『여학잡지』의 주간이자 메이지여학교를 설립한 이와모토 센지(巖本善治)의 「연애번역소설」(『여학잡지』제203호, 1890.3.8)의 일부이다.

> ……역자가 러브(연애)의 정을 무엇보다 정결하고 바르게 번역해, 이 불결한 연감(association) 투성이인 일본통속문학을 진정 유감 없이 활용할 수 있는 것은 작가의 기량에 달려있다. (중략) 일본 남자가 여성을 사랑하는 것은 고작 육체적인 것에 불과해 영혼(soul)으로부터 깊이 사랑하는 일이 없으므로 이러한 문학(연애문학-인용자)을 진정으로 진지하게 활용하는 성향이 약할 수밖에 없다.

이와모토는 일본통속문학에 나타난 남녀간의 정은 '불결한 연감(association)'을 전제로 한 '육체적'인 것으로, 그에 반해 서구의 연애소설에 나타난 남녀간의 정은 '영혼(solu)으로부터 사랑하는 정결한 러브(연애)'라고 받아들이고 있다.

이와모토의 이러한 사고방식에는 이미 '일본/ 서구'라는 도식이 전제되어 있는 셈인데, 조금 더 자세히 들여다보면 이와모토는 '일본의 남녀간의 정/ 서구의 남녀간의 정'을 각각, '불결의 사랑/ 순결의 사랑' 또는 '육체의 사랑/ 영혼의 사랑'으로 구별하고 있다.

중요한 점은 이와모토에게 있어 표적이 되고 있는 '일본통속문학'일 것이다. 이와모토가 가리킨 '일본통속문학'이란 당시 사회를 풍미한 치카마츠(近松)나 사이가쿠(西鶴) 등의 에도 게사쿠(江戸戯作), 나아가서는 오자키 코오요(尾崎紅葉)나 코오다 로항(幸田露伴) 등의 켄유우샤(硯友社) 문학을 가리킨다. 바로 호색적, 유희적 소설로 분류되는 문학이다. 당시 일본에서는 서구의 연애번역소설 외에도 에도 게사쿠나 그 에도 게사쿠를 모방한 코오요(紅葉) 등의 켄유우샤 문학이 유행해, 대부분 남녀간의 정을 다룬 그들의 소설이 주로 애독되었다. 이것은 남녀간의 정을 나타내는 데 적합한 어떤 어휘가 필요했던 한 요인으로도 작용했다. 그에 대해서는 다음 장에서 자세히 다루기로 하고 우선 이 장에서는 '일본의 남녀간의 정/ 서구의 남녀간의 정'이라는 이항대립적인 입장에 대해서 조금 더 검토해보고자 한다.

주지하다시피 『여학잡지』는 기독교 정신에 근거하면서 신시대를 살아가는 여성의 계몽을 지향한 잡지였다. 이와모토는 그러한 잡지의 편집주간으로 그 잡지에 자신의 글을 자주 게재한다. 위 인용문에서 볼 수 있는 이와모토의 입장, 즉 아가페 계보에 따르는 정신적인 '사랑'과 에로스 계보에 따르는 육체적인 '사랑'을 변별하는, '사랑'에 대한 이중 구조적인 사고 방식 그리고 정신적인 '사랑'을 신성시하는 그러한 사고 방식은 바로 『여학잡지』가 표방한 기독교 정신에 기본을 둔 '사랑'이라는 관념이 전제가 되고 있다. 이와모토의 그러한 '연애 신성론'은 『여학잡지』를 통해 계속해 소개되며, 『여학잡지』의 많은 독자들에게 이식, 강화되었다.

'연애(love)'를 신성한 것으로 위치짓는 그러한 사고 방식은 비단 이와모토에 한하지 않은, 당시 많은 문학자들에게서 보이는 현상이었다.

일본 첫 문학사라고 할 수 있는 미카미 산지·타카츠 쿠와사부로(三

上参次·高津鍬三郎)의『일본문학사(上下)』(金港堂, 1890)에는, 에도 게사쿠의 닌죠오봉(人情本; 연애소설-인용자)에 그려진 남녀간의 정을 다음과 같이 얘기하고 있다.

> 원래 닌죠오봉(人情本)은 오로지 남녀의 치정을 묘사한 것으로, 결코 고상한, 참된 연애를 얘기하는 작품이 아니다.

미카미·타카츠(三上·高津)의『일본문학사』는 닌죠오봉에 그려진 남녀 간의 정을 '치정'으로 파악하며, 나아가 '고상한, 참된 연애'와는 구별하고 있다. 이러한 파악은 이미 확인한 이와모토의 입장과 크게 다르지 않다. 원래 닌죠오봉의 대부분이 유곽을 배경으로, 퇴폐적인 남녀 간의 정을 다룬 소설이기는 하지만, 이와모토나 미카미·다카츠의 입장은 보다 근본적인 것과 관련되어 있다고 생각한다. 그것은, 문명개화되지 않은(않았다고 여기는) 문화권의 남녀 간의 정인지, 아니면 문명개화된(됐다고 믿는) 문화권의 남녀 간의 정인지에 의해 그들의 잣대가 다르다는 점이다. 환언하면, 문명개화되지 않은(않았다고 여기는) 일본의 남녀 간의 정은 '육체를 주로 하는 치정'이고, 그에 반해 문명개화된(됐다고 여기는) 서구의 남녀 간의 정은 '영혼을 주로 하는 고상한 연애(love)'라는 설정의 차이이다.

과연 '연애'를, 육체적인 연애(love)와 영적인 연애(love)로 분리하는 것이 가능하며, 그리고 양자를 서열화하는 것이 가능한 것일까?

어찌됐건 이러한 사고방식은 당시의 문학자들에게 있어서는 지극히 일반적인 경향이었다. 그리고 앞서 얘기했듯이 이러한 생각과 깊은 상관관계에 있었던 것은 당시 많은 인기를 누렸던 '일본통속문학'의 존재였다. 다음 장에서는 그에 대해 조금 더 상세히 접근하고자 한다.

3. 통속문학의 유행과 〈연애〉

1891년, 『국민지우(国民之友)』에 토쿠토미 소호(德富蘇峰)의 「非연애」
(第125号, 7.23)라는 글이 실린다.

> 나는 또한 그들 메이지 유행 소설에 대해 유감을 표하지 않을 수 없다.
> 하지만 나는 오히려 이들 소설로 인해 지배되고 있는 청년남녀가 있음에
> 더욱 유감스럽다. 어느 시대이든 유혹자 없진 않을 터이나 뜻 있는 청년은
> 이런 유혹을 이겨내는 데에 있는 만큼 어두운 램프 아래에서 카시홍야(貸
> 本屋; 다량의 서적을 보자기에 싸 등에 짊어지고 다니며 대출해준 메이지
> 시대 서점 시스템-인용자) 추악 졸렬한 부류의 소설을 읽고서 자주 감동받
> 거나 고무되어 스스로 소설 속 주인공으로 착각, 결국 추악 졸렬한 부류의
> 소설에 동화되기에 이른다. (중략) 연애의 정을 이루려고 하면 공명(功名)
> 의 뜻을 이루기 어렵고, 공명의 뜻을 이루려고 하면 연애의 정을 배척하지
> 않으면 안된다.

‘카시홍야(貸本屋)’에서 빌려온 추악 졸렬한 부류’의 ‘메이지 유행 소설’
로 인해 메이지의 청년남녀가 동화되는 것을 염려하는 글이다. 소호(蘇
峰)는 그들 소설에 그려지고 있는 ‘연애’로 인해 메이지의 청년남녀가
지배되거나 고무되고 있는 사회 현상에 대해 경계하는 심경을 담아 ‘연
애’를 부정하고 있다. 나아가 ‘공명의 뜻’을 이루기 위해서는 ‘연애의 정’
을 버려야만 한다고 언급하며 ‘연애부정론’을 주장하고 있는 것이다.

그러나 소호의 이 「非연애」라는 사설에 대해, 이와모토는 「非연애를
부정하다(非恋愛を非とす)」라는 글(『여학잡지』제276호, 1891.8.1)에서 다음과
같이 반론하고 있다.

> ……『非연애』라는 제목의 한 편의 사설이 다소 난해하게 여겨진다. ‘사
> 람은 두 주인에게 속할 수 없다. 연애의 정을 이루려면 공명의 뜻을 버려야

만 한다. 공명의 뜻을 이루려면 연애의 정을 버려야만 한다'라는 서두는 이미 잘못된 것이다. 사람은 연애나 공명을 주된 것으로 삼아서는 안된다. 사람이 주된 것으로 삼아야 하는 것은 오직 대도(大道) 뿐이다. 대도에 어울릴 때라야만 공명도 연애도 모순되지 않는다. (중략) 연애는 신성한 것이다.

이와모토는 대도(大道)에 적합할 때라야 '공명'과 '연애'가 모순되지 않는 것이며, 나아가서는 '연애는 신성한 것'이라는 것을 강조하고 있다.

여기에서 소호가 가리키고 있는 '연애'라는 어휘와 이와모토가 가리키고 있는 '연애'라는 어휘는 약간의 차이가 보인다. 소호는 당시 유행하고 있는 소설에 그려진 남녀 간의 정을 '연애'라고 표현한 반면, 이와모토는 번역연애소설에 그려진 'love'를 '연애'라고 규정하며 통속문학에 나타난 남녀 간의 정과는 구별하고 있다. 특히 이와모토는 서구문학에서 볼 수 있는 '영혼(soul)으로부터의, 정결한' 남녀 간의 정에 한해 '연애'라고 언급하며 신성한 것으로 규정하고 있다(이에 대해서는 제2장에서 인용한 이와모토의 「연애번역소설」,『여학잡지』제203호, 1890.3.8.을 참고).

어쨌든, 소호와 이와모토, 양자 모두가 '연애'라는 어휘에 대해 염두에 두고 있는 것은 '일본통속문학', 그리고 '카시홍야에서 빌린 추악하고 졸렬한 부류의 메이지 유행 소설'이었다. 역으로 얘기하면 당시는 '일본통속문학'이나 '카시홍야에서 빌린 추악하고 졸렬한 부류의 메이지 유행 소설'이 확산됐기 때문에 '연애'라는 어휘가 활발히 유통된 셈이 된다.

여기에서 '연애'라는 어휘가 빈번하게 사용된 당시 정세에 대해 좀 더 살펴보고자 한다. 왜냐하면, 그 정세야말로 '연애'라는 어휘를 유행시킨 보다 근본적인 원인이기 때문이다.

우선, 대략적으로 얘기하면 메이지 20년대는 에도 게사쿠가 애독된 시기였다.

메이지 20년대는 치카마츠를 중심으로 한 에도 게사쿠가 대량 복간 된 시기이다. 당시 출판계는 기존의 목판식을 벗어나 새로운 활판인쇄 술 시대를 맞이하게 된다. 당시의 지식인은 책을 짊어지고 단골처를 순회하는 시스템의 카시홍야로부터 책을 빌려 읽었다. 당시의 상황에 대해 이와키 쥰타로(岩城準太郎)는

> 에도(江戸)식 합권(合巻)이 쇠퇴하게 된 1882년부터 1883년에 걸쳐, 아 이러니하게도 출판계는 토쿠가와(徳川)시대의 연문학(軟文学; 史論, 전기, 평론 등의 경(硬)문학에 대해 소설, 희곡, 시가 등을 가리키는 개념-인용자) 이 부흥하게 된다. (중략) 목판식 합권의 쇠퇴를 가져온 활판인쇄 진출이 한편으로는 바킹(馬琴)의 요미홍(読本)이나 슌수이(春水)의 닌죠오봉을 카시홍야 재고품에서 해방시켜 대량생산에 따른 저가판 서적의 보급을 가 능케 했다.

고 설명하고 있다.[4] 이 설명을 통해 알 수 있듯이 당시의 활판인쇄술에 의한 서적의 대량생산은 에도 게사쿠의 대량 복간으로 이어졌다. 물론 에도 게사쿠만이 복간된 것은 아니다. 『만요오슈(万葉集) 약해(略解)』, 『겐 지모노가타리 코게츠쇼(源氏物語湖月抄)』 등과 같은 주석서나 『고킹슈(古 今集)』, 『하치다이슈(八代集)』 등도 복간되는 중에 특히 에도 게사쿠가 대량 복간된 것이다.

이 상황을 단적으로 언급하고 있는 것은 이와키(岩城)의 『메이지 타이 쇼의 국문학(明治大正の国文学)』(成象堂, 1925)이다.

> 때는 1892, 93년이었다. (중략) 고전문학의 유행이 귀족적인 일본문장 (和文)에서 평민적인 아속(雅俗) 절충문으로 바뀌어, 겐로쿠 문학을 비롯 한 에도시대의 쵸오닝(町人) 문학(서민문학-인용자)이 유행되는 시기가 왔 다. (중략) 치카마츠나 사이카쿠를 화제로 삼지 않으면 얘기에 끼어들 수 없는 분위기였다.

‘치카마츠나 사이카쿠를 화제로 삼지 않으면 얘기에 끼어들 수 없을’ 정도로 에도 게사쿠는 당시의 지식인들에게는 상당히 화제였던 것이다.

그와 같은 경향은 1871년생인 타야마 카타이(田山花袋)의 발언으로부터도 알 수 있다. 타야마(田山)는 21, 22세 무렵을 회상하며, ‘치카마츠와 사이가쿠의 부흥에 따라 십 전 정도로 살 수 있는 소책자 『호색 일대남(好色一代男)』 등의 책이 무사시야(武蔵屋)나 마루젠(丸善) 같은 서점에 대량으로 나왔다’고 기술하고 있다.[5]

하지만 그 이후에도 게사쿠의 복간은 일시 중지되었다가 1889년경 재개된다. 메이지 20년대에 들어와 에도 게사쿠가 다시 복간된 것은 아마 메이지 10년대를 지배했던 문명개화나 서구주의에 대한 일종의 반동(reaction)의 기운 때문으로 생각되며, 그러한 기운에 의해 다시금 고전문학을 되돌아보게 된 것이라고 여겨진다.

그러한 동향은 고전문학의 복간을 주도한 무사시야(武蔵屋) 출판사의 역사를 통해서도 알 수 있다. 무사시야(武蔵屋)는 1881년 ‘무사시야 서적(武蔵屋本, 武蔵屋叢書閣刊)’으로 불리우는 복간 사업을 시작했는데 실제 그 ‘무사시야 서적’이 전성시대를 맞이한 것은 1889년에서 1892년 사이였다. 즉, 메이지 20년대였다.

무사시야 출판사에 의한 에도 게사쿠의 복간과 관련해 주목하고 싶은 것은 1896년까지 무사시야 출판사에서 출판된 치카마츠의 작품이 약 50여종에 이른다는 점이다. 치카마츠에 대한 관심은 단지 무사시야 출판사만의 경향이 아닌 1891, 92년경에는 미구치서점(三口文房) 등, 다른 출판사들에 의해서도 무사시야 서적을 모방한 치카마츠의 복간이 여러 종류 보일 정도로 치카마츠에 대한 관심이 일반적인 현상이었다. 당시의 『와세다(早稲田)문학』이나 『제국문학』과 같은 잡지도 치카마츠에 대한 논쟁을 다투어 게재하고 있다. 바로 그러한 치카마츠 붐과 밀착되어 〈연애〉라는 어휘가 서서히 강화됐던 것이다.

치카마츠의 작품과 〈연애〉라는 어휘를 관련시켜 평한 이는 다름 아닌 키타무라 토오코쿠(北村透谷)였다. 토오코쿠(透谷)는 「『우타넴부츠(歌念仏)』를 읽고」(『여학잡지』제321호, 1892.6.18)라는 평론에서 다음과 같이 논하고 있다.

> 치카마츠의 세와(世話)희곡(주로 연애, 부부애를 다룬 작품-인용자) 열 개 중 여덟 아홉은 주인공(heroine)을 유곽 내에 두어, 청결한 경지에서 취한 인물은 극히 소수인 중에도 오나츠 세이쥬우로 우타넴부츠(お夏清十郎 歌念仏)는 걸작으로 알려져 있다. 나는 『우타넴부츠(歌念仏)』를 애독한 나머지 그 여주인공에 대해 감동하는 바를 있는 그대로 쓰고자 한다. (중략)
> ……오나츠(お夏)는 주인의 딸로서 하인에게 정을 주게 되는데 그 정이 처음에는 육정(sensual)에서 비롯되기는 하나 나중에는 훌륭한 애정(affection)으로 변해 결국에는 지극히 신성한 연애(love)로까지 나아간다.

치카마츠의 세와(世話) 희곡은 대부분 '유곽'을 배경으로 하고 있는데, 그 중『우타넴부츠(歌念仏)』에 그려진 '유곽'은, 여주인공 오나츠(お夏)의 사랑 방식과 관련지어 '청결한 경지'를 이루고 있다는 게 토오코쿠의 평가이다. '유곽'과 '청결한 경지'는 일견 모순된 듯 하나 토오코쿠는 모순된 듯한 두 양상을 조화시켜『우타넴부츠』를 호의적으로 평가하고 있다. 즉,『우타넴부츠』의 여주인공 오나츠의 '정'은, 설령 유곽에서 나눈 '정'이라고 하더라도 '육정(sensual)'에서 '훌륭한 애정(affection)'으로, 그리고 '신성한 연애(love)'로까지 나아가 '청결한 경지'를 이루고 있다는 것이 토오코쿠의 입장이다.

이와 같은 토오코쿠의 입장과 관련하여 두 가지 점을 확인하고자 한다.

우선, '육정(sensual)/ 애정(affection)/ 연애(love)'라는, 남녀 간의 정에 대한 질적인 구분이다. 이와 같은 구분은 이미 이와모토가 보인 입장과도 연동된다. 즉, 이와모토가 일본통속문학에 나타난 남녀간의 정을 '불결한 정', 그에 반해 연애번역소설에 나타난 남녀간의 정을 '청결한 연애(love)'로 이항대립화한 것과 유사하다.

또 한 가지, '육정(sensual) → 훌륭한 애정(affection) → 지극히 신성한 연애(love)'라는 진화론적인 입장이다.

'연애'에 대해 그들이 보여주고 있는 그러한 이항 대립적, 그리고 진화론적인 입장에 대해서는 다음 장에서 구체적으로 다루기로 하고, 다시 에도 게사쿠 문제로 돌아가고자 한다.

소호나 이와모토가 '연애'라는 어휘와 관련하여 염두에 둔 '일본통속문학', 혹은 '카시홍야에서 빌린 추악하고 졸렬한 부류의 메이지 유행소설'이란, 단지 치카마츠나 사이카쿠 등의 에도 게사쿠에 한정된 것은 아니었다. 그것은 당시, 치카마츠나 사이카쿠의 작품을 배우고 그 필치를 모방한 코오요나 로항 등의 켄유우샤문학을 포함한 것이었다.

1889년 12월, 코오요와 로항은 『요미우리(読売)신문』 문예란의 창작진으로 발탁되어 주요 작품을 『요미우리신문』을 통해 발표한다. 당시 『요미우리신문』은 『국민지우』의 문예란의 참신함에 밀리는 분위기라, 세력 만회를 위해 코오요와 로항의 걸작을 경쟁적으로 실었다.[6] 코오요와 로항, 양 기둥의 소설 게재는 1890년에 최고조를 이루며, '요미우리의 코오요인가, 코오요의 요미우리인가'[7]라고 말해질 정도로 독자들로부터 많은 갈채를 받았다.

이와 같은 코오요와 로항에 대해 처음으로 비판의 일격을 가했던 이 역시 토오코쿠였다. 토오코쿠는 그들의 작품 『캬라마쿠라(伽羅枕)』 및 『신하즈에슈(新葉末集)』에 대해서 다음과 같이 비판하고 있다(「『캬라마쿠라(伽羅枕)』 및 『신하즈에슈(新葉末集)』」, 『여학잡지』제308·309호, 1892.3.12, 19).

> 메이지의 상(想)과 실(実)을 대표하는 두 작가가 유곽 내 이상적 호걸을 그리는 데 급급한 나머지 우리 문학으로 하여금 다시 겐로쿠 시절(1688~1703, 인용자)로 회귀하게 함으로써 유곽 내 이상에 굴종케 하는 치욕을 겪게 함을 비통해하지 않을 수 없다.

당시 코오요의 『캬라마쿠라(伽羅枕)』는 메이지의 '호색 일대녀(好色一代女; 사이카쿠의 대표작 중 하나-인용자)'로 일컬어지며 평판이 아주 좋았다.[8] 그러나 토오코쿠는, 코오요·로항 두 작가가 메이지문학을 다시금 겐로쿠문학으로 회귀시킨다며 세간의 인기에 반하는 비판을 가하고 있다. 코오요·로항 등의 켕유우샤 입장에서는 토오코쿠의 그와 같은 공격이 '너무나 지나친 폭언'[9]으로 기억되고 있지만, 토오코쿠는 '나는 메이지의 대가인 코오요가 부자연스러운 여주인공을 묘사해 연애道 외에 호색道를 가르치는 것에 대해 극히 유감스럽게 생각한다'고 「『캬라마쿠라』 및 『신하즈에슈』」말미를 장식할 정도로 코오요·로항에 대해 비판적이었다.

켕유우샤 문학의 의사(擬似)사실주의가 인기에 부합하고 있을 때, 그리고 신문학 정립의 중심적 인물이었던 츠보우치 쇼오요(坪内逍遥)나 모리 오오가이(森鷗外)가 근세문학 번역이나 소개, 그리고 연구에 집중하며 근세문학이나 그 아류인 코오요 작품 내용에 대해서는 어떤 비판도 행하고 있지 않을 때[10], 토오코쿠가 그들 문학에 대해 비판을 가한 것은 주목할 일이다.

계속해 그의 평론 「『캬라마쿠라』 및 『신하즈에슈』」를 좀 더 살펴보겠다.

……겐로쿠문학이 주로 유곽 내 사건만을 다룬다고는 할 수 없으나, 겐로쿠문학자의 연애에 대한 사상은, 유곽 외의 평범한 일반인을 묘사할 경우에도 기량을 발휘해 유곽 내 연애, 즉 소위 호색적 연애를 주로 다룬다는 사실은 일체 변명을 용인할 여지가 없다. 생각해보라. 호색과 연애는 문학상 다소 거리가 있음을. 호색은 인류 최하등 동물의 경향을 관철한 것, 연애는 인류 영생의 미묘함을 펼쳐야 하는 것임을, 호색을 묘사하는 것은 바로 인류로 하여금 스스로 타락한 동물세계를 추구하는 것이고, 진정한 연애를 묘사하는 것은 바로 인간으로 하여금 인간의 모습을 갖추며 영혼을 구현하는 것임을. 호색의 교도자이자 대변인인 문학자는 바로 인류를 하등동물로 타락케함과 동시에 문학세계에 있어서의 극히 신비롭고 극히 아름다운 연애를 저해하는 자임을.

이 글에서 토오코쿠는, 겐로쿠 문학 혹은 켄유우샤 문학에 그려진 남녀간의 정을, '최하등 동물의 경향'에 의한 '호색'으로 규정하고 있다. 나아가 '호색/ 연애'를, '동물적 경향(獸性)/ 영적 경향(靈性)', 혹은 '타락/ 지극히 신비롭고 지극히 아름다움(至妙至美)'과 같이 이분화하고 있다. 그러한 입장은 미카미・다카츠가 『일본문학사(上下)』에서 표명한, '원래 닌죠오봉은 오로지 남녀의 치정을 묘사한 것으로 결코 고상하다거나 진정한 연애를 얘기한 것이 아니다'라는 발언과도 연동하고 있다 ― 하지만 토오코쿠는 「『캬라마쿠라』 및 『신하즈에슈』」로부터 약 3개월 후에 발표한 평론 「『우타넴부츠』를 읽고(『歌念仏』を読みて)」(『여학잡지』제321호, 1892.6.18)에서는 치카마츠(巣林子=近松)의 『우타넴부츠(歌念仏)』 평가와 관련해, 『우타넴부츠』에 그려진 '유곽'은 '청결한 경지'를 이루고 있다는 식으로 미묘한 착종을 보이기도 한다 ―.

왜 토오코쿠를 비롯한 일부 문학자는 겐로쿠 문학(에도 게사쿠) 혹은 당시의 켄유우샤 문학에 나타난 남녀간의 정을 폄하하며 그들 문학을 공격한 것일까?

그 원인 중 하나로 작용한 것이 舊문예개량운동이었다. 舊문예개량
운동은 메이지문학계의 중요한 움직임 중 하나로, 꽤 오랜 시간에 걸쳐
진지하게 전개되었다.

4. 개량되는 〈호색〉, 진화하는 〈연애〉

메이지 20년대 전후에 연이어 일어난 사회개량에 대한 정열은 당시
『여학잡지』에 게재된 수많은 논문을 보더라도 충분히 헤아릴 수 있다.
예를 들면, 「연극 개량」 「식물, 요리 개량담」(제34호, 1886.10.15), 「여성
복 개량」(제65호, 1887.2.26), 「감옥 개량」(제151호, 1889.5.11), 「식물 개량론」
(제164·165·168·172호, 1889.6.1·6.8·6.29·7.27), 「과자 개량론」 「기생 개
량론」(제197호, 1890.2.15), 「행정기관 개혁」(제259호, 1891.4.4), 「사회개량의
근저는 무엇인가」(제300호, 1892.1.16) 등이 그것이다. 사회개량의 대상이
'기생'을 비롯해, '여성복'이나 '과자', 또는 '감옥'에까지 이르는 것을 보
면, 당시, 사회개량에 대한 정열이 어느 정도였는지 충분히 짐작할 수가
있다.
하지만 그러한 사회개량에 대한 정열은 『여학잡지』만에 한해 볼 수
있는 경향은 아니었다. 이미 후쿠자와의 『문명론의 개략(文明論之槪略)』
(1885)이나 타구치 테이켄(田口鼎軒)의 「일본개화의 성질(日本開化之性質一
名社会改良論)」(1885) 등에서도 일본사회에 대한 개량은 사회 전반에 걸쳐
거론, 강조되고 있었다. 또한, 『여학잡지』와 노선이 다르다고 평가되는
『국민지우』나 『일본』같은 잡지도 사회개량에 대한 정열은 대단했다.
당시, 메이지의 지식인들에게 많은 영향을 준 이러한 잡지는 서로

정치적인 입장은 달라도 문명개화를 위한 개량에는 예외 없이 적극적이었던 것이다.

또한 잡지계와는 달리 당시 소설계에서도, 『개량 젊은 남편(改良若旦那)』(小杉天外, 1892), 『개량 젊은 주인(改良若殿)』(同, 1895), 『개량 부인(改良奧樣)』(同, 1895) 등 개량을 모티브로 한 작품이 다량으로 씌어졌다.

새로운 사회를 구축하는 시점에서 폐해의 구습을 개량하는 것은 당연한 과제일지도 모르나, 어쨌든 사회 전체에 걸쳐 광범위하게 전개된 그러한 개량 상황 속에서 메이지 이전의 문학, 특히 호색적, 유희적인 겐로쿠문학도 개량의 대상이 되었던 것이다.11) 물론 문학 개량이 지향하는 새로운 규범은 서구문학으로, 메이지20년대 담론은 그 서구문학을 잣대로 하여 새로운 신문학을 구축했던 것이다. 그런 의미에서 보자면 일본의 근대문학은 근세적인 것을 부정하며 성립되었다12)고 해도 과언이 아닐 것이다.

이와모토나 소호, 그리고 토오코쿠 등은 겐로쿠 문학(에도 게사쿠)나 켄유우샤 문학을 비판, 그들 문학에 나타난 남녀 간의 정을 '불결'하다거나 '추졸'하다거나 또는 '최하등 동물의 성향에 의한 호색' 등으로 폄하하는 한편, 서구문학에 나타난 남녀 간의 정은 '청결하다'거나 '고상하다'거나 혹은 '신성하다'라는 어휘로 호평하고 있다. 그들 문학자가 '호색/ 연애(love)'를 이항대립화한 후에13), 다시금 그것을 '육/ 영'의 관계로, 더 나아가서는 '불결/ 신성'한 관계로까지 이분화한 것은 당시의 일본을 서구에 적용시킴으로써 생긴 결과라는 점을 강조하고 싶다. 즉, '호색/ 연애'라는 도식, 또는 '호색/ 연애 ＝ 불결/ 신성'이라는 도식은, 그들 문학자가 서구문학을 일종의 캐논(Canon, 正典)으로 위치지워, 당시의 '일본/ 서구'의 관계를 '야만/ 문명개화', '열등/ 우등', '호색/ 연애'의 관계로 설정, '문명개화하지 않은 일본'을 '문명개화한 서구'에 과도하게 동일화 (identify)시킨 결과로서 생겨난 도식이라고 생각한다.

그들이 '연애(love)'를 인간의 보편적인 정서가 아닌, 문명개화한 서구 역사에 동반하는 정신문물로서 여긴 것은 인식상의 오류라고 하지 않을 수 없다. 그와 같은 생각은 오히려 '문명개화하지 않은 일본'을 '야만'한 사회로 스스로 인정하는 결과가 되는 셈이다. 그것은 어떤 의미에서는 사카이 나오키(酒井直樹)가 얘기한 〈対形象化; '그들'과의 관계 속에서 '자신'의 identity를 도출하는 도식〉14)과도 관계되는 것일 게다. 더욱이 '서구'에 의해 '비서구'의 본질이 정식화되는 '오리엔탈리즘(Orientalism)'에 반해, '비서구'에 의해 '서구'의 본질이 정식화되는 '에트노 옥시덴탈리즘 (ethno-Occidentalism)'의 일종이라고도 할 수 있을 것이다.15)

한편, 토오코쿠가 「『우타넴부츠』를 읽고」라는 평론에서 남녀간의 정 을 '육정(sensual)/ 애정(affection)/ 연애(love)'로 나눈 후에, '육정'은 '훌륭한 애정'으로, 그리고 그 '애정'은 결국은 지극히 신성한 '연애'로 나아간다는 진화론적인 입장을 보였다는 것에 대해서는 이미 지적한 대로이다.

토오코쿠의 그러한 생각은, 동시대 다른 문학자들에게도 공유되는 생가이었다.

쇼오요는 『당세서생기질(當世書生気質)』(1885~1886)에서, '사랑(恋)'을, '상 위의 사랑(上の恋)' '중위의 사랑(中の恋)' '하위의 사랑(下の恋)'으로 순위 를 매겨, 각각의 '사랑(恋)'에 대해 상세히 정의하고 있다. 즉, '하위의 사 랑'은 '육체의 쾌락만을 내세우는 조수(鳥獸)의 욕정'으로, '중위의 사랑' 은 '서로 사랑한다는 것은 말 뿐으로, 상대의 눈썹, 눈동자 등의 외모, 자태를 사랑하는 사랑'으로, 그리고 '상위의 사랑'은 '상대의 고귀한 기운 이나 비범한 성향을 사모함으로써 생기는 사랑'으로 정의하고 있다. 결

국, 쇼오요도 '하위의 사랑'으로부터 '상위의 사랑'으로 나아가야 한다는 생각을 갖고 있었다.

또한 『당세 서생 기질』 발표와 거의 같은 시기에 이와모토는 『여학잡지』(제2호, 1885.8.3)에 다음과 같은 사설을 발표한다.

> 남녀의 관계는 '문명'이 진보함에 따라, '야만'스러운 육체관계에서, '개화'한 정신적관계로 '진보'한다.

그들 문학자들이 '연애'를 '육/ 영'으로 나눈 후에 '육'에서 '영'으로 진화한다고 간주한 것은 무엇에 따른 것일까? 그러한 생각의 원인으로 다음 두 가지가 작용했다고 추론된다.

첫째, 당시의 지식인에게 큰 영향을 주었던 스탕달의 『연애론』(De l'amour, 1822)이다.16) 『연애론』은, '연애의 결정 작용은 정신을 드높이고 풍요롭게 하는 것'임을 핵심 내용으로 하고 있다. 즉, 정신적인 것을 강조한 논지라는 점에서 메이지시대 문학자들이 '정신적인 연애'를 중시한 것과 깊은 상관관계가 있어 보인다.

둘째, 서구의 진화론이다.

메이지 초기부터 메이지 20년대에 걸쳐 일본문학은 서구의 진화론에 큰 영향을 받았다. 다윈의 생물진화론이나 스펜서의 사회진화론이 그 것으로, 특히 스펜서의 사회진화론의, 사회학, 정치학, 문학으로의 파동은 컸다.

토오코쿠가 강조한 '육정 → 애정 → 연애(love)'라는 진화론적인 입장이나 쇼오요가 보여준 '하위의 사랑 → 중위의 사랑 → 상위의 사랑'이라는 진화론적인 입장, 그리고 이와모토가 보여준 '야만적인 육체관계 → 개화한 정신관계'라는 진화론적인 입장은, 다윈의 생물진화론 및 스펜서의 사회진화론으로부터 영향을 받은 결과라고 할 수 있을 것이다.

사회나 역사는 그렇다 하더라도 남녀간의 정이 진화한다는 입장을 어떻게 생각할 수 있을까? 어쨌든 이러한 입장은 바로 서구의 물질·정신 문명을 환대했던 메이지시대의 특별한 사상(事象)중 하나라고 하지 않을 수 없다.

재강조하게 되지만, 그것은 아직 문명개화하지 않은 일본도 서서히 진화함으로써 언젠가는 문명개화한 서구와 일체화될 수 있다는 사고에 따른 것이 아닐까 하고 생각된다. 즉, 하나의 관념에 지나지 않은 서구를, 도달해야 할 규범으로 설정하고 그 서구에 일본을 과도하게 동일화(identify)시킨 결과라고 생각한다.

5. 맺음말

본 논고에서는, 〈연애〉라는 어휘가 언제 일본사회에 등장했는지, 그리고 그 어휘가 왜 메이지 20년대(1887~1896)에 유행하게 되었는지를 사회적·역사적상황과 관련시켜 고찰해 보았다. 그에 대해 간단히 정리해 보면 다음과 같다.

'연애'라는 어휘가 일본사회에 처음으로 등장한 것은, 영국인 스마일즈의 "*Self-Help*"를 일본어역한 나카무라의 『서국입지편』이었다 ─ 그 이전까지 일본은 남녀간 혹은 동성 간의 호의를 표현할 때는 주로 '색(色)'이나 '연(恋)', 그리고 '정(情)'이라는 어휘를 사용했다 ─.

그 후, '연애'라는 어휘는 일정 기간 사용되지 않다가 메이지 20년대에 급속히 확산됐다. 원인 중 하나로 작용한 것은 활판인쇄술에 따른 치카마츠 · 사이카쿠 등의 에도 게사쿠의 활발한 복간, 그리고 에도 게사쿠를 모방한 코오요 · 로항 등의 켄유우샤 문학의 유행이었다. 그들 문학은 호색적인 연애를 주로 다룬 문학들이다. 당시, 메이지의 청년지식인들이 그들 문학에 크게 영향받고 있는 상황을 토오코쿠와 같은 일부 문학자들이 우려, 그들 문학에 나타난 호색적인 작풍은 개량되어져야 함을 강조하면서 서구문학에 나타난 '연애(love)'를 추구해야 할 하나의 규범으로 강조했다.

'연애'를 강조한 이들 문학자의 입장을 통해 두 가지 점을 파악할 수가 있었다.

첫째, 이항대립적인 입장이다.

'에도 게사쿠/ 서구문학'에 나타난 남녀 간의 정을, 각각 '호색/ 연애'로 이분화한 후, '호색/ 연애 = 육/ 영 = 불결/ 신성'이라는 도식으로 규정하였다.

둘째, 진화론적인 입장이다.

'에도 게사쿠/ 서구문학'에 나타난 남녀 간의 정을, 각각 '호색/ 연애'로 이분화했을 뿐 아니라, '육정 → 애정 → 연애(love)'라는 진화론적인 입장(토오코쿠)이나, '하위의 사랑 → 중위의 사랑 → 상위의 사랑'이라는 진화론적인 입장(쇼오요), 또는 '야만적인 육체관계 → 개화한 정신관계'라는 진화론적인 입장(이와모토)을 나타냈다.

그러한 입장은 각각 서구의 기독교 정신이나 진화론의 영향에 따른 것이라고 할 수 있지만, 그러한 입장을 통해 보다 본질적인 측면을 찾아볼 수 있었다. 즉, 그들 문학자들이 '서구문학' 혹은 '서구'를 일종의 캐논(Canon, 正典)으로 설정하고 있었다는 점이다. 그들 문학자들은, 당시의 '호색/ 연애'라는 도식을, '육/ 영', '야만/ 문명개화', '열등/ 우등', '일본/

서구'라는 도식으로도 위치지워, '문명개화하지 않은 일본'을 '문명개화한 서구'에 과도하게 동일화(identify)시킨 것이다. 그것은 아마 아직 문명개화하지 않은 일본도 서서히 진화함으로써 언젠가는 문명개화한 서구와 같아질 수 있다는 생각에 따른 것이라고 할 수 있을 것이다. 즉, 하나의 관념에 불과한 '서구'라는 범주를 도달해야 할 규범으로 설정해, 그 서구에 일본을 과도하게 동일화(identify)시킨 결과라고 생각한다.

【주】

* 본 연구는 2009년 『일본문화연구』(제30집)에 발표한 「明治治代における〈恋愛〉論」을 번역하여, 수정·보완한 것임.
** 연세대학교 강사
1) 야나부 아키라(柳父章), 『愛』, 三省堂, 2001.
2) 카메이 슌스케(亀井俊介), 「『西国立志編』の世界」, 『近代文学 1』, 有斐閣双書, 1978.
3) 『明治·大正·昭和翻訳文学目録』(日本国会図書館編, 風間書房, 1972)를 참조.
4) 마에다 아이(前田愛), 「明治初期戯作出版の動向」, 『前田愛著作集第二巻』, 筑摩書房, 1989.(初出은 『近世文芸』第9·10号, 1963.6/1964.2)
5) 「東京の三十年」, 博文館, 1917. (引用은 『明治文学回顧録集(二)明治文学全集99』, 筑摩書房, 1989)
6) 社史編纂室長岡野敏成編, 『読売新聞八十年史』, 読売新聞社, 1955.
7) 위의 책.
8) 이와키 준타로(岩城準太郎), 『明治大正の国文学』, 成象堂, 1925.
9) 에미 스이잉(江見水蔭), 「硯友社側面史 纏まらぬ記憶—明治20年から同30年まで—」, 『早稲田文学』, 1926.1.
10) 오다기리 히데오(小田切秀雄), 『北村透谷論』, 八木書店, 1970.
11) 참고로 언급하면, 오오와다 타케키(大和田建樹)는 당시의 쇼오요의 문학활동도 '문학개량'으로 규정하고 있다(『明治文学史』, 博文館, 1893).
야나기다 이즈미(柳田泉)도 이 시기를 '문학개량운동'의 시기로 규정, 그에 대해 광범위한 해석을 내리고 있다(「啓蒙期文学」, 『岩波講座　日本文学史』13, 岩波書店, 1959).
12) 나카무라 유키히코(中村幸彦), 「近世的なるものの否定の様相」, 『國文学』, 學燈社, 1976.8.
13) 그와 같은 이항대립적인 사고방식은 서구의 '근대의 知'를 지배하는 것이기도 하다. 키르마야(Kirmayer)는 서구의 형이상학의 이항대립적 상징체계로서 mind/ body, spirit / soul, culture/ nature 등과 같이 설명하고 있으며(Kirmayer, Laurence J., Biomedicine Examined : Kluwer Academic Pubishers, 1988), 또한 하딩(Harding)도 서구의 근대사에 나타난 이항대립적인 사고방식을 motional/ intellectual, intellectual activity/ manual activity 등으로 설명하고 있다(Harding, Sandra, Feminism & Science, Routledge, 1990).

14) 사카이 나오키(酒井直樹)編, 『ナショナリティの脱構築』, 柏書房, 1996.

15) 캐리어(James G. Carrier)는 서구의 근대성이 구조화되는 과정을 다음의 네 가지 유형으로 설명하고 있다. 첫째, '서구'에 의해 '서구'의 본질이 정식화되는 '옥시덴탈리즘(Occidentalism)', 둘째, '서구'에 의해 '비서구'의 본질이 정식화되는 '오리엔탈리즘(Orientalism)', 셋째, <비서구>에 의해 '서구'의 본질이 정식화되는 '에트노 옥시덴탈리즘(ethno-Occidentalism)', 그리고 마지막으로, '비서구'에 의해 '비서구'의 본질이 정식화되는 '에트노 오리엔탈리즘(ethno-Orientalism)'. (James G. Carrier, *Occidentalism : the world turned upside down*, American ethnologist vol. 19t, No.2, 1992) 사이드(Edward W. Side)의 『오리엔탈리즘(オリエンタリズム)』(平凡社, 1986)도 참조하면 좋으리라 생각한다.

16) 『연애론』은 메이지 문헌자료에 다수 등장한다. 예를 들면 우에다 빈(上田敏)의 『소용돌이(うづまき)』(1910)에는 『연애론』이 꽤 상세히 소개되고 있다.

미디어 '연애' 담론과 '자연주의'[*]

— 모리타 소오헤이 『매연』의 연애 —

오성숙[**]

1. 머리말

처음 여성교육이 시작된 1872년 당시는 서양풍의 남녀동권(男女同權)에 입각한 교육이었다. 이러한 교육은 1890년대를 거치면서 여성으로 하여금 사회적, 문화적으로 형성되어 있던 젠더 이데올로기로부터 탈피를 꿈꾸게 하며 남성화해 가는 결과를 초래하지만, 억압의 상태에서 자각의 상태로 이끌기에 충분했다.

1899년 여성고등교육의 길이 열리고 새로운 사회계층으로 성장한 여학생은 미디어의 중심 화두로 떠오른다. 특히 그녀들의 일거수일투족이 지적인 게이샤로, 남학생화(男學生化)하는 말괄량이로 표상되며, 그녀들의 섹슈얼리티와 사상 등은 줄곧 미디어의 흥밋거리가 되었다. 이는 미디어가 새롭게 부상해 온 여학생을 어떻게 규정할 것인가에 혈안이 되어 있었기 때문이었다. 이러한 가운데 그녀들에게 부여된 것은 '타락 여학생'이라는 불명예였다.

한편 여학생의 등장은 남녀 교제를 야기, 사회문제로까지 발전한다.

【그림 1】 청년남녀의 단속

1905년부터는 남녀학생의 교제를 둘러싼 찬반 논쟁이 가열되고, 그 우려의 목소리가 높아지더니, 급기야 동년 6월에는 남녀학생의 풍기와 사상을 단속하는 훈령(青年男女の大打撃【그림 1】 1)참조)이 공표되기에 이른다.

반면 남녀학생, 즉 청년남녀로 대변되는 그들의 교제는 서양의 러브의 개념을 수용하여 '신성한 연애'라는 특권을 누리며 급속도로 유행해 간다.

이와 관련하여, 본 논문은 특히, 연애붐을 일으키며 '연애'의 대중화 시대를 연 1905년 경을 중심으로 '연애(＝러브)'의 양상을 살펴보고자 한다. 왜냐하면, 이 시기야말로 '연애'의 수용으로 말미암아 남녀 관계에 새로운 전환기를 맞이하고, 여성의 진화(자각)가 두드러지게 나타나기 때문이다. 이에 대한 선행연구로는 사에키 쥰코(佐伯淳子)의 논이 있다. 이는 연애를 키워드로 문화사적 변천을 논하며 『매연(煤煙)』의 연애에 이르기까지 폭넓게 논하고 있다.

하지만 본 논문은 지금까지의 선행연구가 간과해 온 미디어의 담론 생태(생성·반응·영향)를 시야에 넣어 담론과의 교섭과 투쟁이라는 유기체 안에서 '연애' 담론을 분석하고, 더 나아가 〈매연사건〉, 『매연』의 '연애'에 이르기까지를 고찰함으로써 새롭게 전개되는 남녀, 양성 관계의 변화에도 주목하고자 한다. 또한, 지금까지의 선행연구가 언급에 그쳐 왔던 단눈치오의 『죽음의 승리』를 비중있게 다루고자 한다. 『죽음의 승리』는 당시 연애사건으로 센세이션을 일으켰던 〈매연사건〉, 그리고 그 고백소설인『매연』과의 관련성이 이미 지적되어 왔지만, 구체적인 영향관계에 대한 연구는 되어 있지 않다. 하지만『죽음의 승리』로 말미암아 연애가 현실에서 구체화되고 남녀, 즉 양성 관계에 새로운 변화를 가져온다고 보기 때문에, 그 영향관계는 중요하다고 생각된다.

따라서 본 논문은 이러한 고찰을 통해, 그 당시 청년들의 중대 관심사였던 연애가 어떠한 이상을 갖고 전개되고, 남녀의 양성 관계에 어떠한 영향을 미쳤는가를 살펴보는 계기로 삼고자 한다.

2. 미디어의 〈연애〉담론

야나부 아키라(柳父章)[2]가 언급했듯이, 바다 건너 'love'의 번역어로서 일본에 수용된 연애는 일찍이 일본에는 존재하지 않았다. 그렇다면 서구를 통해 수용된 '연애'가 일본에서 어떻게 뿌리 내려가는지를 살펴보는 것은 흥미로운 일이라 하겠다. 따라서, 먼저 '연애'가 어떻게 수용되었는지를 시기적으로 간략하게 정리해 보자.

제1기[3]로는 '연애를 중심 테마로 한 이와모토 요시하루(巖本善治; 1863~1942)의『여학잡지』시대, 그리고 연애를 관념화한 키타무라 토오코쿠(北村透谷; 1868~1894)의『염세시인과 여성(厭世詩家と女性)』(1892)으로 대변되는 '연애찬미'의 시대를 들 수 있다. 즉 1890년대는 연애의 수용으로 말미암아 환상에 사로잡혔던 시기였다.

그 후 여자고등교육이 시작되는 1899년을 거쳐, 1900년대의 코스기 텐가이(小杉天外; 1865~1952)『마풍연풍(魔風恋風)』(1903), 오구리 후우요(小栗風葉; 1875~1926)『청춘(青春)』(1905~1906) 등의 소설이 독자를 사로잡는 시대를 제2기라 할 수 있다. 즉 '환상의 연애'에서 '연애소설'로 형상화되는 시기라 하겠다.

이러한 시기를 거치면서 풍기문란의 주범으로 전락한 남녀교제가 도마에 오르고, 그 가부(可否)의 논의가 격해지는 1905년경부터를 제3기라 할 수 있다. 제3기는 환상에서 소설화로 구체화되었던 연애가 현실에서 실현을 열망하는 '연애실행'의 시기를 맞이한다고 하겠다.

이와 관련하여 본 장에서는 앞서 언급했듯이, 제3기에 해당하는 '연애실행'이 보편화되는 시기를 중심으로 '연애'의 양상을 고찰하고자 한다.

우선 미디어에 나타난 '연애' 담론을 살펴보면 다음과 같다.

【그림 2】 교회의 실태

> 십년 하루같이 그 신성론을 주장하고 있는 것이 있다. 여학잡지이다. (중략) <u>일본의 현저한 기독교신자에게는 성인의 사랑과 남녀의 사랑을 거의 하나로 여겨, 후자도 또한 신성하다고 하는 것이 많다.</u> (중략) 그것은 실은 기독교가 미친 폐해이다[4]](【그림 2】 참조[5]))

> 사랑은 타산적인 것이 아니고, 헌신적이다. 사랑은 자신을 돌보지 않고 자신을 버리는 것이다. 버리려고 해서 버리는 것이 아니라, 사랑이 자신도 모르는 사이에 버리게 하는 것이다. 그렇기 때문에 조금도 대가를 안중에 두지 않는, <u>아아! 사랑은 실로 지순한 것이구나!</u>[6]

인용에서 알 수 있듯이, 연애의 유행은 『여학잡지』와 '사랑은 하나님의 가르침'(【그림 2】 참조)으로 대변되는 기독교의 영향으로 못박고, 사회적 폐단이라 규정된다. 반면, 청년 투고 잡지인 『신성(新声)』에는 사랑이 자신을 버리는 순수하고 지고지순한 사랑으로 승화되며 청년들을 향한 연애 예찬이 실리기도 했다.

> 청년남녀는 연애가 신성하다든가 하지 않다든가 라며, 그러한 것을 논의하는 연애의 초등학생이 아니다.　거리낌없이 연애를 실행하는 것이다. 신성해도 신성하지 않아도 상관없다. 단지 그것을 실행하는 것이다[7].

이처럼 동경을 중심으로 유행한 청년남녀의 연애는 연애 자체로서 신성시되며 확산되고 있었다. 이와 관련하여, 1906년 7월 23일 「밤의 토오쿄(夜の東京)」라는 제목으로 8명의 기자가 「남녀밀회의 실황(男女会の実況)」[8]을 보도하고 있는 『요로즈쵸오호(万朝報)』에서도 그 붐은 일찍부터 감지되고 있었다 (【그림3】 [9]참조). 따라서 연애는 '연애소설'의 시대를 거치면서, 이상적인 남녀 관계를 의미하며 청년남녀를 사로잡아 '자유연애 붐'을 일으키고 있음을 알 수 있다.

반면, 연애가 '자유연애 붐'과 함께 청년의 낭만 내지는 청춘을 의미하는 가운데, 미디어에서는 타락으로 몰아가는 비꼼과 반발도 동시에 일고 있었다. 다음과 같은 담론이 그것이다.

> 요즘 신문지가 빈빈하게 여학생 타락을 밀한다. 여학생이 여자의 징조를 존중하지 않아 자칫하면 음탕으로 흐른다. 심하면 화류병에 걸린다. 심지어 매음(売淫)의 추한 일조차 행하는 이가 있는 것이 확실하다. (중략) 경박한 정열에 빠져서 연애의 자유신성을 주창하는 것 같다[10].

> 청년학생과 여학생과의 관계는 굉장히 밀접한 관계 (중략) 청년학생의 반수가 화류병에 걸렸다고 하면 그건 여학생과 관련되기 때문에 여학생도 매독에 감염되어 있음에 틀림없다[11]

【그림 3】 연애를 즐기는 히비야공원

이는 다름 아닌 〈남녀교제=연애의 자유신성=화류병〉이라는 극단적인 담론의 전개이고, 급기야는 시대의 정신이라는 '자연주의' 담론에 편입되어 사회적으로 유통하게 된다. 이러한 일련의 전개는 미디어에 의한 '연애'의 변용이라 할 수 있으며, 이러한 담론이 형성되어지는 구체적인 예를 좀 더 살펴보자.

당시의 주요 신문인 『요로즈쵸오호(万朝報)』에는 1906년 7월부터 '남녀학생'의 기사가 빈번하게 게재된다. 예를 들면, '청년남녀의 암흑면'이라는 제목으로 '여학생의 타락'12) 시리즈와 함께 '타락학생의 말로' 등이 4회에 걸쳐 연재되었다. 또한 이러한 기사들은 경찰에 의한 학생풍기단속을 보도하면서 남녀학생의 학교와 나이, 이름 등에 이르기까지 구체적으로 거론, 이제까지 소문으로만 떠돌던 청년남녀의 문제가 사실, 진실로서 전경화된다. 그 이외에도 동년 7월의 '중학생에 화류병 환자 극심'(20일), '여학생과 화류병'(22일), '학생의 타락(25일)' 등의 기사가 눈에 띈다. 이는 남녀의 교제가 연애인가 아니면 성욕만족의 육체적인 관계인가에서 동요하는 가운데, 미디어가 연애에 대한 이해부족을 드러내며 일본의 전통적인 성(性)과 관련지어 부정적인 측면만을 강조한 결과라 하겠다.

다음은 1905년 12월호에 게재된 『신성』의 '문명적 연애를 배격한다(文明的戀愛を排す)'라는 글을 통해, '연애' 담론에 대한 사고의 전형을 읽을

수 있다. 이 글은 히비야공원(日比谷公園)이 '신성한 연애'를 구가하는 추한 '문명적 연애의 산실'이며, '남녀의 밀회장소'라고 전한다. 또한 청년남녀가 연애 없는 결혼이 이혼의 원인이고 일종의 강간이라며 자유연애, 즉 신성한 연애를 주장하지만, 이는 다름 아닌 육체적인 관계를 의미한다고 단정한다. 심지어 이러한 유행을 사회적으로 바람직하지 않는 소설가, 문학자, 서양문학이 조장한 결과라 결론짓고 있다.

지금까지 살펴 본 담론으로부터, 러브(연애)가 수용된 문명의 하나로 취급되듯, 일본에서는 생소하고 정의하기 애매한 것이었다. 그렇지만 어느새 연애는 그 자체를 예찬하고 신성시하며 확산되어 있었고, 그에 대한 우려 또한 팽배해 있었음을 확인할 수 있다. 특히 매독과 관련된 병의 만연이라는 미디어 담론은 연애가 성(性)과 연결되어 도덕적 수준을 넘어 의학, 위생학이라는 과학을 내세우며 그 위험성을 알리는데 체계화[13]를 꾀하고 있었다. 또한 청년남녀의 성이라는 개인적인 문제를 위험성을 내포한 병으로 분류, 통제 내지는 억압의 장치로서 활용하고 있음도 알 수 있다. 이러한 연애에 대한 상반된 담론 속에서 그 동경과 우려를 단적으로 드러낸 〈매연사건〉이 발생한다.

3. 〈매연사건〉 ― 〈자연주의〉사건

다음은 〈매연사건〉[14]에 대해, 『토오쿄아사히신문』부터 살펴보자.

> ▽신사숙녀의 정사미수 ▽정부는 문학자, 소설가 ▽정부는 여자대학졸업생
> 본건과 같이 <u>최고의 교육을 받은 신사숙녀로 이같은 어리석은 남녀의</u>
> <u>치정을 모방한 것은 실로 미증유의 일에 속한다. 자연주의, 성욕만족주의의</u>

<u>최고조를 대표하는 진기한 사건</u>이라고 할 수 있을 것이다. 더구나 두 사람이, 오바나토우게의 산 정상에서 붙잡은 경관에 대해서, "우리의 행동은 <u>연애(러브)의 신성을 발휘하는 사람</u>으로 하늘을 우러러 조금도 부끄러운 바가 없다"고 서슴없이 이야기했다니 정말 기가 막힐 노릇이 아닌가[15].

자기본위의 무분별
사랑은 신성하다라고 말하며 밀통 등, 제멋대로 행동을 하는 것은 자기 중심의 극단적인 처사로 (중략) 미적생활, 개인주의 등의 당치도 않은 악풍조의 유행을 낳았다[16].

『토오쿄아시히신문』은 '정사미수(情死未遂)' '정부(情夫)' '정부(情婦)'라는 단어를 나열함으로써 고등교육을 받은 신사숙녀를 어리석은 남녀로 폄하하고 있다. 더 나아가, 연애본능의 만족, 즉 성욕의 만족에 가치를 두는 '미적생활'[17]을 '연애 신성'과 결부시켜, 밀통(密通), 정교(情交)라는 전근대적인 틀에서 서구의 연애를 규정하고 있다. 심지어는 당시의 유행하던 자연주의 사조를 빌어 〈매연사건〉이라는 실제사건을 〈자연주의〉 사건으로 명명, '성욕만족주의'와 동일시하며 사회적인 담론으로 유통시키고 있음을 또한 확인할 수 있다. 특히 〈자연주의〉 담론은 '자기본위' '개인주의' '미적생활' '성욕만족주의'의 청년사상의 총체로서 인식되면서, 사회를 문란시키는 시대의 악풍조로 규정, 그 위험성을 극대화하며 구속력을 발휘하고 있다.

한편 하루코(뒤에 히라츠카 라이쵸, 平塚らいてう; 1886~1971)를 중심으로 〈매연사건〉을 보도한 『토오쿄니로쿠신문(東京二六新聞)』(1908년 3월 25일)은 다음과 같은 그녀의 인터뷰를 싣고 있다.

애정은 서로 마음이 우러남으로 해서 비로소 원만해지는 것이다. 때문에 <u>남녀는 서로 자기 애정이 끌리는 대로</u> 이상적인 사람과 부부가 되는 것을 진리로 여긴다. (중략) 가정의 주권자가 그 딸의 의중을 헤아리지 않고 의미 없는 명예와 영달(출세)에 현혹되어 멋대로 그 딸의 배우자를 선택하는 것과 같은 일은 사상계를 미혹케하는 지나친 처사로 이러한 결혼은 영원히 원만할 수 없는 것이다[18].

인용에서 알 수 있듯이, 연애와 결혼에 대한 그녀의 당당한 발언은 가부장적인 권위에 대한 도전과 저항의 시선으로 읽을 수 있다. 더욱이 모리타에게 '자신은 여자가 아니다'[19]라는 라이쵸의 선포는 생리적인 성(性)의 부정이 아니라, 젠더 이데올로기에 갇힌 여성이라는 틀을 거부하는 여성 해방운동의 선구자로서의 일면을 유감없이 발휘한 것이다. 나중에 제4장에서 언급할 내용을 포함하여 논한다면, 그녀의 〈매연사건〉은 성의 해방을 향한 저항과 죽음을 택한 결과라 하겠다.

다음은 당시 새로운 이슈로 주요 신문에 등극했던 『요로즈쵸오호』의 기사를 중심으로 〈매연사건〉을 고찰해 보자.

"사랑은 자아를 버리지 않으면 할 수 없는 것입니다. 두 자아가 하나가 되는 것입니다. 나는 살아 있는 동안은 이 자아를 누구에게도 바칠 수 없습니다. 살아있는 동안은 당신과 나는 별개의 개인입니다"라고, 모리타 그것을 듣자마자 "살아있는 동안 사랑을 할 수 없다면 죽어 주시오"라고 한다. 하루코 "함께 죽자면 나의 자아는 버려집니다. 그러나 죽임을 당하는 것은 별문제입니다. 죽임을 당힌다는 깃은 나의 자아에 어떠한 영향을 끼치지 않습니다. 당신은 과연 나를 죽일 수 있습니까? 죽여서 내가 숨을 거둘 때 사랑합니다라는 한 마디를 말하는가 어떤가를 시험해 보시는 것도 좋겠지요" 모리타 "나는 당신을 죽이지 못하는 약한 남자가 아니오. 분명히 죽이오. 분명히 죽이오. 또한 △당신의 최후의 말을 들으려는 호기심을 갖고 있소"하고 장담한다. 이렇게 돼서는 이미 연애도 뭐도 아니고 모두가 자아의 만족을 얻을까, 이길까, 질까라는 오기를 부리며, 두 사람 다 죽음을 결심하고 집을 나온 것이다. (중략) 모리타는 평소 단눈치오의 『죽음의 승리』를 애독하고, 그 남녀가 서로 자아를 겨룸, 마침내 남자는 여자를 산중으로

인도하여 절벽에서 떨어뜨림에 여자는 담쟁이 넝쿨에 몸이 휘감겨 "도와
줘"라는 자존심을 잃어버린 외침을 남자가 듣고, 아아! 결국 나의 승리라고
웃으며 자신도 골짜기에 몸을 던져 죽는다는 결말을 굉장히 좋아했던 것으
로, 그는 이 『죽음의 승리』를 실현하려고 했던 것과 같다[20].

상기의 인용은 〈매연사건〉을 『죽음의 승리』의 모방사건으로 처음
보도한 『토오쿄아사히신문』보다 좀 더 구체적인 내용을 싣고 있는 『요
로즈쵸오호』의 보도이다. 이를 통해 『죽음의 승리』를 매개로 모리타
소오헤이(森田草平; 1881~1949)와 히라츠카 하루코(뒤의 히라츠카 라이쵸)의
연애가 어떻게 표상되는지를 살펴보고자 한다.

위의 인용에는 『죽음의 승리』의 최후장면이 묘사되어 있다. 하지만
히라이시 노리코(平石典子)[21]의 지적처럼, 『죽음의 승리』의 내용과는 다
르다. 먼저 『죽음의 승리』는 남자주인공 조르지오가 여자주인공 이폴
리타의 사랑을 끊임없이 의심하며 공동의 죽음을 지향, 사랑을 외치며
살려달라고 애원하는 이포리타와 몸싸움 끝에, 안은 채 낭떠러지로 떨
어지는 비극적인 투쟁이다. 즉 『죽음의 승리』는 죽음을 통한 영원한
사랑을 쟁취하고자 했던 것이다. 하지만 『요로즈쵸오호』는 남녀의 '자
아투쟁'으로 보도하고 있다. 더구나 이포리타가 죽을 당시 '살려줘'라고
말한데 반해, 하루코는 '죽여줘[22]'라고 외쳤다고 전하며 죽음도 마다하
지 않는 당찬 자아를 가진 여성으로 부각시키고 있다. 따라서 이러한
각색은 『죽음의 승리』의 패러디이며, 라이쵸에게 세상의 이목을 집중
시킨다. 이 사건을 계기로 라이쵸는 왕성한 자아를 가진 신여성의 선두
자로 부각되고, 나중에 『세이토(靑鞜)』라는 잡지를 창간, 신여성(新しい
女)으로 각인되는 계기가 된다.

한편 인용에서 알 수 있듯이, 라이쵸에게 있어서 사랑은 주체적인

자아가 남성에게 귀속됨을 의미하는 것이었다. 따라서 사랑이 자아와 상극을 이루고 있다. 이는 모리타에게 있어서 사랑이 '자아실현'(사랑의 쟁취)인데 반해, 라이쵸에게는 '자아말살'(사랑, 결혼=헌신, 희생)을 의미하는 것이었다. 한편 전통적인 남녀관계로부터 벗어나기 위해 라이쵸는 경제적인 독립과 독신을 선언23)하며 문학으로의 삶을 희구하게 된다. 이는 '결혼=가정=종속'임을 의미하고 '문학=독립=주체'와는 대립관계에 있음을 의미하는 것이었다. 이렇듯『호로즈쵸오호』의 기사에서 살펴본 두 사람의 사랑, 즉 〈매연사건〉은『죽음의 승리』의 패러디를 통해, 자아를 매개로한 양성의 투쟁으로 읽을 수 있다. 그렇다고 한다면, 라이쵸의 '자유 연애'는 단순한 사랑의 실현에 머무르는 것이 아니라, 기존의 가부장적인 권위에 대항함과 동시에 남녀라는 젠더적인 틀을 거부하는 저항의식의 표현이었다. 더욱이 남녀의 자아투쟁이라는 〈매연사건〉은 남녀의 대립을 전면에 내세우며 여성운동가로서의 발판을 만드는 사건이었다고 하겠다.

　다른 한편으로, 이러한 패러디는 양성 투쟁, 또는 자아 투쟁으로 엘리트 청년남녀의 관계를 새롭게 표상하고 있다. 또한 사회의 질타, 즉 청년남녀의 사랑을 단순한 성욕만족주의 사건, 즉 〈자연주의〉사건으로 치부하는 것에 대한 불만의 시나리오라 할 수 있다. 사건 후에 열린 문학자들의 밀담24)은 이를 뒷받침하고 있다. 따라서『죽음의 승리』의 수용은, 독자에게는 자아투쟁이라는 새로운 남녀의 사랑을 제시함으로써, 〈자연주의〉사건으로 낙인찍힌 남녀의 사랑을 새로운 시각에서 조명하려는 의도를 드러내고 있다고 하겠다.

　이러한『죽음의 승리』에 대한 정보는 모리타의 절친한 친구인 이쿠타 쵸오코(生田長江; 1882~1936)의 발언임을 신문기사로부터 짐작할 수 있

고, 재미있게도 3년 뒤에 쵸오코(長江)가 『죽음의 승리』를 번역, 출판한
다. 한편 이 사건을 계기로 『죽음의 승리』가 문학청년의 지적 공유물로서
일반인들에게도 알려지기 시작하고, 더욱이 메이지 말기에는 베스트셀러
에까지 등극하게 된다. 『죽음의 승리』에 대해 좀 더 자세히 살펴보자.

4. 『죽음의 승리』의 수용

　우선, 왜 『죽음의 승리』를 들어 〈매연사건〉을 설명하고 있는가에 대
해 살펴보고자 한다. 이는 문학자들의 밀담의 각본이라 할 수 있다.
　당시 문학청년이었던 소오마 교후(相馬御風; 1883~1950)는 『죽음의 승
리』를 학생시절부터 3번이나 탐독했다고 전하며, 로맨티스트의 몽환적
서정시라도 읽는 듯한 기분에 취해 있었고, 조르지오의 행동, 몸짓 등을
부러운 시선으로 바라보았다[25]고 회상한다. 이렇듯 당시 문학중독자라
칭해졌던 문학청년들 사이에는 『죽음의 승리』가 로맨티스트의 사랑을
노래한 서정시로 공유되고 있었으며, 사랑의 로맨티스트 조르지오에 대
한 동경을 엿볼 수 있다. 또한 당시 신여성 문학가 타무라 토시코(田村俊
子)도 〈매연사건〉과 『매연』을 계기로 접한 『죽음의 승리』에 대한 경이
와 감격[26]을 잘 표현하고 있다. 이와 같이 당시 문학청년에게 『죽음의
승리』는 근대적인 사랑의 대명사로서 낭만적이고 육감적인 사랑의 융
합체로서 새롭게 인식되며 엘리트 청년남녀를 사로잡고 있는 '무언가'
였던 것이다.
　그렇다면 다음은 『죽음의 승리』가 『매연』에서 어떠한 기능을 하고,
어떠한 내용을 모방하고 있는가를 논하고자 한다. 『매연』에는 입원 중

인 요오키치(要吉, 모델 모리타)를 절친한 친구 칸베(神戸, 모델 이쿠타)와, 짧은 첫 대면 이후 병문안 온 토모코(朋子, 모델 하루코)가 등장하고, 칸베가 요오키치의 머리맡에 있는 『죽음의 승리』를 읽어 볼 것을 토모코에게 권유하는 장면과 결국 요오키치가 그 책을 빌려주는 장면이 그려져 있다. 그리고 며칠 후 만난 토모코의 무릎에 『죽음의 승리』가 놓여있는 것을 보고 요오키치가 묘한 환희를 느끼는 장면들은 앞으로 전개될 『매연』의 복선이 되고 있다.

　　『죽음의 승리』를 펼쳐서 읽기 시작했다. (중략) 빨간 잉크 부분만을 군데군데 읽어가자, 대체로 사랑에 고민하는 젊은이의 열병(熱病)에 걸린 듯한 말들로 가득하다. 요오키치는 급히 책 위에 손을 얹고 나는 진실로 그 여자에게 끌리고 있는 것일까하고 마음 속에 질문을 던진다. 질문을 던질 뿐으로 그것에 답하려고는 하지 않았다. (10-1)[27]

　이렇듯, 『죽음의 승리』는 사랑의 열병을 앓는 청년남녀가 등장한다. 더구나 ‘처음부터 끝까지 자극이 강한 것’과 ‘깨끗한 아름다움이 눈에 띌 만큼 아름답다면, 추하고 더러운 곳도 두드러지게 추하다’라는 문구에서 알 수 있듯이, 아름다운 곳과 더러운 것이 공존하는 남녀의 사랑을 암시하고 있다. 이는 아름다운 플라토닉 러브와 이른바 〈자연주의〉로 내변되는 육체적인 러브를 의미, 당시 청년남녀의 연애를 묘사하고 있다. 이러한 이중적인 의미를 내포하는 근대적인 사랑의 대표작으로, 『죽음의 승리』가 의도적으로 선택[28]되어졌다는 것은 라이쵸의 회고에서도 확인할 수 있다. 이런 근대적인 사랑이 남성주의적 러브의 개념으로 이어져간다고 할 수 있다. 한편 여성들도 이 개념에 동참함으로써, 자아와 섹슈얼리티의 주체성을 확립하며, 양성의 자아투쟁으로 인식해간다. 〈매연사건〉을 계기로 문학자들과 미디어에 의해, 계몽적인 사랑의 새로운 형태가 제시되는 한편, 대부분의 미디어는 자연주의로 명명, 의심스런 눈초리와 흥미로 일관하고 있음도 확인할 수 있었다.

5. 『매연』에 나타난 연애

여기서는 『죽음의 승리』를 매개로 『매연』에 나타난 연애에 대해 살펴보고자 한다.

> 한사람의 여자를 격렬하게 사랑하는 것이 진실한 사랑인가, 피아노 건반 위에 손가락을 놀리듯이 여자의 입술에서 입술로 빠르게 옮겨가며, 그 안에서 조화로운 하모니를 찾아내는 것이 진실한 사랑인가 (9-1)

이와 같이 요오키치는 끊임없이 사랑이란 무엇인가, 즉 어떠한 것이 사랑인가를 고민하고 있다. 즉, 플라토닉 러브를 숭고한 사랑이라는 상위의 개념에 두고 육체적인 러브을 추잡한 하위의 개념으로 두는 이러한 태도는, 미디어를 포함한 사회적 인식이 그 원인이라 할 수 있다.

> "나는 당신을 사랑하오"라고, 요오키치는 과감히 단도직입적으로 말했다. "그렇지만 오늘처럼 대담한 행동이 나오기 전에 얼마나 괴로워했는지 이루 말할 수 없소. (중략) 내가 지금 이런 것을 당신에게 고백한다고 해서, 결코 당신에게 무언가를 바라는 것이 아니오. 하물며 당신의 앞날을 어떻게 하고자 할 생각은 더더욱 없소. 어떠한 바램도 없소. 어떤 목적도 없소. 그것은 참으로 절망적인 집착입니다. 나는 단지 당신을 만나서 이를 고백하고, 만약 당신의 마음 한 구석에 나라는 존재를 기억만 해준다면, 그것으로 충분합니다. 나는 그것으로 만족합니다." (10-4)

이러한 사랑 고백은 플라토닉 러브에 대한 이상과 근대적인 사랑을 실현하려는 문학청년의 고백으로서, 서구 소설의 모방 속에서 탄생하고 있다. 이는 자연주의라는 성욕만족주의에 대항하며, '육체'와는 거리를 둔, '마음'을 빼앗길 원하는 지고지순한 러브의 표현인 것이다. 『죽음의 승리』의 조르지오가 이포리타의 마음을 끊임없이 자신으로 '점령당하길'29) 원하는 것과 같은 맥락이다.

> 두 사람은 잡은 손을 놓고, 선 채로 얼굴을 마주보았지만, 다시 안았다. 여자의 얼굴에 닿자 델 정도로 뜨겁다. 잠시 후 요오키치는 밀어내듯 입술을 뗐지만, 토모코는 그대로 남자의 가슴에 얼굴을 묻고 흐느낀다. (중략) "부족해, 부족해, 그래서는 부족해" 헛소리하듯 내뱉으며, 잡히는 대로 몸을 잡아 끌어당긴다. 그 목소리는 잠기고 쉬었으며, 그 손에는 광인과 같은 힘이 깃들여 있었다. 요오키치는 조금 움츠려들었다. (12-1)

위의 인용은 토모코와 요오키치의 러브신이다. 이는 그 당시에서 보면 상당히 파격적인 묘사라 할 수 있다. 이러한 요오키치의 사랑 고백을 들은 토모코가 요오키치와의 신체적인 접촉에 의해 정열에 휩싸이고, 그 정열로 인해 손끝에서 입술로, 포옹으로 이어지는 일련의 사랑 행위는 토모코의 정열인지 아니면 성욕인지 알 수 없는 형태로 요오키치의 눈에 비쳐진다. 더구나 토모코의 뜨거워진 볼과 목소리, 숨소리, 남자의 몸을 붙잡듯이 끌어당기는 등, 이제까지 그려지지 않았던 여성의 성, 성적 욕망이 그려져 있다. 이는 토모코의 주체적이고 적극적인 성적 욕망을 드러낸 것이라 할 수 있다. 이에 요오키치는 움츠리며, 토모코의 성적 욕망에 더러운 육욕이 숨어져 있음을 떠올리며 '육욕/성욕의 여성'으로 표상해 간다. 이는 역사적으로 여성의 성에 대한 담론 즉 섹슈얼리티가 여성의 성 내지는 성의 쾌락에 대해 이야기하는 것을 금기시해

온 당시에 있어서, 여성의 성적욕망을 표현한 대담함으로 읽을 수 있다. 이러한 여성의 성적 욕망은 당시로서는 과승한 성욕으로 간주되어 게이샤처럼 취급당하며, 억압되는 사회적 배경을 갖고 있었다. 이러한 때에 여성의 성적욕망을 드러내는 이같은 표현들은 문학자들이 여성의 성을 인정했다는 것에 의미가 있으며, 이는 신여성 문학자들에게도 자신의 성을 인정하는 계기를 마련해 준다고 하겠다.

요오키치는 금지시되었던 정열적인 토모코의 성을 폭로하는 한편, 토모코를 '처녀'로서 표상한다. 이같은 처녀로서의 표상은 두 사람의 러브신이 더러운 육욕과는 다른 정열을 동반하는 에로스적 사랑을 드러내기 위함이라 볼 수 있다. 결국, 적극적이고 대담한 토모코의 성적욕망, 성행위에 요오키치는 토모코의 신체에 닿는 것조차 할 수 없는 약한 남자임을 고백함으로써, 토모코를 강한 여자, 두려움의 대상으로 표상하고 있다. 더 나아가 여성의 성을 적극적으로 묘사함으로써, 수동적인 여성의 성을 능동적이고 주체적인 성으로 부각시키며 남녀관계를 역전시키는 결과를 초래한다. 이렇듯 연애, 사랑은 전에도 언급했다시피, 육체보다는 마음을 장악하려는 지고지순한 러브로 전개시키며, 정열의 키스와 대담한 포옹신 등을 에로스적 사랑으로 승화시킨다.

한편, 여성에게 사랑받기를 갈구하는 나약한 남성 요오키치는 러브의 상대로 여성의 지(知)를 갈구한다.

> 자신은 역시 인간 위에 소설을 쓰고 있었다는 것을 부정할 수 없다. 여자의 입에서 자신의 사상과 감정을, 자신의 말과 논리를 말하게 하고 그것을 즐기고 있었다. (13-2)

요오키치가 토모코의 입술에서 자신의 사상과 감정, 논리를 말하게 하며 그것을 즐기고 있는 상기의 인용에서, 요오키치가 지적으로 대등한 관계를 연애(러브) 이상으로 하고 있음을 알 수 있다.

하지만 정열에 휩싸인 청년남녀의 사랑이 왜 이루어지지 않았는가에 대해, 요오키치의 사랑과 그 고백을 통해 살펴보고자 한다.

> "나는 당신을 사랑하오" (중략) 문득 자신이 하고 있는 말도 베르테르처럼 과장이 지나치고 감정을 동반하지 않는 것을 알았다. 뭔가 타인이 쓴 대사로 연극을 하고 있는 듯했던 것으로, 자신이 무언가를 말하고 있는 듯한 느낌이 들지 않는다. (10-4)

요오키치의 사랑 고백은 젊은 베르테르의 주인공 같은 과장된 언어로, 감정에서 쏟아내지 않은 '공허한 문자'에 지나지 않았던 것이었다. 이는 『죽음의 승리』에서 언어가 사상과 감정을 표현하는 불완전한 도구임[30]을 의미했던 것과 맥을 같이한다. 따라서 진심이 전해지지 않는 요오키치의 사랑과 그 고백은 문자, 말로 표현되는 추상적인 쾌락을 얻기 위한 사랑, 즉 예술적인 사랑이었다는 것을 절친한 친구 칸베의 말에서 유추할 수 있다. 즉, 요오키치의 사랑은 상대를 위한 사랑이 아닌, 자신을 위한, 언어의 유희로 즐기는 예술적인 사랑이었음을 알 수 있다.

이러한 두 사람의 사랑은 다음과 같은 결말을 맞이한다. 이는 〈매연사선〉과 관련해서 『매연』에 나타난 사건의 진상이라 할 수 있다.

> (요오키치)[31] "당신은 나를 위해서 죽고, 나는 당신을 위해 죽소.
> 그렇게 말해 주시오. 나를 사랑한다는 단 한마디" 그녀는 잠자코 있다.
> "말할 수 없소? 뭐? 말할 수 없소?"
> (토모코) "그때까지, 그때까지 말할 수 없어요"(29-4)

상기의 인용은 〈매연사건〉의 사랑을 집약적으로 표현한 것이다. 따라서 요오키치가 이상으로 했던 사랑은 다름 아닌 서로를 희생하는 것이며, 그것이 영원한 사랑이라는 믿음이었다. 이러한 죽음을 통한 영원한 사랑을 갈망한 요오키치와 사랑의 실현을 죽음(자아 말살)으로 여기며 죽음을 통한 저항을 관철[32]하려 했던 토모코와의 사건이 바로 〈매연사건〉이었다고 할 수 있다.

6. 맺음말

　본 논문에서 살펴 본 바와 같이, 요오키치가 예술적인 사랑의 순사를 지향, 공동의 죽음을 원하지만, 이러한 이기적인 요오키치의 사랑은 토모코의 마음을 얻지 못하고, 토모코는 상대를 위한 죽음이 아닌, 자신을 위한 죽음을 선택, 요오키치에게 '죽여달라'고 부탁한다. 사랑에 대한 순사를 거부당한 요오키치는 토모코에게 농락당한 희생양에 불과하다며 심한 굴욕과 함께 여성혐오에 빠진다. 그리고 이는 '예로부터 화해할 수 없는 양성간의 오랜 원한'에서 비롯되었음을 인정한다.

　새로운 남녀인 요오키치와 토모코는 서로에게 강하게 이끌리는 러브의 관계를 연기했지만 결국은 동상이몽이었던 것으로, 그들의 러브는 실패로 끝나고 말았다. 이는 상대를 지배하려는 의욕이 너무 강했기 때문으로, 상대를 지배하려는 자들의 격렬한 성전쟁(性戰爭)이며, 자아투쟁이기도 했다고 하겠다.

【주】
　* 2008년 『일어일문학연구』(제67집 2권)에 발표한 「미디어의 "연애"담론에서 『매연』의 연애로」를 수정 · 보완한 것임.

** 서경대학교 강사.

1) 마키노문부대신이 학생의 풍기, 사상에 대해 단속하는 훈령을 풍자.
   『단단진문(団団珍聞)』, 1906.6.23.

2) 야나부 아키라 지음/서혜영 옮김, 「연애」, 『번역어성립사정』, 일빛, 2003, 94쪽.

3) 세 시기로 분류한 것은 연애에 대한 고찰을 통해 필자가 정리한 것이다.

4) 문외생(門外生), 「塵影 恋愛神聖論」, 『読売新聞』, 1897.5.10.

5) 남녀교제의 장으로 변한 교회를 풍자(『日本』, 1903.1.1).

6) 「러브와 명칭(ラブと名)」, 『新声』, 1906.7.

7) 신세이동인(新声同人), 「時代裸観」, 『新声』, 1907.8.

8) 「밤의 동경(夜の東京)」, 『万朝報』, 1906.7.23.

9) 『골계계(滑稽界)』, 1907.1.1.

10) 「여자교육문제(女子教育問題)」, 『中央公論』, 1905.6.

11) 「중학생에 화류병환자 많다(中学生に花柳病患者夥し)」, 『万朝報』, 1906.7.20.

12) 「여학생의 타락(女学生の堕落)」(一)(二)(三), 1906.7.3, 5, 11.

13) 리차드포스너 저/이민아·이은지 공역, 『성과 이성』, 말·글빛냄, 2007, 130쪽 .

14) 사건의 발단은 1908년 3월 23일 행방불명된 고위 관직의 딸인 엘리트 여학생 하루코
    (뒤에 히라츠카 라이쵸(平塚らいてう), 1886~1971)가 그 당시 청년들에게 유행했던
    염세, 번민자살로 의심받았던 사건이었다. 하지만 3월 24일 하루코가 오바나고개(尾
    花峠)에서 문학청년 모리타와 발견됨에 따라, 당시 미디어의 이슈였던 '청년남녀의
    사랑' 사건으로 일변한다. 오성숙, 「『매연』과 그 문학공간」, 『日語日文学研究』(65-2),
    韓国日語日文学会, 2008, 202~203쪽.

15) 「자연주의의 고조(自然主義の高潮)」, 『東京朝日新聞』, 1908.3.25.

16) 「사랑의 희생(恋の犠牲)」, 『東京朝日新聞』, 1908.3.26.

17) 타카야마 쵸규는 미적생활은 인생본연의 만족, 특히 성욕의 만족에 순사(殉死)하는
    것이 지락(至楽)이라고 논하고 있다.

18) 「없어진 숙녀 시오바라에서 잡히다(紛失せる令嬢塩原において押らる)」, 『東京二
    六新聞』, 1908.3.25.

19) 모리타 소오헤이가 쓴 『매연』(23-2)에도 언급되어 있고, 그의 자전적 에세이집 『나츠
    메 소오세키(夏目漱石)』에도 언급되어 있다.

20) 『요로즈쵸오호(万朝報)』, 1908.3.29.

21) 히라이시 노리고(平石典子), 「ダンヌンツィオを目指して―森田草平『煤煙』にお
    ける新しい若者像」, 『文芸言語研究』(45), 筑波大学文芸·言語学系, 2004, 120쪽.

22) 『요로즈쵸오호(万朝報)』, 1908.3.27.

23) 『토오쿄아사히신문(東京朝日新聞)』, 1908.3.24.

24) 「문사의 비밀회(文士の秘密会)」라는 소제목으로 저명의 문사 몇 명이 이쿠타 쵸오
    코(生田長江)의 집에 모였던 사실을 보도되어 있다.(「숙녀의 행방불명(令嬢の紛失)」
    『東京二六新聞』, 1908.3.24).

25) 소오마 교후(相馬御風), 「『死の勝利』の主人公の生活を論ず」, 『新潮』, 1913.3.

26) 타무라 토시코(田村俊子), 『新潮』, 1914.3.

27) 모리타 소오헤이(森田草平), 「煤煙」, 『東京朝日新聞』, 1909.1.1~5.16, 이하 신문
    소설의 숫자만 표기한다.

28) 히라츠카 라이쵸(平塚らいてう), 『元始、女性は太陽であった 上巻』, 大月書店,

1971, 260쪽.

29) 단눈치오(ダヌンチオ)/生田長江訳, 『死の勝利』, 新潮社, 1912, 235쪽.

30) 단눈치오, 위의 책, 72쪽. 이같은 언급은 소오세키 『그리고서(それから)』에서도 확인할 수 있다.

31) 이 인용문에 있어서의 설명 부분의 첨가는 인용자에 의한 것이다.

32) 연재 후 단행본 『매연(煤煙)』에는 좀 더 당시 미디어에 보도된 유서에 가깝게 다시 쓰고 있다. (모리타 소오헤이(森田草平), 「煤煙」, 『日本現代文学全集四一』, 講談社, 1967, 210쪽).

새로운 'Love'의 수용[*]

− 아쿠타가와 류우노스케(芥川龍之介) 문학을 중심으로 −

윤상현[**]

1. 머리말

1868년에 일어난 메이지유신(明治維新)은 일본의 근대화 시작을 의미한다. 그 당시 일본의 독립과 부국강병을 위해 시작한 근대화는 정치뿐만 아니라 경제, 사회, 문화, 사상 등 모든 분야에 걸쳐 서구화를 추구하였다. 그 중 사상적인 면에서는 서구 사상과 함께 기독교 사상 - 특히 'Love'와 죄 - 또한 전해졌는데, 이것은 일본의 전통적인 윤리관과의 대립과 모순 속에서 일본인의 가치관에 혼란을 야기시켰다. 일본의 기독교 유입은 16세기 경, 포르투갈 선교사 사비에르(Francisco de Xavier)에 의해 전해졌다. 카와사키(川崎庸之)는 '사비에르는 1549년, 일본 가고시마(鹿児島)에 상륙, 약 2년 동안 일본에 체제하면서 일본인 1000여명을 개종시켰다. 그 이후, 1644년까지 75만 명을 기독교화하였다. 그들 선교사가 주장한 것은 신 앞에 만인의 평등, 독립된 인격, 인권 의식, 자아의식 등 일본에 있어서는 완전히 새로운 것이었다.'[1]고 언급하고 있는데, 여기서 주목해야 할 '새로운 것'은 근대 일본인의 의식구조는 물론 기독교에서 말하는 'Love(평등, 자유연애)'와 일본의 '사랑(恋 혹은 愛)'간의 충돌2)을 시작으로 예부터 내려온 전통적인 도덕이나 윤리관 또는 연애, 결혼관에 커다란 변화를 주었다.

특히 이러한 '새로운 것'에 대한 갈등과 혼란 양상은 아쿠타가와 류우노스케(芥川龍之介: 1892~1927)의 문학 작품 중 소위 '개화소설'3)에서도 엿볼 수 있다. 요시모토(吉本隆明)는 「개화시대의 살인(開化の殺人)」이나 「개화시대의 남편(開化の良人)」은 아쿠타가와의 여성 불신과 의혹의 모티브를 내재시키고 있'으며, 전자(前者)에서는 여성을 미화하는 것에 대한 허무함을, '개화의 이상화(理想化)'에 있어 조급함이 파탄해 가는 과정으로 상징시키고 있다고 본다. 후자(後者)는 개화의 이상화된 꿈이 '여성의 여권확장, 그리고 상대적인 근대에 패하여 파경하는 과정'을 상징으로 본다.4)고 서술한 바와 같이, 아쿠타가와의 '개화소설', 특히 「개화시대의 살인」과 「개화시대의 남편」에서는 당시 일본의 근대화 과정 속에서 기독교에서 말하는 'Love'와 일본의 전통적인 '사랑'의 대립으로 인한 모순이나 갈등이 잘 나타나 있다.

따라서 본고에서는 아쿠타가와의 '개화소설' 중 「개화 시대의 살인」과 「개화 시대의 남편」을 중심으로 서양의 기독교적 'Love'가 일본 유입된 과정에 있어 갈등과 그 이면에 감추어진 윤리적 죄 인식 문제, 그리고 평등사상이나 자유연애로 인한 일본 여성들의 왜곡된 성(性) 문제를 고찰해 보고자 한다. 또한 실제로 타이쇼 시대에 있어 아쿠타가와와 히데 시게코(秀しげ子)와의 관계를 살펴봄으로서 당시 서구 문명 수용과정에 있어 일본 근대 여성의 연애나 애정관이 어떻게 변화되어 갔는지에 대해서도 살펴보고자 한다.

2. 「개화시대의 살인」에 있어서 감추어진 범인

1918년에 발표된 「개화시대의 살인」은 혼다자작(本田子爵)의 회상이라는 형식으로, 구성 상 작품 대부분이 죽은 키타바타케(北畠義一郎) 박사가 혼다부부에게 보내는 유서로 이루어져 있다. 내용을 살펴보면 키타바타케는 어릴 적 유교적 교육을 받고 자란 후, 영국으로 유학, 의학 공부를 하고 귀국한다. 귀국 후, 옛날부터 사랑해 온 사촌인 아키코(明子)가 결혼한 사실을 알고 실연의 위안을 기독교 신앙에서 구하고자 하였다. 그러나 아키코의 남편인 은행장 미츠무라(満村恭平)가 음탕하고 사악한 인간이라는 사실을 알고 아키코를 위해 그를 독살한다. 그 후 아키코는 이전의 약혼자였던 혼다(本田)와 재혼하지만, 혼다에게 질투를 느낀 키타바타케는 자신의 정신적 기반이 무너지는 것을 알고 결국 그들에게 유서를 남기고 자살하고 만다. 이시와리(石割透)는 ‘「개화시대의 살인」은 아쿠타가와의 소위 〈문명개화에 관련된 작품〉의 제 1작으로, 전통에서 단절된 진공이라 해도 좋을 공간과 시간 속에서 환영과도 닮은, 인공적으로 개화한 〈개화〉 시대를 배경으로 하고 있다’[5]고 언급하고 있는데, 다시 말해서 이것은 일본 근대화에 있어서 서양에서 유입된 ‘Love’[6]와 일본 전통적인 ‘사랑’ 간의 갈등을 구체화한 것으로, 즉 키타바타케는 어릴 적부터 사랑한 아키코가 다른 사람에게 결혼하였다는데서 오는 실연의 상처를 기독교의 신적인 ‘Love’ - 말하자면 아가폐적 사랑 - 를 통해 승화하려고 한 것이라 하겠다. 그러나 그의 이러한 기독교적 사랑은 오히려 자신이 느끼는 감정을 합리화하는데 사용하고 있는데, 그 예로 키타바타케는 아키코를 위한다는 명목으로 그녀의 남편인 미츠무라의 살인을 정당화시키고 있음을 알 수 있다.

　　나의 살인 동기인 것은 그 발생 당초부터 결코 단순한 질투의 정에 있지
　　않으며, 오히려 불의를 벌하고 부정을 없애려고 하는 도덕적 분노에 있다는
　　것을.　　　　　　　　　　　　　　　(「개화시대의 살인」·全集2·238쪽)

　한 때 키타바타케는 아키코를 잊기 위해 서양에서 들어온 기독교를
통해 구원을 바랬지만, 미츠무라의 '음탕무도한 행위'를 알고 '도덕적
분노'를 느낀 나머지 결국 신앙을 버리고 그를 살해할 결심하게 된다.
키쿠치(菊地　弘)는 '기독교에서 말한 ＜육친적 애정＞ 일념으로 자신을
억제할 수 없었다. (중략) 성서로 인도된 무아의 사랑으로 바뀐 감정이
자기기만이었다는 것을 드러나며, 신은 구제해 주지 않았고, 육체에 젖
어 있는 정조적 감정이 우위를 차지하여, 키타바타케의 본연의 모습이
나타나게 된 것이다[7]라고 지적하고 있듯이, 비록 자신의 살인이 미츠무
라의 행동에서 오는 ＜도덕적 분노＞로 인해 저질렀다고는 하지만, 사실
이것은 키타바타케가 자신의 실연과 함께 아키코의 남편에 대한 질투와
분노의 감정이라고 볼 수 있다. 그러므로 그는 아키코를 소유하고 싶다
는 이기적인 욕망에 의해 그녀의 남편인 마츠무라에게 살의를 가졌고,
그 결과 그는 도덕적 분노라는 이름하에 살인을 저지르게 된 것이다.
　이처럼 키타바타케는 자신의 실연을 기독교의 'Love'로 치유하려고
하였지만, 결국 자신의 'Love'가 위선 - 키쿠치가 말한 '자기기만' - 이라
는 사실을 깨달았을 때, 그에게 남은 것은 더 이상 'Love'가 아닌, 기독교
사상에서 'Love'와 동시에 들어온 죄악만이 남게 된 것이다.

　　나는 혼다자작을 죽이지 않기 위해 내 자신을 죽이지 않으면 안된다.
　　하지만 나로 하여금 만일 내 자신을 구하기 위해 혼다자작을 죽이던가, 나
　　는 내가 미츠무라를 처단한 이유를 어찌된 연유인가 찾아야 한다. 만일 그
　　를 독살한 이유가 내가 깨닫지 못한 이기주의에 잠재되어 있는 것이라면

> 나의 인격, 나의 양심, 나의 도덕, 나의 주의는 모두가 없어져 소멸되어야
> 한다. 이것으로부터 내가 진정으로 숨을 수 있는 곳이 없다. 나는 오히려
> 내 자신을 죽이는 것이 앞으로 다가올 나의 정신적 파산보다 훌륭하다는
> 것을 믿는 까닭이다.　　　　　　　（「개화시대의 살인」, 全集2, 243~244쪽)

처음에 키타바타케는 아키코의 남편을 죽이고, 원래 그녀의 약혼자였던 혼다와 재혼하기를 원하였다. 하지만 그는 재혼한 혼다에게서도 질투를 느끼고, 또다시 살의를 가지게 된다. 결국 키타바타케는 자신이 '정신적 파산에 빠지지 않기 위해서 스스로 죽음을 결의'[8]한다. 이것은 그가 자신의 아키코를 향한 실연의 아픔을 신적인 사랑으로 구제하려고 하였지만, 결국 그러한 구제는 동화되지 못한 채로 인간의 본능적인 감정을 막기 위해 자살이라고 하는 죽음을 맞이하고 말았던 것이다.

그런데 여기서 중요한 사실은 제목에서 말하는 개화시대의 살인이 단순히 키타바타케가 미츠무라를 살인하였다는 것을 의미한다고 보기 어렵다는 것이다. 왜냐하면 이러한 살인은 근대 이전인 과거에도 흔히 있었던 남녀 간의 애욕사건이기 때문이다. 즉 이 작품에서 말하고자 하는 진정한 살인의 의미는 단순히 키타바타케가 마츠무라를 살인한 것보다는, 오히려 또 다른 살인에 주목하지 않으면 안된다. 처음에도 언급하였지만 키타바타케는 자신의 아키코에 대한 실연을 기독교를 통한 구제로 삶을 지향하였고, 자신의 살인 또한 정당화하였다. 그러나 한편으로는 자신의 '정신적 파산'을 피하기 위하여 자살을 선택하게 되는데, 그가 말한 '정신적 파산'이란 아키코에 대한 탐욕이나 미츠무라에 대한 질투, 도덕적 분노이며, 이것은 기독교에서 말하는 죄악[9]이라 볼 수 있다. 바꾸어 말하면 키타바타케는 기독교의 'Love'로 자신을 구원해 줄 거라고 믿었던 것과 동시에 기독교의 죄악으로 말미암아 스스로 파

멸하고 만 것이다.

따라서 기독교에서 말하는 죄악은 키타바타케를 죽음, 말하자면 탐욕이나 질투, 도덕적 분노라고 하는 인간의 본성이 서양에서 말한 죄악으로 새롭게 인식된 결과, 그를 죄인으로 만들고 나아가 그 죄로 인해 죽음에 이르게 한 것이다. 그러한 의미에서 개화시대의 살인에 있어서 가해자는 바로 기독교의 'Love'와 동시에 유입된 죄이며, 희생자 - 혹은 피해자 - 는 다름 아닌 키타바타케 그 자신이라고 말하지 않으면 안된다.

이처럼 키타바타케의 유서에는 당시 일본의 전통과 서구 문화 수용에서 오는 충돌, 특히 기독교에서 말하는 'Love'와 '사랑'에서 오는 혼란을 보여주고 있으며, 이것은 근대 일본인에게 있어 급속도로 서구화에 따른 가치관의 혼란에 따른 한 개인의 내면 갈등과 죽음에 나타난 당시 일본 사회의 한 단면을 보여주고 있다고 하겠다.

3. 「개화시대의 남편」에 나타난 수평적 'Love'와 수직적 '사랑'

1919년에 발표된 「개화시대의 남편」은 「개화시대의 살인」과 마찬가지로 혼다자작의 회상이라는 형식으로 구성되어 있다. 작품 내용을 살펴보면, 메이지 초 개화기의 신사였던 미우라(三浦直記)는 사랑이 없는 결혼은 하고 싶지 않다고 주장하며, '사랑이 있는 결혼'을 모든 가치 속에 최우선으로 삼았다. 그리고 마침내 그는 미모와 재능을 겸비한 후지이 카츠미(藤井勝美)라는 여성과 결혼하게 된다. 그러나 미우라는 아내가 그녀의 사촌과 불륜관계인 점, 그 사촌이 여성인권자인 나라야마(楢山) 부인과도 정분을 나눈 일, 그리고 카츠미의 사랑 또한 순수하지 않다는 것을 알고, 결국 이혼하고 만다. 이것은 미우라 자신이 꿈꾸었던 '사랑이 있는 결혼'의 파멸과 함께 당시 일본의 서구 문명에 따른 자유연애, 정조 문제를 간접적으로나마 비판하고 있음을 알 수 있다. 먼저 미우라가 추구한 자신의 결혼관 - 전통적, 전근대적인 사랑 - 인 '사랑이 있는 결혼'에 대해 살펴보면 다음과 같다.

결혼문제에 관해서도 '나는 사랑이 없는 결혼은 하고 싶지 않네'라는 식으로 어떤 좋은 혼담이 와도 아쉬워하는 기색도 없이 거절해 버리곤 했습니다. 게다가 그가 말하는 사랑이라는 것도 보통 우리들이 하는 연애와는 다르게 그가 꽤나 마음에 들어하는 여성이 나타나도 '아무래도 제 마음에는 아직 순수하지 못한 데가 있어서' 운운 하며 결국 결혼이야기는 아예 꺼내지도 못했습니다. (「개화시대의 남편」, 全集2, 100쪽)

여기서 미우라가 말한 '사랑이 있는 결혼'은 곧 순수한 사랑을 말함과 동시에 사랑을 모든 가치 위에 두는 것을 의미한다. 이것은 서구에서 말하는 남자와 여자 각각 떨어진 인격체로서 행하는 애로스적 사랑보다는, 서로가 하나의 인격체로서 존중[10]되는 스토르게적 사랑 성격이 강하고 볼 수 있다. 그러한 의미에서 정조 개념 또한 서로간의 신뢰를 바탕으로 한 근대 전후 일본 무사 부인의 주요 덕목으로, 생명 이상으로 중요시하였던 것이다.

그러나 메이지 시대의 근대화 과정에 있어 이러한 일본의 전통적인 사랑 개념은 점차 서양의 'Love' 개념으로 변화하게 되었는데, 특히 기독교에서 말하는 'Love'의 평등 개념이 일본에 유입돼서는 'Love'의 평등보다는 오히려 남녀 성의 평등으로 변질되고 있음을 알 수 있다. 그 예로 여권론자인 나라야마 부인의 행동은 당시 사랑의 평등 개념이 어떻게 왜곡되었는가를 잘 보여주고 있다.

나라야마 부인의 추문을 재미있는 기삿거리인냥 들려주기 시작했습니다. 분명치 않지만 과거 부인은 코오베(神戶)에 있었을 때 서양 첩이였던 것, 한 때 만담가인 산유테이 엔교(三遊亭圓曉)를 정부(情夫)로 두고 있었다는 것, (중략) 요사이에는 어딘가 사는 젊은 부인이 나라야마 부인에 달라붙어 다닌다는 소문이었습니다. 게다가 이 젊은 부인은 이따금 여권론자와 함께 스이진(水神)에 있는 여관에 남자를 데리고 간다고 말하는 것이 아닙니까?　　　　　　　　　　　（「개화시대의 남편」, 全集2, 110~111쪽）

여권론자인 나라야마 부인의 행동을 통해 서양의 개인 사유방식에서 오는 'Love'의 평등적 개념이 일본에서는 그 의미가 변질되어 불륜, 성애주의로 옮겨간 것을 볼 수 있다. 바꾸어 말하면 'Love'의 평등 의식이 성의 평등으로 왜곡된 현상은 일본이 근대에 들어 서양 문화를 수입하면서 단지 외형적인 모습만을 보고 모방하여 본질적인 의미보다는 피상적인 면만을 받아들이는 모습이라 하겠다.

따라서 미우라가 주장한 정신적, 전근대적인 '사랑이 있는 결혼'과 나라야마 부인이 주장한 남녀가 독립된 주체로서의 사랑, 즉 쾌락에 치중한 육체적, 근대적인 사랑은 그 가치관의 차이로 인해 근대 일본 사회에 혼란을 야기시키고 있으며, 결과적으로 미우라의 결혼관은 당시 시대와 맞지 않는 이상적 사랑에 머무를 수밖에 없었던 것이라 하겠다.

'그런 자네가 과거 인습을 좋아하니까 말이야, 근데 자네 개화된 부인은 어찌할 셈인가? (중략) 어찌된 일이고 뭐고 할 것도 없네. 일주일 전 쯤 이혼했으니까' (중략) '그럼 아내와 아내의 사촌과의 관계는?' (중략) 당시 내가 상상했던 그들의 관계를 긍정했던 거야. 자네는 내가 '사랑이 있는 결혼'을 주장해 왔던 걸 기억하고 있겠지. 그것은 내가 나만의 이기심을 만족시키기 위해 주장해 온 것이 아닐세. 나는 사랑을 모든 가치들 중 최고의 가치라고 생각하고 있었네. (중략) 그래서 만일 아내와 사촌 사이가, 나와 아내 사이보다도 훨씬 순수한 애정을 가지고 있다면 나는 미련없이 어릴 적부터 친해 왔던 그들을 위해 희생할 생각이었네.

(「개화시대의 남편」, 全集2, 114~115쪽)

세키구치(関口安義)는 '더욱이 미우라 부인 사촌과 나라야마 부인과의 정분, 미우라 부인에게는 다른 남자로부터 온 연애편지가 온 것에 의한 성적향락이 점점 심해져 가는 사실이 명확해져 간다. 이러한 현실이 폭로되어가는 중에 지금까지 이상으로 여겨온 '사랑이 있는 생활'은 실망되어가게 된다. 그곳에는 문명개화기에 발생한 남녀 해방이 사상으로서 침투한 것이 아닌, 피상적인 감각으로 감수되어, 육체적인 정분으로 왜곡되어 버린 현실의 양상이 그려지게 된다'11)라고 서술하고 있는데, 미우라는 나라야마 부인과 사촌간의 불륜, 그리고 미우라 부인 앞으로 온 연애편지를 통해서 그들 또한 순수한 사랑이 아닌, 불륜에 지나지 않는 것을 깨달은 결과, 미우라는 자신이 추구한 사랑이 있는 결혼이 당시 시대적 흐름으로 볼 때 어디에도 없는 과거의 유산이었음을 자각하게 된 것이다.

이와 같이 서양에서 말하는 기독교의 'Love'에 대한 개념은 타인을 자신과 같은 존재라고 생각한 평등이라는 사유방식으로 일본에 유입되어, 일본 근대 사회에 커다란 변화를 수었다. 구체적으로 이러한 'Love'의 유입에 따른 갈등 원인은 근대 이전에 일본의 시랑은 상하(上下)라고 하는 수직적인 개념12)적 성격을 갖고 있었지만, 'Love'는 기독교에서 말한 수평적인 대등한 것으로 바꾸었기 때문에 생긴 현상이라고도 말할 수 있다. 물론 서양의 'Love'는 여성의 지위 향상이나 해방 그리고 인간다운 면을 부여하는 공리성에 있어 긍정적인 역할을 한 것도 사실이지만, 한편으로는 여성도 'Love'의 평등이라는 이름 아래, 과거 남자의 전유물이었던 성의 속박에서 자유를 얻으려고 성애주의로 일변하는 왜곡된 현상이 나타나 있다. 특히 나라야마의 부인이나 카츠미 부인의 행동은 서구에서 수 백 년간 내려온 종교적, 개인적 사유의식에서 발생한 자유연애, 평등사상에 따른 'Love'가 지금까지 전해온 일본 고유의 전통적인 사랑이라는 개념을 부정하고, 정신적 사랑보다는 물질적, 육체적 쾌락이 절대적이고 진실한 사랑으로 여기는 당시 모습을 엿볼 수 있다.

따라서 메이지 시대부터 시작한 근대화 개혁에 의해 무분별한 서양 문화 유입은 미우라가 말한 '그런데 나는 요즘 들어 개화라는 것들은 죄다 싫어졌다네'와 '어떤 것이든 옛 것이라 해서 모조리 무시해서는 안되네'와 같이 일본의 전통적 문화를 부정하고 말았으며, 이러한 부정과 가치관 혼란은 당시 다이쇼 시대를 살아간 일본 지식인에 있어 사상의 부재 속에 비판의 대상이 되었을 수밖에 없었던 것이라 하겠다.

4. 근대 여성 히데 시게코

아쿠타가와와 여성과의 관계에 있어서 특히 주목하여야 할 여성으로 히데 시게코(秀しげ子) 부인을 들 수 있다. 왜냐하면 그녀는 아쿠타가와와 불륜관계를 맺었을 뿐만 아니라 아쿠타가와의 후배인 남부 슈우타로(南部修太郎)와도 불륜관계13)를 가진 여성으로, 결과적으로 아쿠타가와의 자살 원인14) 중 하나로 생각되어지는 여성이기 때문이다.

실제 아쿠타가와와 히데 시게코와 관계는 1919년 6월 10일, 〈십일회(十日会)〉15)라는 신진문인 모임에서 서로 알게 되었다. 그 날 아쿠타가와는 키쿠치 칸(菊池寬)과 함께 〈십일회〉에 처음으로 출석하였고, 시게코를 보고 이전부터 모임에 참가한 히로츠 카즈오(広津和郎)에게 '이봐,

나를 소개시켜줘'[16]라고 부탁하였다. 그 이후로 두 사람의 관계는 점차 깊어지게 되었으며, 아쿠타가와 또한 당시 「아귀굴 일록(我鬼屈日録)」에 시게코를 '그리운 사람(愁人)'이라 부르고 있음을 알 수 있다.

> 6월 10일 비 저녁부터 핫타선생님을 방문하다. 부재중. 그리고 나서 십일회에 가다. 모인 사람에는 이와노 호오메이(岩野泡鳴), 오노 타카노리(大野隆徳), 오카 라쿠요(岡落葉), 아리타 시게루(在田稠), 오오스가 오츠지(大須賀乙字), 키쿠치 히로시(菊池寬), 에구치 칸(江口渙), 타키이 세츠사이(滝井折柴) 등. 그 밖에도 이와노 부인 외 여성 4, 5명 있다. (중략)
> 9월 10일 비 저녁부터 십일회에 가다. 밤에 잘 수 없었다.
> 9월 11일 비 요즈음 웬일인지 상심하기 일쑤이다.
> 9월 12일 비 그리운 사람 또한 빗소리를 듣고 있겠지 하고 생각하다.
> 9월 15일 흐림 나중에 비로소 그리운 사람과 만나다. 밤이 깊어 귀가하다. 심회가 뒤얽혀 멈추지 않는다. 스스로 희비를 알 수 없게 되다.
> 9월 22일 맑음 잠자리에 누워 빈번히 그리운 사람을 생각하다.
> 9월 25일 비 그리운 사람과 재회하다. 밤에 돌아오다. 뭔가 잃어버린 것같은 기분이 든다.
> 9월 29일 흐림 시바(芝)에 가서 머물기로 했다. 그리운 사람은 지금 어떨런지. (「아귀굴일록」, 全集12, 380~390쪽)

「아귀굴 일록」에 의하면 아쿠타가와는 〈십일회〉에서 처음 시게코를 만난 이후, 9월 말까지 2번 만난 것이라 쓰고 있지만, 실제로 여러 번 만난 것으로 추측된다. 그러나 그는 시간이 지날수록 점차 시게코의 동물적 본능이나 집요함을 증오하게 되었는데, 그 예로 1920년에 발표한 「여자(女)」에서는 당시 그의 심경을 추정해 볼 수 있다.

> 암거미는 가만히 몸을 움직이지 않고 조용히 벌의 피를 빨아 먹기 시작했다. 수치스러움도 모르는 태양 빛은 또다시 장미꽃에 비춰오는 한 낮의

　　적막을 뚫고 이 살육과 찬탈에 의기 양양한 거미의 모습을 비추고 있었다. 회색빛 수자(繻子)와 매우 닮은 배, 검고 작은 장식용 구슬을 생각나게 하는 눈, 그리고 문둥병이라도 걸린 보기 흉한 마디마다 굳어진 다리 - 거미는 거의 〈악〉의 화신인 것처럼, 언제까지나 죽은 벌 위에서 소름끼치게 짓누르고 있었다.　　　　　　　　　　　　　　（「여자」, 全集4, 119쪽）

　　암거미가 벌을 죽이는 모습은 아쿠타가와가 작품 제목을 '여자'라고 한 점에서도 알 수 있듯이, 여성(당시 정황으로 볼 때 시게코)의 동물적인 본능 - 〈악〉의 화신 - 을 간접적으로 표현하고 있는 것을 알 수 있다. 또한 작품 마지막인 '거의 〈악〉 그 자체인 것처럼, 한 여름 자연스럽게 살아가는 여자는'에서는 암거미가 벌을 죽여, 양분을 위하는 모습에서 당시 여성의 이기적인 내면세계를 보여주고 있다. 특히 아쿠타가와가 자살하기 한 달전, 친구인 오아나 류우이치(小穴隆一)가 '정말로 그 아이는 닮지 않았어?'라고 물었을 때, 아쿠타가와는 '그것이 말이야, 곤란해'[17]라고 말하고 있는데, 이것은 1921년 1월 시게코가 낳은 남자 아이가 아쿠타가와와 닮았다는 것을 가리키는 것으로 당시 그의 심경을 '그녀를 목졸라 죽이고 싶은, 잔학한 욕망마저 없는 것은 아니었다'(「어느 바보의 일생」)[18]라고 토로하며, 시게코에 대한 혐오나 불신감을 나타내고 있다.

　　결국 아쿠타가와는 1921년 오오사카 마이니치신문사(大阪毎日新聞社)의 해외시찰원으로서 3월 하순부터 7월 상순까지 중국을 방문하는 것을 계기로 그녀에게서 벗어날 수 있었다. 그러나 그의 유서에서는 '나는 과거 생활을 총결산하기 위해서 자살하는 것이다. 그러나 그 중에서도 가장 큰 사건이었던 것은 내가 29살 때에 히데 부인과 죄를 지었다는 것이다'[19]라고 쓰고 있는 것과 같이, 아쿠타가와는 시게코의 이기주의와 동물적(혹은 육체적) 본능을 '모든 악의 근본(諸悪の根源)'(＜여인 또(女人又)＞, 「난장이의 말」, 全集9, 339쪽)으로 보고 있으며, 그 또한 키타바타케처럼 죄인으로서 죽음을 맞이하고 있다.

　그러나 이것은 시게 히데코라는 한 여성의 문제[20]가 아니라, 당시 일본 근대 여성의 한 모습이라고 볼 수 있다. 그 예로 히라츠카 라이쵸(平塚雷鳥)를 중심으로 창간한 『청탑(青鞜)』과 관련해서 '메이지 말부터 타이쇼에 걸쳐서 남존여비·인습적 가족제도의 질곡 속에서 여성 해방운동이 대두하였다. (중략) 라이쵸(雷鳥)는 그의 창간 소개에서 '원래 여성은 실로 태양이었다. … 지금 여성은 달이다. … 우리들은 감추어져 버린 우리들의 태양을 지금에 와서 되찾지 않으면 안된다'라고 여성 해방운동과 여성의 자립을 주창하여, 당시 신문은 청탑파를 '새로운 여성'이라는 조어(造語)로 보도'[21]하고 있듯이, 당시 청탑파 동인들은 자유연애, 자유결혼을 주장하지만 결국 1916년에 폐간된 사실이나, '충분히 지식을 받아, 각종 자격을 가지고 사회를 활보하는 젊은 여성들이 속출하고 있었다. 그녀들은 메이지(明治)시대의 어머니들과 함께 외출하면 확실히 체격이 좋고 키도 크다. 그 태도도 시원시원하고, 사람과 접할 때에도 자신만만하다. 하지만 다른 견지에서 본다면 너무 활발하여 말괄량이이고, 동작이 거칠고, 여자의 미덕인 정숙, 우미와는 거리가 멀게 되었다'[22]에서도 알 수 있듯이, 당시 여성의 두덕적·윤리적인 익시변화 - 서구적인 자유연애, 자유결혼 사상 - 는 단순히 시게코만의 문제가 아니며, 당시 근대화되어가는 일본 여성의 모습이라 볼 수 있다. 그와 동시에 이러한 도덕적·윤리적인 의식변화에 따른 일본 고유의 전통이나 문화를 보전, 유지하려고 하는 주장 또한 팽배하였는데, 예를 들어 니토베 이나죠(新渡戸稲造)의 『무사도(武士道)』에서는 당시 근대 여성들의 무절제한 서구문명의 수용에 따른 혼란과 갈등은 다음과 같이 나타내고 있다.

어느 미국인 여권론자가 '모든 일본 여성이 과거 습관에 반역하여 궐기하기길!'라고 외치는 경솔한 견해를 우리 일본 사회는 납득하지 않을 것이다. 이러한 반역은 성공할 수 있을까? 그것은 여성의 지위를 개량할 수 있을까? (중략) 이것은 중대한 문제이다. 변화는 반역 없이는 오지 않는다. 또한 와야 한다. 지금 잠시 동안 무사도 제도 아래에 있어 여성 지위는 과연 반역을 인정할 만큼 실제로 나빴는지 어땠는지를 보아야 하지 않을까?[23]

이와 같이 서양의 새로운 'Love'가 일본에 전해오면서 일본 고유의 '사랑'과 대립이나 갈등, 왜곡된 양상은 메이지 이후 근대 일본 사회에 있어서 혼란과 비극은 한 개인이 살아가는데 있어서의 문제뿐만 아니라 당시 사회 전체가 가치관의 무질서 속에 근대를 맞이하였다고 볼 수 있다.

5. 맺음말

메이지 이후 일본은 당시 국제 정세 관계상 서둘러 서구 문명을 받아들여 근대화를 이룩하고자 노력하였다. 그리고 그 결과 일본은 서구 문물이나 사상, 과학, 무기 등을 배워 근대화는 물론 서양 여러 나라와 같이 식민지 개척에 합류하게 되었다. 그러나 그 이면에는 무별한 서구 사상 유입은 일본의 전통적 윤리관과의 대립, 모순을 낳아 일본인의 가치관에 혼란을 가져왔다. 특히 서구의 기독교에서 말하는 'Love'는 당시 일본 여성에게 남녀평등이나 여성 지위 향상 등과 같은 긍정적인 역할을 하였으나, 성의 자유 혹은 육체적 성의 평등을 가져와, 이전까지 그들의 사상을 지배했던 전통적, 동양적 가치관이나 도덕, 윤리관을 부정하는 결과를 초래하고 말았다.

특히 「개화시대의 살인」에 나타난 키타바타케의 자살은 자신의 실연을 기독교의 사랑을 통해 승화하려고 하였지만, 결과적으로 기독교에서 말하는 죄의 자각 - 도덕적 분노나 정신적 파산 - 으로 인해 오히려 죽음을 이르고(살해당했다고) 있음을 알 수 있었다. 이것은 다시 말해서 서구의 'Love'이라는 개념이 아직 정착되지 못했던 키타바타케에게 있어 기독교의 신적인 사랑은 단지 위선적인 사랑이었으며, 동시에 허위였다는 사실을 말해주고 있다. 또한 「개화시대의 남편」에서 지금까지 일본이 가지고 있었던 사랑에는 유교의 인(仁) 사상이나 불교의 자애(慈愛)라는 타인을 자신과 같이 동등하게 사랑하지 않는 동정, 연민, 배려 등과 같은 상하(上下)의 형식으로 자리잡고 있었다. 하지만 기독교의 신(神)적인 사랑과 더불어 개인 존중 사상의 유입은 일본의 전통적·수직적인 사랑과 서구의 수평적인 사랑과의 충돌이 발생시켜, 당시 일본인에게 있어 여러 문제를 야기시키는 결과를 낳고 있다. 한편 당시 실제 근대 여성이었던 히데 시게코와 아쿠타가와와의 불륜관계를 통해 당시 일본 사회에 나타난 여성들의 서구적 자유연애 사상이나 행동을 살펴봄으로서 근대 여성의 새로운 'Love'와 함께 일본 전통적인 윤리나 관습에서 단절해 가는 양상과 우려하는 모습을 엿볼 수 있었다.

이와 같이 일본 근대화 과정에 있어서 이러한 서구 문물의 유입, 특히 기독교의 'Love'에 따른 가치관의 혼란은 당시 일본 지식인들의 사상 부재 속에 비판의 대상이 되었으며, 이것을 달리 말하면 아쿠타가와는 이러한 서구 문명 속에 나타난 갈등과 대립 - 특히 사랑을 중심으로 - 을 문학 작품화함으로써 당시 시대상이나 사회상을 고발하려고 한 것은 아닐까 생각할 수 있다.

【주】

* 본 연구는 2010년 『일본언어문화』(제16집)에 발표한 「일본문화(日本文化): 아쿠타가와 류노스케(芥川龍之介) 문학에 있어서 새로운 "Love"의 수용과정—기독교 사상 유입에 따른 일본 근대인의 "사랑"변화를 중심으로—」를 수정·보완한 것임

** 가천대학교 학술연구교수.

1) 카와사키 츠네유키(川崎庸之), 『日本文化史』, 有斐閣, 1977, 86쪽.

2) '恋'와 'Love' 관련해서 「남녀간(동성애자에 있어) 동성 간의 사랑은 일본어에 있어서는 '恋'라는 특별한 언어로도 표현할 수 있다. '愛'와 거의 같은 의미로 사용되는 경우가 많다. 그러나 '恋'는 반드시 인간에 대해서만 가지는 감정이 아니다. 식물, 토지, 역사 등을 그리워하며 생각하는 경우에도 사용되어 진다. '恋'과 '愛' 양 쪽을 영어로는 'Love'라고 표현한다. 영어에 있어서 'Love'와 일본어에 있어서 '恋'와 '愛'는 같지 않다. 이것은 양쪽 언어를 사용하는 각 종족의 역사관, 사상의 차이에 의한다. 일본어에 있어서 '러브' 'Love'는 젊은이의 언어나 예술에서는 '恋', '愛' 양쪽을 나타내는 언어로서 빈번하게 사용되고 있다」고 서술되어 있다.

3) 아쿠타가와가 쓴 이른바 '개화 소설'에는 「개화시대의 살인(開化の殺人)」(1918), 「개화시대의 남편(開化の良人)」(1919), 「무도회(舞踏会)」(1920), 「오토미의 정조(お富の貞操)」(1922), 「병아리(雛)」(1923) 등이 있다.

4) 미요시 유키오(三好行雄) 編, 『芥川龍之介必携』, 学灯社, 1979, 54쪽.

5) 이시와리 토오루(石割 透), 『＜芥川＞とよばれた芸術家』, 有精堂, 1992, 152쪽.

6) 1. 에로스(ἔρως érōs)적 사랑: 육체적인 사랑. 주로 남녀관계의 사랑. 대상의 가치를 구하는 사랑. 자기본위의 사랑. 보답을 구하는 사랑. 2. 스토르게(στοργή storgē)적 사랑: 따르는 사랑. 존경을 포함한 사랑. 부모와 자식관계나 스승과 제자관계에 있는 사랑. 3. 필리아(φιλία philía)적 사랑: 우정애. 자신을 희생하는 것으로 타인을 살리는 사랑. 4. 아가페(αγάπη agápē)적 사랑: 무조건적인 사랑. 만인에게 평등한 사랑. 신이 우리들에게 부여한 사랑. 보답을 구하지 않는 사랑. 기독교에서 말하는 일반적 사랑.

7) 키쿠치 히로시(菊地 弘), 『芥川龍之介 - 表現と存在 -』, 明治書院, 1994, 8쪽.

8) 이시와리(石割 透)는 '키타바타케는 마지막에서 시대 속에 자신의 존재 의의를 세우는 증거이며, 삶의 기반이 되었던 자기 정신의 순수함, 윤리성에 대한 신뢰를 상실하고 파멸한다. '음란의 파괴'에 대해서 금욕적인 정신주의를 표방하여 저항하였지만, 아키코에 대한 애정을 통해서 자신의 본연의 모습을 발견한 것은 너무나도 속악한 미츠무라와 같이 평면적으로 산 자신밖에 없었다. 애정을 행위로서 표출하려고 하려는 중에 나타난 것은 결국 내면에 잠재된 사악한 질투, 본능이었던 것이다'고 언급하고 있다. (이시와리 토오루, 앞의 책, 153쪽).

9) 아쿠타가와는 1918년에 발표한 「루시헤루(るしへる)」는 일본 교회에 취임하게 된 천주교도인 하비앙(ハビアン)과 악마인 루시헤루와의 대화 속에서 루시헤루가 '일곱 가지 무서운 죄(七つの恐ろしき罪) - 교만, 분노, 질투, 탐욕, 색욕, 태만, 나태 - '를 열거하며 인간의 동물적인 본성에 관해 언급하고 있다.

10) 니토베 이나죠(新渡戸稲造)는 '우리 나라 국민들의 결혼관은 어느 점에서 소위 기독교 교도보다도 진화하였다고 나는 생각한다. "남자와 여자가 합쳐 하나가 된다". 앵글로 색슨의 개인주의는 남편과 부인과는 두 사람의 인격이라는 관념을 벗어날 수가

없다'고 말하고 있다.
(니토베 이나조(新渡戸稲造), 『武士道』, 岩波書店, 1999, 124쪽).

11) 세키구치 야스요시(関口安義) 編, 『アプローチ　芥川龍之介』, 明治書院, 1992, 15쪽.

12) 이토오 세이(伊藤 整)는 '우리들이 타인과 질서를 형성할 때 그것은 타인을 동일한 사람으로 보기보다는 상하 관계로 보는 경향이 있다. (중략) 일본어는 제 1인칭 대명사가 놀란 만큼 풍부하다. (중략) 요컨대 비하의 형태에서만 평등은 있을 수 있는 것이다. 남성의 상하 관계 외에 남녀의 관계, 그리고 남녀 사이의 상하 관계도 그것을 분명하게 보여 준다'고 서술하고 있다.
(이토오 세이(伊藤 整), 『近代日本人の発想の諸形式』, 岩波文庫, 1998, 146~147쪽).

13) 이러한 사실은 아쿠타가와 스스로도 오카에이 이치로(岡栄一郎)에게 보내는 편지에서 '때때로 염불도 왼다. 욕탕에서 난부가 자랑삼아 여자이야기를 늘어놓을 때에는'(1921년10월10일)라고 적고 있듯이, 1921년 가을 무렵부터 시게코와 난부 슈타로와의 불륜 관계를 알게 있었다고 추측된다.

14) 타키이 코오사쿠(滝井孝作)가 「純潔 -『藪の中』をめぐりて -」(『改造』, 1951.1)에서 '그녀(히데 시게코 - 인용자)는 아쿠타가와와 관계한 뒤, 게다가 남부 슈우타로(南部修太郎)와도 관계를 맺었어. (중략) 아쿠타가와 성격으로는 난부와 같은 사람에게 꼼짝 못하게 되는 형국으로, 난부에게 급소를 잡혀 언제나 고개를 들지 못한 것을 생각하면, 아쿠타가와도 입장이 난처할거야. 저런 성격의 사람이니까 그로 인해 세상이 덧없는 기분이 들었던 거야'라고 말하고 있으며, 에구치 칸(江口 渙)는 시게코에 대해서 '(아쿠타가와 - 인용자) 만년의 운명에 적어도 30퍼센트는 지배하였던 여성이다' (에구치 칸(江口 渙), 『나의 문학반생기(わが文学半生記)』, 青木書店, 1952, 192쪽)라고 말하고 있다.

15) 이와노 호오메이(岩野泡鳴)가 주재하고 있던 〈십일회(十日会)〉에 출석한 때이다. 〈십일회〉라는 것은 만세교(万歳橋) 역 주변의 2층에 있는 '미카도(ミカド)'라는 음식점에서 이와노를 중심으로 그 당시 젊은 시인이나 가인(歌人), 화가 등이 모여 이야기하던 회합으로, 매월 10일에 열렸기 때문에 〈십일회〉라고 부르게 되었다.

16) 히로츠 카즈오(広津和郎), 『彼女』, 小説新潮, 1950(森本 修, 『人間　芥川龍之介』, 三弥井書店, 1981, 97쪽 재인용).

17) 오아나 류우이치(小穴隆一), 『二つの繪』, 中央公論社, 1956, 28쪽.

18) '광인의 딸은 담배를 피면서, 교태부리듯 그에게 말을 걸었다. "지 아이는 딩신과 닮지 않아?" "닮지 않았습니다. 우선 먼저…" "하지만 태교(胎敎)라는 것도 있잖아요" 그는 잠자코 눈을 딴 데로 돌렸다. 하지만 그의 마음 속에는 이렇게 말한 그녀의 목을 졸라 죽이고 싶은, 잔악한 욕망마저 없는 것은 아니었다'(〈복수(復讐)〉, 「어느 바보의 일생」, 全集9, 330쪽)

19) 아쿠타가와의 유서에는 '우리 인간은 하나의 사건 때문에 쉽게 자살 따위를 하는 자는 없다. 나는 과거 생활의 총결산을 위해 자살하는 것이다. 그러나 그 중에서도 큰 사건이었던 것은 내가 29살 때에 히데(秀)부인과 죄를 범한 것이다. 나는 죄를 지은 것에 양심의 가책을 느끼지 않는다. 다만 상대를 잘못 선택하였기 때문에(히데부인의 이기주의나 동물적 본능은 실로 엄청난 것이다) 나의 생존에 불리함을 발생한 것을 적지 않게 후회하고 있다'라고 쓰고 있다.

20) 아쿠타가와는 일본 근대 여성에 관련해서 '현대 여성 속에서 가장 새로운 것은 새로

운 30대 여자야'라고 말하며, '전부터 내가 알고 있는 여성에게서 들었는데, (중략)
남편 한사람뿐만 아니라 여러 남자를 알고 싶다고 말하던 군요'(「여자?(女？)」, 全集
12, 635쪽)'라고 말하고 있다.
21) 야마지 켕(山路 健), 『明治・大正・昭和の世上史』上卷(明治・大正編), 明治書院,
2001, 345쪽.
22) 시마다 아츠시(嶋田 厚), 『大正感情史』, 日本書籍, 1979, 217쪽.
23) 니토베 이나조(新渡戸稲造), 앞의 책, 121쪽.

어른에 대한 거부, 반복되는 남자아이 이야기[*]

- 성장소설로서의 하루키 문학 -

조주희[**]

1. 머리말

무라카미 하루키(村上春樹; 1949~)의 작품은 읽을 때마다 항상 비슷하다는 느낌을 받는다. 주인공도 대략 그 전 작품과 동일하고, 스토리도 그렇고, 뭔가 다른 것 같긴 하지만 역시 비슷하다. 그런 반복성, 기시감은 하루키 문학만의 매력이라고 할 수 있을 것이다. 그리고 어쩌면 그것은 하루키 문학이 세계성을 확보하게 된 핵심적 역할을 하고 있는 것인지도 모르겠다. 왜냐하면 급변하는 세상에 지친 현대인들은 오히려 느리고, 불변하며, 익숙한 형태에 안정감을 느끼기 때문이다. 그러한 '슬로 모드'적인 문학, 그것이 바로 하루키 문학이다.

그의 작품을 들여다보면, 작품 속에서 구심점이 되는 인물은 주로 대학생 혹은 성인 남성이다. 특히 초기 작품들은 동일인물이라고 여겨지는 소년과 대학생이, 30대가 된 화자의 회상 속에 등장하여 유년시절의 추억을 고백하고, 다양한 경험을 통하여 성숙해져 가는 과정이 담겨있는 성장소설이라고 할 수 있다.

『바람의 노래를 들어라(風の歌を聴け)』(1979)에서는 29세의 '나'가 13세 까지의 '자폐' 경험을 이야기하고 있고,『국경의 남쪽, 태양의 서쪽(国境 の南、太陽の西)』(1992)에서 주인공 하지메(ハジメ)는 12세 때 시마모토(島 本)와 손잡았던 10초간의 감촉을 20년이나 지난 지금도 확실히 기억하 고 있다.『해변의 카프카(海辺のカフカ)』(2002)에서는 4세 때 어머니에게 버림받은 카프카의 슬픈 과거가,『1Q84』(「BOOK 1」~「BOOK 3」; 2009~2010) 에서는 10세 때 '굉장히 강한 힘'으로 텐고(天吾)의 손을 잡은 아오마메 (青豆)의 감촉이, 30세를 눈앞에 두고 있는 텐고의 왼손에 생생하게 남아 있다. 〈표 1〉

〈표 1〉 하루키 작품 속 주인공의 10대

작품명	'나'의 출생 작품 시점	주인공 '나'의 10대
『바람의 노래를 들어라』	1948년 12월 24일	*13세 이전-말을 못함
	1970년 8월 8일 ~26일	*14세-치료 후 평범한 아이 *19세-세 명의 여자 친구와 관계
『노르웨이의 숲』	1948년(추정)	*17세-친구 기즈키 사망
	1969~1970년	*19세-나오코와 관계
『국경의 남쪽, 태양의 서쪽』	1951년 1월 4일	*12세-시마모토 전학 옴
	1984~86년(추정)	*13세-전학으로 시마모토와 헤어짐 *16~17세-이즈미와 그녀의 사촌언니 만남
『해변의 카프카』	1984년(추정)	*4세-엄마가 누나를 데리고 가출
	1999년(추정)	*15세-가출, 아버지 살해, 어머니로 추정되는 相姦
『1Q84』	1954년(추정)	★아오마메 *10세-텐고와 손잡음, 증인회 탈퇴, 가족과 절교 *13세~18세-소프트볼 선수
	1984년	★텐고 *10세- 아오마메와 손잡음 *11세-NHK수금원인 아버지로부터 탈출

하루키 자신도『노르웨이의 숲(ノルウェイの森)』을 일컬어 '성장소설'

이라 설명하고 있고,[1] 특히 주인공 자체가 15세 소년으로 등장하는『해변의 카프카』에 대해서는 카프카의 성장소설이라는 평이 지배적인데,[2] 이에 대해 '反성장소설'이라고 비판하는 연구 또한 적지 않다. 니시카와 토모유키(西川智之)는『해변의 카프카』가 15세 생일날인 5월 18일 월요일 밤에 시작되어 6월 12일 금요일까지의 4주 남짓한 이야기인데, 이것을 교양소설로 부르기에는 너무나 짧고, 옛날이야기(おとぎ話) 같다고 지적하고 있고,[3] 엔도 신지(遠藤伸治)는 이 이야기가 '나'가 사회에서 있을 곳을 획득하는 '성장 이야기'지만, 프로이트적인 성장 이야기와는 다르다고 구분하고 있고,[4] 더 나아가 오오츠카 에이지(大塚英志)는 이 작품이 반교양소설도 아니고, 단순히 '모태회귀' 이야기일 뿐이라고 비판하고 있다.[5]

하지만 위의 선행연구들은 성장소설의 개념을 그야말로 문자 그대로 신화적인 유형으로만 판단하고 있음을 알 수 있다. 고전적인 의미의 성장, 즉 미성숙한 주인공이 어떤 경험을 통해 성숙의 세계로 나가는 과정 그 자체에 포커스를 맞춘 나머지, 그 과정이 다소 파격적이고 불순한 하루키의 소설은 그 범주에 넣어주지 않으려는 편향성이 엿보인다고 할 수 있다.

주인공 '나'가 왜 완전한 성장을 이루지 못하는지, 그리고 완전한 성장을 이루지 못하면 과연 성장하지 못한 것이라고 단정할 수 있는지, 이 논문은 이러한 의문에서 출발한다. 그리고 그 과정에서 하루키의 텍스트 내의 주인공의 성장이, 작가가 의도적으로 회피하고 있는 부모 혹은 가족이라는 테마와 맞물리며 탈출과 회귀의 왕복운동으로 이루어져 있고, 거기에는 주인공의 콤플렉스가 내재되어 있음을 알 수 있었다.

본고에서는 이상의 선행연구를 바탕으로, 주인공 '나'의 성장의 근저에 깔려 있는 콤플렉스를 가족의 유대와 관련지어 살펴보고, 이를 통해 궁극적으로 작가가 그리고자 하는 성장의 의미가 무엇인지를 밝히고자 한다.

2. 탈출과 회귀

하루키는 『1973년의 핀볼(1973年のピンボール)』(1980)에 이르러 '찾는다(捜し求める)'는 패턴을 작품에 도입하기 시작했다고 하는데,6) 이미 데뷔작인 『바람의 노래를 들어라』부터 주인공이 무언가를 찾아 나선다는 'seek & find' 구조를 하고 있음을 알 수 있다. 『바람의 노래를 들어라』에서는 고등학교 시절 '캘리포니아 걸' LP를 빌려 준 여자를, 『1973년의 핀볼』에서는 핀볼 기계를, 『양을 둘러싼 모험(羊をめぐる冒險)』(1982)에서는 '양'을, 『태엽감는 새 연대기(ねじまき鳥クロニクル)』(1992~1995)에서는 '처'를, 『해변의 카프카』와 최근작인 『1Q84』에서는 자신을 찾으러 떠난다. 찾는 대상은 다르지만 그 대부분이 주인공 '나'가 성장과정에서 겪는 하나의 에피소드로 삽입되어 있고, 결론은 그 대상을 찾지 못하고 끝나지만, 그 과정을 통해 주인공이 불완전하게나마 성숙하게 된다는 것이 주요 골격을 이루고 있다.

일반적으로 성장소설이란 교양소설(bildungsroman), 형성소설(novel of formation), 이니시에이션 스토리(initiation story) 등으로 분류된다.7) 교양소설은 인간의 성장을 구성하는 요소 중 내면화, 정신적인 성숙에 초점을 두고 있는 반면, 형성소설은 개인의 인격형성에 목표를 두되, 환경과 사회 적응 요소를 중시하고, 이니시에이션 스토리는 미성숙한 주인공이 충격적인 체험을 통해 성숙하고, 자아를 발견하는 과정에 중점을 두고 있다. 하루키의 작품은 이 세 가지가 적당히 반영되어 있으면서도 어느 한 가지 규정에 딱 들어맞지는 않는 혼합형 성장소설이라고 할 수 있을 것이다.

한편 하루키의 작품은 구조적인 측면에서 몇 가지 특색을 보이고 있다. 하스미 시게히코(蓮實重彦)는 1980년대에 쓰인 몇 작품을 들어 모두가 '보물찾기(宝探し)'라는 동일한 구조를 취하고 있는데 대해 다음과 같이 비판하고 있다.

> 이정도 단순 소박한 설화론적 구조 위에 장편소설을 구축하려는 소설가의 발상은 지나치게 단순한 게 아닌가 하는 단순 소박한 의문은 일단 접어두기로 하겠다. 여기에서의 문제는 주인공을 둘러싼 풍속적인 배경과 생활 태도에 어느 정도 차이가 발견되어도, 거기에 그려진 행동의 궤적은 조금의 차이도 없이 정확하게 서로 일치한다는 데 있다. 이야기에 어느 정도의 우여곡절이 발견된다고 해도, 행동의 기본적인 패턴은 결코 무너지지 않고 마지막까지 유지될 것이다. '보물찾기'로 시작된 것이 '보물찾기' 이외의 것으로 끝나는 것은 있을 수 없기 때문이다.[8]

그가 위에서 지적하고 있는 것은 무라카미 하루키의 『양을 둘러싼 모험』과 이노우에 야스시(井上やすし)의 『키리키리 사람(吉里吉里人)』(1981), 무라카미 류(村上龍)의 『코인 라커 베이비(コインロッカー・ベイビーズ)』(1980), 마루야 사이이치(円谷才一)의 『가성으로 불러라 기미가요(裏声で歌え君が代)』(1982)인데, 이들 모두가 주인공이 누군가에게 의뢰를 받아 사건을 대행하는 '의뢰와 대행의 구조'를 하고 있고, 찾는 내용은 다르지만 주인공이 '보물'을 찾아 나선다는 동일한 스토리가 반복되어 전개되고 있는데, 하스미는 그 당시의 작가들 대부분이 그러한 천편일률적이고 단순한 구조를 취하고 있는 것, 즉 작가의 안일함에 대해 강렬하게 비판하고 있는 것이다.

한편 오오츠카 에이지(大塚英志)는 세타 테이지(瀬田貞二)의 '갔다 돌아오는 이야기(行きて帰りし物語)'를 인용하며, 하루키의 작품을 이 구조에 빗대어 설명하고 있다〈그림 1〉.9) 세타는 마저리 플랙(Marjorie Flack)의 『앵거스와 오리』를 예로 들며, 검은 스코티시 테리어인 앵거스가 담 저쪽에서 들려오는 소리가 신경이 쓰여, 무슨 소리인지 확인하려고 담 저쪽으로 갔다가 다시 쫓겨 돌아와 소파 밑으로 숨는다는 이야기의 흐름 속에 '갔다 돌아오는 이야기'가 상징적으로 표상되어 있다고 지적하고 있는데, 오오츠카는 이 구조가 하루키의 초기작품인 『

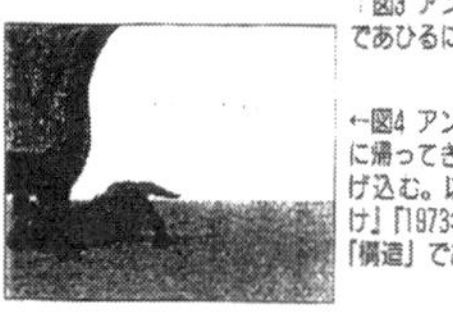

〈그림 1〉 마저리 플랙 그림, 글
세타 데이지 역
『앵거스와 오리』

바람의 노래를 들어라』와 『1973년의 핀볼』에 적용되고 있다고 주장한다.

그런데 이 두 가지의 구조―'보물찾기'와 '갔다 돌아오는 이야기'―는 하루키의 초기 작품뿐만이 아니라 대부분의 작품에 동일하게 적용되고 있다. 다만 차이점은 '앵거스'가 외부적 자극에 촉발되어 행동을 개시하게 된 반면, 하루키 작품 속의 '나'는 상황에 떠밀려 어쩔 수 없이 여행에 가담하게 된다는 모양새를 취하고 있다. 그리고 그 내부를 들여다보면, 그것은 '아버지'로부터의 탈출→ 보물 찾기 여행→ '어머니'로의 회귀라는 패턴을 취하고 있음을 알 수 있다.

즉, 하루키 작품 속의 주인공 '나'는 부성 콤플렉스와 모성 콤플렉스라는 다양한 콤플렉스의 소유자로 이 두 감정 사이에서 왕복을 반복하면서 성장해 나가는데, 종국에는 완전한 성숙을 거두지는 못하고 끝나게 되지만, 그러한 과정이 인간의 생에 있어 가장 중요한 통과의례라는 것을 작가는 반복적으로 제시하고 있는 것이다.

그렇다면 하루키의 작품 속에 나타난 주인공의 '탈출과 회귀'라는 성장패턴을 구체적으로 살펴보고, 그 의미에 대해 고찰해 보도록 하겠다.

1) 권위에 대한 부정

하루키의 작품 속에는 아버지가 부재하고 가족이 등장하지 않는다. 그나마 실제적으로 모습을 드러내는 몇몇 작품들에서는 '나'와는 갈등관계를 형성하면서 작품 속에서 소거되어 나감으로써 결국은 '아버지 없는 세대'의 아이의 어른 되기가 작품의 주된 내용을 이루고 있음을 알 수 있다.

콤플렉스란 인간의 감정이나 생각이 다른 감정에 의해 통합되는 심리의 집합을 말하는데, 이를 일컬어 융은 '심적 복합체'라고 불렀다.[10] 아버지에 대한 일련의 감정덩어리를 '부성 콤플렉스'라고 한다면, 하루키의 작품에 등장하는 주인공 '나'는 강한 부성 콤플렉스의 소유자로, 권위적이고 가부장적이며 위선적인 아버지와 대치하고 있다. 특히 중요한 것은 오이디푸스 콤플렉스인데,[11] 프로이드에 의하면 아버지의 일차적인 역할은 '두려운 아버지'이고, 이차적으로는 자식에게 자아 이상으로서의 모델을 제공함으로써 자식이 느끼는 왜소감과 망연자실을 보상해 주는 존재로, 그리고 아들의 동일시의 대상이 되는 존재로 그 역할을 한다고 하였다.[12] 하지만, 하루키의 작품에 등장하는 아버지는 오로지 일차적인 역할, 즉 두려움의 대상에만 머무르고 있음을 알 수 있다.

하루키의 데뷔작인 『바람의 노래를 들어라』에는 실체화된 아버지가 부재하며, 구두로 상징된 아버지가 등장한다. 여기에서 아버지는 열도개조(列島改造)13)에 앞장서는 중산층 샐러리맨을 대표하고 있으며, 그는 자신의 구두를 아들(나)에게 닦게 함으로써 자신의 권위를 과시하고 있다. '나'는 웃으면서 아버지에 대해 왼쪽 '새끼손가락이 없는 여자'에게 이야기 하지만, 그 대화 속에 거역할 수 없는 아버지의 권위와 이에 대한 부정이 들어있음을 알 수 있다.

> "설마. 아버지 구두야. <u>가훈인걸. 아이는 모름지기 아버지의 구두를 닦아야 한다고 말이야.</u>"
> "왜?"
> "글쎄. <u>구두가 뭔가 상징이라고 생각하고 있는 거야.</u> 아무튼 말이야, 아버지는 매일 밤 판에 박은 듯이 8시에 집에 돌아와. 나는 구두를 닦고, 그리고 언제나 맥주를 마시러 뛰쳐나가는 거야."
> "좋은 습관이네."
> "그렇게 생각해?"
> "응, 아버지께 감사해야 해."
> <u>"아버지 발이 두 개밖에 없는 것에는 언제나 감사하고 있어.</u>"14)

위의 인용문에서 '나'의 아버지는 아들이 아버지의 구두를 닦는 것을 가훈으로 삼고 있고, 매일 밤 판에 박은 듯 8시에 돌아오는 그야말로 기계적이고 권위적인 인간으로 표상되어 있다. 이 작품 내에서 회상 부분에 등장하는 '나'는 21세의 대학생으로 설정되어 있는데, 아무리 집의 가훈이라고 해도 매일 밤 규칙적으로 아버지의 구두를 닦고 있는 아들('나')을 통해 자식 된 도리를 다하는 효자의 이미지보다는, 자신의 힘으로는 거역할 수 없는 아버지의 권위와 압력을 느끼게 된다. '나'가

농담처럼 말하는 발이 두 개 밖에 없는 아버지에 대한 감사는, 그러한 강한 권위의 한정에 대한 안도로도 풀이할 수 있을 것이다.

표면적으로는 '나'는 아버지에 대해 전혀 불만도 없는 듯이 보이지만, 그것은 관용을 가장한 무관심과 체념임을 알 수 있고, '새끼손가락이 없는 여자'가 같이 있기를 원하자, 구두 닦기를 포기하고 그녀와의 동침을 선택함으로써 아버지의 그늘에서 탈출을 시도한다.

그렇다면 아버지의 그늘에서 벗어난 '나'가 선택하는 '새끼손가락이 없는 여자'는 무엇을 의미하는가. 이에 대해 타나카 미노루(田中実)는 그녀가 '나'와 '세 번째로 잔 여자'가 환생한 것이라 해석하는데,15) 이 이야기를 '나'의 불완전한 가족사에 비추어 본다면 그녀는 '나'의 부재하는 어머니의 상징이라고 할 수 있다. 이 작품 내에서 '나'의 어머니에 대한 언급은 없다. '나'는 13세가 되기 전까지 무척 말이 없었고, 이를 걱정한 부모님의 손에 이끌려 치료를 받으러 다니게 되는데, 이 단 한 구절 '부모님' 이외에는 어머니라고 여겨지는 인물과의 교섭이 전혀 없다. 그 대신 모성을 상징하는 바다와 수영장 등이 배경으로 등장할 뿐이다.

'새끼손가락이 없는 여자'가 어머니를 상징하는 이유로 그녀에 대한 '나'의 시선이 그녀의 가슴에 국한되어 있음을 상기할 필요가 있다. '나'가 처음 그녀를 만났을 때 침대에 누워 있던 그녀는 '모양이 좋은 유방이 아래위로 흔들리고' 있었고, 그녀의 아파트에 찾아갔을 때 그녀는 '젖꼭지의 형태가 확실히 보이는 얇은 셔츠를 입고' 있었다. 물론 이 부분을 들어 하루키가 여성을 가슴으로만 판단하고 따라서 이 작품이 호머 소설하다는 지적도 있지만,16) 주인공의 시선이 왜 여성의 가슴에만 국한되는지를 가족사적인 입장에서 살펴본다면, 분명 그것은 결락되어 있는 어머니에 대한 동경을 나타내고 있음을 알 수 있다. 예로부터 가슴은 풍요와 다산을 상징하는 모성의 상징이며, '나'는 어머니의 젖가슴조차 제대로 만지지 못하고 자랐고, 끊임없이 어머니의 젖가슴을 그리워하며, 그것이 모든 여성들을 대할 때 가슴에 시선이 쏠리는 이유라고 할 수 있다.

'무라카미 토모히코(村上知彦)'는 주인공 '나'가 갓 구워진 포테이토 봉지를 안고 심야버스 21번 C석에 앉아 고향을 떠나는 1970년 8월 26일을 하루키가 무언가를 매장한 날임을 지적한다.[17] 그것은 아마 사적인 영역에서의 작가의 체험—아버지로부터의 탈출—이 상징적으로 암시되어 있는 것이라 풀이된다. 실제로 하루키는 스무 살에 고향 코오베(神戶)를 떠나 토오쿄(東京)로 올라오고 나서 대학 재학 중에도 거의 고향에 돌아가지 않았고,[18] 1995년 '한신대지진(阪神大震災)'으로 아시야(芦屋)가 무너지고 나서야 겨우 고향에 대해 언급하게 된다. 그런 의미에서 하루키의 작품의 아버지의 부재나 권위에 대한 부정은 사실은 작가의 실체험에서 우러나온 것이고, 아버지로부터의 탈출이라는 테마가 하루키 문학의 중심축을 이루고 있다고 할 수 있을 것이다.

2) 상징적 아버지 죽이기

하루키 작품의 주인공 '나'가 아버지로부터 탈출하는 성장여행은, 『양을 둘러싼 모험』에서는 '아무하고나 자는 여자'와 '처(妻)'의 소멸로 시작된다. 이 작품 내에서 이 여성들은 주인공 '나'의 10대와 20대 과거를 의미한다. 초기 두 작품 『바람의 노래를 들어라』와 『1973년의 핀볼』이 20대 초반의 주인공을 등장시키면서 사춘기의 통과의례로서의 청춘의 열병을 그려냈다고 하면, 세 번째 작품인 『양을 둘러싼 모험』에서는 20대의 마지막 즉 29세의 주인공이 인생에 있어서 중요한 통과지점을 거치며 새로운 인간으로 거듭나는 제2기 성장담으로 이루어져 있다. '30'이라는 수치는 하루키의 작품에서는 대단히 중요한 위치를 차지하고 있음은 두 말할 필요도 없지만, 그러한 의미에서 이 작품은 인생의 과도기로서의 작가의 체험이 바탕이 되어 있다고 할 수 있다.

　이 작품에서 주인공 '나'는 친구인 '쥐(鼠)'의 부탁으로 '귀 모델' 여자 친구와 '양(羊)'을 찾는 모험에 나선다. '쥐'는 하루키의 초기3부작(『바람의 노래를 들어라』『1973년의 핀볼』『양을 둘러싼 모험』)에 등장하다가 이 작품을 마지막으로 사라지게 되는데, '쥐'는 '나'의 분신이라는 지적이 대부분이다.[19]

　연구자들에 따라서는 이미 데뷔작인 『바람의 노래를 들어라』에서 '쥐'가 '거리를 떠난다'는 설정이 자살을 암시하고 있다고 하며 '쥐' 세계의 종언을 예언하는데,[20] 이 작품에서는 자살한 이후 망령으로 등장한다. 사자(死者)로 등장하는 '쥐'는 악의 화신인 '양'을 삼킨 채 자살함으로써 세상을 혼돈에서 구하는 메시아적 이미지로 등장한다. '이시하라 치아키(石原千秋)'는 하루키 문학의 신화적 역학(力學)을 담당해 온 것이 '쥐'임을 지적하며, '쥐'는 '나'라는 인간의 주인, 즉 '나'라는 인간의 '부친적 존재'라고 설명하며. '쥐'의 죽음이 '아버지 죽이기(父親殺し)'와 연관되어 있음을 지적한다.[21] 과연 '나'가 여행을 시작한 것도, 괘종시계의 시간을 맞추어 산장을 폭발시킨 것도 모두가 '쥐'의 지시에 의한 것임을 생각해 보면 '쥐'는 '나'의 행동을 계획하고 지시하는 '나'의 부친적 존재라 할 수 있고, 그런 의미에서 이 작품 또한 '아버지'로부터의 탈출이라고 할 수 있을 것이다.

　그리고 또 한 가지, 이 작품의 키워드이기도 한 '양'의 소멸 또한 상징적인 '아버지 죽이기'라고 할 수 있을 것이다. 이 작품에 있어서 '양'은 본래의 온순하고 선량한 이미지에서 탈피하여, '초일상적 공간으로부터의 사자(使者)'22)로서 출현한다.23) 많은 연구가들이 '양'이 의미하는 바가 근대일본의 상징24) 혹은 1960년대 말에서 1970년 초의 혁명사상, 자기부정의 관념이라 지적하는데,25) 포괄적으로 본다면 커다란 조직이나 사회, 국가를 의미하고 있음을 알 수 있다.26)

주지의 사실과 같이 하루키는 '전공투 운동'을 거치며 이 사회나 조직에 대해 불신하고, 그에 맞서는 작고 왜소한 인간들의 소소한 이야기를 그의 작품 속에 담아내어 왔다. 특히 그러한 조직, 기성세대에 대한 불신은 1995년 '옴진리교 사건'의 피해자들을 인터뷰하며 작가로서 '사회적 책임감'을 통절하게 느끼게까지 된다.

> 나는 '베이비 붐 세대'의 한 가운데에 속해 있고 (중략) '우리들의 세대는 아직 그 〈투쟁의 세대〉의 의미의 총괄을 진정으로는 하고 있지 않다' (중략) '그 시대에 우리들이 한 일은 도대체 무엇이었던가.' (중략) '그것은 지금 여기에 있는 세계에 그와 같은 형태로 이어져 있는가'를 검증하고 싶은 기분이 '지하철 사린 사건의 취재를 시작한 하나의 동기'가 됐다.27)

즉, 1960, 70년대의 '전공투' 운동의 한가운데에서 자신이 무관심하게 보내왔던 그 시대의 청산이 아직도 이루어지지 않고 있고, 그렇기 때문에 '옴 진리교'와 같은 사건이 발생한 데 대한 기성세대로서의 반성과 그에 대한 책임을 언급하고 있는 것이다. 그 시대의 청산이란 바로 구태의연하게 반복되고 있는 구시대적인 권위와 권력으로 이루어진 사회 시스템에 대한 거부와 저항을 의미하는데, 그것은 큰 의미의 상징적 '아버지'라고 할 수 있을 것이다. '양' 또한 이러한 맥락에서 세계대전을 일으킨 제국 일본을 의미하고 있고, 이것을 '쥐'가 삼키고 자살함으로써 세상에서 제거한다는 설정을 통해 강력한 '아버지' 죽이기를 시사하고 있다고 할 수 있다.

미우라 마사시(三浦雅士)는 카와모토 사부로(川本三郎)와의 대담에서 하루키 소설에서 계급의 상징으로써 '아버지'를 들며 다음과 같이 말하고 있다.

> '아버지'는 혈연의 상징이 아니라 제도의 상징입니다. 제도의 백업이 없으면 '아버지' 따위 의미가 없습니다. 역으로 말하면, '아버지'는 전통적인 가족관계, 친족관계, 사회관계라고 하는 시스템을 성립시키기 위한 불가결한 장치라고 생각합니다. 따라서 아버지와 아들의 문제는 항상 계급투쟁의 대리물로서 소설에 나옵니다.[28]

하루키의 작품 속에서 반복되고 있는 '아버지 죽이기'는 현대 사회에서 죽여야 할 '아버지'가 많음을 시사하고 있다. 카와이 하야오(河合隼雄)는 근대사회에서 '어른 되기'가 어려운 이유로서 다음 〈그림 2〉와 〈그림 3〉을 들어 설명하고 있다.[29]

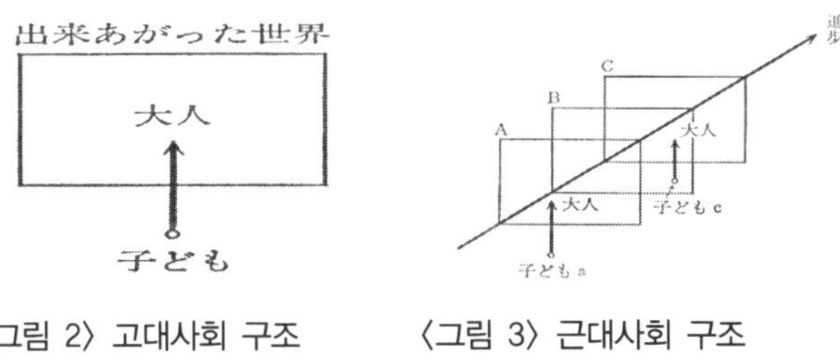

〈그림 2〉 고대사회 구조　　　〈그림 3〉 근대사회 구조

즉, 고대사회에서는 이미 완성된 세계에 아이가 들어가기만 하면 되고, 들어가기 위한 의식으로서의 단 한 번의 성인식이 결정적인 의미를 갖는데 반해, 근대사회는 사회가 진보함에 따라 새로운 세계에 맞추어 계속해서 자신도 변화하지 않으면 안 된다는 것이다. 그렇기 때문에 근대 사회에 있어서 한 인간이 아이와 어른의 경계에 어정쩡하게 서 있는 것 또한 이런 원리로 본다면 당연한 것이라고 설명한다.

이것은 바꾸어 말하자면 고대사회에서는 넘어야 할 '아버지(사회, 조직)'가 하나였는데 반해, 현대사회에서는 사회가 계속적으로 진보함에 따라 넘어야 할 '아버지' 또한 계속해서 생겨남으로 인해 어른이 되지 못하고 경계선상에 머무는 과도기적 인간 또한 많고, 그런 의미에서 하루키 소설에 등장하는 주인공들이 유아적 인간으로 남고 성장하지 못하는 것 또한 같은 맥락으로 풀이할 수 있을 것이다.

또 한 가지 '아버지 죽이기', '아버지'로부터 일탈을 꿈꾸는 하루키의 작품을 들여다보면, 역으로 자신을 죽이러 올 아들을 두지 않는 이유 또한 알 수 있다. 그의 작품에서 주인공들은 횡적 관계만 유지할 뿐 종적 유대감은 존재하지 않는다. 부모도 등장하지 않지만 자식은 거의 부정되고 있음을 알 수 있다. 『양을 둘러싼 모험』에서 '나'는 아버지로서의 자신을 생각하며 우울해 하고, 자신이 아들이라면 자신과 같은 아버지의 아들이 되고 싶지 않을 것이라며 '아버지' 되기를 거부하는데, 그 이면에는 '아브라함 콤플렉스'30)가 내재되어 있다고도 보여진다.

하루키는 자신의 작품에 가족을 등장시키지 않는 이유에 대해 '자신의 이야기를 발견하여 자신의 속으로 들어가'기 위해서이고 가족에 관한 것을 쓰고 싶지 않다고 밝히고 있다.31) 이러한 의식은 작품 속에 그대로 반영되어 아버지뿐만이 아니라 모든 가족이 등장하지 않는다는 공통분모를 형성하고 있다. 하지만 중요한 것은 '아버지'는 그의 작품 속에서 언제나 소거되어 간다는 점이다. 하루키 작품 속의 아버지가 제도의 상징이든, '베이비붐 세대'의 아버지이든32) 죽어가는 아버지의 뒤에는 작가 하루키의 개인적 체험 또한 결부되어 있음을 알 수 있다. 김정운은 프로이트가 아버지의 그림자에서 벗어나기 위해, 아버지의 도시 '빈'을 벗어나려고 했다고 하는데,33) 하루키 역시 그토록 고향인 칸

사이(関西)를 떠나고자 한 데는 이러한 배경이 작용했을 것으로 추정할 수 있을 것이다.

『양을 둘러싼 모험』에서 그렇게 아버지를 탈출한 '나'는, 긴 여행이 끝나고 모든 것이 소멸된 후 고향 거리로 돌아와 '제이(ジェイ)'와 만난 후, 강을 따라 하구로 걸어가 50미터밖에 남지 않은 모래사장에 앉아 난생처음으로 두 시간 동안 운다. 우라즈미 아키라(浦澄彬)는 '제이'를 '나'의 아버지 역할을 하는 인물이라 분석하는데,[34] 그보다는 '제이'의 바가 강변으로 옮겼고, 창문으로는 예전에 바다였던 곳—지금은 묘비 같은 고층건물이 들어서 있지만—이 보이는 곳에 위치하고 있다는 사실에 주의할 필요가 있어 보인다.

매립되어 메워진 예전의 바다라는 공간과 그 곳에 얼마 남지 않은 50m의 모래사장은 모두 모성을 상징하고 있다. 이 50미터밖에 남지 않은 모래사장은 단편 「5월의 해안선(五月の海岸線)」에서 주인공의 어린 시절의 추억의 장소로 등장하는데, 이는 작가의 고향이자 따뜻한 모성적 공간이라는 상징적 역할을 하고 있다. 이 작품에는 하루키의 어린 시절의 고향 바닷가에 대한 추억이 간접적으로 표현되어 있다.

> 있잖아, 벌써 이십년이나 지났을까, 여름이 되면 나는 매일 이 바다에서 헤엄쳤어, 수영팬티를 입은 채, 십 성원 끝에서 해안까지 맨발로 걸어 다녔던 거야, 소나기도 있었어. 이글거리는 아스팔트 위로 빨려 들어가는 소나기의 냄새가 견딜 수 없이 좋았어.[35]

어린 시절, 여름 햇빛에 달궈진 아스팔트 위를 팔딱 팔딱 맨발로 뛰어가 물놀이를 하던 바닷가는 거대한 도시개발 계획으로 메워지고 해안선은 저 멀리까지 밀려나게 된다. 그리고 그곳에는 고층 아파트가 마치

거대한 화장터처럼 이어진다. 매립지 사이에 낀 얼마 남지 않은 해안선, 그곳은 더 이상 하루키가 꿈꾸었던 자신의 고향이 아니었다. 그리고 이러한 메워진 바다는 하루키의 고향상실을 의미하고 있다.

이러한 의미에서『양을 둘러싼 모험』에서 고단한 여행을 마친 '나'가 50m밖에 남지 않은 이 바닷가를 찾는다는 것, 또한 그곳에서 2시간 동안이나 운다는 설정은 모성에 대한 희구를 의미한다. 눈물은 회한과 안도, 그리고 정화를 의미하며, '나'는 이 바다에서 눈물을 흘림으로써 그동안의 세속적인 의미의 먼지를 털어버리고 새 출발을 할 수 있게 되는 것이다. 인간이 괴로움을 느낄 때, 안겨 울 수 있는 곳, 그곳이 바로 어머니의 품이자 고향이며, 이 작품에서는 바닷가로 대변되고 있음을 알 수 있다. 하루키 자신은 소설을 쓸 때 전체 내용을 미리 설정하고 쓰지 않는데, 이 이 작품 내에서 라스트 신의 '눈물' 장면만은 처음부터 설정해 놓았다고 하는 것은 시사하는 바가 크다고 할 수 있다.[36]

결국 이 작품 또한 '양'과 '쥐'라는 '아버지'로부터 탈출하여 '바닷가'라는 '모성'적 공간으로 회귀하는 '탈출—회귀' 여행이 중심을 이루고 있다고 할 수 있다.

3) 변주된 콤플렉스

하루키 작품 속 주인공이 1인칭에서 3인칭으로 바뀌게 된 것은 대략 2000년 전후인데,『신의 아이들은 모두 춤춘다(神の子どもたちはみな踊る)』(2000) 이후 본격화되어 나타나기 시작한다. 특히 1995년의 '옴진리교 사건'과 '한신 대지진'은 하루키의 작품을 크게 바꾸어 놓는 계기가 되는데, 주인공의 '아버지'와 '어머니'에 대한 콤플렉스 또한 그 이전과는 다른 형태로 등장하게 된다. 1995년 이전까지는 상징이나 우회를 통해

간접적으로 아버지로부터의 탈출을 감행하던 주인공은, 직접적으로 아버지에 대항하며 저항하고 증오를 드러내기 시작한다.

가장 극단적인 것은 하루키 자신을 모델로 한 듯한 『꿀벌파이(蜜蜂パイ)』의 쥼페이(淳平)이다.37) 이 작품에서 주인공 '쥼페이'에게는 사이가 원만하지는 않지만 아버지가 존재하면서 드디어 종적인 인간관계가 하루키 작품의 구심점을 이루게 된다.38) 자신의 시계보석점 경영을 맡아서 운영하기를 원하는 아버지와, 문학자의 길을 걷고픈 아들 '쥼페이'의 대립은 '입에 담아서는 안 될' 말들까지 내뱉으며 '심한 말다툼' 끝에 '의절'하기에 이른다. 이러한 대립은 급기야 코오베(神戸)에 지진이 일어났다는 뉴스를 접하고도, 집에 전화를 걸지 않음으로써 아버지에 대한 자신의 증오를 표출하고, 자신의 눈ㅡ신문, 뉴스를 들여다보지 않고ㅡ과, 입ㅡ다른 사람과 대화중에 지진이 화제가 되면 입을 다물어 버림ㅡ을 막음으로써 아버지에 대한 부정과 외면을 극대화시키게 된다. 그것은 자신의 '삶의 뿌리'에 대한 부정 그 자체라고 할 수 있다.

그리고 그가 돌아가는 곳은 친구의 아내인 '사요코(小夜子)'와 그의 딸 '사라(沙羅)' 곁이다. 그들이 사는 아파트는 그에게 있어서는 모성적 공간이라고 할 수 있다. 그는 지진으로 폐허가 된 자신의 집은 애써 부정하면서도, 지진 뉴스를 본 후 악몽에 시달리는 '사라'를 위해 그녀를 지켜 주고자 결심한다. 흥미로운 것은 '사라'의 꿈속에 나타나는 '지진 아저씨'인데, 그녀를 괴롭히고 작은 상자에 집어 넣으려하는 그 아저씨는 '쥼페이'의 아버지의 메타포가 아닐까 여겨진다. 사람들의 일상을 파괴한 지진과 자신의 꿈을 짓밟은 아버지를 동일시하며, 사랑하는 사람을 위협하는 악의 화신으로부터 그녀를 지켜준다는 메시아적인 구원의 스토리가 이 작품에서도 전개되고 있음을 알 수 있다. 영화 「엑소시스트」

에서 목사가 귀신이 씌인 어린 소녀에게 성경을 읽으며 그녀 안에서
귀신을 쫓아내듯, '쥼페이'도 자신의 이야기-꿀벌 파이 이야기-를 통
해 그녀 마음속의 귀신-지진 아저씨-를 몰아내도록 돕고 있고, 그들
이 행복하게 잘 살게 됐다는 해피엔딩을 제시함으로써 그들과의 삶에
대한 희망을 표출하고 있는 것이다.

2001년 9·11 사건 이후 작품인 『해변의 카프카』나 『1Q84』의 경우
는 그 이전과는 또 다른 유형의 콤플렉스가 등장하는데, 그 이전의 작품
들이 '아버지로부터의 탈출' 후 '어머니에게로 회귀'였다면, 이들 작품에
는 먼저 '어머니에 대한 동경'으로 시작하여 '아버지의 소거'가 이루어지
고 있다는 점이다. '아버지'에 대한 증오와 탈출이 극대화되어 나타난
『해변의 카프카』에 이르러서는, 작품 내에서-물론 꿈을 통한 우회로
이긴 하지만-아버지를 살해하기에 이른다. 그의 아버지에 대한 증오
는 아버지가 죽었다는 신문 기사를 보고 '더 일찍 죽지 않아 유감'이라고
하며, 어렴풋이나마 자신이 무의식의 심층터널을 통해 아버지를 죽였을
것이라고 추정한다. 이 때 중요한 것은 '아버지'가 자신의 손에 의해 살
해됐을지도 모른다는 애매한 발언이 사실은 카프카의 강한 희망이라는
점이다. 하루키는 어쩌면 존속살해 운운으로 확대될 수도 있는 이 부분
을 '꿈'이라는 우회로를 통해 표상하고 있지만, 이 소설의 상징성을 감안
해 보면 그것은 강력한 '아버지 죽이기'를 시사하고 있다고 할 수 있다.

카프카의 아버지에 대해 코모리 요오이치(小森陽一)는 일본의 전후사
속에 전전(戰前)과 전중(戰中)의 일본의 '상징적 아버지'를 죽이지 못한 '베
이비붐 세대'의 아버지가, 자신의 아들에게 자신을 죽이라고 예언한다고
하는 남성의 계보에 있어서의 상징적 구조를 취하고 있다고 비판하고 있
다.[39] 그리고 조금 더 자세히 들여다보면 그러한 '베이비붐 세대'를 대표

하는 카프카의 아버지는 전쟁과 이데올로기의 책임자를 상징하고 있고, 그러한 폭력의 주체를 가족 내에서 아버지라는 축소된 존재로 표현하고 있다. 따라서 그의 죽음은 '상징적 아버지' 죽이기의 계보를 잇는 것이고, 또한 그것은 언젠가 누군가의 손에 의해 이루어질 수 있는 가능성을 내포한 일본 역사의 암울한 단면을 시사하고 있다고도 할 수 있다.

이 작품 속에서 카프카의 어머니는 그가 네 살 때, 양녀인 누나만 데리고 집을 나가 버린다. 그리고 자신을 버린 어머니에 대한 그리움은, 어머니와 비슷한 또래의 여성을 접할 때마다 자신의 어머니였으면 좋겠다는 막연한 동경으로 중첩되며 열다섯 살이 될 때까지 철저하게 고립 속에서 살아간다.

> 왜 그녀는 나를 사랑해 주지 않았을까?
> 나에게는 엄마에게 사랑받을 만큼의 자격이 없었던 걸까? (중략)
> 엄마는 나가기 전에 나를 꽉 안아 주지 조차 않았다. 단 한마디 말조차 남겨 주지 않았다. (중략) 그녀는 조용한 연기처럼 그저 내 앞에서 사라져 버렸다. 그리고 그 돌려진 얼굴은 영원히 내게서 멀어지고 있다.[40]

이렇게 어머니로부터 버림을 받았다는 피해의식은, 묘하게도 아버지에 대한 증오로 표싱되어 나타나게 된다, 그의 아버지가 그에게 어렸을 때부터 각인시켰던 자신의 어머니와 누나를 간(姦)할 것이라는 소포클레스의 희곡 '오이디푸스'왕의 예언과 비슷한 저주는 이 작품이 근친상간에 대한 인간의 욕망을 바탕으로 하고 있음을 알 수 있다. 이 작품에서 가장 아이러니한 것은 카프카가 자신을 버린 어머니에 대한 증오보다 키워준 아버지에 대한 증오가 더 크다는 점인데, 그것은 변주된 오이디푸스 콤플렉스라고 할 수 있을 것이다. 네 살에 어머니와 헤어진 카프카는 오이디푸스 콤플렉스의 시작인 '아버지처럼 자유롭게 어머니를 사랑하고 싶다'는 원망(顚望)조차 품지도 못했기 때문에, 결국은 이구치 토키오(井口時男)가 지적했듯, 이러한 유아적 욕망은 어머니와 누나로 여겨지는 인물과의 섹스를 통해 해소되고 있음을 알 수 있다.

확실히『해변의 카프카』는 '유아적'인 원망의 실현을 메타포로서 그리고 있다. 하지만 현실이 아닌 것으로 그린 것이 아니라, 현실과의 오해를 강하게 사주하는 것으로 그리고 있다. 무라카미 하루키의 장편소설들이 그러하듯, 이 소설도 판타지 구조 속에 전개되고 있고, 그게 나는 지루하다.[41]

이 작품의 한계로 지적되고 있는 것이 성장소설임에도 불구하고 주인공이 오로지 섹스만을 한다는 데 있는데, 어떻게 보면 남성에게 있어 통과의례로써의 섹스는—물론 시기의 문제는 있지만—필요불가결한 장치가 아닐까 여겨진다. 진정한 성인으로 거듭나기 위해 인간은 상징적인 '아버지' 죽이기와 '어머니' 죽이기를 거쳐야만 하는데, 어머니의 품을 떠나 이성을 찾는 것이 남성에게 있어서는 성인이 되기 위한 시련이자 도전이기 때문이다. 이 작품에서 카프카는 혼돈의 세계에서 살아남기 위해 '아버지'를 죽이고 '어머니'의 자궁으로 회귀하는 과정을 거치면서 새로운 인간으로 거듭나게 되는 것이다. 여기서도 '시코쿠(四国)=저 세계'로 향했던 카프카가 세토나이카이(瀬戸内海)를 건너 '토오쿄=이 세계'로 건너오면서 '눈물'을 흘린다. 이 바다와 눈물은『양을 둘러싼 모험』의 여정을 그대로 되풀이하고 있다.

어느 인터뷰에서 하루키는 '미시마 유키오(三島由紀夫)'를 싫어하는 이유가 일본의 새로운 세대의 작가로서 '아버지 죽이기' 필요성을 느끼는 것이 아니냐 하는 질문에, 강하게 아니라고 대답하는데,[42] 어쩌면 하루키가 일본 문단과 거리를 두고자 했던 것 또한 자신은 의식하고 있지 못하겠지만, 작가로서의 '아버지 죽이기'를 실현했던 것인지도 모르겠다. 그것이 완료형이 될 수 없다는 것은 '카와이 하야오'가 말한 대로 새로운 '아버지'가 계속해서 등장하기 때문이고, 그렇기 때문에 하루키 자신과 그의 작품 속 주인공이 성장하는 과정에서 '아버지 죽이기'는 되풀이될 수밖에 없을 것이다.

3. 맺음말

무라카미 하루키(村上春樹)의 작품은 한 개인이 성인이 되기까지의 내면의 갈등과 자기 정체성의 형성, 세계에 대한 자각을 다루고 있는 성장소설이 대부분이다. 이러한 성장을 앞두고 주인공 '나(僕)'의 앞에 는 그 문턱을 넘기 위한 시련과 고통이 전개되고, 그 배경은 불완전하고 과도기적인 혼돈의 상황으로 제시된다. 그의 소설에서 아버지는 원경 (遠景)이고 어머니는 배경을 이루고 있는데, 주인공 '나'가 성장을 위한 여행을 떠났다가 돌아오는 기본적인 구조가 '아버지'로부터의 탈출과 '어머니'로의 회귀'라는 패턴으로 유형화되어 있고, 그 바탕에는 아버지 와 어머니에 대한 주인공의 복잡한 심경이 콤플렉스로서 자리 잡고 있 음을 알 수 있다.

그의 소설에 등장하는 아버지는 처벌과 소거의 존재이고, 어머니는 동경과 희구의 대상으로 인간이 돌아가야 할 영원한 성지(聖地)=자궁 을 암시하고 있는데, 배경으로 등장하는 바다와 여자 주인공들의 가슴 에 쏠리는 주인공 '나'의 시선은 그러한 선망을 담은 메타포라고 할 수 있다. 여기에서 아버지는 1970년대의 공업사회, 전후민주주의, 현대 사 회의 시스템이라는 상징적 의미를 내포하고 있지만, 어머니는 태초의 모성 그 자체를 의미하고 있고, 그런 의미에서 하루키의 작품은 우리가 돌아가야 할 곳을 꾸준히 제시하고 있다고 여겨진다.

주인공의 성장을 테마로 하고 있는 하루키의 작품이 그 한계로 지적되고 있는 것이 바로 '모태회귀'라는 것인데, 그것은 성장소설이 갖추어야 할 신체와 정신적 변화, 각성이 동반되어야 한다는 조건에 반하기 때문일 것이다. 다시 말해 하루키의 작품에서는 주인공의 신체와 정신적 변화는 나타나지만, 각성이 부족하다는 것, 즉 성장하기 위한 여행을 하지만, 그 결과 주인공이 사회적인 성숙을 이루지 못하고, 그 전 단계에서 성장을 멈춘 성장답보상태라는 점이 성장소설로서 자주 지적되는 문제점이다.

그러나 하루키가 말하고자 하는 성장이란 바로 그러한 미성숙, 불완전을 의미하는 것은 아닐까. 그가 그려내는 인간들이 대부분 무언가 결핍되어 있는데, 바로 그것이 하루키가 제시하는 기본적인 인간형인 것이다. 또한 인간의 성장이 한 순간에 완성될 수는 없고, 계속적으로 성장해 나가야 하기 때문에 그의 작품은 열린 구조를 갖고 있는 것이다. 그것이 하루키가 주인공을 완전히 성숙한 인간으로 제시하지 않는 이유이기도 한 것이다.

모험을 통한 성장이야기는 다른 많은 작가들에게서도 볼 수 있는 흔한 스토리이지만 하루키의 주인공은 불완전하고 콤플렉스로 점철된 유아적인 인간이라는 점, 그리고 중요한 것은 이러한 인물을 이상형으로 제시하고 있지는 않다는 점이다. 하루키가 제시하는 이야기는 이러한 콤플렉스를 가진 주인공 즉, 현대의 작은 개인이 여행의 결과 비록 〈보물=성숙〉을 손에 넣지 못하더라도 험난한 여행을 마치고 무사히 현실로 귀환하는 그 여정과 안정적 결과에 중점을 두고 있다는 것이다.

【주】

 * 본 연구는 2011년 『일어일문학연구』(제75집 2권)에 발표한 「무라카미 하루키(村上春樹)의 성장소설 연구— ‘나’의 콤플렉스를 중심으로—」를 수정·보완한 것임.
 ** 한양여자대학교 일본어통번역과 겸임교수
 1) 무라카미 하루키 대 인터뷰(村上春樹大インタビュー), 「『ノルウェイの森』の秘密」 『文藝春秋』67(5), 1989, 172쪽.
 2) 타나카 마사시(田中雅史), 「内部と外部を重ねる選択: 村上春樹『海辺のカフカ』に見られる自己愛的イメージと退行的倫理」, 『甲南大学紀要文学編』143, 2006, 25쪽.
 3) 니시카와 토모유키(西川智之), 「村上春樹の『海辺のカフカ』」, 『言語文化研究叢書6』, 名古屋大学大学院・国際言語文化研究科, 2007, 119쪽.
 4) 엔도 신지(遠藤伸治), 「村上春樹『海辺のカフカ』論ー性と暴力をめぐる現代の神話」, 『国文学攷』(199), 広島大学国語国文学会, 2008, 4쪽.
 5) 오오츠카 에이지(大塚英志), 『物語論で読む村上春樹と宮崎駿』, 角川書店, 2009, 222쪽.
 6) 무라카미 하루키・카와모토 사부로(村上春樹, 川本三郎), 「『物語』のための冒険」, 『文学界』8月号, 文藝春秋, 1985, 59쪽.
 7) 신희천・조성준, 『문학용어사전』, 예림기획, 2009, 315쪽.
 8) 하스미 시게히코(蓮實重彦), 『小説から遠く離れて』, 日本文芸社, 1989, 19쪽.
 9) 각주 5와 동일, 50~52쪽.
10) 카와이 하야오(河合隼雄), 『コンプレックスと人間』, 岩波書店, 2001, 14쪽.
11) 프로이드는 남근기의 유아가 이성의 부모를 좋아하고, 근친상간적인 욕구를 느끼며 동성의 부모에 대해 적개심을 가지는 심리현상을 오이디푸스 콤플렉스라 하였다.
12) S.프로이트, C.S.홀, R.오스본/ 설영환 옮김, 『프로이트 심리학 해설』, 선영사. 1986, 111~126쪽.
13) 1970년대에 일본열도를 고속 교통망으로 연결하여 지방의 공업화를 촉진하고, 과소, 과밀, 공해문제를 해결하고자 했던 일련의 경제 계획을 일컬음.
14) 무라카미 하루키(村上春樹), 「風の歌を聞け」, 『村上春樹 全作品 1979~1989①』, 講談社, 1990, 61~62쪽.(밑줄은 인용자)
15) 타나카 미노루(田中実), 「数値の中のアイデンティティー『風の歌を聴け』」, 『日本の文学』第7集, 有精堂, 1990, 160쪽.
16) 코바야시 마사아키(小林正明), 「暗いパロディー――フロイト現象としての村上春樹」, 『岩波講座 文学12 モダンとポストモダン』, 岩波書店, 2003, 102쪽〉
17) 이시하라 치아키(石原千秋), 『謎とき村上春樹』, 光文社, 2007, 89쪽.
18) 무라카미 토모히코(村上知彦), 「未だ死ねないでいる「神戸」のために」, 『村上春樹スタディーズ 05』, 若草書房, 1999, 204쪽.
19) 무라카미 하루키(村上春樹), 「神戸まで歩く」, 『辺境・近境』, 新潮社, 2008, 272쪽.
20) 키요미즈 요시히로(清水良典), 「作家『鼠』の死」, 『ユリイカ』臨時増刊, 青土社, 2000, 97쪽.
    츠게 테루히코(柘植光彦), 「サンタクロースのいた日々 世代としての中上健次・村上春樹」, 『國文学』3月号, 學燈社, 1985, 91쪽.
21) 카토 노리히로(加藤典洋), 『村上春樹 イエローページ 作品別 (1979~1996)』, 荒地出版社, 2005, 37쪽.

22) 이시하라 치아키, 앞의 책, 210쪽.

23) 나카무라 미하루(中村三春), 「『風の歌を聴け』,『1973年のピンボール』『羊をめぐ
る冒険』『ダンス・ダンス・ダンス』四部作の世界—円環と損傷と回復—」,『國
文学』3月号, 學燈社, 1995, 74쪽.

24) 세키이 미츠오(関井光男), 「村上春樹論 〈羊〉はどこへ消えたか」,『村上春樹スタ
ディーズ 01』, 若草書房, 1999, 158~159쪽.

25) 위의 책, 159~160쪽.

26) 카와모토 사부로(川本三郎), 「村上樹をめぐる解読」,『文学界』10月号, 文藝春秋,
1982, 294쪽.

27) 상세는 졸고 「무라카미 하루키(村上春樹) 문학의 〈惡〉의 계보 연구」,『日本言語文
化』第14輯, 韓國日本言語文化學會, 2009, 424~429쪽 참조.

28) 무라카미 하루키(村上春樹),『週間現代』, 1997.3.22.

29) 카와모토 사부로 X 미우라 마사시(川本三郎 X 三浦雅士), 「大作&問題作の二〇〇
二年」,『文学界』1月号, 文藝春秋, 2003, 138쪽.

30) 카와이 하야오(河合隼雄),『大人になることのむずかしさ』, 岩波書店, 2000, 62~64쪽.

31) 아들이 자라면서 부모와 분리될 때 아버지가 느끼는 고통을 말하며, '아들 죽이기(息
子殺し)'라고도 한다.

32) 이안 브루마(イアンブルマ), 「村上春樹 日本人になること」,『イアン・ブルマの
日本探訪』, ティビーエス・ブリタニカ, 1998, 79쪽.

33) 코모리 요오이치(小森陽一),『村上春樹論『海辺のカフカ』を精読する』, 平凡社,
2006, 240쪽.

34) 김정운,『일본열광』, 프로네시스, 2009, 186쪽.

35) 우라즈미 아키라(浦澄彬),『村上春樹を歩く』, 彩流社. 2000, 21쪽.

36) 무라카미 하루키(村上春樹), 「5月の海岸線」,『村上春樹1979~1989』⑤, 講談社, 1991,
108~110쪽.

37) 카와모토 사부로・무라카미 하루키(川本三郎・村上春樹), 「『物語』のための冒険」,
『文学界』8月号, 文藝春秋, 1985, 32쪽.

38) 시미즈 요시노리(清水良典)는 '쥰페이'와 하루키의 공통점을 들며, 아버지와의 대립
문제 역시 사실에 근거하고 있다고 추정한다.(清水良典, 앞의 책, 64쪽)

39) 물론 하루키의 작품 속에서 종적인 인간관계가 등장하기 시작한 것은 『태엽감는
새 연대기』의 '아카사카 너츠메그'와 '시나몬' 모자나 '쿠미코'의 가족에게서도 나타나
지만, 주인공 '나'의 가족은 아니기 때문에 주인공의 가족 연대기라는 관점에서는 『신
의 아이들은 모두 춤춘다』에 수록된 단편들을 통해서라고 할 수 있다.

40) 코모리 요오이치, 앞의 책, 238~243쪽.

41) 무라카미 하루키(村上春樹),『海辺のカフカ』下, 新潮文庫, 2004, 373~374쪽.

42) 이구치 토키오(井口時男),『暴力的な現在』, 作品社, 2006, 45쪽.

43) (인터뷰) 무라카미 하루키(村上春樹), 「村上春樹, 僕の小説は、混沌とした時代に
求められる」,『クーリエ・ジャポン』5(7), 講談社, 2009, 18쪽.

8 공동체의 남과 여[*]

― 현월의 「땅거미」에 나타난 성(性) ―

황봉모[**]

1. 머리말

현월(玄月)은 그의 일련의 작품을 통하여 '재일한국인 사회'라는 소수 집단에서 벌어지는 부조리를 파헤치며 인간의 근원적 악(惡)과 폭력을 주시해왔다. 현월은 작가 자신의 정체성의 발로이기도 한 재일한국인의 군상(群像)을 소설에 투영시키면서도 동시에 인간의 존재양상을 정확히 포착하는데 성공했기에 그의 소설은 보편성을 획득하고 있다.

현월은 「땅거미(宵闇)」(『文学界』 2000.3)에서도 역시 인간의 근원에 자리하고 있는 '악'과 '폭력'이라는 주제의식을 여실히 보여주고 있다. 「땅거미」에서 더 이상 성(性)은 남성과 여성의 관계맺음이나 화합이 아닌 폭력이라는 힘의 원리에 따라 작동되는 일종의 '성-폭행'이라는 권력 구조로써 존재한다. 이는 소설의 배경이 되는 '마츠리'라는 비일상적인 공간에서, 즉 광기 어린 여름축제의 황홀경 속에서 더욱 은밀히 자행되고 있음에 주목할 필요가 있다. 「땅거미」의 주인공인 치카(チカ)가 겪고, 목격하고, 나아가 소문으로 듣는 일련의 사건들을 통해 우리는 성(性)이

단순한 인간의 존재 양식이 아닌, 힘의 지배와 권력의 구조 아래 철저히 귀속되어 있음을 파악할 수 있다.

「땅거미」에서 나타나고 있는 일련의 사건에 관계하고 있는 인물들은 다음의 세 가지로 나누어 분석할 수 있다. 우선 가학적인 성을 표상하는 '남성'과 그러한 지배적인 성에 억압받는 '여성', 마지막으로 물리적인 사건에는 직접적으로 개입하지 않으나 소문이라는 형체 없는 모습으로 관계하고 있는 마을의 '제3자'들이다. 본고에서는 「땅거미」에 나타난 '성'과 '폭력'을 심층적으로 분석하기 위하여 '남성'의 경우, '여성'의 경우, 그리고 마을사람들이라는 '제 3자'의 경우를 통하여 각각 고찰하려고 한다.

2. 「땅거미」에 나타난 가학적인 성 : 남성의 경우

마츠리가 현대 일본사회에서 개인이나 집단 그리고 지역사회에 대해서 수행하는 역할과 기능은 실로 다양하다. 마츠리는 마을사람들이 일상생활의 불만을 일시에 날릴 수 있는 욕망의 분출구 역할을 한다.

> 마츠리는 마츠리에 참가하는 개인으로 하여금 일상으로부터의 해방감을 느끼게 해준다. 마츠리의 시공간은 바로 일상을 벗어난 카오스와 엑스터시의 시공간이다. 마츠리는 일상생활에서 할 수 없는 것, 혹은 하지 못하게 금지된 것들로부터의 해방공간인 셈이다. (중략) 본래 축제의 시공간은 일상의 부정이며 정지이기 때문에 일시적으로 해방된 공간이 형성된다. 일상의 시공간을 비일상의 시공간으로 전환시킴으로써 얻게 되는 카오스의 해방공간과 거기서 얻게 되는 희열감과 도취감이 마츠리의 최대 매력이라고 볼 수 있다.[1]

또한 마츠리는 공동체의 질서유지와 재생산에 기여하는 기능을 가진 다. 그러므로 마을의 갈등을 재통합하는 마츠리는 '지역 공동체의 공동 의식, 즉 지역사회에의 아이덴티티 확인의 핵이며 가장 큰 수단으로 인 식되어 있2)는 것이다. 마츠리는 일 년에 한 번 있는 마을의 여름축제로 서 신사(神社)에서 단지리(山車)가 나가면서 그 절정을 맞게 된다. 단지리 가 마을을 달려가는 광경은 마츠리의 클라이맥스이자 최고의 구경거리 이다. 마츠리(여름 축제)에서 마을사람들은 흥분된 상태로 환상의 시공간 으로 빠져 들며 일상의 고단함을 잠시 잊고 해방된 시간을 만끽한다. 특히 마츠리에서 남성들은 비정상적인 집단 환각의 세계에 빠져든다.

현월의 「땅거미」의 배경이 되는 마츠리는 일상에서 벗어난 비일상의 세계(世界)이다. 「땅거미」의 세계는 어스름이 몰려오는 땅거미라는 시 간과 비일상적인 마츠리라는 공간이 어우러져 발생하는 환상의 세계이 다. 비일상적인 환상의 세계가 펼쳐지는 마츠리에서는 일상적 세계에 서 일어나기 어려운 사건들이 일어난다. 인간의 이성으로 지배되고 절 제되는 낮의 시간을 넘어 비이성과 광기가 깨어나는 밤과의 경계적 시 간인 '땅거미', 이 불안한 시간인 땅거미는 비일상의 마츠리라는 혼돈과 광기가 용인되는 공간과 맞물려 작중 인물들에게 엄습해 온다. 그리고 바로 거기에서 일어나고 있는 정체 모를 성폭행 사건은 사건으로 인식 되지도 않은 채 마을 한 구석에서 그저 벌어지고 또 아무 일도 일어나지 않은 듯 지나간다.

「땅거미」에서는 치카라는 인물의 진술을 통하여 과거 성폭행을 당한 사건을 회상하는 방식으로 구성함으로써 남성이 성적 폭력을 가하는 과정이나 그것이 발생하게 된 배경 등이 구체적으로 언급되어 있지 않 다. 단지 마츠리 기간에 남성들이 치카에게 성폭력을 가했고 그로 인해 이십 여 년의 시간이 흐른 뒤에도 그녀가 여전히 정신적 외상에 시달리고 있음을 짐작할 수 있을 따름이다.

「땅거미」에서 치카는 사촌동생인 유(ユウ)의 방문으로 십 여 년간 피해왔던 동네 여름 축제에 참가하게 되면서 고통스런 옛 기억을 떠올리게 되는데 그것은 당시의 성폭행의 기억이었다. 치카는 그때의 충격으로 그동안 동네 여름축제에 가지 못하고 있었지만 올해에는 유의 방문으로 어쩔 수 없이 참여하게 된 것이었다. 그런데 비일상의 세계인 여름축제 때에 여성에 대한 성폭행의 행위는 비단 치카의 경우뿐만이 아니고 계속 발생하여 왔다.

그러므로 치카는 나라(奈良)에서 여름 축제를 구경하러 온 유에게 '단지리 구경하는 건 좋은데, 언닌 말이야. 끝난 후에 네가 그 애들이랑 노는 건 찬성할 수 없어. 축제가 끝난 후에는 다들 흥분하기 마련이거든'이라고 말하면서 여름축제에 흥분한 남성들의 비정상적인 행동을 주의시키고 있다. 치카가 유에게도 그런 일이 있을 것을 미리부터 염려하는 장면에서 마츠리라는 배경이 그러한 성적 폭력을 발생시키는 주된 요인이 되고 있음을 알 수 있다. 그녀는 비일상적 상황인 축제에서 흥분한 상태에 있는 사람들이 억눌려있던 광기를 분출하면서 그것이 폭력적 형태로 나타날 가능성에 대해 경계하고 있는 것이다.

비일상적인 여름축제에 참가하는 남성들은 집단 환각 상태를 경험한다. 여름축제에서 남성들은 어린아이부터 어른에 이르기까지 비정상적인 집단 환각에 빠져들고, 여성들은 축제에 지나치게 몰두한다. 마츠리에서 비정상적인 집단 환각에 빠진 남성들은 현실에서 일어날 수 없는 가학적인 일을 생각한다. 치카를 성폭행한 남성의 행위는 마츠리라는 비일상적인 시공간 속에서 발생한 광기어린 것이었다. 여성에 대한 이러한 남성들의 성(性)에 대한 인식은 이후, 왜곡된 남성 지배 의식을 형성한다.

여기에서 여성에 대한 남성들의 성 의식이 얼마나 가학적인 것인지를 살펴보자. 치카는 축제날 집에 돌아오지 않은 유에게 무슨 일이 일어났는지 당시 그녀와 함께 있었던 '타츠노부(タツノブ)'와 '마(マ-)'를 만나 물어보게 되는데, 그 과정에서 그녀는 여성에 대한 폭력을 폭력이라고 인식하지 못하고 오히려 유에게 잘못을 뒤집어씌우며 죄의식조차 느끼지 못하는 '남성'의 모습을 발견하고 있다.

우선 당시 유와 함께 있었던 고등학생인 타츠노부의 경우를 살펴보자. 축제가 끝난 뒤 타츠노부와 아이들은 유와 다른 두 명의 여자아이를 포함해 열 명이 함께 개축 중인 집에 몰래 들어간다. 그때 타츠노부는 단지리 행렬 때 마와 유가 둘이서 재미 보고 있지 않았냐고 마를 추궁하는 것이다.

> "그러자 타츠노부가 갑자기 일어나서 나도 한 번 하자며 바지 벗는 시늉을 했어. 유는 웃으면서, 누구랑 하는지는 내가 결정하는거야, 안 그래, 마? 하면서 내 어깨에 머리를 기댔어. 타츠노부의 얼굴이 일그러지는 걸 본 순긴, 난 코를 얻어맞고 쓰러지고 말았어. 타츠노부가 유의 손을 잡아끌고 안에 있는 방으로 가려고 했는데, 다른 남자애들이 나도, 나도, 하면서 몰려가는 모습은 안 봐도 잘 알 수 있었어. 유가 알았어, 알았다니까, 이 손 놔. 하지만 한 사람만이야, 라고 하자 남자아이들은 가위바위보를 하기 시작했어."[3]

이것은 중학생인 마의 진술이지만, 여기에서 타츠노부를 포함한 남자아이들에게 유를 한 사람의 여성으로서 인격적으로 대하는 자세는 보이지 않는다. 그들에게 있어 유는 성적 욕구를 해소하기 위한 단순한 대상에 지나지 않는다. 유가 그것은 '내가 결정하는 거야'라고 하면서 웃음으로 무마하며 마의 어깨에 기대어보지만 타츠노부는 폭력으로 마를 제압해버리고 유를 끌고 방 안으로 들어가 버리려고 한다. 그리고 남자애들은 이러한 타츠노부를 말리기는커녕 자신들도 유와 성행위를 하기 위해 가위바위보를 할 뿐이다. 여기에서 여성은 단지 남성들의 '성(性)'을 위한 수단으로 전락해버리는 것이다.

유의 말을 무시하고 자신들끼리 가위바위보로 순서를 결정하는 남성들의 모습은 이미 그들 의식 속에 감추어져있던 성에 대한 비이성적 관념과 광기를 대변하는 것이라고 할 수 있다. 유가 상대는 '내가 결정하는 거야'라고 성적 자기결정권을 주장하지만 여성을 성의 대상으로만 인식하는 그들에게는 아무런 소용이 없는 일이었다. 이것은 여름 축제 때에 마을남성들이 빠져있는 집단 환각의 상태에 다름 아니다. 여름 축제 때에 마을에서 이어져 내려오는 집단 환각의 악습은 축제에 흥분 상태인 중, 고교생들의 남성에게도 면면히 이어지고 있는 것이다.

그런데 유를 가지고 남성들이 실랑이를 하고 있을 때, 경찰이 그들이 있는 곳을 찾아오고 각성제를 마시고 있던 모두는 황급히 도망간다.

> "다들 잽싸게 도망가더라구. 사촌동생은 마와 같이 신사 쪽으로 뛰어갔
> 어. 그렇지만 마는 경찰이 무서워서 곧 집에 간 모양이니까. 그애, 지나가는
> 남자한테 걸려든 거 아냐? 그애는 그런 계집애야."   (181쪽)

유의 사촌언니인 치카 앞에서 거리낌 없이 '치카 누나한테 이런 이야기 하긴 싫지만, 그 사촌동생, 여간이 아니더라구'라고 말하는 타츠노부의 모습은 마냥 태연하기만 하다. 유가 '그런 계집애'이므로 '지나가는 남자에게 걸려들었을' 것이라는 타츠노부의 태도는 각성제까지 사용하

면서 여름 축제에 빠져 있는 그가 여성을 어떠한 방식으로 보고 있는지 확연하게 드러낸다. 타츠노부는 어떠한 죄의식도 없이 유가 '그런 계집애'이므로 성을 위한 수단으로 하여도 가능하다는 도식을 통해 자신의 폭력적인 행동을 합리화하여 버린다. 여기에서 여성에 대한 타츠노부의 평상시의 인식과 그러한 인식에서 나오는 폭력적인 행동의 실체를 알 수 있다.

여름 축제 때 집단 환각 상태에 있는 익명의 군중들은 마을공동체에 전해져 내려오는 악습에 빠져든다. 「땅거미」에서 성폭행의 가해자는 주인공인 치카에게 매우 친숙한 북치는 오빠였을 수도 있고, 포장마차 오빠였을 수도 있다. 누구였는지 모르지만 분명한 것은 그들 역시 일상에서는 매우 정상적인 마을 사람들 중 한 사람이라는 것이다. 유에게의 가해자 역시 누구인지 특정되지는 않았지만 마을 사람들 중 한 사람이고 그 역시 일상에서는 극히 정상적인 사람이었을 것이다. 그러나 비일상인 여름 축제에서 집단 환각 상태에 빠진 남성들은 이성을 잃은 행동을 한다. 여름 축제 기간에 마을에서 남성들은 익명의 다수가 되어 계속 성폭행 사건을 일으킨다. 그리고 이러한 성폭행 사건은 마츠리가 끝난 뒤에 남성들이 삐뚤어진 성(性)의식을 형성하는 것이다.

한편 비일상적인 여름 축제는 남성뿐만이 아니라 여성들에게도 이상(異常)한 흥분한 상태를 불러일으킨다. 축제에 참가하는 여성들은 사람들이 뿜어내는 열기에 '지나치게 몰두한' 상태에 빠져 들어간다. 특히 사물에 대한 이성적인 판단이 어려운 어린 여성의 경우에 이러한 현상이 극심하게 일어난다. 실제로 어린 시절 치카도 비일상인 여름축제에서 '지나치게 몰두한' 상태에 있었던 것이다.

치카는 여름축제에서 '지나치게 몰두한' 상태를 경험한다. 여기에서

몰두한 상태란 '나'에게 찾아오는 환상을 말한다. 치카는 축제라는 비일
상인 공간적 배경과 함께 그 열기에 의해 '지나치게 몰두한 상태'일 때
성폭행을 당한다. 그녀는 일 년에 한 번뿐인 여름축제에서 능동적이며
흥분을 주체하지 못하는 상태가 되는데 이때 어디선가 '목소리'가 들려
오고 손길이 닿는다.

> 치짱, 치짱 … 민가가 빽빽이 들어선 조용한 골목에서는 소리가 메아리
> 쳐 뜻하지 않은 방향에서 들려오는 경우가 자주 있습니다. 소리가 난 곳을
> 두리번거리며 찾고 있는 나의 손을 갑자기 커다란 손이 붙잡았습니다. 나
> 는 그 손을 덥썩 물었습니다. 손이 움츠러든 곳은 집과 집 사이에 열려진
> 대문 안의 깜깜한 어둠 속이었습니다.   (150쪽)

치카가 자신의 체험을 묘사하는 장면이다. 치짱이라는 소리가 들리
고 치카는 그 목소리를 찾아서 골목으로 들어간다. 치카는 성폭행을
당하지만 상대가 누군지 알 지 못한다. 하지만 커다란 손이 치카의 손을
잡았다는 것으로 볼 때 축제에 참가한 어른 남성이라는 것은 추측할
수 있다. 그리고 그 다음 해도 그 다음 다음 해도 '지나치게 몰두한'
상태라서 움직이지 못하게 된 치카를 부르는 목소리가 어둠 속에서 들
려온다. 이렇게 여름 축제에 '지나치게 몰두한' 상태에 있던 치카는 열
살 때부터 몇 년 동안 누군지 알 수 없는 남성들로부터 성폭행을 당하는
것이다.

그런데 여름 축제에서 이렇게 '지나치게 몰두한' 상태를 경험한 여성
은 치카 만이 아니었다. 「땅거미」에서는 비단 치카 뿐만이 아니고, 요
시나가(吉永)씨 댁 막내딸이나 유의 경우까지 모두 다섯 명의 여성들이
축제에 '지나치게 몰두한' 상태를 경험한다. 그들은 축제에 '지나치게
몰두한' 상태에서 남성으로부터 여러 가지 정황상 성폭행을 당하였지만

그들에게는 어떠한 기억도 없다. 축제 때 남성들의 성폭행은 대상 여성에게 행위에 대한 기억조차도 남기지 않을 정도로 여성들을 물질화한다. 그리고 「땅거미」에서 등장하는 남성은 단순히 성폭행으로 끝나는 것이 아닌 일종의 비이성적 '표식'을 여성의 신체에 남겨두고 있는데, 이것은 작품 속에서 인간의 '악(惡)'의 한 형태인 폭력성을 더욱 잔혹하게 드러내 보이는 역할을 한다.

이것은 여름 축제에서 '지나치게 몰두한' 상태에 빠진 여성에게 잘못이 있다고 할 수 있다. 하지만 어린 여성들이 축제에 '지나치게 몰두한' 상태에 있다고 하여도, 이러한 상황이 남성들의 성폭행의 정당한 이유가 되지는 않는다. 왜냐하면 축제 때 여성들의 남성에 대한 성폭력 행위는 발생하지 않기 때문이다. 이것은 물리적 힘의 문제이고, 권력구조의 문제이다. 무엇보다 이것은 마을 공동체에서 전해져 내려오는 악습의 문제이다. 여름 축제의 악습에 물들어 있는 남성들은 이제 각성제까지 사용하면서 성폭행의 대상을 물색하고 있는 것이다. 비일상인 여름 축제에서 남성들은 성폭행이라는 마을의 악습을 이어간다.

「땅거미」에서는 「나쁜 소문」에서 나왔던 카나코(加奈子)의 이름이 등장하고 있다. 「나쁜 소문」에서 카나코는 정육점을 하는 얏씨형제의 동생으로 오빠가 저지른 죄를 대신 속죄하는 여성으로 서술된다. 치카는 어릴 때 옆집에 살았던 카나코 언니의 이야기를 초등학교에 들어가서 알게 되는데 이것은 카나코의 '일'이 소문의 형태를 빌려 그 동네에 계속해서 알려지고 있는 것을 의미한다. 특히 치카가 초등학교에 다닐 무렵, 같은 반 남자아이가 자신의 손에 우유를 끼얹은 여자아이를 향해 '너도 정육점 누나처럼 … 속에서 병을 깨뜨릴 테야!' 라고 외치는 모습은 그러한 소문이 어린 시절부터 남성들의 의식 속에 어떻게 받아들여지고 있는지를 분명히 알려준다. 젊은 여선생이 그 소리를 듣고 달려와 남자아이를 나무라지만 남자아이는 오히려 여선생을 들이받고 교실을 나가버릴 뿐이다.

즉 카나코에 대한 소문은 남성들이 여성에게 가하는 폭력을 아무렇지 않게 받아들이게끔 하는 역할을 하고 있음을 암시한다. 이렇게 마을의 남성들은 여성들에게 대하여 어릴 때부터 왜곡되고 잔혹한 성의식이 몸에 배어있는 것이다. 여성에 대한 이러한 잘못된 인식은 그들이 중학교에 진학하고 또 고교에 가도 별반 달라지지 않는다. 이것은 앞에서 설명했듯이 간단히 타츠노부와 마의 경우를 보아도 알 수 있는 것이다. 현재 세대에서 일어나고 있는 마을의 악습은 그 다음세대에서도 똑같이 발생할 것이다.

「나쁜 소문」에서 카나코나 뼈다귀의 여동생이 그러하였듯이 「땅거미」에서도 여성은 지극히 비이성적이고 비인격적인 방식으로 남성의 성적 도구화가 될 뿐이다. 「나쁜 소문」에서 카나코를 끔찍이도 아꼈던 양씨 형제이지만 그들의 '죄'4)로 인해 카나코는 자신과 전혀 관계가 없는 남성들을 일부러 찾아가 오빠들이 했던 행위에 대한 보속(補贖)의 의미의 성행위를 베푼다. 또 마지막에 그녀는 뼈다귀에게 잔혹한 방식으로 성기를 훼손당하기까지 한다.

또한 뼈다귀의 경우, 자신의 여동생이 수많은 남성들의 성적 상대가 되는 데도 그것을 개의치 않을 뿐더러 일말의 수치심이나 불쾌감도 느끼지 않는다. 뼈다귀는 아무런 감정도 없이 여동생이 매춘으로 벌어들인 돈으로 먹고 살아간다. 이렇게 「땅거미」와 「나쁜 소문」에서는 여성이 남성의 의식 속에 어떻게 인식되어지고 있는가를 잘 보여주고 있다. 여기에서 여성들은 남성들의 가학적인 성의 수단으로서 인식되고 있을 뿐이다. 단지 그것이 「나쁜 소문」에서는 매일 벌어지는 일상적인 일이었고 「땅거미」에서는 여름축제라는 비일상적인 시공간이었다는 것이 다를 뿐이다.

3. 「땅거미」에 나타난 억압받는 성 : 여성의 경우

「땅거미」에서 다루어지는 중심 사건은 여름 축제 때에 일어나는 '성폭행'이다. 그곳에서 일어나고 있는 정체 모를 성폭행 사건은 사건으로 명명되지도 않은 채 마을 한 구석에서 그저 벌어지고 또 아무 일도 일어나지 않은 듯 지나간다. 땅거미는 낮의 빛으로 대변될 수 있는 인간 이성의 세계와, 밤의 어둠 속에서 스멀스멀 이빨을 드러내는 반이성과 인간의 광기 혹은 그 근원적 악의 경계이다. 현월은 「땅거미」에서 이 두려운 어스름의 시공간 속에서 불안하게 노출되어 있는 성(性)과 폭력의 양상을 통해 피해자인 여성들이 어떻게 억압받고 있는 가를 생생히 보여주고 있다.

「땅거미」에서 여름축제 때 마을 여성들은 계속 '성폭행'을 당한다. 우선 소설 전체에 성폭행을 당하는 피해자가 주인공 치카와 사촌동생 유, 요시나가 씨 댁 막내딸, 카나코 언니, 빨간 구두의 여자 등 모두 다섯 명이나 된다는 점을 파악할 수 있다. 무엇보다 가장 큰 문제는 다섯 명 모두 가해자인 남성이 누구인지 그 실체조차 파악하지 못하고 있다는 점이다. 축제에서 성폭행을 당한 여성들은 자신들을 억압한 남성들의 정체를 알지 못한다. 그리고 그 결과, 가해자와 피해자 양 측이 존재함으로서 성립되는 '성폭행'이라는 사건은 가해자는 증발해 버리고 피해자만을 남겨놓는 최악의 사태로 이어지게 된다. 더더욱 끔찍한 것은 그 모든 책임은 피해자 혼자서 떠맡을 수밖에 없다는 것이다.

그리하여 피해자만 있고 가해자가 없는 이 해결 불능의 악습은 개개인의 여성이 잠재적 피해자이자 억압받는 개별자인 반면, 남성은 그저 힘을 가진 익명의 다수로 존재하고 있음을 알 수 있다. 다시 말하자면, '남성과 여성', 이 두 주체로 균형을 이루고 완성되고 화합되어야 할 성이 '폭력'이라는 힘의 지배관계로 잔인하게 둔갑하고 있는 것이다. 이로써 남성은 성의 지배자로 군림하며 여성을 철저히 억압하는 잔혹한 불균형의 현상을 야기하고 있다. 「땅거미」에서 여성들의 성은 철저하게 억압받는다.

「땅거미」의 주인공 치카는 열 살 때에 축제에서 성폭행을 당한 이후, 매년 축제에 참가할 때마다 알지 못하는 남성들로부터 성폭행을 당한다. 여름 축제에서 그것이 무엇인지 알지도 못한 채 성폭행을 당하게 되는 치카에게 일어난 성적 폭력은 그녀에게 극심한 정신적인 충격을 주어 그 후유증은 상상을 초월하는 것이 된다. 성폭행이라는 단어를 이끌어 낼 수 없을 만큼의 어린 시절의 치카에게 폭력은 폭력이 아닌 형태로 그녀의 일생에 시도 때도 없이 찾아와 지우지 못할 상처로 남게 된다. 그 폭행은 치카의 일생의 한 순간 한 순간마다 연상되어 그녀가 남들과 같은 정상적인 생활을 할 수 없게끔 방해한다.

> 학교 공부도 암기는 잘 했어도 응용은 전혀 못했고, 몇 안 되는 친구들과 같이 있을 때는 친구들이 하는 것을 그대로 따라했고, 집에 있으면 아버지가 심부름을 시킬 때를 제외하고는 만화나 텔레비전도 안보고 그냥 앉아 있거나 아무렇게나 누워있거나 하는, 그런 넋빠진 아이가 된 것은, 어려서부터 단지리 주위에서 미친 듯이 춤을 춘, 그 원체험 때문임이 분명합니다.
>
> (152~153쪽)

치카가 성폭행 사건으로 얼마나 충격을 받았는지 알 수 있는 대목이다. 그 날의 사건은 치카에게 원체험(原体験)이 되어 그녀의 행동과 사고에 큰 변화를 가져왔고 보통 아이들과 같은 일상생활조차 하기 힘들게 만들었다. 어렴풋한 느낌 속에 감지되고 있는 이 사건은 언제나 치카를 그곳에 묶어두고 정신적으로 괴롭힌다. 어린 여자 아이는 '만화나 텔레비전도 안보고 그냥 앉아 있거나 아무렇게나 누워있거나 하는, 그런 넋빠진 아이가 된' 것이다. 어린 시절의 이러한 사건은 '극히 평범한 여자가 됐어야 했을 치카를 극히 평범한 여자가 되지 못하게 하고, 그녀의 마음 속에는 '분노인지 초조함인지를 알 수 없는 작은 응어리가 마음 한구석에 생기'게 되는 것이다.

이렇게 치카는 정상적 사고가 불가능해졌을 뿐 아니라, 자주 어린 시절의 자신의 환영을 보게 되고 그날의 자신의 모습을 겹쳐보게 된다. 어릴 적 동네 사람들이 부르던 '치짱'이라는 호칭은 어디선가 아직까지도 자꾸만 환청으로 들려오고, 타인의 목소리 속 '치짱'은 그 옛날의 그 남자의 목소리와 겹쳐진다. 그날의 일을 결코 잊을 수 없는 치카는 더 이상 마을 축제에는 참석할 수 없게 되고 지난 일의 공포 때문에 혼란스러워한다.

또한 「땅거미」 속에 나타난 일련의 성폭력들은 피해자들이 의식하지 못하는 상황에서 벌어진다는 무의식의 속성을 지니고 있음을 간과해서는 안 된다. '타자'의 성폭행으로 인해 성적 수치감과 더불어 인간의 자존의식이 박탈당하는 그 순간, 자신이 폭행당하고 있는지조차 모른다는 것은 피해자의 주체성이 모조리 파괴되고 있음을 의미하는 것이다. 치카는 고등학교 때 겪은 성폭행의 경험을 꿈이라고 생각한다.

꿈, 속인 줄 알았습니다. 거의 마비된 아랫배에서 입자 같은 것이 소용돌
이 치고 있었습니다. 입자의 소용돌이는 아랫배를 떠나자 인두에 데인 듯
한 아픔이 되어 마루에 흘린 물처럼 순식간에 전신으로 퍼져 가는데, 그
상태를 나는 남의 일처럼 느끼고 있었습니다.   (168쪽)

　치카는 성폭행의 것을 '남의 일'처럼 느끼고 있다. 그리고 그녀는 '순
간적으로, 이것은 카나코 언니가 당했던 일을 모의 체험하고 있는 게
아닐까하고 생각'한다. 이러한 치카의 고백에서 알 수 있듯이, 성폭행이
라는 타자에 의한 주체성의 억압을 의식조차 하지 못하고 남의 일로
받아들인다는 것에서 그 어떤 주체성의 여지도 남김없이 강탈당하고
마는 성폭행의 극도의 잔혹성을 인식할 수 있다. 나아가 치카가 '십 년
전 여름축제가 있었던 밤의 그 사건? 나는 완벽하게 길든 걸까요?'라고
자문하듯이 그녀는 성폭행에 길들여지기까지 한다.
　치카는 그 경험에 대해 지금의 자신에게 결코 나쁜 기억이 아닐뿐더
러 오히려 그리울 정도라고 말한다. 그녀는 일 년에 한 번밖에 없는
여름 축제의 밤, '나는 확실히 살아 있다는 것을 실감할 수 있는 극히
제한된 그 몇 시간 동안, 나는 온몸과 영혼을 바쳐, 아니, 피동적인 자세
가 아니고 오히려 그리울 정도'라고 성폭행의 일을 기억한다. 그리고
고등학교 때 축제기간의 신사에서 겪은 경험을 '나는 아픔으로 하반신
이 완전히 마비됐는데도 어딘가 즐기는 것 같았'다고 말하고 있다. 이렇
게 폭행에 순응된 치카의 모습을 보면, 성폭행이 여성의 자존감을 얼마
나 파괴하고 있는지 알 수 있다. 치카는 카나코 언니가 당했던 일을
모의 체험하고 있는 게 아닐까하고 생각하지만, 어릴 때 소문으로 듣던
카나코 언니가 당한 '일'이 이제 자신의 '일'이 되었던 것이다.
　이러한 남성의 폭력적인 성의 억압은 여성이 성에 있어 소극적인지

혹은 적극적인지 하는 소위 조숙한 태도와 상관없이 일관되게 작용하고 있다. 성적으로 겁쟁이이던 치카와는 달리 사촌동생 유는 성에 조숙했다. 치카는 어지간한 남자라도 그녀를 주체하지 못할 것이라고 생각한다. 유는 자신의 음모를 메추라기 알 크기만큼만 남겨놓을 정도로 성에 조숙해 있었던 것이다.

> 어젯밤 목욕하면서 본 윤기 있고 까무잡잡하면서 팽팽한 가슴과 허리, 그리고 무엇보다도 음모를 메추라기 알 크기만큼만 남겨놓고 깔끔하게 깎아낸 그 솜씨에, 경험이 충분한 이성의 의지를 느끼지 않을 수 없는 그 부분을 목격한 나는, 키가 크고 앞가슴도 두툼해지고 얼마간 성체험도 있을 장난끼가 한창인 남자애들이라 하더라도, 정작 결정적인 순간에는 유를 주체하지 못할 게 분명하다고 동정하는 마음마저 들었습니다.　　　(141쪽)

치카는 성(性)에 대하여 숙맥이었지만, 유는 '그런 남자들을 어떻게 다루어야 하는지는 나도 잘 알아'라고 말할 정도로 성에 적극적인 모습을 보이며 성의 자기결정권을 가지고 있는 여성이다. 그러므로 치카는 유가 자신과는 다르다고 생각하고 오히려 그녀에게 기죽을 남성을 동정하기도 하지만 성폭력의 결과는 그녀가 상상한 것의 반대였다. 남성들의 성폭력은 여성이 성에 적극적이든 소극적이든 것에 관계하지 않고 똑같은 결과를 초래한다. 요컨대 '사랑하고, 몸을 요구당하고는 괴로워하고(성적으로는 정말 겁쟁이였습니다)' 성에 있어 소극적 자세를 보이는 주인공 치카와 성에 적극적이어서 음모 손질까지 매끈하게 한 사촌동생 유의 성폭행의 후유증은 후유증의 크고 적음의 차이가 있을 지언정 결코 다르지 않는 것이다. 성적으로 겁쟁이이던 치카와는 달리 성에 조숙했던 사촌동생 유도 남성이 가하는 성폭력의 철저한 피해자로 전락할 뿐이다.

성폭력의 후유증은 성적 경험이 많고 적고의 문제가 아니다. 그것은 성적 결정권이 자신에게 있는가 없는가의 차이인 것이다. 성적 결정권이 자신에게 없을 때 그것은 폭력이 되고 그 후유증은 엄청난 결과를 초래한다. 유가 성에 적극적인 모습을 보였어도 성의 자기결정권이 없었기 때문에 남성의 폭력에 힘없이 무너지는 것은 치카와 똑같은 것이다. 요컨대 성에 접근하는 개인의 의지나 자세와 전혀 무관하게 사회의 성적 억압의 희생양은 '어떤' 여성이 아니라 '모든' 여성임을 알 수 있는 것이다.

마을 공동체에서 집단 환각에 의한 성폭행이라는 악습은 시간이 지나도 멈추지 않고 대상이 되는 여성이 바뀔 뿐 계속된다. 앞에서도 언급하였듯이 여기에서 눈여겨볼 것은 남성의 성적 폭력이 여성이 전혀 인지하지 못하는 상태에서 진행되어지고 있다는 사실이다. 「땅거미」에서 성폭행을 당한 여성들은 모두 그러한 사실을 기억하지 못한다. 치카는 나중에 집에 돌아와 사분의 일 정도 떨어져 나간 자신의 유두를 보고 그것을 알고, '이것 봐. 없어'라고 치카 언니에게 깎여나간 자신의 음모를 보이고 나서야 비로소 자신이 폭행당한 것을 자각하는 유의 모습도 치카와 마찬가지이다.

치카와 유뿐만이 아니라 성폭행을 당한 여성들도 모두 꿈결에 홀린 것처럼 당한다. '누구한테 무슨 짓을 당했는지 본인은 전혀 기억이 없다'는 요시나가 씨 댁 막내딸부터 시작해서, 신사청소 중에 발견된 훗날 치카가 당했던 곳과 같은 위치에서 빨간 옷을 입은 여자가 마치 죽은 것처럼 누워 있었던 것도 그러하다. 그들 모두 성폭행을 당했을 것이라고 추측되는 상황과 또 아마도 성폭행을 당했을 것이라는 마을사람들의 소문으로 자신의 '일'을 알게 되는 것이다.

이렇게 「땅거미」의 여성들은 성폭행을 당하지만, 자신들이 성폭행을 당한지도 알 수 없을 뿐더러 무엇보다 자신을 성적으로 억압하는 남성을 보지도 못한다. 보이지 않는 남성들에게 대항할 수는 없는 법이다. 피해자인 여성들은 그 어떤 주체성도 용인되지 못한 채, 보이지도 않고 저항할 수도 없는 남성들에게 철저하게 억압된 채로 끊임없이 당하고만 있는 것이다. 그리고 이러한 악습은 여름 축제 기간 중에 마을 공동체에서 계속 이어지는 것이다.

치카는 축제 도중 만난 작은 여자아이의 모습에서 어린 시절의 자신의 모습을 발견한다.

> 열 살 쯤 되어 보이는 축제 옷차림의 여자아이가 하얀 버선을 신은 다리를 높이 올리고 모퉁이에서 이쪽으로 달려오고 있습니다. 눈앞을 지나갈 때 나는 앗! 하고 소리를 지르고 일어서고 말았습니다. (중략) 그 여자아이가 나일 리가 없습니다. 그러나 그 시절의 나와 같은 여자아이가, 그 시절의 나처럼 단지리 행렬이 지나가버린 후의 정적을 깨면서 모퉁이를 달려 나가는 일이 없다고 말할 수 있을까요? (149쪽)

치카는 열 살 쯤 되어 보이는 축제 옷차림의 여자아이를 보고 어린 시절의 자신의 일을 기억한다. 이곳에서 모퉁이를 달려오고 있는 열 살 쯤의 여자아이는 치카 그녀에 다름 아니다. 치카는 어린 시절 땅거미가 사라진 어둠 속에서 낯선 손으로부터의 기억을 떠올리며 저 여자아이에게도 같은 일이 일어나지 않을 거라고 단언할 수 없다고 생각한다. 이것은 집단 환각에 의한 여름축제에서의 폭력이 현재의 열 살 쯤의 여자아이에게까지도 계속되고 있다는 것을 암시한다.

여름축제 때의 성폭행은 반복된다. 축제에서의 성폭력이 계속되어지리라는 것은 피해자인 여성들이 계속 발생되고 있다는 것에서 알 수 있다. 여름축제 때 마을에서 이러한 행위가 계속된다는 것은 여성이 남성에게 억압받고 그 부당한 힘의 구속에 저항할 기력조차 빼앗긴 채 기어이 복종하고 마는 권력지배 관계를 의미한다. 이 구조는 마을 공동체의 악습의 은밀하고 내밀한 확대재생산의 양상을 드러내고 있는 것이다. 여름 축제에서 각성제를 흡입하는 중, 고교생의 행위와 카나코에 대하여 말하는 초등학생은 집단 환각에 빠져있는 남성들이 앞으로도 계속 이어지리라는 사실을 말해준다. 하지만 이와 같은 폭력적 현실에도 불구하고 여성들은 마을공동체의 유지를 위하여 계속 피해자로서 남아있게 되는 것이다.

4. 「땅거미」 속 성(性)을 둘러싼 소문 : 제 3자의 경우

「땅거미」에서는 '성(性)을 둘러싼 소문'이 어떻게 '제 3자'들 사이에 퍼지고 그것이 또 다른 폭력이 되어 소문에 관련된 사람들을 억압하고 있는지 보여주고 있다. 소문은 그 진실성 여부와 관계없이 사람들 사이에 퍼져있는 사실 혹은 일종의 정보로서, 심리학에서는 '사람들의 공통의 관심사에 대한 정보가 사람들 사이에서 계속 전달되는 경우와 같이 우발적이며 비조직적인 경로를 통하여 전달되는 연쇄적인 커뮤니케이션'이라고 정의한다. 요컨대 소문은 '우발적이며 비조직적인 경로를 통하여 전달되는 정보'라고 할 수 있다.

또 한스 J. 노이바우어는 『소문의 역사』에서 소문이라는 단어의 역사를, '소문이라는 개념 자체는 메타포처럼 원래의 법학적인 맥락에서 여전히 무엇인가를 담고 있다. 왜냐하면 소문이라는 이 단어의 어원을

따져보면 소식, 비명, 외침, 평판이라는 의미뿐만 아니라 카오스, 대참
사, 범죄 등의 의미와도 관련을 맺고 있다. (중략) 이것은 강간, 도둑질,
강도, 살인, 타살 등과도 유사한 뜻이다. 소문이라는 단어의 어휘사는
이미 비상사태에 대하여 암시하고 있다.'5)라고 설명하고 있다. 이렇게
하여 보면 소문은 비명, 범죄, 살인 등과 비슷한 것으로서 일상적이지
않고 정상적이지 않은 상태인 '비상 상태'를 의미한다고 생각할 수 있다.
소문이 퍼져있는 상황은 이미 비일상적이고 비정상적인 상태인 것이다.

우선 「땅거미」에서 여성의 성(性)에 대한 '소문'이 사람들 사이에 어
떤 식으로 유포되고, 제 3자는 그러한 '소문'을 어떻게 바라보고 있으며,
당사자들은 '소문'으로부터 어떤 식으로 고통받는지 살펴보도록 하겠다.
여름 축제에서 성폭행을 당한 치카는 집에 돌아가는 길에 동네 아주머
니를 만난다.

> 어찌할 바를 몰라 멍하니 주저앉아 두 번째 생리가 갑자기 온 것 같다고
> 하는 내 말에, 아줌마가 슬프고 난처한 표정을 지은 것은, 내가 어렸을 때
> 어머니와 사별하고 아버지 밑에서 혼자서 자랐기 때문일 것입니다. 아줌마
> 의 손을 빌어 일어났을 때, 조금 전에 제대로 올리지 않은 팬티 속에 괴어있
> 던 걸쭉한 덩어리가 넓적다리를 타고 떨어지는 것을 알았습니다. (중략)
> 아줌마는 그 광경을 보고도 전혀 개의치 않은 모양으로, 머리띠를 풀어 발
> 바닥을 닦고 있는 나에게, '어른다운 여자'로서의 자각이 얼마나 중요한가
> 를 득의양양하게 설교하는 것이었습니다.   (151~152쪽)

치카가 처음으로 '소문'에 포함되기 시작하는 장면이다. 치카의 장딴
지로 흐르는 몇 줄기의 피를 바라본 아주머니가 슬프고 난처한 표정을
지은 것은 치카에게 일어난 일을 어느 정도 간파하거나 또는 이미 '그럴
것'이라고 추측하고 있기 때문일 것이다. 그러므로 그녀는 슬프고 난처
한 표정을 짓기는 하였지만, 걸쭉한 덩어리가 넓적다리를 타고 떨어지

는 광경을 보고도 전혀 개의치 않는 것이다. 동네 아주머니는 이러한 치카의 모습을 보고 그녀의 몸에 대하여 걱정하거나 안타까워하기는커녕 오히려 '어른다운 여자'로서의 자세에 대하여 득의양양하게 설교한다. 동네 아주머니는 치카가 잘못한 것이 아닌데도 이 '일'을 치카의 잘못으로 돌린다. 이것은 여름 축제에서 이미 이러한 '일'이 자주 발생하고 있기에 동네 아주머니가 익숙해져 있기 때문이라고 생각할 수 있다.

한편 그녀는 이제부터 치카에 대한 일을 마을 사람들에게 사실처럼 퍼뜨리고 다닐 것이다. 세상 어느 곳이나 소문은 동네 아주머니에게서 시작된다. 동네 아주머니는 소문의 가장 직접적인 전파자라고 할 수 있다. 실제로 동네 아주머니는 피해자에게 고통이 될 수 있는 소문을 아무렇지 않게 남에게 이야기하고 다닌다. 이것은 치카가 성년이 된 뒤에 만난 동네 아주머니가 '네가 벌써 졸업했으니까 하는 말인데, 난 여자아이가 축제에 너무 빠지는 건 별로 좋지 않은 것 같아. 삼 년 전 요시나가씨 댁의 막내딸처럼, 무슨 일이 있었는지도 모르는 사이에 큰 코 다친 일도 있고, 아이들은 절제할 줄 모르니까 말이야.'라고 치카에게 요시나가씨 댁 막내딸에 관한 소문을 들려주는 것으로부터도 알 수 있다. 이것을 보면 분명 치카의 '일'도 삼 년도 지나지 않아서 '어른다운 여자'로서의 자세에 대하여 득의양양하게 설교하던 아주머니에 의하여 마을에 소문으로 전파되었다고 생각할 수 있다. 소문은 이렇게 소리 없이 또 사실 관계에 상관없이 마을사람들에게 전달된다.

치카는 자신이 당했던 일과 비슷한 일을 겪은 다른 여성의 이야기를 들으며 자신도 그러한 소문의 일부가 되었을지 모른다고 생각한다. 자신의 '일'이 이미 소문의 대상이 되었다고 생각하는 치카는 마을의 남성들에게 순수한 마음을 가질 수 없다. 그녀는 만나는 남자마다 경계를

하게 되는 것이다. 치카는 우연히 마주친 포장마차 오빠를 보고 혼란스
러워하는 모습을 보인다.

> 잠깐 숨을 돌린 나는 소름이 끼쳤습니다. 등에서 느껴지는 포장마차 오
> 빠의 숨결이 갑자기 생생해져서, 그때까지 젖은 스폰지를 꾸욱 누른 것처럼
> 번지던 땀이 일제히 가셨습니다. 나는 견딜 수 없어서 뒤돌아보았습니다.
> 스테인레스 상자 건너편, 파이프 의자에 앉아서 담배를 피우고 있던 오빠는
> 애교스러운 표정으로 눈썹을 올리며, 왜? 라고 묻듯이 고개를 갸우뚱했습
> 니다.   (148쪽)

치카가 포장마차 오빠로부터 이상한 기운을 느끼는 부분이다. 그녀
는 '소름이 끼쳤습니다. 등에서 느껴지는 포장마차 오빠의 숨결이 갑자
기 끈적거리기 시작했고, 그때까지 젖은 스폰지를 꾸욱 누른 것처럼 번
지던 땀이 일제히 가셨'을 정도로 불안한 감정에 사로잡힌다. 치카는
과거 자신이 겪은 '일'이나 몇 차례의 소문을 접하면서 포장마차 오빠로
부터 막연한 두려움을 느끼는 것이다. 그러나 뭔가 섬뜩한 느낌이 들어
돌아보는 치카를 향해 애교스러운 표정을 지어보이는 포장마차 오빠는
아무 것도 모르는 표정을 짓는다.

여기에서 포장마차 오빠가 소문이라는 거울을 통해 치카를 바라보는
것인지 치카가 단지 피해의식에 젖어 지나치게 과민반응을 보이고 있는
것인지는 확실히 알 수 없다. 그러나 그녀에 대한 소문이 발생하였을
가능성이 있다는 것은 충분히 생각해 볼 수 있다. 포장마차 오빠가 정말
로 아무 것도 모를 수도 있지만, 그가 마을에 퍼져있는 소문을 듣고
자신의 눈앞에 있는 치카를 보면서 성적 욕구를 느꼈을 지도 모른다.
요컨대 축제 때에는 으레 이러한 일이 있기 마련이라는 소문이 사람들
의 인식 속에 있고 치카는 자신의 입장에서 그 소문을 받아들이고 있다

고 볼 수 있다.

한편 참배 길에 우연히 마주친 '캇친(かっちん)'과 '시게(繁)' 오빠를 만나도 이유 없이 경계하는 모습에서 자신의 '일'에 대한 소문에 고민하는 치카의 모습을 발견할 수 있다. 그녀는 자신을 알고 있는 모든 마을 남성들을 두려워한다.

> 나는 몇 년 동안이나 소원했던 두 사람이 왜 이렇게도 친절히 대해주는지 잠시 생각했습니다. 어려서부터 '큰지붕 아저씨' '북 아저씨'라고 부르면서 따라다녔고, 초등학교에 들어가서는 어른들이 하는 식으로 별명을 부르면서, 춤과 북채 놀림을 넋을 잃고 바라보기도 하고 열심히 흉내 내기도 했습니다. 여름 축제가 가까워지면 어디선가 나타나 단지리를 손질하기 시작하는 십 여 명의 남자들 중에서도 두 사람은 유독 진지하게 몰두했습니다...... 어쩌면, 이 두 사람은 나의 여름 축제에서의 체험을 모두 알고 있는 게 아닐까? 문득 이런 생각이 떠올라 몸서리를 쳤습니다. 그럴 리가, 그럴 리가 없어. 나는 웃어넘기고 싶었습니다. 그런데 눈물이 흘러나와 아무것도 보이지 않게 되었습니다.　　　　　　　　　　　　　　　　(175쪽)

치카는 어려서부터 친밀하게 따라다니던 갓친과 시게 오빠에게서 어쩌면 이들도 실제로 자신에 관한 소문을 들어 알고 있는 것이 아닌가 하는 강한 공포심에 사로잡힌 모습을 보인다. 치카는 '어쩌면 이 두 사람은 나의 여름 축제에서의 체험을 모두 알고 있는 게 아닐까? 문득 이런 생각이 떠올라 몸서리를 쳤습니다'라고 고백할 정도로 혹여 그것이 밝혀질까봐 두려워하고 있다. 그러면서 그녀는 이러한 지독한 현실에 대하여 하염없이 눈물을 쏟는 것이다.

앞에서 설명했듯이 「땅거미」의 주인공 치카는 자신에게 성폭행이 일어났는지조차 의식하지 못할뿐더러, 극심한 육체적 충격과 함께 정신적인 충격을 받는다. 정신적인 충격은 그녀의 정상적인 성장에까지 영향을 미쳤다. 그리고 이것에 더하여 그녀는 자신의 '알'에 대한 마을사람들의 소문을 의식해야 하는 피해까지 받고 있는 것이다. 여름 축제 때의 사건이 마을 공동체에서 여성에게 얼마만한 억압으로 다가오고 있는지를 알 수 있다.

소문의 위력은 한정할 수 없는 정도로 굉장하다. 치카는 여섯 살 때 만난 카나코 언니와의 만남을 초등학교에 들어간 후에 기억한다. 치카는 여섯 살 때 갑자기 이사를 간, 그녀의 집 근처에 살던 카나코 언니가 어떤 일을 당해서 동네에서 살 수 없게 됐는지를 초등학교에 들어간 후에 알게 되는데, 이것은 소문의 범위가 얼마나 커다란 것인가를 말해준다. 치카가 어린 나이에도 이미 카나코 언니에 대한 소문을 듣고 있었다는 것은 그만큼 마을 사람들은 모두가 소문의 영향을 받지 않을 수 없다는 것을 이야기한다. 소문은 어른이나 아이에 관계없이 모든 사람에게 순식간에 그리고 광범위하게 퍼져 있는 것이다.

한편 소문은 같은 사건을 자신에게 유리하게 이야기하는 사람들의 진술에 의하여 왜곡되어 전파된다. 「땅거미」에서는 소문이 어떠한 방식으로 생성되고 또한 그것이 왜곡되어 가는지가 세 명의 아이들의 이야기를 통하여 나타나 있다. 요컨대 무리지어 같이 있던 타츠노부아마, 그리고 유의 이야기가 각각 다른 것이다. 사건에 대한 세 명의 이야기가 각각 다르지만 이러한 이야기는 누구의 말이 진실임에 관계없이 각각의 이야기가 사실이 되어 소문으로 마을에 퍼져나가는 것이다.

축제에서 남성들인 타츠노부와 마는 유와 함께 있었던 시간을 자신들에게 유리하게 진술한다. 유와 함께 있던 시간에 대하여 타츠노부는 다음과 같이 말한다.

"그것보다 치카 누나한테 이런 이야기 하긴 싫지만, 그 사촌 동생, 여간이 아니더라구. 뒷정리가 끝나고 열두시쯤부터 무리를 지어 놀고 있었는데, 거기서 내가 마와 옥신각신하는 사이에 다른 남자애랑 몰래 빠져나가 어디론가 가려고 했어."
(180쪽)

유의 일로 자신을 찾아온 치카에게 타츠노부는 '유가 다른 남자애랑 몰래 빠져나가 어디론가 가려고 했'다고 진술한다. 또한 마는 유의 이야기를 들으러 온 치카에게 '유가 각성제를 흡입하였다'라고 진술한다. 이렇게 타츠노부의 진술과 마의 진술이 엇갈리지만 유가 행실이 좋은 여자가 아니라는 사실에서는 일치하고 있다. 진실이 무엇이든지 간에 이러한 그들의 이야기는 소문이 되어 퍼져갈 것이다.

즉 앞서 언급한 소문이 사건과 전혀 관련 없는 사람의 단순한 추측이나 전달에서 비롯되었다면, 타츠노부와 마의 경우처럼 소문은 자신을 보호하거나 합리화하기 위해 사실을 왜곡하며 전하는 과정에서 재생산되기도 하는 것이다. 이때부터 소문은 진실 여부를 떠나 누가 먼저 많은 이들에게 자신의 이야기를 믿게 만드느냐에 따라 또 다른 형태의 폭력의 기제가 된다. 타츠노부와 마는 치카 이외의 다른 이들에게도 자신의 왜곡된 이야기를 전할 것이고, 그것은 다른 여자들의 소문과 뒤섞여 제멋대로 생성되고 부풀려져서 마을에 일파만파로 퍼질 것이다. 여기에서 소문은 사실관계 여부를 떠나 사실이 된다.

그런데 이 사건에 대한 유의 진술도 다르다. 유는 이 사건에 대하여 치카에게, '자신은 각성제를 마시지 않았고, 슬슬 집에 가야겠다고 생각해서 망보는 걸 교대하러 나가는 남자아이를 따라 나갔다'라고 이야기한다. 이렇게 같은 사건에 대하여 세 사람의 진술이 각각 다른 것이다. 세 사람의 이야기 중에서 누구의 말이 사실인지는 알 수 없다. 어쩌면

세 사람의 진술이 모두 거짓일 수도 있다. 세 사람 모두 상황을 자신에게 유리하도록 거짓말을 하고 있는 지도 모른다. 하지만 마을사람들은 타츠노부와 마의 이야기를 사실로서 받아들일 것이다. 성(性)에 대한 소문은 남성들의 욕망을 자극하여 타츠노부와 마의 이야기가 왜곡되고 확대 재생산될 가능성이 훨씬 더 크기 때문이다. 여기에서 진실은 묵인된다. 설령 이 사건에서 유의 말이 사실일지라도 앞으로 마을에서는 타츠노부와 마의 이야기가 사실로서 받아들여져 그것이 소문이 되어 돌아다니게 될 것이다.

소문에는 사실도 있고 사실이 아닌 것도 있을 것이다, 그러나 그것의 사실관계 확인은 누구도 하지 않을 것이다. 단지 마을사람들이 자신이 들은 소문에 의거하여 소문에서 들려지는 사람들을 평가한다는 것은 분명하다. 이렇게 마을공동체에서 여성들은 성폭행이라는 직접적인 육체적 충격과 함께 극심한 정신적인 외상, 그리고 소문의 대상이 되면서 마을의 희생양이 된다.

소문은 살아서 움직인다. 그리고 그것은 살아서 움직이기 때문에 스스로 생성되고 성장해간다. 즉 가정이 추측으로 변하고 추측이 단정으로 변하며, 이 단정으로부터 다시 새로운 가정이 생기고 그것이 추측이 되고 단정이 되어가는 것이다.[6] 이렇듯 소문은 그것의 진실 여부를 떠나 확실치 않은 몇 가지 팩트 만을 가지고 관련자들의 감정은 개의치 않은 채 그들 주변을 맴돈다. 특히 성을 둘러싼 소문은 마을 남성들의 욕망을 자극하여 그 파동범위는 상상이상으로 거대해진다고 할 수 있다. 이렇게 「땅거미」에서는 성을 둘러싼 소문이 사람들의 호기심을 자극시키고 급속도로 확산되어지며 사람들의 입을 거치면 거칠수록 그들의 구미에 맞게 왜곡되어져 결국에는 당사자에게 또 다른 크나큰 폭력으로 돌아오는 모습을 보여주고 있다.

「땅거미」에서 치카는 성폭행을 당한 유에게 '걱정마, 다 끝난 일이야' 라고 위로하지만, 이것은 다 끝난 일이 아니다. 마을에 그녀에 대한 소문이 은밀하게 돌아다닐 것이기 때문이다. 치카와 유의 경험은 또 다시 소문이 되어 마을에 떠돌 것이며 이러한 악순환이 계속되면서 앞으로도 마을에 이러한 일은 계속 발생할 것이다.

여름 축제에서의 성폭행 사건에 대한 치카와 유의 후유증은 조금 다르다. 유는 치카보다 이러한 충격에서 쉽게 벗어날 가능성이 있다. 성에 대하여 소극적인 치카보다 적극적인 유의 충격이 적을 것이라는 사실은 명백하다. 실제로 유는 성폭행 사실을 알고 충격은 받으나 '남자친구에게 혼나겠다'는 지극히 단순한 생각을 할 뿐이었다. 무엇보다 유는 마을을 떠나 나라로 돌아간다. 마을을 떠나 나라로 돌아가 버리는 유에게 마을사람들의 소문은 들리지 않을 것이다. 그러나 이것은 단지 후유증의 많고 적음의 차이이지 후유증의 유무의 것은 아니다. 유의 경우에도 자기마을에 돌아가서도 성폭행의 후유증은 결코 사라지지 않을 것이다. 자신도 모르는 사이에 메추라기 알만큼 있던 음모가 깎여진 기억은 그녀에게 언제까지나 나쁜 기억으로 남아 있을 것이기 때문이다.

소문은 이어진다. 소문은 그것과 관련된 사람들에게 피해를 주기도 하지만 소문에 전혀 관계없는 사람들에게까지 영향을 주기도 한다. 예를 들어 「땅거미」에서 성(性)을 둘러싼 소문은 직접적으로 피해를 당한 위의 다섯 명의 여자들뿐만이 아니고, 직접적으로 피해 받지 않은 여성들에게까지도 적지 않은 위협이 되는 것은 말할 필요도 없다. 금붕어 놀이를 하던 치카 친구의 딸도 언제든지 성폭행의 위협에 놓여있다고 할 수 있다. 소문은 아직 피해를 당하지 않은 여성들도 잠재적인 피해자로 만들어 버린다.

소문은 마을사람들의 또 다른 집단 환각이며 또한 악습이다. 축제 때 마을에서 남성들은 어른에서 청소년에 이르기까지 집단 환각 상태에 빠져 있는데, 소문도 집단 환각 상태의 한 형태라고 볼 수 있다. 여름 축제에서 남성들이 중, 고교생까지 집단 환각에 빠져있다고 한다면, 소문은 남녀노소를 구분하지 않고 마을전체가 빠져 있는 집단적 환각과 악습의 세계라고 할 것이다. 비일상인 여름축제 때의 마을사람들의 집단 환각과 악습은 축제가 열리고 마을이 존재하는 한 계속되어질 것이다. 그리고 집단 환각 과정을 거쳐 일상생활에서의 스트레스를 푼 마을 공동체는 축제가 끝난 뒤 아무런 일도 없었던 것처럼 다시 일상의 생활로 돌아가도, 마을의 소문은 계속 이어질 것이다.

5. 맺음말

본고에서는 현월의 「땅거미」에 나타나는 '남성'과 '여성', 그리고 '제3지'의 성(性)에 대한 입장 및 태도를 살펴보았다.

요컨대 '마츠리'라는 비일상적 시공간 속에서 벌어지는 성폭행에 대하여 그것을 바라보고 관계하는 사람들의 위치에 따라 분명한 차이가 나타나는 것을 발견할 수 있다. '남성'의 경우 그것은 이들 의식의 밑바닥에 깔려있던 폭력성이 비일상적인 마츠리를 통해 분출되는 과정에서 여성을 물리적 힘으로 제압하고 일방적으로 성적 폭력을 가하는 형태로 나타난다. 이것은 치카가 그 '일'을 당한지 이십 여 년이 흐른 뒤에도 여전히 계속해서 잔존해있는 위험이며, 카나코에 관한 소문이 파급되는 양상이나 타츠노부나 마의 진술을 통해 여성에 대한 남성의 지배적 성 관념의 모습을 유추할 수 있게 한다.

'여성'의 경우는 자신이 그러한 상황에 처해있는지조차 알지 못한 채 무방비하게 성을 유린당하고 그로 인해 계속해서 정신적 외상에 시달리는 모습을 보이고 있다. 여성은 성적 주체성이 용인되지 않을 뿐더러 가해자가 누군지조차 알 지 못한다. 단지 그것은 잘려나간 유두나 깎여나간 음모처럼 비이성적인 신체변화를 통해서만 인식할 수 있을 뿐이다. 또한 여성에 대한 폭력은 이에 그치지 않고 사람들의 소문에 의해 확대 재생산되는데 그 과정에서 '제 3자'가 또 다른 가해자가 되어 이들을 억압하고 있음을 발견할 수 있다. 소문은 욕망에 사로잡힌 남성들에게 유리하게 왜곡되고 편집되어 마을사람들에게 파급되어진다. 요컨대 이것은 소문에 내재된 집단적 폭력성으로, 사실 여부를 떠나 마을사람들의 입맛에 맞는 방향으로 조작되어지고 은폐되어지는 일종의 집단적 유희인 것이다.

현월은 「땅거미」를 통해 인간 내부에 잠재되어 있는 '악(惡)'이 어떠한 방식으로 발현되고 있는지 밝혀내는 과정에서, 특히 여성에 대한 남성의 성적 폭력이 '마츠리'라는 특수한 환경을 빌려서 평소 억눌려있던 광기가 집단 환각으로 표출되어진다고 본다. 축제라는 비일상적인 시공간에서 남성은 물리적 힘을 통하여 여성을 억압하고 폭력을 통한 지배적 구조를 계속해서 양산해내고 있고 마을사람들은 소문을 통하여 이것을 확대 재생산한다. 하지만 여성은 다중적인 피해로 고통받으면서도 주체적으로 대항하지 못하는 피동성을 보여주고 있다. 현월은 「땅거미」를 통해 성(性)문제의 부조리를 지적하면서 이러한 악습은 인간 사회에서 악순환처럼 반복되어진다는 것을 말하고 있다.

【주】

* 본 연구는 2009년『일본연구』(제39집) 한국외대일본연구소에 발표한「현월『땅거미』에 나타난 성(性)-공동체의 남성과 여성-」을 수정・보완한 것임.
** 한국외국어대학교 일본어대학 강사.
1) 김후련,「전통과 현대의 퓨전문화, 마츠리」,『국제지역정보』, 한국외대 외국학종합연구센터, 2005, 86~87쪽.
2) 김양주,『축제의 역동성과 현대일본사회-시만토강 유역사회와 '마츠리'의 인류학』, 서울대학교 출판부, 2005, 353쪽.
3) 현월(玄月),「宵闇」,『悪い噂』, 文藝春秋, 2000, 182~183쪽.(이하 텍스트의 인용은 쪽수만을 표기한다)
4) 카나코는 양씨 형제의 차를 치고 달아난 세 남자가 양씨 형제에게 붙잡혀 칼로 해코지 당하는 장면을 목격한 뒤 형제 대신 죄의식을 느끼고 그들을 찾아가 자신의 몸을 통한 성행위를 함으로써 사과한다. 이후 카나코는 주기적으로 그들을 찾아가 관계를 맺으며 죄의식을 떨치는 특이한 모습을 보이고 있다.
5) 한스 J. 노이바우어/ 박동자・황승환 역,『소문의 역사』, 세종서적, 2001, 278~280쪽.
6) 황봉모,「현월의『나쁜 소문(悪い噂)』-'소문'이라는 폭력」,『일본연구』28호, 한국외대 일본연구소, 2006, 287쪽.

제3부

1 가족에 닥친 역경, 그리고 탈출
— 모리 오오가이 작품에 나타난 역경극복의 단면 —

유진우**

1. 머리말

모리 오오가이(森鷗外; 1862~1922)는 1874년 동경의학교(현 동경대학 의학부)에 최연소로 합격하여[1] 졸업 후 군의관이 되어 군의총감까지 승진하며 군의관으로서는 최고의 지위에 오른 인물이다. 한편으로는 본 직업인 군인 외에 소설가·시인·번역가·평론가·계몽가 등으로 활약한 일본근대문단의 대문호이다.

이와 같이 양쪽에 확고한 기반을 다진 오오가이(鷗外)였지만 청일·러일 전쟁 출병과 '최악의 암흑시대'[2]라고 일컬어지고 있는 코쿠라(小倉) 좌천[3] 등으로 인해 문학활동에는 제약이 많이 따랐던 것도 사실이다. 그러나 1907년 47세의 나이에 중장급인 군의총감 계급으로 일본 육군성 의무국장에 취임하며 지위의 안정을 얻게 되어 이전에 비해 한층 활발한 창작활동을 하게 된다. 소위 키노시타 모쿠타로(木下杢太郎)에 의해 이름 붙여진 오오가이 문학의 '풍작기'[4]가 도래한 것이다.

이러한 오오가이의 '풍작기'에 역사소설이 탄생되었는데 성립배경에

는 여러 가지 요인이 복합되어 있었다고 할 수 있다. 대역사건5)으로 사상·예술에 대한 탄압, 그에 따른 「위타·섹스아리스(ヰタ·セクスアリス)」(1909.7)와 오오가이의 주요 발표무대였던 『스바루(昴)』제7호의 발매금지, 나츠메 소오세키(夏目漱石)의 「산시로(三四郎)」에 자극받고 집필한 장편소설 「청년」(1910.3~1911.8)의 실패 등과 같은 요인을 들 수 있을 것 같다.

이러한 내적 요인과 '주위의 상황 때문에 과거'6)에서 작품의 소재를 구해서 소설을 집필하려고 했던 오오가이는 「오키츠 야고에몬의 유서(興津彌五右衛門の遺書)」를 제 1작으로 해서 역사소설을 집필하기 시작한다.

오오가이는 자신의 역사소설 집필 동기에 대해 '〈사실(自然)〉을 존중하는 생각을 갖게 된것'(「역사 그대로와 역사 벗어나기(歷史其儘と歷史離れ)」7), 13;290) 때문이라고 말한다. 그리고 '그것을 함부로 변경하는 것이 싫었'지만 마침내는 역사에 속박 당하게 되어 이 속박으로부터 '벗어나려고 생각'해서 '역사 벗어나기'를 시도했다. 오오가이는 사료(史料)를 변경하여 테마소설적인 수법을 취하는 방식으로 '역사에서 벗어나고 싶어서 「산쇼 다유(山椒大夫)」(1915.1)8)를 썼다' 13;293)고 말하고 있다.

〈역사 벗어나기〉에 속한 작품의 주제는 「어현기(魚玄機)」(1915.7)와 「한산습득(寒山拾得)」(1916.1)을 제외하고는 '평범한 서민의 일생을 조감적으로 포착하려고 하는 것'9)이 대부분이라고 할 수 있다. 하야시 마사코(林正子)는 주인공들의 헌신에 대해 '놓여진 상황의 차이에 따라 전개하는 패턴이 다르기는 해도 그 근원에 있는 본질은 동일한 것 같다.'10)고 말하고 있다. 이들 작품은 각기 다른 테마, 즉 「산쇼 다유」는 '위정자에 대한 시점'11) 외에 주인공 안쥬(安壽)의 권력에 대한 반항이, 「마지막 한 마디(最後の一句)」(1915.10)는 '정치의 실체에 대한 비판12)이 내포되어 있다는 것이 주된 선행연구의 내용이다. 또한 「타카세부네(高瀬舟)」(1916.1)는 안락사 문제와 재산에 대한 문제에 초점을 맞추고 선행연구가 이루어져 왔는데 이와 같은 지적에 필자도 공감하고 있다.

그러나 이들 작품에는 가족이 역경에 처하게 되고 역경에 처한 가족을 구해내기 위하여 가족 일원의 '희생'이 엿보이는 공통점을 가지고 있다고 생각된다. 따라서 이러한 역경탈출의 과정을 도출해서 살펴보는 것도 의미가 있다고 생각되어서 작품분석을 통해 살펴보기로 하겠다.

2. 누나의 희생에 의한 가족 재회 ―「산쇼 다유」

작품「산쇼 다유(山椒大夫)」는 1915년 1월『중앙공론(中央公論)』〈신년호〉에 게재된 〈역사 벗어나기〉 방식의 첫 작품이다. 여주인공 안쥬의 아버지인 무츠노죠 마사우지(陸奧掾正氏)는 죄를 지어 츠쿠시(筑紫)에 유배되었다. 안쥬의 어머니는 안쥬와 남동생 즈시오(厨子王)를 데리고 유배된 남편을 만나러 가는 도중, 인신매매 범의 꾐에 빠지게 된다. 포구에서 어머니는 사도(佐渡)로 팔려 가고 안쥬와 즈시오는 산쇼 다유에게 팔리어 노에와 같은 생활을 하게 된다. 노에생활이라는 역경에서 동생을 구출해 내기 위하여 동생을 혼자 탈출시키고 자신은 강물에 투신자살하는 극단적인 방법을 선택하여 동생의 탈출을 돕는다. 탈출에 성공한 동생은 아버지 대신 복권이 되고 어머니를 만나게 되는데 장님이 되었던 어머니는 재회의 기쁨에 눈을 뜨게 된다는 내용이다.

오오가이가「산쇼 다유」 집필에 사용한 원전(原典)은 인과응보(因果應報) 설화를 내용으로 한『셋쿄부시(説経節)』[13]이다. 동 원전의 클라이맥스 부분에 대해 인과응보 설화답게 탈출에 성공한 동생이 아버지 대신

복권이 되어 산쇼 다유를 '대나무 톱으로 잘라 죽여서'(「역사 그대로와 역사
벗어나기」, 13;291) 복수를 한다고 오오가이는 원전의 내용을 소개하고 있
다. 오오가이는 「산쇼 다유」에서 이 잔혹한 복수장면을 배제하여 인신
매매를 금지하고 산쇼 다유에게 노예를 해방하도록 하였는데, 처음에는
손해를 보는 듯했지만 산쇼 다유 일족도 드디어 '부를 누렸다'(「산쇼 다유」,
5;83)고 쓰고 있다. 인신매매를 당해 노예로 전락한 동생이 잔혹한 복수
를 하지 않고 용서하며 선정을 베풀어 모두 잘 먹고 잘 사는, 소위 해피
앤드로 결말을 맺고 있는 것이다. 그러므로 오오가이가 「산쇼 다유」에
서 강조하고자 하는 것은 잔혹한 복수가 아닌, 안쥬의 희생에 의한 가족
의 역경탈출이라고 할 수 있다. 결국 남성 중심의 원전을 변경하여 여주
인공 안쥬의 활약에 초점이 맞추어진 작품이라고 할 수 있다. 역경에
처한 안쥬 남매의 처지는 얼마나 참담한 것이었기에 누나 안쥬는 자신
을 희생시키면서까지 동생을 탈출시키려고 하는 것일까. 14세와 12세
의 어린 남매는 인신매매범의 꾐에 빠져 어머니와 헤어지고 산쇼 다유
에게 팔려와 노예로 전락한 생활을 하게 되는데 두 남매의 가엾은 처지
는 다음 문장에 잘 드러나 있다.

> 누나는 바닷물을 긷고, 동생은 나무를 하며 하루하루를 살아갔다. 누나
> 는 해변에서 동생을 생각하고, 동생은 산에서 누나를 생각하다가 해가 지기
> 를 기다려서 오두막에 돌아오면 두 사람은 서로 손을 맞잡고 츠쿠시에 있는
> 아버지가 그립구나, 사도에 있는 어머니가 그립구나 하며 말하다가 울고
> 울다가 말하는 것이었다. (「산쇼 다유」, 5;68)

위와 같이 산쇼 다유 일가에 팔려 와서 듣는 것 보는 것 모두가 생소
하고 참담한 광경에 어찌할 바를 모르고 울 수밖에 없었던 주인공 남매
의 행동에서 역경에 처한 참담한 모습을 엿볼 수 있다. 이렇게 어린

남매가 어머니와 헤어져 인간 이하의 생활을 하는 상황에서 역경으로부터 벗어나기 위해서는 탈출 이외에는 달리 무슨 방법은 없었을 것이다. 그런데 항상 감시당하며 노예와 같은 신세에서 탈출한다는 그 자체는 어린 남매가 처한 상황으로 보아 불가능에 가까운 상황이라고밖에 말할 수 없다. 이런 불가능에 가까운 상황에서 탈피하기 위한 전제조건은 탈출시키는 사람, 즉 누나인 안쥬의 강인한 의지에 기인한 희생의 의지가 없이는 불가능할 것이다. 안쥬는 오랜 동안 자신의 의지를 관철시키기 위한 계획을 하게 되는데 작품에는 다음과 같이 묘사되어 있다.

> 오늘은 누나가 이렇게 말했다. "우리가 큰 후가 아니면 먼 곳에 여행을 할 수 없다고 하는 것은, 그것은 당연한 것이야. 나는 그 할 수 없는 일을 하고 싶어. 하지만 내가 가만히 생각해 보니, 아무래도 둘이 함께 여기를 도망쳐서는 안 되겠어. 나는 상관하지 말고 너 혼자 도망쳐야 돼".
>
> (「산쇼 다유」, 5;69)

위의 문장처럼 어린 나이에 도망칠 수 없다는 것을 14살의 누나는 충분히 인식하고 있다. 그러나 그런 불가능을 가능하게 만들 수 있다는 강한 희생정신의 의지가 처음으로 안쥬의 마음속에 자리 잡게 된 것이다. 이 의지를 성공시키기 위해서는 농생을 혼자 도망치게 할 수밖에 없다고 동생에게 말하고 있지만, 동생 혼자서 도망쳤을 경우, 자신에게 돌아올 시련은 어떤 것일지 아무리 어린 나이지만 충분히 짐작하고 있었을 것이다. 이 단계에서 안쥬는 자신의 희생을 전제로 한 역경탈출을 이미 계획하고 있다고 말할 수 있다.

이런 대화를 산쇼 다유의 아들 사부로(三郞)가 엿듣고 심문하지만 누나 안쥬의 기지로 겨우 벌을 받게 될 위기를 모면하게 된다. 그러나 그 날 밤 두 남매는 사부로(三郞)가 '부젓가락을 안쥬의 이마에 열십자로

긋는'(「산쇼 다유」, 5;71) 무서운 꿈을 꾸게 된다. 이러한 꿈을 꾸고 난 후 누나 안쥬는 무서운 노예 생활에서 벗어나기 위해서는 탈출이라는 행동 외에는 다른 방법이 없다는 것을 더욱 굳게 믿지 않을 수 없었을 것이 다. 그리고 그 행동을 실천에 옮기기 위해서는 더욱 마음의 각오를 다지 고 치밀한 계획을 하지 않으면 안 되겠다는 생각을 가지게 된다. 이것은 바로 자신들에게 닥친 역경에서 동생을 탈출시키기 위해서는 자기를 희생한다는 것을 전제로 한 것이다.

안쥬는 그 날 밤 무서운 꿈을 꾼 후로 항상 긴장한 표정으로 먼 산을 바라보는 날이 많아지고 좀처럼 말을 하지 않는 행동을 보이고 있다. 안쥬의 말이 없는 모습을 보고 '누나 무슨 일 있어?'하고 묻는 즈시오에 게 '아무 일도 없어. 괜찮아'(「산쇼 다유」, 5;72)하고 대답하지만 이미 안쥬 의 머릿속에는 봄이 되기를 기다려 동생을 탈출시키려는 계획이 서 있 었다고 생각된다. 왜냐하면 이 긴 기간의 계획이 있어야 비로소 주인공 안쥬의 자의식에 의한 탈출의 시도, 그 시도가 이루어지기까지의 긴 기 간의 심리묘사를 통해서 안쥬의 의지가 부각되는 것이기 때문이다. 뿐 만 아니라 그에 따른 희생의 대가 또한 높아지는 극적 효과를 오오가이 는 계산에 넣었다는 가정이 더 설득력을 갖기 때문이 아닐까.

이윽고 봄이 되어 밖에서 일을 할 수 있게 되었을 때, 산쇼 다유의 아들에게 간청하여 여자의 몸이지만 동생과 함께 산에서 나무를 할 수 있는 허락을 받아 낸다. 그런데 이 허락은 머리를 남자처럼 잘라야 한다 는 말을 듣고 즈시오는 '가슴이 찔린 듯한 생각이 들었다. 그리고 눈물 을 글썽이며 누나를 보았'(「산쇼 다유」, 5;75)지만 오히려 누나의 얼굴에는 기쁜 기색이 보였다. 광택이 있는 긴 안쥬의 머리가 잘리는 것도 쾌히 승낙하며 얻어낸 기쁨이며, 이것은 또한 안쥬에게 있어서는 탈출을 실행에 옮길 수 있는 기쁨인 것이다.

이윽고 동생과 함께 산으로 나무를 하러 가서야 비로소 겨울 내내 다짐한 결심을 동생에게 말하며 탈출을 권유한다.

> "내가 오래 전부터 생각만 하고 있어서 너하고도 평상시처럼 이야기를 하지 않는 것을 이상하다고 생각하고 있었겠지. 이제 오늘은 나무 같은 건 하지 않아도 되니까 내가 하는 말을 잘 들으렴". (중략) "내 일은 염려하지 말고 너 혼자서 하는 것을 나하고 함께 한다는 생각으로 하려무나. 아버지도 만나고 어머니도 데리고 온 후에 나를 구하러 와 다오"
>
> (「산쇼 다유」, 5;77)

동생을 걱정하며 설득하고 안심시킨다. 탈출 후에 누나가 겪을 고초에 대한 걱정에 대한 대답으로 '구하러 와 달라'는 말을 남기지만 '산쇼 다유 일가의 토벌대가 이 언덕 아래 연못가에서 작은 짚신을 한 켤레 주웠다'(「산쇼 다유」, 5;79)는 대목으로 보아 이미 안쥬는 투신자살할 각오를 하고 있었던 것이 틀림없다.

이러한 안쥬의 행위는 자신의 의지를 굳게 믿고 관철시킬 줄 아는 강인한 희생정신에 바탕을 둔 것이라고 할 수 있는데, 코보리 케이이치로(小堀桂一郞)는 '자신을 초월한 무엇인가를 믿고 살아가는 인간이 갖는 이상한 강인함이라고 하는 것이 아름답게 조형되어 있다'[14]고 말하고 있다. 또한 세이타 후미타케(淸田文武)는 안쥬의 의지에 대해 '오오가이의 역사소설을 꿰뚫는 중요한 계기 중에 헌신이라는 것이 지적되는데, 그것은 특히 여성의 삶의 자세 안에서 추구'[15]되고 있다고 말하고 있다.

이런 지적처럼 안쥬는 동생을 탈출시킴에 있어 투신자살이라는 최후의 수단을 통해서 자신을 희생시키는 것이다. 누나의 기지와 희생으로 탈출에 성공한 동생은 관백(關白)[16] 모로자네(師実)를 만나게 되는데 성인이 된 후 마사미치(正道)라는 이름을 하사받고 그 고을의 수령이 된다. 물론 아버지는 이미 돌아가신 뒤이지만 사도로 팔려가 장님이 된 어머니와 극적으로 재회하게 되고 어머니는 재회와 동시에 눈을 뜨게 되는데 다음 문장에 잘 묘사되어 있다.

> 노파는 참새가 아닌 큰 것이 조(粟)를 흐트러트리러 왔다는 것을 알았다. 그리고 항상 부르던 새 쫓는 노래를 멈추고 보이지 않는 눈으로 물끄러미 앞을 보았다. 그때 마른 조개가 물에 불어서 물렁물렁해지듯이 양쪽 눈에 윤기가 돌았다. 노파는 눈을 떴다.
> "즈시오" 하는 외침소리가 노파의 입에서 나왔다. 두 사람은 꽉 껴안았다. (「산쇼 다유」5;84)

작품의 결말 부분이다. 마치 『심청전』의 심봉사가 눈을 뜨는 장면과 닮은 장면이다. 오오가이가 「산쇼 다유」의 집필배경을 밝힌 글이라고 할 수 있는 「역사 그대로와 역사 벗어나기」에서 '완성된 모습을 보니 왠지 역사 벗어나기가 부족한 것 같다'(「역사 그대로와 역사 벗어나기」, 13;293)고 말하고 있는 것도 아마 이런 전근대적인 요소가 그대로 작품화 된 것을 말하는 것이 아닐까 싶다. 그럼에도 불구하고 결말 부분이 워낙 극적인 요소를 품고 있어서 설화적인 요소가 느껴지지 않고 극적인 상봉 장면이 부각되어 다가온다. 동생을 어떻게든 탈출시켜 가족을 만나게 해야겠다는 누나 안쥬의 의지와 희생이 없었더라면 결말 부분과 같은 극적인 상봉은 불가능하다고 할 수 있다.

안쥬의 탈출 의지와 희생에 대해 '동생의 탈출이라고 하는 불가능을 가능하게 하는 행위가 모두 안쥬의 주체적인 통찰과 결의에 의거'하고 있다[17]는 키타가와 요시오(北川伊男)의 지적처럼 안쥬 자신의 자의식을 바탕으로 한 희생정신에 의해서 작품은 구성되어 있다고 볼 수 있다.

작품에서는 안쥬가 강물에 투신한 이후 한 번의 언급도 없었지만 극적인 결말 부분의 처리로 안쥬의 희생이 부각되는 효과를 오오가이는 충분히 계산에 넣은 창작상의 배려라고 볼 수 있다. 이와 같은 주인공의 희생에 의한 역경탈출은 이후에 집필된 「마지막 한 마디」에도 나타나 있다고 생각되어 같이 고찰해 보고자 한다.

3. 장녀 이치의 희생 결단 ―「마지막 한마디」

「마지막 한 마디(最後の一句)」는 1915년 10월에 『중앙공론(中央公論)』에 처음 게재된 역사소설이다. 「마지막 한 마디」의 집필에 있어 사용된 자료는 『이야기 한 마디(一話一言)』에 수록되어 있는 「겐분 3년 오오사카 호리에 부근의 카츠라야 타로베 건(元文三午年大阪堀江橋近辺かつらや太郎兵衛事)」에 의하여 집필되었다고 하는 것이 정설로 되어 있다[18]. 「마지막 한 마디」라는 제목은 3일 후에 사형을 집행 당하게 되는 아버지를 구하기 위해 탄원서를 낸 장녀 이치(いち)가 취조 받는 과정에서 아버지를 보기 전에 죽음을 당하게 되더라도 괜찮겠느냐며 취조하는 사사(佐佐)의 물음에 '조정에서 하시는 일은 틀림이 없을 테니까요'라는 반항 섞인 한마디의 대답에서 유래한다.

이상과 같은 구조를 가지고 있는 「마지막 한 마디」는 탄원서를 올려 사형 집행이 목전에 다가와 있는 아버지를 구하게 되는 주인공 이치의 절대권력에 대한 반항과 희생정신이 두드러지게 부각되어 있는 작품이라고 평가되고 있다.

죄를 지은 이치 아버지의 운명은 '키즈강(木津川) 입구에 삼일 동안 매달아 논 후 참수형'(「마지막 한 마디」, 5;154)을 당할 운명이다. 이치는 외할머니가 어머니에게 전하는 아버지 사형 집행 소식을 처음 엿듣고 아버지를 구출하기로 결심한다. 그날 밤 즉시 밤을 새며 탄원서를 작성하고 첫닭이 울 무렵 동생들과 함께 집을 나서 이른 새벽 관아에 도착해서 탄원서를 제출한다.

그런데 그 탄원서는 단순히 아버지를 관대하게 처벌해달라는 애원조의 탄원이 아니라 '아버지를 구출하고 그 대신 우리들을 죽여 달라고 말하며 부탁하는 것'이고 그 결과 '원님이 들어 주셔서 아버지가 구출되면'(「마지막 한 마디」, 5;157) 그것으로 족한 것일 뿐이다. 이와 같은 이치의 행위는 자신의 희생에 의해 아버지를 구출하겠다는 의지 바로 그 자체인 것이다. 그리고 이런 이치의 의지는 다음의 문장에 잘 나타나 있다.

> 이치는 일어나서 습자 정서를 하는 습자지에 히라가나로 탄원서를 썼다. 아버지의 목숨을 구하고 그 대신 자신과 여동생인 마츠, 토쿠, 남동생인 하츠고로가 처벌받고 싶고 친자식이 아닌 초오타로만은 용서해주도록 부탁하는 것만 쓰는 일인데, 어떻게 써 맞추어야 할지 몰랐기 때문에 몇 번이나 잘못 써서 습자 정서를 위해 받아 놓았던 습자지가 조금밖에 남지 않았다. 그러나 드디어 첫닭이 울 무렵 탄원서가 완성되었다.
>
> (「마지막 한 마디」, 5;158)

이와 같이 자신들의 목숨을 담보로 아버지를 구출하겠다는 절박한 상황과 그 상황에 이르게 되어 곤경에 처한 가족의 상황은 상식적으로 생각해도 처참한 상황이라는 것은 주지의 사실이다. 뿐만 아니라 이 상황에 놓여 있는 가족들의 가련한 모습은 충분히 상상이 가는 장면인데 원전에는 다음과 같이 묘사되어 있다.

> 죄가 막심하여 내일 사형 집행을 당해야 할 자에게 무슨 탄원서를 낸다

는 말이냐. 빨리 돌아가지 않으면 안 된다고 분명히 말했는데도 슬픔에 잠기어 울며 돌아가지 않고, (후략)[19]

위의 원전의 문장에서 알 수 있는 것처럼 참수형을 당할 위기에 있는 아버지의 구출을 위해 탄원서를 제출하기는 하지만 돌아가라는 말에 더 이상 애원이나 부탁을 하지 못하고 서로 껴안고 울고만 있는 모습으로 묘사되어 있다.

그러나 작품에 투영된 이치의 모습은 절대권력과 대등한 관계에서 이른바 협상카드나 다름없는 것으로 희생을 각오한 적극적인 의지가 없이는 불가능한 것이다. 그리고 이렇게 강한 의지로 대항할 수 있는 이치의 용기는 원전의 울기만 하는 아이에서 이지적이고 합리적인 사고와 용기를 가진 여성으로의 변경을 통해서 가능한 것이다. 따라서 「마지막 한 마디」는 이런 인간상의 소유자인 이치의 주체적인 행위에 의해서 전개되고 있다고 말할 수 있다. 그리고 이런 이치의 행위는 원전의 가련한 소녀의 모습이 아니다. 참수형을 당하게 될 아버지를 구출하기 위한 이치의 이미지는 다음과 같이 묘사되어 있다.

가련한 효녀의 모습도 보이지 않고, 남에게 교사 받은 어리석은 아이의 모습도 남지 않으며, 단지 얼음처럼 차갑고 칼날처럼 예리한 이치의 마지막 대사의 마지막 한마디가 반항하고 있는 것이다. (「마지막 한 마디」, 5;166)

위의 문장처럼 주인공 이치의 모습은 오로지 '얼음처럼 차가운' 목소리의 주인공일 뿐이다. 따라서 원전의 딸과 작품 속의 주인공 이치의 두드러진 차이는, '슬픔에 잠겨 흐느껴 우는' 딸에서 '결코 눈물을 흘리지 않는 소녀로의 변모'[20]라는 점에 여실히 나타나 있다고 생각된다.

그렇다면 이처럼 강인한 의지를 도입한 오오가이의 의도는 어디에 있는 것일까. 단순히 울면서 애원을 한다고 해서 사형 집행이 면제될 수 있다면 작품은 상식적으로 설득력을 갖지 못한다. 아버지의 참수형을 면하게 하기 위한 합리적인 제안과 그 제안을 관철시킬 수 있는 강인한 희생정신이 뒷받침 되어야 한다. 이치의 합리적인 사고야 말로 부탁이 아니라 협상카드인 것이다. 아버지의 목숨을 구하는 대신에 자신을 포함한 5명의 자녀가 대신해서 죽겠다는 제안이다. 어른 1명과 아이들 5명을 맞바꾸자는 합리적인 제안이라고 할 수 있다. 동시에 그것은 절박한 제안이다. 우리 모두가 다 죽임을 당할 테니 '제발 아버지 한 사람만 살려 달라'는 간절한 청원이기도 하다. 그러면서도 피가 섞이지 않은 쵸오타로만은 제외해달라는 이지적인 제안이다.

그런데 이러한 합리적이고 적극적인 희생정신은 봉건시대의 논리로는 설득력을 갖지 못한다. 교육받지 못한 우매한 백성이 권력에 대항한다는 것은 이미 봉건적인 논리가 아니다. 따라서 봉건시대를 살아왔고 봉건시대의 사고방식을 지닌 이치의 어머니는 철저하게 용기 없이 눈물로만 세월을 보내는 아녀자로 설정하였다. 대신 새로운 시대를 살고 있고 새로운 사고방식을 지닌 이치를 우는 아이에서 울지 않는 아이로 변모시켰다. 이지적인 사고와 용기를 불어넣는 것만이 막강한 당시의 권력에 대항하여 역경에 처한 가족을 구출하기 위한 창작상의 배려라고 볼 수 있다.

오오가이는 작품의 도입부에서 가장인 아버지가 부재중인 상태에서 일어나는 가족의 생활상을 그리고 있는데, 그러한 상황 속에서 돌아오지 못하는 남편의 공백을 메울 수 없는 판단 불능의 상태에 빠진 어머니 모습을 다음과 같이 묘사하고 있다.

액운을 만나서 처음에는 아내는 그저 망연자실하여 눈을 멍하니 뜨고 밥도 아이들을 위해서 기계적으로 차려 줄 뿐이고 자기는 거의 아무것도 먹지 않고 가끔 목이 다르다고 말하고는 물을 조금씩 먹고 있었다. 밤에는 피곤하여 푹 자는가 싶더니 가끔 일어나서 눈을 뜨고 한숨을 쉰다.
(「마지막 한 마디」, 5;153)

이런 아내의 모습은 여러 가지로 보살펴 주는 친정어머니에게 제대로 인사도 못하고 푸념만 하고 되돌려 보내는 모습일 뿐이다. 그러나 이와 같은 어머니의 수동적이고 무의지 적인 행위와는 반대로 작품에서의 여주인공 이치는 자신에게 닥친 '불운을 극복해 가는 행동력과 〈지혜〉를 갖춘 여성으로써 그려져 있다'[21]. 즉, 곤경에 처한 상황 속에서도 한탄만 하고 있는 수동적이고 어리석은 여성이 아니라, 오히려 곤경을 극복해 나가는 능동적인 여성이라는 점에서 이치의 인물 조형은 어리석은 어머니를 대신하는 역할로 필연적인 것이며 중요한 의미를 가지고 있다고 생각된다.

마침내 이치에게 마지막으로 취조를 하며 '그렇다면 지금 너에게 한 가지만 묻겠는데 대신해서 죽겠다는 것을 들어준다면, 너희들은 바로 죽게 될 거야. 아버지의 얼굴을 볼 수가 없을 텐데 그래도 괜찮겠느냐(「마지막 한마디」, 5;165)라는 물음에 '괜찮습니다'라고 냉정한 어조로 말한 후 '조정에서 하시는 일에는 잘못이 없을 테니까요'(「마지막 한 마디」, 5;165)라고 말하는 강한 대답은 소위 작품의 제목이 된 〈마지막 한 마디〉임에 의심할 여지가 없다고 생각한다.

이와 같이 이치의 〈마지막 한 마디〉의 창출 배경에 대해 코보리 케이 이치로는 '헌신도 반항도 그것이 소기의 목적을 달성하기 위해서는, 그러나 주인공 이치에게서 보이는 불퇴전의 의지의 강인함과, 그리고 어떤 종류의 합리적인 사고의 힘에 의해 지탱되어 있지 않으면 안 된다'[22]

고 지적하고 있는데, 이런 작품의 구도야말로 오오가이의 계산에 의한 〈역사 벗어나기〉의 산물이 아닐까 생각된다. 오오가이는 이치의 행위에 대해 '헌신 속에 숨어 있는 반항의 칼날'(「마지막 한 마디」, 5;166)이라고 쓰고 있는데, 이러한 이치의 행위는 '몸을 던진 헌신적인 행위로 충천해 있는 민중의 비판 에너지'[23)로부터 나온 것이라고 말할 수 있다.

이와 같이 '민중의 비판 에너지가 나올 수 있었던 것은 심문과정의 합리적이지 못한 관헌의 모습에도 잘 드러나 있다. 사사는 이치를 심문하며 논리적인 모순을 발견하여 진위 여부를 가리는 것이 아니라, 관아의 뜰에 고문도구를 늘어놓고 아이들을 위협하면 무서워서 사실을 말하게 될 것이라고 믿고 있는 전근대적인 사고의 소유자로 그려지고 있을 뿐이다.

그런데 이와 같은 사사의 봉건적인 사고방식과 행위는 봉건시대의 인물상을 대표하고 있는 어리석은 이치의 어머니는 다스릴 수 있을지 모른다. 그러나 이지적인 사고에 뒷받침 된 이치는 다스릴 수 없다는 오오가이의 의도가 투영되어 있는 것으로 그 의도란 이치의 희생정신을 투영하고자 하는 의도인 것이다.

이치의 강인한 희생정신에 의해 이치 아버지는 참수형이 유배형으로 감형된다. 그러나 그 감형의 배경에는 '효녀에 대한 동정은 약했지만 당시 행정사법의 원시적인 기관이 자연스럽게 움직여서 이치의 탄원은 예기치 않게 관철되었다'(「마지막 한 마디」, 5;166)고 오오가이는 말하고 있다. 일종의 부연 설명인 셈인데 그 권력을 집행하는 집행자는 합리적인 결정에 의해 집행되어야 한다는 것을 강조한 것이기 때문에 '서민의 모습을 빌린 오오가이의 격렬한 울분'[24)이며 당시의 권위주의와 무사안일주의로 일관하고 있는 관료에 대한 통렬한 비판이라고도 할 수 있다. 바꾸어 말하면 그 권위의 사용에 있어 합리적으로 사용하지 않고 권위로만 일관

할 경우 나이 어린 소녀 한 명조차도 다스릴 수 없다는 비판인 셈이다.

작품은 이치의 이런 희생정신에 힘입어 유배지로 가는 아버지를 배웅하기 위하여 '카츠라야 가의 가족은 다시 관아의 부름을 받고 아버지에게 작별인사를 고할 수 있었다'(「마지막 한 마디」, 5;167)고 막을 내리고 있다. 「산쇼 다유」의 여주인공 안쥬와 마찬가지로 장녀 이치의 희생을 담보로 한 강인한 의지에 의해 참수형이라는 역경으로부터 아버지를 구출할 수 있게 된 것이다. 비록 유배를 가기는 하지만 참수형 집행만 면하게 해 주면 자신들 5명이 죽임을 당해도 좋다는 배수의 진을 친 희생정신 덕택에 한 가족 모두가 역경에서 탈출하는 구도로 막을 내리고 있다고 할 수 있다.

4. 형을 위한 동생의 자살 시도 ―「타카세부네」

「타카세부네(高瀨舟)」는 1916년 1월 『중앙공론』에 게재된 역사소설이다. 주인공 키스케(喜助) 형제는 어려서 전염병으로 부모를 잃고 고아가 되었으나 주변 사람들의 보살핌으로 얼어 죽거나 굶어죽는 일 없이 살아남았다. 성장해서는 동생과 함께 베 짜는 공장에서 같이 일하고 있었는데, 동생이 병으로 일할 수 없게 되었다. 어느날 키스케가 돌아와 보니, 동생이 자살을 시도하였는데 아직 숨이 끊어지지 않고 피투성이가 되어 괴로워하고 있는 것을 발견하고 그 자초지종을 물으니 '어차피 나을 수 없는 병이라면 빨리 죽어 형을 편하게 해 주고 싶어서 자살을 기도하였다'(「타카세부네」, 5;178)고 말한다. 어찌할 방법을 찾지 못하고 당황해 있는 키스케에게 동생은 칼을 잘 뽑아 주면 고통 없이 죽을 수 있으니까 도와달라고 말한다. 동생의 요청에 키스케는 마침내 칼을 뽑아 동생의 죽음을 돕는다. 키스케는 동생을 죽게 한 죄로 잡혀간 후 유배형에 처해지게 되어 유배지로 보내는 배에 태워진다.

키스케를 호송하는 포졸 쇼오베(庄兵衛)는 동생을 죽인 경위를 주인공 키스케로부터 듣고 난 후 고통으로부터 구해주기 위해 동생을 죽게 한 것이 과연 죄가 되는 것인가라는 의문을 품게 된다. 또한 유배형을 언도받은 키스케는 섬에서 살아갈 정착금으로 200푼이라는 얼마 안 되는 돈을 받게 되는데 이 작은 돈에 만족하는 것을 보고 포졸 쇼오베는 감탄을 하게 된다.

오오가이는 「타카세부네」 집필 후기라고 할 수 있는 「타카세부네 유래(高瀬舟緣起)」를 동시에 집필하였는데 「타카세부네」의 창작 소재가 된 사료(史料)의 출전을 밝히면서 재산의 문제와 안락사 문제에 대해 오오가이 자신의 의견을 밝히고 있다. 여기서 재산의 문제에 대해 '흥미롭다'고 말하고 안락사 문제에 대해서는 '대단히 흥미롭다'고 말하고 있다.

이와 같이 작품의 내용과 오오가이가 「타카세부네 유래」에서 밝힌 두 가지의 관점으로 인해 「타카세부네」는 '안락사 문제'와 '재산의 문제'라는 이중 테마를 가지고 있다는 점에 이견이 없다는 것이 현재까지의 연구의 주된 관점이다. 이에 동반하여 한 작품에서 두 개의 테마가 서로 팽팽한 대립을 하고 있다는 점에서 「타카세부네」는 오오가이의 창작 능력과 관련하여 '어떤 한계를 인정하지 않을 수 없다'[25]는 지적을 받기도 하는 작품이기도 하다.

또한 작품의 결말 부분에 '권위에 따를 수밖에 없다는 생각이 들었다'며 '원님의 판단을 그대로 자신의 판단으로 하려고 생각했다'(「타카세부네」, 5;181)는 문장으로 인하여 「타카세부네」는 '맹목적인 존경 비판'[26]이라는 지적과 함께 권력의 중심부에 있었던 오오가이와 권력을 연결시키는 선행연구가 있는 것 또한 사실이다.

「타카세부네」의 키스케 형제는 세상 물정을 모르는 어린 시절부터 부모를 잃는 역경에 처하게 되는데 가련한 키스케 형제의 처지는 다음과 같은 문장에 명확하게 드러나 있다.

> 저는 어릴 때 부모님이 전염병으로 돌아기시고 동생과 둘이 남게 되었습니다. 처음에는 마치 처마 밑에서 태어난 강아지에게 동정을 베풀 듯이 마을 사람들이 은혜를 베풀어주셔서 근처에 심부름 같은 것을 하며 굶거나 얼어 죽지도 않고 자랐습니다. 점차 성장해서 직장을 구하는데도 되도록 두 사람이 헤어지지 않도록 하며 함께 있으면서 서도 도우며 일했습니다.
>
> (「타카세부네」, 5;177)

위의 문장에서 보는 것처럼 키스케 형제에게 닥친 역경은 얼마나 참담한 것이었는지 충분히 짐작할 수 있다. 앞으로 두 형제에게 닥쳐올 시련 또한 충분히 예견이 되기도 하는 대목이다. 이런 두 고아를 불쌍하게 여긴 마을 사람들의 도움이 없었더라면 살아남지 못했을 것임은 자명한 사실이다. 성장해서도 헤어져서는 살아남지 못할 것 같은 두려움 때문에 두 형제는 '헤어지지 않도록' 노려했으며, 지장을 구해도 같은 직장을 구하려고 노력한 것이다.

형 키스케는 동생이 낫기 힘든 불치의 병으로 시달리고 있을 때, 서른 살 남짓 되는 남자의 몸으로 혼자서 돈을 벌고 동생의 병간호와 취사를 해결해야 했다. 당시의 혼인 습관으로 보아 혼기를 한참 넘긴 남자의 몸으로 1인 3역의 역할을 한 셈이다.

자신의 병이 도저히 호전될 수 없다고 생각한 동생은 혼자서 막일을 하러 다니고 취사를 해결하며 자신의 간병까지 책임져야 하는 형을 편

하게 해 주기 위해 자살을 시도하는데 동생의 자살 시도 장면을 키스케
는 다음과 같이 진술하고 있다.

> 어느 날 평소처럼 아무런 생각 없이 돌아와 보니 동생은 이불 위에 엎드
> 려 있는데 주위는 온통 피투성이인 것입니다. 나는 아연실색하여 손에 들
> 고 있던 대나무 껍질로 만든 바구니랑 무언가를 내팽개치고 옆에 가서 "어
> 찌된 일이야" 하고 말했습니다. (중략) "미안해. 어차피 나을 것 같지도 않
> 은 병이라서 빨리 죽어 형을 편하게 해 주고 싶었던 거야. 더욱 깊숙이 찔러
> 야 한다고 생각해서 힘껏 밀어넣으니 옆으로 빗나가 버렸어. 칼은 빗나가
> 지는 않은 것 같아. 이걸 잘 뽑아 주면 나는 죽을 수 있을 거라고 생각해".
>
> (「타카세부네」, 5;178)

위의 문장은 절박한 상황이기는 하지만 '어차피 나을 수 없는 병이라
면 빨리 죽어서 조금이라도 형을 편하게 해 주고 싶다고 생각'(「타카세부
네」, 5;178)한 동생의 의지가 잘 드러나 있다.

이와 같은 동생의 확고한 자신의 희생 의지에 비해 형 키스케는 아무
런 생각 없이 '동생의 재촉에 의해, 어쩔 수 없이 칼을 뽑아 동생의 소원
을 들어줄 뿐이다. 작품에서 유일한 동생의 대사인 이 한 마디야말로
자신의 희생으로 형을 역경에서 탈출시키려는 강한 의지의 표출이라고
생각된다.

왜냐하면 자살 시도는 도저히 호전될 수 없다고 판단한 동생이 형의
고생을 덜어주기 위한 것이고, 그 결과에 의해서 형은 얼마 되지 않은
200푼을 정착금으로 받았기 때문이다. 그리고 그 정착금은 비록 얼마
되지 않은 돈이지만 키스케한테는 지금까지 한 번도 수중에 넣어본 적
이 없는 거금이기 때문이다.

결국, 형을 편하게 해 주겠다는 생각으로 자살이라는 극단적인 방법
을 동원하지만 동생의 이 극단적인 방법에 의해서 형을 역경에서 탈출

시키게 된다. 비록 동생의 자살을 도운 죄로 돌아올 수 없는 먼 섬에 유배를 가게 되지만 오히려 그 유배지는 키스케에게 있어서는 마음의 안정을 찾을 수 있는 곳이기에 정착금으로 받은 200푼을 저축이라고 생각할 수 있는 마음의 여유까지 갖게 된 것이라고 할 수 있다. 「산쇼 다유」의 누나 안쥬나 「마지막 한 마디」의 장녀 이치의 희생에 의해서 가족이 역경에서 탈출된 것과 마찬가지로 어려서 부모를 잃고 역경에 처한 「타카세부네」의 형 키스케는 동생의 자살이라는 희생에 의해 비록 유배자가 되었지만 역경에서 탈출한 것이라고 말할 수 있다.

5. 맺음말

이상으로 모리 오오가이(森鷗外)의 '역사 벗어나기' 계열에 속한 역사 소설 중에서 「산쇼 다유」와 「마지막 한마디」, 그리고 「타카세부네」를 고찰해 보았다. 「산쇼 다유(「山椒大夫」)」에는 '위정자에 대한 시점' 외에 주인공 안쥬의 권력에 대한 반항이 그려져 있고, 「마지막 한 마디(最後の 句)」는 '정치의 실체에 대한 비판」 등이 주된 데미로 되이 있으며 그 테마에 맞추어 이루어진 선행연구가 주를 이루고 있다. 또한 「타카세부 네(高瀬舟)」는 안락사 문제와 재산에 대한 문제가 테마로 되어 있다는 것은 주지의 사실이다.

그러나 이 세 작품에 공통되어 있는 점은 가족이 역경에 처하게 되고 그 역경으로부터 탈출시키기 위해 가족 중의 한 사람이 희생을 감수하 고 자신의 의지를 실행에 옮겨 결국은 역경에서 탈출시키는 내용이 공 통되어 있다고 보고 이 점에 초점을 맞추어 작품을 고찰해 보았다.

「산쇼 다유」의 주인공 안쥬는 유배된 아버지를 만나러 가는 도중에 인신매매범의 꾐에 빠져 어머니와 헤어지고 어린 동생과 산쇼 다유에게 팔려와 노예와 같은 생활을 하게 된다. 자신들이 처한 역경에서 탈출을 시도하고 그 탈출을 성공시키기 위해 동생 혼자 만을 탈출시킨 후 자신은 강물에 투신하여 최후를 맞는다. 역경에서 탈출한 동생은 그 고을의 수령이 되어 헤어져 장님이 된 어머니를 찾고 어머니는 눈을 뜨게 되는데 이런 역경으로부터의 탈출은 안쥬의 희생에 의해 이루어지고 있다고 할 수 있다.

「마지막 한 마디」의 여주인공 이치는 3일 후에 사형을 당하는 아버지를 구출하기 위하여 자신들의 목숨과 바꾸자는 탄원서를 내는 의지가 강한 소녀로 투영되어 있다. 이러한 이치의 불굴의 의지에 기인한 희생의 각오를 통해서 아버지는 참수형을 면하게 된다. 비록 완전한 형 집행 면제가 아니라 참수형이 유배형으로 바뀌기는 했지만 자신의 형제 다섯 명이 죽음을 대신하고 아버지를 구하자는 의도가 성공한 것이라고 할 수 있다. 따라서 여주인공 이치는 「산쇼 다유」의 여주인공 안쥬와 마찬가지로 강인한 의지에 기인한 희생의 각오를 통해서 가족을 역경으로부터 구출하는 의지적인 인물이다. 그리고 이런 불굴의 의지야말로 어떠한 역경도 헤쳐 나갈 수 있다는 점을 오오가이는 작품을 통해서 역설하고 있다는 점을 알 수 있었다.

「타카세부네」는 어려서 전염병으로 부모를 잃고 고아가 되어 주위 사람들의 보살핌이 없었더라면 살아남을 수 없는 역경에 처하게 된다. 어느 정도 성장해서 같은 곳에서 막노동을 하게 되지만 나을 수 없는 병을 앓게 된 동생이 자살을 시도하게 된다. 그런데 이러한 동생의 자살 시도는 단순히 고통을 견디기 힘들어서 취한 행동이 아니라 자신 때문

에 고생하는 형을 편하게 해 주겠다는 동생의 의지가 작용하고 있다고
할 수 있다. 결국 동생의 형을 위한 희생 덕택에 형은 유배자의 신세가
되었지만 빈곤이라는 역경에서 탈출하여 정착금으로 받은 200편을 저축
할 수 있다고 생각하며 편한 마음으로 유배지로 향하는 있는 것이다.

이상과 같이 세 작품은 각기 다른 주제를 내포하고 있지만, 주인공 가
족이 역경에 처하게 되고 역경에 처한 가족을 역경에서 탈출시키기 위해
가족 중의 한 사람, 또는 일원이 강한 희생의 각오를 가지고 실행에 옮겨
역경에서 탈출시키는 공통점이 내포되어 있다는 것을 알 수 있었다.

【주】

* 동남보건대학교 관광일어과 부교수
1) 당시 동경의학교의 최소입학 연령에 미달하였기 때문에 두 살을 올려 원서를 제출하
   였는데 이후 공식적으로는 이 나이를 사용했다.
2) 이나가키 타츠로(稲垣達郎), 『近代文學鑑賞講座』, 角川書店, 1967, 16쪽.
3) 1899년 6월 8일 일본 육군 군의감이 되어 큐우슈(九州)의 코쿠라(小倉) 소재 제 12사
   단 군의부장에 임명되었다. 이것은 계급은 승진이 되었지만 청일전쟁에 출동한 것
   외에는 동경을 벗어난 적이 없었던 오오가이에게 있어서는 명백한 좌천었다고 일컬
   어진다.
4) 키노시타 모쿠타로(木下杢太郎), 「森鷗外」, 『森鷗外全集』＜別卷＞, 築摩書房, 1983,
   19쪽.
5) 1910년 5월 나가노(長野) 현을 필두로 하여 일본 각지에서 코오토쿠 슈우수이(幸德
   秋水)를 비롯한 사회주의자・무정부주의자 26명이 메이지 천황 암살 계획 혐의로
   기소되어 1910년 1월 12명이 사형에 처해진 사건.
6) 모리 오오가이(森鷗外), 「澁江抽齋」, 『鷗外選集』＜第 6 卷＞, 1983. 10쪽. 이하 동
   선집의 인용은 (「작품명」, 전집권수;쪽수)로 약기한다.
7) 오오가이는 「산쇼 다유(山椒大夫 ; 1915.1)」의 집필동기이자 자신의 역사소설 관을
   피력한 글인 「역사그대로와 역사 벗어나기(歷史其儘と歷史離れ)」를 1915년 1월에
   집필하였다. 오오가이는 이 글에서 역사를 존중하는 의식에서 사료(史料)의 내용을
   변경하지 않고 그대로 소설화시킨 것을 '歷史其儘'라 하고, 역사의 속박에서 벗어나
   고 싶어 사료를 변경하여 테마 소설적인 수법을 취한 것을 '歷史離れ'라고 표기하고
   있는데 원문의 뜻을 따라 '역사 그대로'와 '역사 벗어나기'로 번역한다.
8) 산쇼 다유(山椒大夫)는 섹쿄부시(説経節)에 나오는 전설상의 인물로 당고(丹後国;
   현재의 쿄오토 북부에 해당하는 옛지명) 지방의 부자로 비도덕한 일을 일삼다가 탈

출에 성공하여 복권된 즈시오(厨子王)에게 복수를 당하는 인과응보 설화의 대표적인
인물.

9) 야마사키 쿠니노리(山崎國紀), 『森鷗外―＜恨に生きる＞―』, 講談社, 1983, 214
쪽.

10) 하야시 마사코(林正子), 「異郷における森鷗外　―その自己像獲得への試み」, 近
代文藝社, 1993, 175쪽.

11) 야마사키 쿠니노리(山崎國紀), 『森鷗外』, 講談社, 1976, 207쪽.

12) 미즈자와 후지오(水沢不二夫), 「森鷗外『山淑大夫』の治者」, 『日本文学』〈vol 43〉,
1994.4, 34쪽.

13) 경전(經典)이나 불교의 교리를 해설하는 설법(說法)의 한 방편으로 근세 초기부터
성행한 민중예능의 하나. 처음에는 설법에 중심을 두고 징을 두드리는 정도였으나
점차 '샤미센(三味線)' 등의 악기가 등장하며 공연예술화 되어감. 『説経節』는 여러
종류가 있는데 오오가이가 「산쇼 다유」 집필에 사용한 『説経節』 정본은 칸분(寛文)
7년에 완성된 야마모토 큐베(山本九兵衛)판이 정설로 되어 있다고 야마자키 카즈히
데(山崎一穎)는 그의 저서(『森鷗外・歴史小説研究』, 桜楓社, 1981, 191쪽)에서 밝
히고 있다.

14) 코보리 케이이치로(小堀桂一郎), 「解説：鷗外の創作　―『境事件』『高瀬舟』『山房
札記』―」, 『鷗外選集』〈第5巻〉, 311쪽.

15) 세이타 후미타케(清田文武), 「鷗外の歴史小説における人間像の形成　―〈待つ〉
〈耐える〉という契機を中心に―」, 『森鷗外』〈Ⅱ〉 日本文学研究資料叢書, 有精
堂, 1986, 197쪽.

16) 헤이안(平安)시대 이후 천황을 보좌하여 정무를 맡아보던 최고의 직책.

17) 키타가와 요시오(北川伊男), 『森鷗外の観照と幻影』, 近代文藝社, 1984, 164쪽.

18) 「마지막 한 마디」의 집필에 있어서 사용된 자료는 『이야기 한 마디(一話一言)』 외에
다른 자료도 함께 사용했다는 하세가와 이즈미(長谷川泉)의 연구(『増補 森鷗外論考』,
明治書院, 1960』)와, 『이야기 한 마디』을 기본 자료로 사용하였다는 오가타 츠도무
(尾形仂)의 연구(『森鷗外の歴史小説 ―史料と方法―』, 筑摩書房, 1980)가 있는
데, 원전과 작품과를 대비해서 볼 때 줄거리가 같은 『이야기 한마디(一話一言)』를
기본 구도로 하여 집필되었다는 것이 정설로 받아들여지고 있다.

19) 카미자와 테이칸(神澤貞幹), 「一話一言」〈2〉, 『日本随筆文学大成』〈別巻〉, 吉川弘
文館, 1978, 95쪽.

20) 가모 요시로(蒲生芳郎), 「作中人物像から見た作品論 〈桂屋いち ―『最後の一句』〉
(長谷川泉編, 『森鷗外断層撮影像』, 至文堂, 1984, 97쪽.

21) 카네코 사치요(金子幸代), 『鷗外と〈女性〉 ―森鷗外論究― 』, 大東出版社, 1992,
184쪽.

22) 코보리 케이이치로(小堀桂一郎), 앞의 책, 313쪽.

23) 이나가키 타츠로(稲垣達朗), 『森鷗外』, 明治書院, 1999, 183쪽.

24) 세누마 시게키(瀬沼茂樹), 『明治人漱石の死』, 『日本文壇史』＜24＞, 講談社, 1979,
188쪽.

25) 야마자키 카즈히데(山崎一穎), 「二生を行く人　森鷗外」, 新典社, 1991, 275쪽.

26) 히라오카 토시오(平岡敏夫), 『鷗外―不遇への共感』, おうふう, 2000, 173쪽.

지식인의 자아성찰

─ 나츠메 소오세키의 『나는 고양이로소이다』 ─

강기석

1. 머리말

『나는 고양이로소이다(吾輩は猫である)』(이하 『고양이』라 함)는 나츠메 소오세키(夏目漱石; 1867~1916, 이하 소오세키라 함)가 1905년 1월부터 1906년 7월까지 11회에 걸쳐 『호토토기스(ホトヽギス)』에 연재한 작품이다.

작품의 성립은 영국 유학 중에 이(異)문화에서 고독과 힘든 생활을 보낸 소오세키 자신을 '이리 무리에 낀 한 마리의 삽살개'[1]라고 회상했을 정도로 어려운 상황이었고, 그런 감정은 일본에 돌아 와서도 멈추지 않고 한층 심화되었다. 이와 같은 상황에서 창작의 의욕과 친구인 타카하마 쿄시(高浜虚子; 1874~1959)의 부탁을 받아들여 이 작품을 쓰게 되었던 것이다. 작가는 '처음부터 정리된 이야기의 줄거리를 읽게 하는 일반 소설이 아니며, 취향도 없고, 구조도 없으며, 앞뒤를 구분할 수 없는 해삼과 같은 문장'[2]이라고 말하고 있으나, 44차례 걸친 인용문과 114명을 인용한 인명을 보더라도 작가의 독서량과 지식을 알 수 있다. 그리고 당시는 러・일전쟁(1904.2~1905.9)으로 전쟁 중에 통신문도 많이 발표되어, 선입관을 배제하고 자신의 일상 신변의 경험을 현실에서 벗어나 자유롭게 가벼운 마음으로 쓰는 사생문 운동이 작품의 탄생에 있어서 필연적인 관계를 갖고 있다고 보아야 할 것이다.

한편 소오세키의 '고양이'라는 동물의 설정에 대해, 마사무네 하쿠쵸(正宗白鳥)는 '이 정도로 미세하고 예리하게 스위프트를 해부하고, 감상했던 사람은 영국에서도 없었음에 틀림없다'3)고 평가하였다. 또한 1904년부터 토오쿄대학에서 18세기 영문학을 강의하고 있던 소오세키가 강조해 논했던 것이 스위프트였던 것에서 알 수 있듯이, 스위프트 작품에서 많은 영향을 받았다고 볼 수 있다. 무명의 영문학자를 일약 문단의 인기작가로 등장시켜 주었던 이 작품은 '고양이'가 여러 등장인물들의 언행을 비평하는 구성으로 되어 있는데, 인간만이 비평의 대상이 아니라 '고양이' 자신도 비평의 대상이 되고, 다시 말해서 인간과 '고양이'를 통틀어서 뛰어넘은 고차원적인 입장이 설정되어 있다. 소오세키의 문학적 업적을 그대로 말하여 주며, 당시 물질문명의 개화에 따른 사회상과 가치관을 '고양이'의 눈을 통해 이야기하고 있다.

그런데 지금까지 『고양이』의 작품에 대한 연구를 살펴보면 해학, 웃음, 풍자라는 것과 관련지어 대부분이 밝은 면에 치중되어 왔던 것이 사실이다. 그러나 본고에서는 이런 점에 중점을 두기보다는 우선 '고양이'가 두 양가인 실업가 계급과 지식인 계급을 비평했다는 점에 초점을 맞추어 카네다가로 향한 비판을 통해 작가 자신의 인식이 발견되는 과정과 구체적으로 쿠샤미 일가로 이어지는 풍자에 나타난 작가의 자아성찰의 모습은 어떻게 이루어졌는가를 고찰하고자 한다.

본고의 고찰 순서로는 우선, 작품에 나오는 '고양이'와 작가의 관계가 어떻게 이루어져서 작품 인물들의 모습을 추적하고 있는지 검토해 보고자 한다. 그리고 다음으로 작품의 유일하게 드라마적 부분인 작가의 모습이 투영된 쿠샤미가(苦沙弥)와 근대 일본의 자본주의를 상징하는 카네다(金田)가를 뚜렷하게 구분지어 이야기하고 있는 모습을 살펴보고자 한다. 마지막으로, 일방적으로 비판을 가했던 카네다가쪽에서 비평을 하면 할수록 자신의 모습을 인식하지 않으면 안되었던 지식인 계급들의 자아 성찰하는 모습과 구체적인 행동으로 옮겨지는 작가의 모습을 고찰하고자 한다.

2. 작품의 내부구조와 배경

이 작품에 대해 여러 작가들의 평가를 보면 '본 궤도에 오른 소오세키의 나오는 대로 말하는 취미에 지나지 않는다'[4] 또는 '무성격, 무구성, 무발전한 비소설적인 소설'[5] 등으로 대단히 날카롭게 지적하고 있다. 즉 이렇게 여러 작가들의 비평은 『고양이』의 창작에 있어 소오세키의 태도에 진지함이 결여되어 있다는 것을 부각시켜주었다. 사실 소오세키가 저구저으로 이 작품을 써 보겠다고 했던 부분도 찾기 어려웠다.

'나는 고양이로소이다. 이름은 아직 없다. 어디에서 태어났는지 도저히 짐작이 가지 않는다'[6]로 작품 『고양이』가 시작된다. 버려진 '고양이'가 오히려 자랑스럽다는 듯이, '나의 이름은 고양이로소이다'고 말하고 있는 장면에서, 작품이 전체적으로 어떻게 진행될 것인가를 조금은 알 수 있을 것이다.

쿄오코 부인의 『소오세키의 추억』에는 쿠마모토 시절의 소오세키가 여자 옷을 몸에 두르고 장난을 쳤던 것이 쓰여있다. 소오세키의 가장 취미라든가 변신 소원은 『고양이』 더 나아가서는 작가 소오세키를 생각하는 시점에서 주목할 만한 것이라고 생각된다.[7]

하지만 위에서 알 수 있듯이, 이 작품에서 고양이의 가면을 쓰고, 고양이의 음성을 사용해 이야기하고 있는 것은 순간적 발상에서 나왔다기보다 작가의 이전부터의 생각에서 나왔다고 보는 것이 좀 더 설득력이 있다고 보아야 할 것이다.

그리고, 작품 안에 쿠샤미(苦沙弥) 선생님 집에 사람들이 모여 담론(談論)을 하고 있다. 그 담론 안에 특히 소오세키는 탐정에 대해서 적극적이다.

나는 때때로 발소리를 죽여 그의 서재를 들여다 본다 (상, 7쪽)

이와 같이 '고양이'는 처음부터 탐정자로 설정되어 있다. 소오세키는 '고양이'의 힘을 빌어 등장인물의 생활과 정신을 추적했던 것이다. 이것은 작가의 인간을 추적하는 방법이라고 말할 수 있다. 또 어떤 사실을 알려고 하는 인간 추구의 의욕에 상당히 힘쓰고 있었다고 할 수 있다. 그리고 소오세키가 탐정에 의해 항상 보고 있다는 추적증세의 이상 심리에 사로잡혀 있다는 것은 아래에서 살펴보겠지만, 아라 마사히토(荒正人)는 소오세키의 추적증세와 '고양이'의 애증병존(愛憎並存)의 관계를 다음과 같이 분석했다.

소오세키는 의식위에서는 탐정을 증오하고 있지만, 의식하에서는 탐정을 사랑하고 있었던 것이다. 탐정을 사랑하지만 그것을 그대로 사랑한다고 하면 윤리적으로 보아 지장이 생긴다. (중략) 소오세키는 현실적으로 탐정으로는 될 수 없었지만 고양이의 형태로 모습을 바꾸면 자유자재로 탐정을 할 수 있었던 것이다.[8]

그래서 '고양이'는 소오세키의 원망(願望), 즉 탐정하고 싶은 기분을 구체화했던 것이다. 탐정하기 싫어했던 소오세키가 뜻밖에도 탐정에 깊은 관심을 보였던 것도 성격에서도 알 수 있듯이, 주위의 움직임에 민감하게 반응하는 신경질적인 태도가 동시에 주위의 움직임을 미세하게 보고 싶은 욕구로 바뀌어서 대응했던 것이다. 다음의 예는 그 단적인 면을 잘 보여주고 있다.

> 토오후우시는 과자접시 안의 카스테라를 집어서 한입에 넣어 먹는다. 우물우물 한참동안은 고통스러운 것 같다. 나는 오늘 아침 떡국 사건이 문득 생각이 난다. 주인이 서재에서 도장을 가지고 나왔을 때는 토오후우시의 위안에 카스테라가 자리잡고 있을 때였다. 주인은 과자접시의 카스테라가 한조각이 부족해진 것을 알아차리지 못한 것 같다. 만약 눈치를 챘다면 제일 먼저 의심받을 것은 나일 것이다. (상, 17쪽)

대단히 미세한 묘사에 조차 그 시점을 주의해 보면, '고양이'의 탐정적 역할이 기본적인 형태로 나타나 있다는 것을 알 수 있다. 또 카네다의 딸 토미코(富子)와의 결혼소문이 난 물리학자 캉게츠(寒月)는 고향에 돌아가 갑자기 다른 여자와 결혼하게 된다. 그전에 결혼이라는 사건을 둘러싸고 그들 사이에는 탐정논의가 쿠사미 선생님을 중심으로 길게 전개된다. 소오세키에 있어서 이 탐정의 문제라는 것은 이후 그의 작품에 여러 형태로 나오고 있기 때문에 이미 많은 사람들이 여러가지 논하고 있지만, 그것이 등장인물들에게서 어떻게 논의되고 있는가를 우선 보도록 하자. 먼저 쿠샤미가 탐정이라는 것은 대체 무엇인가하고 문제를 꺼내어 이런 식으로 말한다.

> 부주의할 때에 사람의 호주머니 속에서 빼내는 것이 소매치기이고, 부주의할 때 사람의 마음 속을 낚는 것이 탐정이다. (하, 202쪽)

그러자 철학자 도쿠셍(独仙)은

> 탐정이라고 하면 20세기 인간은 대개 탐정처럼 되는 경향이 있는데 어떤
> 까닭일까? (하, 203쪽)

하고 말하자 젊은 물리학자인 캉게츠는 '물가가 비싸다고 하고 말 까닭이겠죠'(하, 203쪽)'하고 과학자답게 명쾌한 결론을 내렸고, 토오후우는 '예술취미를 이해하지 못하기 때문이죠'(하, 203쪽)'하고 시인답게 이야기했다. 그리고 메이테이(迷亭)가 '인간에게 문명의 뿔이 나서 별사탕처럼 안달복달하기 때문이죠(하, 203쪽)'하고 각각 자기 관점을 기준으로 이야기하자 마지막으로 주인공 쿠샤미는 이것을 다음과 같이 결론지어 말한다.

> 나의 해석에 의하면 오늘날 세상 사람들의 탐정적 경향은 전적으로 개인
> 의 자각심이 지나치게 강하다는 것이 원인이 되고 있다. 내가 자각심이라
> 고 이름붙인 것은 도쿠셍쪽에서 말하는 견성성불이라든가 자기는 천지와
> 동일체라든가 하는 깨달음의 종류는 아니다. (하, 203쪽)

위에서 보듯이 현재 사람들의 탐정 욕구의 원인은 자기의 자각심이 지나치게 강하다는 것이지만 그 자각심이 동양의 철학자가 이야기했던 자기 본성을 깨닫고 부처가 된다는 견성성불(見性成仏)의 의미가 아니라 물론 부분적으로는 중복되는 부분도 있겠지만 여기서의 자각심이라는 것은 자기의 한계를 아는 것이라고 했다. 이것은 본론 3장에 논할 지식인들의 자기 인식과도 맥을 같이 하여 이해해 볼 수 있는 것이다.

그래서 자기 한계를 감지한 이상 자아 인식의 과잉이라는 말도 있듯이 끊임없는 자기 탈각의 힘을 가함으로서 한시라도 그냥 있을 수 없었다. 그 의식은 거의 병적일 만큼 선명하게 동시에 복잡하게 진행되어 갔지만 그것에 따른 솔직하고 구체적인 행동을 위해 진정한 자기 억압

과 자기의 해체를 동반하지 않으면 안되었다.

　스스로 자기 관찰에 의해 자기의 성찰을 갖는 작자의 의도는 비로소 탐정이라는 기본틀에 넣어서 풀어 나갈 수 있었던 것이다. 이런 심리적 배후에 대해서 소오세키의 시체 해부를 했던 나가요 마타로(長与又郎; 1878~1941)의 「소오세키 씨 해부(夏目漱石氏 解剖)」의 내용을 인용하면,

　　　당뇨병과 관계를 갖는 추적광 같은 이상한 생리가 존재한 것 같다.[9]

고 했다. 또 세누마(瀬沼茂樹)는 '당뇨병에서 온 결과로 보고 있을 뿐만 아니라 이런 종류의 소질이 있고, 당뇨병이 유인했다'고 추정하며 '극히 중대한 문제'라고 지적하고 있다. 이렇듯 작가의 선천적으로 생긴 병적인 추적망상이라든가 추적증세는 당뇨병이라는 것과 관계를 가지면서 생겨났는데, 그것은 항상 자신이 누군가에게 쫓기고 있다고 생각하거나 감지되고 있다고 생각하는데서 오는 것이다. 그러나 정신병리학적 설명만으로 소오세키의 탐정 취미를 설명하기는 좀 무리가 따를 것이다. 단지 소오세키는 자기의 추적 증세의 체험을 탐정으로서 '고양이'에게 이전시킴으로서 그 정신적 위기를 승화하고 극복할 가능성을 보기 시작했던 것은 주지의 사실일 것이나.

3. '고양이'가 본 인간세계의 양상

　'고양이'는 작품 내에서 상반되는 세계의 그룹을 자유롭게 움직이며, 관찰할 수 있는 중간적 입장으로 설정되어 있다. 이 두 세계는 의미적으로 상당한 차이를 보이고 있는데, 한 그룹은 학문을 바탕으로 한 지식인

집단이고, 한 그룹은 경제적으로 풍부한 이익집단인 것이다. 지식인 집단은 확실히 작자의 분신 내지는 같은 부류의 사람이라 생각되는데, 처음에 '고양이'가 보는 지식인 집단은 경멸의 대상으로 보고 있지 않다는 것으로 알 수 있다. 그것에 반해 실업가 계급 쪽을 보면 정도의 차이는 있지만 스위프트 작품에 나오는 철저한 인간 저하의 모습을 볼 수 있다.

> 강하기만 하고 조금도 교육을 받지 않았으니까 (중략) 한편으로는 조금 경멸의 마음도 생겼던 것이다.　　　　　　　　　　　　　　(상, 13쪽)

> 원래 여기 주인은 박사든지 대학교수든지 하면, 상당히 황송해 하는 남자이지만 묘한 것으로는 실업가에 대한 존경의 도는 극히 낮다.　　　　　　　　　　　　　　(상, 89쪽)

그것은 러·일전쟁을 거쳐 메이지라는 시대는 제국주의의 필연적인 함몰(陷没)을 보여줄 만한 큰 경로를 확실하게 보여주었던 것이다. 자본주의 신봉자들의 한 무리인 실업가계급이 서구근대의 정신을 무시하고 실리만 추구하려 했던 것은 그들의 성격 안에 인간, 사회 더 나아가서는 인류, 세계를 불행하게 빠뜨릴 수 있는 요소가 존재할 수 있었고, 그 시대의 지식인이었던 작가로 반영된 작중인물인 쿠샤미 일가에게 인간으로서 정당성을 나타내지 않으면 안된다는 메세지를 심도있게 보여주어야 했던 것이다. 쿠샤미는 이미 그런 시대의 불쾌감에 빠져 위장병에 걸려 있었다는 것을 생각하면 그 이해의 도는 쉬워질 것이다. 모든 세상을 비평해야 했던 '고양이'는 미묘한 차이는 있지만, 자기의 모습이 투영된 지식인 계급에 대해서는 풍자라기 보다는 웃음을 자아내는 정도에서 그려지고 있다. 오히려 지식에 대한 중요성을 돈이라는 세속적인 것과 비교하며, 구분짓고 있는데 다음 문장에서 명확히 알 수 있다.

> 그러나 지식 그 자체에 이르러서는 어떤가 가령 지식에 대한 보수로서
> 무엇인가를 주려고 한다면, 지식이상의 가치있는 것을 주지 않으면 안된다.
> 그러나 지식이상의 보배가 세상에 있을까.　　　　　　　　　(상, 145쪽)

쿠샤미가의 사람들은 이렇듯 작가의 변신인 '고양이'에게, 학문적으로 대변하는 부분에서는 오히려 긍정적인 면으로 묘사되어, 그 시대의 지식의 중요성을 강조했고, 웃음을 사는 면에서도 작가와 '고양이'와 쿠샤미가 동일하다는 입장으로 본다면, 대변인으로서 항상 자기를 변호(辯護)하는 기회를 놓치지 않았다. 즉 풍자에는 크게 두 가지의 속뜻이 있듯이 어떤 교화와 자기를 고치는데 힘을 실어 풍자하였던 것이다. 카네다 쪽에게도 물론 교화와 고침의 뜻을 전하는 면도 있으나, 그보다 선행되어 철저하게 조소하고 부정하며 가차없는 비판을 하고 있다. 하나코의 방문을 계기로 해서 모습을 나타내는 실업가 쪽은 냉혹(冷酷), 몰인정한 문명을 상징하면서 실업가 비평이라는 점에 주목하여 일본 자본주의 사회의 일면을 지적하고 있다.

> 나는 실업가는 학생시절부터 대단히 싫다. 돈만 얻으면, 무엇이라도 한
> 다. 옛날로 말하면 시정배이기 때문에.　　　　　　　　　(상, 132쪽)

이 짧은 문장에 작가가 보는 실업가의 모습이 잘 나타나 있다고 해도 과언은 아닐 것이다. 그런데 우선 작가가 부자 계급의 반발, 부호 또는 실업가의 혐오를 갖고 있는 것은 소오세키와 돈의 문제에서 그 원인을 찾을 수 있다. 아라 마사히토(荒正人)는 다음과 같이 말했다.

> 소오세키 생애에는 그 학생시절과 영국유학시절, 귀국 후 몇 년 동안
> 세 번의 궁핍시절이 있었다.[10]

영국유학시절 돈이 없어서 사무칠 정도로 고생스러웠던 '고양이'로 투영된 소오세키의 기억으로서는 돈의 위력을 통감하면서도 돈만 있으면 무학(無学)도, 부도덕도 인정되고 존경받는 것에 가슴 속 한 구석에서부터 반발을 느끼고, 돈만 있으면 무엇이라도 한다는 카네다 일당을 경멸하고 조소하지 않을 수 없었다. 부자에 대한 반발은 소오세키의 가슴을 오랫 동안 깊게 지배했었다. 소오세키는 1914년 학습원보인회(学習院輔仁会)에서 행한 「나의 개인주의(私の個人主義)」라는 강연에서도 앞에서와 같은 신념을 담담하게 지적하고 있었다. 근본에 있어서 실업가에 조금도 양보의 의지가 없는 모습으로 서술하고 있다. 이와 같은 울분이 '고양이'를 통해 실업가인 카네다 일가에 향하고 있는 것이고, 그래서 쿠샤미를 포함한 그 주위의 사람에게 극도로 경멸당하고 있는 것이다. 그것은 외적인 면과 내적인 면에서도 볼 수 있다.

> 코가 얼굴 중앙에 진을 치고 묘하게 버티고 있지 (중략) 남편을 해치는 얼굴일세 (중략) 영국제 트위이드를 입고, 화려한 옷깃에 장식을 하고 가슴에 금빛나는 시계줄조차 반짝거리게 하는 모습 (중략) 돈을 만들려면 삼각술을 사용하지 않으면 안된다는 거야. 의리에 어긋나고, 인정을 져버리고, 창피를 당하고, 이것으로 삼각이 된다는 말일세. 재미있지 않은가. 허허.
> (상, 131~132쪽)

쿠샤미 선생님이 실업가와 시정배를 같은 신분으로 본 이유는 이와 같이 삼각술을 아무렇지 않게 사용할 수 있기 때문인 것이다. 그것은 '세상을 움직이는 것은 확실히 돈이다. 이 돈이 공훈을 알고, 이 돈이 위력을 자유롭게 발휘한다'(하, 68쪽)고 말한 부분에서 알 수 있듯이, 염치를 모르고 이윤추구라는 목적하에 길들어진 시정배의 근성을 보고 새로운 교양을 가진 계급으로서는 반감을 갖지 않을 수는 없다. 부도덕하고, 무학(無学)하고, 교양이 없더라도 메이지 유신이전과는 달리, 금력 남용(金力濫用)이라는 사회의 부패성을 가진 일본 자본주의 모습을 깨닫고 있었던 것이다. 그것은 지금 시대에 사는 사람이 보아도 간과해서는 안 될 중요한 덕목으로 남고 있는 것이다. 카네다 일가는 또 결혼문제를 비롯한 라쿠웅캉(落雲館) 사건에서도 쿠샤미의 친구인 스즈키(鈴木)와 교사인 츠키(津木), 후쿠지(福地)와 라쿠웅캉의 중학생 등을 돈으로 사, 금권만능이라는 세계로서 만들어 쿠샤미를 한층 더 곤경에 처하도록 꾸미고 있음을 다음의 예에서 알 수 있다.

> 자네가 그 사람을 만나서 이해를 잘 설명해 주지 않겠나 (중략) 일신상의 편의도 충분히 헤아려 주겠고, 비위에 거슬리는 듯한 짓도 그만두겠어. (중략) 본인의 손해이기 때문이야. 예 정말 말씀하시는 대로 어리석은 저항을 하는 것은 본인의 손해가 될 뿐, 아무런 이익도 없는 짓이므로 잘 일러 주지요.　　　　　　　　　　　　　　　　　　　　　　(상, 123쪽)

쿠샤미에게 체면이 손상된 카네다 부인은 이미 보복을 준비하고 있다. 쿠샤미의 불만을 토오쥬우로(藤十郞)에 향해 숨김없이 털어 놓는데, 하나코 부인의 말에는 이미 이해와 지배의 추상적인 관계로 생각하고 있다. 돈을 만들기 위해서 의리에 어긋나고, 인정을 져버리고, 장피를 딩한다는 심긱술의 필요성으로 생각하는 생활 신조가 정확히게 그 언어의 구조에 잘 반영되고 있는 것이다. 카네다 부인의 논리는 일상적인 논리를 넘은 인간관계의 여러 가지 국면을 돈이 만들어낸다는 추상적 관계로 받아들인 것이다. 그렇기 때문에 쿠샤미에게 '묘한 것으로는 실업가에 대한 존경의 도는 극히 낮다'(상, 89쪽)고 했던 것이다. 그것에 대응관계로 성립시켜 주는 것이 유키에(雪江)에게 전해 들은 바카타케(馬鹿竹)의 이야기인 것이다.

위조지폐를 많이 만들어서 자 갖고 싶지. (중략) 허풍장이도 어쩔 수 없
기 때문에 도저히 나의 재간으로는 저 부처는 어떻게 할 수 없다고 항복했
다고 합니다. (중략) 움직여 주세요 하고 말했더니 부처님은 곧 그런가 그
러면 빨리 그렇게 말하면 좋았을텐데 하고 어슬렁 어슬렁 움직이기 시작했
다고 합니다.   (하, 137~140쪽)

길가의 한가운데 서 있는 큰 돌부처를 움직이기 위해 마을 사람들이
생각해 낸 책략은 먼저 물리적인 힘이며, 금전 유혹과 권력의 협박이었
다. 이런 시험이 모두 실패한 후 등장하는 바카타케의 '움직여 주세요'
라는 소리에 응하여 부처는 천천히 움직이기 시작했다. 이 돌부처의
모습은 직접적으로는 캉게츠의 결혼문제를 둘러싸고 복잡해지기 시작
한 카네다가 대(対) 쿠샤미가의 불화로 옮겨 볼 수 있는데, 금력을 동원
해 여러가지 박해에 굴하지 않는 쿠샤미의 완고에는 확실히 돌부처의
취지가 있고 주목의 가치가 있다. 다시 말해서 약삭빠른자의 물질과
위조지폐, 허풍장이의 의복 등 다른 술책은 금력, 권력이다. 그러나 돌
부처는 그것으로는 움직이지 않았다. 그것은 금권만능의 실업가에게
모든 것이 돈, 권력에 의해 만들어지는 것이 아니라 정직의 논리에 의해
달성되는 것이라고 격양된 어조로 '고양이'는 이야기하고 있다.

4. 현실을 직시하는 작가의 인식

그런데 한쪽의 비평을 가하면서 작가는 자기의 부족한 모습을 깨닫
게 되었다. 대두되는 계층에 대한 몰락하는 계층의 '시대에 맞지 않는
행동'도 있었음을 알게 된 것이다. 소오세키는 '시대에 맞지 않는 행동'
에 대해 사회성, 정당성을 강조하였으나 결국 메이지 지식인들의 무력

감의 모습으로 비추어질 수밖에 없었다. 그것은 바로 자기의 인식, 자기의 반성을 통한 구체적인 탈각이 필요하다는 사실이었다.

쿠샤미 선생님을 비롯한 메이테이, 캉게츠(寒月), 토오후(東風), 도쿠셍(独仙) 등은 모두 태평일민(太平逸民)이라고 불린다. 그들은 모두 학문적 소양을 가진 사람들이다. 하지만 실행력이 없는 자로서 일치하고 있다. 그들은 앞에서 살펴보았듯이 소오세키 분신이었다. 그래서 작가인 소오세키가 자기의 투영된 모습을 변호하고 대변했다. 하지만 실행력 없는 자라는 생각에는 소오세키도 나름대로 느끼고 있었다.

> 그는 위장병으로 피부색이 담황색을 띠고, 탄력없이 활발하지 못한 징후를 나타내고 있다. 그런데도 많은 음식을 먹는다. 많은 음식을 먹은 후, 타카 자스타제 소화제를 먹는다. 먹은 후에, 책을 편다. 2, 3페이지 읽으면 졸리워진다. 침을 책 위에 늘어뜨린다.　　　　　　　　(상, 7쪽)

금권주의의 비판을 했던 지식인 작가는 자아의 인식으로 자기의 주위를 보지 않으면 안되었다. 다음과 같은 '고양이'의 말은 의미심장하다고 볼 수 있다.

> 태평스러워 보이는 사람늘노 마음의 밑바낙을 두드려 보먼 어딘가 슬픈 소리가 난다. 진리를 터득한 것 같아도 도쿠셍군의 발은 역시 지면 이외는 밟지 못한다. 마음이 편안할 지 모르지만 메이테이군의 세상은 그림에 그린 세상은 아니다. 캉게츠는 구슬 갈기를 그만두고 드디어 고향에서 마누라를 데리고 왔다. 이것이 지당하다.　　　　　　　　(하, 228쪽)

'고양이'의 일반적 자기 비판, 고발은 익숙한 기계적인 고발이 아니고, 절실한 자기 의식 하에 탈각하려는 확실한 작가의 심부에 뿌리박고 있던 것이다. 상호를 서로 이해하기 위해서는 한쪽에 치우치지 말고 양쪽을 관찰함으로 평형은 지속될 수 있었다. 그것은 작가가 투영된 '고양이'를 다시 '고양이'라는 본래의 의미를 부여해서 이룩될 수 있었다.

거울에 비친 자기 응시의 모티브가 결국은 쿠샤미의 구체적인 자기 파괴의 방향으로 전개해 나가는 성질이 된 것도 인간 의식의 심화와 자기 위치의 선명한 확인으로 정확한 인식을 가질 수 있었던 계기가 된 것이다.

> 하나밖에 없는 거울이 서재에 와 있는 이상은 거울이 몽유병에 걸렸거나 또는 주인이 목욕탕에서 가져왔음에 틀림없다 (중략) 주인처럼 이렇게 열심히 들여다 보고 있는 이상은 스스로 자기 얼굴이 무서워짐에 틀림없다.
> (하, 83~84쪽)

> 고양이일지라도 사회적 동물이다. 사회적 동물인 이상은 제아무리 높게 자신을 표시해 놓더라도, 어느 정도까지는 사회와 조화해서 가지 않으면 안된다.
> (상, 173쪽)

이렇듯, 속물들과의 관계 안에서 지식인들도 함께 같은 시대에 살고 있음을 인지해야 했고, 또 어느 정도 맞추어 살아가야 할 소오세키의 감회가 담겨져 있음에 틀림없다.

> 주인은 조만간 위장병으로 죽는다. (중략) 죽는 것이 만물의 정해진 업 보이고 살아 있어도 그다지 도움이 되지 않는다면 빨리 죽는 것만이 현명한 일인지도 모른다. 여러 선생님들의 설에 따르면 인간의 운명은 자살에 귀착된다고 한다.
> (하, 229쪽)

일본 자본주의 사회의 산물로 나온 이익사회의 비판을 하던 작가는 본인 스스로의 고찰 하에 인격사회의 불만을 감지할 수 있었다. 그것은 인간의 운명이 자살에 귀착된다고 하듯, 확실히 죽음으로 다가온 것이다. 작품의 지식인 풍자에 멈추지 않고, 실제적 자기 반성의 모습을 보여 주려고 했던 것이다. 그것은 소오세키의 대변인이었던 '고양이'의 최후 뿐이었다. '고양이'의 죽음은 표면적 우연의 일이 아니라 쿠샤미를 포함한 일본 근대 우울했던 지식인의 모습을 대표해 자기 성찰의 실현에 있어 확실히 보여줄 수 있는 장면이었던 것이다. 그러므로 어두운 죽음의 공간에서도 모든 것을 안 '고양이'는 오히려 편안했고 자연의 힘에 맡기며 저항하지 않는다고 하듯, 소오세키는 확실히 자기의 바람을 실어 '고양이'의 최후를 그리고 있는 것이다.

> '이제 그만두자. 제멋대로 두는 것이 좋다. 허우적 거리는 것은 이뿐으로 이젠 그만두겠다'하고 앞발도 뒷발도 머리도 꼬리도 자연의 힘에 맡기어 저항하지 않기로 했다. (하, 232쪽)

5. 맺음말

본고에서는 나츠메 소오세키(夏目漱石)의 최초의 장편소설인 『나는 고양이로소이다』를 통해 두개의 그룹인 쿠샤미(苦沙弥)가와 카네다(金田)가를 고찰해 보았다. 작가는 두 개의 무리를 동시에 풍자했다기 보다는 우선 자본주의의 이익집단인 실업가 카네다를 신랄하게 풍자하면서 그것과 상대적으로 자기를 인식할 수 있게 되어, 역시 지식계급인 쿠샤미쪽도 그 맥락아래 풍자할 수 있었음을 살펴보았다.

우선 소오세키가 이 작품을 통해 문단으로 진출하려는 야심은 그다지 없었고, 다만 무엇인지 마음에 사무친 것을 글로 털어 놓고 싶은 막연한 충동으로 쓰게 되었음을 알 수 있었다. 이는 영국유학의 심한 고독과 초조함이 일본에 들어와서도 계속된 것에서 비롯된 것이다. 그리고 소오세키의 친구인 타카하마의 권유도 작품을 이루는데 상당한 힘이 되었다. 이런 외적인 요인과 그의 가장취미, 영문학의 스위프트라는 작가의 심오한 관찰이라는 내적 요인에 의해 이 작품은 완성되었던 것이다.

사람은 자기의 이름에 의해 개별성을 갖는 동시에 다른 이름과의 관계성이 성립되듯, 작가는 이름없는 '고양이'를 어디에도 귀속되지 않는 것으로서 다루고 있으면서 그 만큼 자유스로움을 획득시켜 놓았다. 본인의 어렸을 때, 불우한 환경 하에 자랐던 사실과 무명의 '고양이'를 하나의 대변인자로 만들어 놓은 상태에 자기 자신과 현실을 발견해 가려는 의도를 보였던 것이다. 특히 작가의 모든 사물을 탐정적으로 보는 날카로운 시선은 '고양이'라는 매개체를 통해 확연히 보여 주었다.

쿠샤미가 탐정적 경향은 자각심이 강한 것이 원인이 된다고 말했는데, 그 자각심은 우리가 생각하는 자기 본성을 깨닫고 부처가 된다는 '견성성불(見性成仏)'의 의미가 아니라 자기의 한계를 아는 것이라 했다. 아마 그것은 전술하였듯이 자기를 인식하는 과정에서 자기의 한계를 먼저 깨달았던 지식인들의 모습이 아닌가 생각된다.

이상의 작가와 '고양이'의 관계, 탐정적인 관계로서 이 작품의 화자는 서로 대립하는 양쪽의 그룹들을 살펴보았던 것이다. 먼저 카네다가쪽에는 최고의 금권 만능주의라는 이름으로 소오세키가 투영된 인물에게 혹독하게 비평되어지는 모습이 하나하나 선명하게 나타나 있었다. 예를 들면, 쿠샤미가의 캉게츠와 카네다가의 토미코의 결혼 문제, 라쿠웅캉 사건, 하나코 부인의 얼굴의 묘사 등이 그런 것들이었다. 반면 쿠샤미 일가쪽에는 자기의 분신이라는 점과 사회의 지식인으로서 학문이라는 중요성을 강조하면서 긍적적인 면으로 많이 받아들여 극히 애정있는 풍자를 실어 이야기했던 것을 살펴보았다.

그러나 '자각심'이 자기의 한계를 아는 것이라고 하듯이, 현실의 한구석에 틀어박혀 실행력없는 자로서 스스로 인지하고 있었을 때에는, 자기 탈각과 자기 해체의 의미로서 비평하지 않으면 안되었다. 그것은 '고양이'에게 주인의 한계를 노출시키는 데서 시작됨을 알 수 있었다. 책을 보면 곧 잠이 오는 주인의 모습과 지식인들의 바둑판을 두고 조금도 양보가 없는 모습, 자기만을 생각하는 이기주의 심리, 허영심 등을 그대로 묘사했던 것이다. 그 모습은 비판해온 자들에게 더욱 더 불안을 느끼는 데서 오는 자기의 반성이었던 것을 알 수 있었다. 자기반성의 행동은 지식인 비평에 끝나지 않고 구체적인 모습으로 다가 왔던 것이다. 그것은 소오세키의 대변자인 '고양이'의 죽음이었던 것이다. 하지만 그 죽음은 극히 편안함을 가졌다고 했듯이 결코 저항하지 않고 자연 그대로 순수하게 받아 들였다는 데서 다시 한번 작가의 의지를 확인할 수 있었던 것이다. 그것만이 소오세키의 자기 탈각의 최우선 선택이었음도 알 수 있었다. 이 작품이 소오세키의 최초의 장편 소설이라고 할 때, 이 후의 작품에도 이러한 경향의 모습은 많이 있으리라 생각할 수 있다.

이상에서 살펴 본 바와 같이 작품의 드라마적 요소인 양가의 모습을 비교하면서 작가의 자아 인식과 자아 성찰의 구체적인 모습을 이해하는 데 도움이 되었으며, 그의 이 작품이 단지 해학, 골계, 웃음으로 일관된 것으로 연구되어 온 것에서 벗어나 새로운 시각으로 파악하는 것이 필요하다고 생각된다. 따라서 이와 같은 관점에서 그의 초기 작품과 후기 작품이 어떻게 다른가 재분석해 보는 것을 금후의 과제로 삼고자 한다.

【주】

* 디지털서울문화예술대학교 실용영어·일어학과 조교수

1) 일본문학연구자료간행회 편(日本文学研究資料刊行会編), 「夏目漱石」『日本文学研究資料叢書』, 有精堂, 1975, 7~8쪽.

2) 이토오 세이(伊藤整), 『夏目漱石　近代文学鑑賞講座 5』角川書店, 1958, 26쪽.

3) 마사무네 하쿠쵸(正宗白鳥), 「夏目漱石」『日本文学研究資料叢書』有精堂, 1975, 126쪽.

4) 카라키 쥰조(唐木順三), 「夏目漱石」『現代日本文学序説』, 春陽堂, 1932, 283쪽.

5) 세누마 시게키(漱沼茂樹), 『夏目漱石』東京大学出版社, 1987, 96쪽.

6) 나츠메 소오세키(夏目漱石), 『吾輩は猫である』(上·下巻), 岩波書店, 1978, 5쪽 (이하부터는 상, 하와 페이지 수만을 기입한다).

7) 이즈 토시히코(伊豆利彦), 「「猫」の誕生」『吾輩は猫である』桜楓社, 1991, 205쪽.

8) 아라 마사히토(荒正人), 「夏目漱石」『現代作家論全集』, 五月書房, 1957, 131쪽.

9) 일본문학연구자료간행회 편, 위의 책, 64쪽.

10) 카와조에 쿠니모토(川副國基), 『近代日本文学論』, 早稲田大学出版部, 1968, 256쪽 재인용.

3 일본 근대문학자의 〈동해〉 인식[*]

- 이시카와 타쿠보쿠를 중심으로 -

윤재석[**]

1. 머리말

현재, 한국과 일본의 중간에 위치하는 바다의 명칭을 두고 한국은 '동해'라 하고 일본은 '일본해'라고 각각 표기하고 있다.

그런데, 우리나라와는 달리 국제적으로는 '동해'가 아니라 '일본해'가 공식적인 명칭으로 표기되고 있다. 한국의 입장에서 보면, 인정하기 어려운 명칭이라 할 수 있을 것이다.

어째서 이러한 문제가 발생한 것일까?

한국의 입장에서 생각해 보면, 동쪽의 바다이니 '동해'로 불리는 것은 당연한 자연 발생적 명칭이라 할 수 있을 것이다. 이에 대해, 일본은 서해가 아닌 '일본해'와 같이 일본이라는 국가 명이 사용되고 있다. 일반적으로 국가의 지명을 표기할 경우에는 해당 바다의 서쪽에 위치한 국가를 기준으로 하는 것이 국제적 관행으로 되어 있다.

본고는 '동해'와 '일본해' 표기를 둘러 싼 문제를 일본 근대문학자의 동해 인식과 관련지어 생각해 보고자 하는 것이다.

먼저, 역사적으로 '동해'와 '일본해' 표기가 지도상에 어떻게 나타나고 있으며, '동해'의 국제적 공식 명칭이 '일본해'로 된 배경에 대해 살펴보고 자 한다. 이 결과는 한국에서 주장하는 '동해' 표기의 타당성 또는 일본에서 주장하는 '일본해' 표기의 타당성을 입증하는 하나의 단서가 될 수 있을 것이다.

한편, 시각을 달리하여 메이지시대의 문학자를 보면, '동해' '일본해'라는 용어를 다 사용하고 있음을 볼 수 있다. 예로, 일본의 대표적 국민 시인으로 잘 알려진 이시카와 타쿠보쿠(石川啄木)를 볼 수 있다.

타쿠보쿠는 어떠한 의미에서 '동해' '일본해'라는 용어를 사용하고 있는 것일까?

일본 근대 문학자 타쿠보쿠를 통해 본 '동해' '일본해'의 의미 고찰 결과는 문화적, 또는 자연 발생적 측면에서 '동해' 또는 '일본해' 표기의 타당성을 입증하는 하나의 단서가 될 수 있을 것이라 생각된다.

2. 〈동해〉의 역사적 지도 표기

역사적 지도 자료에는 한국과 일본 사이에 있는 바다 명칭이 어떻게 표기되어 있을까?

한국의 고지도에 '동해'라는 명칭이 가장 먼저 나타난 지도는 『신증 동국여지승람』에 수록된 〈팔도총도〉이다. 이 지도는 한국에서 인쇄본으로 간행된 가장 오래된 지도로서, 현재 전해지고 있는 『신증 동국여지승람』은 중종 25년(1530년)에 간행된 것이 일부 전해지고 있으나, 대부분은 임진왜란 후에 복간된 것이다. 이 〈팔도총도〉에는 주로 산과 하천,

바다의 명칭이 기록되어 있다. 바다의 명칭은 동해, 남해, 서해로 기록되어 있다. 그러나 그 지명은 바다부분에 기록되어 있지 않고 동해를 제사지내는 장소에 기입되어 있다. 즉 동해의 신을 제사지내는 강원도 지역에 동해라고 표시되어 있다. 또한, 남해는 전라도에, 서해는 황해도에 표시되어 있다. 아래는 그 〈팔도총도〉이다.

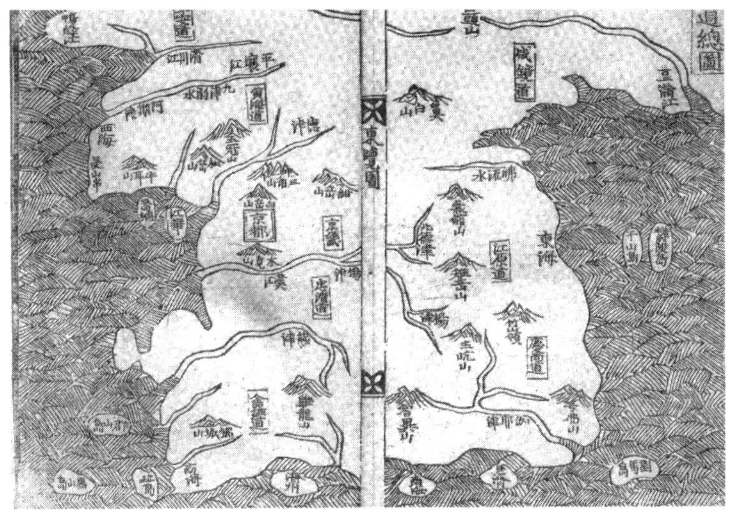

그림 1 〈팔도총도〉『신증 동국여지승람』

　　한국 주변의 바다의 명칭을 명확히 의식하고 제작한 지도로 〈서북궤도〉를 볼 수 있다(서울대학교 규장각 소장). 지도의 명칭에서 알 수 있는 것과 같이 한국 서북부에 위치하는 중국의 북경과 산동반도를 포함하는 화북지방 일부와 만주 지방을 포함하는 관방지도로서, 한국의 북부지방도 자세히 기록되어 있다. 제작연대는 1776년 이전의 것으로 추정된다. 이 지도에는 '동해'라고 뚜렷하게 기록되어 있고, 황해는 발해로 표기되어 있다.

또한, 18세기 말 정조시대에 제작된 전국지도로 화려한 색채가 돋보이는 〈아국총도〉(서울대 규장각 소장)가 있다. 이 지도는 여지도(輿地圖)라고도 한다. 이 지도에는 동해, 서해라는 명칭이 바다 부분에 적절하게 표기되어 있음을 볼 수 있다. 다음은 〈아국총도〉이다.

그림 2 〈아국총도〉

이어, 구한말 개화기 지리교과서인 『신편대한지리』(1907), 『대한지리지』(1907), 『최신초등대한지지』(1909)등에는 '조선해' 또는 '대한해'로 표기되어 있음을 볼 수 있다.

　그러나, 한일강제병합을 전후해서 지도의 ‘동해’명칭에 변화가 나타나는 것을 알 수 있다.

　일본의 식민지가 된 1911년 총독부의 검정을 받아 출간된 『최신조선팔도』를 보면, 종전의 ‘대한해’를 ‘일본해’로, ‘대한해협’이 ‘조선해협’으로 바뀌어져 있음을 볼 수 있는 것이다. <u>즉, ‘일본해’가 일반적으로 사용되게 된 배경에는 청일전쟁, 러일전쟁, 을사보호 조약, 한일합방 등과 같이 한국이 일본의 식민지가 되는 제국주의가 도사리고 있었음을 알 수 있는 것이다.</u>

　한편, 18세기 후반과 19세기의 일본의 지도에서도 ‘조선해’로 표기되어 있음을 볼 수가 있다. 가쓰라가와 호슈(桂川甫周)가 제작한 〈아시아전도〉(1794), 〈일본변계약도〉(1809), 에도 막부 말기 지도제작의 권위자였던 타카하시 카게야스(高橋景保)가 제작한 〈신정만국전도〉(1810), 〈대일본연해전도〉(1854), 〈관허대일본사신전도〉(1870) 등이 그 예라 할 수 있다.[1] 다음은 ‘조선해’라고 뚜렷이 표기되어 있는 〈일본변계약도〉(1809)이다.

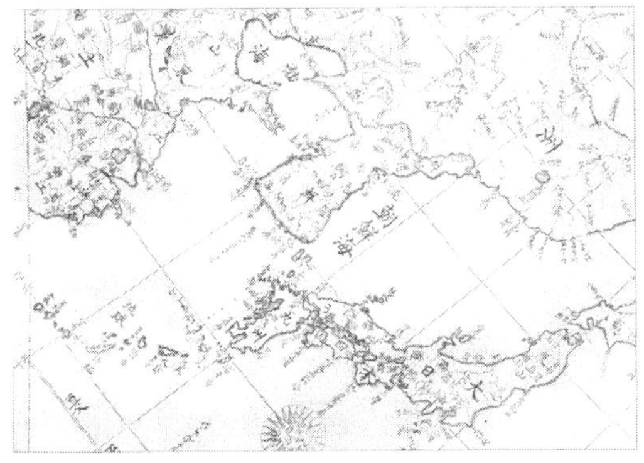

그림 3 〈일본변계약도(1809)〉

중국에서 제작된 지도에도 '동해'로 표기되어 있음을 볼 수 있다. 1613년 중국의 창황이 만든 〈사해화이총도(四海華夷總圖)〉를 보면, 한반도가 '조선'으로 표기되어 있고, 그 아래쪽에 '동해'라고 표기되어 있음을 볼 수 있다. 다음은 그 지도이다.

그림 4 〈사해화이총도(四海華夷總圖)〉

또한, 1600년대 이후 동해 바다에 대한 서양 고지도의 표기를 보면, 〈1615년 고 딘호 데 헤레디아의 "아시아도"에는 한국해(MAR CORIA)로 표기〉, 〈1747년 존 그린의 "동아시아도"에 한국해(Sea of Corea)로 표기〉, 〈1794년 영국 런던에서 제작된 "아시아 섬들과 지역"에는 한국해(COREAN SEA)로 표기〉, 〈1881년 프랑스 들라르마쉬의 "아시아지도"에는 한국해(MER DE COREE)로 표기〉, 〈1840년 런던에서 제작된 라이자스의 "아시아 전도"에 한국만(GULF OF COREA)로 표기〉 등과 같이 대부분이 '한국해'라는 명칭이 사용되고 있다.2)

이상과 같이 한국과 중국, 일본, 서양의 역사적인 지도 자료로 볼 때, 한국과 일본 사이의 바다 명칭의 표기는 '동해'나 '조선해' '한국해'가 대부분이었음을 알 수 있다.

그러면, 현재 '일본해' 표기가 국제적으로 일반화되어 있는 것은 어째서 일까?

3. '동해'의 국제적 공식 명칭이 '일본해'로 된 이유

위에서 살펴 본 바와 같이 대략 19세기 중엽까지, 한국은 '동해' 일본은 '일본해'라 부르는 바다의 명칭이 국제적으로는 주로 '동해' 또는 '한국해'로 표기되어 왔음을 알았다. 즉, '동해'나 '한국해'라는 명칭이 한국에서만 사용되어져 온 것이 아니고 국제적으로도 통용되고 있었던 것이다.

일반적으로 바다의 명칭은 지리적 위치를 고려하여 부르는 것을 원칙이라 할 수 있다. 다음의 인용은 그 예라 할 수 있을 것이다.

> 세계적으로 호칭되는 바다이름을 보면 예외가 있지만 일정한 원칙이 있음을 알게 된다. 그 중의 하나가 해당바다의 서쪽에 있는 국가의 지명을 표기하는 원칙이다. 황해는 중국의 횡하가 흘리드는 바다이기 때문에 "YELLOW SEA"라는 국제공식지명으로 표기된다.
>
> 러시아의 오호츠크시 동쪽바다는 오호츠크해이며, 오키나와 서쪽의 중국 동쪽바다는 동중국해, 필리핀 서쪽의 중국 남쪽바다는 남중국해, 티모르섬의 동쪽바다는 티모르해, 오스트레일리아남부의 태즈매니아 동쪽, 뉴질랜드와의 사이에 있는 바다는 태즈만해, 아라비아반도의 동쪽바다는 아라비아해, 멕시코 동쪽바다는 멕시코만, 캐나다 래브라도 반도의 동쪽바다는 래브라도해, 아프리카 모잠비크 동쪽바다는 모잠비크해, 벵골만의 안다만 동쪽바다는 안다만해라고 표기되고 있다.[3]

이와 같이 '해당바다의 서쪽에 있는 국가의 지명을 표기' 하는 것이 국제적 관행이라 할 수 있는 것이다.

그러면, 대략 19세기 중엽까지 '동해' 또는 '한국해'로 불리던 명칭이 현재 '일본해'로 통용되고 있는 것은 어째서 일까?

여기에는 근대 시기의 식민지 역사가 그 배경이 되고 있다고 할 수 있다.

처음으로, 세계의 바다에 공식적인 명칭을 부여하는 회의인 국제수로 회의가 개최된 것은 1919년의 일이었다. 즉, 당시 한국은 일본의 식민지하에 있었기 때문에 이 회의에 참석할 수 없었던 것이다. 그런데, 이 국제수로회의를 모체로 하여 1921년 모나코에 본부를 둔 국제수로국이 설립되었고, 이 국제수로국은 1929년 『해양과 바다의 경계(Limits of oceans and seas)』라는 해양 관련 서적을 간행하게 된다. 여기에, 일본이 '일본해(Japan sea)'라는 명칭으로 등록하게 된 것이다.[4]

이후, '일본해'는 국제적으로 통용되는 공식 명칭이 되어 현재에 이르게 된 것이라고 할 수 있을 것이다. 말하자면, 동해 바다의 국제적 공식 명칭이 '일본해'로 통용되게 된 배경에는 이와 같은 식민지 제국주의라는 배경이 있었던 것이다.

4. 타쿠보쿠의 '동해'

타쿠보쿠는 러일전쟁이 한창이던 때인 1904년 4월, 이 전쟁에 대한 감회가 실려 있는 다음과 같은 글을 『이와테일보(岩手日報)』에 게재한다.

최근의 전황을 말하면, 한 마디로 이 보다 더 기쁨일은 없을 것이다. 와신상담한지 10년, 이처럼 고귀한 온 국민의 힘과 피를 내 던져 얻은 영광의 전승보에 접하여, 누가 온 성의를 다해 환호의 소리를 외치지 않겠는가?

<u>내 고적함을 좋아하는 자이지만, 또한 촌로의 주흥에 어울려, 애국자임을 자처하기를 주저하지 않는다.</u>

<u>전승의 영광은 이제 엄연한 사실로서 동포의 눈앞에 무지개처럼 드리워져 있다.</u> 이러한 때, 인순고식한 술수로 민중을 우롱하는 과거의 죄를 가지고 당국을 책망하는 따위는, 나로서는 참을 수 없는 것으로써, 단지 어떻게 승리 후의 결속을 다질 것인가 하는 각오를 하게 이르름에, 양식 있는 자는 온 몸으로 질타 독려해야 할 것이 아닌가.   (중략)

<u>동해의 군자국이 세계에 자랑할 수 있는 까닭은, 첫 째로 선혈을 성난 파도에 씻고,</u>   (중략)

<u>즐거이 주흥에 달리고, 잔치에 들뜬 우리 백성은 혹은 역사적 인습으로서 주흥과 잔치를 즐기는 백성의 성격을 만들었는지도 모른다.</u> 이러한 천재일우의 호기회를 맞이하여, 동포로 하여금 만일 유구한 광영을 계획하지 않게 하고, 헛되이 일시적인 군사의 승리와 천박한 외국인의 칭찬에 현혹된다고 한다면, 나는 곧 백부와 함께 여생을 산야의 초목에 묻히고자 한다. (후략) (밑줄 필자, 이하 동일)

(「시부타미에서(澁民村より) 一」『이와테일보』 1904.4.28일부)

이 무렵은 일본이 서구의 열강 러시아와의 전쟁에서 계속하여 승리하던 시기이다.

글의 내용은 러시아와의 전쟁에서의 승리를 자축하며 환희를 올리자는 그러면서도 전후를 대비하자는 다분히 내셔널리즘적 색채가 강한 글이라 할 수 있다.

타쿠보쿠는 여기서 일본을 '동해'에 위치한 '군자국'이라고 칭하고 있다.

러일전쟁 속보로 가득했던 당시의 신문을 보면, '동해'라는 명칭 대신 '일본해', 일본 열도의 동쪽 바다는 '태평양'이라고 불리어지고 있었다.

타쿠보쿠는 이와 같이 실제로 쓰이고 있는 명칭을 사용하고 있지 않고 있다. 문맥을 고려하여 실제의 명칭을 쓴다면, 일본의 바다라는 의미에서 '일본해'를 쓰는 것이 어울린다고 생각되는데, 타쿠보쿠는 일본의 지도 명칭에 없는 동해라는 명칭을 쓰고 있는 것이다.

타쿠보쿠는 어째서 일본이 위치한 바다의 명칭을 '동해'로 표기하고 있는 것일까?

다음은 상기 「시부타미에서(澁民村より) 一」의 내용 중 이 글의 성격을 잘 나타내는 부분을 발췌한 것이다.

〈내 고적함을 좋아하는 자이지만, 또한 촌로의 주흥에 어울려, 애국자임을 자처하기를 주저하지 않는다〉
〈전승의 영광은 이제 엄연한 사실로써 동포의 눈앞에 무지개처럼 드리워져 있다〉
〈동해의 군자국이 세계에 자랑할 수 있는 까닭은, 첫 째로 선혈을 성난 파도에 씻고,〉
〈즐거이 주흥에 달리고, 잔치에 들뜬 우리 백성은 혹은 역사적 인습으로서 주흥과 잔치를 즐기는 백성의 성격을 만들었는지도 모른다.〉

이 글의 어휘나 성격을 보면 다분히 현학적이고 추상적인, 한마디로 말하자면 시적 담론으로 이루어져 있음을 알 수 있다. 즉, 시적 담론의 글에서는 '일본해'보다는 '동해'가 잘 어울린다는 것을 타쿠보쿠는 인식하고 있었다고 생각된다.

타쿠보쿠의 이러한 시적 담론에 대한 경향은 다음의 글에서도 잘 나타난다. 러일전쟁에서 승리한 다음 해인 1906년 새해를 맞는 감회를 적은 글이다.

〈고주신주 (古酒新酒)〉

메이지38년은 세계나 일본이나 또한 내게 있어 실로 많은 일이 일어났던
해이다. 세계 제1의 해전도 이 해에 일어났다. 동방해상의 한 섬나라가 세
계 제1의 양반국이 된 것도 이 해이다.   (후략)

(『이와테일보』 1906년1월1 일)

일본은 '동방해상' 즉 동쪽 바다위에 떠 있는 섬나라로 표현되고 있다.
즉, 구체적인 바다명칭을 사용하는 것보다, 자연스럽게 동쪽 바다라 표
현하는 것이 자연스러운 것이다. 자연 발생적 용어 사용이라 할 수 있을
것이다.

이러한 경향은 다음의 단가에서 더욱 명확히 나타난다.

동해의 작은 섬 해변 모래사장에
나 슬퍼 눈물 흘리며
게와 거닐었네[5]

유명한 단가집 『한 줌의 모래(一握の砂)』에 실린 첫 번째 단가로서,
일반적으로 '홋카이도에서 상경한 후, 창작생활에 실패하여 홍고구 키
구자카쵸 세키신간에서 하숙을 하며 고뇌의 날들을 보내던 시기의 작품
이다. 주제는 〈나 슬퍼〉에 나타난 방랑의 슬픔'[6]과 같이, 타쿠보쿠의
울적한 마음을 달래는 내용의 작품이라 할 수 있다.

여기서도, 타쿠보쿠는 '동해'라는 표현을 하고 있는데, 이것은 일본이
동양의 중심이며, 그 동쪽 바다에 일본이 있으니 그 바다의 명칭은 '일
본의 바다(日本の海)—동쪽의 바다(東の海)'라는 식으로 '동해'라고 표현
된 것이다. 다분히 국수주의적 애국주의적 발상의 용어라 하는 것이
일반적 견해이다.[7] 당시의 타쿠보쿠의 담론을 고려하면, 이러한 해석

은 타당하다고 생각된다.

다만, 필자가 여기서 주목하는 것은 타쿠보쿠가 어째서 일본이 동양의 중심이며, 국수주의적 발상에 의한 용어로 동해라는 명칭을 사용한 것인가 라는 것이다. 그러한 발상이라면 오히려, 제국주의 국가주의의 산물인 일본해가 더 어울리는 것은 아닐까?

이것은, 일본해라는 명칭이 시적 담론에는 어울리지 않는 다는 것을 타쿠보쿠가 인식하고 있었기 때문이라고 생각된다. 즉, 일본 바다라는 구체적이며 정치적인 용어보다는 막연하며 먼 미지의 환상적 세계를 그려볼 수 있는 있는 동쪽 바다가 시적 담론에는 더 어울리기 때문일 것이다.[8]

타쿠보쿠의 '동해'에 대한 시적 담론은 다음의 시에서도 볼 수 있다.

1904년 4월 여순항 해전에서 러시아 해군 제독 마카로로후가 전사하게 된다. 타쿠보쿠는 마카로후 제독의 전사를 적이지만 애도하며 「마카로후제독 추모시(マカロフ提督追悼の詩)」[9]를 짓는다.

마카로후 제독

아 위대한 패자여 당신의 이름은
마카로후 급작스런 죽음의 파도에
최후의 권위를 떨친 그 이름은
마카로후 이국의 외로운 영웅,
당신을 생각하면, 몸은 여기 적국인
동해의 일본의 한 시인,
적이지만 고통스럽게 소리높여
큰소리로 외치네
    (중략)

동아의 하늘에 가득한 어두운 구름
어지럽고, 황해의 파도는 거칠다,

가련한 패함 여순의 바다는 차갑고
그림자도 쓸쓸하게 고국의 운명에,
그대는 일어섰다, 신의 이름을 부르며
　　(후략)

마카로후 제독이 전사한 곳은 '여순' 앞 바다 즉, 황해이다.

타쿠보쿠는 '동아의 하늘에 가득 찬 먹구름은 흩어지기 시작했고, 황해의 파도는 거칠다'와 같이 '황해'는 그대로 '황해'라고 표현하고 있다. 이것은 '황해'라는 명칭이 자연 발생적 명칭이며, 시적 표현에도 어울리기 때문이라고 생각된다. 그런데, '황해'는 한국 입장에서 보면 한국의 서쪽에 있는 바다이므로 서해라 부르지만, 정치적 산물이 아닌 관계로 국제적 공식 명칭이 되어 있으며, 한국도 이에 대해 특별히 문제 제기는 않고 있다. 이것은 역사적으로 자연발생적으로 형성된 명칭이기 때문일 것이다.

한편, 타쿠보쿠는 자신을 '머나먼 동해'에 떠 있는 '적국인' '일본의 한 시인(日本の一詩人)'이라 소개하고 있다. 여기서 쓰인 '동해'의 의미도 전술한 '동해'의 의미로 사용되었다고 할 수 있을 것이다.

이상에서 '동해'는 시적 문학적 담론, 자연 발생적, 생활적 담론에 어울리며, 이러한 담론일 경우에는 '일본해'가 아니라 '동해' '동쪽바다' 등으로 표현되고 있음을 알 수 있다.

이와 같은 시적 담론의 표현은 타쿠보쿠 뿐만 아니라 다른 문학자에게서도 볼 수 있다.

노구치 요네지로(野口米次郎)나 도이 반스이(土井晩翠)의 경우를 보기로 하자.

노구치는 1903년 10월 『FROM THE EASTERN SEA BY YONE NOGUC

HI』라는 서명으로 영시집을 간행한다. 이 시집의 첫 장에는 '이 시를 후지산의 혼에게 받친다(I DEDICATE THIS BOOK TO THE SPIRITS OF FUJI MOUNTAIN)'라고 쓰여 있듯이, 일본 땅과 일본인을 지탱해 주는, 일본인의 정신적 지주가 되는 후지산에 대한 외경이 그려져 있다. 또한, 'O Hana San' 'O Haru' 'Tsune'(여동생 이름) 등의 제목의 시에는 귀여운 여동생에 대한 애상과 일본에서의 생활과 추억이 그려져 있다. 즉, 일본적인 내용으로 구성되어 있는 것이다. 이러한 일본적 내용을 가장 잘 아우르는 추상적이며 구체화 되지 않은 시적 담론이 동해였다고 생각된다.10)

도이 반스이(土井晩翠)의 경우는 더욱 추상적이며 관념적인 시상 전개로 일본의 환상적인 면을 부각시키는 시를 쓰고 있다. 도이의 제2시집 『효종(曉鐘)』(1901.5)에 실려 있는 21편의 시중 마지막 장시 〈부악지가(富嶽之歌)〉에는 〈성(星)〉 〈류(流)〉 〈해(海)〉 〈운(雲)〉 〈시신(詩神)〉 등과 같이 소제목이 달려 있다. 그 주요 내용을 요약하면 대략 다음과 같은 내용이라 할 수 있다.

'파도'가 넘실대며 넘나드는 '3천리'의 일본 땅을 둘러 싼 바다가 '동해'이며, '2천 여 년의' 역사를 자랑하는 '군자 나라'11)가 일본이다. 그 일본 한가운데에, '혼탁한 세상에 용솟음치며' '그 위용을 자랑하는 후지산', '천지 간의 영산' 후지산에는 '청풍이 불어오며' 그곳에 쌓인 '태고적 눈빛이 어둠을 비추고' 있는 것이다.

'천지간의 영산(天地の間靈嶽)'인 후지산과 그 후지산을 중심으로 한 일본 땅을 둘러싼, 추상적이며 막연한 미지의 동쪽 바다를 가리키는 '동해'가 자연스럽게 어우러져 시적 융화를 이루고 있다고 할 수 있다.

이와 같이 '동해'는 시적 담론으로서 사용된 것이라고 생각된다.

5. 타쿠보쿠의 '일본해'

타쿠보쿠는 시적 문학적 담론에서는 '동해'란 표현을 하고 있지만, 사실적 현실적 담론에서는 '일본해'로 표현하고 있음을 볼 수 있다.

다음 글은 1905년 『이와테일보』에 게재된 〈한천지(閑天地)〉의 일부로, 신변잡기적 성격의 에세이라 할 수 있다.[12]

〈한천지(閑天地) (15)　나의 작은 방(我が四畳半)(6)〉

작년 가을 9월 말, 갑자기 우수에 찬 마음으로 홀로 홋카이도를 여행했다.

― 무츠오마루 갑판 위에서의 5시간 반, 아오모리에서 하코다테 까지,

― 츠가루 해협을 건너 ― 하코다테에서 갈아탄 독일선적의 헤렌호에서 20시간, 오타루 부두까지의 항로야 말로 생각만해도 흥에 겹다. ―

갑판 난간에 기대어, 청징한 가을 하늘, 멀리 서쪽 일본해의 파도에 잠기고 있는 석양을 바라보며, ―

〈한천지(閑天地) (16)　나의 작은 방(我が四畳半)(7)〉

돌아오는 길에는 하코다테와 오타루간에 철도가 개통된 지 삼일 째라하여, 하코다테까지 이 등 객실에서, ― 두 번째의 쯔가루 해협은, 높운 파도와 거친 바람, 배는 싱하로 한 번씩 백양목 잎이 바람에 흔들리는 것처럼, ―

갑판에 나서니, ―가슴과 머리 싸늘하고 풍경은 모두 비장하다, 뱃전에 서서 돛을 잡아 몸을 지탱하며, ― 오른 쪽은 일본해 왼쪽은 태평양, 일망창해의 바람이 극심한 곳, ―

타쿠보쿠는 1904년 9월28일에서 10월19일에 걸쳐 홋카이도에 거주하던 둘 째 누이 토라(トラ)를 방문하게 된다. 당시 누이의 남편(山本千三

郎)은 오타루(小樽) 중앙역 역장을 하고 있었는데, 그 목적은 시집 간행을
위한 자금조달이었지만, 누이가 병상에 있었기 때문에 목적은 달성치
못한 것으로 알려져 있다.[13)

타쿠보쿠는 아오모리에서 무쯔오마루를 타고 쯔가루 해협을 거쳐 하
코다테에 도착하여, 배를 독일 선적의 헤렌으로 갈아타고 오타루에 갔
던 것이다. 이 때, 타쿠보쿠는 오타루를 향하던 배의 갑판에서 서쪽의
바다 즉 '일본해'를 바라본 것이다.

또한, 아오모리로 돌아올 때는, 하코다테에서 배를 타게 되는데, 이
배의 갑판에 선 타쿠보쿠의 왼쪽은 태평양, 오른 쪽은 '일본해'가 되는
것이다.

이 글은 장르상 신변잡기를 적은 에세이라 하더라도, 구체적인 지명
과 고유명사가 사용되고 있다. 이점이 전술한 시적 담론과는 다르다고
할 수 있을 것이다.

이와 같이 타쿠보쿠는 사실적인 담론에서는 '일본해'를 그대로 사용
하고 있음을 알 수 있다.

이러한 타쿠보쿠의 특징은 다음 글에서도 볼 수 있다.

〈처음 본 오타루 (初めて見たる小樽)〉

나는 어디까지나 바람같이 떠도는 방랑자다. 세상의 유랑자다. 오타루
사람과 함께 아침부터 밤까지 일하고, 오타루 사람과 함께 끝없이 활동한다
는 것은 발이 약한 나로서는 도저히 불가능한 일이다. 나는 단지 자유와
활기 넘치는 오타루에 와서 강렬한 바다 빛을 보며, 장쾌한 진행곡을 들으
며, 마음 가는대로 글을 쓰면 족한 것이다. 세계 무역의 중심이 태평양으로
옮겨와, 과거 서로 창을 겨누고 있었던 일러양국의 상업관계가, 일본해를
비스듬히 사이에 두고 오타루와 블라디보스톡의 일선상으로 집중하려 하
는 이 때, 내 별 생각없이 오타루 사람이 되어 일본 제1의 거친 도로를 달리

　는 몸이 된 것은, 특별한 이유 없이 단지 기분 좋은 일이다.
「오타루의 추억들」『오타루일보(小樽日報)』1907년10월15일

　타쿠보쿠는 1907년5월 고향 모리오카를 떠나 홋카이도에 정착하게 된다. 하코다테, 삿뽀로를 거쳐 새로이 창간된 오타루일보에 근무하기 위해 오타루에 정착하게 된 것이다. 인용문「처음 본 오타루」도『오타루일보』창간호에 실린 글이다.

　오타루는 홋카이도 서쪽에 위치한 항구 도시로, 앞 바다의 명칭은 '일본해'로 불려졌다. 타쿠보쿠도 러시아의 블라디보스톡과 오타루 사이의 바다 명칭을 '일본해'로 쓰고 있다.

　이와 같이 타쿠보쿠는 사실적 담론에서는 '일본해'를 사용하고 있음을 알 수 있다.

6. 맺음 말

　타쿠보쿠는 사실적 담론에서는 '일본해'로 표기하면서, 시적 담론에서는 '동해' 또는 동쪽의 바나라는 표현을 하고 있다. 이것은 일상적 생활적 감각, 즉 자연스런 언어표현에서 나온 것이라고 생각된다.

　현재, 한일 간에 '동해'가 타당한 명칭인가 '일본해'가 타당한 명칭인가를 두고 양국의 입장은 첨예한 대립을 보이고 있다. 앞으로도 이 대립은 양국의 입장이 다르기 때문에 한 치도 양보할 수 없는 상황이 전개될 것이다.

　그러나, 이러한 대립이 한일양국의 발전에 결코 바람직하지 않은 것은 언급할 필요도 없을 것이다. 이러한 대립의 정도를 완화시키고 상호

발전적인 미래를 생각할 때, 타쿠보쿠나 당시의 시인들이 읊은 시적 담론의 의미를 돌이켜 보는 것은 의미 있는 일이라 생각된다.

【주】

 * 본 연구는 2007년 『일본문화학보』(제31집)에 발표한 것을 수정 보완한 것임.
** 한밭대학교 일본어과 교수.
1) 김신, 『잃어버린 동해를 찾아서』, 두남, 1997, 127~128쪽.
2) 김신, 위의 책, 129~131쪽.
3) 김신, 위의 책, 126쪽.
4) 『아! 동해 그 이름을 찾아서』, 조선일보사 ― 경희대학교, 2002.10.
5) 이시카와 타쿠보쿠(石川啄木), 『一握の砂』, 筑摩書房, 1978.5.
6) 이와키 유키노리(岩城之徳)編 『石川啄木必携』, 学燈社, 1981, 20쪽.
7) 국제타쿠보쿠학회(国際啄木学会)編, 『石川啄木事典』, おうふう, 2001, 155쪽.
8) 타쿠보쿠 연구사에서는 이 '동해'의 해변이 하코다테(函館) 앞 바다인 오오모리해변 (大森浜)라고 일반적으로 알려져 있다. 하코다테 앞바다라면, 지리적으로 남쪽에 해당할 것이다. 이러한 지리적 의미에서 '동해로 표현된 것은 아니다.
9) 이 시는 〈메이지 37년4월13일, 우리 토오고 해군 대제독의 함대가 여순항을 공격하자, 적장 마카로후 제독이 황급히 명을 내려 기함 페트로파브로스크를 항구 외곽으로 출정시켰지만, 불운하게도 우리 군이 설치한 수뢰에 건드려, 거함은 폭발하고, 제독 또한 기함과 운명을 같이 했다.〉라는 서문과 함께 10연으로 이루어져 있다.
10) 타쿠보쿠는 「시담일측(詩談一則」에서 〈『동해에서』를 읽고(『東海より』を読みて) 라는 부제로, 자신의 시적 감회와 연관시켜 극찬하며 또한 상세히 그 내용을 소개하고 평가하고 있다.
 〈당신이 보내 준 ― 사실 적절하게도 나의 최근의 시관을 유혹한다. 머난 먼 바다 저편, 영국과 미국 하늘 아래 머무르며, 저자 노구치 요네지로씨가 청춘의 감회를 적은 삼십 수편의 시, 이것을 읽은 지 얼마 지나지 않아 그윽한 사상이 넘치고, ― 〉(『이와테일보』 1904.1.1)
 타쿠보쿠가 사용한 동해는 노구치로 부터의 영향이라는 선행논고가 있다. 그러나, 본고에서 논하는 것은 영향관계가 아니고 시적 담론에서는 일본의 바다라는 의미에서 일본해 보다는 동해가 어울림을 당시의 문학자들은 인식하고 있었다는 것이다.
11) 타쿠보쿠가 동해의 군자국이라고 한 것은 도이의 이러한 시의 영향이라는 선행논고가 있다.
12) 이와키 유키노리(岩城之徳) 『啄木全作品解題』, 筑摩書房, 1987, 157쪽.
13) 국제타쿠보쿠학회(国際啄木学会)編, 『石川啄木事典』, 622쪽.

패전을 인식하는 국민시인의 논리[*]

– 미요시 타츠지『고향의 꽃』『모래성』을 중심으로 –

박상도[**]

1. 머리말

　미요시 타츠지(三好達治; 1900~1964)는 전통적 정서를 기반으로 한 작품 세계를 구축하면서 언어의 형식미에 남다른 관심을 보인 시인이었다. 처녀시집『측량선(測量船)』(1928)에서 시작해서 전후의『낙타의 혹에 올라타고(駱駝の瘤にまたがつて)』(1952)에 이르기까지 약 20권의 시집을 발간하는 왕성한 활동을 보였으며, 모더니즘 경향의 시 잡지인『시와 시론(詩と詩論)』을 비롯하여 사계파의 대표시인으로서 전전(戰前), 전중(戰中), 전후(戰後)를 통해 가장 활발한 작품 활동을 펼친 시인이다. 그리고 그는 시 외에도 많은 평론과 기행문을 남기고 있다.

　이러한 많은 업적 중 그가 쓴 전쟁 협력시는 서정시인으로서의 그의 면모와는 크게 상반되는 일탈된 작업으로 여겨질 만한 것이다. 태평양 기간 중에 그는 일본제국을 찬양하고 협력하는 전쟁시를 썼다. 그리고 전쟁이 끝나자 그는 다시 서정과 자연적 정서를 기초로 한 왕성한 시적활동을 시도한다. 3편의 시집을 세상에 내놓게 되는데『고향의 꽃(故鄕の花)』

(1946.4), 『모래성(砂の砦)』(1946.7), 『일광월광집(日光月光集)』(1947.2)이 바로 그것이다.

　『고향의 꽃』은 전시 중에 그가 내놓았던 어느 서정시집의 작품보다도 깊이가 있고 감동적인 작품들이 몇 수 게재되어있다. 히라가나만으로 표기되어 꿈속에서 꽃잎이 지는 몽환적인 장면을 표현한 「아침에 꿈꾸다(朝ゆめむ)」를 비롯하여 「연못가에 감나무가 있다(池のほとりに柿の木あり)」와 같이 사소설적 발상을 가미하여 회상형식으로 쓴 작품 등 완성도 높으면서도 그윽한 정취를 느낄 수 있는 것들이 수록되어 있다. 그런데 3개월 후에 발표된『모래성』에서는 시집의 저변에 흐르는 정서가 바뀌어서 전후의 현대일본사회와 마주하는 시인의 모습을 발견하게 된다. 전시 중 〈국민시인〉으로서의 면모를 보인 시인은 이 시집에서 사람들에게 전쟁의 폐허가운데에서 일어날 것을 호소하는 공적인 태도를 견지한 듯한 성향을 보이고 있다. 일본국민 전체를 향해서 그들의 심정을 대변하는 듯한 시를 썼다는 측면에 있어서는 전쟁시의 기본자세와 동일하다고 하겠다. 금세기 최고의 시적언어의 전통 계승자라고 할 수 있는 미요시는 이러한 시들을 통해서 전쟁 뿐 아니라 평화를 호소함에 있어서도 성공적으로 국민정서에 부합하는 작품을 남길 수 있었던 것이다.[1]

　하지만 시인이 이렇게 패전 직후 평화를 호소하는 시인으로 면모를 과시한 것에 대해서 그 의도성을 의심하는 시각도 존재한다. 나카무라 신이치로(中村真一郎)는 '시인으로서 미요시의 시 가운데서 불려지고 있는 전쟁에 대한 것이 거짓이고 평화를 호소하는 것이 진심이다 라고 하는 것은 갑자기 믿기가 어렵다[2]라고 말하고 있다. 이는 바로 엊그제까지 전쟁시를 쓰며 많은 젊은이들을 전장터로 내몰았던 시인이 패전이 되었다고 해서 갑자기 평화를 부르짖는 것에 대한 부자연스러움을 지적한 것이다. 전시기에 시인은 국가를 위해 전쟁시를 쓸 수가 있다. 그리고 평화를 갈망하는 평시에 국가를 위해서 국민을 독려하는 시를 쓸 수 있다. 하지만 전쟁을 찬양하는 시를 썼던 시인이 패전을 계기로 평화를 독려하는 시를 쓰게 되었다면, 시를 읽는 독자는 어떠한 연유에서 그렇게 되었는지 시인의 시적 심경의 변화에 대해서 알고 싶어진다. 본고에서는 이러한 점에 착안해서 미요시가 패전 직후 세상에 내 놓은 시집의 내용을 살펴보고자 한다. 이를 통해 패전이후 새로운 일보를 내 딛는 시인의 심경과 작품의 경향성에 대해 고찰해 보고자 한다. 그리고 본고에서는 전술한 세 편의 시집 중 주로 『고향의 꽃』 『모래성』을 중심으로 살펴보기로 하겠다.

2. 패전(敗戰)과 시인의 자세

1945년 8월15일 태평양전쟁의 패전을 맞이하는 이 날 국민들의 심경은 어떠했을까? 패전을 경험하게 된 일반대중의 심리에 대해서 이소다 코오이치(磯田光一)는 '불안'과 '안도감과 좌절감'이 표리일체를 이루는 감정으로 국민들 가운데 침투되어 있었다고 말하고 있다.

'불안'과 표리일체를 이루고 있는 '안도감과 좌절감'. 이 두 가지 상반된 표현이야말로 패전을 맞이하는 국민들의 심정을 가장 상징적으로 표현한 말이라 여겨진다. 그리고 그는 '해방'감을 강조한다. 전쟁이 가져다주는 갖가지 비인간적인 고통과 죽음의 공포만을 생각할 때 패전은 일본 국민들에게 분명 '해방'임이 틀림이 없었다. 하지만 이러한 '해방'감의 이면에서 느끼는 '불안'과 '좌절감' 또한 무시할 수 없는 것이었으리라.

일본제국이 거국일체가 되어 수행한 전쟁이었지만 전쟁수행의 주체라고 하는 입장에서 생각하면 다양한 계층이 존재하는 것을 생각하게 된다. 직접적으로 전쟁을 결정하고 수행한 천황을 중심으로 한 군부를 비롯해서 일명 펜 부대라고 하여 후방에서 언론이나 문필활동을 통해 제국일본의 전쟁수행을 도운 문화인들, 그리고 직접 전장터에 나가 싸운 이들까지 다양한 계층이 전쟁을 수행했다. 패전을 맞이하는 '사람들의 감정이라고 하는 것은 각 사람 사람마다 차이가 있었다'고 이소다가 언급한 것은 적확한 표현이었다고 할 수 있겠다.[3]

그리고 작가로서 문화인 중의 한 명이었다고 할 수 있는 타카미 쥰(高見順)은 『패전일기』(『文藝春秋』, 1982)에서 8월15일의 상황을 묘사하며 패전으로 인해 천황이 같이 죽기를 요청한다면 아내와 같이 죽고 싶은 기분이라고 까지 말했다. 그는 12시를 알리는 소리와 함께 정부발표를 통해 패전을 전해 듣게 된 것을 허탈한 심정으로 일기에 적고 있는 것이다.[4]

이렇게 되면 우리는 적극적으로 전쟁에 협력하고 일본제국을 찬양하는 시를 썼던 미요시가 어떤 반응을 보였는지에 대해 궁금하지 않을 수 없다.

미요시는 패전을 후쿠이 현(福井県)의 미쿠니(三国)라고 하는 곳에서 맞이했다. 그리고 그는 패전 직후인 1945년 9월 3일과 4일에 『후쿠이신문(福井新聞)』에 「가을날의 정감(秋の日の情感)」이라는 문장을 발표했다. 여기에서 그는 '오늘 나는 항구의 선착장에 나가보았는데 항상 그곳에 정박해 있던 배가 심하게 어지럽혀져 있고'라면서 주변의 정경을 묘사한 뒤 패전을 맞이하는 사람의 심정에 대해서는 '피곤한 것은 인간만이 아니다.'라고 적고 있다. 거친 폭풍우에 상처받고 황폐화되어 있는

선착장의 피곤한 모습을 통해 오랜 전쟁기간을 거쳐 오면서 피곤한 심
경을 가눌 길 없는 인간의 내면을 말하고 있는 것이다. '피곤'하고 '상처'
와 '고통'가운데 '황폐화'되어있는 것은 비단 일본의 국토뿐이 아니라 패
전을 맞이하는 시인을 포함한 일반 대중의 내면상태였다는 것을 우리는
예리한 시인의 묘사를 통해서 읽을 수가 있다.

미요시 개인의 입장에서 본다면 패전을 맞이한 미쿠니라고 하는 땅
은 희비가 교차하는 곳이었다. 평생의 연인이었던 하기와라 아이와 결
혼을 하여 달콤한 생활을 하였던 곳이었지만 패전을 앞두고 6개월 전
이곳에서 그는 아이와 이혼을 하였기 때문이다. 미요시에 대한 전기(傳
記)를 쓴 이시하라 야츠카(石原八束)에 의하면 그는 이혼 후 상당히 피폐
한 생활을 했으며 죽음을 생각할 정도로 인생을 포기하고 실의에 빠진
생활을 하고 있었다.5) 1945년 봄은 연합군에 의한 본토공습이 격심하
던 시기였다. 죽음을 생각하는 것이 평시에 비하면 그렇게 어렵지 않았
던 시기였다고 이시하라는 말하고 있다. 내외적으로 피폐해진 상황가
운데서 미요시는 패전을 맞이한 것이다.

그리고 패전 이후 10년 정도 지난 시점에서 미요시는 패전 당시 자신
이 취한 행동을 회상하며 「창상(滄桑)」(『文学界』, 1955.8)이라고 하는 문장
을 남기고 있다. 여기에서 미요시는 라디오를 통해 들려오는 쇼오와천
황의 항복 선언을 들었음을 말하고 있다. 하지만 이 문장에 묘사된 미요
시의 행동은 무관심과 냉담으로 묘사되고 있다. 담을 사이에 둔 옆집에
서 대가족이 원을 만들어 바른 자세를 취한 채로 쇼오와천황의 목소리
에 귀를 기울인 반면, 미요시는 전혀 그럴 기분이 아니었다고 말하고
있다. 대신에 그는 목욕물을 데우는데 열중을 하고 있었는데 우연찮게
이 항복방송을 들었다고 술회하고 있는 것이다. 그리고 결국 항복방송

을 들었지만 〈어떠한 감동도 없었다〉라고 냉담한 반응을 보이고 있다.

패전 다음날 8월 16일자 『아사이신문(朝日新聞)』에 〈천황폐하의 말씀을 듣고 목이 메어 오열〉이라는 제목 기사에는 '국민들이 모두 창자가 끊어질 듯한 슬픔에 흐느껴 울었다'라고 했는데[6] 적어도 미요시는 이러한 감정은 아니었던 것 같다. 제국일본의 정점에서 전쟁을 수행하고 목숨을 바쳐야 되는 궁극적 이유가 되었던 '천황'이라고 하는 대상에 미요시는 일반국민과 같은 감정이입을 하지 않고 있는 것이다. 앞에서 언급했지만 타카미 쥰이 '천황이 요청하면 같이 죽을 수도 있다'라고 했을 때 그는 패전의 그 순간에도 제국 일본의 정점에 있는 천황에 대한 우상의 개념을 버리지 않고 있는 것이다. 그리고 타카미 쥰과 같은 심정에 있는 많은 국민들이 라디오를 통해 흘러나오는 천황의 그 항복선언을 듣고 북받치는 슬픔을 참을 수 없었던 것이다. 그런데 이러한 모습과 대조적으로 미요시는 천황의 그 항복선언에 무덤덤하다. 물론 그가 패전에 즈음하여 피곤함을 느끼고 상처와 고통 가운데 맞이하게 된 패전의 상황을 인식하고 있었다고 하는 것은 앞에서 언급한 그대로이다.

그러므로 미요시는 개인적으로는 큰 상실감을 느끼면서도 일본제국의 패전이라고 하는 상황 앞에서는 의외로 침착하고 별 반응이 없다. 애초부터 제국일본이 승리하건 패배하건 별 상관이 없었다는 것처럼. 하지만 그토록 적극적으로 일본제국을 옹호하고 전쟁을 찬양하는 시를 썼던 시인이 아니던가? 전시의 전쟁시를 쓰던 그의 모습을 떠올릴 때 이러한 패전 앞에서의 그의 반응은 납득하기 어려운 부분이 있다.

그러면서도 그는 패전 이후의 일본적 상황에 대해서는 예리한 관심을 나타내고 있다. 패전 이후에 일본 사회에 감도는 무력감을 그는 '자조(自嘲)'라고 말한다. 「그리운 일본(なつかしい日本)」(『新潮』, 1946.1)에서

스스로를 비하하고 비웃는 '자조'를 경계하며 '분노'하든 아니면 '후회'를 하든 '수치'심을 느끼는 것이 건강한 태도라고 지적하면서 '자조'감에 빠져드는 것은 '허위'를 의미한다고 말한다. 그러면서 그는 스스로가 '자조'에 빠지지 않기 위해서인지 전쟁을 패전으로 몰고 간 군부책임자들에 일갈을 하고 있다. 패전과 관련된 단편적인 문장들을 통해서 시인은 누구보다도 패전의 상실감과 이로 인한 분노를 느끼고 있다는 것을 보게 된다. 하지만 '전쟁협력시를 쓴 시인'이라고 관점에서 생각해 볼 때 패전을 맞이하는 시인의 이러한 태도가 일견 모순처럼 여겨지는 것은 부인할 수 없는 사실이라고 하겠다.

3. '그리운 일본'에 대한 '슬픈 노래'

1) 고독한 시인

이렇게 미요시는 많은 산문을 통해 비교적 가감 없이 자신의 진솔한 생각들을 표현하고 있다. 그리고 이제 우리는 패전 이후에 내놓은 첫 시집인 『고향의 꽃(故郷の花)』(1946.4)에 대해서 생각해 보지 않으면 안 된다. 이 시집에는 전시중의 작품과 전후의 작품을 합쳐서 36편의 시가 수록되어 있다. 전체적인 특징은 서정시인이며 자연시인인 미요시의 면모가 유감없이 발휘되고 있는 것이라 하겠다. 시인은 전시와 전후의 일본의 풍경을 애절하게 묘사하면서 그러한 자연풍경에 의탁하여 자신의 마음을 표현하고 있다.

그러면 대표적인 시를 몇 수 살펴보기로 하자. 「제비꽃(すみれぐさ)」은 시집의 두 번째 수록된 작품이다.

봄 물결 일렁이는 곳에 내리쬐는/ 석양빛 - 지금 석양빛의 가장 붉게
물든 가운데/ 나는 보았네/ 갸녀린 제비 꽃 하나 핀 것을/ 연약한 목덜미
높이 치켜들고/ 그 작은 것이 보란 듯이 홀로 핀 것을/ 이곳 지나서/ 나는
어디로 돌아갈 고향도 없는데/ 새 빨간 석양빛 한 가운데서....

(346쪽)7)

‘갸녀리고’ ‘연약하며’ ‘작은’ 제비꽃의 모습을 말하며 결국 그러한 시
적화자는 ‘돌아갈 고향도 없는’ 쓸쓸한 존재로 그려지고 있다. 석양으로
주변이 붉게 물든 어느 봄날의 저녁 무렵 보랏빛 자태를 자랑하는 제비
꽃의 모습이 인상적으로 그려지고 있다. 이렇듯 시인이 자연의 정경을
묘사하면서 풍물에 자신의 고독하고 쓸쓸한 심정을 의탁하는 것은 그의
가장 유명한 작품 「돌 위(甃のうへ)」에서도 사용된 수법인 것을 우리는
잘 알고 있다. 청명한 봄날에 재잘거리며 산사(山寺)를 지나가는 명랑한
소녀들의 머리에 꽃잎이 흩날리고 있다고 전반부에 묘사를 하고나서 시
인은 후반부에서 이와 대조적으로 고독하고 어두운 시적자아의 모습을
그린 적이 있다.

시인의 고독한 모습은 「그네(ふらここ)」에서도 이어지고 있다. 정원의
소나무 아랫 가지에 텅 빈 그네가 2개 달려있는데 놀던 아이가 보이지
않는다고 시인은 말한다. 대신에 그 자리에 산들바람이 불고 있는 정경을
그리고 있다. 꽃이 지는 그 자리에 있는 그네를 통해 시인의 고독한 감정
이 이입되어 있는 것이다. 이러한 쓸쓸하고 고독한 시인의 모습은 곳곳에
서 발견된다. 예를 들면 「하얀 무덤(白き墓地)」에서는 황혼 녘의 하얀 무
덤을 묘사한 후 ‘나는 갈 곳을 모르는 나그네지만’하고 표현하고 있으며,
곧 이어 ‘가을 반딧불 하나가 낮게 날며 방황 한다’라고 하고 있다.

하지만 시인의 고독한 심정은 절제와 형식의 미학으로 아름답게 승
화되는 부분도 있다. 「아침에 꿈꾸다(朝はゆめむ)」는 외견상 모두 히라

가나로 표기하므로 형식적 완성미를 보이고자 했다. 어느 산골마을의 아침에 벚꽃이 바람에 흩날려지는 모습을 몽환적으로 표현해 내고 있다. 히지만 시의 후반부의 표현을 보면 '벚꽃이 저리도 애절하게 지는 것을 꿈꾼 아침의 꿈이 눈에 선하다'고 하면서도 '꿈에서 깨어나면 나는 슬퍼진다'라고 여지없이 시인의 심정을 읊고 있다. 시인은 이 시의 가장 마지막에 '오래된 먼 옛날의 추억'을 떠올리고 있음을 암시하고 있다. 전후 시인의 특징 중에 자신의 시업(詩業)과 생애를 돌아보고 회상하는 내용을 담은 작품들이 눈에 띄게 늘어나고 있다는 것을 지적할 수 있다. 지난 날을 돌아보며 현재의 자신의 모습에 특별한 감회를 품고 있는 시인의 모습을 느낄 수가 있다.

그러면 무엇보다 미요시에게 있어서 지난 세월 중에 가장 특별한 감회를 품지 않을 수 없었던 하기와라 아이(萩原愛)와의 이별에 대한 시를 살펴보지 않을 수 없다. 1945년 2월에 그는 사랑했던 연인 아이와 이혼을 했다. 정황적으로 볼 때 다음에 인용하는 「딱다구리(きつつき)」는 연인과의 이별의 장면을 떠올리지 않을 수 없는 작품이다.

> 딱따구리/ 딱다구리/…………/ 내가 가리키던 그 가지 사이에서/ 숲속으로 들어가버렸네/………./ 사랑하는 이여! 그대도 보았지요/…………/
> (364쪽)

'사랑하는 이여(恋人)' '그대(君)'하고 부르는 이는 그의 평생 그리워하고 사랑했던 연인이다. 하지만 미요시는 이 아이와 1년도 되지 않는 사이에 이별을 고하지 않을 수 없었다. 그는 자신의 품을 떠나버린 아이를 〈딱다구리〉로 그리고 있다. 그리고 떠나가는 연인의 모습을 '숲속으로 들어가 버렸다'고 하고 있는 것이다.[8] 시인은 떠나가 버린 연인을 슬퍼하면서도 같이 지냈던 날들을 잊지 말라는 애원도 덧붙이고 있다. 이 시에서 전해지는 시인의 아픈 마음에 대해서 어떤 이는 '신혼생활 후 반년이 지나 헤어지게 된 시인의 생애에 있어서의 사랑의 파탄을 알고 이 시를 읽게 된다면 시인이 이로 인해 받은 충격의 깊이, 슬픔, 마음 속에 차가운 바람이 불고 지나가는 것 같은 적막함을 분명 느낄 것이다'[9]라고 말하고 있다.

2) 전쟁시와 연애시

그런데 우리는 여기서 미요시의 이러한 감상적인 연애시가 그의 마지막 전쟁시집 『간과영언(干戈永言)』(青磁社, 1945.6)의 제작시기와 맞물린다고 하는 사실을 주목할 필요가 있다. 미요시는 선동적인 전쟁시를 제작함과 동시에 감상적인 연애시도 동시에 제작했던 것이다. 오노 타카시(小野隆)는 전시기(戰時期)에 이렇게 개인적인 작품을 남긴 미요시에 대해서 '현실세계를 버리고, 개인의 세계(個の世界)를 부르려고 하고 있다'라고 비판한 적이 있다. 하지만 가장 냉혹한 현실인 전쟁을 소재로 전쟁시를 썼던 시인에게 있어서 '현실세계를 버렸다'라고 하는 평가를 어떻게 받아들여야 할지 고민이 조금 필요해 보인다. 그리고 그에 앞서 전쟁시와 연애시를 동시기에 제작한 미요시 시인의 내면의 심리적 구조에 대해서도 살펴볼 필요는 있는 것 같다. 여기에서 잠시 이해를 돕기 위해 미요시가 쓴 전쟁시를 『간과영언』에서 한 수 부분인용해 보도록 하겠다.

> 대동아 공영권의/ 푸른 하늘은 우리들의 하늘/ 히노마루 펄럭이는 하늘/ 히노마루를 날개에 물들인/ 용맹스런 독수리 날아다니는 창공/ 누구의 침범도 허락지 않고/ 누구도 더럽힐 수 없는/ 대동아 공영권의 / 푸른 하늘은 우리들의 하늘
>
> (263쪽)

'대동아 공영권의 푸른 하늘은 우리들의 하늘'이라고 하는 제목의 시이다. 제국일본이 태평양전쟁을 수행하며 내세운 명분이기도 한 '대동아 공영권'의 논리는 미국, 영국으로 대표되는 적국 연합군으로부터 동아시아를 지켜내기 위해 고안해 낸 것이다. 성스러운 제국일본의 군대가 성스러운 전쟁을 수행하기 위한 슬로건이었던 것이다. 미요시는 제국일본을 선전하는 정치적 '프로파간다'의 역할을 충실히 수행한 것이다. 이러한 전쟁시를 통해서 우리는 서정과 자연시인 본래의 면모는 모두 사라지고 오로지 정치적 목적에 자신의 시적정신을 함몰시킨 제국시인의 모습을 발견하게 되는 것이다.

이렇게 볼 때 전쟁시를 쓴 제국 시인과 연애시를 쓴 서정시인으로서의 면모를 동시기에 지니고 있었던 미요시를 이해하기 위해서 '진정성'이라고 하는 측면에서 접근해 갈 필요가 있는 것 같다. 미요시는 두 종류의 시를 모두 '진정성'을 가지고 썼는가 하는 점이다. 미요시는 과연 연애시와 전쟁시 모두를 '진정성'을 가지고 썼을까? 연애시는 위에 언급한 대로 '그렇다'라고 하는 대답을 할 수 밖에 없다. 그러면 전쟁시는 어떠한가? 이 또한 결론부터 말하자면 '그렇다'라고 할 수 있다. 미요시는 어렸을 때 육군 학교에서 군사교육을 받았을 정두로 '애국심'이 남다른 사람이었다. 그는 본심으로 전쟁시를 썼다. 그랬기에 그는 전후에 그가 쓴 전쟁시가 그의 전집에 들어가는 것을 꺼려했고 말살하고자 하는 기분이 들었던 것이다. 여기에 대해서 나카무라 신이치로는 그가 전후 '전쟁범죄인'으로 비난받을 것에 대한 두려움이 있었기 때문이라고 말하기도 한다.[10]

그러므로 우리는 여기서 미요시는 동시기에 전쟁시와 연애시를 '진정성'가지고 쓸 수 있었던 시인으로 이해하게 된다. 그러면 앞에서 언급한 패전을 맞이하는 미요시의 무관심과 냉담으로 일관된 자세에 대해서는 어떻게 이해할 수 있을까? 미요시는 정치적 프로파간다로서의 충실한 역할을 수행했지만 그렇다고 제국일본의 승패에 그렇게 연연한 것 같아 보이지는 않는다. 그의 전쟁시에는 제국일본의 승전보를 알리는 시도 있었고 이 시를 제작할 때의 그의 마음은 본심이었다. 하지만 그렇다고 그가 그것 하나만을 생각한 시인은 아니었던 것이다. 그렇기에 그는 그 시기에 마음 아픈 연애시를 쓸 수 있었던 것이다. 어찌 보면 진정성이라고 하는 측면에서 볼 때 두 종류의 시 중 전쟁시보다 연애시 쪽이 미요시의 인격 깊은 곳에 영향을 주는 작용을 통해 만들어진 것이라고 볼 수 있다. 이러한 시각에서 보면 패전을 맞이하는 미요시의 심경은 개인적 심리적 피로감과 상실감이 국가적 패망의 슬픔을 능가하는 위치에서 있었고, 그렇기 때문에 국가적 차원의 패전상황에 무관심으로 대응할 수 있었다고 말할 수 있겠다.

3) 「그리운 일본」에 대한 「슬픈 노래」

『고향의 꽃』 후반부에는 주로 패전 직후에 쓰여졌을 것으로 여겨지는 작품군이 위치해 있다. 「돌아가지 못할 날 먼 옛날(帰らぬ日遠い昔)」 「황천박모(荒天薄暮)」 「해변모창(海辺暮唱)」 「횡적(横笛)」 등이다. 이들 작품의 공통점은 그 내용이 모두 패전 후의 황폐하고 참담한 일본의 현상을 묘사하고 그 앞에 비탄에 잠겨 있는 시인의 심정이 간접적으로 나타나고 있다는 것이다.

「돌아가지 못할 먼 옛날」은 제목에서도 알 수 있는 것처럼 그리운 과거의 풍경과 어린시절 친구들을 그리고 있다. 아름다운 고향의 정경을 과거체로 묘사하며 지금의 시적자아와는 현실적인 거리감을 느끼게 하는 분위기가 감돌고 있다. 「황천박모」는 전쟁에 패한 후의 풍경을 슬픈 곡조로 그리고 있다. 이는 단지 외적인 일본해가 바라다 보이는 황량한 해변가를 쓸쓸히 거닐고 있고, 하얀 파도가 일렁이는 저녁 무렵 등대하나가 바다만 비추고 있을 뿐이다. 외적인 황량한 모습과 내적인 쓸쓸한 시인의 심경이 조화가 되어 나타나 있다. 혹자는 이 시를 일컬어 '패전 후 쓰여진 가장 비통한 심정을 표현한 문장'11)이라고 말하기도 했다. 그러면 잠시 시를 부분인용해 보도록 하자.

> 돛대 반쯤 꺾이고/ 뱃전은 빨갛게 녹슬었는데 무슨 배란 말이냐?/ 육중한 돛은 하구에 던져저 있고/ 때때로 괴로운 듯한 기관의 외침이 울려퍼지니/ 진정 이것이 전쟁에 패한 나라의 마지막 모습인가?/ 파도가 방파제를 삼키고/ 비말이 끊임없이 하얗게 오르지만/ 주위에 사람의 말소리 들리지 않고/ 단지 군데군데 시든 풀이 모래에 전율할 때/ 나 홀로 여기에 지팡이를 들고/ 슬픈 노래를 마음껏 부르며 감상에 젖누나   (387쪽)

돛대가 꺾이고 녹슬어 있는 배는 패전의 일본을 상징적으로 말하고 있는 것이다. 시인은 '진정 이것이 전쟁에 패한 나라의 마지막 모습인가?'라며 패전을 암시하고 있다. 바다에 나가 제 기능을 해야 할 배가 수명을 다하여 쇠잔해 있는 모습은 국가적 기능을 싱실한 패진 후의 일본의 황폐한 모습을 말한다. 그리고 이것은 시인 개인의 입장에서는 자신의 쇠락한 모습을 투영한 것으로도 받아들일 수 있겠다. 황폐한 정경묘사를 통해 깊은 비탄과 슬픔에 빠져있는 시인의 심정을 접하게 해 주는 작품인 것이다.

「해변모창」 또한 비슷한 분위기를 주는 시이다. 시 중에서 패전이라는 상황을 접한 시인의 심정이 '슬픔에 지친 우리들의 마음' '깊은 우수와 격심한 노역의 하루'라는 말로 표현되고 있다. 피곤하고 지치고 고독하고 슬픈 시인의 마음이 시집 전체에 큰 줄기를 만들어 흘러내려가고 있는 것이다.

그리고 「횡적」에서 좀 더 구체적으로 시인은 패전의 상황과 심정을 묘사한다. 「횡적」은 옆으로 부는 피리를 뜻한다. 남방으로 출정을 나간 젊은이가 고향집에 남기고 간 그 피리를 말하는 것이다. 시인은 지금 집의 그늘에 놓여져 있던 그 피리를 주어들고 어린 시절을 생각하며 불어보려고 하지만 소리가 나지 않는다. 그래도 시인은 그것을 입에 갖다 대고 가을바람 속에서 상념에 잠긴다는 내용이다.

> 나라는 망했지만 산하는 변함없네/ 성안에는 봄이 와서/ 돋아나는/돋아 나는/ 풀 녹음을 / 밟고 가거라/ 혹 제비라면/ 이 곳 광야에 돌아오겠지/ 돌아오겠지/자유로운 하늘의 아들이여/ 흔적 없는 꿈이여/ 봄바람의/ 버들 나무 흔들리는데
>
> (397쪽)

이 시에 대해 나카무라 신이치로는 '그리운 일본을 애도하는 슬픈 노래이다'라고 평하고 있다.12) 하지만 일본의 패망을 애도함과 동시에 시 중에 등장하는 '돋아나는 풀 녹음' '제비'와 같은 단어들을 통해 희망의 새 싹이 움튼다는 것에 대한 암시도 또한 주고 있다. 코지마 치카고(小島 千加子)는 이 시가 패전이후 망연자실하고 있었던 일본인들에게 많은 위로를 주고 무엇보다 의지할 곳을 잃어버린 이들에게 큰 힘을 주었음을 언급한 바가 있다.13) 지금까지 보여준 미요시의 기질을 생각해 볼 때 그가 특별히 일본적 상황을 염두에 두고 일본국민에게 위로를 주어야겠다는 의도를 갖고 이러한 시를 적었다고는 생각되지 않는다. 하지만 그의 의도와는 상관없이 그의 서정시인으로서의 풍부하고 여린 감수성이 패전 이후 황폐화된 일본 국민의 내면에 잔잔하게 위로를 주는 역할을 했다는 점은 분명한 것 같다.

4. 일본 부흥에 대한 호소

『고향의 꽃』은 지금까지 보아온 것처럼 패전 후의 일본적 상황을 염두에 두었다기보다 상실감과 피로감에 있는 시인의 내면을 잔잔하고 감동적으로 표현한 특징이 있다. 뿐만 아니라 자연시인으로서의 그의 면모는 패전 후의 황폐한 일본적 상황을 예리하게 주시하고 정경묘사를 통해 일정부분 일본적 상황에 대한 시인의 개인적 생각을 투영했다고 할 수 있다. 그리고 『고향의 꽃』에 이어 3개월 늦게 발간된 『모래 성(砂の砦)』(1946.7)에 이르러서는 전시중의 작품은 거의 없고 거의가 패전 후를 의식하고 전후의 일본적 상황에 대해 시인이 자신의 목소리를 내는 형식으로 전개되는 것들이 많다.

「얼음의 계절(氷の季節)」은 제목에서도 알 수 있듯이 패전 후의 일본적 상황을 극심한 시련의 시기라고 하는 현실인식 가운데 인내함으로 난국을 극복하자는 국민을 향한 메시지를 담고 있다.

> 지금은 괴로운 때이다/ 지금은 가장 고통스런 시기다/ 길고 험한 전쟁 후에/ 사방의 병사는 모두 패하고/ 집은 불타고/ 배는 침몰하고/ 삼림도 들판도 모두 황무해지고/ 이 궁핍한 때를 맞이하는 7천만 우리들은
>
> (407쪽)

『고향의 꽃』에서 보여주었던 서경적 묘사는 단순하고 직접적인 템포를 띠며 시인이 무언가를 말하고자 한다는 것을 암시한다. 그리고 시인은 이러한 일본적 상황을 전제한 뒤 일본국민에게 '우리들은 끈기있게 인내하고/ 마음을 하나로 해서/ 우리들은 절도를 지키며 앞으로 나아간다'라고 독자들의 마음을 하나로 모으는 메시지를 던지고 있다.

우리들이 미요시에 대해 놀라게 되는 것은 그렇게 적극적으로 일본

제국을 찬양하고 전쟁을 고무하는 시를 썼던 시인이, 그리고 그렇게 패전의 순간을 무덤덤하게 맞이했던 시인이, 이번에는 국민들에게 호소하는 대중적 메시지를 시를 통해 표현하고 있다는 것이다. 전쟁시를 썼을 때와 같은 기분으로 전후의 국민적 분위기를 고무하는 시를 쓰고 있는 것이다. 전시중의 국민시인이 전후의 국민시인으로 그 이미지를 변모시키는 것이 너무도 자연스러워 보인다. 이러한 미요시의 시에 국민들이 위로를 받고 고무를 받고 전후 일본의 재건에 대한 희망을 가진다면 그로서 이 시인은 그의 역할을 했다고 할 수 있다.

하지만 우리는 전쟁시를 쓰며 전쟁참여를 독려하던 시인이 어떻게 전후의 일본재건을 독려할 수 있게 되었는가 하는 그 과정을 한번 생각해 볼 필요는 있다. 미요시는 전쟁시를 쓰고 패전을 맞이한 후 어떠한 사상적 변화를 경험했는가? 지금까지 살펴본 바로 미요시에게는 어떠한 사상적 단절도 없음을 알게 된다. 미요시는 본심으로 전쟁시를 썼고 본심으로 일본재건을 호소하는 시를 쓰고 있는 것이다. 이 부분이 미요시 타츠지의 시인적 기질이요 특성이라는 점을 우리는 간과해서는 안 될 것이다.

만일 '전쟁'이 없었다면 우리는 일본적 정서를 바탕으로 한 전통 위에 형식미를 존중한 자연시인 서정시인으로서의 미요시 타츠지만을 기억했을 것이다. 하지만 '전쟁'이라고 하는 불가항력적인 시련의 시기를 통해 우리는 시인의 시인적 특질을 '사상적'인 면에서 접근할 기회를 얻게 된 것이다. 그렇다고 미요시의 사상적 특질이 부정적이다 라고 단정할 수는 없는 문제다. 이에 대한 판단은 각자의 몫으로 돌리고자 한다.

그러면 여기서 『모래 성』에 수록된 한편의 시를 더 보도록 하자. 「얼음의 계절」에 이어지는 「눈물을 닦고 일하자(涙をぬぐつて働かう)」의 처

음 부분은 다음과 같이 시작되고 있다.

모두 다시 희망을 가지고 눈물을 닦고 일하자/ 잊기 어려운 슬픔은 잊기
어려운 채로 놔두자/ 괴로운 마음은 괴로운 대로/ 하지만 그 마음을 오늘은
한번 편하게 해보자/ 모두 힘을 내어 눈물을 닦고 일하자   (410쪽)

미요시는 여기에서 '희망'을 말하면서 동시에 '잊기 어려운 슬픔'을
말한다. 이 '슬픔'이라고 하는 것은 현재의 황폐한 상황 가운데로 내몰
은 일본의 패전을 포함한 말일 것이다. 현재적 시점에서 볼 때 이 슬픔
은 과거로 말미암은 것이다. 이 시의 2연에서 미요시는 이 과거에 대해
'가장 나쁜 운명' '가장 나쁜 열병' '모든 나쁜 때'라고 말한다. 국가적
상황에서는 말할 나위도 없다. 하지만 시인 개인의 측면에서도 그렇다
는 말인지는 확실하지 않다. 미요시는 과거 자신의 전쟁협력 행위를
이러한 〈가장 나쁜 운명〉으로서 받아들이고 있는 것일까? 패전 후 자신
의 전집을 엮을 때 전쟁시를 말살하고 싶었다는 이야기가 있지만『모래
성』을 쓰는 이 시점에서의 미요시가 의미하는 '과거'라는 것이 자신의
개인사를 포함하는 것인지에 대해서는 단언하기가 쉽지 않다.

아무튼 전쟁시를 쓴 국민시인에서 다시 애국시를 쓴 국민시인의 변
모에 대한 비판의 소리 또한 적지 않다. 오노 타카시(小野隆)는 이러한
미요시의 변신에 대해 '내적 필연으로서 노래하는 것이 아니라 외적요
구에 따르고자 노래하고 있다. 여기에는 방랑시인은 없는 것이다. 시대
의 요구에 따른 작시가(作詩家)가 있을 뿐이다'[14]라고 말한다. 오다의
시각은 전시기에도 패전 후에도 본심에 따른 것이 아니라 외적 상황에
부응하고자 이런 선전적인 시를 썼다는 것이다. 이는 본고에서 진정성
에 부합하는 것이라고 주장한 것과는 상치되는 의견이기도 하다. 하지

만 단지 외적 상황에 부응하고자 이러한 국민을 고무하는 시를 썼다는 논리 또한 쉽게 납득하기 어려운 부분이 있다. 전시의 외적 상황이란 전쟁시를 쓰지 않을 수 없는 불가피한 시기였다. 하지만 패전 이후는 그 누구도 미요시를 강제하는 상황은 존재하지 않았다. 만일 이러한 외적상황의 요구에 부응하고자 했다 하더라도 그것은 일본의 패전적 상황을 진지하게 받아들인 미요시의 본심에서 우러나온 것이었을 것이다.

5. 맺음말

미요시가 전쟁시를 쓴 것은 앞에서 언급한 오노의 용어를 빌려서 언급하자면 〈내적필연〉보다는 〈외적요구〉에 따르고자 하는 면이 컸다고 말할 수 있다. 그렇다고 〈내적필연〉으로서의 이유를 무시할 수가 없다. 필자는 본고에서 그가 전쟁시를 쓴 것은 그의 본심에서 우러나온 것이라고 언급하였다. 그는 본심에서 전생시를 쓰는 그 순간에도 본심에서 연애시를 썼다. 떠나간 님을 슬퍼하며 애절한 마음을 토로했던 것이다. 그리고 그는 다시 패전이 되었을 때 상실의 아픔을 풍부한 감수성으로 노래했고, 개인의 아픔뿐 아니라 일본국민의 아픔을 대변하고 위로가 되는 시를 썼다. 패전 직후의 그의 두 시집이 어떤 의도성을 가지고 있었냐고 물었을 때 단순히 〈외적요구〉에 부응하기 위해서라는 이유만으로는 부족함을 느낀다.

전쟁시를 썼기 때문에 그리고 그러한 시인이 또다시 애국시를 썼다고 비판하는 자들이 있지만 이러한 비판은 본질을 벗어난 것이다. 전시와 패전에 걸쳐서 〈내적필연〉으로 일관한 시인의 시인적 특질에 우리는 주목을 해야 하는 것이다. 시인의 사상적 가치와 기질이라는 측면에서 선행적인 이해가 도모될 때 우리는 미요시라는 시인은 모순적 요소를 동시에 안고 있는 특이한 시인이라는 자각을 갖게 된다. 어찌 보면 이러한 그의 기질이 전후의 그의 왕성한 활동의 주축이 되었다 할 수 있겠다. 결과적으로 그는 이 두 시집을 통해 자신의 전후처리를 하게 되었고 전쟁시에 대한 어떠한 자기변명이나 해명 없이 전후의 작가적 기반을 형성하게 된 것이다.

【주】

* 본 연구는 2008년 『일어교육』(제44집)에 발표한 「三好達治の敗戦」을 수정・보완한 것임.
** 서울여자대학교 일어일문학과 조교수
1) 나카무라 신이치로(中村真一郎), 『わが心の詩人たち』, 潮出版社, 1998, 400쪽.
2) 위의 책, 401쪽.
3) 이소다 코오이치의 패전에 대한 묘사를 다음에 인용한다. 〈8월15일에 관한 다양한 기술을 읽어보고 새삼스럽게 생각되는 것은 일찍이 경험해 보지 않았던 패전에 직면한 자들의 앞으로 어떻게 될지 모르는데서 오는 불안한 느낌이었다. 그 보다도 불안과 표리일체(表裏一體)를 이룬 일종의 안도감과 좌절감 같은 것들이 사람들의 마음을 사로잡고 있다는 것이다. 전쟁말기의 전쟁혐오증과 육체적인 피로로 사람들이 압박을 받고 있었던 것이 사실인 이상, 패전이라고 하는 것은 의심할 의지도 없는 고통으로부터의 해방이었고, 죽음의 공포로부터의 해방이기도 하였다. 그러나 이와 관련된 사람들의 감정이라고 하는 것은 각 사람 사람마다 차이가 있었다고 볼 수밖에 없는데..〉(이소다 코오이치(磯田光一), 『昭和文学全集　別巻』, 小学館, 1991, 113쪽)
4) 8월 15일의 패전일기에 타카미 쥰은 다음과 같이 적고 있다. 〈"천황폐하가 짐과 같이 죽어달라고 하시면 모두 같이 죽겠죠"하고 아내가 말했다. 나도 그러한 기분이었다. (생략) 12시 가까이 되었다. 라디오 앞에 갔다. 나카무라가 왔다. 오오오집에 닛타를 부르러 보내겠다고 물어보겠다고 한다. (생략) 12시, 시각을 알리는 소리가 들린다. 키미가요를 연주. 조서(詔書) 낭독. 역시 전쟁이 종결되었다. 키미가요 연주. 계속해서 정부내각의 경과 발표가 이어진다. 결국에 패했다. 전쟁에서 진 것이다. 여름 태양빛이 맹렬이 타오르고 있다. 눈에 아플 정도의 광선. 뜨거운 태양 아래 패전소식이 전해진 것이다. 매미의 울음소리가 그칠 줄 모른다. 들려오는 소리는 그뿐이다. 조용하다.〉 (타카미 쥰(高見循), 『敗戦日記』, 文藝春秋, 1982년, 249~250쪽)
5) 이시하라 야츠카(石原八束), 『駱駝の瘤にまたがつて』, 新潮社, 208쪽 참조

6) 이소다 코오이치, 앞의 책, 113쪽.

7) 텍스트는 三好達治, 『三好達治全集』, 筑摩書房, 1964에 따르며 이하 쪽수 만을 표기한다.

8) 미쿠니(三國)에서의 미요시의 이혼에 대해서 하다나카 테츠오(畠中哲夫)는 그의 일기 가운데서 '11월 미요시 선생님과 I씨의 작은 트러블이 「딱다구리」를 쓰게 함'이라고 되어 있다는 것을 통해 우리는 이 시의 저변에 깔린 미요시 시인의 이별의 심정을 추측해 볼 수 있다.(『日本の詩歌22　三好達治』, 中央公論社, 1967, 264쪽.)

9) 『日本の詩歌22　三好達治』, 中央公論社, 1967, 264쪽.

10) 나카무라 신이치로, 앞의 책, p.385. 타카무라 코오타로(高村光太郎)도 미요시와 같이 전쟁시를 썼는데 그의 경우는 미요시의 경우와 조금 다르게 설명되고 있다. 나카무라는 타카무라가 개전 초기에는 미국과 영국에 대한 반감을 갖고 이들을 동아시아로부터 추방시키고자 하는 제국일본의 명분과 일치되는 목적이 있었다고 말한다. 하지만 타카무라의 경우는 전쟁이 점점 현실화되어 감에 따라 자신이 전쟁시를 쓰고 있는 것이 자신의 본심과는 거리가 있는 것을 느끼게 되었다고 미요시와의 차별성을 설명하고 있다. 실제로 타카무라는 패전 이후 미요시와 다르게 자신이 쓴 전쟁시에 대한 분명한 입장표명을 하고 자신만의 방법으로 책임을 다했다.

11) 『日本の詩歌22　三好達治』, 中央公論, 1967, 270쪽.

12) 나카무라 신이치로, 『三好達治』, 新潮出版, 1992, 293쪽.

13) 코지마 치카고(小島千加子), 『作家の風景』, 毎日新聞社, 1990, 47쪽.

14) 오노 타카시(小野隆), 「三好達治―戦後」, 『専修国文』 第37号, 1985, 17쪽.

5 카와바타 야스나리 문학과 '패전'[*]

정향재[**]

1. 머리말

일본의 근대 이후의 전쟁을 이르자면, 청·일, 러·일, 중·일, 그리고 태평양 전쟁을 들 수 있을 것이다. 이들 각각의 전쟁은 일본인들의 생활과 정신세계에 크게 영향을 끼쳤으며, 전쟁이 반영된 문학을 탄생시키고 있다. 그 중, 이른바 15년 전쟁이라고 일컬어지는 만주사변 이후 태평양전쟁 종전까지(1931~1945)의 전쟁은 일본인의 가치관에 전면적인 변화를 가져온 것으로, 사회적인 측면뿐 아니라 문학사적으로도, 작가 연구의 측면에서도 주목해야 할 부분이다.

태평양 전쟁 이후의 많은 작가들이 전쟁에서의 경험, 당시의 상황, 패전에 대한 자신의 감정을 평론 및 문학작품을 통해 표현하고 있다. 패전을 일지적으로 쓴 오사라기 지로(大仏次郎)의 「패전일기」, 타카미 쥰(高見順)의 『패전일기(敗戰日記)』, 나가이 카후(永井荷風)의 『단쵸테이 니 치죠(斷腸亭日乘)』 등과, 문학작품에서 나타낸 시가 나오야(志賀直哉)의 「회색 달(灰色の月)」, 다자이 오사무(太宰治)의 「겨울 불꽃(冬の花火)」, 요코

미츠 리이치(橫光利一)의 『밤의 구두(夜の靴)』 등과 원자폭탄의 피해를 소재로 삼은 원폭문학 등을 통해 패전기의 일본인의 심정과 일본문학의 한 단면을 살펴볼 수 있다. 본 논문에서는 전쟁 이전부터 활발하게 활동하였던 작가 중, 종전을 기점으로 문학이 크게 변화하는 양상을 보이고 있는 카와바타 야스나리를 대상으로 삼고자 한다.

카와바타 야스나리의 50년이 넘는 작가 생활은 초기의 신감각파로부터 모더니즘, 신심리주의 등의 영향 하에 있었으며, 그 당시의 주변의 문예사조와 상황 등을 적극적으로 받아들이며 자신의 독특한 문학의 세계를 전개·확립해 나갔다. 이러한 카와바타의 문학의 경향이 가장 확연하게 변화하는 시점은 '종전' 이후라고 할 수 있는데, 거기에는 카와바타의 '의도성'이 개입되어 있기 때문에 더욱 주목할 가치가 있으며 작가와 문학의 이해에 있어서 빼놓을 수 없는 부분이라고 할 수 있다.

카와바타의 전쟁 이후는 일반적으로 '고전회귀'라는 용어로 출발한다[1]고 보는 것이 일반적인 견해이다. 이것은 카와바타가 자신의 '선언'과 그 이후, 일본의 전통미를 그려내는 쪽으로 문학의 방향을 전개시켜 나간다는 것으로, 카와바타의 전후(戰後)는 '고전회귀선언'을 둘러싼 사항과 작품, 그리고 후기의 일본전통을 구현한 문학의 연구에 집중되어 있었다. 즉, 패전⇒일본의 전통미로의 회귀로 인식되고 있는 것이다.

그러나, 카와바타의 패전 후는 전통회귀만 있는 것은 아니다. 전쟁에서 패했다는 것과 패한 나라의 국민이 겪어야하는 참담함, 충격 등을 소설과 평론 등을 통해 생생하게 표현하고 있는 것을 접할 수 있다. 그럼에도 불구하고 전후의 카와바타는 '일본회귀' 혹은 '일본의 전통미'에 초점을 맞추어 카와바타의 전후=고전·전통미라는 등식이 성립하는 것으로 보는 데에 대한 의문을 본 연구의 출발점으로 삼는다.

카와바타의 전후 '일본의 전통미'의 구현을 전쟁에 대한 반동으로 본다면, 그 반응이 나온 계기가 된 '패전'에 초점을 맞추어 당시 카와바타의 심경과 그것을 밑바탕으로 '일본회귀'를 선언하게 된 배경을 고찰해 보지 않으면 안 될 것이다.

본 논문에서는 카와바타 야스나리의 전후의 출발점을 '패전'에 있다고 보고, 카와바타가 패전을 어떻게 받아들이고 인식하게 되는가. 또한 패전에 대한 심경인 '패전의식(敗戰意識)'은 문학에서 어떻게 표현되는가. 그리고 그것이 전후문학에 어떻게 영향을 끼치며 카와바타 전체 문학에 위치하게 되는가에 대한 조명을 그 목표로 삼는다.

2. 전시(戰時)의 카와바타

패전을 논하기에 앞서 카와바타가 전쟁의 시기를 어떻게 보냈는지, 그의 전시에 대한 자세는 어떠했는지에 대해 살펴보기로 한다. 그것은 카와바타가 패전에 대한 반응을 이해하는데 유효하기 때문이다.

카와바타 문학은 1930년대 중반에 착수하는 『설국』으로 하나의 획을 그을 수 있는데, 『설국』은 그때까지의 문학의 결정이었다고 할 수 있다. 1937년에 『설국』을 1차적으로 단행본으로 간행하고, 1937년 중・일 전쟁 발발 이후, 1940년대의 전시에는 눈에 띌 만한 문학작품이 다수 창작된 시기는 아니었다.

카와바타와 전쟁에 관한 연구로는 이 시기가 문학적으로 주목할 만한 작품이 발표되지 않았고, 정치적・사상적으로도 눈에 띄는 행보를 보이지 않았기 때문에 대개의 경우 연보적인 사실을 언급하거나, 전체적으로 전중보다는 전후의 일본회귀 부분을 중심2)으로 논의되어 왔다. 그런 중에 하토리 테츠야3)는 전쟁 중의 카와바타에 초점을 두어 논하고 있어 주목된다. 만주사변부터 시작되는 이른바 15년 전쟁의 전체를 보고 있는데, 하토리는 이 논문에서 카와바타의 전쟁 시절의 정국에 대한 동조, 저항의 측면이 아니라 카와바타의 문학의 특징과 그 전개양상을 파악하는데 중점을 두고 있다. 그러면서 전쟁시대의 카와바타 문학의 특징을 종합적으로 고찰한 결과, 적극적 동조도 하지 않았지만, 전쟁에 대한 반대나 저항 또한 하지 않았다고 결론짓고 있다. 이는 이 시기의 카와바타의 문학과 작가의 성향을 대변할 수 있는 연구라 여겨지지만, 좀 더 구체적으로 소설이 아닌 문장들까지 포함한다면 시각의 수정도 가능하리라 생각된다.

카와바타 야스나리는 원래 정치나 사회문제에 그다지 관심을 두지 않았으며4), 그것들을 문학으로 표현하는 일도 드물었다. 전쟁에 대한 관심도 그것의 문학으로의 도입도 그와 같은 견지에서 생각해 볼 수 있을 것이다. 카와바타는 전쟁 중의 행적에 대해 스스로 '나는 태평양 전쟁의 일본에 가장 소극적으로 협력하고, 또한 가장 소극적으로 저항 했다'5)고 하였다.

전쟁 중에 창작된 소설들을 살펴보면, 「동해도(東海道)」(『만주매일신문(滿州日日新聞)』(1943.7~9)) 『고원(故園)』(1943.5~1945.1) 등의 장편소설과 6편의 손바닥 소설6)을 발표하고 있다. 이 작품들에서는 〈애상(もののあはれ)〉등 일본의 자연과 문화의 진수 등에 관하여 생각하지만 그것은 전쟁에 관한 긍정으로도 또한 전쟁 중에 전쟁을 반대하는 것으로는 더더욱이 연결되지 않았다.

카와바타가 표현한 소극적 저항이라고 한다면 문학작품을 거의 발표하지 않은 것을 그 하나의 표출이라고도 할 수 있을 것이다. 그리고 발표되는 소수의 작품들도 소재나 내용면에 있어서 전쟁을 드러내놓고 있지 않기 때문에 이른바 국책에 소극적 저항으로 대처했다면 그렇게 파악될 수도 있는 부분이다.

카와바타가 소극적이었다고 전제를 달았지만, 협력한 부분을 살펴보도록 하겠다. 태평양 전쟁이 격화되고 있는 상황하에서 카와바타는 '일본문학보국회'[7] 파견 작가의 신분으로 전사자들의 유족을 취재하여 쓴 작품 『일본의 어머니(日本の母)』(1942)를 발표한다. 또한 전사자들의 유서를 모은 문집 『영령의 유서(英靈の遺文)』(1943~1944)을 내놓고 있다. 이 작품들에서는 공히 전사자의 유족, 혹은 전사자의 유서의 취재 및 편집이라는 형식을 빌리고 있기 때문에 실상은 카와바타의 글이 아니라고 할 수 있다. 분명 이 문장들에서는 전쟁을 고무하고 선동하는 카와바타 자신의 주장을 찾아볼 수 없다. 하지만 「일본의 어머니」나 「영령의 유서」는 취재와 유서 내용에다 카와바타의 감상을 덧붙이고 있다. 이 글에서 유족들과 출정하여 분연히 죽음을 맞이하는 병사들의 감정과 전쟁에 대한 생각에 공감하고 있음을 알 수 있다.

1944년 6월 일본문학진흥회에 의해 〈전기(戰記)문학상〉이 제정되는데 카와바타는 선자[8]로서 위촉된다. 또한 패전 직전인 1945년 4월부터 한 달 동안 카고시마의 해군기지에서 체재하며 특공대원들과 생활하게 된다. 이때의 체재기록도 전쟁이 끝난 이후에 「생명의 나무」라는 소설로 발표된다. 이렇게 본다면 카와바타는 전쟁에 관하여 스스로 표현하였듯이 적극적으로 동조하거나 선동한 일은 없다고 할 수 있고, 다른 사람의 얼굴과 이름을 입거나, 전쟁 이후에 발표되는 등의 방법으로 '복잡한 이중성을 가진 전쟁협력'[9]으로 교묘하게 동조하였다고 할 수 있을 것이다.

3. 카와바타의 전후 출발 – 〈고전회귀〉 선언

전쟁 중에 카와바타는 '카마쿠라에서 토오쿄로 왕래하는 전차 안, 등화관제 시에도 『코게츠쇼오본 겐지이야기(湖月抄本源氏物語)』를 읽으며 중고(中古)의 세계와 그 매력에 빠져있었다'(「애수(哀愁)」 27:392)고 한다. 전쟁이 패전으로 끝나자, 카와바타는 시마키 켄사쿠의 추도사를 통해 패전에 임하는 마음과 앞으로의 문학의 방향을 제시하게 된다.

> 전쟁이 끝난 후, 나는 <u>예로부터의 일본의 정취</u>에 가라앉아 갈 뿐으로, (중략) 나의 생애는 〈출발까지〉랄 것도 없이 이리하여 이미 끝났다고 지금으로서는 느껴져서 견딜 수가 없다. 오래된 산하에 혼자서 돌아갈 뿐이다. <u>나는 이미 죽은 자로서, 애처로운 일본의 아름다움 이외에 대해서는 앞으로 한 줄도 쓰려고 생각하지 않는다.</u>　　　　(밑줄 필자, 이하 같음)
> (1945.11) (「시마키 켄사쿠 추도(島木健作追悼)」34:44)

이른바, '고전회귀'의 첫소리를 발하게 되는데, 이러한 취지의 선언은 「애수」(1947.10) 「요코미츠 리이치 조사(橫光利一弔辞)」(1948.1) 등에서도 반복 천명하여, 그 의지의 확연함을 드러내고 있다.

> <u>나라가 망해서</u> 한층 심한 찬바람에 내몰린 나의 뼈는 자네라고 하는 버팀목마저 빼앗겨 추운날씨에 부서져버릴 것 같네.
> (1948.2) (「요코미츠 리이치 조사」34:267)

> 전쟁 중, 특히 패전 후, 일본인은 참된 비극도 불행도 느낄 힘이 없다고 하는 나의 이전부터의 생각은 강해졌다. 느낄 힘이 없다는 것은 느껴지는 본체가 없다는 것이리라.
> 패전 후 나는 일본 고래의 슬픔 속으로 돌아갈 뿐이다.
> (1947.10) (「애수」27:391)

여기에서 카와바타가 밝힌 것은 두 가지로 볼 수 있다. 즉, 나는 이미 죽은 몸이라는 것과, 앞으로 일본의 아름다움을 그려나가겠다는 것이었다.

기존의 카와바타 연구들은 이러한 '일본회귀'의 표현에서 후반 부분에만 주목하여, 전쟁 이후의 카와바타의 문학의 방향과 경향을 규정하고 있다. 또한 그 계기가 되는 것은 전쟁 중의 '고전심취'로 보는 입장이 대부분이다. 즉 '고전심취(전중)' ⇒ '일본 전통미의 구현(전후)'으로 이어진다는 논리였다. 물론 카와바타는 일본회귀를 선언한 같은 글에서 전쟁 중에 자신이 일본고전에 심취하고 있었음을 언급하고 있다.

그러나 카와바타가 고전회귀를 밝힌 문장 등에서 표명하고 있는 바, 그가 일본의 것을 쓸 것이라고 천명하는 것은 패전으로 인한 일본의 '슬픔'이 하나의 이유가 되었다고 할 수 있을 것이다. 단지 전쟁 중에 일본의 고전에 심취했기 때문에 일본의 전통과 고전미를 그리는 방향으로 문학이 전개되었다는 것은 패전이후의 카와바타의 문학의 특징을 놓고 그 원인을 거꾸로 찾아나갔을 때, 추론할 수 있는 인과관계 중의 하나는 될 수 있을 것이다. 그러나 패전 상황에서 느낀 '정신적인 멸망, 절망'이 없었더라도 카와바타가 명확히 '고전회귀'를 선언하였을까를 생각해 볼 때는 의문의 여지가 남는다고 하겠다. 그러므로 카와바타가 일본의 전통, 고전미를 추구하는 문학으로 그 방향을 전개시켜 나가는 것은 직접적으로는 '패전'이 하나의 촉발제 구실을 했다고 해야 할 것이다.

앞으로도 일본풍의 전통주의, 고전주의에 경도되어 갈 것이다. 패전이 오히려 그 기분을 강하게 한 것도 일본의 한 작가로는 당연한 귀결일지 모르겠다.　　　　　　　(1951.8) (「나의 생각(私の考へ)」 27:437)

카와바타가 '일본회귀'를 선언한 문장들에서 볼 수 있는 패전으로 인한 절망감, 패전의식은 패전 직후의 소설과 다른 글들에서도 다양하게 표출하고 있는데, 그 양상을 살펴보고 그것이 어떻게 전개되어 나가는 지 고찰해보도록 하겠다.

4. 사자(死者)에 대한 만가(挽歌) ―인간내면의 슬픔

카와바타 야스나리는 전쟁 중에 '일본문학보국회'의 파견 작가로 전쟁 유가족에 대한 기록을 작품[10])으로 남긴 이외에, 패전 직전인 1945년 4월 에는 해군보도반원으로 징용되어 카고시마(鹿児島)의 특공대 기지에서 취재를 위해 한 달 동안 체재하였다. 죽음을 향해 진격하는 특공대원들 을 지켜본 카와바타는 보도반원으로서의 입장에서 '일본의 패전이 보이 는 듯하여, 나는 우울해져서 돌아왔다. 특공대에 관해서도 한 줄도 보도 는 쓰지 않았다'(「패전 즈음(敗戦のころ)」1955)라는 기록을 남기고 있다.

이때의 경험으로 창작된 것이 「생명의 나무(生命の樹)」(1946.7)이다. 이 작품에 대해 카와시마 이타루[11])는 해군기지에 한 달 동안 머물며 창작 해 낸 것이 단편 한 편밖에 없었다는 것과, 내용적인 면에 있어서 전쟁 에 눈을 두지 않고 자연에 대한 감동만을 읊었다고 비판하고 있다. 하지 만 이 작품을 카와시마가 비판한 대로, 케이코가 애인을 그리워하는 연 정만을 그리고, 자연에 감탄하는 작품으로 보아도 될지는 다시 생각해 보아야 할 것이다.

「생명의 나무」는 해군기지의 친목단체였던 스이코오샤(水交社)[12])에 소속된 케이코(啓子)가 특공대원이었던 연인 우에키(植木)의 죽음 이후 패전을 맞은 상황에서 우에키의 친구인 테라무라(寺村)의 구혼을 받고 그 사실을 알리러 우에키의 유족을 만나러 가는 내용이다. 케이코는 겉으로는 특공대에서 같이 생활을 하던 우에키의 친구 테라무라의 구혼을 받아들이면서도 우에키에 대한 그리움 때문에 마음속으로 몰래 죽음을 결심하는데, 그 죽음은 '순사하다'라는 비일상적인 단어로 표현되고 있다. 케이코는 스이코샤에서 진격하는 특공대원들을 보고 우에키의 죽음을 앞두었을 때를 떠올리며 그들(특공대원)의 죽음이 어떤 것이었는지에 대하여 생각한다.

> 특공대원인 우에키씨는 죽음은 정해진 것이었다. (중략) 강요된 죽음, 만들어진 죽음, 연기(演技)로써의 죽음이었을 테지만, 사실은 그것은 죽음이라는 것이 아닌 것 같이 생각된다. 단지, 행위의 결과가 죽음이 된 것이다. (「생명의 나무」 7:337)

> 그 기지에서는 우에키씨의 죽음을 나도 남들 앞에서는 슬퍼하지 않았다. 그런 죽음은 복수(複數)의 죽음이며, 연속적이었다. 우에키씨 한 사람이 아니라, 우에키씨 뒤를 잇는 사람은 끊이지 않았다. (「생명의 나무」 7:346)

카와시마 이타루는 패전을 전후한 카와바타의 문학을 평하면서 「생명의 나무」에서 주인공의 감정은 카와바타의 그것으로 대변될 수 있는데, 여기서 '수많은 젊은 죽음에 싸여 있으면서 자연에만 감동하고 있다, 그렇게 큰 전쟁을 거치면서도 인간적인 관심을 나타내지 않고 있다'[13]고 비판하고 있다. 하지만 위의 인용문에서 볼 수 있듯이 특공대원들의 죽음에 대해 냉철하고 객관적인 시각에서 바라보고, 그들의 부자연스러운 죽음에 대한 카와바타의 이러한 입장은 분명히 전쟁과 인간의 죽음에 대한 관심이라고 할 수 있을 것이다.

우에키는 특공대원으로서 죽음을 맞고 있고, 이어지는 그들의 죽음에 대해 거리를 둔 객관적인 시선으로 그것을 표현하고 있는 것이다.

여기에서 케이코가 특공대원이었던 옛 연인 우에키를 따라 죽으려 결심하는 것을 '순사'로 표현하는 것은 전쟁으로 인한 '만들어진' 죽음들에 대한 카와바타 나름의 만가이며 진혼가였다고 할 수 있을 것이다.

이는 카와바타의 『일본의 어머니』에서의 태도와 상통하는 것이다. 『일본의 어머니』에서는 전사자들의 어머니의 슬픔 등을 인간에 있어서의 '어머니'의 의미에 무게를 두었고, 전사자들에게 일본은 '어머니 같은 존재로서의 국토(땅)'였다고 전개시켜 나간다. 그러면서 전사자들의 죽음에 대한 슬픔을 정치적으로서가 아닌 인간내면에 호소하여, 그 방향을 능숙하게 바꾸어 통절함을 보다 강렬하게 부각시키고 있다고 하겠다.

이러한 경향은 카와바타가 정치적인 면에는 무관심했음과, 패전을 정치적·사회적인 문제로서보다 내면적인 것으로 받아들인 것에서 요인을 찾을 수 있을 것이다.

> 일본의 패전에 의해 내가 현재의 일본에 살아있다고 하는 것을 더욱 절실하게 생각하게 하였다. 나의 경우는 정치적인 분개보다도 많은 부분은 내면의 슬픔 때문이다. 나의 일은 이 슬픔에서 벗어날 수 없을 것이다.
> (1951.8) (「나의 생각」27:434)

이러한 이유에서 전범(戰犯)들을 재판하는 토오쿄재판4)의 방청기인 「토오쿄재판의 노인들(東京裁判の老人達)」(1948.11) 「토오쿄재판 판결의 날(東京裁判判決の日)」(1949.1)에서도 이렇다 할 정치성이 개입된 기록을 남기지 못하게 된다. 카와바타는 요미우리(読売)신문사로부터 토오쿄재판에 대한 방청기록의 보도를 의뢰받고 토오쿄재판 판결 마지막 날에 방청하게 된다. 「토오쿄재판 판결의 날」의 첫머리에서 우선 '우울함'을 표명한다. 그것은 토오쿄재판에서 판결받는 사람들이 전범이지만, 그것은 일본이 해온 행위 전체에 대한 것이라고 받아들이고 있기 때문이었다. 카와바타는 분명한 정치적 표현과 정치성은 개입시키지 않고 있다고는 해도 패망한 나라의 국민으로서 어느 부분은 피고의 입장에서 그 자리에 임석하면서 그 감상을 술회한다.

> 이 사람들이 나라와 민족을 그렇게도 내휘둘렀다고는 기가 막혀서 믿겨질 것 같지도 않는다. 나라가 움직여가는 데에 영합한 사람들로, 우리들이 과거를 피고석에 놓고 보고 있는 셈이 된다. 이 사람들이 무력한 피고로서 재판받는 것을 보고, 나는 국가라는 것에도 역사라는 것에도 얼마간 의심을 갖지만, 과거와 현재와 미래를 생각하는 좋은 가르침이라고 생각했다.
>
> (1948.11) (「토오쿄재판의 노인들」 27:400)

토오쿄재판의 피고들을 보며 '우리의 과거를 피고석에서 보고 있는 것 같다'고 표현함으로써 '패전'과 그 후의 상황을 국가 전체적인 것으로서 보고 있는 시각을 표명하고 있다. 하지만 그 이외에는 교수형을 구형받은 사람과 무기징역의 차이에 대한 목숨부지 여부에 피고들의 반응이 보고의 주를 이루고 있고, 방청 감상으로써 '일본이 11개국의 판결을 받는 것에 굴욕을 느낌'을 표현하는 정도로 그치고 있다.

5. 패전기의 혼돈과 전전의 재생 희구 -「재회」『무희』 등

1) 패전기의 혼돈

카와바타에 한정되지 않고, 패전기의 문학에는 전후의 사회적 혼란 상황이 잘 드러나 있다. 시가 나오야의 「회색달」이 그 좋은 예일 것이다. 카와바타의 작품에서는 「재회」『무희』 그리고 평론을 통해 찾아볼 수 있다.

「재회」에서는 패전 직후의 토오쿄역에 있었던 적십자와 간호사들, 그리고 토오쿄역을 통해 남방(동남아시아, 남양제도)에서 돌아오던 귀환병, 또한 조국의 해방을 맞아 귀국하려고 기다리는 조선인들의 모습 등이 전후 상흔으로 잘 드러나 있다. 이것들을 보며 주인공 유우조(祐三)는 생각하는 바가 많았다.

> 이 전쟁 같이 많은 병사를 멀리 떨어진 곳에 내버려둔 채 후퇴하고 그대로 돌아보지 않고 항복한 전쟁은 역사에 유례가 없을 것이다.
> 남방의 섬들로부터 돌아 온 병사들은 영양실조에서 아사에 가까운 모습으로 토오쿄역에 도착했다.
> 이 돌아온 병사들의 무리를 볼 때마다 유우조는 말할 수 없는 비통함에 잠겼다. 그러나 또한 성실한 자성도 눈을 떠, 가슴이 청결하게 씻겨지는 생각도 드는 것이었다. (「재회」7:324)

패전 이후, 당시의 진주군의 모습도 「재회」에서는 그려내고 있다. 진주군(미군)이 차에 오르내리는 모습, ⟨very poor⟩를 ⟨very pure⟩로 잘못 들은 에피소드를 적고 있는데, 패전기의 사회상황을 묘사함에 있어서 미군, 미군사령부를 종종 등장[15]시키고 있다. 일본은 패전 이후, 연합군의 점령 하에 들어가 1952년 4월에 가서야 벗어나게 된다. 이 상태를 카와바타는 완전한 상태의 독립이 아니었던 것으로 표현하고 있다.

> 일본은 주로 미국에 점령되고, 보호되어 겨우 존립하고 있다. <u>독립되어 있지 않다.</u> 일본은 군대가 없고, 헌법은 전쟁을 버렸다. 전쟁을 일으킬 힘이 있을 리는 없지만, 전쟁을 막을 힘도 거의 없다. 전쟁이 일어나지는 않을까 하는 우려에다가, 일어나면 어쩌나하는 무력한 자의 미혹이 겹쳐진다.
> (1949.3)(「평화를 지키기 위하여(平和を守るために)」 27:415)

패전으로 전쟁이 끝나고, 적국이었던 미국의 점령하에 들어가 겨우 존립하고 있는 상태의 일본에 사는 상황에서 카와바타가 느낀 것은 무력감이었다고 할 수 있다. 이러한 일본이 패전 이후, 미국의 점령하에 있으면서 완전히 독립된 존재가 아니었음은 전후의 대표작『산 소리』(1949~1954)16)에서도 발견되는 부분이다. 또한 위 인용문의 후반부의 전쟁 이후 느끼는 다음 전쟁에 대한 우려와 공포감은,『무희』의 주인공 남편인 야기(矢木)가 느끼는 그것과 같은 것으로 소설로서 작품화 되고 있다.

　『무희』(1950~1951)의 처음 장면은 GHQ 사령부에서 국기가 하강되는 장면을 주인공(나미코)이 바라보는 데서 시작한다. 그리고 마지막은 전차에 올라탄 상이군인이 구걸하는 것으로 끝맺어 작품 전체가 전쟁의 후유증 아래 놓여 있음을 여실히 보여주는 패전기 작품으로 규정지을 수 있는 것이다. 곳곳에 전쟁 이후의 겉으로 드러난 사회의 혼란상과 인물들의 내면적인 혼돈이 그려져 있다. 불타 폐허가 된 나미코의 토오쿄의 집, 전쟁으로 인한 빈곤, 병, 사회불안과 물자부족으로 인하여 도둑이 들끓는 상황, 패전 후 전몰학생 위령비 건립에 대한 데모와 반대 등, 전시하의 사회상을 그대로 묘사해 놓고 있다. 또한, 등장인물들은 전쟁을 거치며 인생과 예술에 있어서 굴절을 겪고, 현재는 모두 무력감에 빠져있는 인물로 조형되어 있다. 이러한 요소들은 작품 전체에 무력감을 더하고, 전후의 절망감을 이끌어 내는데 더욱 효과적으로 작용하였을 것이다.

　카와바타의 패전 직후 작품에서는 패전기의 상황을 사회상의 총체적 혼돈과 내적 혼란으로 표현하고 있음을 알 수 있다.

2) 전전(戰前)과의 만남·재생 - 「재회」

　「재회」(1946.2)는 유우조(祐三)가 전쟁 때문에 헤어졌던 불륜관계의 애인 후지코(富士子)와 패전 후 2개월이 지난 시점에서 재회하는 것을 다룬 소설이다. 유우조는 전후의 세상을 부정하고 있었는데, 그의 눈에 비친 현실은 망해 사라지는 일본의 모습으로 다가왔었다. 이러한 유우조에게 후지코가 재출발을 하려하니 좀 보살펴달라고 다시 만나자고 제안을 한다. 두 사람은 토오쿄역부터 걸어가며 주위의 전쟁 이후의 혼란한 상황을 모두 함께 목격한다. 그것은 참담한 일본의 패전과의 만남 그 자체였다. 처음에는 동요를 숨길 수 없었던 유우조이지만, 함께 걸어가는 동안 자신도 모르게 몸과 마음이 자연스럽게 통하고 이성으로서의 여인을 다시 만났다는 재회의 정을 느끼고, 내부에서 생생하게 무언가가 되살아오는 것을 느낀다.

> 전쟁에 매몰되어 있던 것이 부활한 경악이라고도 할 수 있겠지. 그 살벌함과 파괴의 노도가 그러나 미묘한 남녀 간의 소소한 일에 대해서는 소멸시키지 못했다.　　　　　　　　　　　　　　　　　　　　　　（「재회」7:309）

유우조가 재회한 것은 후지코라는 옛 애인이지만, 그것은 단순한 여자, 연인의 의미로 끝나지 않는다. 유우조가 후지코와 다시 만나기로 결심하고 내부의 부활을 느끼는 부분은 전쟁 이전의 상태와의 재회였다. 그것은 그녀와의 재회임과 동시에 참된 의미에서는 자기 자신[17]이었다는 의견에 수긍이 간다. 또한, 패전으로 죽어있는 '국가'의 부활과 그 이전의 자신의 모습과의 재회를 희구하는 의미를 읽어낼 수 있는 작품이라고 하겠다. 두 사람의 재회, 내면으로의 전쟁 이전의 부활은 이 시대를 반영하여 읽어나갈 때, 인간으로서의 부활을 넘어 국가의 부활을 염원하고 있음으로 확대해석할 수 있을 것이다. 그것은 옛 연인의 이름에 일본의 상징이라고 할 수 있는 '후지(富士)'를 붙여준 것에서도 찾아볼 수 있을 것이다.

6. '망국민 의식'·'전쟁공포증'과 새로운 미의식의 제시 -『무희』

1) 망국민 의식과 전쟁공포증

패전기의 상황 하에서 카와바타가 느낀 것은 바로 '내적공황'이며, '절망'이었다고 할 수 있다.

> 물론 이 물음에는 나의 사생활에 관한 것보다도 지금의 세상의 일, 나라의 일과 상관된 의미가 있겠지요. 그것에 관해서는 나는 종전 후 거의 절망하고 있습니다. 아마도 이 절망 그대로 생을 마감하겠지요. 외부에서 나의 내부로 즐거움이 비추어 밝아지는 때는 이제 있을 것이라고 생각하지 않습니다.　　　　　　　　(1947.9)(「관련된 문답(めぐる問答)」27:387)

이 절망의 표출과 여기에서 벗어나기 위한 노력과 시도가 패전기의 카와바타의 문학으로서의 표현이었으며 '고전회귀선언' 이었다고 할 수 있을 것이다.

카와바타의 작품 중 패전으로 인한 절망감을 가장 절실하게 표현한 깃은『무희』일 것이다.『무희』는 문학성에 있어시는 높이 평가받지 못하였지만[18], 카와바타의 패전기와 전후문학의 변화양상을 이해하는 데는 빠뜨릴 수 없는 텍스트이다.『무희』는 패전이후 5년이 되는 해에 발표한 작품이다. 작품 전반에 패전기의 암울한 그림자가 드리워져 있고, 주인공들의 무력감, 전쟁을 거치면서 해체 직전에 놓인 가정, 그리고 무엇보다도 전쟁에 대한 인식이 카와바타의 그것을 대변해 준다고 할 수 있다.

『무희』에 그려진 인물들은 전쟁에 의해 모두가 인생이 굴절되었다. 주인공 나미코(波子)는 집이 불타버렸고 정신적인 무력감에 빠졌으며, 딸인 시나코(品子)는 서양으로의 무용유학이 좌절되었으며, 나미코의 제자 토모코(友子)는 아사쿠사의 스트립걸로 전락하게 된다. 그리고 나미코와 남편 야기, 딸과 아들로 이루어진 가정은 부부간의 불신으로 붕괴일로에 놓여있다.

전후의 불안함과 혼란은 전체를 통해서 느껴지지만, 패전에 대한 인식은 주인공의 남편 야기(矢木)를 통해 극명하게 드러난다.

> 일본이 져서 야기의 마음의 미는 멸망했다는 거예요. 자신은 오래된 망령이라…고. (『무희』10:264)

> "아버지는 뉴스를 듣고 굉장히 우울하신 것 같으니까. (중략) …아버지의 예의 전쟁공포증…"
> "이 다음 전쟁까지의 목숨이라고 말씀하시면서..." (『무희』 10:343)

야기는 '멸(滅)' '망(亡)' 을 떠올리며 공허와 절망을 느낀다. 자신을 이미 망한 나라의 국민이라고 여기는 야기는 다시 전쟁이 일어나지는 않을까 하는 '전쟁공포증'에 떨게 되는데, 현재 진행 중인 한국전의 전세에 민감하게 반응하며, 다음 전쟁이 두려워 아들과 일본을 떠날 계획도 꾸미고 아내의 재산을 빼돌린다. 또한 현재의 자신의 삶이 다음 전쟁까지 한시적인 것이라며 매사를 전쟁과 결부시켜 생각하고 있다.

야기(矢木)의 시각은 아니지만, 『무희』에서는 패전의 상황을 나라가 망했다는 측면에서 식민지시대의 조선과 동일시하여 무용가 최승희를 떠올린다. 앞서 서술하였듯이 등장인물인 무희들은 무력한 존재로 성격이 부여되어 있다. 최승희의 무용은 1934년도의 공연이 회상되고, 거기에서 받은 감명을 술회하는 형식으로 서술된다. 1950년의 일본이 패전에 의해 모든 것이 소멸되고, 등장인물인 무희들이 무력감에 사로잡혀 있다면, 최승희는 그와 정반대의 경우를 그리고 있다고 하겠다. 즉, 나라가 망했다는(식민지) 같은 상황이었음에도 불구하고, 그녀의 춤 안에서는 〈민족의 반역의 혼〉이라는 힘과 정신이 느껴지는 것이었다. 『무희』에서의 미적 감각, 패전에 대한 생각은 야기와 많은 부분 동일시할 수 있지만, 이 부분은 카와바타의 평론 「조선의 무희 최승희」(1934)의 문장과 거의 동일한 것이므로 카와바타의 것이라고 보아도 무방할 것이다. 그리고, 현재의 무력한 무희들의 모습으로 현실에 대한 상황의 표현과 비판을 나타냈다고 할 수 있을 것이다. 즉, 여기서 파악할 수 있는 것은 망국민이라는 의식, 그리고 현재의 절망적인 상태에서 벗어날 수 있는 요소로 전통에 배어든 〈정신적인 힘〉을 추구하고 있었다는 것을 알 수 있다.

2) 새로운 미의식의 제시

패전기에 있어 『무희』의 중요성은 카와바타의 패전에 대한 인식을 읽을 수 있다는데 그치는 것이 아니다. 이른바 카와바타의 전후 문학의 흐름을 한눈에 볼 수 있다는 점이다. 즉, 패전기의 절망과 새로운 문학의 방향이 동시에 제시되어있다는 것이다. 카와바타는 전쟁이전, 1930년대에 무용과 무희에 관한 작품을 다수 창작한다. 15년의 휴지기를 거쳐 다시금 등장하는 것이 『무희』이다. 그러나 전전의 무용소재 소설과는 달리 『무희』에서는 무희의 무기력함과 '여자는 정신으로 춤추지 않는다'는 표현으로 무용에 대한 신랄한 비판이 이루어지고 있다. 즉, 『무희』는 무용소재 소설에 종언을 고하며 다른 소재와 미의식으로 전개될 것임을 명확히 알리고 있다고 하겠다. 그 방향성은 무용비판에서 보여진 바, 정신적인 요소를 포함한 것이 될 것임을 알 수 있다.

전후에 있어서의 『무희』의 의미는 무용소설에 관한 것만으로 규정지어지지 않는다. 오히려 '일본회귀선언'을 구가한 작품이라는 측면에서 더욱 주목받아야 할 작품이다. 카와바타 야스나리는 태평양전쟁에서의 패전과 연관된 자신의 문학에 대한 희망을 다음과 같이 언급하고 있다.

> 태평양전쟁, 일본의 패전은 「헤이케이야기」나 「타이헤이키」와 같이 대작품으로 하고 싶은 희망을 가지고 있는데, 실현할 수 있을지 알 수 없다.
> (1955.8) (「패전 즈음」28:7)

여기에서 카와바타가 언급한 전쟁과 패전을 테마로 한 작품은 창작되지 않는다. 그러나 『무희』의 야기의 연구로서 도입되고 있다. 일본문학사 전공인 대학교수 야기(矢木)는 현재(1950년) 『헤이케이야기(平家物語)』와 『타이헤이키(太平記)』를 소재로 「일본고전문학에 나타난 평화의식」을 집필하고 있다. 주목할 것은 야기가 '전쟁을 문학에 도입하고 있다는 사실이다. 그는 패전 이후의 자신을 망한 나라의 국민이므로 이미 '망령'임을 천명하였다. 그는 전쟁을 거치면서 망해버린 일본의 현 상황 하에서 전통의 중요성을 절감하고 교과서에 일본의 불상의 그림과 글을 싣고, 그 안에 내재된 정신적 요소를 후세에게 교육시키려 하고 있다.

야기가 관심을 보이고 있는 것은 불상에 한정된 것이 아니어서, 도자기와 그 외 일본의 골동품에 조예가 깊으며, 학문으로 끌어올릴 정도로 일본의 전통미에 심취되어 있는데 그의 미의식은 야시로(矢代幸雄) 박사의 『일본미술의 특질(日本美術の特質)』[19]에 그 근간을 두고 있음도 밝히고 있다.

일본의 불상, 전통미술, 골동품 등은 「무희」의 다른 소재인 무용과 대비되며 정신적 요소, 영원성으로 강조되고 있다. 카와바타의 전후 문학의 특징을 들어 '영원한 것의 추구와 그에 대한 집착'[20]이라는 견해가 있는 것처럼 일본의 전통미를 구가한 작품들에서는 영원성이 강조되고 있다고 하겠다.

『무희』는 일본의 전통미, 고미술에 대한 미의식의 제시 이외에 카와바타 후기 문학의 주제인 '마계'가 등장하는 첫 작품으로도 주목받고 있다. 야기를 만나러 서재에 들어간 시나코는 벽에 걸려있는 잇큐(一休) 선사의 족자를 발견한다. 족자에 쓰여진 '마계'라는 글자에서 왠지 모를 음산함을 느낀 시나코는 후에 아버지에게 그 의미를 묻는다.

> "불계는 들어가기 쉽고, 마계에는 들어가기 어렵다고 읽는 거예요? 마계
> 라는 건, 인간 세계를 말하는 건가요……?"
> "인간 세계라……? 마계가 말이지?"
> "그럴지도 모르지. 그것도 괜찮아."
> "인간답게 사는 것이, 어째서 마계인거죠?"
> "인갑답다고 하지만, 인간이라는 게 어디에 있지? 마물뿐인지 모르지."
>
> (「무희」 10:468)

『무희』와 부분적으로 발표시기가 겹치는[21] 『천우학(千羽鶴)』(1949.5~1951. 10)에서는 후기 카와바타 문학의 주제로서 '현실과 도덕·허무의 세계까지 초월한 퇴폐적인 세계'인 마계의 내실이 확연히 그려져 있다. 『무희』에는 아직 본격적으로 그려져 있지 않고, '마계'라는 단어와, 〈불계에는 들어가기 쉽고 마계에는 들어가기 어렵다는(仏界、入り易く、魔界、入り難し)〉 한줄 쓰기의 등장과 그것의 풀이에 관한 몇 가지 시도가 이루어질 뿐이다. 즉 『무희』에서의 '마계'는 첫 등장이라는 그 자체에 주목하고,

앞으로 전개될 '마계'의 여러 가지 방향에 대한 가능성을 안고 있는 작품이라고 할 수 있다.

이렇게 본다면 카와바타의 『무희』는 패전 직후의 '패전의식'부터 '일본 전통미의 구가' '마계'에 이르는 전후 문학의 흐름을 한 눈에 조망할 수 있어서, 카와바타의 후기를 이해하는 열쇠의 역할을 할 수 있을 것이다. 이 흐름에서 '패전의식' '패전 상황'은 모든 것의 출발점에 위치한다고 하겠다.

7. 맺음말

카와바타 야스나리의 전후에 대한 연구는 '고전회귀'에 의한 일본 고전과 전통미를 구가하는 방향으로 전개된다고 규정되고 있었다. 본고에서는 카와바타가 고전회귀를 선언하고, 일본의 전통미의 세계로 돌아가는 것은 '패전'이라는 상황과 그에 의한 내면적 표현인 〈패전의식〉이 촉발제가 되고 있음을 규명하고 그것이 작품에는 어떤 양상으로 드러나는지 고찰하는 것을 목적으로 하였다.

카와바타 연구에 있어서 현재까지의 전후는 위의 규정대로 주로 일본회귀와 전통미의 구현에 초점이 맞추어져 있었는데, 1945년부터 1952년에 이르는 작품들에서는 이제까지 간과되어 왔던 패전으로 인한 절망이 적나라하게 표현된 것들이 다수 존재한다. 일본회귀를 선언했다고 거명되는 작품들 속에서도 일본회귀의 이유로서 일본이 패한 것에 대한 절망과 충격, 그리고 그로인해 자신이 죽은 사람이라고 하는 의식이 자리하고 있음을 지적할 수 있다. 패전 직후에 쓰여진 「생명의 나무」에서는 죽은 특공대원의 연인의 감정을 빌어 전쟁으로 죽은 자에 대한 만가, 진혼가로서의 의미를 읽어낼 수 있다.

「재회」『무희』에서는 전쟁 이후의 일본의 사회적 혼란상을 적나라하게 그려내고 있으며, 또한 내면적 혼란함으로 망국민 의식·전쟁공포증으로 패전의식을 표현하고 있다. 「재회」에서는 주인공 유우조와 후지코의 두 사람의 관계가 패전의 참상을 보며 걷는 중 복원되어 가는 것으로 그려지는데, 이것은 전쟁 이전의 자아, 전전의 국가적 상태의 부활을 기원하는 것으로 해석할 수 있다.

『무희』는 전후의 다양한 사회상 및 카와바타 문학의 양상을 찾아볼 수 있었는데, 전전의 소재였던 무용의 종언을 알림과 동시에 무용비판을 통하여 전후에 추구하는 미의식인 정신적 세계와 영원성을 제시하고 있음을 볼 수 있었다. 또한 카와바타는 일본회귀를 선언 후 일본 전통미를 구가하는 작품을 발표하는데,『무희』는 여러 측면에서 패전기의 카와바타의 전체상을 그대로 보여주는 작품이라 할 수 있었다. 즉, 새로운 문학적 소재 및 주제의 제시, 작품의 사회적 배경을 통한 패전 직후의 상황과 야기의 것으로 대표되는 전쟁에 대한 절망감, 그리고 다시 올 전쟁에 대한 공포 등을 통합하는 '패전의식'을 들 수 있을 것이다. 즉, 『무희』는 무용의 주제에서 마계에 이르는 카와바타 문학의 흐름을 한 눈에 볼 수 있는 텍스트이다.

고전회귀 선언이 카와바타에게 일본풍의 전통, 고전주의로 경도하게 했던 것이라면, 패전 직후의 일련의 작품에서 보이는 '패전의식'은 카와바타의 전후문학의 출발점으로서 '고전회귀'의 표출 전단계로 자리매김할 수 있는 것이다. 즉, [전쟁] ⇒ [패전기 문학] ⇒ [일본전통미 구가] ⇒ [마계]로 그 흐름을 잡아볼 수 있을 것이다. 이 때 패전기 문학의

내면적 바탕이 되고 있는 '패전의식'은 결국 카와바타 전후 문학의 출발
점으로서 위치지워져야 할 것이다.

【주】
  * 본 연구는 한국연구재단의 지원을 받아 2007년 『세계문학비교연구』(제21호)에 발표
    한 「일본 현대문학자의 패전의식 ―가와바타 야스나리의 경우를 중심으로―」를 수
    정·보완한 것임.
 ** 한남대학교 일어일문학과 조교수
 1) 하야시 타케시(林武志), 「川端康成の人と作品」「住吉」『鑑賞日本現代文学15 川端
    康成』, 角川書店, 1982, 153쪽. 카와바타의 전후를 〈일본회귀〉로 규정하고 일본전통
    미를 구현한 작가로 보는 견해는 하야시를 대표로하여 대개 이론에서 크게 벗어나지
    않는다.
 2) 모리모토 유타카(森元穫), 「戦時下の川端康成―その古典受容を中心として―」
    『鑑賞日本現代文学15 川端康成』, 角川書店, 1982.11. 286~301쪽.
 3) 하토리 테츠야(羽鳥徹哉), 「戦争時代の川端康成」『川端康成・日本の美学』(日本
    文学研究資料新集27), 有精堂, 1990.6, 146~151쪽.
 4) 말기의 콘 토오코(今東光)의 토오쿄도지사 출마 협조연설 등의 정치적 행보도 눈에
    띠지만, 카와바타로서는 특별한 경우에 해당한다고 하겠다.
 5) 카와바타 야스나리(川端康成), 「天授の子」, 『川端康成全集』第23巻, 新潮社, 1999.
    10. 546쪽. 이하, 『川端康成全集』에서의 인용은 '(「작품명」 전집권수:페이지수)'로
    기입한다.
 6) 「석류(ざくろ)」(1943.5) 「미역(わかめ)」(1944.7) 「17세(十七歳)」(1944.7) 「소품(小
    切)」(1944.7) 「고향(さと)」(1944.10) 「물(水)」(1944.10)
 7) 2차 세계대전 중에 만들어진 국책적문학자의 단체(1942~1945). 국책의 철저한 주지,
    선전보급과 그 실전에 협력할 것을 목적으로 총동원체제의 일환으로 정보국 제5부
    3과의 지휘 아래 대정익찬회와 내각정보국의 후원에 의해 성립되었다. 회장은 토쿠
    토미 소호(德富蘇峰), 초대 사무국장 쿠메 마사오(久米正雄) 아래 약 4000여명의
    회원이 소설, 극문학 등 8부분으로 나뉘어져 있었다. 주요사업으로는 대동아문학자
    대회 개최, 〈국민좌우명〉〈애국백인일수(愛國百人一首)〉선정, 〈대동아전 시집·가
    집〉 편찬, 문예보국운동 강연회 개최 등. 일본의 패전과 함께 소멸.
 8) 카와바타 이외의 선자로는 사토오 하루오(佐藤春夫), 우에다 히로시(上田廣), 니와
    후미오(丹羽文雄), 히노 아시헤이(火野葦平), 야마구치 세이손(山口青邨) 등이 있다.
 9) 타무라 요시카츠(田村嘉勝), 「川端康成の戦争体験―「住吉」三部作から」, 『言文』, 1979.10
10) 『일본의 어머니(日本の母)』(1942.10), 『영령의 유서(英霊の遺文)』(1942.12~1949.12)
11) 카와시마 이타루(川嶋至), 『川端康成の世界』, 講談社, 1969, 245쪽.
12) 스이코오샤(水交社): 구일본해군장교의 친목·연구단체. 육군의 카이코오샤(偕行
    社)에 해당한다. 1876년 창설. 회원은 해군사관, 고등문관, 사관후보생 등. 제2차

대전 후 해체되었다.

13) 카와시마 이타루(川嶋至), 앞의 책, 244~245쪽.

14) 〈극동국제군사재판〉이 정식명칭. 1946년 1월 19일 연합국 최고사령관 맥아더의 명령으로 설립된 극동국제군사재판소가 일본의 전쟁지도자들에게 판결함. 원고는 미.영.중.소 외 7개국. 전쟁범죄를 '평화에 대한 죄' '살인의 죄' '통상의 전쟁범죄와 인도에 대한 죄'로 나누어 만주사변 이래의 일본군벌의 침략에 대해 추궁하였다. 1948년 11월 12일 판결. 토오죠 히데키(東条英機) 등 7명이 교수형, 아라키 사다오(荒木貞夫) 등 16명이 종신형을 선고받았다. 카와바타는 토오쿄재판의 마지막 판결날 방청하였으며 그 감상을 「토오쿄재판의 날」「토오쿄재판의 노인들」로 남기고 있다.

15) 『무희』(1950.12~1951.3)에서의 첫 장면은 주인공인 나미코와 옛 연인 타케하라가 연합국 사령부의 국기가 하강하는 것을 보는 장면에서 시작한다.

16) 행방불명된 노부부의 유서에서 '일본의 독립이 멀지않았다'고 표현하는 부분이 있다. 이는 연합군의 점령의 종료(1952년)를 바로 직전에 두고 있는 것에 대한 카와바타의 감회라고도 할 수 있을 것이다.

17) 츠루타 킹야(鶴田欽也), 「再会」, 『川端康成論』, 明治書院, 1988.

18) 무희의 단점으로 스토리의 반복, 구성에 있어서의 문제 등을 들고 있다.
    제이나 T 야마구치(ジェイナ T ヤマグチ), 「『舞姫』ーそのライトモチーフの研究」 『川端康成ー現代の美意識』, 明治書院, 1978.5.
    사사부치 토모이치(笹淵友一), 「『舞姫』論」 『川端文学研究叢書8』, 教育出版センター, 1980.11.

19) 카와바타 야스나리는 1968년 노벨문학상 수상 연설문인 「아름다운 일본의 나(美しい日本の私)」에서 자신의 일본적 전통미의 근간을 이루고 있는 사계에 대한 개념이해 하나로 야시로 박사의 「일본미술의 특질」에서의 문장을 예로 들고 있다.
    (川端康成, 「美しい日本の私」 『川端康成全集』28巻, 新潮社, 1999.10, 348쪽.)

20) 히라야마 미츠오(平山三男), 「『哀愁』論ー川端における戦争の意味ー」, 『孤影の哀愁』(川端康成研究叢書10), 教育出版センター, 1981.10. 74쪽, 76쪽.

21) 「千羽鶴」 : 1949.5~1951.10. 6회에 걸쳐 『読物時事別冊』등에 분재.
    「舞姫」 : 1950.12.12~1951.3.31. 109회에 걸쳐 『아사히신문』에 연재

6 '공동체 사상'의 구현과 시대의 단면도*

― 이부세 마스지의 작품을 중심으로 ―

신현태**

1. 머리말

〈슬픔의 문학〉과 〈일상성의 문학〉은 이부세 문학을 논할 때 반드시라고 해도 과언이 아닐 정도로 빈번하게 나오는 용어이다. 실제로 이제까지의 이부세와 관련된 여러 논문이나 연구 등이 이 두 테마에서 크게 벗어나지 않는 것도 사실이다. 그렇지만 〈슬픔의 문학〉과 〈일상성의 문학〉이라고 하는 양 테마만으로는 이부세 문학의 근저에 흐르는 아늑함의 본질을 충분히 설명하고 있다고는 말할 수 없다. 확실히 양 테마는 이부세의 문학에 주축을 이루고는 있지만 이부세 문학의 모든 것을 말하기에는 한계가 있다.

그래서 이부세 문학에 내재하고 있는 마음 따뜻한 감동의 본질을 찾아내기 위해서는 아무래도 그곳을 관류하는 하나의 핵심적인 테마로서의 〈공동체 사상〉에 초점을 맞추어서 볼 필요가 있다. 물론 〈공동체 사상〉이라고 하는 용어가 반드시 성숙한 것이라고는 할 수 없다. 하지만 인간미 넘치는 풍경과 인간 본래의 아늑함 그리고 인간을 추구하는 정신 등 이부세 문학의 진수를 특별한 장치 없이 맛보게 해주는 이부세 문학의 특징을 나타내는 것으로서 그다지 무리는 없다고 생각된다.

이부세 문학에 있어서 〈공동체 사상〉은 때로는 '우정'으로서 '상호 부조 정신'으로서 궁극적으로는 '운명공동체'로서 비견된다. 말하자면 일종의 구원의 감각과도 닮은 중심적 테마이기도 하다.

이부세 문학의 〈공동체 사상〉은 작자가 사랑해 마지않는 도시의 하층계급이나 농민의 실생활에 있어서 압도적인 경향으로서 현재화 되어있는데 본고에서는 소위 〈공동체 사상〉이 작품 속에서 어떠한 형태로 구현되고 있는가, 또한 거기에서 현실을 포착하는 작가의 날카로운 눈은 기능하고 있는가에 대해서 고찰하고 그것을 통하여 이부세 문학 속에 흐르고 있는 인정미가 풍부한 아늑함의 실체와 작자의 현실의식을 좇아 보려고 한다.

2. 전후 작품의 〈공동체 사상〉

대표작 「도롱뇽(山椒魚)」(1929)[1]을 들어보자. 주지하듯이 무명작가의 암담한 현실과 울적한 심경이 한 마리의 추한 양서류의 눈을 빌어서 우화적으로 그려진 「도롱뇽」은 이부세 청춘의 표상으로 너무나도 유명하다. 멍하니 지낸 2년간 몸이 커져서 암굴에서 못 나오게 된 도롱뇽은 서서히 성격이 나빠지고 우연히 암굴에 잘못 들어온 개구리를 가두어 버리고 만다. 격렬한 논쟁만이 왕래 하던 중 드디어 화해의 시간이 찾아오지만 때는 이미 늦어 2년간 아무것도 먹지 못한 두 마리의 양서류는 죽어간다고 하는 것이 이작품의 개요이다.

작자는 처녀작부터 자신의 내부에 숨어있는 독특한 〈공동체 사상〉을 여실히 표현하고 있는데 말미의 분으로 두 마리의 대화부분을 주목할 필요가 있다. 자신의 폭거를 후회하고 있는 도롱뇽의 '너는 지금 무엇을 생각하고 있는 것일까'라는 참회의 말에 무고한 피해자 개구리는 '지금도 특별히 너한테 화나 있지는 않아.'라고 대답한다.

「도롱뇽」은 이러한 개구리의 용서로서 막을 내린다. 그러면 「도롱뇽」의 클라이막스이기도 한 마지막 부분에 죽는 순간의 개구리의 용서와 두 마리의 화해는 무엇을 의미하고 있는 것일까. 그리고 개구리의 용서에 의해서 도롱뇽은 구원을 받은 것일까. 대화가 오고가는 장면을 주의 깊게 보면 도롱뇽은 개구리에게 구체적인 사과의 말을 하고 있지 않은 것을 알 수가 있다.

즉, 도롱뇽은 개구리에게 사죄하지 않았던 것이다. 그럼에도 불구하고 개구리가 악당 도롱뇽을 용서한 것은 왜일까. '지금도 특별히 너한테 화나 있지는 않아.'라고 명확하게 용서의 표현을 한 개구리는 냉정, 침착했다. 개구리를 아사 직전까지 몰아간 도롱뇽도 개구리와 같은 상태였다는 것을 환기하면 두 마리는 같은 처지에 있었다는 것을 알 수가 있다.

그리고 무엇보다도 2년이라고 하는 시간적 공간적 공통의 체험은 처음에 험악했던 두 마리의 관계를 점차 누그러트리기에는 충분한 조건이었다고 생각된다. 죽기 직전에 실현된 우정과 화해에 의해서 도롱뇽은 죄의식에서 벗어날 수가 있었을 지도 모른다. 소위 동병상련이라고 하는 숙어와도 닮은 감정이 싹튼 것은 틀림없는 사실이다. 그렇게 보면 개구리의 용서의 근거는 역시 운명공동체의식에서 찾아볼 수 있는 것은 아닐까.

하지만, 개구리의 용서와 암굴에서의 물리적인 탈출은 별개의 문제이고 차원 또한 다르다. 바꾸어 말하면 개구리의 용서에 의한 완전한 구원은 있을 수 없는 것이다. 그렇다고 하더라도 개구리와 도롱뇽의 영혼은 구원받지 않았는가. 적어도 그러한 경지에 접근한 것은 확실할 것이다. 하지만 이것이 '깨달음'의 경지가 아닌 것임에는 변함이 없다.

어떤 의미에서 정곡을 찌르고 있는 지적일지도 모른다. 하지만 이 논평은 중요한 무언가를 놓치고 있다. 이부세는 원래 '깨달음'같은 것에 연연하는 작가가 아니다. 이부세는 관념적인 요소보다 몸에 익숙한 생활 감각에 충실한, 오히려 체험을 중시하는 작가이다.

쉽게 접근할 수 없는 개념적 관념적 '깨달음'은 이부세 문학에서는 거의 의미가 없다. 이부세 작품에서는 여러 갈등이 그려지고 있는데 그 갈등은 갈등 그자체로 끝나는 것이 아니라 늘 해결을 향해서 분주하고 있는 노력 혹은 그 의지가 반드시 나타나 있다.

타자와의 갈등도 공동체 사상에 의해서 해결을 향하거나 해결의 실마리를 발견하거나 하는 것이다. 때문에 '갈등이 있다.'가 아니고 '갈등이 있을 수 있다.'라고 하는 편이 보다 타당한 지적이 될지도 모른다. 아무튼 도롱뇽과 개구리의 갈등도 이와 같이 마지막 부분에서 보기 좋게 화해로서 해결한다.

역시 이부세가 추구하는 것은 복잡한 관념보다 단순 명료한 생활의 실감이라고 하는 실제적인 감각일 것이다. 인간도 자연의 일부인 이상 자연의 섭리에 언제까지 역행할 수는 없다. 갈등에서 화해까지의 경위가 자연의 법칙과 같은 소위 천의무봉의 아름다움을 말하고 있지만 그러한 단순한 진실이야말로 공동체사상의 근원이며 이부세의 창작의 방법이기도 하다.

그러나 이 공동체 사상은 초기만의 경향이 아니고 중기에 들어가서 오히려 더 선명하게 작품의 완성미를 극대화 시키게 된다. 하지만 전시중의 비상시국이었기 때문에 이부세의 날카로운 작가의 눈은 중앙을 의식할 수밖에 없었다. 때문에 운명공동체 사상도, 약간은 작의적인 애국심에 호소하는 수단에 의지하는 수밖에 없었고 그러한 것들이 이부세의 중기 작품에는 많지는 않지만 소수 있는 것만은 사실이다.

애국심도 운명공동체 사상의 일환이라고 한다면 그것 뿐 이겠지만, 확실히 이부세에게도 시대의 어두운 그림자에 자유로운 창작정신을 어느 정도 굽히지 않으면 안 되었던 과거가 있었다고 하는 의미가 더욱 크다 할 것이다.

3. 패전 직후의 〈공동체 사상〉

『본일 휴진(本日休診)』(1950)은 동경 교외 카마타(蒲田)역 부근에 있는 산부인과를 무대로 가난한 서민과 노의사 사이에 펼쳐지는 드라마가 출산이나 그것과 관련된 질환 등, 의료적 요소와 합치되어 때로는 아프게 때로는 흐뭇하게 그려진 '시정풍속소설'의 걸작 중의 하나이다. 특히 『본일 휴진』에서는 구원이 없는 전후의 세상을 반영하고 있지만 의외로 목가적인 작품이 된 것에는 작자의 자질이 발현된 것이라고 볼 수밖에 없다.

구원 없는 세상으로 보여 지는 것도 작자의 이러한 자질과 결합이 되면 따뜻하고 흐뭇하게 보여 지고 그곳에 구원이 생기는 것은 <u>불가사의한 힘</u>이라고 말할 수밖에 없다. 이부세 씨는 풍속소설작가의 일면을 갖고 있지만 그러한 점에 있어서 보통의 풍속 작가와는 전혀 차원을 다르게 하고 있고 『본일 휴진』 같은 풍속소설이 사람들로부터 사랑받는 이유도 거기에 있는 것이다.(밑줄은 인용자)3)

패전 직후의 혼탁한 세상의 모습을 가난한 서민들의 궁핍한 생활상에 초점을 맞추어서 세세하게 그린『본일 휴진』은 당연히 작품전체를 덮고 있는 빈곤이라고 하는 무겁고 답답한 분위기를 부정할 수 없다. 하지만 그것을 때때로 있게 해 주는 소위 구원과도 같은 인간 고유의 따뜻한 인정미가 아늑하게 작품을 감싸고 있는 것 또한 간과할 수는 없다.

『본일 휴진』이라는 팻말이 걸린 당일 상경하자마자 성폭행을 당해 무고한 피해자로서 등장한 유우코(優子)는 작품의 전개에서 존재감이 옅어져 갔지만 가난한 서민인 미치요(三千代)의 가슴 따뜻한 보살핌에 의해서 나중에 다시 건강한 모습으로 나타난다. 독자들은 미치요의 인간미 넘치는 따뜻함을 통하여 잊혀져 가고 있는 가슴 포근한 진정한 인정이라는 것을 간접체험 할 수가 있는 것이다.

미치요와 같은 극빈계층이 한순간에 모든 것을 잃어버린 유우코와 같은 잠정적인 빈곤인을 도와주는 장면은 유복한 인간이 가난한 사람을 원조하는 것 보다 확실한 감동의 낙차를 보여 준다. 풍요롭지 못한 사람이 같은 경우의 사람을 생각하는 진정한 마음 역시 여기에서 잃어버린 무언가를 되찾은 것 같은 기분이 되는 '불가사의한 힘'이 있는 것은 아닐까.

이것이야말로 가난과 질환과 같은 어두운 기운이 감돌고 있는『본

일 휴진』을 따뜻하게 감싸는 이부세 문학 특유의 인간냄새의 일종이
기도 한 인간애라고 할 수 있다. 특히 상화부조 정신은『본일 휴진』에
저류하는 작품 본래의 따뜻함은 부각시키는 가장 기능적인 요소이기
도 하다. 그런 의미에서 미치요의 이웃이기도 한 오마치가 병원에 운
송되어 오는 과정의 에피소드는 이 작품의 백미이다.

　수술하지 않으면 안 될 긴박한 정황에서 노의사, 미치요 모자, 유우
코 이 네 사람의 행동을 주의 깊게 본다면『본일 휴진』의 깊은 뜻이라
고 하는 것에 상당히 가깝게 접근할 수도 있겠다고 하겠다. 화자는 반
복해서 미치요의 아들과 유우코가 환자를 옮기는 장면을 묘사함으로
써 환자 오마치를 얼마나 걱정하고 있는가를 넌지시 보여 주고 있다.

　노의사는 노의사대로 치료비와 입원비에 신경을 날카롭게 세우고
있는 오마치를 걱정하여 미치요에게 윙크까지 하여가며 환자를 안심
시키려 하고 있다. 그것과 동시에 '수술비라던가 입원비는 언제라도
형편이 닿을 때 지불해도 됩니다', '수술비도 입원비도 반값으로 충분
합니다'[4]라고 과감한 결단을 내리고 환자에게 수술을 권유한다. 의사
의 훌륭한 성품이 각인되는 장면이기도 하지만 의사의 훌륭한 성품은
이 장면 뿐만이 아니고 작품 여러 곳에서 부가되어 있기 때문에 새삼
강조할 필요도 없다. 그런데 이러한 의사의 결단의 배경에는 무엇이
있었을까. 의사의 훌륭한 성품 이외의 다른 특별한 무언가가 의사의
마음을 움직였을지도 모를 일이다.

　　'아아, 저애가 참으로 불쌍하게도'라고 혼자 중얼거렸다. 절로 입에서 나
　오는 가슴이 애틋해지는 혼잣말이었다. 무언가 오랜만에 느끼는 예전의 감
　각과 비슷하였다.

말할 것도 없이 노의사는 미치요의 진정한 인정에 감화된 것이다. 오마치에게는 모친이 있지만 모친도 교통사고를 당해 거동을 못하는 상태였다. 오마치의 사정에 밝은 미치요의 마치 자신의 가족처럼 진심을 담아서 걱정해주고 정성스럽게 보살펴주는 광경을 접한 노의사의 마음이 더욱 감동을 받은 것은 아닐까. 이 작품에 등장하는 사람들 중에서 유일한 지식인 노의사를 감동시킨 것은 역시 단순한 인간의 진심이다.

자신보다 처참한 불행에 빠진 이웃을 도우려고 하는 그 마음과 순수한 정신에 뛰어난 감동이 숨어있다. 그러나 충분한 요양을 권한 노의사의 충고를 무시한 오마치는 죽음을 맞이한다. 오마치의 죽음, 그리고 무겁고 괴로운 가난의 그림자에도 불구하고 비교적 따뜻한 감동을 주는 이 작품은 남을 걱정하는 마음, 곤경에 빠진 불행한 사람을 도와주려고하는 인간의 순수함이 낮게 흐르고 있기 때문일 것이다.

『본일 휴진』에서는 예의 무겁고 어둡게 감싸고 있는 빈곤이라고 하는 불행한 환경을 극복하지는 못했지만 소외된 사람들이 서로 따뜻하게 감싸 안는 인간애 즉, 〈공동체 사상〉은 그러한 불행한 환경과 대치되어 있는 것이다.

『본일 휴진』에 현저하게 나타나 있는 이웃끼리의 상호부조정신, 혹은 연대의식은 『요배대장(遙拜隊長)』(1950)에서도 그 빛을 잃지 않고 있다. 『요배대장』은 말레이시아 전선에서 입은 부상의 후유증으로 정신이 이상하게 된 육군 중위 오카자키 유우이치(岡崎悠一)의 발작과 괴이한 행동을 통해서 전쟁의 어리석음, 전쟁의 무의미함을 통렬하게 비판한 이부세의 풍자적인 전쟁소설이다. 전쟁소설임에도 불구하고 작품 내용의 절반 이상이 전후이고 작품내의 현재시간도 패전 직후로 되어

있는 것도 작자의 눈이 기능하는 위치와 그 의도가 명료하게 전달되어
지는 작품이다.

이 작품에서는 평온 무사한 마을의 일상에 파탄을 가져오는 유이치
와 그를 둘러 싼 사람들과의 유기적인 관계가 눈에 띈다. 숯을 사러온
군복을 입은 청년을 보고 유이치가 발작을 일으키는 상황의 전후를
보자. 발작의 희생양이 된 청년과 유이치와의 몸싸움에서 청년이 유이
치를 넘어뜨리자 그때까지 잠자코 있던 마을 주민 세 사람은 군복청년
을 막는 한편, 유우이치를 무사히 집으로 돌려보내는데 마을주민 세
사람의 행동은 말할 것도 없이 마을 〈공동체 사상〉의 발현이라 보아
도 과언이 아니다. 확실히 객관적으로는 유이치를 군국주의의 망령,
해골이라 매도하는 청년을 매도할 수는 없다.

그러나 주민 세 사람은 옳고 그름을 따지지 않고 유이치의 안전만
을 최우선적으로 생각하고 있다. 게다가 청년의 비위를 맞추면서 위로
하지 않으면 안 될 상황인데도 '자, 침착하게나. 싸움 상대는 알다시피
저모양이야 저항력이 없네 (후략)', '그런 말 하지 말게. 전쟁 중에는 서
로 참지 않았던가. 전쟁 중에 너무나도 많이 들었던 말 아닌가'5)라고
결코 유이치를 비난하는 말은 하지 않는다. 어디까지나 유이치 편에
서서 청년에게 동정과 이해를 구하고 있다.

마지막에는 흥분을 못 참고 유이치를 계속 비난하는 청년을 향해
'이리 내놓게 나도 자네한테는 안파네'라고 숯 거래를 취소까지 하며
철저하게 유이치 편에 서서 유이치의 역성만을 들고 있다. 냉정하게
생각하면 주민들이 손해를 보면서까지 마을의 훼방꾼 유이치를 그렇
게까지 옹호 비호할 근거는 어디에도 없다.

거의 무의식적, 자동 반사적인 주민들의 행동은 분명히 시골 〈마을

공동체 사상〉 이외에는 설명이 불가능한 문제이다. 유우이치가 발작을 일으키고 마을의 평온무사를 파탄시키더라도 마을의 주민들은 그를 정성껏 보호하고 있다. 주인공 무네지로를 비롯한 마을의 남자들에게 있어서 유이치가 내뱉는 군국주의를 불러일으키는 단어나 행동에 신경을 세워가며 하나하나 거부반응을 보이는 것만큼 무의미하고 어리석은 일은 없을 것이다.

유우이치는 미친 사람이다. 미치지 않은 사람이라도 군국주의의 잔재로 생각되는 언행을 공공장소에서 구사한다면 미치광이로 여겨지는 전후의 환경 속에서 하물며 미치광이 유우이치의 언행에 의미 같은 것이 있을 리가 없다. 패인이 되어버린 유우이치의 인생을 가엽게 여기고 일찍이 마을의 영웅이었던 유우이치의 영락을 마을사람전원의 책임으로서 감수하려고 하는 것일 것이다,

유우이치에 대해서는 상당히 포괄적인 〈마을 공동체 의식〉이 눈에 보이지 않는 형태로 기능하고 있는데 도시의 감각으로는 이해하기 어려운 향토 독특의 인정이 미치광이조차도 주민으로서 포용하고 있다. 타지사람에 대해서는 어느 정도 폐쇄적이면서 친척이나 주민들에 대해서는 한없이 개방적이며 무차별적인 〈마을 공동체 사상〉은 전통을 중시하는 농경 사회에서는 뿌리 깊게 통영 되어온 지배적인 이데올로기이다. 때문에 마을사람들의 의식이

> 언뜻, 약해보이지만 실은 거칠고 강인한 용수철을 가진 주민들의 생명력을 오해해서는 안 된다.[6]

라고 분석되고 있는 것은 지극히 타당한 것이다.

전쟁이라고 하는 피비린내 나는 비극도 따뜻한 시선으로 부드럽게

감싸려고 하는 마을 주민들의 의식과 유이치의 발작 사이에는 일상이라는 균형이 있고 유이치의 발작이 심각해지면 질수록 거기에는 항상 〈마을 공동체 사상〉이 실현되어 갈 것이다.

그러고 보면 〈마을 공동체 사상〉이 어떠한 관념이나 이념과 비교해서 자발성, 역사성, 지속성 등 여러 곳에 걸쳐 압도적인 것은 자명한 사실이다. 따라서 그것이 보다 유기적으로 구현되는 장소는 역시 이부세 문학정신의 원천이기도 한 농촌이 가장 어울린다. 마을주민에게는 무감각적인 〈마을 공동체 사상〉이 몸에 배어 있고 농촌의 전통적인 가치관에는 이러한 인간적인 교감에 가까운 사상이 저류하고 있는 것을 다시 한 번 알 수가 있는 것이다.

한편, 〈마을 공동체 사상〉이 긴 세월동안 축척된 생활의 실질적인 감각과 지혜의 산물이라는 것을 상기하면, 게다가 〈마을 공동체 사상〉이 생활에 보편적인 이데올로기라는 것을 고려한다면 그것이 구현되는 특별한 장소는 굳이 농촌이 아니어도 상관없다. 결국, 〈마을 공동체 사상〉은 장소와는 관계없이 일상처럼 모르는 사이에 실현되는 생활의 법칙이라고 해도 그렇게 무리는 아닐 것이다.

다만,『요배대장』의 무대가 농촌이기 때문에 '마을'이 붙여진 것 뿐이고 이부세의 사상의 원류가 농촌의 중상층의 농민의 상식이나 가치관에 크게 의거하고 있는 것도 관계가 있을 것이다. 실제로 이러한 〈공동체 사상〉의 실현은 도시보다 농촌 등, 흙냄새가 나는 곳에서 압도적으로 많은 것도 사실이다. 여하튼 작자의 창작의 모티브는 그곳에 있고『요배대장』은 보편적이고 뿌리 깊은 경위가 있는 〈공동체 사상〉으로서 전후라고 하는 시대를 맞이한다는 것을 신중하게 제안하고 있는 것에는 변함이 없다.

4. 변모하는 〈공동체 사상〉

　이제까지 공동체사상에 초점을 맞추어 이부세의 각 작품을 고찰해 왔는데 여기에서는 이제까지와는 달리 보다 구체적이고 보다 제한된 공간에서의, 직업상의 동료, 즉 어느 정도 제한된 범위 내에서의 동료애가 대상이 된다. 『잉어(鯉)』(1928)를 제외하고는 각 작품의 배경은 지연, 혈연이라고 하는 비교적 거부하기 어려운 형태로 연결되어 있는 관계가 전제로 되어 있든가, 아니면 그 것이 기능하기 쉽게 설치되어 있었다. 그러나 다음 두 작품은 그 것과는 관계없이 직업상의 동료라고 해도 정확하게는 라이벌관계끼리의 우정이다. 게다가 그 직업이라고 하는 것이 전문적 지식과 경험이 상당히 유효하게 기능하는 분야에서의 일로 비전문적 일반인의 관여나 간섭은 거의 없다. 일반적으로 폐쇄적 성향이 강하다고 특징지어지는 여관의 지배인과 골동상인이 그 주인공이다.

　『역전여관(駅前旅館)』(1957)의 주인공 이쿠노 지헤이(生野次平)는 평상시에는 접하기 어려운 여관의 지배인이다. 작품의 무대가 역전여관이라는 특수한 장소인 만큼 잡다한 사건들이 예상되지만 스토리의 주축은 주인공의 연애이야기로 고정되어 있다. 거기에 작자의 교묘한 화술에 의해 스토리 전개와는 관계없는 에피소드가 뒤섞여 엄밀하게 말하면 전체적인 균형이 약간 무너진 느낌이 없는 것도 아니다.

　하지만, 이것은 화자의 전략임을 서서히 알게 되며 전개상 관계없는 에피소드의 개입에 의해서 작품 본래의 감흥이 떨어지진 않는다. 『역전여관』에서는 '나' 이쿠노 지헤이의 교활하고 교묘한 말솜씨에 의해 '연애'에 서투른 '나', '변변치 못한 인간'이 아닌 '나' 때문에 '동정'받아야 할 '나'가 철저하게 강요된다. 즉, '나'의 교묘한 말솜씨가 유효하게 작품을 지배하고 있고 '나'는 말을 잘할 뿐만 아니라 처세술도 뛰어난 인간인 것이 명료해진다. 물론 '나'의 '연애'에 있어서도 그것은 변함이 없다.

『역전여관』에서는 '오키쿠(お菊)'와 요리점 '타츠미야(辰巳屋)'의 여주인, 두 명의 여성이 등장하는데, 풋내기 여종업원이었던 '오키쿠'의 경우, 예전에 어느 사건으로 궁지에 몰린 것을 구해준 것이 계기가 되어 깊은 관계까지는 못 갔지만 '오키쿠'와 '나'는 비교적 친밀한 관계가 된다. 십년 후 공장장의 여자로서 화려하게 변모한 '오키쿠'가 '나'가 근무하고 있는 여관에 여공들을 이끌고 찾아오지만 '나'는 '오키쿠'의 감정을 확인만 하고 적극적인 행동은 아무것도 하지 않는다.

결국, 서로의 감정만 확인하고 모든 것이 끝나고 '오키쿠'는 홀로 돌아가게 된다. '나'가 결정적인 단계에서 '오키쿠'에게 소극적이 되어 결과적으로 '오키쿠'를 혼자 돌아가 버리게 한 것은 지배인 친구들의 개입이 크게 작용한 것이다.

> 잘 듣게나. 저 여자가 만약 오늘 밤 여관의 손님이 아니었으면 나는 자네에게 아무것도 말 안 하겠네. 그러나 이 여관의 어엿한 손님일세. 오늘 밤은 한 잔 하러 나가는 것이 좋겠네. 그러면 나중에 생길 일을 예방할 수 있네. 그러면 눈물에 젖은 술이라도 마시러 갈까.　　　　　　　　(『역전여관』)

지배인 동료인 타카스기(高杉)가 '나'에게 '오키쿠'를 단념시키려고 종용하는 장면인데 그가 '나'를 생각해서 충고를 하고 있는 것은 확실하다. 실제로 '하지만 내가 오키쿠에 대해서는 형태상으로는 큰 실수를 하지 않고 끝났음으로 이제 와서 생각해보니 참 다행이라고 생각합니다.'라고 하고 있듯이, '나'도 타카스기의 충고에 따른 것을 후회하고는 있지 않는 모습이지만 분명히 '오키쿠'에게 마음이 있었다는 것은 부정할 수 없다.

타카스기는 '오키쿠'에게 소극적이었던 '나'에게 '너무 품행방정한 것이 아닌가. 남들이 비웃을 것이야. 덩치 값도 못한다.'고 면전에서는 농담을 하고 있지만 내심 '추락하는 것을 경계하고 있었다.'라고 토로하는 등 '나'를 마음속으로 걱정하고 그 다음에도 끊임없이 선까지 권유한다.

게다가 일단은 실연당한 것처럼 되어있는 '나'를 위한 위안 여행도 다카스기는 자신이 남몰래 마음을 품고 있던 요리집의 여주인이 '나'에게 마음이 있는 것을 간파하여 여행을 주재하고 여주인을 '나'의 파트너로써 참가 시키는 희생까지 한다.

타카스기의 이러한 우정은 긴 세월을 같은 일에 종사한 사람끼리의 일종의 동료애라고 말할 수 있을 것이다. 이것은 직업상의 라이벌이기 때문에 자연스럽게 생기는 우정일 것이다.

그러나, 이것은 분명히 '운명 공동체 사상'이라고 하는 감각은 아니다. 바꾸어 말하면 타카스기의 우정은 절실성, 절대성이 결여되어 있는 단순한 남자들의 '멋'이라고 하는 감각에 가깝다. 어느 정도 차갑게 들릴지도 모르겠지만 '나'는 지배인 친구들의 우정이 없어도 살아갈 수 있다. 때문에 이 우정에는 마음을 흔드는 감동도 없고 단순한 정화작용도 없다. 최소한의 자신의 안전을 지키려고 하는 수법 즉, 교활한 처세술만이 각인될 뿐이다.

원래 이부세 문학에는 완전한 구원이 없지만. 『역전 여관』에서는 교묘한 말솜씨 때문에 자연스럽게 나타나야할 구원마저도 차단되어 있는 느낌이 없지 않다. 이것과 비슷한 감각의 우정이 보여지는 것이

『진품당 주인(珍品堂主人)』(1959)이다.

주인공인 친핑도(珍品堂)가 골동 상인에서 요정 경영으로 전업하여 장사가 번성하지만 실업계의 거물 두사람의 음모에 의해서 실업계로부터 쫓겨나 본업인 골동 상인으로 되돌아가는 것이 이 작품의 간단한 줄거리이다. 여기에서는 요정에서 쫓겨난 후 이전 골동 상인 친구였던 키노미야(来宮)와 만나는 장면에 주목하고 싶다.

친핑도가 실패를 비웃는 골동상인 친구들을 비난하는 부분에서 키노미야는 철학을 가르치는 교수답게 친핑도의 경우를 '아주 잠깐 정도 무리로부터 떨어져도 이미 동료가 아니게 된다.'라고 하는 은어의 속성을 이용한 은어 낚시에 비유하여 동료들의 태도를 이해할 수 없는 친핑도를 납득시키려고 노력한다. 게다가 비록 실패로 끝났지만 친핑도의 골동 업계의 복귀를 강력히 권한 것도 기노미야였다.

물론 복귀한 친핑도의 실패를 키노미야의 책임으로 물을 수는 없을 것이다. 실제로 친핑도에게는 골동 상인으로 돌아가는 것 외에는 선택의 여지가 없었다. 이것은 『역전 여관』의 주인공이 여관을 떠나서는 이미 아무 사람도 아니라는 감각과 일맥상통한다. 생각해보면 키노미야는 골동동료라고 하여도 엄밀히 말해 친핑도와 같은 프로의 골동상인이 아니고 어디까지나 취미세계에서의 골동 광이다.

실제로 친핑도가 다시 골동 세계로 돌아와 주는 것이 키노미야의 취미생활에는 득이 되는 것이다. 요컨대 키노미야의 권유가 없더라도 이미 친핑도에게 남은 길은 하나밖에 없었다는 것을 고려한다면 키노미야의 권유를 우정으로 볼지, 단순하게 말이 튀어나온 것으로 볼지는 약간 애매한 문제일 것이다.

『역전 여관』과 『진품당 주인』의 주인공은 두 사람 다 위기에 처했을 때 동료들의 도움으로 궁지에서 탈출하고 있는데 이 두 작품에서 보여 지는 특수한 동료의식은 주인공이 주위의 사람들로부터 인정받고 있다고 하는 점을 제외하면 종래의 이부세 작품과 다른 성질이 숨어 있다. 그것을 〈공동체 사상〉이라고 부르기에는 약간 모자란 점이 있다. 무엇보다도 확연한 차이를 보이고 있는 것은 동료의식의 절실함과 관계유지의 절대적 이유가 보이지 않는다고 하는 점이다. 이것은 무엇을 의미하고 있는 것일까.

『역전 여관』과 『진품당 주인』이 집필된 것은 1950년대 초기이다. 전쟁과 패전 직후의 혼돈된 풍경이나 서민들의 생활의 모습이 그려져 있지 않다고 하는 것으로부터 알 수 있듯이 일본은 고도 성장기를 맞아 약간의 소음은 있어도 평화로운 시기였다. 원래부터 작풍이 비교적 밝지 않은 이부세에게도 무대가 여관과 골동세계에서 심각하고 비참한 상황을 설정할 필요는 없었고 이부세는 철저하게 인간을 추구하려고 했던 것이다. 실제로 『역전 여관』과 『진품당 주인』이 모두 '시정 풍속 소설'의 특징인 -그것이 좋은 의미이건, 나쁜 의미이건- 인간냄새가 두드러지고 있다. 두 작품에는 음모와 책략 등 다양한 에피소드가 그려져 있지만 결국 이부세는 인간의 추악한 면도 똑같은 인간적인 모습으로써 묘사하는 것에 의해 세상을 포착하려고 했던 것일 것이다. 그런 의미에서 이 두 작품의 결여되어 있는 절실성, 절대성은 1950년대라는 시대의 풍속의 반영이라고 봐야할 것이며 굳이 말하자면 그것은 대상을 정확하고 냉정하게 포착하는 이부세의 '눈'이 이미 그 기능을 유효하게 발휘하고 있다는 것의 증거가 된다 할 수 있겠다.

5. 맺음말

〈공동체사상〉이 전통적인 풍습이나 가치관에 근거를 두고 있는 것
은 자명한 일이지만 가까운 테마를 가지고 스스로가 추구하는 문학
정신을 개진하고 거기에서 새로운 의미를 찾아낸다고 하는 이부세의
창작 수법은 〈공동체사상〉에 있어서도 예외는 아니었다. 〈공동체사
상〉은 작품별로 각각 그 성향이 다르고 시대에 어울리는 〈공동체사
상〉이 내재되어 있어 이부세 문학의 민감한 시대성과 현실을 응시하
는 날카로운 눈의 기능을 확인할 수 있다.

전전과 전후의 작품에 현저한 〈공동체사상〉이 각각 다르듯이 같은
전후의 작품이라고 하여도 시대와 사회의 정세라고 아는 현실의 격차
가 분명히 존재하고 거기에 비례하여 〈공동체사상〉도 변화하고 있다.
그러나 〈공동체사상〉이 이부세의 창작 활동의 결정적 모티브이고 생
애의 테마인것은 어떠한 작품에 있어서도 공통되고 있다. 〈공동체사
상〉에 저류하고 있는 인간친화정신과 인간추구사상은 이부세 문학의
존재증명을 뒷 받혀주는 증거라고도 할 것이다.

〈공동체의식〉은 늘 가까운 곳에서 존재해온 생활의 감각이기 때문
에 언뜻 보통감각처럼 취급받아도 그 효과는 작품의 완성도를 좌우할
정도로 엄청나다. 즉, 〈공동체사상〉은 이부세 문학의 본질과도 결부
되는 무엇보다도 중요한 창작행위의 궁극적인 목적이라고 말할 수 있
다. 그러한 의미에서 〈공동체사상〉은 종래 이부세 문학의 두 기둥이
었던 〈슬픔의 문학〉이나 〈일상성의 문학〉과 어깨를 나란히 하여 이부
세 문학을 새롭게 자리매김할 수 있는 또 하나의 문학 테마라고 볼
수 있겠다.

【주】

 * 본 논문은 『일본연구』제25집(2003.6)에 게재된 「井伏鱒二の『本日休診』考」를 수정・
   가필한 것임.
** 상명대학교 일어교육학과 조교수.
1) 1923년 발표시의 원제는 「유폐(幽閉)」. 개작하여 1929년 『문예도시』에 발표.
2) 세키야 이치로(関谷一朗), 「山椒魚」, 『国文学 解釈と鑑賞』, 至文堂 19854, 45쪽.
3) 캄바야시 아카츠키(上林暁), 「解説」, 『遥拝隊長 本日休診』, 新潮社, 1995.5, 43쪽.
4) 『본일휴진』초출 『別冊文藝春秋』 1959.12.
5) 『역전여관』초출 『新潮』 1957.9~1958.9.
6) 요시다 나가히로(吉田永広), 「遥拝隊長」, 『国文学 解釈と鑑賞』, 至文堂 1985.4. 28
   쪽.

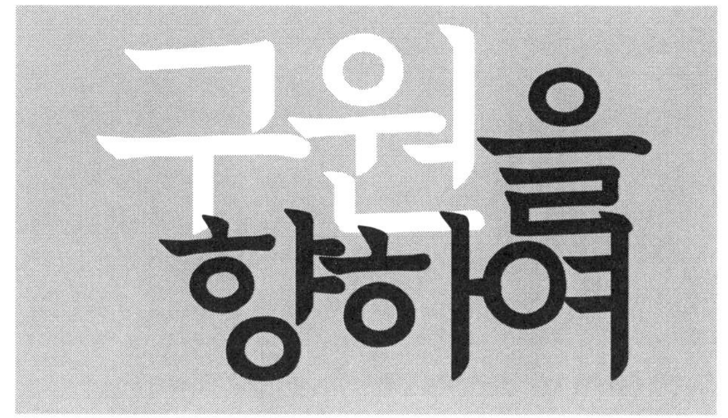

제4부

만가(挽歌)와 애수[*]

─ 미야자와 켄지의 만가군 이후 작품세계 ─

고한범[**]

1. 머리말

미야자와 켄지(宮沢賢治)는, 여동생 토시코(とし子)의 죽음을 애도하는 만가를 『봄과 수라(『春と修羅』)』 제1집(이하, 『제1집』이라고 한다) 에 있는 「무성통곡(無声慟哭)」과 「오호츠크 만가(オホーツク挽歌)」라는 2개의 부로서 남기었다. 생전 토시코는 켄지를 가장 잘 따르고 이해하여 주었고 가족 중에 유일하게 켄지를 따라 법화경을 믿었었다. 그리고 켄지에게 있어 그녀는 가족 중에 가장 좋아하고 아끼던 형제이었으며 신앙적 동반자이기도 하였었다. 이와 같은 토시코의 죽음은 켄지에게 충격적 사건이었으며 그의 시와 동화 등의 제작에 큰 영향을 끼쳤다.

『제1집』에는, 「봄과 수라(春と修羅)」 「진공용매(真空溶媒)」 「코이와이 농장(小岩井農場)」 「그랜드 전봇대(グランド電柱)」 「동이와테 산(東岩手山)」 「무성통곡(無声慟哭)」 「오호츠크 만가(オホーツク挽歌)」 「풍경과 오르골(風景とオルゴール)」 등의 8개의 부가 있다. 시 작품들은 각각 독립된 특색이 있지만, 동시에 각 부에서도 그 위치를 강하게 나타내고 서로 호응하고 상호 작용하고 있다. 그리고, 각 부의 관계도 서로 호응하여 하나의 시집으로 통합되고 있는 관계를 이루고 있다. 이러한 특색을 갖고 있는 『제1집』에서 토시코의 죽음을 애도하는 시가 수록되어 있는, 「오호츠크 만가」 부의 「훈카 만 〈진혼곡〉(噴火湾〈ノクターン〉)」을 끝으로 표면상 만가군은 일단락을 짓고 있는 듯이 보인다. 또한, 「오호츠크 만가」 부 다음에 위치한 「풍경과 오르골(風景とオルゴール)」 부는 각각의 시가 표면적으로 토시코의 죽음과 거의 전혀 무관한 내용으로 구성되어 있다.

「훈카 만」의 끝 부분은 죽은 토시코에 대한 떨칠 수 없는 애틋한 미련을 남기고 있다. 그리고, 이러한 켄지와 토시코의 관계가 『은하철도의 밤(銀河鉄道の夜)』[1] 의 제작에 큰 영향을 끼쳤다는 것은 널리 알려져 있다. 즉, 만가군의 오빠 켄지와 여동생 토시코, 『편지 4(手紙 四)』(『新校本』12권, 319~321쪽)의 오빠 춘세(チュンセ)와 여동생 포세(ポーセ), 그리고 『봄과 수라(春と修羅)』제2집(이하, 『제2집』이라고 한다)의 시[2]에 이르러서는 죽은 여동생 토시코과 현실 공간에 남겨진 오빠 켄지라고 하는 두 사람의 이야기가, 『은하철도의 밤』에 이르러서는 죠반니(ジョバンニ)와 캄파넬라(カムパネルラ)라는 두 사람의 이야기로 발전하고 있다.

『은하철도의 밤』과 만가의 상호 관련을 규명한 대표적 선행연구로서 오자와 토시로(小沢俊郎)[3], 이케가미 유우조(池上雄三)[4], 오쿠야마 후미유키(奥山文幸)[5]가 있다.

오자와는 '살아 있는 세계와 죽어 있는 세계가 중첩된 상태[6]가 제1집의 「아오모리 만가(青森挽歌)」와 『은하철도의 밤』에 겹쳐져 있는 것에 주목하여 '어떻게 죽음의 세계를 긍정할 수 없을까? 그 고통에서 집필한, 그리고 일생에 걸쳐서 창출해 낸 세계[7]가 『은하철도의 밤』이라고 보고 있다.

그리고, 이케가미는 「오호츠크 만가」 부의 「훈카 만(噴火湾〈ノクター

ン》)」을 끝으로 토시코의 죽음을 슬프게 노래하여 왔던 켄지가, 「풍경과 오르골(風景とオルゴール)」 부부터는 토시코에 대한 생각을 전혀 아무 일도 없었던 듯이 일체 노래하지 않게 되었다고 지적하며, 토시코에 대한 생각이 갑자기 잘려져 있는 〈인상〉이 들고 그 사이에 〈공백〉이 있다고 주장하고 있다. 그래서, 그 〈공백〉을 채우려는 시도로 만들어진 것이 『은하철도의 밤』이라고 주장하고 있다. 사실 「풍경과 오르골」 부에 수록되어 있는 13편의 전반적 내용에서 보면, 이케가미의 주장 그대로라고 할 수 있다. 그러나 본론에서 언급하겠지만 「풍경과 오르골」 부에 수록되어 있는 「구름과 오리나무(雲とはんのき)」라든가 「종교풍의 연애(宗敎風の恋)」에도 죽은 토시코와 관련되는 내용을 엿볼 수 있다.

이케가미의 주장에 대해 오쿠야마는, 「오호츠크 만가」 부와 「풍경과 오르골」 부의 사이에 비약이나 공백을 『은하철도의 밤』이 채우고 있는 것이 아니라, 「오호츠크 만가」 부에서 일직선으로 「풍경과 오르골」 부로, 그리고 장르를 초월하여 『은하철도의 밤』에 연속적으로 연결되어 있다고 보고 있다[8].

> 일반적으로는, 『봄과 수라』 제1집→제2집→제3집→文語詩라고 하는 시간적 순서에 따라서 시 표현의 변천이 고찰되고 있지만, 필자는, 『봄과 수라』 제1집의 총결산은 〈심상 스케치〉 그 자체의 성격 결과로서, 장르를 초월하여 오히려 『은하철도의 밤』에서 비로소 이루어지게 했다고 생각하고 싶다. 이하에 나타내듯이 1924년 전후의 문학활동으로서는, 『봄과 수라』 제1집에서 두 개의 흐름이 『은하철도의 밤』과 『봄과 수라』 제2집 양쪽에 통하고 있고, 『은하철도의 밤』과 제2집은 동시에 병행적으로 호응하여 서로를 생성과 변화의 촉매로 하고 있다고 하는 관계에 있다.[9]

1924년 12월경 하나마키(花卷) 공회당(요정)에 있는 연회장에서 있었던

동화집 『주문이 많은 요리집(注文の多い料理店)』의 출판을 기념하는 자리에서, 키쿠치 타케오(菊池武雄)와 후지와라 카토오지(藤原嘉藤治)에게 '지금 이런걸 쓰고 있는데 어떨까요?'라고 하고, 켄지는 『은하철도의 밤』을 낭독하였다고 한다.10) 이러한 오쿠야마의 증언은, 『은하철도의 밤』은 네 가지 단계의 원고가 남아 있는데, 첫 번째 단계의 성립시기를 증명하고 있다는 점에서 시사하는 바가 크다.

본 연구는 이상의 선행 연구를 토대로 켄지에게 있어 죽은 토시코에 대한 감정이 「훈카 만 〈진혼곡〉」을 끝으로 완전히 사라지지 않고 작품에 어떠한 형태로 남아 있는지를 살펴보고, 또한 작품들 속에 켄지가 토시코와 관련하여 나타내려고 했던 바를 고찰하고자 한다.

2. 「풍경과 오르골」 부의 토시코

「오호츠크 만가」 부의 마지막에 있는 「훈카 만 〈진혼곡〉」의 끝 부분은 다음과 같다.

> 내가 느낄 수 없는 다른 공간으로
> 지금까지 이곳에 있던 현상이 이동한다
> 그것은 너무 쓸쓸한 일이다
> (그 쓸쓸한 것을 죽음이라 한다)
> 설령 그 다르고 화려한 공간에서
> 토시코가 조용히 웃더라도
> 나의 슬픔으로 위축된 감정은
> 아무리 해도 어딘가에 숨겨진 토시코를 생각한다
>
> (『新校本』 2권, 시(Ⅰ), 185~186쪽)

죽은 토시코를 애도하는 켄지의 만가군은 이상의 내용을 끝으로 「훈카 만 〈진혼곡〉」에서 일단락 지어지고 있다. 그러나, 인용 부분의 마지막 행에 나타나 있듯이 죽은 토시코에 대한 미련은 켄지의 마음 속에 여전히 남아 있음을 알 수 있다. 「오호츠크 만가」 부 바로 다음에 있는 「풍경과 오르골」 부에는, 보름쯤 전까지 토시코의 죽음을 슬프게 노래했던 켄지는 토시코에 대한 생각을 극히 일부분을 제외하고 드러내고 있지 않다. 그러나, 앞에서도 언급하였지만, 이케가미가 주장하듯이 전혀 드러나 있지 않은 것은 아니다.

「훈카 만 〈진혼곡〉」은 시작(詩作) 일자가 1923년 8월 11인데, 『제1집』의 편제상 「오호츠크 만가」 부 다음에 있는 「풍경과 오르골」 부의 첫 번째 시 「불탐욕계(不貪慾戒)」는 시작 일자가 1923년 8월 28일로 되어 있다. 또한, 「훈카 만〈진혼곡〉」의 쓸쓸한 분위기와 크게 다르게 「불탐욕계」는 자연과의 교감이 종교적 차원에서 그려져 있다.

강인한 오리자사치바라의 인공군락이
터너도 탐낼 듯한
양질 샐러드 색이 되어 있는 것은
지유(慈雲) 존자에 의하며
불[탐]욕계의 모습입니다
　(삐취비 삐취비 울고 있는 박새
　　그 당시의 고등유민은
　　지금 유능한 집정관이다)
쓸쓸함을 내뿜는 어두운 산에
방화선의 번쩍이는 잿빛들도
지운 존자에 의하면
불[탐]욕계의 모습입니다
(『新校本』 3권, 시(Ⅰ), 188~189쪽)

시의 제목 〈불탐욕계〉라는 표현은, 에도 시대의 스님 지운(慈雲) 존자[11])의 저서 『십선 법어(十善法語)』에 나오는 표현으로 중생이 지켜야 할 열 개의 훈계[12] 중의 한 가지인데, 탐욕을 추구해서는 안 된다고 하는 의미이다. 그리고, 시에서 '지운 존자에 의하면/불탐욕계의 모습입니다'라고 하는 똑같은 시행이 네 번이나 반복되어 있다. 이중에서 첫 번째 들어 있는 부분의 내용은, 화가는 자연에서 색채를 발견하는 자인데, 켄지도 지금 터너의 심경으로 벼 군락에 높은 안목으로 즐기고 있고, 자연이 〈불탐욕계의 모습〉으로 드러나 있으므로, 지운 존자에 의하면 분명히 〈불탐욕계〉의 경지에 속하여 있음을 나타내고 있다고 하겠다.

그런데, 이 시에서 주목할 가치가 있는 것은, 시인의 심경이 불교적 차원에서 풍경에 동화되어 있는 점과, 「훈카 만 〈진혼곡〉」에 이르기까지 죽은 여동생을 그리워하던 시인의 감정이 시간적으로 보름도 지나지 않은 시점인 「불탐욕계」에서는 토시코에 대한 언급이 전혀 나타나 있지 않다는 점이다. 그것도 「훈카 만 〈진혼곡〉」의 마지막 시행에서 '아무리 해도 어딘가에 숨겨진 토시코를 생각한다'고 고백하였듯이 죽은 여동생에 대한 애틋한 미련을 남기고 있었음에도 불구하고. 앞에서도 기술하였지만 이와 같은 점들에 주목하여 이케가미는 「훈카 만 〈진혼곡〉」으로 끝나는 「오호츠크 만가」 부와 「불탐욕계」에서 시작되는 「풍경과 오르골」 부와의 사이에 걸친 〈공백〉이 『은하철도의 밤』의 성립과 관련이 있다는 것을 다음과 같은 내용을 갖고 입증하고 있다.

관동대지진이 9월 1일, 『은하철도의 밤』 제1차 원고의 끝 부분에 해당하는 원고 3매는, 이 지진의 위문 초고 뒷면을 이용한 것이라는 점, 게다가 거기에는 죠반니와 캄파넬라의 이별이 그려져 있는 장면이 있고, 이 작품의 모티브를 나타낸다고 여겨지는 가장 중요한 부분에 해당한다는 점 등이다.[13]

이케가미는, 이러한 내용을 갖고 그 〈공백〉을 메우는 작품이 바로 『은하철도의 밤』이라고 보고 있다. 사실, 『제1집』의 시 제목 아래에 달려 있는 날짜에 의하면, 「훈카 만〈진혼곡〉」은 1923년 8월 11일이고, 「불탐욕계」는 1923년 8월 28일로 기록되어 있다. 시간적으로 보름쯤 지난 시점의 「불탐욕계」에서는 전혀 아무 일도 없었다는 듯이 사라진 것일까? 그러나, 만가군과 같이 죽은 토시코를 애도하는 애절한 감정은 드러나 있지 않지만, 죽은 여동생에 대한 감정이 만가군 이후의 시들 속에 전혀 드러나 있지 않은 것은 아니다. 왜냐하면 「풍경과 오르골」 부의 「구름과 오리나무」, 「종교풍의 연애」과 나중에 기술하지만 『제2 집』에 수록되어 있는 「27 새의 이동(二七　鳥の遷移)」, 「156 [이 숲을 빠져 나가면](一五六　[この森を通りぬければ])」, 「166 해로청(一六六　薤露青)」 등 의 시를 통해서 확인할 수 있기 때문이다.

우선, 「풍경과 오르골」 부에서 죽은 토시코를 연상시키는 표현이 들 어 있는 시로 「구름과 오리나무(雲とはんのき)」를 들 수 있다.

> 이들 장송행진곡 같은 층운의 밑바닥
> 새도 날지 않는 청명한 공간
> 나는 오로지 혼자
> 계속해서 차고 이상한 환상을 품으며
> 망치 하나를 들고
> 남쪽으로 양질의 석회암층을
> 찾으러 가지 않으면 안 됩니다
>
> (『新校本』 2권, 시(Ⅰ), 192쪽)

'새도 날지 않는 청명한 공간'이라고 묘사되어 있는데, 여기서 〈새〉는 토시코와 밀접한 관련이 있다. 이것은 다음과 같은 내용에서 확인할 수 있다. 생전의 토시코가 〈새〉로 비유되거나, 「하얀 새(白い鳥)」에서는 죽은

토시코의 환생으로 그려지지도 했다. 그리고 또한, 「오호츠크 만가」에서
는 죽은 토시코로부터 〈소식〉을 갖고 오는 존재로까지 묘사되어 있다.[14]

개인적 슬픔으로의 몰입에서 탈피하여 정신적으로 본연의 자세를 회
복하는 시인의 모습을 보여주고 있는 「종교풍의 연애」에서는 죽은 토
시코를 잊지 못하고 연연하는 켄지 자신의 태도에 대한 자성(自省)이
그려져 있다.

> 신앙으로만 얻어질 수 있는 것을
> 왜 인간 속에서 꽉 붙잡으려고 하는가
> 바람은 창공에서 윙윙거리고 있고
> 토오쿄의 피난민들은 절반 뇌막염에 걸리어
> 지금도 날마다 도망쳐 나오는데
> 어째서 너는 그런 고쳐질 수 없는 슬픔을
> 굳이 환한 하늘에서 느끼고 있느냐
> 지금 더 이상 그럴 때가 아니다
> (중략)
> 이제 그런 종교풍의 연애를 하면 안 된다
> 거기는 딱 양쪽 공간이 이중인 곳이므로
> 우리와 같은 초심자에게
> 있을 수 있는 장소가 결코 아니다
>
> (『新校本』 2권, 시(Ⅰ), 193~194쪽)

시 제목에서 〈연애〉라고 하는 것은, '자신과 그리고 유일한 또 한사람
의 영혼과/완전 그리고 영원히 어디까지라도 함께 갈려고 하는'〈변태(変
態)〉인 것이다(『新校本』 3권, 시(Ⅱ), 87쪽). 「오호츠크 만가」 부에서 이지(理
智)와 감정이 상극하는 사이에 있는 것으로 파악되어 있었던 환상, 환청
을, 신앙과 인간의 '양쪽 공간이 이중인 곳'에 나타나는 것으로 보고, 그
곳을 '초심자에게/있을 수 있는 장소가 결코 아니다'라고 인식하고 있는

것이다. 이것은, 켄지가 지금 있는 세계를 신앙에 의한 사상적 세계와, 인간 심리의 심층세계가 겹쳐 있는 세계로 파악하고 있는 것이다. 그리고 이것들은 양쪽 모두가 일반적으로 일정한 수행을 거쳐서 비로소 터득할 수 있는 세계이다. 여기서 켄지는 토시코의 상실감으로 생겼던 심리적 심층세계로의 접근에서 일시적으로 멀어지려 하고 있지만, 동시에 수행을 거친 후라면 새로운 가능성을 열 수 있다는 것을 시사하고 있다고 하겠다.

3. 『제2집』의 토시코

앞에서도 언급하였는데, 『제2집』에는 토시코의 상실감을 완전히 탈피하지 못하고 있는 시인의 심경이 드러나 있는 시들이 있다. 「27 새의 이동」, 「156 [이 숲을 빠져나가면」, 「166 해로청」 등인데, 그 한편으로는 토시코의 상실감을 극복하여 도달한 사고의 도달점을 나타내고 있기도 하다.

특히, 「27 새의 이동」과 「156[이 숲을 빠져나가면」에서는 작품의 중요한 배경으로서 〈새〉가 등장하고 있다. 「27 새의 이동」에서는 뻐꾸기가 등장하는데, 이 뻐꾸기는 켄지가 있는 곳의 주변을 이곳저곳으로 날아다니는 장면이 주된 배경이 되어 있는데, 그러한 풍경 속에서 죽은 토시코에 대한 언급이 짧게 나타나 있다.

> 새의 모습은 이미 보이지 않고
> 지금 내 누이의
> 무덤 쪽에서 울고 있다
> 　　(중략)

새는 어느 사이에 훨씬 뒤쪽에 있는
벽돌공장 옆 숲으로 가서 울고 있다
혹은 그것은 다른 뻐꾸기로
조금 전의 놈은 아직도
부리를 다문 채
물을 마시고 싶은 듯이 하늘을 보며
무덤 뒤 소나무 등에
앉아 있을 지도 모른다

(『新校本』 3권, 시(Ⅱ), 82~83쪽)

여기서도 알 수 있듯이 〈새〉는 죽은 토시코와 밀접한 관계를 상징하는 존재로서 등장하고 있다. 그런데, 작품 속에서 토시코를 언급한 표현은 '내 누이의/무덤 쪽'이라고 있을 뿐이므로, 다소 풍경을 묘사한 시라는 인상이 강하다.

켄지가 상상을 자아내는 것은 〈새〉가 토시코로부터 뭔가의 〈소식〉을 가져오는 것일까라는 기대를 하고 있기 때문이라고 할 수 있다. 이 작품은 언뜻 보아서 단순한 풍경 묘사이지만, 대낮에 눈앞을 가로지르는 뻐꾸기에게도 부지불식간에 죽은 여동생으로부터 〈소식〉을 기대하고 있는 켄지의 애절한 마음이 전해지고 있다고 할 수 있다.

그렇지만, 이 시기의 시인은 이 애절함을 솔직하게 받아들이고는 있지만, 그것에 몰두하지는 않고 있다. 즉, 「156[이 숲을 빠져나가면]」에서는, 거의 같은 종류의 심정을 밤중의 숲에서 포착하고 있는데, 〈새〉의 시끄러운 울음소리 속에서 환청으로 토시코의 목소리를 듣고 있다.

개똥벌레가 한층 어지럽게 날면
새들은 빗소리보다 시끄럽게 울고
나는 죽은 여동생의 목소리를
숲 끝 저 건너편으로부터 듣는다

　　……그것은 이제 그렇지 않더라도
　　　누구나 똑같은 현상이기에
　　　다시 생각할 것도 없다……
　　풀의 훈기와 노송나무의 냄새
　　새는 또 더욱 시끄럽게 울기 시작한다

(『新校本』 3권, 시(Ⅱ), 96~97쪽)

　‘……그것은 이제 그렇지 않더라도/ 누구나 똑같은 현상이기에/ 다시 생각할 것도 없다……’라는 내용에 나타나 있듯이, 일찍이 만가군에서 죽은 토시코로부터의 〈통신〉을 계속하여 시도했던 상황에서 보면 켄지의 심리적 변화는 크다고 하겠다.

　켄지의 심리적 전기를 보이는 시 「166 해로청」에서는 미완성이지만 켄지문학의 집대성이라 불리는 『은하철도의 밤』과 관련이 있는 표현들이 다수 등장하고 있고, 토시코에 대한 짧은 언급이 나타나 있다.

　　수로표의 행렬을 정겹게 수면에 띄우고
　　쓸쓸하며 푸르고 맑은 하늘을
　　끊임없이 쓸쓸히 소리내며 솟구치어
　　밤새 남십자성으로 흐르는 물이여
　　　　　(중략)
　　물이여 내 가슴 가득한
　　쏟을 곳 없는 슬픔을
　　아득한 마젤란 성운에 전하여 주게
　　　　　(중략)
　　목청이 고은 제사공장 여공들이
　　나를 비웃듯이 노래하며 지나가는데
　　그 속에 나의 죽은 여동생 목소리가
　　확실하게 두 번이나 들렸다
　　　　　(중략)
　　……아, 사랑스럽게 생각하는 사람이

그대로 어디로 갔는지 모르는 일이
얼마나 다행한 일인가[······]

(『新校本』3권, 시(Ⅱ), 105~107쪽)

〈남십자성〉은 남쪽 하늘에 있는 별자리로 영어로는 'Southern Cross'
에 해당하는데,『은하철도의 밤』에는 〈사우잔 크로스(サウザンクロス)〉
라고 영어 발음으로 표기되어 있다. 이 〈남십자성〉으로 흐르는 〈물〉은
『은하철도의 밤』의 배경을 이루는 은하계를 상징하고 있다. 그리고 이
은하계의 남쪽 하늘에 있는 별자리로 이 부근에 암흑성운이 있고 〈마젤
란 성운〉도 있다. 위에 인용한 시에서 〈마젤란 성운〉에 시인 자신의
〈쏟을 곳 없는 슬픔〉을 전하여 달라고 묘사되어 있는데,『은하철도의
밤』에는 최종 형태의 원고를 제외한 초기 형태의 원고 1, 2, 3의 모든
원고에 〈마젤란 성운〉에 대한 묘사가 다음과 같이 그려져 있다15).

아, 마젤란 성운이다. 자 이제 분명히 나는 나를 위하여, 나의 어머니를
위하여, 캄파넬라를 위하여 모두를 위하여 진정하고 진정한 행복을 찾을
테야.16)

〈마젤란 성운〉에 빌려서 모두를 위한 진정한 행복을 찾는 맹세를 하
고 있는 죠반니의 순교자적 결의가 표명되어 있다고 하겠다. 이것은
나중에 기술하겠지만,『[편지 4]』에서도 언급되어져 있다.

켄지는 '쏟을 곳 없는 슬픔'을 가슴 가득히 담으며, 자신을 조롱하는
듯이 길을 지나가는 여공들의 목소리 중에서 토시코의 환청을 듣고 있
다. 이것은 켄지가 모든 사람 속에 토시코의 모습을 인정하고 있기 때문
이다. 왜냐하면, '······아, 사랑스럽게 생각하는 사람이/그대로 어디로
갔는지 모르는 일이/얼마나 다행한 일인가[······]'라고 하기 때문이다.

토시코의 부재가 '나를 비웃듯이 노래하며 지나가는' 여공들에게조차 애정을 느끼게 하는 계기가 되어 있다. 그리고, 이러한 상황은 켄지가 추구하는 '혹시나 올바른 기원으로 불타며/자신과 타인과 만상과 함께/최상의 행복에 이르려고 하는'(「고이와이 농장」, 87쪽)에 근접한 발상에 기인한다고 할 수 있다. 그 결과, 토시코의 행방을 모르는 일이 '얼마나 다행한 일인가'라고까지 표현하게 된 것이다.

요컨대, 〈남십자성〉으로 흐르는 〈물〉은 은하계를 상징하고 있다. 이 은하계의 어느 공간에 있을 지 모르는 토시코를 생각하는 켄지는, 자신의 고독과 비애감이 증폭되는 상황에서 죽은 그녀를 그리는 마음은 여전히 남아 있다. 그러나, 그녀가 있는 공간을 알 수 없다는 현실에 그 자신은 나름대로 만족하고 있다고 하겠다.

4. 동화 속의 토시코

켄지의 만가군에서 기차가 등장하여 작품세계가 환상의 세계로 연결되는 통로 역할을 하는 경우가 있다. 대표적인 것으로 「아오모리 만가(青森挽歌)」와 「훈카 만〈장송곡〉」 등이 있다. 그리고 또한 동화로서 『은하철도의 밤』에서도 철도가 작품 세계의 전개에 있어서 중요한 역할을 하고 있는데, 이 작품에서도 꿈이라는 공간을 통하여 환상의 세계를 여행하는 데에 철도는 중요한 역할을 하고 있다. 특히, 「아오모리 만가」가 토시코의 죽음으로 인한 슬픔이 주된 배경이 되고 있는데, 『은하철도의 밤』은 주인공 죠반니(ジョバンニ)가 절친한 친구 캄파넬라(カムパネルラ)와 결국 이별한다는 것이 주된 배경이 되고 있다.

『은하철도의 밤』은 초기형 1, 2, 3과 최종형이 있는데, 초등학생인 주인공 죠반니가, 꿈속에서 반에서 유일하게 친한 캄파넬라와 기차를 타고 우주를 여행하면서 모든 사람의 행복을 추구하며 시공을 초월하여 영원히 공존하려고 하는 바램이 이루어지지 않고 깨어져 버린다는 측면에서 이야기의 구조는 동일하지만, 각 단계의 세부적 내용의 첨삭이나 원고의 양적인 면에서 다소 차이를 보이고 있을 뿐이다. 죠반니는 꿈속에서 캄파넬라와 함께 기차를 타고 우주공간을 여행하며 죽은 사람들과 이야기를 나누거나 차창 밖의 풍경을 구경하며 여행한다. 그런데, 암흑성운이 있는 곳에서 죠반니가 암흑성운 속을 들여다보다가 '캄파넬라, 우리 함께 가자'[17]라고 말하며 뒤를 돌아다본 순간 캄파넬라가 갑자기 사라지고 없다. 그리고, 죠반니는 꿈에서 깨어나서 현실세계로 돌아온다는 작품 설정에 있어서 동일하다.

그런데, 초기형 1과 2, 그리고 최종형의 끝 부분은 현실세계로 복귀한 죠반니에 대한 묘사가 각각 다르게 그려져 있다. 초기형에서는 캄파넬라가 갑자기 사라져서 울고 있는 죠반니에게 첼로 같은 목소리의 사람[18]이 등장하는데, 초기형 3에서는 「아오모리 만가」에서 '모두 옛날부터 형제'라는 표현과 유사한 '모두가 캄파넬라이다'[19]라고 말하고 있다. 꿈에서 깨어난 죠반니에게 부르카니로(ブルカニロ) 박사는 자신의 생각을 전달하려는 실험[20]을 했다고 말한다. 한편, 최종형에서는 암흑성운이 있는 곳에서 캄파넬라가 사라졌을 때, 초기형에 등장했던 첼로 같은 목소리의 사람은 등장하지 않는다. 죠반니가 꿈에서 깨어나 우유보급소에 들린 후, 강에 있는 다리에 도달하자 캄파넬라가 자신을 희생하여 친구를 구하려다가 익사했다는 사실을 알게된다. 그리고 캄파넬라의 아버지가 슬픔을 억누르며 죠반니에게 아버지가 무사히 잘 있다는 것을 알려준다.

죠반니의 상실감은 캄파넬라의 부재에 기인하고 있다. 켄지가 만가군에서 신앙과 그리고 신앙적 삶의 실천에 있어서 영원한 동반자인 토시코를 상실로 느꼈던 슬픔은, 캄파넬라의 부재를 알고 느꼈던 죠반니의 외로움에 오버랩이 되어 있다고 하겠다. 그런데, 죠반니의 고독이 『은하철도의 밤』을 꿰뚫고 있는 주된 생각을 이루고 있는 것은 주지의 사실이다. 그러나 동시에 그것이 캄파넬라의 고독과의 관련을 중심으로 하여 묘사되어 있는 것도 분명하다.

죠반니에게 있어서의 소외 받는 자의 고독이나 비애에 대하여 동화 『쏙독새의 별(よだかの星)』[21] 등과의 관련을 확인하려는 선행연구들이 있다. 그러나, 아마자와[22]가 정확히 지적하고 있듯이 죠반니는 쏙독새(よだか)와 매우 닮아 있다. 그리고, 히라오 타카히로(平尾多隆弘)도 지적하고 있듯이 '그가 쏙독새와 다른 것은 〈캄파넬라〉를 추구하고 있는 것이고, '이것이 죠반니의 출발점'이다.[23] 또한 동화 전체에 걸친 '죠반니의 고독은, 오로지 캄파넬라에 대한 불행한 사모와 관련되어 있다'[24]고 하겠다. 이와 같이 선행연구들은 죠반니와 캄파넬라에 집중되어 있지만, 그 대부분이 거기에서 켄지와 토시코의 형제애를 포착하려고 하고 있다.

토시코를 상실한 깊은 슬픔의 모습은 「영결의 아침(永訣の朝)」을 비롯하여 여러 시들 속에도 명확히 나타나 있지만, 또한 치유하기 어려운 상처는 『은하철도의 밤』에도 또한 깊은 그림자를 드리우고 있다. '캄파넬라, 또 우리 두 사람만 남았구나, 어디까지라도 어디까지라도 함께 가자'[25]라고 말했는데, 캄파넬라도 어느 사이에 죠반니 곁에서 사라진다. 그 때, 죠반니는 마치 총알처럼 빨리 일어나, 차창 밖으로 몸을 내밀고, 격렬하게 가슴이 울컥하여 울음을 터트리고 만다.[26] 이 부분은, '너가 먹는 진눈깨비를 떠오려고/ 나는 총알처럼 쏜살같이/ 이 어두운 진눈

깨비 속에 뛰어나갔다'(『新校本』2권, 138쪽)라고 하는 「영결의 아침」의 내용을 상기시키고 있다.

그러므로 『은하철도의 밤』은 후쿠시마 아키라(福島章)에 의하면 '명확히 죠반니와 캄파넬라의 이야기이지만, 사실은 켄지와 토시코의 이야기'27)이고, 초기 동화 『쌍둥이 별(双子の星)』28) 이후 '켄지의 작품에 반복적으로 나타나고, 통주저음으로 흐르는 〈두 사람의 세계〉, 굳이 말하면 〈두 사람만의 세계〉'29)이다. 이와 동시에 캄파넬라의 여행, 또 결별의 의미가 이야기의 겉으로 드러나지 아니한 내막 그 자체가 문제시되어 있다고 하겠다.

결국, 켄지는 『은하철도의 밤』의 말미에서 캄파넬라가 사라졌을 때 죠반니가 〈마젤란 성운〉을 바라보며 기원했던 모두를 위한 진정한 행복을 위한 순교자적 결의를 통하여 토시코를 연연하는 제한된 사고로부터 탈피를 시도하고 있다. 이것은 「영결의 아침」 이후의 만가군에서 극복할 수 없었던 토시코에 대한 생각을, 동화에 의해서 승화시키고 발전시켜서 「훈카 만〈장송곡〉」의 마지막 행에서 '아무리 해도 어딘가에 숨겨진 토시코를 생각한다'라고 하는 토시코에 대한 미련을 비로소 해소하게 되었다는 것을 말하여 준다.

켄지에게 있어 토시코, 죠반니에게 있어 캄파넬라의 관계와 같이, 두 사람이 공존하여 완전함을 추구하려는 이야기 내용과 비교할 때 크게 방향이 다르지만, 등장인물이 두 사람이었다가 그 중 한 사람이 죽는다는 내용이 그려지고, 그 부재(不在)로 인하여 자기 희생적 삶이 종교적 차원에서 주장되는 작품에는 토시코가 죽기 전에 쓰여진 것으로 추정되는 「빛나는 맨발(ひかりの素足)」30)과 토시코의 사후에 쓰여진 것으로 『 [편지 4]』가 있다. 이 작품은 1923년 하순에서 1924년 초순 사이에 배포

되었다고 추측되는 것으로, 죽은 토시코와 켄지를 상징하는 등장인물이 그려져 있다. 그리고, 작품의 구조는 어떤 사람의 명령으로 〈나(わたくし)〉가 편지를 쓴다는 형식을 취하고 있다.

오빠 츈세(チュンセ)는, 여동생 포세(ポーセ)에게도 나쁜 짓만 한다. 그런데 포세는 갑자기 병에 걸려서 죽는다. 츈세는 포세의 죽음을 슬퍼한다. 그리고, 봄이 되어서 밭일을 하다가 츈세는 개구리를 때려죽이는데, 풀밭에서 자고 있는 츈세의 꿈에 죽은 포세가 나타나 그가 죽인 개구리에 대하여 울며 따지자 놀라 잠에서 깬다. 츈세는 일어나서 포세의 행방을 찾거나 생각을 했지만 아무 것도 알 수 가 없었다. 〈나〉에게 편지를 쓰도록 명령한 사람이 모든 동물들은 형제간이므로 포세를 찾는 것은 헛수고이다, 츈세가 포세를 진정으로 불쌍하게 생각한다면, 커다란 용기를 내어 '모든 동물의 진정한 행복'을 찾아라, 이것은 '법화경에 귀의한다'는 것을 뜻한다고 말한다.(『新校本』12권, 320쪽) 그리하여, 나는 지금 이 편지를 〈당신〉에게 보낸다는 말을 남기며 끝을 맺고 있다. 그런데 『은하철도의 밤』 초기형 3의 후반에서 캄파넬라가 사라지고 나서 캄파넬라가 있던 자리에 나타난, 첼로와 같은 목소리의 사람이 '너는 이제 칸파넬라를 찾아도 소용없다'[31]라고 죠반니에게 하는 말투는, 모든 동물들은 형제간이므로 포세를 찾는 것은 헛수고라고 하는 표현(『新校本』12권, 320쪽)을 상기시킨다. 이것은 앞에서도 기술하였지만 「아오모리 만가」의 '모두가 옛날부터 형제'라는 표현과 연관되어 있다고 하겠다.

5. 맺음말

만가군을 통하여 켄지는 여동생 토시코의 죽음에 의한 충격을 시로 표현하는 과정에서 죽은 여동생의 사후 행방을 확인하려는 내면적 모색을 시도하였다. 그리고 그러한 모색 속에서 여동생 토시코의 사후 행복만을 기원하는 것처럼 켄지 스스로 깨닫고 서 자신 법화경 사상의 측면에서 자성하게 된다. 그러나 여동생을 잃은 슬픔은 켄지에게 있어 쉽게 사라지지 않고 남은 가운데 만가군은 막을 내리고 있다. 그리고 토시코의 죽음으로 인한 켄지의 정신적 충격은 만가 이후의 작품들 중에서도 단속적으로 언급되어 있다.

그런데, 여동생의 죽음이라는 체험을 「아오모리 만가」에서 종교적 차원으로 자성한 켄지는, 여동생의 죽음이라는 소재를 갖고 작품화하는 과정에서 만가군에서 소진되어 버린 시작(詩作) 욕구를 동화로 장르를 바꾸어서 『은하철도의 밤』이라는 작품으로 탄생하게 하였음을 알 수 있다. 그리하여 켄지와 토시코 두 사람의 이야기는, 마침내 죠반니와 캄파넬라의 이야기로 발전하여 승화되었는데, 토시코에 대한 떨칠 수 없었던 「훈카 만〈진혼곡〉」의 미련은, 결국적으로 『은하철도의 밤』의 무대로 발전할 여운을 남기고 있었던 것이다.

그 결과 『[편지 4]』에서 자기 희생적 삶을 통하여 모두의 행복을 추구하기에 이르고, 『은하철도의 밤』에서는 시공을 초월하여 전체성을 추구하기 위한 동반자인 토시코의 상실이, 죠반니에게 있어서 캄파넬라의 상실이라는 모습으로 그려지기에 이르고 있다고 하겠다. 요컨대, 켄지는 『은하철도의 밤』의 작품세계를 통하여 토시코를 진정으로 위하는 길은 그녀의 사후 세계의 행복만을 기원하는 것으로 성취되는 것이 아

니라, 모두의 진정한 행복을 추구하는 데에 있다는 인식을 종교적 차원
에서 주장하고 있다고 할 수 있다.

【주】

　* 본 연구는 2003년『일본근대문학－연구와 비평』(제2집)에 발표한「켄지(堅治)의 만
　　가(輓歌)시편, 그 후의 행방」을 수정・보완한 것임.
　** 동서대학교 일본어학과 교수.
　1)『新校本』第12巻 童話[Ⅴ]・劇・その他 本文篇, 319~321쪽.
　　　『新校本』第10巻 童話[Ⅲ]本文篇에 初期形1(16~28쪽), 初期形2(111~131쪽), 初期
　　　形3 (132~177쪽)이, 그리고『新校本』第10巻 童話[Ⅲ]本文篇에 最終形(123~171쪽)
　　　이 수록되어 있다 (켄지 작품의 인용은『新校本宮沢賢治全集』(筑摩書房)에 의함.
　　　이하, (『新校本』, 쪽수)만 기입한다.
　2)「27 새의 이동(二七　鳥の遷移)」「156 [이 숲을 빠져나가면](一五六[この森を通り
　　　ぬければ])」「166 해로청(一六六　薤露青)」 등이 있다.
　3) 오자와 토시로(小沢俊郎),「『銀河鉄道の夜』の世界」, 栗原敦・杉浦静編『小沢俊郎
　　　宮沢賢治論集』第1巻, 有精堂, 1987.3, 206~239쪽.
　4) 이케가미 유우조(池上玄佳三),「『銀河鉄道の夜』の位置―『風林』から『宗教風の恋』
　　　までの系列化と考察」, 日本文学研究資料刊行会編『日本文学研究資料叢書 宮沢
　　　賢治 Ⅱ』, 有精堂, 1983, 160~175쪽)
　5) 오쿠야마 후미유키(奥山文幸),「『風景とオルゴール』詩篇の位置－『春と修羅』第一
　　　集から『銀河鉄道の夜』へ―」,「宮沢賢治「春と修羅」論－言語と映像」, 双文社出
　　　版, 1997.7, 196~226쪽.
　6) 오자와 토시로, 앞의글. 214쪽.
　7) 위의 글, 221쪽.
　8) 오쿠야마 후미유키, 앞의 글, 196~197쪽.
　9) 위의 글, 196~197쪽.
　10) 키쿠치 나케오(菊池武雄),「『注文の多い料理店』出版の頃」,「宮沢賢治研究 Ⅰ」, 筑摩
　　　書房, 1981.2, 259~261쪽.
　11) 에도시대 真言宗의 고승으로 正法律의 창시자인, 옹코(飲光; 1718~1804)의 명칭이
　　　다. 1718~1804. 顕教, 密教, 禅, 律을 깊이 연구하였고, 석가모니가 살아 있을 시기의
　　　戒律 부흥을 목표로 하여 正法律을 창시하였다. 저서로는『十善法語』『方服図儀』
　　　등이 있다.
　12) 그 밖에 不殺生戒, 不偸盗戒, 不邪婬戒, 不妄語戒, 不綺語戒, 不悪口戒, 不両舌
　　　戒, 不瞋恚戒, 不邪見戒등의 아홉 개가 있다.
　13) 이케가미 유우조, 앞의 글, 160쪽.
　14) 졸고,「賢治作品の〈鳥〉について―『春と修羅』第一集を中心に―」,「日本の 言語
　　　와 文学」第3輯, 檀国日本研究文学会, 1998.11, 7~25쪽.
　15)『은하철도의 밤』은 켄지의 생애 말년에 이르기까지 원고의 퇴고가 이루어졌

는데, 이 원고는 『新校本』第10卷 童話[III] 本文篇에 初期形 1, 初期形 2, 初期
形 3과, 그리고 『新校本』第11卷 童話[IV] 本文篇에 最終形이 수록되어 있다.

16) 초기형 1의 27쪽, 초기형 2의 129~130쪽, 초기형 3의 176쪽.

17) 초기형 1의 27쪽, 초기형 2의 129쪽, 초기형 3의 173~174쪽, 최종형의 167쪽.

18) 초기형 1, 2, 3에 등장한다.

19) 초기형 3의 174쪽.

20) 초기형 1, 2, 3에 나타나 있다.

21) 『新校本』第8卷 童話[I] 本文篇, 83~89쪽.

22) 「よだかはなぜみにくいか」, 『宮沢賢治の彼方へ』, 思朝社, 1977.11, 53~73쪽.

23) 히라오 타카히로(平尾隆弘), 「〈童話〉論」, 『宮沢賢治』, 筑摩書房, 1978.11, 321쪽.

24) 아마자와 타이지로, 「なぜ〈カムパネルラの死に遭ふ〉か」, 『討議「銀河鉄道の夜」
とは何か』, 青土社, 1979.12, 73쪽.

25) 초기형1의 27쪽, 초기형2의 129쪽, 초기형3의 173~174쪽과 최종형의 167쪽.

26) 초기형 1의 27쪽, 초기형 2의 129쪽, 초기형 3의 174쪽, 최종형의 167~168쪽.

27) 후쿠시마 아키라(福島章), 「宮沢賢治の内的世界」, 『宮沢賢治——芸術と病理——』,
金剛出版新社, 1970.2, 227쪽.

28) 『新校本』第8卷 童話[I] 本文篇, 19~37쪽.

29) 후쿠시마 아키라, 위의 글, 202쪽.

30) 이 작품에 등장하는 형 이치로(一郎)와 동생 나라오(楢夫) 두 형제는, 아버지가 일하
는 곳에 놀러갔다가 집으로 돌아오는 길에서 눈이 많이 내려 길을 잃는다. 길을 잃은
이치로와 나라오는 바위 아래에 앉아 눈을 피하게 된다. 형 이치로는 오직 동생 나라
오를 보호하고 있다가 이치로는 정신을 잃고 사후세계로 가게된다. 이 사후세계를
지배하는 빛나는 발을 한 사람은 나라오를 버리지 않고 보호했다는 이치로의 착한
행동을 높이 사서 현실 세계로 돌아가라고 한다. 그리고, 그는 또 이치로에게 '잘
찾아서 진정한 진리를 배워라(よく探してほんたうの道を習へ)'고 이야기한다. 그
리고 나서 제정신이 든 이치로는 사람들에게 구조되고, 나라오는 죽은 시체로 발견된
다는 내용이다.(『新校本』第8卷 童話[I] 本文篇, 281~304쪽)

31) 초기형3의 174쪽.

박지영**

1. 머리말 – '마사오카 시키'라는 정신

일본 문학사에서 마사오카 시키(正岡子規; 1867~1902)는 고전의 재평가 작업을 통한 단가(短歌)와 하이쿠(俳句)의 혁신, 사생문(写生文)의 창도 등, 근대문학의 여명기에 누구보다도 큰 보폭을 보여주는 인물이다. 특히 자연의 아름다움과 감동을 노래한 그의 섬세하면서도 천진한 하이쿠들은 오늘날 하이쿠가 자연시로서 세계적으로 알려질 수 있는 초석이 되었다고 해도 과언이 아니다.

그러나 일본 문학사의 외부에서, 더구나 한 세기가 지난 오늘날 그의 작품을 음미할 때 무엇보다 중요시되어야 할 것은 그 문학세계가 척추 카리에스라는 극심한 병고 속에서 이루어졌다는 점일 것이다. 이는 단순히 역경 속에서 훌륭한 업적을 이루었다는 것을 평가하는 말은 아니다. 매순간 죽음과 대면해야 했던 인간이라고는 믿기 어려운 그 문학의 '건강함'에 주목하는 것이다. 역설적이게도, 수명의 연장으로 생로병사의 고통을 더 오래 체험하게 된 현대인에게 있어서 그의 문학이 보여주는 '살아가는 힘'1)은 시간과 공간을 넘어서는 가치를 지닌다고 할 수 있다.

22세에 최초의 각혈을 하고 35세에 생을 마감할 때까지 거의 반생을 병과 함께 보냈고, 마지막 6년간을 누워 지내야 했던 시키(子規)의 문학은 언제나 질병, 고통, 죽음과 같은 키워드를 대전제로 한다. 특히 죽음에 대한 그의 극히 담담하고 객관적인 태도는 만년의 작품 세계를 논할 때면 어김없이 거론되는 부분이다. 그러나 작품의 배경이 아닌 정신의 문제로서 시키의 죽음이나 종교를 본격적으로 다룬 선행 연구는 오치 미치토시(越智通敏)의 일련의 성과2)를 제외하면 의외로 찾기 어렵다. 이들 논고는 시키의 사생관(死生觀)을 깨달음과 관련하여 논한 것으로, 상세한 자료를 제시하여 본 연구가 나아갈 수 있는 발판이 되어주었다. 그 외에는 하이쿠 시인과 종교인들의 사생관을 논한 코바야시 코오쥬(小林高寿)의 저술3) 가운데 시키의 종교관에 대한 조사가 있으며, 타카하시 싱키치(高橋新吉)와 야나기타 세이장(柳田聖山)의 저술4) 속에서 선(禪) 사상과 관련된 단편적인 언급들을 찾을 수 있다.

따라서 이 글에서는 시키의 3대 수필로 일컬어지는 『묵즙일적(墨汁一滴)』(1901)과 『앙와만록(仰臥漫録)』(1901), 『병상육척(病狀六尺)』(1902)을 비롯한 만년의 기록들에서 자주 언급되는 선과 깨달음에 대한 관심에 초점을 두고, 그 사상의 형성과 변화 과정으로 범위를 좁혀서 논의의 깊이를 더하고자 한다. 그가 추구한 선의 깨달음을 시기별로 따라가 보는 작업을 통해 그의 문학과 선의 관련성은 물론, '마사오카 시키'라는 건강한 정신의 원천을 찾을 수 있을 것이다.

2. 시키의 종교관

시키는 이요(伊予; 현 松山市)지방 사족의 후예로서 대대로 선종 종파인 임제종 묘오신지(妙心寺)파를 따르는 집안에서 태어났다. 이러한 집안 내력이 아니더라도 연일 고통에 시달리며 죽음을 기다리는 투병생활 속에서 평범한 인간이라면 누구나 종교를 통한 안식을 구하게 될 것이다. 그러나 그는 최후까지 신이나 부처의 구원을 바라지는 않았다. 그는 자신의 종교관에 대해 다음과 같이 피력한 바 있다.

> 작년 봄이었던가, 히무(非無)라는 젊은 진종 스님이 찾아와 이야기를 하던 중, 화제가 문득 종교로 옮겨가 "당신에게 종교는 필요없겠지요"라고 스님이 말을 꺼냈다. 그래서 "종교가 필요한지 아닌지는 모르겠지만 나는 어릴 때부터 종교가 싫었고, 스무살 전후 무렵에는 종교라는 말만 들어도 짜증이 날 정도였다. 원래 종교를 이치를 따져서 끝까지 논리적으로 생각해보려고 했기 때문에 유물론에 경도되어있던 나로서는 왠지, 잘 알지도 못하는 주제에 예수교도 불교도 그냥 머릿속에서부터 싫은 마음에 어쩔 수가 없었다. 최근에 와서 문학적 취향을 즐기게 된 후로 지식에 관한 것에는 약간 싫증을 느끼고 감정에 끌리게 된 결과, 종교상의 신앙이라는 것에 취미가 생겨 예수교든 불교든 신앙이 있는 곳에 유쾌한 느낌을 갖게 되었다. 그러나 그것은 문학상의 미감이 단지 감정을 바탕으로 하고 논리적 이치를 결코 포함하지 않는다는 점에서 신앙이라는 것도 약간 방향은 다르지만 역시 그런 것이 아닐까하고 미루어 생각했을 뿐으로, 지금 와서 예수교나 불교의 신자가 될 수는 없다.(후략)　　　　　　　(1902.4.20)[5]

이 글에서는 문명개화의 새로운 학문의 세례를 받아 무슨 일이든 과학적 분석을 거치지 않으면 납득하지 않으려하는 당시 메이지(明治) 청년의 전형적인 모습을 볼 수 있다. '유물론에 경도되어 있던 나'라고 했는데, 시키가 스무살 무렵, 1890년 전후의 일본사회에 사회주의적 과학

적 유물론이 사상체계나 행동의 지침으로서 보편적 영향력을 가졌다고
보기는 어렵다. 따라서 여기서 말하는 유물론이란 그 무렵 철학계를
풍미한 분류에 비추어 볼 때, 관념론이나 정신론에 대한 객관중시의 과
학주의라고 표현하는 것이 옳을 것이다. 그 객관주의 중에서도 일본에
가장 먼저 도입된 것은 진화철학이란 이름 아래 대학에서 강의된 스펜
서(H. Spencer)의 사상이었다. 1890년 9월 토오쿄대학(東京大學) 철학과에
입학한 신세대 청년으로서, 무슨 일이든 끝까지 이치를 따져 생각하고
그 결과를 분류, 배열하고서야 만족하는 성격의 인간이었던 시키에게
있어서 눈에 보이지 않는 영적인 힘과 신의 존재를 맹목적으로 신앙하
는 것은 받아들이기 힘들었을 것이다.

하지만 시키가 전 생애에 걸쳐 남긴 기록 중에는 종교에 대한 관심을
보여주는 부분이 적지 않다. 1890년 여름방학 중 나츠메 소오세키(夏目
漱石)에게 보낸 편지에서 자신의 근황을 '낮잠과 독경'으로 표현하며 묘
법연화경을 인용(1890.7.15, 『第18卷』, 157~158쪽)하기도 하고, 반야심경 구
절(1890.8.15, 『第18卷』, 171쪽)도 눈에 띈다. 고승들의 전기 및 사상과 관련
된 것으로는 중학교 시절『익큐화상전(一休和尚伝)』을 탐독6)한 것을 비
롯하여『신란진전(親鸞真伝)』을 읽은 기록(1896.4.27, 『松蘿玉液』)을 찾을
수 있고, 법화종의 개조 니치렌(日蓮)에 관한 수필(1895.9.18, 「日蓮」『養痾雜
記』)과 여러 고승들의 찬(讚)으로 쓰인 하이쿠들(1902, 『仰臥漫錄』)도 남아
있다. 그 중에서도 시키가 니치렌에 깊이 경도되었다는 점이 오치(越智)
에 의해 지적된 바 있는데, 그 이유는 높은 이상으로 곤란을 극복하고
종교개혁을 이루었다는 점이다. 즉 시키는 니치렌의 전기를 통하여 당
시 요양 중이던 병상에서 재기를 위한 왕성한 의지를 다졌다는 것이
다.7) 이런 점으로 미루어 볼 때 시키가 고승들의 전기에서 받아들인

것은 종교적 사상이라기보다 각 종파를 세운 선구자적 기상이었다고 할 수 있다. 다양한 종파에 걸친 불교 서적을 접하는 태도 또한 그의 관심이 신앙에 의한 것이 아니라 지적 욕구나 문학적 취향에 관련된 것이라는 점을 말해준다.

특히 위의 인용에 등장하는 진종(眞宗)은 카마쿠라(鎌倉)시대 이래 널리 전파된 일본불교의 독자적 종파로서, 아미타여래의 원력에 귀의하여 일심으로 염불함으로써 누구든지 극락왕생이 가능하다고 하는 타력본원(他力本願)을 요체로 한다. 원초적인 믿음을 출발점으로 삼고 사후의 구원이나 영생을 기원한다는 점에서 진종의 가르침은 기독교와 같은 맥락에 있다고 볼 수 있다. 시키는 일찍이 기독교에 대해서도 '도리상으로는 불교가 뛰어나나 신앙이라는 종교의 본질로 보면 기독교가 앞선다'(1886.6.20, 〈숙부 앞 서간〉, 『第18卷』, 89~90쪽)이라고 언급한 바 있는데, 이 신앙으로서의 기독교를 그는 다음과 같이 거절한다.

> 예수 신자 모씨 하루는 내 베개머리에 와서 설하기를, 이승은 짧습니다, 다음 세상은 영원합니다, 당신은 그리스도의 부활을 믿음으로써 행복합니다라고. 나는 모씨의 호의에 깊은 감사의 뜻을 표하지만, 나의 현재의 고통이 너무나 극심하므로 도무지 영원의 행복을 꾀할 틈이 없다. 바라건대 신은 먼저 내게 하루의 시간을 주어 스물네 시간 자유롭게 몸을 움직이고 마음껏 먹게 하라. 그 후에 천천히 영원의 행복을 생각해볼까.
>
> (1901.3.15, 「묵즙일적」 『第11卷』, 139쪽)

여기서 시키가 종교에 긍정적 관심을 가지게 되었으나 결코 신자는 될 수 없었던 이유를 엿볼 수 있다. 그에게는 사후의 영원보다 현재의 순간순간의 문제가 더욱 절실했던 것이다. 따라서 현실의 고통을 전혀 해결해주지 못하는 종교에의 절대적 귀의는 납득할 수 없는 일이었다.

그러나 이러한 부정적인 발언을 포함하여 종교에 대한 관심이 끊임없이 이어지고 있다는 점은 또한, 항상 죽음을 의식하고 살아야했던 그의 두려움을 반증해주는 부분이기도 하다.

> 요즘은 왼쪽 폐 속에서 부츠부츠부츠부츠라는 소리가 끊임없이 들린다. 이는 "부츠부츠부츠부츠(怫怫怫怫)"라고 불평을 늘어놓고 있는 것일까. 아니면 "부츠부츠부츠부츠(佛佛佛佛)"라고 염불을 하고 있는 것일까. 아니면 "부츠부츠부츠부츠(物物物物)"라고 유물설이라도 주장하고 있는 것일까.
>
> (1901.4.7, 「묵즙일적」『第11巻』, 158~159쪽)

자신의 병증을 '불평', '염불', '유물설' 세 가지로 비유하고 있다. '불평'이 병자로서 정상적 생활을 영위할 수 없는 불편함과 극심한 고통으로 가득 찬 자신의 현실을 나타내는 것이라면, '염불'은 죽음에 대한 두려움에서 비롯되는 종교에 대한 관심을, 그리고 '유물설'은 근대의 합리적 정신을 대표하는 표현이라고 할 것이다. 신이나 부처와 같은 절대자에 귀의하기에는 너무나 이성적인 자신의 기질과, 고통과 두려움에서 벗어나기 위해 염불이라도 해야 할 것 같은 마음이 교차하면서 갈등을 보여주는 대목이다. 이와 같이 병고의 생애를 살아가며 종교를 완전히 외면할 수 없었던 시키는 자연히 선종(禪宗)으로 향하게 되었다고 생각된다. 이상에서 살펴본 종교관과 집안 내력으로 미루어 볼 때, 불교 중에서도 지적인 종교에 속하며 뛰어난 문학서로도 수용되어온『벽암록(碧嚴錄)』 등으로 대표되는 선종이 가장 관심을 끌었을 것이다. 다음 장에서는 시키의 선종에 대한 이해와 그가 추구한 깨달음에 대해서 살펴보기로 한다.

3. 문학적 성취로서의 깨달음

진종의 타력본원에 비해 선종은 자력수행을 근본 교의로 삼는 것으로, 시키는 이 두 가지 방법의 문제에 대해 '깨달음'이라는 제목으로 논한 바 있다. 그에 의하면 깨달음 자체에는 구별이 없으나 그 절대의 경지에 이르는 방법으로서 불교의 대표적 종파인 선종과 진종이 말하는 자력과 타력, 두 가지가 있다. 큰 통이 하나 있다고 할 때, '선종은 통을 자신의 힘으로 들어 올려서 덮어쓰는 것이고 진종은 자신이 그 통속에 들어가는 것'이다. 이는 또한 '수학문제를 자신의 힘으로 푸는 것과 남의 도움으로 알게 되는 것'(1890.4.26, 「깨달음(悟り〈常盤會寄宿舍茶話会ニ於テ演說〉)」『第9卷』, 133쪽)과 같은 차이라고 설명한다. 두 종파의 차이점을 명쾌하게 설명하고 있다는 점에서 시키의 불교에 대한 이해가 어느 정도였는지 짐작할 수 있다. 특히 수학문제를 푸는 과정에 비유한 설명은 당시 메이지 청년의 성향을 그대로 보여주는 대목이다. 나아가 시키는 깨달음이 불교의 전유물이 아니라고 단언하고, 학자, 예술가 등에 깨달은 사람이 많은 것은 '마음을 한 방향에 쏟으므로 승려가 좌선한 것과 같은 결과'(위의 글, 134~135쪽)이라는 주장을 편다.

즉, 이 무렵의 시키가 생각한 깨달음의 경지는 '마음을 한 방향에 쏟는 것'을 통해 이루어지는 것으로, 어느 한 순간에 뛰어넘어 도달할 수 있는 곳이 아닌 오랜 수행과 노력의 단계가 필요한 것이다. 깨달음에 관계된 이와 같은 언설은 보통의 철학청년이 지닐 수 있는 관념적인 것으로, 이론적 이해를 크게 벗어나지 못한 것이라고 할 수 있다. 단지 이상에서 엿볼 수 있는 것은 시키가 다른 종파보다도 자력 수행, 즉 의지와 노력에 의한 선종의 깨달음에 일찍부터 관심을 가지고 있다는 점과, 그가 추구하는 깨달음의 경지가 예술적 성취와 관련되어 있다는 점이다. 같은 시기 소세키에게 보낸 서간에서도 시키는 깨달음의 경지를 '나와 여래가 하나가 된 것'이라고 쓰고 여래를 시신(詩神) 뮤즈와 같은 범주에서 논하고 있다.

이 여래란 괴물은 실체가 아니고 허체이다. 허체인 고로 보는 사람에 따라서 어떤 모습으로든 보인다. 어디까지나 보는 사람에 따라 무지개의 위치가 달라지는 것과 같다. 불자가 보면 부처이고, 노가(老家)가 보면 허무이다. 쿠메선인(久米仙人)이 보면 천녀이다. 오오츠에(大津絵) 화가가 보면 요괴이다. 그리고 시인이 보면 시신이 된다. 이때에 이르러 시인이 청정무구, 인간을 벗어난 시의를 얻게 된다. 그때 시인은 바로 시신으로 존재한다.　　　　　(1890.8.15, 〈소오세키 앞 서간〉, 『第18卷』, 171쪽)

이는 깨달음에 대한 문학자로서의 해석이라고 할 수 있다. 각자가 추구하는 지고의 경지를 여래라고 보고, 문학자로서 시신의 영감을 추구하고자 하는 것이다. 이듬해 시키는 국문과로 전과하고 하이카이(俳諧) 분류에 착수하게 되는데, 문학자로서의 출발이 종교적 깨달음에 대한 독자적 해석과 함께하고 있다는 점은 주목할 만하다. 이후 본격적인 하이쿠혁신과 단가혁신 과정에서 보여주는 그의 언설들은 마치 선종 조사들의 벼락같은 할(喝)에 비유할 수 있을 것이다.

하이카이는 선이자, 선이 아니다. 선은 하이카이이자, 하이카이가 아니다. 저쪽에 이미 문이 없는데 이쪽에 어찌 구멍이 있으리. 만약 문이 있다고 하면 극락의 문이 아니고 지옥의 문이다. 잘못 바늘산에 발을 들여 밤송이를 만들지 말라. 만약 구멍이 있다고 하면 하이카이의 구멍이 아니고 여우 구멍이다. 미혹에 빠져 멍청히 팥경단을 먹지 말라. 바쇼 원래 나무가 아니고 부손 또한 밭에 없다. 그대 능히 오래된 연못에 들고 또한 개구리다리를 잡았다면 텐노지(天王寺)의 탑에 올라 구륜(九輪) 위에서 한발 더 나아가

라. 미(迷). 미. 헤매인 후에 반드시 정도를 알리라. 오(悟). 오. 깨달음 후
에 오히려 기로에 서리라.　　　(1898, 「하이카이무문관」『第5卷』, 121쪽)

「하이카이 무문관(俳諧無門關)」이라는 하이쿠 평론의 첫 부분이다. 제
목에서 알 수 있듯이 이 글에서 시키는 선종의 수행방법을 차용하여
하이쿠 개혁을 위한 첫 번째 화두를 던지고자 한 듯하다. 간화선의 필수
텍스트라고 알려져 있는 『무문관(無門關)』은 말 그대로 '문 없는 문'으로
서, 참된 깨달음에 이르기 위해 통과해야할 관문인 '무자(無子)'에 대한
탐구가 전편에 깔려있는 공안집(公案集)이다. 편자인 무문 혜개(無門慧開)
는 자서의 말미에 '큰길에는 문이 없다. 그러나 길은 어디에나 있다'[8]라
고 하여 이 '무자'와의 대결을 통해 스스로의 본성을 꿰뚫어보고 자신만
의 문을 찾아야 함을 강조했다. 시키 또한 선의 깨달음에 정해진 문이
없는 것처럼 하이카이의 길에도 쫓아야할 구멍은 없다는 점을 주장하고
있다. 이는 바쇼(芭蕉)와 부송(蕪村)을 우상화하고 흉내 내며 자신의 시
적 경지를 열지 못하는 미혹함을 경계하는 것이다. 따라서 '한 발 더
나아가라'고 명하는 시키는 이어지는 문장에서 자신을 '하이카이 무문'
이라 칭하고 바쇼와 부송의 하이쿠들을 객관적으로 분석, 비판해간다.
　선의 정신에 입각한 그의 혁신 태도는 『봉삼매(棒三昧)』(1895), 『삼십
봉(三十棒)』(1896)과 같은 다른 평론들의 제목에서도 한 눈에 드러나며,
키노 츠라유키(紀貫之)와 『고금집(古今集)』을 비판하며 진부한 와카(和歌)
의 세계에 새로운 문을 열어젖히고자 한 단가혁신 과정에서도 일관되게
나타난다. 그의 신랄한 비판과 거침없는 어조는 그야말로, 스승을 만나
면 스승을 죽이고 부처를 만나면 부처를 죽이라고 한 선종의 우상파괴
정신[9]을 그대로 보여주고 있다.
　이상과 같이 비교적 이른 시기의 언설에서 확인할 수 있는 시키의 깨

달음은 의지와 노력을 통해 문학자로서 독자의 경지를 이루는 것이었다고 생각된다. '죽음은 가까이 왔다. 문학은 점차 가경에 들기 시작한다'(1896.5.26, 〈타카하마 쿄시(高浜虚子)앞 서간〉, 『第19巻』, 39쪽)이라고 스스로 쓴 바와 같이, 점점 진행되는 병증을 인식하며 시키는 실로 비장한 각오로 문학에 마음을 쏟았다고 할 수 있다. 그리고 이상의 인용문에서 볼 수 있는 태도는 스스로 깨달음의 경지에 이르렀다고 생각하고 있음을 보여준다.

4. 진정한 깨달음의 계기

하이쿠와 단가의 혁신에 있어서 시키는 스스로 깨달음의 경지에 이른 조사와 같은 태도를 취하고 있음을 살펴보았다. 그러나 그와 같은 문학적 업적을 쌓아가는 동안 깨달음에 대한 직접적 언급은 보이지 않는다. 앞에서 인용한 1890년도의 기록 이후, 그가 스스로의 깨달음에 대해 술회한 것은 숨을 거두기 5개월 전인 12년 후이다.

나도 옛날에는 약간 우쭐해 있었던 편으로, 지금처럼 나약하지는 않았다. 한마디로 말하면 어느 정도 깨달은 경지라고 자만하고 있었다. 그런데 병이 점점 심해진다. (중략) 야심, 자만, 허식, 거짓 위세, 이들 대부분은 욕정과 함께 바닥이 나 버렸다. 옛날 스스로 깨달았다고 생각하고 있던 것은 어리석음의 극치였다는 것을 알았다. 지금까지 깨달음이라고 생각하고 있던 것이 깨달음이 아니었다는 것을 안 것만으로 오히려 깨달음에 다가간 편인지 모르겠다. 그렇게 생각해보니 깨달음과 자만을 착각하고 있는 사람이 세상에는 잔뜩 있다. 그들을 모두 병에 걸리게 하여 나처럼 아침저녁으로 지옥의 고문을 당하게 해준다면 누구든 모두 꽁무니를 빼고 도망갈 자들임이 틀림없다. 어쨌든 나는 넘치는 고통에 천지도 잊고 인간도 잊고 욕정도 잊어버리고 처음 태어난 그대로의 벌거숭이로 바뀌게 된 것이다.
　　　　(1902.4.20, 「병상고어(病狀苦語)」『第12巻』, 542~543쪽)

위의 인용에서는 지적인 의욕 대신 자신의 어리석음을 담담히 기술하는 겸손한 모습을 볼 수 있다. 깨달음에 대해서도 이론적 이해가 아닌 자신의 체험을 바탕으로 쓰고 있다. 이 10여년 사이에 시키는 일찍이 뜻한 바대로 문학자로서 이미 일가를 이루었다. 특히 결핵균이 척추에까지 감염되어 몸을 움직일 수 없게 된 1897년 이후에는 스스로 묘비명을 쓰고 위패 사진을 마련하는 등, 삶에 대한 집착을 버리고 죽음을 받아들이고자 했다. 깨달은 경지라고 생각했다는 것은 그러한 문학적 성취와 생사에 대한 체념을 말하는 것이라고 생각된다.

그러나 그것이 진정한 깨달음이 아닌 자만이었다는 자각은 어디서 기인되는 것일까. 그 직접적 계기는 전년 9월 출판되어 베스트셀러가 된 나카에 쵸오밍(中江兆民)의 수필 『일년유반(一年有半)』(1901)에서 찾을 수 있다. 저명한 사상가로 알려진 쵸오밍(兆民)은 인후암으로 일년 반의 시한부 생명을 선고받고 신변잡기와 문예 및 정치, 사회 비평을 수록한 수필집을 간행하는데, 죽음을 앞둔 이 대 문사의 글은 크게 호평을 받고 중판을 거듭했다. 그런데 시키는 쵸오밍의 문업에 대해 그야말로 냉담한 태도를 보여준다. 쵸오밍의 글과 그에 대한 시키의 언급을 함께 보도록 하자.

> 나는 원래 재산을 다스리는 일에 서툴러 집안에 부채가 있고 저축이 없다. 그리고 이런 중증에 걸렸다. 비참하다면 비참하다. 오늘 저녁 내가 웃으며 아내에게 말하길, 자네 나이 이미 마흔, 내가 죽은 후에 또 재가할 바램이 있을 리 없고, 나와 함께 물에 빠져 그대로 걱정 없는 고향으로 갈까, 어때라고. 두 사람이 크게 웃고 도중에 호박 한 알과 살구 한 바구니를 사서 집에 돌아오니, 때는 마침 밤 아홉시.
> 나는 자살을 배척하는 자는 아니다. 단지 자살은 도덕에 크게 위배되며, 정의에 반하는 행위를 한 후 스스로 후회하고 말 수 있는 것이 아니다. (중략) 병 같은 것을 이유로 실망하고 자살을 꾀하는 것은 단지 나약함과 다르지

않을 뿐. 게다가 병이 자리에 있는 것처럼 자연히 그 속에는 즐거움 또한
없지 않다.[10]

　　쵸오밍거사의 『일년유반』이라는 책이 세상에 나왔다고 합니다. 신문의
평으로 소재를 대강 알겠습니다. 거사는 목에 구멍이 하나 생겼다고 하나
나는 배, 등, 엉덩이 할 것 없이 벌집처럼 구멍이 생겨있습니다. 일년 반의
기한도 대개 비슷하다고 생각합니다. 그러나 거사는 아직 미(美)라는 것을
조금도 알지 못하니 그만큼 나보다 못하다고 할 수 있습니다. 이(理)를 알
면 체념할 수 있게 되고 미를 알면 즐거움이 생깁니다. 살구를 사와서 부인
과 함께 먹는 것은 즐거움에 다름 아니겠지만 어딘지 한 점의 이가 숨어
있습니다. 타는 듯한 한낮의 더위가 물러가고 흰 나팔꽃이 바람에 살랑거
리는 것에 어떤 이치가 있겠습니까.
(1901.10.15, 「암와만록」『第11卷』, 472쪽)

하세가와 카이(長谷川櫂)는 쵸오밍이 시키가 자신을 바라보기 위한 촉
매의 역할[11]을 했다고 평한 바 있는데, 죽음을 앞두고 집필활동을 하고
있다는 점과 남은 삶의 기한 등, 시키는 쵸오밍에게서 자신과 같은 처지
를 발견하고 비교하고 있다. 그 결과 쵸오밍이 '미라는 것을 조금도 알지
못한다'고 단언하고 있는데, 쵸오밍의 글을 보면 일견 쉽게 수긍이 가지
않는 주장이다. 쵸오밍 역시 병중의 즐거움에 대해서 언급하고 있고,
죽음에 대한 나름의 성찰을 보여주기 때문이다. 특히 조목조목 짚어가
며 반론을 제기하는 시키 특유의 문장 스타일을 고려한다면 이 글의 쵸
오밍 비판은 상당한 비약이라고 할 수 있을 것이다. 이 점에 대해서는
당시에도 쵸오밍의 독자들로부터 상당한 반론이 있었고, 시키가 그의
출판 성공에 대해 시기하는 마음이 있었다는 분석도 제기된다.[12]
　　당시 55세, 시키보다 20년의 생을 더 누렸고 이제 막 암을 선고받은
쵸오밍의 상황은 자신의 오랜 병고에 비하면 아무것도 아니라는 시키의
심정이 이 글에는 분명 깔려있다. 그러나 여기서 주목해야 할 점은 부인

과 함께 웃으며 자살을 이야기하는 쵸오밍의 태도에 대해 '이(理)가 숨어 있다'라고 하는 부분이다. 쵸오밍의 글의 요지는, 자살을 생각할 정도로 비참한 상황을 웃으며 얘기할 수 있을 정도로 체념하고 받아들였지만 병고로 인한 자살은 도덕적 태만이므로 자신은 꿋꿋이 남은 생의 보람을 찾겠다는 것이다. 이러한 태도에서 '이'를 지적하는 것은 그것이 온몸으로 고통과 투쟁하는 치열한 체험을 거치지 않고 머릿속에서 논리적으로 추론된 것이라는 뜻이다. 따라서 시키는 닥쳐온 죽음을 담담히 기술하고자 한 쵸오밍에 대해, '학문이 있는 만큼 이론적으로 죽음에 대해 체념할 수 있었'으나 '체념 이상의 경지'(1901.11.20, 「남은 삶(命のあまり)」『第12巻』, 535~536쪽)에 도달해 있지는 않다고 하여 '평범·천박'하다고 일축한다.

이러한 비판은 이 시기 시키에게 생사에 대한 이론적 체념을 벗어나는 극한의 경험이 있었기 때문에 가능했다고 생각된다. 이 무렵 시키는 스스로 '번민'이라고 부른 신경적 발작을 자주 호소하고 있는데, 어떤 정신적 번민보다도 제어하기 어려운 광기와 같은 상태로 묘사된다. 이는 병원균이 신경계통을 손상시키기 시작한 징후로서, 신체적 부자유 속에서도 정신활동만은 왕성했던 그에게 있어서 죽음 이상의 공포를 가져왔을 것이다. 생전에 발표하지 않았던 비망록인 『앙와만록』 1901년 10월 13일자에는 그러한 정신적 혼란 속에서 문득 눈에 띈 단도와 송곳에서 촉발된 자살 충동과, 실패시 더해질 고통과 두려움 등이 절박한 필치로 기록되어 있다. 덧붙여 시키는 칼과 송곳을 그려두었는데(〔그림1〕「암와만록」, 『第11巻』, 467쪽)13), 자살충동의 전말을 기록한 바로 앞부분의 상황에 비해 그 필치가 지극히 냉정하다는 점에 주목할 수 있다. 이들 흉기를 바라보면서 그는 '두려움이 솟아나는 듯한 기분'에 차마 손을 뻗쳐 잡지 못하고 망설이다 '흐느껴 울기 시작했다'(위의 글, 466~467

쪽)이라고 했는데, 그럼에도 불구하고 그 두려움
의 대상을 세밀히 사생(寫生)하고 있다는 점에서
쵸오밍과의 결정적 차이를 발견할 수 있다. 다시
말해서 시키는 이 기록 행위를 통해 이미 체념했
다고 생각한 삶과 죽음의 경계를 다시 확인하고
자신의 고통과 두려움을 명확히 보기 시작했다고
생각된다. 이론적인 체념이 아닌 극한의 체험을
통한 깨달음이 도래한 것이다. 이는 앞의 인용에
서 살펴본 '자만'과 '진정한 깨달음'의 차이에 해당
하는 것으로, 시키는 눈물겹게 체념을 연기하는
쵸오밍과, 그에 대한 세간의 찬사를 지켜보면서
그 속에서 자신의 모습을 발견했다고 하겠다.

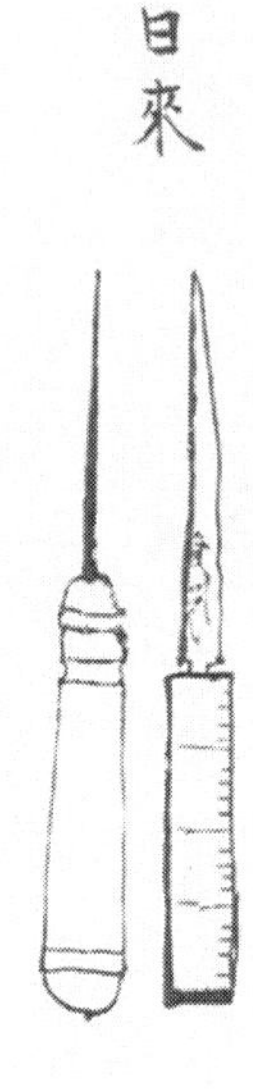

[그림 1]

시키가 비판한 '이론적 체념', 즉 '이'는 선에서
말하는 분별심의 한 짝으로, 선과 악을 가르고 이
익과 손해를 가르며 나와 남을 가르는 일이다. '무자' 공안도 결국 자신
의 순수한 본성을 가로막는 이 분별심을 떨쳐버릴 것을 강조하는 것이
다. 타인과 자기, 원인과 결과와 같은 이치를 떠나서 자기 자신을 그대
로 볼 수 있는 깨달음을 열게 되면 세상의 모든 고통과 추함, 그 속의
아름다움과 즐거움을 있는 그대로 받아들일 수 있게 되는 것이다. 시키
가 말하는 '저녁 바람에 흔들리는 나팔꽃'이란 그러한 순수한 무심의
경지14)를 표현한 것에 다름 아니다. 따라서 시키의 쵸오밍에 대한 비판
은 스스로의 자만과 착각에 대한 반성이었다고 할 수 있으며, 같은 시기
의 자살충동 체험과 함께 그가 진정한 깨달음을 열 수 있게 한 계기가
되었다고 하겠다.

5. 고통의 화두

1901년 가을의 사건 이후 시키의 깨달음에 대해 살펴볼 차례이다.
물론 이글의 목적은 그의 깨달음의 진위를 평가하는 것이 아니다. 시키
가 진정한 깨달음의 경지에 이르렀다 해도 그의 육체적 고통이 사라지
는 것은 아니기 때문이다. 마약성 진통제를 복용하지 않고는 잠시도
통증을 견딜 수 없었던 만년의 그가 깨달음의 추구를 통해 얻게 된 것은
무엇인지, 쿄오밍이 먼저 세상을 뜬 후 시키가 자신의 '일년유반'을 살아
가는 힘은 무엇이었는지에 대해 생각해 보고자 한다.

> 나는 지금까지 선종이 말하는 깨달음이라는 것을 오해하고 있었다. 깨
> 달음이라는 것은 어떠한 경우에도 아무렇지 않게 죽는 것인가 하고 생각
> 하고 있었던 것은 잘못이고, 깨달음이란 어떠한 경우에도 아무렇지 않게
> 살아있는 것이었다.
> 고로 묻는다. 개에게도 불성이 있는가. 이르기를, 고(苦).
> 또 묻는다. 조사가 서쪽에서 온 뜻은 무엇인가. 이르기를, 고.
> 또 묻는다. …………………………………………. 이르기를, 고.
>
> (1902.6.2, 「병상육척」『第11卷』, 261쪽)

이상의 인용에서 시키가 전 생애에 걸쳐 추구한 깨달음의 도달점을
볼 수 있다. '개에게도 불성이 있는가', '조사가 서쪽에서 온 뜻은 무엇인
가'라는 물음은 가장 널리 알려진 선의 공안으로, 불교의 근본 교의를
묻는 것에 다름 아니다. 다시 말해서 이 질문들은 깨달음이란 무엇인가
라는 자문이고, 여기에 시키는 '고통'이라고 답하고 있다. 불교에서 말
하는 고통은 정신과 육체가 번민에 부박된 상태를 말하는 것으로, 인간
의 생존 자체가 고통이라는 것이 하나의 진리이다. 여기서 머물지 않고
고통을 멸한 경지를 추구하는 것이 깨달음을 향한 길이다. 그런데 시키

는 고통, 그 속에서 아무렇지 않게 살아있는 것을 깨달음이라고 말한다. 이 문맥의 해석을 위해서는 공안의 물음을 다시 살펴볼 필요가 있다.

'개에게도 불성이 있는가'라는 물음을 받은 당대(唐代)의 선사 조주(趙州)의 답은 '없다(無)'였다. 알려진 바와 같이 이 조주의 '무자'는 허무의 '무'도 아니고 있음의 상대 개념으로서의 '무'도 아니다. 모든 분별을 초월함으로써 얻어지는 '절대무'인 것이다. 이 절대무의 공간을 고통으로 가득 채우는 것이 시키가 발견한 선이다. 조주는 이후 같은 물음에 대해 '있다'라고 정반대의 대답을 한 것으로도 알려져 있는데 유무의 분별이 없다는 점에서 그 의미는 결국 같은 것이다. 이러한 다른 대답은 질문자가 어떤 상황에 있는가에 따른 것으로, 진리에 이르는 길은 어디에나 있다는 점을 보여준다. 공안에 등장하는 조사들의 어록은 따라서 언제나 새로운 의문을 던지며 수정되어야 하는 것이 진정한 선의 정신이다.[15] 시키의 대답 또한 자신이 처한 현실을 꿰뚫어보기 위해 스스로의 '고통'을 화두로 삼고 깨달음의 관문을 찾아가는 그 자신만의 선인 것이다.

만년의 시키는 『벽암록』을 애독하고 살아있는 자들에게 게(偈)를 지어주겠다는 발언과 함께 실제로 선승들의 게와 유사한 문장들을 많이 남기고 있다.

> 雲門曰 藥病相治 盡大地是藥 那箇是自己[16] 이 바보자식 등뼈를 분질러 납을 부어넣지 않으면 병의 맛을 모를 테지. 늙어 벗어진 나귀대가리를 만지고 와라. 나라 차반(奈良茶飯) 삼석(石) 순무절임 한통을 주겠다. 약을 위해서.　　(1902.1.2, 「시키선생(子規先生)」『ホトトギス』第6卷 4号)[17]

『벽암록』 제 87칙에 덧붙여 상당히 수수께끼 같은 단어들을 나열하고 있다. 그러나 여기서 명확히 볼 수 있는 한 가지는 엄청난 부정 정신이다. 시키는 운문화상(雲門和尙)의 어록을 인용하고는 '이 바보자식'이라고 되받아친다. 여기서 병과 약은 각각 번뇌와 수행을 가리키는 비유적 표현이지만, 시키에게 병이란 단어는 자신이 온몸으로 돌파해야할 거대한 관문이자, 가장 본능적인 신체의 문제였다는 점을 기억한다면 이 통렬한 한 마디로 이미 '자기란 무엇인가'라는 질문의 답은 끝났다고 볼 수 있다. 이는 마치 제자의 수행의 깊이를 가늠해보고자 질문을 던지는 스승에게 느닷없이 달려들어 뺨을 치는 것과도 같은 기세이다.

일찍이 「하이카이 무문관」에서 보여주었던 우상파괴와 자신만의 문학적 경지를 추구해 가던 태도가 선승들의 방법을 차용한 형식적 성격이 강했다면 진정한 깨달음과 자만과의 차이를 체험한 후의 이글은 그의 마음이 선의 세계로 열린 자신만의 길을 비추고 있음을 말해준다. 그리고 그 길은 '아플 때는 신음하는 이상 없다고 안심하는 것'[18]이었다. 『벽암록』 제 43칙은 생사의 초월을 추위도 더위도 없는 경지에 비유하여, 피하려하지 말고 추울 때는 철저하게 추위와 일체가 되고, 더울 때는 철저하게 더위와 일체가 되라고 설하고 있다.[19] 이러한 경지는 시키의 생각과도 일치한다. 철저하게 고통과 일체가 되어 있는 그대로 표현하는 것. 그것은 '처음 태어난 그대로의 벌거숭이'의 순수한 마음으로 돌아가 지금 여기의 삶을 온 몸으로 깨닫는 일이며, 어떤 경우에도 무엇에도 얽매이지 않는 자유로운 마음으로 살아있는 것이다.

따라서 시키는 지극한 고통을 통하여 '병의 경애에 처해서는 병을 즐기는 것이 되지 않으면 살아있어도 아무런 재미가 없다.' (1902.7.26, 「병상육척」『第11巻』, 329쪽)이라고 선언하기에 이른다. 이는 쵸오밍을 비판하며 '미를 알면 즐거움이 생긴다'고 한 언급에 이어지는 것으로, 극심한 병고 속의 '미'란, 아름다운 것 뿐 만이 아닌 아름답지 못한 것까지 포함하여 자신을 둘러싼 모든 현상, 살아있어서 보고 느끼고 생각하는 모든 것을 말하는 것으로 이해해야 할 것이다. 그의 문학을 규정하는 특징이기도 한 이러한 미의식은 선의 정신에서 보면 깨달음의 경지에서 창조적인 삶을 사는 시간이라고 할 수 있다. 고통과 깨달음의 사이에서 그가 발견한 것은 '날마다 좋은 날',[20] 즉 생의 찬미였다.

6. 맺음말

인간이 종교를 필요로 하는 이유는 우리의 앎이 미치지 않는 세계에 대한 원초적인 두려움 때문일 것이다. 우리를 둘러싼 영겁의 시간에 비하면 인간의 나고 죽음은 찰나에 지나지 않겠지만, 그러한 순간의 삶조차 고통을 본질로 하기에 초월적 존재의 손길에 의지하게 되는 것이다. 마사오카 시키(正岡子規)는 은유로서의 병이나 고통이 아닌 실재적 병고 속에서 반생을 보낸 작가로서, 시시각각 죽음과 대면한 그의 삶과 문학이 현대인에게 주는 의미를 살펴보는 것이 이 글의 목적이었다. 특히 지적 욕구나 문학적 취향과 관련하여 일찍부터 관심을 보였던 선사상과 관련하여 그의 문학을 규정하는 특징인 건강한 정신의 원천을 찾아보고자 한 것이다.

이상의 논의를 요약하자면, 초기의 시키는 선종의 깨달음을 의지와 노력을 통해 예술적 성취를 이루는 것으로 받아들였으며, 선종의 공안과 우상파괴 정신을 그의 시가 혁신운동에 방법적으로 차용한 점을 알 수 있었다. 그러나 병세의 악화와 함께 만년의 시키는 이론적 이해를 넘어서는 독자적 깨달음을 열어갔다고 할 수 있는데, 그 결정적 계기는 자살 충동이라는 극한의 체험과 그것을 기록하는 행위, 그리고 나카에

쵸오밍의 수필에 대한 비판에서 찾을 수 있었다. 이들 계기를 통해 시키가 도달한 경지는 스스로의 고통을 화두로 삼아 '지금 여기'의 삶을 온몸으로 깨닫는 일이었으며, 어떤 경우에도 무엇에도 얽매이지 않는 자유로운 마음으로 살아있는 것이었다고 이해할 수 있다. 논리나 이성을 떠나서 자신의 본성과 현실을 있는 그대로 받아들일 수 있게 되는 깨달음을 통해, 모든 고통을 넘어서 삶의 아름다움과 즐거움을 발견해가게 된 것이다.

임종의 순간까지 그의 눈에 머문 삶의 아름다움은 절필구 〈수세미꽃 피고/ 객담에 목이 막힌/ 부처로구나〉(『第三卷』, 473쪽)에 그대로 담겨있다. 담에 목이 막혀 숨쉬기조차 힘겨운 고통의 시간, 그 배경을 담담히 메우고 있는 것은 생명의 상징이라고 할 수 있는 수세미꽃인 것이다. 이러한 건강한 미의식은 선의 정신에서 보면 깨달음의 경지에서 창조적인 삶을 사는 시간이라고 할 수 있다. 따라서 시키가 만년에 남긴 병상수필들은 선이라는 종교적 사상을 넘어서서 현대인들에게 시사하는 바가 크다. 매일의 식사와 진통제 복용 내역을 기록하고, 고통을 호소하면서도 자연의 감동을 발견하고, 왕성한 호기심으로 문학과 그림을 논하며 남은 삶에 전력을 다하는 모습은 결코 투병기가 아닌 '생의 찬미'로 받아들여지기 때문이다. 시키의 삶과 문학은 고통의 이면에서 살아가는 용기와 미래에의 희망을 발견하는 방법을 말해주고 있다고 하겠다.

【주】
  * 본 연구는 2007년 『세계문학비교연구』(제21집)에 발표한 「마사오카 시키와 禪」을 수정·보완한 것임.
 ** 숭실대학교 강사.
 1) 와다 카츠시(和田克司), 「正岡子規と韓国文化」(한일문화교류 세미나 발표), 중앙

대학교 외국학연구소, 2007.11.8.

2) 오치 미치토시(越智通敏), 「子規の悟りと死生観」『子規会誌』(七号), 松山子規会, 1980.10.
＿＿＿＿＿, 「子規の悟りと死生観(つづき)」『子規会誌』(八号), 松山子規会, 1981.1.
＿＿＿＿＿, 「子規の悟りと死生観(3)」『子規会誌』(十号), 松山子規会, 1981.7.
＿＿＿＿＿, 「子規の悟りと死生観(4)」『子規会誌』(十一号), 松山子規会, 1981.10.

3) 코바야시 코오쥬(小林高寿), 『俳人の生死』, 新樹社, 1998.

4) 타카하시 싱키치(高橋新吉), 「正岡子規と禅」『詩と禅』, 宝文館, 1969.
야나기타 세이잔(柳田聖山), 『禅と日本文化』(講談社学術文庫), 講談社, 1985.
싱키치(新吉)는 아마다 구앙(天田愚庵) 등 시키 주변에 선 사상에 조예가 깊은 인물
들이 다수 있음을 예로 들고, 시키 문학을 연구하는데 있어서도 선을 빼고는 정수를
얻지 못할 것이라고 주장했으며, 야나기타는 선과 일본인의 사생관을 논한 장에서
시키의 절필구를 인용하고 있다.

5) 마사오카 시키(正岡子規), 「病状苦語」『子規全集』(第12巻), 講談社, 1975, 544쪽.
졸역. 이하 같은 텍스트에 의하며 인용 말미에 권, 호수만 표기함.

6) 미나미 하지메(三並良), 「子規の少年時代」『子規全集』(別3巻), 앞의 책, 172쪽.

7) 오치 미치토시, 「子規の悟りと死生観」『子規会誌』(七号), 앞의 글, 24~25쪽 참조.

8) 大道無門 千差路有 透得此關 乾坤獨步
히라타 타카시(平田高士) 편, 『無門關』(禅の語録18), 筑摩書房, 1969, 7쪽.

9) 존.C.H.우 저/김연수 역, 『禪의 황금시대』, 한문화, 2006, 243쪽 참조.

10) 나카에 쵸오밍(中江兆民), 『一年有半·続一年有半』, 岩波書店, 1995, 40~41쪽.

11) 하세가와 카이(長谷川櫂), 「子規という奇跡」(解説)『子規の三大随筆』(子規選集1),
増進会出版社, 2001, 464쪽.

12) 오카이 타카시(岡井隆), 『正岡子規·作家論集成』(岡井隆コレクション6), 思潮社,
1995, 118쪽.

13) 그림 위의 '古白日來'란 글귀는 '코하쿠(古白)가 오라고 한다'는 뜻이다. 코하쿠는
시키의 사촌동생으로 1895년 자살했다. 시키는 자신의 자살충동을 그의 환영을 본
듯한 심정으로 기록한 것이다.

14) 마음 공부로 알려진 선은 이 마음이 현상세계에 의해 어지러워지지 않고 순수한
상태로 있는 것을 추구한다. 그 순수한 상태가 바로 무심(無心)이다.
후루타 쇼오킹(古田紹欽), 「日本文化と禅」『禅と芸術Ⅰ』(叢書 禅と日本文化 第一
巻), ペリカン社, 1996, 17쪽 참조.

15) 야나기타 세이잔, 앞의 책, 247쪽 참조.

16) 雲門曰 薬病相治 盡大地是薬 那箇是自己 コノ馬鹿野郎 腰骨を叩キ折ツテ鉛
ヲツギコマザレバ病気ノ味ヲ知ラジ 老禿驢頭ヲ撫デ、来レ 奈良茶飯 三石
蕪漬物 一桶 右進呈ス 薬ノタメ也
앞부분을 해석하자면 '운문선사가 이르기를, 약은 병을 고치고 병은 약을 다스린다.
온 세상이 다 약이다만 자기란 대체 무엇인가'란 뜻이다. 번뇌의 병이 있으면 깨달음을
찾아 좌선이라는 약을 쓴다. 깨달으면 병은 없어지나 대신 깨달음이 남는다면 병이
나았는데도 계속 약을 먹는 것과 같다. 따라서 미혹과 깨달음을 모두 없애버린 경지를
약병상치라고 했다. 천지가 다 약이고 불성 이외에 아무것도 없다고 할 때 나란 무엇
인가라고 되묻는 것은 좌선이나 수행에 의존하는 것을 경계하고 진실한 자기 본성을
찾아서 독자적 깨달음으로 나아가야 함을 강조한 것이다.

안동림 역주, 『벽암록』, 현암사, 1999, 434~438쪽 참조.

17) 와다 카츠시, 「子規の病と表現の問題」『國文學』, 學燈社 2004.3, 64쪽 재인용.
와다(和田)는 이 시기 시키의 병상생활이 단지 고통이라고 표현하기에는 너무나 비참한 상황이었다고 보고, 그러한 상황 속에 이루어진 집필행위의 전체상을 파악하기 위해 인용한 게와 같은 문장 10종을 조사하여 제시하고 있다. 그에 의하면 이들 문장은 욕설과도 같은 투쟁의 언어이자 생생하게 살아있는 육체 자체의 절규라고 해석된다.

18) 와다 후카도쿠(和田不可得), 「根岸庵を訪ふ」(1902.7.13 방문 기록)『子規全集』(別2卷), 앞의 책, 76쪽.

19) 擧. 僧問洞山, 寒暑到來, 如何廻避. 山云, 何不向無寒暑處去.
僧云, 如何是無寒暑處. 山云, 寒時寒殺黎, 熱時熱殺黎.
안동림 역주, 『벽암록』, 위의 책, 250~252쪽 참조.

20) 擧. 雲門垂語云, 十五日已前不問汝, 十五日已後道將一句來. (自代云), 日日是好日. 안동림 역주, 『벽암록』, 앞의 책, 80쪽.

3 멸망하는 자와 구원받는 자[*]
— 기독교를 떠난 아리시마 타케오의 이상과 실제 —

오쿠무라 유지[**]

1. 머리말

아리시마 타케오(有島武郎; 1878~1923)는 실로 고지식하고 착실한 작가이다. 학생시절에 기독교를 접하고 경건한 기독교 신자가 되도록 노력했다. 하지만 '모두 색정으로 여자를 보는 자는 이미 마음속에서 간음을 한 것과 같다'라는 그리스도의 말씀으로 미루어보아 자기가 간음자(姦淫者)가 아닐까 하는 생각으로 심하게 괴로워했다. 이런 상태로 교회에 적을 두는 것은 위선이고 신앙자로서의 자격이 없다하여 교회를 떠났다. 그의 일기 등을 보면 그 정신적인 갈등이 얼마나 치열했던가를 확인할 수 있다.

기독교에 입교했다가 나중에 교회를 떠났던 일본 근대작가는 키타무라 토오코쿠(北村透谷), 토쿠토미 로카(徳冨蘆花), 시마자키 토오송(島崎藤村), 마사무네 하쿠쵸(正宗白鳥), 쿠니키다 독보(国木田独歩), 이와노 호오메이(岩野泡鳴), 시가 나오야(志賀直哉)등 적지 않다. 하지만 아리시마만큼 심각하게 고민하고 죽기 전까지 그 흔적을 남겼던 작가는 흔하지

않다. 아리시마가 완전히 기독교를 버렸는가 아니면 교회를 떠난 후에
도 신앙을 버리지 못했는가의 판단은 연구자에 따라 약간 다를 것이다.
하지만 만약에 아리시마가 완전히 기독교를 버린 사람이라면 기독교에
무관심하거나 아니면 반기독교자로 일관했을 것이다. 그러나 때때로
잠재해 있던 신앙이 얼굴을 내비친다. 타케사키(竹崎)목사에게 보낸 편
지에는 '나는 교회에서 떠났지만 기독교를 떠났다고는 생각하지 않습니
다. 아무리 떠나려고 해도 그 권외로 나가기에는 그리스도의 사랑은
너무나 큽니다.'라고 썼고, 또 「『리빙스톤전(リビングストン傳)』의 서 -
제4판 -」(1919)에서는 '언젠가는, 내가 초인간적인 신앙의 대상을 가질
수 있어 다시 신앙생활에 들어가는 시기가 올지도 모른다'라고 신앙의
가능성을 말하기도 했다. 아리시마는 그리스도에 대한 경애를 잃지 않
을 뿐만 아니라 성(聖)프란시스코를 경외하고, 독실한 신앙자 - 예를 들
면 나가노 요오무(永野用無)나 자코 아이코(座古愛子)[1]등 - 에 대해서는 남
다른 정을 보이기도 했다. 교회를 떠난 후에도 신앙을 버리지 못하고
있었기 때문에 오히려 정신적 갈등이 심했다고 볼 수 있다. 아리시마는
그 정신적 고통에서 벗어나기 위해서 기독교를 부정하며 자기만의 본능
주의사상을 구축해 갔다고 해도 무관할 것이다. 그리고 아리시마는 이
사상을 토대로 등장인물을 조형하고 작품을 창작해 갔다.

　본고에서는 그의 사상이 작품 중에 어떻게 표현되고 있는지를 작품
속의 여성들을 중심으로 고찰 해보기로 한다. 그리고 아리시마가 그린
여성들이 '인생의 가능'을 보여주고 있는지 혹은 자기가 이상으로 삼았
던 '본능주의'는 실현가능한 것인지를 확인하려고 한다.

2. 아리시마가 이상으로 한 〈본능적 생활〉

기독교를 버린 것과 동시에 아리시마는 '한쪽의 자극(磁極)에 가까워져서 그 극의 힘으로 포화된 철 조각이 갑자기 그 극에 반발하여 다른 자극으로 옮겨간다.'[2]는 것처럼 기독교이념과 반대되는 사상으로 향하게 되었다. 그것은 성욕을 인간 본연의 성질로 긍정하고 생명주의에 준한 본능주의의 사상이었다. 그러면 그 사상은 구체적으로 어떤 사상이었을까? 아리시마는 『아낌없이 사랑은 빼앗는다(惜みなく愛は奪ふ)』(1920)에서 인간의 생활을 습성적 생활(習性的生活)·지적생활(知的生活)·본능적 생활(本能的生活)의 세 종류로 분류해서 설명하고 있다. '습성적 생활'이란 외부에서의 자극을 그대로 받아들이는 생활을 뜻한다. 과거로부터 현재에 이르기까지 구축된 전통, 습관, 상식에 지배를 받으며 개성의식은 전혀 작동되지 않는다. 그래서 단순히 과거의 반복일 뿐이다. 물론 습성적이기 때문에 생활이 성립되는 것이고, 일방적으로 부정되어서는 안 되지만 습성적인 생활에는 '개성'이 있다고는 볼 수 없다.

'지적생활'이란 개성과 외부가 대립한 이원적인 대립의 생활이다. 개성과 외부가 대립해서 생긴 것은 경험이고, 그 경험과 반성으로 탈바꿈한 지식을 기준으로 한 그 범위 안에서 자기만의 생활을 하는 것을 말한다. 그러므로 '지적생활'은 과거의 반성에 의해 성립된다고 볼 수 있다.

'본능적 생활'이란 외부의 자극에 의거하지 않고 자기 필연의 충동에 의해 자기만의 생활을 하는 것을 말한다. '본능적 생활'에는 도덕이 없고 또한 노력도 없다. 이 생활은 완전한 자유로운 생활이다. 그리고 거기에는 이미 자타의 구별이 없고, 당연히 이원의 대립도 없다. 이것은 이원적 대립을 초월한 일원적인 생활인 것이다.

아리시마는 '즉 항상 습성적 생활 위에 지적생활을, 지적생활 위에 본능적 생활을 놓는 것을 제일 우선으로 해야 한다.'[3)]고 말하고, 본능적 생활을 최상의 생활이고 이상의 모습이라고 한다.

또 아리시마는 이 본능을 '사랑'이라고 하는 개념을 사용해서 설명하고 있다. '사랑은 주는 본능이 아니고 강탈하는 본능이고, 방사하는 에너지가 아니고 흡수하는 에너지이다'라고 주장하고 '사랑은 전부 자기 것으로 하는 힘'이라고 했다. 그리고 '만약에 내 사랑이 강렬하게 작동한다면 내 영혼은 더더욱 확장할 것이다'라고 했다. 또한 그 연장선상에 '사랑이 이루어질 때 죽는다. 그렇기 때문에 순사(殉死)나 정사(情死)라는 것은 극히 자연스러운 것이다'라는 사랑의 궁극론(究極論)으로 이어진다. 기독교의 교리를 따르지 못하고 성욕문제로 갈등했던 아리시마가 그것을 극복하고 자기만의 이론을 구축했던 것이고, 이것이 아리시마가 주장하는 본능주의사상이다. 이 사상을 골수로 한 여성이 바로『어떤 여자(或る女)』의 사츠키 요오코(早月葉子)이다.

3. 『어떤 여자(或る女)』의 요오코

『어떤 여자』는 1910년 『시라카바(白樺)』에 발표된 「어떤 여자의 환상(或る女のグリンプス)」을 개고해 전편으로 하고, 그 것에 후편을 가필하여 1919년에 발표된 작품이다. 주인공인 요오코는 자기생각대로 사는 시대를 앞서가는 자유분방한 여성이다. 그녀는 키베(木部)와의 사랑에 빠지고 어머니의 반대를 무릅쓰고 결혼한다. 그러나 결혼생활은 오래 가지 않고 얼마 안 되서 키베(木部)와 헤어지게 된다. 그리고 파경의 괴로

운 마음을 안고 주변의 권유로 아직 얼굴도 보지 못한 약혼자를 만나기 위해 미국행 배에 올랐다. 그러나 요오코는 그 배 안에서 야성적인 남성, 쿠라치(倉地)와의 운명적인 만남으로, 본능이 향하는 대로 격정적인 사랑을 선택하게 된다.

일반적인 상식을 무시하고 자기의 욕망에 충실했던 두 사람이었지만 그 사랑을 유지하는 것은 쉽지 않았다. 후편에서의 요오코의 격렬한 사랑은 높은 언덕꼭대기에서 굴러 떨어지는 것처럼 변전하면서 붕괴, 파멸의 길을 걸어가게 된다.

> 그 때 갑자기 요오코 앞에 나타난 사람은 쿠라치 사무장이었다. 요코하마의 부두에 묶여 있는 에지마마루(絵島丸)의 갑판 위에서 처음으로 야수 같은 이 남자를 보았을 때부터 번개와 같이 요오코는 이 남자의 우월을 감수했다. (중략) 이 남자가 나를 마음껏 사로잡아 주면 자기의 생명은 처음으로 활활 불타오를 것이다. 이런 불가사의한, 요오코에게는 없었던 욕망마저 조금도 거리낌 없이 받아들일 수 있었던 것이다.
>
> (『어떤 여자』, 132쪽)

이것은 요오코가 처음으로 쿠라치를 만나는 장면이다. 남자를 마음대로 다루던 요오코였지만 쿠라치와의 만남은 특별했다. 그것은 요오코에게는 지금까지 없었던 경험이었고 또한 충격이었다. '지금까지 몰랐던, 포로가 받는 꿀보다 달콤한 굴욕'을 느낀 요오코는 '쿠라치를 혼자 독점할 수만 있다면……' 하는 강한 욕망을 갖는다. 그리고 두 사람은 밀애를 하게 된다. '처음으로 사랑을 알게 된 소년 소녀가 세상도 의리도 잊어버리고 생명조차 무시하고 육체를 파괴해서라도 영혼을 녹여 하나가 된 것과 같이 정열을 바치며 서로가 즐겼다.'

요오코와 쿠라치는 이렇게 해서 두 사람의 사랑을 확인했다. 이 사랑의 경지야 말로 아리시마가 제언했던 영육이 일치한 일원적 경지인 것이다. 그리고 요오코는 미국에 상륙하지 않고 쿠라치와 함께 일본에 돌아가 버린다. 후편은 두 사람이 일본에 귀국한 것에서부터 시작한다. 귀국 후 두 사람은 행복이 충만한 생활을 보낸다.

> 이러한 꿈같은 즐거움은 종잡을 수 없이 일주일 동안 어떤 문제도 일으키지 않고 계속되었다. 환락에 빠지기 쉬운, 그래서 언제나 현재를 최고로 즐겁게 보내는 것을 태어나면서부터 본능적으로 안 요오코는 이 최상의 경지에서 한 발자국이라도 나가는 것을 극도로 싫어했다.
>
> (『어떤 여자』, 252쪽)

두 사람은 이런 행복한 생활을 지키기 위해 사람의 눈을 피해서 '교통이 차단된 고독한 섬이나 높은 장벽에 둘러싸인 아름다운 감옥' 같은 〈은신처〉에서의 생활을 시작한다.

> 쿠라치는 이 집에 오고 나서 신문도 배달시키지 않았다. 우편물만은 이전통지를 해 두었기 때문에 쿠라치한테 배달되어 왔지만, 쿠라치는 겉봉투조차 보지 않았다. 매일 오는 우편물은 츠야(つや)에 의해 묶음으로 분류되었고, 요오코가 자신의 방으로 지정한 현관 쪽 다다미 6조방의 선반에 덧없이 쌓여졌다. 요오코에게는 여동생에게서 온 것 이외에 단 한 장의 엽서도 오지 않았다. 그렇게 세상으로부터 자신들이 세상과 멀어져 있는 것을 두 사람 모두 고통이라고 생각하지 않았다. 고통은커녕, 그것이 행복이고 자랑이었다. 문에는 「키무라」라고 쓴 작은 문패가 걸려 있었다. 키무라라고 하는 평범한 성은 두 사람의 즐거운 보금자리를 세상에 들키게 할 일은 없을 것이라고 쿠라치가 말했다.
>
> (『어떤 여자』, 253쪽)

요오코와 쿠라치는 사회와의 교류를 일절 차단하고 둘만의 세계에서 밀애를 즐긴다. 그리고 요오코는 '이 행복의 절정이 지금이라고 누군가 가르쳐 주는 사람이 있다면, 나는 그 순간 기꺼이 죽겠어'라고 사랑의 절정에서의 죽음을 말한다. '은신처'에서 생활하는 동안 요오코와 쿠라치는 서로에게만 충실한 사랑의 나날들을 보낼 수가 있었다. 이때 두 사람 사이에서 본능적 생활(영·육 일체된 사랑)은 실현되었다고 말할 수 있다. 그러나 이것은 거꾸로 말하면 요오코와 쿠라치의 사랑은 인간관계나 사회와의 연결을 일체 무시한 '은신처'에서밖에 유지할 수 없었다는 것을 보여주고 있다. 또 '사랑의 절정에서의 죽음'을 동경한 것은 그 사랑이 영원성을 갖지 못한다는 것을 알고 있었기 때문이라고 말할 수 있겠다. 사실 이 관계는 두 사람이 사회와의 교섭을 가짐으로써 무너져갔다.

이것은 아리시마가 제언했던 영육일체의 일원적 경지는 한정된 시간, 공간 안에서만 실현되는 극히 비현실적인 사랑이라는 것을 시사하고 있다. 따라서 '은신처'의 설정은 영혼과 육체의 일원적 경지가 영원성을 가질 수 없다는 것을 느끼고 있던 아리시마의 의식(의식적이든 무의식적이든)의 표현이라고 볼 수 있겠다.

그러면 두 사람의 관계의 변화는 무엇에 기인하고 있는 것인가. 그것은 요오코가 쿠라치의 처자식을 생각한 것에서부터 시작한다. 넘치는 사랑으로 가득 차 있던 요오코였지만 시간이 흐르면서 쿠라치의 마음이 변해 버리는 것은 아닐까하고 항상 불안해하고 있었다. 그리고 그 불안이 요오코를 괴롭혔다. 요오코에게 있어 이것온 처음 겪는 일이었다. 쿠라치를 알고 나 이후로 요오코는 어떤 남자에게도 자신의 마음을 주려고 하지 않았다. 그리고 냉정히 연애의 뒤편에 있는 남성의 에고이즘을 살피고 있었던 것이다. 그러나 쿠라치를 알고 사랑에 빠지고 난 후부터는 자신의 모든 것을 쿠라치에게 바치고 말았다. 그리하여 요오코는 쿠라치에게 철저히 집착하고 그 사랑을 잃지 않으려고 필사적으로 되어 갔다. 그 집착이 쿠라치의 아내에 대한 질투의 형태로 변해갔던 것이다.

그 아내가 몸가짐이 바르고 아름다운 여자라는 것을 생각하면 생각할수
록 그녀가 두 사람 사이에 있다는 것이 저주스러웠다. 버림받는 한이 있더
라도 한번은 쿠라치의 마음을 그녀에게서 뿌리뽑아내지 않고서는 견딜 수
없을 것 같은 절실하고 광폭한 욕구가 가슴속에서 터질 듯이 끓어오르기를
반복했다.   (『어떤 여자』, 244쪽)

쿠라치의 아내에 대한 질투는 결국 살의와 같은 감정으로까지 발전
했다. 요오코의 남성에 대한 불신, 거기에서 생기는 불안, 그리고 쿠라
치의 아내에 대한 질투, 이렇게 이어지는 것이 요오코의 자멸구도라고
말할 수 있다. 쿠라치와의 사랑을 잃지 않고 싶었던 요오코는 어떻게든
쿠라치를 자신에게 붙잡아 두기위해 여성의 성(性)을 무기로 이용했다.
그것이 '치쿠시칸(竹柴舘)에서의 하룻밤'이었다.

사랑을 시작한 자의 열등감, 요오코는 지금까지 자신이 쿠라치를 사랑하
는 만큼 쿠라치가 자신을 사랑하고 있지는 않다고 생각했다. 그것이 언제
나 요오코의 마음을 불안하게 하고, 자기 자신의 입지까지 불안하게 했다.
(중략) 치쿠시칸(竹柴舘)의 하룻밤에 요오코는 쿠라치에게 자신의 것이라
는 낙인을 찍었다. 외부로부터 완전히 단절된 것으로 쿠라치가 자기 손 안
으로 들어왔다고 생각했던 요오코는 그것을 알고 기뻐서 어쩔 줄 몰랐다.
그리고 쿠라치가 참아야 할 굴욕을 메우기 위해 요오코는 쿠라치가 원하는
격렬한 정욕을 제공하려고 했던 것이다.   (『어떤 여자』, 132~133쪽)

요오코는 '쿠라치가 원할 법한 격렬한 정욕을 제공하려고' 했다. 그러나
여기에 요오코의 잘못이 있었다. 아리시마는 이시자카 요오헤이(石坂養平)
에게 보낸 편지에서 『어떤 여자』의 모티브에 대해 이렇게 기술하고 있다.

모든 것을 남성에게 빼앗긴 여성은 자신의 존재를 인정받기 위해서 여성
의 유일한 보물인 정조를 내놓지 않으면 안 되었습니다. 생식에 필요한 것
이상의 음욕으로 유인해 남성을 자신에게 묶어놓지 않으면 안 되었습니다.

그러나 이 부자연스러운 타협은 여성의 본능 속에 남성에 대한 증오를 빚게 하였습니다. 남녀의 갈등은 여기에서 시작됩니다. 하지만 그와 동시에 여성은 아직 여성 본래의 본능을 버릴 수는 없습니다. 즉, 남성에 대한 순진한 애착입니다. 이 두 가지의 모순된 본능이 상충하고 있는 것이 현재 여성들의 슬픈 운명입니다. 나는 그것을 보면 마음 아픕니다. 『어떤 여자』는 그리하여 태어났습니다.

(「이시자카 요오헤이에게 보낸 편지」, 『전집 14권』, 118쪽)

아리시마는 여성의 '남성에 대한 순진한 애착'은 긍정하고 있다. 그러나 여성이 '생식에 필요한 것 이상의 음욕'으로 유인해 남성을 자신에게 묶어놓았던, 이 '부자연스러운 타협'이야 말로 남녀관계의 어긋남의 원인이라고 하고 있다. '지쿠시칸에서의 하룻밤'을 계기로 요오코와 쿠라치는 '남녀관계의 어긋남'을 초래했던 것이다.

이때부터, 두 사람은 사랑의 순수성을 잃어버렸다고 생각된다. 그 결과, 요오코는 '본능의 주류에서 떨어져 나와 자멸의 길을 쏜살같이 달리는' 격이 되어버렸다. 그리고 이러한 어긋남을 회복시키지 못한 상태로, 요오코 자신도 그 어긋남이 어떻게 비롯된 것인지 이해 못한 채로 쿠라치와의 관계는 회복불가능의 상태로 점점 빠져 들어갔다.

쿠라치의 마음이 황폐해지면 황폐해질수록 요오코에 대해 요구하는 것은 타는 듯한 정열적 육체였지만, 요오코도 또한 자기도 모르는 사이에 그것에 적응하여, 한편으로 자신이 쿠라치로부터 똑같이 광폭한 애무를 받고 싶다는 욕망으로부터 앞뒤 생각지 않고 죽을힘을 다해 쿠라치의 요구에 응해 갔다. 뇌도 심장도 뒤흔들고, 두드리고, 한순간에 뜨거운 불에 구워낼 듯한 격정, 혼만 남은 듯한, 육체만 남은 듯한, 극단적인 신경의 혼란, 그리고 그 후에 이어지는 사멸과 같은 권태로움과 피로감. 인간이 갖는 생명력을 밑바닥에서부터 시험해 보는 그러한 학대가 하루에 두 번도 세 번도 되풀이되었다. 그리고 그 다음에는 쿠라치의 마음은 짐승처럼 더욱더 황폐해졌다. 요오코는 불쾌감이 극에 달하는 병적 우울증에 시달렸다.

(『어떤 여자』, 319쪽)

이러한 음탕한 남녀관계를 계속해 가는 동안 요오코의 육체는 병들어가고, 정신적 허탈함에 시달리게 되었다. 그리고 그 허탈함을 메우기 위해 성욕을 탐하고 그로인해 더 황폐해져 갔다. 이렇게 해서 두 사람은 끝을 모르는 어딘가를 향해 손을 잡고 헤매어 갔다.

요오코는 정신과 육체의 균형을 완전히 잃고, 거칠어진 성욕중심의 생활이 되었다. 그리고 격한 질투와 병적인 요인(자궁후출증, 자궁내막염)에 의해, 결국 히스테리증상을 보이기 시작했다. 요오코는 정신적으로도 육체적으로도 황폐한 상태가 되어 불치의 병에 걸려 결국은 고독한 죽음을 맞이하게 되었다.

그러면 요오코의 죽음으로 '본능적 생활'은 부정되었던 것인가. 요오코의 자멸이 아리시마의 사상의 붕괴라고 파악하는 측면도 있지만 꼭 그렇지만은 않다. 요오코는 쿠라치(남성)의 '사랑의 불변'을 믿지 못하고 질투에 시달린 끝에, '생식에 필요한 것 이상의 음욕으로 유인해 남성을 자신에게 묶어놓아' 성욕을 잘못된 방향으로 사용했다. 그 대가로서 요오코는 자멸의 길을 걸어갔다. 그 자멸의 근본원인을 아리시마는 '본능적 생활'에 있는 것이 아니라, '남녀관계의 어긋남'에 있다고 보고 있는 것에 주목할 필요가 있다.

요오코는 쿠라치와의 사이에서 '본능적 생활'의 순수한 표현인 사랑의 경지를 제시할 수 있었지만(은신처에서의 생활), 동시에 영원성을 가질 수 없다고 하는 한계도 보고 말았다. 아리시마는 요오코를 완전한 '본능적 생활자'로서는 그리지 않았다. '시대를 앞서간 구심적인 여자'요오코는 가능성과 한계를 동시에 가지고 있는 존재인 것이다.

『어떤 여자』의 결말이 요오코가 본능에 따라 쿠라치를 사랑한 결과가 파경이었다는 사실을 확인한 아리시마는 '남녀관계의 어긋남'을 수정하지 않으면 안 될 과제로 인식하게 됐다. 그 과제를 해결하고 그가 이상으로 한 인물을 모색하기 위해 창작한 작품이 『삼부곡(三部曲)』이었다.

4. 『삼부곡(三部曲)』에 나타난 여성상

1) 「삼손과 델릴라(サムソンとデリラ)」의 델릴라

『삼부곡(三部曲)』(1920)은 「대홍수 전(大洪水の前)」, 「삼손과 델릴라」, 「성찬(聖餐)」 세 작품으로 되어 있는데 모두 성서에 있는 내용을 딴 희곡이다. 1916년 1월에 쓰인 「홍수 전」, 1915년 9월에 쓰인 「삼손과 델릴라」를 각각 개고하고, 그것에 새로 창작한 「성찬」을 추가했다. 아리시마는 이 『삼부곡』창작의 구상을 다음과 같이 말하고 있다.

> ……이 세 희곡사이에는 나로서 어떤 개념상의 연결을 부여하고자 했다. 「대홍수 전」에서는 여호와와 인간 사이에 조화되지 못한 마음의 고통이, 「삼손과 델릴라」에서는 일종의, 그러나 불만족한 해결이 부여되고 제3의 「성찬」에서는 그것이 원만한 해결이 된다는 것이 구상의 하나이다. 또, 제1의 희곡에서의 남녀관계가 제2의 희곡에서는 심한 갈등을 일으키고 제3 희곡에서는 어떤 올바른 조화를 얻었다는 것을 표현하고 싶었던 것이다.
>
> (「싱찬」, 『전집 8권』, 531쪽)

이처럼 아리시마는 제2의 희곡 「삼손과 델릴라」에서 남녀가 심한 갈등을 일으키고 제3의 희곡 「성찬」에서는 남자와 여자의 관계에 회복이 가능하다는 것을 보여주려고 했던 것이다. 그리고 그 상태를 아리시마는 〈올바른 조화〉라는 말로 표현한 것이다. 『삼부곡』의 「삼손과 델릴라」는 『시라카바(白樺)』에 게재된 것을 수정한 것인데, 델릴라라는 여성

의 설정의 변화가 눈에 뜬다. 이 수정 또는 가필은 아리시마가 이러한 의도에 의해서 이루어졌다고 추측이 가능하다. 『시라카바』에 발표된 「삼손과 델릴라」의 델릴라는 블레셋 사람(ペリシテ人)의 권력자의 앞잡이로 등장해서 삼손을 속이고 괴력의 비밀을 알아내려고 한다. 델릴라는 어디까지나 블레셋 쪽 여자이고, 이 델릴라 상(像)은 성서의 기술에 따르고 있다고 볼 수 있다.[4] 이에 반해 개고 후의 델릴라는 삼손을 사랑하기 때문에 삼손의 중대한 비밀을 캐묻는 여자로 고쳐졌다.

> 그러나 제가 당신의 신비한 힘의 비밀을 알았다고 해서 무슨 도움이 되겠습니까. 저는 단지 당신의 모든 것을 알고 만족하고 싶을 뿐입니다. 아까 그 여자를 잠깐 생각만 해도 제 마음은 미쳐 버릴 것 같습니다. 저는 언제까지나 언제 까지나(말하면서 삼손에게 술잔을 주며 술을 따르다) 당신의 손가락 끝을 핥는 개로 있고 싶습니다. 사냥개는 그 주인이 가는 사냥터를 구석구석 다 압니다. 제가 당신의 힘의 비밀을 알고 싶어 하는 것이 무엇이 이상합니까? 여자로써 변덕스러운 남자의 마음을 잡기 위해서는 그 분의 중대한 비밀을 아는 것 외에는 길이 없습니다. 남자는 그렇게 여자에게 묶이는 것을……따듯하게 사랑의 끈으로 묶이는 것을 즐기는 것이 아니겠습니까? 당신이 조금이라도 사랑한다면, 그리고 믿을 수 있다면 그 정도의 비밀을 알려 주는 것이 뭐가 힘들겠습니까?
>
> (「삼손과 델릴라」, 88~89쪽)

이것은 삼손을 독점하고 싶어하는 델릴라의 애욕이 잘 나타나 있는 부분이다. 삼손을 사랑으로 정복했다는 증거는 바로 '삼손의 머리카락의 비밀을 알아낸 것'이었다. 이러한 개고의 의도는 어디에 있는 것인가. 초고(初稿)에서의 델릴라는 많은 상금을 받기 위해서 배신했지만 개고에서는 여자의 '자존심' 때문인 것으로 고쳐졌다[5]. 델릴라는 삼손을 지극히 사랑했다. 사랑했기 때문에 그녀는 삼손을 '자기만의 남자'로 꼭 잡고 싶었던 것이다. 델릴라는 삼손과 같이 있으면서도 그의 애정을

믿지 못하는 초조함에 시달렸던 것을 고백한다. 삼손은 딤나(デムナテ)의 딸에게는 '숨겨진 비밀'을 모두 털어놓았지만 자신에게는 그 힘의 비밀을 가르쳐 주지 않은 것에 여자로서의 자존심이 상했다. 이것이 삼손의 비밀을 알려고 하는 동기가 된 것이다. 남자의 사랑을 받기 원하면서도 그것을 믿지 못하는 불안 속에 있던 여자가 질투심으로 남자를 정복하려고 한 것이다. 삼손에 대한 델릴라의 사랑은 심한 질투심으로 변해갔다. 결국 델릴라는 삼손을 유혹하여 비밀을 손에 쥐게 되었다. 삼손의 비밀을 캐내는 것에 성공한 델릴라는 미친 듯이 기뻐한다.

> 델릴라—나는 이겼다. 아아 드디어 이겼다. 나는 이제 딤나의 딸을 두려워하지 않는다. 삼손도 두려워하지 않는다. 나의 모든 것은 당신 것이다. 당신의 모든 것은 나의 것이다.

> 델릴라—드디어……드디어……나는 당신을 이겼다. 나는 당신을 내 것으로 해야만 한다.…… 삼손은 나만의 것이 된다.……가슴이, 이 가슴이 승리감에 벅차오른다. (「삼손과 델릴라」, 92쪽)

이 부분은 초고(初稿) 「삼손과 델릴라」에는 없다. 개고 후에 델릴라의 모습은 『어떤 여자』에서 ㅛㅇㅋ가 쿠라치를 독점했던 것과 겹쳐져 있다. 델릴라는 여자의 성을 무기로 삼손을 정복했던 것이고, 그것은 쿠라치를 사랑으로 독점해서 '난 이겼다, 뭐라고 해도 이겼다.'라고 외치는 요오코와 흡사하다. '남녀관계의 파멸'의 원인이 여성의 성을 무기로 남성을 정복하려는 것에 있다는 인식으로 델릴라가 재조명된 것은 분명하다. 초고 「삼손과 델릴라」 창작시에는 이 점이 명확하게 파악되지 않은 상태였고 『어떤 여자』를 창작한 이 시기에 이르러서 아리시마는 확실한 시점(視点)을 획득했던 것이다. 델릴라는 아리시마의 의도대로 질투심으로 자멸한 '제2의 요오코'로서 재탄생되었다고 볼 수 있다.

요오코는 죽음의 목전에서 자기가 걸어온 길이 틀렸다는 것을 자각
했다. 작품의 마지막 부분에서 델릴라 또한 삼손에게 했던 짓을 후회하
고 대신전(大神殿)이 붕괴하는 아수라장 속에서 삼손에게 다가가 그의
발밑에서 죽음을 맞이하게 된다. 결국 요오코도 델릴라도 자기의 과실
에 대해서 용서를 받을 수는 없었다.

2) 「성찬(聖餐)」의 마리아

요오코가 경험하고 또 델릴라가 경험했던 이 '남녀의 심한 파정(破錠)'
은, 제3의 희곡 「성찬(聖餐)」의 마리아를 통해서 해결의 길을 모색했다.
그러므로 아리시마가 '올바른 조화'라고 표현한 남녀관계를 「성찬」에서
의 마리아와 예수와의 관계 속에서 보기로 하겠다.

제1막에서 마리아는 '사두개인의 부호(富豪)에게 성을 팔고 사치스러
운 삶을 살고 있는' 여자이고, '막달라에 있을 때부터의 타고난 기생'이
라고 표현되어 있다. 그리고 자기의 생애를 뒤돌아보고 다음과 같이
말한다.

> 나는 어째서 사람을 원망하면서 살지 않으면 안 되는 여자가 되었을까.
> 타인을 경멸하고 타인으로부터 무시당하고 그것을 자기의 자랑이라도 되
> 듯이 생각하고 예수님의 귀중한 제자까지 함정에 빠뜨려 타락시키고 그것
> 으로 자기의 힘이 확인된 것처럼 살아 왔던 작년까지의 모습을 생각하면
> 마치 악몽과 같습니다.　　　　　　　　　　　(「성찬」, 『전집 8권』, 131쪽)

마리아는 자기의 남성편력을 뉘우치고 지금까지의 생활을 후회한다.
이것은 자기의 욕망대로 살아온 요오코가 인생을 뉘우치고 '틀렸어, 이
렇게 세상을 살아온 것이 아니었다. 그러나 그것은 누구의 잘못인지

모르겠다.'라고 한 것과 동일하다. 예수를 만나기 전 마리아는 남자를 사랑하면서도 항상 배신당하고 인간에게 절망할 수밖에 없었던 여자였다. 그리고 늘 강한 척하며 살았다. 그러나 그것은 자기의 내면의 공허를 속이기 위해 또 자기방어를 위한 허무한 적반하장에 지나지 않았다. 마리아가 창녀였던 시절은 '사랑에 대한 불신'의 아픔을 겪었던 시기라고 말할 수 있다.

간음죄로 잡혀서 죽음을 눈앞에 두었을 때 마리아는 예수의 '죄가 없는 자부터 돌로 치라'는 말씀으로 생명을 구하게 된다.

> 예수─(조용히 마리아를 향해)여인이여. 당신을 고발한 사람은 어디에 있소.
> 마리아─(울면서)어디에도 없습니다.
> 예수─(조금 지난 후)당신을 죄로 정하는 사람은 아무도 없었는가?
> 마리아─ 주여!
> 예수─ 나도 당신을 죄로 정하지 않는다. ……빨리 돌아가거라. ……그리
>   고 두 번 다시 죄를 범하면 안 된다. 정말로 죄를 범하면 안 된다.
> (마리아, 감격하여 땅바닥에 엎드려 운다. 예수는 조용히 응시한다.)
>
> (「성찬」, 『전집 8권』, 127쪽)

요오코나 델릴라는 죽음을 눈앞에 두고 자기의 잘못을 자각은 했지만 용서는 받지 못했다. 그러나 「성찬」에서의 마리아는 예수님의 사랑을 받아 마음의 상처가 치유되어 다시 회생되었다. 세 인불 모두 장부(娼婦) 같은 여자라 할지라도 마리아는 요오코와 델릴라와는 분명히 다르다. 마리아는 자기의 잘못을 후회하고 참회하는데 끝나지 않고 예수님과 만나 용서를 받을 수 있었다. 이 차이는 분명하다. 마리아는 예수의 사랑을 접함으로써 처음으로 변하지 않는 '절대적 사랑'이 있다는 것을 알게 되었다. 사랑에 대한 불신으로 남자를 자기 것으로 만들기 위해서 여자의 성을 무기로 하여 음란을 일삼았던 마리아였지만 예수의

'절대적인 사랑'을 접함으로 불신, 불안에서 해방되었던 것이다. 어느덧 마리아는 마음의 평안을 얻을 수 있었고, 과거에는 자기의 약점을 보여 주기 싫어서 허세를 부려 심한 욕을 하던 때와는 전혀 다른 모습으로 다시 태어났다. 그러므로 마리아는 '아무리 감사해도 끝이 없는 기쁨입니다, 정말로. 이 몸은 더러워 졌지만 ‥‥마음만은 조금씩 빛이 있는 방향으로 가고 있습니다.'고 예수에게 감사의 마음을 전했다.

제2막 이하에서는 그녀를 베다니의 마리아(ベタニアのマリア)와 동일 시하고 나사로(ラザロ)나 마르다의 여동생(マルタの妹)으로 하는 설정은 마리아의 극적인 변화를 단적으로 보여주고 있다. 예수의 사랑 덕분에 대망의 용서(구원)를 얻은 마리아는 신앙이 깊은 여자로 변했다. 그리고 제3막「시몬의 집(シモンの家)」에서 '예수의 사랑의 세계를 이해할 수 있 었던 것은 마리아뿐이었다.'라는 결론에 이르게 된다. 예수의 사랑에 의하여 살아나고 그 사랑에 대한 절대적인 신뢰를 얻었던 마리아만이 예수와 사랑을 공유할 수 있었던 것으로 이해된다. 그런 마리아에 대해 서 아리시마는 다음과 같이 설명하고 있다.

> 그녀는 강한 사랑의 소유자다. 예수가 '그녀는 구원을 받아야만 한다. 그녀는 다른 어떤 것 보다 신실한 사랑을 했기 때문이다.'라고 했던 여자이 다. 이런 마리아만이 그리스도의 마음을 희미하게나마 느끼고 그리스도의 사후 제자들이 절망으로 한 사람도 남지 않고 그리스도를 떠났던 때에도 혼자 원래의 신앙으로 그곳에 머물렀으며 그리스도의 신앙을 이 지상에 붙잡을 수 있었다고 생각된다. (「성찬」,『전집 8권』, 532쪽)

예수를 만나고 사랑을 받은 인물은 많으나 예수와 신뢰관계를 맺은 자는 마리아뿐이었다. 그리고 마리아의 예수에 대한 절대적 사랑과 신 뢰는 예수의 사후에도 변하지 않았다. 마리아는 예수의 사후, 불안과 절망 속에 있었던 제자들을 붙들어 부활한 예수에게로 인도하는 중요한 역할을 맡게 된 것이다. 그것은 마리아의 예수에 대한 절대·불변의 신뢰를 바탕으로 한 '올바른 남녀의 조화'가 기초가 된 것이다. 아리시마는 예수가 부활할 수 있었던 것은 마리아가 예수를 믿으며 사랑으로 하나가 될 수 있었기 때문으로 보고 있다. '그리스도의 사후 제자들이 절망으로 한 사람도 남지 않고 그리스도를 떠났던 때에도 혼자 원래의 신앙으로 그곳에 머물렀으며 그리스도의 신앙을 이 지상에 붙잡을 수 있었던' 이유를 아리시마는 예수와 마리아의 관계 속에 있다고 보고 있는 것이다. 예수의 부활을 마리아를 중심으로 보려고 하는 아리시마의 독특한 견해라 할 수 있다.

그러면 예수의 변하지 않는 사랑에 대한 믿음의 근거는 어디에 있는 것일까?「성찬」에서 '예수가 믿었던 신은 〈사랑〉을 본질로 한 신이다' 라고 했다. 예수의 생애를 사랑의 일생이라고 생각한다면 필연적으로 신도 사랑을 본질로 하고 있지 않으면 안 될 것이다. 그래야만 예수의 사랑의 절대성이 보장될 수 있다. 즉 신이라는 존재를 인정하지 않는 한 남녀 간의 영원하고 불변한 사랑은 존재하지 않는다.

아리시마는 종교적인 해석이 아닌 자기만의 사상으로 예수와 마리아의 관계 속에서 이상을 보려고 했다. 하지만 그것은 신의 존재를 빼고는 두 사람의 사랑의 이상은 허위라고 볼 수 밖에 없다.「성찬」은 이러한 모순을 내포하고 있는 것이다. 무나카타 카즈시게(宗像和重)는 '아리시마 의 쇠퇴는 대부분의 사람들이 말하는 『아낌없이 사랑은 빼앗는다(惜みな く愛は奪ふ)』이후가 아니고, 또 『어떤 여자』이후도 아니라 실은 『삼부곡』 속에 있었다.'[6]라는 견해를 나타냈다. 자신 있게 썼던「성찬」속에 모순 이 내포되었다는 자각은 아리시마에게는 치명적이었다.

1920년 9월 15일 아리시마가 아스케 소이치(足助素一)에게 보낸 편지에는 '창작은 할 수 없습니다. 지금처럼 괴로웠던 때는 없었습니다. 그리고 이처럼 못했던 적도 없었습니다. 무언가 나의 힘은 종언(終焉)에 다다른 것 같아서 쓸쓸해집니다. 원고를 소각해서 여행을 떠나고픈 유혹에 몇 번이나 시달립니다. 마음은 완전히 시들어 갔습니다.'라고 썼다. 또, 같은 해 11월 18일의 오오시마 유타카(大島豊)에게 보낸 편지에는 '나는 지금까지의 일에 대해서 자신을 잃어가고 있습니다. 장래에 대해서도 과연 계속 성장할 수 있는지 없는지 의심이 갑니다. 그래서 100장 정도 쓴 창작물을 버렸습니다. 나는 지금 쇠퇴해 가고 있습니다.'라고 비장한 말을 남겼다.

본능주의로 〈인생의 가능〉을 모색하다 결국은 버렸다고 생각했던 성서(기독교)에서 찾게 되었다는 사실은 아리시마에게 혼란과 좌절감을 안겨 주었다. 이 사상적인 모순을 해결하지 못한 것이 쇠퇴의 결정적인 원인이라고 생각된다.

6. 맺음말

아리시마는 본능주의 사상을 작품 속 여자들을 통해 표현해 왔다. 그 대표적인 여자가 『어떤 여자』의 요오코였다. '급진적인 여자' 요오코는 그러나 아리시마가 추구했던 '이상적인 여자'가 되지 못했다. 요오코는 멈출 수 없는 '본능'에 떠밀려 쿠라치와의 사랑에 맹진하지만 그 결과는 파멸이었고, 그런 요오코의 마지막 장면을 쓸 때 아리시마는 '눈물을 흘리며 때로는 오열하면서[7]' 썼다. 아리시마는 요오코를 그리면서 파멸의 원인을 '사랑의 영원성을 믿지 못하는 것', '생식에 필요한 이상의 음욕으로 남자를 유혹한 어긋난 남녀관계'에 있다고 자각했다. 『어떤 여자』에서 '인생의 가능'을 그리지 못했던 아리시마는 위기감을 느끼게 되었고 이 과제를 해결하기 위해서 다음 작품을 준비하게 된다. 이런 의미로 『어떤 여자』는 아리시마에 있어 사상 표출의 종착점이 아니고 통과점이었던 것이다.

이 '남녀관계의 어긋남'을 수정하는 의도로 『삼부곡』이라는 작품이 쓰여 졌다고 볼 수 있다. 아리시마는 『삼부곡』제2의 희곡 「삼손과 델릴라」에서 제2의 요오코라 할 수 있는 델릴라를 그렸으며 그녀는 삼손과의 심한 갈등을 보여 준다. 그리고 제3의 희곡 「성찬」에서는 예수와 마리아를 통해서 남자와 여자와의 관계회복의 길을 제시한다. 요오코 및 델릴라와 마리아의 결정적인 차이는 사랑에 대한 신뢰의 유무였다. 요오코와 델릴라는 사랑의 불변을 믿지 못하고 인간(남자)을 불신한 채로 자멸했지만 마리아는 예수의 사랑과 용서에 의해서 구원을 받아 사랑에 대한 신뢰를 얻게 된다. 서로에 대한 신뢰와 믿음이 '어긋남이 없는 남녀관계'를 구축하는 기초가 된 것이다.

그러나 「성찬」에는 쉽지 않은 문제가 숨겨져 있다. 예수이 부활과 그 증인으로서의 마리아를 그렸는데 거기에서 <남녀관계의 조화>를 보았다는 것은 지금까지 쌓아온 그의 본능적 사상 자체를 포기한 것을 의미한다. 『어떤 여자』 이후 <남녀관계의 조화>라는 과제를 해결하기 위해서 시도했던 『삼부곡』이었지만 오히려 그의 의도와는 맞지 않은 결과를 초래한 것이다. 이 사상적 모순성 때문에 그는 괴로워했고 이후 창작의 힘을 잃게 된다.

결론적으로 <남녀관계의 조화>의 기초가 되는 인간에 대한 신뢰,

사랑의 절대성이라는 것은 종교가 아닌 현 세계에서는 현실성이 부족하다. 아리시마가 추구한 것은 공상에 지나지 않는다. 아리시마가 이상으로 했던 본능적 생활(영육이 일치된 남녀의 사랑)은 분명히 현실 생활에서 실현한다는 것은 어렵다고 말하지 않을 수 없다. 남녀의 '사랑의 절정에서의 죽음'을 이상으로 한 아리시마로서는 현실을 도피해서 기혼여성과의 정사로 자기의 인생에 종지부를 찍었다는 것은 어쩌면 당연한 귀결이었을지도 모른다.

【주】

* 본 연구는 필자의 박사논문『有島武郎の文學硏究; 本能的生活の表出樣相を中心に』의 일부를 대폭 가필·수정한 것임.
** 서경대학교 전임강사
1) 이것은 사사부지 토모이치(笹淵友一)가『「有島武郎とキリスト教」をめぐる諸問題』에서 지적한 것이다. 그리고 "그의 신앙은 상실되지 않았다'고 결론지었다. 마시코 마사카즈(增子正一)도 '아리시마의 무의식 층(또는 영혼)에는 잠재신앙이 살아 있었다고 판단하지 않을 수 없다'(『有島武郎硏究』, 新教出版社, 1994)라고 같은 의견을 하고 있다.
2) 아리시마 타케오(有島武郎),「풀의 잎(草の葉)」,『有島武郎全集』第七卷, 筑摩書房, 1980, 54쪽.
3) 아리시마 타케오(有島武郎),「아낌없이 사랑은 빼앗는다(惜みなく愛は奪ふ)」,『有島武郎全集』第八卷, 筑摩書房, 1980, 194쪽. 본능적 생활을 최상위로 하는 아리시마의 생활삼분설(生活三分說)은「문학은 어떻게 음미할 것인가(文學は如何に味ふべきか)」(『女性世界』1919년 11월)에 처음으로 등장한다. (야마다 아키오(山田昭夫) : 補注)
4) 구약성서「사사기(士師記)」第十三章부터 第十六章까지의 삼손이야기를 소재로 하고 거의 그 내용에 준하여 쓰여 졌다.
5) 이시마루 아키코(石丸晶子)는「삼손과 델릴라 - 초고와 완고 -」에서 완고의 델릴라가 실로 당당하고 위엄을 구비한 창녀로 개정되었던 것, 그녀의 자부심 때문에 삼손을 배신했다는 것을 지적하고 있다.(이시마루 아키코,「サムソンとデリラ - 初稿と完稿 -」,『有島武郎 - 作家作品硏究 -』, 明治書院, 2003).
6) 무나카타 카즈시게(宗像和重),「『三部曲』の位置」,『日本近代文学』 第27集, 1980.10.
7) 후쿠치 사다키치(福祉貞吉),「『或る女』の思い出 -有島武郎のこと-」, (무나카타 카즈시게(宗像和重), 위의 논문, 105쪽 재인용).

4 미야자와 켄지와 한용운 문학의 개(個)와 전체[*]
– 타골 사상의 수용과 근대 주체의 종말 –

심종숙[**]

1. 머리말

　미야자와 켄지(宮沢賢治; 1896~1933, 시인, 동화작가, 농촌활동가, 법화경의 행자)와 한국의 불승이며 독립투사, 시인인 만해 한용운(1879~1944)은 19세기 말의 역사적 격동기에서 20세기 초·중반의 자본주의 완숙기와 제국주의적 역학이 작동되는 근대를 살았다. 켄지는 근대화의 전형인 동경과 대조적으로 소외된 농촌인 고향 이와테현(岩手県)을 '이이하토브(イーハトブ)'라는 드림랜드로 인식하고 현실적으로 그러한 곳으로 만들기 위한 노력의 일환으로 라스지인협회(羅須地人協會)라는 단체를 조직하여 농촌 계몽활동에 투신하였다. 그것은 그가 사랑하는 여동생 토시코(とし子)의 죽음(1922.11)을 계기로 '만인의 진정한 행복'을 추구하기 위한 보살행의 실천이었다. 그의 현실과의 투쟁은 토지계량, 비료설계 등으로 이어졌으며 「농민예술개론강요(農民藝術概論綱要)」를 통하여 근대 일본의 농촌사회에서 생활하고 있는 농민들을 위한 예술을 주장하였다.

　한용운은 일제 식민지하의 조국독립이란 민족적 과제 아래에서 3·1

운동을 주도하였고 그 후에도 불교청년회를 통하여 독립운동가로서 초지일관하였다. 1913년 발행된「조선불교유신론」(불교서관)은 일본의 정토종, 조동종, 일연종 등에 의해 잠식당하고 있었던 조선의 불교를 보호하고 조선불교내의 새 시대적 요구와 부합하지 않는 부분을 유신하기 위한 불교 개혁운동의 지침서라 할 수 있다. 그리고 1918년 9월에 그 자신이 편집자겸 발행인이 된『유심(惟心)』지를 통해 불교 대중, 민족 대중에게 독립사상과 불교개혁사상을 펼쳐나갔다. 이『유심』지는 2회를 끝으로 당국의 검열에 의해 폐간당하나 그 성격에 있어서 종합지적 성격을 가진다. 또한 문예작품을 현상 공모한 것도 그 시대에 드문 일이었고 무엇보다 중요한 점은 그가 이 잡지에 타골(R. Tagore)의『생의 실현』을 연재했다는 점이다. 한용운은『님의 침묵』에서「타골의 시 동산직이(THE GARDENISTO)를 읽고」라는 시를 쓰고 있어 타골의『원정(The Gardener)』과『생의 실현(Sadhana)』과의 관련이 밀접함을 말해주고 있고 그것은 여러 타골 수용자 중에서 비로소 한용운에 와서야 그 뿌리를 내리고 있다고 평가되고 있다. 이 점은 켄지의 경우에도 마찬가지여서 일본의 문학자들 중에 타골의 족적을 작품에 남긴 사람은 켄지였다.

문학작품의 유사현상을 알드리지(Alfred owen Aldridge)는 세 가지 유형으로 구분하는데 그것은 표현형식의 유사성과 사고의 유사성, 그리고 인간관계의 유사성이다. 이 중 표현형식의 유사성과 사고의 유사성은 본고와의 관련성이 크며 이것은 문학 장르뿐 아니라 철학, 종교, 논문 등 이외에도 광범위하게 포괄되는 부분이다. 그러나 대비연구는 유사현상의 병치로만 일관해서는 연구자체의 의미 부여가 어려워지고 작품이나 작가 및 그 밖의 지적 활동과의 대비에서 표출되는 유사현상과 비유사 현상을 고찰하여 이동성(異同性)을 해명할 때 연구의 의미를 획득한다고 하겠다. 알드리지의 방법을 수용하여 한일 시인인 켄지와 한용운의 문학에 구현되고 있는 개(個)와 전체(全體)의 조화와 근대 자아의 극복 과정을 살펴보고자 한다.

2. 켄지와 한용운의 타골 수용

종교 시인으로 널리 알려진 타골(1861~1941)이 일본을 방문한 것은 1916년의 일이었다. 그의 작품인 『기탄잘리(Gitanjali)』의 영어판 번역이 1912년에 간행되었고 일본에서는 그가 방일하기 전 해인 1915년에 『기탄잘리』, 『신월(The Crescent moon)』, 『원정』, 『생의 실현』이 번역 출판되었다. 타골은 1913년 『기탄잘리』와 『생의 실현』으로 아시아에서 최초로 노벨상을 수상하였는데 그의 문학은 힌두교의 전통과 불교 사상의 기초 위에서 신에 대한 찬미와 우주적 생명을 노래하는 것으로 알려져 있다.

켄지는 『주문이 많은 요리점』의 선전문에서 '저자의 심중에 실재한 드림랜드로서 일본 이와테현을 이이하토브'라고 부르면서 이이하토브의 소재지를 '데핀타르 사막에서 민 북동쪽, 이반왕국에서 민 동쪽이라 생각한다'는 문구에서 타골의 시집 『신월』(1913, 맥밀란출판사, 런던)의 「추방의 나라」에 나오는 테판타르사막을 쓰고 있다. 또한 아오에(青江舜二郎)의 「미야자와 켄지와 타골(宮沢賢治とタゴール)」이라는 논문에서 세키(關登久也)의 『미야자와 켄지 모노가타리(宮沢賢治物語)』에 의하면 켄지는 타골의 시를 애송하였고 젊은 사람들에게도 애송하게 했다고 한다[1]. 한용운의 경우는 시집 『님의 침묵』에 「타골의 시 THE GARDENER를 읽고」라는 시가 한 편 실려 있을 뿐 아니라 그가 1918년 9월에 발간한

『유심』지에 『생의 실현』이라는 제목으로 『Sadhana』를 실었고 제 2호까지 연재하였다. 한편 김윤식은 일본이나 중국에서보다 한국에서 타골의 수용이 활발했던 이유를 타골이 한국인에게는 첫째, 같은 동양인이라는 것과 피지배민족의 시인이라는 것으로 하여 거의 맹목적인 숭배에 가까운 감정 반응을 보였다는 것 둘째, 타골 쪽에서도 한국 민족에 많은 관심을 보여주었다는 것 셋째, 타골이 다른 서구문인들과는 달리 작품뿐만 아니라 인도 철학자로서도 받아들여져 그러한 논문이 번역되었다는 것 넷째, 한 개인으로는 다른 서구의 어느 문인보다도 많은 작품이 번역되었다는 것 등에서 찾고 있다[2]. 켄지와 타골을 비교한 연구자에는 요시에(吉江久弥)[3], 하라(原子朗)[4] 등이 있다. 특히 요시에는 '타골의 강연을 직접 듣고, 또 그 기사를 읽고 감동한 사람은 많을 것이지만 그 증거를 남겼다고 생각되는 사람은 켄지 한 사람이다'[5]라고 언급하고 있다. 그의 논문은 켄지의 동화 「산포도와 무지개(めくらぶだうと虹)」를 중심으로 하여 타골의 『생의 실현』의 사상 중, 자기중심의 바람이나 모든 집착과 이기적 생활을 버리고 범아일여(梵我一如)의 브라만의 경지에 자아가 도달하는 부분을 고찰했고 그 자료로서 「가정주보(家庭週報)」[6]를 통해서 영향관계를 규명하고 있다. 그리고 한용운과 타골의 영향관계는 문화사적 측면의 이입사를 연구한 김윤식, 형태미와 구조관계를 규명한 김용직[7], 시집 구조의 유사성과 어휘를 중심으로 한 형태 연구의 김재홍[8]을 들 수 있겠다. 본고는 켄지와 한용운을 중심으로 하여 이 양자가 타골의 문학과 사상을 수용하여 근대라는 모순된 시대를 초극하는 데 있어 불교적 진리를 실천했고 그것은 사회적 참여만이 아니라 그들의 문학작품 속에서도 구현되었음에 비교의 접점을 발견하고 특히 문학과 종교라는 관점에 토대를 둔다. 켄지는 타나카 치가쿠(田中

智學)9)의 권유에 따라 '법화 문학'의 구현이라는 일생의 과제를 문학이라는 표현의 장에서 실천에 옮겼다. 또한 한용운과 타골도 각각 시집 『님의 침묵』과 『원정(園丁)』 등에서 불타 또는 우주의 절대자인 브라만과 자신의 관계를 시로 표현하고 있다.

한편 켄지와 한용운이 근대적 자아와 개성을 자기부정, 자기희생이라는 불교의 역설적 진리를 통하여 극복하는 과정은 전술(前述)한 논자들에 의해 밝혀지고 있다. 이러한 연구에서 켄지의 경우는 개인과 전체를 동일한 것으로 간주함으로서 불일불이의 불교적 세계관을 드러냈고 토시코와의 사별이 계기가 되어 개인의 문제에서 전체의 문제로 옮아감으로서 근대 개인주의로부터 초극할 수 있었다. 한용운의 경우에는 끊임없는 주체의 자기부정을 통하여 님과의 재회를 이루어내는데 이것은 부정의 변증법으로서 불교의 역설적 세계관을 통하여 이루어낼 수 있는 극복의 한 방법이 되고 있다. 그런데 앞서 언급한 타골의 『생의 실현』에서는 서구적 개념의 자아와 변별되는 자아가 신과 합일하기 위해 자기부정과 희생을 함으로써 신과 자아의 조화, 즉 더 큰 사랑에 도달하지만, 신으로부터 떨어져 나온 서구적 개념의 자아는 파국을 맞는다. 그러나 그 지점에서 초극이 가능한 것은 완전한 사랑인 신과 합일하기 위한 자아의 부정과 희생 여부에 따라 결정된다는 점이다.

3. 자기부정과 자기희생

자기부정과 자기희생에 관한 타골의 사상을 『생의 실현』에서 인용하면 다음과 같다.

등불이 곧 우리의 자아다. 등이 자기의 소유물을 저장만 하고 있는 한에
는 등불은 어둠을 지속하고 등의 행동은 진정한 목적과는 배치되는 것이다.
등이 광명을 발견할 때에 등은 일순간에 그 자체를 잊어버리고, 빛을 높이
올려 등이 관계되는 온갖 것에 대하여 봉사한다.
  왜냐하면 거기에 등의 계시(啓示)가 있기 때문이다. 이 계시가 바로 불
타가 설교한 자유다. 불타는 등불에게 기름을 버리기를 요청하였다. 그러
나 목적이 없는 포기는 더욱더 어두운 궁핍을 초래할 뿐이니 이런 것을
불타는 뜻할 리가 없었다. 등불은 광명을 향하여 기름을 포기하여야 한다.
그리하여 등이 기름을 저장하던 목적을 해방하는 것이다. 이것이 해탈(解
脫)이다. 불타가 지적한 길은 다만 자아포기뿐만 아니라 그리고 여기에 불
타의 가르침의 참다운 뜻이 있다.[10]

  타골의 자아는 서구의 근대적 자아와는 다르다. 그는 자기를 아는
일이 일생에서 중요한 영적 목표라고 역설하면서 자기를 모르는 무지,
아비드야(Avidya)로부터 해방되어야 한다고 한다. 위의 인용에서 등불은
자아의 표상으로서 광명, 즉 빛의 세계이며, 자아와 신과의 완전한 사랑
을 위하여 기름을 포기하여야 한다. 그 의미는 등불인 자아, 자기를 포
기하여야 하는 것이다. 이와 같이 자아포기의 당위성은 이기심을 초월
하여 전체와 친화성을 갖는 데에 목적이 있음을 타골은 언급하고 있다.

  그리고 우리는 이런 의식의 자유를 얻는 것에 대하여 댓가를 지불할 필
요가 있다. 그 댓가란 무엇인가? 그것은 인간의 자아를 포기하는 일이다.
(138쪽)

  우리의 모든 이기적인 충동과 자기중심적인 욕망은 우리의 진정한 영혼
의 투시력을 흐리게 한다. 왜냐하면 그러한 것들은 우리 자신의 좁은 자아
를 암시하는 것뿐이니까 말이다. 우리가 우리의 영혼을 의식할 때에 우리
는 우리의 이기(利己)를 초월하는 내적 존재를 깨닫고 〈전체〉와의 보다
깊은 친화성을 갖는 것이다.
(142쪽)

  인간의 궁극적인 지표로서 '하나'인 영혼을 아는 일은 우파니샤드에

서 강력히 이야기 되는 것이다. 그리고 그 '하나'인 영혼이 '전체'와의 친화성을 갖기 위해서는 이기심과 좁은 자아로부터 벗어나는 길이다. 그리고 인도의 전형적인 사상에서 사람의 구원은 아비드야(Avidya) 즉, 무지로부터의 해방을 의미한다. 그러므로 자아가 진실이고 자아 자체로서 완전한 뜻을 지니고 있다고 생각하는 것은 무지에 불과하다. 왜냐하면 자아에게는 우리를 억제하는 방법이 존재하지 않기 때문이다. 우주적 의식, 신의 의식에 도달하기 위해 자아는 억제되어야 하는 것에 지나지 않는다. 이 때 타골의 자아는 서구의 근대적 자아와는 분명히 성격을 달리하고 있고 그 지향점이 다름에 주의를 요한다. 그러나『생의 실현』(165쪽)에서 자아의 부정 내지 포기에 관하여 이야기되는 부분에서 중요한 점은 '목적이 없는 포기는 더욱더 어두운 궁핍을 초래'하므로 어디까지나 자아 포기가 '사랑의 확대'일 때 그 의의가 있음을 역설하고 있다. 그것은 불타가 설한 니르바나와 동일하고 니르바나는 곧 사랑의 극치를 의미한다고 하겠다.

한용운의 시에서 시적 화자인 주체가 자기를 철저히 부정하고 님에게 복종하고자 하는 것은 분리된 주체가 님과 합일을 이루기 위해서이다.

> 남들은 자유를 사랑한다지만 나는 복종을 좋아하여요.
> 자유를 모르는 것은 아니지만 당신에게는 복종만 하고 싶어요.
> 복종하고 싶은데 복종하는 것은 아름다운 자유보다도 달콤합니다.
> 그것이 나의 행복입니다. (「복종(服從)」, 58쪽)

님과 합일하려는 주체는 복종함으로써 자기를 부정하고 있다. 이것은 일면 노예적 성격을 드러내고 있으나 어디까지나 주체의 자발적 의지에서 복종을 하려고 한다. 그러므로 님과 합일을 욕망하는 주체의 적극적인 의지로서의 자기부정이다. 타골은 신으로부터 자아를 분리하는 것은

'자아 이기주의의 한계'[11]라고 지적하고 있고 한용운의 시에서 님과 일체가 되고 그것으로 '하나'의 세계를 지향하기 위해서 자아 이기주의는 철저히 초극해야 할 것이었다. 그러므로 「나룻배와 행인」에서는 이 자아 이기주의의 한계를 뛰어넘으려는 자기희생의 의식을 드러내고 있다.

> 나는 나룻배
> 당신은 행인
>
> 당신은 흙발로 나를 짓밟습니다
> 나는 당신을 안고 물을 건너갑니다
> 나는 당신을 안으면 깊으나 얕으나 급한 여울이나 건너갑니다
>
> 만일 당신이 아니 오시면 나는 바람을 쐬고 눈비를 맞으며
> 밤에서 낮까지 당신을 기다리고 있습니다.
> 당신은 물만 건너면 나를 돌아보지도 않고 가십니다그려
>
> (「나룻배와 행인」, 49쪽)

오세영이 이 시에서 드러나는 주체의 자기부정과 희생을 '종교적 고행'[12]으로 해석하고 있는 점에서도 알 수 있듯이 신의 사랑은 분리를 통하여 우리 자아와 신의 분리를 결합시킨다. 그 신의 사랑과 일체화하고자 하는 시적 화자에게 자기희생은 존재의 어두움을 드리우는 것이 아니라 사랑의 확대를 위한 것이므로 희생의 범주를 넘어 있다고 할 수 있다. 이러한 구속과 해방의 문제가 사랑에서는 상극이 아니며 그것은 사랑이 하나이며 동시에 둘이 되는 일도 이도 아닌 완전한 상태에 놓여 있는 까닭이다. 그 희생을 통해서 이원(二元)의 존재는 '하나'를 이루며 이것은 역설로 설명될 수 있는 진리라 할 수 있겠다. 이와 같은 타골의 사상은 신과 인간 존재와의 결합에 그 의의를 두고 있으며 '사람

이 시장에서 다만 고기 값에 팔리고 사게 되는'[13] 자본주의 문명의 인간 존재에 대한 관점과는 대립되며 그는 그러한 서구 문명을 날카롭게 비판하고 있다.

켄지 문학의 자기희생적 정신에 관한 선행연구를 살펴보면 다음과 같다.

> 시인은 상승하는 분명한 힘을 얻기 위해, 자기희생을 한다 (중략)
> 이 자기희생은 지하로 하강함에 의해 이루어지는 것이다. 자기의 심층을 바라봄에 의해 가능해지는 것이다.[14]

> '죽음'='무(無)'로의 지향은 생(生)으로 봐서는 그 부정에 다름 없으나, '선'은 당위로서 살아가는 지표가 될 수 있다. 그런데 자기무화(自己無化) 라는 생의 평면에서 투영으로서의 자기희생은 또한 죽음을 동반하는 것이다. 그러나 이 '죽음'은 '무(無)'가 아니다. 자기의 인간존재로서의 확정성이 부동의 것이 된 증거이다. '산다'는 것이 인간 존재의 자기확정을 향한 시공간상의 운동이라고 한다면 절대적 자기확정은 그 운동의 종국, 즉 운동이 정지하는 것=죽음을 의미하기 때문이다. 바꾸어 말하면, 자기희생이란 자기확정(=죽음)을 결과로 하는 '삶의 방식'인 것이다.[15]

> 전갈이나 죠반니, 길다 등을 자기희생으로 몰아넣는 배경에는 사실은 그들이 무의식에 '죽음'을 구하고 있다는 사실이 숨겨져 있을 지도 모른다. 즉 살아있는 것으로 생기는 죄악감이나 고뇌에서 놓여나기 위한 탈출구로서의 '죽음'이다.(중략)
> 켄지 동화에는 쏙녹새를 죽음으로 이끄는 듯한 강력한 부력이, 다른 한 편에 인간을 포함한 모든 생의 영위를 긍정하려고 하는 강한 지향이 존재한다. 또는 전자가 중요하여 죽음으로 향하는 의식은 그(자연계의 여러 가지 생의 영위인) 공존에 대한 소망이 이루어지지 않는 현상태에서 오는 절망감에서 발생되는 것일지도 모른다. 여하튼 켄지 동화에는 마치 반대급부적 성질을 가진 두 개의 강력한 구심력이 작용하고 있다고 말할 수 있을 것이다. 그 자장에 휩쓸려 흔들리는 자들이 자기희생적 정신에 지배되는 것이 아닌가. (중략) 켄지 동화에서 자기희생적 정신은 순수한 봉사정신 등에 의해 지탱되고 있지 않음을 알 수 있다.[16]

마츠다의 의견은 자기희생이 자기의 심층을 바라봄에 의해 가능해지고 상승하는 힘을 얻기 위함이라고 지적함으로써 본고와 관련하여 동일한 접근이라 볼 수 있다. 그러나 야마우치와 와다의 경우, 각각 죽음을 결과로 하는 삶의 방식, 절망감에서 비롯된 것으로 순수한 봉사정신에 기인되지 않은 것이라고 지적하고 있어 부정적인 견해를 내놓고 있다. 특히 야마우치의 견해 즉 자기희생이 죽음을 결과로 하는 삶의 방식이란 지적은 옳으나 그것이 무아의 경지로 설명되고 있지 않음은 본고와 입장을 달리하는 주장임을 알 수 있다. 만가(挽歌) 시편에서 켄지는 토시코에 대한 집착을 벗어나고자 하는데 이 집착은 스스로 비판의 대상이 되고 있다. 즉 토시코 한사람에게만 얽매여 있는 자신을 부정해야만 한다.

바다가 이렇게 푸른데
내가 아직 토시코의 일을 생각하고 있으니
왜 너는 그렇게 한 사람만의 여동생을
애도하고 있어 하고 멀리서 사람들의 표정이 말하고
또 내 안에서 말한다.
(엉터리 관찰자! 쭉쟁이 여행자!)　(「오오츠크 만가」, 172쪽)[17]

토시코의 중유와 환생처, 환생물인 새를 추적한 것은 켄지에게 있어 집착이었다. 이와 같이 집착하는 자신의 모습을 부정하는 것이다. '사람들의 표정'과 '내 안'에서 주체를 부정하고 비판하고 있다. 그러므로 '엉터리 관찰자' '쭉쟁이 여행자'라 규정짓는다. 대표시 「봄과 수라」에서 '나는 한 사람의 수라다'라고 주체가 자기를 부정했던 것은 수라, 즉 인간도 아닌 인간보다 못한 덕성의 단계가 '수라'임을 떠올릴 때 비인간, 비존재로서의 수라였다.

그러므로 '비웃을 입고 나를 보는 그 농부/ 진정 내가 보이는가'라고 수라로서의 주체는 비인간이므로 인간인 - '틀림없이 사람 모습을 한 자' 농부에 대해 '나'의 모습이 보이는가라고 반문하는 것이다.

비인간, 비존재로서의 수라는 주체의 자기 부정적인 규정이지만 인간, 천의 단계로 덕성을 쌓아가야 하는 출발점이기도 하다. 이 인간, 천의 단계로 옮아가기 위해서 주체는 자신이 수라임을 고백해야 한다. 수라는 신으로부터 분리된 인간의 불완전성에서 오는 것임으로 자신의 '보기 흉함'이다. 「봄과 수라」는 이러한 인간으로서의 불완전성에 고뇌하고 슬픈 수라의 비애를 표현한 것이지만 '보기 흉함'을 인정하는 행위도 자기 내면, 자기를 알아가는 과정의 하나이고 켄지는 이 시에서 인간으로 몸을 받아 지상에 태어난 자로서의 한계, '보기 흉함'을 이미 인식하고 있다. 그러므로 자기 부정은 결코 자학과 자괴가 아닌 '날아오르는 까마귀'와 '노송나무도 조용히 하늘에 설 무렵'과 같은 까마귀와 노송나무가 갖는 천상계의 지향으로 이어지는 초석이 된다. 인간은 자기의 '보기 흉함'과 직면할 때 정신적 분열을 겪게 되고 그것과 투쟁하여 이김으로써 인간으로서의 불완전성을 극복한다. 그러므로 시 「코이와이 농장(小岩井農場)」 파트 9에서 '모든 외로움과 슬픈 상처를 불태워/ 사람은 투명한 궤도를 나아간다'(전집2, 104쪽)라고 진술한다. 여기에서 주체는 불완전한 인간 존재로서의 고독과 슬픈 상처를 불태워서 '투명한 궤도' 즉 우주적 생명의 세계로 나아가려는 욕망을 지향한다.

한용운의 시들에서 시적 화자 '나'는 '땅'이 없는 자, 인격이 없는 '거지', '집과 인권'이 없으므로 '정조'도 없는 자, '나룻배' 등으로 표현되고 있다. 이와 같이 시적 화자가 가진 현실의 부정적 조건들은 '님'과의 사랑을 얻으면 회복될 수 있는 것들이다. 그러나 시적 화자는 그와 같은 부정적 조건 속에 주체로서의 불완전한 상징체계-던져져 있는 것을 고통스럽게 인내하고 있다. 그러므로 시적 화자는 '나는 님을 기다리면서 괴로움을 먹고 살이 찝니다. 어려움을 입고 키가 큽니다'(「자유정조(自由貞操)」)라고 고백하는 것이다. '괴로움'과 '어려움'은 역경을 의미한다. 한용운은 「역경과 순경」이라는 글에서

> 역경이라는 것은 자기의 마음대로 되지 않는 것을 이름이요, 순경이라는 것은 마음대로 되는 것을 말함이니, 사람들은 역경에서 울고 순경에서 웃는 것이거니와, 역경과 순경에 일정한 표준이 있는 것은 아니다.(중략) 사람은 마땅히 역경을 극복하고 순경으로 장엄(莊嚴)할 것이다.
> (「역경과 순경」, 215쪽)[18]

라고 역설하고 있다. 여기에서 역경은 마음대로 되지 않는 것으로 극복되어야 할 것이다. 이와 같은 부정적인 역경은 인간을 계박하는 것으로 거기에서 해탈해야 함을 한용운은 「자아를 해탈하라」는 글에서 말하고 있다.

> 사람은 온갖 사물에 계박(繫縛)되기 쉬운 것이니, 눈으로 색을 보매 색에 계박되기 쉽고, 귀로 소리를 들으매 소리에 계박되기 쉬우며, 정(情)은 연애에 계박되기 쉽고 의(意)는 치구(馳求)에 계박되기 쉬워 육체나 정신이나 모두 일체 사물에 대하여 계박되기 쉬운 고로 사람은 계박으로 생하여 계박으로 생활하다가 계박으로 죽는다 하여도 변호할 말이 없을 만큼 계박적이니, (중략) 역경에 처한 자가 다수가 되느니 역경에 처한 자는 촉처(觸處)에 계박이요 만사가 부자유다. (중략)계박과 해탈은 다른 것에 있음이 아니라 나에게 있고, 사물에 있는 것이 아니라 마음에 있다.(중략)일체의 해탈을 얻고자 하는 자는 먼저 자아를 해탈할지라. 자아를 해탈하면 만사 만물의 거래존망(去來存亡)은 모두 나의 명령에 일임 할 뿐이니 어찌 나에 대하여 일호의 계박을 주리요.　　　　(「자아를 해탈하라」, 275~277쪽)

자아를 해탈한다 함은 자아에 계박되어 있는 것을 벗어나는 일이다. 그러므로 역경은 인간을 계박하는 것이므로 극복되어야 한다. 시 「나룻배와 행인」에서 양자의 관계가 시적 화자의 일방적인 희생과 기다림으

로서 점철되는 것은 나룻배로서 주체는 철저히 희생하는 데에서 그 역할이 완수되는 것이다. 나룻배는 행인에 대한 기다림과 헌신에서 존재 이유를 발견할 수 있다. 배가 지니는 여성 상징성은 물의 이미지와 결합되어 자기 부정과 자기희생 그 후에 올 재생의 의미도 내포하고 있음을 이 시에서 읽을 수 있다. 왜냐하면 '물만 건너면 나를 돌아보지도 않고' 냉정히 가는 행인인 당신과 그 행인인 당신을 태워주기 위해 존재하는 '나'는 서로 상호의존적이다. 나룻배에게도 행인이, 행인에게도 나룻배가 날마다 기다리며 몸이 낡아가는 것은 오랜 기간의 자기희생을 예고한다. 그러나 자기희생은 누군가의 강요에 의해서가 아니라 자발적인 헌신이다. 그러므로 한용운 시에서 주체의 고통을 매저키즘적 성격으로 이해하여 종교적 고행으로 해석하는 오세영의 입장을 일면 수용하면서도 이 고행의 과정이 주체의 자발적 수행이라는 면에서 법락(法樂)으로 이해함이 옳을 듯하다. 왜냐하면 자기 부정에 의한 자기희생의 과정에서 비로소 님과 재회할 수 있는 가능성을 열어 놓기 때문이다. 즉 자기 부정과 자기희생, 그리고 타골이 역설하는 자아 포기는 무아(無我)의 경지이고, 소아(小我)를 버린 경지에 있기 때문이다. 무아(無我)가 곧 진아(眞我)인 것은 분리 상태의 가아(假我)를 극복한 것이기 때문이다. 이와 같은 주체의 변신은 '님'이라는 도달해야 할 영원한 가치를 따르기 때문이고 분리된 상태의 국면은 주체에게 죽음과 다름없으므로 죽음을 넘어가는 과정이 '나'를 버리는 행위이다. 그러므로『님의 침묵』전편의 시들 중, 처음의 주제시「님의 침묵」과 대미를 장식하는「오셔요」를 제외한 나머지 시들은 님과의 분리를 극복하고 합일로 가려는 과정이다. 시적 화자인 '나'의 입을 통하여 끊임없이 진술되는 분리에 해당하는 이별은 미의 창조라는 의미를 가지고 있다. 그러므로 시집『님의 침묵』은 분리를 극복하고 합일을 지향하기 위해 얼마 동안 쓰여지는 화성(化城)[19]에 다름 아니다. 즉, 침묵하는 님은 방편의 진리로서 존재한다고 하겠다.

『님의 침묵』의 시편들이 비유구조를 중점적으로 드러내고 동일 계열체와 대립적 계열체를 가지고 있는 것도 이 구조의 그물 속에 있기 때문이다.

> 이별은 미의 창조입니다.
> 이별의 미는 아침의 바탕(質)없는 황금과 밤의 올(絲)없
> 는 검은 비단과 죽음 없는 영원의 생명과 시들지 않는 하늘
> 의 푸른 꽃에도 없습니다.
> 님이여, 이별이 아니면 나는 눈물에서 죽었다가 웃음에서
> 다시 살아날 수가 없습니다. 오오 이별이여.
> 미는 이별의 창조입니다.　　　　　　　　　(「離別은 美의 創造」, 43쪽)

이 시는 제 1행에서 '이별은 미의 창조'라는 은유에 의해 이별의 의미를 말해 주고 있다. 이별의 아름다움을 '아침의 바탕 없는 황금', '밤의 올 없는 검은 비단', '죽음 없는 영원의 생명', '하늘의 푸른 꽃'으로 찬미한다. 이별이라는 부정적인 상황이 현상계 최대의 아름다움과 신비를 나타내는 것에 비유됨은 '이별의 미'가 상징세계의 언어와 이법으로 설명되지 않는 아름다움을 지니고 있고 현상계에 속한 것이 아님을 암시한다. 그러므로 시적 화자는 그 뚜렷한 의미를 '이별이 아니면 나는 눈물에서 죽었다가 웃음에서 다시 살아날 수가 없습니다'라고 하여 이별은 주체에게 눈물-죽음을 초래하면서도 '웃음 - 삶'으로 전도되는 동기이다. 그러므로 이별의 일반적 의미인 '눈물 - 죽음'이 '웃음 - 삶'으로 전환되는 모순적 은유가 이별의 정당성을 획득하게 하고 이별이 가지고

있는 일반적 의미를 뛰어넘는다고 할 수 있다. 그러므로 '눈물에서 죽음 - 웃음에서 다시 살아남'이라는 대립적 계열체의 전환은 곧 '창조'를 의미한다. 이와 같은 이별의 역동적 전이는 '슬픔의 힘'이 분리의 상황을 초극하는 정신작용으로서 역할하는 것과 동일한 선상에 있다고 하겠다. 그러므로 이별의 창조적 가치와 미라는 절대적 가치는 등가적 가치에 놓이게 된다.

> 그러나 늙고 병들고 죽기까지라도 당신 때문이라면 나는
> 싫지 않아요.
> 나에게 생명을 주든지 죽음을 주든지 당신의 뜻대로만 하셔요.
> 나는 곧 당신이어요.　　　　　　　　　　(「당신이 아니더면」, 56쪽)

　늙고 병들고 죽어도 당신으로 인한 것이면 싫지 않는 것은 당신 곧 님은 나의 존재의 목적이고 이상이기 때문이다. 즉 내 안에서 당신을 실현하는 것은 사랑의 완성이므로 위대한 사랑을 이루기 위해 삶과 죽음을 불사하겠다는 주체의 의지는 불완전한 자아를 해탈하여 무아(無我)의 열반으로 들어가려는 것을 의미한다. 니르바나는 불완전한 자아, 즉 가아(假我)의 죽음이며 무아(無我), 진아(眞我)의 획득이다.

　한용운이 「심(心)」이라는 시의 마지막 행에서 '심은 절대며 자유며 만능이니라'라고 진술할 때, 우리가 가진 마음이 미크로코스모스이면서도 마이크로코스모스이며, '비움'의 가능성은 心이 가진 자유와 만능성의 증거라고 할 수 있겠다. '님'이라는 영원한 존재는 자기 부정과 자기희생이라는 '비움'의 완전성에 도달할 때 '나'는 '님'을 닮은 모습으로 새로운 생명, 거룩한 변모를 하게 된다. 자기 부정과 자기희생은 비움의 과정이고 거기에 놓여있는 주체의 죽음은 필연적으로 수반되며 '비움'의 극치에서 새로운 주체는 태어난다. 그때의 주체는 대아(大我)이다.

4. 개(個)와 전체(全體)의 조화

　　자기 부정과 자기희생이 주체의 모순을 초극하는 '무' 또는 '공'이라고
불교의 가르침은 이야기하고 있다. 이와 같은 '무'와 '공'은 불일(不一)의
분리된 세계가 통합된 세계 불이(不二)임을 나타내는 것이다. 즉 주체의
복권은 불일불이(不一不二)의 통합된 세계로서 일(一)로 귀의 되는 세계이
다. 타골은 인간의 궁극적인 목적을 '신과의 결합을 통하여 만유에 침투
하고 전체와의 연관을 실현하는'(136쪽) 것이라고 했다. 여기에서 신이란
그의 말에 의하면 '전체의 생명이요, 빛이 되는 존재요, 세계의식이 되는
존재로서 브라아마'(138쪽)라고 하고 있다. 이와 같이 그의 사상의 뿌리는
힌두적 전통과 불타의 가르침에 기반을 두고 있음을 알 수 있다.

　　　필자에게는 우파니샤드의 시편들과 불타의 가르침이 항상 영적인 것이었
　　으며, 따라서 무한한 생명의 성장을 힘입어 왔다.　　　　　　　　(130쪽)

　　인용된 내용에서 타골은 힌두교의 경전인 우파니샤드와 불교적 진리
를 체현하여 육화했음을 알 수 있다. 그러므로 타골 사상은 신, 개인
전체라는 세 가지의 틀에 의해서 구조되고 있고 그 점에 대해 타골은
다음과 같이 언급하고 있다.

　　　인도의 관점은 사람과 더불어 이 세계를 하나의 위대한 진리로서 포괄하
　　였다.
　　　인도는 개적(個的)인 것과 보편적인 것과의 사이에 존재하는 조화에다
　　모든 중점을 두어 강조하였다.　　　　　　　　　　　　　　　　(132쪽)

　　이 부분은 타골이 서구 문명의 성향 도시성벽의 습관과 정신훈련에
서 기인하는 분리와 정복적인 성향과 자연이나 숲의 문명에서 발생한

인도적 정신문화의 차이점을 이야기 하면서 인도의 정신에 관해 언급하는 부분이다. 개적인 것과 보편적인 것의 조화란 서구적 분리와는 대별되는 이념이다. 왜냐하면 서구적 개인의 자아란 신으로부터 분리되어 나온 자아이지만 타골의 철학에서 말하는 자아란 신과 합일을 지향하는 자아이기 때문이다. 그것은 자아가 신과 원래 하나였으나 자아의 자유의지로 일시적 분리 상태에 있지만 종국에는 신과 합일을 이루어야 할 자아에 지나지 않기 때문이다. 개적인 것과 보편적인 것의 조화 내지는 통합이라는 이념은 분리된 개인과 보편적 진리의 현현인 신과의 합일에 다름 아니다. 그러므로 타골은 '하나'를 찾아내는 것이 '전체'를 소유하는 것'이라 하여 개인 속에 내재한 영혼인 자아를 탐구하여 그 자아로부터 해탈 - 자아 포기 - 을 함으로써 '전체'를 획득한다고 주장하고 있다. 이와 같은 '전체'의 획득은 켄지 시에서 '불일불이'사상과 한용운의 시에서 님과의 합일(合一)을 통해 구현된다.

켄지의 시 「영결의 아침」은 '이들 두 개의 이 빠진 그릇'과 '눈 한 그릇'이 대립되는 구조를 형성하고 있다. 전자의 '이(二)'는 켄지 - 토시코라는 불이(不二)의 세계의 표현이다. 왜냐하면 '이들 두 개의 이 빠진 그릇'이 겐지와 토시고라는 두 사람이 지상에서 동일한 존재로 살아온 세월을 의미하기 때문이다. 즉 현상계인 지상에서 '오빠 - 누이'라는 육친적 사랑 속에 놓여 있었던 것을 의미한다. 그러나 '눈 한 그릇'은 토시코가 천상계로 홀로 감으로써 불일(不一)의 차별적 개별자가 되는 것이다. 즉, 천상계와 지상계로 이분되는 것이다.

이와 같은 구도는 『은하철도의 밤』에 나타난 죠반니와 캄파넬라의 관계에서도 찾을 수 있다. 죠반니에게 유일한 마음의 친구인 캄파넬라가 죠반니의 꿈속 은하여행 전에 보여준 모습은 친구 관계가 어느 정도

균열된 상태였다. 그러나 은하여행에서는 줄곧 둘이서 함께 여행을 하다가 꿈속에서 깨어나 현실의 세계로 돌아왔을 때 죠반니와 캄파넬라는 산 자와 죽은 자, 지상계와 천상계로 분리되고 만다. 죠반니가 북십자성에서 은하 기차를 타고 캄파넬라를 만난 시간에 캄파넬라는 이미 죽어서 천상계로 온 것이다. 그러므로 은하 기차에 탄 사람들은 죽은 영혼들이고 거기에서 죠반니만 유일하게 생자(生者)이다. 남십자성을 조금 지난 암흑성운(석탄 자루)에서 캄파넬라는 자취를 감춘다. '어디까지나 어디까지나 우리 같이 가자'고 한 죠반니와 캄파넬라의 약속은 결렬되고 만다. 죠반니의 인간관계에서 오는 상실감과 상처는 은하여행을 통해서 치유되고 있다. 그리고 현실에서 아버지의 귀가 소식과 캄파넬라의 죽음이라는 기쁨과 슬픔이 한꺼번에 죠반니에게 다가오는 것은 은하여행 이후이다.

시 「영결의 아침」의 '네가 먹을 이 두 그릇 눈'은 '천상의 아이스크림'으로 '너와 모두'를 위한 양식이 되길 바람으로써 주체와 타자의 합일을 의미한다. '너와 모두'란 표현에서 '모두'는 너, 나, 타인이 '모두'라는 범주 속에 들어가고 있다. 이는 토시코-켄지라는 너-나의 분리에서 '모두'라는 범주 속으로 아우르게 됨으로써 '너와 나'는 '모두'에 포함되면서 하나가 되는 것이다. 쿠리하라는 이 하나가 되는 것과 여동생의 죽음을 극복하는 것과의 상관성에 대해 다음과 같이 밝히고 있다.

> 제 1집의 단계에서는 생각은 이 정도로 고요한 것은 아니였겠지만, 여동생의 죽음 및 고난을 골똘히 생각하여, 그것을 '개(個)'에 집착하는 오류라고 의미를 부여하고 전체에 대한 자기 포기로 보상하려고 한 것이, "바르게 살아가겠다"라는 「영결의 아침」의 결의로서 매듭 짓는다.
> 죽음에 임해서까지 '갸륵하고' '착한' 여동생의 이타정신에 생각이 미쳤을 때, 거기에 따를 수 있는 염원은 자신의 '모든 행복을 거는' 각오 없이는

성립될 수 없음을 깨달았던 것이다. 그 각오를 다지고서야 비로소, 그는 죽은 여동생과 같은 길을 걷고 있다는 확신을 품을 수 있다고 생각했음에 틀림없다. 같은 길을 걷는 자는 생사를 달리해도 함께 있다고 하는 것이 최종적으로 여동생이 죽음을 극복하는 방법이 된 듯하다.[20]

타자인 토시코를 천인으로 표현하고 있었던 시 「아오모리 만가」에서 주체의 의식은 주체의 타자되기라는 전제 하에서 이루어졌다. 이 타자되기는 토시코와 같은 갸륵하고 착한 덕성을 완성해갈 때에 가능한 것이다. 그러므로 그 덕성을 완성하는 길은 모든 행복을 거는 각오 없이는 불가능한 일이다. 주체의 타자 닮기는 곧 주체와 타자간의 거리를 메우는 방법으로서 작용하고 켄지는 거기에서 토시코의 죽음을 극복할 수 있었다. 그리고 '(다시 태어나면/ 이번엔 내 일만으로/ 괴로워하지 않게 태어날 게요)'는 '모두'를 지향해 나가기 위해 토시코의 입을 빌려 진술하고 있고 '너 - 나'의 관계의 포기를 의미하기도 한다. 「아오모리 만가」에서 '나'가 토시코와의 통신을 하려고 사후 세계를 끊임없이 추적하는 과정은 죽어서 현상계를 떠난 토시코에게 집착하는 것이다. 시 「바람 부는 숲(風林)」에서 '〈아아 난 이제 죽어도 좋아〉/ 〈나도 죽어도 좋아〉'라고 시적 화자는 토시코의 뒤를 이어 자신도 죽어도 좋다고 한다. 이것은 시적 화자의 여동생을 잃은 슬픔으로 인한 자포자기의 심정이다. 그러나 토시코가 속한 사후 세계는 '그 곳은 우리들의 공간 쪽에서 잴 수 없다/ 느껴지지 않는 방향을 느끼려고 할 때는 / 누구라도 모두 빙빙 돈다(「아오모리 만가」 158쪽)'라고 '우리들의 공간'과 '느껴지지 않는 방향'이 대립되는 이승과 저승으로 구분되고 있다. 또한 「소오야 만가(宗谷挽歌)」에서도 '내가 보이지 않는 다른 공간'(248쪽)이라고 토시코가 있는 사후의 세계를 표현하면서 '(네가 이쪽으로 오지 않는 것은/ 탄타지르의 문

때문일까)/ 그것은 나와 너를 조소하겠지(251~252쪽)'라고 천상계와 지상계 사이에 놓인 벽을 탄타지르의 문21)에 비유하고 있다. 이와 같이 일련의 토시코에 대한 사후 세계 추적은 '나와 너'의 분리된 관계 속에서 '통신'을 통해 '하나'가 되고자 했던 주체의 의지를 나타냄과 동시에 '나와 너'라는 관계에 얽매어 계박되어 있는 것이다. 이 계박은 집착이다. 그래서 '나와 너'의 분리는 넘어야 하는 과제이다. 넘어야 할 과제로써 '나와 너'(켄지-토시코)의 관계는 「코이와이 농장」 파트 9의 켄지의 연애관에서 살펴볼 수 있겠다.

<blockquote>

이 신기하고 큰 심상우주 속에서
만일 바른 희망에 불타
자신과 다른 사람들과 만상과 함께
지상복지에 이르려 하는
그것을 어느 종교정조라 한다면
그 희망에서 깨지고 지쳐
자신과 그리고 단 하나의 영혼과
완전 그리고 영구히 어디까지나 함께 가려 하는
그 변태를 연애라 한다.

(85쪽)

</blockquote>

'나'에게 연애는 일종의 변태이며 원래의 소원은 '자신' '다른 사람들' '만상'과 함께 지상복지에 도달하는 것이다. 여기서 '자신(켄지)' - '단 하나의 영혼(토시코나 그 외의 현상계에 존재하는 것)'과 함께 하려는 것은 종교정조에서 이탈된 것으로 변태이다. 그러므로 나와 타인들과 만상이 곧 '모두'이다. 즉 '나와 너'는 연애이며 '나'는 그것을 부정하고 '모두'를 선택해야 한다. 즉 '나'를 부정함으로써 '모두'와 내가 동일시가 되고 하나가 될 수 있다.

그러므로 「아오모리 만가」에서 ‘〈모두 옛날부터 형제이기 때문에/ 결코한 사람을 기도해선 안 된다〉’(166쪽)라고 한다. 켄지에게 토시코는 ‘신앙을 함께 한 단 한 사람의 동행자’이면서도 정신적인 애인이기도 하였다. 그러므로 만가군의 시편들은 ‘나’와 ‘너’로 끊임없이 언표 되면서 ‘너’를 찾아 헤매는 ‘나’의 모습이 슬프고 애처롭고 우울하게 그려졌다. 이와 같은 ‘나’의 집착은 열정과 슬픔에서 비롯된 것이고 ‘나 - 너’의 관계를 부정하여 ‘모두’로 귀의되고 슬픔도 집착도 해소되면서 원래의 ‘바른 희망(소원)’으로 돌아온다. 여기에는 무엇보다 ‘나’의 부정이 선행된 것이었다. 그러므로 ‘나 - 너’(不一)는 ‘모두’(不二)로 되돌아오는 둘이 하나를 이루므로 ‘모두’가 하나인 세계를 의미한다 하겠다. 그러므로 주체인 ‘나’가 부정되고 ‘모두’가 됨으로써 새로운 주체가 생성된다. 대승불교에서 말하는 소아(小我)를 버리고 대아(大我)를 이루는 것은 이와 동일한 의미이며, 주체가 ‘나 - 너’의 관계를 버리고 ‘모두’를 택하는 데에는 대승정신에 의해 추동되고 있음을 알 수 있다. 전체와 개(個)에 대해 타골은 다음과 같이 이야기 하고 있다.

우리의 정신은 이 전체 세계에서 더 큰 자아를 발견하고, 그것이 불멸하다는 절대적인 확신으로 충만하게 된다. 정신은 정신의 자아의 울타리 안에서 백 번도 더 죽는다. 왜냐하면 분리는 죽어야할 숙명을 지니고 있으며 영원한 것이 될 수 없기 때문이다. 그러나 이것은 전체와 하나가 되는 곳에서는 결코 죽을 리가 없다. 왜냐하면 거기에 그 진리가 있고 기쁨이 있기 때문이다.

(182쪽)

전체의 세계에서 발견된 큰 자아란 대아(大我)를 의미한다. 이것은 소아(小我)를 버림으로써 가능한 것이며, 불교의 대승정신과 일맥상통한다. 분리가 죽어야 할 필연성에 놓이는 것이 그 분리된 상태로서는 진리가 아니기 때문이다. 이것은 켄지가 그의 시 「봄과 수라」에서 '진리의 말'을 상실하고 '수라의 눈물'이 흐르는 공간으로서 내면세계를 밝힌 것과 같다. 이때 수라란 어디까지나 분리된 내면의식을 말하고 또한 존재가 가진 부족함, 즉, 자아의 불완전함으로 인해 생겨나는 분열이다. 그러므로 이 때 자아는 스스로 자아 포기를 하여 완전한 진리를 지향할 수밖에 없는 것이다. 수라의 세계를 초극한다 함은 그러한 개적(個的) 차별상을 극복하고 보편적 진리를 따르는 것을 의미한다고 하겠다.

한용운의 시 「고대(苦待)」는 '나의 "기다림"은 나를 찾다가 못 찾고 저의 자신까지 잃어버렸읍니다'라는 행으로 끝맺음을 하고 있다. 님은 '나를 찾다가 못 찾고 저의 자신까지' 잃어버릴 때 어느새 '나'에게 와 있다.

그러므로 「사랑의 끝 판」에서 시적 화자는 님을 맞이하는 기쁨에 들떠 있다.

> 네 네 가요, 지금 곧 가요.
> 에그 등불을 켜려다가 초를 거꾸로 꽂았읍니다 그려. 저를
> 어쩌나, 저 사람들이 흉보겠네.
> 님이여, 나는 이렇게 바쁩니다. 님은 나를 게으르다고 꾸
> 짖습니다. 에그 저것 좀 보아. 「바쁜 것이 게으른 것이다」
> 하시네.(중략)
> 네 네 가요, 이제 곧 가요.　　　　　　　　　　　　(81~82쪽)

이 시는 님이 '나'를 불러서 바삐 님을 맞이하려다 초를 거꾸로 꽂는 실수를 저지르는 나의 모습을 그리고 있다. 이제까지의 시편들이 님을 애타게 기다리면서 수행하는 나를 그리는 것이었다면 이 시는 님의 호명에 대답하는 형식이 눈길을 끈다. 부르는 자와 불리우는 자의 구도 속에서 님은 나에게 있어 여전히 나를 이끄는 자로서 나타난다. 그러므

로 '나'는 님의 꾸지람을 얼마든지 즐겨 받겠지만 '님의 거문고 줄이 완급(緩急)을 잃을까' 걱정한다. 님의 거문고 줄의 완급은 나를 이끄는 님의 권능을 의미하고 그것이 님으로부터 없어질까봐 걱정을 하는 것이다. '나가 님을 기다려 님과 재회하는 것도 모두 님의 전지전능함에 의하는 것임을 암시한다고 하겠다. 님의 부름도 님이 주재하는 것이지 '나'의 의지가 아닌 것이다.

수행자로서 그 득도에 이르기까지 누구도 그 시간을 알 수 없다. 그러므로 수행자인 '나'는 항상 바쁜 것이며 내가 부지런히 수행한다 해도 님이 보기에 내가 게으름을 피우고 있는 것일 수도 있다. 그러므로 님이 언제 나를 부를지 수행자로서는 예측할 수 없다. 그러므로 수행자는 항상 깨어 있어야 한다. 그렇게 할 때 님은 부지불식간에 나를 부르러 올 것이기 때문이다. 그러므로 '녜 녜 가요, 지금 곧 가요'라고 시적 화자가 님의 부르심에 응답할 수 있었던 것은 '나'의 모든 것을 님을 위해 헌신하였기 때문에 즉각 응답할 수 있었다.

「꽃싸움」에서 시적 화자는 '꽃은 피어서 시들어 가는 데 당신은 옛 맹세를 잊으시고 아니 오십니까'라고 오지 않고 있는 님에 대해 반문을 힌다. 그리고 「기문고 탈 때」에는 님을 기다리는 시름을 이야기 히고 「오셔요」에서 '죽음은 당신을 위하여 준비가 언제든지 되어 있읍니다'라고 님을 맞이할 준비가 다 되었음을 이야기 한다. 그러나 님은 시적 화자가 바라는 대로 언제든지 오는 것이 아니다. 그래서 「쾌락」과 「고대」에서 당신이 가고 난 뒤의 '나'의 피폐해진 생활과 '세상에서 얻기 어려운 쾌락'으로 '실컷 우는 것(「쾌락」)'을 얻었다 한다. 오실 때가 되었는데도 오시지 않는 님 때문에 '동무도 없고 노리개도 없읍니다'와 같이 고독하고 즐거움이 없어져 그 피폐한 심정을 '우는 것'으로 즐거움을 삼게 된 처지에 놓인 것이다. ‘우는 것’과 ‘쾌락’은 대립적인 의미를 가지지만 님을 기다리는 고통의 극한에 이른 시적 화자에게는 우는 것이 오히려 쾌락이 되고 있다. 그러나 이 기다림도 내가 기다리는 것이 아니라 ‘당신은 나로 하여금 날마다 날마다 당신을 기다리게 합니다’(「고대」)에서와 같이 당신이 나를 기다리게 하는 것이다. 그리고 바로 다음 행에서 ‘일정한 보조(步調)로 걸어가는 사정(私情) 없는 시간이 모든 희망을 채찍질하여 밤과 함께 몰아갈 때에 나는 쓸쓸한 잠자리에 누워서 당신을 기다립니다’라고 하여 나의 기다림이 무상히 흘러가는 시간 속에서 내가 가진 님에 대한 모든 희망을 쓸어갈 때도 지속성을 가진다. 이와 같은 지속성은 냉정한 시간이 모든 희망을 빼앗을 때 조차도 이어지는 것이며 그것은 당신이 나를 기다리게 하기 때문에 가능하다.

왜 당신은 나를 기다리게 하는 것인가, 역으로 왜 나는 당신을 기다려야 하는가. 그것은 이미 「꽃싸움」에서 진술되었듯이 님이 나에게 한 ‘옛 맹세’ 때문이다. 이 ‘옛 맹세’는 주제시 「님의 침묵」에서 ‘황금의 꽃같이 굳고 빛나던 옛 맹세’이다. 님이 한 이 ‘옛 맹세’는 시간에 의해 지배되는 현상계, 즉 상징계에서는 이루어질 수 없는 맹세이다. 바꾸어 말하면 님의 맹세가 실현되는 세계는 현상을 초월하는 세계의 것이 된다. 그러므로 님은 침묵으로 존재할 수밖에 없다. 왜냐하면 황금에 비유되는 님의 절대성과 위대성은 상징세계의 것이 아니기 때문이다. 그러므로 상징계의 언어로 드러날 수 있는 님의 참 모습은 「알 수 없어요」에서처럼 다만 신비하고 알 수 없는 존재일 뿐이다. 침묵도 행위 양식의 하나이다. 님은 침묵으로서 ‘나’를 끊임없이 기다리게 하는 것이다. 이 기다림은 희망마저도 빼앗아 가기도 한다. 그와 같은 처절한 순간에도 님을 기다리는 힘은 무아(無我) 즉 나를 없이 하는 것, 기다리는 나 자신을 잊어버릴 때 생기는 에너지이다. 그러므로 「고대」에서 '나'의 '기다림'은 나를 찾다가 못 찾고 저의 자신까지 잃어버렸읍니다'라고 그 기다림의 고된 과정을 한 행으로 진술하고 있다. 이렇게 '기약 없는 기대를 가지고' 기다리는 '나'는 동정과 조롱의 대상이 되기도 하고 스스로 '저의 숨에 질식'되거나 하여 '우주(宇宙)와 인생의 근본 문제를 해결하는 대철학(大哲學)'도 해결하지 못하고 '눈물의 삼매(三昧)에 입정'되고 만다(「苦待」).

'님'에 대한 '나'의 기다림이 대철학으로도 해결하지 못한다는 의미는 이 기다림의 문제가 우리의 삶 속에서 삶과 죽음, 이별 이상의 무거운 과제임을 이야기하고 있다. 기다리는 주체가 동정과 조롱의 대상이 되거나 스스로 질식되는 것인 만큼 주체는 끊임없이 기다림과 내적 투쟁을 해야 한다. 거기에서 해탈하는 길은 기다리는 주체를 잊어버리는 것, 즉 주체를 부정함으로써 가능한 일인 셈이다. 여기에서 기다림으로 얻어지는 대가는 이미 포기된 지 오래이며 기다리는 과정 그 자체가 중요해진다.

한용운의 『님의 침묵』은 이별한 님을 재회하기 위한 긴 기다림에서 생성된 시편들인 만큼 전체로써 기다리는 주체를 잊어가는 과정이다. 이 완전한 잊음 속에서 주체는 스스로를 해탈하여 새로운 주체를 창출해 낸다고 할 수 있다. 원래의 '나'로 그대로 돌려놓는 것, 님과 함께 했던 완전한 자아, 완전한 사랑에로 귀의 시키는 것이 이 기다림의 과정이면서 또한 목표이다. 님으로부터 분리된 주체에서 님과 합일된 새로운 주체가 그것이며 그 과정에서 분리된 주체는 망각의 죽음으로 소멸되어야 하는 필연성에 놓여 있다.

5. 개(個)의 극복

　본장(本章)에서 다루게 될 평등사상과 '전체'의 문제는 분리 속에 있었던 주체가 자기부정과 자기희생에 의해 불일불이(不一不二), 즉 차별상이 없는 평등상과 새로운 '나'를 포함한 '전체'의 문제가 동일한 관련성 속에 있다. 이것은 켄지의 경우는 나와 전체의 구분이 없어짐으로써 실천적으로 '전체'를 위한 보살도의 길을 선택하게 한다. 한용운의 경우 평등주의는 식민국과 피식민국이라는 근대 제국주의가 낳은 차별의 세계를 부정하고 또한 저항하는 원리로써 작동된다. 또한 평등주의가 구세주의와 관련을 맺으면서 조선인을 일제의 압제로부터 구제하여, 주체로서의 자리로 다시 환원시키는 현실적 독립운동과 불교개혁운동으로 이어지고 있다. 켄지는 「농민예술개론강요(農民藝術槪論綱要)」22) 서론에서 자아의식의 변천과 세계와 개인과의 관계, 행복추구의 길 등을 서술하고 있다.

> 　세계 전체가 행복하지 않으면 개인의 행복은 있을 수 없다. 자아의식은 개인에서 집단 사회 우주로 점차로 진화한다. 이 방향은 옛날 성자가 걸어갔고 또한 가르친 길이 아닌가. 새로운 시대에는 세계가 하나의 의식이 되고 생물이 되는 방향에 있다. 바르고 강하게 산다는 것은 은하계를 자신 속에 의식하고 이것에 따라 가는 것이다. 우리들은 세계의 진정한 행복을 찾자. 구도는 이미 길이다.　　　　　　　　(『전집』제12권 상, 9쪽)

　이 글에 나타난 켄지의 사상은 일면 이상적인 면도 있지만 자세히 살펴보면 새로운 시대는 세계가 하나의 의식이 되고 생물이 되는 방향에 있다고 말한다. 이 새로운 시대가 켄지가 살았던 1920년대를 의미함은 물론 아니다. 이 문맥에서 켄지는 당시의 세계가 바뀌어야 할 시대라고 인식한다. 근대화에 따라 그가 생애에 세 번에 걸쳐 찾아간 대도시 동경의 거대화와 상대적으로 소외되고 피폐되는 고향 이와테를 보면서 그의 눈에 들어온 이 모순은 '진정한 행복'이 아님을 인식하고 부정되어야 할 대상으로 생각되었다. 산업화 = 도시화라는 근대주의는 인간을 물화(物化)하였고 그것은 타골이 말하는 사람을 파는 인간 시장에 지나지 않았다. '세계 전체가 행복하지 않으면 개인의 행복은 있을 수 없다'는 명제는 근대 개인주의에 대한 정면 도전이다. 근대 개인주의로 인해 분리된 세계는 영원한 것이 될 수 없고 죽어야 할 세계이다. '전체'와 '개인'의 관계는 분리된 관계가 아니라 '하나'이다. 켄지의 이 명제는 새로운 시대의 전제가 되는 것으로 '세계의 진정한 행복'을 찾기 위한 정신적 토대가 된다.

자아의식이 개인→집단→사회→우주로 확대되어 간다는 것은 자아가 '개(個)'에서 '전체'로 진화해 간다는 의미이다. 그리고 '바르고 강하게 산다는 것은 은하계를 자신 속에 의식하고 이것에 따라 가는 것이다'라고 하여 영원한 생명인 우주를 자신 속에 침투시키고 그 대의를 따르는 길이라는 뜻이다. 여기에서 은하계는 전체, 즉 '개(個)'를 포함한 전체이다. 온다(恩田逸大)는 켄지가 개(個)의 전체(全體)의 문제를 개인 중심에 역점을 두고 있다고 언급하고 있다.

(1)개인중심 (2)전체 속에 활용된 개인 중심 (3)전체와 조화 융합한 개인 중심의 세 단계를 거쳐서 전개하고 그가 의식했든 하지 않았든 상관 없이, 근간은 자기 중심의 사고가 지배적이었다고 생각된다.[23]

온다의 논은 '세계 전체가 행복하지 않는 한 개인의 행복은 있을 수 없다'는 「농민예술개론강요」의 주장을 토대로 기초한 것이다. 이 논이 어디까지나 '개인의 행복'에 중점이 있다고 판단함으로써 오류를 범하고 있다. 켄지의 개인과 전체는 타골이 역설한 '하나'인 영혼과 '전체'와의 결합이 인간의 종국적 목표라고 했듯이, 개인과 전체가 둘이서 하나인 관계를 의미함으로 어느 한쪽에 편중된 것이 아닌 개인을 포함한 전체의 행복임을 분명히 하고자 한다. 이것은 시집『봄과 수라』서문에서 '모두 내 속의 모두인 것처럼 모두의 각자 각자 안의 모두이기 때문입니다'라는 켄지의 주장과 그 맥을 같이 하고 있다. 우메하라는 이 부분을 일념삼천관(一念三千觀)을 들어 설명하고 있다.

> 이 말은 오히려 일념삼천(一念三千)의 사상을 상기하게 한다. 세계는 하나의 대생명임과 동시에 하나하나의 세계 속에 대생명의 세계가 그 자신으로서 거하고 있는, 모두가 하나임과 동시에, 하나인 것 속에 모든 세계가 거하고 있는 것이다.[24]

이와 같은 천태교학(天台敎學)의 일념삼천관(一念三千觀)은 관상(觀想)을 중심으로 하여 쿠리하라가 말한 시집『봄과 수라』의 두 주제 중 하나인 우주(세계, 전체성)와 나(개(個))의 본원적 일치(일체성)를 증명하기 위한 사상적 토대로서 〈'심상'의 개념 형성〉[25]에 기여 하고 있다. '진정한 행복'을 찾아 가는 구도의 과정이 이미 길이라는 의미는 불교적인 도를 추구하는 일, 즉 소승에서 벗어나 대승 정신으로 전체를 구하는 길을 의미한다고 할 수 있다. 대승 정신은 차별을 넘어선 세계의 실현이 그 목표이며 '모두'가 진정한 구경의 행복에 이르는 길이다. 켄지가 '진정한 행복'에 대해 이야기할 때는 근대 산업주의적 물질적 풍요만을 의미하지 않는다. 물질적 풍요와 함께 인간의 가치가 전락하고 소외되는 것을 그는 부정한다. 존재가 존재다워지고 주체가 주체로서 역할을 할 수 있는 시대를 새 시대라고 그는 생각하였다. 그의 사상은 일면 불교 사회주의적 성격도 띠고 있다고 하겠다. 우메하라(梅原猛)가 켄지의 시나 동화는 대승 불교의 진리해명의 수단으로서 읽어야 하고, 켄지가 법화경의 생명, 수라, 보살의 사상에서 영향을 받았다[26]고 지적하는 것도 그의 문학이 불교의 대승정신에 기반을 두고 있다는 의미이며 그 목표는 중생구제에 있다. 모든 생물의 진정한 행복을 구하는 길이 보살사상과도 밀접한 관련을 또한 지니고 있다. 1929년 타카세 츠유(高瀬露)에게 켄지가 보낸 날짜 불명의 편지에는 그의 삶의 목표가 명백히 제시되고 있다.

> 단 하나 아무래도 버릴 수 없는 문제는 가령, 우주의지 같은 것이 있어서 모든 생물을 진정한 행복으로 이끌어갈 것인지 아니면 세계가 우연으로 이어진 맹목적인 것인가 하는 소위 신앙과 과학, 어느 쪽에 기대어서 살아가야만 하는가 하는 것인데 나는 아무래도 전자라 믿습니다.[27]

이 편지글에서 켄지는 모든 생물의 진정한 행복을 구하는 것은 곧, 우주의지이며 그것은 신앙의 힘에 의한 것이라고 말하고 있다. 이 부분에서 켄지는 서구의 자연과학적 세계관을 택하지 않고 대승적 세계관에 의지하여 살아가겠다는 신념을 피력하고 있다. 이와 같은 대승정신에 대한 신념은 「사할린 철도(樺太鐵道)」에서 '가짜 대승거사들'을 불태우라는 데서 표출되고 있다.

> 이곳의 자작나무는
> 불 탄 들에서 나온 것으로
> 모두 대승식의 생각을 가지고 있다.
> 가짜 대승거사들을 모두 불태워라　　　　　　　　　(175쪽)

'가짜 대승거사들'은 만가군의 시편들에서 나타난 주체의 흔들리는 신앙과 부정적 의미의 수라적 태도 - 보기 흉함 - 를 말한다. 또한 토시코라는 〈개(個)〉에 집착해서 전체의 행복을 위해 나아가지 못하고 방황했던 주체를 의미한다. 그리고 의미를 확장하여 읽었을 때 개인주의에 매몰되어 있는 근대주의를 비판하고 있음을 알 수 있다. 그러므로 이러한 '가짜 대승거사'는 불태워 없어져야 한다.

켄지의 시에서 긍정적 이미지인 자작나무는 '모두 대승식의 생각'을 하고 있다고 함으로써, 대승정신이 나무라는 식물적 이미지를 통해 절대적 가치와 영원성을 가지는 천상계를 향하여 성장하는 모습에다 비유하고 있다.

'모든 생물의 진정한 행복'을 구하는 길은 우주의지로써 이 우주의지에 도달하려는 것은 '個'의 껍질을 깨고 '전체'를 지향하는 새로운 주체의 의지이기도 하다. 이러한 우주의지는 '하늘이나 사람이나 사과나 바람 모든 세력의 즐거운 근원'인 '만상동귀(万象同歸)'로도 표현되고 있다. 그리고 우주의지를 불교에서 말하는 모든 생물에 존재하는 불성으로 볼 수도 있겠다. 이와 같이 불성을 가진 만상은 동등하다. 불교에서는 이와 같은 세계를 물심일여(物心一如), 범아일여(梵我一如)의 세계라 부르며 이는 차별상이 없어진 평등한 세계를 말한다. '모든 생물의 진정한 행복' 추구라는 명제는 차별상이 극복된 평등한 세계에 대한 지향이다. 『봄과 수라』 서문에 '(모두가 내 안의 모두이듯이/ 모두 각자 각자 속의 모든 것이니까)'라고 '나'라는 개별자와 '모두'의 관계가 분리를 극복하고 통합된 전체로서 표현되고 있다. 그러므로 모든 생물의 진정한 행복 추구는 진리를 의미한다고 하겠다.

한용운은 「조선불교유신론」(1910.12)에서 불교의 이념을 평등주의와 구세주의로 나눈다. 평등주의란 불평등에 반대되는 주의이며 불평등한 견지란 사물, 현상이 우주 만법(萬法)에 의해 제한받는 것을 말한다고 밝히고 있다. 그리고 평등한 견지란 '공간과 시간을 초월하여 얽매임이 없는 자유로운 진리의 이름'이라고 정의하고 있다.

> 요컨대 소위 평등이란 진리를 지적한 것이며, 현상(現狀)을 말한 것이 아님을 알아야 한다.
> 우리 부처님께서는 중생들이 불평등한 거짓된 현상에 미혹하여 해탈하지 못함을 불쌍히 여기신 까닭에 평등한 진리를 들어 가르치셨던 것이니, 경에 '몸과 마음이 필경 평등하여 여러 중생과 같고 다름이 없음을 알라' 하셨고, 또 '유성(有性), 무성(無性)이 한가지로 불도를 이룬다'고 하셨다. 이런 말씀은 평등의 도리에 있어서 매우 깊고 매우 넓어서 일체를 꿰뚫어 남김이 없다고 하겠다. 어찌 불평등한 견지와 판이함이 이리도 극치에 이른 것이랴
> (『전집』제 2권, 44쪽)

거짓된 현상에 미혹되어 있는 상태는 불평등이며 부자유이다. 한용운에게 절대적 자유는 절대적 평등을 의미하며 자유와 평등의 관계가 동일하다. 그러므로 진아(眞我)는 평등하지만 현상아(現象我)는 불평등한 것이다. 님과 내가 이별한 상태는 '님'과 '나'가 분리된 불평등한 상태이다. 이와 같은 상황은 현상아(現象我)에 계박되어 있는 것이므로 이때 주체는 진아(眞我) 또는 무아(無我)의 경지로 탈주되어야 한다. 즉 이 분리의 세계가 극복되지 않으면 자아에게는 죽음이다. 그리고 한용운의 평등주의는 '님'과 '나'의 내면적 또는 정신적으로만 추구되는 것이 아니라 사회적 측면에까지 확대되어 사회적 불평등에 투쟁적으로 대처해 갔다는 점이다. 안병직이 '그의 사회적 자유는 민족해방의 자유이며, 그의 사회적 평등은 국가 주권의 평등으로 표현되었다'[28)고 주장하는 것도 한용운의 평등주의가 내면적 정신적으로만 추구되는 소승에서 벗어나 대승으로 발전되어 갔기 때문이다. 이 평등주의에 기초한 대승정신은 1910년대 이후 식민지 조선의 당면 과제를 풀어가는 데 역할을 하였다.

한용운의 『님의 침묵』을 통해 현상적 존재인 '나'와 초월적 존재인 '님'이 합일을 이루어 가는 과정이 시집이 가지는 연작성 속에서 그려내고 있다. 이 현상적 존재인 '나'가 초월적 존재인 '님'과 합일하여 님과 내가 하나가 된다는 것은 라캉의 이론에서는 불가능하다. 이 모순을 극복하여 님과 나의 경계가 사라지는 부분을 화엄경에서는 동체이체설[29]로 설명한다. '나'라는 현상아(現象我)속에 불성이 이미 내재하기 때문에 타자인 초월적 존재로서의 '님'과 합일될 수 있는 연(緣)이 이미 존재한다는 뜻으로, 분리되어 있으나 분리되어 있지 않기도 한 것이다. 그러므로 주체는 '님은 갔습니다'라고도 하고 '고통의 가시덤불' 뒤에 환희의 낙원을 건설하기 위하여'님을 떠난 나는 아아 행복합니다(「樂園은 가시덤불」)'라는 역설적인 어법을 쓰고 있다. 그리고 「참말인가요」 에서 님의 '님'이 바로 주체 '나'임을 시적 화자가 격한 어조로 진술하고 있다.

> 그것이 참말인가요, 님이여, 속임없이 말씀하여 주세요.
> 당신을 나에게서 빼앗아간 사람들이 당신을 보고 '그대는
> 님이 없다'고 하였다지요.
> 그래서 당신은 남모르는 곳에서 울다가 남이 보면 울음을
> 웃음으로 변한다지요.
> 사람의 우는 것은 견딜 수가 없는 것인데 울기조차 마음
> 대로 못하고 웃음으로 변하는 것은 죽음의 맛보다도 더 쓴
> 것입니다.
> 그러면 나는 그것을 변명하지 않고는 견딜 수가 없습니다.
> 나의 생명의 꽃가지를 있는 대로 꺾어서 화환(花環)을 만
> 들어 당신의 목에 걸고, '이것이 님의 님이다'고 소리쳐 말
> 하겠습니다.
>
>   (중략)
>
> 많지 않은 나의 피를 더운 눈물에 섞어서 피에 목마른 그
> 들의 칼에 뿌리고 '이것이 님의 님이라'고 울음 섞어서 말하
> 겠습니다.　　　　　　　　　　　　　　　　　　　(63쪽)

‘나’의 님이 ‘님’인 것처럼 ‘님’의 님이 ‘나’인 것은 님과 내가 서로의 님으로서 하나임을 의미한다. 이 시에서 ‘나’는 ‘생명의 꽃가지를 있는 대로 꺾어서’ ‘나의 피를 더운 눈물에 섞어서’와 같이 님의 ‘님’이 ‘나’임을 ‘생명’과 ‘피’를 바쳐서라도 외치겠다고 한다. 왜냐하면 나의 님인 ‘님’이 ‘님’이 없다고 놀림을 당하여 남모르는 곳에서 울다가 남이 보면 울지도 못하고 웃는 척한다는 것이다. 그러므로 우는 것도 견딜 수가 없는데 울기조차 못하고 웃음으로 변해야 하는 것은 죽음의 맛보다도 더 쓴 것이라는 시적 화자의 진술은 ‘생명’과 ‘피’를 희생해서라도 님의 님이 ‘나’임을 주장해야 하는 필연성을 가진다. 사람들의 조롱 때문에 울 수도 없이 가짜로 웃어야 하는 님은 곧 님을 잃어버린 나의 모습과도 동일하다.

이 시에서 ‘님’과 ‘나’는 잃어버린 존재들이다. 그러므로 그 잃어버린 것을 찾기 위해 ‘생명’과 ‘피’를 바쳐야 한다. 왜냐하면 울기조차 할 수 없는 자유가 박탈된 시대이기 때문이다. ‘님’과 ‘나’는 이 시에서 서로의 주체인 것이다. 이 시에서 ‘님’과 ‘나’는 일제 식민지시대의 민족적 주체이기도 하다. ‘피에 목마른 그들의 칼’은 주체를 자르려는 칼이며 님과 나 사이를 분리하는 칼이기도 하다. 「당신을 보았습니다」와 같은 계열의 시이지만 그것과 다른 점은 시적 알레고리를 써서 작품성을 높인 데에 있다. 이 시에서 님과 나는 서로 침투되는 관계성(相卽相入)을 보여주고 있다. 주체를 잃어버린 불평등한 시대에 평등함을 찾기 위해 ‘생명’과 ‘피’를 희생하겠다는 숭고한 각오는 ‘그대의 님은 우리가 구하여 준다’는 일제의 회유책과 친일 종용에도 불구하고 ‘독신 생활을 하겠다’는 님이 지키려는 정조는 시 「자유정조」의 시적화자 ‘나’의 ‘자유정조’와 상응한다. 이와 같이 『님의 침묵』의 시들이 서로 상응하여 짝을 이루고 있는 점도 특징적이다.

6. 맺음말

미야자와 켄지와 만해 한용운은 근대라는 시대를 공유하면서 양자 모두 타골 사상의 영향을 받았다. 이들이 신봉하였던 불교의 대승정신은 브라만교의 범아일여와 상통하며 특히 타골의『생의 실현』에서 주로 언급되는 개(個)와 전체(全體)와의 조화를 그들 문학 작품에 구체화하였다. 대승정신은 개인을 극복하고 개인을 포함한 전체를 지향했을 때에 발의 되는 것이다. 이는 불안전한 아(我)를 초월하여 무아(無我) - 불교 용어로는 '니르바나nirvana', 그리스도교 동방신학에서는 '비움Kenosis' - 에 이르는 불교적 개념과도 같은 맥락을 가지고 있고 그 과정에서 자기부정과 자기희생의 종교적 도그마가 강조된다. 이 부분에서 근대적 주체는 사실상 종말을 맞지만 불완전한 근대 주체의 극복이야말로 인문학의 과제이며 개인을 포함한 전체를 지향해야 하는 계기이다. 또한 완전한 비움과 니르바나는 완전한 충만이며 신과 인간이 합일을 이루는 지점이다. 새로운 주체 탄생의 가능성은 바로 여기에 있다.

켄지가 「농민예술개론강요」의 서두에서 '세계 전체가 행복하지 않으면 개인의 행복은 있을 수 없다'고 주장한 것은 어디까지나 개인중심의 전체 지향을 의미하지 않고 개인과 전체가 하나인 세계를 염두에 둔 표현이다. 그러므로 온다의 개인 중심론은 한계성을 드러내고 있다.『봄과 수라』서문에서 '모두가 내 안의 모두인 것처럼 모두의 각자 각자 안 모두이기 때문입니다'라는 켄지의 주장을, 쿠리하라가 우주(세계, 전체성)와 나(個)의 본원적 일치(일체성)를 증명하기 위한 사상적 토대로서, '심상(心像)'의 개념 형성에 기여하고 있다고 지적한 바, 이는 켄지의 심상 개념이 한용운의 심(心)의 개념과 일치하고 있음을 뒷받침한다. 대승

정신은 차별을 넘어선 세계의 실현이 그 목표이며 '모두'가 진정한 구경
(究竟)의 행복에 이르는 길이다. 그러므로 켄지의 '모든 생물의 진정한
행복'에 대한 추구는 분리가 극복된 평등한 세계, 즉 전체 지향을 의미
한다.

한용운은 「조선불교유신론」에서 불교의 이념을 평등주의와 구세주
의로 나누어 설명하고 있다. 여기에서 평등주의란 불평등에 반대되는
주의이며 불평등한 견지란 사물, 현상이 필연의 법칙에 의해 제한 받는
것을 말한다고 밝히고 있다. 그리고 평등한 견지란 '공간과 시간을 초월
하여 얽매임이 없는 자유로운 진리의 이름이라고 정의하고 있다. 한용
운에게 절대적 자유는 절대적 평등을 의미하며, 자유와 평등의 관계가
동일하다. 그의 평등주의는 '님'과 '나'의 내면적 또는 정신적으로만 추
구되는 것이 아니라 사회적 측면까지 확대되어 사회적 불평등에 투쟁적
으로 대처했다는 점이다. 즉, 소승에서 벗어나 대승으로 발전해 갔음을
알 수 있다. 시집『님의 침묵』의 시적 화자가 겪는 고난의 역정은 님과
내가 이별한 상태에서 '님'과 '나'가 분리된 불평등한 상황에서 쓰여진
것이다. 이와 같은 상황은 현상아(現象我)에 계박되어 있는 것이므로 주
체는 진아(眞我) 또는 무아(無我)의 경지로 탈주되어야 한다. 즉 이 분리
의 세계가 극복되지 않으면 자아에게는 죽음이다. 그러므로 주체는 죽
음을 두려워하지 않고 님과의 합일을 이루기 위해 자기희생이라는 적극
적 의지를 보여주었다. 자기희생은 곧 주체의 '자기 지우기'이다. 이 때
글쓰기(ecriture)는 파스(Octavio Paz)가 말하는 주체의 '치명적 도약'을 이루
는 계기이다.

현상적 존재인 '나'가 초월적 존재인 '님'과 합일하여 님과 내가 하나
가 된다는 것은 라캉(Jacques Lacan)이나 가타리(Felix Guattari)의 이론에서

불가능하여 불교사상의 핵심인 니르바나의 개념을 도입하였다. 케노시스(완전한 비움)와 니르바나(무아)란 평등과 자유가 실현된 완전한 사랑이며 이는 곧 완전한 충만을 의미한다.

【주】
 * 이 논문은 2007년 『만해학연구』(제3호)에 발표한 것을 수정·보완한 것임.
 ** 경기대학교 강사.
1) 아오에 슌지로(靑江舜二郎), 「宮澤賢治とタゴール」, 『四次元』200호, 四次元社, 1968.1, 158쪽.
2) 김윤식, 「한국신문학에 있어서의 타골의 영향에 대하여」, 『진단학보』32호, 진단학회, 1969, 202쪽.
3) 요시에 히사야(吉江久弥), 「賢治の初期童話とタゴール」, 『京都語文』제2호, 仏教大学国語国文学会, 1997.10.
4) 하라 시로(原子朗), 「家をめぐって-タゴール、武郎、賢治-」『文芸論叢』2호, 立正学園女子短期 大学文芸科, 1966.2.
5) 요시에 히야사, 위의 논문, 177쪽.
6) 특히 제381호-제385호. 창간이 명치37년 6월 25일이고 1951년 4월 15일 제1633호로 폐간됨, 이후 「桜楓新報」로 잡지 이름을 바꾸고, 현재에도 간행되고 있다. 그 외에 요시에는 「中央公論」의 경우 1915년 5월호, 8월호, 1916년의 6월호 등의 자료를 들고 있는데 여기에 실린 논문들도 타골과 인도사상에 관한 것이다. 「中央公論」은 켄지가 중학생 때부터 읽었던 잡지이다. 타골은 당시 일본여자대학의 교장이었던 나루세(成瀬仁蔵)의 요청으로 동교에서 1차 방문해인 1916년 7월 2일에 강연을 하였고 이어 동교의 카루이자와(軽井沢)수련소에서 있었던 하계수양회에 초청되어 8월 18, 19, 20일의 3일간 매일 저녁 5시부터 三泉寮에서 강연을 했는데 그것은 〈생의 실현〉속에 들어 있는 〈명상에 관하여〉이다. 요시에는 실제 강연시의 내용이 더 길었을 것이라고 추정하고 있다. 그리고 요시에는 그 당시의 일본의 지식인들에게 타골의 작품 중 〈기탄잘리〉와 〈생의 실현〉이 주로 읽혔을 것으로 보고 있다. 그 이유는 이것이 그의 사상과 철학을 이해할 수 있는 대표적인 작품이기 때문이라고 하고 있다.
7) 김용직, 「Rabindranath Tagore의 수용」『한국현대시연구』, 일지사, 1974.
8) 김재홍, 『한용운문학연구』, 일지사, 1982.
9) 타나카 치가쿠(田中智学)(1861~1939); 江戸 日本橋에서 태어났다. 1880년 日蓮主義의 在家佛敎團體蓮花會를 창립하였고 1885년 1월 立正安国会, 1914년 11월 3일 国柱会로 개칭했다. 켄지는 1919년(23세) 1월 22일과 2월 16일에 그의 연설을 듣고 감명을 받았고 1920년 11월에 국주회 信行部에 입회하였다. 연보(新校本『宮沢賢治全集』, 第16巻(下), 筑摩書房, 2001, 218쪽)에 의하면, 켄지가 '타카치오 선생님의 권유에 따라 법화문학 창작(高知尾師ノ奨メニヨリ法華文学ノ創作)(雨ニモマケズ手帳 新校本『宮沢賢治全集』第13巻(上) 본문편 563쪽)에 뜻을 둔다고 한 것은

그의 나이 25세 때인 1921년의 일이었다. 타카치오는 그의 은사인 타나카 치가쿠의 純正日蓮主義의 교의에 따라 '켄지는 시가 문학을 잘 하므로 그 시가 문학 상에 순수 신앙이 스며나와야 한다고 말했다'고 언급하고 있다.(高知尾智耀,「宮沢賢治の思い出」,「真世界」, 1968, 9월호) '치가쿠는 청일·노일 전쟁기의 불교 사상가로서 국가를 매개로 한 불교를 추구했고 그의 사회적 관심은 신불교도 운동이나 불교사회주의와 일치했다. 그러나 불교사회주의가 국가에 비판적이었던 데 대해 치가쿠는 국가를 제일로 보는 결정적인 차이가 있다. 근대가 정교 분리를 기본으로 하는 것에 대해 치가쿠는 정교일치를 주장한다.'(스에키 후미히코((末木文美士),『近代日本の思想·再考Ⅰ明治思想家論』, 東京;トランスビュー, 2004, 221쪽.)

10) R. 타고르, 류영 옮김,『타골전집 6』, 評論集, 정음사, 1974, 165쪽. 이하『타골 전집6』에서의 인용은 쪽수만 표기한다.

11) R. 타고르, 류영 옮김, 앞의 책, 170쪽.

12) 오세영,「마쏘히즘과 사랑의 실체-〈나룻배와 行人〉을 중심으로-」,『한용운 연구』, 한국문학연구총서 현대문학편 5, 새문사, 1982, 3장 28쪽.

13) R 타고르, 류영 옮김, 앞의 책, 180쪽.

14) 마츠다 시로(松田司朗),『宮沢堅治の童話論-深層の原風景』, 国土社, 1986, 215쪽.

15) 야마우치 오샤무(山内修),「宮沢賢治ノート(2)-存在の悪と自己犠牲」,『風狂』, 1980. 7월호, 風狂社, 79쪽.

16) 와다 야스토모(和田康友),「宮沢賢治と自己犠牲」,『日本文学誌要』제 54호, 法政大学文学会, 1996.7, 54쪽.

17) 미야자와 켄지(宮沢堅治),『宮沢堅治全集』제2권, 筑摩書房, 1973, 104쪽. 이하 전집 2권에서의 인용은 쪽수만 표기하겠다.

18) 한용운,『한용운 전집』1권, 신구문화사, 1973. 이하 전집1권에서의 인용은「작품명」, 쪽수만 표기하겠다.

19) 법화경 제 3의 끝에 화성의 비유를 설한 化城喩品, 여러 사람이 보물이 있는 곳을 찾아가다가 그 길이 험해 지쳤을 때 인도자가 신통력으로 임시로 큰 성을 만들어 쉬게 한다. 인도자는 사람들의 피로가 회복되자 화성을 없애고 보물이 있는 곳에 이르게 했다는 내용. 이 화성은 방편교의 깨달음에, 보물이 있는 곳은 진리교의 깨달음에 비유하고 있다.

20) 쿠리하라 아츠시(栗原敦),『宮沢賢治-透明な軌道の上から』, 新宿書房, 1992, 87쪽.

21) 메텔링크의 인형극을 위한 상징극「탄타지르의 죽음」(1894년 출판, 불란서에서는 상연되지 않음)에서 온 말이다. 왕자 탄타지르는 조모인 여왕으로부터 언제 살해될지 모르는 운명으로 누나인 이글레느가 구하려고 한다. 그러나 왕자는 눈에 보이지 않는 손에 이끌려 인간의 힘으로는 열 수 없는 철문의 저편에서 숨을 거둔다.(原子朗,『宮沢賢治詩語辭典』,『國文學』, 學燈社, 1984.1)

22) 1926(大正 15)년 1월 15일 히에누키 농학교(稗貫農學校)수료식 때 지방자치에 쓰일 인재를 키우기 위해 켄지는「農民芸術論」을 강연했고, 농민예술의 주체성을 가질 것을 골자로 한 요지문.

23) 온다 이츠오(恩田逸夫),「宮沢賢治における個と全の問題」,『四次元』35호, 四次元社, 1953.1, 956쪽.

24) 우메하라 타케시(梅原猛),「修羅の世界を越えて」,『文芸読本宮沢賢治』, 河出書

房, 1997, 94쪽.

25) 쿠리하라 아츠시(栗原敦), 『宮沢賢治-透明な軌道の上から』, 新宿書房, 1992, 75
쪽.

26) 우메하라 타케시(梅原猛), 「修羅の世界を超えて」, 『文藝讀本宮沢賢治』, 河出書
房, 1977, 93쪽.

27) 新修『宮沢賢治全集』 제6권, 筑摩書房, 1979, 199쪽.

28) 안병직, 「만해 한용운의 독립사상」 「창작과 비평」 제 5권 4호, 1970. 12, 769쪽.

29) 현상계의 사물은 각각 독자의 존재성을 가지고 있다는 점을 인정하여 타의 존재에서
卽緣되어 연기할 때 사물들은 異體이지만, 동시에 사물 그 자체는 원래 공한 것으로
주체 안에 이미 緣이 존재해 있어 다른 객체들과 相入相卽하므로서 연기하니 행해
진다는 의미로서는 同體이다.

박승호[**]

5 '키리시탄'의 신앙과 배교[*]
– 엔도 슈우사쿠의 『침묵』을 중심으로 –

1. 머리말

엔도 슈우사쿠(遠藤周作; 1923~1996)는 일본 현대 문학사상 〈제3의 신인〉의 한사람이자 대표적 가톨릭 작가로 잘 알려져 있는 인물이다. 그는 일본 국내의 저명한 문학상을 받았을 뿐만 아니라 세계 각국의 대학에서 명예 박사학위를 받기도 할 정도로 국내외적으로 그 명성을 날렸던 작가이다.

그의 문학에서 일관되게 추구되어 온 테마는 〈서양의 신을 일본인이 믿으려면 어떻게 하여야 하나〉 하는 명제이다. 이것은 그의 생애 전반에 있어서의 테마이기도 하고, 『백색인(白い人)』(1955년)에서 『깊은 강(深い 洞)』(1993년)에 이르기까지 일관되게 추구되어 있다. 따라서 그의 문학은 이 명제에 대한 해결의 시도라고 보아도 과언이 아닐 것이다.

『침묵(沈黙)』은 1966년 3월 신쵸사(新潮社)에서 간행된 작품이다. 이 작품은 그 해 10월 제 2회 타니자키 쥰이치로(谷崎潤一郎)상을 수상한다. 엔도 나이 43세 때의 일이다.

본 작품은 17세기 에도(江戸)시대에 있어서의 가톨릭 박해를 배경으로 하고 있으며 출판 이래 문제작으로 센세이션을 불러일으켰다.

인간의 연약함에 공감하고, 괴로움을 나누는 모성적인 그리스도상이 감동을 불러일으켜, 순수문학작품으로서는 보기 드물 정도의 베스트셀러가 되는 한편 기독교회의 일부에서는 금서 취급을 당하는 등 비판을 받기도 했다.

본 논문에서는 작품의 내적인 질서를 파악하는데 주안점을 두어 일차적으로 작품의 주제를 파악하고 나아가서 작품의 외부조건인 작가나 작품을 잉태케 한 시대와 사회적 상황 등을 유기적으로 고려해 본 작품이 내포하는 바의 의미를 새로이 규명해 보고자 한다.

끝으로 텍스트는 소학관(小学舘)에서 1996년 출판된 『쇼오와문학전집(昭和文学全集) 제21권』에 실린 『침묵』을 사용하고, 그것을 번역 기재한 것임을 명기해 둔다.(이하 본문의 인용시 쪽 번호만 기록함)

2. 작품분석

1) 작품의 서술형식과 중심사건의 기본구조

본 절에서는 중심인물과 그 중심인물을 이야기해 나가는 내레이터에 대한 고찰을 통해서 작품의 서술형식과 작품이 제시하는 이야기의 내용이 누구의 무엇에 관한 이야기인지를 파악해 보기로 한다.

가) 내레이터와 중심인물

본 작품의 구성은 다음과 같다. 즉, 〈머리말〉과 〈1~4장〉의 로드리고의 서간, 〈5~9장〉의 체포 이후의 로드리고의 여정(9장 중반부 네덜란드 상인 요나센의 일기 포함), 마지막으로 〈기독교저택 관인일기〉 등이다. 각 부분의 서술형식을 구체적인 작품의 내용을 인용하여 살펴보도록 하자.

① 로마 교회에 하나의 보고가 들어왔다. 포르투칼의 예수회가 일본에 파견하고 있던 페레이라 크리스트반 신부가 나가사키(長崎)에서 '구멍 매달기'[1] 고문을 받고 배교를 맹세했다는 것이다. (중략) 그 사람이 어떤 사정 때문인지 몰라도 교회를 배반했다는 사실 등은 믿어지지 않는 일이다.

(머리말 473쪽)

②오늘날 우리들은 포르투칼의 〈해외 영토사 연구소〉에 소장된 문서 중에 이 세바스찬 로드리고의 편지를 몇 통 찾아볼 수 있는데, 그 최초의 것은 지금까지 기술한 바와 같이 그와 동료가 발리냐노 신부로부터 일본의 정세를 들은 부분부터 시작되고 있다.

(머리말 477쪽)

③생전 처음으로 만난 일본인에 대해서 어떻게 말하면 좋을까요? 조금 지나자 술에 취하기나 한 듯, 비틀거리는 걸음걸이로 한 사나이가 방에 들어왔습니다. (중략) 술에 취해 있는 데다 매우 교활한 듯한 눈을 가진 사나이였습니다.

(1장 480쪽)

④부락 밖으로 나오자 갑자기 눈부신 햇빛이 이마에 부딪힌다. 현기증을 느끼고 잠깐 멈춰 선다. (중략) 햇빛이 내리쪼이는 밭에는 거름냄새가 가득 퍼져 흐르고 종달새가 즐겁게 지저귄다.

(5장 515쪽)

⑤관리들은 신부를 이 남녀 옆으로 데려가더니 자신들의 일은 끝났다는 듯이 서로 웃으면서 잡담을 나누기 시작했다. (중략) 따뜻한 햇살을 등에 쪼이면서 그는 차츰 어떤 쾌감마저 느끼기 시작한다.

(5장 515쪽)

⑥기록에 의하면 이날 신부를 데려간 일행은 하카다 마치에서 가츠야마초를 지나 고지마초 마을을 통과했다고 한다. 선교사가 체포되면 처형되기 전날 이와 같이 군중들에게 보이기 위해 나가사키 시내를 끌고 돌아다니는 것이 관헌의 관례다.

(8장 556쪽)

⑦나이든 짐승처럼 웅크린 채 페레이라는 꼼짝도 하지 않는다. 통역은 통
역대로 빗장이 걸려있는 문에 귀를 대고 안의 동태를 오랫동안 엿보고 있
다. 그러나 몇 시까지 기다려도 아무 것도 들리지 않음을 느끼자 불안스럽
고 목쉰 소리로 "설마 죽은 것은 아니겠지요"하고 혀를 끌끌 차더니

(8장 561쪽)

상기 ①과 ②의 인용은 작품의 〈머리말〉에서 인용한 것이다. ③의
인용문은 로드리고가 본국의 교회관계자에게 보내는 보고문을 편지 형
식으로 서술한 것으로 로드리고의 의식을 통해서 잡혀진 것을 자신이
직접 서술해 가고 있는 부분이다. ④부분은 관원에게 붙잡힌 로드리고
가 끌려가면서 바라보는 부락의 풍경을 로드리고의 감각을 빌어 내레이
터가 서술한 부분이다. ⑤는 내레이터의 눈에 포착된 세계와 내레이터
자신의 시각에서의 로드리고의 감정을 설명해 가는 부분이다. ⑥은 내
레이터가 현대의 시점에서 과거를 묘사하는 부분으로, 로드리고가 알
수 없었던 당시의 상황을 전지적 시점에서 묘사해 낸 부분이다. ⑦은
배교하기 전 로드리고가 감옥에서 파수꾼의 코고는 소리라고 생각한
것이 구멍 매달기 고문을 받고 있는 신음 소리라는 것을 알고 난 후
충격에 휩싸인 장면을 내레이터가 통역과 페레이라의 눈을 통해 극적으
로 묘사하고 있는 부분이다.

이와 같이 살펴볼 때 본 작품의 서술형식은 복잡하고 통일성이 없다.

우선 〈머리말〉에서는 본 작품의 시대적 배경을 설정한다. 이 부분에
있어서의 내레이터는 ①에서 알 수 있듯이 17C 로마교회 관계자의 의
식을 이야기하기도 하고, ②에서 알 수 있듯이 현대의 독자에 가깝고
우리를 대표하는 의식을 지닌 인물이 되기도 한다. 우리를 대표하고
더군다나 자유자재로 시공을 뛰어 넘을 수 있는 유연함을 지닌 이러한

전지적 시점의 내레이터에 이끌려 독자는 그가 밝히는 사실을 공유하면
서 이야기의 전개를 기대하게 된다.

〈1~4장〉까지는 1인칭 서간체 형식의 채용으로 ③에서와 같이 로드
리고의 시점에서 자신이 내레이터가 되어 자신의 의식과 감각을 통해
사건의 전개를 직접 서술하여 가고 있다. 〈5~9장〉에서는 체포된 로드
리고가 배교에 이르기까지의 과정을 묘사한 압권이 되는 부분인데 서술
의 형식은 장면의 극적인 설명을 위해 다양한 시점이 등장되고 있다.
먼저 내레이터는 ④에서와 같이 로드리고와 밀착하여 그를 시점인물로
세워 그가 보고 듣는 것, 즉, 그의 의식과 시점을 통해 사건의 전개를
서술해 간다. 그런 의미에서는 3인칭 내부시점이다. 그러나 작품의 전
개에 따라 작가는 극적 효과를 살리기 위해 다양한 서술형식을 혼용하
고 있는 바, 내레이터가 자신의 시각에서 로드리고의 신변이나 그의 생
각을 직접 설명해 가기도 하고(⑤), 배교의 장면에 가까워지면서 현대의
시점에서 로드리고가 끌려가는 당시 상황을 자료를 인용하여 그려내기
도 하고(⑥), 통역관이나 페레이라 측에서 로드리고의 모습을 관찰하는
등의 다양한 서술형식을 취하고 있다.(⑦) 이와 같이 외부시점과 로드리
고와 일체된 내부시점을 교차시켜서 작품의 극적 효과를 연출하고 있다.
한편 9장 중반부의 〈요나센의 일기〉, 마지막의 〈기독교 저택 관인일
기〉 등, 다른 등장인물의 시점을 빌리는 부분 등이 있어, 이 작품의 시점
이 단순치 않음을 알 수 있으나 이러한 복잡한 구조는 모두 작자에 의해
의도적으로 삽입된 것으로 작품의 주제와도 밀접한 관련이 있다. 즉,
엔도 자신이 밝히고 있듯이 유럽의 교회가 생각하고 있는 것과는 달리
로드리고가 배교한 것이 아니라 이제까지와는 다른 형태로 신앙을 유지해
가고 있음을 암시적으로 보여주기 위해 설정된 것으로 이해할 수 있다.2)

이상과 같이 살펴볼 때 본 작품에 나타나는 사건, 인물 등은 거의 로드리고가 중심이 되어 보고 판단하는 것으로 로드리고가 중심인물로 설정되어 있다고 할 수 있겠다.

나) 중심사건과 중심사건의 기본구조

『침묵』의 중심인물은 로드리고(ロドリゴ)이다. 그런 의미에서『침묵』의 이야기는 로드리고의 이야기이다. 그렇다면 그의 어떤 이야기인가? 그의 무엇에 관한 이야기인가?

로드리고는 1610년 생으로 포르투칼의 예수회 소속 신부이다. 그는 17세 나이에 수도원에 들어가 은사 페레이라 신부에게서 배운 바 있다. 그러나 바로 그를 가르쳤던 페레이라가 일본 나가사키에서 구멍 매달기 고문을 받고 배교했다는 소식을 접한다. 페레이라는 일본에 체류한지 33년이 되는데 주교라는 가장 중요한 직책에 있으면서 사제와 신도를 통솔해 온 성직자이다. 이에 로드리고는 가르페, 마르타 등 페레이라의 제자들과 함께 일본에 건너가서 사실의 진상을 자신들의 눈으로 알아보고자 결심하기에 이른다.

1638년 3월 25일 로드리고 일행은 일본을 향한다. 로드리고 나이 28세이다. 키치지로를 길 안내자로 토모기 마을에 도착한 로드리고 일행은 숨어서 신도들과 은밀한 접촉을 갖는다. 그러던 중 그들이 숨어 있는 움막으로 고토오 마을 신도가 찾아와 자기 마을을 방문해 줄 것을 간곡히 청한다. 이에 로드리고는 위험을 무릅쓴 채 그 마을에 잠입해 가는데 그곳은 바로 키치지로의 고향 마을이었다. 그곳에서 로드리고는 키치지로가 8년 전 그들 일가에 원한을 가진 자의 밀고 때문에 붙잡혀 취조 중 그의 형과 누이와는 달리, 성화를 밟고 배교한 경험이 있다는 사실을 알게 되었다. 한편 로드리고는 미사와 고해성사 등 신부의 임무를 충실히 함으로써 자신이 이곳에서 유용한 존재라는 희열을 느낀다. 그리고 다시 기치지로와 함께 도모기 마을로 돌아온다.

그러나 얼마 후 관리들의 손이 토모기 마을에 미쳐 키치지로와 모키치, 이치조오가 대표로 취조를 받게 된다. 결국 키치지로는 다시 성화를 밟게 되고 이치조오와 모키치는 순교를 한다. 그것은 로드리고가 상상했던 순교와는 너무도 다른 비참하고 쓰라린 순교였다. 이후 로드리고는 가르페와 헤어져 산 속을 헤매게 되는데 이 산에서 키치지로를 다시 만나게 된다. 키치지로는 로드리고에게 자신이 함께 있으면 안전하다고 안심을 시키며 말린 물고기를 준다. 그리고 자신의 배교에 대한 변명을 한다. 불쌍한 생각이 든 로드리고는 기치지로의 고해를 받는다. 그러나 이미 기치지로는, 목말라하는 신부에게 물을 갖다 준다는 핑계로 마을로 내려가 관리들에게 밀고를 한 후였다. 고해성사가 끝나자마자 산 위로 올라 온 관리들에게 로드리고는 체포된다.

감옥에 갇힌 로드리고는 그곳에서 일본 신도 몇 사람을 만나는데 그들을 위한 신부로서의 임무를 수행해 가는 과정에서 기쁨과 평안을 느낀다. 그리고 이런 생활이 오래 지속되길 바란다. 그러나 애꾸눈 사나이의 어처구니없는 순교는 다시 그를 혼란 속으로 몰아간다. 이어 바다에 빠뜨려지는 일본신도들을 쫓아 기도하며 바닷물로 뛰어드는 동료 가르페의 순교 장면을 목격하게 되는데 이것은 로드리고에게는 엄청난 충격으로 다가온다. 이러한 충격 상태에서 자신이 찾고 찾던 페레이라를 만나게 되는데 그의 역할은 로드리고의 배교를 설득하기 위함이었다. 그의 설득에 로드리고는 성화를 밟고 배교하게 된다. 이제는 일본 이름으로 개명한 로드리고[3)]는 배교자로서 갈등을 겪다가 기치지로를 통하여 약자를 사랑하는 또 다른 차원의 하나님을 발견하고 자신이 이 땅에서 최후의 가톨릭 신부임을 자각한다.

이상과 같이 로드리고를 중심으로 한 작품 내 사건의 전개 과정을 살펴보았다. 로드리고는 배교를 행하는 순간까지 시종일관 신부로서 교회에서 배운 신앙을 지키려는 의식과, 그러한 신앙을 가지고서는 명확히 풀어나갈 수 없는 현실 사이에서 발생되는 의심, 회의, 두려움, 원망, 절망 등의 내적 감정 사이에서 갈등하고 있다.

그러므로 이 작품의 중심사건은 생명의 위협도 개의치 않고 스승의 배교 사건의 진상을 알아내려 일본에까지 오게 한 신앙의식이 일본이라는 특수상황에 직면하면서 변질되어 가는 과정에서 발생되는 사건들이다. 다시 말해, 중심사건의 기저를 이루는 구조는 〈기존의 신앙에 따라 행동하려는 의식과 그것을 의심하여 회의하는 의식간의 대립〉이라고 도출해 낼 수 있을 것이다. 이 대립은 기본적으로는 로드리고 정신세계 내부의 대립이지만 외부의 사건과 관련되어 전개, 발전되고 있다. 다음 장에서는 침묵의 기본 구조를 구축하고 있는 이러한 대립관계의 성립, 전개과정을 고찰하고 그 대립의 의미를 도출하여 논의를 진전시켜 보고자 한다.

2) 대립관계의 성립과 대립양상

앞에서 필자는 로드리고 의식 내에서의 대립관계는 교회에서 배운 신앙의식이 일본이라는 현실에 부딪혀 변질되어 가는 과정에서 발생한다는 사실을 살펴보았다. 그 대립관계의 성립과 전개양상의 파악은 로드리고의 신앙의식의 파악에서 시작할 수 있겠다. 그럼 일본 잠입 전 로드리고는 어떤 신앙의식을 지니고 있었던 것일까?

①일본인의 교회와 하나님의 영광을 위해 우리들은 오늘 겨우 이 동양에까지 도착했습니다. 그러나 앞으로의 갈 길에는 필시 저 아프리카를 비롯해 인도양에서 맛보았던 선박 여행과는 비교도 되지 않을 고난과 위험이 있을 테지요. 하지만 〈이 거리에서 박해받는다면 다시 다른 거리로 가야하느니라〉(마태복음) 그리고 나의 마음에는 끊임없이 묵시록의 〈우리 주 하나님이시여. 영광과 존귀와 능력을 받으시는 것이 합당하오니 주께서 만물을 지으신 지라. 만물이 주의 뜻대로 있었고 또 지으심을 받았나이다.〉라는 말씀이 떠오릅니다. 이 말씀을 대할 때 이미 나에게는 아무런 두려움도 없는 것입니다.   (1장 479쪽)

②우리들은 매일 그의 병이 하루라도 빨리 회복되도록 기도하고 있습니다만 병세는 좋아지지 않습니다. 그렇지만 하나님은 우리들의 지혜로서는 통찰할 수 없는 가장 선한 운명을 인간들에게 부여하시는 것입니다. 출발은 앞으로 2주 후로 박두하고 있습니다만 반드시 주 하나님은 그 전능하신 기적으로 모든 것을 조화시켜 주실 것입니다.   (1장 481쪽)

③가르페와 나는 서로 얼굴을 마주 보았습니다. 이 항해 동안에 모두에게 조금이나마 쓸모 있기는 커녕 방해만 되어 왔던 그가 우리들과 똑같은 입장의 인간이라니 있을 수 있는 일입니까? 아니, 그런 일은 있을 수 없습니다. 신앙은 결코 한 인간을 이와 같은 겁쟁이와 비겁한 자로 만들지는 않습니다.   (2장 484쪽)

일본 잠입 전 로드리고는 앞으로 자신에게 닥쳐올 고난에 대한 두려움을 말씀으로 물리치거나(①), 항해 도중 병을 앓고 있는 동료 신부인 마르타의 늦은 회복을 염려하면서도 모든 것을 기적적으로 조화시켜 주실 하나님의 능력을 확신하고 있었고(②), 약자에 대해서는 엄격한 판단을 가하는 등 확고한 신앙의식을 갖고 있었음을 알 수 있다(③).

그러나 이와 같은 그의 신앙의식은 일본에 잠입한 후 일본신도들의 비참한 현실을 눈으로 확인하게 되면서 흔들리기 시작한다.

그들은 기쁨도 슬픔조차도 얼굴에 드러내서는 안 되는 것입니다. 오랜
비밀 생활이 이 신도들의 얼굴을 가면처럼 만들어 버렸던 것입니다. 그것
은 참으로 가슴 아프고 슬픈 일입니다. 하나님은 왜 이와 같은 고난을 신도
들에게 부여하시는지 나로서는 이해할 수 없는 때가 있습니다.

(3장 489쪽)

자신들과 동일한 하나님을 믿으면서도 박해를 받으며 생명의 위협까
지 받고 급기야는 기쁨도 슬픔도 드러내서는 안 되는 가면 같은 얼굴을
하며 살아 가야할 정도로 어렵게 신앙생활을 유지해나가는 일본인 성도
들의 생활상은 일찍이 로드리고가 상상할 수 없었던 비참한 모습이다.
그러한 모습을 바라보며 로드리고는 불평등한 신적 섭리에 강한 모순을
감지하게 된다.

이렇게 하여 로드리고의 의식 내부에서의 대립관계가 성립되는데,
이와 같은 대립관계는 그의 나이 28세라는 것과 일본잠입 목적이 일본
선교보다도 스승 페레이라의 배교의 확인 쪽에 비중이 더 쏠려있었다는
점에서 충분히 예상할 수 있는 결과로 여겨진다.

그럼 구체적인 사건과 연결된 로드리고의 의식 내부의 대립양상에 대
해 살펴보도록 하자. 그의 이런 대립관계가 구체화되는 것은 그가 잠입
해서 몰래 사역을 하던 도모기 마을에 대한 관리들의 탐색이 시작되고
나서이다.

그러나 그러한 것을 어떻게 이 불쌍하고 가련한 세 사람에게 요구할 수
가 있었겠습니까?
"밟아도 좋아, 밟아도 좋아."
그렇게 외친 뒤, 나는 자신이 사제로서 말해서는 안 되는 것을 말했다는
사실을 깨달았습니다. 가르페가 의심하듯 나를 주시하고 있었습니다.

(4장 500쪽)

이 장면은 6월 5일 토모기 마을에 관리들의 탐색이 시작된 이후, 마을에서 두세 명 정도 나가사키로 출두하라는 명을 받고 출두하기로 작정된 세 명중 하나인 모키치가 자기가 당하게 될 후미에(踏絵)[4]를 생각하며 괴로워하는 모습을 보며, 로드리고가 충고해 주는 장면이다. 이때 그는 갈등한 나머지 자신도 모르게 '밟아도 좋다'라고 인간적인 연민에 이끌린 신부로서는 용납될 수 없는 말을 해 버린다. 이 부분에서 우리는 로드리고 의식 내부의 대립구조가 그대로 드러나고 구체화되는 모습을 찾을 수 있다. 그 대립이란 다름 아닌 신앙의식에 큰 위해를 끼칠 만큼 강력한 현실적 도전에서 비롯된 것이다.

한편 이렇게 하여 성립된 갈등은 모키치와 이치조우의 1차 순교 장면을 목격한 후 더욱 심화되어 간다.

> 아무 것도 변하지 않았습니다. 하지만 당신이라면 이렇게 말하겠지요. 그들의 죽음은 결코 무의미하지 않다고. 그것은 결국 교회의 초석이 되는 돌이었던 것이라고. 그래서 주님은 우리들이 넘을 수 없는 그런 시련을 결코 주시지 않는다고. 모키치도 이치조도 지금 주님 옆에서 그들보다 먼저 간 많은 일본인 순교자들과 똑같이 영원한 지복을 얻고 있을 것이라고. 나도 물론 그런 것은 백 번 알고 있습니다. 알고 있으면서 지금 왜 이런 비애와 같은 감정을 가슴 밑바닥에 남는 것일까요? 어째서 기둥에 묶여진 모키치가 숨이 끊어질 듯 불렀다는 노래가 이렇게 고통스러움으로 머리에 되살아 나는 것일까요 (4장 504쪽)

모키치와 이치조의 순교는 로드리고가 기대하던 것과는 너무도 다른 비참하고 쓰라린 순교였다. 로드리고는 그 순교를 접하며 자신의 편지를 읽는 교회 관계자들에게 항변하기도하고 비애와 같은 감정을 느낄 정도로 갈등하게 된다. 이러한 감정은 산 속을 쫓기는 동안 두려움으로 바뀌고, 결국에는 하나님이 부재한 것은 아닌가에 대한 의심으로 발전하게 되는데, 이것은 이제까지의 로드리고의 신앙의식으로서는 도저히 용납할 수 없는 의심이다.

이후 로드리고는 키치지로의 배반으로 체포되어 나가사키로 이송된다. 이송 중에 한때는 가톨릭 신자들이 모여 살았던 부흥기의 그 요코세우라가 폐허가 된 것을 보게 되는데 이때 그는 하나님의 부재라는 내적인 의심을 외적인 환경을 통해 확인하게 되며, 자신의 죽음과 이 일본적 상황을 방관하는 하나님의 침묵에 대한 강한 원망의식을 갖게 된다.

그러나 나가사키 감옥 안에서의 신부로서의 역할을 수행하면서 지금까지 보아온 현실을 인정하지만 그래도 자신의 죽음에 있어서만큼은 침묵하지 않을 하나님을 기대하며 하나님께 대한 믿음과 소망을 추스른다.

그러나 현실은 그의 기대를 저버린다. 전혀 상상할 수 없었던 애꾸눈 사나이의 2차 순교를 목격하게 되는 것이다. 2차 순교를 경험한 이후 로드리고의 의식 내부의 갈등양상은 어떠했는가?

> 갑자기 비웃음과 조소가 치밀어 오름을 느낀다. 이윽고 자신이 죽음을 당하는 날 여전히 외계는 변함없이 흘러갈 것인가. 자신이 죽음을 당한 뒤에도 매미는 여전히 울고 파리는 졸음을 재촉하는 날개소리를 내면서 날아다닐 것인가. 그렇게 까지 영웅이 되고 싶은가. 네가 바라고 있는 것은 남모르는 참된 순교가 아니라 허영을 위한 죽음인가? 신도들에게 칭송 받고 기도 받고 그리고 저 신부는 성자였다는 말을 듣고 싶은 때문인가?
>
> (6장 155쪽)

전혀 예측할 수 없었던 2차 순교는 로드리고에게 하나의 충격이었다. 이후 그는 자신의 죽음을 상상하게 되는데 자기가 죽은 뒤에도 지금과 같이 여전히 변함없는 일상이 지속될 것임을 생각하며 방관하는 하나님의 침묵에 대해 항변한다. 자신의 죽음이 전혀 무의미한 죽음이 될지도 모른다는 상상을 하며 자기가 몸부림치며 지키고 있는 신앙이라는 것이 어쩌면 무의미한 것일지도 모른다고 회의하는 것이다. 기존에 갖고 있던 신앙의식은 죽음이라는 극한의 현실 앞에서 퇴색되어버리고 심한 회의와 혼돈 만이 존재하는 것이다. 이 부분에서 그의 신부로서의 자긍심은 조소와 비웃음의 감정으로 변질되어 간다.

한편 이러한 로드리고 의식 내부에서의 대립은 가르페의 순교 장면을 목격하며 또 다른 차원으로 전개된다. 이제까지는 관념 속의 하나님과 현실 속에 나타난 침묵하는 하나님에 대한 갈등, 그에 따른 의심, 혼동이라는 개인적인 것이었지만, 이제는 '순교냐 배교냐'하는 자신의 선택이 다른 일본신도들의 생사의 문제와 결부되어 있고 그 선택의 기로에 자신과 자신의 동료 가르페가 서게 된 것이다. 이점은 3차 순교 장면의 설정을 살펴보면 쉽게 이해될 수 있다.

어느 날 관리들은 로드리고를 바다 가까이 있는 송림으로 데리고 간다. 그곳에서 그는 먼발치에서 세 명의 신도와 동료 가르페를 본다. 가르페를 제외한 세 명의 신도는 도롱이 벌레처럼 거적으로 둘러싸여 이상한 모습을 하고 있다.5) 그들은 모두 이미 성화를 밟은 사람들이다. 통여의 말에 이하면 만일 가르페가 배교하지 않으면 그들은 돌처럼 바다에 던져진다는 것이다. 즉, 신부의 행동 여하에 따라 세 명의 목숨이 결정되는 것이다.

이러한 설정이 의미하는 바는 무엇인가? 작자는 대립의 극한으로 로드리고를 몰고 가 독자로 하여금 자연스레 배교라는 갈등의 해소를 지향토록 하는 것이다.

3차 순교의 현장에서 로드리고는 마음 속으로는 가르페를 향해 배교해도 좋다고 외친다. 하지만 실제로는 아무런 말도 못한 채 그들이 죽어가는 모습을 바라볼 뿐이다. 배교하라 소리치지 못한 것은 오로지 배교에 대한 거부감, 그것 하나 때문이다. 다시 말해 비겁함 때문이다.

가르페는 신도들을 따라 비명인지 노호인지 알 수 없는 기도를 외치며 파도 사이에 잠겨 간다. 연민은 사랑의 행위가 아니라 본능에 지나지 않는다고 배웠지만 현실에서는 연민에 이끌려 아무 것도 할 수 없는 자신, 배교한다고 말함으로써 신도들을 구원할 수도 없었고 가르페처럼 그들을 쫓아가서 풍랑이 이는 파도 속에 사라져 갈 수도 없었던 자신을 보며 로드리고는 절망을 느낀다.

이렇게 하여 로드리고는 이전까지의 자신의 모든 신앙은 지식 차원의 그것에 지나지 않았음을 깨닫고, 이제까지의 모든 것이 부정되는 절망상태에 빠지게 된다. 갈등의 극에 달하게 되는 것이다. 여기서 잠시 그 갈등의 양상을 살펴보자.

> 하나님은 정말 존재하는 것일까. 만약 하나님이 없다면 수 없이 바다를 횡단하여 이 작은 불모의 땅에 한 알의 씨를 가져온 자신의 반생은 얼마나 우스꽝스러운 희극이란 말인가? 그건 정녕 우스꽝스러운 것에 지나지 않을 것이다. 만약 하나님이 존재하지 않는다면 매미가 울고 있는 한 낮, 목이 잘린 애꾸눈 사나이의 인생은 우스꽝스럽다. 헤엄치며 신도들의 작은 배를 쫓은 가르페의 일생도 우스꽝스럽다. 신부는 벽을 향하고 앉아서 소리를 내어 웃었다.
>
> (7장 546쪽)

가르페가 죽었는데도 전혀 전과 다름없이 펼쳐지는 일상 속에 로드리고는 다시 한번 절망하는 것이다. 그것은 어쩌면 영원히 계속될지도 모를 하나님의 침묵과 그러므로 영원히 바뀔 것 같지 않은 일본에 대한 절망감이다. 이미 일본 잠입 시 지니고 있던 절대적 신앙의식은 찾아보기 어렵다.

이후 관리들과 페레이라의 설득 작업이 끝나고 관헌의 캄캄한 마루 방으로 끌려갈 때 로드리고는 혼돈과 절망, 두려움과 수치의 감정 속에서 죽음으로, 지친 여정을 마감하려는 상태가 된다. 진정한 순교라고는 할 수 없지만 그래도 외면적으로는 그렇게 보이는 죽음이 신부로서 내세울 수 있는 마지막 자존심이었던 것이다. 그러나 그는 마지막 순간 자신의 의식마저도 신뢰할 수 없는 자기 부정에 빠진 상태에서 페레이라의 설득으로 인해 성화에 발을 올려놓게 된다.

이렇게 하여 일본 잠입 이후 그가 겪은 여러 사건과 연계되어 끊임없이 발생되었던 로드리고 의식내부에서의 다양한 대립관계는 해소되어 가는 것이다.

그렇다면 이와 같은 대립이 주는 의미는 무엇인가? 이와 같은 대립양상의 파악을 통해 우리가 알 수 있는 것은 무엇인가? 그것은 로드리고의 신앙의지가 아무리 강했다고 하여도 박해라는 일본적 현실 앞에서는 어쩔 수 없이 변질되어 갈 수밖에 없었다는 논리가 설득력을 얻어 갔다는 사실이다. 즉, 엔도는 이러한 합리화의 과정을 통해 설득력을 얻고 효과적으로 주제를 전달하고 있는 것이다. 그렇다면 작가가 우리에게 전달히려는 메시지는 무엇인가? 이 부분에서 우리는 로드리고 의식내부의 갈등구조의 해소를 가져온 전환점의 전환양상과 그 구조파악에의 필요성을 느끼게 되는 것이다.

3) 대립관계의 전환점과 전환양상

어떤 사건에 있어서 전환부분은 그 사건의 결말을 가져온 원인과 그 사건을 일으켜간 의지의 한계성이 내재된 부분이고 새로운 차원의 주제나 세계가 드러나 있는 부분이다.

이렇게 볼 때 침묵에서의 전환점은 크게 두 곳으로 분류할 수 있는데 로드리고가 기존의 신앙으로는 도저히 용납할 수 없는 배교에 이르게 되는 원인이 서술된 부분이고, 배교한 이후 자아상의 손상 문제로 성립된 갈등요소가 완전히 해결되어 전혀 새로운 주체로 전환되어 가는 내용이 서술된 기치지로와의 마지막 만남 부분으로 볼 수 있겠다.

그렇다면 〈1차 적 전환점〉이라고 할 수 있는 배교를 일으키는 원인이 내재되어 있는 부분은 어디인가? 그것은 작품상으로는 〈8장〉의 중반부이며, 시간적으로는 일본잠입 이후 체포를 거처 9월에 이른 시기이고, 물리적 공간으로는 나가사키 관헌의 캄캄한 마루방에서이다. 그 자세한 전환양상은 다음과 같다.

나가사키 관헌의 깜깜한 마루방에 수감된 로드리고는 어둠 속에서 '찬미하라 주를'이라고 새겨진 문구를 발견하고, 침묵하지만 마지막까지 자신과 함께 해주시는 것 같은 하나님을 느끼며, 그런 하나님을 위해 다소 허영이긴 하지만 그래도 순교를 하리라는 결심을 굳혀 간다. 그때 참을 수 없는 고요한 정적 가운데서 파수꾼의 코고는 소리가 들려온다. 로드리고는 그리스도를 못 박은 자들도 저런 추하고 속된 인간들이라고 생각하며 자신의 이런 비장한 순간까지 저런 속된 인간이 끼어드는 것에 대해 자신의 인생이 견딜 수 없는 우롱을 당하고 있는 생각이 들어 주먹으로 벽을 두드린다. 그러나 페레이라를 통해, 자신이 '찬미하라 주를' 이라는 문구를 새겼다는 것과 저것은 파수꾼의 코고는 소리가 아니라 구멍 매달기 고문을 받고 있는 신도들의 신음소리라고 듣게 된다.
배교한 페레이라의 글을 통해 위로를 받았던 자신, 자기만이 이 밤에 그리스도와 똑같은 괴로움을 겪고 있다고 생각했던 자신의 오만과 어리석음은 엄청난 자기 부정으로 다가온다.

자기가 이 어둠 속에서 웅크리고 있는 동안 누군가가 코와 입에서 피를 흘리며 신음하고 있었다. 그런데 자기는 그것을 깨닫지 못하고 기도조차 하지 않고 비웃고 있었던 것이다. 그렇게 생각하자 신부의 머리는 이미 무

엇이 무엇인지조차 알 수 없게 되었다. 자기는 저 소리를 우스꽝스럽게 생
각하며 소리를 내서 웃기까지 했다. 자기만이 이 밤에 그분과 똑같이 괴로
워하고 있는 것이라고 오만하게 믿고 있었다. 하지만 자기보다 더 그분을
위해 고통을 받고 있는 자가 바로 옆에 있었던 것이다. (어째서 이런 어리
석은 일이) 머릿속에서 자기가 아닌 다른 목소리가 중얼거리고 있다. (그래
도 너는 신부란 말인가. 타인의 고통을 받아들이는 신부인가)

(9장 561쪽)

인간의 가장 고통에 찬 소리를 코고는 소리로 착각한 자기를 인식하
는 순간 로드리고는 그 동안 자신이 겪었던 모든 갈등과 혼동 공포는
어쩌면 의식의 착각 속에서 만들어낸 허상에 불과할지도 모른다는 강한
자기 부정 상태에 빠져들게 되며, 한편으로는 자신을 향해 '그래도 너는
타인의 고통을 받아들이는 신부인가'라는 강한 질책을 던지는 것이다.
하나님에 대한 끊임없는 의심과 원망이 자신에 대한 의심과 원망으로
전환되는 것이다.

한편 이와 같은 강한 자기부정 상태에 빠지게 된 로드리고에게 페레
이라의 설득이 가해진다.

자신이 배교한 것은 구멍 매달기 고문에도 하나님이 침묵하셨기 때
문이며 지금 신도들은 로드리고가 겪어보지 못한 엄청난 고동 중에 있
으므로 그들을 위해 기도하라고 한다. 이에 대해 로드리고는 지상에서
의 고통대신 천국에서의 영원한 기쁨을 얻을 수 있다고 힘없이 항변한
다. 그러나 페레이라는 그것은 자신의 나약함을 속이는 말로서, 교회를
배반하는 일이 두렵고, 자신처럼 교회의 오점이 되는 것이 두렵기 때문
이라며 로드리고의 약점을 찌른다. 강한 자기부정에 빠진 로드리고에
게 신부의 이 말은 강력한 무기가 되어 상처를 내고, 이어서 계속된
페레이라의 설득에 로드리고는 마침내 무너져 버린다.

"나도 그랬었지. 저 캄캄하고 차디찬 밤, 나도 지금의 자네와 마찬가지였
어. 하지만 그것이 사랑의 행위란 말인가? 신부는 그리스도를 배우면서 살
아가라고 가르쳤어. 그러나 만약 그리스도께서 여기에 계셨다면 확실히 그
리스도는 그들을 위해 배교했을 것이다!"　　　　　　　　　　(9장 563쪽)

'신부란 그리스도를 배우며 살아야 하는 직분인데 이 순간 그리스도
라면 저들을 위해서 배교를 했을 것이다'라는 말은 매순간 그리스도를
생각하며 현실상황에서의 올바른 행동규범을 찾으려 했던 로드리고에
게 배교할 수 있는 마지막 기폭제가 되고 있다. 즉 자신이 배교하면
신도들의 저 극에 달한 고통이 당장 해결된다는 확실한 보장이 있고,
이미 하나님과 자신에 대한 부정으로 기존의 신앙의식이 뿌리째 흔들려
버린 지금, 페레이라의 '그리스도라면 저들을 위해 배교했을 것'이라는
설득은 그에게 차라리 새로운 세계를 열어주는 스승의 안내로 여겨졌던
것이다. 배교에 대한 혐오나 저항감은 이미 힘을 잃은 것이다. 이렇게
해서 로드리고는 성화에 발을 올려놓는다.

　그러나 이런 자기부정과 설득에 의한 배교는 일찍이 강한 자 로드리
고가 경험치 못했던 약자, 패배자의 세계로 들어감을 의미하고, 자위와
변명에도 불구하고 교회에서 추방된 자로서의 자기연민과 자아상의 손
상문제 등의 새로운 갈등을 낳게 했다.

　　페레이라에 대한 감정은 말로는 나타낼 수가 없었다. 그것은 인간이 또
다른 인간에게 갖는 모든 감정을 포함하고 있었다. 증오의 감정과 모멸의
감정을 저쪽도 이쪽도 서로 안고 있었다. 적어도 그가 페레이라를 증오하
고 있다고 한다면 그것은 이 사나이의 유혹에 의해 배교했기 때문이 아닌
(그런 면에서는 이미 조금도 원망하거나 노하지 않았다), 이 페레이라 속에
서 자신의 깊은 상처를 그대로 느낄 수가 있기 때문이었다. 거울 속에 비치
는 자신의 못생긴 얼굴을 보는 사실이 견딜 수 없듯이 눈앞에 앉아 있는

페레이라가 자신과 마찬가지로 일본인 옷을 입고 일본말을 사용하고 자신
과 똑같이 교회에서 추방된 인간이기 때문이다. 바로 그 자신이기 때문이다.

(9장 566쪽)

　거울 속에 비치는 자신의 못생긴 얼굴을 보는 사실이 견딜 수 없듯이
페레이라를 보며 그 속에서 느낀다는 상처란 무엇인가? 그것은 그 동안
그가 용납할 수 없었던 배교자, 그러기에 분노와 경멸의 감정을 품어왔
던, 자신을 팔아넘긴 키치지로가 느꼈던 아픔과 동종의 아픔이었다.
　〈2차 적 전환점〉은 바로 이러한 아픔이 완전히 해결되어 의식레벨에서
완전히 새로운 차원의 인간으로 전환되어 나오는 부분이다. 작품상으로는
〈9장〉 후반부이며 시간적으로는 9월의 배교 이후 4개월이 지난 이듬해
1월 3일이며, 공간적으로는 나가사키이다. 그 전환양상은 어떠했는가?
　배교 이후 나가사키의 안가(安家)에서 지내던 로드리고는 어느 날 갑
작스런 키치지로의 방문을 받는다. 그는 로드리고에게 고해를 들어줄
힘이 있으면 자기의 죄를 용서해 달라고 청한다. 로드리고는 일찍이
강자였을 때 자신이 경멸했던 그 키치지로의 변명과 원망을 회상했고
그 변명과 원망은 약자로서 체험한 자신의 고통과 겹쳐져서, 그의 고통
을 일시에 이해하게 된다. 약자로서, 패배자로서의 농질감을 획득하는
것이다. 이때 신부는 풀리지 않던 자신의 마지막 남은 질문을 던진다.

　　“주여 당신이 언제나 침묵하고 계시는 것을 원망하고 있었습니다.”
　　“나는 침묵하고 있었던 것이 아니다. 함께 고통을 나누고 있었을 뿐”
　　“그러나 당신은 유다에게 가라고 말씀하셨습니다. ‘가라. 가서 네가 할
　일을 이루어라’고 말씀하셨습니다. 그렇다면 유다는 어떻게 되는 것입니까?
　　“나는 그렇게 말하지 않았다. 지금 네게 성화를 밟아도 좋다고 말한 것처
　럼 유다에게도 ‘네가 하고 싶은 일을 이루어라’고 말하였던 것이다. 네 발이
　아픈 것처럼 유다의 마음도 아팠을 테니까”　　　　　　(9장 572~573쪽)

이후 로드리고는 상상 속에서 기꺼이, 자발적으로 다시금 성화를 밟는다. 그의 마음에는 격렬한 기쁨이 넘쳐나며, 마지막 남아 있던 상처조차 완전히 극복되는 것이다. 이렇게 하여 로드리고는 키치지로의 고통과 상처를 자신의 직접적인 체험을 통해 완전히 이해하고 그런 키치지로를 사랑하는 또 다른 차원의 신의 사랑을 발견하여 전혀 새로운 주체로 전환되어 나오게 되는 것이다.

이러한 과정을 거쳐 로드리고는 결국 하나님의 침묵에 대한 의미와 유다에 대한 의문, 자신에게 주어졌던 시련의 의미를 깨닫게 되는 완전한 갈등의 해소를 이루게 되는 것이다.

3. 맺음말

이상과 같이 엔도 슈우사쿠의 소설 『침묵』의 주제를 작품의 내적인 질서를 파악하는 데에 주안점을 두어 살펴보았다. 그 결과 본 작품은 강자였던 로드리고 신부가 박해라는 일본적 상황 하에 직면하여 갈등과 대립을 거쳐 배교한 후, 약자가 되어 배반자 유다를 상징하는 인물로 설정된 키치지로를 새롭게 이해하며 발견하는 보편적 신의 사랑을 그려가고 있는 것이라고 볼 수 있겠다.

이와 같이 본 작품은 그의 개인사적 도정에서 살펴볼 때 어릴 적 무비판적으로 받아들인 가톨릭 신앙에 대한 객관적 다시 보기의 입장에서, 기독교를 적극적으로 일본적 상황에 맞게 재해석하며 수용해 가는 과정에서 태어난 작품으로 이해해 볼 수 있겠다.

어쨌든 본 작품으로부터 엔도는 기독교신앙에 대한 적극적 재해석에

의 시도를 보였고 이후의 작품에서는 나름대로의 일본적 수용방안들이 실험적으로 제시되고 있다고 할 수 있겠다.

【주】

 * 본 연구는 1996년 『일본문학연구』(제1호)에 발표한 「엔도 슈우사쿠(遠藤周作)의 『침묵』(沈黙)론」을 수정·보완한 것임.
** 백석문화대학교 일본어학부 교수
1) 에도시대 형벌의 일종으로 본 작품에서는 다음과 같이 설명하고 있다. 즉 손발을 움직이지 못하게 대발로 둘러싸고 구덩이에 거꾸로 매달아 귀 뒤쪽에 구멍을 뚫어 피가 한 방울씩 떨어져 죽게 하는 고문방법으로 본 작품에서는 신부를 배교케 하기 위해 사용되고 있다.
2) 이점에 대해 엔도는 「배후를 되돌아 볼때(背後をふりかえる時)」(『昭和文学全集21卷』 小学館 1996. 980쪽.)에서 다음과 같이 밝히고 있다. 즉 『침묵』의 독자가, 한문체 때문인지 모르지만 작품의 끝에 있는 〈기독교저택관인일기〉를 읽지 않는 경우가 많은데 자기는 다음과 같은 두 가지 사실을 밝혀두기 위해 일부러 삽입해 두었다. 첫째는 배반자 기치지로가 스스로 자진하여 찾아와 이곳에 수감된 사실이며, 다른 하나는 오카다 미우에몬(배교 이후 개명한 로드리고의 일본식 이름)이 관리의 명에 의해 '글을 썼다'는 사실이다. 여기에서 '글을 썼다(書きものをした)'는 말은 '서약서를 썼다'는 의미이며, 로드리고는 수감 이후 다시금 배교의 서약서를 관리로부터 강요받았다는 사실을 암시한다. 그것은 수감이후에도 자기는 비록 '후미에(踏絵)'는 했을 망정 역시 기독교도임을 드러내어, 그 때문에 재차 고문을 받아 배교했다는 사실을 암시한다고 밝히고 있다.
3) 이 소설의 모델이 된 오카모토 자우에몽(岡本三右衛門)에 대해서 엔도는 다음과 같이 언급하고 있다.
   오카모토 자우에몽은 소설속의 로드리고와 다르다. 그는 (본명 주제페·캬라) 시시리아에서 태어나고 페레이라 신부를 찾아 1643년 6월 27일 치쿠젠오오지마(筑前大島)에 상륙하여 삼복포교 활농을 벌이다가 곧바로 체포되어 나가사키 부교소로부터 에도의 코이시가와(小石川) 감옥으로 이송되었다. 여기에서 이노우에 치쿠고노가미(井上筑後守)의 심문과 구멍 매달기 형벌을 받고 배교하여 일본 부인을 처로 맞이하여 기리시탄 저택에 살다 1685년 84세에 죽었다. 그와 함께 포교차 도일했던 아로요, 카소라 등 두 사람도 모두 고문을 받은 후 배교한다. 소설속의 로드리고나 가르페와 역사상의 캬라와의 상이함 때문에 이 점을 지적해 둔다.(『전집』제2권 339쪽)
4) 에도시대 가톨릭을 금하고 기독교도를 색출해내기 위하여 막부(幕府)가 고안해낸 제도이다. 성모 마리아상이나 예수십자가상등을 목판이나 동판 등에 새겨 발로 밟게 하여 기독교도가 아님을 증명시켰다고 하며 나가사끼 등에서 1628년부터 1857년까지 행해졌다 한다.(후루카와 키요유키(古川淸行), 『スーパー日本史』, 講談社, 1991, 390쪽 참조)
5) 이 모습은 에도 막부가 기리시탄을 탄압하기 위한 수단의 하나로 조수가 밀려간 바다

에 기둥을 세우고 거기에 사람을 묶어놓는 처형방법으로 만조가 되면 해수가 목까지
차오르게 되는 수책(水磔)을 의미한다.

6 무교회주의자와 그리스도의 수용[*]

— 다자이 오사무의 문학 —

전수미[**]

1. 머리말

다자이 오사무(太宰治)는 본명 츠시마 슈우지(津島修治)로, 1919년 6월 19일 아오모리(青森) 키타츠가루(北津軽) 출생이다.

츠시마 집안은 메이지유신(明治維新) 이후, 고리대금업으로 급격히 팽창한 신흥 상인지주로, 부친은 중의원의원 유자격자이며, 샤요오캉(斜陽館)이라는 거대한 저택을 건축하여 위력을 과시했다.

모친은 병약하여 초등학교 입학하기 전까지 이모인 키에(キエ)와 소작인의 딸인 타케(タケ, 당시 14세)가 보살폈다. 타케를 통해서 그림과 동화를 가까이 하며 글을 배웠던 다자이는, 수재였고 '수준 높은 작문'이라고 교사들이 평가할 정도로 작문실력이 뛰어나서, 중학시절부터 『신기루(蜃気楼)』나 『세포문예(細胞文藝)』 등의 동인잡지를 창간하며 창작활동을 꿈꾸게 되었는데, 이것은 타케의 영향이 크게 작용한 것은 아닐까 생각한다.

고교시절 화류계 출입으로 오야마 하츠요(小山初代)라는 기생(半玉)과 알게 되어 츠시마 가문에서 분가제적을 당하고, 그 충격에서인지 긴자

(銀座) 카페 여종업원인 시메코(シメ子)와 카마쿠라(鎌倉) 해안에서 동반자살을 시도하여 시메코는 사망하고 자신만 살아남는 대사건을 일으켰다. 또한 큰형 분지(文治)는 좌익운동을 하는 다자이를 압박하여 아오모리 경찰서에 출두하게 하여 비합법운동 탈퇴를 서약하게 했다.

하츠요와 동거생활을 시작하면서 신진작가로 데뷔한 다자이는, 생활비 마련을 위해 미야코(都)신문사 채용에 지원하나 불합격, 또 다시 자살을 시도하지만 미수에 그쳤는데, 그 무렵 급성 복막염으로 수술을 하였고 환부의 진통으로 인해 상습적으로 약물을 과다투여하게 되어, 결국 약물치료를 위해 정신병동에 강제 입원 당했으며 이때의 충격은 작품 「HUMAN LOST」에 잘 나타나 있다.

충격은 계속되었다. 정신병동 퇴원 후 하츠요가 외도한 사실을 알게 되어, 두 사람은 동반자살을 시도하나 미수에 그치고 결국 헤어지게 된다.

이듬해 이부세 마스지(井伏鱒二)의 중매로 이시하라 미치코(石原美知子)와 결혼한다. 창작활동은 혼란한 전시 속에서도 왕성하게 계속되었고, 1947년 『샤요(斜陽)』의 작품소재를 제공한 오오타 시즈코(太田静子)와의 사이에서 오오타 하루코(太田治子)가 탄생되고, 다자이는 점차 육체적 정신적 심리적으로 쇠약해 간다. 당시 다자이의 작업수발을 들었던 사람은 미치코 부인이 아닌 야마자키 토미에(山崎富栄)였으며, 1949년 6월 13일 결국 두 사람은 타마카와(玉川)에 투신하여 그들의 시신은 다자이의 39번째 생일인 1948년 6월 19일에 발견되고, 20일에 자택에서 고별식이 행해졌다. 매년 6월 19일, 독자들은 토오쿄 미타카(三鷹)시에 있는 다자이 묘에서 그의 넋을 추모하는 '오오토기(桜桃忌)' 의식을 행한다.

대표작으로 「추억(思ひ出)」「HUMAN LOST」「유다의 배신(駆込み訴へ)」「깡깡깡(トカトントン)」「샤요(斜陽)」「인간실격(人間失格)」등 16년간의 작

가생활 동안 150여 편을 남겼다.

　다자이의 작품에는 성구가 인용된 작품이 적지 않게 눈에 띤다. 성구가 인용된 작품을 시기별 전기(1932~36), 중기(1937~44), 후기(1945~48)의 순[1]으로 보면, 전기 10여 편, 중기 30여 편, 후기 20여 편의 작품이 있다. 약 16년간 발표된 다자이의 작품 150여 편 중, 성구 인용 작품만 60여 편이며, 성구가 인용된 것으로 추정되는 작품 수와 신에 관한 다자이 자신의 의견이 담긴 작품을 모두 합한다면, 전 작품의 반 정도를 차지한다.

　〈다자이 오사무와 성서〉〈다자이 오사무와 기독교〉에 대한 연구가 꾸준히 이어지고 있는 것도, 〈다자이 오사무의 사상의 근원을 형성하는 것이 성서일 것〉이라는 확신이 있기 때문일 것이다.

　선행연구의 현황은 다음과 같다.

　사코 중이치로(佐古純一郎)는, '엄밀하게는 율법이라고 하는 것도 이상합니다만, 다자이는 성서의 말씀을 율법적으로 밖에 받아들이지 않았던 것입니다.'[2] 테라소노 츠카사(寺園司)는, '성서를 복음적으로 읽었다고 할 수 없다. (중략) 기독교적으로 본다면 성서의 핵심을 이루는「속죄자 그리스도」를 만나지를 못했다.'[3] 와타베 요시노리(渡部芳紀)는, '그가 율법직으로 성시를 빋아들인 경향도 짙지만, (중략) 싱서를 복음으로서 읽는 자세두 있었던 것은 아닌까?'[4] 아카시 미치오(赤司道雄)는, '다자이 오사무라는 문학자의 삶 전체에 수용된 성서, 특히 예수와 복음서는, 총체로서 하나의 그리스도전으로 되어 있는 것처럼 생각된다. 신앙으로써 구원으로서 그는 결론을 얻을 수는 없었다. 그러나 그는 그 한계선까지는 다가갔다.'[5] 아에바 타카오(饗庭孝男)는, '종교의 본질은 죄의 존재를 나타냄과 동시에 구제를 나타내는 것이고, 그것은 죽음을 향하는 것이 아니라 생을 향하는 길이라는 간명한 사실에서 보더라도, 다자이의 그리스도교관이 얼마나 이상한 형태를 지니고 있는지를 이해할 수 있을 것이다. 그것은 그리스도교에 대한 그의 자의적인 해석이 그 자학을 오히려 정당화시켜서 논했다는 것을 말한다.'[6]

이상 〈다자이와 기독교〉에 관련된 선행연구를 살펴보면, 평론가들은 율법설과 복음설로 나눠지는 것처럼 보이지만, 복음으로 받아들인 적도 있었다고 말을 하면서도 결국 성서를 복음이 아닌 율법으로 받아들였다는 의견에는 한 목소리를 낸 것이다.

정통파 그리스도인 평론가들은 다자이의 기독교관에 대해 곱지 않은 시선을 가지고 있다. 왜냐하면 다자이는 독특한 기독교 단체인 무교회주의의 성향을 띠고 있기 때문이다. 그렇기 때문에 다자이의 기독교관에 대해 무교회주의에 소속된 평론가들은 다른 견해를 보이고 있다.

코야마 키요시(小山清)는 '다자이 오사무가, 그 문학 활동이 초기에서 마지막에 이르기까지 가장 관심을 가지고 있었던 대상은 그리스도일 것이다.'[7] '다자이는 손으로 더듬으며 그리스도의 초상화를 그리면서 미완성인 채로 세상을 떠났다고 말하는 것이 타당할지도 모르겠다.'[8] 후쿠나가 슈우스케(福永收佑)는, '기독교 평론가에게 한 마디 해 두겠다. 일본의 그리스도인은 너무 쉽게 바울 이론을 받아들여서, 마치 완전히 구원받은 기분이 된 경향이 강하다. 그러한 성서강독을 하지 않았던 점이 다자이의 성실함이 나타나 있었던 것이다.'[9]

이상 무교회주의자 평론가들은 다자이의 성서수용에 대해, 앞서 언급한 정통파 평론가들의 〈율법설〉과는 달리 다자이는 그리스도를 바라보았으며, 성실하게 성서강독을 했었다고 매우 긍정적으로 평가하고 있음을 알 수 있다. 이러한 평론은 기존의 정통파 그리스도인의 평론에 경종을 울리는 것이었다.

그 후 다자이와 기독교 관련 연구는, 역시 무교회주의자인 타나카 요시히코(田中良彦)의『다자이 오사무와 성서지식』이다. 이 연구서는 성구가 인용된 다자이의 전 작품과『성서지식』10)을 비교한 많은 귀한 자료를 제공한 서적으로, 성서관련 연구에 박차를 가하는 매우 귀중한 업적이다.

다자이가 아무런 생각 없이 성서를 읽었을 리 없다. 많은 사상가들의 훌륭한 말을 인용해도 될 것을 굳이 성구를 인용했다는 것은, 인용할만한 충분한 이유가 있어서일 것이다. 걸핏하면 자살을 시도했고 그것도 미수에 그칠 만큼만 자살을 시도했다. 불성실한 대학시절을 보냈다. 약물중독에 시달리는 정신력밖에 가지지 못했고, 약물구매를 위해 여기저기에서 돈을 빌렸다. 그리고 처자가 있음에도 불구하고 불륜으로 다자이의 사생아가 태어났고, 결국 또 다른 여성과 동반자살로 생을 마감했다. 이러한 다자이의 질풍노도 파란만장한 사생활은, 누가 보아도 다자이와 기독교를 연결시키기에는 무리가 있을 것이다. 파멸형, 하강지향형이라는 수식어가 붙으며 결국 자살로 생을 마감한 다자이에게 기독교라는 종교는 전혀 어울리지 않는다고 생각할 수도 있겠지만, 다자이 자신이 기독교를 선택한 이상 그의 사상에 대해 인정하고 존중해 주는 자세야말로 그의 문학을 진정으로 이해할 수 있는 길이 아닐까 생각힌다.

다자이는 성서를 통해서 인식하지 못했던 것을 인식하게 되고 기대하지 못했던 것을 기대할 수 있는 예사롭지 않은 한 진리를 발견했기 때문에 그 인식하고 기대하는 진리를 문학이라는 매개를 통하여 전하고 싶었던 것이라고 생각한다.

따라서 본고에서는 다자이와 기독교관에 관하여, 다자이의 기독교입문과 기독교관에 대해 알아보면서, 그의 문학에 투영된 메시지인 진리에 대한 고찰을 시도해 보고자 한다.

텍스트는, 1986년 치쿠마서방(筑摩書房) 간행의 『다자이 오사무 전집(太宰治全集類聚版)』[11]을 사용하고, 인용문은 전집의 권수와 쪽수를 표기한다.

2. 기독교와의 만남

다자이가 성서를 접하게 된 동기는, '1932년 여름 좌익 비합법운동에서 이탈한 후라고 생각하는 것이 우선 자연스러울 것이다'[12]. 혼자 살아남기 위해 비합법운동에서 탈퇴했다는 행동이 다자이 스스로를 배신자로 인식하게 된 배신자인식이 작용하여, 이러한 배신자인식은 결국 '죄의식'과 직결되는 문제가 아닐까 생각한다. 비단 이 이유에서만은 아닐 것이다. 이 무렵의 다자이는 파란만장한 시절이었다고 할 수 있었다. 「이십세기기수」의 〈태어나서 죄송합니다〉라는 문구처럼, 그 때까지의 그의 행적은 '죄'를 인식하기에 충분한 사건들로 집결되어 있었다. 기독교와의 만남의 시작은, '죄'의 문제이며, 이것은 기독교인에게는 필수적 과정이며 기초적인 단계라고 한다.[13] 다자이는 죄의식에서 벗어날 수 있는 소망의 빛을 성서에서 찾을 수 있다고 보았던 것이다.

다자이가 성서를 접한 시기에 대하여 정설화된 것은 없지만, 1938년 『문필(文筆)』에 발표된 「만원(滿願)」[14] 서두에 '이것은 지금부터 4년 전의 이야기다. (중략) 로마네스크라는 소설을 집필하고 있을 무렵의 이야기다. (중략) 사랑이라는 유일신을 믿고자 내심 노력하고 있었다'(『전집』 2권, 95쪽)고 나타나 있다. 「만원」은 1938년에 발표된 작품이고, 작품내용은 그로부터 4년 전인 1934년의 이야기이므로, 1934년 이전이나 무렵부터 성서를 접했을 것이라고 추측할 수 있다. 「로마네스크」도 이 무렵에 집필되었다.

또한 무교회주의자인 야마기시 가이시(山岸外史)와 깊은 교우가 시작된 시기도 이 무렵이다. '1934년 초가을, 다자이가 중심이 되어 발간을 기획한 동인잡지 『파란 꽃』에, 야마기시 가이시가 참가하게 되었다'15)는 것으로 보아, 1934년 11월 무렵부터 야마기시와 친교가 시작되면서 자연스럽게 성서를 접하게 되었을 것이다. 이듬해인 1935년에는 성서 관련으로 야마기시, 히레자키 쥰(鰭崎潤), 코다테 젠시로(小舘善四郎)들과 빈번한 만남을 가지게 된다. 1935년 9월 11일의 서간을 보면, 히레자키에게 '책 좀 빨리 빌려 주세요. 보내줬으면 좋겠는데 될 수 있으면 많이 부탁합니다.'(『전집』 11권, 45쪽)라는 엽서를 보낸 적이 있다. 그 책은 우치무라의 「그리스도 신도의 위로」, 「구안록」 등이었다고 한다.16) 그들과의 만남을 통해 다자이는 점차 성서에 대해 관심이 높아지고, 특히 '다자이가 알아서 대금을 지불하면서까지 정기구독자가 된 잡지는 『성서지식』뿐이다. 이것은 히레자키 씨의 영향에 의해서였을 것이다.'17)라고 미치코(美知子)부인이 증언한 만큼, 당시 다자이는 성서의 세계로 심취되어 갔음을 알 수 있다.

야마기시, 히레자키, 코다테는, 무교회주의자인 우치무라와 츠카모토의 집회에 참석하거나 성서강독을 함께 한 무리로써 역시 무교회주의자다.

이처럼 다자이는 매우 독특한 단체인 '무교회주의'에 소속되어 있는 그리스도교인들과의 만남을 통하여 성서를 접하기 시작했다. 따라서 무교회주의에 대한 이해가 부족하다면, 다자이와 성서관련 연구는 매우 부정적이고 주관적인 시각으로 바라보게 될 것이다. 왜냐하면 '우치무라의 그리스도교 이해는 이른바 정통적인 그리스도교에서 벗어나는 부분이 지극히 많다.' 다자이가 '성서에만 종교적인 관심을 집중시킨다는 태도는' '우치무라 칸조(內村鑑三)적인 〈무교회주의〉적인 그리스도교와 상통하는' 부분을 나타내고 있어서 '종교적으로는 역시 다른 양상을 띠고 있다고 말해도 좋다'18)는, 즉 일반적인 정통파 교회에서는 이단이라 보고 있는 단체가 무교회주의이기 때문이다.

무교회주의란, 성서의 진리는 받아들이되 서양 기독교 교파인 장로교, 감리교라는 형식적인 제도를 무시하는, 즉 기독교인의 공동체로서 무형의 교회는 인정하지만, 예배당으로서의 교회와 예전 등을 인정하지 않는 기독교 사상을 말한다. 기독교라는 인위적인 조직의 제도화와 예배의 의식화는 예수 그리스도의 복음에서 가장 중요한 복음의 생명력을 형식화시키고 인간주의로 떨어뜨리는 요소가 많기 때문에, 그 점을 지양하자는 것이 무교회주의자들의 입장이다. 특히 우치무라가 배격하는 교회는 제도화되고 인위적으로 운영되는 교회이며, 이렇게 예수의 진리·자유·생명의 정신이 약해진 현재의 교회들은 진정한 교회로 돌아가야 한다는 것이 무교회주의의 본질이라고 주장한다.

이러한 무교회주의자를 통하여 성서를 접하게 된 다자이는, 일반교회의 인위적인 제도화나 예배의 의식화에 대해 어떠한 생각을 가지고 있는지는 언급한 적은 없다. 단지 "교회는 다니지 않지만 성경은 읽습니다."19) 라는 말을 살펴본다면, 무교회주의자들이 말하는 무형의 '교회'의 성향은 가지고 있음은 알 수 있다. 그러나 다자이는 무교회주의에 소속되어 있는 사람들과 만나서 성서에 대해 교제를 하고 경청하기는 했겠지만, 무교회주의자들의 정규적인 모임이나 집회에는 단 한 번도 나가지 않았다.

다자이가 우치무라의 서적을 접했을 때는 이미 우치무라는 이 세상 사람이 아니었기 때문에 그를 만날 수는 없었으나, 그의 서적을 계기로 다자이의 영혼은 많은 위로와 격려와 의지가 된 성서를 만날 수 있게 된 것은 의심할 여지가 없는 것 같다. 또한 츠카모토의 영향력은 상당히 대단했다. 오사베 히데오(長部日出雄)는, 다자이가 츠카모토와는 만난 적은 없었지만 '은사였던 이부세 마스지(井伏鱒二) 다음으로 다자이가 매우 사숙(私淑)하여 강한 영향을 받았던 존재'[20]가 바로 츠카모토였을 것이라고 회상했다.

사견이지만, 다자이는 성서를 자세히 집중해서 읽었을 것이다. 그러나 성서는 혼자서 열심히 읽었다고 해서 모두 이해할 수 있는 것은 아니다. 성경을 해석해 주는 인도자가 있어야 한다고 생각한다. 그렇지 않으면 자의적인 해석으로 흐를 수 있기 때문이다. 그런데 다자이의 경우에는 인도자가 있었다. 그것이 성서강론잡지인 츠카모토의 『성서지식』이라고 생각한다. 즉 다자이는 성서를 많이 읽어서 성서에 대한 지식도 있었겠지만, 『성서지식』을 의지하며 성서를 읽었을 것이라고 생각된다.

이상 다자이는 무교회주의의 단체를 통해서 그리스도교를 알게 된 것에 대해 살펴보았다.

3. 자연관

다자이가 처음으로 성구를 인용한 작품은, 1935년 수필 「난해(難解)」다. 짧기 때문에 전문을 소개한다.

〈태초에 말씀이 계시니라 이 말씀이 하나님과 함께 계셨으니 이 말씀은 곧 하나님이시니라 그가 태초에 하나님과 함께 계셨고 만물이 그로 말미암아 지은바 되었으니 지은 것이 하나도 그가 없이는 된 것이 없느니라 그 안에 생명이 있었으니 그 생명은 사람들의 빛이라 빛이 어두움에 비취되 어두움이 깨닫지 못하더라〉 나는 이 문장과 이 개념을 난해하다고 생각했다. 여기저기에 가지고 다니면서 물어보았던 것이다.

그런데 어느 날 문득 각도를 바꿔서 생각해 보니, 뭐야, 이것은 실로 평범한 것을 말하고 있는 것에 불과했다. 그리고 난 이렇게 생각했다. 문학에 있어서 '난해'란 있을 수 없다. '난해'는 '자연' 속에만 있는 것이다. 문학이란 것은 그 난해한 자연을 각각 자기류의 각도에서 싹둑 자른 척하고, 잘린 그 부분의 선명함을 긍지로 삼는 것으로 감춰져 있는 것이 아닐까?

(『전집』 10권, 16쪽)

요한복음 1장 1절에서 5절의 성구를 소개하면서, 다자이는 이 성구를 난해하다고 생각했다. 문학에서는 난해를 '자기류의 각도'로 다듬어지는 것이기 때문에 난해함이란 있을 수 없다고 표현했다. 후에 다자이는 이 부분에 대한 별다른 언급을 하지 않았으나, 그 '난해'는 '자연' 속에만 있다고 하는 '자연'이라는 단어에 초점을 두어 생각해 본다. '자연'에는 여러 의미가 있지만, 다자이는 난해를 중심으로 문학과 자연을 비교하였으므로 반대로 생각해 보도록 한다. '자기류의 각도'에서 다듬어지는 것'이 문학이라 한다면, 문학은 난해하지 않은 매끄럽게 다듬어진 인공의 세계, 이와 반대로 자연은 사람의 손길이 전혀 닿지 않은 순수하지만 거칠고 투박하고 난해한 있는 그대로의 세계라고 할 수 있다. 이러한 자연의 세계를 성서에서 발견한 것이다. 다시 말해서 다자이는 성서를 통해 순수한 있는 그대로의 자연의 세계를 느끼게 된 것이다.

또한 1936년 수필 「수도승의 고백기도(碧眼托鉢 'Confiteor')」21)에서도 언급된다.

우치무라의 수필집만은 일주일정도 내 머리맡에서 떠나지 않았다. 나는 그 수필집에서 두 세 마디의 말을 인용하려 했지만, 불가능했다. 전부 인용해야할 것 같은 생각이 들었다. 이것은 '자연'과 동등할 정도로 놀라운 책이었다. 나는 이 책에 사로잡혔음을 고백한다. (중략) 결국 우치무라의 신앙고백서에 손을 들고 말았다. 지금 나는 벌레처럼 침묵할 뿐이다. 나는 신앙

의 세계에 한걸음 들어가게 된 것 같다. (『전집』 10권, 171쪽)

우치무라의 수필집은 다자이에게 있어서 경이로움을 느끼며, 자신이 신앙의 세계로 진입한 듯한 느낌을 받을 정도로 매우 신비로운 책이었음을 알 수 있다. 단순히 체험담과 견해를 담은 것이 아니라 신앙고백서이기 때문에 이 책에는 다자이가 놀랄만한 성서의 세계가 있었다는 것이다.

스즈키 노리히사(鈴木範久)는 이에 대해 무교회주의적 견해로 보아, '우치무라의 무교회주의 그리스도교를 〈인공〉적 〈문명〉적 그리스도교에 대한 〈자연〉적 그리스도교'[22] 라고 보았다. '자연'에 대한 여러 가지 정의 중에서 스즈키의 견해대로 자연과 인공의 세계로 본다면 다자이가 바라본 성서의 세계는 감히 사람의 손길이 들어갈 수 없는 의미의 신성한 것이 자연의 세계이며, 문학의 세계는 그와 정반대로 얼마든지 사람의 손으로 가공된 것이 인공의 세계라고 볼 수 있다. 스즈키는 무교회주의자이기 때문에 위와 같이 언급할 수 있으나 정통파 사람들은 이 발언에 이의를 제기할 것이다. 그러나 다자이의 시각은 무교회주의와 비슷한 견해를 가지고 있으므로 스즈키의 해석이 오히려 설득력이 있지 않을까?

이러한 자연과 인공의 세계는 다음 해인 1937년 「신쵸(新潮)」에 발표된 「HUMAN LOST」에서 더욱 명확해진다.

> 성서 한권에 의해서 일본문학사는 예전에는 없었던 선명함으로 확실하게 이분화되었다. 마태복음 28장을 다 읽는 데에 3년 걸렸다. 마가 누가 요한, 아아, 요한복음의 날개를 얻는 날은 언제일까.
>
> (『전집』 2권, 71쪽)

「HUMAN LOST」는, 다자이의 약물중독 치료를 위해 입원했던 정신병동에서의 병상일기다. 심리적 정신적 육체적으로 매우 불안정한 상태였으나 점차 회복되어 가면서 진심으로 성서를 읽기 시작했던 시기다.

일본문학사에 획을 긋는다는 듯한 이 표현은 거창하게 들릴 수 있지만, 이 표현은 '다자이가 자신의 문학에 대한 발언'[23)]이라고 생각하면 그 의미를 좁힐 수 있을 것이다. 성서 한권으로 일본문학사가 이분되었다는 의미는 앞에서 언급한 자연과 인공의 세계의 맥락에서 본다면 깊게 생각하지 않아도 '이분'이라는 단어의 의미를 파악할 수 있다. '이분(二分)'이란 말 그대로 '둘로 나눔'이란 뜻이다. 성서 한권으로 인해 자신의 일본문학관이 자연과 인공의 세계로 나눠진다는 뜻이다. 카메이 카츠이치로(龜井勝一郞)는 '다자이 자신의 재생의 기도이며 그 자신의 생애가 성서에 의해 확실하게 양분시키고 싶다는 바람인 것이다'라고 했으며, 코야마(小山)는 '다자이에 의해 일본문학에 그리스도의 페르소나가 반영된 것을 볼 수 있다'[24)]고 평했다. 카와무라 마사토시(河村政敏)는 '이것은 아마도 구체적으로 문학사 상에서 어떤 사실을 가리키는 것이 아니라 다자이 자신이 성서에 의해 그 인간인식에 하나의 확신을 얻게 된 것'[25)]이라고 말했다.

이분화란, 다자이 자신의 문학세계가 자연과 인공처럼 서로 대립된 모습, 신과 속세의 두 대립된 세계 사이에서 겪는 내적 갈등을 인식하게 된 것이라고 생각한다. 다시 말해서 영적인 신의 세계와 육적인 속세의 두 세계에서 빚어지는 갈등이 다자이는 성서를 통해서 구분할 수 있는 인식을 가지게 된 것이라고 생각한다.

4. 기독교관

　성서의 내용에 대하여 조금 더 자세해진 다자이는 성구를 자신에게
비추어 보게 된다. 「쿄오겡의 신(狂言の神)」(1936) 「허구의 봄(虛構の春)」
(1936) 「창생기(創生記)」(1936)에서 마태복음 6장 16절의 성구인 '외식하는
자(僞善者)'를 공통적으로 볼 수 있다. 이 성구는 당시 파비널 약물중독
으로 인해 정신적으로 혼미한 다자이가 세상을 향해 던진 말이었지만,
이 '외식하는 자'라는 말은 결국 다자이의 파란만장한 과거인 비합법운
동 탈퇴, 동반자살, 약물중독, 부채 등의 현실을 통해 '죄'에 대한 의식을
느끼게 했다. 기독교의 시작은 '죄'라고 한다. 다자이는 그 '죄의식'을
인식하기 시작한 것이다. 다자이가 '죄의식'을 인식한 사실을 작품에서
고백한 순간부터 그의 '자학'적인 면이 아니라 '자아성찰'적인 면에 초점
을 두어야 할 것 같다. '자학'에는 변화를 추구할 수 없지만, '자아성찰'
에는 크고 작은 변화를 기대할 수 있기 때문이다. 죄를 죄라고 느끼지
못하고 살아가는 경우도 비일비재한 오늘날, 자신의 죄를 인식했다는
것은 양심의 소리를 들었다는 것이 아닐까? '누군가가 보고 있다.'(「허구
의 봄」) 그 누군가라는 보이지 않는 신의 존재를 인식한 다자이는, 신에
대한 두려움과 불안감에 괴로웠고 바람직하지 못한 생활상의 나약한
자신을 괴로워한 것이다. 다자이에게 있어서 성서는 단순한 지침서나
교양서가 아니라 실생활 상에서 그의 양심에 죄의식을 알려 주는 매우
중요한 역할로 시작이 되었다.

　다자이는 성서를 통해 죄의 문제를 인식하고 나서 중기에 들어서면서
왕성한 작품 활동을 한다. 이 시기에 빈도수가 높은 성구는 마태 6장
34절의 '내일 일을 위하여 염려하지 말라'이다. 수필 「한 날 괴로움(一日

の労苦)」(1938), 수필 「사신(私信)」(1941), 작품 「신랑(新郎)」(1941)과 「정의와 미소(正義と微笑)」(1942)다. 네 작품 모두 같은 내용으로 인용되었다. 1938년 3월에 발표한 수필 「한 날 괴로움」이다.

> 하루하루의 고백이라는 제목으로 할 생각이었는데 문득 한날의 괴로움은 그 날에 족하니라, 라는 말씀이 생각나서, 그대로, 한 날의 괴로움, 이라고 쓰기로 했다. (중략) 자신의 재능에 대해서 명확하고 객관적인 파악을 하게 되었다. 자신의 지식을 너무 하찮게 생각한 것을 알게 되었다. (중략) 태어나서 처음으로, 자애라는 말의 참뜻을 알았다.   (『전집』 2권, 102쪽)

고난의 시기였던 다자이의 청춘시절인 전기와 결별하고 중기로 접어든다. 미치코 부인과 결혼을 앞 둔 시기였다. 이 성구를 통하여 과거의 모든 일을 청산하고 자신의 재능인 글 쓰는 일에 전념하겠다는 각오는, '배제 대신 친화를, 반성 대신 자기긍정을, 절망 대신 혁명을, 모든 것이 180도 급회전'(『전집』 10권, 104쪽)하여, 부정적인 시각에서 긍정적인 시각으로 변화가 일어난 것이다. 또한 이러한 변화는 '태어나서 처음으로 자애라는 말의 참뜻을 알게 되었고', 비로소 '자아성찰'에서 '자애'로 자신을 탈바꿈하여 창작에 대한 갈망을 이뤄가는 계기를 성구를 통하여 깨닫게 된다.

「사신」을 살펴보도록 한다.

> 내일의 일을 염려하지 말라. 고 그 사람도 말씀하셨습니다. 아침에 일어나서 오늘 하루를 열심히 사는 것, 그것만을 나는 요즘 명심하고 있습니다. 나는 거짓말을 하지 않게 되었습니다. 허영이나 타산으로서가 아닌 공부를 조금씩 하게 되었습니다. (중략) 하루하루만이 매우 소중하게 되었습니다. 결코 허무하지 않습니다.
>
> 지금 내게 있어서 하루하루의 노력이 전 생애의 노력입니다. 전쟁터에 나간 사람들도 아마도 같은 기분일 거라고 생각합니다.
>
> (『전집』 2권, 11쪽)

이 수필의 집필 시기는 전시이다. 전시란 내일을 기약할 수 없기 때문에 '오늘 하루' '하루 하루'라는 삶에 충실하게 전력을 다해야 한다는 의지를 보여주는 부분 또한 이 성구를 통하여 다짐하고 있음을 알 수 있다.

「신랑」에서도 같은 성구를 인용하며 '마태 6장(25절~34절)을 마음의 지주로서 전시하의 나날을 보내려 했던 것'[26)을 나타냈다. 이 시기는 일본이 유럽의 혼란스러운 상황을 틈타서 동아시아에 있는 유럽 식민지를 강탈하기로 결심하고 미국의 하와이 진주만을 기습 공격함으로써 태평양전쟁이 발발되었던 시기였다. 왕성한 창작활동을 한 다자이로서는 불안할 수밖에 없었다. 전쟁이란 긴장 속에서 불투명한 '내일의 일을 염려하지 말라'라는 진정한 생활인의 모습을 거듭 다짐하며, '나는 문학을 포기하지 않습니다. 나는 믿고 성공할 겁니다'라는 자신과의 약속을 확인하며 '요즘 나는 매일 신랑의 마음으로 살고 있다'(『전집』 5권, 13쪽)고 소망한다. 〈신랑〉이란 표현은 성서에서는 '그리스도'를 의미한다.

다자이는 성서를 통하여 죄의식을 인식하게 되었고, 성서의 그리스도를 통하여 죄에서 벗어나서, 전시라는 불안정하고 극한 상황에서도 '지극히 어려웠던' '무보수의 행위'인 '순수함이라는 것을 동경했'(「고회의 연집」, 『진집』 8권, 251쪽)던 다자이는 신랑인 그리스도의 마음으로 오늘 하루를 충실히 살아가고자 노력했다. 생활 속에서 느끼는 그리스도의 정신을 전하고 싶어했다고 생각한다.

이와 같이 다자이는 그리스도에게 집중했다. 오로지 그리스도에게만 초점을 두고 있었다. 이것은 기독교가 종교라는 차원이 아니라 있는 그대로의 자연이었고, 성서강독을 교리라는 차원이 아니라 생활이었다. 자신이 추구하는 진정한 이상적인 멘토로서 그리스도상을 가지게 된 것이다.

5. 맺음말

다자이는 무교회주의자라는 독특한 단체를 통해서 성서를 접하게 되었는데, 그 단체는 지극히 성서적인 보수단체로 두터운 신앙심을 자부하는 단체이다. 다자이 또한 성서지식에 대한 자부심, 성서에 대한 확신과 긍지를 가지고 있었다.

수필 「세계적(世界的)」(1941)의 인용문이다.

> 유럽의 근대인이 집필한 '그리스도전(伝)'을 두 세권 읽었지만 별로 감동받지 못했다. 그리스도를 모르는 것이다. 성서를 깊게 읽지 않는 것 같다. 정말 의외였다. (중략) 외국 사람도 또 마리아님 예수님이 대단히 고마운 분이라는 것은 교회 분위기로 알고 있었고, 어릴 때부터 기도하는 습관만은 배웠지만, 놀랍게도 그들은 의외로 성서에 나타난 그리스도의 염원을 모르고 있는 것이다. (중략) 일반적인 성서지식의 수준도 빤한 것이라고 생각했다. (중략) '신학'으로서의 역사적 지리적 연구는 아직도 일본은 외국에 미치지 않은 것 같지만, 그리스도 정신의 이해는 앞서 있다.
>
> (『전집』 10권, 248~249)

기독교는 유럽 선교사들에 의해서 일본에 들어왔기 때문에, 서양 사람들은 당연히 그리스도에 대해 잘 알고 있을 것이라 생각했지만, 그들은 오히려 성서에 대한 지식이 없고, 그리스도에 대해 잘 모른다는 사실을, 한 유명한 그리스도인이 집필한 '그리스도전'을 읽고 다자이는 의아해 했던 것이다. 유럽인들은 주일에는 예배의식을 지키고 식사 기도를 하는 등의 습관을 보면, 그들의 신앙심은 성서에서 비롯되었을 것이라고 생각했다. 하지만 그리스도의 염원에 대해서도 모르는 서양인의 수준을 확인하면서, 일본이 이해하는 그리스도 정신이 유럽인보다 훨씬 앞서 있다는 것에 대해 확신과 긍지를 가지게 된 것이다. 다자이 자신이 이만큼 확신을 할 수 있었다는 것은, 서양에서 들어온 성서에서 그리스도의 염원과 그리스도 정신을 다자이는 확실히 알고 있다는 것을 표현한 것이다.

다자이의 기독교의 시작이 정통 교리에서 이단시하는 무교회주의에서 비롯되었다고 해도, 중요한 것은 그가 어떠한 형태이든 자신의 롤모델로 삼고 싶었던 이상은 그리스도였고, 그리스도에 매료되어 그리스도를 닮아가고자 노력한 작가였다고 생각한다.

누구나 그리스도로 인격화되어 가는 과정에 놓여 있는 것이 그리스도인일 것이다. 다자이에게도 '재능 따윈 기대하지 않아. 역시 인격이 중요한 거야'(「정의와 미소」, 『전집』 5권, 188쪽)라고 했듯이, 그리스도의 인격을 닮아 가고 싶은 염원이 간절했으며, 생활에서 만나는 그리스도의 실체를 작품을 통하여 전하고 싶었을 것이라고 생각한다.

다자이 오사무의 기독교관에 대해 고찰하면서, '무교회주의'라는 개념은 매우 부담스러운 부분이었다. 어떤 식의 성서강독을 하고 있는지에 대해 무교회주자가 되지 않고는 이해할 수가 없다고 생각한다. 정확하고 섬세한 연구를 위해서 『성서지식』과 다자이 작품을 세부적으로 비교분석하는 작업을 금후의 과제로 남긴다.

* 본 연구는 2012년 『일본학연구』(36집)에 발표한 「다자이 오사무(太宰治)의 문학 -기독교관을 중심으로-」를 수정·보완한 것임.
** 대림대학교 겸임교수
1) 오쿠노 타케오(奧野健男), 『太宰治論』, 新潮文庫, 1984, 60쪽.
2) 사코 중이치로(佐古純一郎), 『太宰治の文学』, 朝文社, 1992, 277쪽.
3) 테라소노 츠카사(寺園司), 『太宰治と聖書』, 『日本文学研究資料叢書太宰治Ⅰ』, 有精堂, 1987, 227쪽.
4) 와타베 요시노리(渡部芳紀), 『太宰治論ー中期を中心としてー』, 『日本文学研究

資料叢書 太宰治Ⅱ』, 有精堂, 1985, 47쪽.

5) 아카시 미치오(赤司道雄), 『太宰治ーその心の遍歴と聖書』, 八木書店, 1985, 363쪽.

6) 아에바 타카오(饗庭孝男), 『太宰治 鑑賞日本現代文学 21』, 角川書店, 1981, 354쪽.

7) 타나카 요시히코(田中良彦), 『小山清の「太宰治の聖書」論』, 『太宰治と聖書知識』, 朝文社, 1994, 218쪽 재인용.

8) 위의 책, 227쪽.

9) 후쿠나가 슈우스케(福永収助), 『太宰治論ーキリスト教と愛と義とー』, 白石書店, 1992, 80쪽.

10) 「성서지식(聖書知識)」: 우치무라(內村)의 가장 촉망 받았던 제자 츠카모토 토라지(塚本虎二)가 1930년 우치무라에게서 독립한 후 창간한 성서연구로서 무교회주의의 전도를 목적으로 출간한 잡지다.(타나카 요시히코(田中良彦), 『太宰治と「聖書知識」』, 朝文社, 1994, 87쪽.)

11) 다자이 오사무(太宰治), 『太宰治全集 筑摩全集類聚版』, 筑摩書房, 1986.

12) 노하라 카즈오(野原一夫), 앞의 책, 15쪽.

13) 정통파 교단에서는 세례자를 위한 교육 시에 총 6과로 된 책을 공부하게 된다. 1과는 하나님에 대한 설명이 나와 있으며, 2과에서 비로서 인간이 어떤 존재인가를 공부하면서 인간은 '타락한 존재'라고 한다. 그리고 3과에서는 그 죄의 값은 무엇이며 어떻게 용서 받느냐에 대해서는 예수 그리스도에 대한 설명을 하면서 '예수님은 우리의 구속자'라고 배운다. 4과는 교회의 의미가 나타나 있으며, 5과와 6과에서는 세례를 받은 그리스도인으로써의 교회생활과 삶에 대한 지침서가 설명되어 있다. 참조 바란다.(대한예수교장로회 총회 교육원, 「세례자를 위한 세계교육 및 문답서」, 대한예수교장로회총회출판국, 2009.)

14) '만원'이란, 불교용어로 '서원이나 소망을 완전하게 이룸.'이라는 뜻이다.

15) 노하라 카즈오(野原一夫), 앞의 책, 15쪽.

16) 위의 책, 16~17쪽.

17) 츠시마 미치코(津島美知子)『回想の太宰治』, 人文書院, 1978, 159쪽.

18) 아에바 타카오(饗庭孝男), 앞의 책, 352~353쪽.

19) 「一問一答」『全集』第十卷, 259쪽.

20) 오사베 히데오(長部日出雄), 「桜桃とキリスト もう一つの太宰治伝」, 文芸春秋, 2002, 177쪽.

21) 「碧眼托鉢」는 '그리스도교의 수도승'이라는 의미로 붙여진 것이다. 'Confiteor는 고백을 위한 기도라는 의미의 프랑스어다.(후쿠나가 슈우스케(福永収佑), 앞의 책, 14쪽.)

22) 스즈키 노리히사(鈴木範久), 「内村鑑三をめぐる作家たち」, 玉川大学出版部, 1980, 6쪽.

23) 타나카 요시히코(田中良彦), 『太宰治と「聖書知識」』, 朝文社, 1994, 31쪽.

24) 위의 책, 219쪽.

25) 카와무라 마사토시(河村政敏)「NARCISSUS HUMAN LOST」, (東郷克美・渡部芳紀編) 『作品論 太宰治』, 双文社出版, 1979, 75쪽.

26) 카사이 아키오(笠井秋生), 「『太宰治と聖書』ーマタイ伝六章(二五節～三四節)との関わりを中心にー」, 山内祥史外3人『二十世紀旗手・太宰治ーその恍惚と不安とー』, 和泉書院, 2005, 215쪽.

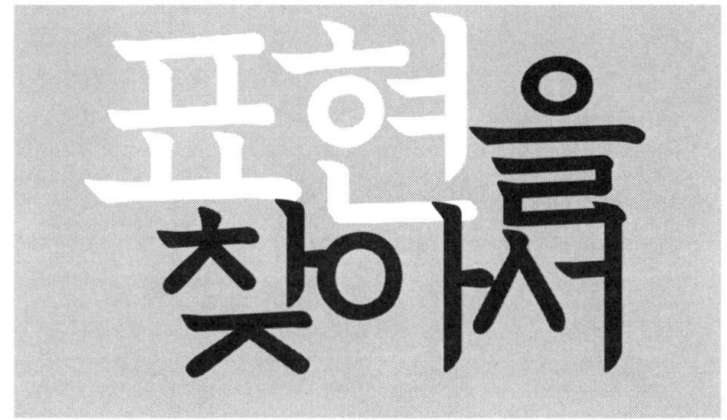

제5부

1 산문시에서 수필로[*]
─ 시마자키 토오송의 「7일간의 한담」 ─

김남경[**]

1. 머리말

　시마자키 토오송(島崎藤村; 1872~1943)은 첫 시집 『새싹집(若菜集)』(1897) 이후, 장시(長詩)의 빈번한 시도와 산문시의 시험작을 통해 자기류의 시 형식을 탐색했다. 장시의 시도는 시 속에 드라마를 도입하려는 의도로 보이며, 산문시의 습작은 새로운 사상에 적응할 수 있는 '새로운 시형 만들기'의 초석이 되고 있음을 그의 시론 『운문에 대해서(韻文に就て)』(1895) 에서 찾을 수 있다. 문학 입문 당시 토오송(藤村)이 미개척 분야였던 시 (신체시)를 택한 이유는 '시의 위상을 소설과 대등한 위치로 올려놓겠다 는 열정'[1)]에서였다. 그러나 순수시의 지향은 시대의 빠른 변화에 대응 하면서 인간의 응축된 내면의 소리를 대중화시키는 가운데 시적 산문화 로의 변주가 불가피하게 되었다. 이는 성조(声調)를 중시하고 음운(音韻) 을 생명으로 여기던 서정시인의 화려한 명성이 고작 1년 남짓에 불과했 던 사실과 무관하지 않다. 시에서의 상(想)의 빈핍함과 율동의 진부함으 로 인해 위기에 처한 토오송에게 있어 예술과 생활의 접목, 바꿔 말해서 순수 자연과 인간 자연의 연결고리를 찾는 작업이야말로 초미의 급선무였을 것이다. 이러한 사회 현실의 시정(詩情)을 소화시키고자 토오송이 도전한 시형은 다름 아닌 종래의 운율에 의해 형성된 정형에서 탈피한 자유형, 즉 산문시였다고 생각된다.

산문시는 1884년 보들레르의 『조그만 산문시들』에서 처음 사용되기 시작했다. 보들레르는 '산문시는 율동과 압운이 없지만 음악적이며 영혼의 서정적 억양과 몽상의 파도와 의식의 도약에 적합한 유연성과 융통성을 겸비한 시적 산문의 기적'[2]이라 평한 바 있다. 이와 같은 산문시야말로 리듬이나 운을 맞추지 않고서도 음악적이며, 내적 갈등을 충분히 묘사할 수 있는 표현체이자 복잡하고 다양한 근대인의 삶을 고스란히 표출해 낼 수 있는 시형임이 점차 입증되었다. 토오송 산문시의 전형으로 「7일간의 한담(七曜のすさび)」을 들 수 있다. 이 시는 『문학계(文学界)』(1893.1~1898.1)의 폐간으로 발표 기관을 잃은 토오송이, 『요미우리(読売)신문』(월요 부록)에 1898년 4월 18부터 5월 30일까지 7회에 걸쳐 연재한 후, 제4시집 『낙매집(落梅集)』(1901.8)에 수록한 것이다. 그런데 제2시집 『일엽편주(一葉舟)』(1898.6)와 제3시집 『여름풀(夏草)』(1898.12)보다 일찍 쓰여 진 이 시가 마지막시집 『낙매집』에 편집된 이유는 무엇일까? 이는 「7일간의 한담」이란 제목이 암시하듯, '붓 가는 대로' 혹은 '무료함'이란 모티프에 주목할 필요가 있다. 토오송의 경우, 작품 제목은 치밀한 계산에 의해서 소재의 착상과 동시에 결정된다[3]는 사실을 감안한다면, 「7일간의 한담」은 그의 의도된 산문시로 평가되어야 할 것이다.

2. 습작으로서의 산문시 −예술의 서사

　메이지(明治) 20년대(1887~1896)를 시가의 시대, 메이지 40년대(1907~191
6)를 소설의 시대로 보는 것이 통설이다. 그렇다면 메이지 30년대(1897~190
6)는 일종의 중간적 모색 시대라 할 수 있다.[4] 시마자키 토오송(島崎藤
村)은 메이지 30년대를 '새로운 문학의 성숙기'[5]라 표명한 바 있는데,
이는 그의 『새싹집(若菜集)』(1897)에서 『파계(破戒)』(1906)까지의 작품 활
동 시기와도 일치함으로써 더욱 분명해진다. 토오송(藤村)이 시를 쓸 당
시만 해도, 타카야마 쵸규우(高山樗牛)와 같은 시인조차 신체시에 대해
의문을 품었을 정도로, 와카(和歌)나 하이쿠(俳句) 외에 일본어로 새로운
시를 쓴다는 것은 불가능에 가까웠던 때였다. 이를 입증하듯 토오송은,
'그 무렵 신체시인들은 사회에서 인정받지 못한 존재였을 뿐만 아니라
경멸의 대상이었던 까닭에 『새싹집』을 숨어서 썼다'[6]고 밝힌 바 있다.
시집이 출간되자 마사오카 시키(正岡子規)는 소재의 단순함과 구(句)의
불안정함 등을 이유로 시에 대한 토오송의 안목이 의심스럽다[7]며 혹평
했는데, 이런 평가에도 불구하고 『새싹집』은 근대인의 감정과 사고를
내번하는 문학형식으로 자리매김하면서 일본 근대시의 모태가 되었다.
또한 마지막 시집 『낙매집(落梅集)』(1901)의 주옥같은 시들은 잡지 『신소설
(新小説)』에 '미문(美文) 및 신체시'라는 제목의 고정란을 탄생시켰음은 주
목할 만하다. 그러나 토오송은 4권의 시집을 끝으로 시와 결별이란 극한
상황을 피할 수 없게 되었다. 이는 시에서 산문으로의 이행을 위한 유일
한 돌파구로 판단되는데, 그의 시작(詩作) 행로를 통해 확인할 수 있다.
　『새싹집』에 비해, 『일엽편주(一葉舟)』, 『여름풀(夏草)』, 『낙매집』으로
갈수록 서정적이고 주관적인 감정이 약해지는 반면, 점차 이지(理智)적[8]

관찰 경향이 짙어지면서 현실성을 띤 객관적이고 서사적인 색채가 뚜렷해지는 것이 주목된다. 특히『낙매집』의「7일간의 한담」은, 토오송의 시정(詩情)이 서정적 상상의 세계로부터 탈피하여 '있는 그대로'의 현실 세계를 직시하는 사실 묘사로의 이행, 즉 산문시로 이행하는 과정을 살펴볼 수 있는 좋은 예라 생각된다. 이 시는 매주 월요일 신문에 연재된 것치고는 구성이 흥미롭다. 먼저「목요일의 산책(木曜日の散歩)」을 시작으로,「금요일의 회고(金曜日の懐旧)」,「토요일의 음악(土曜日の音樂)」,「일요일의 담화(日曜日の談話)」,「월요일의 편지(月曜日の手紙)」,「화요일의 신차(火曜日の新茶)」,「수요일의 송별(水曜日の送別)」로 맺고 있다. 여기서 '산책', 즉 '사색'이란 키워드는 이 시 전체의 이미지를 결정짓는다 해도 지나침이 없다. 그렇다면 토오송이 시도한 7일간의 사색은 과연 무엇을 의미하며 그 성과는 무엇인지 궁금하지 않을 수 없다. 이에 그것을 분석코자 함이 본고의 목적이다.

1) 메이지(明治) 취미의 독자적 정신세계

「목요일의 산책」(4. 18)에서 토오송은, '그 시대에는 그 시대의 기호(嗜好)가 없어서는 안 된다'고 단언하고 있다. 즉 '메이지 취미' 부재는 곧 '일본 취미' 소멸로 이어질 것을 우려한 그의 사회비평인 셈이다. 메이지는 유신(1868) 이후, 근 20년간 신(新)과 구(旧)가 혼재하며 새로운 형태의 예술 모색을 위한 과도기를 거쳤다. 서양문명의 수용과 소화하는 데 많은 노력과 함께 정신의 허비도 간과할 수 없다. 1883년부터 1887년까지 5년 동안, 이른바 로쿠메이칸(鹿鳴館)9) 시대(1883~1887)에는 모든 사물의 '개량'이 사회 이슈로 부각되면서 다양한 시도가 이루어졌다. 주택 개량회를 비롯해, 의복 개량회, 남녀 교제 개량회, 풍속 개량회 등이 시대의 유행을 대변한다 해도 지나치지 않다. 이러한 시대적 변화와 달리, 토오송 눈에 보이는 '메이지'란 거울에 비치는 사물의 상(象)처럼 풍속은 문명개화의 힘을 빌어 겉으론 화려하고 진보하고 있는 듯 보이나 실은 내면은 외롭고 혼란스럽다며 이를 피상잔박(皮相残薄)에 빗대어 표현하고 있다. 그는 문명개화를 비율로 환산함에 있어, 일본풍이 7이라면 중국풍은 5, 유럽풍은 3으로 보았다. 즉, 토오송은 일본 풍속이 7인 반면 외국 풍속은 8로, 불과 20년 사이에 일본 취미는 그 정체성을 상실해 버렸음을 숫자로 각인 시키고 있다. 그러나 누구보다도 앞장서서 서양혜택을 누렸던 토오송이기에 어찌 보면 이는 자기모순을 자인하는 꼴이 된다. 한편 그는 메이지 취미를 찾을 수 없는 이유로, 건축양식의 부조화나 옷차림의 경박함을 들고 있다.

> 그 시대에는 그 시대의 기호가 없어서는 안 된다. 높이 평가를 하자면 모든 것이 개량이란 이름에 걸맞고 서양 문물도 적당히 조화하여 일본풍이 7, 중국풍이 5, 유럽풍이 3일 정도로 문명개화 비율은 의사가 약을 적절히 처방하듯 되어 있으나, 그것은 너무나 피상잔박한 견해다. 페인트칠한 집은 검은빛 토장과 기와를 얹었다. 버거운 빨간 기와에 멋스런 격자모양과 처마를 나란히 하고 있다. 옷차림새도 제각각으로 예복과 평상복의 구별조차 엄격하지 않다. 산뜻하게 가벼이 넘기는 세상이라고 해야 하나, 적어도 메이지 취미는 이것이라고 제시할 만한 것 있으면 보고 싶다.   (524쪽)[10]

토오송의 말대로 라면 개량 운동은 결국 전통의 무게감 상실이란 큰 대가 위에 성립된 것이라 하겠다. 이와 같이 그는 문란해지기 쉬운 것이 풍속임을 지적하는 한편, 메이지 시대보다 겐로쿠(元禄, 1688~1704) 때에 오히려 세상의 이치를 분별하는 안목과 청년의 지혜, 새로움에 대한 열정이 깊었음을 강조하고 있다. 토오송이 겐로쿠 시대를 주목한 것은 그의 정신적 스승 마츠오 바쇼(松尾芭蕉; 1644~1694)의 영향 또한 적지 않다.

예술 영역에서도 개량 열기의 영향을 가장 직접적이고 노골적인 형태로 받은 것이 연극이다. 연극 개량은 한때 사회의 중심 화제가 되기도 했다. 연극 개량의 선구자이자 가부키(歌舞伎) 방면에 사실(写実) 작품을 남긴 카와타케 모쿠아미(河竹黙阿弥; 1816~1893)의 삶을 회고하며, 토오송은 '메이지 취미'의 행방을 찾고자 했다.

가부키는 옛날의 환영이며 현재의 꿈에 없고 궁전사원의 신불도 지금은 노쇠했다. 화공은 무엇을 재료 삼아 그 색채를 내야할지, 시인은 무엇을 취해 그 정서를 의지해야할지.11) 서글픈 세상이어라.   (525쪽)

문학이 과거를 무시하고 존재할 수 없는 이상, 전통이나 외국의 과거에서 자양분을 섭취하고 영향을 받는 것은 당연하며 필요한 일이다. 그러나 맹목적인 '새로움'에 대한 갈망은 결국은 깊이 없는 문학으로 전락시켜 버리는 마이너스 요소임에 틀림없다. 이와 같은 측면에서 토오송은 진정한 새로움이 아니면 그것은 단지 치장에 불과하며 외국으로부터 끊임없이 받았던 자극이나 영향은 눈이 어지러울 만큼 표면적인 차원에 머무를 수밖에 없음을 주장하고 있는 것이다. 키타무라 토오코쿠(北村透谷; 1868~1894)는 메이지 시대를 '혁명이 아닌 이동의 시대'라 선언한 바 있다.12) 토오코쿠(透谷)의 말처럼, 만약 사람들이 물질적인 혁명에 의해 정신을 빼앗긴다면 그 혁명은 내부에서 서로 모순 되는 분자의 충돌에서 오는 것이 아니라 외부 자극에 작용 받아 오는 것임을 토오송 또한 당시 세태를 관망하는 중에 체득하고 있는 것이다. 위 인용문에서 색채 감각을 상실한 화가의 처지는, 곧 국민정신의 표상이 되어야할 문학 정서의 부재를 통감하는 토오송의 심정이라 할 수 있다. 즉 토오송이 결론짓고 있는 시대 기호의 정체성 혼돈은 시와 산문의 경계선에 서 있는 자신의 문학 기호의 혼돈을 표출한다고 하겠다.

2) 인간자연 - 자연의 표리, 인생의 표리

문학과 음악의 가장 근본적 친연성은 표현매체에 있다. 특히 시는 그 음율적 특성과 함께 음악과는 불가분의 관계로 다루어져 왔다. T.S. 엘리엇에 의하면, 시인은 음악연구에서 많은 영감을 얻고 있으며, 시인에게 가장 밀접하게 관심을 주는 도구는 리듬감이라고 했다. 주지하는 바와 같이 전통 시가는 음률에 맞추어 노래 부르게 되었고 악기로 연주되었을 뿐 아니라 무용과 함께 종합예술의 골격을 이루기도 했다. 시를 훌륭한 언어음악이라 선포한 사람은 괴테다. 시 자체가 강한 언어적 음악성을 지녔음을 간파한 괴테는 모든 예술 중에 음악을 최고로 꼽았다. 그의 시가 첼터를 비롯하여 모차르트, 베토벤, 슈베르트, 브람스, 볼프와 같은 작곡가에 의해 독일 가곡의 부흥과 절정의 주역을 담당했음이 그것을 입증한다.

토오송은 「토요일의 음악」에서 시나 음악 간의 연관성보다는 예술의 미묘한 차이에 주목하고 있다. 유럽의 악기를 일본에서 연주할 때 청중의 마음은 유럽 취미를 고스란히 느낄 수 있지만, 유럽 소설이나 시의 경우는 일본어 번역본을 독자가 접하기 때문에 때론 향기 없는 꽃 만을 음미할 수 밖에 없다는 언어의 한계에 대한 토오송의 탄식은 곧 시의 한계를 통감하는 그의 마음과 상통한다 하겠다. 더구나 시는 동서언어의 조직성질이 달라 미묘한 성조(声調)를 그대로 전하기 힘들다[13]고 언급함으로써 토오송은 시에 대한 자신의 딜레마를 표출하고 있다. 시와는 달리 유럽 취미를 일본 독자들에게 가장 있는 그대로 전할 수 있는 예술이 음악이며 그 악기야말로 시대와 민족을 초월하여 마음의 울림은 동일한 것이라 토오송은 보았다. 음악은 마음을 치유하는 지적인 도구로 평가된다. 유럽 악기를 통해 연주되는 멜로디에 야마토(大和) 노래는 마음의 울림을 통해 마음의 소리와 직결되기도 한다. 노래와 시가 아직 분화되지 않은 야마토 노래는 서정시의 기초로서 가장 단순하면서도 소박하게 드러나는 민중의 소리라 할 수 있다. 청중의 동정을 끄는 것은 악기의 힘보다는 인간의 소리, 즉 인공의 힘보다는 자연의 원초적인 힘 그것을 토오송은 인간자연의 소리로 본 것이다.

> 서양풍이지만 모습은 야마토 노래를 빌어 젊은이들의 입에서 발하는 합창이 되는가 하면, 악기의 힘을 빌리는 것과는 달리 그 노래는 인간자연의 소리로 모두 마음으로부터 나오는 소리이다. 그 서정시처럼 그 영역이야말로 좁아 청중의 동정을 끌기에는 이 묘미가 있어야 한다. (529쪽)

괴테는 우울하고 몽상적이며 규모가 큰 음악보다 소박하고 단순하며 세속적인 음악을 선호했다. 단순하고 소박한 리듬만이 시의 정취를 깨뜨리지 않을 것이라는 괴테의 믿음은 민요에서 기인한다. 민요는 그 나라 언어로 쓰여 진 모든 서정시와 음악의 마르지 않는 영감의 원천이기 때문에 괴테뿐 아니라 독일 시인들은 민요에서 자기 영감의 샘물을 얻었다. 괴테의 민요에 대한 관심이 토오송으로 하여금 야마토 노래에 주목하게 했다. 이는 토오송이 유럽 취미를 통한 일본 취미의 발견과 무관하지 않다. 또한 토오송은 모든 오성과 이성의 개념을 초월하는 음악의 신비한 현상을 보며, 시의 새로운 영역을 위한 비상을 도모하고자 했다. 창조적 활동을 하는 데에 필요한 영감의 원천인 음악이 청각적이고 순간적이며 역동적이라고 한다면, 회화를 비롯한 조각, 건축은 주로 시각적이고 공간적이며 정적인 기교로 표출된다고 하겠다. 토오송은 「일요일의 담화」에서 화가와 조각가를 등장시켜서 시(유화)와 소설

〈수채화〉의 경계에서 갈등하는 자신의 심정을 토로하고 있다. 「일요일의 담화」보다 1년 전인 1897년, 토오송은 최초의 소설 「선잠(うたたね)」에서 시를 인물화로, 소설을 풍경화(景色画)에 비유한 바 있다. 그 작품에서 허구로 설정된 화가가 괴테임은 주지하는 바이다. 괴테의 다양한 예술적 체험은 토오송의 관심 대상이었다. 괴테의 미술에 대한 창조적 시각이나 고대 건축과 유적물, 특히 르네상스 시대의 예술 작품에 대한 지고한 관심과 뜨거운 열정은 젊은 시인 토오송의 마음을 사로잡았다. 서정시 쓸 당시만 해도 토오송은 '보는 것 새롭지 않는 것 없고, 듣는 것 신기하지 않는 것 없었으며', '친구도 스승도 놀라게 할 인물화를 그렸으며', '시간을 허비하며 친구들이 노는 사이에도 나는 시인의 노래집을 통해 어렴풋이 세상의 슬픔도 알고, 자연의 비밀도 살피며 마침내는 파란만장한 천재의 사업도 자랑도 인정하게 되었다'고 고백하고 있다. 그러나 시정의 한계와 「선잠」에 대한 혹평은 토오송에게 있어 상실과 무력감 그 자체였다. 예술에 대한 상실감은 그의 문학 생명의 원천이었던 라파엘로의 고전적 취미와 미켈란젤로의 창조적 영감(霊感) 그리고 『문학계(文学界)』 동인들의 우정마저 '허망한 꿈'으로 전락시키고 있다.

> 라파엘로의 취미의 순아함도 미켈란젤로의 이상의 고매함도 지금은 내게 죽은 자다. 다양한 아름다운 모습, 끊임없는 형태, 그것은 내 속에 묻어둔 것도 붓을 쥐고 그 캔버스에 맞서고는 모든 허망한 꿈처럼 사라진다. 동정의 생각도 우애의 정도 지금은 나를 떠났다. 친구도 지금은 죽은 몸이다.
>
> (533쪽)

예술의 명장들을 마음의 목표로 삼아 화려한 마음을 추구하던 토오송은 암흑의 늪에 빠져 감각은 마비상태와 다를 바 없다. 토오송은 '이미 내 정신은 죽었다'고 선언했는데 그의 죽은 정신을 회생시킨 것은 다름 아닌 죽은 자가 남긴 말에 의해서이다. 진정한 예술가란 조용히 밝은 마음을 품고 예술에 몸을 두지 않으면 안 된다는 것이었다. 이후 '조용하고 밝은 마음'은 이후 『토오송시집 서문(藤村詩集序)』에 '시가는 조용한 곳에서 떠오르는 감동'으로 기록됨으로써 그 말의 힘을 증명했다. 죽음은 새로운 생명을 잉태한다. 결국 산문시는 서정시의 변신이자 부활의 열매로 해석된다.

3. 산문시의 수필성 −예술과 생활의 일치

산문시의 자유로운 감정의 토로는 서정시에서처럼 생활을 문학에서 소외시킨 것이 아니라, 문학 속에 생활이란 현실을 끌어들일 수 없는 데 대한 탄식을 기술함으로써 오히려 생활과 문학을 긍정적으로 결합시키려는 노력의 성과라 하겠다. 토오송의 산문 습작과 관련하여 사토(佐藤泰正)는 '토오송의 본래 모티브는 시 세계에서 충분히 표현할 수 없다는 생각이 줄곧 저류를 일관했기 때문에 시에서 나름대로 서정을 전개한 후 일단 마침표를 찍은 것'[14]이라고 했다. 또한, 요시모토(吉本隆明)는 '그가 산문으로 전환한 것은 상징시가 언어 예술성으로 흘러가는 과정에서 근대시로는 자아의식과 현실의 격투를 다 표현할 수 없다고 절망하는 가운데 이루어진 것'[15]임을 표명한 바 있다. 물론 이러한 평가 이면에는 토오송이 시인에서 산문가로 전환한 이유로 '신체시만으로는 먹고 살 수 없다'는 당시 문단의 사정도 무시할 수 없다. 이처럼 산문시로의 이행을 추측할 수 있는 예로, 토오송의 초기 연애서정의 상징인 '벌과 나비'의 감미로운 묘사가 점차 사라진 반면, '하늘을 비상하는 큰 독수리'의 출현 사실로부터도 그의 서사적 세계16)로의 시도를 짐작할 수 있다. 특히 주목되는 것은, 지금까지의 토오송의 자연이란 말의 개념으로부터는 대부분의 경우 인간은 소외되어 있었는데, 초목의 자연에 대해서 '인간의 자연'이라는 자연의 의미내용의 확충과 심화가 산문시에서 자연스럽게 인정되고 있음이 확인된다. 따라서 타야마 카타이(田山花袋)에게 말한 〈시천(詩天)의 새벽〉(『월요일의 편지』)은 토오송에게 있어 『낙매집』까지로 여겨진다.

1) 예술과 인생의 합일

생활은 즉 예술이며, 예술은 즉 생활이라는 명제는 예술이 현실생활에 뿌리박고 있는 한 누구도 비껴갈 수 없다. 토오송 또한 인생에서 예술과 생활의 불협화음을 놓고 해결의 실마리를 찾고자 했다. 그는 '조화의 부족함을 인공으로 보완하고, 상처 난 자연을 수선하려는 예술가들의 수고야말로 자기모순에 빠지는 함정'임을 제시하고 있다. 즉 예술가의 천명이라 여기는 인위적인 노력이 바로 자신의 올무일지도 모른다는 판단이다. 당시 화가나 음악가 혹은 시인에게 있어 예술과 결혼의 상관관계는 당시 그의 관심 대상으로 부각되었다. 특히 토오송은 정신의 자유를 사모하여 파괴자, 혁명가란 별명 하에 미치광이나 바보 취급받는 순수 예술가의 길을 택해야 할지, 아니면 처자식이란 속박의 굴레에서 세상의 포로가 되어 생활을 위한 예술가로 정착해야 할지 예술과 결혼을 대비시킴으로써 자신의 입장을 표명하고자 했다. 당면 과제로 그는 '나는 어떤 생애를 보내야 하는가!'라는 의문과 해후하게 되는 데, 이는 '사업의 무게를 짊어지고, 경험의 지팡이를 짚고, 이상이란 이름의 별 빛을 추구'하는 예술가로서 미래에 대한 희망과 불안이 내재된 의문으로 해석된다.

자칫하면 그들이 세상의 일반 규칙으로부터 일탈하여 파괴자, 혁명가란 별명을 짊어지고, 혹은 미치광이라 불리고 바보 소리 들으며, 스스로도 또한 미친 체하며 술에 숨어 정에 빠져 세상을 놀리듯 행동하는 것도, 그들은 정신의 자유를 사모하여 세상의 포로가 되는 것을 달게 여기지 않는다. 들어라! 그들이 세상 사람들과 똑같은 생애를 영위하며 똑같은 다망함을 혹사당하며 한결같이 처자식이 속박하는 굴레 속에서 감흥이 달아나는 대로 맡겨 둔다면, 그 제작은 과연 어떨까! 과연 예술가는 결혼하는 것이 행복인지 안 하는 것이 불행인지. 여기서 나는 어떤 생애를 보내야 하는지란 의문을 만난다.

(538~539쪽)

인생의 표리를 통찰한 보통 사람들처럼 세상에 안주한다 해도, 정신적 기쁨이 고갈된 예술은 그 생명이 짧을 수밖에 없다. 예술이란 '즐기지 않으면 재능 늘지 않고, 재능 늘지 않으면 사고력 또한 사멸'됨을 토오송은 예술가들의 전기(伝記)를 통해 인식하기 시작했다. 예술가에게 작품이란 존재는 부모에게 자녀의 소중함과 다를 바 없다. 토오송은 작품을 탄생시키는 예술가의 고뇌와 기쁨을 해산하는 부모의 고통과 기쁨으로 승화시킴으로써, 예술가를 엄격한 아버지이자 자애로운 어머니의 이미지로 각인 시키고 있다. 처녀작『새싹집』이 그 심정을 반영한 예라 하겠다. 시작(詩作) 활동과 비례하여 토오송의 생애는, 〈나의 생애〉에서 〈예술가의 생애〉로 초점이 심화되고 있음을 알 수 있다.

제작에 종사하는 예술가의 몸은 이미 부모로서의 세상 도리를 다하는 것과 마찬가지다. 작품은 그들의 사랑하는 아이다. 그 백악의 석고상을 품고 서리 내리는 밤에 얼었다는 예술가의 정은, 즉 아이를 품에 안고 눈 속을 헤매는 부모의 정이다. 처음으로 습작한 처녀작을 품고 기쁜 나머지 계단을 오르내린다는 시인의 기쁨은, 즉 처음으로 구슬 같은 신생아를 갖는 부

모의 기쁨이다. 표일한 자세로 자유를 날개 삼아 유유히 애락의 갈림길에서
놀 정도의 사람이라면, 설령 산수 속에 방랑한다 해도, 거리 속에 매몰한다
해도, 술을 빌어 정을 쫓고 흥을 난무하게 즐긴다 해도, 고매한 제작에 즈음
하여 자연스럽게 진 빚을 되돌려 주는 따뜻한 마음과 바름 있다면 그는 엄부
이며 자모이다.   (541쪽)

토오송이 예술가들의 생애에 주목한 것은, 『문학계』(1894.11)에 미켈란
젤로의 전기 번역을 계기로, 바이런, 특히 바사리의 『르네상스 미술가전』
에 관심을 나타냈다. 예술과 결혼한 미켈란젤로나 청순한 서정시인 바
이런, 그들에게 있어 예술 정신의 풍요로움 이면에 숨겨진 비참했던 예
술생활 혹은 결혼생활은, ‘달팽이 껍질의 안주’보다는 ‘하늘을 나는 새의
날개’를 동경하는 토오송 생애의 청사진으로 인식되고 있음을 알 수 있
다. 토오송은 인생의 표리 나아가 자연의 표리를 투시하지 못하는 이유
로 인간의 연약함을 들었다. 그러나 예술가에게는 ‘몸은 푸른 풀 사이에
숨어들지만 그 머리는 항상 높은 곳을 향하는 여름의 뱀’처럼 인생과
자연의 미학을 투시할 수 있는 능력이 잠재되어 있음을 토오송은 간파
했다고 보인다.

2) 예술적 인생에서 실행적 인생으로

수필로의 이행을 암시하는 이 작품의 절정은 「수요일의 송별」에서
노골적으로 묘사되고 있다. ‘붓 가는 대로 두서없이 글을 쓴다’ 혹은 ‘서
로 흉금을 터놓은 이야기’란 표현이 그것을 입증한다. 덧붙여 「월요일
의 편지」에서 언급한 ‘무료함을 달래고 있다’는 그의 심정에서 일본인
수필 감성의 부활이 예견된다. 이는 당시 사회적 분위기 또한 현실과
유리되어 있던 작가 내면의 풍경을 전하기 위해선 다른 어떤 형식보다
직접적으로 독자들의 심금을 찌르는 데 효과적이라 할 수 있는 수필형

식이 요청되었던 것으로 추측된다.

> 월요부록 지면을 통해서 흥겹게 붓 가는 대로 두서없는 말 늘어놓으며 독자를 만난 지 벌써 6번째다. 끌을 가진 자는 잘 새기려는 것만 생각하고 대패를 가진 자는 잘 밀려는 것만을 마음먹으면 족하며 방심하여 여지를 말해선 안 된다는 사람도 있지만 서로 흉금을 터놓는 이야기 때론 그 또한 마음이 유쾌하지 않은가. 우연히 목요일에 붓을 잡았을 무렵에는 꽃이 흐드러지게 피어 사람의 마음도 하늘 높이 들뜰 정도였는데, 이제 7일의 한담을 마무리할 무렵은 이미 푸른 잎 그늘에 잠시 멈춰 서서 사람을 보내는 옷 갈아입을 철이 되었다.   (542쪽)

토오송은 '말을 의복'17)에 비유한 바 있다. 그렇다면 위의 인용문에서 '옷 갈아입을 철'은 시와의 결별을 준비하는 그의 심정을 대변한다 하겠다. 당시 서정시인으로서의 이미지가 독자들에게 짙게 각인 되었던 만큼 토오송의 서사 세계로의 탈출 시도는 그간의 명성을 한 순간에 실추시킬 수도 있는 모험과 같다고 추론된다. 따라서 신문에 게재한 6회에 걸친 그의 산문시는 독자의 대중적 반응을 확인하기 위한 시험작이라 할 수 있다.

> 지난 사오 년간 자네는 정감의 여리고 희미함에 매달려, 젊디젊은 공상을 만족시킬 만한 것이 아니면 보여도 보지 않고 들려도 듣지 않고 그리는 것도 모방하는 것도 한결같이 이 유한한 꿈의 나라일 뿐이다. 그러나 이 봄에 자네가 완성한 농부경작 그림을 보니, 생활을 위해 싸우는 용감한 마음을 농부의 손발 근육으로 묘사하고 여기에 햇빛은 눈부시게 쏟아지며 가련한 들꽃이 흐드러진다. 그것은 마음 속 은밀히 단순한 정감의 세계를 빠져나가 더욱더 심오한 자연의 품으로 비약을 시도하는 자네의 요즘의 진경에 놀란다. 시도해 보게나. 그러면 그 일 반드시 이루어지리라.
>   (543~544쪽)

센다이(仙台) 시절, 상상력으로 창출한 서정시는 정감 세계로 압축된다. 여기서 정(情)은 연기를 머금은 버드나무처럼 생각은 꽃에 머무는 나비처럼 밤이 오면 허망하게 사라지는 허무한 꿈에 비유되고 있다. 이러한 세계에서는 환상의 이미지만 존재할 뿐, 보고 듣는 것의 실체가 무의미함을 여행을 통해 자각하고 있다. 이 글을 쓰기 한 달 전, 야나기타 쿠니오(柳田国男) 방문차 후사(布佐)에 간 적이 있다. 그때 쓴 기행문 『토네가와 소식(利根川だより)』에서 '강을 거슬러 올라가는 증기선 기관사들의 땀과 수고', 즉 노동하는 모습에 주목하는 토오송을 발견할 수 있다. 자연을 상대로 투쟁과 순응을 반복하며 삶을 영위하는 노동자 나아가 농부들의 실세계를 접한 이후, 토오송은 꿈만 존재하는 공상의 세계와 이별하고 지식이 존재하는 현실 세계 묘사에 깊은 관심을 표명했다. 그가 내린 결론은, '열 개의 화론(画論)을 얻으려 하기보다는 한 개의 화제(画題)를 얻어야 하고, 열 개의 화제를 얻으려 하기보다는 한 개의 작품을 얻어야 한다'는 것이다. 즉 예술가란 화론의 지식이나 화제의 우아함을 생각하는 데 시간을 소모하기보다는 제작하는 일이 급선무임을 강조했다. 이는 '생각이 있으면 말하라. 망설이지 말고 말하라'는 그의 주장과 상통한다. 이 작품에서 토오송은 '현실의 계절은 봄이지만 자신의 마음은 여름'이라고 언급하고 있다. 토오송에게 있어 여름은 〈실행〉이나 〈활동〉을 의미한다. 여름에 열심히 일하는 농부처럼 자신의 집필 활동 또한 여름이 가장 왕성했는데, 장편소설 『봄(春)』, 『신생(新生)』, 『집(家)』이 그 예임을 밝히고 있다.[18] 그런데 이들 작품의 백미는 소설의 밑그림이라 할 수 있는 스케치다. 화가가 작품을 모아 전시회를 하듯, 토오송의 스케치들은 수필로 집약된다. 그의 수필은 '살아 있는 현실 세계'의 변화무쌍한 모습을 여과 없이 담아내는 새로운 산문 양식으로 정착되었다고 할 수 있다.

4. 맺음말

　시마자키 토오송(島崎藤村)의 시는 변주되는 모든 과정을 포함해 그의 문학의 골격을 형성하고 있다. 이런 특색을 인지하는 것은 토오송의 시형 변화를 생각할 때 매우 중요하다. 그런 의미에서 습작으로서의 산문시「7일간의 한담(七曜のすさび)」은 토오송이 모색하던 시적 산문의 새로운 전형을 제시한 것이라 하겠다. 그의 산문시는 이전의 서정시와 달리 상상의 세계를 배제하고 현실 세계를 반영한 형태로 창작되었다. 특히 토오송은 산천초목으로서의 자연이란 통념을 초월하여, 지금까지 소외되어 있던 생활인의 실상을 '인간자연'으로 간주함으로써, 자연의 의미내용의 확충과 심화를 도모한 것으로 해석된다. 이 작품을 계기로 그는 낭만적인 시로부터 현실적인 생활시로의 새로운 명제를 발견했다고 할 수 있다.

　본 산문시의 구성은「목요일의 산책(木曜日の散歩)」,「금요일의 회고(金曜日の懷旧)」,「토요일의 음악(土曜日の音樂)」,「일요일의 담화(日曜日の談話)」,「월요일의 편지(月曜日の手紙)」,「화요일의 신차(火曜日の新茶)」,「수요일의 송별(水曜日の送別)」로, 주제는 '사색'으로 귀결된다. 작품에서 '붓 가는 대로' 혹은 '무료함'을 표방한 수필을 지향함으로써 토오송은 자신의 권태나 고뇌를 산문으로 객관화시키는 발판을 마련한 셈이다. 그의 산문시로의 전향이 순탄했던 이유는, 이 글이『요미우리(読売)신문』이란 대중매체를 통해 독자들의 이목을 집중시켰다는 점 또한 간과할 수 없다.

　따라서 토오송이 시도한 7일간의 사색은, 그가 사색가의 지각으로 자타의 심리가 가능한 문학 공간을 통해 현실을 부정도 긍정도 아닌

'있는 그대로'에 천착함으로써 수필의 특성을 살피는 탐색 작업이었음을 알 수 있다. 이는 토오송이 근대라는 시대 기호의 향방을 직시함은 물론 문학가로서의 행보, 즉 '나의 생애'와 '예술가의 생애'를 접목시켜 자신의 자화상을 시적 산문이란 형식을 통해 표출시키고자 한 것이라 생각된다.

【주】
* 본 연구는 2007년 『일본연구』(제34호)에 발표한 「시마자키 도손(島崎藤村)의 「7일간의 한담(七日翟のすさび)」고찰―수필 쓰기 모색을 위한 산문사―」을 수정·보완한 것임.
** 명지전문대학 교양 초빙교수
1) 나루미 요오키치(鳴海要吉) 編, 『島崎藤村若菜集以前』, 日本書荘, 1937, 363쪽.
2) Ch. 보들레르丁奇洙譯, 『악의 꽃』(世界文學全集 53), 正音社, 1977, 221쪽.
3) 본 논문에서 참고한 『島崎藤村全集』은 『島崎藤村全集』(筑摩書房 1981~1988)이다. 인용한 글은 『全集』으로 생략하여, 그 권수와 쪽수만을 기재한다.(「小説の題のつけ方」 『全集』 제10권, 340쪽)
4) 티보데(Thibaudet, A)는 프랑스 문학을 세대별로 논하여 1789년의 세대에서 1914년의 세대까지, 즉 프랑스 대혁명의 발단에서 제1차 세계대전이 발발할 때까지 125년 동안을 약 30년씩 나누었다. 그런데 이것이 일본에 들어와 10년 단위로 사용되었다.
5) 「春」奧書 『全集』 제12권, 378쪽.
6) 「『若菜集』時代」 『全集』 제11권, 227쪽.
7) 마사오카 시키(正岡子規), 『正岡子規』, 筑摩書房, 1975, 274~275쪽.
8) 신체시의 영역에서 초기에는 스스키다 큐우킹(薄田泣菫), 캄바라 아리아케(蒲原有明), 우에다 빙(上田敏) 등이 있다. 후기에는 이시카와 타쿠보쿠(石川啄木), 키타하라 하쿠슈(北原白秋), 키노시타 모쿠타로(木下杢太郎) 등이 시단의 온상을 이루었다. 이들은 이지(理智)보다도 뿌리 깊은 감각이나 감정의 해방이야말로 새로운 인간의 탄생이란 점에 주목하는 예술지상주의 경향을 나타냈으며 현실을 초월한 공상과 동경을 노래했다.
9) 로쿠메이칸(鹿鳴館)이란 시경(詩経)의 소아(小雅) 「녹명(鹿鳴)」에서 유래되었다. 메이지 정부가 일본의 귀족(華族)과 외국사절의 사교공간으로 사용하기 위해 1883년에 동경 히비야(日比谷)공원 근처에 세운 서양풍의 2층 건물이다. 이곳에서의 잦은 서양식 파티와 가장무도회는 서구화 열풍이 정점에 달했음을 상징적으로 보여준다. 훗날 로쿠메이칸은 서양문명 모방풍조의 온상으로서 비난의 표적이 되었다는 지적도 있다.
10) 본문 인용은 『全集』 제1권으로 쪽 수만 기재한다.

11) 테오필 고티에(Theophile Gautier 1811~1872)는 '예술을 위한 예술'을 표방하면서
   조각가가 대리석이나 진흙을 재료로 삼고, 화가가 색채를 재료로 삼듯이, 시인은 언
   어를 재료로 삼아 섬세한 노력을 기울여 아름다운 시를 만들어야 한다고 주장한 바
   있다.(박인효『프랑스 시의 이해와 감상』, 조선대학교 출판부, 2002, 120쪽.)
12) 키타무라 토오코쿠(北村透谷),『北村透谷集』, 明治文学全集29, 筑摩書房, 1976, 221
   쪽.
13)「아언과 시가(雅言と詩歌)」
14) 소오마 츠네오(相馬庸郎) 外,『島崎藤村』(シンポジウム日本文学15), 学生社, 1977,
   97쪽.
15) 요시모토 타카아키(吉本隆明),『島崎藤村全集』別巻, 筑摩書房, 1986, 264쪽.
16) 마사오카 시키(正岡子規)는『새싹집』에 나오는 '나비'나 '꾀꼬리' 외에도 삼라만상은
   사랑스러운 것이 많으며, 사랑 외에도 인간만사는 슬픔과 기쁨이 있고, 서정 외에도
   서경(敍景)과 서사가 있는데 이러한 것을 놓치고 있는 토오송의 안목이 의심스럽다
   며 혹평한 바 있다.(正岡子規, 앞의 책, 274~275쪽.)
17) 나루미 요오키치(鳴海要吉) 編, 앞의 책, 370쪽.
18)「私が筆を執る時(談話)」,『全集』제11권, 342쪽.

오현수[**]

2 한 작가의 탄생과 러일전쟁[*]

− 나츠메 소오세키를 중심으로 −

1. 머리말

예나 지금이나 동·서양을 막론하고 전쟁은 해당 국가나 국민에게 커다란 영향을 미친다는 것은 새삼 말할 필요가 없을 것이다. 나츠메 소오세키(夏目漱石; 1867~1916) 또한 메이지(明治)유신 1년 전인 1867년 지금의 토오쿄(東京)에서 태어나 1916년 작고한 작가로서 그가 생전에 '메이지의 역사는 즉, 나의 역사이다'라고 말한 바와 같이 메이지유신과 더불어 격동하는 한 시대를 살아온 일본인이다. 특히 그가 살아온 이 시기는 메이지유신 이래 일본이 일으킨 다섯 번의 전쟁 가운데에서 초기 세 번에 해당되며, 이 중 러일전쟁(1904~1905)은 소오세키(漱石)에게 가장 많은 영향을 주었다고 할 수 있다.

이와 같은 사실은 당시 토오쿄대학에서 영문학을 강의하고 있던 소오세키가 전쟁이 발발한 지 약 3개월밖에 지나지 않은 1904년 5월에 발표한 러시아정벌을 찬양하는 신체시 「종군행(從軍行)」, 이듬해인 1905년 5월과 8월에 각각 발표한 담화(談話) 「비평가의 입장(批評家の立場)」과

「전후문학계의 추세(戰後文界の趨勢)」 등을 보면 잘 알 수 있다.

따라서 본고에서는 소오세키가 러일전쟁을 전후(前後)로 하여 쓴 「신체시」, 「담화」, 「단편필기」, 「서한」 등을 통하여 전쟁에서의 승리에 대한 그의 심적인 변화과정을 살펴봄으로서 그의 작품세계에 대한 이해의 폭을 넓히고자 한다.

본고의 고찰 순서로는, 우선 신체시 「종군행」을 통하여 그가 이번 전쟁에서의 초반 승리에 얼마나 감정이 고조되었는지를 살펴보고, 전쟁 당시 육지와 바다에서의 2차에 걸친 대승리 후에 각각 발표한 두 편의 「담화」을 통하여 그의 심적인 변화과정을 살펴본 후, 마지막으로 전후(戰後)에 이른바 하이쿠(俳句)적인 소설 『풀베개(草枕)』(1906)의 발표를 전후로 하여 주위사람들에게 보낸 서한 등을 통하여 본격적인 전업 작가 생활에 임하는 그의 마음가짐에 대하여 살펴보고자 한다.

2. 전쟁발발과 신체시 『종군행』

소오세키가 영국 런던에서 영문학을 공부하고 돌아온 후 약 1년 만에 일어난 러일전쟁(1904년 2월 10일~1905년 9월 5일)은 외견상으로는 러시아와의 전쟁이었지만, 당시 일본의 분위기는 서양과의 전쟁으로 받아들여졌다. 그리고 이 전쟁은 처음부터 일본에 의하여 의도되어진 전쟁이었으므로 전세는 당연히 일본에게 유리한 방향으로 전개되어 가고 있었다.

이렇듯 전 일본이 전승의 분위기에 휩싸이기 시작할 무렵, 소오세키 또한 이에 흥분하여 전쟁이 시작된 지 3개월밖에 지나지 않은 그해 5월 「제국문학(帝國文學)」에 러시아정벌을 찬양하는 신체시 「종군행(從軍行)」

을 기고하였는데, 이 시는 총 7연으로 그 첫 연은 다음과 같다.

> 우리에게 적 있으니, 군함이 포효한다,
> 적을 용서하지 마라, 남아의 기개.
> 우리에게 적 있으니, 용사들 모여든다,
> 적을 놓치지 마라, 용사의 담력.
> 색은 진한 핏빛인가, 일본의 깃발은,
> 적을 비추지 않고, 살기를 띠며.[1]

이와 같이 소오세키의 시 한 구절만을 보더라도 그가 전쟁 초반부터 기선을 잡고 승승장구하는 일본의 승전보에 얼마나 감정이 고조되었는지를 잘 알 수 있으며, 이는 또한 당시의 일본 사회의 분위기와 국민들의 생각이 어떠했는지를 대변하고 있다고 할 수 있다.

즉, 일본 국민의 한 사람으로서 소오세키는 10년 전 일본이 청일전쟁(1894년~1895년)에서 승리를 거두고도 러시아가 주도한 삼국간섭에 의하여 중국으로부터 얻은 이권을 포기하지 않으면 안 되었던 수모를 이번 전쟁에서 복수하게 된 데에 대한 솔직한 심정을 숨김없이 잘 나타내고 있는 것이다.

또한 소오세기는 이 시에 대하여 그의 문하생에게 보낸 6월 3일자 서한에서 잡지 「태양(太陽)」 6월호에 실린 오오츠카 야스지(大塚保治)의 처인 쿠스오코(楠緖子)의 신체시 「진격의 노래(進擊の歌)」와 비교하고는

> 「태양」에 실린 오오츠카부인의 전쟁 신체시를 보아라. 배움이 없는 늙은 병사가 술에 취해서 지은 아호다라경(阿呆陀羅經)같다. 여자인 주제에 그만두었더라면 좋았을 것을. 그것을 생각하면 나의 「종군행」 등은 훌륭한 것이다.
> (『전집』 27권, 199쪽)

라고 자화자찬하면서 의기양양해 하고 있는데, 우리는 이와 같은 그의

언설을 통하여 그가 당시에 러일전쟁의 개시와 더불어 일본의 승리로
전개되어져가는 전황에 대하여 얼마나 고무되었는지를 잘 알 수 있다.

3. 모방에서 창조로

일본은 유사 이래 중국을 통하여 새로운 문물을 받아들였으나 아편
전쟁(1840년~1842년)으로 인하여 무기력해진 중국의 실체를 보고 나서는
그 문명의 도입선을 하루 아침에 서양으로 바꾸었으며, 메이지유신을
일으킨 일본의 선각자들은 오로지 서양만을 향하여 일로매진하기 시작
하였다.

그러나 메이지유신 이래 계속되어온 이와 같은 풍조에 대하여 영국
유학을 통하여 서양문명의 폐해를 알게 된 소오세키는 일찍이 1901년
4월경에 쓴 단편(斷片)에서 '일본인은 창조력이 결여된 민족이다. 유신
전의 일본인은 오로지 중국만을 모방하면서 기뻐하였으며 유신 후의
일본인은 또한 오로지 서양만을 모방하려고 한다'고 하면서 당시 일본
에 만연된 서양숭배사상을 신랄하게 비판하고 있었다.

그런데 일본 국민으로 하여금 서양숭배사상에서 벗어날 수 있는 계
기를 마련해 준 사건이 일어났는데, 그것은 다름 아닌 러일전쟁이었다.

특히 이 전쟁은 소오세키에게 자신감을 심어준 사건으로서, 두 번에
걸친 일본의 승리 즉, 육지에서의 '봉천회전(奉天會戰)'과 바다에서의 '동
해해전'에서 일본이 대승을 거두어 승패가 완전히 결정되자, 소오세키
는 감히 서양에 대한 모방에서 벗어나 일본과 일본인의 것을 창조할
것을 전 국민에게 주창하기 시작하였다.

1) 봉천회전과 「비평가의 입장」

　오오야마 이와오(大山巖)가 이끄는 일본육군 24만은 3월 러시아군 36
만명과 만주의 봉천(奉天)에서 치열한 전투를 벌여 7만명의 사상자를 낸
끝에 마침내 러시아를 격퇴하였는데, 봉천회전에서의 일본의 승리는 러
일전쟁의 분기점이 되었으며, 또한 소오세키에게도 커다란 자신감을 준
사건이기도 하였다.

　이와 같은 사실은 소오세키가 5월『신조(新潮)』에 게재한 담화「비평
가의 입장」을 보면 잘 알 수 있다.

> 나는 군인이 훌륭하다고 생각한다. 서양의 이기(利器)를 서양에서 들여
> 와서 목적은 러시아와 싸움이라도 하려고 하기 때문이다. 일본의 특색을
> 넓히기 위해, 일본의 특색을 발휘하기 위해 이 이기를 산 것이다.
>
> (『전집』34권, 25쪽)

　즉, 소오세키는 군인들이 서양으로부터 총이나 대포 등 무기를 사들인
것은 그들에게 예속되기 위해서가 아니라 결국은 그들과 일전(一戰)을 벌이
기 위해서였다고 격찬하면서 군인들의 모방정신에 대하여 칭찬하고 있다.
　그리고, 이어서 다음과 같이 문학자들의 분발을 촉구하고 있다.

> 문학자가 서양의 문학을 이용하는 것은 자기의 특색을 발휘하기 위해서
> 가 아니면 안 된다. 그것이 일견 노예라는 느낌이 든다는 것은 불유쾌하다.
>
> (『전집』34권, 26쪽)

　즉, 소오세키는 서양의 것을 들여오는 것은 그들에게 종속되는 것이 아
니라 그것을 이용하여 일본적인 특색을 발휘하는 것이라고 하면서 일본의
문학자들도 이들 군인들의 정신을 본받아 서양문학을 단지 모방만 할 것
이 아니라 문학에서 일본적인 특성을 발휘할 것을 적극 권하고 있다.

2) 동해해전과 「전후문학계의 추세」

　러시아는 육전(陸戰)에서의 패배를 해전(海戰)에서 만회하기위하여 유럽에 주둔하고 있던 발틱함대를 회항시켜 동해에서 대해전(大海戰)을 전개하였다. 하지만 러시아해군은 7개월에 걸친 장거리 항해에 의한 전력의 약화 등으로 인하여 1905년 5월 27일 토오고 헤이하치로(東鄕平八郎)가 이끄는 일본 연합함대에 의하여 격파되어 전멸하고 이로서 러일전쟁의 승패는 결정되었으며, 이어서 6월부터는 미국의 중재 하에 강화조약협상이 진행되었다.

　이와 같이 전쟁이 일본의 승리로 완전히 굳혀져 가는 가운데 소오세키는 8월 『신소설(新小說)』에 게재한 「전후문학계의 추세」를 통하여 이번 전쟁에서의 승리는 단지 물질적인 면에서의 승리만이 아니라 정신적인 면에서의 승리라고 주장하고 있다.

　　　여하튼 일본은 오늘날에 있어서는 연전연승 … 평화극복 후에 있어서도 천고불멸의 대전승국의 명예를 짊어진다는 것은 말할 필요가 없을 것이다. 이러한 까닭으로 단지 힘으로 전쟁에 이겼다고 할 수 있을 뿐만 아니라, 일본 국민의 정신상에도 커다란 영향을 발생시킬 수 있을 것이다.
　　　그런데도 지금 이번 전쟁이 시작된 이래 대단한 성공으로, 상대는 그 유명한 유럽제일의 완고하고 강하다고 하는 러시아이다. 그것을 적으로 하여 연전연승한다고 하는 것 … 이 연전연승이라는 의미는 배를 격침시키고 적을 죽인다고 하는 물질적인 것이지만, 그러나 이 반향은 정신계에도 굉장한 원기를 북돋아 줄 것이다.　　　　　　(『전집』 34권, 27쪽)

　이어서 소오세키는 현재 일본이 이와 같이 연전연승하고 있는 것은 일본 전 국민이 '처음부터 사력을 다하여, 죽느냐 사느냐 하는 정신', 즉 '일본정신(日本魂)'으로 싸워 이긴 결과이며, 이 일본정신은 '자신자각(自信自覚)'이라는 형태로 변화하여 일본문학계에 다음 3가지의 반향을 불러일으킬 것이라고 확신하였다.

첫째, 일본의 문학자들도 앞으로 일본을 대표하는 대걸작을 쓸 수 있다고 하는 '자신감(自信感)'을 갖게 될 것이다.

> 일본은 어디까지나 일본이다. 일본에는 일본의 역사가 있다. 일본인에게는 일본인의 특성이 있다. 억지로 서양을 모방해서는 안 된다. 서양만이 모범이 아니다. 우리들도 모범이 될 수 있다. 그들에게 이기지 못할 것은 없다. 이제부터는 성공한다. 이제부터는 대걸작이 제작된다. 결코 서양에 뒤지지 않을 것이다. 서양 것에 비교될 만한 것, 아니 그 이상의 것을 만들어 내지 않으면 안 된다. 낼 수 있다고 하는 ― 기개가 나온다.
>
> (『전집』 34권, 32쪽)

소오세키는 지금까지는 물질적인 면에 있어서든 정신적인 면에 있어서든 서양에 필적할 수 있을 거라고는 감히 꿈에도 생각하지 못하였다. 하지만 이번 전쟁에서 뜻밖에도 서양의 강대국인 러시아를 상대로 하여 승리를 거두고 보니 지금까지와는 다른 생각이 들기 시작하였던 것이다. 이에 문학을 지향하는 한 사람으로서 소오세키는 군인들이 서양의 무기를 들여와 강국 러시아를 이겼듯이 문학들도 서양의 작품과 비교가 되지 않는, 아니 그 이상의 작품이 일본에서 나올 것을 기대하였던 것이다.

둘째, 이번 전쟁을 계기로 지금까지의 문학자들과 비평가들의 시각이 변화할 것이다.

> 일본인은 서양의 그림을 들고 나와 표준을 서양 것에서 취하지만 이것은 떡집의 표준으로 술집을 평하는 것과 똑 같다 　(『전집』 34권, 33쪽)

소오세키는 이번 전쟁에서의 승리를 계기로 메이지유신 이래 지금까지 모든 예술을 서양의 기준에 의하여 판단해 온 것에 대하여 비판하면서, 이제부터는 일본이라는 자(표준)를 갖추어야 하며, 그런 관점에서 보면 일본 고유의 단시(短詩)인 '하이쿠'도 특별한 가치를 인정받을 수 있다고 말하고 있다.

셋째, 전후의 경제적 변화로 일본의 부가 늘어날 것이며, 이는 문학의 발전을 가져올 것이다.

> 전후에 있어서 경제적인 변화로서 일본의 부가 이전보다도 팽창하게 되면 모든 사치스런 직업이라든가 사업 등이 동반하여 발전하게 된다. 문학도 이와 같아서 물론 이 부분에 속해 발달하게 되므로 부의 힘은 이와 같은 종류의 사업을 필요로 하게 된다. (『전집』 34권, 33쪽)

즉, 소오세키는 경제적으로 충분한 여유가 있어야 만이 정신계의 오락이라고 할 수 있는 문학에 대한 수요가 크게 늘어나게 되고, 이로 인하여 대문학자도 나올 수 있다고 주장하고 있다. 그리고 이와 같은 예증으로 '영국이 엘리자베스 시대에 문학이 융성하게 된 하나는 스페인의 무적함대를 격파함으로서 세상이 넓어지고', 이에 경제적 여유가 생겨 셰익스피어와 같은 문학자들이 활발하게 저술활동에 몰두하여 오늘날 전 세계인에게 읽혀지는 문학을 이루어 냈다고 말하고 있다.

이와 같이 소오세키는 러일전쟁이 일본의 승리로 점점 굳혀져 감에 따라 서양에는 미치지 못한다거나, 무엇이든 모방하지 않으면 안 된다고 하는 유신이래의 서양숭배사상에서 벗어나 일본의 것에도 모범이 될 만한 것이 있다는 것을 하루빨리 자각하고 그것을 찾아내야 한다고 주장하는 한편, 더 나아가서는 이번 전쟁에서 '우리들이 처음부터 사력을 다하여, 죽느냐 사느냐 하는 정신'으로 싸워서 이긴 것처럼 문학자들도 죽느냐 사느냐하는 마음가짐으로 분발해야 하며, 더 나아가 일본의 독창성, 일본인의 독창성을 발휘하여야 한다고 하면서 국가 및 국민 개

개인 모두가 분발할 것을 촉구하고 있다.

4. 전문작가로서의 출발

이상에서 살펴 본 바와 같이 러일전쟁에서의 일본의 승리로 소오세키는 자신감을 갖게 되었다. 그리고 그는 이를 계기로 국민 모두에게 지금까지의 서양모방에서 벗어나 개개인의 독창성을 발휘할 것을 주장하는 한편, 자신 또한 문학에서 자신의 독창성을 발휘할 것을 결심하게 되는데, 이는 그가 1906년 8월 코미야 토요타카(小宮豐隆) 앞으로 보낸 서한을 보면 잘 알 수 있다.

> 이번에는『신소설』에 썼다. 9월 1일에 발행되는 것에『풀베개』라고 제목을 붙인 것이 있다. 꼭 읽어 주기 바란다. 이런 소설은 천지개벽 이래 그 유례가 없는 것이다.(개벽 이래 걸작이라고 오해해서는 안 된다.)
>
> (『전집』 28권, 80쪽)

즉, 소오세키는 이번 전쟁에서의 승리로 인한 그의 사상의 변화를 소설이라는 형태로 구체화시켜 나타내고자 하였는데, 바로 그 작품이 천지개벽 이래 서양에도 없고 일본에도 없는 사생문(寫生文) 소설『풀베개』이었던 것이다.

그는 이어서 같은 해 10월 26일 스즈키 미에키치(鈴木三重吉)에게 보낸 편지에서 다음과 같이 자신의 심경을 토로하고 있다.

> 나는 한편으로 하이카이(俳諧)적 문학에 출입함과 동시에 한편으로는 죽느냐 사느냐, 목숨을 걸었던 메이지유신의 지사처럼 격렬한 정신으로 문

학을 해 보고 싶다. (『전집』 28권, 123~124쪽)

즉, 소오세키는 문학을 하더라도 죽느냐 사느냐 하는 각오로 메이지 유신을 일으킨 지사들처럼 국가를 위하여 멸사봉공하겠다고 단언함으로써 그의 문학에 대한 결심을 굳혔던 것이다.

이상에서 살펴 본 바와 같이 러일전쟁에서의 일본의 승리는 소오세키에게 잠재되어 있던 자아를 일깨워 런던유학 이후 그의 뇌리를 지배하고 있던 이질적인 서양 문명에 대하여 새롭게 인식할 수 있는 계기와 더불어 문학에 대한 자신감을 갖게 해 줌으로서 전문작가로서의 길을 걷게 하였던 것이다.

5. 맺음말

러일전쟁이 발발하기 10년 전에 일본은 청나라와의 전쟁에서 승리를 거두었는데, 이때 전쟁에서는 이겼지만 러시아가 주도한 삼국간섭에 의하여 일본은 중국으로 부터 얻은 많은 이권을 포기하지 않으면 안 되었다. 이후 절치부심(切齒腐心)해 온 일본은 10년 후 러일전쟁이 시작되자 러시아에 복수할 기회를 갖게 되었다.

그런데 초기의 우려와는 달리 예상외로 일본이 러시아에 연전연승을 하게 되자 일본의 전 국토는 들끓기 시작하였으며, 이에 소오세키 또한 일본의 한 국민으로서 그 기쁨을 같이 하였는데, 이는 앞서 살펴본 바와 같이 전쟁 발발 3개월 후에 쓴 신체시「종군행」, 봉천회전에서의 승리 후에 쓴「비평가의 입장」, 그리고 동해해전에서의 승리 후에 쓴「전후 문학계의 추세」에 나타난 그의 심리변화를 보면 잘 알 수 있다.

즉, 소오세키는 러일전쟁에서의 일본의 승리를 계기로 자신감을 얻
게 되었으며, 이후 일본의 전 국민이 '자신자각'하여 각자 자신의 개성을
최대한 발휘할 것을 촉구하는 한편, 자신 또한 문학자로서 자신의 직분
을 다할 것을 다짐하면서 직접 『나는 고양이로소이다(吾輩は猫である)』
(1905)를 쓰기 시작하였다.

그리고 이 작품이 예상외로 독자들의 반향을 불러일으키자 이어서
몇 편의 단편과 『도련님(坊っちゃん)』(1906)을 연이어 발표하였으며 마침
내 서양에도 없고, 물론 일본에도 없는 미(美)만을 생명으로 하는 '천지개
벽 이래 그 유례가 없는', 일본을 대표하는 하이쿠(俳句)적 소설인 『풀베
개』의 발표를 전후하여 문학에서 메이지유신을 일으킨 지사들처럼 죽느
냐, 사느냐하는 각오로 전업 작가로서 자신의 길을 걸어가기 시작하였
던 것이다.

【주】
 * 본 연구는 1996년 『일어일문학연구』(제29집)에 발표한 「나츠메 소오세키(夏目漱石)
   와 러일전쟁—한 작가의 탄생을 중심으로—」을 수정·보완한 것임.
** 서경대학교 겸임교수
1) 나츠메 소오세키(夏目漱石), 『漱石全集』23卷, 岩波書店, 1979, 64쪽.
   이하 본문 인용은 『漱石全集』(全35卷)에 의하며, 전집권수, 쪽수로 기입한다.

보이지 않는 나의 이야기를 들어라[*]

— 다자이 오사무의 「달려라 메로스」 —

이재석^{**}

1. 머리말

우리가 지금 사는 세상에서 소설은 그다지 힘이 세지 않다. 하지만 소설이 소재로 받아들이는 대상에는 한정이 없다는 의미에서 소설은 여전히 힘이 세다. 구체적인 사건에서 사변적인 것까지 모든 것이 소재가 된다. 예를 들어, 인간의 성을 다룬 소설이나 영화는 수도 없이 많고 일본의 대다수 소설가에게도 성은 소재의 보고이다. 다자이 오사무(太宰治; 1909~1948)의 소설도 마찬가지이다. 중요한 것은 성의 진실이 아니라 어떻게 성을 이야기하고 구성하는가이다.

타니자키(谷崎潤一郎)의 소설 『열쇠(鍵)』는 다섯 편의 영화로 다시 이야기되었다. 똑같은 관점이라면 의미가 없다. 『열쇠』를 완벽하게 재현할 수도 없고, 완전히 재현되었다면 재현의 의미가 사라진다. 얼마나 재미있게 비틀 것인가에 이야기하기의 신세계가 있다.

이 글에서는 다자이 오사무의 소설 「달려라 메로스(走れメロス)」(1940)와 애니메이션 「달려라 메로스」(1992)¹⁾를 대조 비교하거나 하여 문자언

어와 영상언어의 이야기하기 양태를 살펴보았다. 같은 원작의 영화 「기암성의 모험」(1966)2)도 또 하나의 거울로 삼아 살펴보았다. 또한, 영상과 문자의 장르 전환 문제에도 접근하고자 하였다. 대상 자체의 구조, 재현의 구조, 대상과 재현의 관계, 그리고 재현과 재현의 관계를 구조화해 보고자 하였다.

앞서 말했듯 이야기의 원점 중 하나는 '비틀기'이다. 이야기는 무에서 시작할 수 없으며, 어떤 '비틀어 질' 만한 이야기 없이 다른 이야기는 발생하기 어렵다. 이야기의 축적을 통한 완성은 불가능하고, 무에서 발생하였다고 인정하기도 어렵다. 따라서 일정한 축적 위에서 새로운 이야기를 낳은 다음 축적을 조정하거나 재구축하는 방법을 생각할 수 있다. 더불어, 발생한 이야기가 대상을 재구성하게 만드는 일도 있다. 즉, A로써 태어난 B는 C를 낳는 토대로서만이 아니라 A를 새롭게 규정하는 것이다.

> 어떤 노인의 증언을 통해 왕의 횡포를 알게 되어 격노한 메로스가 왕을 살해하기 위해 어슬렁어슬렁 왕궁에 들어갔다가 체포되어 죽음을 선고받는다. 여동생의 혼례를 위하여 친구를 볼모로 3일 동안의 유예를 얻는다. 여러 곤란과 장애를 이겨내고 결국 돌아옴으로써 약속을 지킨다. 왕은 감동하여 마음을 돌리고 모두들 행복해진다.
>   - 소설 「달려라 메로스」의 미니멀 스토리.

순박하고 무례하며 엉터리 인간인 메로스는 왕의 횡포에 화를 내는 일도 없으나, 우연히 약속을 지켜야 하는 운명에 처하여 그것을 지켜낸다. 인간 불신에 빠진 전직 왕실 전속 석공인 세리눈티우스는 인간 신뢰를 회복하기 위하여 볼모로 나서고는 때로는 한숨을 쉬기도 하며 메로스의 귀환을 기다린다. 메로스가 돌아오자 그것을 구실로 선동가가 되어 시민 반란을 자극한다. 권력을 유지하는 방법으로서 신하나 시민들을 믿지 않지만 이전에는 인기도 있던 왕은 메로스가 시험을 통과하지 못하는 것을 통하여 믿음의 부재를 증명하고자 하나 실패하고 결국은 왕의 자리에서 쫓겨나게 된다. 그 밖에도 몇몇 주요 등장인물들의 이야기가 각각의 스토리를 가지고 전개된다. 가장 중요한 것은 화자이자 증언자인 알렉스의 이야기이다. 알렉스는 왕으로부터 공정을 기하기 위해서라는 명목으로 메로스를 돕거나 방해하는 자를 배제하는 역할이다. 그는 왕의 명령대로 중립적 입장에서 메로스를 지켜본다. 그러나 결국은 메로스의 의지에 감동하여 이 이야기가 미래에 어떻게 전해질지 볼 수 있기를 바란다.

- 애니메이션 「달려라 메로스」의 미니멀 스토리.

2. 이야기를 하다

문자언어 코드의 인식은 실패가 적은 편이지만 배제할 수도 없다. 영상언어도 마찬가지이다. 그것들이 합의에 바탕을 둔 코드라고 하더라도 성립 양식, 제시 양식, 작용의 양태라는 측면에서는 당연히 차이가 있다. 하지만 〈이야기를 한다〉는 공통점은 절대 변하지 않는다. 이야기에는 이야기를 하기 위한 구성 요소가 있는데, 우리가 무대 등에서 음악을 듣는 상황과 유사하다. 가수의 음성, 반주, 복장, 얼굴 생김새, 무대, 가사, 조명 등이 상호 간섭하면서 일정한 통합제로서 수용자에게 작용하는 것이다. 어떤 이는 배경 음악에, 어떤 사람은 가수의 동작이나 음성에 집중(=선택)한다.

문자언어에서 영상언어로의 관계는 영상을 위한 문자 혹은 영상을 염두에 둔 문자언어의 표현처럼 역방향일 수도 있다. 마법을 구현하거나 우주 항해를 하는 시각적인 이미지는 영상을 통해 구현되어 상상력만을 통한 문자 이미지를 훨씬 능가하고 있을 가능성도 있다. 영상언어에서 문자언어로의 역전 현상에 주목해야 할 필요도 있을 것이다. 문자

언어가 다른 문자언어로, 문자언어에서 영상언어로, 영상언어에서 문자
언어로, 영상언어가 다른 영상언어로 상호작용하는 것이 분명하다.

3. 두 개의 이야기

사익을 탐하여 살지 의를 찾아 죽을지, 선인지 악인지, 현실인지 이상
인지 하는 경우 어느 한쪽을 선택하면 다른 한쪽은 버리게 된다. 이원론
에서 오는 아포리아이다. 소설 「달려라 메로스」가 제기한 '믿음(信実)'이
아포리아가 되는 것은 메로스가 '믿음'을 버리면 생을 얻고 '믿음'을 관
철하면 죽음을 당하게 될 터였던 모순 상황에 따른 것이다. 물론 시험
결과는 '믿음'의 승리다. 이처럼 감동적인 인간 승리에 많은 독자들은
칭송해 마지 않는다. 혹은, 칭송하지 않을 수 없다. 선이 반드시 이긴다
는 정형성에 상당한 불쾌감을 공공연히 표명하는 쪽도 있을 것이다.
선이 이긴다는 이야기 구조는 진부한 정도가 아니라 지긋지긋하다. 실
제로는 매번 감동할지라도 말이다. 하기야 선이 늘 이겨야 한다는 우리
의 신념은 현실과도 일치하지 않는다.
그러나 아포리아인 이상 답이 있어서는 안 된다. 신념, 교육, 강제,
희망, 비꼼, 절망, 방치 등이 있다. 하물며 제기된 문제가 해결되는 것,
즉 하나의 선택을 한 것은 하나 이외의 모든 가능성을 버린다는 것이다.
해결 불가능한 과제가 주어진 우리가 할 수 있는 것이라고는 아포리아
를 해소하는 것이 아니라, 즉 선악을 결판내는 것이 아니라, 어떻게 문
제가 파악되고 제시되었는가 하는 구성 방식 및 작용을 재고하는 것뿐
이다. 소설 「달려라 메로스」가 의의가 있다고 한다면, 그것은 이원적

세계가 부정되기 때문인데, 일원의 선택을 강요받은 독자가 불쾌하다고 한다면, 그것은 소설이 이원 세계를 어지럽히고 있기 때문이다. 이원이 일원으로 통합된 듯 보이지만, 어딘지 시원치 않으니 독자는 소화불량에 걸린 듯 거북하다. 오직 한 사람(혹은 두 사람)만이 쑥스러워하면서도 유쾌하다. 그 소화불량을 어떻게 처리해야 할지가 이 글을 쓴 발단이기도 하다. 이미 이루어진 많은 독서의 결과들을 보면 모두들 소화불량을 없애거나 적어도 완화시키는 것, 혹은 그것을 무시하는 일에 암묵의 동의를 하고 있는 듯하다. 이야기 구조와 독자에 주목한다면 소화불량, 즉 '불쾌감'의 정체를 파악할 수 있을지도 모른다.

이야기 구조 분석에서 중요한 것은 당연히 이야기의 연속선인 스토리와 인과를 중시하는 플롯이다. 스토리는 순차적인 연속성을 갖지만 플롯은 순차성에 구애되지 않는다. 소설 「달려라 메로스」에서 주인공 메로스는 '그 후'(격노하고 나서, 성에 들어가고 나서, 왕과 세니눈티우스와 약속을 하고 나서 등등)어떻게 되었는가 혹은 어떻게 했는가라는 이후 이야기를 기대하는 것이 스토리적 생각이다. 한편 플롯은 '그 후'의 것을 생각지 않고 여전히 텍스트 안에서 머물며 인과관계나 논리적 해명을 시도하며 그 정당성을 묻는다.

메로스의 약속과 약속의 완수라는 스토리만을 본다면 애니메이션 「달려라 메로스」는 소설과 큰 차이가 없다. 애니메이션이 소설을 각본의 바탕으로 하고 있으니 당연하다. 하지만 플롯에서 보면 이야기는 완전히 변한다. 소설 「달려라 메로스」의 플롯은 너무도 미비한 점이 많다. 그렇다고 해서 스토리 중심으로 읽어야 할 것이고 애니메이션은 플롯을 축으로 보아야 할 것이라고 말할 수는 없다.

두 작품의 구성 등에서 발생하는 차이에 따라서 해석 등에도 격차가 발생하는 것은 당연하다. 다만 그것이 장르 혹은 이야기 내용만으로 촉발되는 것이 아님에 주의하자. 거기에서 양자의 거리만이 아니라 서로를 비추어 주는 거울이 될 가능성에 초점을 맞출 필요가 생긴다. 환언컨대, 소설의 불확정 부분이나 분규를 일으키고 있는 사항 등에 관련하여 애니메이션을 통해(왜냐하면, 영화는 소설의 공백을 메우려고 애썼으므로) 재검토해 보는 것이다. 소설이 시간적으로 선행하는 것은 소설이 애니메이션의 원점이고 소설에서 애니메이션으로의 방향성을 암묵적으로 강요한다. 그러나 소설과 애니메이션의 경우 그것은 그다지 의의가 있어 보이지 않는다. 오히려 패러디나 다시쓰기에서 원전의 존재 따위 수용자에게는 아무런 장애를 주지 않는다. 하물며 그에 따른 영향이나 지배 관계의 추적도 (소설의 플롯에 핍진성을 주었다는 의미에서)소설을 애니메이션에 종속시키는 것도 독자와의 관계에서는 난센스이다.

4. 들어라! 나의 이야기를

여기서는 두 이야기의 플롯에 집중하면서 소설에 산재하는 불확정 부분의 해명을 다룬다. 먼저 문제가 되는 것은 대체 누가 이야기하고 있는가이다. 소설의 경우 다자이 소설 연구가 그렇듯 '화자, 등장인물=다자이'라고 보는 시각과 다자이에 의해 창안된 존재로서 화자를 보는 입장이 있다. 그리고 이야기 속에서 숨 쉬며 생존하고 있는 존재로서 그것들을 수용하고 읽기를 진행하는 접근법 등으로 나눌 수 있을 것이다. 소설 속 메로스나 왕에 대해서는 '작가'를 대입하여 다양한 해석이나 해명이 이루어지고 있는데, 실체를 확정할 수 없는 소설의 화자를 응시하는 분석은 거의 예가 없다. 화자가 '보여주고 있는지' '이야기하고 있는지'의 판단에서 본다면, 보여주고 있는 화자에 초점이 놓여 있다. 애니메이션의 경우는 어떠한 논의가 이루어지고 있는지 분명하지 않다. 애니메이션이 소설의 한 해석에 불과하다고 생각했을지도 모른다. 그러나 다시쓰기 혹은 고쳐 쓰기는 다시 써진 것의 얼굴을 폭로하는 기능을 갖추고 있는 것이다.

소설의 화자는 전지적 화자처럼 보인다. 실제적 독자이건 내포된 독자이건, 독자에게 전달 행위를 하는 것은 이야기의 화자인 '누군가 혹은 무언가'이다. 그렇다면 화자가 어떠한 수법으로 이야기하고 있는가, 그리고 '누군가'의 전지성은 신뢰할 수 있는가, 혹여 '누군가'가 독자에게 무언가를 숨기고 있지는 않은가, '누군가'가 숨기고 있는 것이나 일이 있다고 한다면 그것은 어떤 것이며 그 목적이나 효과는 무엇을 위한 것이고, 나아가 달성 가능한 것인가, 독자의 화자 인지 수준은 어떠한가, 마지막으로 '누군가'에게 문제가 있다고 한다면 그것도 지적해 보자. 소설의 화자는 도시 시라쿠사의 풍경을 다음과 같이 그린다.

> 메로스는 걷는 사이에 도시의 모습을 괴이하게 생각했다. 조용하다. 이미 날이 저물어 도시가 어두운 것은 당연한데, 그래도 왠지 밤 때문만이 아니라 도시 전체가 무척 쓸쓸하다. 태평스런 메로스도 점점 불안해졌다.
>
> (『전집 제4권』, 289~290쪽)

소설은 '이야기에 참여하지 않는 이야기 상황' 즉 '이야기되는 상황 등에 참여하지 않는 전지적 화자를 특징으로 하는 이야기 상황'처럼 이야기를 '보여주고' 있다. 작품 후반에 보이는 메로스의 내적 독백은 '전지적 화자'가 아닌 한 전달이 불가능하다. 그렇지만 인용문에서도 알 수 있듯, 화자는 전지성을 발휘하려고 하지 않고 독자에게 메로스의 눈을 통해 도시를 보게 한다. 그럼에도 불구하고 메로스의 감정인지 화자의 감정인지 분명치 않은 묘사가 등장한다. 메로스를 주어로 시작한 문장이 '조용하다. 이미 날이 저물어 도시가 어두운 것은 당연한데, 그래도 왠지 밤 때문만이 아니라 도시 전체가 무척 쓸쓸하다'며 메로스라는 주어를 떠나 화자인 '내가 보기에'라는 식으로 애매하게 되어 있다. '태평스런 메로스도 점점 불안해졌다'는 대목도 자칫하면 화자인 '나'의 감정에 영향을 받은 양태로 받아들여질 수도 있다. 화자가 작중인물의 내면과 자신의 내면을 겹쳐 버리는 순간이 있는 것이다.

우리는 여기서 화자의 전지성에 문제를 제기할 수도 있다. 그것이 무슨 전략을 내포하고 있건, 화자는 부분적인 전지성밖에 획득하지 못한, 게다가 객관적이지도 않다는 점에 주의할 필요가 있다. 도시가 어떤 이유로 '무척 쓸쓸'한지에 대하여(화자가 전지하고 그것이 소설에 기여한다고 한다면 굳이 메로스의 시선을 빌릴 일도 없다) 메로스에게 느끼게 하고, 이어서 '노인'의 증언을 통하여 그 대답을 독자에게 제시하는 것은 화자가 일정 부분 전지성을 조절하고 있다고 하겠다.

> 막무가내로 분투하고 있는 사람의 모습에 신도 애처로웠는지 결국 연민을 보냈다. 떠내려가면서도 멋지게 건너편 강가의 나무줄기에 매달릴 수 있었다. 고맙다. 메로스는 말처럼 크게 몸을 털고는 다시 길을 재촉하였다. 한시도 지체할 수 없다. 해는 이미 서쪽으로 기울고 있다.
>
> (『전집 제4권』, 296쪽)

화자의 말에 이어지는 '고맙다'와 메로스가 몸을 터는 모습을 묘사한 뒤의 '한시도 지체할 수 없다'는 발언은 누구의 입에서 나온 것인가? 그 앞의 문장에는 '아 신들이시여! 보시오! 탁류에도 지지 않는 사랑과 진심의 위대한 힘을 지금 발휘할 테니'라고 각오하는 메로스의 내면 독백(발화일지도 모른다)과 그 후에 메로스가 강에 뛰어든 것에 대한 화자의 묘사에서 메로스의 독백과 화자의 말이 섞여 있다. 그렇다면 '고맙다'라는 말은 메로스를 지지하는 화자가 강을 건넌 메로스의 위업에 대하여 한 발언인지, '제우스에게 손을 들어 애원'한 메로스 자신의 신에 대한 감사인지 분명하지 않다. '한시도 지체할 수 없다'는 말도 마찬가지이다. 대개의 독자들은 이것을 메로스의 독백으로 인식할 가능성이 높지만, '지체할 수 없다'고 느끼고 생각하고 발언을 한 존재가 꼭 메로스라고 할 수는 없다. 그 말은 앞뒤에서 비교적 분명하게 화자의 서술에 감싸여 있으므로 화자가 메로스를 재촉하는 대사로도 받아들여질 여지가 있다. 이러한 〈거리〉는 주관적이고 내면적으로 접근하는 경우인데, 화자가 메로스의 지지자일 가능성이 발견된다.

'폭군 디오니스는 조용히, 하지만 위엄을 갖추고 추궁하였다'는 묘사에서도 알 수 있듯, 화자는 디오니스를 '폭군'이라고 규정한다. 이렇게 확언하는 것은 화자가 전지적이라고 한다면 왕이 폭군이라는 것을 미리 알고 있었든가 혹은 노인의 증언을 통한 진술을 기정사실로 확인해 주는 것이다. 화자의 기능은 이정표 같은 역할이며, 화자가 이끄는 지점에서 왕은 〈확정〉된다. 그러한 확정이 신뢰할 만한 것이라면 독자는 그 지도를 따라 독서를 하면 된다. 그런데 이 화자는 〈판단하는 화자〉이다. 자신의 모습을 노출하지 않고자 애쓰고 있으며 그것이 어느 정도는 성공하고도 있다. 그러나 '누군가=화자'는 무심코 정체를 노출함으로서 일관성이나 중립성에 커다란 타격을 입는다. '메로스는 격노했다','메로스는 정치를 모른다' 등의 표현에서도 일정한 객관성을 독자가 인정하게 할 수 있고(그때까지의 이야기에는 부정될 근거가 없으므로), 화자와 인물의 관계에서도 편향을 느끼게 하지 않는다. 오히려 인물에 관한 정보 제공

은 독자에게 유용한 판단 지표이다. 그러나 화자는 부주의(의도적)하게
도 가치 판단을 해 버린다. '메로스는 단순한 남자였다'고 말이다. 그것
은 '메로스는 격노했다'처럼 부정 불가능한 진술이 아니고, 증명되지 않
을 수 없는 사항이다. 마지막까지 자신을 은폐하고자 하는 화자는 주관
적 영역으로 내려온다. 왜냐하면, '메로스는 단순한 남자였다'는 판단은
메로스에 의하여 부정되고 무너져 버리기 때문이다. 돌아오는 도중의
메로스의 심리적 격정에 대한 묘사는 '단순한 남자'와는 어울리지 않는
상황이다. 제시된 인물에 어울리는 행동이나 사고의 양태가 어떤 예상
된 질서나 범위를 넘는 것이 일종의 위반이라고 한다면, 메로스의 사고
는 독자의 기대 지평을 넘은 위반이라고 하겠다. 결국, 화자의 신뢰성이
상당히 훼손된다. 게다가 '단순함'이라는 말에도 실마리가 있다. 어떤
노인의 말을 확인도 않고 그대로 믿은 것을 '단순'하다고 한 것인지, 의
기양양하게 아무런 계획도 없이 왕궁으로 뛰어든 것을 '단순'하다고 한
것인지, 양쪽 모두인지, 그 해석은 어찌되었건 판단을 내리는 화자를
발견할 수 있음은 분명하다. 그것은 또한 '어슬렁어슬렁' 들어가 '순식간
에' 잡히는 이유를 설명하는 말이기도 하다. '어슬렁어슬렁'과 '순식간에'
는 '단순함'으로 정당화되는 것이다.

화자는 사전에 어떠한 지향점 혹은 목표를 가지고 있다. 따라서 억지
로 느껴지는 것을 아무런 설명도 없이 독자에게 강제한다. 거기에 소설
의 가장 중대한 결점처럼 보이는 〈인과관계의 결핍〉과 〈일방적 이야
기〉가 발생한다. 달리 말하자면, 화자의 지향과 목표는 〈인과관계〉를
넘어설 수 있게 하는 동력이지 그것을 문제 삼을 텍스트가 아님을 독자
에게 보여준다. 결승점만이 목표이므로 결승점을 향해 내달리며 어떻
게 달리는지 체력의 안배는 어떻게 하는지 등의 여러 조건에는 관심이

없다. 거꾸로, 결승점은 모든 과정에 영향력을 미치고 있고, 이야기는 결승점을 위해서 존재하는 것이기도 하다. 여기가 이 소설이 쉽지 않은 지점이기도 하다.

화자의 주관으로 가득 찬 이야기를 수용자인 독자 쪽이 객관성을 요구하며 소화하고자 한다. 그것이 〈극단적 에고이스트의 에고이즘〉이 테마인 이 이야기를 '질서나 계약에 이은 '신뢰의 교훈'으로 수용하게 만드는 발단이 된다. 화자는 메로스의 수호자이며 때로는 거의 메로스와 하나가 된다. 동시에 메로스의 본질을 독자에게 안 보이게 만드는 역할도 한다. 독자가 화자의 논평에 좌우되는 경향이 있음에 비추어 보았을 때, 화자의 직접적 말 걸기는 효과가 발군이기 때문이다.

또 하나의 가능성도 있다. 화자=메로스라는 가능성인데, '한 무리의 여행자'가 '지금쯤은 그 남자도 기둥에 묶여 죽었을 거야'라고 말하는 것을 들은 메로스 혹은 화자는 이렇게 내적 독백을 한다.

> [(Ci)아아, 그 남자, 그 남자를 위해 나는 지금 이렇게 달리고 있는 거야.](Cii 혹은 Ni) 그 남자를 죽게 해서는 안 돼. 서둘러, 메로스. 늦으면 안 돼. 사랑과 진정함의 힘을 바로 지금 알려 주어야 해.](Ciii)행색이야 아무럼 어째.](Nii)메로스는 이제 거이 완전히 나체였다. 호흡도 못하고, 두 번 세 번 입에서 피를 뿜었다.](Civ 혹은 Niii) 보인다. 아득히 건너편에 작게 시라쿠사 시의 탑루가 보인다.](Niv) 탑루는 저녁 해를 받아 반짝반짝 빛나고 있다.]
> (『전집 제4권』, 300쪽)

Ci는 '나'라는 대명사를 통해 '나=메로스'의 대사임을 알 수 있다. Nii는 메로스를 3인칭으로 하였으므로 화자의 것이다. 같은 이야기 내용, 즉 메로스가 나체라는 것을 보여주는 Ciii는 메로스의 대사거나 화자 이외의 대사이다. Niv는 피를 토하며 달리는 메로스의 의식에서 이야기되는 것이 아니므로 화자의 것이라고 판단할 수 있다. 문제가 되는 것은 C ii N i 과 C iv N iii 을 어떻게 판단할 것인가이다. 각각에 주어를 붙여 보면, '나'는 '그 남자를 죽게 해서는 안 돼' '늦으면 안 돼' '보인다. 아득히 건너편에 작게 시라쿠사 시의 탑루가 보인다'는 될 수 있지만, '서둘러 메로스' '사랑과 진정함의 힘을 바로 지금 알려 주어야 해'는 '나'를 주어로 할 수 없다. 주어를 바꾸어 '나(화자)'는 '너(메로스)'에게 명령하노니 '서둘러라 메로스' '사랑과 진정함의 힘을 바로 지금 알려 주어야 해'라고 하면 어법 상 합치된다. 비록 메로스 자신이 스스로에게 '사랑과 진정함의 힘을 바로 지금 알려 주어야 해'라고 들려주는 것이라고 한다면 그의 신념은 그야말로 자아도취인 것이다. 가령 C iv 의 문장에 주어를 메로스가 아니라 화자로 바꾸어 보아도 문제가 되지 않는다. 화자와 인물을 구별하려는 자세는 오히려 동일한 것을 제각기 존재하는 것인 듯 이야기하기 위한 테크닉이라고 생각된다. 두 사람의 관계가 극도로 접근해 있는 것에 이야기의 원점이 있다고 생각하는 편이 소설에 이채를 더한다.

소설에는 가치 판단에 관련된 개념이 많이 제시된다. '사악'하고 '비열'한 것은 '약속(의무 수행)을 깨뜨리는 것' '의혹'을 갖는 것, '배반하는'것, '비밀'을 갖는 것이고, '정의'롭고 '명예'를 지키며 평화를 가져오는 것은 그 반대의 말들이다. 메로스의 심정을 자극하고 행동으로 이끄는 것은 반대쪽에 진을 친다. 일반적으로 '선'이라고 배우는 것들이다. 그리고 그것들을 관철하기 위하여 메로스가 구사하는 수법은 〈목숨을 거는 일〉이다. 사악한 왕은 죽여야 할 대상이고, 살해에 실패한 메로스는 죽음을 선고 받고(여기서 왕=사악함을 제거할 의지는 사라지는데), 친구의 목숨을 담보로 가석방 되어 여동생을 결혼시킨 다음 목숨을 걸고 강을 건너고,

목숨을 노리는 산적을 격퇴하고, 자신이 죽을 것을 알면서도 사형장으로 돌아가는 것이다.

대개의 교훈적 이야기는 이원적 세계를 구성한다. 영웅적인 주인공이 핍박을 받고 있는 선량한 사람들을 구하기 위하여 악덕한 존재와 맞서 징벌을 내림으로서 선량한 사람들을 해방시키는 것이다. 선과 악의 상징이 충돌하고 악의 패배로 끝나는 것, 즉 이원의 한 쪽이 일원을 제거함으로써 일원적 통합을 지향한다. 그렇지만 소설에서는 이원이 일원이 됨에도 불구하고 소멸되어야 할 일원이 〈전향〉을 통하여 살아남는다. 메로스의 신념은 왕을 죽이고 민중을 구하는 것에서 약속을 지키는 행위 자체로 변질되어 가고, 왕을 죽여 민중을 구하고자 하는 생각은 사라져 버린다. 그에게는 민중의 구제 같은 이상 따위 없다. 눈 앞에 있는 즉물적이고 개인적인 욕망이 문제가 될 뿐이다. 각각의 장면에서 자신이 욕망을 채우지 않고는 견딜 수 없는 한 이기적 인간으로 모습을 바꾼다. 애당초 그러한 존재였으므로 변용이라고 말할 수도 없다. 옛날이야기에 나오는 히어로가 아니라, 순차적으로 자신의 욕망을 향해 내달리는 거짓 영웅이 탄생하는 것이다. 메로스의 욕망, 즉 에고이즘은 무아의 상태까지도 성취한다. 메로스는 사형장에 기의 도착했을 무렵 다음과 같이 외친다.

> 믿음을 받고 있기 때문에 달리는 거야. 제 때 도착하든 말든 문제가 아니야. 사람의 목숨도 문제가 아니야. 나는 뭔가 더욱 무섭고 커다란 것을 위해서 달리고 있는 거야. (『전집 제4권』, 301쪽)

주목할 만한 것은 '믿음을 받고 있기 때문에 달리는' 것과 '더욱 무섭고 커다란 것'을 위해 달리는 것이 같지 않다는 사실이다. '제 때 도착하든 말든'이라고 말하는 시점에서 약속은 문제 영역에서 삭제된다. 또한, '사람의 목숨', 즉 친구인 세리눈티우스나 자기 자신의 목숨까지도 문제가 아니다. 자기를 믿어주는 친구를 위하여 제 때 도착하여 그의 목숨을 구하는 일 따위는 머릿속에서 사라진다. 그것을 위해 달린다고 여태껏 주장했으면서도 말이다. 그는 '커다란 것'을 위해서 달리고 있다. 그러나 그것은 '무섭다'고 형용되는 무엇이다. 지금까지 환기된 '신뢰'나 '약속', '왕에 대한 복수' 등의 명목상 구실은 이 대목에서 허구성이 폭로된다. '무서운'것, 그것은 〈자기 만족〉이라는 허영의 다른 이름이고, 에고이즘의 은유이다. 어쨌거나 화자는 메로스에 협력하듯 이렇게 덧붙인다.

> 메로스의 머릿속은 텅 비었다. 아무 것도 생각하지 않는다. 그저 뜻 모를 커다란 힘에 이끌려 달렸다. (『전집 제4권』, 301쪽)

'뜻 모를 커다란 힘'은 '무섭고 커다란 것'과 동격이다. 또한 '메로스의 머릿속은 텅 비었다'와 '아무 것도 생각하지 않는다'도 마찬가지이다. 내용적 동어 반복은 소설의 표층 구조를 지배하는 레톨릭이다. '믿음'이라는 말을 되풀이하고 있을 뿐이므로 '믿음'을 향해 내달리는 메로스를 '믿음'의 사도처럼 강조하는 역할을 한다. 그것이야말로 자명해 보이는 것이고 현혹되기 쉬운 반복이다. '무섭고 커다란 것' '뜻 모를 커다란 힘'에 소설의 심층구조가 은유되고 있다고 생각해야 할 것이고, 그것이 소설의 수사법인 것이다. 그 동의어가 '에고이즘'이다. '에고이즘', 이 얼마나 진부한 말인가!

여하튼, 메로스의 에고이즘은 〈대의〉라는 화장으로 덧칠해져 있다고 판단할 수 있다. 그렇지만 메로스 혼자의 힘으로 그것을 성취하기는 어려웠으므로 결정적이고 절대적 권능으로 협력하는 존재, 즉 화자의 〈공모)가 필요했던 셈이다. 에고이즘의 완성에는 또 하나의 에고이스트인 화자가 가세하지 않을 수 없었다. 〈화자와 등장인물의 공모〉는 이렇게 이루어졌다.

화자와 메로스의 '신념', 즉 소설은 '믿음'으로 표현되는 것을 위해서라면 자연의 힘을 넘어설 수 있고, 육체의 한계까지도 초월하는 궁극의 에고이스트와 그의 에고이즘을 철저히 발휘하였다. 메로스의 달리기를 돕는 것이 화자의 역할이다. 인물과 화자가 균형이나 거리를 유지하지 못하고 서로 돕고 칭찬하는 곳에서 논리, 인과관계, 개연성 등의 무시는 역설적이지만 필연적이다. 교훈이나 미담으로 읽어야 하는 부담을 안은 독자는 그러한 까닭에 소화불량 비슷한 불쾌함을 경험한다. 교묘한 이야기 장치로써 에고이즘과 맞닥뜨린 독자는 불쾌할 수밖에 없다. 그러한 불쾌함이야말로 이 소설이 지닌 미덕이기도 하다.

5. 또 하나의 이야기

소설 속 메로스가 욕망으로 치닫는 인물이면서도 은폐되어 있는데 반하여, 애니메이션 속 메로스를 포함한 인물들은 각각의 이야기를 가지고 인과관계와 개연성 및 지향점이 명확하다. 플롯을 의식하는 영상 언어에서는 하나의 장면도 쓸데없이 제시되지 않는 (것이 기대치이)다. 하나의 장면은 그 장면의 전후 혹은 시퀀스 어딘가에서 해명된다. 시퀀스 시간이 몽타주로 재배치됨으로써 플롯이 지닌 효과가 생긴다. 이시하라 씨는 에도가와 란포(江戸川乱歩)의 『지붕 속의 산책자(屋根裏の散歩者)』를 예로 들며 '왜?'라는 물음으로 플롯을 설명한다.[3] 애니메이션 각본을 쓴 오오스미씨의 작품 구상도 거기에서 출발한다. '왜?'라고 계속해서 물은 결과가 영화로 이어진 것이다. 관객 입장에서 애니메이션은 소설의 공백을 채워줄 하나의 독해이기도 하다.

애니메이션은 소설을 원작으로 하고 있지만, '왜?'에 대해서만이 아니라 '무엇이, 또는 누가?'라는 것에도 상당한 변형과 부가를 하고 있다. 메로스는 격노하지도 않을 뿐더러 사악함에 대해서도 둔감하고(오히려 그 자신이 무례하고 세상 물정에 어둡다) 의협심 등은 티끌만큼도 없다. 태평스럽다는 것만은 답습한다. 시골 청년이 도시에 올라왔다가 생각지도 못한 재난을 당하고 그 운명에 휩쓸릴 뿐이다. 마을 촌장은 그를 '어렸을 적부터 엉터리 같은 점이 있었으며' 누구로부터도 믿음을 받은 적이 없다고 증언한다. 소설에서 기대의 지평에 어긋나는 메로스의 성격 묘사와는 달리, 약간의 현실미를 갖추고 있다. 세리눈티우스에 대해서는 '죽마고우'가 아니라 그저 한 번 우연히 만나 술을 마신 사람으로 설정된다. 게다가 도시는 조용하기는커녕 활기에 넘친다. 노인이 등장하는데, 메로스로부터 협박을 당하기는커녕 메로스가 시련에 들게 유도하는 중요한 배역이다. 소설과 애니메이션의 내용적 차이를 꼼꼼히 다룰 여유가 없다. 다만 이야기의 전개에서 내레이터이자 증인으로 등장하는 아킬레스의 존재는 각별하고, 그의 증언이란 것이 목격하거나 전해들은 것에 한정되므로 그 이상의 사건을 바라보며 전하는 〈또 하나의 시선〉에 유의해야한다.

6. 이제 이야기하는 내가 보이는가!

애니메이션에서의 화자를 문자언어에서의 그것과 구별해야 할지도
모르지만 실은 그렇지 않다. 많은 소설 원작 영화들이 겉으로 드러난
화자를 가지고 있다. 연극처럼 '보여주기'에 중점을 두는 영화의 경우라
면 화자가 표면으로 드러나는 일은 적다. 거기에는 인물들의 말이나
행동이 있을 뿐, 이야기를 설명하고 관객을 유도하는 화자는 부재하는
듯 보인다. 채트먼은 영화에서의 화자 문제와 관련하여 내포된 작가를
내러티브 연구에서 재차 옹호한다. 영화의 이야기하기에서 내포된 작
가가 중요한 것은 영화가 원론적으로는 보여주기 중심이므로 화자의
존재는 영화의 외적인 기법 중의 하나에 속하게 된다. 『천년의 사랑(千
年の恋)』(2001)[4] 처럼 작중인물인 무라사키 시키부가 자신의 이야기를 내
레이션 하는 것이 있는가 하면, 『음악(音楽)』(1972)[5] 처럼 완전히 내레이
션을 배제한 것도 있다. 영화를 일률적으로 보여주기 장르라고 생각할
수는 없다. 영화는 발전 과정에서 소설에 의존한 면이 많았으므로 소설
의 이야기 양식이 답습되고 있다. 애니메이션 「달려라 메로스」가 보여
주는 이야기 방식은 보여주기 중심이지만 실제로는 부기적인 이야기히
기에 지배된다. 내포된 화자의 분석이 필요한 까닭이다.

애니메이션의 화자인 알렉스는 처음과 마지막을 포함하여 여섯 번의
내레이션을 한다. 그 중에서 논평(가치 판단)을 하고 있는 네 번째와 여섯
번째의 '내 눈에 메로스는 죽음을 각오하고 전쟁터를 방황하는 영웅 아
킬레우스 같았다. 어차피 죽을 거라면 한 걸음이라도 시라쿠사에 가까
이 가서 죽고 싶다고 외치고 있는 듯했다' '왕이시여. 저는 때때로 생각
합니다. 만약 먼 미래에 다시 한 번 태어날 수 있다면, 그 세계에서는

왕과 메로스 그리고 세리눈티우스가 어떤 형태로 이야기되고 있는지 꼭 확인하고 싶습니다. 그런 생각을 합니다'라는 내레이션이 화자가 이야기하는 대상을 수용하는 관객에게 결정적인 지시가 된다. 화자인 알렉스는 왕의 충복이며 왕의 명령에 따라 메로스를 지켜보는 역할을 수행하는 과정에서 메로스의 정념에 마음이 움직여 〈전향〉하는 개입적 관찰자(증언자)이다. 메로스가 달리는 것을 방해하는 자와 협력하는 자를 배제하는 역할, 즉 중립성을 지켜주는 존재에서 메로스를 돕는 존재, 즉 협력자가 된다. 객관성이나 공정한 판단을 기대하기는 어렵다. 판단을 하는 알렉스의 역할은 관객의 이야기 상호작용을 제한한다. 그러나 알렉스의 이야기가 텍스트를 완전히 통제하고 있는 것도 아니다. 인물들과의 상호 관계에서 본다면, 알렉스의 이야기하기는 인물들의 보여주기로 간섭된다. 관객은 이야기된 것을 들을 뿐만 아니라 알렉스가 부재한 곳에서 보여진 것을 수용하고 판단하기 때문이다.

화자가 이야기 전체를 통제하지 못하고 내포된 작가의 개입을 명료하게 나타내는 것이 프롤로그에서 메로스와 세리눈티우스가 서로에게 주먹을 날리는 장면이다. 소설에서는 거의 마지막 국면으로 그려진 장면을 애니메이션에서는 처음부터 의문을 던지는 형태로 관객에게 제시한다. 일본의 국어 교과서에서 「달려라 메로스」를 경험한 많은 관객이라면 내용은 이미 기지인 것이다. 플롯 측면에서 〈어째서=물음표〉를 맨 처음에 두고, 그것을 해명하듯 시간을 편집한다. 누가 시간을 재배치하였는가? 어째서? 여기서 알렉스 이외의 누군가가 발견된다. 이제 관심은 누군가의 정체로 집중된다. 따라서 관객에게 이야기를 제시하는 주체는 한 사람이 아니게 되는 것이다. 알렉스라는 작중 화자의 이야기와 그것의 빈 부분을 채워가며 스토리로써 플롯을 조립하는 누군가의 이야기가 겹치는 것이다. 알렉스가 통제할 수 있는 이야기의 범위는 매우 좁다. 그가 관객에게 줄 수 있는 정보나 관찰은 한정되어 있다. 그가 직접적으로 관여하지 않는 상황에 대한 증언은 그의 이야기에서의 비중과는 반대로 신뢰성에 의문을 남길 수밖에 없다. 메로스의 교훈을 지지해 마지않는 알렉스는 이야기를 전하는 한 사람에 불과하게 된다. 내포된 작가가 드러낸 〈의지〉 중 하나인 것이다.

소설의 내적 구조가 등장인물과 화자의 공모를 통한 에고이즘이라고 한다면 애니메이션은 화자까지도 보여주는 지점에 위치하면서도 아무것도 이야기하지 않는 〈편집자적 화자〉이다. 작품 속 화자인 알렉스가 이야기를 책임지는 일은 없다. 결국 이야기하기와 보여주기의 책임은 내포된 작가가 지게 된다. 실제 각본을 쓴 감독의 발언이 작품 수용에 영향을 주는 일도 있을 것이다. 그렇지만 감독이 이야기의 모든 국면에서 책임을 질 수는 없다. 선동가에 의한 왕정 타도로 볼 수도 있고, 어리석고 무지한 인간이 운명에 휘둘리는 비극으로 볼 수도 있으며, 어디 하나 갖추어진 곳이 없는 인간이 영웅적 행동에 나서서 성공한다는 영웅 전설로 수용되어도 어쩔 수 없다. 그러한 까닭에 내포된 작가의 개념, 혹은 가정된 존재가 필요하다. 다만 내포된 작가가 하나의 실체가 아님을 확인해야 한다. '노인'에 대한 소설과 애니메이션의 이야기 방식에 대해 생각해 보자. 양쪽 모두 '노인'은 사건의 발단으로서 중요한 역할을 지니고 있으나 내용은 다르다. 소설에서는 메로스로부터 증언을 강요당하는 수동적 존재였지만 애니메이션에서는 성안의 분수 조각이 멋지다는 정보를 제공하여 메로스가 금지된 영역으로 들어가 궁지에 몰리게 만드는 계기를 조장한 능동적 캐릭터이다. 여기서 내포된 작가가 고스란히 드러난다. 작중 화자인 알렉스는 이 사건과는 아무런 관련이 없다. 그 상황에 관계하는 것은 작중인물과 보이지 않는 내포된 작가뿐이다. 여기서 유의할 것은 관객이 그들 모두보다 전지적이라는 사실이다.

내포된 작가가 이야기를 통제하고 있다고 한다면, 화자인 알렉스의 지향, 즉 후세까지 이야기될 가치가 있는 미담은 그저 자기만의 바람이다. 내포된 작가에 따르자면, 메로스는 죄를 짓지 않았음에도 시련의 무대에 세워져 고난을 극복해야 할 처지에 놓인다. 세리눈티우스는 자신이 잃어버린 신뢰를 회복하기 위하여 메로스를 이용하고 마지막에는 민중을 선동하여 왕을 타도하는 분위기를 조장한다. 왕은 반역이라고 하여 신하들을 죽이지만, 다른 한편으로 세리눈티우스를 걱정해 마지않으며, 메로스와의 게임에서는 공정하기까지 하다. 그러한 공정함이 메로스를 가석방하게 만들고 결국에는 왕좌에서 쫓겨나게 만든다. 내포된 작가는 논리성과 인과관계에 민감하다. 몇몇 이야기적 우연을 제외하고는 이야기 내부에서 원인이 없는 결과는 거의 없다. 메로스가 달리는 것은 믿음을 받은 적이 없는 자신이 세리눈티우스로부터 믿어지고 있기 때문이라고 (내적 독백이기는 하나) 분명히 말하고 있다. 범람하는 강 앞에서 인간의 능력을 넘어 건너는 일도 없거니와 자신을 죽이러 온 왕비의 충복을 괴력으로 물리치지도 못한다. 그가 피곤으로 지친 체력을 회복하는 힘을 발휘하는 것은 자신이 믿음을 받고 있음을 확신한 순간뿐이다. 소설과는 달리 인과의 해명에 충실하다.

그렇다면, 애니메이션에서의 내포된 작가의 지향점이나 목적은 어떻게 볼 수 있을까? 감독의 말마따나 '왜'를 추구한 것이 지향점이고, 그러므로 내포된 작가가 바로 감독이라고 생각한다면 이야기 자체에 발생하는 몇몇 새로운 '왜'는 또 하나의 내포된 작가를 필요로 하게 되므로 내포된 작가와 '왜'의 반복이 되어 버린다.

　그렇다면 내포된 작가가 이야기하고자 한 것은 무엇인가? '평등과 편견 타파'의 사상이야말로 애니메이션의 이야기 목적이다. 작품을 거꾸로 더듬어 가면, 겉으로는 드러나지 않지만 '평등'이라는 담론으로 내포된 작가의 의지가 결집하고 있다. 이야기의 마지막을 장식하는 것은 분노에 찬 왕에게 돌을 던지는 시민들이다. '시라쿠사 시민은 그 후 시민군을 결성하고 디오니시우스 2세를 왕좌에서 추방하였다'고 자막은 말한다.(두 텍스트의 인물 명이 약간 다르다) 메로스 사건 2년 후이다. 두 사람이 시민들의 영웅이 된 것과는 대조적이다. 왕실 전속 석공장이었던 세리눈티우스(그는 주인님이라는 호칭을 듣고 있었다)와 무지하고 순박한 시골 청년은 신분의 격차를 넘어서 융합한다. 행위적 측면에서도, 평범하고 영웅적인 행위가 어울리지 않는 가치론적 판단에 이의를 제기하고도 있다. 즉, 영웅다운 자질이란 것이 선천적으로 존재하는 것이 아니라 메로스 같은 인간도 영웅이 될 수 있는 것이다.

7. 맺음말

　소설과 애니메이션을 나란히 세우는 순간, 비교를 통하여 논고를 하는 것에 얼마만큼의 유효성이 있을지 다시금 생각하게 된다. 스토리와 플롯의 대부분이 변환되어 있을 뿐만 아니라 화자의 경우도 완전히 교체되어 있다. 많은 영화가 원작에 충실한 것은 그만큼 원작이 영화에 적합하다는 것이기도 하다. 의도적이지 않은 한, 원작에서 멀어지면 멀어질수록 원작 자체에 영화로 녹아들 수 없는 요소의 비율이 크다는 것이겠다. 보강이나 삭제 편집의 영역을 넘어서 다른 이야기를 제시하고 있는 애니메이션의 소설에 대한 불균형은 원작에 대한 배신임과 동시에 로만 인가르덴이 말하는 '불확정 장소'를 메우는 것과는 다른 차원의 쾌락을 만끽하고 있음을 증명한다. 배신과 쾌락이 증가함과 더불어 독자나 관객의 쾌락도 정비례하여 늘어난다. 소설은 쓴 맛이 난다. 애니메이션도 어떤 독자에게는 쓴 맛이 날 것이다. 소설과 애니메이션의 거리는 토대와 건물로 비유될 만큼 밀접함과 동시에 토대와 건물이 별개인 것처럼 멀다.

소설과 애니메이션의 관계에서 사정의 척도가 되는 것이 또 하나 있다. 『기암성의 모험』이다. 실제 영화를 구할 수는 없으므로 비디오가 텍스트가 되는데, 그 케이스에서 두 가지 정보를 얻을 수 있다. 곁에는 당시의 포스터가 옮겨져 있으며, 영화 말미에 '예고편'이 부록으로 수록되어 있다. 포스터에는 '검은 도적을 쳐부숴라! 동란의 대사막에 홀로 뛰어든 일본의 용자!'라고 씌어 있다. 케이스 뒷면에는 '통쾌 스펙터클 대활극!' '이국에서 전개되는 뜨거운 우정의 모험과 로망!!'이란 선전 문구가 있다. 소설의 테마라는 '우정' '믿음'은 '대활극' '모험과 로망'의 한 요소로 편입되어 있을 뿐이다. 이 영화의 재미에 대해서는 그것에 관련된 배신과 쾌락의 양상을 간단히 다루는 것만으로 고찰을 한정한다.

작품성의 문제야 어찌되었건, 영화가 재미있는 것은 액션 활극이라서가 아니라 왕이 선하다는 것을 인물들의 증언과 그 자신의 발화를 통해 설정함으로써 마찬가지로 선한 주인공(국민을 포함)과의 사이에 있는 대립을 해소하고, 왕을 몰아내려고 음모를 꾸미는 신하들을 악역으로 설정하여 대립 구조를 바꾼 것이다. 소설과 애니메이션을 읽고 본 이후 후련하지 않은 것은 이원의 대립이 애매하기 때문임을 재확인시켜 준다. 즉, 소설은 가장된 이원 구조이고 애니메이션은 삼원 구조라는 것이다. 소설과 애니메이션이 '불쾌'한 이유는 바로 그것이다. 이원론은 아포리아로서 인간을 괴롭히지만, 더불어 선택과 규정의 문제로서는 무척 명확하고 속이 후련한 것이기도 하다. 보이는 것은 전혀 무섭지 않다.

원작을 배반할 수 있는 텍스트는 존재하지 않는다. 왜냐하면 원작의 요소를 자신의 이야기 전개 요소로서 출전을 밝히며 이용하는 것은 유한한 창작 세계에서 허용될 수 밖에 없는 일이기 때문이다. 도작은 있어도 배신은 없다.

소설「달려라 메로스」를 윤리로 읽는 것은 하찮다. 흔한 교훈 이야기와 아무런 차이가 없다. 하지만 이야기하기에 주의하여 화자와 등장인물을 응시하면 비로소 재미있어진다. 왜냐하면,「달려라 메로스」처럼 위선에 넘친 에고이스트에 관한 이야기를 '믿음'에 관한 교훈적인 이야기라고 대부분의 (일본) 독자들이 읽고 있는 텍스트는 아주 드물기 때문이다.

【주】

 * 본 연구는 2003년『比較社会文化研究』(14), (九州大学大学院比較社会文化学府)에 발표한「文学言語と映像言語のナラティヴ試論」을 수정・보완한 것임.
** 한국외국어대학교 일본어대학 강사.
1) 오오스미 마사아키(おおすみ正秋) 긱본・김독,『走れメロス』, 朝日新聞社他 制作, 東映配給, 1992.
2) 미후네 프로덕션(三船プロ),『奇巌城の冒険』, 東宝, 1966.4.
3) 이시하라 치아키(石原千秋)외,『読むための理論—文学・思想・批評』, 世織書房, 1991.
4) 早坂暁 각본, 堀川とんこう 감독, 東映, 東映創立50周年記念作品.
5) 三島由紀夫 원작, 増村保造 각본 감독, 東宝.

신지숙^{**}

4 애니미즘의 수사법[*]
─ 오오에 켄자부로(大江健三郎) 「사육」론 ─

1. 머리말

「사육(飼育)」은 1958년 『문학계』 1월호에 발표되었다. 그 후 단편집 『죽은 자의 사치(死者の奢り)』(1958)에 수록되고 이듬해 1959년에는 『죽은 자의 사치・사육(死者の奢り・飼育)』이라는 제명 하에 신쵸문고(新潮文庫) 문고판으로 발행되었다. 2차 세계대전 말 일본 산골의 작은 미개발 부락마을에 적기가 추락함으로써 소년 '나'의 세계에 일어나는 커다란 소용돌이를 그리고 있는 작품으로, 오오에에게 아쿠타가와 상을 안겨준 작품이기도 하다.

이 작품의 문체는 발표 당시부터 주목을 받았다.[1] 예를 들면 에토오 쥰(1959년)은 '여기에는 「죽은 자의 사치」에 보였던 관념적인 틀이 없고 그 대신 예를 들면 피에르 가스칼을 교묘히 조바꿈한 훌륭한 문체가 있다'고 하며 이 작품의 교정본을 읽었을 때의 소감을, '이런 잔혹한 이야기를 이렇게도 호사스런 아름다움 속에 전개시킬 수 있는 작가는 어떤 인간일까 궁금해 하지 않을 수 없었다'[2]고 소개하고 있다. 한편 주제에 관하여는 '전쟁과 주인공의 내적인 성장이 푸가를 연주하고 있으며 그것이 아버지가 휘두른 낫이 번득이는 순간에 합치됐다고 말할 수 있을 것이다. 논리적으로 말하면 흑인병사를 도살하고 "나"의 손가락을 부순 낫은 작가의 유아성과의 결별 의지를 상징하고 있다'고 지적하고 있다. 이 후 이 작품에 대한 본격적인 논을 전개한 쿠리츠보는(1970) 작가 자신이 제시한 감금상태라는 주제를[3] 받아들이면서도 흑인과의 접촉과 환멸을 통해 소년은 골짜기라는 닫힌 세계로부터 열린 시간의 세계로 도주할 의지를 획득하고 있다고 〈감금상태〉의 적극적인 의미를 읽어내려고 했다.[4] 한편 코오노 토시로(1971)는 에토오 준이 한 지적의 연장선상에서 여름과 소년, 소년과 흑인병사, 소년과 전쟁 이 세 가지의 얽힘과 추이의 변화에서 주제를 확인할 수 있으며, 비유과다나 서기의 우연한 죽음 등에 대한 비판의 목소리도 있지만 전쟁의 상흔이 일개 지방의 한 소년의 마음과 눈을 통해 부드러운 문체로 입체적이며 긴밀하게 그려져 있는 것은 사실이라고 평가하고 있다.[5] 최근에는 전쟁이 가져온 신화적 세계의 실현과 상실이야말로 이 작품의 매력이라고 주장하는 코하마 이츠오의 논고(2000)가 있다.[6]

이제까지의 논의를 보면 문체에 주목하면서도 문체에 대한 본격적인 분석은 행해지지 않는 채, 대체로 테마에 치중한 논고가 이어지고 있으며, 전쟁 비판과 소년의 성장이 함께 얽힌 작품으로 읽혀지고 있다고 정리할 수 있을 것 같다. 최근에는 사사이 에이스케(2007)가 '난해하진 않지만 호사스럽다 할 정도의 비유와, 비유되는 것의 순박하며 야성적인 낙차의 묘. 작가가 독자의 상상력을 어떻게 믿고 어떻게 날게 하고 싶은 것일까요. 작가가 독자의 이미지 능력을 어떤 식으로 믿고 있는지 알고 싶은 충동을 느낍니다'[7]라고 다시 한번 이 작품의 비유표현에 감탄하고 있으나 역시 인상주의적 지적에 머무르고 있다.

그러나 이 작품이 독자를 견인하는 가장 큰 매력은 경계 허물기라는 특징을 갖는 '소년의 정념'의 세계가 그와 상통하는 애니미즘적인 문체를 통하여 그려지는 데 있다고 생각한다. 즉 의인화, 동물비유, 공감각적표현을 동원하여 경계를 허무는 애니미즘의 수사법이 구사되고 그와 상통하는 정념의 세계가 소년을 지배하는 세계로 그려지고 있는 것이다. 또한 주인공 소년의 체험은 성장이라는 말로 정리되기보다 정념의 세계의 파괴로 읽혀야 한다고 생각한다. 이하 이 두 가지를 검증하도록 하겠다.

2. 경계를 허무는 애니미즘의 수사법

1) 의인화

이 작품 속에서는 모든 것이 살아서 움직이고 있는 듯한 느낌을 받는다. 운동성과 동물성의 애니미즘이 이 작품의 묘사를 지배하고 있기 때문이다. 이미 완료된 동작도 재현되고 완만한 작용, 동작은 격한 운동으로 과장되고, 인간과 동물은 물론 수목과 무생물 또한 살아 움직인다. 이미 모두의 구절이 이를 잘 나타내고 있다.

> 나와 동생은 골짜기 아래에 있는 가설화장터, 우거진 관목을 베어내고 얇게 흙을 파냈을 뿐인 간결한 화장터에서 기름과 재 냄새가 나는 부드러운 표면을 나무토막으로 휘젓고 있었다. 골짜기 아래는 이미 황혼과 안개, 숲에서 솟아나는 지하수처럼 차가운 안개에 뒤덮여 있었지만 우리가 사는 마을, 계곡 쪽으로 기운 산중턱에 위치한, 돌을 깐 길을 둘러싸고 있는 작은 마을에는 포도색 빛이 무너져 내리고 있었다. 나는 굽혔던 허리를 펴며 입

을 가득 벌려 맥없는 하품을 했다. 동생도 일어서며 작은 하품을 하고는
나를 보고 미소 지었다. (80쪽)[8]

마치 영화 카메라를 이동하며 찍어내는 광경인 양 시각적이며 생생
한데 이 생생함은 사진과 같은 이미지의 선명함에만 의존하고 있는 것
이 아니다. 움직이지 않는 또는 움직임이 느껴지지 않는 자연물까지도
동적인 것으로 묘사함으로서 살아나는 효과이다. 사실 이 장면 속 상황
에서 육안으로 볼 수 있는 움직임은 나와 동생의 움직임뿐이다. 그러나
움직이지 않는 화장터는 그것이 만들어진 과정을 재현하는 수식어에
의해 동적으로 묘사되고, 안개는 ‘~처럼’이 아니라 ‘~하는 ~처럼’과 같이
동사를 사용한 직유법에 의해 동적인 이미지를 흩뿌리며 수동태의 동작
주를 나타내는 조사 ‘에(に)’에 의해 의지를 가진 존재로 의인화된다. 또
햇볕은 사태를 일으키는 격한 운동으로 과장되어 묘사되고 있다. 더 구
체적으로 말해보자. 안개의 싸늘한 촉감만을 표현하고자 한다면 ‘지하수
처럼 차가운 안개’만으로도 족할 터이다. 그런데 ‘숲에서 솟아나는 지하
수처럼 차가운 안개’이다. 이에 의해 독자는 지하수가 솟아나는 이미지
를 떠올리며 안개까지 동적인 느낌으로 받아들이게 된다. 게다가, 그
안개가 ‘안개로 뒤덮여 있었’다가 아닌 ‘안개에 뒤덮여 있었’다로 표현되
고 있다. 재료, 도구가 아닌 동작주로 설정되어 있는 것이다. 안개 또한
골짜기를 뒤덮는 의지적 존재가 된다. 일종의 의인화이다.

여기서는 암시적인 의인법에 그치고 있지만 작중에는 명백한 의인법
이 빈번히 사용되고 있다. ‘열정적인 노을이 마을을 뒤덮’(91쪽)고 창고는
‘짐승처럼 웅크리고 앉아 있’(84쪽)으며 도시에선 ‘전쟁이 탁한 공기를 내
뱉고’(85쪽) 있다. 자연, 건물, 사건의 의인화에 이어 인간의 정념도 독립
된 인격체인 양 의인화하고 동작화한다. ‘광기와 같은 기대, 뜨거운 취

기와 같은 감정이 피부 속을 탁탁 튀며 뛰어다녔다'(90쪽). '공포가 배후
에서 덮친다'(93쪽). 원래 일본어에서는 무생물주어가 기피되는 경향이
있는데9) 이 작품에서는 무생물주어가 의인화를 통하여 애니미즘의 세
계를 구축하도록 의식적으로 사용되고 있는 것이다.

2) 동물을 사용한 비유표현

　동사를 빈번히 사용한 직유표현이 동적인 세계를 만들고 식물, 무생
물의 의인화가 애니미즘의 세계를 구축하는가 하면 인간을 동물에 빗댄
직유표현들은 부락마을의 인간을 동물화 한다.

　　우리들, 마을 인간들을 도시에선 더러운 동물처럼 싫어하고　(81쪽)

　　나는 늑대같이 광포한 눈초리로　　　　　　　　　　　　　(82쪽)

　　우리는 기름에 빠져 날 수 없는 벌레처럼 그 소리 속에서 꼼짝도 할 수가
　　없다. "적기다" 하고 언청이가 소리쳤다.　　　　　　　　　(83쪽)

　　아버지가 상반신을 일으켜 밤에 숲속에 숨어 사냥감을 덮치려 하는 짐승
　　처럼 욕망에 찬 날카로운 눈을 뜨고 몸을 움츠리는 것을 보았다.　(85쪽)

　　실밍이 나의 피부를 막 죽인 닭의 내징처럼 뜨겁게 달아오르게 했다.
　　　　　　　　　　　　　　　　　　　　　　　　　　　　　(88쪽)

　　양손에 든 감자를 행복한 짐승처럼 만족하게 먹으며 동생은 생각에 골몰
　　해 있었다.　　　　　　　　　　　　　　　　　　　　　　(89쪽)

　　언청이(토끼 입)는 얼굴이 새빨개져 새가 외치는 듯한 웃음소리를 내면서
　　가끔 이 역시 알몸인 여자아이의 엉덩이를 손바닥으로 후려치는 것이었다.
　　　　　　　　　　　　　　　　　　　　　　　　　　　　　(90쪽)

비유란 비유하는 것과 비유되는 것의 거리가 멀수록 좋다. 의외성을 노리는 것이다. 그러므로 동물 비유가 속출하는 것은 다양성이 결여된 난점으로 지적될 수도 있다. 비유과다라는 지적이 나올 만하다. 그러나 이런 동물 비유의 속출은 무작위의 수사가 아니다. 두 가지의 효과를 노린 수사이다. 한 가지는 비유되는 존재들의 공통성을 나타내기 위함 이고 또 한 가지는 마침내 등장하는 흑인병사를 클로즈업시키기 위한 계산이다. 부락마을 사람과 주요 등장인물들이 모두 동물에 빗대어 묘 사된 후 드디어 흑인병사가 부락 마을 남자들이 포획한 동물로 등장한 다. 계속 '~같은'이라는 직유를 통해 비유되는 것과 비유하는 것의 거리가 유지되더니 갑자기 직유가 환유로 바뀌며 거리가 단번에 좁혀진다. 동물 같은 흑인병사가 등장하는 것이 아니라 흑인병사가 동물로 등장한다.

> 어른들은 겨울철 멧돼지 사냥 때처럼 입술을 무겁게 꽉 다물고는 〈사냥
> 한 짐승〉을 둘러싸고 거의 슬플 정도로 등을 구부린 채 걸어오고 있었다.
> (91쪽)

흑인 병사를 보기 전부터 주인공 소년과 언청이 소년 그리고 소년의 동생은 '외국병사', '적병'이란 말을 사용하며 그가 어떤 얼굴을 하고 있을 지 몹시 궁금해 했다. 그런데 그 병사가 흑인이었으며, 마을 남자들이 늘 사냥해오는 동물처럼 마을 남자들에게 잡혀온 것이다. 더구나 양다리 에 멧돼지 덫이 채워진 채였다. 소년은 흑인병사를 '사냥한 짐승 같은 병사'라고 표현하지 않고 '사냥한 짐승'이라 표현한다. 물론 언청이 소년 을 미츠쿠치(兎口) 즉 토끼 입으로 부르는 것 또한 대상을 거리적으로 가 까운 것에 비유하는 환유라고 할 수 있다. 그러나 언청이 소년은 처음부 터 끝까지 '미츠쿠치'로 불린다. 반면 흑인병사는 다른 사람에 대한 동물

직유가 이어진 후 그와 차별화된 수사법인 환유로 등장한 것이다. 아버지의 '사육한다'는 표현 또한 다음 인용을 보면 환유적이라 할 수 있다.

> "어떻게 해, 저 녀석?"하고 나는 용기를 내어 물었다.
> "현청 생각을 알 때까지 사육한다"
> "사육?" 하고 놀라서 나는 물었다. "동물처럼?"
> "저놈은 거의 짐승이다"하고 묵직한 목소리로 아버지가 말했다. "온몸에서 소 냄새가 난다"　　　　　　　　　　　　　　　(95쪽)

아버지가 흑인병사를 짐승으로 보는 것은 그에게서 소 냄새가 나기 때문이다. 아버지의 '사육한다'는 표현은 양자의 후각적인 인접성에 근거하고 있는 것이다. 이처럼 흑인병사가 등장하는 장면에서 비유법이 그때까지의 직유에서 환유로 바뀌며 비유되는 것과 비유하는 것의 거리가 좁혀진 것은, 흑인병사를 차별화하여 클로즈업시키려는 의도와 함께, 이 후에 소년의 정념이 흑인병사에 밀착되어 가는 것을 암시하는 복선인 것 같기도 하다. 후술하겠지만 주인공 소년에게 이 사냥감은 감탄을 자아내는 훌륭한 짐승으로 부각되게 된다.

애당초 화자인 주인공 소년이 주위의 친근한 사람들을 동물에 빗대는 것은 상대를 비하해서가 아니다. 소년에게 도시의 아이들은 '결코 친근감을 느낄 수 없는 모양을 한 땅속 벌레'(99쪽) 같은 존재이지만, '가축이 우리들에게 이야기 하듯이, 흑인병사가 말하기 시작한다'(117쪽)로 알 수 있듯이 어떤 동물은 대화의 상대이다. 소년에게는 인간을 동물처럼 파악하는, 반대로 동물을 인간처럼 생각하는 애니미즘적 정념이 존재하는 것이다. 그런 소년이 자기 자신과 주위의 친근한 사람들을 동물에 비유하듯 흑인병사를 동물에 비유하는 것은 흑인병사에 대한 동질감, 친근감을 시사한다고도 할 수 있다.

3) 공감각적 표현

이 작품의 세계가 독자에게 생생하게 다가오는 또 한 가지 이유는 묘사가 시각뿐만 아니라 후각, 촉각 등 다양한 감각에 호소하고 있기 때문이다. 더구나 이들 감각이 공감각적으로 묘사되며 감각의 경계가 무너지곤 한다. 마치 동물과 인간의 경계가 무너지듯이 말이다.

> 그러나 우리는 개를 내려다보지 않고 대신 좁은 골짜기를 덮은 하늘을 올려다보았다. 그곳을 믿을 수 없을 정도로 커다란 비행기가 무시무시한 속도로 지나간 것이다. 공기를 파도치게 하며 울림으로 채우는 거센 소리가 잠시 동안 우리를 적셨다. 우리는 기름에 빠져 날지 못하는 벌레처럼 그 소리 속에서 꼼짝도 할 수가 없다.
> "적기다"하고 언청이가 소리쳤다. (83쪽)

바로 위를 통과하는 적의 비행기를 올려다 본 느낌을 공감각적으로 묘사하고 있다. 공기에 파도를 일으키며 일대를 울림으로 채우는 굉음이 그 소리의 파도 속으로 소년들을 잠근다. 시각과 청각과 촉각이 뒤섞인다.

이상과 같이 이 작품 속에서는 인간과 동물은 물론 무생물과 인간의 정념도 살아 움직이며 동물과 인간의 경계가 허물어지고 감각과 감각의 경계가 허물어지며 카오스적 생명력이 넘실거린다. 그런 애니미즘의 세계를 구축하는 데 의인법, 직유, 환유, 공감각적 표현 등의 수사법이 동원되고 있는 것이다. 나아가 다음 장에서 고찰하겠지만 이와 같은 경계 허물기는 소년의 정념 속에서도 일어나고 있다.

3. 소년을 지배하는 정념의 세계

1) 정념의 정의

　이 작품이 그리고 있는 세계를 소년의 정념의 세계로 읽을 수 있다는 단서는 작품의 말미에 등장한다. 아이들이 마을의 공동샘물에서 흑인 병사와 광란의 축제를 벌인 다음날 서기는 흑인병사를 도시로 호송하라는 통보를 전달한다. 흑인병사는 이 소식을 몸짓으로 전하는 주인공 소년을 인질로 잡고는 지하창고에 피신한다. 다음 날 소년의 아버지에 의해 폭력적 구출작전이 감행된다. 흑인병사의 두개골은 부서지고 소년은 손이 으스러진 채 구출된다. 며칠 후 깨어난 소년은 어른들에게 강한 혐오감을 느낀다. 하지만 아이들의 썰매놀이를 바라보며 자신은 이미 그들과도 다른 세계에 있음을 감지한다.

> 　아이들은 소리를 지르며 미끄러져 내리고 개는 짖어대며 그것을 쫓고 다시 아이들은 썰매를 끌며 올라간다. 누를 수 없는 뭉게구름처럼 피어나는 정념이 아이들의 몸을 마법사의 전조인 불똥처럼 탁탁 튀며 뛰어다니는 것이다. (중략) 나는 더 이상 아이가 아니다 하는 생각이 계시처럼 나를 채웠다. 언청이와의 피투성이 싸움, 달밤의 새 사냥, 썰매놀이, 들개 새끼, 이것들 모두는 아이들을 위한 것이다. 나는 그런 식으로 세계와 연결되는 것과는 인연이 끊긴 것이다. 　　　　　　　　　　　　　(137·~138쪽)

　이 인용에는 시간차를 둔 두 명의 ‘나’가 존재한다. 한 사람은 사건의 와중에 있는 어린 소년 ‘나’이고 한 사람은 현재 이 이야기를 하고 있는 화자인 ‘나’이다. 현재의 화자 ‘나’는, 그때까지의 자신의 세계와의 결별을 인식하는 주인공 소년 ‘나’를 회고하면서 그때까지의 ‘나’가 빠져있던 세계는 바로 소년의 정념의 세계였다고 해설하고 있는 것이다.

그렇다면 일반적으로 정념은 어떻게 이해할 수 있을까? 먼저 일본
국어사전을 살펴보자.

> 마음의 작용과 생각. 또 강하게 사로잡혀 떨어지지 않는 애증의 감정
> (『日本国語大辞典第二版』第七巻, 小学館, 227쪽)

> 마음에 깊게 새겨져 이성으로는 억제할 수 없는 희, 비, 애, 증, 욕망
> 등의 강한 감정　　　　(三省堂제공　http://ext.dictionary.goo.ne.jp/in/)

> 마음에 솟는 감정이나 마음에 일어나는 사념
> (『広辞苑第四版』, 岩波書店, 1279쪽)

다음으로는 철학적 사유를 참고해보자.[10] 정념에 대해 과학적으로 접
근하고자 했던 데카르트는 『정념론』에서 정념을 다음과 같이 정의한다.

> 특별히 영혼에 연관된 것으로서, [신체의]정령들의 어떤 운동에 의해 야
> 기되고, 유지되고 강화되는 영혼의 지각들, 감각들, 운동들
> (Passions de lâme, I, art. 27, AT XI, 349쪽)

또 다른 곳에서는 정념에 관하여, '정념들과 감정들을 일으키면서, 영
혼이 신체를 움직일 수 있는 힘과 신체가 영혼에 작용하는 힘의 관념은
영혼과 신체의 연합이라는 관념에 의존하고 있다'(*Lettre à Elisab eth*, le 21
mai 1643, AT, ⅡⅠ, 665)고 사유한다. 정념에 대하여 과학적인 접근을 시도
한 데카르트는 정념을 영혼만으로도 또는 신체만으로도 설명할 수 없는
현상으로 파악한다. 그러나 데카르트는 인간의 영혼과 신체를 각각 독
립된 실체로 보는 이원론으로 유명하다. 감정에 대한 정신의 절대지배
권을 주장하고 영혼의 단호한 의지를 인간의 주요한 덕으로 본다. 영혼
과 신체가 독립된 실체라고 하는 이원론과 그 둘의 연합을 설정하는

정념론 사이의 부정합성을 공격받을 수밖에 없지만 그가 정념을 영혼과 신체의 연합으로 보고 있다는 점에 유의하고 싶다.

한편 데카르트를 비판적으로 수용한 스피노자는 정신과 신체는 신(神)으로 표현되는 동일한 질서 혹은 역량에 대한 서로 다른 표현이므로 영혼과 신체는 동등한 역량을 갖는다고 본다. 따라서 능동과 수동도 정신이 능동적 역량을 표현할 경우, 신체 또한 능동적 역량을 표현하는 연동적인 것으로 본다. 그가 말하는 능동적이란 것은, 우리의 행위가 '오직 우리의 본성만으로 명석하고 판명하게 이해될 수 있는' 경우이며 '우리의 본성'이란 '이성'에 의해서 규정되는 바로서의 인간본성을 지시한다. 그리고 그 '이성(ratio)'은 사물들 사이에 존재하는 공통적인 것에 대한 인식 즉 '공통관념'(notiones communes)에 의해 구성된다고 본다. 이성의 명령에 따라 살아가는 인간을 자유로운 인간으로 보는 것이다. 그러나 그는 『윤리학』4부에서 이성이 정념들의 힘에 마주해야만 하는 지위에 있음을 즉 정념들의 힘은 이성에 의해 쉽게 제어될 수 있는 것이 아님을 강조한다. 자유로운 인간이란 인간본성과 정념에 대한 이해함에 그 힘이 있다는 것이다.

이상을 정리해보면, 정념이란 신체에 기반을 둔 정신활동으로 이성에 의해 이해되고 제어되어야 하는 감정과 욕망이라고 볼 수 있을 것 같다. 「사육」에 그려진 소년의 정념의 세계 또한 신체와 밀접한 연관을 갖고 있으며 정신과 신체의 연합을 정신과 신체의 경계허물기로 이해한다면 소년의 정념에서도 이와 공통된 특징을 발견할 수 있다.

2) 정념의 분출과 허물어지는 경계

흑인병사가 주인공 소년이 살고 있는 마을공동창고 지하에 감금되자 소년에게는 식사를 나르는 역할이 맡겨지게 된다. 이후 흑인병사는 소년의 정념의 세계에 깊숙이 들어와 소년의 감정과 욕망의 중심 대상이 되게 된다. 흑인 병사에 대한 소년의 관심 나아가 호감의 근거는 무엇일까? 우선 육체이다. 흑인병사의 육체를 가까이에서 처음 볼 때의 소년의 시선은 마치 훌륭한 예술작품을, 아니 연인의 아름다운 육체를 바라보며 흥분하는 사람의 시선과도 같다.

> 나는 아버지와 어른들이 잡아온 훌륭한 사냥물을 검토할 매우 숨 막히는 여유를 얻은 것이었다. 그것은 확실히 너무나도 훌륭한 사냥물이었다. / 흑인병사의 잘생긴 두상을 덮은 짧게 말린 머리털은 작게 뭉쳐 소용돌이를 만들며 늑대 귀처럼 쫑긋 솟은 귀 위에서 그을음 빛깔의 불길로 타오른다. 목에서 가슴에 이르는 피부는 내부에 검은 기가 도는 포도색 빛을 감싸고 있고 번들거리는 굵은 목이 강인한 주름을 만들면서 움직일 때마다 나의 마음을 사로잡는다. 그리고 울컥 목에 치밀어 오르는 구토처럼 가득 차 부식성의 독처럼 모든 것에 스며드는 흑인병사의 체취, 그것은 내 볼을 달아오르게 하고 광기와 같은 감정을 번득이게 한다…… / 흑인병사의 탐욕스러운 식사모습을 보고 있는 나의 눈, 염증이 생긴 것처럼 어리어리하고 뜨거운 눈에는 바구니 속의 초라한 식물이 향기롭고 기름진, 이국의 진수성찬으로 바뀌는 것이었다. (107쪽)

또 다시 직유가 범람하는 이 구절 중에서 흑인의 체취가 광기와 같은 감정을 불러일으킨다는 것은 「사육」보다 8개월 늦게 발표된 「전투의 오늘(戦いの今日)」(1958.9)의 한 구절을 생각나게 한다. 그러나 「전투의 오늘」의 주인공 청년은 흑인의 체취가 유발시키는 그것 즉 '생리적 정욕, 정념'(240쪽)에 자각적이며 그를 의식적으로 견제하며 나름대로 분석하고 납득하고 있는 반면11) 「사육」의 주인공은 막 성에 눈뜨기 시작한 소년으로 자각적이라고 보기는 힘들며, 매력적인 동성에 대한 동경에 가까운 감탄과 선망이 뒤섞여 있다고 할 수 있다. 주인공 소년의 반응은 이렇게

전적으로 감각적이다. '검둥이'라고 흑인을 비하하는 선입견으로부터 완전히 자유롭다. 순수하게 감각적이기 때문에 흑인 병사의 육체 앞에서 자신의 모습은 '전혀 취할 점이 없는 일본인 소년'(108쪽)으로 왜소해지기까지 한다. 언청이 소년 또한 '검둥이'라는 차별어를 주저 없이 사용하고 검둥이기 때문에 적일 수 조차 없다고 주장하지만 그 또한 실감 없는 학습된 차별에 지나지 않는다. 자연 속에서 야생의 망아지처럼 뛰노는 소년들의 감각에는 때 묻지 않은 원시적인 자유로움이 넘실거린다.

그러나 주인공 소년은 자존감이 강하며 아버지를 자랑스럽게 여기고 어린 동생을 아끼는 소년이기도 하다. 만일 흑인병사가 자신들이 제공한 첫 식사를 현란하게 먹어주지 않았다면 흑인병사에 대한 소년의 감각은 굴절되었을지도 모른다. 위에 인용한 소년의 찬탄은 다음과 같은 확인 후에 터져 나온 것을 간과할 수 없기 때문이다. 첫 식사를 나른 후 소년은 순간적으로 '흑인병사가 우리가 제공하는 저녁식사의 빈약함과 우리를 경멸하여 그 음식에 손도 안 대는 것을 아닐까'(106쪽)하고 시의심에 휩싸인다. 부락마을 사람을 무시하는 도시의 타자와 같이 이 새로운 타자도 우리를 무시하는가? 소년의 시의심의 이면에는 피차별 부락 소년의 트라우마가 욱신거리고 있다. 그러나 곧이어 흑인병사는 진수성찬을 대한 듯 걸쩍지근하게 먹어치운다. 부락마을의 헐하고 초라한 식사를 소년이 늘 만족하며 먹고 있듯이 말이다.

자신들의 식사가 흑인 병사에게 인정받았다고 느낀 소년은 병사의 육체에 거리낌 없이 감탄하게 되고 나아가 이 '훌륭한 사냥감'으로 인해 '이상한 만족과 충실감, 쾌활한 고양감'(112쪽)을 느끼게 되고 '온순한 동물 같다'(113쪽)는 느낌은 동정심으로 발전하여 병사의 발에 채워진 덫을 풀어주기에 이르게 된다. 그러자 병사는 아이들에게 도구를 요청하여 그 고장 난 덫을 고쳐 아이들의 탄성을 자아낸다. 또 보다 후의 일이지만 그 자신도 가죽을 벗겨내는 소년의 아버지의 기술에 경탄해 마지않는다. 도시마을 관청에서는 헐값에 사들여지는 아버지의 노동이지만 흑인병사는 숙련된 기술 그 자체로 아버지의 노동을 인정하고 감탄하는 것이다. 소년에게 있어 아버지는 확대된 자기 자신이며 아버지가 흑인병사로부터 인정을 받는 것은 자기 자신이 인정받는 것과 같기에 말할 수 없는 자존감을 느낀 것이다. 즉 흑인병사에 대한 주인공 소년의 흥미가 감탄으로 감탄이 동정으로 동정이 교감과 우정으로 바뀌어 가게 된 데에는 서로에 대한 인정이 있었던 것이며 그 근원에는 때 묻지 않은 소년의 순수한 감각과 모든 노동을 돈으로 환산하는 도시와는 다른 순수한 노동관의 공유가 있었던 것이다. 소년은 작품 첫머리의 화장터 장면에서는 손에 넣지 못했던 훌륭한 휘장을 얻게 된 것이다. 마을 공동샘터에서 벌어진 화려한 디오니소스의 축제는 이러한 교감 위에 이루어진 것이며 이 작품의 절정인 동시에 소년의 정념의 해방의 장이기도 하다.

우리는 모두 새처럼 알몸이 되어 흑인병사의 옷을 벗기고는 샘 속으로 우르르 뛰어들어 서로 물을 끼얹으며 소리를 질러댔다. (중략) 우리는 흑인병사의 주위에 알몸 허리를 부딪치며 환성을 지르고 흑인병사는 섹스를 꽉 쥐고는 수 염소가 덤빌 때 같은 사나운 자세를 취하며 소리쳤다. 우리는 눈물이 나도록 웃으며 흑인병사의 섹스에 물을 끼얹었다. 그리고 언청이가 알몸 그대로 뛰어나가더니 잡화점 안뜰에서 커다란 암 염소를 데리고 돌아오자 우리는 언청이의 재치에 박수갈채를 보냈다. 흑인병사는 복숭아 빛 입을 벌리고 외치더니 샘에서 뛰어나와 두려워 우는 염소에게 덤벼들었다. 우리는 미친 듯이 웃고 언청이는 기를 쓰며 염소 목을 누리고 흑인병사는 태양에 그 검고 늠름한 섹스를 빛나게 하며 악전고투했지만 수 염소처럼은 잘 안 된다. 우리는 몸을 하체로 지탱할 수 없을 때까지 웃다가 마지막에는 완전히 지쳐 쓰러져 우리의 부드러운 머리에 슬픔이 숨어들 정도였다. 우

리는 흑인병사를 비길 데 없이 훌륭한 가축, 천재적인 동물이라고 생각했
다. 우리가 흑인병사를 얼마나 사랑했는지, 저 멀리 빛나는 여름 오후 물에
젖어 무거운 피부 위에 반짝이는 태양, 돌길에 드리운 짙은 그림자, 아이들
과 흑인병사의 냄새, 기쁨에 쉰 목소리, 그 모든 충만과 율동을 나는 어떻게
전하면 좋을까?　　　　　　　　　　　　　　　　　　　　　　(124～125쪽)

　여러 경계들이 무너지며 정념이 해방되고 기쁨의 카타르시스로 수렴
한다. 어른과 아이의 경계가 인간과 동물의 경계가 허물어지고, 비유
속에 이미지로 존재했던 동물이 직접 등장하여 인간과 한데 어우러지며
신화적 축제의 장을 재현한다. 그런데 이 장면에서 또 한 가지 숨겨진
경계가 무너지고 있다. 젠더의 경계이다. 여기에서 극에 달하지만 흑인
병사는 주인공 소년 및 아이들에게 독특한 역할을 하고 있다. 그 탄탄한
육체를 통해 남성적 아름다움과 건장함의 화신으로 다가옴과 동시에
아이들과 몸을 맞대며 그들의 정념을 이해하고 그에 맞추어 주는 어머
니와도 같은 자상함을 보여주고 있는 것이다. 소년의 아버지로 대표되
는 부락마을의 성인남자들과는 다른 면모이다. 소년의 아버지는 부양
하고 교육하고 단련시키지만 함께 놀아주는 일은 없다. 그런데 흑인병
사는 놀이 방식자체는 남성이 아니면 불가능한 리얼리티를 갖고 있지만
아이들과 몸을 맞대며 함께 놀아주는 유희(遊戱)의 시간을 보내고 있다.
유희의 시간, 비록 그것이 무위의 시간이라는 흑인병사의 상황을 나타
내는 것이기도 하지만 그는 아이들이 이끄는 대로 기꺼이 모성적 역할
을 수행하고 있는 것이다. 조각가 후나코시 카츠라(舟越桂)의 양성구유
상 '숲에 떠오르는 스핑크스(森に浮かぶスフィンクス)'(2006년 발표)를 흑인
으로 바꾼 듯한 이미지이다.

　소년에게는 어머니가 없다. 아버지만이 유일한 역할모델이다. 때문
에 소년은 동생에게 아버지와 같이 강한 형의 모습을 보이고 싶어 한다.

흑인병사가 지하창고에 감금되었을 당초 동생이 무서워서 문을 닫자, '문 닫은 거 너지?'하고 공연히 동생의 나약함을 꼬집으며 자신의 왜소함과 두려움을 숨기려 한다. 그리고 결말 가까이에서는 흑인병사의 볼모로 잡힌 자신의 초라한 모습이 동생에게 보여 지는 것을 죽기보다 싫어한다(132쪽). 그러나 소년은 동생에게 자상한 어머니의 역할도 한다. 아버지는 식사를 만들어주는 일은 하지만 어떤 부드러움도 보여주지 않고 놀아주는 일도 없다. 그러나 소년은 동생을 안심시키기 위해 스킨십을 취하는 등 자상하게 대한다. 동생에 대한 이 자상함은 어른들에 의한 무시무시한 폭력을 경험한 후에도 변하지 않는다. 아버지에 의한 폭력적인 구출사건 후 긴 잠에서 깨어난 소년은 어른들의 손길을 구토와 울부짖음으로 거부하고는 동생의 '부드러운 팔(柔らかい腕)'을 느끼며 안심하고 다시 잠 속으로 빠져든다. 소년 스스로도 의식하지 못하고 있는 자상함에 대한 욕구, 흑인병사는 소년의 이 무의식적 정념 또한 충족시키고 있었던 것이다. 비록 흑인병사의 자상함은 자신의 생명을 지키고자 하는 본능적인 욕구에 우선될 수는 없었지만 마을사람들과의 평화로운 날들이 유지되었던 때, 그는 양성구유와 같이 그가 본래 갖고 있던 남성적 건장함과 여성적 자상함을 아이들에게 발휘하였으며 그것이 소년의 정념에 합치되었던 것이다.

3) 파괴되는 정념의 세계

분출하는 소년의 정념에는 경계허물기라는 특징이 있는 것을 볼 수 있었는데 다른 시각에서 보면, 자신의 감정과 자신의 욕망에 충실한 정념의 세계는 절대적인 주관의 세계이기도 하다. 소년의 일상생활은 이런 절대적 주관 속에서 만족스럽게 영위되고 있었다. 소년의 의식주

생활은 객관적으로 보면 초라하기 그지없다. 거처는 부락의 공동창고
의 2층이다. 전에는 누에를 치던 곳이라 천장 아래 들보에는 뽕잎이
말라붙어 있고 말린 족제비 가죽과 덫이 실타래처럼 걸려 있으며 벽지
에 남은 얼룩이 아직 생생한 악취를 풍기는 곳이다. 이곳에서 소년과
동생은 누에를 치던 상자에 문짝을 붙여 만든 침대에서 잠을 자고 아버
지는 바닥에 멍석과 모포를 깔고 잔다. 식사는 죽이 주식이고 출출할
때는 훔친 감자를 삶아 허기를 채운다. 그러나 그런 식생활이 소년에게
는 조금도 부족함이 없다. 남들이 보기에는 초라한 식사지만 소년에게
는 풍부한 식사였다.

> 바닥이 얇은 철 냄비에 물을 길어 붓고는 불을 피운 후 창고 안쪽 겨
> 속에 팔을 깊숙이 넣어 감자를 훔친다. 감자는 우리 손바닥 안에서 물에
> 씻기면서 돌과 같이 단단했다./ 우리의 짧은 노동 후에 시작한 식사는 단순
> 하지만 풍부했다.
> (89쪽)

> 나와 동생은 아버지가 쌀과 야채를 빌려 와서 우리와 아버지 자신을 위
> 해 뜨겁고 풍부한 죽을 만드는 것을 기다리는 동안 침대 나무테두리에 걸터
> 앉았다.
> (96쪽)

여름이 한창인 것도 있겠지만 마을 안에서는 상의도 입지 않고 신발
도 신지 않고 돌아다닌다. 소년에게 있어 나름대로 자랑스럽게 생각하
는 유일한 외출 복장은 도시로 갈 때만 입는 듯한 때 끼고 보풀이 인
진초록 셔츠와 평상시는 신지 않는 천운동화이다. 아버지가 가죽을 도
시에 내다 팔고 사온 셔츠이고 운동화였다. 하지만 복장 또한 마을 안에
있을 때의 소년에게는 전혀 불만거리가 되지 않는다. 즉 부락마을 안에
서의 생활은 모두의 하품이 말해주 듯이 이따금 소년에게 지루함을 느
끼게 하는 생활이었다고 하나 결코 불행한 일상은 아니었다. 아니 행복

한 일상이라고 할 수 있다. 자랑스러운 아버지가 있고 사랑스러운 동생이 있고 행복한 식사가 있고 함께 뛰놀 아이들이 있고 자연 속에는 놀거리가 한없이 숨어 있는 듯하다. 그러나 이것들은 그곳을 떠나면 있을 수 없는 행복이기도 했다. 도시에 나가면 이와 같은 소년의 주관적 진실은 타인의 시선에 의해 위기에 봉착한다.

'부락 아이들은 더럽고 냄새가 나서 싫다고'(101쪽) 여선생들이 안 가려 한다는 서기의 말에 소년은 목의 때를 부끄러워하면서도 "걔네들도 더러워"라고 되받아치는 탄력을 보인다. 그러나 도시아이들에게 뒤지지 않을 거라고 은근히 자부한 복장이 도시 소녀의 시선을 사로잡기는커녕 냉랭한 경멸의 시선을 받게 되자 소년은 '나는 내가 몹시 초라하고 가난하다고 생각'(102쪽)하게 된다. 주관적 진실의 세계에서 객관적 사실의 세계로의 이행이다. 도시 소녀의 주의는 말끔한 복장이라야 끌 수 있는 것을 소년은 알고 있었다. 즉 도시는 도시의 가치가 지배하고 있는 것을 알고 있었으며 내심 자신의 복장에 자부심을 느끼고 있었지만 소년의 예상은 허무하게 무너졌다. 도시의 눈으로 보기에는 너무나 허름한 복장이었던 것이다. 도시사람과 겨루기에는 턱도 없이 부족한 수준이었던 것이다.

도시는 주관적 만족 속에 쉽게 경계를 무너뜨리는 자연적이고 원시적인 소년의 정념이 통할 세계가 아니다. 도시는 아군과 적군으로 경계 짓고 도시와 부락마을로 경계 짓고 관과 민으로 경계 짓는다. 경계의 외부를 타자화하여 그 경계와 차별을 질서와 애국이라는 이름으로 합리화하며 타자로부터 착취와 탈취를 자행하기도 한다. 도시에선 부락마을의 원시적인 노동의 결과물은 노동 그 자체의 숙련도나 소요된 시간과는 관계없이 도시인의 수요에 따라 금전으로 환산된다. 그리고는 서츠와 천운동화와 같은 물자로 바뀌어 마을 속으로 들어온다. 마을 안에서는 아직은 벗어버려도 되는 셔츠이고 운동화이긴 하지만 즉 아직 내면화된 가치는 아니지만 부락 안으로 유입되고 있는 것이다. 바깥세상으로부터 물자만 들어오는 것은 아니다. 분교의 여교사를 통하여 바깥세상의 가치관도 유입되고 있다. 휘장을 찾는 놀이는 바깥세상에서 일어나고 있는 전쟁의 가치관이 아이들에게 스민 결과라고 할 수 있다.

부락마을은 홍수로 다리가 끊겨 여교사도 오지 않게 되고 부락마을의 순수한 시간이 흐를 수 있게 되었다. 그러나 아이러니하게도 더욱 먼 곳에 있는 바깥세상이, 전쟁의 탁한 공기가, 뚫려 있는 하늘 공간을 타고 마을로 들어온 것이다. 도시를 거쳐 들어온 흑인병사가 소년의 정념의 세계의 손님으로 언제까지나 남아있을 수는 없었다. 이미 마을은 도시의 일방적인 명령, 즉 현청으로부터의 지령이 멀리서 그러나 확실하게 지배하고 있기 때문이다. 그 도시의 말이 유보되고 있는 동안에 흑인병사와 마을 사람들 특히 아이들과의 경계는 해체될 수 있었다. 그러나 적군과 아군의 확실한 경계를 유지하는 도시의 지령이 다시 마을에 전달되었을 때 흑인병사는 다시 경계 저편의 타자가 되어 버리고 경계의 세계에 둔한 소년은 그 희생물이 되고 만 것이다.

4. 맺음말

정념이란 신체와 영혼의 경계를 넘나드는 활동이라 할 수 있다. 정신적 현상인 동시에 신체적 에너지이기도 하다. 「사육」은 다름 아닌 그와 같은 정념의 세계 그것도 아직 순수한 소년의 정념의 세계를 화려하게 꽃피우고 잔인하게 해체한 소설이다. 소년의 정념은 육체와 밀접히 관련되어 있으며, 인간과 동물, 적과 아군, 어른과 아이, 여성성과 남성성 등의 경계를 허물며 분출하고 있다. 게다가 이러한 소년의 정념과 호응하는 수사법이 이 작품을 직조하고 있다. 먼저 이 작품이 생기 있게 다가오는 이유는 작품 속의 인간, 동물은 물론 무생물과 인간의 정념까지도 독립된 생명체인 양 활동적으로 묘사되어 있기 때문이다. 또 의인법과 동물을 사용한 직유, 환유가 빈번히 사용되어 동물과 인간의 경계를 허물며 애니미즘의 세계를 구축하고 공감각적 표현으로 감각과 감각의 경계를 허물며 카오스적 생명력을 분출한다. 주제와 수사법의 절묘한 호응이 「사육」의 미적구조를 담보하고 있는 것이다.

남겨진 문제는 과연 작가는 소년을 지배했던 정념의 세계를 무너뜨리기 위해 구축한 것일까 하는 의문이다. 에토오 쥰의 지적처럼 아버지가 휘두른 낫이 '작가의 유아성과의 결별 의지를 상징'한다면 정념의 세계는 극복되어야 하는 세계일 것이다. 그러나 이 작품의 압권 속의 한 구절 '우리가 흑인병사를 얼마나 사랑했는지……그 모든 충만과 율동을 나는 어떻게 전하면 좋을까?'에 주목할 때 소년의 정념이 가지고 있는 소통과 연합의 가능성을 무시할 수 없다. 이성의 명령에 따라 살아가는 인간을 자유로운 인간으로 보는 스피노자와는 달리 오오에는 정념이 가지고 있는 가능성을 이 작품을 통해 역설적으로 암시하고자 한 것은 아닐까? 소년과 흑인병사 사이에는 소리가 존재할 뿐 말이 존재하지 않았다. 그러나 도시의 지령, 현청의 지령 한 마디에 소년을 지배했던 정념의 세계는 유린되고 말았다. 현청의 말 그것이 권력과 결합한 로고스, 이성을 상징한다면 이 작품은 권력과 결합한 이성의 폭력에 의해 와해된 정념의 세계에 대한 향수를 그려내고 있다고 할 수 있다.

【주】

* 본 논문은 2009년 『일본언어문화』(14집)에 게재된 「오오에 켄자부로(大江健三郎) 「사육」론 - 애니미즘의 수사법 -」을 수정·보완한 것임.

** 계명대학교 일본어문학과 부교수.

1) 코하마 이츠오(小浜逸郎), 「名作と人生　神話の復活　飼育ー大江健三郎」『健康保険』54(10), 健康保険組合連合会, 2000, 16쪽.

2) 에토오 쥰(江藤淳), 「解説」『死者の奢り·飼育』, 新潮文庫, 1959, 269쪽.

3) 오오에 켄자부로(大江健三郎), 『死者の奢り』後記, 文藝春秋社, 1958.

4) 쿠리츠보 요시키(栗坪良樹), 「大江健三郎「谷底」的空間ー「飼育」論ー」『民主文学』61(通号111), 民主主義文学会, 1970, 96쪽.

5) 코오노 토시로(紅野敏朗), 「大江健三郎主要作品の分析『飼育』」『国文学解釈と鑑賞70年代の政治と性·大江健三郎(特輯)』36(8), 至文堂, 1971, 85쪽.

6) 코하마 이츠오, 앞의 논문, 16쪽.

7) 시노이 에이스케(篠井英介), 「大江健三郎「飼育」」『国文学解釈と教材の研究』52(13) 通巻757(臨増), 學燈社, 2007, 47쪽.

8) 오오에 켄자부로(大江健三郎), 『死者の奢り·飼育』, 新潮文庫, 1959. 이하 「사육」으로부터의 인용은 이에 의하며 페이지만 표시함.

9) 노우치 료오조(野内良三), 『レトリックのすすめ』, 大修館書店, 2007, 49〜50쪽.

10) 다음 논문에서 정리한 것임. 박기순, 「스피노자의 '자유로운 인간' - 데카르트의 이원론에 대한 비판을 중심으로」『인문학연구』41집, 계명대학교인문과학연구소, 2008, 57〜58쪽, 65〜70쪽.

11) 오오에 켄자부로(大江健三郎), 「戦いの今日」『死者の奢り·飼育』, 新潮文庫, 1959. 241쪽.

5 일본 근대 '사소설'의 감정표현[*]

명성룡[**]

1. 머리말

일본근대문학에 있어서 가장 일본적이며, 독특한 소설 양식이라 할 수 있는 사소설(私小說)은 타니자키 세이지(谷崎精二)씨가 '타이쇼(大正)시대 이후의 작가들 가운데 이른바 자기소설을 쓰지 않았던 작가는 거의 없다고 말해도 좋을 것이다'[1)]라고 언급하고 있듯이, 일본 근대문학사에 있어서 중요한 위치를 차지하고 있다.

사소설은 단순히 작가 자신의 신변적인 사실을 직접적으로 묘사해낸 소설형식이라기 보다는, 작가 자신의 심정고백 내지는 감정표현[2)]이 작품형성의 중요한 모티브가 되는 소설형식이라 할 수 있다.

이러한 작가 자신의 감정표출은 작가의 서술태도가 직접적으로 나타나 있는 심정어(心情語)와 색채어의 분석을 통하여 파악할 수 있다.

그러나 지금까지의 사소설의 연구는 작품과 작가의 실생활과의 연관관계를 분석·검증하는 실증주의적 연구방법론에 치중되어온 반면, 사소설 작품에 있어서의 표현상의 특징, 즉 문체론적 연구는 거의 행해지지 않은 것이 사실이다.

따라서 본 연구에서는 각 작품이 지닌 문체상의 특징 가운데 심정어와 색채어의 유형과 사용 빈도수를 통계학적 방법으로 분석하여 일본 근대 사소설에 있어서 작품 형성의 가장 중요한 모티브가 되고 있는 감정표현의 양상을 고찰해 보고자 한다.

2. 본론

작가의 실생활과 작품이 밀접한 연관관계를 지니고 있으며, 작품 속에 작가의 전체상이 투영되어 있는 사소설에 있어서, 작가의 개성적인 표현에 주안점을 두고 있는 문체연구는 작가의 전체상을 파악하는데 있어서 중요한 연구방법 중 하나라 할 수 있다.

하타노 칸지(波多野完治)는 『문장심리학』에서 '개인의 기분, 개인의 경험을, 그 개인의 특유한 말투로 나타낸 것이 문체다'[3]라고 지적하고 있으며, 김상태는 『문체의 이론과 해석』에서 '어느 특정한 작가의 문체를 정사(精査)하면, 문체를 통해 형상화된 그 작가의 예술은 물론, 품성, 인생관, 세계관에 이르기까지 이해할 수 있다는 추론이 가능해진다'[4]라고 언급하고 있듯이, 문체는 표현형식의 유형에 보이는 전체적인 특색으로써, 각기 다른 유전적·사회적인 환경에 의해 형성되어진 작가의 의식적·무의식적인 언어습관이 문장에 의해 표출된 것이라 할 수 있다. 이와 같은 작가의 언어습관을 살펴보기 위해서는 문(文)의 길이, 특유어의 형태, 색채어, 성유, 비유표현의 사용 빈도수와 양상, 문말표현의 형태 등 다양한 항목을 통계학적으로 분석해야 되지만, 본고에서는 일본 근대 사소설의 표현상의 특징 가운데, 작가 자신의 감정표현이 직접적으로 표출되어 있는 심정어와 색채어의 양상을 분석하는 것에 한정시켰다.

분석대상은 다음 〈표1〉과 같이 메이지(明治)·타이쇼(大正)·쇼오와(昭和)시기의 대표적인 사소설 작품 중 각 4편씩을 선정하였다. 또한, 본 연구에서는 사소설 작품 속의 표출된 주인공 즉, 작가 자신의 감정표현에 주안을 두고 있기 때문에 주인공 이외의 다른 등장인물의 감정표현, 회화체 문장, 편지문은 분석에서 제외시켰다.

〈표1, 분석 대상 작품〉

시기	번호	작가명	작품명	발표년도
메이지 (明治)	1	타야마 카타이(田山花袋)	이불(蒲団)	1907
	2	이와노 호우메이(岩野泡鳴)	탐닉(耽溺)	1909
	3	치카마츠 슈우에(近松秋江)	이별한 아내에게 보내는 편지(別れた妻に送る手紙)	1910
	4	토쿠다 슈우세이(德田秋聲)	곰팡이(黴)	1911
타이쇼 (大正)	5	카사이 젠조(葛西善蔵)	애절한 아버지(哀しき父)	1912
	6	시가 나오야(志賀直哉)	키노사키에서(城の崎にて)	1917
	7	마키노 신이치(牧野信一)	아버지를 파는 아이(父を売る子)	1924
	8	카지이 모토지로(梶井基次郎)	레몬(檸檬)	1925
쇼오와 (昭和)	9	카무라 이소타(嘉村礒多)	업고(業苦)	1928
	10	우노 코오지(宇野浩二)	고목이 있는 풍경 (古木のある風景)	1934
	11	나카노 시게하루(中野重治)	소설을 쓰지 못하는 소설가(小説の書けぬ小説家)	1936
	12	다자이 오사무(太宰治)	츠가루(津軽)	1944

1) 심정 표현의 양상

춘원(春園) 이광수는『매일신보(每日申報)』에「문학이란 무엇인가 하오」
라는 제목의 기고문에서 '문학은 마치 자기의 심중(心中)을 읽는 듯하여
미추희애(美醜喜哀)의 감정을 반하니 이 감정이야말로 실로 문학의 특색
이니랴'[5]라고 언급하고 있듯이, 감정이란 문학에 있어서 가장 중요한
요소라 할 수 있다. 특히, 작가 자신의 감정이 직접적으로 표출되어 있
는 사소설에 있어서 작품 형성의 중요한 모티브가 되고 있다.

사소설은 작가 자신을 중심으로 한 신변의 사실을 심정적으로 묘사
해낸 소설 형식으로, 그 사실은 작가 자신의 감성적, 정서적인 것에 의
해 자의적으로 변형된 사실이라고 할 수 있다. 사소설에 있어서 작품의
사실성은 작품에 묘사되어 있는 작가의 생활과 작가의 전기적 자료로부
터 파악할 수 있는 작가의 실생활과의 일치에 의해 확보되는 것이 아니
라, 작품에 묘사되어 있는 작가 자신의 심정적 고백에 의해 확보된다고
할 수 있다. 따라서 작가 자신의 일상적인 생활 속의 직·간접적인 삶
의 체험과 자신의 심정을 고백체 형식으로 작품 속에 묘사해 낸 사소설
에 있어서 심정어는 일본 근대 사소설의 전체적인 분위기를 단적으로
파악할 수 있는 중요한 단서가 된다. 이러한, 작가의 심정은 작품 속에
주로 사용된 작가 특유의 심정어[6]의 분석을 통해 파악할 수가 있다.

일본어에 있어서의 감정어휘는 일반적으로 감정형용사와 감정동사[7]
로 구분되고 있으나, 본 장에서 분석대상으로 한 심정어는 작가 자신의
감정이 직접적으로 표출되어 있는 감정형용사 즉, 감정 투사적(投射的)
인 투영체(投影體) 형용사[8]로서의 심정어만으로 한정하였다. 또한 본 연
구가 사소설을 대상으로 하였기 때문에 작품 중에서 〈작가 = 주인공〉
으로 설정되어 있는 등장인물의 감정표현만을 분석대상으로 하였다.

일본 근대 사소설 작품 속에 사용된 심정어의 형태와 사용 빈도수를 살펴보면 다음 〈표4〉와 같다.

〈표2. 심정어의 유형과 사용 빈도수〉

감정 표현 구분	감정어의 유형	작품 구분												합계
		메이지(明治)				타이쇼(大正)				쇼오와(昭和)				
		1	2	3	4	5	6	7	8	9	10	11	12	
불감 (不堪)	堪え難い 堪らない 堪えない	7	1	3	4	3	1	1	4	2			4	30
괴로움	苦しい 苦に痛む 胸苦しい 重苦しい	9	6	2	26	3				5	1		3	64
	辛い	1								2				
	悩ましい 悩む			1	1	4								
번민	煩悶する 懊悩する 悶える 身悶える	18			3								4	25
슬픔	悲しい 哀れだ 物悲しい うら悲しい	3		2	5	6				6	2	1	6	31
비참	浅ましい				1									2
	惨めだ 悲哀だ			1										
두려움	恐ろしい 恐れる	2	1	1	3	2	2			2		2	3	18

	怖（こわ）い												
불안	不安（ふあん）だ	1		1	13	2						6	
	不吉（ふきつ）だ							3					30
	心細（こころぼそ）い			1								3	
절망	絶望（ぜつぼう）だ				2								2
암울	暗（くら）い	2			2	4			3	1		2	14
	暗澹（あんたん）だ												
체념	諦（あきら）める			1									1
원망	恨（うら）む			1									
	怨（うら）めしい											1	2
실망	失望（しつぼう）だ			2	2					1			5
우울	憂鬱（ゆううつ）だ												
	物憂（ものう）い							2				6	8
	気（き）が重（おも）い												
쓸쓸함	淋（さび）しい	17	3	8	33	1	8			2		1	
	寂（さみ）しい												
	侘（わび）しい												84
	うら寂（さみ）しい												
	心細（こころぼそ）い				1			1				9	
고독	孤独（こどく）だ	4				4						3	11
불쾌	不快（ふかい）だ												
	不愉快（ふゆかい）だ	5	9		3			1				1	19
	不機嫌（ふきげん）だ												
혐오	厭（いや）だ/厭気（いやき）	2	4		4		2	4		1		1	18
미움	憎（にく）い			2				1		1			4
수치	恥（は）ずかしい			1									1
그리움	なつかしい	3	3	3	2							5	16
기쁨	嬉（うれ）しい			7							1		
	心持（こころもち）よい				1								11
	いい気持（きもち）						2						

즐거움	楽しい			2		1								3
행복	幸福だ								4				1	5
합계		74	27	39	106	30	15	8	13	24	5	4	59	404
		1/18.61 (246/4580)				1/9.15 (66/628)				1/28.06 (92/2584)				1/19.28 (404/7792)

위의 〈표2〉에서 알 수 있듯이, 일본 근대 사소설에 있어서 심정어의 사용은 평균 19.28문장 당 1개(404/7792)의 심정어가 사용되고 있으며, 타이쇼(大正)시기의 사소설이 9.15문장 당 1개의 심정어로 가장 높은 사용 빈도수를 보이고 있는 반면, 쇼오와(昭和)시기의 사소설은 28.06문장 당 1개의 심정어로 가장 낮은 사용 빈도수를 보이고 있다. 또한, 아래 〈표3〉와 같이 작품 속에 사용된 심정어의 형태는 〈기쁨〉, 〈즐거움〉, 〈행복〉, 〈그리움〉과 같은 긍정적인 심정을 나타내는 심정어가 8.66%로 적게 사용된 것에 비해, 부정적인 심리상태를 나타내는 심정어가 91.33%로 압도적으로 많이 사용된 것을 알 수 있다.

〈표3. 시기별 심정어의 형태〉

심정어의 형태	시대 구분			합계
	메이지 (明治)	타이쇼 (大正)	쇼오와 (昭和)	
긍정적 심정어	8.53% (21/246)	10.6% (7/66)	7.60% (7/92)	8.66%(35/404)
부정적 심정어	91.46% (225/246)	89.39% (59/66)	92.39% (85/92)	91.33%(369/404)

다음으로, 심정어의 유형과 사용빈도수를 살펴보면, 〈표2〉에서 알 수 있듯이, 23가지[9)]의 다양한 형태의 감정표현으로 작가 자신의 심정을

작품 속에 표출하고 있다는 것을 알 수 있다.

작품에 사용된 전체 심정어 404개 가운데 〈쓸쓸함〉을 나타내는 심정어가 84개로 가장 많이 사용되었으며, 〈괴로움〉 64개, 〈슬픔〉 31개, 〈불안〉 30개, 〈불감(不堪)〉 30개의 순으로 사용되고 있다.

각 시기별로 주로 사용된 심정어의 유형을 살펴보면 다음 〈표6〉과 같이 〈쓸쓸함〉, 〈괴로움〉, 〈슬픔〉, 〈불안〉, 〈불감(不堪)〉을 나타내는 심정어 유형의 사용빈도수가 메이지(明治) 60.56%, 타이쇼(大正) 56.06%, 쇼오와(昭和) 57.60%로 다른 심정어의 사용 빈도수와 비교해서 높게 나타난 것을 알 수 있다.

또한, 각 시기별로 가장 많이 사용된 심정어를 살펴보면, 메이지(明治)와 타이쇼(大正)시기에는 〈쓸쓸함〉을 나타내는 심정어가 각각 62개, 10개로 가장 많이 사용되었으며, 쇼오와(昭和)시기에는 〈슬픔〉을 나타내는 심정어가 가장 많이 사용된 것을 알 수 있다.

〈표4. 시기별 심정어의 양상과 사용 빈도수〉

	쓸쓸함	괴로움	슬픔	불안	불감	합계
메이지 (明治)	62	46	10	16	15	60.56% (149/246)
타이쇼 (大正)	10	7	6	5	9	56.06% (37/66)
쇼오와 (昭和)	12	11	15	9	6	57.60% (53/92)

2) 색채어 표현의 양상

루이스(Louis Cheskin)가 '색이란 궁극적으로 마음에 작용하는 것이다'[10]라고 언급하였듯이, 색채는 인간의 정서나 관념, 의식을 대변하는 상징이 된다. 이와 같은 색채가 언어로 표현된 것이 색채어이며, 색채어는 심리적 작용의 결정체라 할 수 있다.

소설에 있어서 색채어는 작품의 정경, 인물, 공간적 배경 등의 설명과 묘사를 즉물적·구상적·감각적으로 표현하는 것으로, 작가의 성격 내지는 창작심리를 해명하는 수단으로 이용된다.[11] 즉, 소설에 있어서 색채어는 단순히 작품의 정경, 인물, 공간적 배경 등의 즉물적·시각적 설명과 묘사로서의 표현방법에만 머물지 않으며, 언어만으로는 전달하기 어려운, 감성에 직접 호소하는 표현방법으로서 중요한 상징성을 지닌다.

사소설에 있어서의 색채어 역시, 작가 자신의 내면심리를 작품에 투영하기 위한 주관적이고도 개성적인 기법으로서 사용되고 있다. 이와 같은 색채어는 앞서 살펴본 심정어와 더불어 사소설 작품의 전체적인 분위기를 파악하는데 있어 중요한 요소가 된다.

본 장에서 분석대상으로 삼은 색채어는 작가 자신의 감정의 의식적 표현수단으로 사용되고 있는 색채어만으로 한정하였으며, 색채일반어(예; 단청, 색칠하다), **색채포함어**(예; 홍당무, 백사장), **색채관용어**(예; 호호백발, 좌청룡), 전의(轉意)색채어(예; 흰둥이) 등 반드시 작가가 색을 의식하고 썼다고 볼 수 없는 색채어는 제외하였다.

이상과 같은 기준으로 일본 근대 사소설작품에 나타난 색채어의 유형과 사용빈도수를 살펴보면 다음과 같다.

〈표5. 색채어의 유형과 사용 빈도수〉

색채어	작품구분												합계
	메이지(明治)				타이쇼(大正)				쇼오와(昭和)				
	1	2	3	4	5	6	7	8	9	10	11	12	
청(靑)	5	5	5	29	2	1	1	1	1	1		8	59
적(赤)	5	11	2	20			2	2	1	2	1	15	61
흑(黑)	2	10	5	6	2	2		1		6	1	5	40
백(白)	12	4	9	16	3				4	2	1	17	68
황(黃)		2	5					1				1	9
자(紫)	1			1					1			2	5
녹(綠)										1		8	9
다색(茶色)	3												3
회색(灰色)				1									1
황토색(黃土色)					1								1
황금색(黃金色)								1					1
호박색(琥珀色)								1					1
비취색(翡翠色)								1					1
등색(橙色)								1					1
감색(紺色)												6	6
쥐색(쥐색)												1	1
합계	28	30	23	78	8	3	3	9	7	12	3	63	267
	1/28.80문장 (159/4580)				1/27.30문장 (23/628)				1/30.40문장 (85/2584)				1/29.18문장 (267/7792)

〈표6. 시기별 색채어의 사용 양상과 사용 빈도수〉

	청(靑)	적(赤)	흑(黑)	백(白)
메이지 (明治)	44	38	23	41
타이쇼 (大正)	5	4	5	3
쇼오와 (昭和)	10	19	12	24
합계	22.09% (59/267)	22.84% (61/267)	14.98% (40/267)	25.46% (68/267)

앞의 〈표5〉에서 알 수 있듯이, 일본 근대 사소설에 있어서 색채어의 사용은 평균 29.18문장 당 1개(267/7792)의 색채어가 사용되고 있는 것으로 나타났다.

하타노(波多野)가 일본의 대표적인 작가 8인의 색채어를 조사한 결과 작품에는 평균 1700자에 1개의 색채어가 쓰이고 있다고 제시[12]하고 있는 것과 비교해 보면, 타이쇼(大正)시기에는 평균 823자에 1개로 비교적 많이 사용하고 있으나, 메이지(明治)와 쇼오와(昭和)시기의 사소설에 있어서는 각각 1/1903, 1/2228로 비교적 적게 사용되고 있음을 알 수 있다. 이는 일본 근대 사소설이 작가 자신의 심정에 주안을 두고 있기 때문에 작자 자신의 심정을 표현함에 있어서 색채어 보다는 주로 심정어를 사용하였기 때문이라 할 수 있다.

다음으로, 일본 근대 사소설에 있어서의 색채어의 유형을 살펴보면, 백(白), 적(赤), 청(靑), 흑(黑)의 색채어가 주로 사용되었으며, 이들 색채어가 전체 색채어의 85.39%를 차지하고 있는 것으로 나타났다. 또한, 사용 빈도수에 있어서는 〈표6〉에서 알 수 있듯이, 백(白)이 25.46%로 가장 높게 나타났으며, 다음으로 적(赤) 22.84%, 청(靑) 22.09%, 흑(黑) 14.98%이 순으로 많이 사용된 것을 알 수 있다. 이는 일본 수설에 있어서의 색채어의 사용 빈도수와 거의 일치하는 경향[13]을 보이고 있다는 것을 알 수 있다.

이들 색채어의 수식대상을 살펴보면, 다음 〈표7〉과 같이 얼굴 내지는 안색을 수식대상으로 사용된 경우가 26.96%로 나타났으며, 색채어별로는 적(赤) 42.62%, 백(白) 30.88%, 청(靑) 30.50%, 흑(黑) 17.5%의 순으로 높게 나타난 것을 알 수 있다.

〈표7. 색채어의 수식대상 및 빈도수〉

수식대상	색채어			
	청(靑)	적(赤)	흑(黑)	백(白)
얼굴	18	26	7	21
합계	30.50% (18/59)	42.62% (26/61)	17.5% (7/40)	30.88% (21/68)
	26.96%(72/267)			

일반적으로 색채어의 기능은 부정적 이미지와 긍정적 이미지[14]를 모두 갖고 있으나, 일본 근대 사소설에 사용된 백(白), 적(赤), 청(靑), 흑(黑)의 색채어는 주로 얼굴을 수식대상으로 하여 비애, 불안, 어둠, 무기력과 같은 부정적 이미지로 사용되고 있는 경향을 나타내고 있다. 이는 〈표8〉에서 알 수 있듯이, 작품에는 전체적으로 긍정적인 시각적 이미지인 〈밝음〉보다는 부정적인 시각적 이미지인 〈어두움〉을 많이 사용함으로써, 〈괴로움〉, 〈슬픔〉, 〈불안〉과 같은 부정적인 심리상태를 나타내는 심정어와 더불어 주인공 즉 작가 자신의 부정적인 심리상태를 표현하는 수단으로 사용되고 있다는 것을 알 수 있다.

〈표8. 시각적 이미지의 사용유형과 빈도수〉

시각적 이미지	작품구분												합계
	메이지(明治)				타이쇼(大正)				쇼오와(昭和)				
	1	2	3	4	5	6	7	8	9	10	11	12	
어두움(暗い)	6	4	3	41	3	2		3	8			3	73/7792
밝음(明るい)	2	1		10						4		4	21/7792

3. 맺음말

본고에서는 일본 근대 사소설에 있어서, 작가 자신의 감정이 직접적으로 표현되어 있는 심정어와 색채어의 유형과 사용 빈도수를 살펴보았다.

본고의 분석 결과를 정리해 보면 다음과 같다. 먼저, 작가 자신의 감정이 직접적으로 표출되어 있는 심정어를 분석해 본 결과, 전체적으로 평균 19.28문장 당 1개(404/7792)의 심정어가 사용되고 있으며, 23가지의 다양한 형태의 감정표현으로 작가 자신의 심정을 작품 속에 표출하고 있다는 것을 알 수 있다. 또한, 작품에 사용된 심정어의 유형은 전체 심정어 404개 가운데 부정적인 심리상태를 나타내는 심정어가 91.33%로 압도적으로 많이 사용된 것을 알 수 있다. 사용빈도수에 있어서는 〈쓸쓸함〉을 나타내는 심정어가 84개로 가장 많이 사용되었으며, 〈괴로움〉 64개, 〈슬픔〉 31개, 〈불안〉 30개, 〈불감(不堪)〉 30개의 순으로 사용된 것을 알 수 있다.

다음으로, 작가 자신의 내면심리를 작품에 투영하기 위한 주관적이고도 개성적인 기법으로서 사용되고 있는 색채어를 분석해 본 결과, 백(白), 적(赤), 청(靑), 흑(黑)의 색채어가 전체 색채어의 85.39%(228/267)를 차지하고 있는 것으로 나타났으며, 평균 29.18문장 당 1개로 심정어보다는 비교적 적게 사용되고 있다는 것을 알 수 있다. 이는 일본 근대 사소설이 작가 자신의 심정에 주안을 두고 있기 때문에 작자 자신의 심정을 표현함에 있어서 색채어 보다는 주로 심정어를 사용하였기 때문이라 할 수 있다.

일본 근대 사소설에 사용된 백(白), 적(赤), 청(靑), 흑(黑)의 색채어는 주로 얼굴을 수식대상으로 하여 〈괴로움〉, 〈슬픔〉, 〈불안〉과 같은 부정적인 심리상태를 나타내는 심정어와 더불어 비애, 불안, 어둠, 무기력과 같은 부정적 이미지로 사용되고 있는 경향을 나타내고 있다.

이상과 같이 본고에서는 일본 근대 사소설 작품에 나타난 심정어와 색채어의 유형과 사용빈도수를 통계학적으로 분석해 보았다. 심정어, 색채어의 수식대상의 구체적 분석과 사용배경 심리에 대한 의미론적 분석은 앞으로의 과제로 삼고자 한다.

【주】

* 본 논문은 2007년도 한서대학교 교비 학술연구 지원 사업에 의하여 연구되어 2008년 6월 『일본연구』(제36호)에 게재된 「일본 근대 사소설 연구」의 일부를 수정·보완한 것임.
** 한서대학교 일본학과 교수
1) 타니자키 세이지(谷崎精二), 「葛西善藏論」, 『葛西善藏全集』別卷, 津輕書房, 1974, 640쪽.
2) 테라무라 히데오(寺村秀夫)는 감정표현을 '살아있는 존재의 심적 움직임을 나타내고자 하는 표현이다'라고 정의하고 있으며, 나카무라 아키라(中村 明)는 '〈감정〉이라는 용어는, 심리학적으로는, 감각이나 관념에 수반되어 생겨나는 쾌·불쾌 혹은 긴장·이완의 현상을 일컫는 것으로 받아들여지고 있으며, 의지·이성에 대립되는 것으로서, 의식의 주관적인 면을 나타낼 때 사용 된다'라고 정의하고 있다. 즉, 감정이 언어로 표현된 것이 감정표현이라고 정의할 수 있다.
3) 하타노 칸지(波多野完治), 『文章心理學』, 大日本圖書株式會社, 1965, 46쪽.
4) 김상태, 『문체의 이론과 실제』, 새문사, 1982, 94쪽.
5) 春園 이광수, 「文學이란 하오」, 『每日申報』, 1916년11월10일.
6) 감정이 언어로 표현된 것이 감정어휘이며, 감정어휘는 어떤 대상이나 일 또는 현상에 대해 느끼게 되는 기분의 상태 즉, 기쁨·슬픔·즐거움·괴로움·두려움·노여움·사랑·미움 등을 나타내는 어휘를 말한다. (장효진, 「감정동사 및 감정형용사 분류에 관한 연구」, 제8회 한국정보관리학회 학술대회논문집, 2002, 29쪽.) 본 연구에서는 사소설 작품 속에서 이들 감정어휘가 작가 자신의 심정적 상태를 나타내는 경우에 주로 사용되고 있기 때문에 이를 심정어로 정의하였다.
7) 테라무라(寺村)는 『日本語のシンタクスと意味 第Ⅰ卷』(くろしお出版, 1982)에서, 감정표현을 일시적인 〈기분의 움직임(一時的な氣の動き)〉과 〈능동적인 감정의 움직임(能動的な感情の動き)〉를 나타내는 동사표현과, 〈감정의 직접표출(感情の直接表出)〉과 〈감정적 판단(感情的判斷)〉을 나타내는 형용사표현으로 감정어휘를 구분하고 있다.
8) 이재선(李在銑), 『韓國開化期小說硏究』, 一潮閣, 1972. 224쪽.
9) 인간의 감정을 나타내는 감정의 유형은 서양과 동양, 문화권과 학자에 따라 다소 차이를 보이고 있으나, 기본적으로는 기쁨, 슬픔, 놀람, 공포, 혐오, 분노와 같이 6가지로 구분할

수 있다. 임지룡은 「감정의 생리적 반응에 대한 언어화 양상」(『담화와 인지』제6권 2호, 1999, 102쪽 참조)에서 감정의 유형을 기쁨, 자부심, 경탄, 감동, 슬픔, 화, 두려움, 긴장, 미움, 부끄러움, 걱정과 같이 11가지로 구분하고 있다.

10) Louis Cheskin 저, 홍종명 역, 『실용색채』, 신아각, 1976, 63쪽.

11) 박갑수, 『현대문학의 문체와 표현』, 집문당, 1998, 287~316쪽, 참조.

12) 하타노 칸지(波多野完治), 『最近の文章心理学』, 大日本図書, 1965, 48쪽.
　일본 근대 사소설에 있어서의 색채어의 사용 빈도수를 〈색채어/평균 글자 수〉로 나타내면 다음 표와 같다.

색채어/글자 수	메이지(明治)	타이쇼(大正)	쇼오와(昭和)
	1/1903	1/823	1/2228

13) 카바시마 타다오(樺島忠夫)・쥬가쿠 아키코(壽岳章子)는 100편의 일본소설을 분석하여, 일본소설에서 백(白) 25.2%, 적(赤) 22.7%, 흑(黑) 17.6%, 청(青) 13.4%의 순으로 색채어의 사용 빈도수가 높다는 결과를 제시하고 있다. (樺島忠夫・壽岳章子, 『文體の科學』, 綜藝舍, 127~128쪽.)

14) 적(赤)・청(青)・흑(黑)의 색채어의 기능은 다음과 같다.

	정서・감정	표정・상징
적(赤)	분노, 공포, 외포, 열애, 격정	정열적, 진지, 권위, 야만, 악마, 위험
청(青)	상쾌, 적료, 비애, 불안	이지적, 정적, 냉담, 진리, 비애, 청명
흑(黑)	망각, 그림자, 어둠	삼엄, 죄악, 불길, 강건

(박갑수, 『文体論의 理論과 実際』, 世運文化社, 1979, 44~47쪽 참조)

조선영**

6 작가의 표현에 대한 고민을 좇아서*
— 시가 나오야의 초기 작품(「유채꽃과 소녀」, 「아바시리까지」) —

1. 머리말

작가가 표현 및 문체에 대하여 어떻게 고민하였는지에 대하여 일반 독자로서는 구체적으로 파악하기 쉽지 않다. 다만 작가의 전집에 초고가 있을 경우 이를 정본과 비교하여 봄으로써 작가의 표현에 대한 고심의 흔적을 엿보는 계기가 될 것이다. 이는 또한 기존의 작가의 문체 및 표현에 대한 연구에서 선입견이 작용했던 점을 배제할 수 있는 장치도 된다고 볼 수 있다. 본 고에서는 문장이 간결하고 수식이 적은 것으로만 인식되었던 시가 나오야(志賀直哉; 1883~1971)의 초기 작품을 대상으로 초고와 정본을 비교하여, 작품에 대한 새로운 시각을 제시해보고자 한다.

본고에서 살펴보고자 하는 작품은 「유채꽃과 소녀(菜の花と小娘)」(1920)와 「아바시리까지(網走まで)」(1910)로, 이는 시가(志賀)의 소위 3개의 처녀작1) 중 두 작품이다. 이들 작품은 '처녀작'이라고 불리는 만큼 시가문학의 원형이 무엇인지를 찾고자 하는 목적 하에서 주로 주목되어왔다. 이들 작품의 초고가 전집에 수록되어 있기 때문에 선행연구에서 이를

연구자료로 사용하고는 있지만, 주로 초고의 어떤 부분이 정본에서 삭제되었는지에 관심을 가지는 경향이 있었다. 이는 시가의 대표적인 표현방법이라고 할 수 있는 '간결한 문장'이 어떻게 성립되었는지를 알아보는 것에 치중하고 있는 것을 알 수 있다.

　그런데 시가의 초고와 정본을 비교해 보면 긴 문장을 간결하게 하는 변환도 물론 볼 수 있었으나, 반대로 문장을 길게 하거나, 보다 묘사를 덧붙인 표현 등도 적지 않음을 알 수 있다²⁾. 이에 본고에서는 초고와 정본을 비교하는 방법을 이용하여 「유채꽃과 소녀」 및 「아바시리까지」의 표현을 보다 구체적으로 살펴보고자 한다. 이를 통하여 시가의 표현에 대한 보다 자유로운 고찰이 가능하도록 하는 계기를 제공하고자 한다.

2. 선행연구

1) 초고를 연구하는 의의

　일반적으로 텍스트의 초고가 주목을 받게 되는 것은, 이것이 전집 등에 공개되면서이며, 이는 일기나 수필 등이 문학연구에서 이용되는 것과 비슷하다. 다만 일기나 수필은 텍스트에서는 얻을 수 없는 무언가를 찾아낼 수 있는 '작가에 관한 정보원'으로서 참고되지만, 초고는 이와는 달리 '텍스트 쪽의 정보원'이라고 할 수 있다. 물론 초고도 정본도 작가가 쓴 것이지만, 초고는 보다 정본과 밀접한 정보원으로서 표현 및 문체를 살펴보는 중요한 자료가 될 수 있다는 것이다.

　초고를 연구하는 의의에 관해서 안도(安藤)는, '본문 성립 이전의 작가의 창작과정을 판독함으로써, 우리는 본문이 되었을 지도 모르는 다른 가능성을 상상해볼 수 있다'라고 한다[3]. 그리고 다자이 오사무(太宰治)를 예로 들어 말소한 흔적을 구체적으로 어떻게 나타내면 좋을지 그 시안을 제시하고 있다. 그러나 안도는 말소와 삽입을 제외한 변환에 관한 언급은 하고 있지 않다.

모리 오오가이(森鷗外)의 「무희(舞姬)」의 정본에 이르기까지의 변환에 주목한 아다치(阿達)는, 조동사에는 상호 변환이 있는데 반해 감동사는 전혀 변환이 없는 점에 주목하였다[4]. 고찰 결과를 요약해보면 '냉정한 오오가이(鷗外)의 소설에는 상응'하지 않는 감동사의 빈출에 대하여, '오오가이의 청춘시대를 결집한' 것이라고 보고 있다. 또한 완료조동사의 사용경향이 독특한 점에서도 독자적인 문체를 확인하여, 이를 보수적인 측면이라고 보고 있다.

한편 아베 코오보(阿部公房)의 간행본인 「날으는 남자(飛ぶ男)」의 성립 과정에 대하여, 이정희는 작가의 변환에 의한 작품의 변모를 고찰하고 있지만, 주로 작가의 창작과정을 체험해볼 수 있다는 데 의의를 두고 있을 뿐이다[5].

초고는 작가가 자신의 텍스트라고 인정하지 않은 단계의 것이라고 할 수 있는 것이지만, 우리가 일반적으로 접하게 되는 정본의 '원형'이라고 볼 수 있는 것이다. 본고에서는 이러한 초고와 정본을 직접 비교하는 방법을 이용하여, 작가의 표현방법으로서의 문체를 살펴보고자 한다. 초고 및 정본을 가리키는 용어는 연구자에 따라 조금씩 다른데, 본고에서는 전집 등에서 인정하고 있는 '초고'와 '정본'을 비교하고 그 '변환'을 살펴보고자 한다.

2) 시가나오야의 초고에 관한 연구

선행연구 중에서 중장편의 초고를 살펴본 연구들은 주로 텍스트의 구성측면에 초점을 맞추고 있는 경우가 많다.[6] 본고에서는 시가의 표현을 살펴보기 위해서 단편을 대상으로 살펴보고자 한다. 하세가와(長谷川)는 「유채꽃과 소녀」의 초고와 초출[7]을 비교하여 본 결과, 설명부분이 많이 삭제되었고 특히 기본 구조에 있어서 다음과 같은 차이가 있었다고 지적하고 있다[8].

> (1)초출에서 여자아이의 이름과 연령이 삭제되어, '여자아이'라는 단어의 느낌이 부드러워졌다. (2)초출에서 양쪽의 만남과 대화를 시작하는 분위기의 묘사는 크게 개선되어 훨씬 좋아졌다. (3)초고의 'いる'가 초출에서는 'いました'와 같은 표현이 되어, 동화에 어울리는 부드러운 이미지를 가진 문체로 변환되어 그 효과가 높아졌다. (4)초출에는 과거형이 사용되어, 차분하고 애정 넘치는 분위기를 연출하고 있다. (5)초출에서는 유채꽃에 관한 소녀의 대응이, 점차적으로 애정이 깊어지고, 공손한 말투가 되는 등 미묘한 표현의 변화를 읽을 수 있다. (6)초고에서 보이는 문말의 생략은 없어졌다. (7)초고에서는 카타카나가 혼재되어 있지만, 초출에서는 적어졌다. (8)초고의 문법상의 오류 등은 정정되었다. (9)초고의 너무 구체적인 표현들은 초출에서는 삭제되어, 객관적이고 담담한 묘사로 바꾸었다 (10)정확하고 치밀한 표현으로 성장하였다.

다음으로, 카와카미(河上)는 '하나짱(花ちゃん)'과 '유채꽃(菜の花)'의 관계에 주목하면서 초고와 초출을 비교한 결과, 초고의 '하나짱'의 구제자 이야기가 정본에서는 우정 이야기로, 테마가 변모하였다고 분석하고 있다[9]. 또한 여기에서 〈예술적 가치의 우위성〉을 살펴볼 수가 있다고 한다. 이상과 같이 선행연구에서는 주로 초고와 비교해볼 때 정본이 얼마나 우수한지를 찾아보는 귀납적인 가치판단이 많았다.

「아바시리까지」에 관한 선행 연구는 먼저 쿠리츠보(栗坪)는 초고에서 정본으로의 변환 안에 작가탄생의 과정이 담겨져 있다고 보고 있다[10]. 즉, 초고에서 '자기애(自己愛)'가 소거되었고, 이는 '현실감각의 유치함' 및 '선량의식(選良意識)'의 소거로 연결된다고 보고 있다. 또한 '시가의 주인공들은 시가의 감정과 기분을 억제하면서, 작품 세계에서 독자적으로 그 생을 회복하는, 시가 나오야의 〈지향성〉의 조형물에 지나지 않는다' 고 평가하고 있다.

이는 하라(原)가 초고에서 정본으로의 변환과정이 '시가 나오야의 문학특징을 상징적으로 나타내고 있다'고 평가한 것과 맥을 같이 한다고 볼 수 있다[11]. 하라는 보다 구체적으로 시가의 표현에 관하여 '작품 전체가 초고에서 정본으로 갈수록 여러 부분에서 표현이 응축되고 생략과 압축이 많아져서 그만큼 긴장감을 높이고 함축과 여운의 효과를 높이는 데 성공하고 있다'고 보고 있다.

이에 덧붙여 하라는 초고에는 있었으나 정본에서는 찾아볼 수 없는, 즉 변환과정에서 삭제된 부분에 관하여 상세하게 설명하고 있다. 먼저 초반에 나오는 '시골부부'에 대한 삽화를 정본에서는 모두 삭제한 의도와 효과는, '테마를 단일화하여 복잡하게 하기보다는 심화하고자 한 것'이라고 보고 있다. 또한 이어지는 삭제부분에 관해서도 '지기의 직감, 직각에 자신을 가지고 있는 시가다운 표현'이라고 지적하며, 아래 인용과 같이 평가하고 있다.

> 최대한 과묵하고 간결하게, 하나로 둘을 나타내고자 하며, 설명요소를 최소화함으로써, 그만큼 묘사가 심리와 설명 부분을 대신하고 있다. 산문적인 설명보다는 이미지로서 설명하고자 하고 있으며, 장면이나 묘사의 세세한 부분을 중요시하고자 하는 의도가 이러한 삭제부분에서도 볼 수 있다.

한편 본고에서도 다루고자 하는 가장 변환이 많고 중요하다고 본 결말부에 관해서는, 자신이 하차한다는 것을 알렸을 때의 여자의 반응은 정본에서는 '여운이 가장 깊게 남아있으며', 여자의 손수건에 손을 댔을 때의 묘사[12)에 관해서는 '마음속의 고백을 삭제하고 묘사 자체로서 표현함으로써 함축미를 높이고 있다'고 해석하고 있다.

요시다(吉田)도 또한 삭제부분에 주목하여 「아바시리까지」를 고찰하고 있다[13). 요시다는 '이미지(像)의 밀도가 높아짐으로써 의미는 없어져버린다'고 분석하고 있다. 이에 대한 근거로, 상기 하라가 지적한 부분과 동일한 부분에서의 삭제, 즉 정본에서, 초고 및 초출의 '가련한' 여성에 대한 '말할 수 없는 친근함'이라는 심정을 나타내는 문장을 삭제하고 있는 점을 들고 있다.

이상에서 살펴본 바와 같이 선행연구에서는 삭제된 부분을 중심으로 하는 논의가 대부분으로, 이는 시가가 수식이 적고 생략해서 표현하는 문체를 가지고 있다는 전제가 암묵적으로 인정되고 있기 때문이라고 생각된다. 또한 초고보다 정본에서 보다 나아진 개선점을 중심으로 고찰함으로써 초고 및 초출에 대한 정본의 우월성을 확인하는 것이 지금까지의 연구에 있어서 공통된 점이었다고 할 수 있다.

물론 시가의 표현을 다른 작가와 비교해 보면, 단문이 많고 수식이 적은 경향이 있는 것은 부정할 수 없으나, 선행연구에서는 이러한 측면에만 초점이 맞추어져 있어서, 다른 측면은 전혀 고려의 여지가 없었던 것 또한 사실이다. 표현을 연구하는 목적은, 한 작가 혹은 하나의 작품의 표현이, 다른 작가 혹은 다른 작품과는 상이한 어떤 것이라는 것을 고찰하는 것이라고 할 수 있겠지만, 시가의 경우, 이미 정해져 있는 〈시가의 표현〉이 작품 속에서 어떻게 나타나고 있는지를 살펴보는 것이 대부분의 연구의 목적이었다고 볼 수 있다. 다시 말하자면, 시가의 표현에 대해서는 더 이상 다른 요소를 고려할 필요도 없는 것처럼 연구가 진행되어 왔다고 할 수 있을 것이다. 앞에서 살펴본 바와 같은 초고에서 정본이라는 시가 자신의 수정과정을 고찰하는 연구의 경우에서도, 첨가나 문장의 길이가 길어지는 부분 등은 시가의 표현과는 무관한 것처럼 무시되고, 표현의 삭제 등에만 주목한 것은 더욱더 이를 뒷받침해주는 것일 것이다.

이에 본고에서는 초고 및 초출에서 삭제된 부분뿐 아니라, 정본에 있어서 문장이 첨가되는 부분도 있다는 것과 함께, 문장이 나누어짐으로써 짧아지는 것으로 인한 표현효과가 단순히 간결함을 나타내기 위한 것만은 아니라는 것 등 보다 포괄적으로 시가의 표현 및 그 표현효과에 관하여 살펴보고자 한다.

3. 「유채꽃과 소녀」의 표현 고찰

표현을 고민한 변환의 흔적으로는 삭제를 하기도 하고, 또 첨가를 하기도 하는데, 이 삭제와 첨가는 밀접하게 관련되어 있다고 볼 수 있다. 특히 「유채꽃과 소녀」는 초고와 정본에 있어서 줄거리의 변화는 크지 않지만, 문장의 삭제와 첨가는 많아 초고에서 삭제된 문장은 60%에 이른다. 이들 삭제된 문장을 구체적으로 살펴보면, 연속되는 여러 개의 문장이 삭제된 경우가 많고, 이는 대부분 '하나짱'과 '유채꽃'의 대화부분이다. 예를 들어 도입부분에서 '하나짱'과 '유채꽃'이 소개된 후에, 다음과 같은 문장이 삭제되어 있다(초5의 숫자는 일렬번호로, 이는 초고의 5번째 문장이란 뜻이다. 마찬가지로, 정4는 정본의 4번째 문장이란 뜻이다. 괄호안에 있는 초6과 초10은 삭제된 문장은 아니지만, 참고하기 위해 제시해둔다. 이후 특별한 언급이 없는 한 마찬가지이다.[14]

[1]
초5 "하나짱"
(초6 "응"이라고, 하나짱은 앉은 채로 돌아봤지만, 아무도 없다.)
초7 "하나짱~"이라고 귀여운 소리로 또 부르는 사람이 있다.
초8 "누~구"라고 일어나서 주위를 보았다.
초9 사람그림자는 커녕, 새도 없다.
(초10 "나 부른거 누구야"라고 말했지만, 아무도 대답하지 않았다.)
초11 하나짱은 뭔가 기분이 나빠져서, "빨리 안 나오면, 나, 이제 가
     버릴거야"라고 바구니를 등에 지려고 한다.
초12 "하나짱, 나야, 호호호호호"
초13 "누구?"
초14 "나야, 유채꽃이야" 라고 말하면서 유채꽃은 잎을 흔들면서
     웃었다.
초15 "어머, 너니? 아까부터 부른게"라고, 검게 그을린 또렷한 얼
     굴을 웃지도 않고, "정말 놀랐잖아"
초16 "네가 너무 쌀쌀하니까"

이 부분은 '하나짱'과 '유채꽃'이 처음 만나는 부분인데, 인용과 같이 주고받는 대화묘사는 없어지고, '하나짱'의 이야기인 초6과 초10만 남아 있다. 정본에서는 '소녀'(초고의 하나짱이 정본에는 소녀가 되어 있다)의 이야기는 분할되어, 삭제된 내용에 상응하는 것으로 보이는 문장이 첨가되어 있다. 이하가 변환된 정본의 첫 만남 부분이다.

[2]
정4 문득, 소녀는 누군가가 자기를 부른 것같은 느낌이 들었습니다.
    (정5 "응?")
    (정6 소녀는 그렇게 말하고, 일어나서 주위를 둘러보았지만, 그

곳에는 아무도 보이지 않았습니다.)

(정7 "나를 부르는게 누구?")

(정8 소녀는 한번 더 큰소리로 이렇게 말해보았지만, 역시 대답
하는 사람은 없었습니다.)

정9 소녀는 두세번 그런 느낌이 들어서, 드디어 알아차린 것은, 잡초
안에 한포기, 겨우 머리를 내밀고 있는 작은 유채꽃이었습니다.

정4와 정9는 첨가된 문장으로, 정5・6과 정7・8은, 각기 초6과 초10
이 분할되어 있다고 볼 수 있다. 그렇다면, 초고에서는 유채꽃이 하나짱
에게 말을 건네는 것으로 시작하여 둘 사이에 대화가 전개되지만, 정본
에서는 소녀가 알아차리기 시작하는 등 소녀의 시점에서만 표현되어
있다. 이후에도 둘 사이의 대화였던 것이, 소녀의 시점에서 서술되는
모양으로 변환된 예가 계속된다. 예를 들면, 초고에서는 유채꽃이 하나
짱에게 손이 뜨겁다고 이야기하자 좋은 방법이 없을 지 서로 이야기하
는 장면이 있는데, 정본에서는 대화문(7개 문장)과 풍경묘사문(3개 문장)이
삭제되고, 아래 정23~25와 같은 소녀의 시점에서 서술한 문장만이 남아
있다.

[3]

정23 소녀는 좀 당황했습니다.

성24 그런데 소녀는 갑자기 좋은 생각이 떠올랐습니다.

정25 소녀는 가볍게 길가로 뛰어서, 조용히 유채꽃 뿌리를 시냇물에
잠기게 하였습니다.

또한 유채꽃이 시냇물에 흘러가는 것이 불안하다고 대화하는 장면(6
개 문장)이 삭제되고, 이 장면을 설명하는 문장(정32, 정35)이 첨가되었다.

[4]

정32 그렇게 말하면서, 바로 소녀는 흐름 위에, 잡고 있던 유채꽃을
　　　놓아버렸습니다.
　　　(정33, 34 - 유채꽃이 불안해 하고, 소녀는 뛰기 시작한다.)
정35 유채꽃은 안심하였습니다.

　그런데 다음과 같이 노랑나비가 등장하는 풍경묘사(정37~40)가 첨가된
이후에는, 정41에서는 유채꽃이 소녀에게 신경을 쓰기 시작하여, 이후
에는 소녀와 유채꽃의 대화가 첨가되게 된다.

[5]

정37 어디서인지 모르게, 노랑나비가 가볍게 날아왔습니다.
정38 그리고, 시끄럽게 유채꽃 위를 따라서 날아왔습니다.
정39 유채꽃은 그것도 무척 기뻐했습니다.
정40 그런데 노랑나비는 성급하고, 싫증을 잘 내어서, 어느 새인가
　　　어딘가로 날아가 버렸습니다.
정41 유채꽃은 소녀의 콧머리에 송글송글 땀이 맺히고 있는 것을 알
　　　아차렸습니다.
　　　(42 "이번에는 네가 힘들구나"라고 유채꽃은 걱정스럽게 말
　　　　　했습니다.)
정43 하지만, 소녀는 오히려 무뚝뚝하게 "걱정하지 않아도 돼"라고
　　　대답했습니다.
정44 유채꽃은 야단맞은 것 같아서, 입을 다물었습니다.

　나아가 풀에 얽혀서 유채꽃이 기분나빠하면서 들어달라고 부탁하지
만 소녀가 들어주지 않는 다음과 같은 대화가 첨가되었다.

[6]

정51 "그럼, 됐어"
정52 소녀는 말했습니다.

정53 "싫어."
정54 "쉬는 것은 좋지만, 이렇게 있는 것은 기분이 나빠."
정55 "부디 좀 들어주세요."
정56 "부디"라고 유채꽃은 부탁했습니다만, 소녀는, "괜찮아"라고
　　웃기만 했습니다.

　또한 개구리가 뛰어 올라서 유채꽃이 놀라는 장면에서도 다음과 같
은 대화가 첨가되었다.

[7]
정73 소녀는 그 가슴에 유채꽃을 안고, 뒤의 흐름을 돌아보았습니다.
　　（정74 "발밑에서 무언가 뛰어들었어요"라고 유채꽃은 가슴이
　　　뛰어서, 말을 잇지 못했습니다. ）
정75 "개구리야."
정76 일단 물에 잠겼다가, 갑자기 내 얼굴 앞으로 뛰어올랐어요.
　　（정77 입이 뾰족한 장난기있는 갓파같이, "거의 내 뺨에 부딪힐
　　　뻔했어요"라고 말했습니다. ）
정78 소녀는 커다란 소리로 웃었습니다.
정79 "웃을 일이 아니야"라고 유채꽃은 원망스러운 듯이 말했습니다.
（정80 "하지만, 내가 갑자기 큰 소리를 지르니까, 이번에는 개구리도
　　　놀라서, 서둘러 물에 들어가 버렸어요."）
정81 이렇게 말하며 유채꽃도 웃었습니다.

　그런데 정73과 78의 첨가에서 볼 수 있듯이, 초고에서는 유채꽃만의
이야기였는데, 그 사이에 소녀가 들어가긴 하지만, 대화라기보다는 유
채꽃을 지켜보는 입장이 되어 있다. 게다가 후반에서는 초고의 아래와
같은 대화가 삭제되어, 소녀는 유채꽃보다 소극적인 입장이 되어 있음
을 분명히 알 수 있다.

[8]
초102 "그럼, 내 발소리에 놀란거야"   (필자 주: 하나짱)
초103 "응, 그래."   (필자 주: 유채꽃)
(초104 "나도 아무 생각 없었기 때문에 자칫하면 그 갓파같은 얼굴에
        내 얼굴을 부딪힐뻔 했는데, 내가 너무 놀라서, 무심코 최대
        한 크게 아~ 라고 소리치니까, 바로 귓가였으니까, 개구리도
        무척 놀라서 바로 또 물에 들어갔어요"
초105 "정말, 위험했네"   (필자 주: 하나짱)
초106 "네, 정말 무척 놀랐어요"   (필자 주: 유채꽃)

마지막으로 결말부의 다음 첨가(정82~86)에 의해 이야기는 완결되는 느낌을 확실히 주게 되며, 이는 도입부의 정1이 첨가된 것과 함께, 동화적 요소라고 할 수 있을 것이다.

[9]
정 1 어느 맑게 갠 조용한 봄날 오후였습니다.

정82 잠시후 마을에 도착했습니다.
정83 소녀는 바로 자신의 집의 유채꽃밭에 함께 심어주었습니다.
정84 그곳은 산의 잡초 속과는 달리, 흙이 아주 비옥했습니다.
정85 유채꽃은 아주 잘 자랐습니다.
정86 그리하여 지금은 많은 친구들과 행복하게 살게 되었습니다.

이상의 구체적인 인용을 통하여 살펴본 문장의 삭제와 첨가에 관하여 정리해보면, 먼저 초고에서는 하나짱과 유채꽃은 처음부터 대화를 진행하였으나, 정본에서는 그 양상이 다른 것을 알 수 있다. 정본에서는 도입부 및 전반부의 대화는 삭제되고, 소녀의 시점만으로 묘사되고 있다. 그런데 중반 이후부터는 유채꽃도 적극적으로 이야기를 하기 시작하여 대화가 이루어지지만, 종반부에는 소녀가 지켜보는 입장이 되고

유채꽃만 이야기하게 된다. 즉 초고에서는 일관된 대화가 진행되는 관계였지만, 정본에서는 이 관계가 변화하는 모습을 그리고 있다.

4. 「아바시리까지」의 표현 고찰

「아바시리까지」 중에서 본 장에서 다루고자 하는 것은 선행연구에서도 가장 많이 언급하고 있으며, 또한 초고와 정본 간에 차이가 많다고 지적되어온 결말부분이다. 이해를 돕기 위하여 도표화 하였으며, 표의 왼쪽에 초고를 인용하고 그에 해당한다고 생각되는 정본에서의 부분을 오른쪽에 인용하였다. 「유채꽃과 소녀」와 마찬가지로, 각 문장 번호는 초고 및 정본의 각각의 문장에 관하여 첫 문장부터 부여한 일렬번호이다. 마지막 열의 〈비교〉는 삭제, 첨가, 분할 등인데, 삭제는 초고에서 있었으나 정본에서는 찾아볼 수 없는 부분, 첨가는 초고에서는 없었으나 정본에는 있는 부분, 분할은 초고에서는 한 문장이었으나, 정본에서는 2개 이상의 문장으로 분할 된 경우이다.

앞에서 언급한 선행연구에서는 주로 삭제부분이 주목되어 왔으며, 첨가된 부분에 관한 고찰은 찾아볼 수 없었다. 또한 선행연구의 논의대로라면, 분할된 부분은 문장을 짧게 하고자 하는 의도라고 볼 수 있다. 본 고찰에서는 이들 삭제, 첨가 및 분할을 보다 통합적으로 살펴보고자 한다. 왜냐하면, 이러한 문장들은 제각기 독립되어 있는 것이 아니라, 서로 어우러져 시가의 표현을 특징짓고 있는 것이기 때문이다.

문 번 호	초 고	문 번 호	정 본	비교
210	나도 뒤따라 내려서, "자 저는 여기서 내리니까요"라고 말했다.	178	나도 뒤따라 내려서, "자, 저는 여기서 내리니까요"라고 말했다.	
211	여자는 놀란 것처럼, "어머 그러십니까 ……"라고만 말하고 말을 잇지 않았다.	179	여자는 놀란 것처럼, "어머, 그러십니까 ……"라고 말했다.	
212	"그럼 실례하겠습니다"라고 나는 정중하게 인사를 했다.			삭제
213	"여러 가지로 감사했습니다." 라고 여자도 정중하게 "그리고 죄송합니다만, 괜찮으시면 이 엽서를 , 도중에서 넣어주시겠습니까"라고 하며, 품에서 꺼내려고 하는데, 하카타 띠가 앞에서 십자로 되어 있어서 좀처럼 꺼내지지가 않는다.	180	그리고, "여러가지로, 감사했습니다." 라고 여자는 정중하게 인사를 했다.	분할
		181	사람이 붐비는 틈을 나란히 걷기 시작했을 때, "죄송합니다만, 괜찮으시면 이 엽서를"	
		182	이렇게 말하고, 품에서 꺼내려고 하나, 하카타 띠가 가슴에서 십자가 되어 있어서, 좀처럼 꺼내지지 않는다.	
		183	여자는 잠깐 멈춰 섰다.	첨가
214	"엄마 뭐하고 있어"라고, 잔소리처럼 남자아이가 말한다.	184	"엄마, 뭐하고 있어"라고 남자아이가 돌아보며 야단치는 것처럼 말했다.	
215	"잠깐 기다려 ……"라고 겨우 가슴을 조금 느슨하게 해서, 꺼내려 하고 있다.	185	"잠깐 기다려 ……"	분할
		186	여자는 턱을 당겨서 억지로 가슴을 느슨하게 하려고 한다.	
		187	힘을 썼기 때문에 귀밑이, 빨갛게 되었다.	**첨가**
216	그때 나는 여자의 목덜미의 손수건이 짊어지는 순간에 구깃구깃해져서 한쪽 어깨에 끼어 있는 것을 봤기 때문에, 그냥 나는 아무 말 없이 그것을 펴주려고, 여자의 어깨에 손을 대었다.	188	그때, 나는 목덜미의 손수건이 짊어지는 순간에 구깃구깃해져서, 한쪽 어깨에 끼어 있는 것을 보았기 때문에 그냥, 아무 말 없이, 그것을 고쳐주려고, 그 어깨에 손을 대었다.	
217	고백하자면 나는 이 가련한 여자에 대하여, 말로 할 수 없는 친근감을 느끼고 있었던 것이다.			삭제
218	여자는 놀라서 얼굴을 들었다.	189	여자는 놀라서 얼굴을 들었다.	
219	"손수건이 구겨져 있어서요" 라고 나도 얼굴을 붉혔다.	190	"손수건이, 구겨져 있어서요 ……"	분할
		191	이렇게 말하면서 나는 얼굴을 붉혔다.	

문번호	초 고	문번호	정 본	비교
220	"죄송합니다"라고 여자는 내가, 그것을 고치는 동안 가만히 있었다.	192	"죄송합니다"	분할
		193	여자는 내가 그것을 고쳐주는 동안, 가만히 있었다.	
221	"정말 죄송합니다."	194	내가 아무 말 없이 어깨에서 손을 떼었을 때, 여자는 "죄송합니다"라고 반복했다.	
222	"엽서는 2장뿐이지요" 라고 그것을 받으면서 말한다.			삭제
223	"여러가지로 감사합니다" 라고 말하고 여자는 인사를 했다.			삭제
224	우리는, 이 정거장 플랫폼에서, 이름도 물어보지 않고, 또 (상대가) 물어오지도 않은 채로, 헤어졌다.	195	우리는, 플랫폼에서, 이름도 물어보지 않고, 또 (상대가) 물어오지도 않은 채로, 헤어졌다.	
225	내가 홋카이도 아바시리를 방문하지 않는 한 아마도 평생 다시 만날 일은 없을 것이다.			삭제
226	그리고 그 아이의 아버지가 있는 동안 나는 이 여자를 방문할 일은 없다고 생각한다.			삭제
227	나는 엽서를 든 채로, 정거장입구에 섰다.	196	나는 엽서를 든 채로, 정거장입구에 들어갔다.	

　본 장에서는 이 결말부분의 변화를 아래와 같은 8가지 항목으로 세분하여 살펴보고자 한다. 이는 화제의 순서대로 초고에서 정본으로의 변화로 인해 도모되어 진다고 생각되는 표현효과이다.

　(ㄱ) 〈어자(女の人)〉의 언행 [정179~183] : 정본의 언속되는 5문장은 여자의 언행으로만 이어지고 있다. 이는 〈나(自分)〉가 발언한 문(초212)이 삭제되고, 또한 문장이 분할되고(정180~182), 첨가(정183)됨으로써 실현된 것이다. 이처럼 나의 발언 등이 없어지고 여자만을 묘사한 5문장이 연속됨으로써 여자로서의 언행이 뚜렷하게 부각되는 것을 알 수 있다.

　(ㄴ) 〈어머니(母)〉와 〈여자(女の人)〉간의 갈등 : 그런데 한 문장[정183]에서 '잠깐 멈칫함'으로써 여자로서의 이미지와 어머니로서의 이미지

간에 갈등이 있어난다고 볼 수 있다. 이 문장은 초고에서는 없었던 문장이므로, 기존 연구에서는 주목받지 못했던 부분이다. 삭제가 많은 것이 시가의 표현이므로 그렇지 않은, 즉 첨가되는 부분은 다른 작가들의 그것보다 더욱 의의가 있다고 생각한다. 여기서도 비록 한 문장이지만, 다음 문장에서 어머니로 돌아오기 위한 망설임을 읽을 수 있다.

(ㄷ) 〈어머니〉로 잠시 돌아옴 : 이 문쟁(정184)에서 멈칫하는 어머니를 남자아이가 〈엄마〉라고 부르면서 채근하는 대사를 통하여 어머니로서의 이미지로 잠시 돌아오는 것을 알 수 있다.

(ㄹ) 〈여자〉로서의 언행 [정185~187] : 그러나, 다시 문의 첨가(정187) 등을 통하여 총 3문장의 여자로서의 이미지가 표현된다. 여기서도 문이 첨가됨으로써 보다 선명하게 어머니가 아닌 여자로서의 언행이 나타나고 있다고 볼 수 있다.

(ㅁ) 〈나〉와〈여자〉간의 교류가 시작됨 [정188] : 여기서는 '손을 대는' 동작으로 인하여 나와 여자간의 교류가 시작되었다고 볼 수 있다. 그런데 초고에서는 문 217에 서 볼 수 있듯이 〈나〉의 입장에서의 해설이 있으나, 정본에서는 이와 같은 감정적인 부분은 삭제되어, 보다 객관적인 시점을 유지하고 있다. 이러한 양상은 또한 다음의 교류의 전개에서도 볼 수 있다.

(ㅂ) 교류의 전개 [정189~193] : 교류의 시작은 초고와 크게 다르지 않으나, 이어지는 교류의 전개양상은 정본에서 보다 활발하게 이루어지고 있다고 볼 수 있다. 특히 초고에서는 회화문이 연결되어 있을 뿐이었으나, 정본에서는 문의 분할(정190~193)이 이루어지면서, 동작 등에 대한 묘사가 첨가되어 있음을 알 수 있다. 회화문으로만 이어진다면 감정적인 느낌이 보다 긴박하게 느껴질 수도 있겠으나, 여기서는 동작묘사가

삽입되면서 감정이 흘러가는 것을 보다 담담하게 볼 수 있게 되었다고 생각한다. 이는 또한 위에서도 언급한 바와 같은 초고의 217과 같은 감정적인 묘사의 삭제와 함께 생각해보면 보다 객관적인 묘사를 꾀하고 있다고 볼 수 있다.

(ㅅ) 교류의 종결 [정194] : 교류의 시작은 '손을 대는' 것이었던 것을 상기한다면, 여기서 '손을 떼는' 것이 첨가된 것은 교류의 종결로 받아들이는 데 큰 문제는 없을 듯하다. 이는 또한 초고의 문222와 문223이 삭제된 것을 통하여 '손을 떼는(手を引く)' 동작이 교류의 종결이라는 것을 보다 명확하게 확인할 수 있다.

(ㅇ) 결과 보고 [정195~196] : 초225와 초226이 삭제됨으로써, 〈나〉의 생각 및 감정이 묘사되지 않는 상태로, 두 사람간의 교류는 담백하게 끝나게 된다. 이는 선행연구에서 지적된 바와 같으나, 선행연구에서는 단지 문이 삭제된 이와 같은 부분에만 초점을 맞추어 논의하여 왔다. 본고에서는 이와 같은 삭제부분과 더불어 첨가된 부분 및 문이 분할된 것 등을 종합적으로 생각해보고 있는 것이다.

이상과 같은 각 장면의 구체적인 변환을 전체적으로 살펴보면, 우선 선행연구에서 주로 고찰한 삭제만 이루어진 것이 아니라는 것을 강조하여 말할 수 있을 것이다. 앞에서도 서술한 바와 같이 시가의 문장이 짧다는 고정관념으로 인하여, 선행연구들에서는 삭제만을 중심으로 보아왔고, 또한 그에 따른 표현효과만이 빛을 보게 되었다고 할 수 있다. 그러나 위에서 살펴본 바와 같이, 삭제와 더불어 첨가 및 문의 분할, 통합 등을 통하여 더욱 많은 표현 효과를 감지해 낼 수 있었다는 데 본고의 의의가 있다고 할 것이다.

이들 표현효과를 구체적으로 제시해보기로 한다.

먼저, 삭제를 통하여 추가적으로 알 수 있는 표현효과도 있었다. 문을 분할하여 짧은 문을 배열함으로써, 내용전개의 단계를 하나씩 밟아나가는 긴박감과 동시에 감정적인 시간의 흐름을 느낄 수 있다고 할 수 있다.

또한 문의 첨가는 그 흐름을 보다 명확하게 나타내는 역할을 하고 있다. 위에서 살펴본 바와 같이, 여자와 어머니간의 갈등을 나타내고자 하는 문장 정183의 첨가, 여자의 심정을 비유하는 문장인 정187의 첨가 등이 그것이다. 문이 첨가된 것은 아니지만, 손을 대었다가 손을 떼는 동작이 구절로 첨가되면서, 교류의 시작과 끝을 명확하게 하는 표현효과도 볼 수 있었다.

한편 비교적 장문(정188)을 배치하여 나와 여자 간에 갑자기 교류가 시작되는 충격을 완화시켜주고 있다고 볼 수 있다. 그러나 교류가 끝난 후에는 문의 삭제를 통하여 담담하게 사실을 표현하는 데 그치고 있으며, 이는 앞의 장문과 비교되어 더욱 담담함이 드러나는 부분이라고 할 수 있을 것이다.

5. 맺음말

시가는 일관되게 문장이 짧고 수식이 적은 작가로 평가되어 왔으며, 그로 인해 어떤 부분을 어떻게 삭제했는지에 대부분 관심이 쏠려왔으며, 이는 더욱더 시가에 대한 고정관념을 굳혀왔다고 할 수 있다.

그러나 본고에서 살펴 본 바와 같이, 삭제만이 아니라, 문을 첨가하고, 또한 분할하거나 통합하는 것을 볼 수 있었으며, 이때 첨가된 문의 역할이 크게 부각된다는 것을 확인하였다. 또한 문이 길어지는 부분이 있음으로써, 짧은 문장의 표현효과가 더욱 선명하게 드러난다는 것도 지적할 수 있었다. 이와 같이 시가의 초고와 정본을 비교해보면, 시가가 단순히 짧은 문장만을 추구한 것이 아니라는 것을 확실히 주장할 수 있으며, 또한 보다 다양한 표현 효과를 찾아볼 수 있다.

구체적으로 이러한 차이가 기존의 두 작품에 대한 평가와 어떤 관련이 있는지 생각해보고자 한다. 먼저 「유채꽃과 소녀」에서는 앞에서 살펴본 것과 같이 초고와 정본에서 유채꽃과 소녀의 관계가 변화하고 있었으며, 이는 양자 간에 서로 독립하고 있는 것이라고 볼 수 있다. 소녀는 유채꽃을 발견하고, 이를 마을로 데려오면서 유채꽃을 배려하고 점점 성장해가는 것이다. 유채꽃도 역시 소녀의 손에 들려 가는 소극적인 입장에서 스스로 이야기하고 소녀에게도 배려하기 시작하고, 자신의 주장도 하면서, 드디어 마을에 심어지게 된다. 초고의 '하나짱'이 정본에서는 '소녀'로 된 것도 이러한 것을 반영하고 있는 것이라고 볼 수 있을 것이다.

「아바시리까지」에서는 나와 여자간의 교류가 시작되기 전에, 여자로서의 심정을 나타내는 문은 첨가되고, 교류가 끝난 후 나의 심정을 나타내는 부분은 삭제되었다. 또한 문의 분할 등을 통하여 나와 여자간의 교류는 동작의 묘사를 중심으로 객관적으로 표현되고 있다고 볼 수 있었다. 다시 말하면, '나'라는 1인칭 시점에서 이야기가 전개되고 있음에도 불구하고, 실제로 감정적인 부분은 3인칭 시점인 '여자'를 통해서만 표현되고 있으며 오히려 '나'의 감정은 절제되고 있다는 점과, '나'가 포함된 교류는 동작묘사만으로 전개되고 있다는 점을 함께 고려한다면, 보다 객관적인 표현이 되고 있다는 것을 알 수 있다. 즉 1인칭 시점에서 서술되고 있으므로 주관적인 표현이 전개될 것이라고 생각하기 쉬우나, 실제로는 3인칭의 감정묘사와 담담한 동작의 묘사를 통하여 객관적인 표현이 되고 있다는 점을 지적할 수 있다.

이상과 같이 살펴보았을 때 시가가 사소설의 대가라고 불리는 측면을 다시 한번 생각해보게 된다. 사소설의 소재를 다룬 것은 틀림없지만, 표현에 있어서는 처녀작이라고 불리는 두 작품에서 이미 시가는 등장인물의 상호 독립과 이에 따른 객관화를 도모하기 위한 시도를 하고 있었다는 것을 알 수 있다.

다시 한 번 초고와 정본을 비교하는 것에 관한 의의를 언급하는 것으로 본 논문을 마무리하고자 한다. 이는 종래의 작가 및 작품에 관한 평가에 의존하여 귀납적으로 표현을 고찰하는 방향과는 역으로, 표현을 전면적으로 고찰할 수 있는 기회를 제공할 것이다. 이를 통하여 기존의 고정관념 속에 가려져 있던 부분 들이 부각될 수 있으며, 앞으로의 연구에 새로운 방향을 제시해줄 수 있을 것이라고 기대한다.

【주】
  * 본 연구는 다음 두 논문을 수정·보완한 것임.
    「『菜の花と小娘』考―＜菜の花＞と＜小娘＞の関係に注目して」『解釈』50권 1/ 2호, 2004.
    「시가 나오야의 〈아바시리까지〉 표현 고찰」『일본근대문학-연구와 비평-4』, 2005.
 ** 배재대학교 주시경대학 교양교육부 부교수.
1) 참고로, 처녀작이라면 통상적으로 하나의 작품이 거론되지만, 다음의 인용문에서 볼 수 있듯이, 시가 자신이 「유채꽃과 소녀」와 「아바시리까지」에 「어떤 아침(或る朝)」을 추가하여 3개 작품을 처녀작으로 들고 있다.
    '세상에 발표한 것으로 말하자면 「아바시리까지」가 나의 처녀작이지만, 그 이전에 「어떤 아침」이라는 작품이 있었고, 이것이 처음으로 작품다운 것으로 된 최초의 작품으로, 나는 주로 이를 처녀작이라고 들어왔다. 또한 좀 더 거슬러 올라가면 고등과 시절 카즈사의 시카노아마에 갔을 때 썼던 「유채꽃과 소녀」를 다른 의미에서 처녀작이라고 할 수도 있다 (「속 창작여담」)

 2) 조선영, 「文体研究における草稿採用の方法—志賀直哉のテキストを例として」, 『広島大学教育学部紀要第二部』第49号, 2000, 255~262쪽.

 3) 안도 히로시(安藤宏), 「太宰治草稿の翻刻をめぐって」『日本近代文学』60, 1999, 124~127쪽.

 4) 아다치 요시오(阿達義雄), 「森鴎外『舞姫』の改訂とその意義」日本文学研究資料叢書『森鴎外Ⅰ』, 有精堂, 1981.

 5) 이정희(李貞熙), 「変貌するテキスト『飛ぶ男』考—刊行本『飛ぶ男』に至るまで」, 『国文学』42(9), 1997, 86~92쪽.

 6) 예를 들면, 타카하시(高橋裕子, 1992)의 『暗夜行路』론, 이케우치(池内輝雄, 1976)의 「和解」론, 오오야(大屋幸世, 1982)의 「大津順吉」론 등이 있다.

 7) 선행연구에서 언급하는 '초출'이라는 것은, 해당 작품이 문예지 등에 최초로 공개되었을 때의 텍스트를 가리키는 것이다. 본고에서는 초출이후에도 작가에 의한 변환이 이루어지고, 최종적으로 전집에 수록된 '정본'을 연구대상으로 하는 것이다.

 8) 하세가와 이즈미(長谷川泉), 「『菜の花と小娘』の錬金術」『志賀直哉全集月報』5, 岩波書店, 1973, 3~6쪽.

 9) 카와카미 키요타카(河上清孝), 「『菜の花と小娘』論—「草稿」「初出」の比較検討を通じて」, 町田栄編, 『日本文学研究大成 : 志賀直哉』, 図書刊行会, 1992.

10) 쿠리츠보 요시키(栗坪良樹), 「志賀直哉・知と観念の指向性—初期作品の問題について」, 町田栄編, 『志賀直哉』, 図書刊行会, 1992.

11) 하라 시로(原子朗), 「『網走まで』論」, 『国文学 解釈と教材の研究』21(4), 1976, 134~138쪽.

12) 초고와 초출에 있는 '고백하자면, 나는 이 가련한 여인에 대하여, 말로 할 수 없는 친근감을 느끼고 있었던 것이다.'라는 문장이 정본에서는 삭제되어 있는 것을 주로 지적하고 있다.

13) 요시다 히로오(吉田熙生), 「志賀直哉」, 『国文学 解釈と鑑賞』41(5), 至文堂, 1976, 47~51쪽.

14) 번역한 원문은 『시가나오야전집(志賀直哉全集)』(岩波書店, 1973)을 이용하였다.

제6부

류리수**

1. 머리말

서구 근대사상의 세례를 받고 개인의 자유의지를 주장하기 시작한 시라카바파(白樺派) 등, 타이쇼기(大正期; 1910~1926) 일본의 문예사조는 1910년대 한국유학생들에게 일본의 내셔널리즘에 구애받지 않아도 좋은 넓은 시야를 갖게 해주었다. 즉, 유학생들에게 있어서 일본이란, 극복해야 할 침략 국가이면서 또한 근대를 전해주는 동경의 대상이기도 했다. 한국의 근대문학은 그러한 상반된 복잡한 감정을 안고서 일본에서 청소년기를 보내며 서양과 일본의 문학을 통해 문학에 눈뜬 유학생들에 의한 바가 크다.

한국의 근대문학은 1920년대에 들어서면서부터 개화기의 계몽적 문학에서 완전히 바뀌어서, 개인의 내면문제에 관심을 기울이면서 예술성을 추구하게 된다. 1910년대 일본에서 공부하고 돌아온 김동인은 한국 최초의 문학동인지 『창조(創造)』(1919)를, 염상섭은 『폐허(廢墟)』(1920)를 창간하며 한국에 근대문학을 이루어내려 힘썼다. 이러한 한국근대문학의 형성기에 있어서 염상섭, 김동인, 전영택 등 대표적 작가들의 작품에 아리시마 타케오(有島武郎)의 『선언』의 영향이 산견(散見)되고 있다는 것은, 한국근대문학의 출발과 방향설정에 『선언』이 하나의 좌표가 되고 있다고 말해도 과언이 아니다.1) 그 중에서도 『선언』의 영향이 뚜렷한 염상섭의 『너희들은 무엇을 어덧느냐』2)(『동아일보』1923.8.27~1924.2.5, 129회, 이하 『너희들』로 표기함) 와의 관계를 중점적으로 조명하려고 한다.

그 방법으로 두 나라의 문학 사이에 일어난 교류에서 발생한 영향을 연구하는 비교문학적 방법을3) 차용하게 된다. 올드릿지(Aldridge)가 말했듯이 '어느 작가의 작품 안에서 만약 작가가 그 이전의 작가의 작품에 접촉하지 않았더라면 유재하지 않았을 어떤 것이 있다면, 두 작가의 직접적 영향관계를 규명하고 해석하는데 비교문학적 연구가 유효하기 때문이다.4)

일본유학에서 돌아온 염상섭은 1920년 한글로 된 민족신문 동아일보의 창간기자로서 활동하는 한편, 일본 시라카바파의 동인지 『시라카바(白樺)』(1910.4~1923.8, 통권160권)를 모델로 한 『폐허』를 창간하고5) 문학을 통해 한국의 근대화를 꾀했다.

시라카바파는 개인과 세계, 우주와의 합일을 낙관적으로 구가하고 '자기를 살릴 것'을 주장하며 타이쇼기(大正期; 1912~1926)의 사상과 문단을 주도했다. 동인은 무샤노코오지 사네아츠(武者小路実篤), 시가 나오야(志賀直哉), 아리시마 타케오(有島武郎), 사토미 톤(里見弴), 야나기 무네요시(柳宗悦) 등 모두 일본 귀족이나 특권계층 자제들이 다니는 학습원의 동창생이다. 동인지 『시라카바』를 창간한 1910년에 일본은 안으로는 대역(大逆)사건을 구실삼아 사회주의자 수백명을 검거, 처형했고, 밖으로는 조선합병을 강행했다. 이러한 제국주의 집권세력의 자제인 시라카바파 동인은 톨스토이즘, 기독교, 사회주의의 세례를 받은 만큼 자신의 계급의 특권성을 부정해야하는 모순에 괴로워했지만 처절하게 격투한 끝에 초계급적 자연관으로 절대 자아를 긍정하는 성장의식을 가지고 예술세계에 생명을 걸었다. 식민지통치하의 한국인 유학생들은, 코스모폴리탄적 우주애를 품고 조선을 동정하는 시라카바파로부터 위로받고 인류의 의지를 꿈꿀 수 있었다.

시라카바파 중에서도 아리시마는 평생 세상의 인습과 내면의 욕구 사이에서 고투하면서 철저하게 사상과 생활의 일치를 추구하는 치열한 삶을 살았다. 무엇보다도 아리시마는 하층민에게서 시선을 떼지 않았고, 일기와 편지에서 일제의 무력통치를 비판하고 조선의 쇠망을 깊이 동정하며 그 구제책을 쓰고 있다. 이러한 아리시마 사상이 투영된 작품은, 3.1독립운동 좌절이후 계급전복을 독립의 수단으로 생각했던 당시 한국 식민지지식인들에게 공명하는 바가 컸다.

당대 인기 작가였던 아리시마의 작품 가운데서도 『선언』은 가장 많은 독자를 흡인한 작품으로 그의 저작집 중 가장 많은 판수를 기록했다.[6] 한국문인들도 유학시절 일본을 통해서 근대문학을 접했기 때문에 당시 대부분 이 책을 읽었을 것이다.

그중 대표적 작가인 염상섭의 『너희들』에서 마리아는, 한국이 넘어서야할 봉건적 인습이나 식민지라는 현실에 처해있고, 그것도 성적(性的)으로 피지배계급인 여성이었다. 그러한 마리아가 지니고 있는 근대지향의 일 단면에 영향을 끼친 아리시마의 『선언』의 역할과, 나아가서 염상섭 작품의 독창성을 밝혀보기로 하겠다.

2. 작가와 작품과의 만남

한국근대문학 형성기 문인잡지『창조』,『폐허』에 보이는『시라카바』나 아리시마 타케오의 영향은 김윤식에 의해 본격적으로 연구되었다. 그는 시라카바파와 관계있는『폐허』의 동인, 염상섭의 초기소설은 '고백체'라는 점에서 염상섭은 아리시마의 영향 하에 있었다고 지적하고 있다.[7] 그 지적에 대해 유숙자는 고백체는 아리시마만의 독창적인 문체가 아니라고 반론하고, '절망적인 시대의 지식인의 고뇌상' '신여성의 비극적인 자아'를 공통점으로서 파악했다. 다만 염상섭의「제야」에 대해서는 신여성의 독립적이고 진취적인 면을 높게 평가하고 있는 데 반해 아리시마의『어떤 여자(或女)』는 본능적 쾌락추구에 의한 파멸을 그리고 있을 뿐 아무런 타개책도 제시하고 있지 못한 채 성의 심리묘사에만 치중한 작품이라고 폄하했다.[8] 그러나 우열비교를 떠나 아리시마의 사상이나 그의 문학의 본질에 대한 평가가 아쉽다.

염상섭(1897~1963)[9]은『와세다(早稲田)문학』을 즐겨 읽고, 나츠메 소오세키(夏目漱石)와 타카야마 쵸규(高山樗牛)의 작품을 탐독하며 문학관을 형성하게 되었다고 밝히고 있다.[10] 그러나 실제 염상섭의 초기 작품의 창작에 직결된 일본문학은 유학당시 가장 새로운 풍조를 대표하는 시라카바파, 그 중에서도 아리시마로 볼 수 있다.[11]

> 有島武郞의「出生의 苦惱」라는 短篇輯을 빼서들고 다시누엇다.
> 五六페-지쯤 한숨에읽은彼의 눈에는, 까닭업는 눈물이 글성글성하얏다. 彼는 일부러씨서버리랴고도 안이하고, 그대로 壁을向하야 누은채, 다시 첫 페-지부터再讀을하얏다. 彼의눈물은 아즉도 마르지안엇다. (중략) 彼의一生에 처음經驗하는 눈물이엇다.　　　　　　　(『염상섭전집』9,『암야』, 56쪽)

아리시마 타케오(有島武郎; 1878~1923)는 일본에서 근대적 문화가 꽃피기 시작했던 대정기에 근대인의 고뇌를 깊은 통찰력을 가지고 토로해낸 대표적 작가이다. 금욕적 청교도 신자로서 국가와 가족을 사랑했던 그는 미국 유학당시 입센, 크로포트킨, 휘트먼 등에 심취하면서 인도주의와 사회주의 사상을 굳힌다. 일본의 내셔널리즘과 교회에 대해 의문을 품고 귀국한 아리시마는 부모로부터 막대한 농장을 물려받고 교회에 계속 다녀야만 했으며 성욕을 인정해야하는 모순에 고뇌했다.

삿포로농학교(지금의 홋카이도대학)에서 교수생활을 하면서, 『시라카바(白樺)』창간과 함께 문필활동을 시작한다. 마침내 아리시마는 영혼과 육체의 모든 요구, 즉 내면의 요구를 따라 교회를 탈퇴하고, 제국주의 집권층 출신이라는 계급적 모순에 고뇌하면서 사회주의에 관심갖고 크로포트킨의 무정부주의에 심취한다. 자기 내부의 요구에 철저히 따름으로써 본능적 생활을 추구했던 아리시마는, 본능적 삶에 가까운 하층노동자를 지지하고 자신의 막대한 농장을 소작인들에게 무상으로 나눠줌으로써(1922) 실생활과 사상의 융합을 도모했다. 안일한 삶의 조건에 자신을 팔지 않고 선악을 넘어서서 본능적 생활을 함으로써 '자연인'을 지향했던 그의 고투는 작품에 처절하게 나타나 있다. 그의 성실한 인품이 투영된 『선언』(1915), 『태어나는 고뇌』(1918)등이 있고, 본능적 정열의 마성과 그에 따른 비극을 담은 『카인의 후예』(1917), 『돌에 짓눌린 잡초』(1918), 『어떤 여자』(1919) 등이 있다.

염상섭이 『암야』에서 거론하고 있는 것은 순수예술 세계에서만이 생의 의미를 찾을 수 있는 무기력한 식민지 지식인으로, 예술생활이 불가능한 환경 속에서 예술가로의 삶을 살고자 고투하는 아리시마의 작품에 공감의 눈물을 흘리고 있다.

아리시마는 한국을 방문한 적도 없고 한국 작가와 직접적인 관계가 있었다는 기록도 보이지 않는다. 다만 조선의 패망을 깊이 동정하는 편지와 일기가 남아있을 뿐이다.[12] 그러나 염상섭은 아리시마처럼 생활과 예술 사이에서 고뇌하고, 자아각성의 주체로서 신여성에 주목하였고, 집(아버지, 국가) 속에서 근대적인 자아를 모색하려 발버둥쳤다.[13] 그것은 염상섭이 아리시마의 작품을 읽고 감명을 받은 데서 연유하는데, 그 하나가 『선언』이다.

여기에서는 염상섭의 『너희들』에서 근대인의 모델로 삼고 있는 '일본의 하얀 책'이 아리시마의 『선언』[14]이라는 것을 밝히고 그 의미를 살펴보겠다.

『선언』의 Y코와 B는, 메텔링크의 『아그라벤과 세리셋』을 읽고 운명적인 사랑과 우정의 비극적인 운명에 전율하는데, 『너희들』에서도 오스카 와일드의 『모델 백만장자』 'B여사 사건'(큐우슈 탄광왕의 아내로 가인인 야나기와라 뱌쿠렌(柳原白蓮)이 신분이 다른 젊은이와 도피한 사건), 엘렌 케이의 연애설, 입센의 노라, '일본의 하얀 책'(『선언』)등 독서체험이 나오고 있다.

『선언』과 『너희들』은 똑같이 자아에 자각한 신여성이 약혼자의 친구를 사랑하게 된다는 삼각관계의 서사구조를 이루고 있다. 게다가 두 작품은 서간체로서 내면을 고백하면서 사랑을 형성도하고 해체도 하여 상호작용하고 있다는 공통점을 가지고 있다. 『선언』은 A와 B 사이의 편지 36통(전보2통 포함)과 Y코의 수기로 구성되어 있고, 『너희들』에서도 사랑의 고백 등 중요한 장면은 편지 형태를 취하고 있다.

『너희들』은 1920년대를 선도한다는 우월의식에 가득 차있던 젊은 지식인, 특히 신여성들이 검열(폐간), 독립운동에 의한 투옥 등, 일본제국에 의한 식민통치하에서 기독교, 연애, 해외유학 등을 향유하려는 현실을 배경으로 하면서, 그 본질적인 문제를 파고든 작품이다. 그런데『너희들』에는 방탕한 신여성의 자유연애만 그려져 있어, 근대이념 수용의 한계성이 지적된 채 문학성 없는 통속적인 신문소설로 묻혀져 왔다.

그러나 이합 핫산(Ihab Hassan)이 '영향이란 인과관계의 어떤 방식을 전제로 한다'고 주장하고 있듯이[15]『너희들』을『선언』과의 인과관계 속에서 읽어 볼 때 비로소 염상섭의 작품이 정당하게 평가받게 된다. 『너희들』과『선언』과의 관계는, '삼각관계' '서간체' 뿐만이 아니라『너희들』의 마리아가『선언』의 구조를 계속 의식하면서 자기 삶의 방침으로 삼으려고 하는 인과관계로부터 뚜렷이 확인할 수 있다. 따라서『너희들』의 중반이후 중심인물이 되는 마리아에 주목하여, 그녀가『선언』을 읽고 무엇을 얻었는지, 또한 자기의 개성에 눈떠 사랑을 추구해 가는 양상을 살펴보기로 한다.

3. 권위에 대한 거부와 철문에 대한 반발

『선언』의 Y코가 선언의 실행자로도 해체자로도 읽혀지고 있듯이[16] 작품 속에서 신여성을 중심인물로 삼아 살펴보기로 하겠다. A는 Y코에게 자각하기를 강요한다. A는 '이제 생각해보니 나는 자기이상의 것을 Y코에게 강요하고 있었던 것같기도 하다' '현세의 Y코를 필요로 하고 있지 않다'라고 말하고 있다. 또한 이상화했던 자기의 사랑의 관념에 지배당하면서 Y코에게는 독선적이고 권위적으로 사랑을 강요하는 '습성적, 지적 생활'에 머무르고 있는 것이다.

이와 같은 일그러진 남녀관계에 대해 아리시마는 '여자는 남자의 노예입니다. 그녀는 남자에게 의지하는 일 없이는 생존의 권리를 빼앗기고 있습니다.(중략)거기에서부터 인간의 남녀관계의 비극이 배태된 것이라고 생각합니다'(「서간문·1919.10.8.捕上后三郎宛」, 『有島武郎全集』十四)라고 가정의 전제적 형태의 출발을 말하고 있다.

> 당신과 헤어질 때 내가 히스테리처럼 비관적이 되어서, 당신이 엄하게 꾸짖었던 일을 기억하고 계십니까. 나는 배신당한 것처럼 생각하고 있었던 것입니다. 여자의 본능이 세상의 습관 따위를 잊게 했던 것입니다. 그래도 그 뿐만이 아니었습니다. 그때 나는 이유 없이 이젠 당신과는 영구히 헤어지지 않으면 안 된다고 느꼈던 것입니다.　　　　　　　(『선언』, 399쪽)

Y코는 사랑하는 A의 편지를 통해 자기 자신에 눈뜨게 되었기 때문에, 그녀의 무의식은 더 이상 A의 권위적인 사랑을 받아들일 수 없게 되었다.

한편, 『너희들』의 마리아는 금욕적인 기독교학교의 교육을 받았지만, 청순하고 가난한 고향청년보다 부자인 안석태를 선택함으로써, '공상속에 그려 보든 아름다운 것보다는 승화하야 오르는 자긔의 성덕만족(性的滿足)'(『너희들』)을 추구하여 육체관계까지 맺게 된다. 마리아는 명수로부터 빌린 한권의 책을 돌려주기 위해 학교기숙사 문을 빠져나가면서 '암만하야도 감옥문 가튼 생각이 낫는지 별로 궁리를 하야보랴고도 아니하얏다. 그는 총々거름을 거르면서 손에 가진 책을 처들어서 또 한번 드려다 본다.'(『너희들』) 그 철문은 전통윤리와 기독교학교의 금욕적인 방침이라고도 말할 수 있다. 그러나 마리아의 무의식은 10년 동안이나 드나들었던 기숙사의 철문을 보고, 2년 전(1919.3.1, 독립운동 시기)에 경험했던 감옥(대다수의 학생이나 선생이 투옥되었던)의 문을 연상한다. 그것은 '흰 껍질한 얄다란', '일본말로 씨인' 책 때문이라고 암시하고 있다.

하얀 책껍질 우에는 어떠한 고ㅅ간의 들창이나 감방의 공긔 빼이는 구
멍가치 털ㅅ로 얼근 조고만 창턱에 올뱀이가 무엇에 놀란 듯이 두눈을 똥그
라케 뜨고 밧그로 향하야 안젓는 모양이 그리어 잇다.

(『너희들』, 341쪽)

　이 책표지의 설명은 아리시마의 저작집 16권(叢文閣刊)중 소설창작집
의 표지그림이다. 그리고 '하얀 책'의 내용은 '약혼한 계집애가 A를 버리
고 가튼 폐ㅅ병쟁이의 B에게로 간 것'(342쪽)으로, 아리시마의 작품 중에
서 『선언』에 해당한다.

　『선언』의 Y코가 성욕이라는 본능을 부정하고 자기를 억압하려고만
했던 A와의 이별을 예감했듯이 이미 성욕에 눈뜬 마리아에게 있어서
기숙사의 철문은 Y코를 교도적, 권위적으로 억압하려고 했던 약혼자
'A'처럼 비춰졌을 것이다. 그래서 마리아도 '하로밥비 이 집에서 이 방에
서 벗어나야만 할 것 갓습니다'(『너희들』)라고 하며 학교를 벗어나야겠다
고 결심하게 된다. 또한 기숙사의 철문은 민족의 독립운동을 억압하고
감금하려하는 식민지 지배국으로 읽을 수도 있을 것이다. 이 작품 속에

는 독립운동을 위해 감옥경험을 한 지식인이 등장하기도 하고, 문학잡지는 총독부의 검열관에 의해 엄격하게 검열 받아 몇 군데 삭제되거나 폐간 당하는 긴장감이 감돌고 있다.[17]

염상섭은 청소년기에 일본에서 공부하고 케이오(慶應)대학에 들어갔지만, 오오사카(大阪)에서 노동자들을 선동해서 독립만세운동(1919)을 도모하여 5개월간 감옥생활을 한 적도 있다. 그 후 노동운동을 한국독립의 수단으로 삼아, 인쇄소 직공이 되기도 했다가, 귀국 후 한글로 된 민족주의 신문『동아일보』의 창간기자로 활약했다. 그는 강한 민족애의 소유자로서 그의 작품 저변에는 식민지라는 긴박하고 기형적인 상황이 흐르고 있다.

즉,『선언』의 Y코는 'A'의 권위적 사랑에 억압받고 있다면,『너희들』에서 한국의 여성이었던 마리아의 경우에는 남성사회에 억압받는 것은 물론, 식민지 지배국에 이중으로 억압받고 있었던 것이다. 그 마리아는 『선언』을 읽고서 돈과 명예만을 추구하며 인습적이고 지적(타산적)으로 살아온 자기 자신의 생활을 깨닫게 되었고, 권위적으로 개성을 속박하는 남성중심의 봉건적 사회에 반발하게 된다.

4. 성욕과 죄의식과 '밤'의 자각

먼저 Y코의 자아각성은 성(性)의 자각에서부터 출발한 것이다. Y코는 약혼한 A로부터 성교 이외의 모든 애무를 받으면서 성욕을 느끼게 되는데, 혼자서는 도저히 채울 수 없는 괴로움과 동시에 기독교 신자로서 하느님에 대한 죄의식으로 인해 번뇌한다.

　　그때 나의 마음속에 비로소 성적인 욕망도 눈떠서 혼자서는 도저히 채울
수 없는 외로움과 괴로움과 슬픔을 깊이깊이 맛보기 시작했습니다. 때문에
나의 마음은 윗 선반에서 갑자기 아랫 선반으로 떨어진 것처럼 점점 깊고
어두어졌습니다. 나는 신앞에 쥐구멍이라도 찾고싶을 정도로 수치스러움
에 괴로워하며, 또 다시 예전과 같은 내가 되고 싶다고 울며 기도한 적도
있었지만 그것만은 어찌할 수 없어서 그후로는 겉과 속이 다른 마음이 되었
습니다. 　　　　　　　　　　　　　　　　　　　　　　　（『선언』, 397쪽）

　　그 Y코가 갑자기 B를 사랑하게 된 이유에 대해서 일반적으로 '유사한
과거의 추억'이라고 보고 있다. 그러나 그 이상으로 '외계의 규약에 의
해 나의 심신의 행동을 통제해야 할 모든 기회를 피하'려고 한 B의 '사상
상의 갈등'을 공감했기 때문으로 보는 것이 더욱 타당하다.[18] Y코는 "B
를 알게 되고부터 나의 마음에 일어나는 성욕에 자연스러운 느낌이 들
어 꺼림칙함을 느끼지 않게 되었습니다"라고 하며, '외계의 규약'을 부
정한 B의 사상에 감화 받아 성욕에 대한 죄책감으로부터 벗어난다. 이
것은 외계의 규약에 한하지 않고 영육을 동등하게 긍정하는 아리시마의
메시지이다.[19] Y코는 B를 '자신의 내면세계를 이해해주는 유일한 존재'
로 느끼고 사랑하게 된다.

　　한편, 『너희들』에서 명수는 마리아에게 『선언』이 Y코가 야혼자를 버
리고 같은 폐병쟁이에게 간 이유를 '리론을 초월하고 상식을 초월한 '절
대경' '신비경' '이라고 설파하고, 진심이라는 것은 이해타산으로 움직이
는 것이 아니라고 설명한다. 가난한 고향청년을 버리고 부유한 안석태를
선택한 자기에게 들으라고 한 말 같아서 마리아는 '가슴이 뚝금'해진다.
『선언』의 의미를 설명해주는 명수의 말은 지금까지의 마리아의 가치판
단을 전환시키게 되었고, 그 이상적인 연애관의 주인인 명수를 사랑하게
된다. 그날 마리아는 명수에게 자기의 심경을 고백하는 편지를 쓴다.

⑴ 겨울 밤은 겹々히 김허가고 침울한 이 벽돌집은 고요한 꿈에 잠기엇슴
　　니다. 이 가운데에 이 사람은 무엇을 하랴 혼자 깨여서 차디찬 삐드
　　우에 안젓는지 자긔조차 모르겟슴니다.　　　　　　　　　　　(34쪽)
⑵ 잠한 밤공기에 　---- 차듸찬 이 몸에는 좁쌀 가튼 소름이 하나 둘씩
　　쪽々 끼침니다. 복바처 오르는 설음에 흘々늣기며 우는 밤이외다.
　　　　　　　　　　　　　　　　　　　　　　　　　　　　　　(347쪽)
⑶ 지금 례배당에서 도라왓슴니다. 오늘 밤에도 또 비가 촉々히 옵니다.
　　어제ㅅ밤보다도 더 을쓴연스럽고 울고만 십흔 밤입니다.　　(348쪽)

　그날 낮에 명수로부터 『선언』에 대한 설명을 들은 마리아에게 있어
서 자신이 몸담고 있는 시간 인식은 '겨울 밤'인 것이다. 즉, 인습에 얽메
어 있는 한국사회에서 약혼자를 사랑하고 있지 않다는 자각과, 자기의
진정한 사랑에 눈뜬 마리아의 괴로운 심리상태를 읽어낼 수 있다. 이것
은 『선언』의 Y코가 B를 사랑하게 되는 본능적 사랑과, A를 배신해서는
안된다는 윤리적, 종교적 의리 사이에서 고투하는 것에 비견할 수 있다.
　(2)에서 밤에 대하여 '소름이 끼치게 하고' '복바처 오르는 설음에
흘々늣기며 우는' '머리를 푸러헤치고 목소리를 조려 모기가치 우는' '자
기에는 아깝고 깨여 잇기에는 무서운'이라고 구체적으로 묘사하고 있
다. 이 '밤'의 묘사는 한 여성의 운명에 대한 공포에 의한 것이라고 하기
에는 지나치게 비관적이고 절망적이며 강도가 높다고 볼 수 있다. 이는
당시 지식청년들이 인습과 돈, 성욕에 지배 당하며 자각하지 못하고 있
는 암담한 현실의 비유로서, 더 나아가서 이러한 기형적 근대를 낳은
식민지 현실의 비유라고 할 수 있다. 그것은 염상섭이 『암야』 『제야』등
초기작품에서 식민지 현실을 '밤'으로 보고 있는 것과 통한다. 초기의
대표적 평론 「지상선을 위하야」(『신생활』, 1922.7.)에서 '진정한 자아주의
자야말로 자기를 살님으로 말미암아, 자기의 민족을 살니우고 인류를

살니운다.(중략) 근대의 모든 문화는 하야서는 아니된다는 禁束을 破戒함으로 써 엇는 성과이엿다'라고 말하고 있다. 나아가서 민족의 운명을 『인형의 집』의 노라에 비유하여 '노라처럼 타협하지 마라'고 주장하며 민족의 '밤'인 식민지상태에서 자각하고 자립하는 것이야말로 지상선이라고 호소하고 있다.

이와 같은 흐름으로 볼 때, 염상섭은 『너희들』에서도 마리아의 '밤'의 인식을 통해 내면의 요구를 외면하고 눈앞의 안락을 위해 타협해가는 여성, 나아가서 민족현실에 등 돌리고 연애, 유학, 돈을 추종하는 식민지 지식청년들을 경계하고 있다.

5. 영육의 각성과 '강한 힘' 호소

B를 사랑하게 된 Y코는 약혼자 A에 대한 죄의식을 넘어서야 하는 새로운 과제에 직면했다. 폐병이 점점 악화되어 매일 각혈과 고열에 고통받으며 파괴되어 가는 Y코는, 현실과 자기의 내면의 요구 사이에서 고뇌히면서 영적으로 자각하여 안전한 자아각성의 경지로 나아간다.

> 그녀는 여월수록 아름다워진다. 그리고 여월수록 깊은 영적인 힘이 외부에서 느껴진다. 신의 시련 때문에 완전히 쇠진한 성자와 같은 기품이 그녀를 빛나게 한다. 나는 그녀를 도와 격려하기보다도 그 앞에 몸을 내던지고 한껏 참회하고 싶은 마음이 든다.　　　　　　　(『선언』, 393~374쪽)

이상 Y코에 대한 묘사는 B에 의해 A에게 보고된다. Y코의 이와 같은 자아각성의 도달점은 '성자와 같은 기품'을 보이는 성녀이다. 그리고 Y코는 자기의 내면의 요구에 눈떠 인습이나 지적세계를 떨쳐버리고 내면의 요구에 따라, A에게 자기의 진심을 밝힌다.

Y코와 B는 '본능의 생활에는 도덕은 없다' '선악의 선택은 없다. 때문에 그것은 도덕을 초월한다'(『아낌없이 사랑은 빼앗는다』, 有島武郎全集 八)고 한 아리시마의 사상과 같이, 심령의 요구에 따라 도덕까지 초월한 본능적 생활을 실행하는 것이다.

그런데 『너희들』에서는 마리아가 『선언』을 읽고 자기의 캄캄한 현실을 인식하게 되고서, 명수와 마리아 사이에 '힘'이라는 말이 등장하게 되고, 그것이 10회에 이른다. 작품의 결말부분이라는 점에서 보더라도 '힘'이라는 말의 중요성은 미루어 짐작할 수 있다.

(1) 거긔에 련애의 절대성이 잇고 그녀자의 사람으로서 강한 덤이 잇는 것이겟지요. 마음으로는 벌서 B를 사랑하면서 엇더케 자긔의 량심을 속이고 A의 품으로 갈가요? 그러케 아니하는 데에 〈지각〉 잇는 현대인(現代人)의 자랑이 잇는 것입닌다.　　　　　　(342쪽)

(2) 량심(良心) 압헤…… 전심전령(全心全靈)으로 융합하야 법열(法悅)이라는 독안이에서 심령이 끌어올으고 한우님이 깁버 놀랄 만한 사랑압헤…돈이 뭐예요? 명예가 뭐예요? 학문이 뭐얘요? 건강이 뭐얘요? 그런데 무슨 힘이 잇다고 생각하십니까?　　　　　　(343쪽)

(3) 리론을 초월하고 상식으로 판단할 수 업고 모든 조건과 사정을 물리칠 만한 힘이 잇서야 비로소 거긔에 사랑의 절대경과 신비경이 잇다고 하섯지요. 그러면 선생님에게는 그만한 힘이 계십니까?　　　　(348쪽)

(4) 지금 밧게서는 비가 죄아처 옵니다.(중략) 모든 것이 피와 우슴과 힘과 호흡을 빼앗기고 방탕한 눈물에 대디를 적시며 한숨짓는 것 갓습니다.　　　　　　　　(349쪽)

(5) 나는 세갈네ㅅ길 한복판에서 짤짤매고 섯는 에미애비 업는 고아외다. 한 마듸만 어데로 가라는 꼭 한 마듸만 천 마듸 만 마듸의 성경구절보다도 힘잇는 선생님의 말씀 한 마듸만 듯고 십습니다……　(350쪽)

(6) 한 길에 대하야 결명뎍 운명의 힘이 움즉인다고 생각할 디경이면 다른 두 길에도 역시 그러한 힘이 활동을 아니하리라고 어떠케 장담을 하겟

습니까? (351쪽)

  (7) (같이 울어 줄 수 있지만)그외의ㅅ일은 아모것도 하야 드릴 힘이 업슴
     을 슬퍼합니다…… (351쪽)

  (8) (사랑의 관계를 맺은 기생 도홍이가 돈 몇 푼을 구하기 위해 다른 남자
     를 끌어들인 것을 보고 경멸하다가, 진정한 사랑을 구해오는 마리아를
     떠올리며)어쩐지 새로운 힘이 가슴속에서 솟아 나오는 것 갓고 결코
     비관을 하거나 절망할 처디까지는 되지 안엇다고 혼자 깁버하얏다.
       (354쪽)

  (9) 나를 모든 유혹으로부터 막아주고 새로운 생명을 엇을 만한 힘이 나의
     온 몸둥아리와 온 령혼을 덤령하야 주지 안흐면 나는 도저히 구원될
     수 없습니다. 새로운 힘! (중략) 모든 것보다도 더 큰 힘! - 나는 그것을
     선생님께 바랍니다. (355쪽)

  (10) 막다른 골작이에 몰려 드러온 한 다리 저는 강아지외다.(중략)결코 저
     더러 약하다고는 마시옵소서. 사랑의 힘이 조라부텃다고는 꿈에도 생
     각 마시옵소서 (386쪽)

   (1)에서는 『선언』의 내용이 이야기 되고 있는데 이것은 아리시마의
‘영육일치’사상과도 이어진다. 그 사상이 명수의 입을 통해 차용된 것이
다. (2)에서 명수는 이와 같이 진실을 사랑의 전제조건으로 보고 전심전
령을 다한 사랑을 통해 상식, 인정까지 떨칠 수 있는 ‘힘’을 주장하고
있다. 이것은 아리시마이 ‘진실이 생명을 언어 움지일 때 진실은 변해서
사랑이 된다’(『예술을 낳는 태』, 有島武郎全集七)고 하는 사랑에 대한 인식과
통한다.

   『선언』에 담겨 있는 메시지는 명수의 ‘사랑의 언설’을 통해 마리아에
게 전해진다. 강력한 힘을 절실히 필요로 하는 마리아는 자기 자신을
『선언』의 구조에 끼워 맞춰서 그 사랑의 실천자가 되려고 한다.

   그러나 명수는 마리아로부터 그 ‘힘’을 재촉 받게 되자(3)~(5), 처음
에는 마리아의 자각을 의심하고 마리아의 사랑을 인생의 유희에 지나지

않는다고 비난한다(6), (7). 당시 명수는 마음을 기울이고 있던 기생에게 돈을 주기위해 민족주의적 양심에 눈을 질끈 감고 괴로운 기분으로 일본회사에서 일하며 한국경제의 침탈에 일조한다. 그 기생은 명수에게 더 많은 돈을 요구하고, 다시 다른 돈 많은 남자와 교제하는 것을 알게 되었다. 이렇게 기생에게 실망한 명수는 마리아로부터 돈도 성욕도 초월한 '새로운 힘'의 희망을 발견하게 된다(8),(9). '전심전령으로 융합' '전신과 전영혼을 점령' 등의 표현은, 『선언』에서 Y코의 영육의 각성이 발현된 것으로서 아리시마의 사랑의 인식과도 이어진다.

그러나, 명수는 안석태의 친구라는 의리를 가장한 명예 때문에 결국 자기의 감정도 주장하지 못하고 마리아를 안석태에게 빼앗기게 되는 것을 방관한다. 자기가 설파한 사랑의 경지를 이루어 낼만한 '힘'을 갖지 못하고 『선언』의 B의 역할을 다하지 못한다. 결국 마리아는 안석태의 아이를 임신한 사실을 알게 되어 어쩔 수 없이 안석태와 결혼하게 된다. 마리아는 (10)에서 자기의 사랑은 변하지 않음을 주장하고 "방탕한 과거의 대가로서 현재에 절망하고, 내 죄"라고 말하며 자기의 '결혼식'을 '장례식'에 비유하고 있다. 이미 자아에 각성한 마리아에게 있어서 자기의 영혼과 육체의 분열은 '죽음'과도 같기 때문이다. 마리아가 받아들인 『선언』의 이상적인 사랑은 절망적인 상황에 부딪혀 자각한 영혼의 신음으로 끝나버린다. 염상섭은 "그것도 깁흔 자각만 잇고 정말 인생에 대한 열정이 잇다든지 생활의 길을 안다 할 디경이면 부인해방이니 자유련애니 자유결혼이니 하야도 무방하겟지요"라고 말한다. 아리시마가 주장하는 '연애는 근대인으로서의 자아각성이 전제가 되는 사랑'[20], 즉 『선언』의 사랑의 경지를 호소하고 있다. 마리아는 다른 청년들과 달리 자아에 눈 뜬 유일한 인물이지만 상대역인 명수는 명예를 버리고 사랑을 이루어 낼 '큰 힘'을 가지고 있지 않다. 마리아 자신도 폐쇄된 사회분위기 속에서 봉건적 인습과 과거의 방탕한 생활로 인해 사랑을 이루어낼 수 없었다.

『너희들』은 타락한 지식청년이나 신여성을 묘사함으로써 식민지 사회의 무기력함을 드러내놓으려 했다. 그 원인으로 수동적, 기형적인 근대가 될 수밖에 없었던 식민지라는 현실을 생각하게 되는데[21], 그러한 상황 하에 처해 있다는 것을 알아차리고 있었던 염상섭은 아리시마의 연애 구조를 차용해서 그러한 상황을 넘어선 진정한 사랑을 찾아낼 전망을 기대했다. 즉 염상섭은 남성 중심사회와 식민지지배국인 일본에 이중으로 억압받고 있는 한국의 여성이라는 극단적인 상황을 통해, 한국의 근대화를 위해 자각을 촉구하고 있다. 이와 같이 마리아가 권위적인 남성사회에 자아를 주장하는 것만으로는 끝나지 않는다. 마리아의 자아가 식민지 지배국, 그리고 남성중심의 가부장제 사회에 이중적으로 억압당하고 있다는 설정은, 이상적인 사랑을 선언할 수 없고 자아의 장례식이라는 비관적인 결말을 맞이할 수밖에 없는 것이다.

6. 맺음말

한국 근대문학 형성기에 급속하게 유행했던 서간체소설은, 일본에서 내면을 고백한 서간체 소설을 접한 유학생들이, 내부의 것밖에 말할 수 없었던 식민지 상황 속에서 순문학을 추구하면서 만들어낸 문학형태이다. 그 중에서도 염상섭, 김동인 등이 유학했을 당시 인기 작가였던 아리시마의 서간체 소설『선언』의 영향은 한국문학 곳곳에서 발견된다.

『선언』의 편지는 내면의 고백에 그치지 않고 사랑을 형성도 하고 해체도 한다. 이와 같은 『선언』의 상호작용은 염상섭의 『너희들』에 수용된다. 마리아는 편지를 통해 정열적인 사랑을 구하고, 명수는 그 마음에 외면하고 교훈적인 편지를 쓴다. 안석태는 마리아에게 협박적인 애정을 요구하는 편지를 쓰는 등 상호적으로 작용한다. 『너희들』의 주인공 마리아는 『선언』을 읽고 자기의 삶의 지침으로 삼고서 현재의 생활을 '밤'과도 같은 인습적 생활, 지적(타산적) 생활이라고 인식하고 진실한 사랑에 눈뜨게 된다. 염상섭은 마리아를 통해 '밤'과 같은 현실로 부터 도망칠 '강한 힘'을 갖춘 근대인이 되기를 호소하게 된다.

이상과 같이 『선언』은 염상섭의 『너희들』에 내면적으로 수용되어, 사랑의 주체인 신여성은 '성욕'으로부터 정신적인 '자각'의 경지에 이르게 되고, 인습이나 도덕까지 초월한 진실한 '사랑'을 추구하려고 한다. 그러나 그녀들은 진실한 사랑을 이루지 못하고 비극적인 결말을 맞는다. 자기에 대한 깊은 성찰 없이 연애, 교회, 해외유학만이 근대의 표상이라고 생각하고 있던 젊은 청년이 많았기 때문이다. 게다가 염상섭이 민족의식 때문에 투옥되었던 경험이 있었듯이 작품의 저변에는 검열(폐간), 투옥 등 정치적으로 봉쇄되어 있는 모순된 식민지 현실이 깔려있다.

염상섭은 아리시마 타케오의 내면의 요구에 응하는 이상적인 사랑의 경지를 추구해보고 싶었지만, 조선이 넘어서야할 장벽은 봉건적 인습만이 아니라 식민지상태라는 현실과제를 직시하지 않을 수 없었다. 여기에 남성의 억압까지 받고 있는 신여성을 내세워 세속적인 실리나 욕정만을 쫓는 일그러진 근대의식을 철저히 반성하고 진정한 자아에 각성하고서 근대의식을 지향할 것을 호소하고 있는 것이다.

【주】

* 본 연구는 2009년『有島武郎研究』(제12집)에 발표한 논문「韓國近代文學における有島武郎『宣言』」을 번역하여, 수정・보완한 것임.
** 한국외국어대학교 일본어대학 강사

1) 『선언』의 영향은 염상섭 외에도 김동인, 전영택의 작품에서도 볼 수 있다. 김동인의 『마음이 여튼자여 !』는 아리시마의『선언』을 무시하며 비웃고 있지만 성욕을 부정하지 않는 영육일치 사상이 보인다. 그러나 인습, 도덕을 넘어서지 못하는 한계가 있다. 또한 전영택의『운명』에서도 H는『선언』의 Y코와 마찬가지로 약혼자를 통해 성적 자각에 의한 고통과 죄의식을 느끼지만 정신적인 자각에 까지는 이르지 못한 채 약혼자의 친구에게 떠난다.

2) 이 작품에는 자신의 야망을 위해 결혼하거나, 육욕을 채우기 위해 애인을 배신하고, 미국에 시집가기 위해 불구를 감추고 순수한 사랑을 거절하고, 기생을 차지하고 잘 보이기 위해 신념을 꺾고서 일본인 회사의 조선경제 수탁행각에 일조하는 등, 당시 젊은 지식인들의 진솔하지 못하고 방탕한 연애풍경이 묘사되어 있다. 중후반부터 중심역할을 하는 마리아는 지고지순한 고향청년의 사랑을 저버리고 상처했다고 속인 유부남 안석태와 육체적 관계까지 맺는다. 이상주의자인 명수는 마리아에게『선언』의 절대적인 사랑의 경지에 대해 설파하지만, 그로인해 진정한 사랑에 눈뜨게 된 마리아로부터 강렬한 구애를 받을 때마다 그녀를 타산적이라고 의심하며 비난한다. 동시에 그녀에게 욕정을 느낀 나머지 언행의 모순을 보인다. 마리아는 과거의 방탕한 생활로 인해 안석태의 아이를 임신해서 사랑하지 않는 안석태와 결혼하게 된다.

3) M.-F. 기야르 / 김규태 역,『비교문학』, 정음사, 1974, 22쪽.

4) 울리히바이스슈타인 / 이유영 역,『비교문학론』, 홍익신서, 1973, 46쪽.

5) 『今後十年을기하여우리의發展을보라。』고宣言하여두는것이、가장適當할듯하다。(중략)저白樺派가、일본문단에 新旗幟를세우고낫타난지于今十餘年間에、(중략) 누구나、日本文壇에서白樺派의勢力과功績을無視할수업게되엿다.(남궁벽,「廢墟雜感」,『廢墟』第 二号, 1921, 151쪽)

6) 『新潮』(1923.9)광고란에 실린 有島武郎著作輯의 판수 기록에 의하면 第2輯『선언』이 84판으로 가장 많이 인쇄된 것으로 나타났다. (야마다 아키오(山田昭夫),『4. 宣言』,「有島武郎・姿勢と軌跡」, 右文書院, 1979, 83쪽. 새인용)

7) 김윤식,『한국현대문학사』, 서울대학교출판부, 1992.
　　　　,『염상섭연구』, 서울내학교출판부, 1987.

8) 유숙자,「염상섭과 아리시마 타케오」,『비교문학』제20집, 한국비교문학회, 1995.12.

9) 조선시대 군수의 셋째아들로 태어나, 어려서 한문을 배우다 10세에 관립학교에 입학하는 한편, 숙질에게 새세계에 대한 계몽을 받았다. 신문물을 배우기 위해 15세에 일본에 건너가 케이오(慶應)대학을 중퇴하고 만세운동을 도모하여 감옥생활을 했다. 출소 후 조국독립의 방편을 계급운동으로 보고 인쇄소 직공생활을 한다. 1920년 귀국하여 동아일보 창간기자로 활동하는 한편 문학동인지『폐허』의 주요창간 멤버로서 본격적인 문학생활을 시작함으로써, 이후 신문기자를 생계의 방편으로 하면서 작가의 인생을 살게 된다. 철저한 서민의식으로 리얼리즘 문학의 시초를 이룬 민족문학가로서, 한국 근대문학운동의 선구적 중심인물, 문예비평의 개척자, 사실주의 소설을 개척하여 확립한 최초의 작가이다. 초기소설로「표본실의 청개구리」(1921),「암야」

(1922), 「제야」(1922), 『만세전』(1924)등이 있고 1927년부터 장편소설 『사랑과 죄』, 대표작 『삼대』(1931), 『무화과』(1931~1932) 등을 발표했고, 해방 후에는 『효풍』(1948), 『취우』(1952~1953) 등이 있다.

10) '나츠메 소오세키(夏目漱石)의 것, 타카야마 쵸규(高山樗牛)의 것을 좋아하여, 이 두 사람의 작품은 거지반 다 읽었다. (중략) 초기의 문학지식의 계몽은 주로 『早稲田文學』(月刊誌)에서 얻은 것('「文學少年時代의 回想」, 『염상섭전집』9, 1987, 215쪽)

11) 염상섭의 일본문인과의 직접적인 교류로는 야나기 무네요시(柳宗悦)와 오랜 교류가 있었고, 시가 나오야(直賀直哉)의 집을 방문한 적이 있다. (조용만, 『30년대 문화예술인들』, 범양사, 1978, 161쪽)

12) 「틸디에게 보내는 편지(ティルディー宛書簡)」, 1907.7.18(『有島武郎全集』 十三, 765쪽), 『1907.7.26일기』(『有島武郎全集』 十, 163쪽)

13) 염상섭의 『암야』는 아리시마의 『태어나는 고뇌(生まれ出る悩み)』를 읽고 예술의 궁전을 쌓아올리려고 발버둥치는 고통에 공감하면서도 무기력한 식민지 지식인의 한계에 절규한다.
　　편지형식으로 쓰여진 고백체소설인 염상섭의 「제야」와 아리시마의 「돌에 짓눌린 잡초(石にひしがれた雑草)」에서는, 기독교 신여성이 조건에 의한 결혼을 하고, 남편 이외의 남성과 불륜관계를 맺는다.「돌에 짓눌린 잡초」에서 남편은 아내의 불륜을 철저히 복수해서 미치게 만들지만, 「제야」의 남편은 다른 남자에 의한 아이까지 용서하며 사랑을 호소하지만 끝내 주인공은 자살을 결의한다.
　　염상섭의 『삼대』와 아리시마의 「아버지와 아들(親子)」은, 투르게네프의 『아버지와 아들』처럼 해외에서 신사상을 체득하고 돌아온 아들이 봉건지주인 아버지에게 반발하지만, 혈연을 전적으로 부정하지 않고, '가독(家督)'을 계승한다.「아버지와 아들(親子)」의 주인공은 자기가 무력한 이상가였던 것을 인식하고 '자활'을 결심한다.『삼대』의 주인공은 근대적 사상을 관철 (류리수, 『아리시마 타케오(有島武郎)와 염상섭 문학의 '근대적 자아' 비교연구』, 한국외국어대학교 대학원 박사논문, 2004)

14) A는 자신을 교회로 인도해 준 B를 물질적으로 도와주며 Y코에 대한 사랑의 감정을 편지로 털어놓는다. 마침내 A는 친구B의 중개로 Y코와 약혼한다. B는 교회탈퇴 후 방황하며 폐병에 걸렸는데, A는 그를 이미 폐병에 걸린 약혼녀 Y코의 집에 기거하게 한다. A는 부친의 사망과 파산으로 인해 고향으로 내려가서 생활의 고통을 맛보며 현실을 극복해 나간다. Y코는 약혼 후 A로부터 애무 받고 성욕을 느끼게 되자 죄책감 때문에 고뇌해왔다. 그런데 B와의 대화를 통해 죄의식에서 벗어나고 B를 사랑하게 된다. 약혼자 A에 대한 신의와 자신의 진정한 사랑 사이에서 갈등한 그녀는, A에게 자신의 내면의 진실에 따라 살아갈 것을 B와 함께 선언한다,

15) 울리히바이스슈타인, 앞의 책, 55쪽.

16) 야마다 아키오(山田昭夫), 『有島武郎研究』, 右文書院, 1972, 219쪽.
　　우치다 미츠루(内田満), 『有島武郎ー虚構と実像』, 有精堂, 1996, 13쪽.
　　이시다 히토시(石田仁志), 「『宣言』論ー恋愛物語の形成と解体」, 『国文学解釈と鑑賞』, 2007.6 등.

17) 대표적 언론인 신문을 보더라도 1920년부터 1940년 사이에,『동아일보』는 무기정간 4회, 판매금지 63회, 압수489회, 삭제 2413회를, 『조선일보』는 무기정간 4회, 압수 약500회, 수없이 많은 판매금지 및 삭제의 행정처분을 받았다. (정보석, 『日帝下 韓國言論鬪爭史』, 정음사, 41~42쪽)

18) 오쿠무라 유지(奧村裕次),『有島武郎の文學硏究』, 韓国外国語大学大学院校博士論
    文, 2004, 29쪽.
19) '영이라든가 육이라든가 하는 구별은 없다'(「第四版序言」,『리빙스턴전』序,『有島
    武郎全集』七, 380쪽)
20) '연애 이전에 개성의 자기에 대한 깊은 요구가 있음을 생각해라. 바르게 말하면 개성
    의 전적인 요구에 의해서만 사람은 애인을 발견하는데 오류를 범하지 않을 수 있다.'
    (「아낌없이 사랑은 빼앗는다(惜しみなく愛はふ)」,『有島武郎全集』八, 214쪽)
21) 유양선,「근대지향성의 문제와 현실뒤집기 수법」,『염상섭문학 연구』, 민음사, 1987,
    137쪽.

강소영**

1. 머리말 −식민지문학과 동경유학이라는 문제

1930년대 남한 최고의 모더니스트로 불렸던 박태원(1909~1986)은 1950년 월북 후 1986년 사망하기까지 북한의 혁명 작가로 활약했을 당시에도 최고의 스타일리스트였다. 그의 작품 세계는 모더니즘의 기법 뿐만이 아니라 정신적인 면에 있어서도 한국적 모더니티를 추구한 측면에서 연속성이 보인다. 식민지 모더니스트들의 작품 세계의 배경에 대해서는 '식민지 모더니즘'으로서 여러 연구가 되어왔는데[1] 그 주된 내용은 '물질적 조건으로서의 척박하고 빈약한 식민지 현실'과 '그와 무관하게 혹은 굴절되어 전개되는 형식 충동'으로 요약할 수 있다. 그리고 그 사이에는 서구적 근대성, 서양(일본) 문학에의 환상(환각)이 가로놓여있다. 환각이 끝나는 시점에서 모더니즘도 기교도 끝난다는 것이 그동안의 성찰이 보여주는 결론이라고 할 수 있다.[2] 1937년에 동경에서 요절한 이상과 달리 평생 작가로서 남북 양쪽에서 최고의 대우를 받은 박태원의 경우는, 식민지 작가 의식과 서양 모더니즘, 한국적 모더니티와의 연속성이 보인다. 김윤식이 지적했듯이 한국근대문학의 '전통'과 '근대'의 대립이 변증법적으로 적절하게 종합·지향되지 않은 상황은, 한국 근대사의 파행성으로 설명할 수 있을 것이다. 그런데, 박태원은 무엇을 계기로 그 양자를 즉 모더니티와 전통성의 지향을 종합하며 한국 문학 안에서 근대적인 움직임을 도출시키려 했는가.

박태원이라는 남북 최고의 모더니스트가 탄생된 식민지 시대의 조건들은 실로 다양하다. 우선, 그에게는 근대화에 열심이었던 중인계급, 서울 서민의 거리인 청계천변 출신, 의약업에 종사하는 가계라는 점 등 타고난 조건들이 갖추어져있었다.3) 그리고 박태원 문학 탄생의 토대로 서는 이미 잘 알려진 바대로, 첫째, 춘향전, 심청전 등 한국 고전 소설의 탐독, 둘째, 당대의 일본문학과 서양문학의 흡수, 셋째, 춘원, 김동인, 염상섭, 김안서 등 한국의 신문학 탐독, 넷째, 1933년에 가입하여 이상 등의 작가들과 같이 한 구인회 활동 등이다. 그러나 이러한 시기별 토양 이외에, 1930년의 동경 유학에 대해서는 면밀히 연구된 적이 별로 없다. 가장 많은 연구가 1930년대 중반 불과 몇 년간 활동한 구인회와 관련된 것들이다.

본고에서는 박태원의 1년 여 간의 동경 유학에 대해 주목하고자 한다. 그가 본격적으로 시와 소설을 발표하고 작가 활동을 시작한 것은 1930년이다.4) 바로 그 해에 박태원은 동경의 호세이(法政)대학으로 영문학 공부를 위해 유학을 떠난다.5) 그가 본격적으로 작품을 발표하기 시작한 시점에 동경 유학을 떠났다는 사실은 매우 주목할 만한 가치가 있다.

박태원 작품의 연구에서 그동안 소홀히 해왔던 1년여의 동경 유학은 그의 문학 세계를 형성하는 데 어떻게 작용했을까. 식민지작가라는 현실 속에서 그의 문학 세계 전반의 새로움을 추동하는 동력은 무엇이었을까. 박태원만의 작품 세계와 동경유학과의 연관 관계를 규명하는 것이 이 글의 목표이다.

지금까지 박태원 작품의 연구는, 도일전의 「적멸」(『동아일보』1930.2.5~3.1) 및 귀국 후에 쓰여진 「소설가 구보 씨의 일일」(『조선중앙일보』1934.8.1~9.1), 청계천변 서민들의 일상을 그린 「천변 풍경」(『조광』1936.8~10) 등에 나타난 경성 관련 연구가 다수를 차지하고 있다. 그 반면 박태원의 동경유학에 초점을 맞추어 조명하려고 하는 시도는 미흡하다. 일반적으로 동경유학을 서양문예 신사조 흡수의 시기로서만 처음부터 단정하는 경향이 있다.

동경에서의 실제 체험에 기반하여 쓰여진 「반년간」[6]의 작품연구는 '문화적 국제인으로서의 젊은 날의 방황의 편린'으로서 조금 언급하고 있는 논문이 있고[7], 최근에는 정현숙이 「박태원 소설의 내부텍스트성(intratextuality) 연구」에서 동경과 경성을 '근대적 불량성'의 연장선상에서 다루고 있으며, 동경은 '전통적 가치', 경성은 '교환가치'를 그리어 '동경을 배경으로 한 소설과 경성을 배경으로 하는 소설에서 이 교환가치에 대한 인식이 시로 다른 양상을 보인다.'[8] 고 분석하고 있다.

본 글에서는, 박태원은 1930년 동경이라는 시공간 속에서 식민지 청년으로서 어떤 감수성이 작동했는지, 동경은 어떻게 표상되어 있으며, 귀국 후의 작품세계와 어떤 연속성이 발견되는지, 그 후 어떠한 문학관의 변화가 있었는지 등의 고찰을 하고자 한다. 그것은 박태원이 귀국 후 지향했던 한국적 모더니즘 문학의 원점을 새롭게 규명하는 작업이 될 것이다.

2. '고독한 황야'의 산책 —동경에 건너가기까지

　　박태원의 도일 전 마음의 움직임은 어떠한 것이었을까. 동경에 건너기 전에 그가 쓴 에세이와 작품을 통해서 유학전의 심리를 추적해보자. 1927년 4월에 쓴 「병상 잡설」(『조선문단』)은 신경쇠약으로 가족의 반대에도 불구하고 경성제일고보 졸업 1년을 남기고 휴학, 문학수업에 열중하던 때의 글이다. '허위란 놈은 사람이 사는 곳이면 어댈른지 따라다니는 것이지만 특히 도회에서 가장 많이 발견되는 바이라는 것은 누구나 아는 바이다.'(『구보가 아즉 박태원일 때』, 깊은샘, 2005, 108쪽)[9]라며 막연하긴 하지만, 도회의 허위에 대해서 서술한 후, 이하와 같이 일본식 지명을 열거하면서 '애 거지'를 그 허위의 예로 들고 있다.

> 　　약 일 주일 가량 전의 일이거니와 나는 세모의 가장 바쁜 본정통(本町通)을 걷고 있었다. 대판옥(大阪屋)을 나선 나는 몇 걸음 걸어 오기도 전에 삼월오복점(三越呉服店) 쇼윈도 앞에 몰켜 있는 무리들 발 밑에서 울고 있는 '애 거지' 두 명을 발견하였다. ……'거지'는 울고 있든 얼굴을 들어 조심조심 주위를 살피어보다가 고만 나의 눈과 마주쳤다. 나는 독자에게 그때-실로 그 순간-그가 얼마만이나 황당하게 다시 머리를 '동무 거지' 가슴에다 파묻고 소리를 내어 울었는가를 알리려 한다. 동정을 청하는 깨끗한 눈물이 전혀 <u>허위의 책략</u>이라는 것이며, 천진난만하여야 할 어린이를 이렇게 만들어 놓은 사회- 아니 <u>도회의 죄</u>를 생각할 때 나는 머리가 힁한 것을 깨달었든 것이었다. 이것은 한 조그마한 도회거주 비관론이다.
>
> (108쪽)

　　도회를 비관하고, '애 거지'의 생존을 위한 몸짓을, 단지 도회의 '허위'라고 파악하고 있다. 이 시기에는 식민지의 수도 경성, 그 이식된 근대 도시의 내면에 대한 섬세한 시선과, 식민지자본주의에 대한 비판적 성찰은 확립되어있지 않다. 그 '허위'의 속성을 이야기하기에 앞서, 경성의 모순을 만들어낸 제국주의와 식민지간의 역학에 대한 깨달음은 이 시점에서는 그다지 보이지 않는 것이다.

박태원 작품의 '거리를 두는' 스타일은, 최초는 경성이라는 식민지 수도를 근대도회의 속성으로 이렇듯 표면적으로 취한 것이 계기가 되고 있다. 이 에세이의 후반에 신경쇠약을 "20세기 유행병, 문명병, 하이칼라병"이라고 표현하며, '은근히 이 병에 걸리길 바란 것도 1925년도의 일이었다'(109쪽) 등의 내용, 그의 서양 모던풍의 여러 취미로 미루어 볼 때, 도일전의 박태원은 표면적으로는 '허위'라는 도회의 속성을 비관하면서도 그 속에는 근대도회문화로의 동경이 있었던 것으로 보인다.

泊太苑이라는 필명으로 도일 직전에 발표한 「적멸」(『동아일보』1930.2.5~3.1)은 정신병환자를 가장하여 허위의 사회를 조롱하는 남자의 이야기이다. 남자는 광교 아래에 일 년 내내 있는 '애 거지(小乞人)' 떼를 언급한 후 화자 '나'에게 그들과의 일화를 소개한다.

> 나는 돈을 뿌렸던 것입니다—즉 거지들의 탐욕을 채워주고 구경하고 있는 자들의 '그네들이 마음놓고 모멸할 수 있는 사람을 발견하였다는 데서 깨닫는 만족감'을 맛보게 하여 주기 위하여서 말씀입니다. ……거지 떼는 서로 앞을 다투어 돈 떨어진 내 발 앞으로 달려들었던 것입니다. 그리고 <u>그 중에 가장 중요한 문제는 '절뚝발이'가 '선봉대장'이었다는 사실입니다.</u> 하하……—참으로 그것은 세상에도 진기한 광경임에 틀림 없었습니다. 좀 과장한 말 같은 '혐의'가 없지 않으나 그것을 인생의 '축도'라고 할 수 있겠지요
>
> (「적멸」,『윤초시의 상경』 깊은샘, 1991, 16쪽, 이하 쪽 표시만 함)

'인생의 축도'라고 하는 말로 대변되는 '거지' 세계의 거짓말은 얼마간의 돈 앞에서 완전히 가면을 벗어버리는, '절뚝발이'로 상징되어있다.

그 '절뚝발이 거지'를 바라보면서 이중삼중의 가면을 쓰고 있으면서도 아무런 창피함도 느끼지 않는 인간의 '허위'를 폭로하고 있고, 그것을 말하고 있는 남자도 사실은 광인인 체 하고 있다.

1927년 「병상잡설」에서는 '본정통(本町通)'의 '거지'로부터만 도회의 '허위'를 느끼고 있었다. 그러나, 1930년의 「적멸」에서는 광인인 체 하면서 도시를 조롱하는 남자의 '거지'를 가지고 노는 행동과, 그 광경을 구경하고 있는 관중의 이중구조로 되어있다. 광인인 척 하는 남자는 도회의 '허위'에 절망하면서 결국 자살하는데, '거지'에 대한 감정이입은 역시 보이지 않고, 관찰하는 대상에 지나지 않았다.

그런데, 이러한 광인의 이야기를 듣고 있는 화자 '나'는 '별밤이 좋고 푸르른 하늘에 달밤이 좋다면 불붙어 뜨거운 새빨간 내 가슴은 사랑의 햇발이 그리울 것이다'처럼 사랑을 꿈꾸거나 '나의 조그마한 예술의 세계가 설혹 나를 경원한다 할지라도 나는 넉넉히 현실의 이 거리와 친할 수 있지 않은가 아지 못게라 거리여―너와 나 사이에 무슨 은원이 있길래 내 너를 차마 잊지 못하고 네 또한 자로 나를 부르는가'(185쪽)라며 예술과 현실 사이에서 고민하는 청년이다.

그리고 그 '나'의 행동은 "아무 주저 없이 야시장 군중 속에 몸을 내어 던졌다."(185쪽)로 이어지는데, 1929년 식민지도시 경성에 발터 벤야민이 보들레르의 시를 통해 이야기했던 <군중>은 생성되어 있었을까. 당시의 한국식민사회에는 끽다점, 카페, 극장, 백화점 등이 막 생기기 시작하고 있었다.

> 수백 명 수천 명 또 수백 명 수천 명……앞으로 뒤로 밀리는 장안 사람의 물결은 소화 사년도 <u>조선 총독부 주최의 조선 박람회 구경온 시골 마나님, 갓쓴 이들을 한데 휩쓸어 이곳저곳에서 물결치고 있다.</u> 오래간만에 나

온 까닭일까. 나는 그들을－이 무리들을, 이 무리들의 갈 곳 몰라하는 발길을, 이 무리들의 부질 없은 시간 소비를－결코 멸시하지 않았다. 아니 도리어 많은 군중 속에 내 몸을 내어 던지는 데서 깨닫는 비할 데 없이 크나큰 기쁨을 맛보고 있는 내 자신을 나는 발견하였다.

(185~186쪽)

군중과 대립하는 거리의 산책자의 존재와, 그 산책자의 내면을 보들레르의 시를 통해서 분석한 벤야민은 '대도시의 군중은 좋든 싫든 그를 끌어당겨 떠도는 산책자로 만들었지만 이 군중이 비인간적인 성격을 가지고 있다는 생각은 그 때도 역시 그의 마음을 떠나지 않았다. 그는 자신을 군중의 공범자로 하고, 게다가 거의 같은 순간에, 군중으로부터 떨어진다. 그는 군중과 상당히 깊게 서로 관련되어있고, 그리고 돌연, 단한번의 경멸의 시선으로, 그들을 허무 속에 던져버리는 것이다. 이 애증공존은, 그가 그것을 조심스럽게 고백하고 있는 개소에서 압도적인 힘을 가진다.'10) 라고 지적하고 있다.

낡은 것과 근대적 새로운 것과의 변증법이 거울처럼 보들레르의 파리 풍경묘사로부터 나타나고, 벤야민은 근대의 모습을 거기에서 발견해낸 것이다. 낡은 것과 새로운 것의 과도기적 상황 속에서 고등유민에 지나지 않는 존재가 지식인이고, 그들이 느끼는 감정(경계의식)이 우울이다.

위의 인용문에서 알 수 있듯이 '조선총독부 주최의 조신 박람회를 구경온 시골 마나님, 갓쓴 이들'을 휩쓸고 있는 식민지 도시 경성의 군중은, 서양의 근대도시 파리의 군중과는 성격이 다를 수 밖에 없다. 박태원(「적멸」의 화자 '나')에게 있어서는 서양에 대한 막연한 동경과 경성의 사회 현실과의 어긋남에서 고독한 감정이 생기게 된다.

그러나 화자 '나'의 관찰은 "아직 촛불을 켜들고 대낮의 거리로 정직한 사람을 찾으러 나간 일은 없습니다만"(218쪽)이라고 고백하고, 밤의 산책에서는 '카페 여급의 나이는 스물대여섯이나 되었을까 핏기 없는 얼굴에 투덕투덕 바른 분과 몹시 거칠은 그의 두 손은 나에게 〈살기 위하여서 사는 인생〉이 너무나 처참한 실경을 보여 준다……'(194쪽)처럼 식민지'근대'의 그늘에서 살아가는 여급에의 연민을 보이고 있다. 근대적 욕망과 소비가 집약적으로 드러나는 공간인 카페의 여급은 박태원이 소설에서 자주 반복해서 등장시키는 인물형이기도 하다.

아직 '대낮의 거리로 정직한 사람을 찾으러 나간 일'이 없는 '나'는 '조선총독부 주최 박람회를 구경 나온 무리들' 속에서 빠져나와 일본제국주의 자본이 집중된 상권인 본정(本町)으로 들어간다. 박태원도 이「적멸」을 쓴 후 곧, 작가로서의 방향성 모색을 위해 일본의 수도 동경으로 출발한다.

3. 서울과 동경 사이

「반년간」의 첫 도입부분에서 '경제적으로 안일한 생활을 할 수 있는'(303쪽) 주인공 철수는, 어린 누이에게 받은 편지로 서울 마당의 석류가 하나 떨어져 열 한 개가 되었다는 것을 안다. 그리고 세어본 동경 하숙집의 석류도 열 한 개 열린 것을 발견하고 '그는 잠깐 동안 자기가 서울 자기 집의 자기 방속에나 있는 것 같은 착각에 빠졌다.'(236쪽) 동경에 와 있는데도 서울과 동경을 동일시하고 있다. 사실, 이 하숙집으로 정한 이유도 서울 집처럼 마당에 석류나무가 있었기 때문이기도 했다.

어째서 서울과 동경을 동일시하고 있는 것일까. 양 도시간의 거리감각이 없는 것은 박태원이 유복하고 근대문화에 개방적인 가계 출신이라는 태생적 배경 뿐만 아니라, 식민지 도시 경성과 제국주의 일본의 수도 동경을 바라보는 시선의 차이가 존재하지 않았다는 이야기도 된다. 그는 단순한 도회적 자의식의 소유자였다고도 볼 수 있다. 1910년 대까지의 유학생들이 문명국 일본이 주는 압도감에 눌려 있었음에 반하여 박태원에게는 압도된 의식도 보이지 않는다. 서울과 동경 사이에서 양 도시의 간격을 전혀 느끼고 있지 않았던 철수도, 서양 모방의 근대 도시 동경의 굴절된 현실에 눈을 뜨면서 제국 일본의 수도에 대한 인식이 변하기 시작한다. 서울과 동경을 동일시하는 이 도입부(석류 열 한개)는, 후에 동경에 대한 인식 변화와 대비시킬 수 있는 유효한 장치로써 기능하고 있다. 변화의 첫 계기가 되는 장면은 다음과 같다.

> 누군지 휘파람을 불며 판장 밖을 지나갔다. 휘파람 소리는 약하고 은근하였다. <u>그것은 '아리랑' 곡조였다.</u> 철수는 눈을 들어 판장 밖을 내다보았다. 열댓 살이나 그 밖에 더 안되어 보이는 아이가 멋없이 넓고 또 긴 길 위를 저편으로 걸어가고 있었다. 오직 그 아이 뿐, 길 위에도 벌판 위에도 보이는 것은 아무것도 없었다. <u>철수는 그 아이가 오른발을 절고 있는 것을 발견하였다. 그 아이는 마치 제 휘파람에 장단이나 맞추는 듯이 오른발을 절며, 절며 점점 조그맣게 까맣게 사라졌다.</u> 철수는 그대로 그것을 바라보고 있었다.
>
> (「반년간」, 『윤초시의 상경』, 깊은샘, 1991, 236~237쪽, 이하 쪽 표시만 함)

> 그것은 빗줄기에 엇갈리어 토막, 토막 잘리어 들렸다. 그것은 아리랑 곡조였다. 그 아리랑은 궂은비에 흠뻑 젖어 더욱 서러웠다. ……휘파람은 어둠 속을 높게, 얇게, 적게, 끊일 듯 끊일 듯이 흘러왔다. 그것은 무엇을 하소연 하는 듯 느껴 우는 듯 비오는 어둠 속에 바르르 떨린다. 그러나 어둠속에 보이는 것은 아무것도 없다. ……비는 그대로 내리고 있었다. 휘파람은 좀 더 가까워 왔다. 그것은 마치 지난 날을 뉘우치는 듯이 그리우는 듯이 보람 없는 줄 알면서도 그래도 한 번 불러나 보는 듯이 그 약하고 애끊는 선율은 사람의 가슴을 때린다. (244쪽)

말할 것도 없이, '다리를 저는 소년'은 암울한 조선의 현실, 정상적으로 걸을 수 없는(跛行), 일본에 의해서 이식된 식민지근대라고 하는 조선을 비유하고 있다. 동경에 오기 전 「적멸」의 '절뚝발이'는 경성이라는 황량한 산책의 공간에서 육체적 특징을 이용한 인간의 거짓이라는 '허위'를 나타내고 있었다. 그러나 위의 인용에서는 빗속에 아리랑을 휘파람으로 불면서 오른발을 절며 걸어가는 조선으로 상징된다. '절뚝발이'는 「적멸」의 도시의 거짓, '허위'의 비유에서 「반년간」에서는 제국주의 일본의 지배로 다리를 절며 제대로 걸을 수 없는 파행의 식민지 조국 조선으로 전복된 상징을 보인다.

즉 '절름발이'라는 단어의 상징성의 전복이야말로 유학 전과 후 박태원이 가진 조국의 현실에 대한 인식의 변화를 나타내며, 이는 식민지근대의 파행성을 극복하기 위한 식민지 작가로서 새로운 출발점이 되는 것이다.

박태원은 동경에서 비로소 '조선인'임을 강하게 의식하고, 그 후 '절름발이' 조국을 껴안으면서 서양의 근대성과 한국의 전통을 아우르는 문학으로 나아가게 된다.

4. '허위의 근대도시' 동경

김윤식은 1937년 이상이 동경에서 죽은 것에 대하여 '이상에 있어 동경이 종착역이라는 사실은 아무리 강조되어도 지나침이 없다. 대일본제국의 수도이자, 상해를 빼면 동양 속의 최신 현대 도시 동경에서 실제로 그가 죽었다는 사실과, 그의 죽음의 상징적 의미 어느 쪽을 보아서도 동경에서의 죽음은 종착역의 뜻을 갖추고 있다. 그는 살아 돌아올 수 없는 여행을 떠났던 것인데, 이 사실은 한국 문학상에서의 모더니즘 운동의 상징적인 장례식이라 불러도 좋을 만큼 현란하고 비장한 모습을 띄고 있어 인상적이다.'[11]라고 서술하고 있다. 1936년 모더니즘의 전성기를 지나 도일한 이상과 달리, 박태원이 유학한 1930년부터 1931년이라고 하는 시기는 동경이 눈부신 변화를 이룬 시기였는데, 그 시공간적 배경을 살피고 나서 「반년간」속의 동경과 '신숙(新宿)'을 분석해 나가보자.

1) 1930년의 동경—모던'相'의 확산과 모던'層'의 불안

우선, 1929년에 발표된 사이죠 야소(西條八十作) 작사, 나카야마 신페이(中山晋平) 작곡으로 가요계를 풍미한 〈동경행진곡〉이 1930년에 대유행했다. 철수와 조선인 여급 미사코(신은숙)가 간 신주쿠의 댄스홀에서도 그 〈동경행진곡〉이 흐르고 있었다. 이소다 코오이치(磯田光一)는 '동경행진곡은 사상으로서의 동경을 생각할 때 상징적인데, 그것은 소화의 동경을 규정하는 이미지가 거의 이 시점에서 갖춰져 있기 때문이다'[12]라고 지적하고 있다.

그러면 여기서 동경행진곡의 기시를 구체적으로 알아보지. 제 1연은 '옛날이 그리운 긴자의 버드나무 중년여인의 염문을 누가 알까……'로 시작되고, 이어서 '재즈로 춤추고 리큐르로 밤 깊어지고 날 밝으면 댄서의 눈물비'에서는, 리큐르, 즉 양주로의 대중의 취향 변화와 댄서의 한탄을 읊고 있다.

2연에서는 '사랑의 마루빌딩 그 창가 언저리 울며 연서를 쓰는 사람도 있다'로, 마루빌딩이 동경 건축구조물의 상징으로서 나타나고 있다. 미츠비시지지소주식회사판(三菱地所株式会社判)『축쇄 마루노우치 지금과

옛날(縮刷 · 丸の内今と昔)』(1952)에 의하면, 마루빌딩의 준공은 1923년 2월이지만, 관동대지진에 의한 피해의 개보수 완료는 1926년 7월이고, 1926년은 소화의 원년이기도 해서, 소화 시기의 동경과 함께 출발했다고도 말할 수 있을 것이다. 3연의 가사는 '넓은 동경 사랑 때문에 좁은 근사한 아사쿠사 몰래한 사랑'으로 이어진다.

그러나 무엇보다도 중요한 것은, 신주쿠(新宿)가 처음으로 가요곡 역사에 등장한다고 하는 사실이다.[13]

제 4연은 '시네마 볼까요 차 마실까요 차라리 오다큐로 도망갈까요 변하는 신주쿠 그 무사시노의 달도 백화점 지붕에 뜬다'인데, 신주쿠에서 시네마, 차(끽다점), 백화점, 오다큐라는 식으로 되어있다. 즉, 근대 도시 문화의 대표적인 것이 망라되어 있는 곳이 신주쿠인 것이다.

오다큐선(小田急線)은 1925년에 개통되었으니 4연의 가사는 바로 '소화'시기 동경의 상징적인 장면을 말해주고 있다고 할 수 있다.

「반년간」의 카페 장면에서 여급 사요코의 이야기가 나온 끝에 '부인공론두 때때루 읽어보슈. 사요꼬라고 하는 것은 부인공론에 당시 연재되는 히로쯔 가즈오(広津和郎)의 소설 조쭈(女給)의 여주인공의 이름에 틀림없었다.'(314쪽)로 언급되는, 히로츠 카즈오(広津和郎)의『여급(女給)』도 1930년에 발표되었다. 또 1930년 당시 꿈의 초특급인 '츠바메(つばめ)'가 동경과 오사카 간을 8시간으로 연결하게 된다.

후에 대중화 사회라든가 도시화 현상이라는 말로 일컬어지기 시작한 사회 현상, 세상은 이즈음부터 모두 갖추어졌고, 관동대지진(1923)에 의해 잿더미의 폐허로 변한 동경의 그 '부흥제(復興際)'가 1930년인 점도 주목을 요할 만한 사실이다. 부흥의 과정을 통해서 농촌부에서 어마어마한 젊은 인구가 도시로 유입되어서 1929년에 간행된 오오야 소오이치(大宅壯一)의 『모던층과 모던상』에 보이듯이, 이들 모던 「층(層)」에 의한 모던 「상(相)」이 출현했다. 따라서, 동경이 참된 의미에서 모던 도시, 근대 도시로 된 것은 1929년부터 1930년의 시기인 것이다.

그러나, 야스다 타케시(安田武)의 『소화동경사사(昭和東京私史)』에서는 다음과 같이 모던 문화의 어두운 그늘에 대해 서술하고 있다.

> 동경행진곡은 원래 키쿠치 칸 소설을 영화화했을 때의 주제가였는데, 그 기쿠치 칸이 주재하는 문예춘추사에서는, 1930년에 잡지 『모던일본』을 창간했다. 창간 기념으로 독자의 원고를 모집하여 3개의 과제를 내고 있다. 하나는 우리 모던 향락법 , 둘째는 모던을 사랑하는 법, 사랑받는 법, 셋째는 마을에서 가장 모던보이, 모던걸의 생활모습과 그들을 둘러싼 가정 등을 생생하게 묘사해 주십시오 라고 되어있다. 그런데, 다른 한편 이 <u>모던보이 모던걸의 전성시대인 1929년 가을, 관리의 대감봉이 행해지고 있는 것이었 다. 졸지에 당한 대감봉에 봉급생활자의 대동요, 암영에 싸인 관리 사회, 중대한 사회문제로 라고 신문은 보도했다. 모던 세상의 바닥은 얕고, 모던 계층의 생활은 불안정한 것이었다.</u>14)

또한, 프롤레타리아 문학 초기의 지도적 이론가로서 활약한 아오노 스에키치(靑野季吉)의 『샐러리맨의 공포시대』(1930)에도 '샐러리맨의 고난, 공포는 한편으로는, 도회에 있이시 근대적 退廢 즉 모던, 데카덩스의 여러 모습이 되어서 나타나고 있다. 재즈와 댄스와 카페와 넌센스와 에로티시즘과의 광란, 혹란의 세계가, 그 최첨단의 압축된 장면이다'라는 내용이 보인다.

1930년은 1929년 세계대공황의 여파에 의한 소화공황으로 노동자의 임금 인하, 해고, 스트라이크 등으로 불황은 더욱 악화된 시기이기도 했다. 시내에는 '가재도구를 팔아치우고 비장한 갱생의 길로 노점시대의 출현 벌써 87개소'(『요미우리 신문』1월 21일)라는 상황도 벌어질 정도였다. 그리고 다음 해인 1931년 9월 18일에는 만주 사변이 일어나 대중내셔널리즘이 출현하게 된다.

2) 신주쿠 ―'근대적 불량성'

관동대지진의 폐허를 복구한 〈부흥제〉가 열리는 한편, 모던문화의 퇴폐와 소화불황으로 인한 생활환경 악화가 어느 시기보다 두드러졌던 1930년이라는 시기에 동경유학을 한 박태원은, 신주쿠의 역사와 발전과정, 현재에 대해서 날카로운 관찰을 하고 있다. 그것은 앞서 말한 신주쿠의 1930년의 위치, 의미와도 정확히 일치한다.

> 진재전(震災前)까지도 신숙은 한 개 보잘 것 없는 동리였다. ……신숙이 동경의 시민과 교섭이 있다면, 그것은 '유곽'을 통하여서의 일이었다. …… 그러 하던 것이 저 유명한 관동대진재를 겪고 나자 갑자기 급속한 발전을 하였다. 신숙은 진재에도 타지 않았다. 그러나 진재 후의 신숙은 결코 진재 전의 신숙이 아니었다. 진재에는 타지 않았어도 새로운 건설을 위하여서는 우선 사람 손에 도괴될 필요가 있었다. 길을 닦는 요란한 곡괭이 소리, 곡괭이 소리 뒤에 일어 나는 아스팔트 굽는 연기. 그 연기와 함께 새로운 건물, 광대한 건물은 한층, 두층, 세층, 네층 높게 더 높게 쌓아 올라갔다. 백화점이 생기고, 극장이 생기고, 요리점, 카페, 음식점, 마찌아이(待合), 땐스홀. 그리고 온갖 종류의 광대한 점포―양편에 늘어선 그 건물 사이를 전차, 자동차, 자전거가 끊임없이 다니고, 그리고 <u>그보다도 무서운, 오―군중의 대홍수―</u> 밤이면 붉게 푸르게 밤 하늘에 반짝이는 찬연한 <u>네온싸인 문자 그대로의 불야성 아래 비약하는 근대적 불량성</u> ―……신숙이 이렇게 고속도로 발전한 것에는 도시와 근교와 지방의 교류작용에 힘입음이 많다. 신숙역 안에 한발을 들여놓아 보라. 정확하게 시분의 간격을 두고 도착하는 중앙선 전차. 멀리 '신주(信州) 갑주(甲州) 등지에서 객을 끌어오는 열차. 동경 시외를 순환하는 야마데센. 그리고 <u>유행가(동경행진곡, 인용자 주) 속에까지 나오는 오다뀨―(小田原急行)</u>   (339~340쪽)

박태원은 대도시 신숙에서 '노다군 돈없네. 모레까지 지불유예, 대실

패. 밤에 요코하마 간다. 비전지죄…뒷간 주의하라. 붉은 손수건).'(341
쪽) 등이라고 쓴 고지판을 읽고, '신주쿠역의 고지판 위에 거기에 도회의
고민, 도회의 죄악'을 발견한다. 신주쿠라고 하는 불야성의 거리 아래
군중의 대홍수 속에서 움직이고 있는 인간 개개인의 모습으로 관심을
옮기고 있다. 근대 도시의 겉모습 뿐 만 아니라 그 내면이 보이게 되고,
소화 동경의 대표 거리 신주쿠는 휘황한 시각적 풍물의 소멸과 함께
밤이 되면 허무함에 빠지는 '근대적 불량성'의 거리로서 파악된다. 그것
은 '근대'라고 하는 이름이 가진 내면의 '허위'의 발견이었다고 할 수 있
다. 식민지의 작가 박태원은 제국의 수도 동경 신주쿠에서 '비약하는
근대적 불량성'을 실감하게 되는 것이다. 그것은 필연적으로 식민지 도
시 경성의 현재와 미래에 대한 깊은 성찰로 이어지게 했을 것이리라.

거리는 애달픈 꿈을 꾸고 있는 것이다. 철수는 아스팔트 위를 내려다보
았다. 그는 그곳에 주검과 같이 가혹하고 얼음장같이 싸늘한 도회의 외각
을 보았다. 허리를 굽혀 손으로 그것을 어루만질 때 사람은 응당 그 차디찬
촉각에 진저리칠 것이다. 그는 이미 전차가 굴러 다니지 않는 넉 줄 레일을
그 위에 보았다. 레일은 서로 가지런히 일정한 간격을 보지한 채 어디까지
든 연장되어 있는 듯 싶었다. 철수는 그 마물과 같이 꿈틀거리는 레일을
눈으로 쫓고 있는 중에 서리 위를 달리는 한 채의 인력거를 보았다. 시내가
저를 잊고 시대가 저를 내어 버리고, 그리고 시대가 저를 돌보지 않는 것을
슬퍼하는 듯이 하소연 하는 듯이, 그러면서도 그의 옷자락에 매어 달려 몸
부림하기까지의 기운이 없는 듯이 밤 깊은 대도시의 거리 위를 달리는 인력
거는 그렇게도 기력이 없었고, 또 그렇게도 초라하였다.   (271~272쪽)

그는 다시 쓸쓸한, 외로운, 잠자는 거리 위를 한없이 먼 곳까지 바라보았다.
그리고 일순간 그 길 위를 혼자서 한없이 먼데까지 걸어가고 싶은 충동을 느
꼈다.
(273쪽)

박태원은 대지진 후 동경의 변화를 가장 잘 드러낸 상징적 공간인

신숙의 밤거리에서 '근대'의 실체를 확인할 수 있었다. 그에게는 제국 일본의 수도가 가진 허무하고, 인간에게 차가운, '가혹하고 얼음장같이 싸늘한' '근대'의 속성을 파악할 수 있는 감수성과 시선이 있었던 것이다. 시대와 동떨어져 멀어져가는 '인력거'가 기운 없이 달려간 길을 바라보며 '한없이 먼데까지 걸어가고 싶은 충동을 느꼈다'는 것은 '레일'로 상징되는 근대도시 문명이 아닌 '인력거'에의 공감이며, 박태원은 근대도시 문명에의 막연한 동경을 버리고, 자신만의 길을 걷겠다는 의지의 표명으로 읽을 수 있다.15) 실제로 그는 호세이대학을 중퇴하고 1년여 만에 귀국하여, 식민지 조국의 현실에 뿌리를 내리고 세계관의 변모를 보이는 작품을 잇달아 발표한다.

1934년 「소설가 구보 씨의 일일」이 바로 그 대표적 소설이다. 기존의 수많은 연구들에서 다룬, 소설가 지망생 구보 씨의 하루 동안의 경성 산책이라는 단순한 산책자 모티브를 넘어서, 경성이라는 도시 공간에 대한 정치경제적 해석이라는 틀로 분석한 정현숙의 연구16)는 매우 시사적이다. 본 글이 밝히고자 했던, 박태원이 당시 동경의 '허위'와 '근대적 불량성'을 깨닫고 귀국 후 한국적 모더니즘의 작품 방향으로 나아갔다는 사실을 뒷받침할 수 있는 매우 유효한 시점을 제공하기 때문이다. 즉, '1930년대 도시 공간과 박태원의 소설을 연결하면서 도시 공간에 얽혀있는 사회정치적 관계망을 드러내고, 박태원은 경성에 대한 피상적인 관찰이 아니라, 경성을 둘러싸고 진행되는 식민지 도시화의 내적 매카니즘에 대한 천착을 보여주고 있다'는 시각은 바로, 일본유학 후 박태원이 도달한, 식민지 문학인의 기법과 정신을 연결하는 연속성을 가진 한국 문학 방법에의 길이었던 것이다.

「소설가 구보 씨의 일일」(1934)에서 '은좌(銀座)'라든가 '히비야(日比谷)

공원'은 과거 추억 속의 공간일 뿐이며, 이내 회상의 조각으로 떠올랐다 사라진다. 명치(明治)제과, 도떼(土手)공원, 고원사(高円寺), 간다(神田), 호세이대학 주변 등, 일본이라는 근대적 요소이자 근대를 실어 나르는 매개물은 「소설가 구보 씨의 일일」의 여러 곳에 잠복되어 있다가 종종 나타난다. 그러나 그런 일본의 요소들은 구보의 하루의 산책에서 떠올랐다가 사라질 뿐이다.

유끼짱―보이지 않는 구석에서 취성(醉聲)이 들려왔다. 구보는 창밖 어둠을 바라보며, 문득, 한 아낙네를 눈앞에 그려보았다. 그것은 '유키'―눈이 그에게 준 생각이었는지도 모른다. 광교 모퉁이 카페 앞에서, 마침 지나는 그를 작은 소리로 불렀던 아낙네는 분명 소복을 하고 있었다. 말씀 좀 여쭤보겠습니다. 여인은 거의 들릴락말락한 목소리로 말하고, 걸음을 멈추는 구보를 곁눈에 느꼈을 때 그는 곧 외면하고, 겨우 손을 내밀어 카페를 가리키고, 그리고, "이 집에서 모집한다는 것이 무엇이에요." 카페 창옆에 붙어 있는 종이에 여급대모집(女給大募集). 여급대모집 두줄로 나누어 씌어있었다. 구보는 새삼스러이 그를 살펴보고, 마음에 아픔을 느꼈다.
(『소설가 구보 씨의 일일』, 문학과 지성사, 2003, 85쪽)

취한 목소리에 담긴 유끼짱이라는 일본식 이름에서 구보는 유끼―눈이라는 일반명사를 떠올릴 뿐이다. 그리고 곧 흰 눈이라는 일본이 '유끼'는 주선의 수복 입은 아낙네의 연상으로 이어진다. '女給大募集'의 문구를 물어보던 어떤 소복 입은 아낙네를 떠올리며 그 아낙네의 빈곤과 불행을 생각한다. 이렇게 유끼짱이라는 일본의 흔적은 소복을 입은 조선의 아낙네로 위치 바꿈된다. 소복의 아낙은 그가 여급이라는 말을 설명할 때 '말을 끝까지 듣지 않고 혐오와 절망을 얼굴에 나타내고' 초연히 그 앞을 떠난다. 이 인용문에서 알 수 있듯이, 더 이상 일본은 그의 기억 속에서 어떤 의미도 갖지 않으며, 그 자리엔 '핏기 없는 얼굴에는 기품과 또 거의 위엄조차 있었던 아낙(조선)에의 연민과 공감이 들어선 것이다.

5. 맺음말

　지금까지 이 글은 박태원의 문학적 토양이 되는 다양한 요소 중에서 그간 소홀히 다뤄졌던 1930년부터 1년여의 동경 유학에 주목하여 그의 작품 세계와 동경유학과의 연관 관계를 논의하였다.

　유학 초기 서울과 동경을 동일시했던 박태원은, 어느 비 오는 날 아리랑을 휘파람으로 불면서 다리를 절며 걸어가는 아이를 통해 제국 일본과 식민지 조선 사이의 거리를 깊이 인식하게 된다. 도일 전에 '절뚝발이'는 인간의 '거짓'을 비유하는 단어였지만, 도일 후에는 식민지 근대의 파행(跛行)성을 보이는 조선으로 상징이 전복된다. 한국 식민지 모더니즘 문학을 위한 길 찾기의 출발점이 된 것은, 1923년 관동대지진 후 1926년 이후의 '소화' 동경을 대표하는 거리인 신주쿠의 밤거리에서 도달한 '근대적 불량성'에 대한 성찰이었다. 그가 유학한 1930년이라는 시기는 모던 문화의 확산과, 소화 공황으로 인한 경제사회적 불안이 심화된 때였다. 이 시공간적 사회적 배경도 그가 '근대'에 대한 인식을 새로이 하게 된 주된 요인으로 작용했다.

　박태원은 근본적으로 도시에 매혹과 열정을 지닌 도시의 관찰자로서의 산책자가 아니었다. 귀국 후 1933년부터 박태원은 본격적으로 식민 자본주의에 대한 비판적 성찰을 보여주며 한국적 전통과 모더니티를 조화시킨 문학을 내놓게 된다. 그 대표적인 작품이 1934년 「소설가 구보 씨의 일일」인데, 이 작품 속에서 일본은 잠복되어 있다가 종종 나타나지만 회상의 편린으로 흩어질 뿐, 일본의 흔적은 식민지 조선 경성의

현실로 치환된다. 그의 소설은 식민지 조선의 왜곡된 근대화를 문제
삼게 된 것이다.

【주】
 * 본 연구는 2011년 『일본언어문화』(제19집)에 발표한 「식민지 문학과 동경(東京)—박태원의 「반년간」을 중심으로—」를 수정・보완한 것임.
** 숭실대학교 강사.
1) 김윤식, 「〈날개〉의 생성과정론-이상과 박태원의 문학사적 게임론」, 『한국현대문학비평사론』, 서울대출판부, 2000.
2) 김미지, 「식민지 작가 박태원의 외국문학 체험과 '기교'의 탄생」, 『구보 박태원 탄생 100주년 기념 학술대회 자료』, 구보학회, 2009, 25~26쪽.
3) 숙부 박용남은 1909년부터 『의학신보』 발행 시 중심적인 역할을 했다. 한국 최초의 서양의학기관인 대한의원에서 『東西医学方』을 발행했는데, 박용남은 「家庭救急方」을 편집하는 등 서양의학의 보급에 힘을 쏟았다. YMCA의 촉탁의사로서 당대의 명사, 문인들과 교류가 깊었으며 박태원에게 이광수를 소개했다.
4) 1925~26년(10대 후반)에 '구소설을 졸업하고 신소설에 입학한' 박태원은 학교를 휴학하고 서양의 신문학, 일본과 조선의 문예 잡지들을 탐독하며 문학수업을 한다. 도일하기 전까지 대부분의 시간을 독서로 보냈다. 시를 신문에 실은 것이 1930년 『동아일보』이고, 본격적인 소설은 1930년의 「적멸」과 「수염」이기에 그의 본격적인 작가로서의 출발 시기는 1930년이라 할 수 있을 것이다.
5) 호세이대학 재학 기간은 학적부에 의하면 1930.4.4~1931.6이다. 수업료 미납으로 제적된 것으로 나타나 있다. 경성제일고보 출신의 우수한 그가 왜 호세이대학으로 정했는지에 대해서는 졸고 「박태원의 동경유학 배경」(『구보학보』, 깊은샘, 2010) 참조.
6) 박태원은 이 작품 연재에 앞서 '작가의 말'을 통해 창작의도를 밝히고 있다. 그 내용은 나음과 같다. '「반년간」은 동경에 있어서의 〈반년간〉입니다. 직자는 이 소설 속에서 동경에서의 우리 몇몇 친구의 생활을 그려보려 합니다. 이 계획을 가진지 이래 삼년, 이제 기획을 얻이 펜을 들었습니다. 얼마만한 실력을 얻어 써 독지 제씨의 기대에 저바리지 않는 바이 있을지는 작자 스스로 한 개의 수수께끼입니다마는 작가만은 참신한 노력을 약속하고자 합니다. 1930년 10월부터 1931년 3월까지의 동경의 〈반년간〉 그러니까 근린군부를 편입하여 이룬 새로운 동경 이전 동경이 이 소설의 무대가 될 것입니다.'
7) 강현구, 「박태원소설연구」, 고려대학교대학원 박사학위논문, 1991, 34~37쪽.
8) 정현숙, 「박태원 소설의 내부텍스트성(intratextuality) 연구」, 『인문과학연구 27』, 한림대학교 아시아문화연구소, 2010, 293쪽.
9) 「병상잡설」 텍스트 인용은 『구보가 아즉 박태원일 때』(깊은샘, 2005)에 의한다.
10) 발터 벤야민(ヴァルター・ベンヤミン)/ 久保哲司訳, 「ボードレールにおけるいくつかのモティーフについて」, 『ベンヤミンコレクション1近代の意味』, ちくま学芸文庫, 2007, 445쪽.

11) 김윤식, 「수심을 몰랐던 나비」, 『이상문학전집』, 문학사상사, 2003, 287쪽.
12) 이소다 코오이치(礒田光一)『思想としての東京』国文社, 1984, 89쪽.
13) 이소다 코오이치(礒田光一), 위의 책, 92쪽.
14) 야스다 타케시(安田武), 朝文社, 1994, 32~36쪽.
15) 박성창도 '박태원은 같은 모더니스트로 분류되는 김기림이나 이상과는 달리 도시나 문명에 관한 예리한 지적을 남겼다거나, 이상이 농촌(혹은 자연)과 도시(혹은 문명)의 철저한 이분법에 근거하여 사유를 진행시킨 것과 극명하게 대조된다. 이는 박태원 소설에서 도시성이나 문명의 양상에 대한 탐색이 그 전면적인 위치를 차지할 만큼 중요한 것이 아닐지도 모른다는 추측을 가능하게 한다. 도시성이나 문명에 대한 성찰은 박태원 문학을 구성하는 여러 주제 들 가운데 하나로서의 의미만을 지니고 있으며, 소설가 구보씨의 일일도 그런 측면에서 접근해볼 필요가 있지 않은가'라고 인상적인 지적을 하고 있다. 「모더니즘과 도시 : 박태원 소설에 나타난 산책자 모티브 재고(再考)」, 『구보 박태원 탄생 100주년 기념 학술대회 자료』, 구보학회, 2009, 49쪽
16) 정현숙, 「1930년대 도시공간과 박태원 소설」, 『현대소설연구』31집, 2006.

한·일 전쟁문학, 체험을 통한 자기인식[*]
─ 오오오카 쇼오헤이와 이병구의 아시아태평양전쟁소설 비교 ─

장지영[**]

1. 머리말

　'전쟁문학'이란 전쟁을 직접적인 제재로 한 문학, 다시 말해 전쟁터를 주된 배경으로 하여 거기에 등장하는 군대나 군인을 중심으로 한 문학이라고 정의할 수 있다. 그런데 작가의 입장에서 보면, '전쟁문학'이란 전쟁에 대한 작가의 의미부여라고 해석할 수 있을 것이다. 이는 전쟁을 직접 겪은 작가의 경우, 체험으로서의 전쟁을 어떻게 인식하고 묘사했는가라는 문제와 연결된다. 전쟁은 인간의 일상을 파괴시킬 뿐만 아니라, 인간을 인간답지 않은 행동의 주체자로 몰고 간다. 따라서 전쟁을 체험한 작가들은 스스로 체험한 일들을 작품을 통해서 형상화시킴으로써 자신의 체험을 검증하고 그 의미를 추구하는데, 이는 때로는 증언과 고발로, 때로는 자기변명 등 다양한 형태로 시도되고 있다.

　오오오카 쇼오헤이(大岡昇平; 1909~1989)와 이병구(1926~)는 아시아태평양전쟁에서 일본의 패색이 짙어가던 1940년대 중반 필리핀에서 일본군으로 전쟁에 참전했으며, 자신의 전쟁체험을 토대로 한 전쟁소설을 발표함으로써 문단에 데뷔했다는 공통점을 갖고 있다. 그러나 30대 중반의 나이에 보충병으로 참전한 일본인과 10대 후반에 강제 징집된 한국인 학도병이라는 서로 다른 입장으로 인해, 작품 속에 나타난 전쟁을 보는 시각이나 극한상황에 처한 주인공이 군대라는 집단에서 벗어나 개인으로서의 자기를 인식하고, 자신의 존재 의미를 추구해가는 양상에는 미묘한 차이가 엿보인다.

본고에서는 오오오카(大岡)와 이병구가 작품을 발표했을 당시 한국과 일본의 시대적 배경 및 전쟁문학에 대한 이해를 돕기 위해, 먼저 양국의 전후 전쟁문학이 어떠한 특징과 양상을 보이는 지를 살펴보고자 한다. 그리고나서 오오오카의 『포로기(俘虜記)』(1952)와 이병구의 「후조의 마음」(1958)을 중심으로, 동일한 전쟁을 다룬 두 작가의 전쟁소설 속에서 체험이 어떻게 형상화되고 있으며, 그 과정을 통해 나타나는 주인공의 자기인식이 어떠한 양상을 보이는 지를 비교 고찰해보고자 한다.

2. 전후 전쟁문학의 특징 및 양상

전쟁 양상의 차이는 전쟁이 끝난 후에 쓰여진 많은 소설작품의 주제나 태도에 큰 영향을 끼친다. 국가의 전쟁역량을 총동원해 싸운 전면전의 양상을 띠는 제2차 세계대전의 경우, 작가들이 전쟁을 하나의 사회적 현상[1]으로 보았다는 점에 주목하게 된다. 제2차 세계대전을 주제로 한 많은 전쟁소설은 주로 전쟁의 사실적 모습과 그와 관련된 사회적·정치적 문제를 전달하는 데 중점을 두고 있으며, 군대조직 그 자체가 중요한 관심의 대상이 된다는 특징을 갖는다. 따라서 제2차 세계대전에서의 전쟁은 사회적 병리현상을 깨닫는 계기가 되며 그러한 사회적 부조리와 모순을 들추어내는 것이 전쟁소설 작가들의 목적이 되고 있다. 또한 작품 속에서 군대는 단순히 전쟁을 수행하는 집단으로서만이 아니라 사회의 축소판으로 묘사되며, 인종차별·계층적 구조 속에서의 계급의식·경제적인 불평등·비민주적 행위 등 사회적 악습을 반영하는 곳이라는 사회비판에 중점을 두고 있다.

이러한 특징은 제2차 세계대전의 일부인 아시아태평양전쟁을 다룬 한국과 일본의 전쟁소설에서도 엿볼 수 있다. 그러나 한국의 경우 아시아태평양전쟁 소설에서보다는 6.25전쟁 소설에서 이러한 양상이 두드러지게 보이는데, 이는 각각의 전쟁에 있어 한국과 일본이 처했던 입장, 전쟁체험의 성격 등이 달랐던 점에서 그 원인을 찾을 수 있을 것이다.

한국과 일본에 있어 아시아태평양전쟁은 다음과 같이 대비되는 양상을 보인다. 먼저, 일본의 경우 서구열강과 마찬가지로 가해자로서 지배체제를 취하며 영토 확장 등 공세적 침략을 앞세우며 도전적 제국주의의 성향을 보인다. 이때 전쟁은 직접적인 체험이었고, 당시의 분위기는 승리적 성취감을 띠었다. 이에 반해 한국은 국토를 상실한 피지배체제에서 수세적 방어의 입장을 보이고 있다. 야유강시저인 역사 속에서 비참한 수난을 받으며 패배적 좌절감이 지배적인 가운데, 독립운동을 위한 항거를 거듭해왔다. 이러한 전쟁체험의 대비적 양상은 문학에도 반영되어 적지 않은 차이점을 보이고 있다.

1) 일본의 전쟁문학

패전 후의 전쟁문학은 1945년 가을에 이미 쓰여지기 시작했던 오오타 요오코(大田洋子)의 『시체의 거리(屍の町)』와 하라 타미키(原民喜)의 『여름

꽃(夏の花)』 등의 '원폭문학'과 우메자키 하루오(梅崎春生)의 「사쿠라지마
(桜島)」(1946)를 시작으로 하는 전후파작가의 '반전문학'에 의해, 먼저 그
기본적인 특색이 만들어졌다고 볼 수 있다.

　근대전쟁의 특징은 총력전이라고 할 수 있다. 이로 인해 비전투원이
라고 불리던 후방의 노인·아이·여성·병약자들도 전투에는 직접 참
가하지 않았지만, 전쟁에서 자유로울 수 없었다. 뿐만 아니라, 전쟁의
진행 확대 과정 속에서 후방이었던 일본 본토도 공습이 일상화하는 등
전장화(戰場化)되어갔고, 상륙작전이 감행된 오키나와는 물론 원자폭탄
이 투하된 히로시마(広島)와 나가사키(長崎)는 그 중 가장 처참한 전쟁터
였다고 하지 않을 수 없다. 이로 인해, 전후 일본 전쟁문학에 있어 원폭
체험은 중요한 소재이자 주제의 하나가 되었다. 그 대표적인 작품이 앞
에서 언급한 오오타(大田)의 『시체의 거리』와 하라(原)의 『여름꽃』, 이부
세 마스지(井伏鱒二)의 『검은 비(黒い雨)』 등이다. 그런데 패전 직후 미군
점령 치하에서 점령군을 비판하는 표현은 터부였다. 피폭자가 쓴 작품
조차 그 입장이 허용되지 않으면 부분 삭제를 한 상태로 출판되는 상태
였기 때문에, 작가들은 원폭문제를 정면에서 다루기를 꺼렸다. 이로 인
해 원폭의 문제가 본격적으로 다루어진 것은 점령군의 신문 편집 요항
의 해제가 이루어진 이후였다[2].

　다음으로, 반전의 성격을 띠는 전쟁소설로는 먼저 전쟁터의 군대와
병사를 그린 작품들을 들 수 있다. 해군에 소집되어 암호특기병으로
큐우슈(九州)를 전전했던 우메자키(梅崎)의 「사쿠라지마」를 시작으로, 필
리핀에서의 전투 및 포로 체험에 기초한 오오오카의 『포로기』와 『들불
(野火)』, 작가 중 유일하게 특공대원으로 근무했던 시마오 토시오(島尾敏
生)의 「섬의 끝(島の果て)」(1948)·「출고도기(出孤島記)」(1949), 아가와 히

로유키(阿川弘之)의 학도병 체험에 근거한『봄의 성(春の城)』(1949), 군대 내무반을 무대로 군대와 전쟁의 본질에 도전한 노마 히로시(野間宏)의 『진공지대(真空地帯)』(1952), 에자키 마사노리(江崎誠致)가 자신의 전쟁터 체험을 바탕으로 하여, 루손섬 산 속에 남겨진 부대가 도피를 계속하다 종전과 함께 미군에 투항하기까지의 경과를 그린「루손의 골짜기(ルソンの谷間)」(1956) 등 작가들이 군인으로서 전쟁에 참가했던 자신의 체험을 토대로 한 전쟁소설들을 잇달아 발표한다.

이러한 경향은 패전 직후 유행한 기록문학과의 연장선상에서, 개인적인 생존 추구보다는 집단에 의한 희생이 강요되고 자신의 생존을 위해 타인을 죽일 수밖에 없었던 이상(異常) 상황에 놓여있던 자신의 과거 체험에 대한 의미 추구에서 생겨났던 것이라고 해석해 볼 수 있다. 그 중, 노마(野間)의『진공지대』는 개인의 이야기를 벗어나 군대 조직의 모순을 테마로 다루었다는 점에서, 오오오카의『포로기』는 전쟁을 외적인 환경으로 보고 포로 집단의 생태를 분석적으로 파악함으로써 전시하·점령하 일본의 현실 비판으로 나아갔다3)는 점에서 주목할 필요가 있다.

그 밖에 펜부대로서 종군한 체험을 토대로 한 작품으로 선전반의 일원으로서 지비(java)에 채제했던 자신의 징병 체험을 소재로 그린 아베 토모지(阿部知二)의「죽음의 꽃(死の花)」(1946), 1944년 3월 보도반원으로 패색이 짙은 마닐라에 가서 군인들과 함께 산속에 들어갔을 때의 경험을 기록한 콘 히데미(今日出海)의「산중방랑(山中放浪)」(1949) 등이 있다.

2) 한국의 전쟁문학

1945년 종전과 함께 일본의 조선 지배가 끝나고, 문학에 있어서는 식민지 시절의 어둠과 난관을 새로이 조명하는 작품이 다수 선보인다.

그런데 1945년에서 1960년 사이에 발표된 소설 중, 아시아태평양전쟁기를 배경으로 한 것은 징용 체험을 다루거나 만주 등지에서의 귀향 과정을 다룬 작품이 대부분이었고, 본고의 대상인 전쟁소설에 속하는 것은 조선의용군 출신의 김학철과 학도병 출신 이병구의 작품 정도이다. 이 시기에 발표된 전쟁소설의 대부분은 아시아태평양전쟁이 아니라 1950년 발발한 6.25전쟁을 배경으로 한 소설인데, 이는 직접체험이었던 6.25전쟁과 비교할 때, 아시아태평양전쟁은 가해자였던 일본의 식민지로서 겪은 간접적인 체험이었다는 점에서 그 이유를 찾을 수 있을 것이다.

1946년 발표한 김학철의 「균열」은 중국에서의 조선의용군 경험을 그린 작품으로, 단결만이 전투에서 승리를 거둘 수 있었다는 확신을 그리고 있는데, 중국에서의 투쟁경험을 최초로 형상화했다는 점에 의의가 있다. 이병구의 작품으로는 1958년 조선일보 신춘문예 당선작인 「후조의 마음」과 「해태이전」(1958), 「두 개의 회귀선」(1960), 「기로에 나선 의미」(1960) 등이 있다. 이 작품들은 공통적으로 1944년 중반이후, 전쟁의 주도권을 잡기 시작한 미군의 공격으로 일본군이 산속으로 밀려가 패잔병생활을 하는 것을 시간적·공간적 배경으로 하고 있다. 그 밖에 1961년 영화화된 한운사의 「현해탄은 알고 있다」(1960)도 전쟁 중에 학병으로 끌려간 한국 청년의 이야기를 다룬다는 점에서 전쟁소설로 볼 수 있지만, 전쟁 자체가 주제라기보다는 전쟁이라는 혹독한 상황을 배경으로 일본 여인과의 사랑을 그리고 있다.

3. 오오오카의 전쟁소설에 나타난 체험분석을 통한 자기인식

오오오카는 전쟁 전에는 프랑스 문학, 그 중에서도 19세기 작가 스탕달에 관한 연구가로 알려져 있었는데, 35세라는 나이에 경험한 전쟁 및 포로생활을 계기로 하여 소설가로서 출발한다. 전쟁체험의 기록을 통해 작가로 출발했다는 점에서 전쟁에 의해 만들어진 작가라는 평[4]을 받고 있는데, 그 출발로 볼 수 있는 것이 『포로기』[5]이다. 『포로기』는 작가가 필리핀 민도르섬에 파병되어 암호수로 근무하다가 미군의 포로가 되었던 약 2년 동안의 체험을 토대로, 그 체험의 의미를 확인하고자 하는 의도에서 쓴 작품이다. 필리핀전투에 참전하고 포로생활을 하다가 일본으로 귀환한 '나(私)'를 주인공으로 하여, 현재의 시점에서 과거의 자기 자신과 체험을 응시하면서 그에 대해 기록해 가는 형식을 취하고 있다.

주인공인 '나'는 1944년 3월에 소집되어, 1945년 1월 25일 루손섬 남서쪽에 있는 민도르섬 산 속에서 붙잡힌 37세의 보충병이다. 소집에 응하기 전의 직업은 코오베(神戶)에 있는 어느 조선소의 사무원으로, 전쟁 중인 일본의 긴함(建艦) 상황을 보고 조국의 패배와 자신의 죽음을 확신하며 필리핀에 온다. 그런데 이 '죽음에 대한 확신'은 자신이 필리핀의 전쟁터에 오게 된 것이 군부에 의해서였고, 지금까지 그들을 저지할 아무런 조치도 취할 수 없었던 이상, 그들에 의해 부여된 운명에 항의할 권리는 없다고 생각하여 스스로 받아들이고자 노력한 결과였다.

> 나는 이미 일본의 승리를 믿지 않았다. 나는 조국을 이런 절망적인 싸움에 끌어들인 군부를 증오하였지만, 내가 지금까지 그들을 저지할 아무런 조치도 취할 수 없었던 이상, 이제 와서 그들에 의해 주어진 운명에 항의할

권리는 없다고 생각되었다. 일개의 무력한 시민과, 한 나라의 폭력을 행사하는 조직을 대등하게 평가하는 이런 사고방식에 나는 우스꽝스러움을 느꼈지만, 지금 무의미한 죽음으로 이끌려 가는 자신의 어리석음을 비웃지 않기 위해서라도 그렇게 생각할 필요가 있었던 것이다.[6]

(「포로기」, 8쪽)

'나'는 죽음을 각오하고 전쟁터에 왔다고는 하지만, 그 죽음에는 조국을 위해 목숨을 바친다거나 개인적인 이유에 의한다거나 하는 어떤 의미도 포함되어 있지 않다. 단지 군부에 의해 무의미한 죽음으로 이끌려 가는 자신의 어리석음을 비웃지 않기 위해서 죽음을 확신하고 있다고 생각했었던 것에 지나지 않기 때문에, '나'가 필리핀의 열대 풍물 속에서 발견하는 것은 죽음의 그림자를 압도하고 있는 '삶의 범람'이고 '자연의 아름다움'이다. 그런데 전투가 시작되어 동료들이 죽어가는 것을 직접 목격하게 되자, 『포로기』의 '나'는 돌연히 자신의 생환 가능성을 믿게 된다.

> 그러나 드디어 퇴로가 차단되고 주위에서 동료들이 차례로 죽어가는 모습을 보게 되자, 이상한 변화가 나의 내부에서 일어났다. 나는 돌연히 자신의 생환 가능성을 믿었다. (8~9쪽)

자신의 생환가능성을 믿게 된 것에 대해 '나'는 '이상한'이라는 표현을 한다. 그리고 미군의 습격에 대한 정보를 얻고 죽음을 각오했으나, 아무 교전 없이 끝나게 된 일에 대해서도 역시 같은 표현을 사용하고 있다. 이는 확실하게 다가오는 죽음을 마주하면서도 여전히 자신은 살아있다는 사실에 대한 인식 다시 말해 죽음이라는 관념과 살아있다는 사실 사이에서 느끼는 모순에 대한 자각으로 볼 수 있다. 이런 생존과 죽음의 모순에 대한 인식은 '나'가 죽음을 각오하고 전쟁터에 온 것이 자신의 의지에 의한 선택이라기보다는 외부적인 요인, 즉 운명에 맡긴 결과라는 것에 기인한다.

따라서 '나'는 군부에 의해 전쟁터에 보내진 자신의 운명에 순응해서, 확실한 자신의 죽음을 직시하며 살고자 한다. 그러나 실제로 죽음이라는 것을 접했을 때, '나'는 사전에 갖고 있던 확신에도 불구하고 모순된 감정을 느끼게 된다. 그리고 생존에 대한 본능과 죽음에 대한 관념 사이의 모순을 자각함으로써, '죽음을 무리하게 스스로 선택한 죽음이라고 생각하는 오만함이 일종의 자기기만에 지나지 않는다는 사실'을 깨닫게 된다.

그런 생존과 죽음에 대한 모순된 감정은 산속에 홀로 남겨졌을 때 결심한 자살과 그에 앞선 갈증 해소 욕구 사이에서 느끼는 갈등에서도 엿볼 수 있다. 미군의 습격을 받아 대피하던 중, 병들었다는 이유로 버림받아 홀로 남겨졌을 때 '나'는 다시 죽음을 생각한다. 그런데 죽음을 실행하고자 했을 때 '나'가 느낀 것은 '갈증'이었고, 점점 심해져가는 갈증에 '나'는 물을 찾아 길을 나선다. 자살을 하면 느끼지 못할 것임에도 불구하고, '나'는 먼저 갈증을 해소하고자 한다. 여기에서 '갈증'은 살아 있다는 사실을 느끼게 하는 감각으로, 죽으려는 데에 대한 육체적인 반작용임과 동시에 그 갈증을 해소하고자 한다는 점[7]에서 생존에 대한 '나'의 직접적인 의지의 표출이라고 해석해 볼 수 있다.

'물'을 찾아다니던 중 '나'는 미군이 나타나도 총을 쏘지 않겠다는 생각을 한다. 그런데 얼마 지나지 않아 '나'는 실제로 미군을 만나게 되고, 이 결의는 시련의 기회를 맞이하게 된다. 총의 안전장치를 풀기는 했지만, 때마침 산 위에서 들려 온 총소리에 미군이 떠나고 '나'는 결국 미군을 쏘지 않게 된다. 그 후 홀로 남겨졌을 때, '나'는 다시 갈증을 느낀다.

주위는 다시 조용해지고, 나는 또 홀로 죽음과 얼굴을 마주하며 남겨졌다. 나는 장비를 벗고 각반을 풀고 나서 천천히 몸을 뉘었다. 그러자, 갈증이 다시금 격렬하게 나를 엄습하였다.

　나는 만약 지금 즉시 자신을 죽인다면 동시에 이 갈증도 죽일 수 있으리라고 자신을 설득하려 했으나, 갈증은 허락하지 않았다. 내 목은 우선 그 말라붙을 듯한 갈증을 해소시키고 나서 존재를 말살시키기를 원하였다.

　이 요구는 당연하게 생각되었다. '한 잔의 물을 마시고나서 죽기를 원하는 자살자' 이 테마는 내 마음에 들었다. 나는 오히려 내 번뇌를 시인하였던 것이다.

(28쪽)

그리고 '나'는 죽기 전에 갈증을 해소하고자 하는 요구에 따라 '한 잔의 물을 마시고 나서 죽기를 원하는 자살자'로서 물을 구할 장소와 수단에 대해 생각한다. 물을 찾아 실컷 마시고 난 후 마음이 내킬 때 자살하기로 작정한 '나'는 물을 마시기 위해 살고자 식량을 준비하고 몸을 회복시키고자 힘쓴다. 그러나 준비를 마치고 출발하려고 할 때 자신이 가고자 했던 방향에서 총소리가 들리자, 주위에 미군이 있어 탈출이 불가능하고 결국 물을 마시지 못하고 죽게 되리란 것을 납득, 자살을 결심한다. 그리고 '이 평온한 결심에 진작 도달하지 못했던 자신에게 미소'짓는다.

이때의 '자살'은 이미 모방의 산물이나 전쟁터에서의 무의미한 죽음이 아니라, 절망상태에 빠져 아무런 의미도 갖지 못하는 괴로운 생존을 멈추려고 하는 욕구라고 할 수 있다. 이렇게 볼 때, 스스로에게 지은 미소는 죽음에 대한 관념을 뛰어넘어 자신의 생존 본능에 대한 시인과 긍정을 의미한다고 해석할 수 있을 것이다. 따라서 두 번에 걸친 자살 시도에 실패하고 미군의 포로가 되었을 때, '나'는 '항상 죽음을 눈앞에 두고 살아온 지금까지의 생활이 얼마나 기괴한 것이었는가'라고 자신이 놓였던 현실을 인식하게 되는 것이다.

유위(兪琦)는 전쟁이라는 이상한 체험을 통해 극한 상황 하에 놓인 인간의 생존과 죽음의 문제에 대한 진실을 추구하는 과정에서 작자의 자아 발현이 이루어졌다[8]고 보았다. 그런데 주목할 점은 그러한 자아 발현이 강요된 죽음이라는 관념 속에 숨어있는 생존에 대한 욕구를 인식하는데 그치지 않고, 자신을 전쟁터로 보내고 죽음을 강요한 국가라는 조직과 그에 항의하지 못하고 무의미한 죽음으로 이끌려 갔던 무력한 개인으로서의 자신에 대한 인식으로 이어진다는 점이다. 그리고 그 과정을 통해 '나'는 의지를 지닌 한 개체로서의 자기 자신을 인식하게 되는 것이다.

4. 이병구의 전쟁문학에 나타난 타자와의 관계를 통한 자기인식

1926년 충청남도 청양에서 태어난 이병구는 일제말기 학도병으로 동원되어 필리핀에서 일본군 생활을 했던 체험을 토대로 하여, 집요하다고 할 정도로 그곳에서의 체험과 그 의미를 천착한 작가이다. 필리핀·베트남 등을 배경으로 한 이병구의 남방(南方)문학은 당시 한국문학의 소재와 배경을 확장시켰다는 평가[9]를 받았는데, 단순한 이국적 소재와 배경의 설정에 머물지 않고 이를 통히어 휴머니티를 추구하고 있다는 점에서 그 의의를 찾아볼 수 있다.

이병구의 문단 데뷔작인 「후조의 마음」은 1945년초 필리핀의 루손섬을 배경으로 한다. 미군의 루손 상륙작전 당시 바다에 늘어선 수많은 미 함정을 보고 실망한 일본군은 산으로 들어가 하나 둘씩 쓰하부락에 모인다. 숨어든 마을에서 항복을 권고하는 천황명의의 삐라를 보지만, 이를 적의 기만술책이라고 여긴 백여 명의 패잔병들은 가장 높은 계급인 '무라다(村田)' 대위를 대장으로 하여 하나의 단체를 이룬다. 미군의 공격을 받아 산속으로 도망쳐 이미 '軍紀니 성전이니'는 벌써 그때가 아'닌 패잔병들이었지만, 그들은 십 년의 세월이 지나도록 여전히 '군인 법전'을 실천하며 일본 군대의 문화를 유지하고 있었다. 그리고 마을의 토인들과 나름의 협정을 맺고 평화로운 생활을 하고 있었다. 그 협정이란, 일본인패잔병과 쓰하족 처녀와의 결혼이었다. 결혼은 일렬횡대로 늘어선 패잔병들 중에서 신부가 자신의 남편을 직접 선택하는 것으로 결정되었기 때문에, 그 순서를 둘러싸고 서로간의 알력이 심했다.

따라서 이러한 결혼 과정을 통해 주인공 김동수가 자각하는 것은 현재 자신의 위치로, 계급이나 전투능력과 상관없이 전투를 할 수 없는 장애인 바로 앞에 위치한 자신의 자리에서 그는 식민지 출신이라는 사실을 실감한다[10]. 다른 일본인들이 '오기'라고 하지만, 김동수는 '심장이 격하는 대로 피학의 시간에 서서 입술을 물었고 주먹'을 쥘 뿐이었다.

그러한 갈등이 표면에 드러나는 것은 동수가 쓰하족 처녀의 반려로 선택되면서부터였다. 자신이 선택되자 동수는 하늘로 솟아오르는 흥분을 느끼며 기뻐하지만, 다른 패잔병들은 이를 받아들이지 못한다.

> "저것은 반도인이다!"
> "야 김가 새끼야."
> "신부는 그것도 모르는가!"
> "내놔라!"
> "대장님, 재선!"
> 열이 함부로 구겨지며 그 물결이 숭굴숭굴 싸잡아 나왔다. 그냥 에워싸 덮어 버리겠다는 것인가, 모두의 눈에 핏발이 섰다. 험악한 공기를 보고 대장이 군도를 빼들었다.
> "제군! 나는 제군의 상관이다! 그리고 우리는 황군이다!"
> (중략)
> 이 지명식의 마지막에 가서 동수는 선서를 했다. 무라다 대장의 문학

공부를 하던 머리가 창작한 소리였다.

"일단 쓰하의 사위가 된 이상에는 一, 아름다운 평화의 시대 이 나라의 관습법을 곱게 지키며 二, 청실 홍실 한데 묶어 부부 상화하며 三, 미모의 딸자식을 자꾸 나서 소멸의 길을 밟아 그칠 줄 모르는 이 겨레의 번영과 꽃다움을 위해 있을 것을 전우 앞에서 맹세함…… 그리고 四, 누가 뭐란대두 꺾이지 않고 살아갈 것을 맹세함!"

종장(終章)은 험악한 공기에 항거하여 울부짖는 동수가 덧붙인 동수의 의지였다.[11] 　　　　　　　　　　　　　　　(「후조의 마음」, 16~17쪽)

군인으로 전쟁터에 보내져 함께 목숨을 걸고 싸웠지만, 일본인 패잔병들에게 있어 동수는 동료가 아니라 '반도인 김씨'일 뿐이었던 것이다. 그리고 동수의 지명을 인정했던 무라다대위조차도 동수를 대등하게 대했던 것이 아니라, 대장인 자신에게는 집단을 통솔할 질서가 필요했기 때문에 내린 현실적인 판단에 지나지 않았다. 그러한 일본인패잔병들 앞에서 동수는 문학을 공부한 대장이 만든 감상적인 선서의 마지막에 '누가 뭐란대두 꺾이지 않고 살아 갈 것을 맹세'한다는 조항을 덧붙인다. 이는 그동안 그들의 노골적인 차별과 멸시를 묵묵히 당해오기만 하던 동수가 비로소 더 이상 꺾이지 않고 맞서겠다는 스스로의 의지를 밖으로 드러낸 것이라고 해석해볼 수 있다.

따라서 쓰하족 처녀와의 결혼 과정을 통해 자신이 식민지의 백성임을 자각한 '반도인 김씨' 동수가 첫날밤 마주한 신부 쌔리마에게서 보는 것은 '하나의 불우한 운명과 가냘픈 생명'이었다. 그녀를 아내로 여기고 더불어 살 마음은 조금도 없었지만, 동수는 '불행한 종족의 애련한 여자요, 우선은 예법을 지켜야 할 것이 아니냐'는 생각에서 쓰하의 예법을 따르고자 한다. 이는 일본군에게 부녀자들이 강제농락당하는 것을 막기 위해 맺어진 협정에 의해 본인의 의사와는 상관없이 일본군과 결혼을 해야만 했던 쌔리마에게서, 힘없는 식민지의 백성으로 자신의 의지와는 상관없이 일본군으로 선발되어 생명을 위협받는 필리핀의 전쟁터로 보내진 자신의 모습을 보았던 것[12]이라고 볼 수 있을 것이다.

동수에게 있어 쌔리마는 패잔병집단 속에서 자신을 알아봐준 유일한 사람이었고, 가해자의 한 명임에도 불구하고 애정으로 대해주는 아내였다. 그리고 군대를 떠나 처가에서의 보내는 시간들은 동수를 일상으로 복귀시켜 고향을 떠올리게 한다. 그러나 동수와 쌔리마와의 결혼생활은 결혼식 이튿날 밤에 찾아온 일본군들로 인해 바로 위기를 맞는다. 제일 먼저 찾아온 것은 팔병신 '요시까와'였다.

> "자네 아내를 거시기 한번만 빌리게. (중략)"
> 여기서 동수는 상대의 말을 가로채 막아 버리고 쏘았다.
> "너는 아내를 남에게 빌려 주는 법을 어디서 보았느냐?"
> (중략)
> "좋다! 이참은 내 빈 손으로 간다. 그러나 나는 네게 두 번 다시 말하련다. 마음먹었던 일이 성사될 때까지 요시까와는 매밤 여기에 올 것이다.-이건 또 내 성미다. 막대기를 가지고 오마. 네 힘이 세지만 나는 검도 이단이다. 그리고 너는 식민지 백성이다!" (22~23쪽)

처음에 요시까와가 배고파서 찾아왔다고 생각한 동수는 '만리 타향에서 그래도 전운데 싶어' 음식을 챙겨주려고 하지만, 요시까와는 동수의 아내를 빌려달라고 한다. 그리고 그 요구를 거절당하자, 계속 찾아오겠다고 협박하며 떠난다. 그런데 이러한 요구는 요시까와 뿐만이 아니었고, 자신이 '식민지 백성'이라는 이유로, 도리와 계급을 앞세워 아내를 요구해오는 일본인 패잔병들에게 동수는 모욕과 격분을 느낀다. 그리고 이어지는 그들과의 대결을 통해 동수는 쌔리마에 대한 애정과 '제 스스로의 의지'를 깨닫게 된다.

　　동수는 거기서 양처럼 순한 것이 누구를 탓할 줄도 모르고 그저 돼가는
　　대로 몸을 맡기며 구김살 없이 사는, 가냘픈 하나의 운명을 보았다. 동수는
　　불현듯 머리맡에서 더운 피가 아시시 끓었다. 쌔리마에 대한 애정이었다.
　　　　(중략)
　　쌔리마에의 지극한 애정이 두 사람과 대결한 결과는 제 스스로의 의지를
　　동수는 알 수 있었다. (중략)
　　"내 아내다! 진실로 내 아내다! 손톱 하나라도 누가 건드리느냐? 어림없
　　다. 난 사랑한다."
　　　　　　　　　　　　　　　　　　　　　　　　　　　　　　　(25쪽)

　여기서 동수가 본 '양처럼 순한 것이 누구를 탓할 줄도 모르고 그저
돼가는 대로 몸을 맡기며 구김살 없이 사는, 가냘픈 하나의 운명'은 쌔
리마 뿐이 아니라, 누구를 탓하지도 않고 그저 돼가는 대로 몸을 맡기며
살고 있는 자기 자신이었을 것이다. 그렇게 본다면 그가 사랑하고 지키
고 싶어한 것은 바로 '자기 자신'이었을 지도 모른다.

　결혼 후 둔병영에 갔을 때, 일본인패잔병들은 아내를 빌려주지 않았
다는 이유로 동수를 모욕하고 폭행한다. 이를 계기로 동수는 다시한번
자신의 처지를 자각한다.

　　침략자가 마련한 하나의 불행이 의미도 없이 시드는 이 슬픈 꼴을 물
　　속에 남가놓고 보녀, 동수는 제 스스로의 인생이 미웠다. 이것도 저것도
　　다 그만두고 싶다. 씻은 듯이 물에 띄워 보내고 개운한 삼십 반생이었으면
　　싶다. 그러면 영혼이 고향을 갈 것이다. 현실의 이 시궁길 고된 처지를 어떻
　　게 견뎌 나가란말이냐! 요제 조제 혹시나 하고 속아 온 세월이다. 목숨을
　　갈아 먹듯 고통과 불안의 나날. 그 십 년 끝에 오늘이 온 것이다. (중략)
　　"못난 사내다! 나만이 못난 사내다! 왜? 왜 누구 때문에? 아아 조국아!"
　　동수는 이 이상 괴로워할 수는 없다고 생각했다. 숙명의 조소를 받을
　　수는 없다고 생각했다.
　　　　　　　　　　　　　　　　　　　　　　　　　　　　　　　(30쪽)

　침략자가 마련한 불행 속에서 속아온 고통과 불안의 나날들, 그러한

나날들 속에서 유일하게 애정을 느끼고 지키고자 하는 의지를 갖게 된 아내를, 동수는 식민지 백성-반도인이라는 이유로 빌려줄 것을 강요당했던 것이다. 그렇기 때문에, 이를 거부했다는 이유로 폭행을 당했을 때 동수가 떠올린 것은 이러한 상황을 초래한 조국이었다. 그리고 그는 비로소 자신의 순응해온 숙명에 맞설 결심을 한다. 그리하여 동수는 자신의 의사와 상관없이 전쟁터에 온 한국출신 일본군이 아니라, 스스로의 의지로 행동하는 개인 김동수로 새롭게 태어나는 것이다.

그 이틀 후, 적의 내습으로 오인한 사건으로 인해 사망자가 발생한다. 처음 마을에서 둔영병의 심상치 않은 움직임을 목격한 동수는 그곳으로 가야할지 가지 말아야 할지 잠시 고민하지만, 그곳으로 달려가 전투에 참여한다. 이때 결혼을 계기로 동수를 반도인이라고 차별했던 대장은 막상 전투가 임박하자 '김 동수 군조! 지금 이 전쟁이 필리핀을 일본이 갖느냐 미국이 갖느냐를 결정해 줄 것이다. 목숨을 내게 주게. 피차가 조국을 위해서다'라며 일본군으로서 함께 전투에 참여하기를 강요하는 이율배반적인 태도를 보인다. 그러나 이미 자신의 현실과 의지를 자각한 동수는 일본군으로 전투에 참여할 수가 없었다.

언제든 한번 있을 거라던 적의 내습, 그것이 시방 눈앞에 와 있는 것이다. (중략) 전쟁-죽거나 죽이거나……누구를 위해서? 왜? 동수는 고개를 절레절레 흔들었다. 누구를 위해서 총을 잡았느냐? 어색한 경우를 직면에 서서 보며 동수는 아니꼬왔다. 하나 이것은 눈앞의 현실이다.
동수는 그때 이 열대에서 십 년 피학의 제 가혹한 세월을 보고 이를 악물었다. "옳지, 나는 나를 위해서 총을 잡았다!" 동수는 조준을 맞추며 사격 자세를 취했다. 일제를 위해서도 육십 명 집단을 위해서도 아니었다.

(32쪽)

결국 동수가 총을 든 것은 바로 자기 자신을 위해서였던 것이었다.

그리고 이러한 동수의 자각은 친구라고 믿었던 '미야다'에 대한 실망으로 더욱 확고해져서 행동으로 표출된다. 적의 내습으로 오인했던 사건 직후, 미야다는 동수에게 '일본은 졌다!'는 자신의 생각을 말한다. 이 말을 들은 동수는 충격을 받음과 동시에 조국의 해방을 떠올린다.

> 처음에 동수는 장막을 열고 암흑을 보았다. 그러다가 암흑에서 차차 찬연한 빛이 솟아 올랐다.
> 찬연한 빛을 동수는 오래 오래 눈부시게 지켜 보았다. 그 속에 〈解放〉이란 두 글자가 있었다. 조국과 민족……동수는 가슴에서 부르짖었다.
> 〈비로소 나는 내 생명의 의의를 찾았다!〉　　　　　　　　　(36쪽)

일본의 패전은 식민지였던 조국의 해방을 의미했고, 해방된 조국과 민족을 떠올린 순간 동수는 생명의 의의를 찾는 것이다.

그런데 '일본은 졌다'라는 말에 덧붙여 미야다는 우정을 빌미로 동수에게 아내를 빌려달라고 한다. 동수에게 있어 미야다는 유일하게 서로 흉금을 털어놓는 사이로, 동수의 '인간'을 알아주는 사람 오직 한 사람이었다. 하나의 벗마저 잃을 것을 생각하면 쓸쓸했지만, 동수에게 있어 쌔리마는 자기 자신과 조국의 분신과 다름없었기 때문에 그는 거절의 의지를 강하게 표현한다. 그런데 이 거절에 대한 미야다의 태도는 다른 일본인들과 전혀 다르지 않았다.

> "동수, 너는 지게와 행주치마 사이에서 태어난 백성이란 것을 잊어서는 안된다. 고집도 고집 나름이다 괜히!"
> 그 때 동수는 스코올이 지나간 흙탕물 같은 감정이었다. 어느새 후딱 일어서고 있었다. 동수는 헐떡이며 이제는 이 뼈저리는 치욕을 그냥 참아 넘길 수가 없었다.
> "그래, 지게와 행주치마 사람들이 네게다 뭐라데!"
> "뭐란 게 아니라…동수, 나는 시방 네 신분을 친절하게 가르쳐 주었다."
> 　　　　　　　　　　　　　　　　　　　　　　　　　　(38쪽)

이에 동수는 유일한 벗이라고 생각했던 미야다에게 절교를 선언하고 자리를 떠난다. 이로써 동수는 결국 일본군으로서 살아갈 수 없는 상황에 이르게 된다. 그런데 돌아온 처가에서 기다리고 있던 것은 일본인 패잔병들에게 농락당할 뻔했던 쌔리마의 충격받은 모습과 이를 의아하게 여기는 장인과 장모였다. 이 사건에 분노한 동수는 낫을 들고 둔병영으로 달려가지만, 도중에 외나무다리를 건너다 실수하여 깊은 물에 빠지고 만다.

> 죽는가! - 일순의 유성 같은 의식이 번득이며 동수는 허겁지겁 발버둥쳤다. (중략) 살았다! 아아 살았다! (중략) 잠시 후 동수는 후줄근하게 젖어서 꾀죄죄하니 의젓잖은 제 모습을 언덕에 발견했다. 하나 의젓잖아도 그 모습은 산 사람이다. 살려고 애써서 산 사람이다. 동수는 생명에 대한 오늘의 제 강렬한 심지에 스스로 놀랐다. 이 강렬한 의욕이 산에서 미야다를 만난 이후의 것인 것을 동수는 알 수 있었다. (40쪽)

믿었던 친구 미야다의 배신과 일본의 패전 가능성, 그리고 죽을 고비에서 살고자 애써서 살아난 자신의 강렬한 심지에 대한 자각을 통해 동수는 살아야겠다고 결심한다. 그리고 쌔리마와 마을을 떠나고자 한다. 그때 그의 귀에는 아리랑의 고운 가락이 들리는데, 이것은 일본군이라는 그동안의 정체성에서 벗어나 한국인으로서 새롭게 태어나는 순간이라고 볼 수 있을 것이다. 이렇게 볼 때, 동수의 살아야겠다는 결심은 단순한 생존이 아니라, 한국인으로서 살아가는 것을 의미한다고 해석해 볼 수 있다.

5. 맺음말

이상으로, 1940년대 중반 군인으로 필리핀에 파병되어 아시아태평양 전쟁에 참전했던 자신의 체험을 배경으로 한 작품을 발표함으로써 소설가로 활동하기 시작한 오오오카 쇼오헤이(大岡昇平)와 이병구의 문단데뷔작인 『포로기』와 「후조의 마음」을 중심으로, 동일한 전쟁을 다룬 한국과 일본의 두 작가의 작품 속에 보이는 주인공의 자기인식에 대해 고찰해보았다.

『포로기』의 주인공 '나'는 전쟁이라는 극한상황 하에서 겪은 생존과 죽음을 둘러싼 갈등을 통해, 죽음이라는 관념 속에 숨어있는 생존에 대한 욕구를 인식한다. 그 인식은 자신을 전쟁터로 보내고 죽음을 강요한 국가라는 조직과 그에 항의하지 못하고 무의미한 죽음으로 이끌려 갔던 무력한 자신을 되돌아보게 하는데, '나'는 그 과정을 통해 의지를 지닌 한 개인으로서의 자신을 인식한다. 반면에 「후조의 마음」에서 식민지국가의 일원이면서 일본군으로 필리핀에 파병되었던 김동수는 그곳에서 피해자인 원주민을 보고, 또 자신이 일본인병사들에게 반도인이라는 이유로 차별당히면서 같은 피지배국기의 일원인 한국인으로서의 자신을 인식하게 된다.

처음부터 '나는 어떤 존재인가'라고 하는 자신의 존재의미에 천착했던 오오오카의 작품 속에서 '나'의 자기인식이 주로 스스로의 체험과 당시의 일본의 상황에 대한 분석을 통해 이루어지고 있는 것에 반해, 이병구의 작품 속의 주인공은 현지의 원주민이나 일본인패잔병 등 타자와의 관계를 통해 자기를 인식해가고 있었다. 그 이유는 일본군으로 전쟁에 참전한 이상, 자신들도 피해자이면서 또 다른 피해자인 필리핀인들에게 가해자가 될 수밖에 없었고, 종전 후에는 한국인으로서 해방된 조국으로 돌아가야한다는 상황에서 찾을 수 있을 것이다. 이러한 점에서 이병구 작품의 주인공의 자기인식은 자기 정체성의 확립을 필요로 했고, 이를 타자와의 관계 속에서 추구해가고 있는 것이라고 볼 수 있다.

【주】

* 본고는 2011년 『한일군사문화연구』(제12집)에 발표한 「한·일 전쟁문학 비교고찰」을 수정·보완한 것임.

** 한국외국어대학교 일본어대학 강사.

1) 제2차 세계대전 당시 각국은 전쟁을 위해 대량의 병력을 징집하였고, 이에 따라 일반 국민들은 대다수가 군대와 전쟁을 경험하게 되었다. 정연선은 이러한 군대의 증가와 다수 국민들의 전쟁과 군 복무경험이 전쟁을 문화적 현상으로 보았던 제1차세계대전 소설과 달리 군대와 전쟁을 사회적인 현상으로 인식하게 되었다고 보았다.(정연선, 『미국전쟁소설』, 서울대학교출판부, 2002, 225~243쪽 참조) 일본의 경우, 1935년 이후 '국민정신총동원운동'의 추진, '국가총동원법'과 '국민징병령'의 시행, 만주 이민의 국제화, '근로동원'의 개시, 대학생 징병유예를 폐지한 '학도동원' 등 남녀노소를 불문하고 국민 모두를 전쟁에 동원하는 '총력전'으로 진행되어 간다.(키무라 카즈아키(木村一信), 『昭和作家の〈南洋行〉』, 世界思想社, 2004, 7~8쪽 참조)

2) 패전 직후에는 미점령군의 검열로 발표가 저지되어, 『시체의 거리』는 1947년 6월 『미타문학(三田文学)』에 발표되고, 『여름꽃』은 1948년 11월 중앙공론사(中央公論社)에서 간행되었다.

3) 요시다 히로(吉田凞生) 外編, 『大岡昇平·武田泰淳(鑑賞日本現代文学26)』, 角川書店, 1989, 62쪽.

4) 이케자와 나츠키(池澤夏樹), 「悲劇と鎭魂」 『文学界』, 文芸春秋社, 1995, 160쪽.

5) 『포로기』는 총 13장으로 구성되어 있다. 1장의 경우, 홀로 산속에 남겨져 미군의 포로가 되기까지의 이야기를 다루고 있고, 2~12장은 포로수용소에서 겪은 것을 미군 점령하의 일본을 풍자하여 다루고 있다. 작가 스스로 부록에 해당한다고 밝힌 13장은 1~12장에서 다룬 내용을 객관적인 사실에 입각하여 요약하고 있다. 1장의 경우 체험의 분석을 통하여 주인공이 홀로 자신과 마주하며 자기를 인식해가고 있지만, 이후의 부분에서는 기록이라는 형식을 부각시켜 자기인식을 검증해가고 있다고 볼 수 있다. 이에 본고에서는 1장을 중심으로, 『포로기』에서 주인공 '나'가 어떻게 자기를 인식해가고 있는지를 살펴보고자 한다.

6) 오오오카 쇼오헤이(大岡昇平), 『俘虜記』 『大岡昇平全集』 第2卷, 筑摩書房, 1996. 8쪽. 이하의 인용문은 페이지만 표시하기로 한다.

7) 오카다 키슈(岡田喜秋)는 물을 찾는 마음은 심한 갈증으로 인해 '물을 원하는 육체'
   와 '죽음'을 직결시켜 생각하게 하였는데, 이는 귀중한 자신의 生에 대한 확인을 의미
   한다고 보았다.(오카다 키슈(岡田喜秋), 「大岡昇平の風土意識—『水』という存在
   をめぐって—」『作家と風土』, 築地書館, 1956, 191쪽)

8) 유위(俞琦), 「『俘虜記』と『野火』における生と死」『早稲田文学』(4月号), 早稲田文
   学会, 1984, 30쪽.

9) 이병구 소설의 특성으로 원형갑은 '남방토착민의 세계'에서 소재를 취한 점(원형갑,
   「기묘한 인간사의 캐리커처」『현대한국단편문학전집』, 금성출판사, 1981, 426~430
   쪽)을, 이기윤은 소재의 이색성과 인물설정을 들고 있다.(이기윤,『한국전쟁문학론』,
   봉명, 1999, 345~346쪽)

10) 이경재는 그동안 일본군으로서 아무런 정체성의 위기를 겪지 않던 김동수에게 있어
   공통의 욕망 대상인 쌔리마와의 결혼은, 그동안 은폐되어 있던 식민지 피지배자로서
   의 위치를 적나라하게 드러내는 계기가 되었다고 보았다.(이경재, 「한국 소설에 나타
   난 태평양전쟁기 일본군 체험」『한국현대문학연구』(14), 2003, 39쪽)

11) 이병구, 「후조의 마음」『현대한국문학전집』(15), 신구문화사, 1968, 16~17쪽. 이하의
   인용문은 페이지만 표시하기로 한다.

12) 김우종은 일본군이 필리핀을 점령했을 때 한국인인 이병구가 느낀 것은 같은 약소민
   족으로서의 조국의 운명으로, 그는 이국의 세계를 통해서 항상 한국인의 운명을 이야
   기해나간 것이라고 보았다.(김우종, 「南洋의 證人-李丙求論」『韓國現代文學全集』
   (15), 新丘文化社, 1968, 492~493쪽)

4 이시카와 타쿠보쿠와 김소월의 시어 비교

하야시 요코[**]

1. 머리말

이 논문에서는 이시카와 타쿠보쿠(石川 啄木; 1886~1912. 이하 타쿠보쿠라 함)와 김소월(金素月; 1902~1934) 시어를 비교해서 고찰하고자 한다. 흔히 한국에서는 타쿠보쿠를 '한국의 소월과 같은 존재', '일본의 김소월', '한국에서의 소월과 비슷한 위치를 차지하는 작가'라고 소개하고 있는데, 그것은 두 작가 모두 '국민시인'이라는 타이틀을 가지고 있고, 슬픔이나 서러움과 같은 정서가 그들의 시에서 잘 형성화되어 있기 때문일 것이다.

또한 두 작가는 시사적 위치에서도 단가나 전통적 민요 등을 근대단가, 혹은 근대민요시로 한 단계 승화시킨 업적을 가지고 있으며, 인생 역정에서도 가난에 시달린 점이나 요절한 사실 등 공통점을 가지고 있다.

타쿠보쿠와 김소월은 이제까지 몇몇 연구자의 비교연구 대상으로 연구되어 왔다. 두 작가가 작품에 사용한 어휘를 중심으로 비교해서 분석하는 일을 통해 막연하게 비교에 대상이 되었던 그들의 작품을 조금 더 객관적으로 비교 분석할 필요가 있다고 생각한다.

이 논문에서의 비교 분석의 대상은 타쿠보쿠의 작품은『이시카와 타쿠보쿠전집(石川啄木全集)』(筑摩書房, 1978)판본을 텍스트로 하여, 그 중 그의 시 세계를 잘 나타내고 있는 대표적 시집인『동경』,『한줌의 모래』,『호루라기와 휘파람』,『슬픈 장난감』에 수록되어 있는 작품을 대상으로 하고, 김소월의 작품은 전 작품을 분석의 대상으로 한다.

한일 근대문학에 대해서는 현재 여러 가지 연구가 진행되고 있으나, 정작 작품 자체의 연구나 작품을 통해 주고 받은 언어에 대한 연구는 매우 미흡하다.[1] 따라서 시어의 유사성과 차이성에 착안하여 살펴봄으로서 그들의 시어의 특성을 비교하고자 한다.

작품의 어휘에서 나타나는 계량적 현상에 대한 연구는 그 동안 본격적으로 이루어진 바 없다. 한국에서도 계량적 현상에 대한 연구 자체는 이제 시작되는 상황이며, 계량 연구를 위한 텍스트의 확보도 이제야 어느 정도 이루어지고 있는 상황이다. 일본에 경우는 이런 분야의 연구에 관해서는 상황은 한국보다도 열악한 것 같다.

타쿠보쿠의 작품은 어휘를 중심으로 번역하는 과정에서 시어가 내포하는 의미가 애매한 경우도 많고, 고어가 많아 정확하게 읽는데 어려운 점도 많았으나, 일본에서는 특히 시어분석에 대해 본격적으로 이루어진 연구가 없다는 면에서 새로운 시도라고 생각한다. 부족한 부분은 앞으로의 과제로 남기기로 하고, 여기서는 객관적인 측면에서 두 작가의 시어 비교 및 분석을 통해 유사성과 차이성에 대해서 언급하려고 한다.

2. 계량적 처리를 통한 시적 언어

한국과 일본은 언어가 다르고 사용하는 문자체계도 다르다. 일단 언어와 문자가 다른 언어권의 문학작품에 사용된 어휘를 비교하려면 기준이 되는 동일한 언어로 번역해야 할 것이다. 즉 비교 대상이 되는 출발 문학작품을 하나의 언어로 번역하고, 목표 문학작품도 같은 언어로 번역한 다음에 서로 비교하는 것이 필요하다. 필자는 타쿠보쿠의 작품을 번역하는 것이 아니라, 어휘를 한국어로 번역하고 김소월의 어휘와 비교하려고 한다. 이는 문장을 작품 전체를 번역하게 되면 의역의 가능성이 높기 때문에, 어휘를 중심으로 번역하는 것이 표현 자체의 기본적 의미를 살릴 수 있어 더욱 효율적이라고 생각되기 때문이다.

먼저 번역 시어의 기본형 추출에 관해서 언급할 필요가 있다. 각 시어의 기본형을 추출함에 있어서는 국립국어원이 발행한『표준국어대사전』을 참조했는데, 일본어 시어에 경우 한국어의 체계와 약간 다른 경우가 있다. 따라서 일본어 시어의 기본형 추출은 일본의 대표적인 국어사전인『広辞苑』과『明解国語辞典』을 참조하여 가능한 한국어 언어체계에 맞추이 기본형을 정하려고 했다. 김소월의 시이에 대해시는『소월의 시어와 그 쓰임새 1,2,3』[2)를 기본 자료로 한다. 여기에는 이미 각 어휘가 추출되어 있고, 계량적 처리도 잘 되어 있으므로, 타쿠보쿠의 작품에 대해서 이러한 수준에 이르게 하는 작업이 필요하다.

일단 선정한 타쿠보쿠의 텍스트를 MS Word에 입력하였다. 김소월의 작품에 대해서는 한글과 컴퓨터사의 흔글로 입력되어 있지만, 둘 다 유니코드 기반의 워드 프로세서이므로 최종적으로는 UTF-8 텍스트 파일로 저장하여 코드체계를 맞추었다. 시작품의 어휘를 추출하는데 있어서 한국어 전산 파일은 매우 유리한 상황에 있다. 한국어 텍스트는 어절별로 띄어쓰기를 하기 때문에 각 어절에서 기본형을 추출하면 되는 것이다. 그에 비해 일본어 텍스트는 문장 단위의 띄어쓰기만 하고 있어서 이로부터 각 어휘를 추출하기 위해서는 후처리를 거쳐야 한다.

다음으로 어휘 번역 상의 문제점에 관해서인데, 예를 들어 비유어와 다의어의 처리는 이 논문에서는 객관성을 살리기 위해 원관념이 아니라 보조관념 그대로를 제시하였다. 그리고 일본어로는 하나의 어휘로 인식되는 것이 한국어에서는 여러 개의 어휘로 번역할 수밖에 없는 단어가 있다는 것도 문제점 중의 하나이다.

예를 들면 '荒磯'는 '거친 파도가 밀려오는 바위가 많은 해안'이라고 번역할 수 있는데, 이런 경우 '荒磯 [아라이소]'와 같이 [ ]괄호 안에 독음을 넣는 것으로 그 고유성을 살렸다. '和胸'나 '淡夢心'와 같은 시어의 경우 각각 '너그러운 가슴', '꿈을 꾸는 듯한 황홀한 기분'으로 번역이 되는데, 하나의 단어로 취급하기 위해 '화흉', '담몽심'과 같이 한자를 그대로 한글로 변형시켰다. 그 외에도 '人なつかしの', '躓き', '人こひし', '神無月', 'うなたれて' 등은 각각 '사람이 그립다', '발에 걸려 넘어질 뻔하다', '왠지 사람이 그리워지다', '음력 10월', '힘없이 고개를 숙이다' 등으로 번역이 되지만, 각각 하나의 단어로 취급하기 위해 '사람그립다', '발걸려넘어지다', '사람그립다', '음시월', '고개떨구다' 등 각 시어의 의미가 상실되지 않기 위해, 하나의 단어로 보기에는 약간 어색할 수는 있으나 한 단어로 묶는 궁리를 했다.

또한 '白靄', '羽音', '遠波', '大日' 등은 '흰 안개', '날개 소리', '먼 파도', '큰 해'로 번역해야 되지만 '흰안개', '날개소리', '먼파도', '큰해' 등 띄어쓰기를 생략하여 하나의 단어로 만들었고, '真帆', '狹庭', '小角',

'葉桜'과 같은 시어는 '순풍에 단 돛', '좁은 마당', '관 피리', '꽃이 지고 새 잎이 날 무렵의 벚나무'처럼 번역되는데, 각각 '돛', '마당', '피리', '벚나무'처럼 중요한 끝의 의미만을 살리기도 했다.

한국현대시 코퍼스에서는 어절 단위로 용례색인을 만들었기 때문에 조사나 어미의 경우는 별도의 키워드로 제시하지 않았다. 그런데 일부 일본 문장에서는 이를 구분할 필요도 있었다. 따라서 일본어 텍스트에서 일부 조사와 어미를 목록에 올리기는 하지만 비교 대상에서는 제외하기로 하였다.

실제 번역에 있어서는 문맥의 세밀한 뉘앙스를 살리기 보다는 번역의 일관성을 중요하게 여겼으며, 이 과정에서 이중적으로 번역한 것이 나올 수도 있으므로, MS Excel이나 MS Access의 기능을 활용하여 몇 가지 번역 검증 방법을 강구하여 실천하였다.

김소월과 타쿠보쿠의 시어를 시 형식에 대한 일반적 특성으로 분석하면 다음과 같은 표로 정리될 수 있다.[3]

	작품수	어종	어휘	어휘/어종 반복지수	작품당 어휘수
소월	145	2,152	7,949	3.694	54.82
타쿠보쿠	832	3,964	18,936	4.777	22.76

(어휘/어종 반복시수란 어휘 나양성을 일아볼 수 있는 지수이다. 여기시는 긴단히 token/type 비율로 계산하기로 한다.)

타쿠보쿠와 소월의 작품수를 비교할 때, 타쿠보쿠의 작품이 832, 소월 작품이 145로 타쿠보쿠의 작품이 약 5.7배 정도 많다. 시집에 수록되어 있지 않는 것까지 포함하면 타쿠보쿠의 작품 수는 이보다 훨씬 많아진다. 그의 작품 수가 많은 것은 타쿠보쿠의 경우 단가 형식의 짧은 시가 많기 때문이다. 작품 당 어휘수가 김소월이 타쿠보쿠의 2배 이상이 되는 것도 역시 단가가 많은 것에 기인한다고 볼 수 있다.

어휘/어종의 반복지수를 분석한 결과 김소월보다 타쿠보쿠의 반복지수가 상당히 높은 것으로 나타났다. 반복지수란 한 종류의 시어를 평균적으로 몇 차례 사용했는가를 평가하는 지수로, 일반적으로 표본이 많을수록 반복지수가 높아진다. 이것은 번역상의 문제를 고려한다 하더라도 일반적인 평가 결과 타쿠보쿠는 어휘 다양성 면에서 소월보다 낮은 것으로 판단된다.

김소월과 타쿠보쿠 작품의 품사 분포에 대한 분석 결과는 다음 표와 같다.

품사 필드	S빈도	S비율	T빈도	T비율
명사	3,184	40.055%	9,107	48.094%
대명사	466	5.862%	828	4.373%
의존명사	177	2.227%	126	0.665%
고유명사	74	0.931%	99	0.523%
수사	15	0.189%	29	0.153%
동사	2,120	26.670%	4,823	25.470%
보조동사	150	1.887%	324	1.711%
형용사	736	9.259%	1,643	8.677%
보조형용사	28	0.352%	118	0.623%
부사	649	8.165%	931	4.917%
관형사	278	3.497%	354	1.869%
접미사	1	0.013%	5	0.026%
접두사	0	0.000%	16	0.084%
감탄사	57	0.717%	182	0.961%
미상	2	0.025%	32	0.169%

어근	3	0.038%	1	0.005%
어미	0	0.000%	76	0.401%
조사	9	0.113%	241	1.273%
	7,949	100.000%	18,936	100.000%

(S는 김소월, T는 타쿠보쿠를 나타낸다.)

두 작가의 각 품사별 현상을 분석하면 다음과 같다.

- T 명사 빈도가 상당히 높다. 품사 확정 과정에서 명사로 처리했던 것을, 명사형 어미('ㅁ')가 붙은 것을 명사가 아니라 형용사나 동사로 바꾸었는데도 높다. 이러한 현상이 아마도 일본의 언어적 특수성에서 기인하는 것으로 생각해도 될 듯하다.

- T 고유명사 빈도가 상대적으로 낮다.

- T 동사 빈도는 S 빈도와 거의 비슷하다.

- T 형용사 빈도는 약간 낮다.

- T 부사 빈도는 상당히 낮다.

- 기타 조사, 어미, 접미사, 접두사 등 교착어에서 기능을 하는 부분에 대해서는 특별히 의미를 두기 힘들다고 본다. 그리고 빈도가 높지도 않을 뿐 아니라, 두 시인 사이의 차이도 그리 크지 않다.

3. 공유시어 추출을 통한 시어의 유사성

소월과 타쿠보쿠 시어의 유사성을 검토하기 위해서 먼저 공유시어(shared word)를 추출하였다. 공유시어란 비교 대상이 되는 두 시인의 작품에 모두 나타나는 어휘를 말한다. 공유시어를 시어의 출현빈도와 더불어 검토하면 시인 사이의 유사성을 밝히는 하나의 방법이 될 수 있다.

공유시어를 추출하기 위해서 다음과 같은 절차를 밟았다.

- 각 시어 활용형의 기본형을 추출하였다.

- 각 시어에 대해 품사 분석을 하였다.

- 각 시인의 문맥에서 중의성을 가진 시어는 동음이의어 분석을 하였
  다. (KoPoCo에서는 이미 동음이의어 분석 및 일부 어휘에 대한 다의어 분석을
  해 놓았으므로, 여기서 발췌한 소월의 시어들도 이미 동음이의어 분석이 이루어져
  있는 셈이다. 타쿠보쿠 시어들도 동음이의어 분석을 하였다. 향후에 타쿠보쿠 색
  인에 이 동음이의어 표시를 할 예정이다.)

- 적절한 컴퓨터 처리를 통해서 두 시인의 전체 시어(어종) 목록을 만들
  고, 시인별로 출현 빈도 필드에 쿼리를 통해서 각각의 빈도수를 추
  가하였다.

그 결과 S빈도(소월 시의 빈도)와 T빈도(타쿠보쿠 시의 빈도)에 공통으로 1
이상의 값이 들어 있는 어휘를 공유시어로 설정하였다. 계산의 결과를
도표로 나타내면 다음과 같다.

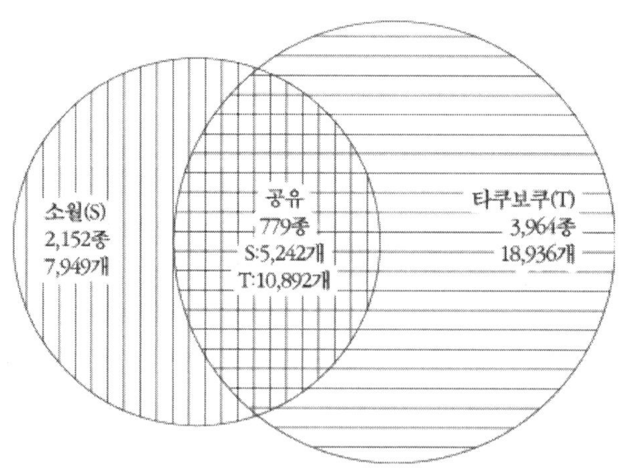

-전체 어종(type)의 값은 소월(S) 2,152종과 타쿠보쿠(T) 3,964종의 합에서 공유되는 어종을 한 차례 제외하는 것으로 얻을 수 있다.(2,152종+3,964종-779종) 집합으로 표시하면 S ∪ T = 5,337종이다.

-전체 어휘(token)의 값은 소월(S) 7,949개와 타쿠보쿠(D) 18,936개를 합하면 된다. 집합으로 표시하면 S ∪ T = 26,885개다.

-공유 어종(type)의 값은 소월과 타쿠보쿠가 공유하고 있는 어종의 수를 계산하는 것으로, 집합으로 표시하면 S ∩ T = 779종이다.

-공유 어휘(token)의 값은 소월과 타쿠보쿠가 공유하고 있는 어휘의 수를 계산하는 것으로, 소월은 5,242개, 타쿠보쿠는 10,892개이다.

-비공유 어종(type)의 값은 비교의 상대방과 공유하지 않는 어종의 수를 계산하는 것으로, 시인별 어종수에서 공유하고 있는 어종수(779종)을 제외하면 된다: 소월 1,373종 (2,152종-779종), 타쿠보쿠 3,185종 (3,964종-779종).

-비공유 어휘(token)의 값은 비교의 상대방과 공유하지 않는 어휘의 수를 계산하는 것으로, 시인별 어휘수에서 각각 공유 어휘수를 제외하면 된다: 소월, 2,707개 (7,949개-5,242개), 타쿠보쿠 8,044개 (18,936개-10,892개)

이 계산의 결과를 표로 나타내고, 그 각각의 비율을 살피면 다음과 같다.

	어종			어휘		
	공유	비공유	계	공유	비공유	계
전체	779종	4,558종	5,337종	16,134개	10,751개	26,885개
	14.60%	85.40%	100%	60.01%	39.99%	100%
소월	779종	1,373종	2,152종	5,242개	2,707개	7,949개
	36.20%	63.80%	100%	65.95%	34.05%	100%
타쿠보쿠	779종	3,185종	3,964종	10,892개	8,044개	18,936개
	19.65%	80.35%	100%	57.52%	42.48%	100%

* 공유 어휘의 비율이 높고, 비교 대상 시인의 비율이 비슷할 때, 전반적으로 시인의 유사성은 높아진다고 평가할 수 있다.

* 공유와 비공유의 면에서 어종과 어휘의 비율을 살펴보니, 전반적으로 공유 어종이 공유 어휘에 비해 그 비율이 매우 낮게 나타났다. 소월의 경우는 공유 어휘는 65% 이상인데 비해, 공유 어종은 36% 정도이고, 타쿠보쿠는 그 편차가 더 커서 공유 어휘가 57% 이상인데 비해, 공유 어종은 20%에 미치지 못한다. 이러한 현상은 각 시인이 집중적으로 사용하는 어휘들의 공유성이 높다는 것을 말한다.

이제 공유시어를 구체적으로 살펴보기로 한다. 이 연구에서는 중요 공유시어(significant shared word)를 선정하기 위해서 다음과 같은 두 가지 실험을 진행하였다. 하나는 해당 시어가 전체 시어에서 차지하는 비율을 측정하여 양 시인이 일정 수준 이상의 비율로 사용한 시어만을 선정하는 것이다.

다음 표에서 S비율은 S빈도를 소월의 전체 시어(7,949개)로 나눈 백분율값이고, T비율은 타쿠보쿠의 경우다. 그리고 그 백분율값 차이의 절대값을 비율차로 계산하였다. 이렇게 해 보니 빈도가 아주 낮은 어휘들의 비율차가 매우 적은 것으로 나타나 원하는 결과를 얻을 수 없었다.

따라서 또 다른 방법으로 순위를 따지는 방법을 적용하였다. S순위는 소월 전체 시어 중 S빈도값으로 순위를 매긴 것이고, T순위는 타쿠보쿠의 경우다. 그리고 그 순위의 차이를 절대값으로 표시한 것이 순위차 필드다. 다음 표는 그 순위의 차이가 공히 100위 이내인 65개의 시어를 선정하고, 그 차가 적은 것부터 오름차순으로 정렬한 것이다.

중요 공유시어 (S순위, T순위 모두 100위 이내인 것)

시어	S빈도	S순위	S비율	T빈도	T순위	T비율	비율차	순위차
나03np	187	1	2.352%	395	1	2.087%	0.266%	0
얼굴01ng	14	92	0.176%	30	93	0.158%	0.018%	1
사람00ng	52	12	0.654%	116	9	0.613%	0.041%	3
세상01ng	34	31	0.428%	67	34	0.354%	0.074%	3
깊다00vx	15	84	0.189%	32	80	0.169%	0.020%	4
날01ng	44	15	0.554%	103	19	0.544%	0.009%	4
고향02ng	24	47	0.302%	43	51	0.227%	0.075%	4
하늘01ng	39	22	0.491%	78	26	0.412%	0.079%	4
그01mm	61	9	0.767%	108	15	0.571%	0.197%	6
밤01ng	54	11	0.679%	107	17	0.565%	0.114%	6
알다00vv	25	44	0.315%	61	38	0.322%	0.008%	6
불다01vv	19	61	0.239%	42	55	0.222%	0.017%	6
부르다01vv	20	56	0.252%	38	64	0.201%	0.051%	8
저04mm	38	24	0.478%	69	32	0.365%	0.114%	8
이05mm	41	18	0.516%	116	9	0.613%	0.097%	9
오다01vv	104	2	1.308%	114	12	0.602%	0.706%	10
서다01vv	19	61	0.239%	43	51	0.227%	0.012%	10
땅01ng	15	84	0.189%	33	74	0.174%	0.014%	10
생각01ng	16	78	0.201%	31	88	0.164%	0.038%	10
꽃01ng	27	39	0.340%	75	29	0.396%	0.057%	10
없다01vx	44	15	0.554%	166	2	0.877%	0.323%	13
소리01ng	40	20	0.503%	129	7	0.682%	0.178%	13
길01ng	28	36	0.352%	44	49	0.232%	0.120%	13
있다01vx	17	74	0.214%	31	88	0.164%	0.050%	14
눈물01ng	22	50	0.277%	38	64	0.201%	0.076%	14

달05ng	24	47	0.302%	39	61	0.206%	0.096%	14
당신02np	28	36	0.352%	86	22	0.454%	0.102%	14
꿈01ng	40	20	0.503%	138	5	0.729%	0.226%	15
무엇00np	18	70	0.226%	42	55	0.222%	0.005%	15
내리다01vv	17	74	0.214%	41	58	0.217%	0.003%	16
너01np	20	56	0.252%	57	40	0.301%	0.050%	16
하다01vv	89	4	1.120%	90	21	0.475%	0.644%	17
아침00ng	14	92	0.176%	33	74	0.174%	0.002%	18
그01np	26	43	0.327%	39	61	0.206%	0.121%	18
마음01ng	39	22	0.491%	156	3	0.824%	0.334%	19
들01ng	19	61	0.239%	32	80	0.169%	0.070%	19
가다01vv	99	3	1.245%	83	23	0.439%	0.807%	20
노래01ng	17	74	0.214%	43	51	0.227%	0.013%	23
죽다01vv	38	24	0.478%	45	47	0.238%	0.240%	23
보다01vv	35	30	0.440%	134	6	0.708%	0.268%	24
그림자00ng	14	92	0.176%	37	68	0.195%	0.019%	24
바다00ng	25	44	0.315%	36	70	0.190%	0.124%	26
때01ng	78	5	0.981%	70	31	0.370%	0.611%	26
오늘00ng	19	61	0.239%	31	88	0.164%	0.075%	27
또00ma	21	52	0.264%	83	23	0.439%	0.174%	29
울다01vv	71	6	0.893%	64	37	0.338%	0.555%	31
혼자01ng	14	92	0.176%	40	60	0.211%	0.035%	32
속01ng	19	61	0.239%	30	93	0.158%	0.081%	32
사랑01ng	19	61	0.239%	76	28	0.402%	0.162%	33
흐르다01vv	27	39	0.340%	33	74	0.174%	0.165%	35
가다01vx	19	61	0.239%	29	97	0.153%	0.086%	36
되다01vv	49	13	0.616%	44	49	0.232%	0.384%	36
몸01ng	57	10	0.717%	46	46	0.243%	0.474%	36
집01ng	19	61	0.239%	28	98	0.148%	0.091%	37
일01ng	18	70	0.226%	68	33	0.359%	0.133%	37
바람01ng	36	27	0.453%	38	64	0.201%	0.252%	37
봄01ng	41	18	0.516%	42	55	0.222%	0.294%	37
가슴01ng	20	56	0.252%	106	18	0.560%	0.308%	38

것01nb	43	17	0.541%	41	58	0.217%	0.324%	41
듣다01vv	14	92	0.176%	50	44	0.264%	0.088%	48
눈01ng	15	84	0.189%	73	30	0.386%	0.197%	54
물01ng	29	34	0.365%	28	98	0.148%	0.217%	64
아아01ic	16	78	0.201%	128	8	0.676%	0.475%	70
잊다01vv	36	27	0.453%	28	98	0.148%	0.305%	71
살다01vv	63	8	0.793%	30	93	0.158%	0.634%	85

*이 표에서 쓰인 영문 알파벳은 품사기호임. KoPoCo의 품사기호 표 참조

KoPoKo의 품사기호표

대분류	소분류	품사기호
(1)체언	일반명사	ng
	고유명사	nm
	의존명사	nb
	대명사	np
	수사	nr
(2)용언	동사	vv
	형용사	va
	보조동사	vx
	보조형용사	vz
(3)수식언	관형사	mm
	부사	ma
(4)독립언	감탄사	ic
(5)관계언	격조사	jk
(6)의존형태	어미	ed
	접두사	xp
	접미사	xs
	어근	xr
(7)기호	기호	sb
(8)분석불능	분석불능	un

전반적으로 각각 100위 이내의 시어 중에서 모두 65개의 시어가 공유되고 있다는 것은 두 시인의 어휘가 매우 유사하다는 평가를 할 수 있게 만든다.

- 두 시인 모두 서정시인으로 각 제 1위 시어인 '내我'가 중요 공유시어에서 최상위를 차지하는 것은 당연한 일이라 할 수 있다. 서정시

는 시적 화자의 정서와 생각을 읊는 것이기 때문이다. 타쿠보쿠의 경우 『한줌의 모래』 제1장의 제목은 '나를 사랑하는 노래'이며 151수의 단가가 있는 것에서도 알 수 있지만, '나'라는 존재에 유난히 관심이 많았던 시인이며, 또한 한국어나 일본어의 문법적 영향 하에 있는 한국시 또는 일본시에서는 '나'라는 주어가 생략될 수 있기 때문에 타쿠보쿠나 김소월의 '나'는 시적 화자, 시적 주체의 적극적 노출이라고 분석될 수도 있다. 타쿠보쿠의 시에서 '나'로 번역되는 시어는 '我', '己', 'おれ' 등이다.

중요 공유시어들을 품사별로 살펴보기로 한다.

- 대명사 시어로는 1인칭, 2인칭, 3인칭 등의 어휘가 중요 공유시어로 올라 있다.(나03np, 당신02np, 너01np, 그01np, 무엇00np) 타쿠보쿠 시어로 주로 당신은 '君'의 번역어로, '너'는 '汝'나 '爾'의 번역어인데, '君'라는 단어는 전통적인 일본어로 중세에는 주로 '군주'라는 뜻으로 쓰여졌던 말이다. 이 단어를 만약 '님'이라고 번역한다면 조금 더 다른 시어 통계의 결과가 예상된다. 또한 여기서 특기할 만한 것으로는 미확정 대상을 가리키는 지시대명사인 '무엇'이 자주 쓰이는 대명사 시어 군에 포함되어 있다는 것이다. 세계와 사물에 대한 궁금함이 시적 모티브가 되고 있는 것으로 추정할 수 있다.

- 명사의 빈도가 전체적으로 높은 만큼 중요 공유시어도 명사 어휘가 많다. 대체적으로 인간사와 관련된 어휘들이 주축을 이루고 있다. (얼굴01ng, 사람00ng, 눈물01ng, 소리01ng, 몸01ng, 가슴01ng, 눈01ng, 생각01ng, 꿈01ng, 마음01ng, 노래01ng, 사랑01ng, 혼자01ng, 속01ng, 일01ng) 이런 사실에서는 두 작가가 생활이나 인간이라는 실존에 많은 관심을 가지고 있었고 생활과 밀착한 작품을 창작하였다는 것을 알 수 있다.

두 작가의 고빈도 시어 중 '얼굴'의 쓰임새에 관해서 살펴보면 먼저
타쿠보쿠의 시에서는

거울을 들어
가능한 한 여러 가지 얼굴을 지어본다
울다 지쳤을 때
　　(鏡鏡とり
　　　能ふかぎりのさまざまの顔をしてみぬ
　　　泣き飽きし時)

심각하게 대나무를 가지고 개를 치는
어린 아이의 얼굴을
좋게 생각하도다
　　(真剣になりて竹もて犬を撃つ
　　　小児の顔を
　　　よしと思へり)

범상치 않구나
칼을 가지고 죽을 흉내 내는
그 얼굴 그 얼굴
　　(尋常のおどけならむや
　　　ナイフ持ち死ぬまねをする
　　　その顔その顔)

몹시 죽고 싶을 때 있어
뒷간으로 사람 눈을 피해서
무서운 얼굴을 한다
　　(死にたくてならぬ時あり
　　　はばかりに人目を避けて
　　　怖き顔する)

　　위의 인용한 단가처럼 거기에 묘사되는 얼굴 표정자체에 독자의 의식을 집중시키기도 하고,

　　　　손바닥으로
　　　　눈보라에 젖은 얼굴을 닦는
　　　　벗 共産을 主義로 삼는다
　　　　　　(平手もて
　　　　　　　吹雪にぬれし顔を拭く
　　　　　　　友共産を主義とせりけり)

　　　　그리운 겨울 아침이로다.
　　　　더운 물을 마시니,
　　　　김이 부드럽게, 얼굴에 닿는다.
　　　　　　(なつかしき冬の朝かな。
　　　　　　　湯をのめば、
　　　　　　　湯気がやはらかに、顔にかかれり。)

　　위와 같은 句에서는 물기가 묻은 얼굴의 이미지가 표현되기도 하고, 얼굴이라는 시어와 함께 색상의 이미지를 중심으로 볼 때는 다음과 같은 句를 들 수 있다.

　　　　붉게 석양이 비치는
　　　　냇가의 술집 창문의
　　　　흰 얼굴이로다
　　　　　　(赤赤と入日うつれる
　　　　　　　河ばたの酒場の窓の
　　　　　　　白き顔かな)

　　　　병원 창문의 저녁의
　　　　희끄무레한 얼굴이로다
　　　　희미한 낯익음

(病院の窓のゆふべの
ほの白き顔にありたる
淡き見覚え)

　타쿠보쿠가 얼굴 색채 이미지로 백색을 사용한 예를 위의 구에서 알
수 있다.
　한편 김소월의 경우를 보면, 거울과 함께 얼굴이 등장하는 것으로
다음과 같은 시들이 있다.

　　　나는 혼자 거울에 얼굴을 묻고
　　　뜻 없이 생각 없이 들여다보노라.
　　　　　　　　　　〈黃燭불〉의 일부

　　　거울 들어 마주 온 내 얼굴을
　　　좀더 미리부터 알았던들!
　　　　　　　　　　〈富貴功名〉의 일부

　　　얼굴이면 거울에 비추어도 보지만 하루에도 몇 번씩 비추어도 보지만
　　　어쩌랴 그대여 우리들의 뜻갈은 百을 산들 한 번을 비출 곳이 있으랴
　　　　　　　　　　〈돈과 밥과 맘과 들〉의 일부

　김소월의 시에서 ‘얼굴’이라는 시어는 이렇듯 거울과 함께 쓰이는 경
우가 적지 않다. 위 시에서는 얼굴을 거울에 비추는 일이 자신의 삶을
무엇인가에 비추어서 확인하고 싶은 화자의 마음을 읽을 수 있다. 타쿠
보쿠가 표정자체에 관심이 있는 것에 비해 김소월은 이 시어를 관념적
으로 쓰고 있다고 할 수 있다.

　　　달 아래 서멋없이 섰던 그 女子,
　　　서있던 그 女子의 해쓱한 얼굴,

해쓱한 그 얼굴 적이 파릇함.
〈記憶〉의 일부

얼굴 휠끔한 길손이여,
지금 막, 지는 해도 그림자조차
그대의 무거운 발 아래로
여지도 없이 스러지고 마는데
〈길손〉의 일부

위의 시는 타쿠보쿠의 위 인용시와 비교하면 얼굴의 이미지가 하얗거나, 약간 건강하지 않은 여자의 얼굴 이미지와 유사하다고 볼 수 있다.

또한 타쿠보쿠가 얼굴이라는 시어를 물기와의 접촉을 통해 묘사하고 있는 것과 대비할 만한 것으로 다음과 같은 김소월의 시를 들 수 있다.

그러나 나는 내바리지 않는다, 이 땅이 지금 쓸쓸타고,
나는 생각한다, 다시금, 시원한 빗발이 얼굴을 칠 때,
예서뿐 있을 앞날의 많은 變轉의 후에
이 땅이 우리의 손에서 아름다워질 것을! 아름다워질 것을!

그의 눈 속은 즐거움에 빛나라, 눈물로써
오는 흰눈은 바람 좇아 내리는 어룰 위에?
다시, 다시 옛날의 우리 다시
두 사람도 울면서 떠났어라.
〈벗과 벗의 옛 님〉의 일부

빗방울이 얼굴을 치거나 눈이 얼굴 위에 내리거나 얼굴과 물기가 닿는 이미지가 타쿠보쿠의 단가와 유사하다.

한편 『둥근 해』 마지막 연에서('불이 붙는 둥근 해/ 내 사랑의 웃음은/ 동편 하늘 열린 門/ 내 사랑의 얼굴은)는 아주 밝은 이미지의 얼굴이 그려져 있는

데, 이처럼 타쿠보쿠와 김소월의 얼굴 이미지는 약간 어두운 것으로부
터 아주 건강한 것까지 다양하게 표현되어 있다는 면에서도 유사하다고
볼 수 있다. 단, 타쿠보쿠의 경우 얼굴 자체를 대단히 상세하게 묘사하
고 있는 반면, 김소월의 경우는 비교적 관념적인 얼굴로 묘사하고 있다
는 것을 지적을 할 수 있다.

'눈물'이라는 시어에 대해 잠시 살펴보면, 타쿠보쿠의 경우 다음과 같
은 단가들이 있다.

> 나의 이름을 아련하게 부르며
> 눈물 흘린
> 열네살 봄으로 돌아가는 길이 없도다
> 　(己が名をほのかに呼びて
> 　　涙せし
> 　　十四の春にかへる術なし)

> 창백한 볼에 눈물을 빛내며
> 죽음을 이야기하는
> 젊은 상인
> 　(あをじろき頰に涙を光らせて
> 　　死をば語りき
> 　　若き商人)

위에 인용한 句에서 알 수 있는 것은 타쿠보쿠의 시에서 '눈물'은 과
거의 회상일 수도 있고, 내가 아닌 다른 사람의 눈물로 다양하게 쓰인다
는 것이다. 그에 비해 소월의 경우는 다음과 같이 조금 다르게 표현되고
있을 알 수 있다.

> 눈물이 수루르 흘러납니다,

당신이 하도 못 잊게 그리워서.
그리 눈물이 수루르 흘러납니다.

잊히지도 않는 그 사람은
아주나 내바린 것이 아닌데도,
눈물이 수루르 흘러납니다.

가뜩이나 설운 맘이
떠나지 못한 運에 떠난 것도 같아서,
생각하면 눈물이 수루르 흘러갑니다.

『개벽』1923. 5월호에 실린 「눈물이 수루르 흘러납니다」 전문

    위에 인용한 시는 대부분 지금은 없는 사랑하는 사람을 그리워하면서 시적화자가 '눈물'을 흘린다.

    그들의 시에는 삶의 기본 조건이 되는 자연 환경(세상01ng, 하늘01ng, 땅01ng, 달05ng, 바다00ng, 바람01ng, 꽃01ng, 그림자00ng, 물01ng(두자릿수는 동음이의어가 없는 경우 '00'으로 표기되었고, 동음이의어의 존재를 나타낸다.)) 및 시기에 관한 어휘(날01ng, 밤01ng, 아침00ng, 봄01ng, 때01ng, 오늘00ng)가 적지 않다. 그 외에 지리적 배경과 관련되는 어휘(길01ng, 들01ng, 고향02ng, 집01ng)들도 보인다. 명사의 경우 대체적으로 빈도가 높은 어휘라고 볼 수 있으나, 특별히 문학어로서 거론할 만한 어휘는 보이지 않는다.

    동사 어휘로는 인간의 기본적 활동과 관련된 어휘(알다00vv, 부르다01vv, 오다01vv, 서다01vv, 있다01ⓒvx, 내리다01vv, 하다01vv, 가다01vv, 가다01vx, 죽다01vv, 보다01vv, 울다01vv, 듣다01vv, 잊다01vv, 살다01vv)가 대부분을 차지하고 있으며, 기타 자연물의 움직임과 관련된 어휘(불다01vv, 흐르다01vv, 되다01vv)도 일부 보인다.

    형용사 어휘로는 중요 공유시어 중 단 두 개만 포함되어 있다.(깊다00va, 없다01va) 전체적으로 형용사 어휘의 빈도가 적은 편이지만 묘사대상의

구체화와 관련된 어휘가 적은 것은 특기할 만하다.

기타 어휘로는 '그01mm, 저04mm, 이05mm'와 같은 관형사들이 포함되고, 부사로서는 '또00ma', 감탄사로서는 '아아01ic', 의존명사로는 '것01nb'등이 포함되어 있다.

소월과 타쿠보쿠의 중요 공유시어에 나타난 계량적 현상을 분석한 결과 전반적으로 시적 주체의 적극적 노출, 그 가운데도 시적 자아의 활동과 관련된 서술이 많으며, 반면 시의 장식과 묘사 대상의 구체적 표현에 대해서는 크게 관심을 두지 않은 것으로 보인다.

3. 개인시어 분석을 통한 시어의 차이성

공유시어를 분석하여 시적 어휘의 유사성을 찾아내는 것과 반대로, 이번에는 시적 어휘의 차이성을 알아내기 위해 공유시어가 아닌 개인시어를 찾아보려고 한다. 개인시어(poetic idiolect)는 전체 현대시 코퍼스와의 대비를 통해서 설정하는 것인 반면, 양자 대비의 경우에는 상호적 미사용 시어 중에서 고빈도 시어를 중심으로 검토하는 것이 타당하다고 본다.

상호적 미사용 시어는 앞에서 말한 비공유시어(non-shared word)에 해당한다. 시어의 종수로 본다면 소월은 1,373종(2,152종-779종), 타쿠보쿠는 3,185종(3,964종-779종)이다. 시어의 수로 본다면 소월은 2,707개(7,949개-5,242개), 타쿠보쿠는 8,044개(18,936개-10,892개)가 된다. 이 중에서 빈도가 높은 시어만을 제시하려고 한다. 소월의 경우는 빈도 6 이상인 64종의 시어, 타쿠보쿠의 경우는 빈도 14 이상인 64종(실제 14 이상은 69종이지만 편의상 64종만 제시한다)의 시어를 제시하는데 표로 정리하면 다음과 같다.

소월		타쿠보쿠	
시어	빈도	시어	빈도
모르다00vv	46	아이01ng	79
그대00np	42	처럼wx	74
못04ma	35	면서wx	64
임01ng	31	슬프다vx	57
저03np	23	파도ng	53
줄04nb	22	향ng	50
아니01ma	22	(미상)un	44
오02ic	21	단지ma	44
희다00vx	20	등05nb	42
다03ma	19	창문ng	40
전등07ng	16	닮다vv	38
설움00ng	16	모두ng	37
리02nb	15	사라지다vv	37
듯이01nb	15	모습ng	35
두01mm	15	생ng	33
못하다00ⓗvx	14	어둠ng	33
마음속00ng	14	환상ng	33
년02nb	13	공주ng	32
냄새00ng	12	흔적ng	29
서럽다00vx	10	가라앉다vv	27
강물00ng	10	울림ng	27
홀로00ma	9	향내ng	27
어찌하다00vv	9	까지wx	26
삼수갑산00nm	9	잠시ma	26
벌01ng	9	남자ng	24
달맞이00ng	9	조용히ma	23
고요히00ma	9	풍기다vv	23
흘러가다00vv	8	해(年)ng	23
물결00ng	8	혼ng	23
동무01ng	8	여행ng	22
대로01nb	8	과연ma	21

주다01vx	7	기차ng	21
제26nb	7	이야기하다vv	21
어찌00ma	7	이다wx	20
스러지다00vv	7	허무하다vx	20
불붙다00vv	7	매우ma	19
무덤00ng	7	색ng	19
마주01ma	7	열다vv	19
듯하다00ax	7	이미ma	19
돋다01vv	7	자ic	19
닭00ng	7	책ng	19
다만01ma	7	나라ng	18
까마귀00ng	7	불타다vv	18
길거리00ng	7	소매ng	18
그만02ma	7	참으로ma	18
그리하다00vv	7	천지ng	18
그때00ng	7	옥03ng	17
하룻밤00ng	6	운명ng	17
조그마하다00vx	6	둘러싸다vv	16
잎사귀00ng	6	밀려오다vv	16
오늘날00ng	6	병ng	16
예전01ng	6	슬퍼하다vv	16
삼천리01ng	6	아프다vx	16
산등성마루00ng	6	가락ng	15
불빛00ng	6	경24nb	15
불귀02ng	6	녹색ng	15
번다01vv	6	비밀ng	15
밀물01ng	6	수심09ng	15
맞다02vv	6	외침ng	15
말씀00ng	6	작다vx	15
말다03vv	6	종ng	15
둘01nr	6	피리ng	15
그런01mm	6	끌다vv	14
국가01ng	6	다가오다vv	14

이어 비공유시어를 대략 비교해 보기로 하겠다. 타쿠보쿠는 유난히

‘아이01ng(79)’에 대한 관심이 많다. 소월은 동요류의 작품에서 시적 화자로 어린이를 등장시킨 경우는 있어도 시적 대상으로 아이를 언급한 적이 없다. 타쿠보쿠는 ‘공주(公主)’를 시적 대상으로 등장시켰고 ‘남자(男子)’도 제법 등장한다. 그에 비해 소월의 시적 화자는 대부분 여성 화자로 분석될 수 있으며, ‘임01ng’을 줄기차게 부른다.

흔히 소월은 여성 화자를 그의 시에서 자주 사용한다고 말하고 있다. 그것은 ‘임’을 부르는 화자가 여성으로 해석된다는 뜻으로, 임의 이미지가 군신(君臣)의 이미지와 연결되어 있고, 보통 임을 남성으로 생각하기 때문이다. 여기서 필자는 김소월이 직접 일본어로 창작한 시를 중심으로 약간의 다른 의견을 제시하려고 한다.

> 만약 임이 여자라면 나의 아내가 되겠지요.
> 만약 임이 꽃이라면 나의 가슴에 달지요.
> 만약 임이 술이라면 나의 가슴을 태우겠지요.
> 만약 임이 연기라면 나의 코에 향을 풍기지요.
> 만약 임이 바람이라면 나의 머리로 불겠지요.
> 만약 임이 귀뚜라미라면 슬픈 밤을 함께 울지요.
> 만약 임이 자고라면 파랑 하늘을 함께 날지요.
> 만약 임이 지렁이라면 흙 속에서 함께 노래하지요.
> 만약 임이 유령이라면 암흑에서 함께 춤 추지요.
> 만약 임이 돌이라면 바다 위로 함께 굴러가지요.
>
> 　　(若しも君が女ならわたしの妻にまりませう。
> 　　若しも君が花ならわたしの胸に飾りませう。
> 　　若しも君が酒ならわたしの喉を焼きませう。
> 　　若しも君が烟ならわたしの花をかをりませう。
> 　　若しも君が風ならわたしの髪にすさびませう。
> 　　若しも君が蟋蟀なら悲しき夜長を一緒に泣きませう。
> 　　若しも君が鷦鴣なら青き空を一緒に翔びませう。
> 　　若しも君がみみづなら土の裏で一緒に唱へませう。

若しも君が幽霊なら暗闇で一緒に踊りませう。
若しも君が石なら海の中へ一緒に転げませう。)4)

위 시는 1920년 5월 11일에 창작된 것으로 판단되는 시로, 김소월의 일본어 시는 그의 사후에 발굴된 것으로 확실한 제목은 알 수 없다.

여기서 주목하고자 하는 단어는 바로 '임'이다. 일본어 원문에서 이 '임'은 '君'이다. 일본어의 '君'이라는 단어는 한국의 '임'이라는 단어와 비슷하다. 역사적으로는 군주를 나타내는 말이었으며, 자신이 받드는 주인을 나타내기도 했다. 시대가 변천함에 따라 그 의미도 변화하여 남자가 주로 여자에 대해 자신보다 우월한 입장에 있을 때 사용했으며, 여자가 남자에게 친숙함을 담아서 부를 때 사용되기도 했다.

현대에서는 남자가 같은 연령이나 연하의 상대를 부르는 대명사로 쓰이고 있는데, 한국의 경우 현대에서는 손아래 사람이나 친구를 부를 때 성이나 이름 뒤에 쓰는 말이다. 윤기미의 연구에 의하면 1920년대 수필에서는 '자네'나 '그대'라는 뜻으로 빈번히 등장하기도 했다.[5] 이는 연하의 남자를 존중해서 부르는 말이다.

한국에서 주로 시어의 '임'을 사용하면 남자라고 판단하는 것은 관습적인 오류가 아닐까 생각된다. 위의 시에서 '君'은 '임'이나 '그대' 등으로 빈역될 수 있다고 생각하는데, 역사적인 배경을 생각힌다면 '임'이 가장 가까운 말이라 해도 될 것이다. 그러나 위의 시의 '임'은 제 1연의 '만약 임이 여자라면 나의 아내가 되겠지요'에서 알 수 있듯이 여자이다. 만약의 이 1연이 없었다면 한국에서 이 시를 볼 때 대부분의 사람들은 '임'을 여자라고 여기지 않을까하는 생각이 든다. 그것은 '임'='남자'라는 관습적인 인식 때문일 것이다.

김소월의 한국어 시에는 2인칭으로 '임', '그대', '당신', '너' 등이 사용

되고 있는데, 일본어 시에서는 '君(임)', 'わが人(내 사람)'이라는 두 가지만 사용하고 있다. 김소월의 일본어 시만을 다룬 유일한 논문으로 보이는 「소월·일본어작품의 유형연구」에서 코오노 에이지(鴻野映二)는 '소월·김정식의 일본어시는 평론의 대상으로 삼기에는 불충분하지만 학문연구 대상으로는 충분한 분량을 보유하고 있다'[6]고 말하고 있다. 여기서 '임'에 대해서 새롭게 볼 수 있었던 것처럼 향후 김소월의 일본어 시 연구를 통해 다른 성과도 기대된다.

정서의 면에서 비교하면 김소월은 한 번도 '슬프다vx' 혹은 '슬퍼하다vv'라는 표현을 한 적이 없다. 대신 '설움'과 '서럽다'라는 감정에 사로잡혀 있다. 이것은 다음 장에서 언급하게 될 내용과 관련이 있는데, 한국인의 恨의 문화와 깊은 관련이 있다.

동사 '알다'의 경우 공유시어로 소월과 타쿠보쿠 시에 등장하는 비율이 거의 같은 데 비해, '모르다'는 소월 시에만 사용된 시어이다. 이는 한국어와 일본어의 차이에서 오는 현상이다. 일본어에서는 '모르다'라는 뜻의 어휘가 독립적으로 존재하지 않고, 보통 '알다(知る)'란 말에 부정적 접미사 'ない'를 붙여서 '알지 않다 = 모르다(知らない)'라고 표현한다. 타쿠보쿠 텍스트에서는 '알다'가 총 60회 등장하는데 그 중 부정사가 붙은 것은 7개에 불과하다. 소월의 경우 '알다'가 25회이고, '모르다'는 46회로서 모른다는 것의 빈도가 높은 것도 하나의 특징이라 할 수 있다.

타쿠보쿠는 '파도' 등 바다와 관련된 시어가 많은데 비해 소월은 '밀물01ng(6)' 정도만 등장한다. 대신 '강물' 등 강과 관련된 어휘는 많다. 그 밖에 후각과 관련하여 소월은 '냄새'를 맡는다고 표현하는데 비해 타쿠보쿠는 '향'과 '향내'를 탐닉한다고 하여 다른 표현을 담고 있다.

타쿠보쿠의 시에서는 '靈'이 23회, '神'이 27회나 등장한다. 여기에 '그리스도(Christ)'(2회)까지 포함하면 타쿠보쿠는 영적인 세계에 대한 관심이 많았음을 알 수 있다. 이에 비해 소월에 경우 '靈'은 4회, '神'이 1회 등장하여, 영혼과 관련된 시어는 타쿠보쿠에 비해 적은 편이다. 하지만 '魂'은 시 제목에까지 등장하여, 영적 세계에 대한 관심이 많았음을 알 수 있다.

2인칭 대명사 '그대'는 비공유시어로 소월이나 타쿠보쿠에게서도 많이 찾아볼 수 있으므로 논외로 하겠다. 3인칭인 '저'의 경우도 마찬가지다. 그 외도 조사 등 몇 가지 형태와 관련된 어휘들도 많이 보이지만 이는 양국의 언어적 차이에서 비롯된 것으로 생각되어 비공유시어에서 다루지 않음을 양해 바란다.

4. 맺음말

지금까지 타쿠보쿠와 김소월의 작품에 쓰이는 어휘를 중심으로 객관적 분석을 시도해 보았다. 작품의 어휘에 나타나는 계량적 현상에 대한 연구는 한국과 일본에서 아직까지 본격적으로 연구가 진행된 적이 없어 새로운 성과가 기대되고 있다.

양자의 시어를 비교함에 있어 두 작가에 대한 동일한 언어적 기준이 세워져야 할 것이다. 필자는 타쿠보쿠의 시어를 한국어로 번역하였다. 작품 전체를 번역하지 않은 이유는 의역의 가능성이 염려되고 또한 표현 자체의 기본적 의미를 가능한 그대로 살리기 위해서이다.

타쿠보쿠와 김소월의 작품수를 비교하면, 타쿠보쿠 작품은 832, 김소월 145로 타쿠보쿠의 작품이 5.7배 정도 많다. 어휘/어종에 있어서는 타쿠보쿠의 반복지수가 많은 것으로 나타나 있는데, 이는 번역상의 문제를 고려하더라도 어휘의 다양성 면에서는 타쿠보쿠가 김소월보다 낮은 것으로 보인다. 한편, 고빈도 시어 100위 내의 시어 중 65개의 시어가 공유되는 것으로 나타나 있는데, 두 시인의 어휘 사용이 유사하다는 것을 알 수 있다.

이제껏 양 작가를 대비 연구의 대상으로 삼을 때, 작품의 분위기가 닮았거나 국민시인이라는 칭호 등 다소 애매모호한 기준으로 언급된 경우가 많았다. 그러나 그들의 시어의 비교분석을 통해 양자의 어휘 사용이 매우 유사한 점이 많다는 것을 알게 되어, 이제까지 확실한 기준이 없었던 비교분석의 근거와 기준을 새롭게 제시하게 되었다.

【주】

* 본 연구는 2011년 『韓國近代文學과 石川啄木 關聯 樣相 硏究』(한국학대학원 박사논문)에 발표한 내용 중 일부를 수정·보완한 것임.
** 인덕대학교 관광레저경영학과 전임강사
1) 김병선, 「어휘 비교를 통한 한중일 근대문학 연구 방안」, 『세계한국학대회논문집』(대만, 타이페이), 2010, 1쪽.
2) 김병선·전정구, 『소월의 시어와 그 쓰임새 1,2,3』, 한국문화사, 1994.
3) 김병선, 앞의 논문, 11쪽.
4) 林陽子역, 『김소월 시집, 진달래꽃』, 書肆青樹社, 2011, 82~83쪽
5) 윤기미, 「1920년대 수필 문학 연구 -문체의 계량적 분석을 중심으로」, 한국학대학원 박사논문, 2011.
6) 코오노 에이지(鴻野映二), 「소월·日本語作品의 類型硏究」, 『서경대학교논문집』 vol.10, 1982, 129쪽.

정인영**

5 문화관련 어휘의 번역 비교*

1. 머리말

번역은 어휘나 문장뿐만이 아니라 문화의 전환이기도 하다. 언어와 문화의 관계는 매우 밀접하므로 문화를 무시하고 어휘나 문장만을 전환하는 번역텍스트는 원본 텍스트와 완전한 등가를 이루기가 어렵다. 텍스트는 문화가 언어로 표현된 것이므로 충실한 번역텍스트를 만들어내기 위해서는 문화적 맥락을 고려한 번역방법이 필요하다. 원문텍스트의 문화를 이해하고 있지 않으면 자연스러운 도착어(到着語) 텍스트로 번역하기가 힘들기 때문에 문화의 이해능력은 번역과정에서 언어만큼이나 필수 조건이다.

번역학에서 번역과 문화에 대한 논의가 본격적으로 이루어지기 시작한 것은 1990년 이후로[1], 문화번역이론의 관점에서 보면 번역은 서로 다른 문화 간의 의사소통이며, 이문화 간의 장벽을 극복하는 데 번역의 목적이 있다. 본고에서 말하는 '문화관련(cultural-bound) 어휘'[2]란 '문화적 특성을 잘 드러낼 수 있는 어휘'라고 풀이할 수 있는데, 역사·사회·경제·

정치·언어관습 등의 특정 문화에서 비롯되는 어휘를 말한다[3]. 문화관련 어휘는 원문텍스트의 독자들에게는 자연스럽고 당연한 것이므로 별도의 명시적인 설명이 필요하지 않지만, 번역텍스트의 독자들에게는 그렇지 못하다는 점에서 번역 작업에 어려움을 야기한다.

일·한 문학 번역시 이러한 '문화관련 어휘'의 범주에 포함되는 것으로는 고유명사, 호칭(2인칭 대명사), 그리고 일본의 의식주 문화와 관련된 특유의 어휘를 들 수 있는데, 본고는 번역과정에서 번역자가 어떠한 전략[4]으로 접근했는지 번역사례의 검토를 통해 고찰하고자 한다. 검토텍스트는 일본의 현대작가 무라카미 하루키(村上春樹; 1949~)의 『노르웨이의 숲(ノルウェイの森)』[5](1987)과 그 한국어 번역본을 중심으로 '문화관련 어휘'의 번역을 중심으로 검토하겠다. 하루키(春樹)의 작품 중 처음으로 한국에 번역 소개된 작품이며 한국 내 일본문학 번역시장에 엄청난 전환점이 된 이 소설은, 저작권법의 발효 이전[6]에 출간되어 여러 종의 한국어 번역본이 존재한다. 지금까지 일곱 번에 걸쳐 재번역되었으며[7], 이 중 번역자의 특징이 각각 다를 것, 완역본일 것[8], 번역시기의 간격이 있어 통시적 검토가 가능할 것이라는 조건 하에 아래의 세 종류의 번역본을 검토텍스트로 하여 본고의 논의를 전개하고자 한다.

村上春樹, 『村上春樹全作品1979-1989⑥ノルウェイの森』, 講談社, 1990.
(이하『ノルウェイの森』)
유유정 옮김, 『상실의 시대』, 문학사상사, 1989.
(이하『번역본 a』)
김난주 옮김, 『노르웨이의 숲』, 한양출판, 1993.
(이하『번역본 b』)
임홍빈 옮김, 『노르웨이의 숲』上下, 문사미디어, 2008.
(이하『번역본 c』)

검토 자료로 삼은 위 세 종류의 번역본은 번역시기의 시간차 외에도 각각의 번역자들의 특징 또한 뚜렷이 구분된다. 『번역본 a』는 가장 많은 판매고를 기록한 텍스트로, 번역자의 특징으로는 일제시대에 태어나 자연스럽게 일본어를 익히고 일본에서 대학교육을 받은 '일본문학번역 1세대'라는 점을 들 수 있다. 『번역본 b』는 1950년 이후에 출생하여 대학에서 일본어 혹은 일본문학을 전공한 '전문 번역자'의 번역텍스트이며, 『번역본 c』는 일본문학을 전공하거나 전문번역자가 아닌 언론인 출신이라는 배경을 가지고 있으나, 하루키라는 작가를 한국에 처음 소개하였으며, 그의 다른 작품들도 번역하였고 작품 선택과 번역 감수 등 선도적 역할을 하며 '하루키 문학의 메신저'로 알려진 번역자의 텍스트이다. 또한 이미 6차례에 걸쳐 번역된 바 있는『ノルウェイの森)』를 나름의 의미를 두고 2008년 재번역한 텍스트[9]라는 점도 특기할 사항이다. 이러한 각각의 차별화되는 특징과 함께 길게는 20년 가까이의 시간차를 두고 번역되었다는 점도 주목해야 하는 부분이다. 이러한 차이점은 문화관련 어휘의 번역 분석에 있어 시대의 흐름에 따른 변화 양상을 추적하는 통시적인 접근이 가능하도록 해 줄 것이다[10].

　이하, 본고에서는 일본어를 출발어로, 한국어를 도착어로 설정하였으며, 검토 방법은 번역사례 예문과 번역문을 제시하고 비교하는 방식으로 서술하도록 하겠다.

2. 고유명사의 번역

고유명사의 범주에는 인명, 지명, 조직이나 단체명, 책 제목, 노래 제목 등이 포함된다. 고유명사를 번역하는 전략은 일반적으로 ①그대로 음차번역, ②부분만 음차번역, ③목표문화권에 알려진 다른 것으로 번역, ④생략 네 가지로 분류할 수 있다[11].

我々は山手線に乗り、直子は新宿で中央線に乗りかえた。
(『ノルウェイの森』, 34쪽)

우리는 야마노테선(線)을 탔고 나오코는 신쥬쿠[12]에서 중앙선으로 갈아탔다.
(『번역본 a』, 53쪽)

우리는 야마노테(山手) 선에 올라탔고, 나오코는 신주쿠(新宿)에서 중앙선으로 갈아탔다.
(『번역본 b』, 41쪽)

우리는 야마노테센(山手線)을 탔고, 그런 다음 나오코는 신주쿠에서 쥬오센으로 갈아탔다.
(『번역본 c』상, 41쪽)

위의 예문에서 『번역본 a』와 『번역본 b』는 '야마노테센(山手線)'을 '야마노테선'과 같이 부분만 음차번역하는 전략을 사용하였다. 그러나 '츄우오오센(中央線)'의 경우는 '츄우오오센' 혹은 '쥬오센'이 아닌 '중앙선'이라고 번역한 것으로 보아 일관된 번역전략을 택했다기보다는 상황에 따라 다른 전략을 취하고 있는 것을 알 수 있다. 동일한 텍스트 내에서 번역전략이 달라질 수는 있겠으나 고유명사의 경우는 특히 일관성 있는 번역전략이 필요하다고 여겨진다. 『번역본 c』의 경우 '야마노테센' '쥬오센'과 같이 대부분 일본어를 그대로 음차번역하는 전략을 택했으나 이 역시 일관성 있는 번역전략을 적용한 것은 아니다. 표기 측면에서 보자면 『번역본 b』는 괄호 안에 한자를 병기해준 반면, 『번역본 a』와 『번역본 c』의 경우는 번역자가 필요하다고 생각한 경우만 한자를 병기

(併記)해 주었다.

> 君が代。
> そして旗がするするとポールを上っていく。
> 「さざれ石のおー」というあたりて旗はポールのまん中あたり、「ま
> あでー」というところで頂上にのぼりつめる。
>
> > (『ノルウェイの森』, 22쪽)

> 기미가요(일본 국가).
> 그리고 국기가 매끄럽게 깃봉을 따라 올라간다.
> "사사레 이시노오-(국가 가사의 중간 부분)" 이 대목이 깃봉의 바로 중간
> 이 되고, "마아레-"의 대목에서 정상에 닿는다.　　(『번역본 a』, 39쪽)

> 기미가요(君が代).
> 그리하여 깃발은 스륵스륵 장대를 올라간다.
> "사자레이시노-" 하는 소절에서 깃발은 장대의 절반쯤에 다다르고, "마
> 데-" 하는 소절에서 꼭대기까지 다 올라간다.　　(『번역본 b』, 26～27쪽)

> 애국가.
> 그리고 국기가 스르르 게양대를 타고 오른다.
> "사사레 이시노오~*" 하는 대목에서 국기는 게양대의 한가운데에 이르
> 고, "마아데~**" 하는 대목에서 정상에 닿는다.
> 　* '조약돌이~' 라는 의미.
> 　** '까지~' 라는 의미.　　　　　　　　(『번역본 c』상, 31쪽)

　『번역본 c』가 '기미가요(君が代)'를 '애국가'로 번역한 것은 일관성이 결여된 과잉번역의 일례라고 할 수 있다. '애국가'란 '대한민국의 국가(國歌)'를 뜻한다. 즉 '애국가'라는 어휘 역시 하나의 고유명사이므로 '君が代'를 '애국가'로 번역한다는 것 자체가 불가능한 번역전략이다. 한·일 각각의 독자들에게 있어서는 동일한 개념으로 작용하는 어휘이지만,

그 개념이 번역어로는 적절한 의미전달을 하지 못하기 때문이다. 이는 과잉번역이라고 할 수 있다.

しっくいの壁には「平凡パンチ」のピンナップが、どこかからはがしてきたポルノ映画のポスターが貼ってある。

(『ノルウェイの森』, 23쪽)

회칠을 한 벽에는 〈평범 펀치〉(대중잡지의 하나)의 핀업걸이나 어디선가 떼어온 포르노영화의 포스터가 붙어 있다.

(『번역본 a』, 40쪽)

회를 칠한 벽에는 〈헤이본(平凡) 펀치〉(대중 주간지의 이름 = 역주)의 핀업이라든가, 어디에서 뜯어 온 건지 포르노 영화의 포스터가 붙어 있다.

(『번역본 b』, 28쪽)

석회 칠을 한 벽에는 대중 잡지 〈헤이본 펀치〉의 핀업이나 어디선가 뜯어온 포르노 영화의 포스터가 붙어 있었다.

(『번역본 c』상, 32쪽)

일본어 원문의 '헤이본 펀치(平凡パンチ)'란 '단카이 세대 이후의 패션, 정보, 풍속 등을 다루었던'[13] 남성잡지이다. 잡지를 발간하는 '헤이본출판주식회사(平凡出版株式会社)'라는 출판사명에서 따온 것으로, 『번역본 a』는 '平凡'을 한자발음 그대로 읽어 '평범 펀치'라고 번역하였는데 잡지의 타이틀은 책 제목과 마찬가지로 고유명사이므로 『번역본 b』나 『번역본 c』와 마찬가지로 발음 그대로 써 주는 것이 더 적절한 방법이라고 여겨진다. 발음을 살려 그대로 옮겨주었다는 점에서는 비슷하지만 더 상세히 검토하자면, 『번역본 b』는 괄호 안에 역주를 달아주었으며, 『번역본 c』는 번역문 내에 '대중잡지'라는 정보를 첨가하여 자연스럽게 한 문장 안에 삽입하는 전략을 사용하였음을 알 수 있다[14].

　　彼女は飯田橋で右に折れ、お堀ばたに出て、それから神保町の交
差点を越えてお茶の水の坂を上り、そのまま本郷に抜けた。そして
都電の線路に沿って駒込まで歩いた。　　　　（『ノルウェイの森』, 32쪽）

　　그녀는 이이다 다리에서 오른쪽으로 꺾어져 오호리바타에 나가 그 다음
진보오쵸의 교차점을 넘어서 오차노미즈 고개를 올라 그대로 혼고오로 빠
졌다. 그리고 전차의 선로를 끼고 고마고메까지 걸었다.

(『번역본 a』, 50쪽)

　　그녀는 이이다바시(飯田橋)에서 오른쪽으로 꺾어져서, 오호리바타(お
堀ばた)로 나와서는, 다시 진보초(神保町)의 네거리를 지나 오차노미즈
(お茶の水) 언덕을 올라, 그대로 혼고(本郷)로 빠져 나갔다. 그리고는 도전
(都電:동경도에서 경영하는 전철. 협궤 열차로 지상을 달린다 = 역주)의
선로를 따라 고마고메(駒込)까지 걸었다.　　　　（『번역본 b』, 38쪽）

　　그녀는 이다바시에서 오른쪽으로 꺾어져 오호리바타로 나가서, 다시 진
보초의 교차로를 지나 오차노미즈 언덕을 올라 그대로 혼고로 빠졌다. 그
리고 도시전철 선로를 끼고 고마고메까지 걸었다.

(『번역본 c』상, 41쪽)

　　'도덴(都電)'의 경우 세 번역자가 각각 다른 번역전략을 택한 것을 알
수 있다. '도덴'이란 '도쿄에서 경영하는 노면(路面)전차'[15]를 뜻하는데,
현재는 아라카와(荒川) 선 하나만 남아 있다. 일반적인 '전차(電車)'와 비
슷한 개념이므로『번역본 a』는 '도덴'에 대한 추가설명 없이 '전차'라는
상위어를 택해 번역하였으며,『번역본 b』는 한자를 그대로 음차번역한
뒤 역주를 다는 방법을 택했다[16]. 그리고『번역본 c』는 '도시전철'이라
는 어휘로 번역하였는데, '도덴'이라는 개념을 정확히 번역했다고 여겨
지지는 않지만 독자의 가독성에는 무리가 없었을 것으로 판단된다[17].

その寮は<u>都内</u>の見晴しの良い高台にあった。

(『ノルウェイの森』, 19쪽)

그 기숙사는 <u>토쿄</u>의 전망이 좋은 높은 지대에 있었다.

(『번역본 a』, 36쪽)

그 기숙사는 <u>동경도내(都内)</u>의 약간 높은 평지대에 있었는데 전망이 좋았다.

(『번역본 b』, 23쪽)

그 기숙사는 <u>도쿄 도내</u>의 전망 좋은 언덕 위에 자리 잡고 있었다.

(『번역본 c』상, 27쪽)

일본어 원문의 '도내(都内)'18)란, '토오쿄(東京)'를 의미한다. 그러나 '도내'라고만 옮길 경우 독자의 이해가 어려워진다는 점 때문인지, 세 번역본 모두 이를 각각 풀어서 번역했음을 알 수 있다. 『번역본 a』는 번역텍스트의 독자들이 자국의 정서와 혼동할 수 있는 '도내'라는 어휘를 '도쿄'로 풀어 번역하였으며, 『번역본 b』와 『번역본 c』는 '도내'라는 원문의 어휘는 그대로 살려 주되 '동경' 혹은 '도쿄'라는 추가 정보를 삽입하여 이해를 돕도록 번역하는 전략을 사용하였다.

「ごはん食べに行きましょう。おなかペコペコ」と緑は言った。
「どこに行く？」
「<u>日本橋</u>の<u>高島屋</u>の食堂」　　　　　(『ノルウェイの森』, 372쪽)

"점심 먹으러 가요. 배가 고파" 하고 미도리는 말했다.
"어디로 가지?"
"<u>니혼바시(日本橋)</u>의 <u>타카시마야 백화점</u> 식당."　　(『번역본 a』, 417쪽)

"밥 먹으러 가요. 배에서 꼬르륵 소리가 나요"라고 미도리는 말했다.
"어디로 가는데?"
"니혼바시(日本橋)에 있는 <u>다카시마야(高島屋)</u>의 식당."

(『번역본 b』, 419쪽)

"점심 먹으러 가자. 배고파." 라고 미도리는 말했다.
"어디로 가지?"
"니혼바시의 <u>다카시마야 백화점</u> 식당."　　　　(『번역본 c』하, 223쪽)

　위 예문도 정보 첨가의 부재로 인한 접근이 필요한 예문이다. '타카시마야(高島屋)'란, 오오사카(大阪)에 본점을 둔 백화점의 명칭이다. 그러나 원문에는 그에 대한 별도의 정보가 없으므로 '백화점'이라는 정보를 독자에게 알리기 위해 『번역본 a』와 『번역본 c』는 '백화점'이라는 어휘를 번역본에 추가하였으며, 『번역본 b』의 경우는 그대로 '다카시마야'라고만 옮겼다. 『번역본 b』가 번역본의 다른 부분에서 독자에게 낯설게 느껴질 듯한 어휘에는 일일이 역주를 첨가했던 것을 생각한다면, 위 예문에서의 번역전략은 동일한 번역본에서는 드물게 발견되는 사례이므로 다소 일관성이 결여된 것같이도 여겨진다. 그러나 동일한 어휘의 번역이라도 상황이나 문맥에 맞추어 번역은 달라질 수 있다는 점을 생각한다면, 『번역본 b』의 번역은 일관성의 문제가 아닌 정보 제공의 부족으로 보아야 할 것이다. 원문에 없는 내용을 추가하여 독자에게 정보를 제공하는 것이 꼭 좋은 번역이라고 할 수는 없지만, 정보의 부재는 원문 텍스트의 고유명사에 대한 지식이 없는 독자들의 가독성을 방해할 우려가 있기 때문이다.

3. 호칭의 번역사례 검토

　소설에서 등장인물의 대화에는 호칭이나 지칭이 사용되며 화자는 같은 대상이라도 여러 가지 호칭으로 바꾸어 부르는 것이 가능하다. 또한 이는 상대에 대한 친소(親疎)관계를 드러낼 수 있기도 하다. 일본어와 한국어는 호칭체계가 정확히 1:1로 대응하는 어휘가 그다지 많지 않으므로, 일·한 번역에서 상황이나 맥락을 고려하지 않고 각각의 의미만으로 번역하면 어색한 표현이 되기 쉽기 때문에 이는 번역자가 주의해야 할 부분이다.

少し遠くだけれど<u>あなた</u>をつれていきたい店があるの。

(『ノルウェイの森』, 87쪽)

좀 멀긴 하지만 <u>자기</u>를 데리고 가고픈 가게가 있어.

(『번역본 a』, 112쪽)

조금 멀긴 하지만 <u>형</u>을 데리고 가고 싶은 가게가 있는데.

(『번역본 b』, 102쪽)

좀 멀긴 하지만 <u>자기</u>를 데리고 가고 싶은 가게가 있거든.

(『번역본 c』상, 127쪽)

위의 예문은 미도리가 와타나베에게 하는 발화(發話)이다. 원작에서 미도리는 와타나베의 대학 1년 후배로, 그녀가 와타나베를 부르는 일본어 '아나타(あなた)'는 상대방을 나타내는 인칭대명사이다. 주로 '친한 남녀사이에서 상대방을 부르는 말', '부부사이에서 아내가 남편을 부르는 말'[19]이라는 것이 사전적 정의로, 원래는 장소나 방향을 가리키는 지시대명사였으나 점차 인칭대명사로 변화하였다. 영어의 'you'와 의미상 비슷하지만 'you'처럼 누구에게나 사용 가능한 인칭대명사는 아니므로, 이를 한국어로 번역할 경우 적절한 번역어를 찾기가 어렵다. 따라서

번역사례 검토과정에서도 번역본에 따라 번역어가 다르다는 것을 알수 있다.

『번역본 a』는 예문의 미도리 뿐만이 아니고 다른 여성 등장인물[20]이와타나베를 부르는 '아나타'를 전부 '자기'로 번역하였다. 이는 아마도번역 당시인 1980년대 후반 연인들이나 부부 간에 많이 사용한 2인칭대명사가 '자기'였기 때문이라고 짐작된다. '자기'라는 인칭대명사는 원래는 3인칭이었으나 1970년대부터 주로 연인들 사이에서 '당신'을 대체하는 의미로 사용되면서 2인칭 대명사로도 사용하게 되었다. 남성들 사이에 쓰이는 '자네'와 유사한 의미로 여성 화자와 청자 사이에 이용되기도 한다[21]. 따라서 번역당시의 시대적 상황과 맞물려 2인칭 대명사 '아나타(あなた)'가 '자기'로 번역되었음을 유추해볼 수 있다.

『번역본 c』 역시 '아나타'의 번역에 있어『번역본 a』와 같은 전략으로접근하였음을 알 수 있다. 이는 실제로『번역본 c』가『번역본 a』를 간행한 출판사의 자회사에서 간행되었으며,『번역본 c』의 번역자가 처음으로『ノルウェイの森』라는 작품을 한국에 소개한 장본인이기도 하기 때문에 번역에 영향을 받았다고 볼 수 있다.『번역본 c』의 번역자는, 역자후기에시 위와 같은 2인칭 대명사의 번역에 고심했음을 털어놓고 있다.

> '원작에 가깝게'가 나의 모토였던 까닭에, 나는 몇 가지 유혹을 견뎌내지않으면 안 되었다. 첫째, 2인칭 존칭을 어떻게 번역할 것인가, 하는 문제에있어서, 나는 〈상실의 시대〉에서 그렇게 하고 있듯이, '너(당신/자기)'라는표현을 대상에 따라 자연스럽게 '선배', '학생', '오빠', '아가씨' 같은 친근한표현으로 바꾸고 싶은 충동을 눌러 참았다. 지나치게 토착화됨으로써, 그안에 흐르는 독특한 분위기를 망치는 것을 경계했던 것이다.[22]

그렇다면『번역본 b』는 이러한 호칭이나 2인칭 대명사를 어떠한 번역전략으로 접근했는가. 실제 원본텍스트에서 '미도리'는 주인공 '나(와타나베)'를 부를 때 쓰는 '아나타'를 번역할 때, 『번역본 b』는 '형'이라는 번역어를 일관되게 사용한다는 것이 검토과정에서 발견되었다.

> 「あなたっ『資本論』って読んだことある？」と緑が訊いた。
> (『ノルウェイの森』, 258쪽)

> "자기 〈자본론〉 읽어본 적 있어요?" 하고 그녀가 물었다.
> (『번역본 a』, 297쪽)

> "형 〈자본론〉 이라는 책 읽은 적 있어요?" 하고 미도리가 물었다.
> (『번역본 b』, 292쪽)

> "자기 〈자본론〉 읽어본 적 있어?" 라고 미도리가 물었다.
> (『번역본 c』하, 62쪽)

『번역본 b』의 '형'이라는 번역어 역시 비슷한 맥락에서 파악 가능하다. '형'이라는 호칭 자체가 1980~90년대 초반의 대학에서 여학생들이 남자 선배들을 부를 때 자주 사용되었기 때문에 번역자 본인의 세대에서도 공감이 갔을 것이다. 그러나 실제로 한국의 대학가에서 여대생이 남자 선배를 '형'이라고 부르던 유행은 번역당시인 1993년에 이미 끝나가고 있었다. 그러나 번역자가 그러한 번역물을 만들어냈다는 것은, 번역자 본인의 세대의 영향과 번역 당시의 노출환경(그 당시 자주 쓰이던 어휘, 표현 등)이 의식적이건 무의식적이건 간에 번역에 작용하였음을 알 수 있다.

번역자가 위와 같은 번역전략으로 텍스트에 접근한 까닭은 원본텍스트를 '동시대 감각으로의 연애소설'로서 수용한 데 기인한 것이라고 보이며, 번역자의 역자후기에서도 이러한 사실을 읽어낼 수 있다.

『노르웨이의 숲』을 번역하고 있는 동안은 내내 즐거웠다. 동경에서 지낸 유학 시절의 추억들이 작품 속의 장면들에 오버랩되어 하나하나 되살아 난 것이다. 와타나베와 나오코가 하염없이 걸었던 요츠야에서 혼고를 거쳐 고마고메에 이르는 길은 내가 학교를 다니느라 혹은 헌 책방을 찾아다니느라 걸은 길이었고, 미도리의 집이 있는 오오츠카 역 주변의 어두침침한 거리는 어느 비 내리는 겨울날 담당 교수의 집을 방문하기 위해 찾은 곳이다. 또 와타나베가 생활했던 기숙사와는 판이하게 다른 곳이지만 나도 꼬박 삼 년을 학교 기숙사에서 살았다. (중략) 그런지라 때로는 내가 와타나베나 나오코, 미도리의 뒤를 그림자처럼 쫓고 있는 것은 아닌가 하는 착각이 들 때도 있었다.[23]

소설 속 등장인물들의 생활에 번역자 자신의 감정을 이입시키고, 동시대 청년들에게 친숙하게 받아들여지게끔 한 번역전략의 시도로,『번역본 b』는 번역자 자신의 대학시절의 문화를 반영하는 어휘로 번역하였다. 그럼으로써 도착언어권에서 낯설거나 이해하기 어렵거나 문화적으로 받아들이기 힘든 어휘나 호칭의 경우에는 도착어권에서 친숙한 어휘를 사용하는 번역전략을 사용하게 된 것이다. 그러나 번역자가 번역텍스트에서 자신이 선호하는 관용적 표현이나 자기 시대의 유행어가 갖는 특별한 장점을 이용하는 것은 어디까지나 국소적인 부분에 한하며, 번역본 전체에 그런 장치를 가한다는 것은 '독자들의 수용'이라는 측면에서 볼 때 전혀 다른 이미지를 생성해 낼 수 있기 때문에 주의해야 하는 부분이라고 여겨진다.

4. 의식주 관련어휘의 번역사례 검토

본 장(章)에서는 의식주 문화와 관련된 어휘, 즉 특정한 문화적 배경을 가진 어휘의 번역을 검토하고자 한다. 출발어 문화권에만 존재하고 도착어 문화권에는 존재하지 않는 의식주나 관습 및 제도 등과 관련된 문화관련 어휘의 번역은 번역자가 가장 주의해야 할 부분이기도 하다.

彼女は国分寺に小さなアパートを借りて暮していたのだ。
（『ノルウェイの森』, 34쪽)

그녀는 고쿠분지에 작은 아파트를 세들어 살고 있었던 것이다.
（『번역본 a』, 53쪽)

그녀는 고쿠분지(国分寺)의 한 다세대 주택에 자그마한 방을 빌려 생활하고 있었다.　（『번역본 b』, 41쪽)

그녀는 고쿠분지에 있는 작은 아파트를 빌려서 살고 있었다.
（『번역본 c』상, 41쪽)

위 예문에서 『번역본 b』는 '아파트(アパート)'라는 어휘를 '다세대 주택'이라고 번역했다. 일본의 '아파트'가 한국의 아파트와는 다소 다른 개념이라는 것을 알고 있는 번역자가, 3장의 '형'과 마찬가지로 고심 끝에 찾아낸 번역어가 아마도 '다세대 주택'이었을 것이다. 또한 이 어휘가 번역자 세대(1958년생)에게 익숙한 어휘였거나 번역 당시(1993)의 한국 사회에서 흔히 통용되는 어휘였음을 짐작할 수 있다. 실제로 1980년대 후반에서 1990년대 초반 대한민국 서민들의 주거문화 중 많은 비율을 차지한 것이 바로 이 '다세대 주택'이라는 주거공간이었다는 점에 비추어 볼 때, 그 어휘가 동시대인들에게는 낯설지 않았을 것이라 추측된다.

我々がテーブルに座ると、何も言わないうちに朱塗りの四角い容器に入った日替わりの弁当と吸い物の椀が運ばれてきた。

(『ノルウェイの森』, 88쪽)

　우리가 탁자 앞에 앉자, 아무 말도 하기 전에, 주홍칠기의 사각형 용기에 담은 도시락(이 도시락은 <u>날마다 내용물이 달라진다</u>)과 국물 공기가 와 놓여졌다.
(『번역본 a』, 113쪽)

　우리가 테이블에 앉자, 아무 말도 하지 않았는데도 주홍색 칠기의 네모난 도시락에 담긴 <u>그날의 메뉴 음식과</u> 국이 놓여졌다.　(『번역본 b』, 103쪽)

　우리가 탁자 앞에 앉자, 주문도 하기 전에 주홍 칠기의 사각 용기에 담긴 <u>히가와리 도시락*</u>과 국물 그릇이 놓여졌다.
(*그날그날 내용물이 바뀌는 도시락)(『번역본 c』상, 128쪽)

　'히가와리(日替わり)'란 그날그날 바뀐다는 의미로, 식당에서는 메뉴가 날마다 바뀌어 제공되는 것을 말한다. 『번역본 a』는 '히가와리'의 의미를 괄호 처리로 설명한 반면, 『번역본 b』는 풀어서 설명했으며, 『번역본 c』는 그대로 음차번역 후 각주로 보충 설명을 덧붙여 주었다.

　我々は地下の食堂に行き、ウインドウの見本を綿密に点検してから二人とも<u>幕の内弁当</u>を食べることにした。
(『ノルウェイの森』, 372쪽)

　우리는 지하의 식당으로 가서 윈도우의 견본을 면밀히 검토하고 둘 다 <u>도시락</u>을 먹기로 했다.
(『번역본 a』, 417쪽)

　우리는 지하에 있는 식당으로 가서, 윈도에 있는 견본을 면밀하게 점검한 후 둘이서 <u>마쿠노우치(幕の内:무대 예술의 막간에 먹는 도시락 = 역주)</u> 도시락을 먹기로 했다.
(『번역본 b』, 419쪽)

　우리는 지하 식당으로 가서 윈도의 음식 견본을 면밀히 검토해본 후 둘 다 <u>도시락</u>을 먹기로 했다.
(『번역본 c』하, 223~224쪽)

‘마쿠노우치 도시락(幕の內弁当)’이란 원래 연극의 막간에 먹던 도시락에서 유래한 것인데, 기본적으로 제공되는 반찬과 밥의 종류가 대부분 정해져 있는 음식이다. 『번역본 a』와 『번역본 c』는 이를 상위어(보다 일반적인 단어)인 ‘도시락’으로만 번역했는데, 아마도 ‘마쿠노우치 도시락’이라고 옮기지 않아도 독자가 문맥을 이해하는 데는 아무런 차이가 없을 것이라는 번역자의 판단에서일 것이다. 상위어로 대체하는 이러한 번역방법은 번역어에 대체 개념이 없을 경우 무리 없이 적용할 수 있는 방법이며 독자의 자연스러운 이해를 이끌어낼 수 있다는 장점이 있다. 『번역본 b』는 ‘마쿠노우치 도시락’이라고 그대로 옮기되, 어휘의 뜻을 역주로 괄호 안에 표시하여 독자들의 이해를 돕는 번역전략을 사용하였다. 이러한 번역전략은 다음 예문에서도 확인된다.

「すき焼き」と彼女は言った。「だって私、鍋ものなんて何年も何年も食べていないんだもの。すき焼きなんて夢にまで見ちゃったわよ。肉とネギと糸こんにゃくと焼豆腐と春菊が入って、ぐつぐつと―」

(『ノルウェイの森』, 407쪽)

“전골” 하고 그녀는 말했다.
“전골 같은 거 먹어본 지 아득하거든. 몇 년씩이나. 전골 꿈까지 꿨으니까. 고기에다 파하고 당면, 두부, 그리고 쑥갓 넣고, 그걸 보골보골 끓여서 - ”

(『번역본 a』, 453쪽)

“스키야키(일본식 전골=역주)” 하고 그녀는 말했다. “나, 전골 같은 거 몇 년이고 못 먹은걸요. 스키야키는 꿈에서까지 봤었다구요. 고기랑 파랑 실곤약이랑 구운 두부랑 쑥갓을 넣고, 부글부글하고……”

(『번역본 b』, 458쪽)

“스키야키” 라고 그녀가 말했다. “스키야키 같은 걸 먹어본 지가 아득하

거든, 오죽하면 스키야키 꿈까지 꿨겠어. 고기에 파, 당면, 두부전, 그리고
쑥갓을 넣고, 그걸 보글보글 끓여서……" (『번역본 c』하, 272쪽)

'스키야키(すき焼き)'는 일본 음식의 하나로 고기를 두부나 파 등과 함
께 국물을 조금 부어 끓이면서 먹는 전골류의 냄비요리이다. 한국에는
없는 요리이므로 『번역본 a』에서는 일본 음식인 '스키야키'를 상위어라
할 수 있는 '전골'로 번역했으며, 그로 인해 '나베모노(鍋もの)'라는 단어
역시 그대로 '전골'이라는 번역어로 통일시켰다. 또한 그 뒤에 나오는
'실곤약(糸こんにゃく)' 역시 비슷하게 생긴 '당면'이라는 어휘로 대체하
였다. 『번역본 b』는 그대로 '스키야키'로 음차번역하되 괄호 안에 역주
로 설명을 덧붙였으며, 『번역본 c』 역시 '스키야키'로 음차번역하였으나
별다른 설명은 덧붙이지 않았다. 다음 단락에 계속해서 '스키야키'에 대
한 얘기가 이어지므로 굳이 역주 등의 정보 첨가가 필요하지 않다는
번역자의 판단에서일 것이다.

梅干し入れて海苔まいて。 (『ノルウェイの森』260쪽)

매실(梅實) 장아찌를 넣어 김으로 말아 가지고 말야.
 (『번역본 a』, 299쪽)

우메보시(매실을 말려서 차조기잎을 넣고 소금에 절인 식품=역주) 넣고
김으로 싸서. (『번역본 b』, 294쪽)

우메보시*를 넣고 김으로 말아서.
*매실을 소금에 넣고 절인 일본 전통음식 (『번역본 c』하, 67쪽)

僕は母屋の縁側に座って彼と二人でお茶を飲み、煎餅を食べ、世
間話をした。 (『ノルウェイの森』, 330쪽)

> 나는 안채의 툇마루에 앉아 그와 둘이서 차를 마시고, <u>전병</u>을 들고, 세상
> 이야기를 했다. （『번역본 a』, 393쪽）

> 나는 본채의 툇마루에 앉아 그와 둘이서 차를 마시고, <u>쌀과자</u>를 먹으면
> 서, 살아가는 이야기를 나누었다. （『번역본 b』, 394쪽）

> 나는 안채의 툇마루에 앉아 그와 둘이서 차를 마시고, <u>쌀과자</u>를 먹으며
> 세상 돌아가는 이야기를 했다. （『번역본 c』하, 192쪽）

일본어 원문의 '우메보시(梅干し)'를 『번역본 a』는 '매실 장아찌'로 번
역하였는데, '우메보시'와 '매실 장아찌'가 같은 종류의 음식이라고 번역
자가 판단하여 풀어서 번역해주었다고 추측된다. 이러한 번역은 자국
화 경향이 강한 번역전략 중 하나로, 번역텍스트의 독자의 가독성을 위
해 도착어권에 익숙한 어휘로 번역해주는 것이다. 그러나 '우메보시'의
대체개념을 '매실장아찌'로 보기는 어렵다. 각각의 기능은 비슷할지 모
르나 두 음식은 같은 요리가 아니기 때문이다. 그러므로 『번역본 b』나
『번역본 c』와 같이 일본어 원어의 발음을 그대로 살려주고 보충설명을
역주로 추가해주는 음차번역의 전략을 택하는 것이 좋았다고 여겨진다.
'센베이(煎餅)'도 마찬가지 맥락에서 생각할 수 있다. 일본어 원문의 '센
베이'와 번역문의 '쌀과자'는 동일한 개념이 아닌데 굳이 사전상의 의미
를 따라 '쌀과자'로 번역을 하여 독자들로 하여금 출발어 텍스트의 이미
지와 동떨어진 것을 연상케 할지도 모를 번역어휘의 선택은 무리가 있
지 않은가 한다. 물론 음차번역으로만 처리하면 성의없는 번역이 될
우려도 있는 것이 사실이다. 그러므로 번역자들은 번역텍스트의 독자
들의 가독성이 떨어질 것 같은 경우 상위어를 택하거나, 도착어 문화권
에서도 의미파악이 가능한 대체어를 찾게 된다. 그러나 고유명사, 특히

문화와 관련된 고유명사의 경우는 원천어휘의 발음을 그대로 살려주는 번역이 더 바람직하다고 여겨진다.

5. 맺음말

'번역'의 사전적 의미는 '어떤 나라의 말이나 글을 다른 나라 말이나 글로 바꿔 옮기는 것[24]'이다. 우리가 통상 '번역'이라고 할 때, 그것은 서로 다른 언어 간의 치환 즉 야콥슨(Roman Jakobson)이 말한 바[25] '언어 간 번역'을 뜻하는데, 모든 언어의 개념이 동일하다면 번역이란 하나의 개념에 대응하는 어휘들을 각 언어에서 찾아내어 일대일로 대체하는 작업이 될 것이다. 그러나 어떤 언어에는 존재하는 개념이 다른 언어에는 없는 경우가 있으며 하나의 어휘라도 그것이 내포하는 개념이 조금씩 다를 수도 있다. 또한 시간의 경과에 따라 어휘의 의미가 달라질 때, 이를 어떤 어휘로 대체할 것이며 또한 대체했다 하더라도 도착어(번역어)권의 문화에 없는 개념이라면 이를 어떻게 해결할 것인가 하는 문제들이 발생할 수 있다. 이러한 대표적인 경우는 역시 문화와 관련된 어휘나 개념의 번역이라고 할 수 있다는 착안과 함께 본고는 일본의 현대작가 무라카미 하루키의 『ノルウェイの森』와 그 한국어 번역본을 중심으로 일본문화와 관련된 어휘들이 한국어로 어떻게 번역되었는지 그 양상을 검토하였다. 인류가 공통으로 경험하는 문화는 번역하기가 쉽지만 서로 다른 문화를 가진 민족 특유의 함의(含意)를 지닌 어휘나 문장은 번역하기가 어렵다. 따라서 번역에서 등가를 이루기 위해서는 문화적 측면을 고려해야 하는 것이 필요하다.

번역사례 검토를 통해 문화적 차이가 드러나는 어휘를 번역할 때 다양한 번역전략이 있을 수 있다는 것을 확인할 수 있었다. 고유명사의 번역의 경우 일본어 발음 그대로 음차번역한 경우와 일본어의 원래 발음이 아닌 단어의 한자발음 그대로 풀어서 번역한 사례를 발견할 수 있었는데 이와 같은 번역전략도 경우에 따라 필요할 수 있겠으나 동일 텍스트 내에서 번역전략이 일관성있게 이루어지지 않는다는 것을 검토 과정에서 확인할 수 있었다. 또한 특정한 문화적 배경을 가진 어휘의 경우, 일반적인 단어로 바꾸어 번역하거나 대체어휘를 찾는 방법, 풀어서 설명하는 방법이 독자의 이해를 돕는 데는 유용한 번역방법이라고 할 수 있다. 그러나 이는 어디까지나 국소적인 부분에 한하므로 주의가 필요하다.

원문텍스트가 전달하고자 하는 내용을 그대로 살리기 위해 원문 그대로 옮겨 주는 번역은, 원어의 이국적 요소와 번역본의 낯선 느낌을 유지하기에 적절한 번역전략이다. 그러나 경우에 따라서는 괄호나 역주를 사용하여 부연설명을 제공할 필요가 있으며, 정보 추가의 경우 문맥의 흐름을 고려하여 최소한의 설명만 첨가하고 나머지는 독자에게 맡기는 것도 하나의 방법이다. 그러나 이 역시 적절한 완급을 조절하여 번역본에 반영해야 할 것이다. 번역텍스트의 독자를 위해 설명을 덧붙이게 될 경우 오히려 장황해져 독서의 흐름을 방해할 수도 있기 때문이다. 문화어휘의 번역은 번역자가 어려워하는 부분이기도 하지만 간과하기 쉬운 부분이기도 하다. 출발어와 도착어 양국의 문화가 상이하기 때문에 도착어 문화권에는 없는 어휘나 개념을 번역해야 할 때 번역자는 충분한 고민 후 번역에 임해야 할 것이다.

원문텍스트의 언어적·문화적 여건을 고려하는 것은 제대로 된 번역을 하는 데 매우 중요한 부분이라 하겠다. 즉 번역은 언어가 다른 문화 사이에서 이루어지는 의사소통이라고 볼 수 있다. 그러므로 번역문 독자들이 텍스트의 메시지를 잘 이해할 수 있도록 언어적·문화적 배경지식을 적절히 사용한 것이 잘 된 번역이라고 할 수 있다. 이와 같이 언어와 문화는 불가분의 관계이므로 번역자는 언어 뿐 아니라 문화적 소양의 폭 또한 확대시킬 필요가 있다.

【주】

* 본 연구는 2011년 『일본문화학보』(제50집)에 발표한 「일본현대소설의 문화관련 어휘 번역 小考」를 수정·보완한 것임.

** 안양대학교 강사.

1) 바스넷(Susan Bassnett)과 르페브르(Andre Lefevre)가 *Translation, History and Culture* (1990)라는 논문집에서 공식적으로 '문화적 전환(cultural turn)'이라는 용어를 사용한 이래 번역과 문화와의 관련에 대한 연구가 활발해지기 시작했다.

2) '문화소(文化素)', '문화적 전제(cultural presuppositions)', '문화관련 요소(culture-bound elements)', '문화적 측면(cultural sepects)' 등 다양한 용어가 함께 사용되고 있으나, 본고에서는 '문화관련 어휘'로 통칭하기로 한다.

3) 간단히 정리하자면 ① 출발어 문화권에서는 일반적이고 보편적이어서 누구나 다 알지만, 도착어 문화권에서는 생소한 어휘 ② 출발어 문화권에서는 특정한 연상작용을 불러일으키지만, 도착어 문화권에서는 전혀 그러한 역할을 하지 못하는 어휘 ③ 출발어 문화권에서는 아무런 의미없이 사용되지만, 도착어 문화권에서는 특정한 연상작용을 불러일으키는 어휘 등을 말한다.

4) 일반적으로 문화관련 어휘와 관련된 번역자의 번역전략은 크게 '자국화(domestication)'와 '이국화(foreignization)'로 개념화된다. 자국화란 도착어 독자에게 낯선 원문텍스트의 문화적 요소 등을 도착어 문화와 관습에 맞추는 것으로, 작가가 독자에게 가깝게 느껴진다는 이점이 있는 반면 극단적인 경우 출발어 텍스트와는 현저히 다른 번역어가 생성될 수 있다. 자국화의 방법으로는 도착어 문화에 익숙한 표현으로 쓰기, 상위어 사용, 출발어 텍스트의 번안 등이 있다. 이국화란 원문텍스트의 문화적 이질감을 그대로 보존함으로써 독자가 텍스트를 읽으면서 번역문임을 확실히 느낄 수 있도록 하는 번역전략이다. 이국화의 방법으로는 원문텍스트의 문화관련 어휘의 음을 그대로 차용하는 것, 도착어의 고어를 사용하는 것, 부연설명을 덧붙이는 등의 방법이 있다. 그러나 본고에서 검토하는 번역사례의 경우 자국화나 이국화 중 한쪽을 지향하는 번역전략을 선택했다고 보이는 번역본을 발견하기가 어려웠으므로 자국화와 이국화라는 기준에서의 분류가 아닌 각각의 번역사례를 통한 번역전략을 살펴보는 것으로 대신하고자 한다.

5) 본고에서는 한국어 번역텍스트와의 구분을 위해 일본어 원문텍스트의 경우 원제 그 대로 『ノルウェイの森』라 하기로 한다.

6) 1996년 7월 1일부터 시행된 개정 저작권법은 1)베른협약의 소급 보호 원칙을 수용하고 있으며 2)저작권 보호 기간을 저작자 생존 기간과 사후 50년으로 연장하고 3)UCC (세계저작권협약)에서 개발도상국에 인정하였던 강제허락제도를 폐지하였다. 그 전의 저작권법은 한국이 UCC조약에만 가입되어 있었으므로 가입일자인 1987년 10월 1일 이후에 공표된 저작물만을 보호해 주면 되었다. 다시말해 UCC조약 가입 전인 1987년 9월 30일 이전에 외국에서 발표된 저작물은 계약 없이도 자유롭게 번역 출판할 수 있었다. 따라서 한국에서도 개정 저작권법의 시행 이전까지는 하루키의 작품들을 여러 출판사에서 경쟁적으로 중복 출판하는 일들이 많았다. 그러한 중복 출판의 결정판은 역시 『ノルウェイの森』라고 할 수 있다.

7) 『ノルウェイの森』의 번역텍스트는 다음과 같다(역자/번역제목/출판사/연도 순) : 노병식/『노르웨이의 숲』/삼진기획/1988, 유유정/『상실의 시대』/문학사상사/1989, 정성호/『개똥벌레 戀歌』/성정출판/1989, 이미라/『노르웨이의 숲』/동하/1993, 김난주/『노르웨이의 숲』/한양출판/1993, 허호/『노르웨이의 숲』/열림원/1997, 임홍빈/『노르웨이의 숲』/문사미디어/2008.

8) 최초로 번역된 『노르웨이의 숲』(노병식 옮김)은 일본 현지에서의 『노르웨이의 숲』의 인기에 즉각 반응하여 출간된 것인데, 가장 빨리 간행된 번역본이기는 하나 일본어 텍스트와 전혀 다른 오역, 의역, 윤색, 추가 등의 부분이 많으며, 두 번째 번역인 『개똥벌레 戀歌』(정성호 옮김) 역시 총 11장(章)으로 되어 있는 일본어 텍스트 중 어떤 부분은 한 장이 통째로 누락되어 있는 등 소설 전체의 절반 정도밖에 번역되어 있지 않다는 치명적인 문제점이 있다(특히 이 번역본에는 주인공 중 하나인 '미도리(綠)'에 대한 에피소드가 삭제되어 있다). 따라서 처음 두 번역본은 하루키 소설의 번역양상검토라는 연구테마에 부적합한 텍스트로 판단된다.

9) 『번역본 c』는 문학사상사의 자회사인 문사미디어에서 출간된 것이다. 번역자는 역자 후기에서 이미 많은 기번역본이 존재하는 『ノルウェイの森』를 재번역하게 된 이유로 '제목 바꾸기, 소제목 달기, 읽기 쉽도록 문단나누기, 윤문 등의 작업을 거치지 않고 원작에 가깝게 현대적 감각으로' 번역하고자 하는 욕심에서였다고 밝혔다(임홍빈 옮김, 무라카미 하루키『노르웨이의 숲』, 문사미디어, 297쪽).

10) 단『번역본 a』의 경우 1989년의 초판에서 24쇄(1994), 2판(1999), 3판(2001~)으로 판을 거듭하는 동안 번역어휘와 문단의 편집 등이 상당히 달라졌다는 점을 발견할 수 있는데, 개정판의 달라진 요소들은 편집부의 개입 등 번역 외적 요소라고 판단하여 본고에서의 논의는 초판에만 근거한 것임을 미리 밝혀둔다.

11) 이근희, 『번역의 이론과 실제』, 한국문화사, 2008, 266~267쪽.

12) 본고에서 번역사례로 제시한 예문은 각 번역본의 초판에 근거한 것이며, 외래어 표기법 및 띄어쓰기 등으로 발생하는 번역문의 오류는 수정하지 않고 원문 그대로 유지하였음을 밝혀둔다.

13) 단카이세대 이후의 패션, 정보, 풍속, 그라비아 등을 다루는 주간지(団塊世代後のファッション・情報・風俗・グラビアなどを取り扱う週刊誌)

14) 참고로 영역본인 *Norwegian Wood*(Jay Rubin 번역, VINTAGE, 2000)을 검토해보면 이러한 문화관련어휘의 번역은 대부분 자국화시키는 전략을 취하였는데, '헤이본 펀치(平凡パンチ)'역시 'girlie magazines(여자들의 사진이 있는 잡지)'라고 번역되어 있

음을 알 수 있다.

15) 동경도가 경영하는 노면전차(東京都経営の路面電車),『広辞苑』.

16) 이러한 긴 역주의 삽입은『번역본 b』에서 지속적으로 발견되는 요소이다. 또한 이 번역본의 번역자는 하루키 텍스트의 다른 번역에서도 이러한 식의 번역전략을 계속해서 사용하고 있음이 他 번역본 검토과정에서도 발견되었다. 이러한 역주 삽입의 문제에 대해서는 다음 기회에 논의하겠다.

17) 위의 예문에서『번역본 a』가 '飯田橋'를 '이이다 다리'라고 번역한 것은 오역이다. '飯田橋'는 지명이지 다리 이름이 아니기 때문이다. 그러나 본고에서는 오역에 대해서는 다루지 않기로 한다.

18) ①수도 안 ②동경도 안. 특히, 23구(区).『広辞苑』.

19) 마츠무라 아키라(松村明),『大辞林』, 1988.

20) 나오코(直子), 레이코(レイコ) 등.

21) 박정운·채서영,「2인칭 여성 대명사 '자기'의 발달과 사용」,『사회언어학』제5권 제2호, 한국사회언어학회, 1999, 176쪽.

22) 임홍빈 옮김, 앞의 책, 301~302쪽.

23) 무라카미 하루키/ 김난주 옮김,『노르웨이의 숲』, 한양출판, 1993, 5쪽.

24) 연세대학교 언어정보개발연구원,『연세한국어사전』, 두산동아, 1998.

25) 야콥슨(1953)은 번역의 형태를 다음과 같이 3가지로 구분하고 있다. ①언어 기호들을 동일한 언어 내의 다른 기호들로 옮기는 것으로서 언어 내적 번역, ②언어 기호들을 다른 언어의 기호들로 옮기는 언어 간 번역, ③언어 기호들을 비언어적 기호들로 옮기는 기호 간 번역(Jakobson, Roman "*On Linguistic Aspects of Translation*", in Lawrence Venuti edition, The Translation Studies Reader, London and New York: Routledge, 2000).

'글로써 친구를 만나다'는 말 '이문회우(以文會友)'가 있다. 일본근현대 문학이라는 '글(文)'을 배우기 위해 우리는 '이문(里門)'에서 만났다.

1983년 한국외국어대학교에 최재철교수님이 부임하여 일본근현대문학을 연구하고자 하는 후학들에게 문학작품의 텍스트 읽기를 항상 강조하였다. 올해 선생님의 회갑을 계기로 하여, 각자의 텍스트 읽기의 성과물을 모아 테마별로 정리하면 좋은 읽을거리가 될 수 있을 것이라는 데에 모두 공감했다.

원고를 모아 지난 2월에 '야외학술세미나'를 겸한 윤독회를 열었다. 여러 필자가 참여하는 공저라는 점을 염두에 두고 체재 방향의 통일 등에 대해 토론하며, 책 제목은 다수의 의견을 들어 대학원생이 제안한 『문학, 일본의 문학』을 일단 채택하고, 이후 편집과정에서 책 내용의 시대적 공통점과 주제별 편집 방향에 따라 '현대의 테마'라는 부제를 붙였다. 그리고 부제에 걸맞게 〈고뇌〉〈남과여〉〈사회〉〈구원〉〈표현〉〈비교〉로 나누었다. 독자들에게 다가갈 좋은 책을 만든다는 일념으로 편집위원들이 여러 차례 모이고 전화와 메일로 많은 의견을 교환하며 편집 작업에 임했다.

돌이켜보면, 한국외국어대학교대학원 일본근대문학회 시절은 작품 읽기와 연구방법의 기본을 익히고, 그 과정에서 나름대로 엮어낸 성과물 『일본근대문학산책』창간(1993년)은 작은 즐거움이었다. 매년 여름 겨울 열리는 야외학술세미나에서 새벽을 밝히며 오갔던 열띤 토론과 친밀한 담소, 함께 읽고 생각하는 과정은 문학과 인생에 대한 사고의 폭과 깊이를 더 해주었고 우리를 성장하게 하였다.

이후, 1999년에는 '한국일본근대문학회' 창립으로 이어져 학회지『일본근대문학-연구와 비평-』의 창간(2002년)이라는 결실을 맺었으며, 학회 기획도서『일본근현대문학과 연애』(2008년)를 간행하기에 이르렀다. 그리고 일본문학 텍스트읽기와 본문분석에 계속 매진해오다 이번에 새로이『문학, 일본의 문학-현대의 테마-』로 글을 모았다. 당초 39편의 글이 모일 줄은 생각지 못했는데, 한 편 한 편 모여 방대한 책으로 엮게 되니 감회가 새롭다.

다시 한 번 후학들을 격려해 주신 최재철 선생님께 감사드리며 앞으로도 건승하시기를 기원한다.

2012년 7월 9일
편집 간행위원 일동

■ 집필자 대표업적■

최재철(崔在喆)/ 한국외국어대학교 일본어대학 일본학부 교수
  · 저서 『일본문학의 이해』(민음사, 1995)
  · 역서 『산시로』(한국외대출판부, 1995)
  · 편저 『韓流百年の日本語文学』(人文書院, 2009)

고뇌를 말하다 -제1부

김일도/ 한국외국어대학교 일본학부 강사
  · 가와바타 야스나리(川端康成)의 〈신문예〉에 관한 일고(2010.1)
  · 가와바타 야스나리(川端康成)의 「기름(油)」小考(2009.5)

부　백/ 경희대학교 문화관광콘텐츠학과 교수
  · 夏目漱石文学における個人主義の位相に対する考察(2009.12)
  · 夏目漱石 『吾輩は猫である』 主題論(2000. 8)

서영식/ 육군사관학교 외국어학과 교수
  · 영화 『아오지마에서 온 편지』에 나타난 사적영역의 보편화 과정 (2009.11)
  · 영화 『아버지의 깃발』에 나타난 영웅만들기(2009.10.30)

김숙희/ 한국외국어대학교 강사
  · 나쓰메 소세키(夏目漱石)의 『행인(行人)』표현고찰(2005)
  · 나쓰메 소세키(夏目漱石) 문학에 나타난 신경쇠약 치유의 시도(2009)

최석재/ 강릉원주대학교 여성인력개발학과 교수
  · 시가 나오야(志賀直哉)문학 연구(2002.6)
  · 야마시나(山科)계 작품과 「구니코(邦子)」고찰(2011.11)

최윤정/ 한국외국어대학교 강사
  · 가와바타 야스나리(川端康成)의 『산 소리(山の音)』 일고찰(2011.2)
  · 가와바타 야스나리(川端康成)의 『민들레』고찰(2011.6)

하정민/ Irvine Valley College, T.A.
  · 太宰治文学과 눈물(涙)(2007)
  · 『만년(晩年)』에 나타난 상징연구(2007)

남과여를 그리다 -제2부

김용안/ 한양여자대학교 일본어통번역학과 교수
  · 시마자키 도송(島崎藤村)의 『옛주인(舊主人)』 고찰(2003)
  · 저서 『키워드로 여는 일본의 響』(제이앤씨, 2009)

김선영/ 청주대학교 일어일문학과 전임강사
· 오가와 요코의 『여백의 사랑』론(2012.5)
· 시가 나오야(志賀直哉)문학의 여성상(2009.5)

서재곤/ 한국외국어대학교 일본어통번역학과 교수
· 공저 『『日本詩人』と大正詩』―＜口語共同体＞の誕生』(森話社, 2006)
· 萩原朔太郎と近代日本(2011.2)

김경화/ 연세대학교 강사
· 北村透谷 『歌念仏』を読みて」論(2003)
· 역서 『나의 고향은 호남 땅 (金太中)』(우석대학교 출판부, 2008)

오성숙/ 서경대학교 강사
· 미디어 담론에서 본 '자연주의'(2009.5)
· 일본 여성과 내셔널리즘(2012.1)

윤상현/ 가천대학교 학술연구교수
· 저서 『아쿠타가와 류노스케』(지식과 교양, 2011)
· 아쿠타가와의 『코(鼻)』에 나타난 나이구의 코의 상징성(2010.10)

조주희/ 한양여자대학교 일본어통번역학과 겸임교수
· 저서 『무라카미 하루키 문학 연구』(제이엔씨출판사, 2010)
· 공저 『村上春樹と小説の現在』(和泉書院, 2011.2)

황봉모/ 한국외국어대학교 강사
· 저서 『고바야시 다키지 문학의 서지적 연구』(어문학사, 2011)
· 역서 『게잡이 공선』(지식을만드는지식, 2011)

사회와 교감하다 -제3부

유진우/ 동남보건대학교 관광일어과 부교수
· 모리 오오가이(森鷗外)와 권위(2003.5)
· 공역 『知의 논리』(경당, 2008)

강기석/ 디지털서울문화예술대학교 실용영어·일어학과 조교수
· 저서 『디지털관광일본어』(백산출판사, 2009)
· 저서 『디지털기초일본어』(백산출판사, 2009)

윤재석/ 한밭대학교 일본어과 교수
· 石川啄木における伊藤博文暗殺事件(2000.3)
· 이시카와 타쿠보쿠 소설 「구름은 천재다」考(2003.2)

박상도/ 서울여자대학교 일어일문학과 조교수
· 미요시 타쓰지(三好達治)의 시와 사랑(2009)
· 미요시 타쓰지의 시적편력과 비평적 성격(2012)

정향재/ 한남대학교 일어일문학과 조교수
- 가와바타 문학에 있어서의 영화(2008.12)
- 역서 『잠자는 미녀』(현대문학, 2009)

신현태/ 상명대학교 일어교육학과 조교수
- 井伏文学の女性たち(2004)
- 井伏鱒二『黒い雨』考(2005)

구원을 향하여 -제4부

고한범/ 동서대학교 일본어학과 교수
- 공저 『일본시가문학사』(태학사, 2004)
- 공저 『宮澤賢治イーハトヴ学事典』(弘文堂, 2010)

박지영/ 숭실대학교 강사
- 데라야마 슈지 문학에 나타난 재일조선인과 전후 일본(2010.12)
- 역서 『헝클어진 머리칼』(지식을만드는지식, 2009)

오쿠무라 유지/ 서경대학교 교수
- 有島武郎晩年の傾向(2005)
- 有島武郎の『凱旋』論(2006.5)

심종숙/ 경기대학교 강사
- 미야자와 켄지와 한용운 시의 역설(2005.4)
- 역서 『미야자와 켄지―바람의 마타사부로/은하철도의 밤』(지만지, 2009)

박승호/ 백석문화대학교 일본어학부 교수
- 엔도 슈우사쿠소설의 주제연구(1999.6)
- 저서 『엔도 슈사쿠 연구』(보고사, 2002)

전수미/ 대림대학교 겸임교수
- 역서 『카와카미 하지메의 '가난 이야기'』(지식을만드는지식 2010)
- 다자이오사무의 문학연구(2012.5)

표현을 찾아서 -제5부

김남경/ 명지전문대학 교양 초빙교수
- 시마자키 도송(島崎藤村)의 『순례(巡禮)』론(2006.11)
- 시마자키 도손(島崎藤村)의 「수채화가(水彩畵家)」론(2010.11

오현수/ 서경대학교 국제비즈니스어학부 겸임교수
- 나츠메 소오세키(夏目漱石)의 서양벗어나기에 관한 일고찰(1998.6)
- 나쓰메 소세키(夏目漱石)문학에 나타난 미개척영역으로서의 강담(講談)(2005.5.)

이재석/ 한국외국어대학교 강사
  · 太宰治小説『無能』言説 システム(2004.11)
  · 공역『일본 작가들이 본 근대조선』(소명출판사, 2009)
신지숙/ 계명대학교 일본어문학과 부교수
  · 有島武郎『或る女』論(2005.9)
  · 역서『문학 텍스트입문』(제이앤씨, 2010)
명성룡(明聖龍)/ 한서대학교 일본학과 교수
  · 카사이 젠조(葛西善藏)론(2002.6)
  · 카사이 젠조(葛西善藏) 소고(2005.5)
조선영/ 배재대학교 주시경대학 교양교육부 부교수
  · 시가 나오야(志賀直哉)의「키노사키에서(城の崎にて)」의 표현연구(2005.2)
  · 문학작품에서 술어 ta형과 ru형의 역할에 관한 일고찰(2009.2)

비교로 생각하다 -제6부
류리수/ 한국외국어대학교 강사
  · 아리시마 타케오(有島武郎)와 염상섭 작품에 나타난 근대인의 고뇌(2001.9)
  · 한일 근대 서간체소설을 통해 본 신여성의 자아연소(2002.3)
강소영/ 숭실대학교 강사
  · 박태원의 일본 유학 배경(2011)
  · 橫光利一文学における都市(2011)
장지영/ 한국외국어대학교 강사
  · 오오카 쇼헤이(大岡昇平)의『포로기(俘虜記)』고찰(1999.11)
  · 오오카 쇼헤이(大岡昇平)의 초기 전쟁소설에 나타난 자기 인식(2011)
하야시 요코/ 인덕대학㎜ 전임강사
  · 한일근대시의 전개양상 비교 고찰(2006.2)
  · 역시『金素月「つつじの花」』(書肆青樹社, 2011)
정인영/ 안양대학교 강사
  · 무라카미 하루키(村上春樹)와 번역(2010.8)
  · 역서『호랑이와 나』(새앙뿔, 2011)

문학, 일본의 문학
— 현대의 테마 —

초판인쇄 2012년 7월 12일
초판발행 2012년 7월 17일

저   자 최재철 외
발 행 인 윤석현
발 행 처 제이앤씨
등록번호 제7-220호
책임편집 정지혜

우편주소 132-702 서울시 도봉구 창동 624-1 북한산현대홈시티 102-1206
대표전화 (02) 992-3253(대)
전   송 (02) 991-1285
홈페이지 www.jncbms.co.kr
전자우편 jncbook@hanmail.net

ⓒ 최재철 외 2012 All rights reserved. Printed in KOREA

ISBN 978-89-5668-918-0 93830   정가 46,000원